曲艺卷

赵连甲　著

作家出版社

作者简介

赵连甲，曲艺表演艺术家、作家。1935年生于说书世家，自幼随父从艺。1952年开始发表文艺作品，迄今创作刊发短篇曲艺300余篇、中长篇书目10部、选集单行本11册、创播小品短剧146篇，编纂出版《中国传统山东快书大全》《中国传统西河大鼓鼓词大全》《书坛一杰》（理论文集）等5部。系中国曲协会员，中国作协会员，中华名人协会理事，中华曲艺学会顾问；曾任公安部金盾艺术奖评委会委员、中国曲艺牡丹奖评委会委员、出任多届央视春晚编导组成员；获第八届中国曲艺牡丹奖终身成就奖。

赵连甲与营口市书曲分会同仁合影　1952年

赵连甲同建筑歌舞团曲艺队全体合影　1963年

中央广播说唱团演员　前排：郭全宝 赵连甲 侯宝林 刘宝瑞 后排：马季 于世猷 李文华 郝爱民　1964 年合影

说唱团演员 前排左起：马季 陈庚（团长）李文华 赵炎 后排左起：唐杰忠 姜昆 赵连甲 郝爱民 1982 年于重庆合影

赵连甲与恩师"田派"西河大鼓创始人
田荫亭先生于1986年合影

赵连甲同恩师杨立德合影

赵连甲 杨立德 高元钧 刘洪滨 1989年合影

1964 年与侯宝林深
入生活于新民车站

1966 年春于世猷　赵连甲　刘宝瑞　侯宝林　马季　郭全宝　张英于上海深入生活合影

1972 年马季　赵
连甲于三亚乡寨
深入生活

1974 年侯宝林 赵
连甲 杜景华 郭
全宝于开滦煤矿
深入生活

前排：刘宝瑞 白凤鸣 袁
阔成 后排：赵连甲 许多
1962 年合影

左起赵世忠 李元通 高凤
山 马三立 王凤山 赵连甲
1981 年合照

赵连甲 单田芳 李文秀 田
连元 2003 年合影

赵连甲与侯宝林先生 1985 年于美国演出后台

1997 年赵连甲与话剧艺术家杜澎合影

赵连甲与美学大家王朝闻先生合影 1997 年

2017 年与铁凝同志合影

2004 年与高占祥同志合影

2014 年赵连甲、苏叔阳合影

编　辑　札　记

　　在编辑出版《赵连甲作品选》的过程中，对先生的人品、文采及艺术影响力有了更多的体会。比如，为推介本书需要，我们曾搜集到与所选作品相关评论达 80 余件。其中诸位专家学者、资深编辑和记者所撰写的作品评论、序文、访谈、特写等，系统、透彻地归结了这位演员出身的作家台前幕后拼搏的成就。由此使我们感受到这部作品选的历史由来，和著作者关注时代、情系人民、恪守创新的精神。从而将所获启示、教益梳理成文，以飨读者。

　　札记一，赵连甲先生的艺术根基和创作机缘：其本人不仅有深厚的家学渊源，且心存创新发展志向。他写作起步时，正值"第一个五年计划"开启，时任建筑文工团演员的赵连甲，深入全国重大工程建筑工地，以边劳动、边采访、边创作、边演出的形式为建设大军服务。十年辛劳，十年收成，本书所选录的短篇曲艺《推土机上传家信》《爱八方》《扒墙头》《巧开车》《劳动号子》《一等于几》等，皆为建设时期的产品。由于作品蜚声文坛，1963 年，他被调进名家荟萃的中央广播说唱团任演员兼创作组组长。而央广播出曲目力求反映生活题材更为广泛，他扎根于基层，至 1966 年创作播出了《西瓜园》《背篓日记》《漫天风雨绘雄图》等新作。论证建国后 17 年文艺发展成就，《中国新文艺大系（1949—1966）曲艺集》于《导言》中记载他："在新曲艺创作方面做出显著的成绩。"

　　札记二，赵连甲先生于逆境中开拓创作天地：1973 年，他以反映新生事

物的名义编演播出《山村夜诊》《赔茶壶》《街头哨兵》《飞车炸军火》等作品；进入新时期，他激情奋起，在拨乱反正、解放思想、大干"四化"、实行改革等政策感召下，以其真情实感推出一批充满时代气息的作品，如1978—1985年编写播出的唱词《张大娘进山》，鼓书《这不是家务事》，山东快书《田大婶告状》，评书《招贤纳婿》等等。

进入20世纪80年代，随着广播电视的发展，赵连甲先生投入中长篇书目和小品短剧的创作。凭借多年生活积累与创作经验的结合，1981—1985年创作播出中长篇书目10部，多为抗日题材；1986—2013年创作播出以改革开放为内容的小品短剧达146篇。立足创新、与时俱进堪称其坚持始终的创作精神。

札记三，赵连甲先生笔耕不辍，文坛好评连连：作者于长期创作中受到多方专家学者的关注与支持，自上世纪60年代迄今，刊文评山东快书《爱八方》的是《诗刊》资深编辑、著名作家杨金亭先生；论赵连甲幽默艺术的是文学家、著名剧作家苏叔阳老师；发表作者书曲和小品论文居多的是戴宏森、耿瑛和王决等著名曲艺理论家；更令人敬重的、著名美学家王朝闻老人，诗坛名宿高占祥老部长曾多次为赵连甲出书作序。赵连甲先生称道："铭记党的培养，感激文化艺术界名师诤友倾心指引，正是这般和谐、厚重的文化氛围，让我懂得了笔尖儿该跟谁走、如何写作来'笑'敬人民。"

《赵连甲作品选》（二卷本）集萃了作者1953—2017年间的创作成果，是一部历经实践考验的艺术精品。而文坛名家才俊为作者耕耘一甲子献上的"长寿笔会"，更是一部丰富多彩的评论华章。为使读者对本书人文内涵获得更多层面的体悟，择部分专家评论原作为附录，以供大家自行品评。

目 录

中长篇书目部分
（以不同形式、发表时期排序）

短篇曲艺部分

爱 八 方

说段儿快书《爱八方》，
让您听了笑断肠。
有一位，退休工人于老汉，
他跟前一个儿子、一个姑娘。
儿子年幼把学上，
他的乳名叫小刚。
姑娘是个列车员，
叫素芳，常年随车在外忙。
一家老幼三口人，
日子过得挺舒畅。
于老汉就有一事放不下，
常把他女儿的亲事挂心上。
总盼着素芳找个好对象，
可就是当爹的又不好直接问姑娘。
同院的婶子、大娘也常把素芳问，
她总是含笑摇头说："不着忙。"
这一天小刚跑来传喜讯：
"爹！爹！姐姐找了个好对象。"
（白）"啊！是真的吗？"
"嗯，我听段上的叔叔讲，
姐姐对象在鞍山一个什么大工厂。
是个转业军人到后方，
在工厂还把组长当。
您忘了前天接到一封信，
俺姐姐乐得嘴都合不上（啦）。
姐姐拆信我瞧见了，

里面还装着相片一大张。
人长得不瘦又不胖,
浓眉大眼挺漂亮。
穿一身可体黄军装,
胸前是金光闪闪净奖章!"
(白)"啊,啊,嘿嘿……"
于老汉说不出心里多高兴,
喜得他一个劲儿地拍巴掌。
小刚肚里不存事,
跑到西屋说给李二娘,
二娘告诉了徐三婶,
三婶又对刘家四嫂讲。
三婶、四嫂齐来问:
"于大爷!听说素芳找对象(啦)!
我们给您来道喜,
请问多咱吃喜糖?"
(白)"啊?啊?嘿嘿……"
人逢喜事精神爽,
于老汉一天到晚喜洋洋。
姑娘一个月回家一两趟,
于老汉包饺子、捞面一通忙。
都不知怎样招待姑娘好了,
这一来,小刚也跟着沾了光。
眨眼过了几个月,
突然发生了个新情况。
小刚跑来对着老汉讲:
"爹!爹!姐姐对象不在鞍山大工厂。"
(白)"啊!不在鞍山工厂?"
"嗯!她的对象在武昌。
听说在一个加工厂,
是电焊队的大队长(咧)!"
老汉听罢心纳闷:
"这、这、噢!"想来想去很平常。
虽然如今自由找对象,

还有个相当不相当。

这事不能太勉强，

我相信我们素芳有眼光。

小刚舌尖嘴又快，

跑到东屋对着徐家三婶讲。

三婶告诉刘四嫂，

四嫂又说给李二娘。

四嫂、二娘来道喜：

"于大爷！听说素芳找了个新对象，

是电焊队的大队长。

没问题，这个准比那个强！"

（白）"啊？嘿嘿……"

谁想没过五个月，

小刚又跑来报情况：

"爹！爹！姐姐对象不是在武昌，

新近这个对象在包钢！"

（白）"啊！在包钢？"

"嗯！听说这个对象当工长（咧）！"

"这……"老汉越听越纳闷，

心里想：这是搞的啥名堂！

谁想到，小刚又告诉了南屋刘四嫂，

四嫂说给了三婶、李二娘。

这一次她们再不到于家去贺喜，

一个一个直嘟囔。

都说是："挺好的姑娘变了样，

爱个四面带八方！"

这句话不知怎么传到老汉耳朵里，

他越想心里越窝囊。

从此后再听不见老汉"嘿嘿"笑了，

整天嘴噘得好像拴牛桩。

素芳回家他再不包饺子不捞面，

还对小刚指桑骂槐尽嚷嚷：

"做啥事都要一步俩脚印儿，

别让人身后戳脊梁！"

时间刚过三个月，

小刚又跑来报情况：

"爹！爹！姐姐对象……"

没等小刚往下讲，

老汉早把脸气黄：

"她爱在哪儿搞在哪儿搞吧，

别再出去瞎嚷嚷！"

为此事，于老汉吃不好来睡不好，

像一块千斤石头压心上。

无奈何找到列车段的陈段长，

见段长满心是话口难张：

"这……段长啊！全怨我对子女缺教养，

按理讲家丑不可对外扬。

讲交情，你我多年老朋友，

论组织，你是段长，你也正管这一桩。"

（白）"什么事啊？我的老伙伴？"

于老汉把经过说一遍，

"哈哈哈……"陈段长听罢差点笑断肠。

"老伙伴！听我讲，

你先不要怨素芳。

要提起鞍山那个对象，

那真是思想、人品样样强。

扛过枪、打过仗，

立过功也受过奖。

自从转业到后方，

小伙子变得更坚强。

鞍山建设轧钢厂，

小伙子显示出他无比的智慧似海洋。"

"这样的对象我同意，

可是她……又选了个对象在武昌！"

"嗬！武昌这人儿更了不起呀，

他日夜战斗在天上。"

（白）"啊！还上了天啦？"

"脚踏钢梁顶太阳，

戴面具，握焊枪，

火花四溅闪蓝光，

焊接起一架架的大钢梁。

为叫工厂早落成

为叫武昌多出钢！"

"是啊！这样的对象有多好，

她又选了个对象在包钢！"

"嘿！包钢这人儿越发好啦，

被称为风沙不惧的一堵墙。

过去塞外多荒凉，

人烟稀少风沙狂。

自从来了共产党。

要叫塞外改风光。

建设钢铁大基地，

千军万马日夜忙。

小伙子是建设军中一勇将，

挑选这样的对象最相当（啊）！"

"嘻！段长啊，这个好，那个强，

总不能一女爱八方（啊）！"

"哈哈……"一句话说得段长忍不住笑，

"老伙伴，消消气吧！至今你还在鼓里装。

三个对象，鞍山的姓长弓，

武昌那个姓弓长，

顶数包钢那个好，

左弓右长本姓张。

三个人长得一个样，

怪不怪，还都叫个张国良。"

（白）"啊！一个人？""对！一个人。"

"那为啥今天这儿明天那儿？

组长、队长又当工长？

他在啥工厂？啥车间？

到底干的哪一行？"

"啥工厂？在一个制造工厂的大工厂，

车间嘛，这车间足有万里长，

从东海，到西藏自治区，

从南海直到黑龙江。"

"啊！什么车间那么大？

他这是干的哪一行？"

"南边走，北边闯，战风雪，斗寒霜，披星星，顶太阳，

修工厂，盖楼房……是一个建筑工人，专在人间造天堂！

四面八方建钢厂，

誓叫钢水赛长江。

老伙伴！不是咱素芳谁都爱，

是咱这个女婿爱八方；

不是咱素芳爱地位，

是咱这个女婿随着飞快建设在成长！

他两个相亲又相爱，

素芳很快结婚去包钢。

这女婿你打着灯笼哪里找？

倒气得你八字儿胡子全朝上（啦）！"

老汉听罢"扑通通"千斤石头落了地，

"刷拉拉"心里似打开两扇窗。

（白）"这、这、嘿嘿……"他又乐起来了。

"吱扭扭"门儿一声响，

走进姑娘于素芳。

"爹！您到这里有啥事？"

"我……听说你要结婚，我想送你去包钢！"

段长说："那就回家快准备吧，

几时走坐车都便当。"

爷儿俩刚刚走进家门口儿，

"噔噔噔"小刚举着信一边跑着直嚷嚷：

"爹！爹！姐姐对象不……"

跑进屋里不敢嚷（了）。

素芳拆信仔细念，

乐坏老汉和小刚。

原来是，建设包钢任务快完成，

张国良又要调换到一个新地方。

（原载 1961 年第 1、2 期合刊《人民文学》，于 1990 年

入选《中国新文艺大系（1949—1966）曲艺集》）

巧 开 车

四九年，冰消雪化河刚开，
眼看冬去春要来。
解放军浩浩荡荡向南进，
攻关口、夺要塞，胜利的鲜花到处栽。
这一天，解放军打到一座城关外，
"轰隆隆！"那炮火压得蒋军头难抬。
他们的机场、车库被咱全炸坏，
逃跑的道路全断塞。
城防司令仅有的一辆吉普车，
还让人卸去了俩轮胎。
（白）汽车变洋车啦！
这司令死里求生想逃命，
慌里慌张忙安排：
"朱副官！到汽车公司跑一趟，
把它全部汽车都抓来！"
（白）"是！……哎？司令，抓那么多汽车做啥用？"
"混账！汽车比腿跑得快。"
（白）这不是废话吗？
那朱副官肥又壮，
噘嘴大耳胖脑袋。
草包肚子快要拖到地，
跑起来，两条短腿紧蹬崴！
带兵来到汽车公司的车场上，
闹个目瞪口又呆：
见水箱东边放，汽缸西边摆，
那边是大轴，这旁是轮胎，

底盘儿翻了个儿，车轿子坑里歪，完整的汽车没一台。

原来是，工人们组织起护场队，

把汽车卸的卸来拆的拆。

朱副官气急败坏下命令：

"把公司老板快找来！"

（白）"是！"

没多会儿带来人一个，

瘦小枯干体如柴。

八字眉毛三角眼，

高高的颧骨瘪瘪腮。

他就是公司的大老板，

见了副官假惺惺地一通拍：

"嘻嘻……长官驾到赏光彩，

有失远迎理不该。"

说着话点烟倒茶紧招待，

朱副官撇唇咧嘴把口开：

"今天找你有点事，

有汽车咱想用几台。"

老板一听要车用，

把嘴一撇哭起来：

"长官哪，昨晚上十几部汽车全都在，

可今儿早晨让他们全给拆（啦）！"

（白）"谁给拆啦？"

"共产党搞起护场队，

他们把整个汽车全卸开……"

"住口！城防司令有命令，

全城汽车派公差。

谁敢违抗搞破坏，

定用军法来制裁！"

"对！快让弟兄们跟我走，

把护场队的人全部抓起来。"

"回来！我们用车就找你老板要，

没有车，老子我敲碎你脑袋！"

当兵的枪栓一拉围上去，

我娘哎，老板当时脸吓白：

"长官长官请息怒，

我家里还有车一台。"

（白）"你家里有？"

"这两天我看风声紧，

说实话，城里我也不敢待。

这台大轿车我留着想携家带眷逃活命，

看现在……咱们的交情不能掰，我情愿把这台车献出来。"

（白）"嘿嘿，好啊……"

"可就是光有车子没人开。"

"嗯，好办好办那好办，

有车就不愁没人开。

汽车公司会开车的有的是，

来人啊！把会开汽车的都抓来！"

（白）"是！"

没多会儿抓来人不少，

看了看，除了老头儿就是老太太。

"报告副官！开汽车的全不在，

就剩下这帮老头儿、老太太。"

（白）"废物！你……嗯，好。"

朱副官眼珠一转生奸计，

手拍着肚皮把口开：

"老人家们别害怕，

听我把话说明白。

咱是想找个开车的，

请他帮忙出趟差。

你们家开汽车的到哪去啦？

只管放心说出来。"

这个说："俺家的外出去当泥瓦匠。"

那个说："俺家的出外去做小买卖。"

这个说："俺家倒有个开车的……"

（白）"好啊，就请他了……"

"去沈阳探亲还没回来。"

（白）"废话！"

开车的一个也找不到，

把副官鼻子都气歪。

"来人！把这帮老废物都绑上，

就地挖坑全活埋！"

（白）"是！"

这时候，忽听有人喊：

"慢着！你们有车我来开。"

人群中走出人一个，

瘦瘦的脸膛高身材。

看年岁已经过半百，

目光炯炯两鬓白。

谁呀？汽车公司的老工人，

是护场队的队长赵洪海。

赵师傅见朱副官带人来车场，

他暗中观察这伙人安的啥鬼胎。

为不让老人家们遭灾难，

他大喊一声站出来。

那个心黑手毒的恶老板，

咬着牙暗叫：赵洪海呀赵洪海，

这几天你总是带头来闹事，

趁机我得解解恨拿你去搪差。

想着他悄悄向副官作介绍：

"长官，讲开车这老赵在公司要数头块牌。"

"好！老头儿跟我们走一趟，

干好了，钞票赏你几口袋。"

"先别忙，拉的都是什么货。"

（白）"拉的是人，不是什么东西。"

"汽车打算往哪儿开呀？"

"军事秘密你不必问，

到时候自然会明白。"

"不行，开车得要有助手，

没有助手我不能开。

一是怕车在路上出障碍，

二是我年老体力衰。"

"这……现在助手哪里有？

要助手你自己来选择（读 zhái 音）。"

老赵说："助手嘛，我早选好啦。"

回头一指："让他来吧!"

（白）"啥？让我来……我，我……"

这老板本想借机把老赵害，

可没想到这助手老赵让他来。

他支支吾吾想搪塞，

朱副官"啪!"给老板来了个脖儿拐：

"让你来，你就来，

别他娘的找着不自在。

（白）走!""是!"

朱副官摸不清老赵打的啥主意，

那老板满心有话口难开。

心里说：连司机带车我白奉献了，

他们是连送殡的一块埋!

大轿车开到了司令部的大门外，

那司令官等车急得正骂街。

汽车一到他下命令：

"快! 先把我箱子往上抬。

都听着，不准胡乱把车上，

由我起，一级一级往下排。"

当兵的说："哥! 看样子这车咱上不去了。"

"正好! 官跑了老子开小差。"

嘀! 大小头目全都高了兴，

一蜂窝似的扑过来。

这个扛着财宝匣，

那个背着钱口袋，

拼着命地往车上挤，

挤了个眼斜鼻子歪。

车少人多上不去，

上不去车用脚踹：

"往里点儿! 再往里点儿!"

死乞白赖地往里塞。

这个喊："哎，哎，你踩了我的脚啦！"

那个喊："娘的！你箱子压了我脑袋！"

车上边，嗷嗷叫，

车下边还有些官儿们没上来（呢）！

有几个拽住车门不松手，

有几个卡在车窗上直蹬崴。

司令冲副官一努嘴，

副官忙下令："汽车往南开！"

呼的一声！汽车一开不要紧，

车门、车窗上的人"噼里啪喳"往下摔。

这时候，城外炮声隆隆响，

车上人拼命叫喊："快快开！"

赵师傅双手握紧方向盘，

心里说："解放军同志快快来（吧）！"

那个老板又气又怕直埋怨，

低声叫着："赵洪海，

咱俩无怨又无恨，

这助手你怎么让我来？！"

老赵想：谁说我与你无怨又无恨，

我和你的仇恨深似海！

谁不知你仗着官亲做买卖，

谁不知你靠着剥削发横财。

有多少工人被你把胳膊打断腿打拐，

有多少工人被你陷害遭了牢狱灾。

你欠下我们多少债，

一笔笔刻在我心怀。

解放军打到城关外，

眼看苦尽甜要来。

我们拆散机器护车场，

你反倒帮这伙人逃生乱抓差。

抓我开车你们想逍遥法外，

那你们是自己掘墓把自己埋！

"轰！轰！轰！"炮声越来越是紧，

车上边你喊我叫："快！快！快快开！"

汽车出城没走二里远，

老赵他刹车停下来。

军官们纳闷紧追问：

（白）"哎？怎么不走啦？"

"对不起，这机器太老最爱坏。"

（白）车坏啦？没坏。老赵成心不想开。

老赵想：我要把这帮家伙给拖住。

他借机给老板派上差：

"老助手，你下车摇几下吧，

车子过油好往前开。"

说着把摇把子递过去，

那老板无奈下车摇起来。

摇了几下摇不动了，

一缓劲儿，摇把子"日"的一下倒回来（啦）。

只听"啪"的一声响，

摇把子正好打右腮。

疼得老家伙直转磨：

"哎哟哟……"半边槽牙全下来啦！

蒋军官气得下车用脚踹：

"真是没用的大蠢材！"

老赵说："你们多下些人推几步吧，

一过火儿车子就能往前开。"

下来军官十几个，

推着车喊起号子："哎哟咳！"

（白）"使劲儿！""哎哟咳……"

哪知道老赵他踩住车闸不抬脚，

他们折腾了半天累白挨。

"老师傅！为啥车子推不动？"

"推不动你们大伙儿抬吧！"

（白）"啊，抬？谁能抬得动呀！"

老赵一抬脚，呼隆隆车子发动起，

蒋军官高兴得直把巴掌拍。

稀里呼噜把车上，

屁股还没坐稳就喊："开！"

哪知道心越急车子越出事，

走不了多远又停下来，

走一会儿停一会儿，

不是换零件就是换轮胎。

老赵技术真不赖，

哪儿有岗往哪儿开，

哪儿有沟往哪儿歪。

左边晃来右边摆，

车里人"叽里咣当"撞脑袋。

五脏六腑都快翻了个儿，

一个个捂着肚子直"哎哎"！

这个说："这车简直成了要命鬼！"

那个说："我看是这老头儿成心不愿开。"

（白）"对！打他！""揍！"

过来了军官七八个，

就把老赵围起来。

赵师傅面不改色心不跳，

"啪！"车扳子往地上猛一摔：

"来吧，砍头枪毙随你们便，

这辆车我正不愿开！"

（白）"耶！他还挺厉害。""打！""对，揍！"

他们张牙舞爪要动手，

朱副官大喊一声："都回来！

干什么？要打吗？打坏了老头儿车你开啊？"

（白）"……我不会开。""滚开！"

朱副官满脸堆笑喊老赵：

"老赵！跟他们生气合不来，

干好了我们不能亏待你……"

说着他掏出白洋二十块，就往老赵兜里塞。

见钱眼开的那老板，

用胳膊捅捅赵洪海：

"哎，这一趟是咱两个出外差，有钱你不能一人兜里揣，

二十块，你十块来我十块，我腮帮子这下也算没白挨。"

（白）牙都没了，还惦记着钱呢！

老赵想：你们用枪威逼又用钱买，
我知道这车该怎么开。
大轿车东一走来西一拐，
慢慢爬上黑石崖。
崖左边山涧深万丈，
崖右边青山耸立入云彩。
老赵一见时机到，
"咔嚓嚓！"刹住车又不往前开啦！
车上人问："汽车为啥又不走啦？"
"还不是车子出故障！
请你们放心有我在，
修理一下马上就能开。"
老赵下车打开机器盖，
捅捅咕咕，不知道他是修理还是拆。
那老板坐在车上真懊丧，
歪着脑壳托着腮。
朱副官还指挥众人耐心等，
满以为花了二十块白洋免了灾。
哪想到老赵把地势全看好，
二次跨上司机台。
心里想：行了，此处就是你们葬身地……
你看他，右脚蹬，左脚抬，
舵轮往左一歪歪，
说时迟，那时快，
当！他把车门给踹开。
赵师傅从右边车门跳下去，
那汽车"曰——"直往左边涧下栽！
"呀！"老板吓得嗷嗷叫。
"啊！"蒋军官哭爹叫妈喊奶奶。
只听"呼隆"一声响，
这车人全都交了差。
赵师傅高高兴兴往回走，
去迎接解放大军进城来！

（原载 1962 年 7 月号《北京文艺》）

红 军 坟

三五年，正严冬，
乌云滚滚漫天空。
遵义流行瘟疫病，
城乡处处是哭声，
泪成河，尸遍野，
大路小径少人行，
犬不吠，鸡不鸣，
十家房屋九户空。
人民灾难有谁管，
日日夜夜盼救星。
霹雳一声天地动，
红军开进遵义城。
打土豪，分田地，
领导穷人闹斗争，
喜人的事儿说不尽，
表一位红军小医生。
小医生为给穷人除疾病，
一颗赤心火样红：
串四乡，跑八镇，
一时西，一时东，
爬高山，越大岭，
冒骤雨，顶暴风，
不顾自己饥和苦，
救活无数苦难的弟兄。
人人夸他是红军好战士，
都称他小活菩萨红医生。

不幸的是小医生被染上病症，
这位好战士、红医生，为抢救阶级弟兄光荣牺牲。
老百姓万分感动和悲恸，
在桑木垭建起一座新坟茔。
村民们人人坟上三锨土，
从深山移来两株百年松。
谁承想，红军转移远征去，
白匪反扑发了疯。
狗村长，徐烟鬼，
趁机发财作帮凶，
带匪军这家搜来那家捕，
抢粮逼款抓壮丁。
害得乡亲们倾家又荡产，
妻离子散各西东。
苦难中越发想念共产党，
盼红军盼得眼睛红，
纷纷到红军坟前来诉苦，
把苦水倒给亲人听。
有的人交不起捐和税，
到红军坟前说几声：
"红军红军回来吧！
红军回来苛捐杂税一笔清。"
有的人交不上租子还不起债，
到红军坟前说几声：
"红军红军回来吧，
红军回来抓住恶霸地主用枪崩！"
有的人少吃无穿难度日，
到红军坟前说几声：
"红军红军回来吧，
红军回来分粮分衣解贫穷。"
有的人得病治不起，
到红军坟前说几声：
"红军红军回来吧，
红军回来赶走病魔得安生。"

盼红军，想医生，

红医生活在人心中。

众乡亲在松树上刻下四个字：

"红军万岁"，人民的心声！

一传十，十传百，

惊动了遵义专员高文增。

伪专员，闻此讯，

满脸横肉都气青。

传来村长徐烟鬼，

指着鼻子一通儿熊：

"共产党在你村里搞活动，

难道你眼瞎耳朵聋？

我限你三天把坟挖掉，

将功折罪算把事儿摆平；

三天不把坟挖掉，

我判你和共产党有勾通，把你个烟鬼点天灯！"

狗村长叩头如同鸡鹐米：

"是是是，小子遵命去执行。"

徐烟鬼回村吩咐保甲长，

鸣锣聚众忙不停，

红军坟前人围满，

狗村长横眉立目显威风：

"开工吧，铁锨镐头供你们用，

把坟挖掉地铲平！"

一句话勾起众人心头火，

愤怒的吼声震耳欲聋，

这个喊："刨坟掘墓伤天理！"

那个喊："对亡灵失敬招骂名！"

"不许平！" "不许动！"

坟前一阵乱哄哄。

徐烟鬼瞪起三角眼，

蒜头脑袋一拨楞：

"这是专员下的令！

哪个胆大敢不从？

谁要不挖就是共产党，

送他坐牢判徒刑！"

这时候，人群里走出一位冯老汉，

叫声："村长，你把话听清，

红医生在世救过千人命，

佛祖将他封为神灵，

看如今香火四季八方朝圣，

谁敢作孽佛法不容。

听我劝绝不可轻举妄动，

别落个招灾惹祸遭报应！"

狗村长六神无主心打怵，

半信半疑忧虑重重：

刨坟吧，真怕红军大神降下罪，

不刨吧，又担心自己被点天灯。

无奈他壮起胆子一声吼：

"住口！不准你妖言惑众快动工！"

冯老汉假意惊慌转过脸，

面向坟墓把大神称：

"红大神，乡亲们可没有刨坟意，

村长的命令谁敢不听，

该怪罪您就怪村长，

百姓头上可无罪名。"

冯老汉这里紧祷念，

狗村长吓得脸都变了形，

又气又怕眼一瞪：

"老东西，你少来给我念丧经！"

乡亲们在恶棍们的威逼下，

变着法儿地磨洋工，那镐头抡得高来落得轻。

半天挖不了半寸土，

狗村长发怒命随从，

看哪个手迟挖得慢，

鞭抽棒打不留情。

足智多谋的冯老汉，

急中又把巧计生，

暗中向大家使眼色，
乡亲们纸糊的灯笼心里明。
有的挖着挖着倒在地，
有的刨着刨着把镐头扔。
冯老汉大喊一声说："不好！
停工！停工！快停工！
红军大神显了圣，
再刨要遭五雷轰！"
狗村长摸不清真和假，
暗暗说要小心行事别遭人捉弄，
思来想去有了主意：
干脆我自己试试灵不灵！
他哆哆嗦嗦抡起镐，
把牙一咬心一横，
当！一镐刨在石头上，
顺着镐头冒火星。
有多巧，飞起一块石头子儿，
啪！把小子揍了个乌眼青！
镐头一扔捂住眼，
可把个村长给吓蒙，
心里打鼓嘣嘣嘣，
脑袋发蒙嗡嗡嗡，
飕呀飕！脖子后头冒凉风，
咯棱棱！腿肚子转筋拧成绳，
咕咚咚！他跪倒磕头喊："饶命！
您是神医、大佛！小子不敢冒犯再逞能。"
众乡亲一笑而散回村去。
狗村长失魂丧胆进了城，
把经过报告高文增，
伪专员手拍桌子骂无能：
"真废物，村民百姓不可用，
明天我亲自带兵去动工！"
众乡亲听说老狐狸要出洞，
都急急慌慌来找老冯。

老冯说："穷汉多，智谋广，

咱大家群策群力想章程。"

有的说："白匪就怕咱穷人跟他们拼命！"

老冯说："还要学当初韩信巧用兵。"

有的说："咱还说大神会显圣！"

老冯说："那老鬼不会相信白搭工。"

猛然站起个愣小伙儿，

说："我出个主意看行不行？

咱红军把些地雷留给咱民兵用，

何不用它来招待高文增？"

老冯说："好！事不宜迟快行动，

布好雷让他们给自己去送终，咱就等着瞧瞧热闹听听响声。"

且不表乡亲们摆下地雷阵，

再说高文增那帮送死的兵。

次日清晨天刚亮，

坟前的白匪少说也有半个营。

四周全都站上了岗，

老百姓靠近就用鞭子轰，

高文增在坡上忙训话：

"弟兄们！今天要挖掉我们的眼中钉。

谁肯出力有重赏，

不愿领赏有官儿升。"

匪兵们一听升官发财红了眼，

都争着喊着抢头功。

高文增挥手下命令：

"大家注意了，现在——开工！"

一声令下如山倒，

齐刷刷一百多镐头举在空，

当啷啷镐头落了地，

轰隆隆！山崩地裂震耳鸣！

这伙人全都"报销"完了蛋，

胳膊大腿腾了空。

有几个匪兵没崩死，

一惊一震也吹了灯！

高文增站在远处没崩死，
崩瞎一只眼成了独眼龙。
乡亲们看着热闹鼓起掌，
还硬说："大神显圣威力无穷！"
伪专员损兵折将又丢脸，
只好是忍气吞声逃回城。
众乡亲连夜又把坟修好，
白匪军多次破坏都未成功。
解放后，遵义重修了红军墓，
松柏成林四季长青。
革命先烈永垂不朽，
红军坟的故事越传越动听。

（原载 1963 年 2 月号《北京文艺》，
于 1961 年参观遵义纪念馆取材创作）

漫天风雨绘雄图

唰唰唰！一道道利闪划破天，
隆隆隆！一阵阵沉雷震河川，
呼呼呼！猛烈的狂风在吼叫，
哗哗哗！倾盆大雨下了个欢。
这场雨，一连下了七昼夜，
大地一片水连天。
就在这大风大雨天气里，
有一把雨伞出现在水中间。
伞下走着人三个，
膀靠膀来肩靠肩。
滔滔的洪水身边过，
哗哗的冷风刺骨寒。
手持木棍来探路，
脚下无路举步难。
他们是兰考县委调查队，
来查看洪水去向与来源。
在当中走的是县委书记焦裕禄，
左右俩青年小李和小田。
三个人冒雨涉水向前走，
焦裕禄亲切地问起俩青年：
"小李、小田你们冷不冷？
要当心，这身体可是咱革命的本钱。"
小李、小田连连摇头说："不冷，
老焦，您不用为我们年轻力壮的小伙儿把心担。"
焦裕禄听罢哈哈笑：
"说不冷，为什么牙齿一劲儿打战战？"

小田说："那……那您为什么说不冷？"

小李说："对！您为什么不问自己光问俺？"

焦裕禄瞧瞧小田又看看小李，

说："嗯，这个问题很好谈。

我想到了群众心头热，

活动起来不觉寒。

你在我左他在我右，

紧紧贴在我身边。

年青的人火热的心，

我在这两团火中间，得暖又防寒，道理很简单！"

一句话说得小李忍不住地笑，

那小田在一旁噘起嘴来不搭言。

"嗯？小田怎么不说话啦？

为啥小脸儿又阴了天？"

"老焦啊，我对您有意见。"

"好啊，有什么意见敞开谈。"

"您的体弱身有病，

反来争当一名调查队员，

白日里，探流沙，寻风口，

追水向，查碱滩；

到晚上，蹲牛棚，睡草庵，又读书来又座谈。

风里来，雨里去，

白日奔波夜不眠。

日久天长您这身体怎么能受得了，

说实话，俺小田日夜为您心不安。"

焦裕禄站在水中挺起腰，

满面含笑叫小田：

"看！风大吹不倒，水大冲不动，

你怎么硬把我当成伤病员？"

小李一旁搭了话：

"老焦，我完全同意小田的发言。

建议您回县休息去治病，

调查工作我们担。"

焦裕禄手拍着小李说声："好！

我完全相信你们能把任务来承担。

要知道，吃别人嚼过的馍没味道，

毛主席说：'没有调查就没有发言权。'

要领导全县人民制伏风沙、内涝与盐碱，

调查研究是开端。"

小田说："那……今天雨大水急风势险，

您是不是回县暂且休息一两天？"

"不！革命者怎能怕担风险，

干革命就得要敢开顶风船。

水急风险正是我们追寻流向的好机会，

水急风险正是我们调查的好时间。"

小李说："这样您的病会加重。"

小田说："对！您不是说身体是咱革命的本钱！"

"哈哈……小病、小灾何必看得过于严重，

为什么不把全县三大灾害看到眼里边？

为什么不看看革命先烈用鲜血换来的兰考县？

为什么不看看这'三害'苦害了人民多少年？

为什么不看看三十六万阶级兄弟？

为什么不看看这灾害给他们带来多少困难？

为什么不看看今天革命群众的雄心和壮志？

为什么不看看咱兰考的幸福明天？

灾难中，群众在等待我们去领导，

困难时，共产党员就要出现在群众面前。

我们要给群众撑起腰杆，

我们要同群众一起征服大自然。

毛泽东思想指方向，

我们要站得高来想得宽。"

只说得小李他周身是劲儿无话讲，

只说得小田他心头发热鼻子酸。

两个人满怀激动说声："走！"

三个人同声唱起《南泥湾》。

洪水汹涌激浪滚，

心潮澎湃起波澜。

三个人与洪水展开搏斗，

焦裕禄激流中巍然挺立如泰山。

小李双手为老焦撑雨伞，

小田侧身为老焦挡风寒。

焦裕禄一边绘图一边观察洪水的流势，

一笔笔写下他雄心壮志宏伟的诗篇。

眼望蓝图心在笑，

兰考县一片大好景象出现在眼前。

他说了声："小李、小田你们看！"

他一只大手指向了天边：

"今天看，眼前茫茫水一片，

到明天，这里将变成千顷良田。

沙丘上绿树遮天日，

碱窝里滚滚麦浪翻。

涝洼塘变成芦苇荡，

河水航道走粮船。

有毛泽东思想来指引，

这些理想一定能实现。

只要我们将全县人民发动起，

就能搬走兰考人头上这'三座山'。

不到长城非好汉，

兰考定能换新天，不改变兰考面貌我决不心甘！"

焦裕禄满怀激情一番话，

字字句句激励着小李和小田：

"对！不到长城非好汉，

不改变兰考面貌心不甘！"

三个人顶风冒雨奔激流走去，

一把雨伞渐渐地、渐渐地消失在雨水间。

（原载 1966 年 2 月《曲艺》丛刊《说唱焦裕禄》）

山村夜诊

连绵青山高又高，
苍松翠柏入云霄。
边塞山村美如画，
稻谷飘香漫山腰。
这一天，社员们全部收工睡了觉，
山寨一片静悄悄。
有一位大娘走下盘山道，
她手里拄着棍一条。
直奔了寨子的西北角，
见一道院墙不算高。
她"咯噔儿咯噔儿"把台阶上，
轻手轻脚把门敲：
（白）"洪涛！洪涛！"
喊了两声没答话，
大娘想："算了吧，洪涛这孩子他睡着了。"
一转身"咯噔儿咯噔儿"把台阶下，
下了台阶她又停住脚：
"哎呀！不行，还得叫！"
"咯噔儿咯噔儿"又上了台阶把门敲。
"吱扭！"开门走出高洪涛，
嘿！小伙子个头儿不矮又不高。
结结实实身板好，
一双大眼浓眉毛。
和蔼可亲满脸笑，
肩上挎个小药包：
"大娘，是谁有病不舒服？

咱抓紧时间去治疗。"

"嘻！俺的儿子小铁锁，

夜里突然发高烧。"

（白）"快看看去！""哎。""走！"

说着登上盘山道，

绕过一座小山包。

进屋一试体温表，

哎！三十九度还要高！

打了针，吃了药，

那病人，唰的一下退了烧。

（白）你看快不快？

洪涛说："大娘，俗话说有病求医要赶早，

您为啥不早点来叫俺洪涛？"

"嘻！你大娘去得不算晚，

都怪我在你门口转开了遭。

第一次叫门声音小，

喊你两声没听着。

大娘我再不好意思把门叫，

知道你工作一天很疲劳。

自从你下乡来到咱山寨，

行医背起小药包。

能吃苦，能耐劳，

跟咱乡亲们心一条。

预防疾病你宣传得好，

又画画儿来编歌谣。

为减轻乡亲们的负担你爬山越岭去采药，

又自制成这药片来那药膏。

为送医上门田间地头挨家跑，

到处能看到你那小药包。

这两天，又赶上东山修水库，

你到工地又劳动来又医疗。

孩子你一天从早忙到晚，

俺怎么好半夜里再去把门敲。

大娘真想让孩子你好好睡一觉，

可我又不会治高烧。

没别的，等铁锁好了开山造田上工地，

我让他拼着命地使劲挑。"

噢？洪涛听罢心一动，

回到家，他翻来覆去睡不着。

洪涛想：大娘怕影响俺睡觉，

到门口她都不肯把门敲。

乡亲们对俺想得多周到，

可我……唉！越想脸上越发烧。

为什么大娘两次敲门我才听到？

要耽误了事情多糟糕！

俺下乡要把党的关怀送到群众心坎上，

就医便民是目标。

再有人深更半夜把我找，

俺必须为便利大伙想个招。

最好是，人一来我就能知道，

到门口不用喊来不用敲。

（白）那想个啥办法呢？……哎，有了！

他想着想着开了窍，

想出个办法实在高。

（白）啥办法？

这一天，社员们全都收工睡了觉，

山寨一片静悄悄。

有一个小伙子走下盘山道，

脚步急来心发焦。

妈妈半夜得了病，

他心急如火来找洪涛。

到了门口"汪汪汪"几声小狗叫，

耶，小伙子停住脚步四下瞧。

不知是哪儿小狗咬，

"吱扭！"开门走出高洪涛：

"小李，是谁有病不舒服？

咱抓紧时间去治疗。"

咦？小李一见心纳闷，

莫名其妙问洪涛：

"洪涛哥，这台阶一层我还没有上，

这门板一下我也没有敲，

你说这事怪不怪。

俺来你咋就知道了？"

"小李呀，不奇怪，我这有个'活闹表'，

这个玩意真不孬，

有人找，它就向我来报告，

用不着你再费事把门敲。"

（白）"在哪呢？……耶！"

原来是只小黄狗，

长了一身卷卷毛。

长嘴巴，尖耳朵，

坐在那，小尾巴拨楞拨楞还一劲摇（呢）！

小李看罢嘿嘿笑：

"嘿！洪涛哥，你这个点子想得高！"

高洪涛给李妈妈治好了病往回走，

抬头看，几块阴云头上飘。

山路漆黑不好走，

深一脚来浅一脚。

忽然间，眼前一盏明灯闪，

迎面有人叫洪涛：

（白）"洪涛！""啊，谁？""我。"

"呦，老队长，这么晚您要上哪去？"

"上哪去，我怕你回来挨雨浇。

好孩子，你诚心实意为群众，

你这颗心咱看得见来摸得着。

白天你田间地里干，

风来雨去不辞劳。

夜里也睡不成个囫囵觉，

披星戴月去医疗。

这两天我看你脸上显得瘦了，

你大婶冲我常叨叨。

说上级把你放在咱山寨，

咱应该把孩子他关心好、照顾好。

这不，让我来提灯给你照个道，

免得你黑灯瞎火摔了跤！"

"老队长，您怎么知道我今夜又出诊哪？"

"嗨！你那狗一叫我还听不着（吗）！"

噢？洪涛听罢心一动，

回到家，他翻来覆去睡不着。

洪涛想：老队长半夜提灯给我把路照，

这是多么关心俺洪涛。

为什么我只想到把狗当成"活闹表"，

就没想到会吵得左邻右舍睡不着。

乡亲们这一天的劳累我该知道，

不行，还得让脑筋要多转几遭。

决不能，让乡亲们半夜来找拍门叫，

决不能，吵得邻居睡不着。

还得要，人一来我就能知道，

可是俺想个什么招儿（呢）？

（白）……哎，有了！

他想着想着开了窍，

想出个办法更是高。

（白）啥办法？

这一天，社员们全都收工睡了觉，

山寨一片静悄悄。

有一位大嫂走下盘山道，

找洪涛给老羊倌去治腰。

她知道洪涛有个"活闹表"，

走进院子停住脚……

（白）"嗯？怎么今天狗不叫了？"

大嫂这里正纳闷，

"吱扭！"开门走出高洪涛：

"大嫂，是谁有病不舒服？

咱抓紧时间去治疗。"

"咦？洪涛啊，台阶我没上，门板我没敲，

'闹表'也没叫，四下静悄悄，我来你咋就知道了？"

"嘿嘿……大嫂，别纳闷，
你往院墙门下瞧！"
（白）"那是啥？"
"在门下俺垫了一块小踏板儿，
板儿下绳子有两条。
踩一下板儿绳一动，
俺床头上的铃铛就一摇；
'当啷'一响我就醒，
穿上衣服挎药包。
夜里有事误不了，
再不会吵得邻居睡不着。"
"嘻！我说小狗咋不叫了，
闹半天把他给撤销（啦）！
好！自动化代替了'活闹表'，
这法越想越是高。
洪涛啊，咱山乡缺医又少药，
就盼着有更多像你这样的高洪涛。"
高洪涛他给羊倌看完病，
回到家，翻来覆去睡不着。
（白）他又想啥啦？
他想的是：送医下乡服务好，
为山乡建设立功劳！
看今朝，边寨一派新面貌，
山花烂漫红旗飘！

（原载 1973 年 12 月人民文学出版社《群众演唱辑》）

短篇曲艺部分

035

飞车炸军火

人民战争威力强，

怒涛漫卷敌后方。

游击健儿真英勇，

出奇制胜打豺狼！

深夜里忽听一声汽笛响，

"呜——"一列火车奔驰在莽莽的平原上。

突然间，整列车厢被甩掉，

嚯！那火车头好似烈马脱了缰！

（白）"轰轰轰……轰轰轰……"

就这样，开车的司机还嫌慢：

（白）"快！快添煤。""是！"

这司炉铁锹翻飞把煤装。

（白）谁呀？

烧火的是八路军战士叫李虎，

开车的就是英雄排长赵勇刚！

皆因为，贼龟田要往山里运军火，

却叫嚷要"清剿"打张庄。

毛泽东思想武装的英雄赵排长，

心明眼亮不迷航。

识破敌寇诡伎俩，

机警果断又顽强。

袭县城，摸情况，抓线索，砸洋行，特工证，兜里藏，和李虎，巧改
装，炸药包装进手提箱。

扒火车要闯入敌心脏，

把龟田增援的军火给炸光！

赵勇刚拉大气门飞向敌人火车站，

这时候，车站上那龟田冲着一群鬼子正嚷嚷：

（白）"弹药箱的搬运快快的，慢慢的不行的！""嗨！"

"噎噎噎！"一个鬼子军官跑过来，

"哼！"垂手弯腰站一旁：

（白）"报告！弹药检验完毕。""嗯！赵勇刚的动静的有？"

"他正在张庄布置反'清剿'。"

"嘿嘿嘿……"龟田把肩膀一晃荡。

手扶着战刀直叨念：

"赵勇刚啊，赵勇刚，

你们把我比作野牛入火阵，

把这平川当成拴牛桩。

我多次的增援计划你打乱，

搅得我，焦头烂额没法搪。

这一回，我这野牛要长翅膀儿，

该看我升官发财你上当（了）！"

嘿！这家伙自以为得逞正高兴呢，

猛听得"呼呼隆隆"火车响。

"唰！"一道强烈的灯光射过来，

正照在龟田的脑门上。

（白）他正高兴哩："赵勇刚我们后会有……

哎，哎！什么的干活？"

他捂着脑袋紧躲藏。

"报告队长，有一个火车头进站要加水。"

啊！龟田一惊，脸蛋子立刻又拉长（了）！

"去！让车上人下来我要查问。

小心提防赵勇刚！"

"啊！"鬼子兵一听说"赵勇刚"三个字，

腿打战，手发凉，心里嘣嘣直砸夯！

"喊咻喀嚓"一阵响，

刀出鞘，弹上膛，

"哗"的一声，把整个车头围巴上（了）！

"车上的人通通下来！"

好家伙，那阵势别提多紧张（啦）！

车头上，走下赵勇刚和李虎，

从容镇定又稳当。

贼龟田直愣愣瞪着两只眼，

上下打量赵勇刚。

只见他：头戴一顶大檐儿帽，

身穿一套铁路装，

雪白的毛巾脖上系，

胳膊上箍着绿袖章。

浓眉下，目光似剑明又亮，

威武豪壮气昂昂！

他身后还跟着一个棒小伙儿，

手拎着一只沉甸甸的大皮箱。

赵勇刚朝四下看了看，

见日寇刀枪密布列两旁。

"嚓！嚓！嚓！"他直奔龟田走过去，

李虎也随着紧跟上。

赵勇刚到龟田跟前停住步，

神情不慌又不忙。

"唰！"他把脖子上的毛巾抻在手，

坦然自在扇着凉。

（白）龟田问："你的什么的干活？"

赵勇刚朝着车头指了指，

又拍了拍胳膊上的绿袖章：

"心明路线有方向，

汽笛催我运输忙。

迎风冒雪走正点，

太君，你看我干的哪一行？"

"你是火车司机的。"

"对！我天天送走黑夜迎曙光。"

"那他的？"龟田又问李虎，

赵勇刚回答得更响亮：

"我开车，他烧火，

俺俩在一个车头上。"

龟田这里一扭脸，

他看见了李虎拎的大皮箱：

嗯？这么好的皮箱一个司机怎能买得起？

要注意，什么东西在里装……

赵勇刚对龟田的神情早看透，

就知他怀疑皮箱里有名堂。

心里说："龟田你甭犯嘀咕，

你怕什么，什么就在箱里藏。

就用它把你的增援给截断，

好让我山区军民胜利进行反'扫荡'。"

李虎见龟田盯住皮箱直发愣，

心里也在打主张：

哼！俺排长他对我讲过，

万不得已就开枪。

打响炸药来强行引爆，

就是牺牲性命也得把他军火给炸光！

他一边想着把排长看，

见排长神情自若又安详。

赵勇刚用亲切的目光告战友：

"我的好同志，你先别忙。

照原定计划来行动，

沉着机智不要慌。"

李虎他心领神会头一点，

"啪!"把皮箱撂在月台上（了）!

龟田开口忙问道：

"哎！开车的，你的漂亮的大皮箱？"

"太君，我这个穷司机可不趁，

是别人托我带来给洋行。"

（白）"洋行？"

"是啊，这是大和洋行要的货，

嘻！干这事儿我们和洋行是老搭档!"

龟田想：洋行走私我知道，

经理是我过去的上司叫犬养。

得想法摸清他说的是真还是假，

"噢！呵呵呵……"龟田又把笑脸装：

"这么说洋行你去过？"

（白）"常来常往。"

"哎，那可是个好地方（啊）！

上马石，设门旁，

院里有杨柳荷花吐芬芳……"

勇刚摆手说："不对！

太君，不要再吟诗作文章。

那院里哪有杨柳树呀，

什么上马石来荷花香！"

（白）"那里什么的有？"

"一大一小两暗堡，

左东右西在门旁！"

（白）"啊！地点不对，地形有差，你良民的不是！"

"太君，最近的情况你不知道吧？"

（白）"什么情况的？"

"这情况……听了你可别声张。

'确保区'现在确实不保险，

在最近洋行发生事一桩。

那天晚上，犬养太君正算账，

'叭叭叭'，突然灯灭响起枪。

两个掌柜的给摞倒，

犬养也差点被打伤。

原来是八路军的游击队，

他们袭县城，摸洋行，

照这样，再不搬家换地方，

洋行的人神经都得吓失常。

所以洋行搬到了新地址。"

（白）"哪里？"

"这地名就叫'宰牛巷'。"

"噢……嗯？"龟田心里一哆嗦，

只觉得脖儿颈上直发凉（呢）！

他本想试探来摸底，

反倒落得口难张。

又一想：哎！是真是假打开皮箱便分晓。

"来！检查检查这皮箱。"

（白）"嗨！""慢着！"

勇刚说："这可是犬养太君要的货，

谁动它谁得把责任来承当！"

龟田想：犬养中佐我可惹不起，

不能随便开皮箱……

可又想到部队进山去"扫荡"，

眼看着弹尽粮绝很恐慌。

这军火再要出事送不到，

我这个皇军少佐也就甭想当（了）！

想到这，他壮着胆子头一晃：

（白）"不管谁的，通通的检查！"

赵勇刚沉着冷静手一扬：

"好！那检查吧，咱也正想开开眼，

到底是什么东西里边装。"

那个鬼子上前要打箱子盖儿，

龟田赶忙用手挡：

"等等，提防里面有爆炸物！

注意安全，检查皮箱得换地方。"

勇刚说："太君怕不安全俺来打。"

"啪！"李虎打开了大皮箱。

见里面一个个纸包大小、颜色全一样，

摆得整齐又满当。

那个鬼子抓起一包撕开纸，

又是闻来又是尝：

"噗！噗！报告队长，箱里全是大烟土。"

（白）"烟土？"

"啊，队长不信你尝尝。"

（白）"我的不尝！"

龟田想：这真是犬养中佐要的货吗？

不行，我还得小心谨慎多提防。

龟田心又生一计，

转身冲向赵勇刚：

"皇军严禁走私的，皮箱的没收了！"

（白）"嗨！"

那个鬼子上前猫腰拎皮箱。

赵勇刚早有准备一伸手，

攥住鬼子脖儿腔。

往后使劲猛一搡，

那个鬼子"噔噔噔……噗！"一屁股坐在月台上了！

啊！龟田一见猛一愣，

（白）"你……？"

赵勇刚"啪"一脚踩在箱子上。

"唰！"扯开排扣怀一敞，

露出他胸前别着的驳壳枪！

赵勇刚胸有朝阳浑身胆，

犹如那高山青松傲风霜！

"哇"的声，鬼子们就像炸了庙，

一窝蜂拥向了赵勇刚。

龟田把战刀拔出鞘，

好似恶狼发了狂：

（白）"啊！你是八路的！"

赵勇刚巍然屹立一声笑：

"哈哈哈……"笑声朗朗震天响！

这笑声，气吞山河豪情壮，

这笑声，令群敌胆丧心发慌。

这笑声，显示了英雄的胆略和机智，

这笑声，显示了抗日的洪流不可挡！

笑得龟田发了愣，

战刀紧往身后藏：

（白）"你的笑什么？"

"笑什么，我笑你让八路吓破胆了！"

"嗯？你到底是干的哪一行？"

"明为司机作掩护，

也并非专门搞行商。

给！这有证件你自己看吧，

干啥的上面儿盖着章呢！"

龟田接过证件看，

顿时目瞪口又张：

啊！原来是犬养中佐的特工队呀，

嘿！早知道何必搞得那么僵。

犬养本来对我不满意，

这下又捅到娄子上（了）！

那龟田露出一副狼狈相，

把证件双手捧给赵勇刚：

"呵呵……军情重大的我不能不盘问，

我的失礼了！请原谅。"

勇刚说："太君放心不要紧，

只要这'东西'还在什么事情都好商量。"

李虎一旁暗发笑，

心里说："这牛鼻子就算又拴上（啦）！"

贼龟田去催部队出发走，

把那个鬼子军官留下来看守军火场。

这家伙冲勇刚、李虎一劲嚷：

"你们通通的离开这地方！

（白）快快开路开路的！"

赵勇刚一见时机到，

给鬼子来了个冷不防。

"嚓！"把鬼子的战刀拔出鞘，

一回手，"噗"！战刀插进敌胸膛。

这家伙正喊着："快快开路开……嗯？"

就觉着心口窝里一阵凉。

"扑通"一声，倒在地上完了蛋，

这下也甭想再嚷嚷（啦）！

赵勇刚喊声："快点火！"

李虎他扑向敌人军火场。

打开皮箱点着火，

（白）"上车走！""是！"

两个人，"噌！噌！"蹿到车头上。

鬼子兵这才发现出了事：

"抓住他！抓住他！"

跑过来冲着车头要开枪。

赵勇刚上车拉开排气阀，

"嘶——唚!"蒸汽滚滚雾茫茫,

站台上的鬼子可遭了殃(喽)!

你挤我,我撞你,

东倒西歪没人样,

只呛得头昏脑涨眼泪淌,

"咳咳咳儿……"咳嗽得气儿都接不上(啦)!

猛听得,"咣!咣!",军火爆炸连声响,

浓烟翻滚卷火光!

火光中,那龟田呆若木鸡一个样:

"完蛋的,我进山的本钱全炸光!"

我们的英雄早就安全飞出站,

赵勇刚,紧握枪,昂首屹立车门旁。

车轮飞转把歌唱:

"轰轰轰……"

欢唱着,游击战争威力强,

风驰电掣奔前方!

（原载 1975 年 3 月号《解放军文艺》，根据现代京剧

《平原作战》编写，后入选《解放军文艺大系曲艺版》）

三 家 春

说段故事真稀奇，

张大娘娶了个好女婿。

（白）这事儿也不算稀奇了。

女娶男现在到处有，

张大娘娶女婿有个大难题。

女婿按时把门过，

有了女婿她没闺女！

那位说：有女婿就得有闺女，

没闺女哪能娶女婿？

（白）对呀，要不怎么说稀奇呢！

同志您先别纳闷儿，

听我给您解开这个谜。

张大娘本来有个独生女，

姑娘名字叫秋菊。

思想、人品样样好，

张大娘盼着闺女找个好女婿。

可又愁闺女结婚到婆家去，

抛下她自己单打一。

咳，这事叫俺咋办好？

门一响，走进一位老邻居。

原来是能说会道的王二婶，

这二婶有个怪脾气，

专爱打听别家事，

还愿帮助出主意哩！

进门来拉住大娘手，

叫声："俺闺女凤玉她大姨！

你的心事我知道，
俺来帮你出个好主意。"
（白）这就出上主意啦！
"老姐姐，要论命我和你一样，
这辈子就生了一个好闺女。
闺女不能养到老，
为这事我也着过急。
可现在我倒有个好办法，
没关系，闺女要结婚走她的！"
（白）"到底是啥办法呀？"
"谁家愿把咱闺女娶，
先把条件讲头里，
彩礼要他一千块。"
（白）"一千块？"
"嫌少你再往多提！
大把票子到了手，
还不够你养老的！"
大娘说："咱养老，队里规定有'五保'，
钱不钱的没关系。
我是愁闺女走了剩下我自己，
有些事总要麻烦队里和邻居。"
"嘻！不想多要钱更好办，
你可以声明招女婿。
彩礼减半要五百，
依我看，准会有人贪便宜！"
"二妹子，你怎么总在钱上转？
要彩礼那是卖闺女。
我愿当闺女的好娘、女婿的好岳母，
不愿让女婿把俺当成掌柜的！
咱不能搞买卖婚姻那一套啊，
嘻！只怕是要招个女婿不容易。"
二婶说："老姐姐你讲的倒是理，
你别发愁来别着急。
我再帮你出个好主意，

托托朋友和亲戚，

问一问这事哪家能愿意，再来告诉你好消息。"

别看她嘴上这样讲，

心里说：这"倒插门"的亲事不好提！

没多久，张大娘心里像一块石头落了地，

是闺女给娘解决了大难题。

张秋菊参加了全县水利工程大会战，

工地上相中了柳河大队赵宝琪。

他二人志同道合感情好，

婚期定在十月一。

赵宝琪为树立社会主义新风尚，

愿意到岳母家里结婚来定居。

张大娘说不尽心里多欢喜，

乐得她、做被褥、裁新衣、糊窗扫房油家具。

谁承想眼看婚期要来到，

突然传来了坏消息：

张秋菊参加水利工程建设到工地，

一心为实现"四化"争朝夕。

偏赶上一连几天大暴雨，

引来了山洪暴发水势急。

她为抢救国家的财产献出了生命，

鼓舞着千万个青年学习张秋菊。

张大娘心里难过又骄傲：

为"四化"俺献出了亲生的好闺女！

王二婶含泪把大娘看：

"老姐姐，俺闺女凤玉她大姨！

千千万万别难过，

这都怨咱姐妹命薄没福气。

可秋菊不在有凤玉，

她是你摸着头顶长大的。

从今后，你该拆的拆，该洗的洗，

她绝不能不照顾她大姨！"

张大娘、王二婶正在掉眼泪，

门一开，走进一个小伙子。

提着网兜儿背着行李，

挽着裤腿儿两腿泥。

俩老太太直了眼，

这小伙正是那柳河大队的赵宝琪。

大娘说："宝琪啊，你来我家有事吧？"

"您忘了。今天是我们的婚期十月一。"

（白）"啊！可秋菊……"

"妈！秋菊为抢救国家财产献生命，

这精神值得我学习。

她不在我来照顾您，

我还是您的亲女婿。

我爹我娘全同意，

同意我搬到您家来定居！"

张大娘听到这里迎上去，

眼含着热泪拉住赵宝琪。

激动得半天说出一句话：

"孩子，你真是妈的好女婿！"

王二婶抹着眼泪插了话：

"稀奇稀奇真稀奇，

我今年活了六十岁，

没听说没了闺女还能娶女婿。

老姐姐你真是命里该着有福气，

我，我，我给你道喜了她大姨！"

张大娘逢人就夸赵宝琪：

"俺女婿里里外外一把手，

什么事也不用我操心费力和着急。

常言说'一个女婿顶半个儿'，

依我看，俺女婿能顶整个的！"

这一天，王二婶又拉住大娘手：

"老姐姐，俺来帮你出个好主意。"

（白）她又出主意来了！

"老姐姐，这个女婿样样好，

可也不能总让人家单打一。

得给宝琪对个象，

你这个丈母娘要想办法添闺女！"

大娘说："是啊，我正发愁这件事，

也不能为我耽误了赵宝琪。

说起来，有一个姑娘很不错，

她和俺宝琪性情对劲儿投脾气。

我就担心她娘不同意，

怕她说给闺女找个后妈受委屈。"

二婶听罢一摆手：

"老姐姐，你这份担心是多余。

谁不知你老姐姐脾气好，

还能亏待她闺女！

再说咱家这样好女婿，

她打着灯笼哪儿找去！

这门亲事包给我，

我去说服她娘那个老东西！"

（白）"哟！可别这样叫人家。"

"那可不，这事儿要是我呀，早就同意啦，

不同意是她老东西没道理！"

大娘说："那我就谢谢你啦……"

"咳！事还没成你先别客气。"

"咋没成，刚才你不说同意吗？

你同意就算定了局！"

（白）"这……"

"这姑娘就是你家小凤玉，

从今后咱姐俩就结成好亲戚啦！"

王二婶这才醒过味儿，

心里想：啊，闹半天我就是那个老东西！

没想到她从我家打主意，

要拿俺凤玉顶替张秋菊。

俺凤玉要是嫁到她家去，

一家三姓，你说这叫啥关系？

闺女出嫁是顶替，

这不是给孩子硬找个后妈结亲戚！

二婶刚要说不同意，

大娘一旁笑嘻嘻：

"二妹子，这门亲事定下吧，

难道这事你真的蒙鼓里？

这半年他俩来往多亲密，

你就没发现他俩是啥关系？

二妹子，咱人老要有新思想，

年轻人自由恋爱是合法的！"

二婶想：哟！看来这事还不好办啦，

我怎么没看出这步棋！

怪不得凤玉总往她家跑，

没想到她是找宝琪，我还以为她是去看她大姨哩！

看来我不同意难算数，

想拆散这桩亲事不容易。

这一来她算得了济，

可就是凤玉跟她，我可靠谁去？

当初她担心秋菊结婚走，

我还帮她出主意，

到今天这事临到我自己，

可、可、可谁来帮我出主意！

王二婶越想越难过，

吧嗒吧嗒眼泪不住往下滴。

大娘说："二妹子，你的心事我知道，

我也是这样过来的。

过去你帮我划过道儿，

今儿个该我帮你出主意啦。

干脆你把俺女婿娶过去，

省得你一人孤单遇事再着急。"

"那老姐姐你可怎么办？"

"嗐！我要对得起俺女婿。

只要孩子能满意，

剩我老婆子没关系。

再说咱两家住隔壁，

有啥事我招呼一声来得及。

你快跟凤玉去商议，

说好了，我把女婿送到你家里。"

（白）"哎，那我就问问去。"

王二婶一脚门外一脚门里，

突然间她停住脚步犯犹豫：

不行啊，这样办凤玉肯定不同意，

这丫头经常跟我提：

赵宝琪打破旧惯例，

搬到岳母家里来定居。

这是社会主义新风尚，

用行动批判封建旧残余。

破旧立新树榜样，

这一家，体现了人与人的新关系。

她还讲，我们这些青年人，

都要向宝琪来学习。

别说凤玉不能同意这样做，

恐怕宝琪他也不会依。

他搬来就是为照顾他岳母，

哪能因为结婚和岳母又分离。

再想想，老姐姐还不是为了我，

舍出了自己的好女婿。

他们一个比一个思想好，

闹半天，这里顶数我的觉悟低！

俺要真来个娶女婿，

又会落个啥结局？

很可能，我的亲闺女会变后的，

她那个后妈变成是亲的。

闺女不是我闺女，

女婿不是我女婿。

我走到街上人家还不指我后脑勺：

'瞧，都怨这个老东西！'"

王二婶跨着门槛不知咋办好，

大娘说："妹子，你到底是进来还是出去？别老站那儿练太极！"

二婶说："老姐姐，只求你答应我一件事。"

"说吧，啥事我都顺着你。"

"俺想喜事该大办，
把张宝琪连他丈母娘一块娶！"
（白）"嘻！娶我这个老婆子干啥呀？"
"俺也要树立新风尚，
打破过去的老规矩。
我闺女也是你闺女，
你女婿也是俺女婿，
五间房子咱分开住，
你住东来俺住西。
让他两口儿住中间，
干脆咱来个三合一！"
没等大娘话出口，
走进凤玉和宝琪，
异口同声喊"同意"！
宝琪说："这办法您不提来俺也提。"
凤玉说："娘你今年六十岁，
还是头一次出了个好主意！"
一家人移风易俗办喜事，
商商量量定婚期。

（原载 1979 年 4 月号《辽宁文艺》，获该刊建国 30 周年征文二等奖）

白 毛 男

大干"四化"捷报传，
新人新事唱不完。
同志们都看过电影《白毛女》，
今天我来说个"白毛男"。
（白）"白毛男？"
在武陵山区有座收购站，
站长名叫韩敬川。
老站长白天站里忙收购，
晚上就睡在站里边。
这一天，已经是深夜两点半，
老站长睡得正香甜，
有人轻轻把门叫：
（白）"有人吗？""谁呀？"
"嘿嘿……俺来卖货换点钱。"
（白）"好，来啦！"
老站长开门说："请进……"
他惊奇得两眼全瞪圆！
见这人年龄二十五六岁，
明亮亮一双大眼直忽闪！
个头敦实宽膀背，
军褂儿剐破露着肩。
再往这人头上看，
满脑袋头发从根儿一直白到尖！
老站长心里纳闷暗思量：
这小伙子怎么成了白毛男？！
那小伙子把手里竹篓递给老站长：

"嘿嘿……您看这篓货能值多少钱？"

老站长接过竹篓猛一愣，

觉着篓里直动弹。

掀开篓子看一眼，

赶紧把篓又盖严。

（白）啥东西？长虫！

水蛇、泥蛇、菜花蛇，

在篓里盘着好几盘。

老站长手头有准不用秤，

篓儿在手里掂了掂：

"除去篓儿，光蛇就有九斤半，

每斤八毛，共合七块六毛钱。"

老站长按数付了款，

那小伙子接过钞票攥成团。

他站那儿不走老是笑，

看样子像是有话不好谈。

"小伙子，你还有什么事？"

"嘿嘿……您能不能再多给俺四毛钱？"

（白）"嘻！按国家定价收购，怎么能多给呢？"

"不，按定价无毒蛇每斤是八毛，

毒蛇一斤算一元。

篓里边有条'五步倒'，

压在篓子最下边。

分量足有二斤重，

所以得多给四毛钱。"

嘿！这小伙子看着憨厚心有数，

小算盘打得还挺严！

第二天深夜两点半，

老站长睡得正香甜，

又听有人把门叫：

（白）"有人吗？""谁呀？"

"嘿嘿……俺来卖货换点钱。"

听一听笑声话语就知道，

还是那个白毛男！

老站长知道这小伙子心有数，

接过篓儿没看也没掂：

"今天我该付你多少款？"

"嘿嘿……该给俺九块九毛三。"

（白）好嘛，他连三分钱零头都算上啦！

老站长给了他十元的一张票，

那小伙子钞票到手攥成团。

他又站那儿不走老是笑，

看样子像是有话不好谈。

"小伙子，你还有什么事？"

"嘿嘿……九块九毛三算十元吧！"

（白）"嘻！你怎么能多要国家钱？"

"不，俺兜儿里没有零钱找，

等明天俺来卖货再少收这七分钱。"

（白）噢！敢情明天还来呢！

就这样一连半个月，

不论刮风和雨天，

他抓的蛇有时多来有时少，

可每次来都是这时间。

眼看着这小伙子一天比一天瘦，

老站长越来越为他把心担：

这小伙子总是半夜来卖货，

不用问，白天参加集体生产不得闲。

社员们劳动之余搞副业，

收购站支持社员增加收入理当然。

可他没白没夜拼命干，

再说他干这门副业也太悬……

老站长把闹钟拨到两点半，

想到时候劝说这个白毛男。

当啷啷！闹钟按时一阵响，

老站长起床忙把衣服穿。

有人轻轻把门叫：

（白）"有人吗？"

"有！又是你卖货换点钱（吧）？"

老站长想：他这哪是来卖货，

简直是踩着钟点来上班！

"小伙子，今天咱先不忙来收货，

咱俩坐下好好谈一谈。

请告诉我，你家在哪个大队住？"

"嘿嘿……北石山后晾沙滩。"

"那可巧，我外甥女也在这个队，

她高中毕业回乡生产已经快三年。

来信说晾沙滩连年闹干旱，

北石山前有条大河惊龙湾，

要让惊龙穿山过，

决心打通北石山！

小伙子，你怎么没参加开山队呀？

却成天抓蛇来卖钱？"

"嘿嘿……我已经在山上干了一年半，

干'四化'谁不争分夺秒抢时间。"

"这么说，白天你开山打洞忙到晚，

夜里又抓蛇不睡眠。

日久天长这样干，

再好的身板儿也累瘫！"

老站长耐心来劝说，

小伙子一笑发了言：

"嘿嘿……感谢您的关心和帮助。

今天你该给俺九块八毛钱。"

（白）说了半天，他还没忘要钱呢！

老站长赌气把篓接到手，

"行，你说说姓名俺再给你钱。"

（白）"嘿嘿……您问姓名干什么？"

"既然你这人不识劝，

我去报告你们开山队的指导员！"

（白）"嘿嘿……您认识这个指导员？"

"我外甥女来信说他叫于宏建，

从部队复员回乡有两年。

你不听劝我让他管，

省得我跟你磨嘴费时间！"

"嘿嘿……俺这是最后一趟来卖货，

这点事何必去找队上谈。"

老站长说："哼！你不说姓名我也能去报告，

到时候我就提你是个白毛男！"

那小伙子一笑："嘿嘿……天亮前俺得往回赶，

您先记上账，算欠俺九块八毛钱。"

说罢他跑出收购站。

老站长又气又为难：

咱收购站怎么能欠顾客款？

不行，明天我得去趟晾沙滩。

巧不巧，天一亮门外走进一个人，

正是他在晾沙滩的外甥闺女韩玉兰。

这姑娘未曾开口先红了脸：

"舅舅……有件事俺来找您谈。

还记得俺信上说的那个于宏建吗？"

"记得，开山队的指导员。"

"对，老支书介绍俺俩交朋友。"

"好啊！那是咱部队培养出的好青年。

我正想找他去报告，

让他来好好管管那个白毛男！"

（白）"白毛男？"

老站长把卖蛇人的情况说一遍，

玉兰笑着插了言——

"舅舅，您猜这卖蛇的是哪个？

他就是开山队的指导员，

他就是我常说的于宏建，

他就是您说的白毛男。

俺妈要我来问舅舅你，

对这门亲事可有啥意见？"

说罢姑娘低下了头，

脸直红到耳后边。

（白）"啊！是他？这……

玉兰哪，他头发……白点不要紧，

可他为啥拼命在捞钱？"

"舅舅，卖蛇的事他不愿向外讲，

等以后俺再和您谈。"

老站长一等等了六个月，

这件事他一直闷了整半年。

这一天，老站长到晾沙滩去收购，

嗬！村里边敲锣打鼓又放鞭。

原来是庆祝竣工开大会，

北石山那条长长山洞被打穿！

台下社员全围满，

台上边英雄模范都坐严。

老站长挤到台前一仰脸，

见一个小伙子坐在台中间。

军衣军帽一身绿，

一朵红花戴胸前。

老站长当时直了眼，

他不正是那个白毛男（吗）？

这工夫，老支书指着于宏建，

冲着台下发了言：

"就是他，从部队转到农业第一线，

为农业现代化走在前。

为干'四化'，他开山一年没出山洞口，

满脑袋头发从根儿白到尖。

大干中决心用机械开山搞实验，

有人说造不成机械会白白浪费公家钱。

他以苦干的精神来筹款，

收工后，夜里一人又上山。

抓来蛇卖给收购站，

这件事他从不愿向外传。

用卖蛇钱制成土机械，

保证了工程提前完……"

老站长听到这心里感动又后悔：

咳！早知道我不该欠他那九块八毛钱！

台下的掌声响成片，

于宏建站起身脱帽把礼还。

再看他，满脑袋头发黑又亮，

"嘿嘿……"笑得还是那么憨厚那么甜。

老站长又是高兴又纳闷，

（白）"舅舅，您来啦？"

他回头一看是玉兰：

（白）"玉兰，他这头发……"

"这半年他搞机械试制没在洞里干，

见了阳光头发已经还了原。"

这时候老支书台上又宣布：

"还有一件事情我要谈，

卖蛇的钱，要按党的经济政策办，

由大队如数向本人来发还。"

一句话提醒了老站长，

噔噔噔！他大步跑到台上边：

"对！要按党的经济政策办，

俺也来还他那九块八毛钱。"

（原载 1980 年 7 月号《江淮文艺》）

田大婶告状

新时代，新生活，

沸腾的矿区新事多。

田大婶告了一个新鲜状，

嚯！这个新闻到处传来到处说。

最初被告就一个，

哪想到最后和好多人有瓜葛，

其中有书记，有矿长，

有技术人员，有劳模，还涉及到基建处和总务科……

您若问：这一案一共牵扯多少人？

嗯，整整装了一卡车！

那位说：这是什么案子什么事？

别着急，我得先从原告说。

这一天，矿上的各级领导正开会，

在二楼会议室里人挺多。

突然间，院里闯进来田大婶，

站在楼下直吆喝：

（白）"老罗！老罗哇？我找老罗！"

开会的人不知出了什么事，

罗书记推开窗户探出了脖儿。

"哎，老罗，下来下来我就找你！"

"田嫂哇，什么事你风是风来火是火？"

"这事儿……（学哭）憋得我太难受了，

逼着我非得找你说……"

（白）"别哭，别哭。我下去。

同志们，咱们先休会，

我下去看看她这是为什么。"

老罗他匆匆忙忙到了楼下，

田大婶一把拽住他胳膊：

"老罗，我今天找你来告状！"

（白）"告状？告谁呀？"

"告你们矿上的劳动模范田树德！"

"这，哈哈哈……我当出了什么事，

原来是老两口子闹风波。"

"不，我们没吵架也没拌嘴，

他回家连话都不多说。"

（白）"这不挺好吗？"

"可是他，跟我泡，跟我磨，又能骗，又能拖，

他……（学哭）笑呵呵地光气我……"

（白）"哭啥呀！老夫老妻……"

"你别抹稀泥！这状我算告到底了，

要不然我们的日子没法过。"

"怎么，老两口子还散伙（哇）？"

"那还便宜他了！""那你告什么？"

"第一条我告他只顾生产不顾家；

第二条我告他不关心子女骗老婆；

第三条我告他畏罪潜逃不知去向，

第四条……"

"行啦，别再加罪往上摞（了）。

你就说到底咋回事吧！"

"咋回事？他气得我都不想活（了）！

大小子已经二十八周岁了，

结婚的事儿他接二连三给往后拖。"

（白）"该办就办嘛！"

"没房子喜事在哪办？"

（白）"你打报告哇！"

"嘻！他堵着我们全家的嘴不让说。

为了不给领导添麻烦，

自己想了不少辙儿。

买了砖，买了瓦，

买了檩木买房柁。

说好了，这间房自己动手在院里盖，

材料前年就准备得。

前年夏天催他盖，

可他说：'现在号召晚婚忙什么？'

从前年拖到去年中秋节，

我催他他又把我驳。

说什么：'现在正忙着革新挖潜夺高产，

俺爷俩抽不出时间干这个。'

今年年初我催他盖，

他说：'春节吧，春节放假没啥活。'

到了春节又变卦，

他要移风易俗把煤夺，

年三十晚上把井下，

他把儿子还拉着！

初一、初二连轴转，

家里就剩下我老婆儿。

初五我跟他闹顿气，

他倒说：'好好好，今天吵架最合适，

破五儿破五儿就得破嘛，

给，你看看摔个碗哪还是砸个锅？'

他笑呵呵地把我气，

你说他缺德不缺德！"

（白）"他是开玩笑，你还真生气呀？"

"可气的是我那傻儿子光笑不说话，

他不着急来也不上火，

他爹咋干他咋干，

那真是爹啥性格儿他啥性格！

老的见我真的生气不让过，

让小的给我递话来说和。

说国庆节前把这间新房准盖好，

我等啊盼哪到六月多。

七月三伏天正热，

这老家伙在屋里转磨磨。

桌子上铺好一张纸，

拿着笔又是勾来又是抹。

我问他：你干啥呀？

他乐呵呵对我说：

'啊……盖新房先得设计画张图，

我别耽误了你当婆婆（啊）！'"

（白）"好，画完就开工了。"

"是啊，我听说画图这个乐呀，

心里想这回差不多了！

他坐那儿画，我怕他热，

我拿扇子给他呼嗒着；

还怕吃饭吃不好，

每天都给他啤酒喝。

就这样我一连恭敬了他半个月，

这张图纸才画得。"

（白）"他怎么画这么长时间？"

"我问他了，他满有理儿：

'你不知咱从小文化底子薄？'"

"唉，图纸画完那就盖吧！"

"盖什么？他把图纸送到矿上技术科。

我一打听才知道，

闹半天他是为井下设备搞改革！"

（白）"哎，这老头怎么还来这个呀！"

"他打着盖房的幌子欺骗我，

可蒙了我不少啤酒喝！

我问他：'房子你不盖，媳妇拖到啥时娶？

是不是想把水灵灵的姑娘熬成干巴老太婆？'

他倒说：'不想拖现在你就娶。'

我说娶过媳妇往哪儿搁？

他说：'那还不好办，

实在不行，咱老两口子挪挪窝，

我搬到单人宿舍去。'

（白）'那我呢？'

'你回娘家去看你哥哥。'"

（白）"咳！这叫什么办法！"

"你说他这招儿够损吧，
气得我又跟他撒了一顿泼！
闹到最后他答应我，
说国庆节三天假日准盖得。
老罗啊，今天是九月三十日，
这个老家伙从昨天我就找不着（啦）！
书记你给我评评理，
一间房他拖了我三年多。
孩子老实不说话，
让我这个当妈的说什么？
有地方有料房不盖，
没房子他又不许我当人说。
孩子的婚事办不了，
这不是成心想要憋死我（吗）！
老罗，你说我这状该告不该告？"
（白）"应该告。"
"孩子的婚期该拖不该拖？"
（白）"不该拖。"
"那你说，你怎么帮我出出这口气，
怎么治一治这个老家伙？"
"田嫂，我一定帮你出了这口气，
可是不能怪罪田树德。"
（白）"那为啥？"
"老田他上哪儿去了我知道，
他没潜逃，是到省里为挖潜献策谈改革。
你这一状，告的不是他是告我，
要说治，你得先治我老罗。"
（白）"我治你干什么？"
"我是矿上的一把手，
我光抓生产没去抓生活。
只顾了抓紧骨干力量夺高产，
人家的家庭困难我没摸。
工人们心劲儿都用到'四化'上，
我们当干部的应当想到该如何。

田嫂你这一状告得好，

你说的这些过错应该我负责。"

（白）"不！我负责！""我负责！""该我负责！""我负责！"

田大婶闻听抬头看，

见二楼上各窗口探出一溜脑瓜壳。

这个说："我是矿长，告的我！"

那个说："不，我们是管生活的总务科。"

"不不不，告的是我们基建处……"

"咳，我是段长，这事应该朝我说……"

田大婶一见傻了眼：

呦，没想到我给闯了祸（了）。

"老罗啊，我来就告他一个，

没想告你们这么多。

算了吧，这个状我不告了。"

（白）"这房子怎么办？"

"我回家自己再想辙。"

田大婶说罢转身走，

回到家里暗琢磨：

老头子我算没指望了，

盖房子只有靠亲戚朋友给张罗。

我找他姑，找他姨，

找他舅舅我哥哥。

（白）对，过了节我就去找。

第二天正是国庆节，

一清早就听见院里人吆喝：

（白）"田嫂在家吗？"

田婶一看是罗书记：

"哟，大过节的为啥不在家歇着？

是不是来做我的工作啊？

不用啦，我决定找亲戚朋友去想辙。"

"亲戚朋友全找来了！

你看看去吧，保险田嫂你都认得。"

田大婶跑出院门这么一看：

我娘哎，怎么来了一卡车呀！

一卡车人又说又是笑，
正"喊里喀嚓"地卸家伙。
（白）"田嫂！""田婶！""田大娘！"
"哎！哎！哎！哎……"
都冲着田婶打招呼，
一个个亲亲热热乐呵呵。
细一瞧，有矿长，有段长，
还有两位老劳模，
有木工、瓦工老师傅，
这车人少说也有三十多！
（白）"呦，这是来干啥呀？"
老罗说："知错认错见行动，
关心职工的生活不能光靠嘴说。
我们要过一个有意义的国庆节，
都自觉自愿支持你早点当婆婆。"
"这……你看我什么都没准备，
为什么这事昨天你不说？"
（白）"你想准备啥呀？"
"能光干活儿不吃饭吗？"
"吃，当然不能饿着肚子来干活儿。"
（白）"是啊，那吃啥呀？"
"你放心，不要你七个盘子八个碗，
才三十多人，你给我们包顿饺子就算得。"
"啊？那么多人吃饺子？
除非我变成千手佛。
我一个人就算从现在就包起，
你们到下星期再吃差不多！"
大家听了哈哈笑，
笑得田婶愣呵呵：
（白）"笑什么？"
老罗说："什么我们都准备好了，
用不着田嫂你忙活。
喝水带来了水壶和水桶，
要吃饭每人自备有盒饭。

只要你告诉我们各种料在哪儿，

把房号的位置说一说。"

田大婶她按照要求说一遍，

老罗喊："各就各位抄家伙！"

嗬！一声令下齐动手，

搬的搬来挪的挪。

干部们没有技术当壮工，

挖土和泥干杂活。

瓦工搬砖把墙砌，

木工修檩砍房柁。

他们又分工，又协作，

瓦、木、油、灰齐配合。

这些人都是硬棒棒的突击手，

盖一间小小的民房算什么！

时间刚刚到中午，

"喊里喀嚓"给盖得（了）！

房子盖好还不算，

还打扫得干干净净连院里脏土都给撮（啦）！

老罗喊声"上车走"，

田婶追出喊老罗：

"谢……"一个谢字还没出口。

哗儿的一声开了车，你说利索不利索！

田婶刚刚回了院儿，

怪不怪，有一个人围着门口转磨磨：

（白）"怪呀！这是怎么回事？"

你要问这人是哪个，

他就是开会回来的田树德。

田婶说："到家你还不进院？

站在门口转什么？"

"这……这是咱家不会错吧？"

（白）"连家都不认识啦？"

"我还以为我喝多（啦）！

这房子……""盖的呗，

地里会往外长这个？

（白）你给我进来吧！"
大婶把老田拉进院，
高高兴兴把经过说。

（原载 1981 年 1 月 17 日《人民日报》，于 1985 年
入选《中国新文艺大系（1976—1982）曲艺集》）

多此一举

张老汉，热心肠，
谁有困难帮谁忙。
可就是最近这忙没帮好，
让闺女捶了一顿后脊梁！
您会问，姑娘为啥揍她爹？
她爹帮了个什么忙（哪）？
大队里棉花年年夺高产，
在省里、县里受表扬。
创高产的是个土专家，
这小伙子叫王祥。
那年王祥快三十岁了还没对象，
张老汉一心想帮这个忙。
这一天，老汉让闺女快做饭：
"桂香，快做饭，饭后我要去刘庄。"
"您到刘庄干啥去？"
"我到刘庄看姑娘。"
（白）"看姑娘……？"
"庄上有个刘腊梅，
人品好来模样强。
我想给她介绍一个好对象……"
（白）"介绍给谁呀？"
"咱队的棉花专家小王祥。"
"爹，您没事歇会儿好不好？
咋那大岁数当红娘！"
"王祥岁数不小了……"
"嗐，人家自己不忙您倒忙（啦）！

再说谁家姑娘能看上他呀，
闷吃闷干多窝囊！
整天滚在棉花地，
没穿过一件好衣裳。
俩月不知理次发，
连鬓胡子挺老长。
冷眼看跟老头儿一个样，
您张嘴还叫小王祥（哪）！"
"嗳，王祥还不到三十岁，
收拾收拾挺漂亮。
为科学种田夺高产，
他那心都扑在棉花上。"
"算了吧，说啥人家也不会看上他，
我劝您没事别去碰南墙。"
"不，要去要去还是去，
我要帮王祥这个忙。"
"非要去，您得实事求是对人讲，
不要坑人家好姑娘。"
（白）"那当然啦！"
"您要说：他又土，又窝囊，
整天滚在地里特别脏。
他那衣服兜破了都不知补，
用橡皮膏粘巴粘巴就穿上（了）！
五个扣掉俩还不说，还常扣错眼儿，
前大襟左边短来右边长。"
"行了行了我不去了，
照这样不等说完那就黄（啦）！"
"不去好，我炒盘菜让您喝二两，
吃点喝点比啥不强。"
时间过了半个月，
这一天，老汉进门喊桂香：
"桂香桂香快做饭，
吃完饭，我去趟万家大队养鱼塘。"
（白）"干啥去？"

"我想起了你舅的闺女小春玉，

给王祥介绍介绍准相当。"

"哟，您怎么还要管这事，

操这心您也不怕累得慌！"

"你二舅，托过我，

这几天我左思右想来衡量。

你舅虚荣爱面子，

他选的姑爷得比别人强。"

"哼！王祥比别人强在哪儿？

他除了认识棉花，都不认识爹和娘。

那一天他娘给他去送饭，

踩坏了几棵棉花秧。

他劈头盖脸地一通吵，

最后逼着他娘挖自留地的棉秧给补上。

支书的闺女金凤妹，

棉田里杂草没薅光。

他当众批评了人家好几次，

羞得人家姑娘哭了好几场。

那真叫家里外头不开面儿，

他不管你支书不支书娘不娘。"

（白）"人家王祥坚持原则嘛！"

"可您没想我舅那旧思想，

讲礼节来讲外场。

找这么个姑爷？死木头疙瘩不分瓣儿，

到时候还不找你闹饥荒？"

"可也是……"老汉越听越有理，

那股热劲儿让闺女三说两说给说凉（了）。

（白）"嗯，那我就甭去了。"

"不去对，我炒盘菜让您喝二两。

吃点喝点比啥不强。"

时间又过半个月，

老汉进屋又喊桂香：

"做饭做饭快做饭，

饭后我到镇上去一趟。"

（白）"您赶集去？"

"不，镇上皮棉收购站，

站里有个好姑娘。

听说长得漂亮心肠好，

我去说说给王祥。"

"爹，您是不是吃了保媒的药，

不管这事儿心痒痒？"

"这叫啥话，王祥一心夺高产，

对个人生活总是顾不上。

他得有人照顾有人管哪，

帮他建立个幸福家庭理应当。"

"算了吧，什么叫生活和幸福，

他懂吗？年轻人谁像他那样。

看见姑娘他就躲，

主动跟他说话都不爱搭腔。

开个玩笑就红脸，

那傻劲儿，好像他是个大姑娘！"

（白）"人家王祥守本分哪！"

"傻瓜蛋！人家姑娘悄悄地丢给他个手绢儿作纪念，

他捡起来'谁丢的，谁丢的'紧嚷嚷！

闹得人家姑娘暗憋气，

这样事怎么对人好声张。

您想想，像这样不懂感情的窝囊废，

谁愿跟他死木头疙瘩配成双？

要说他懂得的事情就一样，

那就是棉花籽儿、棉花桃儿、棉花秆、棉花秧儿！"

张老汉越听越有气，

啪！桌子拍得震天响：

"王祥怎么得罪你了？

你怎么连一句好话都不讲！"

"哼，不是我不讲好话，

棉田里的姑娘一大帮，

他要是懂感情早找上了，

还用您费尽苦心给帮忙？"

"别说了，我一定要到镇上去，

王祥这忙我要帮。

你赶快给我做饭去……"

"我没空儿，我还要去河边洗衣裳。"

"那也不能让我空着肚子跑啊？"

"您非要去，锅台后还有半盆剩米汤。"

（白）"啊！光灌我稀的呀？"

张桂香抱着衣服走出去，

老汉气得直嘟囔：

这丫头，王祥的事情我说不管，

她把酒呀菜的全摆上；

今天我要为王祥说媒去，

就剩了半盆稀米汤（啦）！

（白）"你说这事……嗯？"

张老汉脑子里边猛一闪，

痴呆呆坐在炕上犯思量：

为什么她三番五次来阻挡？

为什么一提这事她就贬王祥？

为什么王祥啥事她都知道？

细到了衣襟儿哪短又哪长。

人家姑娘送手绢儿的举动她咋会知道？

不是说那姑娘对谁都没声张（吗）？

这……我明白了，不是那小木头疙瘩不分瓣儿，

是我这个老木头疙瘩没醒腔（哟）！

这鬼丫头心里的话儿不明讲，

跟我兜圈子捉迷藏。

行，我有法破你的迷魂阵，

到时候看你心里的奥妙怎么往外讲！

从此后，张老汉再也不提这件事，

当着姑娘只字不提小王祥。

时间又过半个月，

这一天，老张进门又喊桂香：

"桂香，桂香快做饭，

吃罢饭，我要到城里去一趟。"

"怎么，您又给王祥去找对象（呀）？"

"不，这回不帮那种忙（了），

王祥的对象上月我就帮他选好了，

今天去给女方办嫁妆。"

"啊？这回您怎么事先没有跟我讲呀？"

"怕你跟着再嚷嚷，光让我老头子喝稀汤。"

"这……也没听王祥说这事儿呀？"

"嘻，这种事人家还敲锣打鼓去宣扬？

再说了，王祥在你眼里是个窝囊废，

不懂感情又挺脏。

你把人家贬得那个样，

有这事，人家还会来通知你桂香？"

"不可能，绝不可能有这事儿！"

"那怪了，没这事我能去给办嫁妆？"

（白）"真的呀？""那没有错！"

"哎呀——！傻老爷子你可坑了人了，

我叫您不要帮忙怎么偏帮忙哟……"

桂香又哭又是喊，

挥拳头直捶老汉后脊梁！

她越捶，老汉还越乐：

"嘿嘿嘿……你这是咋的了我的桂香。

人家筹备结婚是件大喜事，

你怎么听到消息就号丧？！

你知道王祥的对象名和姓吗？"

（白）"我不管！"

"你知道那姑娘她家住哪庄？"

（白）"我不听！"

"你不听来我也讲，

那姑娘就是咱庄张老汉的闺女张桂香。"

"这……"桂香一愣停住了手，

那眼泪豆儿流了半截就不往下淌（了）。

老汉说："打呀，快接着打。"

（白）"谁打您了？""那你捶我干啥呢？"

"那是俺给爹您捶背解痒痒！"

"你说说，我这个忙帮得怎么样？"

（白）"我没说的。"

"噢，这么说你还是老眼光。

那算了，你不愿意就拉倒，

吹！我去通知小王祥。"

（白）"哎呀——谁那么说了？谁那么说了！"

"哎哎，怎么又捶上啦？"

说到这，我劝当爹的都要细心点儿，

别让闺女捶脊梁。

（原载 1982 年 10 月号《天津演唱》）

抢"财神"

老梁的爱人张梦华，

叮呀当！蹾锅摔盆把气撒。

倒好了油要炒菜，

委屈得眼泪直滴答，

那眼泪豆儿一对儿一对儿往下掉，

锅里边，嗞啦嗞啦直嗞啦！

（白）炒的啥菜呀？……油炸眼泪。

这时候，走进来她丈夫梁文凯，

梦华一见火难压：

"你下乡一去仨月多，

今天早晨才回家，

行李没解包儿没打，

你拎起东西又出发。

走也行，怎么连个招呼都不打，

你说说这还是不是你的家？"

几句话把个老梁给闹傻：

"谁说的我拎起东西又出发？"

"那你的行李挎包哪儿去了？"

"你没看见，我就放在墙旮旯……

（白）咦？你给挪哪儿去啦？""你拿走了还问我！"

"嗐！我到所里去汇报，

扛着个行李干什么！"

（白）"那行李挎包咋不见了？"

"你问谁？我出门办事你看家。"

"那怪了，行李挎包也没长腿，

能自己满市去溜达？"

"在家里连个行李都看不住，

你还跟我把火发？"

（白）"刚才我也没在！""你上哪啦？"

"今早上粮店来人收粮本儿，

说是要搞核对做调查。

他说他把粮本儿先收走，

过一会儿让我自己去粮店拿。

刚才我是到粮店取粮本儿，

到粮店才知道事情不对茬儿。"

（白）"怎么啦？"

"粮店说根本没有核对粮本儿这件事，

也没有派人收粮本儿做调查。"

"那你到底把粮本儿交给谁了？"

"嗯……反正他说收本儿我就交给他（啦）。"

"哎哟！姑奶奶，你又不呆又不傻，

办事咋这么马大哈！

你把行李看丢了，

不认识，又把粮本儿给人家，

我铺的盖的全没有了，

到下月我看你吃啥！

照这样，你不把孩子丢了就便宜……"

一句话提醒了梦华：

（白）"是呀，佳佳呢？佳佳！佳……"坏了，孩子也没了！

她在屋里喊门外叫，

喊了半天没回答。

（白）"虎子，看见我们佳佳了吗？"

"看见了，刚才来了个老爷爷，

说背佳佳去找他爸爸。"

（白）"他爸爸在家呀！""那谁知道……"

张梦华连哭带号往家跑，

一头就往床上扎：

（白）"可坑死人了……"

梁文凯心如大海翻波浪，

暗想道：今天这事奇怪又复杂，

偷行李，骗粮本儿，

又诓走我的小佳佳，

一连串发生了三件事，

看样子不能怨梦华马大哈。

"梦华，别哭了，我到所里去汇报，

必要时请公安部门快追查。"

老梁向所里的领导汇报后，

领导说："你别着急，咱共同研究想办法。

今天这事确实很奇怪，

咱分析分析这到底为了啥？

你爱人容易心眼儿小，

你先回去安慰安慰她。"

老梁赶忙往回跑，

进门他就喊梦华：

（白）"梦华！梦华！梦……"坏了，老婆也丢啦！

您要问：到底这是咋回事，

管让您听了又新鲜来又惊讶。

这几年，农村形势变化大，

新政策在农民心里把根扎。

实行了生产责任制，

冒尖户戴上了光荣花。

科学种田已经提到日程上，

为发家，社员们都在科学种田上想办法。

县农业科学研究所，

有一批科技人员和专家，

兔子不拉屎的薄沙地，

他们一去就能长出好庄稼；

他们到池塘湖泊一指点，

到处是肥鱼和鲜虾；

他们到果树园里一指点，

那苹果梨长得都像小西瓜；

他们到棉田一指点，

棉花桃，密麻麻，像上屉的馒头——噌呀噌地往起发；

他们到稻田、麦地一指点，

那稻穗、麦穗都像牛尾巴！

（白）"越说越玄啦！"反正科学这玩意儿就是灵。

技术员，梁文凯，

种植粮棉是专家，

六四年毕业的大学生，

讲技术农科所里数着他。

这两年，他到哪队哪队富，

他帮助哪户哪户就发家。

农民们都称他是"活财神"，

这一来各村各队都想聘请他。

离县城五里的城关社，

有俩大队名叫东洼和西洼。

他们多次请过老梁都没排上队，

因此都秘密活动做调查。

这一天，东洼有人回村来报信，

说什么头条新闻手中掐：

"张队长，'活财神'在那边合同满了，

我亲眼见他扛着行李回了家。

抓紧时间快抢吧，

千万不能再拖拉！"

没多会儿，西洼也有人回村把信报，

他也说头条新闻手中掐：

"李队长，'活财神'那边合同满了，

我亲眼看他扛着行李回了家。

可是东洼比咱行动快，

偷偷把'活财神'的行李弄走啦！"

李队长眯着眼睛笑了笑：

"嘿嘿……别以为弄走行李就能拴住他。

咱是神机妙算的诸葛亮，

你这迟到的消息不算啥！"

（白）"你早知道了？""不知道能叫诸葛亮？"

没多会儿，东洼又有人回村来报信：

"张队长，西洼可比咱有办法，

派人骗走了'财神'家的粮食本儿，

这一来他就可能到西洼。"

"哼！他骗走粮本儿顶屁用，

瞧我的，玩儿这套我一个顶他仨！"

没多会儿，西洼又有人回村把信报：

"李队长，不好啦，东洼里背走了'活财神'的儿子小佳佳。

孩子是父母心头肉，

这一来'活财神'准得到东洼。"

队长又眯眼笑了笑：

"你大惊小怪慌什么？！

斗智嘛，他还能斗过诸葛亮？"

（白）"你有啥法？"

"他抢孩子咱抢孩子妈！

只要咱把'财神奶奶'抢到手，

这一仗就算手里攥来把里掐。"

（白）这招儿都想绝啦！

他们这一折腾不要紧，

只闹得梁文凯蒙头转向抓了瞎！

他急得在屋里正转磨，

"嘀嘀！"猛听得门前汽车按喇叭。

出门一瞧，左边"一三〇"，右边"大解放"，

车上的人都气冲冲地把腰掐。

车下边站着东洼、西洼两队长，

面对面正在连说带比画：

（白）"你来干啥？""你来干啥？"

"我们是来请'活财神'！"

"我们给'活财神'来搬家！"

"你甭耍阴谋和诡计！"

"你们甭想把墙脚挖！"

"你偷走了人家行李，你以为我不知道？"

"你骗走了人家的粮本儿，你拿我当傻瓜？"

"我骗粮本儿也比你诓人家孩子好啊！"

"我诓了孩子可没骗走孩子妈呀！"

"你想干什么？""我检举！"

"你想干什么？""我揭发！"

他们这一检举，一揭发，

梁文凯心里才解开大疙瘩：

"别吵啦，闹了半天全是为了我呀？"

"对了，不为你哪有这个茬儿！"

"老梁，我们是请你去指导我们科学种庄稼。"

"走，到东洼。""不，到西洼。"

"到东洼！""到西洼！"

"哎哎……二位，你们的心情我领会，

可你们采取的这叫啥办法？

这些馊主意能叫请吗，

这不像请神像抄家！

行了，你们的好心我感谢，

我不去东洼也不去西洼。"

"啊！我们争了半天你都不去呀？"

"去！去是去，只是老婆孩子不搬家。

农科所有安排来有计划，

你不请也轮到东洼和西洼。

领导上让我同时承包你们两个队，

东洼西洼一块儿抓。

不但要保证你们粮棉能增产，

还要给你们培养一批科技小专家！"

俩队长听了鼓起掌，

脸上全都乐开了花。

笑嘻嘻地往一块儿凑，

亲亲热热把手拉：

"老李呀，怪我文明礼貌学得差！"

"老张呀，刚才我态度不好咱认罚！"

"别说了，今后咱是一码事了。"

"对，这个'财神'你半拉来我半拉。"

（白）他给劈啦！

"以后对'财神'的负担我们多拿点。"

"不，奖金报酬我们一定要多拿。"

"我们多给！""我们多拿！"

"别客气了！""你客气啥！"

老梁说:"二位,奖金和报酬先别讨论,
我有个要求,请你们马上答复别拖拉。"
"求什么,要什么条件只管讲,
你要什么给什么。"
"别的我什么都不要,
请你们先把我老婆孩子送回家。"
(白)还把这茬儿给忘啦!

(原载 1983 年 7 月山东《大众艺术》,
参考《光明日报》同名通讯编写)

成人之美

团支部书记关艳秋，

老觉得有件事情不对头。

车间的团员刘小燕儿，

是个有名的赛活猴儿。

平时里心里有话藏不住

爱说爱唱乐悠悠。

可这两天一点笑容都没有，

两眼出神直勾勾。

显然有什么解不开的扣儿，

正在着急犯忧愁。

问她有啥事？她说没有，

可是她又围着我的房子老转悠。

（白）怎么回事呢？

正想着，房门被推开一少半，

门缝里探进一个姑娘头。

一看正是刘小燕，

"来来来，干吗蹑手蹑脚像小偷？"

"我……"小燕话到唇边难开口，

"说嘛！你一向有话照直兜。"

（白）"我想借……"

"借什么？你说，只要我这儿有，

保证满足你的要求。

是钱是东西你说话，

别吞吞吐吐净拉钩儿！"

"钱和东西我全不借……"

（白）"那你借啥？""我想借……（哑笑）……"

"乐啥，你这个鬼丫头？！"

（白）"我想借你！""借我……"

"借你给我哥哥当对象。"

（白）"什么？"

"假的，装一会儿他的女朋友。"

"胡扯！朋友、对象哪有借的？"

"就一会儿，最多不过俩钟头。"

（白）"一分钟也不行，你找别人去吧！"

"别人不行，就是你合适，

你最像俺哥的女朋友。"

（白）"开什么玩笑？！""（学哭）不是玩笑是真的……"

你看她还赖上啦！"到底是怎么回事？"

"俺哥的对象叫张春美，

两个人本来意合情也投，

前两天商量着怎么办喜事，

和俺妈的意见顶了牛。

俺妈劝他们婚事要简办，

张春美认为终身大事在钱上不能抠，

起码得请客摆摆酒，

该讲究的得讲究。

我哥倔，狠狠批评了她几句，

两个人闹了大别扭，

对方一怒要吹灯拔蜡两拉倒，

俺妈为这事把心揪，

一急犯了心脏病，

住进市立医院二号楼。

打针吃药不见效，

最好的办法是解除她的心病和忧愁。

因为你和我哥哥的朋友长得像，

我才想了个主意把你求。

想请你冒名顶替去探病，

假扮俺哥的女朋友，

你就说你是张春美，

你就说我们没吹，只是闹点小别扭。

我妈一见准高兴，

就给她去了心病解了愁。"

"你妈没见过张春美呀？"

"只见过一次根本就不熟。

那次是在电影院，

黑咚咚，我妈直把眼睛揉。

还说呢：'燕子，能不能找对号的借个手电筒呀？'

你想，她看清了还提这要求？"

艳秋听了又可气来又好笑：

这猴丫头的主意有多馊！

不去吧，给她的苦心泼了冷水，

团干部应该帮职工解决困难与分忧，

去吧，是装扮人家的儿媳妇，

挺大的姑娘多害羞。

一狠心，去！为救病人我舍次脸，

随机应变去应酬。

到那后哼哼哈哈少说话，

对付一会儿我就溜。

（白）"行，走！""你答应了？""嗯！"

"哎呀，你真是我的好姐姐、好书记……"

啵儿！照着脸蛋子亲一口。

（白）"你滚一边去疯丫头！"

两个人来到市医院，

匆匆进了二号楼。

一进病房，艳秋闹了个大红脸，

原来是小燕的哥哥守护在床头。

事先没估计到他在这，

这一下，艳秋可实在太害羞了！

小伙子不知咋回事呀，

还笑呵呵地冲着艳秋直点头。

关艳秋一时不知怎么应付好，

也想笑笑，可是刚一咧嘴……她又收啦！

小燕此时也挺难受，

赛活猴变成个小傻猴了！

无奈何，她又挤鼻子又弄眼儿，

示意她的哥哥和艳秋。

忙叫声："妈！春美姐姐来看你。"

她哥哥一激灵，像凉水倒进了脊梁沟儿：

怎么又出来个张春美？

这个该死的丫头耍的什么猴儿？

小燕子狠狠踩了他一脚，

又冲他一个劲儿地把眼色丢。

小伙子明白了是妹妹做的扣儿，

转过身去不敢再抬头。

老太太欠身忙让座，

见姑娘还拎着水果、点心一网兜儿。

这时候艳秋还真进了戏，

亲亲热热坐床头：

"大娘您老好点吧？"

"好，好，瞧这姑娘长得多顺溜！"

说着回头一扬手，

啪！给儿子来了个大脖溜儿。

"你个肉头，春美来了你连句人话都没有，

你低着个脑袋犯啥怵？"

小伙子心里有苦难开口，

捂着脖子一个劲儿地揉，

心里说：我招谁惹谁挨这冤枉揍？

小燕子，你等着，一会儿我再报这个仇！

老太太亲热地拉着姑娘的手，

仔仔细细地看艳秋。

只见她细高个儿，瓜子脸儿，

两条长辫黑黝黝！

喜眉笑眼那么可爱，

说出话儿轻声细语那么温柔。

老太太左看右看看不够，

知心话儿似水流。

"春美呀，你来得好，

你这一来，我心里云也散来雾也收。

我出自好心，可惜话儿没说透，

才引出你们闹了一场大别扭。

论存款，三千五千我手里有，

不是你大娘小气在钱上抠。

我是想，在厂里你们工作、学习求先进，

在婚事新办上也得带个头。

咱不能请客又摆酒，

飞帖撒网把礼收。

铺张浪费讲排场，

那些陈规旧习早该丢。

青年人爱和别人比，

可不能随弯儿就弯儿跟潮流。

那么办影响该多坏，

咱不能让人指咱脊梁沟儿。"

"大娘您说得完全对，

我相信她能搞通思想不会再顶牛。"

（白）"她？她是谁呀？"

"她……"关艳秋才知忘了演戏走了嘴，

差点把话说漏兜。

"她……我指的是幕后那些三姨和六舅，

他们热心肠，老想办得体面又讲究。"

她心里想，差不多了我快走，

见好就收赶紧溜：

"大娘，我还有事得先走，

您保重身体，别再为这事把心揪。"

（白）"好，好，这我就放心了。"

小燕子领着艳秋转身走了，

他哥哥暗打闷雷气不休。

小燕子，你今天导演的一出戏，

我看你这结局怎么收？！

第二天，老太太病好出了院，

每天她都思念假儿媳妇关艳秋。

盼着能来家把她看，

足足盼了整一周：

（白）早晨她问："燕子，你嫂子该来了吧？""今儿她白班。"到了晚上，燕子下班了，她又问："你嫂子没来呀？""她加班。"第二天："燕子，春美今天该来了吧？""今儿她替班。""那明个儿呢？""明个她给人家顶班。"好容易盼到星期日："燕子，今儿该来了吧？""啊，今儿她义务劳动。"

老太太心急火燎摸不透，

小燕子也心虚正担忧。

突然一个姑娘进了大门口，

老太太看着眼生又眼熟。

燕子一看是张春美：

（白）"妈，春美姐来了！"

老太太看着发愣直摇头：

"不对呀，我记得她是个细高个儿，

几天没见个儿怎么抽啦？"

"妈，那天她穿的是高跟鞋。"

"不对，她留着辫子没烫头。"

"那是为结婚做准备，

烫头人家还没自由！"

"那天我看她是个瓜子脸，

今儿怎么是苹果脸蛋儿圆溜溜？"

"您想呀，她连续加班还不瘦？

一累长脸就变成球啦！"

（白）"没听说过！"

说话间春美已经进了屋，

未曾说话面带羞：

"大娘，听说您为我们婚事急出一场病，

都怨我一怒把话说过头。

我不该错怪您的好意，

我不该把那些陈规旧习去追求。

您住了院我也没去看看您，

我实在感到惭愧和内疚。"

"哟，到医院看我的不是你呀？"

小燕说："不是，那是我们团支部书记关艳秋！"

春美说："艳秋看了您以后，

把这件事放在心上头。

到我家，三番五次开导我，

说得我脸上就像巴掌抽。

我今天是来给您赔不是，

决定了，我们婚事简办去旅游。"

老太太这才明白咋回事：

"哟，这可让我怎么感谢那好心的姑娘关艳秋？"

春美说："那好办，

这事不您老不用愁。

我爸爸认识曲艺演员×××，

他会编快板书顺口溜，

求他好好编一段儿，

到舞台上去放声歌颂关艳秋。"

（原载 1983 年 7 月号《天津演唱》）

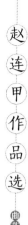
自食其果

说有个小伙儿叫王冬，

找了个对象叫李荣。

李荣她工作在歌舞团的合唱队，

人品端正又热情。

他两个经人介绍见过面儿，

谁想到，在第二次约会中，

王冬编导演了一出戏，

把一桩喜事给闹崩！

（白）耶，啥戏把对象搞黄啦？

两个人约好桥头见了面，

来言去语情意浓。

李荣说："对不起，因为有事儿来晚了。"

王冬说："不晚不晚，才过了两个小时十分钟。"

"很抱歉让你等了这么久。"

"别客气，久候才能显真情。"

（白）还挺有词儿。

李荣说："今天想约你陪我走一走……"

"好，我正想和你兜兜风哪！

上北海？去故宫？

咱还是租辆车玩儿趟十三陵？"

"呦，干啥要去那么远？"

"对！在近处找个地方儿那也成。"

"不，我是想让你陪我上医院。"

"上医院？好！只要你愿意哪儿都行。"

（白）这位倒没脾气。

李荣说："我父母全都在外地。

只有一个姐姐在北京。

昨天她住进了医院外二科，

姐姐名字叫李萍。

你今天和她见见面儿，

和你交朋友……我得和姐先沟通。"

（白）"明白！明白！"

王冬想：这可是一锤定音儿的好机会，

凭咱这帅劲儿和才能，她姐相完准赞成，婚礼下月就能进行！

他陪着李荣朝医院走，

手舞足蹈嘴不停：

"荣，昨晚你的演出太精彩了，

为看你演出我愣旷了两天工。

专门去买了二十张甲级票，

开演前，还请客去了西餐厅。"

（白）"请客？"

"啊，我给你搞了个拉拉队。

请来一帮小弟兄。

他们碰杯向我来祝贺，

光啤酒干了六十瓶。

我跟他们介绍你，

是国际一流儿的大歌星，

听了李荣的歌声你们再品味，

什么李谷一、苏小明、郑绪岚、朱明瑛……她们那歌儿都没法听啦！"

李荣说："你纯粹胡侃乱吹捧，

我听着，脖子后头直冒凉风！"

"亲爱的，这叫新潮你不懂，

当'大腕儿'不'炒作'怎么能出名。

昨晚上你演出的女声小合唱，

站台上如同'鹤立鸡群'中。

你身边那几个女歌手，

是要嗓子没嗓子，要体形没体形，唱起来干张嘴来不出声！

说真的，全仗着你站出来领唱那两句，

嗬！那掌声、那喊声，我们哥们儿带头一折腾，整个剧场全沸腾！"

听到此，李荣浑身直打冷战儿，

用白眼不住翻王冬。

心里想：初见时觉得他还算稳重，

现在看低俗、油滑没正形儿。

不能跟这号人再交往，

就此终止别再进行。

就这样，王冬丝毫没察觉，

喷壶嘴儿，唾沫星子四下进：

"嘿，你唱完报幕员说：'下个节目是独舞……'

我们哥们儿"呱呱呱"鼓掌喊着'我们要李荣'！

讨厌不，那女舞蹈演员上了场，

我们就玩着命地往下轰！

呱呱呱，个个巴掌全拍肿，

咚咚咚，地板跺得脚生疼；

嗷嗷叫，嗓子充血全喊哑，

吹口哨，把嘴唇都捏青啦！

眼看着那个跳舞的漂亮姐儿，

两腿拌蒜发了蒙，一蹦高儿摔了个倒栽葱。

没办法儿只好关大幕，

我们还欢迎喊着你的名：

（白）'我们要李荣！要李荣！要……'咦？荣，……人哪？"

那李荣起身早走远，

王冬还紧追不舍问李荣：

"哎！咱不是说好上医院吗？"

"不去了，咱分道扬镳各西东。"

（白）"怎么，这就吹啦？""对，再见！"

王冬想：难道是我说话有差错？

说错啥了？每句话都是吹捧紧奉承。

不行，我得马上去医院，

请她姐姐给说说情。

他跑到医院外科住院处，

跟值班护士紧打听：

"护士！有个李萍住在哪儿？"

"还没回病房呢，现在她正在手术中。"

（白）"手术？怎么回事？"

"昨晚上李萍演出跳独舞，

台下有几个'人来疯'，

胡喊野叫乱起哄，

李萍愤怒中倒在舞台演出停了。"

（白）"我娘哎，敢情那个跳舞的是李萍！"

护士说："她左腿韧带拉伤很严重，

为这事，引起众怒愤不平。"

这伙人，对演员劳动不尊重，

更不懂道德和文明。

众人面前丢尽丑，

反倒以此为光荣……"

一句句，王冬听着像雷轰顶，

才知道自己的罪孽可不轻。

护士问："对这类人先生您是咋评价？"

到这会儿王冬还愣装文明：

"嗯，这类人……他们没文化，肚子空，

少教养，没水平，

二流子外加混世虫，

纯粹给家里大人散德性！"

护士连连夸奖："总结得好，

这个评价大家一准儿都赞成！

来，先生坐这儿先等一会儿，

等李萍回病房也就几分钟。"

（白）"好……别别！

等李萍回来见着面，

那我就把自己送上审判厅。

三十六计走为上……"

说着他转身跑了个影无踪。

那护士没听懂他的话，

还纳闷呢……这人是不是有病犯神经啦！

（原载 1984 年 2 月号《天津演唱》）

鱼塘佳话

说的是老汉张宝琪，
悄悄地蹲在树林里。
两只眼盯着公路口，
心里紧张又着急。
暗想道：他总骑着摩托从这儿过，
我在这儿埋伏等出击，
车一到我就冲上去，
不管它三七二十一。
到现在我只有这一步，
你休想闯过我的封锁区！
（白）听，他来了。
"嘟嘟嘟……"远处一阵摩托响，
张老汉看准方向和距离，
腰一弓，眼瞪起，嘴张开，手一举："你，你，你……到底还是开过
　　去了。
别看你摩托跑得快，
我这两条腿要和你比高低！
追上摩托拉住你，
拉住你，给俺的闺女做女婿。"
（白）啊？有这样结亲的吗？
这老汉顺着摩托车印儿往前赶，
直跑得满头大汗喘吁吁。
说来都怪他自己，
一年前他走错了一步棋。
骑摩托的小伙子叫徐凯，
爱上了老汉的闺女张秀菊。

可是这老汉对徐凯看不上，

死说活说就不依。

这老汉外号叫"犟到底"，

脾气倔得出了奇，

介绍人替徐凯保媒说好话，

他拍起桌子发脾气：

"别说了，一盆清水我看到底，

这姓徐的小子没出息，

才干了一年养鱼专业户，

愣花钱买了辆'电驴子'。

养鱼不围着鱼塘转，

整天价，嘟嘟嘟跑东又跑西。

庄稼人没个农民样，

俺闺女跟了他准受屈。"

"张大爷，您不摸底……"

"去！俺闺女不嫁姓徐的。

要让俺同意也可以，

除非是他那电驴子生个金马驹！"

（白）"那……算了吧。"

谁想到时间没过几个月，

方圆百里纷纷传出新信息。

附近三个县有五个养鱼场，

产鱼量一个劲地往上提！

张老汉承包养鱼讲效益，

当然注意这问题。

一打听，这个场请了个顾问做指导；

那个场，新来个参谋出主意；

这个场，任命了个名誉副场长；

那个场，下聘书，什么专家、顾问、参谋……各种头衔儿都配齐。

原来五个场请的是一个人，

这专家今年刚刚二十七，

闹半天这位能人是徐凯。

嗬，张老汉后悔得直抓脑瓜皮：

都怪我有眼不识金镶玉，

聚宝盆让我当球儿踢啦！
他本想拦车向徐凯赔个礼，
一时又拉不下这张老脸皮。
无奈他顺着摩托车印儿拼命赶，
追徐凯想结成这门好亲戚。
他一边跑着一边想：
早知这样，咱也买辆摩托骑。
猛发现，那辆摩托就在路边靠，
可追上了，再不能错过好时机。
他扯开嗓子喊徐凯：
"徐……"后边的"凯"字又咽回去了！
有一只手堵住他的嘴，
回头看，站着个老头儿笑嘻嘻：
"嘘……俺这里禁止喧哗不能喊，
请老哥你把声音快放低。
你渴不？你热不？
看你两腿溅得尽是泥。
你要渴，熟透的西瓜管你够，
跑热了，到俺窝棚里去休息。"
"不不不，我有急事找徐凯。"
"我知道，不是找他我还不拦你。"
这老头儿是红星渔场的王场长，
说着话他笑眯眯地把烟吸：
"老哥，找徐凯你往鱼塘那边看，
别搅了我精心布置的这步棋。"
张老汉顺着手势抬头看，
见徐凯身边还坐着个大闺女。
风吹水面翻波浪，
他们双双交谈话音低。
场长说："老哥，你看这姑娘怎么样？
讲人才百里难挑一。
俩人年岁也般配，
论文化水平都不低。"
（白）"你说这些干什么？"

"抓经济，讲效益，
人才是个大问题。
徐凯这小伙子了不起，
有了他，俺场能年年庆有余。
可这人才四县八镇都在抢，
想让徐凯长期留在俺场里，爱情最具吸引力，我让这姑娘做他的未婚妻！"
（白）张老汉一听：可要了命啦！我追徐凯就为这事儿呀，
没料到让他跑到我头里！
（白）"唉，晚了……"
"不晚，谈成了让他们就登记。"
（白）"这事儿麻烦了。"
"麻烦啥？让他们结了婚就算齐啦！"
"不，我说有你插进来乱了套。"
"你放心，我办这事保证干净又麻利！"
"要是那样……我咋办？"
"你？这事跟你啥关系？"
"告诉你，说什么徐凯也不能让你抢了去，
我，我，我回家去告诉俺闺女。"
张老汉说罢往回跑，
王场长莫名其妙眼都直啦！
心里说：这老头儿是不是神经病？
怎么说着说着离了题啦！
张老汉跑得一劲儿喘，
进了家门喊秀菊：
"秀菊！快，快，你快点去，
去晚了后悔来不及！"
"爹，您这么着急为啥事？"
"这……俺当爹的不好提。
孩子，今年你已经二十几，
婚姻问题要考虑。
找对象你的眼光比我准，
主意拿定别迟疑。"
"呦，您说的啥呀！"姑娘噘嘴一扭脸，
张老汉转着圈子劝闺女：

"我直说吧，你爹我外号叫'犟到底'，
再倔也得看时局。
徐凯他懂科学会管理，
自学成才抓养鱼。
你俩关系不能断，
我同意了，我同意这门好亲戚。"
姑娘心里高兴绷起脸儿：
"爹，这件事不能再重提。
一年前您把介绍人轰出去，
别忘了人有脸来树有皮。"
（白）"孩子，那是……"
"爹，您要让我同意也可以，
除非是他那电驴子生个金马驹！"
"这啥话，你这个要求不合理，
那……对了，这话当初是我说的。"
心里说"犟到底"我今天服了软，
没想到我闺女倒变成倔脾气。
要等我劝得闺女同了意，
人家那头儿早就定了局。
这工夫，听外边嘟嘟嘟的一阵响，
摩托车停在门前把火熄。
一撩帘儿进来的是徐凯，
张老汉目瞪口呆好惊奇：
"咦？事情已经到了这一步，
你咋还来俺家里？"
小伙子听着也纳闷儿：
"是您把我叫来的。"
（白）"我？……对，不是，这是怎么回事？"
徐凯说："刚才王场长好心办个糊涂事，
他误会了，那个女同志找我本是谈养鱼。
我向他说了我心里话，
我心里一直想的是秀菊。
他说您刚才到渔场找过我，
还向我转告个好消息，

他说您让我到家来一趟，

怎么，难道他说的是假的？"

"不，不，他说的一点也不假，

只不过有件事他忘了对你提。"

（白）"什么事？"

"别处请你去当专家、参谋和顾问，

我请你……是来俺家当女婿！"

（原载 1985 年 1 月号《曲艺》）

一张电影票

张水水，李山山，

小学五年一个班。

同学们都知道他俩最要好，

可就在上个星期天，

为了一张电影票，

他两个差那么一点儿脸闹翻！

（白）啊？你问怎么回事呀？

星期天，山山到影院去看电影，

忽听得身后有人喊山山，

回头看，水水跑得满头汗，

两步三步到跟前：

"山山，这电影你别看了，

陪我一块去划船！"

（白）"划船？"

"你忘了，今天是我过生日，

妈妈为祝贺我给了五块钱，

让咱俩痛痛快快玩一天。"

山山说："可是我已经买好电影票。"

"嗐，我帮你把票一退不就完了！"

张水水夺过票来连声喊：

"谁要票？十排五号正中间！"

有个小伙子说："卖给我了！"

票到手，递过五角钱。

按票价要找给人家两角五，

张水水上下兜里一通儿翻。

翻半天都没有零钱找，

"丁零零……"开演已经到时间。

那小伙子一急说声:"算了吧!"

脚步快似箭离弦,

嗖的一下进了电影院,

张水水嘿儿嘿儿的腰笑弯:

"你买一张票花了两角五,

这一退,一张票变成两张的钱。"

(白)"嗯?怎么回事儿?"

"好事儿!我妈妈给咱五块整,

那个买票的又多资助咱两角五分钱。

嘻嘻,嘻嘻嘻……"

水水突然止住了笑,

见山山小脸儿拉长了二寸三:

"还笑哪,退票你咋卖高价?

怎么什么便宜都想占!"

一句话说得水水直了眼,

打心眼儿里又觉着冤:

"谁卖高价了?我想找钱他说算了,

我没故意要赚钱!"

"水水,上学期全班作文数你好,

你作文的题目是《甜——不甜》。

内容是写咱参加了一场运动会,

嗓子眼儿干渴得像冒烟,

操场旁有一个推车的小商贩,

卖冰镇汽水和饼干。

咱喝了汽水头一口,

不约而同都喊甜。

可喝完两瓶汽水一算账,

那家伙硬多要了一倍的钱。

越咂摸滋味儿越不对,

所以你作文题目叫《甜——不甜》。

你还写道:为建设文明城市驱污染,

少先队员要做文明道德的小标杆。

可今天你……"山山还要往下讲,

张水水泪珠儿在眼里直转圈：

"叫你说我……我成了二道贩子了，

这帽子别往我头上安。"

"水水……"山山替水水抹了一把泪，

"别生气，谁让咱俩要好不一般呐！

讲要好，我愿照小标杆的标准要求你；

论友谊，你也该按照小标杆标准要求我山山。

咱互相帮助要共勉，

那才叫山山水水紧相连；

没有批评和帮助，

那成了山山水水只等闲！"

一句话把水水给逗笑：

"好，那你说怎么处理这两角五分钱？"

"依我看，咱等到电影散了场，

找着那人当面还。"

"啊！你让我的生日就这样过呀？

在这里转来转去划旱船！

倒不如咱进影院按着座号找，

又快当又能省时间。"

（白）"对，好主意！"

两个人走到影院入场口，

对守门人员把情况谈：

"叔叔，我们想进去找个人……"

"票！"那把门的态度还挺严！

（白）"叔叔您听我说……"

"说什么，有票随便往里进，

没票别想往里钻！"

"那……叔叔，把这两角五分钱交给你……"

"外边卖票，我分工把门不管钱！"

"是这么回事……"他俩把经过说了一遍，

"嘿！"那把门的这才脸上露笑颜：

"好好好！你俩这钱交给我，

我替你们去退还。

你们讲文明，讲道德，

少先队员不简单！
姓啥叫啥告诉我，
该表扬你们两个好队员。"
山山、水水齐声回答说"再见"，
高高兴兴去划船。

（原载 1986 年 9 月 17 日《中国少年报》）

小店奇闻

憋气窝火的牛二娃，

蹲在那儿，嘣呀嘣直把脑袋砸！

媳妇儿在一边埋怨还紧加码：

"使劲砸，都让你这个肉头败了家！

干亏心事的是他不是你，

为什么挨罚的是你不是他？

你认倒霉让人家当猴儿耍，

我可不是受人欺负的面倭瓜。

你胆小窝囊啥都怕，

我不信揭开这事天能塌！"

"行了，惹不起人家就认了吧！"

（白）"你……"

"我肉头我是个面倭瓜，

我胆小窝囊啥都怕，

我……唉！"他把火儿都冲自己脑袋发了！

这两口子到底为啥吵呀？

说起来，这事儿简单又复杂。

二娃家在乡里开了个夫妻店，

专营糖果罐头烟酒茶，

牛二娃老实厚道缺主见，

大小事全靠媳妇把主意拿。

说也怪，越怕事儿来越出事儿，

黄鼠狼专找病鸡拉。

本乡有个乡长叫丁大化，

乡亲们背地儿都叫他"大钉耙"。

谁有事要经他手办，

少不得烧香上供敬菩萨。

这个以权谋私的"耙子手",

能搂能刮能划拉,

把搂来的高级香烟名牌酒,

一批批偷偷转给牛二娃。

夫妻店变成这位乡长的代销点儿,

让人家零售他批发。

白手进货倒高价,

他这第四产业挺发达!

谁想到这烟酒里有不少冒牌货,

又偏赶上市场物价大调查。

以假当真卖高价,

理所当然要处罚。

牛二娃忍屈受罚五百块,

也不敢说出货主"大钉耙"。

这真叫打掉牙硬往肚里咽,

倒霉窝囊算到家(啦)!

牛二娃光捶脑壳干憋气,

二娃嫂又急又恨火儿难压:

"你呀你,'大钉耙'货源不断天天有,

难道咱月月掏钱往里搭?

再不能干这种窝心事,

要跟他一刀两断快刹闸!

看看还有他什么存货全退回去,

别再惹祸留尾巴。"

"还退啥,就剩下了他一条'阿诗玛',

已经有人订下还没来拿。"

"那就快看看这烟是不是冒牌货,

别等着让人家查出假来再挨罚。"

(白)"对,先看准了吧。"

"呲啦啦",二娃撕开包装看,

我娘哎,里边的牌子种类杂,

有"飞马",有"恒大",

"翡翠""流浪""茉莉花"……

两口子再拆包一看全吓傻了，

啊！愣呵呵半天不知道该说啥。

还是二娃嫂机灵反应快，

她起身赶紧把门插。

（白）怎么回事？

原来是，每只烟卷儿都是十元一张的人民币，

一张一卷儿烟盒里插。

一条烟整整两千块，

这条烟变成了存钱匣！

二娃嫂那一脸怒气全不见了，

眉舒目展笑开了花：

"嘻嘻嘻……为人善恶终有报，

苍天在上眼不瞎，

罚了五百给咱补上两千块，

照这样我倒希望让他们天天罚。"

二娃说："别扯了，准是有人让'大钉耙'办事花高价，

这笔钱不便直说当面拿。

搞成伪装当烟送，

'大钉耙'稀里糊涂就'批发'（啦）！"

"就你聪明，我早猜到了，

也算咱因祸得福财运佳。

这件事咱不说谁也不知道，

这两千块算'大钉耙'孝敬老娘花（了）！"

（白）"睡觉。""哎。"

牛二娃躺在床上难入睡，

脑子里好像塞了一团麻：

"孩儿他妈，这笔钱'大钉耙'迟早会知道，

他要来找咱咋回答？"

"嘁！你就说那条烟早就卖出去了，

天南地北他哪儿去查？"

（白）"他要不相信呢？"

"别忘了，他这钱来得路不正，

做贼心虚怕人抓，

不敢纠缠这件事，

他只能闷头吃亏装哑巴。"

（白）"有道理，睡觉。"

说睡觉他上下眼皮光打架，

手里的烟一会儿点着一会儿掐：

"孩儿他妈，'大钉耙'不敢来找我不害怕了，

可送钱的那人会找他（呀），

人家办啥事儿来掏啥价，

这两千块钱能白花？

'大钉耙'要说这钱转到了咱的手，

那可就给咱找了个对头活冤家。

今儿来吵，明儿来骂

事情会越闹越大越复杂。"

"别嘀咕了，现在行贿受贿都犯法。

犯了法敢找咱龇牙？

只管放心睡觉吧！"

"睡，你这一说给我心里解开个大疙瘩。"

二娃嫂刚刚合上眼。

"不行！"牛二娃翻身又把媳妇拉，

"孩儿他妈，你先醒醒吧，

我心里越想越怕越抓瞎。

'大钉耙'可不是个吃亏的主儿，

他心黑手辣又狡猾，

他要是来个堤内损失堤外补，

变法报复找斜茬儿，

会把咱这个小店给折腾垮，

到那时咱再后悔也白搭。"

（白）"那你说怎么办？"

"要我说……这两千块钱咱别要了，

原封不动都退给他。"

"什么？天地间哪有这样便宜事儿，

咱那五百块钱就白罚（啦）？"

"说实话，打见了这钱我心就怕，

这昧心钱咱们不能花。

破财消灾除后患，

听我劝你就咬咬牙。"

"不行，这样做招来的祸更大，

'大钉耙'就会顺杆儿爬，

他要说你拿走我不只是一条'阿诗玛'，

还有'牡丹''云烟''大中华'，

每条烟里都卷着两千块，

有多少条你得照数拿！"

"啊！这倒打一耙搞讹诈吗？"

"搂外快、搞讹诈，反正罪过都不差啥。"

"哎哟，这两千块送是灾来留是祸，

掉进这钱窟窿里腿难拔。

神差鬼使布下阵，

倒霉的事都往我头上加。

这可让我咋办好呀……唉！"

急得他又砸起脑袋瓜。

（白）这脑袋快砸漏啦。

二娃嫂知道丈夫心路窄，

这事儿不能再来为难他。

只好说："好了，明儿一早我去送这两千块，

对付'大钉耙'我有办法，

管让他搞不了报复使不了坏，

斗心眼儿老娘一个顶他仨。"

（白）"你有什么办法？""到时候你就知道了，睡觉。"

第二天，二娃嫂果然把钱送出手，

乐乐和和转回家。

牛二娃心里没底紧追问：

"钱送去了，'大钉耙'他都说什么？"

"'大钉耙'只说了一句话，

他说：'我愿承认错误做检查。'

两千元留下了一千五，

给，这五百块钱让我带回家。"

嘿，牛二娃满心惊喜又高兴，

笑嘻嘻地把媳妇夸：

"行，还是你聪明会办事，

巧嘴感动了'大钉耙',

还给咱留下了五百块,

把那笔罚款给补齐啦!"

"什么呀! 我把钱送到纪律检查委员会,

把'大钉耙'干的坏事全揭发(啦)!

老主任给我撑腰又打气,

让我对'大钉耙'当面对证把皮扒,

这五百块是发给咱的鼓励奖,

还表扬咱敢于斗争把歪风刹。"

(白)"噢,是这么回事呀!"

牛二娃心里一块石头落了地,

咧着大嘴笑哈哈:

"孩儿他妈,到底是你有办法,

咱家里,真缺不了你这个内当家。

这钱奖励的是你不是我,

你自己留着随便花吧。"

"不,存起来当你的医疗费……"

(白)"医疗费?"

"是啊,一遇事儿你就愁得砸脑瓜儿。

多结实的脑袋也怕砸,

等砸漏了咱就用这钱去包扎。"

"去你的吧! 你给我消愁除了病,

头疼的现在该轮到了'大钉耙'!"

(原载 1988 年 11 月号《曲艺》)

短篇曲艺部分

父子同行

小孔杰，离开家，
去奔西藏自治区看爸爸。
手里提，肩上挎，
嗬！大包小裹没少拿。
给爸爸带的蜂蜜、阿胶营养品，
防寒衣是新里新面儿新棉花。
还有山东老家的土特产，
花生大枣和芝麻，开春腌的香椿芽呢！
还带着妹妹捎给爸爸的四句话，
啊？你问四句话说的是什么？
这四句话，都带棱儿带角儿带着刺儿，
让孔繁森书记听了都难解答。
头一句：爸爸你心里还有没有俺奶奶？
第二句：你心里还有没有俺妈妈？
第三句：你心里还有没有俺姐弟仨？
第四句：你还顾不顾咱祖孙三代这个家？
小孔杰一路风尘到了阿里，
偏赶上孔书记下乡不在家。
他满心委屈又窝火儿，
这火气想等着见了爸爸一通撒。
"哈哈……小杰，你来啦？
是不是正在埋怨你爸爸？"
孔书记进屋和儿子一照面儿，
满脸笑纹开了花。
小孔杰本想倒出妹妹那四句话，
到这时愣愣呵呵不知该说啥。

他见爸爸两鬓花白人见老，

脸上的气色也不佳，

心疼得他吧嗒吧嗒地掉眼泪，

鼻子发酸直抽搭。

孔繁森心里也难受脸含笑：

"你看你，大小伙子哭什么！

你奶奶身板结实饭量好吧？

你妈妈病情有没有再复发？

你妹妹玲玲学习怎么样？

说没说爸爸不够关心她？"

"说啦！俺妹妹还让俺带给您四句话，

要求你一一能回答……"

"好，这些天自治区派来工作组，

我需要陪同下乡去考察；

干脆你跟着爸爸下乡去吧，

有啥话咱爷儿两个抽空拉！"

（白）"那走吧。""走！"

收拾收拾他们随着车队上了路，

小孔杰满目新奇又惊讶。

这阿里地广人稀树木少，

光秃秃，干巴巴，半天不见有人家。

走不完鹅卵石堆成的疙瘩路，

看不尽远处的雪山大石崖。

想不到这里天气多变化，

呜儿呜，霎时一阵狂风刮！

天也昏，地也暗

遮天盖日卷黄沙。

小孔杰头发觉着直发麻，

他悄悄地对他爸爸把议论发：

"爸，到现在我才识阿里真面目，

可不像你信上写的像朵花！"

"谁说的？爸爸还能跟你说瞎话？

是你缺少了解和调查。

别处有四季常青树，

没有这里开不败的雪莲花；

往上说高原离着老天近，

论地下无数的宝藏盼开发；

阿里的水没污染胜似矿泉水，

到将来这里工业、牧业能发达。

哎，小杰呀，你说妹妹捎来四句话，

让我听听她说些啥？"

（白）"啊，俺妹妹说……我，我这是怎么啦？"

孔杰他觉得气短头发涨，

心窝儿这就像有块石头压。

是高山反应缺氧气，

孔书记忙把氧气袋子递给他：

"小杰你先在车上休息会儿，

停车！我去看看藏族老人卓玛和桑巴。"

小杰说："我也跟着爸爸去。"

父子俩走进一户牧民家。

见老阿妈满头银发炕上坐，

她听动静就知道孔繁森到她家：

（白）"孔书记，你又来啦？"

"老阿妈，今天我和儿子来看望你……"

说着他礼物一件一件往外拿：

"老阿妈，这件防寒衣送给你老用，

还有俺老家的花生和芝麻。"

嘿！小杰嘴里没说心里想，

想不到我带给他的东西他都给人家啦。

老阿妈用汉语喊着孔书记，

含着泪又把小杰拉：

"孩子，你爸爸……把阿里的牧民常牵挂，

不断来探望藏族的一些老人家。

送衣送被驱寒冷，

他知道谁家的困难又在想什么。

有一位牧民老人叫桑巴，

就住我隔壁，他无儿无女又多病，

你爸爸给他送来糌粑、酥油茶，

又送医，又送药，

费尽心血救活他，

三番五次来探望，

就像对待自己的亲爹妈。

他一听到汽车声响就出门看：

（白）'孔书记来了，孔书记来了……'

盼着能够见到你爸爸。

那天他病重得已经走不动了，

又听见门外汽车响喇叭，

他一声声喊着孔书记，

手扶着门框往外爬……

都知道孔书记是阿里地委的'本布拉'，

可全说他是降临在雪山的活菩萨！"

小孔杰听罢老人这番话，

激动得他两眼闪泪花。

父子俩告别了老人上了路，

孔书记又把刚才的话题往回拉：

"小杰呀，你没说出妹妹捎来的话，

可我能猜到她想要说的内容是什么。

说实话，咱一家老小我没忘，

我经常梦里回到家。

是党派我到西藏自治区来工作，

我就要把这个地方当成家。

我看到藏族的老人就想起你奶奶，

我看到藏族的孩子就想起你们姐弟仁。

咱一家老小人六口，

这里是六万人口一大家。

一个阿里比咱两个山东大，

可现在阿里的经济还不发达。

它要脱贫，要致富，

为阿里，为国家，我不能先顾咱那个家。

小杰呀，你妹妹到底说的哪四句话。

说说吧，不是还等着我回答吗？"

（白）"俺妹妹说，第一……还有那啊……"

到这时小杰支支吾吾难张口，

孔书记还一劲鼓励他：

"说吧，她什么话爸爸都不怪，

你妹妹说啥你说啥。"

"俺妹妹说……让你得多喝水多睡觉。"

（白）"啊？就说的这一句话呀？"

"第二句……让你饭量适当要增加。"

（白）"还有哪？"

"说这里高山反应太厉害了，

俺妹妹说氧气袋你得随时带上它。"

（白）"好，最后那句呢？"

"俺奶奶，俺妈妈，加上俺们姐弟仨，

都盼着你能抽空儿回趟家。"

（原载 1995 年 7 月号《曲艺》）

礼尚往来

孔繁森动人的事迹多又多，
有件事，俺憋了十多年了没敢说。
因为不光牵扯我，
还捎带着俺那个当村长的叔伯哥。
俺哥俩合伙儿干的事儿，
落了个丢人现眼带砸锅！
（白）到底是啥事儿呀！
那年腊月二十儿，
村长来找我给他当参谋：
"兄弟，你哥我碰上难心事儿唰，
你帮我出出主意想想辙儿。"
俺一听村长这么信任我，
美得直抓后脑壳：
"嗐！有啥大不了的事儿呀？
哥，说！没有过不去的河。"
"好，兄弟别嫌我啰嗦，
这事儿得打头上说。
从老孔到咱莘县来当副书记，
他就蹬着那辆自行车，
这区那乡到处跑，
脱贫致富抓改革。
细心调查一摸底，
顶数咱村家底薄。
嗬！帮助咱办油坊、建窑厂，
引水种树治沙窝，
风来雨去吃尽苦，

就想着怎么把咱村经济给搞活。

可老孔没吃过咱们一顿饭，

没吸过咱谁的烟一颗。

全村的老少爷们心不忍，

这不到年了，叔叔大爷们紧张罗。

凑了两瓶香油、五斤枣，

鸭蛋装了半纸盒，

十斤一兜儿花生米，

半布袋地瓜、大萝卜（读 bō 音）。

愣让我给老孔拜年时送家去，

还说呢：'你就当大伙的代表负全责了！'

你想呀，这礼物老孔肯定不会要，

说不定送去还得挨顿剋。

不送吧，又觉得心里过不去，

这可是乡亲们的希望和委托。

没招儿了我才来找兄弟你，

谁不知你外号叫个'主意多'呀！"

我一边听一边想对策，

他说完我把主意也想得：

"哥，我跟你一块儿去找孔书记，

一照面儿顶多不过俩回合，

管让他把东西全收下，

也让你看看俺这'主意多'的主意有多多。"

（白）"兄弟，那我就全靠你了？""走吧！""走。"

俺哥俩骑车上了路，

提兜儿、布袋车上驮。

来到了孔书记家的院门口，

"吱嘎"捏闸跳下车：

"拜年来了，孔书记！"

说着把东西院里拖。

孔书记迎出屋门就一愣：

"耶，你们这是要干什么？！"

村长他心里发怵嘴打摽，

冲老孔："啊，这……让俺兄弟跟你说吧。"

一上阵，我先练出迷魂掌，

好让他接受这事别推托。

（白）"孔书记，是这么回事儿：

俺村里开了个年终总结会，

嗬！乡亲们七嘴八舌炸了窝！"

（白）"呦，怎么回事？"

"都冲着村长开了火，

你批评来我指责，

大伙儿说：咱今年经济效益好，

农户们不缺吃穿有存额，

这是孔书记执行党的政策抓得好，

为咱们没少操心苦奔波。

过年了，你不知道给老孔拜年去道声谢？

你村长都管干什么？

给别人拜年要送礼，

咱跟老孔用不着。

顺便带点土特产，

算大伙儿给他年三十晚上添添桌。

如果他连这点东西都不收下，

那咱就拣值钱的东西送一车！"

我一边说还不住偷眼看村长，

他背着身儿朝我直挑大拇哥。

没料到，引起老孔一阵笑：

"哈哈，今天这事太巧合，

你拜年，他添桌，

打早晨一连来了好几拨儿！

都往家来送土特产，

俺这里跟收购站差不多了！

村长呀，这礼物麻烦你带回去，

你知道，咱当干部的纪律有守则。

更何况咱这里还是个贫困县，

你忘没忘，咱建窑厂当时唱的那夯歌？"

（白）"那词儿俺可没忘。"

"群众的利益呦——嘿！"

"我记心窝呦——咳咳！"
"清正廉明呦——嘿！"
"我作楷模呦——咳咳！"
"艰难困苦呦——嘿！"
"我去拼搏呦——咳咳！"
"贫困的帽子呦——嘿！"
"我们要摆脱呦——咳咳！"
我在一边心里暗埋怨：
村长呀，你怎么跑这儿跟人对上歌了！
我这迷魂掌反倒打了自己的脸，
落了个烧鸡大窝脖儿。
"主意多"我从来还没服过软，
咱不能碰上硬的往回缩。
"孔书记，这东西你得要留下，
乡亲们的这份心意可不能驳。
硬要俺把这些东西带回去，
招来的麻烦会更多。
你知道，俺二大爷的脾气可不好惹，
临来时他还对俺说：
'你们俩这东西要送不到书记的手，
年三十儿我去砸你家的饺子锅！'
再说了，俺来回这趟有几十里呀，
别让俺受了累脸又没处搁。
俺哥俩还要进城去办事，
要带着这些东西多啰嗦！
就算你照顾俺俩收下吧，
你不收……俺今天就在这不走跟你磨！"
书记说："好吧，既然如此我收下了，
别再让你俩费口舌。"
说完他转身回屋去，
乐得我捅了下村长他胳膊：
（白）"怎么样？哥。"
"行，我服了，你真是能泡能磨又会说呀！"
我得意地把嘴撇了撇：

"这点事儿，对你兄弟来说算个么儿！"

正美着，老孔抱出十瓶一捆老烧酒：

"来！带上，不能让你俩空手往回折。

这是我给本家叔叔大爷买的节日酒，

先带走给乡亲们年下添添桌。"

啊！当时我跟村长傻了眼，

村长朝俺肋骨使劲戳：

（白）"快说话呀！"

"孔书记，俺那东西论钱可值不了十瓶酒。"

"嗳，你不能按等价交换用钱合。

乡亲们的心意我领受了，

你能嫌我的这份礼物薄？"

"不，你留着吧，俺村上人口三四百，

这十瓶酒怎么也不够分着喝。"

"那好办，量少按计划去分配，

限人限量有定额，

五十岁以上的每人斟上两盅酒，

请你们哥俩替我说：

'孔繁森给老人们拜年敬杯酒，

祝家乡父老多福多寿多快活！'

这任务就交给你们俩，

拜托拜托全拜托了！"

俺哥俩，我看你来你看我，

闹了个"俩哑巴见面——没话说"。

拎起酒，蹬起车，

卸了货可揽来活，

俺哥俩过年就没闲着，

挨门挨户把头磕！

孔书记为什么让我们替他拜年去斟酒？

请大家帮俺细心去琢磨。

（原载 1999 年 1 月号《曲艺》，该作品获 2006 年
"和邦杯"全国廉政曲艺征文最佳作品奖）

短篇曲艺部分

牛 奶 奶

最让人能出彩的新时代，
涌现了很多逸闻和奇才。
我最钦佩最爱戴，
是那位七十二岁的牛奶奶。
广场舞，跳得帅，
网络直播玩儿自拍，
参加老年模特赛，
都夸她是——美丽的年轻老太太！
（白）什么，这都不算稀奇啦？
讲稀奇的更厉害，
牛奶奶"改编剧本"特有才。
（白）"啊！老太太还能改编剧本哪？"
是呀，开始我听着也奇怪，
到小区采访牛奶奶。
我问她，改编剧本的由来和收获？
老人家爽言快语笑口开：
"啥由来呀，老有所为图痛快；
讲收获，多动脑子防痴呆。"
（白）奶奶，给说具体点儿。
"同志你可别见怪，
俺这事儿对外不太好公开。"
（白）耶，还保密咧！
说话间，"铃铃铃儿"桌上电话响，
一段对话，当时把我脸儿吓白。
奶奶问："哪位？谁？威海的警察……冯什么恺？
对，没错，俺是娜娜她奶奶。

什么，俺孙女旅游被车撞了？

娘哎，真是祸从天降来！

啥？肇事者跑了，你把娜娜护送到医院，

恩人呀！快告诉俺，娜娜她伤得厉害不厉害？

噢，刚才她还催你给俺打电话，

这会儿呢……啊！已经上了手术台！

（白）天呀，这可怎么办……哦，你说。

医院要家属预付押金五万块，

对，快汇款早点让娜娜躲过这一灾。

你别挂电话，俺去拿银行卡，

得把医院的账号记下来……"

奶奶到里屋找银行卡，

我内心不住犯疑猜：

太意外了……这电话会不会是搞诈骗？

不行，得赶紧提醒牛奶奶。

追进屋没等我开口，

奶奶手一摆，悄悄地她把底儿揭开：

"别担心，俺娜娜去的是北海就没在威海，

这个骗子连蒙带唬净瞎掰！

他们行骗先得'编剧本'，

故事情节都要有安排。

每个骗子一小时能发出信息二三百，

违法作孽骗钱财。

俺'改剧本'是为把他们的时间给拖住，

免得让那么多人家遭祸害。

依俺看，今天这'剧本'不难改，

顺着走，饯着来，叫他们自己挖坑往里埋！"

嘿！老人家心明眼亮有气派，

来巧了，看看奶奶的真能耐吧！

奶奶回客厅拿起话筒先道歉：

（白）"冯同志呀，想不起那卡给放哪儿了，

怪俺年老记忆衰。

哎？对呀，娜娜他爹银行卡天天随身带，

叫他开车去汇款多痛快！

别挂电话，俺打手机催儿子去……

（分别作接听手机、座机状）

喂！喂！噢，老秦呀，告诉俺儿你们副总裁，

叫他汇五万块钱给威海！

（白）什么？收款单位；冯同志，请说账号；

老秦你记一下——幺拐栋拐栋栋拐（即 1707007）；

冯同志，把你手机号也留下，

再打给你三万块——酬谢恩人理应该。"

嗬！牛奶奶"空头支票"大把甩，

为拖延骗子的时间还紧显摆：

"冯同志呀，知恩当报是老理儿，

老话儿说，光挣不花——何苦来！

俺儿子在外企公司当经理，

还自个儿投资干买卖。

年收入一个半亿还没算'外快'，

钱多了也给人添腻味（读 wài 音），

买些个股票、基金满处塞！

说真的，今天汇出的这八万块，

还不够俺儿子的两圈儿牌！"

（白）她这一谝富，那骗子还当捞着重磅信息啦！这工夫奶奶的手机
　　响了。

老人家说："冯同志，先别挂电话，俺儿子回信儿了……噢，老秦呀，
　　啊！这……嗯，嗯……就这样吧。"

老人家满心不快又无奈：

"冯同志呀，今儿这别扭事儿一桩一桩接着来，

老秦找俺儿汇款吧人不在，

一打听，赶巧今天他出差；

打手机呢——人正在飞机上，

问到港时间，十二点整到烟台，

刚才机场通电话，

说这班飞机飞到半截又回来了，烟台那边有雾霾！"

嗬，老太太这"剧本"改得真精彩，

她能让飞机来回开！

电话里那骗子还在催汇款，

奶奶想：是时候儿了该摊牌：

"老冯呀，俺在电视里见过你同事，

（白）没错，真是你的同事，好几拨儿呢！

全没有脸呀——脑袋都罩上黑口袋。

他们从国内诈骗到海外，

不论是去非洲、越南、新马泰，

一批批抓捕都给押回来啦！

虽然俺和你没有见过面，

可你的嘴脸早就露出来。

告诉你吧，俺娜娜她根本就没有去威海，

你们光急着发大财，

'自摆乌龙'还没明白，

实在愚蠢真悲哀！

你的信息，俺组长已经向 110 报了警，

就是那个——'幺拐栋拐栋栋拐'！

哪个组长呀？俺手机里叫老秦的那一个，

是四号楼退休工人秦大伯（读 bái 音）。

这一片儿有防诈骗小组十多个，

俺组里有王嫂、李二歪、大张和小翟，

还有个老外奥特麦！

反电信网络诈骗布下天罗与地网，

你们逃不脱法律的审判和制裁！

（白）听清楚没……哎？说话呀！"还说啥，他连嘴都找不着啦！

嘿！牛奶奶哎，您座机手机齐上阵，

义正辞严真厉害，

过去有个双枪老太婆，

现在出了双机老太太！

奶奶说："你过奖了，

俺说话办事儿讲实在，

如今全国有老龄人口两亿两千两百万，

党和政府把老人们视如父母一样敬重和关爱，

时时细呵护，事事有安排，

若不是公安人员深入社区宣传、指导咱防诈骗，

俺老婆儿哪有'改编剧本'这能耐！"

老人家情真意切发感慨，
令我感动难忘怀，
为赞颂时代老人的新风采，
才编唱了这段儿《牛奶奶》！

（原载 2017 年 3 月号《曲艺》）

推土机上传家信

工地上有一对年轻人儿，
他们俩同县同乡还是一个村儿。
男的姓田叫田贵儿，
女的姓孙叫秀雯儿。
他妈和她妈是干姊妹儿，
多年的邻居住对门儿。
他们俩从小就在一起长到十几岁儿，
捡柴火拾粪总在一块堆儿。
手拉手参加过全县的运动会儿，
念完书一块出的学校门儿。
同年同月进的工地儿，
学技术考核又全是满分儿。
推土机开得都挺起劲儿，
工地上谁不夸奖这俩年轻人儿。
都知道他们是表兄和表妹儿，
行动上和一对爱人差不离儿。
他们俩心里边都揣着一件事儿，
可就是话到唇边吐不出音儿。
这一天秀雯儿接到妈妈一封信，
这姑娘看罢就红了脸皮儿。
老太太问姑娘爱不爱小田贵儿？
愿姑娘能够看中这个年轻人儿。
小秀雯又惊又喜沉思好一阵儿，
心里边擂鼓紧咬着下嘴唇儿，
暗想道：我何不借着信沟通这件事儿，
也省得憋在心里闷死人儿。

想到此拿着家信去找田贵儿，
一口气儿跑到田贵儿的宿舍门儿。
刚刚想推门儿要迈腿儿，
猛听得屋里边正讲田贵儿和秀雯儿。
不由得姑娘心纳闷儿，
她赶紧缩手撤回了身儿。
屋里边越说越有劲儿，
一个个都是大嗓门儿。
这个说："派田贵儿到西山工作他挑刺儿，
挑肥拣瘦净是问题儿。"
那个说："他不去是有人拉他后腿儿，
他离了秀雯就没魂儿。
起早贪黑奔西山嘴儿，
他怕的是整天见不着小秀雯儿。"
这个说："要我看他们俩枣木棒槌是一对儿，
我建议开会挖他们思想根儿。"
那个说："不，我看编段快板儿倒省事儿，
让老陈好好给他们编个词儿。
搞完广播开晚会儿，
省得他往同志们脸上净抹灰儿。"
大家齐说："对！对！对！
编快板儿不要漏掉小秀雯儿。"
小秀雯儿在门外又急又气又纳闷儿，
为什么你们不分青红皂白乱编词儿，
决不该拿着岳飞当秦桧儿，
无缘无故冤枉人儿。
暗埋怨没出息的小田贵儿，
你不该在工作上讨价还价闹问题儿。
这姑娘恼羞交加往回走，
一口气儿跑回宿舍关上门儿。
巧不巧？屋里正坐着小田贵儿，
他站起身和颜悦色叫秀雯儿：
"下了班你为什么衣服还没换？
看你那一脸黑油泥儿。"

秀雯儿憋着一肚子气儿，

说出话来攘揉人儿：

"我脸脏可不办丢人事儿，

没让人给我去编快板词儿。"

田贵儿一听话里带着刺儿，

知道里边一定有问题儿。

赶紧问："这是哪阵风不顺？

若不然是我田贵儿得罪你秀雯儿？"

秀雯儿说："调你到西山工作为啥你不去？"

田贵儿说："嗯，啊……"支吾了半天没有词儿。

暗想道：她怎么知道这件事儿？

耍聪明反倒吃了个哑巴亏儿。

半天说："西山离这十多里地儿，

少不了起早又贪黑儿。"

秀雯儿说："对，上年纪人了，得爱护胳膊腿儿，

别累出咳嗽痰喘伤劳根儿。"

田贵儿说："辛苦劳累是小事儿，

要想超额算没门儿。

山坡上，你费尽九牛二虎劲儿……"

秀雯儿说："别说了！还不是怕得不到奖金又劳神儿。

不害羞，这思想哪有一点工人味儿，

难怪人要给你编快板词儿。"

一句话说得田贵儿臊红了脸，

唰一下，从脖子红到耳朵根儿。

又羞又气再也待不住，

跑出去"哐当"一下关上门儿。

小秀雯儿见此情景心里别提多么不得劲儿，

愣呵呵站在那儿像个木头人儿，

两只眼亮汪汪地流热泪儿，

思前想后出起神儿：

倒好像我秀雯儿做错了什么事儿，

猪八戒照镜子弄得里外不够人儿。

他和我从来没有红过脸儿，

多少年体体贴贴在一块堆儿，

我只说他忠厚老实好脾气儿，

想不到他如今变成这样人儿。

不求上进不讲理儿，

说了他两句他摔了我的门儿。

有心去追小田贵儿，

又不知见了他该说什么词儿，

我有心从此不理小田贵儿，

难道说为这么点事儿，我多年的心事断了根儿？

这姑娘心里边疼一阵儿来酸一阵儿，

委屈屈觉得四肢无力少精神儿。

噗通通躺在床上蒙上被儿，

脑子里乱七八糟净问题儿，

心里边说不出苦辣酸甜啥滋味儿，

要想睡着算没门儿。

爱田贵儿来恨田贵儿，想起刚才的事情咬牙根儿。

恨不能损坏点什么东西解解气儿，

（白）啥也舍不得！

赌气子撕了个旧信皮儿。

想来想去有有有，

我何不请队长批准我去西山根儿。

田贵儿不干我去干，

小田贵儿不转变看你有什么脸再见我秀雯儿。

这姑娘翻来覆去难合眼，

不知不觉拉了起床笛儿。

爬起来梳洗已毕奔队部，

这时候广播站正放歌曲《一面小红旗》儿。

歌曲放完停了一会儿，

她还没有走到队部门儿，

猛听得广播员说播送一段小快板儿，

快板儿的名字就叫《田贵儿和秀雯儿》。

姑娘闻听像雷轰顶：

老天哪！这叫我怎么再见人儿？

一下子站在那里迈不动腿儿，

闭上眼，上牙紧咬下嘴唇儿。

屏住气刚刚听了四五句儿，

这姑娘一脸愁容变笑纹儿。

快板儿的内容和昨天听的不是一回事儿，

一夜的工夫改换了词儿。

里边说："小田贵儿和秀雯儿，

好得和兄妹差不离儿。

领导上要派田贵儿去西山工地儿，

小田贵儿怕得不到奖金又劳神儿，

挑肥拣瘦不想去，

一下子气恼小秀雯儿。

批评田贵儿没有工人味儿，

臊得田贵儿红脸皮儿。

跑回宿舍难入梦，

觉得里外不够人儿，

恨自己不该在工作上面图省劲儿，

半夜里砸开队长门儿。

主动承认错误作检讨，

决心要去西山根儿。

这就是革命友谊新鲜事儿，

劝大家不要在工作上面出问题儿。"

小秀雯儿听到这儿像一块石头落了地儿，

立刻轻松愉快有精神儿，

就好像三伏天吃下一根儿凉冰棍儿，

败心火捎带着有点甜津津儿。

一口气儿跑到车场再不去找队长，

乐颠颠地给机器加水擦油泥儿。

猛听得耳旁马达隆隆响，

小秀雯儿不自觉地一回身儿，

旁边的机车上坐的正是小田贵儿，

他一边干活儿一边用眼偷着看秀雯儿。

四只眼睛刚刚一碰都觉得不得劲儿，

赶紧地低下头谁也不敢撩眼皮儿，

小田贵儿有心说话难张嘴儿，

一时想不出恰当词儿。

小秀雯儿也想说昨晚是场小误会儿，

可就是没有勇气双手紧摆弄方向轮儿。

猛然间想起妈妈来的信，

妙妙妙！让家信给当个说和人儿。

唰一声把信扔给小田贵儿，

小田贵儿接到手中愣了愣神儿，

仔细一看长了劲儿，

伸手撩起衣裳襟儿，

从里边他也取出一封信，

使劲儿扔给了小秀雯儿。

秀雯儿她细一看也是那么回事儿，

两封信像一个人写的一个词儿。

原来是两位老太太做好了麻花儿拧好劲儿，

故意来打动这俩年轻人儿。

小田贵儿乐得闭不上嘴，

小秀雯儿脸红得就像苹果皮儿。

两个人低着头谁都不知说啥好，

怪不怪？手里边"嘀——嘀——"地直按"鼻儿①"。

这就是推土机上传家信儿，

又一阵马达响推土机奔上了西山根儿。

（原载 1958 年 1 月号《北京文艺》）

---

① 即推土机上的喇叭。

扒 墙 头

老张头，老刘头，

两家就隔着一道小墙头。

世世代代好朋友，

最近为姑娘、儿子结下仇。

见面全都不说话，

这个眼一瞪，那个一扭头。

这一天，张老汉越想越生气，

刘老汉越想越别扭。

喀嚓嚓！张老汉撅折小烟袋，

哗啦啦！刘老汉就把桌子捅。

怒气冲冲往外走，

一起来到院里头。

隔着墙头开了口，

俩老汉各自述理由：

"老张头！管不管你家的野小子？"

"老刘头！管不管你家的疯丫头？"

"你小子把我们姑娘来引逗！"

"你姑娘把我们小子勾！"

"闹得俺姑娘饭都吃不好！"

"闹得俺小子觉都睡不熟！"

"我不能眼看你小子把俺姑娘扯着落了后！"

"我不能眼看你丫头把俺小子拉着往下坡溜！"

隔着墙头一场斗，

你吵我嚷闹不休。

青红皂白难分辨，

两家大门响吱扭，

东院走进小金斗，

西院走进小玉秋。

老张、老刘当时止住口，

别别扭扭各自回到屋里头。

老张摆好饭菜等金斗，

老刘摆好饭菜等玉秋。

等了半天不见人，

俩老汉急得一劲儿打转悠。

一起来到院里看，

见俩人又凑近了小墙头。

隔着墙头脸儿对着脸儿，

说说笑笑、亲亲热热、比比画画，别提多么有劲头。

俩老汉气上更加气，

这个喊："金斗！"那个叫："玉秋！"

"你们这话怎么说起就没够！"

"你们这话匣打开怎么就没有头！"

"光说话能当饭来能当菜？"

"光说话能当馒头能当粥？"

"别忘了，现在的农民都讲集体，

人家大伙儿可都忙大秋！"

"胡扯羊皮误了正经事，

小心点，别人在背后要戳脊梁沟！"

"快把你们这话匣子闭一闭！"

"快把你们这闲话收一收！"

金斗、玉秋回屋去吃饭，

俩老汉别提心里多别扭。

俩人各怀心腹事，

在床上翻来覆去全都睡不熟。

老刘想：俺姑娘生产是能手，

苦呀累啊咋都能将就。

一心一意为了生产队，

评模范，哪次都少不了俺玉秋。

自从支援农业回来个小金斗，

这丫头心中变成无事忧。

别的事好像都扔到脖子后，

就知道站在院里扒墙头。

野小子就在墙头那边站，

两个人说不完、唠不够，墙头都扒出大豁口儿。

和这个野小子扯扯些啥？

猜不着、摸不透，反正这姑娘、小子到一块不把好事谋。

老张想：俺金斗支援工业建设走了二年半，

如今为支援农业又回到幸福沟。

一去一回带来全身艺，

生产处处起带头。

事事想着生产队，

大家伙儿有事也愿找他当参谋。

就是和玉秋爱接近，

整天不离小墙头。

疯丫头就在墙头那边站，

两个人嘀嘀咕咕咬耳朵。

这些天，小金斗，腮也瘪、眼也眍、坐不稳、睡不熟，这小子简直魂
　　全丢。

和这个疯丫头扯扯些啥？

猜不着、摸不透，反正这小子、姑娘到一块不把好事谋。

这时候，张老汉出屋去解手，

正看见一人爬墙头。

月光之下看得准，

原来是刘家小玉秋。

张老汉怒气冲牛斗，

大喊一声："抓小偷！"

玉秋又怕又是臊，

急忙跑回屋里头。

刘老汉也是睡不着觉，

斗夜起来去喂牛。

刚刚来到院子里，

猛看见一人爬墙头。

原来是张家小金斗，

刘老汉抄起耙子连打外带搂。

大喊一声："哪里走!"

小金斗急忙跑回屋里头。

公鸡唱,金斗、玉秋下地走,

从屋里走出老张和老刘。

隔墙又是一场斗,

这个怨金斗,那个怨玉秋:

"你家小子不害臊!"

"你家姑娘不知羞!"

"你姑娘为啥往俺院里跑?"

"你小子为啥往俺院里溜?"

"你家的脏盆别往俺头上扣!"

"你家的丑事别往俺身上搋!"

"是你小子把墙跳!"

"是你姑娘爬墙头!"

"是你家的小金斗!"

"是你家的小玉秋!"

俩老汉,捋胳膊,挽衣袖,

就好像隔着墙头要打排球。

眼看就要动了手,

忽听大门响吱扭。

金斗、玉秋并肩走,

一起走进张家院里头。

刘老汉气得有话难张口,

暗暗叫声小玉秋:

你为啥跑到人家张家院里去?

真正是姑娘大了不可留。

我正想抓点把柄堵住老张的口,

你这一来让我自己的巴掌往自己脸上抽。

张老汉心中也暗暗怨金斗:

为什么你勾来这个疯丫头?

见金斗扛着个大木架,

玉秋挎着个小布兜。

进院来,齐动手,

哗啦啦!从兜子里倒出来齿轮、钢刀、生铁轴。

又安又钉丁当响，

脸上汗水往下流。

俩老汉越看越纳闷，

全有点丈二的和尚——摸不着个头。

心纳闷身子往前凑，

就听见金斗问玉秋：

"你看这样合适不合适？"

"对头对头很对头！

我看明天就能用，

能省三匹大牲口。

试验好了再多做，

也省得支书、队长再发愁。"

俩老汉一旁实在憋不住，

这个问金斗，那个问玉秋：

"你俩搞的什么鬼？"

"这是件送粪的车子还是点种的耧？"

金斗擦了擦头上汗，

笑眯眯对着老汉说根由：

"党号召农业技术要改革，

生产队正准备力量忙大秋。

咱们队牲畜、人力全不够，

队长让咱大伙儿出计谋。

我在工厂时改革过几种新机器，

可是对农业机械不太熟。

玉秋在庄稼活儿上是能手，

请她帮我一块来研究。

制成了这台手推收割机，

用它来把庄稼收。

既省钱来又方便，

使用起就好像理发的师傅推平头。

不但轻松速度快，

胜过镐刨镰刀搂。

一切过程很顺利，

就有一事太别扭：

想到一起研究得绕路走，

就因为两家相隔一道小墙头。

昨晚上我去把玉秋找，

差点挨了耙子搂。"

玉秋说："我等你不来到东院去找，

张大爷错把我玉秋当小偷。"

金斗说："现在机器已经安装好，

走！找队长把意见去征求。

看看还有啥缺点，

晚上咱们再研究。"

俩人说着往外走，

院子里可乐坏了老张和老刘。

老张头看了看老刘头，

老刘头看了看老张头。

隔着墙头齐拱手，

这个喊："老张！"那个叫："老刘！"

"看起来咱是人老思想旧，

年轻人的心理咱是摸不熟。"

"对！咱俩犯了一样的病，

那叫什么……缺少……调查和研究！"

"张大哥！我错怪了你家小金斗！"

"不不不！我错怪了你家小玉秋！"

"你家的小子是个好小子！"

"你家的丫头是个好丫头！"

"你小子为生产队做了一件大好事。"

"还不是多亏你家小玉秋。"

"俺姑娘帮忙是小事儿，

得说你小子还乡回来得是时候！"

"嘿嘿嘿……"

"哈哈哈……"

刘老汉笑得眼泪往外淌，

张老汉笑得喀喀直咳嗽。

俩老汉笑完齐往屋里跑，

没多会儿又回到院里头。

两个人倒背双手往墙头凑，
张老汉笑呵呵地问老刘：
"他大叔！你手里拿的什么物？"
"我拿的是一把小镐头。
张大哥！你手里拿的是个啥？"
"我拿的是一把二尺钩。
他大叔！你拿镐头做啥用？"
"我看这道墙头太别扭。
您忘了刚才俩孩子临走说的话，
到晚上他们一块还要作研究。
俩孩子爬来爬去多么不方便，
我想扒了这道小墙头。"
"咳咳！他大叔！咱俩想的全一样，
真是心投意也投。"
俩老汉丁丁当当动了手，
没多会儿，就扒通了这道小墙头。

（原载 1962 年 6 月号《曲艺》，1990 年入选
《中国新文艺大系（1949—1966）曲艺集》）

短篇曲艺部分

西 瓜 园

夏至过，刚入伏，
满园西瓜全长熟。
绿油油地铺满地，
乐坏了种瓜能手赵大叔。
心里高兴嘴里唱，
手里还不住摇辘轳。
从东走来两小伙儿，
虎背熊腰胳膊粗。
肉皮儿晒得黑又亮，
一人肩上一把锄。
前边走的王二虎，
后边那个叫小吴。
收工回家吃午饭，
说说笑笑挺热乎：
"小吴！你看这满园西瓜有多好，
黑皮沙瓤水分足。
今天天热口又渴，
能吃个西瓜多舒服。
我看你去要一个，
赵大叔是你亲姑夫。
常言是亲三分向，
你们关系最近乎。"
小吴说声："算了吧！
你这个估计才不足。
俺这姑夫是生产队的把家虎儿，
办事专门讲制度。

热爱集体称模范，

公私分得最清楚。

谁去讨那二皮脸，

还不是白白找挨撸。"

二虎听罢一撇嘴：

"听你说得多玄乎！

吃个西瓜这点事，

还能扯到啥制度。"

小吴说："不信你去试试看，

能要出瓜来我认输。"

"好！你在这儿等一等，

要不出瓜来我从此不见你小吴！"

二虎走进瓜园里，

扯开嗓子喊大叔：

"大叔！我……"话到嘴边难张口，

抓耳挠腮不自如。

大叔说："别吞吞吐吐的，有话讲！"

"好！您……您看这太阳有多毒呀！"

（白）您听这话挨得上边吗！

他支吾了半天说了话：

"我，我想吃瓜找大叔。"

"噢！我当为了什么事，

这点要求能满足……"

（白）"大叔同意我去摘。"

"别忙！你先去找会计交完款，

再拿着付了款的条子来找大叔。"

"啊？咳！吃个西瓜这点事，

还叫我们把钱出？

只要你老一开口，

能马虎来就马虎。"

"马虎？公事要按公事办，

办事不能没制度！"

"大叔！制度也得灵活用，

俺今儿情况算特殊：

榜地榜了一上午,
头顶太阳像火炉。
心里恶心头迷糊,
十有八成中了暑。
本想到保健站去看一看,
活茬儿太忙没工夫。
都说吃瓜能消暑,
我才来找赵大叔。"
大叔说:"你要真的中了暑,
特殊情况该照顾。"
"情况属实没有错,
我不能糊弄赵大叔。
今天早晨中的暑,
已经两天没出屋……"
"嗯?你今天早晨中的暑,
怎么会两天没出屋?"
"啊!这……"问得二虎没话讲,
闹个脸红脖子粗。
大树后小吴乐得憋不住,
捂着大嘴直噗噗!
二虎想:西瓜不能要到手,
出去怎么见小吴?
想来想去有有有,
亲亲热热叫:"大叔!
您过去给地主种西瓜,
俺爹在地主家里管放猪。
一命相连同受苦,
患难弟兄如手足。
你老无儿又无女,
把我当成掌上珠。
常把我领到瓜园里,
连吃带拿管个足。
今天您还是我的好大叔,
我还是您那颗掌上珠。"

大叔说："过去种瓜肥地主，
咱吃苦受累白忙乎。
那时候你吃得越多我越高兴，
总不能都便宜了地主老可恶！"
"解放后我常来把瓜要，
您也照旧全满足。"
"解放后土地归己有，
你吃多少我也不在乎。"
"是啊！如今生活这样好，
您倒变成守财奴啦！"
"守财奴？我守的社会主义集体财，
我是公社的主人不是奴！
农村实现了公社化，
是毛主席给咱指出的光明路。
对集体，要爱护，
办事就得讲制度。
想吃瓜，我拿钱你到别处买，
别跟我磨磨蹭蹭穷对付！"
这时候小吴树后嘿嘿笑，
只乐得直不起腰来拿不住锄。
小吴一笑不要紧，
园里气坏赵大叔：
"好啊！二虎子明着跟我打嘴仗，
闹半天大树后面还有埋伏！"
小吴吓得猛一蹦：
"嗳！这事可没有我小吴……"
二虎急得一抖手：
"得！要瓜的这事儿我算输啦！"
没想到，大叔把大个儿西瓜摘了俩，
一个给二虎，一个给小吴。
俩人一见高了兴，
连连点头："谢大叔！"
大叔说："你们两个先别谢，
千万记住别马虎。

短篇曲艺部分

141

东村孙奶奶是咱大队的五保户，

这两天有点不舒服。

队长让我摘俩瓜给他送了去，

赶上活儿忙没工夫。

把这项光荣任务交给你们俩，

半小时送到不准耽误！"

啊！两人闻听一咧嘴，

小吴看二虎，二虎看小吴。

小吴说："西瓜没吃上，

白白挨顿撸，

半小时要走三里路，

简直是锻炼跑长途。"

二虎说："别看挨顿撸，

心里很舒服，

别说走三里路，

十里八里我也不在乎！"

（白）"走！"

（白）"走！"

俩小伙儿说说笑笑出园去，

哈哈哈……瓜园里乐坏了赵大叔。

（原载 1964 年 8 月号《人民文学》）

瑞雪情深

辽北大地雪纷纷，

玉树银花报新春。

有一列火车开进双泉镇，

站台上熙熙攘攘挤满了人。

有一位大娘随着人群走，

棉袄棉裤一色新。

快步直奔出站口，

不顾路滑积雪深。

一边走一边回头看，

只怕身后有人跟。

三步两步出了站，

老人家这才放心稳住神。

"咯咯咯儿……"一劲捂嘴偷着笑，

是那么如意和称心。

（白）啥喜事儿还偷着笑？往下听就知道了。

大娘刚刚出站口儿，

走过来，大娘的女婿刘景云：

"娘，俺队里听说您今天到，

派我开车来接您。"

大娘连说："好好好，

咱赶紧上车快回村。

千万别让他看见……"

说着她上了汽车关上门。

刘景云莫名其妙把大娘问：

"娘，您说的他是什么人？"

"快走吧，到家娘再告诉你，

要让他发现了娘可难脱身。"

（白）"到底是怎么回事呀？"

"哟，你看他已经出了站……"

（白）"谁呀？"

"快开车，别让娘着急又担心。"

景云不好再多问，

嗯！大汽车顶风冒雪开进村。

一家老小见了面，

说说笑笑格外亲。

景云又问起那件事，

大娘她未开口满脸尽笑纹：

"临来时娘捎来一筐大苹果，

少说也有二十斤。"

"咦？这苹果俺怎么没看到？"

"一下车娘就把苹果拥了军。"

（白）"拥军啦？"

"是啊，娘出门有个老毛病，

坐上火车头就晕。

俺两眼一合想忍一忍，

没想到身边有人留了神。

俺听有人把大娘叫，

睁眼一看是位解放军。

端着水还托着一包药，

俺打心眼儿里就觉着他那么亲。

一路上对娘照顾得别提多周到，

真是个雷锋式的解放军。

俺从筐里取出两个大苹果，

想表表娘的一片心。

这同志说啥也不要，

执行纪律忒认真。

娘我想了个好主意，

下车时我说这筐太沉。

他哪知娘是用的脱身计，

这同志还抢着帮俺拎。

他把筐子接过去，

我下车转身钻进了人群。

三步两步出了站，

上了汽车到了村。

这回他不要也得要，

我让他没处找来没处寻。"

大娘越说越高兴，

也乐坏了闺女和小外孙：

"娘，您这办法想得妙！"

"姥姥拥军真会动脑筋！"

景云听罢一摆手：

"别夸啦，娘您这事办得太粗心！

这筐苹果解放军同志怎么能要？

不知道这同志是怎么着急在找您。"

一句话给大娘提了醒：

"嗐！俺这招儿简直是折腾人。

景云你赶快去车站，

让亲人挨冷受冻娘可不忍心。"

说话间"咣当"门一响，

从外走进一个人。

头上红星光闪闪，

银白的雪花披满身。

怀抱一筐大苹果，

满脸欢笑汗淋淋。

大娘一见发了愣，

正是她说的那个解放军。

（白）"大娘，给您的苹果。"

（白）"啊！你……？"

"大娘，下车后我再找您找不见，

追出站，您上了汽车关上门。

我明白了，您是要把苹果留给我，

真可谓军民一家骨肉亲。

大娘呀，俺要发扬我军好传统，

学先进连队的好精神。

做雷锋式的好战士，

掏尽红心为人民。"

大娘她上前拉住亲人手：

"同志呀，你是怎么找上俺的村？"

"大娘呀，您丢下的东西帮助了我，

是它一直领我找到您。"

（白）"哟，俺丢的啥东西？"

"您丢的是雪地上两道汽车印儿，

俺顺着车印儿找进村。"

全家人个个受感动，

那战士告别大娘走出门。

一家老小齐相送，

看山乡，银装素裹气象新。

雪地上留下亲人的脚印，

显示着军民鱼水一往情深。

（原载 1978 年 8 月号《黑龙江艺术》）

张大娘进山

张大娘，气不休，

埋怨儿子张铁牛：

"你可有本事，跑到大山沟里头找个对象，

你咋没能耐，把那媳妇娶出老山沟？

为婚事，姑娘从冬拖到夏，

为婚事，娘我从春盼到秋。

我让你说服她，她让你说服我，

来来回回踢皮球。

（白）不中！

铁牛哇，跟娘走，

咱们两个进山找二妞，

不是娘，夸海口，

摆事实，讲理由，

明里讲，暗里求，

准让她，点了头，

跟咱高高兴兴离山沟。"

铁牛说："娘！二妞的心事您猜不透，

到时候，我怕您老的脸面不好收。"

大娘说："咳，她不下山我不走，

我不信拉不出来这个犟丫头！"

娘两个说罢上了路，

翻过一冈又一丘。

进村要爬老爷岭，

那老爷岭十人见了九人愁。

山又高，坡又陡，

道又窄，光溜溜。

张大娘从早晨爬到日过午，

只累得她气喘吁吁汗水流。

翻过岭，忽听得轰轰炮声响，

山根下正在开山凿洞把路修。

铁牛来到洞门口，

东看看，西瞅瞅，

见二妞正在搬石头。

小铁牛把二妞叫到了洞门口，

（白）"二妞！二妞！""啊！"

这二妞，猛回头，

满面带笑，脸上还多少带点羞。

张大娘一把拉住二妞的手，

亲热的话儿顺嘴流：

"二妞呀我的好丫头，

跟铁牛你俩情意投，

相处的时间可不算短了，

依我看结婚到了好时候。

你今年二十三，他今年二十六，

他属小龙你属猴。

娘我把铺的、盖的、穿的、用的全都准备好了，

就等你二妞一点头（啦）。"

二妞闻听抿着嘴地笑，

说出话来有板有眼有劲头：

（白）"大娘您是第一次进山吧？""可不是。"

"对俺的情况还不熟。

您来看，这东面是老爷岭，

西面那是狮子沟，

南面是，玉石山，

北面这座大山名叫鹰见愁。

俺村就在环山内，

为'四化'粮食高产水果丰收。

可就是，粮食水果运不出这大山口，

机械化肥运不进这老山沟。

出村进村都要爬山越岭，

俺必须开山凿洞把路修。

不是姑娘不想走，

是家乡的需要把俺留。

再一说，俺的岁数还不算大，

再停两年也白不了头。"

铁牛就说："对对对！

我坚决支持你二姐。"

大娘说："你们一对一答多合手，

可娘我已经白了头。"

二姐说："大娘您今年虽然六十六，

能爬山能越岭能过大沟。

叫我看您少说能活九十九，

猛一猛活一百还得出头。"

大娘一听嘿嘿笑：

"好闺女，巧嘴头，说出话来叫人听着真顺溜。"

大娘猛然想起一件事，

理直气壮叫二姐：

"你姐姐大姐不是出嫁走了吗？

我听说是你劝她离的老山沟。

为什么娘我劝你你不走？

我看你二姐还得学大姐。"

二姐闻听摆摆手：

"大娘啊，您对俺姐姐不太熟，

党支部领导俺兴修这条路哇，

社员们你追我赶争上游。

'四人帮'兴风作浪伸来了黑手，

煽动劳力往外流。

俺姐姐顶妖风成立一支专业队，

十个人自力更生把路修。

从二十岁把婚期拖到二十六，

她可称红心铁手硬骨头。

她婆家开山放炮缺少能手，

派人再三来请求，

我让姐姐出山走，

把她的担子揽在我的肩头。

看今天，党中央为咱除'四害'，

干'四化'咱应该更上一层楼。

山洞没打透，我怎么能够走，

不修通这条路决不罢休。"

大娘说："既然你的决心已下定，

娘再等二年进山沟。

到时候，如果这个山洞没打透，

我来问问你，你是走来你是留？"

没等二姐话出口，

背后站出一个小丫头：

"到时候准让俺姐走，

她的担子揽在我的肩头。"

"小闺女你是哪一个？"

"我？我是二姐的妹妹小三妞！"

大娘想：山里的人民可是有志气，

姑娘们一个一个都是硬骨头。

铁牛一旁插了话：

"我坚决支持二姐学习小三妞。

娘说过二姐不下山您不走，

到现在您是走来还是留？"

大娘说："嗯，我说不走就不走！"

"娘，您这可叫啥理由！"

"铁牛啊，咱也为山区建设帮把手，

同心协力把路修。

早把山洞来打透，

让那大汽车，嘀！嘀！进山沟。"

张大娘几句话，

乐坏了二姐、三姐和铁牛。

异口同声齐说好，

阵阵笑声飞出山沟。

（1978 年创作，选自《赵铮河南坠子选》）

赔礼道歉

城关下围着人一堆，

有两人你争我吵谁也不让谁。

这个说那个是"祸首"，

那个说这个是"罪魁"！

这个说："你把我脑壳给打肿！"

那个说："你把我瓦罐给打飞！"

"我治伤你要掏医药费！"

"我的瓦罐碎了你得照价赔！"

"你脑壳打肿该你受罪！"

"你瓦罐碎了算你倒霉！"

要问他俩为啥吵嘴？

究竟谁是与谁非？

他两个家都住在城关大队，

一个姓魏，一个姓崔。

"文革"中妖风四起搅乱了社会，

帮首们混淆视听把派性鼓吹。

这一来老魏、老崔作下了对，

这些年两人谁都不理谁。

今天走个面对面，

这个身一扭，那个头一回。

老魏空身赤着手，

那老崔扁担上拴着瓦罐肩上背。

老崔一扭身，扁担打到老魏脑壳上，

老魏不由手一挥，

啪！一下把老崔瓦罐给打碎。

老崔怨老魏，老魏怨老崔，你说这事该怨谁？

两个人因此吵起嘴，

你争我吵难解围。

老魏说："走！咱找个地方评评理！"

老崔说："断个谁是与谁非！"

两个人来到县委会，

进了院异口同声喊："老雷！"

值班员说："书记老雷去了火车站，

和机关的同志们参加劳动去拉煤。"

两个人气呼呼地齐说："等！"

在院里磨磨转转打来回。

一等等到天过午，

心急不见书记归。

两个人都打算让步想了事，

可嘴上谁也不肯先让谁。

老魏说："你要是向我赔个礼，

我情愿吃个哑巴亏。"

老崔说："你要是向我道个歉，

我瓦罐碎了认倒霉。"

"你不赔礼我就豁上时间等！"

"你不道歉等到来年我奉陪！"

各不相让较上劲，

继续在院里打来回，一直等到天色黑。

猛抬头，见一辆辆板车进了院，

顿时一阵笑语飞！

个个是一脸煤灰满身汗，

这伙人都变成黑李逵。

老魏、老崔花了眼，

认不出哪个是老雷。

值班员喊："老雷有人等！"

人群中有人问声："谁？"

老魏、老崔顺着声音看，

见书记大步走来笑微微。

少说他年轻了有二十岁，

花白的头发让煤全染黑。

老雷他走遍社社与队队，
认得出老魏和老崔。
他忙让二人屋里坐，
给每人倒了水一杯。
看看老魏噘着嘴，
望望老崔皱着眉。
老雷说："请你二位多原谅，
让你们久等不能早回。
要知道工农业都在要大上，
咱领导机关得阔步追。
搞了个保粮保钢的运输队，
我是书记兼指挥。
大家说：团结大干为'四化'，
让汽车、板车比翼齐飞！
还提出：谁不珍惜宝贵时间谁不对，
谁不搞团结就该批评谁。
有劲儿都用到'四化'建设上，
把那些耽误的时间快挽回。
现如今大家的时间都很宝贵，
我不应该让你们等我到天黑。
难怪你俩不高兴，
他噘嘴来你皱眉。
你们的宝贵时间被我给浪费，
有意见就请批评我老雷！"
老雷他一边解释一边做检讨，
难坏了老魏和老崔。
本想见老雷各述个人理儿，
让书记断个谁是与谁非。
这一来两人再也难张嘴，
嗓子眼儿像有团棉花塞。
你脸发烧，我心觉愧，
两个人脑袋渐渐往下垂……
这时候，值班员送来洗脸水，
老雷洗着脸等他们两个把话回。

老崔用膝盖偷偷拱老魏，

老魏用胳膊轻轻捅老崔，

低声细语说了话，

相互道歉把礼赔。

老魏说："今天这事我不对。"

老崔说："今天这事我理亏。"

"你瓦罐打碎我愿赔偿。"

"你治伤费用包给我老崔。"

"不不不，我这点轻伤不用治。"

"不不不，我那瓦罐不能让你赔……"

二人说罢往外走，

老雷纳闷随后追：

"哎，你二位事情没谈怎么能走？"

两个人招手说："老雷您请回。

今天的事我俩都不对，

您用行动给我们解了围。

谁不珍惜宝贵时间谁不对，

谁不搞团结就批评谁。

我俩先回队送个信，

今晚上，同你们一道去拉煤！"

（原载《黑龙江艺术》1979 年 3 月号，

获该刊建国 30 年征文二等奖）

舍近求远

张大娘拐弯抹角走下宿舍楼，

到对门儿商店去打酱油。

她一步刚跨进店门口，

突然心一抖，眉一皱，思前想后摇摇头，赶忙又把脚步收。

转过身来往外走，

出胡同，上桥头，穿街口，过岗楼，坐上汽车去打酱油。

这大娘为什么舍近去求远？

有一件愁事憋在她心里头。

个月前，张大娘走进这家副食店，

售货员是个姑娘她姓刘。

这姑娘，十八九，

鼓鼻子大眼高个头，

扎围裙，戴套袖，

可两只手"噜"呀"噜"正把毛活儿钩！

张大娘喊了一声她没理，

喊了两声她没抬头，

连喊三声她把脖儿一扭：

"你买什么，吵吵喊喊也不怕震耳朵！（读 duo 音）

这姑娘气儿不顺话儿不周，

那白眼珠一翻像对卫生球！

张大娘吓得心一抖，

两眼发呆直勾勾。

来买什么东西全忘记，

忙赔笑脸紧央求：

"姑娘你容我想一想，

你一瞪眼把我魂吓丢。"

大娘这话刚出口，
那姑娘恼羞成怒气不休，
反倒说："俺天生眼大你怕就别瞅，
总不能你胆小俺把俩眼抠！"
张大娘一气转身走。
回头说："姑娘，俺来买货不是来找别扭。
油盐酱醋哪没有，
我走到天边再也不会把你来求！"
从此后，大娘赌气往远处走，
情愿坐着汽车去打酱油。
一来二去半月后，
几天前，大娘又把油盐酱醋买回一兜儿。
下了汽车往家走，
见楼门口站着一个姑娘好面熟：
这姑娘，十八九，
鼓鼻子大眼高个头，
扎围裙，戴套袖，
低头不语面带羞。
大娘看罢眉一皱，
正是副食店的那个厉害丫头！
那姑娘含羞低头往大娘身边凑，
一只手轻轻地把自己衣襟儿揪：
（白）"大娘，您回来啦？"
她喊了一声大娘没有理，
她喊了两声大娘不抬头，
她连喊了三声大娘把身一扭，
"噔噔噔"地上了楼。
小刘她紧跟在大娘的身后，
忙说道："大娘，让我来帮您提网兜儿。
自从那天我把您气走，
同志们都批评我思想不对头。
商店本是社会的窗口，
文明经商要讲究。
青年人要有理想有追求，

就要在文明建设中争上游。

比同志们服务思想我落了后，

一想起大娘您我更内疚。

今天我找您来道歉您刚走，

我在楼下等您站了半个多钟头。

大娘啊，您批评我吧消消气，

您别再远走去打酱油，这事都怪我小刘……"

说着她深深给大娘施了一礼，

泪珠儿围着眼圈儿直转悠。

"这，这……"张大娘一时不知说啥好，

"好闺女，咱娘俩这事儿一笔勾！

别难受，我往远处走不是因为你，

是因为，是因为……"她边说边想找理由：

"是因为你大娘我今年五十九，

得练练这把老骨头，

老胳膊老腿儿靠常蹓，

要不然我越活越抽抽！

放心吧，从今后别人卖副食我不买，

我打油打醋专门就找你小刘！"

可是今天张大娘下楼去把副食买，

刚一跨门坎儿又犯了愁：

呀，售货员和顾客们都知道，

我跟姑娘小刘闹过别扭。

我今天若把小刘找，

会引起别人把往事勾。

这个瞧来那个瞅，

让姑娘小刘的情面不好收。

干脆我还往远处走吧……

出胡同，上桥头，穿街口，过岗楼，又坐上汽车去打酱油。

她进了那家商店直奔柜台走，

售货员笑脸相迎紧应酬：

（白）"大娘，您买什么呀？"

张大娘，抬头瞅，

见柜台的姑娘好眼熟。

这姑娘，十八九，
鼓鼻子大眼高个头，
扎围裙，戴套袖，
满面春风乐悠悠。
大娘越看越纳闷，
这售货员正是那小刘！
"咦？姑娘你怎么又到这儿来卖货？"
那小刘话语亲切又温柔：
"大娘，我利用休息时间来学先进，
为文明经商更上一层楼。
我态度不好把身边的顾客您气走，
人家服务好您情愿坐汽车到这儿来打酱油。
大娘啊，您为啥还舍近求远往这儿跑？
是不是您对我气儿没消心里还别扭？"
张大娘看着眼前的姑娘爱不够，
她笑呵呵地又编理由：
"好闺女，我心里一点怨气也没有，
是因为……咱娘俩订好的合同不能丢，
我说过别人卖副食我不买，
专门找你买醋打酱油。
刚才我下楼找你你不在，
我这才坐上车专程来追你小刘！"

（原载 1987 年 4 月号《曲艺》）

这不是家务事

（唱）商业局长何清洲，

两口子吵架闹个不休。

老何他气得在屋里来回走，

他爱人，王淑秋，噘着嘴，扭着头，那眼泪豆儿一对一对儿地

　往下流！

老何越吵气儿越壮，

一条一条摆理由。

王淑秋从来没有服过软，

可今天像个撒了气的破皮球。

街坊们在门外悄悄议论：

看呀，何局长闹"革命"治服了王淑秋！

老何跟老婆吵架，怎么说是闹"革命"呢？这得从何局长和王淑秋这两个人谈起。在我们县里，提起商业局长何清洲没有不挑大拇哥的。他工作认真负责，作风正派，廉洁奉公。说是个局长，经常深入到基层，啥活儿都干，职工们就没拿他当官儿。您想这样的干部谁不夸好？只有一点大家对他不满意。什么呀？他……怕老婆。要说怕，也不是怕，反正惹不起她。你跟她吵架吧，一个领导干部在家吵架影响不好；讲道理吧，别看她没理，老何再借八张嘴也讲不过她。要说怕，有一点老何是真怕。怕什么？真怕她给捅娄子。那么王淑秋是个什么人呢？这人就是爱占小便宜，见了便宜就上。这么说吧，上一趟街不抓挠点儿什么回来，她能难受得连觉都睡不着。就因为她这毛病，愣把老何胖乎乎的一张圆脸儿给气长啦！王淑秋怎么会这样呢？这里头有原因：王淑秋比老何小八岁，结婚时候她才二十多点，什么事儿老何总是让着点儿。可是迁就来迁就去，坏了，家里一百个事儿，九十九个半得依着她，剩那半个还得讨论讨论，最后四舍五入又进了一！还有，本来她就自私，加上前些年社会上的不正之风的影响，她这毛病也就更厉害了。近几年她给老何找了不少麻烦。

　　自从党的五中全会以后，特别是通过《准则》的学习，老何想：我不能让她再这样下去了，得想办法帮助她。不然我这个领导在群众面前说话就不硬。经过一段给她摆事实讲道理和必要的斗争，王淑秋满口答应要改，可就是行动不对号。这不，今天下午又把老何气着啦！王淑秋在下班的路上，东瞧瞧，西逛逛，按着老习惯这儿抓一把，那儿抄一把……一回头碰见水产部的小刘了："小刘，来鱼了吗？""今儿没货，过两天来一批大胖头。""想着啊，给我留条活的，大点儿。"小刘还真拿着当回事儿："好，来了我给你送去。"说完小刘走了，她一扭头看见副食店门口来了一批新蒜。紫皮蒜，挺大的头儿。她一边摆弄一边说："嘿，这蒜可真好！"售货员老李认识她，让了一句："来点吗？""哟，刚下班儿没带着钱。""拿几头尝尝吧！""哎。"她一下装了两兜子！说了声谢谢，走啦。老李望着她背影，心里说："嗬，这位局长太太什么都抄哇！"您说多巧，这工夫何局长从店里出来了，一拍老李的肩膀："老李，刚才那蒜你称了吗？""……没称。""我看见了，你怎么没收钱呢？""不多，我说是让她尝尝。""装了两兜子还不多？这样吧，凡是过路的都送给两兜子尝尝，这批蒜钱归你给了。""啊！我……""这蒜多少钱一斤？""三角五。""她装了多少？""最多也就二斤。""那好，给你七角。告诉你，从今以后她来买什么都要照价收钱。你不收，我让你们经理扣你的工资。"老何说完就走啦。两口子前后脚儿到家，进门就吵起来了！老何指着王淑秋的鼻子说："真是恶习难改，你怎么跑街上装蒜去？"她还不认账："谁装啦？""那把你俩兜儿里的东西掏出来。"她不敢掏。怎么呢？那兜儿里除了蒜，还有半兜子核桃哪！老何说："这蒜才三角五一斤，我看你都没有那蒜值钱哪！"坏了，老何这句话说重了，王淑秋大哭大闹了一阵。最后，老何说："今后我也不说了，咱也不吵了，反正我这两条腿总在下边转，再发现你有这种事儿，第一，除了照价付钱，还请人家酌情罚款；第二，我带着俩孩子给人家去赔礼道歉。我说，'我爱人做得不对，我表示道歉'。我让孩子说：'我妈妈做得不对，我们俩替妈妈道歉。'你要不怕丢脸，不怕罚款你就干，这两条我说到做到。再告诉你刚才那两兜子蒜，估计有二斤，我已经给了人家七角钱。"王淑秋半天没言语，一听这话，"噌"站起来了："干吗给七角？不够二斤。""满满两兜子不够二斤？""这里边儿还垫着半兜子核桃呢！"老何气得都说不话来了："你，你……你真行！"老何一气，转身走啦！这一下，王淑秋可有点儿傻眼了：

　　（唱）王淑秋又急又怕真后悔，
　　暗想道：今天这事真倒霉。
　　三个核桃两头蒜，

招出来麻烦这么一大堆。

没想到能把老头子给气跑，

我叫又不好叫，追又不好追。

第一怕他照价付钱还带罚款，

第二怕他带着孩子去把礼赔。

真那样，再上街我让人家摇头撇嘴，

这丢人现眼的包袱我可怎么背？

看起来这些事我做得确实不对，

不怪老何他发怒又立家规。

倘若是把老何再气个好和歹，

那我可就算倒了血霉。

老何是我家的顶梁柱，

为这点儿小事何必闹得蛋也打，鸡也飞，一切全吹！

王淑秋想：今后我还真得改改。当天晚上老何回来，王淑秋第一次向老何服了个软儿，承认了自己不对。老何觉得她还真有点儿悔改的意思，事情也就算了。你还别说，她还真好了两天。第三天下午，水产部的小刘给送鱼来了，是条大胖头，有八九斤重。用一缕儿马莲穿着腮，一劲儿扑棱，还活着哪！王淑秋高兴地问："多少钱一斤呀？""咱本县水库的，五角。""这条多少斤？""八斤一两，四块零五分。"王淑秋把鱼接过来，不由得心里打起算盘来了：一条鱼四块零五分，我可从来没有花过这么多钱。这不合算呀！有心让他少算俩钱……不行，老何知道了又得麻烦。她突然灵机一动：有了！"小刘呀，这条鱼太大了，我家人口少，吃不了放着又怕坏了，你看……"小刘说："那好办，我拿回去换条小点儿的。""哟！让你来回跑，那多不好意思。""没什么。""我看这样吧，我留一半儿得了。"她还没等小刘说什么，一转身进了厨房，抄起菜刀"咔"一下，把鱼剁成两段儿。家里现成的秤，称了称，提溜着一段儿就出来了。这一段儿三斤三两——光那个大鱼脑袋！她还说哪："小刘啊，你把这半儿拎回去吧，我约了，这半儿三斤三两，我留下的那半儿四斤八两。你接着，我给你拿钱去。"小刘一瞧："这……"

（唱）小刘两眼直勾勾，

愣呵呵望着那个大鱼头。

腮底下留下不到一寸肉，

这三斤三两得有二斤是鱼骨头。

谁见过买鱼这样买？

你们说说，她这个主意有多馊！

这要是退回去，五角一斤的鱼头谁肯买？

没办法，我只有自己掏钱把它留。

这哑巴亏吃得有多难受，

这才叫把送殡的埋到了坟里头。

谁叫我想套交情留后手儿，

我再要给她办事我就不姓刘！

咱不说，小刘收罢了鱼钱转身走，

王淑秋占了便宜乐悠悠。

美得她一边做饭一边唱，

唱的是：哆来唆咪，都来送蜜（谐音）来来唆啦哆！

可是她没想到，小刘一出门正碰上何局长。两个人说了几句话之后，只见老何捂着胸口就进来了。"哟，你这是怎么啦？"老何带着一脸痛苦的神色说："憋得慌。""是不是心脏不好？走，快看看去。""不，我刚从医院回来。""大夫怎么说？""大夫说肝郁不舒，里边窝着点儿气。另外就是营养不良。""瞧，谁让你平时不吃肉呢！今天巧了，我给你买鱼了。""嘿，那可真巧，大夫说了用不着吃药，告诉我个偏方儿，让我买肥肥的大鱼头熬汤，喝几次就能好。""这……今儿鱼没头。""头哪？""让我给退啦。""嘿，买还买不着哪，你怎么给退啦？最近这个偏方儿传开了，很多人都在抢鱼头，今天下午鱼头都涨价啦！""哟，那你等着，我把它追回来。"说完她撒腿往外就跑！

王淑秋走了，何局长乐了，病也没了。他没事儿了，可王淑秋在街上这通儿拼命地跑哟！一直追到水产部。见小刘正在柜台里站着，急忙说："小刘，那鱼头呢？"小刘一本正经地问："干吗？""给我吧，我要了。""要啦？告诉你，涨价啦！""不是五角一斤吗？""整条的五角，光买鱼头八角！""……""要不要？就这一个了，买鱼头的多着哪！""要！要！""掏钱，三八两块四，三八两角四，一共两块六角四。""两……这么会儿就多花一块多钱呀？""你不要？哎！哪位要这个？""要！要！谁说不要啦！"王淑秋一边交钱一边想：这鱼头怎么比肉还贵呢？"唉，小刘啊，最近不是老检查物价，不是不让随便涨吗？""我敢随便涨吗？这是领导决定的。""哪个领导？我找他提意见去。""哪个领导？告诉你，商业局长，您的爱人何——清——洲！"

（唱）王淑秋一听无话答，

把眼睛眨巴了几眨巴。

是是是来我明白了，

要吃鱼头的是他，让涨价儿的也是他。

我今天占便宜改变了方法，

他也就变着法儿把我来惩罚，

他们做好了圈套把我戏耍，

这两块多钱算白花！

回去还得认个错，

老毛病不改我是斗不过他。

她无精打采转身走，

提溜着个大鱼头她就回了家。

（原载 1980 年 11 月号《曲艺》）

美 嫂 子

　　司机大老何，外号"大老喝"。虽然爱喝酒，想喝又没辙，经济不自主，因为怕老婆。按理说他爱人做得对，一个开汽车的司机怎么能总喝酒哇？可是老何有这个嗜好，不喝口儿心里没抓没挠的那么难受。最近他在钱上找了点儿来路，偷偷地喝了几天便宜酒。喝的时候觉着是个便宜，万没想到落了个极不美妙的结果。怎么回事呢？这一天，老何正要开车往大同市去送货，就听车下有人喊了声"大哥"。老何回头一看，车下站着一个三十多岁的妇女。这位大嫂白毛手巾包着头，耳边露出齐刷刷、黑黝黝的短发，四方脸，大眼睛，中等个儿，身材长得很丰满。再看身上穿的那套蓝布衣服，少说穿了也有三四年了。怎么呢？洗得都发白了，肩膀上还补着块补丁。谁呀？老何也不认识。他随声问道："什么事啊？"那位大嫂满脸含笑地说："大哥，想求你从大同给捎几个橘子吃，行吗？""橘子……""对，咱雁北山沟沟里有梨、有桃，想吃个橘子尝尝新鲜。这就得麻烦大哥你了。"老何眼睛看着这位大嫂，心里暗说：哟，这位大嫂嘴够馋的。有吃橘子的钱你买件衣服，换换你的补丁裤子好不好！可这话也不好直说呀，他绕着弯儿地说："我劝你别买橘子，这橘子的价钱多贵呀……""只要有，多花俩钱不要紧。"老何想：怪不得她穿补丁裤子哪，她有钱都花到嘴上啦！他故意打岔地说："算了吧，我听说这橘子都是进口来的货，对了，现在吃的橘子都是从美国运来的呀，一个橘子就卖五角钱！"那位大嫂从兜儿里掏出一张五元的票子："那就求您给捎十个吧，傍晚儿我再到这来接车。"说着把钱和一个小塑料网兜儿递过去了。"这……"老何还真没词儿了，那就捎吧！

　　老何到大同卸完货，到水果商店买了大小差不多的十个蜜橘。花了多少钱呢？才花了一块四。五元钱还剩下三块六。老何把一兜儿橘子挂在司机楼里，刚要把找回的三块六角钱往网兜儿塞，手又停住了。他手里的钱变了，不是票子了，变成酒瓶啦！怎么会变成酒瓶呢？今天出车，他爱人给他烙了两张油饼，外加两个咸鸭蛋。就怕他到城里喝酒，只给了他够买一碗热汤的两角钱。这会儿他一看手里有钱了，就想起喝酒来啦。他心里说："按理说这钱应该如数给她剩回去，可是我说这橘子得五角钱一个她也认可了。对不起，这钱哪，我留着慢慢喝吧。哼，谁让你嘴馋哪！"好嘛，不知道是人家嘴馋还是他嘴馋！

老何进了饭店要了一碗甩袖汤，二两好酒，吃着油汪汪的饼，喝着热乎乎的汤，抠着咸滋滋儿的鸭蛋，喝着香喷喷的好酒，高兴！等他吃完、喝完，在开车往回走的路上，他美得还唱上啦！

（唱）二两好酒入肚肠，
打个饱嗝儿我都觉着香。
馋大嫂给我送来便宜酒，
喝这酒，就算她答谢我帮忙。
平日里想喝酒得跟老婆磨破嘴，
今天我兜儿里也有了个小银行。
虽说只有三块六，
三天五日喝不光……
老何他烧酒入肚口干渴，
抬头看，靠车窗，一兜蜜橘金黄黄。
他嗓子眼儿里好像猫抓痒：
（白）这橘子是酸的还是甜的？
干脆我剥俩先尝尝。
十个橘子他给吃了俩，
心里还不住犯思量：
怪不得馋大嫂她愿高价把橘子买，
这东西的味道就是强！
大车开回公社的货场上，
那位大嫂乐呵呵走到他身旁：
（白）"大哥，买到了吗？"
老何说："原来说一个橘子卖五角，
没算运费和包装。
现在这八个橘子合五块，
我尝了——不，你尝吧，这橘子的味道实在强。"
那大嫂接过橘子忙道谢：
"多谢大哥你帮忙。"

这事儿过去了五天，出了问题啦。这老何听他爱人玉莲说："老何，我在公社药材收购站工作了这么多年，今天收到一种从未收购过的药材。""是什么药材？"玉莲打开手绢儿说："你看。"老何一看，心里哆嗦了一下。什么呀？八个橘子皮。玉莲说："我在下班的路上，有一个八岁的男孩拦住我问：'阿姨，这橘子能做药材吗？'我说能。他说：'那就给您吧！'我顺手给了他一角钱。""咳！这八个橘子皮能值一角钱吗？""是我自己的钱，我看孩子跑得小脸儿通红，给他买糖吃的。"老何想：给一角就给一角吧，给出一角，我还赚三块五呢。因为他一看橘子皮心里就不踏实，他催着玉莲说："算了，快吃饭吧！"玉莲说："好，吃完饭我还得回站里学习去。""学习？""是啊，在开展'五讲''四美'活动中，公社妇联号召我们要向美嫂子学习。""美嫂子是谁呀？""她叫刘月美，在东大街铁塔后院住。因为她心灵美，社员们都称她美嫂子。""她怎么个心灵美呢？""她结婚不到二年，丈夫就死了，当时她还不到三十岁。""哟，那得劝她改嫁呀。""她家里有个老婆婆。""那怕啥，让老太太吃大队五保嘛！""可是她这个婆婆年老多病，跟前需要有人照顾。美嫂子一直为照顾老人，没考虑自己的问题。老婆婆呢，也通情达理，怕因为自己把儿媳耽误了，还催着美嫂子改嫁。美嫂子说：'我不能丢下孤儿寡母不管，咱庄户人家从来对老人就讲一个'孝'字，我是个共产党员，就得讲共产主义道德。'嘀，床前床后把老人照顾得别提多周到了。感动得老婆婆让她小孙子搀着到公社党委，冲着党委大院正门直鞠躬啊！说感谢党给了她一个好儿媳妇。美嫂子为了不给大队增添负担，几年来凭着她自己的劳动培养着孩子，照顾着老人，现在还成了咱全公社的劳动模范啦！"老何听完，挑着大拇哥说："好，真是个美嫂子！"话刚说到这，从外边跑进一个小孩儿。玉莲一看，就是送橘子皮的那个孩子。"哟，孩子你怎么来啦？"那孩子从兜儿里掏出一角钱，红着小脸儿说："我给您送钱来了。妈妈说那几个橘子皮不值一角钱，是阿姨故意多给的，占便宜的行为不符合'五讲''四美'的内容。妈妈让我来感谢您，还让阿姨您批评教育我。"玉莲听了一把孩子搂在怀里，感动地说："好孩子，你真是个好孩子！"这工夫，老何的心里可犯开嘀咕了。他又听玉莲问孩子："你叫什么？""陈小光。""你爸爸干啥的？""爸爸死了。""那你妈妈呢？""妈妈叫刘月美。""噢，你是美嫂子的孩子呀？！"老何的脑袋里"轰"的一下，心里说：坏了，敢情那钱我赚的不是馋大嫂，是美嫂子。这事儿要传出去，人家是美嫂子，我非落个丑小子不可！又听玉莲问小光："这橘子是妈妈给你买的？""不，奶奶有病，是妈妈孝敬奶奶的。""你妈太好啦！""妈妈说我们生活紧点也得把奶奶照顾好。妈妈把她要买衣服的五块钱省下来，给奶奶买了八个橘子。""什么，五块钱才买了八个橘子？""嗯，这橘子贵，对了，这橘子是美国运来的！""从美国运来的？""啊，给捎橘子的那位大爷说的嘛，那开车的大爷可好啦，人家从大同给我们捎到家来的。"老何想：得，他把这事儿都抖搂出来了。

玉莲听完这个气呀，她回头问老何："这个司机是你们队上的人吗？""……是吧。""你知道是谁干的这事儿吗？""……知道。""他是谁？""是……"老何当着孩子面儿不好说，他一拉玉莲："到院里去我告诉你。""说吧！这种人你还怕得罪他呀？""不，我说……还是到院里说吧。"玉莲跟老何来到院里问："谁呀？说吧。""是我。""啊！是你……"

（唱）玉莲一听怒气发，
恨得跺脚又咬牙：
"你呀你，别说让你和美嫂子去比，
你比孩子都差着八丈八。
八岁的孩子懂得'五讲'和'四美'，
你四十多岁了都干了些啥！"
老何知错头低下，
心里悔恨像刀扎：
"这事儿我做得实在差。
任你骂来任你罚。
求求你先给我三块六，
我把那买橘子剩下的钱数还人家。"
玉莲掏给老何四元整，
老何他进屋把孩子小手拉。
把钱塞到小光手：
"好孩子，你把这钱带回家。"
"不，妈妈说一角钱都不该要，
这么多钱我更不能拿去花。"
"不不不，这事孩子你不知道，
这钱带回家交给你妈妈。"
"那您得把原因告诉我，
要不这钱我不能拿。"

"好，我告诉你，这钱呀，是这么回事，你妈她呀……当时我呀……橘子……这钱……钱橘子……就是这么回事。"他这要说什么呀！小光说："我听不明白，这钱我不能拿。"孩子说着往外就跑，老何随后紧追。两个人一前一后，来到东大街铁塔后院美嫂子的家里。老何进屋一看，虽说是一间土房，摆设不多，却十分整齐干净。见炕上躺着一位白发苍苍的老人，美嫂子正在给老婆婆捶腿呢。小光进屋就喊："妈妈，这位大爷还要给我钱，我不要！"美嫂子一看是老何，赶忙笑脸相迎："哟，大哥您来啦，快请坐。小光，奶奶吃的那橘子就是你这位大爷给捎来的，快谢谢大爷。""谢谢大爷！"炕上的那位老人也说："对，是得谢谢这位好心人哪！"这一谢不要紧，差点把老何的眼泪谢下来！"别，别，别谢我了！我，我，我……"他"我我"了半天才憋出一句话来，"对了，买橘子剩下的钱我还忘了给你们啦。"美嫂子说："算了，大哥您留着打酒喝吧。""啊！这酒不能再喝了，应该怎么办就怎么办，找你们三块六。""大哥，您这是四块呀！""算了吧！""不，您说得对，应该怎么办就怎么办，我找您四角。"老何在这一家人面前觉得坐不是，站不是，接过钱来往外就走。刚一出门又回来了："钱数不对，这四角钱不该再找给我了。""怎么呢？""我还偷着吃俩橘子呢！"

（原载 1981 年 7 月号《晋阳文艺》，
获 1981 年全国曲艺调演（北方片）作品二等奖）

起飞之前

今天我说的这件事，不是发生在北京。离咱这也不太远，也就有两万四千多里地。那不出国了吗？对，在法兰西共和国临近地中海的——马赛。这一天，不是圣诞节，也不是他们国家什么纪念日，可是全城的男女老少都拥上了街头。有唱歌的，有跳舞的，有坐着敞篷汽车吹小号的，还有从高楼上往下扔鲜花的……人们也不管认识不认识，见了面就拥抱欢呼。有一位刚下飞机，一见这场面也激动起来，拉住一个老头儿就表示祝贺："哎呀，太好了，太幸福了！""是啊，太激动人心了！""祝福您。""这是我一生中第一次这么高兴。""对，我也是发自内心的、十二万分的……我说，今天这是什么事啊？""这个……我也说不清楚。"敢情这俩都是跟着起哄的！

那么这些人为什么这样高兴哪？原来是他们的乒乓球女队在马赛打赢了欧洲来访的强队。就赢了一场球儿至于这样吗？外国人的性格就这样。还别说是一场国际比赛，就是本国两个俱乐部赛起来，也能轰动一时。还有这样事：两口子结婚，新郎西装革履，新娘长纱曳地，俩人手拉手到足球场看球，就算举行结婚仪式了，还认为是最有意义的婚礼，没想到两口子倾向不一样，男的希望巴黎队赢，女的盼着里昂队赢。你争我吵，球还没踢完，俩人又离婚了！

今天大家高兴有一个道理，因为能战胜强队不容易。这两年来女队的长进十分惊人，临场发挥了高超的球艺。那球打起来，嗖！嗖！快如流星，大伙看着都眼晕。为什么这两年女队进步这么快呢？因为从远方请来一位高人，这位就是咱们中国乒乓球教练张鹤庭。

就在这举国欢庆的时候，张鹤庭同志任教两年期满，准备回国。飞机票都订好了，下午六点就要准时起飞。没想到，当天的上午他接到一个电话，对方死乞白赖地要求张教练到她家去做客。张鹤庭拿着电话犯开了犹豫：本不想到她家去，跟她没有什么私人来往，可是她多次约请；马上又要离开法国了，不去又不合适……那么这人是谁呢？正是张鹤庭教练的队员——多娜小姐。嗐，这小姐家里阔！她爸爸趁几个矿山，几个企业，还开了俩银行。究竟趁多少钱，用咱们一句中国话说："海了去啦！"再说她父亲，曾多次表示和中国友好。张鹤庭想来想去，还是应该去做客。

张鹤庭一到多娜的家门口，那位阔小姐正在门前迎候。这个多娜二十一岁，金发女郎，衣装华丽。到底穿什么戴什么呢？你想呀，这样的家庭，这样的小姐，八十年代的法国女郎，绝不能穿件"棉猴儿"。多娜非常热情。张教练刚一上台阶，那门自己就打开了。敢情门后边光仆人就站着四个呢。进门再看，真是富丽堂皇。地上是水磨石地面，铺着厚厚的红毯；屋顶悬挂着五颜六色的各种吊灯，到了晚上这灯唰地一开，耗电量起码得八千；大厅四壁一幅幅法国当代名画，有印象派、抽象派、达达派……各种流派的作品；犄角旮旯的那些木石雕刻、装饰品、陈列品、工艺品，开个小型展览会富富有余。多娜陪同张教练往里就走。

> （唱）多娜小姐脚步轻盈，
> 张教练随后穿过大厅。
> 也不知小姐往哪里领，
> 走上楼梯一十七层。
> 多娜推门说声："请！"
> 进屋看，这与楼下大不同：
> 隔窗相望蓝天大海，
> 遥遥听到那大海的涛声。
> 窗台上一盆兰花清新淡雅，
> 墙上的壁毯绣着中国的长城。
> 见有两张放大的照片在床头挂，
> 张教练吃一惊，脑子里嗡一声，他眉头紧锁心绪不宁。

张鹤庭同志一见这两张照片，心里别提有多别扭。怎么呢？从屋里的摆设看出，是多娜的卧室。这两张照片都有二尺见方。这张是多娜小姐，含情脉脉地扭头张望；另一张照片是个小伙子，英姿勃勃，还挺眼熟。谁呀？就是他自己。心想：你把我的照片跟你挂在一起，这算怎么回事啊！她是什么时候偷着照的呀？话不好说，张教练脸沉似水，回头瞪了多娜小姐一眼，目光非常严厉。要换咱中国女队员让教练瞪这一眼，心非扑腾不可。可这多娜小姐满不在乎，反倒冲着教练咯儿咯儿……还直乐！

说来，这个多娜是张教练两年来最头疼、最难对付的一个队员。由于家庭地位决定，多娜从小就特别任性，无约无束。她练球就是为玩儿。练球的时候，她把小汽车一直开进训练场地，还带着两只小狗，一只白毛的，一只黄毛的。

带狗干什么？让狗给她捡球儿。前几年从国外请来几个教练，都让这位小姐和狗给气跑了。张鹤庭同志受法兰西乒乓球协会聘请，出任教练。头一天，集合队员训话，一看：这位小姐怎么这模样？他讲话她根本不听，跟几个队员打打闹闹，东张西望，身边的俩狗汪汪直叫唤，这训练厅变成游艺场了！其实，这是多娜小姐给张鹤庭摆的个阵势儿。张鹤庭心里明白：你给我摆个阵势儿，我也不能含糊，中国人最讲礼貌，可也不受欺负。我受十亿中国人民的委托万里迢迢干什么来啦？促进两国的友谊，传授我们的球艺。咱有话等会儿再说。练球开始了，张教练在对方球案子上画了个圈儿。这圈儿有多大呢？也就有茶盘子那么大。张教练让翻译说明一下，从多娜小姐开始，各位队员挨个儿来，不管是抽球、削球、侧旋球、弧圈球……张教练回球，保证个个儿都落到这个圈儿里。一场球练下来，多娜小姐服了。她心里想：哟，别看这个中国人不说什么，真有能耐！张教练练完球，二次训话，给运动员"约法三章"：第一条，小汽车不准开进场地；第二条，把狗抱走；第三条，从今天起加大运动量。按说这三条一宣布，多娜非翻斥不可。没有。她打心里佩服这位教练，用中国话回答了一句："很好！"这位小姐一一照办了！张教练提出加大运动量，实际也给自己加了码儿。每天晚上，马赛街头灯红酒绿，张教练独自一人在灯下备课，思考着每一个队员的训练方案。正是在张教练严格训练之下，多娜小姐大有长进。昨天晚上这场国际比赛，她参加了单打和双打，获得了全胜。多娜对张教练非常尊敬，按照咱们过去常说的话讲：那真是无限敬仰、无限崇拜。

今天张教练一见这两张照片，心里很不痛快。暗说：无论如何这照片你也不能往这儿摆呀！多娜小姐紧跟他解释。多娜的中国话说不利索，张教练的法语也半生不熟。两个人两种语言半掺和着说，再加上打手势。多娜说："我从小娇生惯养，养成一种惰性，做什么事忽冷忽热，在遇到你以前，一事无成，你要走了，我怕自己又犯老毛病，所以偷着拍了你一张照片，放大挂在这儿，好让你在家镇着我。"张鹤庭心里说：好嘛，按中国人话说——她把我当成灶王爷啦！

（唱）多娜小姐笑呵呵，
指着教练的照片把话说：
"他是我心中的崇拜者，
他身上具备着完美的品德；
他性情稳重又幽默，
他对队员体贴又严格；
他平日沉默寡言但绝不软弱，

他是个体坛明星世上难得。

我父亲只有我独一个，

我自小过着优越的生活，

养成的性格，一切都要顺从我，

我的人生道路全由我自己来选择。

今天和教练离别时刻，

我想来想去不能再拖，

有一句话恳求你能当面留给我，

你想想这句话应该说什么？"

多娜小姐说完，双手插肩，歪着头乐呵呵地望着教练，等着教练回答她要的那一句话。这句话张教练能不明白吗？他说："一句话……那我就提个要求吧！"多娜乐了："好，你痛快说。""我希望你能理解我。""放心，别离之际，你的话对我就是法律，什么样的要求我都会满足你的，我想，你的要求也一定就是我的要求。""我的要求很简单，请把我那张照片摘下来。""这……刚才我那些话全白说啦！"张教练笑了笑说："小姐，刚才你说的那些话是对我的鼓励。其实这是每一个中国体育工作者都应该做到的。你要我留给你一句话，我只能说我是代表一个东方的民族而来，请你不要只记住我自己。"多娜一听这话，沉着脸半天没有说话，两眼发直盯着张鹤庭……忽然一转身"噔噔噔"……往下就跑，把个张教练给干那儿啦！张鹤庭想：这人真怪，话还没说完怎么跑了？你跑了我怎么办哪？

张教练等了一会儿，不见多娜回来，心里说：干脆我也走吧！刚一下楼遇到一个女仆，神色惊慌，哇啦哇啦……不懂她说的是什么。张教练说："你慢慢讲，再打打手势。你们小姐哪儿去了？"那女仆人划拉划拉头皮……"噢，你们小姐头发蓬乱。"女仆人指了指眼睛，撇撇嘴……"噢，她两眼含泪。"女仆人抬抬腿，晃晃胳膊……"噢，她跑出去了。上哪儿去啦？"女仆人冲海边方向指了指……教练一想：坏了，今天海上起了大风，她……？女仆人俩手又转了两圈儿……"怎么，她划着船出海了？""呜——！""对，风很大。""哗——！""是，浪也很高。"女仆人把手掌往下一扣……"啊！船翻了个儿啦？"到这时候，张教练暗暗叫苦：你阔小姐脾气再大，也别这么干哪！难道她一气之下，轻生自杀去了？眼看起飞时间就到了，这位小姐又生死不明，这，这，这不是给我找事吗！张教练又把那个女仆人拉住："咱……我再给你比画一回吧！"张鹤庭俩胳膊端平，一上一下，表示汽车的方向盘；又指指手表，表示时间紧急；再把两手一伸，东张西望，表示要到海边找她去！女仆人琢磨一阵点点头，下楼去叫汽车。没多会儿，一辆汽车"哧——"停到了门前。张教练急急忙忙上了汽车，这辆车风驰电掣开到了地方。哪儿呀？飞机场。怎么到机场啦？刚才教练做了三个动作，前俩动作女仆人都理解了。快叫汽车，时间紧迫；最后那个动作，到哪儿去，他俩胳膊一伸，女仆人一想：噢，明白了，她当成两个飞机翅膀啦！

（唱）张教练心里不安宁，
眼看那飞机就要腾空。
又担心多娜小姐生死不定，
急得他来回走动忧虑重重。
朋友们聚集在候机室，
一个个手捧鲜花来送行。
许多人把珍贵礼品来赠送，
教练一一谢绝强作笑容。
只因他心头很不平静，
人家说西他说东。
朋友说："感谢你促进了我们的体育运动。"
他回答："今天海上起大风。"
朋友说："到明年我们还要把您邀请。"
他回答："我担心有件事故要发生。"
朋友们不解其意都发了愣，
这时候旅客们纷纷走向停机坪。

张教练这个急呀！飞机就要起飞，留也不合适，走也不放心。正在这工夫，忽听有人喊了声："张鹤庭先生！"张教练回头一看，心里又气又好笑，一块石头总算落了地。来的这人正是多娜小姐。再看这位小姐跑得吁吁带喘，头发蓬松着，衣服全湿透了，简直就像刚从水里捞出来的。她张着嘴还笑呢！张鹤庭想：这叫什么性格！"再见吧，多娜小姐！"说着就要上飞机。"教练先生，您等一等。""哎呀，没时间了。""我要送你一件东西。""对不起，什么礼物我也不收。""不，您能看它一眼，我也算满足了。"说着她取出用上衣包着的一件东西，捧在手上。张鹤庭一看，是一块海底的红珊瑚。"教练先生，您留给我的话，使我很感动。我不知道该说什么好，忽然我想起我们国家有一个古老的传说，说风浪越大的时候，从海底捞出的珊瑚就越鲜红，它的色彩保持得越长久。在这两年里，从您身上我感受到一种东方民族朴素、深沉的美，这种美德开阔了我的眼界。您就要回到遥远的中国，请把这红珊瑚带回您的祖国，表示我对你们古老文明的伟大民族的敬仰之情。""谢谢！"

飞机按时起飞，一个普通的中国教练员飞回了祖国，他带回来一束光彩夺目、永不褪色的"友谊之花"！

（原载 1986 年 1 月号《曲艺》，赵连甲、幺树森合作）

招贤纳婿

人过长山坞，

有钱留不住，

顺着香味走，

送进张家铺。

这张家铺怎么回事？卖酱牛肉的。这四句诗据说出自清朝一位状元的手笔，如果这传说是真的，这位状元除了嘴馋没有多大学问。不管怎么说，张家铺的牛肉历史悠久，远近闻名。且说到了公元一千九百八十四年，张家铺更是名声大振。有位张宝顺大爷，继承祖业成了牛肉加工专业户，号称"牛肉张"。要说张大爷家的存款，万元不止。长山坞这个村子，是个鸡鸣叫三省的地方。"牛肉张"联合了几户农民，他们加工的牛肉经销到附近三省六县方圆百里。他们加工的牛肉与众不同，门口贴着告示：不管多热天，十五天之内如果牛肉变了味儿，您拿来包换，案子上大块的好肉您随便挑。

"牛肉张"生意兴隆，可也有一件难心事儿。老头儿就有一个独生闺女，叫春秀，二十一二还没结婚。您想万元户的独生女儿，村里的小伙子们能不惦记着吗？可是"牛肉张"都看不上眼。别看老头儿脾气挺倔，他思想还很潮流。他找姑爷的条件必须是：有知识有文化，懂得经营管理。这样的人才哪儿找去？半月前他到县里参加致富座谈会，跟县委书记一谈心，忽然开了窍儿，他想出个绝招儿。这主意全县十几万人都没想出来，这老头儿可以申请发明专利权。他这主意新鲜，想到县城招回一个青年秘书！合同期订半年，有半年工夫这小伙子的人品才能也就考察得差不多了。他想好了往上一申请，县委考虑这是把文化知识和农村经济改革相结合的创举，也就同意了。可是本村的小伙子们恨得直咬牙：这老头子瞧不起咱，远来的和尚会念经？倒要瞧瞧倔老头子招来个什么人物！

就在全村人密切注视之下，"牛肉张"进城三天真把秘书招回来啦。嗬，全村轰动！张家院里的人挤了个满满登登。本村有些小伙子对"牛肉张"很不满，都憋着劲见了秘书挑挑毛病，挖苦两句。等"牛肉张"领着秘书往院里一走，小伙子们你看我看你，闹了个张飞拿刺猬——大眼瞪小眼儿。"牛肉张"冲屋里喊："春秀！快出来看，咱请的秘书来啦！"他这一喊，姑娘在屋里可为难了。她明知道这哪是什么秘书呀，是她爹挑的上门女婿。院里这么多人，怎么出去？"牛肉张"在院里还紧喊，姑娘万般无奈，低头出屋，脸涨得跟大红布似的。"牛肉张"说："春秀，我给你介绍一下……"姑娘很不好意思："爹！您，您那个……您找的秘书在哪儿呢？"老头儿一指："这不是吗。""啊！这，这……嘿嘿……"姑娘心里说：要知道是找的这位，我早出来了！想着她乐了个前仰后合。

怎么回事呢？"牛肉张"在城里贴出告示，还真有不少小伙子应考，人才济济。第三天头上又来了一位："张大爷，您还认识我吗？您那儿招聘看我够格不？"老头儿一看："这，你……嗐！"他为难了，敢情这是个姑娘。这姑娘二十刚过，举止端庄，眉清目秀，谈吐不俗。"牛肉张"认识，她姓沈叫沈盈。别看年轻，但她自学成才，很有头脑。"牛肉张"小打小闹的时候，这姑娘就帮助他扩大生产，为他出过不少主意。"牛肉张"想：这姑娘倒是个人才，完全符合我招女婿的条件，有知识有文化，懂经营管理……可是她是个女的呀！最后一想过了这村儿，没有这店儿，事业要紧，人才难得，我呀，干脆假戏真唱，招个女秘书吧！

沈盈一进长山坞，这事儿立刻成了爆炸性的新闻。农民们都说："八十年代尽出新鲜事儿，卖牛肉的能请女秘书，过两天磨豆腐的该招参谋长啦！"还有的说："看人家姑娘，要长相有长相，要文化有文化，说是进牛肉铺，其实人家是电影演员下来体验生活。"沈盈进村这天穿一件浅绿色的衬衫，没过两天，唰！供销社里这种衬衫卖了六十多件！供销社主任经常跟沈盈打听下礼拜要换什么衣服，干吗？他好按样子进货去！可也有人暗地里估计："别看秘书请来了，就冲'牛肉张'的倔脾气，兔子尾巴——长不了！"果不其然，女秘书请来刚一个月，"牛肉张"就想着怎么把她给解雇了。

沈盈一上任，协助"牛肉张"把三省六县内菜牛、残牛的来源一一造册登记：哪个县哪个大队谁家养的什么牛、什么时候能卖都列入规划，找人订合同。这还不算，没事帮助"牛肉张"整理祖传烧制牛肉的经验。这不挺好吗？捅娄子啦！那一天，从外省来了一个食品加工的专业户，找"牛肉张"来取经。"牛肉张"好烟好酒好招待，然后开始上课。"这个……经验嘛……这都是祖辈口传心授，我也说不清楚。就算我说清楚了，你也听不清楚，连你都听不清楚，我就更说不清楚。要说这里没技术，它有技术；你要说有什么技术，它也没有大技术。方法嘛，该怎么着你怎么着，不该怎么着你别怎么着，到底怎么着呢？

你自己看着办吧。"这位一听跟没说一样。这套词儿他说得还挺顺，谁来问他都是这一套。没想到沈盈搭茬儿了："同志，您要了解'牛肉张'的生产经验，这也属于我的工作范围。这么着吧，我们有个笔记本儿您可以抄一下。""牛肉张"一听眼都立起来了："什么什么，什么笔记本儿？""就是您日常说的那些经验，我给整理出来啦。""啊！有这么个本儿吗？唉，这本儿不是找不着了吗？""不能，就锁在您的抽屉里。""哎呀，那抽屉钥匙丢了。""没丢，在我兜儿里搁着呢。"老头儿一听这个气："我说你怎么管这么多闲事？！""怎么是闲事，要不我当秘书的干什么？"

等来的人把材料都抄走以后，"牛肉张"心里这个别扭：我们家这些经验还是从乾隆年间传下来的，到了我这辈儿花钱雇人给我往外抖搂。明儿我说什么也得把她解雇了！又一想合同订的半年，干脆我豁出去连四个半月的工资一块给她，咳，我这简直是钱多了烧的！

第二天，"牛肉张"写好了一张终止合同的说明，攥在手里，他对沈盈说："小沈，你来的日子也不短了，你这个……反正已经……就是这么回事。"沈盈说："张大爷，您的话我怎么听着糊涂？""没错，我打昨天就没明白过来。我直说吧……"哎，来人啦。走进来一位公社干部，进门就道喜："老张哥，喜事儿，喜事儿来了。""什么喜事儿呀？""咱社办的化工厂就要施工了，这一上马那够个气派。像你这万元户也得发扬发扬风格，支援点基建资金嘛！""就这喜事儿呀？多少钱？""嘻！小数儿，值不了仨瓜俩枣儿，拿八百吧。""多少？""这点钱对你来说，不过是几根汗毛。""我身上一共有几根毛儿够你揪的？""老张哥你这可不对。富了不能忘了风格，富了不能忘了过去，想当初政府的救济粮你吃了没有？政府的救济款你拿过没有？咱是富不忘本，忆苦思甜。那首歌儿你忘了：'不忘阶级苦……'"他还唱上啦！这工夫沈盈过来插话："同志，您先等等。您说的是哪个文件写的？""没文件，这是咱社里的决定。""社里的决定？党中央在一号文件里说得明白：'制止对农民的不合理摊派，减轻农民额外负担。'您这决定怎么跟一号文不一样哪？这实际上还是压制农民致富，变相一平二调。您要不信，把您刚才说的用录音机录下来，咱到省里去辩论辩论。"那人没等沈盈说完，伸手紧拦："姑娘你先别说，听我说一句。我刚才来的时候，让人拉去喝酒了，现在我头昏脑涨，我先回家醒醒酒去。"说完这位马不停蹄地走啦！"牛肉张"一看，嘿！还是我这女秘书有本事、懂政策、有口才，几句话给我省了八百块钱。这时候沈盈回头一乐："张大爷，刚才您要跟我说什么？""我，我……没说什么呀，我刚才……跟那位一块喝的酒，我也去醒醒酒吧！"好，俩酒篓子！

"牛肉张"对这个秘书很满意，不管怎么着她不能代替女婿呀！眼看着春秀一天比着一天大，要说他们加工厂倒有个小伙子，叫林泉，可老头儿看不上。这小伙子跟个闷嘴葫芦似的，一天到晚不说句话，真到了用人之际，他又总顶不上劲。这一天林泉要到外县去收购菜牛，"牛肉张"特意嘱咐他一句："这回去王寨儿，那头牛无论如何得牵回来，合同早过了日子。"林泉闷着头不说话。"牛肉张"说："你说话呀，怎么牵这头牛这么费劲？"小伙子说："人家不愿卖。我去了两次，人家就一个寡妇带一个孩子，缺劳力指着那头牛呢。人家说把老牛多使唤些日子再卖给咱。""牛肉张"一听火了："她非等牛光剩骨头架子再卖，咱做牙刷子啊？订好了合同就不能改！"林泉跟"牛肉张"闹得挺僵。春秀姑娘在一边冲小伙子直挤咕眼儿，急得没着没落。怎么回事哪？敢情春秀姑娘跟林泉一直在偷着搞对象。他俩的感情是在头些年生活困难的时候建立起来的。幸亏沈盈过来给打了个圆场，说："林泉，这是你的不对。咱们抓经济就得遵守合同，完成指标，要不还讲什么经济效益？你做跑外工作，不同头两年在家种地，你得学着动脑筋想办法，见人会说话。这么办，这回我陪你去一趟。"

没几天两人轰着牛回来了。王寨儿寡妇家的那头牛也在里边。"牛肉张"一看："嗯，不错。林泉你这趟干得挺利索。"小伙子不说话嘿嘿光乐。"牛肉张"说："遇事就得想办法，这不就长能耐啦！你说说是什么主意，这回那妇女就同意把牛卖啦？""开始她也不想卖，我买了匹马跟她换了。""啊！就这主意呀？""牛肉张"一听这个气："她是同意，你要再送台拖拉机她更得美！"他刚一瞪眼，沈盈在后边迎过来："大爷，我也去看过，那寡妇家是挺困难。按着买马换牛这么一算账，里外咱只搭进去二十块钱。""牛肉张"想：怎么说也是赔了。他用白眼珠直翻沈盈，心里想：我别说她了，她一句话保住过八百块哪！她在外头还真敢做主，这位秘书跟我也就是半年的缘分。

转眼半年合同就要到期，"牛肉张"心里挺犹豫：这合同还续不续呢？要说沈盈下乡以来对发展企业、发展经济贡献挺大，但她毕竟代替不了我的养老女婿呀！正在他犹豫的时候，来了一个中年妇女，走得满头大汗，牵着个小马驹儿进院就找"牛肉张"。老头儿莫名其妙："您有话慢慢说，别着急。"正说着，沈盈从屋里跑出来："哟，您来啦？"她手忙脚乱赶紧给那位妇女斟水扇扇子。她看见了小马驹儿："哎哟，老马下驹儿啦？我快去找林泉来看看。"说着她满面春风地跑了出去。那位妇女对老头儿说："您就是'牛肉张'吧？我太谢谢您了。我是王寨儿的，头几个月您派林泉去收牛，看我家困难，林同志给我买了匹老马。那老马可带驹儿呢，小马驹儿已经两个多月了，我给您送来。""牛肉张"又惊又喜，才明白沈盈这姑娘聪明，怪不得搭二十块钱，这么好的小马驹儿送回来了！

这时候林泉跑进屋来："大嫂，您好啊？还让您跑这么远。可是这小马驹儿我们不能要。""牛肉张"心里一惊：不要？你倒干脆，比沈盈还敢做主！那位大嫂说："大兄弟，这马驹儿我是实心实意给你们送来的，你不要怎么行？""大嫂，这是你家的马下的驹，我们怎么能要？"大嫂说："你们花钱买马的时候那母马怀里就带着驹呢，这马驹儿明摆着是你们的。"林泉说："不对，您这账算糊涂了，我们掏的是买那匹母马的钱，小马驹儿就不在钱数，它当然是您的。""大兄弟，你要让我把它牵走，我心里能落忍吗？""不，您要把马驹儿留下，我们才不落忍哪！您让我们张大爷说说，您家的情况我们都了解，缺劳力、少资金，从这匹小马驹儿下生那天起，您操了多少心，费了多少力，没白没夜地忙活，到现在我们要把马驹儿收下，这话让我们怎么说出口？"

"牛肉张"在一旁听着纳闷：我总说林泉没脑子，他可不糊涂。谁说他闷咪？他说出话滔滔不绝、滴水不漏，句句让人服气……哎呀，不对，他这聪明劲儿是往外使的！再看林泉一番话，说得那妇女深受感动、无话可讲、热泪盈眶，她一转身把马驹儿牵回去啦！

人走以后，"牛肉张"数落林泉："今儿我得说你，买牛搭二十块钱，人家送马驹儿吧你往外推，照这样往后咱这工厂赔得起吗？"小伙子一乐："大爷，您这么说可不对。咱们干的是八十年代农村新型企业，靠的是两条，一个是气魄，一个是信誉。二十块钱、一匹小马驹儿这算得了什么？人家大嫂牵着小马驹儿走了六十多里地，人家一路上是给咱做信誉宣传哪，这样才能真正提高咱们的经济效益！"哎呀，"牛肉张"一听此话如雷贯耳，心里说：这么多年我把他当成闷嘴葫芦，敢情他内秀呀！林泉接着又说："咱现在富了，可是咱还得讲风格，急人之难不忘乡亲。这样咱日后才能得到八方支援，更加兴旺。"听到这，"牛肉张"感慨万分。哎，他忽然想起招女婿的事情：我还操什么心？远在天边近在眼前，这位就是人物。

"牛肉张"打好了主意，喊了一声："春秀，你过来！"春秀和沈盈都走进屋子。老头儿说："春秀也不小了，林泉也这么大了，我跟你俩说件事。现在看人不能看死，经济活了，人也活了。林泉心眼儿实在，人也有出息。春秀要是同意招林泉当女婿就点点头，要是不同意……"说到这儿他不说了，只见那俩奔儿奔儿……跟鸡吃食儿似的紧着点头，怎么呢？他俩都同意好几年啦！

林泉满心高兴。这小伙子厚道，冲着沈盈直作揖："沈秘书，我谢谢你了。""牛肉张"纳闷："你跟我说话，谢她干什么？"林泉说："刚才我说的那些话，都是她教的，不然我哪有那么多词儿！""牛肉张"听罢，抬头再看沈盈：这姑娘面含微笑，显得既朴素又大方。他想：这秘书难得啊！他赶忙走过去："小沈啊，咱那合同还得往下签。干脆咱照着一号文件的说法——来个十五年不变！"

沈盈脸一红："哟，那我都多大了？""那不要紧，只要看得起咱农户，有的是好小伙子任你挑！"这句话往外一传惹了麻烦。怎么回事？您想岁数合适的小伙子谁不惦记这样的好姑娘？到晚上一个一个都失眠啦！

（原载1984年10月号《曲艺》，赵连甲、幺树森创作，
该作品获《曲艺》建国35周年征文二等奖）

神秘的菩萨花

如今人们都在寻思着生财之路。可是科研所收发室的老张大爷，连自己都没想到，发财的事儿送上门来了！好事儿吧？也快把老头儿烦死了。怎么回事呢？

去年，一位叫撒尔姆的外国教授，到科研所来参观。一进大院，是一片云环套月的大花坛。百花争妍、绚丽多姿、蜂飞蝶舞、香气宜人，如入仙境一般！又加上外国人善于激动："啊——！啊——！"这位大教授冲着花儿直抖搂肩膀！

张大爷顺手采了几粒花种，送给撒尔姆："先生，你喜欢花儿就带回种子去种吧。愿我们两国科技交往跟这花儿一样——盛开不败！"撒尔姆说中国话带夹生味儿的："谢谢你！我的那个试验场所，同样需要美化，可是那里唯一生长的是……不知道用中国话怎么说，用我们的话说叫：Buddha！"

"布——达？布——达是什么花儿呀？"

"布——达就是——布达嘛，明白了吗？"

"明白了。就是说不清楚。"

"我看等我回去，把 Buddha 种子寄来，你种出来就知道了。"没隔多久，张大爷收到了种子。选土、播种、精心侍弄，还真孳出俩芽儿来。张大爷冲着这俩小东西犯琢磨："布——达到底是什么呢？"身后边有人搭茬儿了："这您就得问她啦！"

张大爷回头一瞧，搭话这人是小头小脸儿，小鼻子小眼儿，两个耳朵不大点儿，左边这个还打着半拉卷儿。这人是财会科的老马，那个"她"是指站在身边的他那老婆。这个女人叫曹沙沙，三十五六的年纪，四方大脸，那发型烫得一根儿是一根儿的，蓬蓬松松、曲曲弯弯，就跟那公狮子夺了毛一样。她冲老张大爷一笑："哟——老人家！"（模拟沙哑嗓音）这是什么动静？就这嗓子，要不怎么叫沙沙哪！就这两口子的模样、气质，再加上老马怕老婆，有人送了个外号——"马卧槽"（曹）！这俩来干什么？您往下听呀：

"哟——老人家！听说您老从国外引进一种布达花儿……""引进？""就是

进口的呗！起初这外国花名我也弄不懂，现借了本《英语字典》，又求人帮我查了半天才知道。敢情布达这名儿翻成中国话是菩萨！""菩萨？""哎哟，当天夜里我就做开梦喽！梦见从海上漂来个女的，黄头发、蓝眼珠，头戴佛冠，身罩长纱，这手捧着个净水瓶，那手拎着把马尾甩子。我挺纳闷：这观音菩萨怎么也洋化啦？那洋菩萨嘴里嘀里嘟噜说的是英语，咱哪懂呀，这急哟！她一边嘟噜一边拿甩子往我脸上甩呀、甩呀，那马尾巴毛弄得我刺刺痒痒的……"老马搭茬儿了："你刺痒可把我给抓挠醒了！""你别插嘴。等我醒了一琢磨才明白，是您那花儿给我托梦哪！这可叫神仙点化，我们两口子找您呀是来请'菩萨'的！"张大爷乐了："绕这么大圈子，是来要那花儿的呀！不是我不愿给，刚拱出俩嫩芽儿来，细根儿嫩秧儿的不好养活。"

"您看，就怕您不给面子，我才叫着老马，别黑脸儿白脸儿一块堵呀！您没听说吧？我们老马下半年要提升当科长了。您要报个销、领个奖金啥的他要敢撅您，我扇他脸！人到什么份儿上也不能狗熊戴眼镜——六亲不认！您说是不？"

这软硬话儿张大爷听得出来。老头儿不想图日后什么便宜，也不愿跟这种人怄气。他一摆手："行了，你拿走一棵算啦！"

老马刚说出个"谢"字，沙沙说："你谢什么，人家张大爷开通极了，知道应该维持什么人！"这女人得了便宜还卖乖。

为了一株花儿，这曹沙沙至于借书查典、神思梦幻的吗？这个女人心里的奥秘，连她的男人"马卧槽"都摸不透。曹沙沙把这株花芽儿捧到家，回手把门插上了。老马说："大白天的插门干什么！""跟你说个秘密。你知道我死皮赖脸地要这花儿为什么？""你养活不了孩子，养花解闷儿呗！""去你娘的腿！你算算，我跑趟广州、深圳，大包小裹地倒腾一阵能赚多少钱？""哪次都顶我半年的工资。""那是苍蝇炝蹶子——小踢打。打我知道这花名就想起一句话，人们不常说借花献佛嘛，要把这话掉个个儿，来个借佛献花，那咱可就发了大财啦！""怎么个借佛献花？""咱把这菩萨花分枝儿、压杈儿、开花结籽，再培种育秧往外一卖，准能赚大钱！""你呀财迷心窍，花儿能值多少钱！""你别小看这花儿，中国有十一亿人口，除了老张头和咱，谁还有这花儿？物以稀为贵。再说现在人们不愁吃不缺花，脑袋里总惦记着一个字儿——洋！什么都是外国的好，咱这花儿可是地道的洋种儿！""咳，那是说电视、冰箱啥的。洋花儿，就算是牛花儿又能怎么着？""兴许一盆卖个两千三千的。""那呀，你这花儿改名叫银行吧。""你不信？好，我拿老张头做个试验，让你见识见识！"

她这一试验，把张大爷闹了个晕头转向。来了一位大嫂，拎着两盒点心匣子，进了收发室就往张大爷手里塞："大哥，这是我二小子孝敬您的。"说得挺近乎，谁都不认识谁。"不不，大妹子你认错人了。""没错。我那二小子小时候吃错过药，半傻不荼的，这不快要高考了，我盼着孩子能考个专科啥的，可他脑子不够使呀，咋办呢？听人说有个外国大教授，用科学法子培养出一种花叫菩萨。说这花儿特别，开花儿往外喷香味儿，人闻了增神补脑智力发达。还说您这就有，要卖呢，我不心疼钱；您舍不得出手就借我用几天，等高考一过我准还给您。大哥，孩子是我养活的，就当是您自己的儿子！""啊？""咳！算您关心革命第二代吧！"

张大爷同情这位大嫂，又觉着好笑："大妹子，世界上哪有这么神的花儿呀？""是神，人家外国啥都发达不是！"这位大嫂还没打发走，呼啦！从外边连男带女又拥进来一帮。有贸易货栈的、开个体饭店的、倒卖羊毛线的、养路公务段的，还有两个搞气功训练的："张大爷，让我们观赏观赏您的菩萨花吧！""没带别的，这两条烟您留着抽得了。""大爷，您这花儿卖不？""哎，怎么说话呢？卖，你买得起吗？能让你开开眼就不错啦！""嗳，就是嘛！"张大爷刚要说什么，有一个跟炸庙似的："看呀，菩萨花儿！""啊，在哪儿呢？！"这伙人一下都围了过去："嘿！人家这洋花儿的颜色就是正！""可不，我闻了一鼻子，觉着眼睛比刚才就亮堂！""不会形容，那叫心旷神怡！""不用你形容，人家这花儿就是让人长寿的。""真的？""要不外国人研究它干吗？听说为培养这花儿的特性，光美元花了几十亿呀！""嗬，玄啦！""玄？是人家国家特级保密的科学项目！""不对呀，特级保密……张大爷怎么弄到的？""啊，是呀，他怎么弄到的……你问他去呀！""这还用问吗？人家张大爷国外有人！对了，就因为泄密丢失了两颗花种子，人家报告了联合国正追查呐！"得，这里边还出了国际间谍啦！张大爷赌气子说："对！菩萨花嘛，就是神！这花味儿能让人延年益寿，长生不老，防百病，治百病，胜过灵丹妙药。有秃头谢顶毛病的，不用花钱买药抹擦了，来我这儿往花儿跟前一站，再一划拉脑袋就是一层头发楂儿！就算是痴、傻、呆、荼，闻了这花儿比陈景润的脑瓜儿还聪明哪！"那个说了："怎么样？张大爷可不是说假的人，人家这洋花儿就这么灵！"唉，还真信啦！这下更乱了："张大爷，我花二百块钱，您给我分个枝儿！""我出四百，给我压个权儿！""这九百我塞您兜儿里了，给我弄俩籽儿就得。"先来的那位大嫂手疾眼快，左手一推、右手一扒拉，钻进人群里抱起那盆花儿："大哥，先借我二小子闻几天吧！"她转身就跑。张大爷紧喊："回来！那是一盆鸡爪莲！"全乱了套啦！张大爷莫名其妙："这些人这是怎么啦？"

他闹糊涂了，那马卧槽倒弄明白了："沙沙，我可真算服你了。你这肉喇叭一吹乎儿，老张头那里钱都推不出手去啦！"再看曹沙沙嘴一撇："哼，你不服行吗！摸准人的心气儿才能抓到财气儿。生财的道儿是有啦，得把那个挡道儿的快点除了。""嗯？把谁除了？""那个老张头子。""啊！玩儿命呀？""咋唬什么？我说是除掉他那棵花儿！""沙沙，人家就俩花芽儿白给咱一个，还想把那个毁了不缺德吗！""你积德，都是一样的花儿，到时候咱要五百他卖两块，那老犟眼子再不收钱白送人哪？咱这财源就让他断送了！把他那棵一毁，咱就变成了蝎子拉屎——独份儿（毒粪）啦！这可叫抓专利权，专利权你懂吗？就是专门得利全是咱的啦！""可是……要让人家逮住，花儿没毁还不把咱毁喽？""笨！不会买只烧鸡、拎瓶酒，先把他灌晕乎儿再下手？""对，好招儿！""那就去吧。""谁去呀？""你去。""我？""你怎么啦？""我……这不是走吗！"真去呀？这马卧了槽没别的步走啊！

老马买酒买菜找到张大爷，一连三杯就给灌晕乎了。把张大爷灌醉了？没有，他把自己灌趴下啦！张大爷从不沾酒，这老马见酒没命。又加上老婆管得严，平时想喝捞不着，逮住这机会喝吧！嘴对嘴儿咚咚……跟灌耗子窟窿一样——出溜桌子底下去啦。

张大爷还认为人家来是客情，打了盆凉水，两条毛巾倒换着给他冰脑门儿。

折腾了俩仨钟点儿，马卧槽醒过劲儿来一想：坏了，我还没完成任务哪，这么晃悠着回去老婆能轻饶吗？他一摸头上的湿手巾，有主意了："张大爷您到我办公室，把抽屉里那瓶清凉剂拿来，我头疼得厉害。"张大爷一出屋，他爬起来直奔了窗台上那盆菩萨花。这棵娇嫩的小花芽儿，借着玻璃一照绿油油儿的直反光！做贼心虚，这老马心里也嘀咕：明知是亏心事还要干，谁知道遭什么报应……手伸出像过了电直打哆嗦！手指头离花儿还有半寸，"啪！"让人家把手腕子给攥住了。马卧槽一害怕把实话喊出来了："这是沙沙让我干的！"紧接着"啪！"挨了个嘴巴："胆小鬼！"他一听这嗓子才松了口气，是他老婆沙沙。

"来这么半天你死这儿啦？"老马不敢说喝醉酒："啊，刚把那老头儿支走，我这就动手……""别动！"把老马吓了一跳："怎么啦？""这花儿不能毁！""你不说抓专利权吗？""光剩了抓瞎啦！我跑来是告诉你，咱家那棵花儿——死啦！""哟，怎么闹的？""可能肥上得太多烧死了，你再把这棵毁了，鸡飞蛋打全完啦！""你的意思是……把这棵花儿给他偷走？""不，再养死了怎么办？这老家伙是养花老手，让他侍奉着，到时候咱赚现成的。""说得容易，到时候人家凭什么听你的？""从现在起，得跟他搞好关系……别说了，那老头子回来啦。"

张大爷真实在："老马呀，我翻了半天没找着清凉剂——就一瓶脚气灵！"

曹沙沙会来事儿："哟，还让您跑一趟。怪不得老马说您这人厚道，总惦记着跟您近乎近乎。那事儿跟您说了吗？""什么事儿呀？""什么事儿？他不好意思开口，我就把事儿挑明吧！他呀，想认您个干爹。老马，你快叫爹呀！"马卧槽这个憋气呀，嘿，这娘们儿一句话给我找个爹！

张大爷说："不不，我可攀不起这高枝儿！"沙沙紧张罗："您别客气。走，到饭店咱摆一桌，让老马恭恭敬敬鞠仨躬、亲亲热热叫声爹，认亲的事儿就算办啦！"两口子生拉硬拽，把张大爷架到春江饭店。

张大爷坐在席间心里嘀咕：真邪门儿，这两天给钱的、送礼的、请客的、认爹的怎么全上来啦！别犯糊涂，这两口子是有名的贼尖溜滑，我别让他俩当猴儿耍了。那两口子斟酒布菜，爹长爹短紧套近乎。到这时候张大爷也要开了心眼儿："现在咱是一家人了，亲人不说假话，你们两口子有什么打算照直说吧！"

"好，我说！"沙沙心里纳闷了：今儿老马当着我怎么敢抢话？她哪知道老马刚才那酒劲儿又勾上来啦："干爹，沙沙想跟您干个发财的买卖！""发财的买卖？"

沙沙一听：哟，他怎么给捅出来了？又一想反正这老头子进了圈套儿，说就说吧！这两口子你一言、我一语把借佛献花的打算全盘托出。沙沙还紧着给张大爷打气："这两天不是有些人找您订花儿吗？都是我给吹乎儿去的！也算咱们开张前的一次行情预测吧，冲那阵势还愁发不了财？往后您就专心把这棵菩萨伺候好，培种育秧，怎么往外捣腾您甭管，钱下来亏待不了您老爷子！"老马说："对，您是爹嘛！"

张大爷夹着菜点着头："嗯，嗯，你这么一说我心里憋的扣儿才解开。"他心里说：让我跟你们一块借着洋气儿蒙人骗钱呀，我才不缺那德哪！咱也犯不上桌面上打嘴架，你不是会吹乎儿吗？我也不是个哑巴，到时候我就说实话，告诉人们可别上这当！张大爷他万也没想到，这一来倒给自己惹来麻烦了。

第二天，又一伙人来找张大爷，都争着出高价要那菩萨花。张大爷良言相劝："你们可别上这当！说得神乎其神，没那么八宗事！"这伙人听了硬是没有信的，直犯疑心："唉，知道吗？这叫人老了奸、马老了滑，这老张头子那花儿不愿出手，编瞎话想把咱支走！""咳，也别怪这老头儿，盯住这花儿的人太多了，听说好多头头脑脑的人都想要，你说他敢得罪哪位？就得应付咱这号人呗！""那些头头脑脑的跟着起什么哄！""怎么叫起哄？这得说人家老外研究啥都地道！你没听说？那个叫撒尔姆的教授病了，他想住院治疗，医生一检查不收——癌扩散！回家躺在床上等死吧。没过半个月再一检查，癌没了！那些医生都是专家、名流，好家伙的，这多寒碜！可是没打针、吃药那癌上哪儿去了？结果一调查才明白，在病人床头上有一盆菩萨花儿！"好嘛，敢情这花儿还能治癌！这一传更热闹了，凡是肿瘤医院不收的，都给张大爷送来啦！

别看说实话没人听，曹沙沙捧着洋号胡乱吹乎倒有人信。这菩萨花越传越神，找张大爷的人整天不断流。那两口子假亲假近，跟俩苍蝇似的还紧跟着！张大爷一想：这些人都中邪了，我该怎么办就怎么办吧！他对曹沙沙说："你们两口子要是养花观赏，就把这洋菩萨抱走，让我也清净清净；要是靠它蒙人捞钱，我这就把它拔了，别让它再折腾我啦！""别价！"沙沙赶紧抱住花盆，"先让我养着再说吧。"

随着"菩萨"的转移，那些朝圣者又拥到沙沙的家里。这两口子不听张大爷的劝阻，借着这盆洋花儿招摇撞骗。先是造册登记、预收花款；后来又随着行市的发展紧着加码：一个花芽儿多少钱；蹿出梧楟儿的什么价；憋出杈儿加费多少；两个叶儿、三个叶儿又是多少钱……陡然而富，没几天就成了超万元的大户。钱收了不少，得按期交货呀，就盼着这花儿快长。这花儿呐，也真帮忙，一天一天地猛长。长是长，不分杈儿光拔高，直巴愣地往上蹿！半个月蹿起二尺多高，看样子还能长个一尺两尺的。哪是什么花儿呀！一棵地地道道的蒿子！要说这东西也有用——熏蚊子！

"菩萨"这一显圣，来找这两口子的人更多了。有揪着脖领子闹退款的，有指着鼻子骂大街的："呸！光听说有的骗人骗出花儿来，敢情就是你们两口子！""打着外国的旗号蒙中国人，你俩都缺了洋德啦！"曹沙沙还不服软："冤有头，债有主，祸根儿是那个老张头子！老马，咱找他算账去！"

一进收发室，沙沙把那盆蒿子往桌上一蹾："老张头子！你这是什么花儿？""你不是说叫菩萨吗？""什么菩萨，蒿子！""哦，那就是蒿子。""那你这不是坑人吗！""谁坑人？你想骗钱要借佛献花，结果花没献成现了眼，想把这屎盆子给我扣头上？没门儿！实话告诉你，我还要给你们报告去哪！"沙沙一听这话："哟，干爹。""谁是你干爹！""你是老马的干爹，我不得这么叫？咱家丑不可外扬。您先消消气，过几天我们再来看您。"她一拉老马："快走吧！"老马一指那盆花儿："还拿着不？""扔！要它还有个屁用！"

她说没用了，张大爷却当成了宝贝儿，把这棵蒿子摆到迎门那座大花坛的中间，供人欣赏。还在花盆上挂了个小木牌儿，标上了三个字："盲目草"！

（原载 1990 年 1 月号《曲艺》）

劳动号子

乙　相声演员不仅会说，还得能唱。

甲　我就能唱!

乙　不过也唱不太好。

甲　我唱得好!

乙　我们唱三句两句的还成，唱多了不行。

甲　我唱多少都行!

乙　我们只是学唱，一唱多了味儿就不足啦。

甲　我越唱越有味儿!

乙　……你现在这味儿就不小啦!

甲　什么味儿?

乙　臭!

甲　哎! 你这是怎么说话?

乙　自大一点儿就念臭!

甲　我并不是自大，因为我每天的工作都是唱。

乙　这么说你是演员?

甲　我是工人。

乙　工人的工作哪有天天唱的!

甲　这在我们建筑工地上可太多啦。打夯的得唱夯歌，碻工要哼碻调，搬运工人讲究喊号子。

乙　这些也都算唱啊?

甲　当然! 随着劳动的节奏和情感哼出的调子，是真正的劳动歌声。

乙　哎，还真是这个道理。

甲　我们唱和演员唱不一样。

乙　哪点不同呢?

甲　演员唱供听众欣赏，是舞台艺术。我们就不能上台去唱。

乙　怎么?

甲　打夯的到舞台上去唱？边打边唱，唱完了您再看舞台。

乙　怎么啦？

甲　成蜂窝儿煤啦！

乙　舞台变漏勺啦！

甲　唱的人也找不着啦。

乙　上哪儿去啦？

甲　全漏下去啦！

乙　没听说过！

甲　所以说我们只能在施工现场上唱。我们唱是为了愉心怡神。比如打夯：边唱边干，越唱越有劲儿。心情一愉快，干活儿不觉累。

乙　就是鼓舞劳动劲头。

甲　同时我们唱也起到组织劳动的作用。夯头领号，一呼众和，根据统一的目标、统一的节奏，使劳动得到集中的发挥。

乙　嗬！这么说你们的唱作用不小啊！

甲　敢情！你看那些工厂、楼房那全是怎么起来的？

乙　啊！

甲　那全是我们唱起来的！

乙　唱起来的？那是盖起来的！

甲　盖的时候也得唱啊！

乙　可以说唱也起到一定的作用。

甲　不过我们现在唱出的调子跟过去大不一样。

乙　怎么不一样？

甲　不同的社会，有不同的歌声。在旧社会里，我们工人被压迫、受剥削，过着苦难的生活。在劳动中哼出的调子，那对黑暗的社会充满着憎恨、反抗和斗争。

乙　这唱中也有斗争？

甲　有很多斗争的故事。

乙　那请您详详细细地给介绍介绍。

甲　详详细细地介绍，恐怕时间太长。

乙　没关系。

甲　好，咱就从原始社会谈起，说在原始社会……

乙　您先等等吧！从原始社会谈起啊，那得多咱讲完！

甲　从什么时候谈？

乙　把您经历的事儿说说就成啦。

甲　那就说说解放前的情况：在国民党反动派统治时期，工人阶级的斗争更加激烈和广泛。记得一次国民党政府给帝国主义官员修建别墅，抓去了不少建筑工人，用刀枪威逼着大家给他们干活儿。

乙　真可恶！

甲　大伙儿谁也不愿意为他们出力。

乙　那当然！

甲　人人愤恨，我一生气领大伙唱起来啦！

乙　怎么唱的？

甲　我领号，大家随声合唱。

乙　您学一学。

甲　（唱夯歌，每句后学"哎嗨哟！"合唱调子）

　　夯来——人人心里一团火哎！

　　举起那个夯来唱起歌哎！

　　帝国主义进中国哎！

　　让咱给他盖个窝哎！

乙　骂上啦！

甲　这工夫监工的过来啦！这小子的长相是太缺德啦！

乙　什么模样？

甲　扁担胳膊仙鹤腿，痰桶脑袋蛤蟆嘴。凶似狼，恶如鬼，两眼一瞪像土匪。

乙　瞧这份德性！

甲　"别唱啦！别唱啦！"（怪声怪气的）

乙　这是什么调儿啊！

甲　大伙把夯锤一扔："不让唱啊？好！不干啦！"

乙　对！不给他们干！

甲　"不干啦？你们要罢工啊？"我说：是啊！打夯的你不让唱，那还怎么干？

乙　是啊！

甲　"……唱也不能乱唱，什么叫盖个窝？"我说：对不起，就得这样唱。我们唱夯号讲究合辙押韵，他赶上这个辙啦！

乙　巧劲儿！

甲　"到中国，盖个窝，是合辙。到中国，盖个楼……是别扭。那你们换换辙！"

乙　你们换的什么辙？

甲　（唱，同上）

　　夯来——大绳慢慢地拉哎！

　　夯锤轻轻地砸哎！

　　地基打不好哎！

　　大楼准得塌哎！

　　稀里里来哗啦啦哎！

　　打发他们回老家哎！

乙　全给砸死啦！

甲　监工的说："你们怀里揣铁勺——成心是怎么的？不让唱盖个窝，怎么又唱打发他们回老家呀？"我说：对呀！窝没啦，还不得回老家呀！

乙　回答得有意思。

甲　"这样唱不好听！"我说：你凑合点儿吧，他又赶这个辙上了。

乙　合着这样辙全让他们赶上啦！

甲　他不让我们唱，我们就不给他们干，让唱就这词。这小子怕工人罢工，最后还是让我们唱。但是不许把词唱清楚。

乙　那怎么唱？

甲　有法唱。

乙　怎么唱？

甲　（唱，同上）

　　夯来——磨断千根绳哎！

　　腰杆折成弓哎！

　　为谁来卖命哎！

　　为谁做苦工哎！

　　当天和尚撞天钟哎！

　　给他来个哼哼哼哎！

乙　什么？

甲　哼哼哼！

乙　怎么听不清楚？

甲　他不让唱清楚啊！

乙　要唱清楚怎么唱？

甲　（唱）给他来个磨洋工哎！

乙　好么！这比唱清楚还厉害！

甲　八个人抱着夯锤一上午没挪窝儿，就在一个地方砸："咳！咳！"（有气无力的）

乙　这可真是磨洋工。

甲　地湿土暄，打出一米多深的一个大坑。

乙　一会儿非砸出水来不可！

甲　监工的过来说："换换地方吧，你们这哪是打夯，简直是打井来啦！"

乙　好么！

甲　大伙儿谁也不听他的。他急啦："听我的！我叫往哪儿打，就得往哪儿打！往这儿打！往这儿打！"

乙　这小子是狗仗人势。

甲　（唱，同上）

　　夯来——握紧大绳使劲拉哎！

　　瞪起眼睛咬紧牙哎！

　　监工让打咱就打哎！

　　（加白）"往哪儿打？""往这儿打！"

　　高高举夯狠狠砸哎！

　　这一夯下去，没等大伙儿唱，监工的接上啦："唉咳哟！"

乙　他怎么唱上啦？

甲　把他脚砸啦！

乙　那还不叫唤吗！

甲　这小子七个不依，八个不饶，没完没了。

乙　最后呢？

甲　扣了我们每人十天工钱，才算完事。

乙　变法儿剥削工人。

甲　他们越剥削我们，我们越跟他们斗！

乙　对！

甲　监工的来了我们糊弄着干，监工的走了我们大伙儿就散！

乙　这楼是盖不成啦！

甲　监工的坐不住啦！地基打不好，整个工程不能进行，他监工的有责任啊！

乙　那他有什么办法？

甲　他来了个死守现场。这小子提着鞭子，吹胡子瞪眼，又打又骂，站那儿跟把茶壶一样。

乙　怎么能跟茶壶一样？

甲　他的脚没好，站不稳。一手掐腰，一手比画。就这样：（学监工的姿势）怎么看怎么像把茶壶。

乙　（也模仿甲的动作向观众说）还是一把茶壶。

甲　"不能按你们心思干！照你们这样干，这楼五年也盖不成。快！按我这样干快！按我这样干！"

乙　按他那样干？

甲　大伙儿边唱边干，一天就把地面打完了，没几天大楼盖起来啦！

乙　这回他高兴啦！

甲　他急啦！

乙　怎么急啦！

甲　楼盖歪啦！都这模样啦！（学）

乙　这楼成了骷髅啦！

甲　监工的把我找去问："怎么把楼盖歪啦？"我说：你不是让这样盖吗？"胡说！我多会儿让你们把楼盖成这样啦？"你不是让按你那样干吗？（学监工姿势）

乙　噢！按茶壶的样子盖的！

甲　这小子意狠心毒，把我们都抓进了监狱，大伙儿满不在乎。

乙　怎么呢？

甲　反正里外都是一样的滋味儿。

乙　后来怎么出的监狱呢？

甲　有人换我们去啦！

乙　坐监狱还有换的？

甲　有！

乙　谁换你们去啦？

甲　监工的换我们去啦！

乙　噢！外边没人干活儿啦！

甲　哪儿啊！解放啦！

乙　嘿！

甲　解放军进城来，打开监狱，给我们去掉了手铐脚镣。

乙　这些东西算没用啦！

甲　有用！都给恶霸、把头们用上啦！

乙　该给他们用用啦！

甲　解放以后，我们当家做了主人，积极地投入了轰轰烈烈的社会主义建设。这么说吧，到处大兴工程建筑，我们的歌声唱遍了四面八方。

乙　您都参加过什么工程项目？

甲　我可以骄傲地告诉您，我——（拍胸）参加过中国长春第一汽车厂的建设！

乙　嗯，值得骄傲。

甲　（拍胸）还参加过包头钢铁基地的建设！

乙　嗯，真值得骄傲。

甲　（拍胸）还参加过武汉长江大桥的建设！

乙　……很值得骄傲。

甲　（拍胸）还参加过洛阳拖拉机厂的建设！

乙　……再加一巴掌（拍甲胸脯）——太值得骄傲啦！

甲　（拍胸）还参加过首都十大工程的建设……

乙　（拍自己胸两下）……

甲　你拍什么？

乙　我这都替您骄傲！

甲　喊号子唱夯歌儿这么多年了，讲气魄论唱功顶数在十大工程中发挥得好了。

乙　别光说，您把建设人民大会堂、历史博物馆、北京火车站时怎么唱的，给
　　学学。

甲　学不了！像那千人唱、万人和的大场面，我一个人怎么能学得了呢！

乙　我来帮您唱。

甲　别说你来帮我唱，就算今天在座的同志都来帮我唱，也唱不出我们工地上
　　那个劲儿来！

乙　这样：您领号，我一个人代表合唱。学着打夯的动作、唱着工地上的新词，
　　简单地学一学，让观众了解一下我们建筑工人是怎样进行社会主义建设的。

甲　您会唱？

乙　你唱出上句，我就能接下句。

甲　咱试验试验。

乙　好！

甲　（唱）哎！一座大楼哎！

乙　（接唱）盖在山头哎！

甲　（唱）盖在山腰哎！

乙　怎么盖在山腰啦？

甲　山顶上盖那成碉堡啦！

乙　您再往下唱。

甲　（唱）哎！远望大楼哎！

乙　（接唱）高又高哎！

甲　（唱）没有顶子哎！

乙　（接唱）那是烟囱哎！

甲　什么乱七八糟的！

乙　有大楼没顶子的吗？

甲　刚盖起来，还没上顶呢！

乙　您这是成心刁难人。

甲　这是跟您开玩笑。咱们要唱：轻、重、快、慢，感情、动作必须得一样。

乙　我跟着您学。

甲　行！你跟着我学。

乙　领号吧！

甲　（唱新夯歌，慢板）嗨——嗨——
　　同志们加把劲哟！

乙　同志们加把劲哟！

甲　竞赛到了高潮哟！

乙　竞赛到了高潮哟！

甲　英雄大集会哟！

乙　英雄大集会哟！

甲　人人干劲高哟！

乙　人人干劲高哟！

甲　好，他倒错不了！

乙　你不是让我跟你学吗？

甲　你别光跟着我唱，你得唱合唱的调子。

乙　怎么唱？

甲　我唱一句，你随唱"哎嗨"两字。

乙　行啦！

甲　（唱）你看那脚手架哟！

乙　哎——嗨！

甲　高高入云霄哟！

乙　哎——嗨！

甲　歌声震天响哟！

乙　哎——嗨！

甲　红旗迎风飘哟！

乙　哎——嗨！

甲　你牙疼啊？怎么光哎嗨呀！

乙　你让我唱的！

甲　不能光哎嗨，你得接下句。

乙　还得变化变化？

甲　对！有对唱、伴唱、合唱，随着情绪变化。速度越唱越快，调门儿越唱越激昂。把建筑工人打夯的劲头拿出来！

乙　好！

甲　（唱。对唱，中速渐快）嗨——嗨——

　　　机器轰轰隆隆地转，

乙　哎嗨！地动山又摇，

甲　哎嗨！高山能推倒，

乙　哎嗨！英雄智谋高。

甲　哎嗨！开山有电钻，

乙　哎嗨！搬山有老吊，

甲　哎嗨！汽车拉材料，

乙　哎嗨！用不着人去挑。

　　　（快板，热烈地）

甲　咱来打地基，

乙　哎嗨！

甲　越举夯越高，

乙　哎嗨！

甲　大楼随风长，

乙　哎嗨！

甲　万众心一条。

乙　哎嗨！

甲　祖国大建设，

乙　哎嗨！

甲　英雄看今朝，

乙　哎嗨！

甲　队队大跃进，

乙　哎嗨！

甲　组组跨指标。

乙　哎嗨！

　　　（合唱）

甲、乙　嗨——嗨——嗨——嗨——

　　　　人人赶先进哎嗨！个个逞英豪哎嗨！

甲、乙　嗨——嗨——嗨——嗨——

　　　　地基打得好哎嗨！大楼盖得牢哎嗨！

　　　　（更热烈、欢快地）

甲　怎么那么快呀！

乙　嗨哟！

甲　就是那么快呀！

乙　嗨哟！

甲　怎么那么好呀！

乙　嗨哟！

甲　就是那么好呀！

乙　嗨哟！

甲　质量怎么那么高呀！

乙　嗨哟！

甲　就是质量高呀！

乙　嗨哟！

甲　质量怎么那么高呀！

乙　嗨哟！

甲　说说你听着呀！

乙　嗨呀！

　　（最快板，对唱）

甲　大炮崩不裂呀！

乙　地震也不摇呀！

甲　就算天塌下呀！

乙　大楼能顶着呀！

甲　千年也不倒呀！

乙　万年也是牢呀！

甲　速度快！

乙　质量高！

甲　又省工！

乙　又省料！

甲　多！

乙　快！

甲　好！

乙　省！

甲　嗨！

乙　嗨！

甲、乙　哎嗨哎嗨！哎嗨哎嗨！哎嗨哎嗨！哎嗨哎嗨！哎嗨哎嗨！哎嗨哎嗨！

乙　你没完啦！

（原载 1963 年 3 月号《曲艺》，为马季、于世猷久演曲目）

一等于几

甲　听说相声演员知识渊博，都有很大学问。

乙　嘻！我们的知识浅薄，是要多学、多问。

甲　太客气啦！您对数学爱好吗？

乙　不但爱好，而且我还很喜欢研究。

甲　好！那您都学过哪些课程？

乙　数学课程，学得不多，也就是：加减乘除，比例、四则，算术、代数，三角、几何，微分、积分，全都凑合。

甲　嗓！

乙　虽然学了一些，可是学习的成绩不太好，每次考试，我才得九十几分。

甲　啊！这成绩还不好啊？

乙　马马虎虎吧。

甲　既然这样，我有一道数学专题来跟您请教请教。

乙　咱互相研究吧。

甲　这一专题我算了多少年，苦闷了多少年。

乙　怎么？

甲　一直也没有得出准确的答案。

乙　是吗？

甲　希望您能帮助我解决这个难题。

乙　你说说是怎么一道题吧。

甲　您说，一等于几呀？

乙　一……嘻嘻……

甲　这道难题我请教过不少人，都没有得出结论。

乙　噢！您都向哪个托儿所的小朋友请教过？

甲　我上托儿所干吗去？我是向数学家们请教的。

乙　他们怎么回答你的？

甲　他们表示无能为力。

乙　人家不愿意跟你置气！

甲　这叫什么话！

乙　这题还找数学家啊？我准确地答复你吧！

甲　那太感激啦。您说一等于几？

乙　一等于两个零点五。

甲　一等于两个零点五？

乙　对！列成式子是：$0.5 + 0.5 = 1$。

甲　要根据您的计算方法，似乎、大概能得出这样的结论：一等于一。

乙　干吗还似乎和大概呀？一就是等于一！

甲　谁告诉你一等于一？

乙　都知道！连几岁的孩子都知道。

甲　噢！连几岁的孩子都知道，合着我这么大人就不知道？

乙　啊……您也知道。

甲　知道我还问你？

乙　啊……可说呢！

甲　要这么容易，我干吗还苦闷多年呀？

乙　啊……可说呢！

甲　真那么简单，数学家们能算不出来吗？

乙　啊……可说呢！

甲　不假思索，脱口而出，骄傲自大，目中无人！

乙　嘿！

甲　怎么能过于自信呢？

乙　怪我盲动。

甲　你应该仔细地考虑考虑，算准确了，有把握了再回答我。

乙　对！您让我好好计算计算！一呀！一等于……一就等于一！差点儿叫他把我唬住。

甲　谁告诉你一等于一呀？有这么一句谚语你听说过没有？

乙　您说说。

甲　老将出马——

乙　一个顶俩！

甲　怎么又俩啦？

乙　啊……是俩呀！顶俩不是等于俩！

甲　有什么区别呢？

乙　顶俩和等于俩，似乎……大概……一样。

甲　这不是废话吗！

乙　不！这句话的意思是说：一个人有知识，有经验，肯于钻研，在同样工作中可以干出两个人的成绩。

甲　这一等于几呢？

乙　等……要根据这句话的意思，似乎、大概能得出这样的结论：一等于二。

甲　一怎么能等于二了呢？

乙　啊！它，它就等于二了呢！（无可奈何）

甲　谁告诉你一等于二？有这么一句谚语你听说过没有？

乙　您说说。

甲　好儿不在多……

乙　一个顶十个！

甲　这一等于几？

乙　等……要根据这句话的意思，似乎、大概能得出这样的结论：一等于十。

甲　一怎么能等于十了呢？

乙　啊！它，它就等于十了呢！

甲　谁告诉你一等于十？有这么一句谚语你听说过没有？

乙　您说说。

甲　一籽入地——

乙　万粒归仓！

甲　这一又等于几？

乙　等……

甲　要根据这句话的意思，似乎、大概能得出什么结论？

乙　啊！一等于万！（不耐烦）

甲　一怎么能等于万了呢？

乙　一就等于万！（生气）

甲　谁告诉你一等于万？

甲、乙　有这么一句谚语你听说过没有？

乙　你还有完没完啦？

甲　您冷静一点。

乙　我冷静不了！还没听说过有算术题里加谚语的呢！那没法儿算清楚！

甲　依您说怎么能算清楚？

乙　不带谚语的算题，我就能算清楚。

甲　那恐怕您也算不了！

乙　不一定！

甲　您说：一厘钱等于多少？

乙　一厘钱……你说五厘钱好不好？

甲　为什么非要说五厘钱呢？

乙　你说五厘钱我可以按一分钱来计算。

甲　五厘钱怎么能按一分钱计算呀？

乙　四舍五入嘛！

甲　你记账来啦！不行！就算一厘钱等于多少。

乙　一厘钱等于一分钱的十分之一，一角钱的百分之一，一元钱的千分之一。

甲　一厘钱有多大的经济价值呢？

乙　没什么价值！

甲　没什么价值？

乙　您想啊！买一根冰棍儿还得花五分钱呢，一厘钱在一根冰棍儿里只占五十分之一，您说它有什么价值？

甲　咬一口。

乙　咬一口？那得多大的冰棍呀？

甲　那怎么算？

乙　只能舔舔。

甲　舔舔！

乙　舔还不能大舔，舌头尖儿一沾就完。赶上舌头大的还麻烦啦！

甲　那么一厘钱有多大分量呢？

乙　我没称过。

甲　谁让你称去啦！我问一厘钱在人们心目当中有多大分量！

乙　嗯……用不着，看不到，银行里不出，账本上不写……没什么分量。

甲　依你看来，一厘钱是没有价值、没有分量的？

乙　唉！

甲　谁告诉你一厘钱没有价值、没有分量？有这么几句谚语你听说过没有？

乙　这谚语又来啦！

甲　大海大不大？

乙　大！

甲　但它是一滴一滴水汇成的。

乙　对！

甲　万丈布匹多不多？

乙　多！

甲　但它是一条一条线织成的。

乙　对!

甲　首都的人民大会堂高不高?

乙　高!

甲　但它是一砖一瓦砌成的。

乙　对!

甲　两万五千里长征，这道路远不远?

乙　远!

甲　也是一步一步走过来的。

乙　对!

甲　你说我姥姥老不老?

乙　老!

甲　她也是一天一天老起来的。

乙　这话挨得上吗!

甲　一厘钱在一个人身上微不足道。

乙　还是!

甲　可是我们全国有八亿多人口，每人每天要节约一厘钱，请问你这一等于几?

乙　这一……等于八十多万元。

甲　这八十多万块钱要给你买糖吃，得买多少糖?

乙　……我不爱吃甜。

甲　噢! 你爱吃咸，八十多万元要都给你买成咸盐……

乙　那非把我齁死不可!

甲　一天就等于八十多万元，要按一个月计算，请问这个一又等于几?

乙　这一……等于两千四百多万元。

甲　两千四百万元就能买一千二百六十三台"东方红"牌的拖拉机。

乙　嗬! 这价值可不小!

甲　你不说一厘钱没什么价值吗?

乙　……

甲　还别说一千二百六十三台拖拉机，给你一台背背试试!

乙　背不动!

甲　你不说一厘钱没什么分量吗?

乙　他在这儿等着我呢!

甲　别忘了，我们国家是一个拥有八亿多人口的大国，我们心里都应该有一本账，都应该懂得任何一个细小的数目，用八亿这个数去乘，就会得出很大的数目。

乙　应该学会算这笔大账。

甲　所以说点滴的节约对我们都有着很重大的意义。必须发扬艰苦奋斗、增产节约、勤俭建国的精神，在社会主义建设中克勤克俭，精打细算，从小处着手，一字开始：节约一厘钱、一寸布、一度电、一块煤、一张纸、一粒米、一根柴、一滴油、一点水、一针一线、一钉一木、一砖一瓦、一灰一石、一分一角、一丝一毫、一分一秒……把这点点滴滴的人民财富都投入到建设中去！把无数的"一"汇集到一起，变成巨大的"一"，让它为社会主义建设发挥出强大的威力！

乙　对！

甲　可你对一厘钱是怎样认识的呢？

乙　啊？

甲　你是：只爱多多大大，不惜滴滴点点；只知大处着手，不在小处着眼。只看问题一面，没有全局观点；只能挥霍浪费，不去节约从俭。你这思想发展，真是危险——危险！

乙　他上这儿给我做鉴定来啦！您问我的是一厘钱等于多少，可谁知道在一厘钱后面还有八亿人民呀！一会儿乘，一会儿加，这么算谁也算不清楚！

甲　依你说怎样能算清楚？

乙　你把数字固定下来，我就能算得出来。

甲　好！您说一个人等于多少？

乙　一……那得看个儿大、个儿小啦！

甲　怎么还论个儿大、个儿小啊？

乙　个儿大的分量就多，个儿小的分量就少。

甲　你上这儿过磅来啦！

乙　你不说清楚，我知道是什么一个人等于多少？

甲　按着生产效率计算，一个人能顶几个人。

乙　那好算，一些工厂实现定人、定时、定料、定量，一人一天的活计就要一人一天去完成。

甲　怎么？

乙　一个萝卜一个坑儿嘛！

甲　叫你这么说，人全是萝卜？

乙　人怎么能成萝卜啊！

甲　时间、材料、定量是死的，可人是活的呀！工人们说：为建设社会主义作贡献，两天的工作用一天干！这一等于几？

乙　这……等于二。

甲　争分夺秒抢时间，三人工作一人担！这一又等于几？

乙　这……等于三。

甲　山能平，河能干，生产潜力挖不完。工人们找窍门、挖潜力、革新、创造，难道在生产上不能一等于五？

乙　那就一等于五。

甲　他们为了给国家创造更多的财富，在生产上要使一人多艺，一机多能，一物多用，工效是一翻再翻。他们有着主人翁的思想，社会主义的觉悟，无穷无尽的智慧，忘我的劳动精神，难道不能做到一等于十、等于百、等于千、等于万？

乙　能！能！完全可能！

甲　你说，一等于几？

乙　一等于——不知道！

甲　唉！答了半天这回算答对啦！

乙　答对啦？

甲　我所要问的一等于几，在我们增产节约上是一道没有答案的算题。是多、是少和我们主观能动性的发挥有很大的关系，有一分热必有一分光，具体数字的答案谁也不会知道。

乙　好么！合着我刚才全白费劲啦！

甲　可是从中得出这样一个答案：增产靠勤，节约靠俭，要做到既勤又俭，对"一"这个微小的数字不能轻视。我们要珍惜每一分钟的时间，为社会主义多创造一分财富；节约一厘钱，为国家多积累一分资金。这是我们对社会主义建设的自觉性、积极性和高度负责的态度。

乙　应该树立这样的思想。

甲　说了半天，具体到您的工作上是一等于几呀？

乙　……马马虎虎！

甲　您为国家创造财产上是一等于几？

乙　马马虎虎！

甲　您对这问题的看法上是一等于几？

乙　马马虎虎！

甲　您的这对眼睛是一等于几？

乙　马马虎虎！

甲　敢情这位是马虎眼！

乙　谁是马虎眼呀？

甲　那您这对眼睛等于多少？

乙　我左眼一点三，右眼一点二，加在一起……

甲　您是二五眼。

乙　什么二五眼！共计等于二点五。

甲　不！由于你不知道"一"在我们增产节约上的潜力和意义，你的眼睛不能算等于二点五。

乙　等于几？

甲　等于零。

乙　我是瞎子啊！

（原载 1963 年 8 月号《曲艺》，为侯宝林、郭启儒久演曲目）

背篓日记

甲　欢迎到我们那儿去!

乙　好! 我一定……您在哪儿?

甲　山区。

乙　好。我们正要上山下乡为农民服务。

甲　我们那儿交通可不方便。

乙　不要紧,您能去的地方我们也能去,不管是水路还是旱路。

甲　水倒是不少。

乙　那我就坐船去。

甲　坐什么船?

乙　木船、汽船、轮船,什么船都行。

甲　这些船不行。得"翻"船。

乙　帆船更好,乘风破浪,一帆风顺吗?

甲　顺不了,水流不对。

乙　什么流使什么帆。您那儿是东西流、南北流?

甲　上下流。

乙　没听说过!

甲　由下往上的是泉水,从上往下的是瀑布。

乙　山水呀! 那帆船也走不了!

甲　我说的是"翻"船,是船到我们那儿就得翻。

乙　噢! 这么个"翻"船哪! 有旱路没有?

甲　有。

乙　我坐车去。

甲　坐什么车?

乙　汽车!

甲　四个轱辘没法开。

乙　三轮车?

甲　三个轱辘往下栽。

乙　自行车？

甲　两个轱辘沟里歪。

乙　独轮车？

甲　一个轱辘光挨摔。

乙　那我坐什么车呀？

甲　你坐没轱辘的车。

乙　没轱辘那叫什么车？！

甲　对啦。没轱辘那叫担架。

乙　我让担架抬上去呀！您说的这叫什么旱路？

甲　走不了几步就得出汗，这不是汗路吗？

乙　这么个"汗"路啊！

甲　对！我们那儿山高路险，林深苔滑，车船难行，水旱不通。

乙　那么您是怎么上去的？

甲　我是篓背上去的。

乙　坐篓子多憋得慌！

甲　这篓不是一般材料编的。

乙　是什么特殊材料编的？

甲　荆条编的。

乙　多新鲜！篓子都是荆条的，铁丝编的那是笊篱。

甲　这篓子可大啦。

乙　多大？

甲　它能把商店背上山去，它能把大山背下来。

乙　这么说这篓子也不是荆条编的。

甲　那是什么编的？

乙　瞎话儿编的。

甲　我是瞎话儿篓子呀！

乙　那篓子怎么能把商店背上山去？

甲　山区供销社为支援第一线，为农民服务，把农具、农药、日用百货一篓一篓背上山去。社员说："商店大搬家，炕沿变柜台。"这不是把商店背上去是什么？

乙　那怎么能把山背下来？

甲　供销社也卖也收，把山上生产的瓜果梨桃、干鲜药材、鸡鸭猪羊、各种土产，一篓一篓背下来，这不是把山背下来是什么？

乙　我知道了，您说的是"背篓商店"？

甲　就是我们那儿。

乙　现在各行各业都在学习"背篓商店"的革命精神，您能不能给我们介绍一下您的经验体会？

甲　可以。怎么谈？

乙　全面地谈谈吧！

甲　得说半年。

乙　那还是概括地说说吧！

甲　也得一个月。

乙　那也太长。

甲　最简练的办法，请您看看我的日记。

乙　对，日记是最集中、最生动啦！多少字？

甲　仨字。

乙　那我还看什么劲儿！

甲　每篇标题是仨字儿，内容丰富。

乙　第一篇？

甲　标题是《篓背我》。

乙　这叫什么标题！

甲　我初中毕业了，我到哪儿去呢？（问乙）

乙　到祖国需要的地方去。

甲　我要到祖国需要的地方去！哪儿需要？（问乙）

乙　这要看您的志向啦！

甲　我要到山区去。

乙　对！应该上山下乡为农民服务。

甲　我到哪个山区去？（问乙）

乙　……我哪知道！

甲　要到艰苦的山区去！

乙　应该在艰苦环境里锻炼。

甲　哪儿的山区艰苦？

乙　您干吗老问我呀？

甲　组织上分配我到山区供销社工作。

乙　好！

甲　我背上水壶，挎上背包，戴上草帽，蹬上草鞋，腰里别上布鞋，网兜里装上雨鞋，背包里带上皮鞋，一手拎着一只塑料鞋……

乙　带那么多鞋干什么？

甲　做好准备，上山落户！

乙　那也用不了那么多鞋。

甲　山区费鞋。

乙　他这决心还不小。

甲　一进山口，看见一位老大爷背着背篓，蹲在那儿正抽烟哪。我问："老大爷！上供销社怎么走？"他磕了磕烟袋，连头也没抬说："把行李放在篓里，跟我走吧！"

乙　山里人真热情。

甲　我说："老大爷，不用啦！我年轻力壮的，您的篓子我给背着吧！"山里人就是直爽："小伙子，给你！"我刚接过篓子没走几步，我说："老大爷，这篓子还给您吧。"

乙　怎么又还回去了？

甲　我汗都下来啦！

乙　是呀！你们走的是"汗"路嘛！

甲　这一下我轻松多了，山区的景色真迷人呀！（唱）一道道青山紧相连……

乙　他还见景生情啦！

甲　（唱）一朵朵白云……

乙　怎么不唱啦？

甲　一只手拎着塑料鞋，我胳膊都酸啦！

乙　谁让你带那么多鞋啊！

甲　没等我开口，老大爷说："把鞋放我篓里吧。""谢谢老大爷！"

乙　这回你再唱吧！

甲　不行，腰里的布鞋别得我喘不出气来。老大爷说："把布鞋也放我篓里吧！""谢谢老大爷！"

乙　这回行啦！

甲　不行，背包里的皮鞋硌着我的腰哪！老大爷说："把背包也放在我篓里吧！""谢谢老大爷！"

乙　这……

甲　不行，网兜里……

乙　你还有多少鞋都放篓里得啦！

甲　"谢谢老大爷！"我把所有的东西都放在他的篓里，脚下就剩下了一双草鞋，可走起路来，觉得每只都有半吨多重……

乙　干脆你也上篓里去吧。

甲　"谢谢老大爷!"

乙　真上篓里去啦?

甲　那哪好意思。老大爷说:"小伙子! 要想在山里安家落户,带那么多鞋没用,得练出一双山里人的铁脚板儿。"

乙　这句话经琢磨。

甲　也怪,他背那么多东西跟走平道似的,越走越快。

乙　你得向老大爷学习

甲　我打算拜老大爷为师。

乙　好!

甲　可他不同意!

乙　他是客气。

甲　怎么说他也不同意。

乙　到山上以后让你们主任跟他说说。

甲　我们主任也不同意!

乙　主任怎么能不同意呢?

甲　因为,这位老大爷就是我们主任。

乙　是没法同意!

甲　这就是我第一篇日记《篓背我》。

乙　第二篇日记呢?

甲　标题是《我背篓》。

乙　翻了个儿啦?

甲　我已经站了半个月的柜台,今天一清早,老主任满面含笑地递给我一个篓子:"小伙子! 认识它吗?"

乙　不就是篓子嘛!

甲　不,它不是篓子。

乙　那是什么?

甲　它是咱们山区的聚宝盆。

乙　对! 它收不完土产,它背不尽百货,是聚宝盆。

甲　对! 它是咱们工农业的桥梁。

乙　对! 它能联系工农业生产,它能沟通城乡交流,是桥梁。

甲　对! 它是革命的传家宝。

乙　对! 要继承山区的革命传统,要发扬山区的革命精神,它是革命的传家宝。

甲　对! 它是我们为人民服务的工具。

乙　对! 用它支援农业第一线,用它建设新山区,它是为人民服务的工具。

合　对!

乙　你没完啦!

甲　老主任一番话,使我深深地爱上了背篓。我当时表示:"我背篓。"

乙　应该背起革命的篓子。

甲　老主任笑着说:"好!'我背篓'这三个字你会讲吗?"

乙　会,这谁不会讲。

甲　你讲讲。

乙　我,就是我背篓的我;背,就是我背篓的背;篓,就是我背篓的篓。

甲　这跟没讲一样。老主任说:"我,应该是群众中的我,是革命的我;我们不该光想我自己的我,我个人的我;我们应该认识这个我。"你认识你吗?

乙　要这么说,我也不一定认识我了!

甲　"背,解放前山区人民背的是三座大山压驼了背,压弯了腰,背的是血泪仇。篓,过去山区人民背着它,逃荒要饭、卖儿卖女;战争年代用它背粮、背草、背炮弹支援前线;现在用它背的是丰收和欢笑,来改变我们一穷二白的面貌。"

乙　这三个字的内容太丰富了。

甲　今天下午我背起篓子和老主任一起爬上了锯齿山。

乙　这山上有多少户人家?

甲　一户一口。

乙　就一户一口呀?

甲　老主任说:"一户也是我们服务的对象,一口也是我们的阶级弟兄。这一口是生产队的老羊倌,他买了一瓶醋、两条鞭鞘儿。"

乙　就买了这么点东西?!

甲　老主任说:"一瓶醋也是群众生活的需要,两条鞭鞘儿也是社员生产的需要,因此,也是革命的需要。"

乙　那能卖几分钱?!

甲　老主任说:"做好几分钱的小买卖,正是关心群众生活的具体表现。"

乙　这一点我就没看到。

甲　老主任说:"有的人眼光窄小,就是看不到这一点。"

乙　老主任这话都对着我说的呀!

甲　我们又收购了一些东西。

乙　都收购了什么?

甲　两只蝎子,这是药材。

乙　就两只蝎子?!

甲　老羊倌说："坛子里还有半夏哪!"

乙　敢情这山上出蝎子。

甲　什么呀,坛子里有一两半夏,那也是药材。

乙　我还以为有半坛子蝎子呢!

甲　虽然卖货不多,收购有限,但有两笔账目却很难算。

乙　这点账还不好算?来,我帮你算。

甲　老羊倌说:"小伙子,你们'背篓商店'一年四季坚持上山送货,给社员省了多少工?多出了多少活儿?增加了多少粮食?少费了多少双鞋?"(对乙)你帮我算着。"还有,就拿我老羊倌来说吧,一只羊多剪半斤毛,多拾一筐粪,多产俩羊羔,一年、两年、三年、五年,你说能给国家增加多少产品?"(对乙)你帮我算着。"还有,你们及时送来农药、喷雾器,一棵树多挂多少核桃、柿子、栗子、杏呀、梨呀、枣的?"(对乙)你帮我算着。"还有……"

乙　行啦!我算不过来了!

甲　老主任说:"虽然收购的是一两半夏、两只蝎子,你算算农民对国家建设的心意有多么重?"

乙　没法称。

甲　他们的风格有多么高?

乙　没法量。

甲　贡献将有多么大?

乙　没法算。

甲　老主任说:"有些人只会算经济账,就是不会算社会主义的大账;只看到鼻子尖下的一点点,没有远大的眼光。这样的人不是没有,有时就在我们身边。"

乙　就是我呀!

甲　这次上山,对"我背篓"三个字更有了进一步的认识。

乙　那您第三篇日记呢?

甲　标题是《背好篓》。

乙　还没离开篓。

甲　雷!像奔腾的野马;闪!似狂舞的银蛇,哗——

乙　怎么啦?

甲　下雨啦。

乙　好嘛!这篇日记开头就下雨。

甲　一位贫农李大娘,居住在葫芦峰上。家里缺少一口水缸,我答应今天给她背上去。

乙　这么大雨，等雨停了再去吧！

甲　去年冬天，老主任顶着鹅毛大雪，把一口一百多斤的肥猪背下山来，难道我就不能踏着老主任的脚步前进？

乙　那你就去！

甲　我把缸装好，这时雨停了。

乙　赶紧走吧！

甲　呼——

乙　又怎么啦？

甲　漫天大风，飞沙走石。

乙　风停了再走吧！

甲　去年秋天，老主任冒着弥漫的山雾，把四袋化肥背上山去，难道我就不能吃大苦、耐大劳？

乙　那就走！

甲　我背起缸，刚出门，风也停了。

乙　正好。

甲　唰——

乙　又怎么啦？

甲　天黑了。

乙　哦。天黑了也有声儿？转天再送吧！

甲　前天深夜，老主任翻过三道山梁，给生产队送去急需的菜种。难道我就没有这样的服务精神？你说我去不去？

乙　你……你自己看着办吧！

甲　今天一定要把缸送到。这一年里，我皮鞋开了绽，草鞋耍了圈，布鞋透了膛，胶鞋底磨穿。

乙　这几双鞋全报销了。

甲　可我练出了一双铁脚板儿。有了它，哪怕山高路险、篓重脚滑，我一定能爬上葫芦峰。

乙　好样的！

甲　可是没走几步，风雨雷闪一齐又来给我鼓劲！

乙　一齐和你作对！

甲　雷是战鼓，风是号角，雨给我洗路，闪给我开道。我一口气爬上了海拔一千八百米的葫芦峰！

乙　真像个登山英雄！

甲　李大娘给我熬姜汤，给我烘衣服，问寒问暖，还要给我做饭吃。

乙　你吃了再走吧！

甲　不能给大娘添麻烦，我得赶紧下山。出了门儿我又回来啦。

乙　还是吃了饭合适。

甲　哪儿啊！在我兜子里发现了五个鸡蛋。

乙　你收的鸡蛋没给钱？

甲　一定是李大娘送我的。

乙　这是阶级感情。

甲　大娘的心意我完全领会，可是这鸡蛋我不能收下，我要按收购价格算钱给大娘。

乙　对！

甲　李大娘说："要算你先算算这口缸有多重，算对了，就把鸡蛋还给我；算不对，这鸡蛋你就得吃了。"

乙　这可难不住你。

甲　大娘说："你算算这口缸有多重？"我说："七十四斤半。""不对！"我说："算错了我就把鸡蛋吃了。"

乙　错不了！

甲　大娘说："你再看水缸里边。"我往水缸里一看，得了，这鸡蛋我得吃了。

乙　怎么，你算错啦？

甲　缸里还有半下雨水哪！

乙　连雨水也背上来啦！

甲　最后我还是偷着把这鸡蛋钱给大娘放下了。这就是我的第三篇日记《背好篓》。

乙　好！您再念念第四篇日记。

甲　我还没写哪！

乙　我替你来写。

甲　写日记有替的吗？

乙　标题我都想好了：《都背篓》。

甲　都背篓？

乙　都来学习背篓的革命精神。

甲　好，商业部门学背篓，

乙　商品送到农民手；

甲　医务人员学背篓，

乙　挎起药箱满山走；

甲　电影队员学背篓，

乙　银幕挂在高山口；

甲　相声演员学背篓，

乙　我拽着你的胳膊肘，

甲　拽我胳膊肘干什么？

乙　携手前进，一块儿上山！

（原载1965年5月《曲艺》丛刊编《相声集》，赵连甲、薛宝坤合作，

为马季、李文华演播曲目）

说　山

甲　请问这位老先生，您是……

乙　徐霞客。

甲　呦！明代大旅行家，您是我们旅游行业的老前辈，徐老！

乙　别这么叫，你就叫我小徐。

甲　小徐？都多大岁数了，瞧您这胡子都花白了。

乙　这呀？（摘下胡子）这是道具，我是于海伦。您是……

甲　旅游公司的导游员。

乙　别逗了，我还不认识您？您是说相声的名演员贾冀光。

甲　不，随着旅游事业发展的需要，我改行了。我非常爱旅游，不过比不了您，
　　您是一位大旅行家。祖国的五大名山：东岳泰山，西岳华山，北岳恒山，
　　中岳嵩山，南岳衡山，都留有您的足迹和诗句。

乙　祖国的名川大山我游览过不少。

甲　是啊，您在黄山遛过鸟，在华山采过蘑菇，在泰山顶上放过风筝，在喜马
　　拉雅山上斗过蛐蛐儿。

乙　那有蛐蛐儿吗！

甲　我跟您一样，从小就爱山。记得我五岁那年就爬过煤山。

乙　噢，就是现在的景山。

甲　不，煤山。

乙　哪个煤山？

甲　我们家门口儿那煤堆。

乙　那是淘气！

甲　我爱爬山，所以大家给我起了个名字。

乙　叫什么？

甲　都叫我"山丹丹"（作不好意思状态）。

乙　我看你应该叫煤球儿。

甲　怎么叫煤球儿？

乙　你老爬煤堆，骨碌下来还不成了煤球儿呀！

甲　那是小时候的事儿。我当了导游员以后，陪同中外游客到过各地名山。

乙　你都到过什么山？

甲　我登过"天下第一奇山"黄山。怪石、云海、奇松、温泉，自古称为"黄山四绝"，那真是：怪石嶙峋，千姿百态；云海浩瀚，银涛滚滚；绝壁奇松，刚毅挺拔；温泉碧波，四季恒温。正像您当年给黄山的绝妙评价："五岳归来不看山，黄山归来不看岳。"

乙　嘀，我几百年前说的话你怎么知道的？

甲　咳，您忘了，您说这话的时候我不就在您旁边站着……对了，那时候还没我呢。

乙　你还到过什么山？

甲　绵延千里的长白山、屹立天府的峨眉山、江西的庐山、新疆自治区的天山，什么兴安岭、太行山、昆仑山、祁连山、井冈山、五指山、六指儿山……

乙　怎么出来了六指儿山？

甲　五指山旁边还有一个小山呢！

乙　你到过的山真不少。

甲　上个月我为青年旅游团沿着当年红军二万五千里长征的路线做了一次导游活动，那山就更多了。

乙　你说一说，我数数有多少山。

甲　好，您数着。我们途经武夷山、武陵山、罗霄山、桐柏山、雪峰山、云雾山、乌蒙山、大庾岭、骑田岭、都庞岭、越城岭、横断山、玉龙山、宁静山、梦笔山、黔灵山、打鼓山、雀儿山、米缸山、米苍山、点苍山、太白山、贡嘎山、邛崃山、夹金山、沙鲁里山、巴颜喀拉山、阿尼玛乡山、大娄山、大凉山、大巴山、岷山、嵩山，红军胜利通过的万水千山！多少山啦？

乙　我数不过来啦！那么我现在来北京，你给我导游的话，去哪些山呢？

甲　我领你去万寿山。

乙　别去了，这太熟悉了。

甲　香山？

乙　这我去过，也很熟悉。

甲　百花山？

乙　熟悉。

甲　妙峰山？

乙　熟悉。

甲　张明山？

乙　熟……张明山？

甲　这您不熟悉了吧？这张明山我最熟悉了。

乙　你怎么那么熟悉？

甲　张明山是我舅舅。

乙　说你舅舅干什么？！我是要你带我游览一些没去过的地方。

甲　这很容易。今年是什么年？

乙　龙年！

甲　从现在起，我开始给您导游，让您所闻所见都离不开龙。

乙　真的？你先带我上哪儿？

甲　北京延庆的龙庆峡。有龙没龙？

乙　有。咱走着去呀？

甲　别价。您坐上黑龙江牌的旅游汽车，从龙头井出发，路过回龙观，穿过青
　　龙桥，直奔龙庆峡。

乙　这就四条龙了。

甲　到了龙庆峡，首先映入您眼帘的有高达二十一米的"盘龙绕柱"——"龙
　　庆腾飞"。这里是玉砌冰雕，灯的海洋，龙的世界。

乙　那我得好好看看。

甲　您步入"龙庆宫门"，头上是光彩夺目的"龙庆宫"巨幅横匾，左右是龙
　　神"行云布雨图"，六根蟠龙玉柱"玉宇腾龙"，咱穿过"龙宫殿"，咱登登
　　"蟠龙塔"，咱看看"憩龙亭"，咱转转"九龙壁"，咱跳跳"黑龙潭"……

乙　受不了！跳下去就上不来了。

甲　别不去，那里有奇景壮观的"龙潭飞瀑"。您举目仰望，高高的大坝，冰瀑
　　飞泻，如柱如梭，顺视坝底又如飞龙入潭，冰花四溅，犹如蛟龙闹海！

乙　光这么看呀？

甲　饿了您吃点风味小吃，再买点旅游纪念品，这里也都有龙。

乙　是吗？

甲　您穿一件龙凤呈祥的睡衣，拄一根龙头拐杖，挂上一串二龙戏珠，抽一根
　　白金龙牌的烟卷儿，端一碗龙须面，您跳起"龙飞凤舞"，唱着《龙的传
　　人》，抖起"龙马精神"，迈开"龙行虎步"，跨进"龙宫宝殿"，绕过"龙
　　书宝案"，往绣龙墩上一坐，您可就不是徐霞客了。

乙　那我是……？

甲　您成了龙王爷啦！

（为 1987 年北京电视台《相会在北京》旅游化装晚会创作，

由贾冀光等录制播出）

他老人家

甲　你在这儿说相声哪？

乙　主办晚会单位请我来参加演出。

甲　说一段相声他们给你多少钱？能给个十万二十万的？

乙　十万二十万？哪有那么多呀！

甲　噢，也就七八万块钱。

乙　哎……没有！几十块钱的事！

甲　那干个什么劲。我就看透了，说相声这行没大赚头，前途暗淡，我早下了这个贼船啦。

乙　合着我还在贼船上哪。那您干什么去了？

甲　当"扶倒"了。

乙　噢，做辅导工作，培养下一代相声演员？

甲　你怎么老离不开相声呀！

乙　那您辅导什么？

甲　扶——倒，就是我呀，要扶持一批倒儿爷。

乙　就这扶倒呀？！

甲　换句话也可以叫咨询。通过我交流信息，组织货源、疏通关系、统筹经济。然后倒儿爷就倒起来了。倒的规模是两部电影片名：《南征北战》《东进序曲》。

乙　这是什么意思？

甲　南边市场也征，北边地盘儿也占，东边门路打进去，西边的货物也取出来。

乙　哪儿都倒呀？

甲　广开财路嘛！不像你就知道到晚会上说相声，说一段才几十块钱，就算一晚上让你说十段相声……

乙　那就把我累死了。

甲　累死也发不了大财呀！所以我说，说相声前途暗淡，好多说相声的都下了贼船了，不开窍儿的、心眼儿死巴的也就剩一两个啦。

乙　嗯，也就是我了。

甲　你要是想发财，我也可以扶倒扶倒你。

乙　不用。

　　〔甲身上揣着的对讲机"嘟嘟"地响起。

乙　哎？哪来的蛐蛐儿叫唤？

甲　什么蛐蛐儿呀！（将物取出）这是现代通信联络设备——有人要和我通话。
　　（用对讲机通话）对，是我，我是×扶倒。你是哪儿？海南岛……

乙　海南岛？

甲　噢，货已经收到了，那就把款汇来吧。什么？小刘的辛苦费给多少？这小
　　事儿就不用请示他老人家了，你们看着办。让我说给多少？嗯……怎么也
　　得比说相声的多点儿，给小刘三万五万的吧。

乙　嚯！是比说相声赚得多。

甲　好，我再向他老人家汇报一下，就这样吧。（收起对讲机）

乙　我跟您打听一下，小刘是怎么回事儿？

甲　小刘嘛，你怎么忘了，过去也是说相声的嘛！人家看透了说相声前途暗淡，
　　也下了贼船。我就扶倒了扶倒他，让他到外地联系联系销路，钱也赚不
　　多，落个三万五万的，闹点零花呗！

乙　这钱还不多呐？

甲　你说你的相声吧，我还有事，改日再谈……

乙　您等等……（不好意思地）×扶倒，您是不是……也能扶倒扶倒我？

甲　别吞吞吐吐的，说清楚点儿。

乙　您是不是也扶倒一下我呀？

甲　好说，咱一块合作过多少年，论关系比小刘近乎多了！我一定把你扶倒了。

乙　全靠您啦。

甲　不能这么说，应该说主要得靠他老人家。没有他老人家，我也就扶倒不了
　　你啦。

乙　您说的这个他老人家是谁呀？

甲　他老人家您都不知道？就是……他老人家嘛！

乙　到底是谁呀？

甲　他老人家……嗬，他，他，他老人家……

乙　留点神，您别把舌头咬下来。

甲　来，我告诉你……（贴近耳语）

乙　（惊叫）啊！

甲　别嚷嚷，你知道就行了。

乙　我不知道，我没听见你说什么。

甲　那你嚷嚷什么？

乙　你往我耳朵里吹气儿——我能不嚷嚷吗！

甲　我这是警告你，他老人家是谁那是随便说的吗？

乙　那我也不能稀里糊涂地干呀？

〔甲身上对讲机再次"嘟嘟"地呼叫。

乙　海南岛的电话又来了。

甲　（取出对讲机通话）是我，你哪儿？马来西亚……

乙　好嘛，都倒国外去啦。

甲　别客气，主要是他老人家的力量，不然怎么会这样顺利呀！什么，老陈的回扣费……

乙　老陈是谁呀？

甲　说相声的老陈嘛！

乙　噢，老陈也下了贼船啦？

甲　（对对讲机）老陈的回扣费好说，都是自己人，象征性地给他几万美元就行了。（收起对讲机）

乙　几万美元——还象征性地？敢情我们这些同行们都干上这个了，脑瓜儿都够活的。

甲　你不愿糊涂着干就说你的相声吧，我还有事儿……

乙　您先别走。我跟您商量商量，能不能让老陈回来替我说相声，老陈的这事儿让我干干？

甲　换你？你别看老陈平常傻乎乎的，可人家"砣儿"在那儿了，人家跟外商谈个什么，坐那儿像那么回事儿。你看你这模样，跟自由市场卖鱼虫儿的一样。

乙　您别光看"砣儿"，您要扶倒扶倒我，我可比老陈聪明。

甲　那我问问你，你过去干过什么？

乙　您知道，我就说相声啦！

甲　说实话，你过去倒过什么没有？我要了解一下你的才能、基础，好扶倒你呀！

乙　……倒是倒过那么一两回。前些日子到福建演出，顺便倒了一提箱口红，也想多少赚点儿。到火车上我怕被人翻出来，把箱子偷偷藏到锅炉房里了。

甲　翻出来没有？

乙　倒是没翻出来，让锅炉都烤化了。

甲　这事儿我听过。列车乘警发现在第六车厢连接处渗透出一行血迹，跟踪到你这儿，你也不含糊，没等人家问，你喊了一句："警察同志，我再也不干这个啦！"

乙　我怕人家把我当杀人犯。

甲　你这是"挖耳勺儿炒芝麻——小鼓捣油儿"。

乙　所以我得找您啊，× 扶倒，无论如何您得扶倒扶倒我了！

甲　扶倒你可费点劲，就倒过口红这基础太差了。我先考考你，比如他老人家派你外出去洽谈生意，火车有硬座、硬卧、软席，你坐什么？

乙　坐硬座就行，没号我都能对付。

甲　应该给你辛苦费两万。

乙　不少。

甲　全部扣除！

乙　怎么给扣了？

甲　你给他老人家丢脸！有损他老人家声誉！人家谈生意的阔商都在软席等你呐，你在硬座那还跟人家对付呐："大娘您往里挤挤，让我半拉屁股地方就行……"丢人不丢人！比如让你坐轮船，有头等舱、二等舱、三等舱，你坐什么？

乙　这我就明白了，我坐头等舱。

甲　那就把你开除了，你应该坐特等舱！比如坐汽车，卧车有国产的、进口的、豪华的，你坐什么？

乙　我……我坐超级豪华！

甲　行，开窍儿啦！跟他老人家干就是要讲排场、要讲阔气、要讲豪华！跟那些做生意、搞贸易的根本就不一样！

乙　真气派。

甲　要跟他老人家干，仪表装束也不能像你这样土里土气，要穿进口的高级西装、皮鞋，要扎上国际最新潮的领带，要带上直接与世界各地联络的通信设备，要拎上带有自动报警装置的手提箱，要装上世界各地银行通用的信用卡……一整套的国际包装。

乙　包装起来我也不知道我是哪国货啦！

甲　不仅装束、气质逼人，要跟国内外的人搞洽谈要求更高了。洽谈要讲分寸、有技巧；要不露痕迹，又不留话柄；既要让对方听得明白，你又不能把话说得太清楚；说半句让他琢磨着办，剩半句给自己留个退身步。总之讲话既要露骨又要含蓄，含蓄里包含着露骨，露骨中体现着含蓄。

乙　哎哟，跟着他老人家干这行也不易呀！

甲　比如你现在身上全部是国际包装了，我是一位外商，他老人家派你和我洽谈。来！

乙　我拎着带自动报警的提箱来了……

甲　回去！你这箱子里是装的鱼虫儿还是口红？怎么跟拎着水桶一样呀？

乙　再来！我是得精神点……嘿！哥们儿咱该侃侃啦。

甲　侃侃？这叫什么词儿呀！

乙　对，我得说半句留半句。先生，我们先来洽谈一下货物的价格，这货的价码儿……（褪衣袖与甲捅手指头）是这个整儿、这个零儿……

甲　你这买牲口哪！

乙　不是说半句让他琢磨吗？

甲　要求要露骨还得含蓄。

乙　这也不难。先生，这批货您要倒出去，起码你能落一磕……

甲　一磕？

乙　不，一顿……一方……

甲　什么乱七八糟的！他老人家不是二道贩子，干的是大买卖，收的都是外汇，巨款金额都上亿元，你怎么按磕算？！

乙　那可够我磕一阵子的。您这一扶倒我全明白了，跟他老人家干，就是拼命地倒，玩命地搂，死乞白赖地花……这么干，政府能让吗？

甲　是呀，所以他老人家给我们规定了八字方针：上有政策，下有对策。这是内部传达，别外边嚷嚷去。

乙　您放心，我不会去干那傻事儿。

甲　根据你的基础，又刚开始干，先干点小不溜儿的试着来吧。

乙　也好。

甲　我让他老人家给你开个条子，先弄六百台彩电倒倒。

乙　这数也不算少了。

〔甲身上对讲机"嘟嘟"再次呼叫，取对讲机通话。

甲　你是哪儿？（激动地）哟！是你老人家呀？

乙　怎么又出来个你老人家？

甲　你老人家就是他老人家……（转对讲机）不，我没跟您说话。是，是，我们一直照您说的每一句话办，您的每一句话都足够我们领会一个历史阶段的。对，抓紧办……（收起对讲机，转向乙）先别倒彩电了，还有比这来钱更快的呐！

乙　再来钱快的——那就是抢银行啦！

甲　我赶快找小刘、老陈扶倒，抓这个来钱快的。

乙　您就别找他们了。您就扶倒我吧！

甲　他老人家传递过来一个重要经济信息：由于日本海暖流的影响，太阳黑子爆炸，大阪地区的水产品数量锐减，对虾的行情走俏。我们尽快在长山列岛组织大量对虾，及时空运日本，可以获得百分之五百的红利！

乙　哟，这可是国际大倒儿呀！空运飞机哪儿弄去？

甲　糊涂！有他老人家，不论是波音、伊尔、三叉戟，要哪次航班他老人家一句话。

乙　出国得办护照哇！

甲　别说护照，你要想去国外长期定居，他连蓝卡都给你办了！

乙　该我走运，连黑子爆炸都让我赶上了。

甲　现在急需要解决的，是如何扩大航运量的问题。

乙　要想让飞机多装点……再加几个挂斗。

甲　那是汽车。

乙　这靠您扶倒了。

甲　干脆，把速冻对虾搞成集装箱，用最大的网兜儿一兜，挂在飞机的两个翅膀上，飞到日本城市上空，低空飞行，看准目标，施行空投，在长崎扔一个，在广岛扔一个……

乙　俩原子弹！

甲　事成以后，每一个参加人员要按着辛苦费、回扣费、关系费、风险费、加班费……一律按日元付给。

乙　全都给外汇？

甲　这批外汇你再用高价倒出去，里外里可就大发啦！

乙　×扶倒！说定了，一定让我参加。

甲　你干得了吗？

乙　干得了，您就是让我在飞机翅膀上负责空投我都干！

甲　那可危险。

乙　舍不得孩子套不着狼呀！

甲　你还说相声吗？

乙　不说了！说相声前途暗淡，我下了贼船啦！

甲　你有决心吗？

乙　有！头可断，血可流，跟着他老人家不回头。他老人家走到哪儿，我一步不离地跟到哪儿，他老人家要给我开个条子，说让我上日本，我马上毫不犹豫就"开路一麻斯"！

甲　好，那我就让他老人家给你开条子啦？

乙　就那么办！

〔甲身上的对讲机呼叫，取对讲机说话。

甲　噢，噢，那就请他老人家先忙着吧。（收起对讲机。对乙）我说，要不你还先说相声吧。

乙　怎么啦？

甲　让他老人家开条子得等，最近他忙不过来。

乙　一个月俩月我等得了。

甲　时间还得长点儿。

乙　那让我等到什么时候？

甲　就看法院判他几年啦。

乙　他老人家折进去啦！

（刊于 1989 年 4 月《曲艺》，赵连甲、幺树森创作，
由侯耀文、石富宽于央视演播）

名人与名牌

甲 请问，您是什么牌儿的？

乙 什么牌儿的？

甲 啊，问您的称呼呀。

乙 没你这么问的！什么牌儿的？到商店里才能这么问。你明白了吗？

甲 明白了。得到商店里才能问您是什么牌儿的。

乙 哎……不对！到商店买东西这么问，对人不能这样问。人和东西得分清楚喽！

甲 您着什么急！这一解释我就知道了，不能问您是什么牌儿的，您不是东西。

乙 我自个儿陷进去了。

甲 其实人的名字和商品的牌子一样，尤其在当今经济大潮中，一些名人和商品的牌子更分不开。

乙 除去你，我看没有分不开的。

甲 您不信？那我问您，您叫什么名字？

乙 陈涌泉。

甲 假的，您这陈涌泉是冒牌儿货。

乙 我怎么成冒牌儿货了？从头到脚，所有的零件全是原装的。

甲 您再怎么说也没用，陈涌泉我见过，人家陈涌泉有特征呀！

乙 什么特征啊？

甲 陈涌泉是说相声的对不对？

乙 没错。

甲 还是的！人家陈涌泉是豁子嘴，您这嘴没豁儿呀！

乙 豁子嘴能说得了相声吗？

甲 人家就这特征，还是陈涌泉特有的专利。

乙 这不是胡说八道吗！

甲 怎么是胡说八道呢，我真碰见过陈涌泉了。

乙 你在哪儿碰见的？

甲　前天，我去李家坟村看我姐姐，一下车我就瞧见陈涌泉了。

乙　我上李家坟去了？

甲　去了。您在电线杆子上挂着呢。

乙　也别说，您听这地名——李家坟儿，倒是像个上吊的地方。

甲　不是上吊，您的广告牌子在那儿挂着哪！

乙　我的广告牌子？

甲　上边写着：特约全国著名相声演员陈涌泉来我坟演出。

乙　我多咱去过那儿呀！

甲　演出时间下午两点到四点，演出地点在煤厂子的前边，垃圾站的后边，坟坑的左边，化粪池的右边。

乙　这地儿是怎么找的呀！

甲　我一想，您到这儿来演出，我得看看您去呀。

乙　按理说，应该去。

甲　我去了。到那儿一瞧，还真有不少观众，不大会儿工夫就听有人喊："靠边靠边儿，陈涌泉来了！让开路，让演员进坟。"

乙　进坟？

甲　这地方不是叫李家坟吗。

乙　咱商量一下，这地名儿改改行不？

甲　那就叫李家坑。

乙　别改了，反正是给埋上了。你看见我那天是嘛模样儿？

甲　也就是四十来岁，个儿不高，佝偻脖儿有点儿水蛇腰，鼓鼻子小眼儿俩支棱耳朵，刚缝合上的嘴唇门牙还在外边龇着，活像一只海狸鼠——就是没长毛。

乙　我是长这模样吗？

甲　穿的可不懒。上身是一件空心西服，下身穿着短裤衩儿，光着脚丫子，穿着一双日本趿拉板儿。

乙　我就这打扮儿啊？

甲　您往那儿一站就开始演出啦。

乙　我说的是哪一段儿呀？

甲　（倒口）"往后点，往后点，小孩儿别朝前挤，大人都往后靠，圈儿大人薄，得看得瞧！"

乙　嘿，还挺合辙。

甲　当时您看人太多了，秩序不好维持，您回手就把锣抄起来啦。

乙　说相声还用锣？

甲 您"哐哐哐"地一边敲着锣一边说着：（倒口）"各位站定请压言"，哐哐！"我是相声名演员"，哐哐！"初到此地来献演"，哐哐！"我的名字叫陈涌泉"。哐！哐！哐！哐……

乙 我这儿连现眼带耍猴儿来啦。

甲 "那位观众可就说咧，陈涌泉啊！过去在电视里光看见你的影儿哩，就是没看见活的，所以我响应你们的要求，从电视里我就折出来哩！"

乙 是啊，你让我从电视里愣折到这坟里来啦！

甲 "为什么大家爱听我说的相声（读书音）啊？因为听我的相声有好处。"

乙 有什么好处哇？

甲 "你听陈涌泉的相声是蚊子不叮，臭虫不咬，耗子都往别人家里跑。"

乙 我成耗子药啦！

甲 "听我的相声，癌症能给治好咧，艾滋病也死不了咧，想发财打喷嚏出元宝咧，没媳妇儿我都能给你找咧。"

乙 我上哪儿给找去呀？

甲 "我的观众朋友们啊！话又说回来了，没媳妇的我去给找，人家小姐要嫌你模样长得跟胖头鱼一样，那怎么办？嘿嘿，都别上愁，我给你们带来了福音，为了美化人们的生活，咱这儿有美容的名牌产品！"

乙 敢情是来推销产品。

甲 说着他从箱子里拿出一个塑料瓶来："大伙都看看，这可不是一般的眼药水，这是从法国引进的与陈涌泉合资生产的陈涌泉牌儿的'美目灵'呀！"

乙 它都治什么呀？

甲 "美目灵，美目灵，凡是在眼睛这个科目里的就没有它不灵的。你把我这药水抹在你的眼皮上，眼小能变大，眼大能变小，黄眼的能变黑，黑眼的能变红，红眼的能变白，白眼的能变绿，绿眼的能变蓝……"

乙 这眼睛成变色球啦。

甲 "不论男女，有想把单眼皮儿变双眼皮儿的，不用开刀不用缝，就来买我美目灵。"

乙 这不纯粹蒙人吗！

甲 "大家要知道，我这美目灵要是在法国买，一瓶得花三千法郎，在这儿买，一瓶就收你十块钱！"

乙 哟，这价儿怎么差距这么大？

甲 差价大好让爱贪便宜的人上当呀！有个姑娘想把单眼皮儿变成双眼皮儿，花十块钱买了一瓶回家抹去啦！

乙 这姑娘要倒霉。

甲　我实在忍不住了，走过去我说：你叫什么呀？"我叫陈涌泉啊！"你好好看我是谁？"耶，你不是跟陈涌泉说相声的李金斗吗？"那你这个陈涌泉是怎么回事儿？"明摆着的事，陈涌泉是名人，借他的名儿使使，我的货好卖呀！我的美目灵挂上陈涌泉牌儿的商标，不也就跟着变成名牌儿产品了吗！这叫名人效应，你懂不？"我懂！你假冒名人，兜售伪劣产品，这是违反国家经济法和商标法，你懂不懂？

乙　他怎么说？

甲　"你别逗咧，别逗咧！什么这法那法的？像这么干的也不是我一个人儿，我说我叫陈涌泉不行？你到那边看看去，那个大胖闺女叫韦唯——卖烟卷儿哩，刘欢卖裤衩儿呐，最有名儿的数着那个一只眼卖首饰的老太太，就是那个……"

乙　谁呀？

甲　"她叫毛阿敏呢！"

乙　有这模样的毛阿敏吗？

甲　我正要送她去工商局，刚才买走美目灵的那个姑娘捂着脸就找来了。

乙　肯定出娄子了。

甲　她本想抹上那药水能变成一对双眼皮儿，结果一瞧呀，变成肚脐眼儿啦！

乙　那就得找他算账。

甲　姑娘又气又恨指着鼻子就骂上了："陈涌泉呀，你怎么净干这种缺德的事儿呀！"

乙　我干了什么倒霉事儿啦？

甲　人家指的是他。

乙　骂的可是我呀！

（为 1992 年北京电视台《广告文艺晚会》创作，
由李金斗、陈涌泉演播）

巨星出台

〔演员乙背着一条塑料编织口袋走上。

乙　我呀总惦记着改行，干个发财的买卖。有人给我出主意说："要想成富翁，就得当歌星。"还说当歌星不难，要学会"活蹦乱跳，胡嚎野叫，豁出脸去敢造，就不愁没人花钱买票"。从现在起，我结合自己业务练歌儿，当歌星了。练！（用通俗歌曲调扭唱起来）"有啤酒瓶子我买！有易拉罐儿的我买……"

〔演员甲走上。

甲　行，就是你啦。走走走……

乙　哎哎，我练歌儿呐，你拉我上哪儿呀？

甲　还练什么，您现在就是大歌星了，我是请您去演出的。

乙　请我演出去？您认错人了吧？

甲　没错。观众听说您出台演唱，一万八千多座位的体育馆，三场的票两个小时全出去了。

乙　你说的这都是真的吗？

甲　真的。我们连您住的高级宾馆都包下来啦。

乙　要是真的话……（对观众）那我得跟他先侃个价儿。（放下口袋，端起架子）那出场费，怎么算呀？

甲　听您的，您说个数。

乙　我说……（对观众）宁可要跑了，不能要少了。（对甲）我说，一场这个数！（出手势，对观众）我要他八十。

甲　八万？行，三八二十四万。

乙　二十四万？（惊得舌头发硬）你说清楚……多少？

甲　一场八万，演三场给您二十四万。

乙　你还没睡醒吧？

甲　现在大点儿的歌星都这价儿，怎么说我没睡醒？

乙　那就是我还没睡醒。（自语地）听人家说要是做梦咬手指头不疼……（咬手）哎哟，疼！这还是真的。（对甲）要是二十四万……那票子得一大堆吧？

甲　您得带上个包儿。

乙　对，我这儿有条口袋。（将袋子搭在肩上）走……我是往回背钱呀还是买棒子面去？

甲　您怎么还不信……（取出报纸）请您演出的消息都见报了，我呀，又组织演出又办小报。您看这登着呢："巨星出台，只演三场……"

乙　我看看……（夺过报纸）"久负盛名的歌坛巨星——盖天王首次光临我市……"这上面没我呀？

甲　是呀，报上登的是海外歌星盖天王，三场票一下子全出手了，可盖天王他没来。

乙　他怎么没来呀？

甲　因为，压根儿就没找过他。

乙　噢，是拿盖天王蒙人哪？

甲　不蒙一下，票能卖那么快吗？

乙　可人家买票就为看盖天王的，没他出场怎么行呢？

甲　对呀，这不来找你去吗。

乙　那我当替身儿，我才不去呐！

甲　您得去。您知道盖天王要来演出的消息，在少男少女堆儿里引起多大震动呀！

乙　震动多大是盖天王，也不是我×××（本人姓名）。

甲　您别忘了，我是办报的，很多歌星都是我们给炒起来的，我们也可以把您给炒了。

乙　炒了？你还把我炸了呐！

甲　您叫×××，我们一炒，您就是那个盖天王了。

乙　怎么炒呢？

甲　我们在报上这么宣传：大家只知道巨星的艺名叫盖天王，可是这多年您不知道他的真名叫×××！

乙　是呀，这么多年我也不知道我的艺名叫盖天王。

甲　您要同意出台，我们马上组织人给您拍照，咱们是立体化宣传，地毯式的轰炸，在报上登您的喜怒哀乐，趣闻逸事，对应的星座，独特的爱好。例如您本来喜欢吃甜食，最近为什么总吃酸哪？

乙　啊，可能我有反应了。

甲　您打喷嚏为什么爱用灰色手绢儿捂鼻子？

乙　我那手绢儿老不洗的原因。

甲　您最喜爱的宠物是猫哇还是狗？

乙　我最喜爱的是黄鼠狼。

甲　您最崇拜、效仿的名人为什么是西门庆？

乙　西门庆他不是敢乱搞吗……什么乱七八糟的？！

甲　登您这些带有特色的生活侧面，来吸引观众。声势一造，您再看：报纸上的大照片——×××！马路边上的大广告牌子上——×××！女孩子们在床头上贴的剧照，左一张，右一张，横一张，竖一张——×××！课堂上老师问学生："第二次世界大战，最大的战犯头子是谁呀？"

乙　希特勒。

甲　×××！

乙　我把孩子们都搅和乱了，我更不去啦。

甲　您不能不去呀！您能忍心让孩子们的希望落空吗？您忍心他们幼小的心灵受到创伤吗？如果见不到您，多少男孩子要出走，多少女孩子要流泪，甚至有些孩子要自杀。他们最后的一句话："我们是死在×××手里啦！"

乙　我去！不去我得背多少人命呀！可我这长相怎么也不像盖天王呀？

甲　给您在服装、化妆上想想办法；还有灯光配合，灯光忽明忽暗一闪一闪的，观众看不准是谁。再说了，现在唱歌的也不用脸。

乙　怎么呢？

甲　您看那些唱歌的一唱："让我一次爱个够……"（两臂分别探出，将脸向后扭去）脸都跑后面去了。

乙　我也不能总不转过脸来呀？

甲　你转你的。有二十多个女的伴舞，都是大宽袖子，在您脸前边呼嗒嗒，呼嗒嗒……

乙　这轰苍蝇哪？我唱了半天连什么模样人都看不见，多没劲。

甲　太有劲了！您要一出场，台前边的灯，"唰"——全亮了；"哗"——头排的八十多位观众打出一条横幅来。

乙　上边写着什么？

甲　"×××——我们爱死你啦！"

乙　你们吓死我啦。

甲　左边观众一看：咱也把横幅亮出来吧。"唰——"

乙　这上面又写的什么？

甲　"×××，永远不要对你的朋友说再见！"右边观众说了：咱也有横幅呀。"唰——""×××，希望你永远不要让我们从梦中醒来！"

乙　那就老晕乎儿着吧。

甲　迎面观众席里，"唰——"亮出一幅："天王盖地虎"；您身后的观众，"唰——"。

乙　我还得回头看。这幅是？

甲　"宝塔镇河妖。"

乙　嗬！

甲　二楼上又站起一位，手里举着四个大字。

乙　哪四个字？

甲　"么哈么哈！"

乙　我掉到土匪窝儿里啦！我到外边躲会儿吧。

甲　别！您往哪儿一走，那举动更大了：前边有摩托给您开道，警车引路；后边跟着保安人员，手里都拿着电棍……

乙　要把我押到刑场上去怎么着？

甲　这是为了您的人身安全。因为围观的人太多，那些迷您的青年男女，都想见您签名、合影，不护着您点儿哪行。保安人员走的外圈儿，圈儿里头都是医务人员。

乙　大夫们来干什么？

甲　万一围观的人一拥，挤伤几个，大夫们跟着好就地抢救呀。这些医务人员走的还不算最圈儿里边。

乙　围在我身边的哪？

甲　是八十多只狼狗。谁也不敢靠您跟前儿。

乙　我得问问您，这些狗都打过防疫针没有？别让它咬一口，我疯了。

甲　您走在路上是这样，您要往下更气派啦，五星级宾馆，您住四楼，底下三层都要包下来。

乙　那干什么？

甲　要不就乱了，每天不分白天黑夜，上千个少男少女围着宾馆："我们要见×××！"

乙　那么多我也见不过来呀？

甲　在一楼设定个发号处，每天上午就发四十个号儿。

乙　我看门诊哪。

甲　到您演出的时候，场地秩序可不好维持了。

乙　怎么呢？

甲　您是那么多男男女女小青年们崇拜的偶像啊，一报您的名字，哎哟！台下狂风热浪四起，人都像疯了似的，有多少座位给踩塌了，有多少人把嗓子喊哑了，有多少人把手拍肿了，有多少人流着眼泪说："我终于见到你了——×××！呜呜呜……"

乙　给我出殡呐?

甲　您往台上一迈步,蹿上一个女青年,照您腮帮子上"啪"!

乙　给我一个嘴巴?

甲　亲吻了您一下,在您脸上留下一个口红印儿。

乙　是呀?

甲　您再往前走,又跑上一个,"啪"!

乙　又留一个印儿。

甲　您往台上一步步走,就听"啪","啪",……等您走上台中间,再看您这脑袋……

乙　那就变成大个儿的山里红啦。

甲　等您张嘴一唱,四周看台上的人激动得都往上扔呀,有扔鲜花的,有扔纱巾的,有扔手套的,有扔帽子的,有扔鞋的……

乙　行了,我都收起来到街上练摊儿去了。

甲　还有扔项链、手表的……

乙　这不错。

甲　还有扔汽水瓶子的。

乙　受不了! 不把我给开啦?

甲　靠台边有一个姑娘,扔上一方花手绢儿来。

乙　好。

甲　里面包着一块砖头。

乙　想把我砸死?

甲　怎么,您吓得不敢去了?

乙　去! 砸死也去。这是多么隆重的场面,说什么我也要过一把歌星的瘾去。

甲　我还忘了问了,您都准备唱什么歌儿呀?

乙　唱我拿手的,歌名叫《记住我的情,记住我的爱》。

甲　请您先预演一下行吗?

乙　你听着:(模拟半说半唱摇滚歌曲)"记住我的情,记住我的爱,带上我这条(捡起口袋)装钱的大口袋,我去演一场你给八万块,一共三八二十四万块。少给一分钱,别说我脾气坏,(从袋里取出一把刀)哥们儿这把刀,宰人就是快,你胆敢要要赖,就别想要脑袋! 让你试试我有多厉害……"

甲　救命呀——!

〔二人追跑下场。

（原载 1994 年 4 月号《曲艺》,赵连甲、幺树森创作）

有话直说

〔演员甲、乙、丙、丁、戊走上。

甲　你们几个都上来了？

合　（乙丙丁戊四人）都来了。

甲　向我道喜吧。

合　道什么喜呀？

甲　我升啦。

合　啊？！

甲　我说我的职位上升了。知道我现在是什么身份吗？

合　不知道。

甲　我是视迷协会的秘书。知道什么是视迷吗？

合　不知道。

甲　一群傻子。比方说吧，影迷迷电影，球迷迷足球，那么视迷呢？

丁　迷西红柿。

甲　我还迷黄瓜呢。

丁　那叫瓜迷。

甲　什么瓜迷呀！视迷，就是电视迷。本人是视迷协会的大秘书。

合　大秘书！

甲　这么称呼太啰嗦，还可以简称——把那"秘"字去掉。

合　叫——大书（叔）！

甲　哎！

乙　你占便宜。

甲　不是占便宜，这么称呼能拉近咱们的距离。

丙　不用，有什么话你说吧。

甲　我代表视迷协会，请你们给电视台的文艺节目提意见。谁的意见提得好，视迷协会让电视台给谁发奖金。

合　真的？

甲　没错。谁先说？

乙　我先说，这意见在我肚子里憋了可不是一天两天了，老是有顾虑，不好意思说。

甲　你说吧，实话实说，人家能正确对待。

乙　那我可就说了。先说电视台这些导演，全国电视台的导演谁也跑不了，有一个算一个，我建议——

甲　怎么着？

乙　每人长一级工资。

合　他这叫什么意见呀？

乙　他们太辛苦啦，一年到头，没日没夜，绞尽脑汁儿，废寝忘食……

甲　行了行了，我是请你提意见的，说点别的。

乙　说别的我也不怕，电视台的摄像、录音、舞美、化妆，有一个算一个，都长两级。

甲　让你提意见！

乙　我这就是提意见呢，他们不敢提，我敢提，电视台台长也跑不了，每人长三级！你告诉他们，这话是我说的，看他能把我怎么着！

合　他这叫提意见吗？

乙　这仨傻帽儿，这尽是电视台的人，真提意见，能给你发奖金吗？发多少钱都得归我。

丙　× 大秘，我提点意见吧，我对电视晚会的鼓掌有意见。

乙　我反对！

甲　你反对谁呀？

乙　我反对他！节目精彩，应该鼓掌，你有什么意见呀？

丙　我说是不管精彩不精彩，也有人领着大伙鼓掌，我觉得没必要。

乙　有必要！制造热烈气氛嘛，增强演出效果嘛，我坚决拥护。我还要郑重地说一句，带领大家鼓掌的同志，您辛苦啦！

丙　我是说，不能鼓掌太多，太滥。

乙　一点不多，我认为还不够，演员说一句话，大家鼓一次掌那才好呢！

甲　你到这儿抬杠来了？

乙　抬什么杠呀？不信咱试试呀。你在这儿表演，说相声，我领着他们三个鼓掌，让大家看看好不好？

甲　那行，咱们试试。

乙　你们注意看我的手势。现在演出开始，鼓掌。（带头鼓掌）

甲　我说一段单口相声。（鼓掌）前几天我出了一趟门儿。（鼓掌）从北京坐

火车去上海了。（鼓掌）到上海去看我二大爷。（鼓掌）我二大爷病了。（鼓掌）

甲　我二大爷病了也鼓掌呀？

乙　他得他的病，我鼓我的掌，互不干涉。

丙　相声本来是逗人乐的，观众光鼓掌不乐，一看就是假的。

乙　所以我要求你们不但要鼓掌，还要笑。注意我的手势。我的嘴一咧（扯自己的嘴）你们就哈哈大笑。再来一次。

甲　我到上海看望我二大爷。（鼓掌）我二大爷病了。（鼓掌）他得的是半身不遂。

乙　（扯自己的嘴，丙等大笑）哈哈哈！

甲　我大爷半身不遂，你们高兴了？

丁　他让我们乐的。

甲　这是幸灾乐祸。

乙　不管那个，效果好就行了。

丙　效果好什么呀？一看那笑就是假的。

丁　不但带着大家鼓掌，让大伙乐，还让大伙哭呢。

甲　这是文艺晚会的动情点。

丁　不是什么晚会都要动情点，非得让大家流眼泪，我觉得这样设计太别扭。

乙　我看你别扭！

甲　你干吗看人家别扭呀？

乙　谁给电视台挑毛病我跟谁别扭！不论什么晚会，一定要让观众动一回情，流点眼泪。

丁　要哭不出来呢？

乙　煽情，一煽动，观众就该哭了。

甲　那要是相声晚会呢？

乙　听相声也得让他们哭。

丁　说相声不可能让人哭。

乙　我就不信你们不哭。（对甲）你说！

甲　前几天我出了一趟门儿。

乙　常说在家千日好，出门处处难哪！你看，他们仨眼圈红了。

合　谁眼圈红了？

甲　我到上海看望我二大爷。

乙　咳！看一眼少一眼了！

甲　这是怎么说话呢？

乙　煽情嘛。你们仁想哭就哭吧，哭出来就痛快了。

合　谁想哭呀？

乙　你往下说，这就该哭了。

甲　我二大爷病了，得的是半身不遂。

乙　这病能治吗？

甲　能治。

乙　最好让你大爷得不治之症。

甲　凭什么呀？

乙　要不他们不哭。

甲　他们爱哭不哭。我二大爷得的是半身不遂。

乙　这就快全身瘫痪了！

甲　谁说的？经过医生精心医治，我大爷的病好了。

乙　（大哭）哇！

丁　人家好了，你还哭什么呀？

乙　你们都不哭，把我气哭了。

甲　根本不应该让人哭。

丙　我还有点意见，文艺晚会上，不管唱什么歌，后面都有一群伴舞的，我看纯粹是凑热闹。

乙　你才凑热闹呢！老实待会儿多好呀，提什么意见呀？

午　不光是唱歌伴舞，连变魔术、唱快板、说山东快书都要伴舞，这不多余吗？

乙　不多余，连说相声都应当伴舞。

甲　你别老是抬杠好不好？

乙　怎么是抬杠呀？你站在这儿说相声，我们给你伴舞，多有意思呀？

甲　我不信。

乙　让他说，咱们给他伴舞。

甲　前几天我出了一趟门儿。（乙等做出门动作）

甲　我从北京坐火车奔上海了。（乙等做坐火车状）

甲　这都什么毛病呀？我到上海去看望二大爷。（乙等捋胡须）

甲　这是干吗呢？

乙　你二大爷理胡子呢。

甲　我二大爷怎么跟阿凡提似的？我二大爷病了。（乙等做病态）

甲　他得的是半身不遂。（乙等瘫倒在椅子上）

甲　走！这相声还有法说吗？

戊　他老是这儿搅和，这意见也没法提了。

甲　咱们换个地方谈去。

乙　谁也不许走。

甲　还不走，你看，主持人都出来了。

乙　正好，咱们一块儿给赵忠祥伴舞。

合　去你的吧！

（1998年央视"5·23"晚会播出，赵连甲、崔砚君合作，

由侯耀文、常宝华、石富宽、师胜杰、王平演播）

书帽（小段）部分

扁 叶 葱

一位老师俩学生，
三人出城去看青。
来到一片麦子地，
老师站住问学生：
"你们两个认一认，
这种庄稼叫啥名？"
这个回答："是韭菜。"
（白）"什么，韭菜？嘿嘿……"
那个捂嘴笑出声：
（白）"嘿嘿……韭菜，嘿嘿……
这哪里种的是韭菜，
告诉你吧，这是蒜苗还没长成。"
（白）"韭菜！""蒜苗！"
俩人互相不服气，
争得脖粗脸又红。
老师忙说："算了吧！
你们两个先别争。
不懂的事情别装懂，
别不懂装懂尽瞎蒙。
这要被外人听见了，
岂不让人笑得肚子疼！
既然你俩知识差，
就该向老师我问一声。"
俩学生忙向老师来求教：
"那您说这种庄稼叫啥名？"
"好，我说说，恁听听，

你俩牢牢记心中。
这种的一不是韭菜，
二不是蒜苗没长成，
这是改良的新品种，
沙漠地带的一种——扁叶葱。"

（1953 年创作，1995 年入编《山东快书幽默小段选》）

拔　毛

有个财主他姓萧，
肥头大耳一身膘。
跟老婆过了大半辈儿，
老来又把小婆儿招。
自打小老婆过门后，
这老萧变成了受气包儿。
小老婆嫌他年纪大呀，
花白头发弯弯腰。
等老萧晚上睡着觉，
小老婆把他的白头发一根儿一根儿往下薅！
白头发一天比着一天少，
大老婆一见气难消：
"好哇，你想在小婆儿面前充年少，
让她在你心里的位置比我高。
（白）办不到！
越怕老我越让你老，
老娘俺也有绝招儿！"
等老萧到她这屋睡着觉，
她把黑头发一根儿一根儿往下薅！
老萧他东屋西屋两头跑，
俩老婆半夜就拔毛。
这个见着白的拔，
那个看见黑的薅。
没过半月您再瞧，
脑袋变成大秃瓢（啦）！

（1953 年创作，1995 年入编《山东快书幽默小段选》）

胡咧咧

张三李四二位爷，

吃饱了没事儿胡咧咧。

张三说："初冬下了一场雪，

把泰山埋了大半截。

冻得山崩地也裂，

村村人差点没死绝。"

李四说："开春刮了风一阵，

直刮得黄河古道往南斜，

'哗'的声，广州城里发了水，

洋鬼子趁火来打劫，

派遣来两万多黄毛子小姐，

坐着冒烟儿的轮船逛大街。

外国佬用大烟、美女、军舰搞侵略，

割地、赔款签条约。"

他两个说得正得意，

走过来一位老大爷，

老头说："我没见过这样的风和雪，

只看见地里钻出俩土鳖，

别的本事没学会，

吃饱了就会胡咧咧。"

（1953 年创作，1963 年刊载于《赵连甲小段演唱集》）

双喜临门

一顶花轿把亲抬，

（白）什么意思？娶媳妇儿呀！用花轿把新娘抬到婆家，跟新郎拜天
　　地入洞房生儿育女传留后代。

说一顶花轿把亲抬，

新媳妇在轿里……就把孩子生下来（啦）。

那花轿抬到了婆家的大门外，

迎新人的是位老太太。

她把儿媳妇搀下轿，

伸手把孩子抱过来：

"哟哟哟，乖乖乖，

宝贝快着叫奶奶！"

媳妇说："早知道婆婆对孩子这么爱，

我就该把家里那俩也带来。"

（1953 年创作，1963 年刊载于《赵连甲小段演唱集》）

画　虎

说了个县官本姓朱,

他自个儿觉着不含糊。

总想着把才学露一露,

好叫那三班衙役都佩服。

有心要写篇文章叫他们看,

怎奈他提笔忘字写不出。

忽然这天有了主意:

(白)"哼,我画张画儿吧,

这要比写文章好对付。

我画上一只大老虎,

管叫他们心服口也服。

(白)对,画!"

为画虎他三天两夜没睡觉,

费尽心血下功夫。

第三天才把虎画好,

大堂上悬挂起这张猛兽图。

他把三班衙役都唤到,

差人问:"老爷有什么差遣请吩咐。"

这县官未曾说话挺胸脯,

三角眼一眯打招呼:

(白)"张头儿,你过来!""什么事啊? 老爷!""你看老爷我画的这张
画好不好?"

"好! 好! 老爷真是有学问,

凭这手您应该晋升知府做总督。"

(白)"嗯,画得好吗?""画得好!""画得像吗?""像极啦!""像什
么?""猫呗!"

"呔！老爷我画的是只虎！

有眼无珠真废物，

拉下去四十大板揍屁股！

王头儿！你看，老爷我画的像个啥呀？"

王头儿的心里犯嘀咕：

刚才张头儿没说对，

四十大板揍了屁股。

我有心说虎……它不像虎呢，

这可叫我咋答复？

（白）"快说！""是，我……我怕。""怕什么？""我怕老爷……""怕
    老爷？老爷有什么可怕的？"

"老爷怕，怕钦差大人出京都。"

（白）"钦差大人怕什么？"

"钦差出京怕刮风。"

（白）"风怕什么？"

"风，刮风就怕墙挡住。"

（白）"墙怕什么？"

"不管那墙有多高有多厚，

也怕那能捣窟窿的小老鼠。"

（白）"老鼠怕什么？"

"老鼠什么都不怕，

就怕老爷你画的那个物。"

老爷肚子气成鼓，

闹半天还是像猫不像虎！

（1956 年创作，刊于 1957 年第 6 期《曲艺》）

美军少校马尔丁

侵略越南的那些美国兵，

整天价提心吊胆战兢兢。

最害怕越南人民的游击战，

什么雷区、陷阱、竹签坑，丛林、河谷埋伏兵，多得真都数不清。

美军全得了惊吓症，

最聪明的是少校马尔丁。

他弄了套越南老百姓的衣服和鞋帽，

想用它危急时刻好逃生。

这一天，他偷偷地把衣装穿戴好，

照着镜子想试试肥瘦大小行不行：

"啊——（反复照着）OK！……OK！ O……不OK！"

发现这鼻子太大现原形了！

这鼻子摁不扁、压不平，用刀削吧又怕疼。

他冲着镜子正发愣，

没想到，门外进来个上等兵，

见眼前冒出个越南老百姓，

我娘哎，真魂出窍给吓蒙，

大喊一声："游——击——队！"

这一家伙炸了营。

四下士兵"呱呱呱"齐往驻地跑，

哗——！把营房围了个不透风，

嗒嗒嗒嗒……轰轰轰轰……

机枪往里扫，手雷往里扔，

马尔丁本想为保命，

不料反倒遭围攻，说又说不明，跑也跑不成，小命吹了灯！

没几天美军国防部发布嘉奖令，

称这位少校是勇敢顽强的大英雄——越战中立下头等功。

参战的士兵齐声骂：

"呸！就会玩儿他娘的哩哏儿愣！"

（于 1963 年创作，为长期演唱曲目）

赔 茶 壶

说小吴，唱小吴，
说段儿小吴赔茶壶。
（白）赔茶壶？对！赔茶壶。
为啥小吴赔茶壶？
……您听我说完就清楚（啦）！
这一天，咱部队野营来到向阳堡，
小吴他跟房东大娘住了个里外屋。
进了门儿他放下背包去挑水，
放下扁担又抄笤帚。
扫完院子擦桌子，
没留神，桌上有把瓷茶壶，
胳膊一抡壶一滚，
"叭嚓"，茶壶摔了个八瓣五！
他赶忙捡起壶片儿往一块对，
对呀对，怎么也对不成这把壶。
老大娘听见了响声掀起门帘看：
（白）"什么响啊？哟……"
原来摔了一把壶。
见小吴手捧着一捧碎壶片儿，
看得出他心里实在不舒服。
老大娘扑哧一笑说了话：
"嘿！这就叫无巧不成书。
这些天哪，我看着这壶就不顺眼，
样子又老瓷儿又粗。
摆在桌上光碍事儿，
老想摔它没工夫。

多亏你今天帮了忙，
帮大娘摔了这把壶。"
小吴想：大娘真会说笑话，
谁能帮忙摔茶壶？
"三大纪律八项注意"要做到，
得赔大娘一把壶。
想着他要去供销社，
大娘一旁早看出，
说了声："小吴哇，大娘出门去办点事，
等我回来你再离屋。"
（白）"嗳，好吧。"
等大娘回来，小吴去了供销社，
进门掏钱打招呼：
"售货员同志麻烦你，
给俺拿一把最新式的瓷茶壶。"
柜台里站着一位女同志，
上上下下看小吴。
问了声："同志你贵姓？"
小吴回答："我姓吴。"
售票员听了笑了笑：
"同志，我们这里不卖壶。"
"哎？那茶壶明明摆在货架上，
你怎么能说不卖壶？"
"是啊，因为同志你姓吴，
姓吴我们就不卖壶。"
小吴一听心纳闷儿：
"买茶壶，怎么还管姓吴不姓吴？"
"对，这是刚接的新规定，
卖给姓吴的茶壶犯错误。"
（白）"这是什么规定！"
这时候，房东大娘来到供销社，
"什么规定？这规定专门对付你小吴！"
噢！小吴这才明白了，
原来是大娘提前打了埋伏。

大娘说:"孩子呀,你们千里野营来拉练,

保卫祖国多辛苦,

咱们军民本是一家人,

俺还能让你赔把壶?

告诉你吧,想赔壶你也买不到,

售票员是我没过门的儿媳妇。"

(白)"耶,这事还麻烦了!"

那小吴又受教育又感动,

激动得话儿难说出。

这一天,部队出发离了村,

老大娘送走部队和小吴。

回到屋里猛一愣,

见桌上放着一把白地红花的新茶壶。

"咦?这壶他怎么买到了?"

哪知道,小吴为买壶可没少跑腿费工夫,

知道姓吴的不卖壶,

去求对门的胡大叔。

小吴求老胡,

老胡找老卢,

老卢又去托老涂,

这才买来这把壶。

（原载 1973 年 5 月号《解放军文艺》，根据沧州海河
宣传队原作改编，后入选《解放军文艺大系曲艺版》）

街头哨兵

武警战士王海山儿，
街头巡逻刚交班儿。
迎面走来了一位大嫂，
怀里抱着个小女孩儿。
这孩子两岁多一点儿，
嘿！长得别提多好玩儿：
胖乎乎儿，圆脸蛋儿，
细眉大眼翘鼻子尖儿，
拨拨楞楞俩小辫儿，
真像个木偶戏里的小演员儿。
大嫂说："同志啊，这个孩子送给你了。"
啊！一下愣住王海山儿：
"大嫂，你先说说咋回事吧，
当兵的哪能随便要小孩儿。"
"嗐！这小闺女迷了路，
自个儿跑到街上玩儿。
等一会家里大人准来找，
俺还急着去上班儿。"
（白）"噢，是这么回事呀！"
小王抱过小女孩儿，
回身去找带班员儿：
"报告班长有情况！"
（白）"什么事？"
"这有个迷路的小女孩儿。
趁下班得赶快把孩子送家去，
省得让家长找翻了天儿。"

"那你怎么能知道她家住哪儿?

怎么来先弄清楚地址和门牌儿?"

小王说:"班长你经常对俺讲,

咱是人民的勤务员儿。

武警战士要熟悉自己的值勤点儿,

脑子里得装个活地盘儿。

咱点儿上大小马路分七段儿,

九条胡同十道弯儿,

工厂、机关占一半儿,

还有中学、小学、幼儿园儿,

二十个商业服务点儿,

仨医院来俩剧团儿,

一共是三百一十所楼房和大院儿,

这孩子的家不会出去这一圈儿。

只要她能回答上我的一句话,

就能知道她家的地址和门牌儿。"

(白)"好,那你问吧!"

小王问:"小姑娘你叫什么名儿?"

那孩子的嘴贴近小王耳朵边儿:

"我叫,我叫……不告诉你!"

耶!这孩子还会逗人玩儿。

"你们家是住平房啊?

还是楼房住单元儿?"

(白)"住平房。""噢!""是住单元儿。"

"哎?"平房单元儿直绕弯儿。

"你爸爸他在哪工作?

你妈妈她在哪上班儿?"

"爸爸上班去工作,

妈妈工作去上班儿。"

(白)这可麻烦了!

小王想从孩子嘴里摸条线儿,

可这孩子答话就是不贴边儿!

小王一想:有有有,

我另想办法问小孩儿。

"小姑娘咱上哪去玩儿?"

"叔叔抱我去划船儿。"

"划船儿? 好, 我去给你买包糖。"

"不! 叔叔俺吃酸杏干儿。

杏干儿咱上哪去买?"

"高台阶儿, 老头爷爷卖杏干儿。"

(白)"划船儿……高台阶儿, 老头爷爷……

报告班长! 弄清楚了,

她们家靠西河沿儿,

高台阶儿那是红旗副食店儿,

店里的老头爷爷是售货员儿。

那老同志他准认识这小孩儿。"

(白)"对! 那就快送去吧!"

小王抱起小女孩儿,

撒开两腿一溜烟儿!

穿大街, 越小巷,

进了胡同一拐弯儿,

上台阶儿, 进门槛儿,

找到商店售货员儿,

问清街道和门牌儿,

花了一毛三分钱儿,

买了一包酸杏干儿。

一直把孩子送进院儿,

全家人感谢王海山儿。

妈妈伸手抱小孩儿,

那孩子搂住小王不离怀儿:

(白)"不, 不, 就不!

叔叔和俺说好了,

他还抱俺去划船儿(呢)!"

（原载 1973 年 6 月号《解放军文艺》,
后入选《解放军文艺大系曲艺版》）

老 标 杆

钢铁工人牛德山儿,
二十年没迟到早退误过班儿。
全厂都叫他"老准点儿",
光荣榜,年年有他的大照片儿。
突然"老准点儿"的照片看不见了,
光荣榜改了批判栏儿。
"四人帮"篡党夺权搞破坏,
下边的爪牙翻了天儿。
煽动工厂闹停产,
搞了个活动叫"拔黑尖儿"。
第一个拔的就是"老准点儿",
他们点名批判牛德山儿:
"你'老准点儿',是为错误路线生产的黑样板儿,
得让你改改点儿来转转弯儿!"
从此后,"老准点儿"还真的改了点儿,
再看不到他按时上下班儿。
(白)"哟!'老准点儿'被压服了?"
哪儿!他把行李搬到车间里,
战高炉来睡地摊儿,
干活儿不分啥钟点儿,
白天黑夜都上着班儿。
他说是:"解放时我参加过护厂队,
今天俺还是护厂的老队员儿。
俺要为高炉站好岗,
不能让高炉断了烟儿。"
这一来,大家再不叫他"老准点儿",

外号改成了"老队员儿"。

"老队员儿"叫了没几天儿，

大家又叫他"老三班儿"。

（白）"怎么叫'老三班儿'了？"

"四人帮"吹妖风，掀恶浪，

无政府主义冒了尖儿。

有人无故不到厂，

哪里缺人他哪儿顶班儿。

一天三班不停转儿，

这一来，大家都叫他"老三班儿"。

"老三班儿"叫了没几天儿，

大家又叫他"老包干儿"。

（白）"怎么又叫'老包干儿'啦？"

党中央为民除"四害"，

钢铁大上要翻番儿。

他甩开膀子拼命干，

有句话经常挂嘴边儿：

"这活儿重来包给我。"

"那活儿苦包给俺们班儿。"

重活儿苦活儿一包揽儿，

这一来，大家都叫他"老包干儿"。

"老包干儿"叫了没几天儿，

光荣榜又挂出他的大照片儿。

称号不是"老包干儿""老队员儿"，

也不是"老准点儿""老三班儿"，

端端正正八个字：

"咱们工人的老标杆儿！"

（原载 1978 年 7 月号《天津演唱》）

书帽（小段）部分

257

装　瘸

说了个小伙儿真个别，

他一上公共汽车就装瘸。

（白）就这架势……（模拟动作）装瘸干啥？

一装瘸有人准让座儿，

您说他这办法绝不绝？

这一天，他上车又装瘸，

从身后站起一位老大爷：

"同志，同志，快请坐，

我站会儿请你歇一歇。"

假瘸腿身子一歪落了座，

回头忙谢老大爷：

（白）"谢谢老……"

"大爷"俩字儿还没出口，

那老头儿拐棍往他头上楔！

假瘸腿抱着脑袋车下跑，

两腿也顾不得再装瘸。

你问这是咋回事？

让座的老头是他爹！

（原载 1979 年 6 月号《天津演唱》）

背　锅

说小郭，唱小郭，

说一段，炊事班战士小郭背军锅。

为严惩进犯边境的侵略者，

二连出战奔巴河。

小郭他，背起锅，

乐呵呵，唱着歌，

跨高山，爬陡坡，穿密林，越大河。

不论行军和打仗，

连睡觉他都舍不得放下锅！

这一天，前边战友攻高地，

小郭想给同志们烧水喝。

忽听"唰啦！"一声响，

有两个敌寇钻出乱草窠。

弯着腰，缩着脖儿，

一见小郭就开了火！

子弹飞来当当响，

（白）"不是都说嗖儿嗖儿响吗？"

子弹打的行军锅。

这一下小郭来了火儿：

"狗东西，咋不打人专打锅呀！

打坏锅，怎么给战友们再烧饭？

打坏锅，怎么给同志们烧水喝？

你俩把我锅打破，

让你俩用命赔我锅！"

嗖！他一颗手雷投过去，

轰！紧接着一声惨叫刺耳朵。

小郭跃身冲过去，

谁想到，有一个敌人还活着。

恶狗扑食蹿过来，

张开胳膊抱小郭。

抱了两抱没抱住，

哪知道，小郭身后背着锅！

小郭把敌人推倒按在地，

那家伙偷手去把匕首摸。

拼死挣扎一回手，

朝着小郭脊梁戳！

就听"当"的一声响！

戳的还是那口锅。

小郭想：不光用枪打我锅，

你他娘还想用刀劙呀！

抡拳一个抖底炮，

啪！正着敌人下巴颏。

不知劲头有多大，

把小子气管儿给打折啦！

这时候，炊事班同志都赶到，

齐声称赞夸小郭。

小郭一见班长心难过，

红着眼圈把话说：

"班长，敌人打坏了我的锅，

害得同志们没水喝。

都怪我，心眼少，

动作迟缓欠灵活。"

班长紧紧握住小郭手：

"不，应当表扬你小郭。

你一口锅换了俩敌寇，

还缴获了枪和子弹这么多。

划得来，干得过儿，

照这样，我情愿一天发你八口锅！

你那口锅被打破，

班里还有备用锅。

我把它当做红花献给你，
可这红花得背着。"
小郭接过班长手中锅，
乘胜追击捣巴河。

（原载 1979 年 7 月号《解放军文艺》）

喝 啤 酒

七二年，三月末，

一桩新闻轰动了莫斯科。

有个叫伊万洛夫的劳动者，

用一张报纸——换了一卡车啤酒喝。

（白）新鲜吧？一张报纸怎么能换一车啤酒呢？

为这事，伊万找到大酒店，

他问老板："你这儿啤酒存货多不多？"

老板说："如今经济在衰落，

啤酒紧缺没的喝。

不过你要多出卢布花高价，

嘿嘿，想要多少都好说。"

"五十升装的啤酒我要二十桶……"

"嗬，这货得装一卡车？！"

"装什么车呀，你只管把酒送到店门外，

顺便把喝酒的杯子、罐子抱几摞。"

（白）"没问题。来人，搬酒啦！"

没多会儿，啤酒桶在店外摆了一大片，

伊万站街上紧吆喝：

"哎——报告公民们一个好消息，

为大家分享当今好生活，

这里有啤酒二十桶，

我请客了随便喝！"

满街人听着都纳闷儿：

"喊话的这人……看样不像是疯魔？"

"嘻！他精神没病咱也别犯傻，

这不花钱的酒抓紧喝吧！"

（白）"对，喝！""快，先摁住它两桶……"

嚯！这一群，那一伙，

你争我抢炸了窝！

酒店的那个老板暗猜测：

这人他花钱请客图什么……？

正想着，伊万向他招手说："再见！"

"哎，哎，哎……"忙拉住伊万他胳膊，

"别走啊，酒钱你还没有给呢！"

到这时，伊万说话让人费琢磨，

他反问："怎么，我请客喝酒还要钱哪？"

"废话，不要钱那不变成我请客啦？"

伊万说："如果这钱老板一定要，

你可以找赫鲁晓夫他去说。"

（白）"啊！让赫鲁晓夫替你还账呀？"

"不是让他替我还什么账，

你要的这钱就该他负责。"

老板越听越来火：

"真无赖！你行骗和赫鲁晓夫啥瓜葛？！"

伊万他掏出备好的那张旧报纸：

"看，这就是证据，该谁负责他逃不脱！"

（白）"嘁！一张报纸能说明什么呀？！"

"这上面有赫鲁晓夫在苏共二十大会上做的报告，

你听听这报告上的原文怎么说……

（白）对，就这一段。赫鲁晓夫说：'规定，到七〇年是苏联最终实现
　　共产主义的时刻，将进入一切人什么东西都能充分获得的时代。货
　　币将取消……'听明白了没有？

现在是一九七二年三月末，

咱已经进入共产主义两年多了！

'一切人什么东西都能充分获得'，

当然我也有资格。

我就想获得啤酒请回客，

让大家过过共产主义的好生活。

可是你老板觉悟太薄弱，

经营酒还要高价赚差额。

如今货币已经被取消，
你还要钱干什么？！
直说吧，你非要酒钱我给不起，
得允许我有憋气的事情能敞开说。
这笔酒钱究竟该着谁请客？
只能由老板你定夺。"
这老板想无对策破口唾：
"你玷污共产主义学说瞎胡扯，
我这二十桶啤酒让人全白喝啦！"

（写于1972年，1979年由许昌文联《小西湖》杂志刊出）

揭 发

张师傅火儿难压，
跑到厂部去揭发。
没进门先把书记叫：
"书记，这股风必须彻底刹！"
……进屋看书记人不在，
秘书一笑把话搭：
"张师傅，啥事火气这样大？"
"我揭发王大抄和那个李大抓！"
"王大抄、李大抓是哪个？"
"是咱厂有名的那对儿'大划拉'！
他们把公物变成'私有化'，
想靠偷摸来发家，
除了烟囱、锅炉搬不动，
剩下有啥划拉啥。
群众没少提意见，
可大抄、大抓照样拿。
刚才我看见他们俩，
这个抄来那个抓：
王大抄抄走油漆、乳胶和木料，
李大抓偷走弹簧、螺丝和一捆麻。
为什么他们越偷越摸胆儿越大？
为什么这股风刹不住来还在刮？
我来向书记揭发他们俩，
不准把社会主义墙脚儿挖！"
秘书连说："对对对，
这样人应当揭露受惩罚！

可书记今天休病假，
找书记请您到他家。"
"好！"张师傅来到书记家，
一进院，他两眼发直变哑巴啦！
为什么老张师傅不说话？
王大抄、李大抓正在帮书记做沙发。

（原载 1980 年 2 月 2 日《人民日报》，
入选《中国新文艺大系（1976—1982）曲艺集》）

午 餐 会

东奎县，县委会，

正忙着招待记者陈玉梅。

宣传部长跑断了腿，

请来了张常委、王常委、李常委、赵常委，还有姓常的常常委。

到场的常委八九位，

出席宴会来作陪。

这位部长说："记者的笔，广播员的嘴，

能夸张来会发挥。

一高兴，荒山写得比公园美，

小猪说得比大象肥。

这类人要是一得罪，

泰山能写成黄土堆。

咱今天菜也多来酒也美，

请她给咱县吹一吹。"

常委们连说："对对对，

咱要热情来奉陪。"

说话间，走进来年轻的女记者，

（白）"欢迎欢迎……"

众常委列队鼓掌还挺正规。

推推让让落了座，

一张圆桌十人围。

还有个胖子没座位，

搬了个凳儿，他嬉皮赖脸往里塞（读 sēi 音）。

宣传部长作介绍：

"陈记者在咱们省报是权威。

为欢迎你，专门搞了个午餐会，

边吃边谈最实惠。

午餐会是从国外引进的新形式，

特点是既能开胃又减肥。"

（白）这不是胡说八道吗！

记者想：原定让我来听汇报，

怎么改了边吃边谈讲实惠？

桌上看，摆满了山珍和海味，

各种名酒斟满了杯。

部长还向她紧道歉：

"咱县的物质条件不充沛，

只能用当地土产家常饭，

欢迎陈记者来东奎。"

记者说："土产？你们这地方不靠海呀？"

（白）"不靠海，是山区。"

"那这海产品，山区里在哪来栽培？"

"这……我说的当地土产是这些酒！"

"泸州特曲产地原来是东奎？"

（白）"不，泸州是四川。

我刚才，说的是……"

（白）"是什么呀？"

"是这些白菜、茄子、胡萝卜（读 bèi 音）。"

部长赶忙端起酒：

"来，咱先向远道来的客人敬一杯！"

记者说："从来我没喝过酒，

对不起，恕我不能来奉陪。"

"不会喝？怪我们安排不周到，

那就让服务员赶快上咖啡！"

（白）"不用啦，我就喝水挺好。"

嚯！午餐会越开越热闹，

常委们个个借酒会发挥：

这个说："张常委，你管农业有成绩，

今天我敬你三大杯！

（白）喝！""干！"

那个说："王常委，县办工业抓得好，

你今天好好喝一回。

（白）喝！""干！"

这个说："李常委，计划生育你抓绝了，

你不多喝还让谁?

（白）喝！""干！"

那个说："赵常委，大协作你搞得真出色，

没有你，咱县哪会有这么多汽油和好煤!

（白）喝！""喝！"

这一个喝得身子直打晃，

那一个咧着个大嘴光嘿嘿;

这一个哈哈大笑流眼泪，

那一个连吹带侃瞎胡嘞，唾沫星子满桌飞!

就那个胖子不说话，

坐在那儿一点一点儿往下堆，

那几个互相让酒没注意，

（白）"哎，胖子到哪去啦?"

嚯! 桌底下："呼——"那胖子的呼噜像打雷!

女记者坐在那里没人管了，

忽然间，有人冲她把手一挥:

"哎! 你别坐那儿光发愣，

没看见桌上酒喝没（啦）?

（白）快拿酒去!"哎，这客人成了跑堂的啦。

记者想：我还是快离开这里好，

别等着让醉鬼撒疯挨顿捶。

她走到门口回头看，

那几位还酒兴未尽在碰杯。

她的照相机快门一按灯一闪，

摄下来这乌七八糟一大堆。

记者回到招待所，

心潮难平把笔挥。

报道个带插图的午餐会，

标题是《到底这是招待谁》!

关 糊 涂

说一个处长本姓关，

每天都按时上下班。

到了班上就不停闲，

他从早到晚——光抽烟。

这一天，吱扭扭门一响，

走进来青年工人韩小川：

"关处长，我想找您问件事。"

"啊，来吧来吧坐下谈。"

小韩坐在他对面，

关处长身子一仰腿儿一盘，

呲儿！顺手撕下一条纸，

熟练地卷了一根儿烟。

"你来根儿？""我不会。"

"不会好，又不咳嗽又没痰。"

小韩说："处长，我那份报告您看没看？"

"啊？啊，看了看了你再等几天。

补助嘛，要发扬民主得讨论，

你放心，我同意补助你几十元。"

"不，我那报告不是申请要补助。"

"不是？噢，你是请求调动换车间。"

"嘻！我工作非常安心没请调。"

"噢！想起来了，你是请假探亲去大连。"

"我上大连干什么，去大连的不是我！"

"对对对，那不是你是小韩。"

"处长，我是小韩您忘啦？"

"没忘，我说的那个韩小川。"

"叫韩小川的就是我！"

"对，是你。那你说是谁请假去大连呢？"

（白）"我哪知道！""你那报告是……"

"是改革设备换配件。"

"好，你搞的是技术革新攻难关。

那个大轴呀早就应该换。"

（白）"什么大轴？"

"就是那个大轴，那个大轴顶着的那个大轮盘。"

"不，我建议的是改装自动测量仪，

是不是我那份报告您没看哪？"

"看了，你那三条……""嗯？""不，那四……五……六……七八条建

　议我全看过了，

很全面，想得周到不简单。

这才叫为'四化'作贡献，

行，像一个敢想敢干的好党员！"

（白）"处长，我入党问题还没解决呢。"

"啊，对呀，我不是说像吗！

你快了，积极争取别灰心，

申请都递了两三年啦！"

（白）"不，处长，我还没写呢。"

"没写你说交给我了！

这不是没事找麻烦吗！"

"我交你的是报告，不是申请书！"

"……瞧这脑子，我把这俩事儿给弄串啦！"

"处长，你把报告还给我吧。"

（白）"干什么？"

"我还想把它搞得更完善。"

"好好，要修改那就拿回去。"

说着他拉开抽屉一通儿翻！

翻遍了所有的抽屉没找到，

急得他站起身来转圈圈：

（白）"搁哪儿啦？"

转来转去又坐下，

呲儿！撕纸又想卷根儿烟。

他捏着纸条刚要卷，
耶！他偷偷拿眼溜小韩，
忙把身子转了转，
他话也没了气儿也蔫。
心里说：怪不得报告找不见，
全他娘让我卷了烟！

（原载 1980 年 9 月 11 日《人民日报》）

转 圈 儿

东坡镇，喜讯传，

亩产小麦一万三！

（白）"啊！一亩地能打一万多斤粮食吗？"不相信是吧？

记者到东坡来采访，

去了解这产量是虚报呀是谣言。

正赶上拍摄新闻纪录片，

县领导带队助阵来参观。

（白）拍啥新闻？

小麦过磅正入库，

对创高产的先进单位该宣传。

记者想：耳闻不如亲眼见，

看了现场实况便全了然。

记者跑到粮库外，

乖乖！那围观人掌声呼声震破天。

运粮队全是二十上下的棒小伙，

肩上的麻袋沉甸甸，

前走后跟排成串，

一溜小跑抢时间。

从早晨一直到过午，

这入库的队伍还没走完咧！

记者越看是越激动，

暗称道：真是千载难逢的丰收年，

就算是一条麻袋百斤重，

这亩产早就突破万斤关。

这奇迹若不是我亲眼见，

一见报读者准骂我瞎胡编！

嗯？这些运粮人好像在哪儿见过面……

不对呀，我怎么能认识社员好几千呐？

他走进粮库院里这么一看，

唉！差点把记者给气瘫。

原来是粮库后门没上锁，

运粮队前门进来后门穿，一个个麻袋不离肩，前门后门来回转，总共
　　二十几个男社员："快呀快！"玩儿命喊着转圈圈！

你若问这种荒唐事情出在哪儿呀？

不说哪省和哪县，时间是一九五八年！

（原载 1980 年 10 月号《辽宁文艺》）

胡 大 支

俺单位有个胡秘书，
对本职业务特别熟。
每天走进办公室，
嗬！找他办事的人挤满屋。
换别人起码得处理一上午，
可老胡两分钟就能全结束了。
（白）能这么快吗？
我学学他工作的方法和态度，
管让您的疑问全解除：
"你什么事？噢，局长不在家。
你呢？找书记？现在他开会没工夫。
小伙子，你的事今天办不了。
老同志，您这介绍信开得不清楚。你！这事去找调配处。
你这事儿呀，跟制度根本就不符！你说你，这种事怎么
也找我呀？嗐！办这事你该到那屋！还有谁？……"
再一看，刚才那满屋人还剩一个，
这人就是他老胡。
您会说，敢情他啥事都不干呀？
不对了，该干的事半点不含糊。
你看他正在打电话：
"对对，我是胡秘书。
行！这事我马上就去办，
保证按时送到不耽误。
嗐！不用车我搬得动，
几十斤重好对付。"

为什么他这么认真负责能吃苦?

来电话的呀，是他爸爸的儿媳妇!

（原载 1981 年 4 月号《辽宁文艺》）

老张头和老李头

老张头和老李头，

一个喜来一个愁。

老张喜，闺女和老李的儿子交了朋友，

老李愁，儿子爱上了老张的小二姐。

（白）这是喜事儿，怎么还愁啊？

愁的是，老张是个耙子手，

借着喜事把钱搂。

把姑娘当成摇钱树，

要彩礼，编成一套顺口溜：

"见见面"，五斤肉，

"拉拉手"，六瓶油，

"倒杯茶"，摆桌酒，

"装袋烟"，羊一头，

"喊声娘"，粮八斗，

"叫个爹"，十米料子百尺绸。

一来二去没多久，

搂得个老李头，吃不上干的光喝粥，腮帮子眼看着往里眍！

就这样，老张还来找老李：

"老伙计，有件事情找你来研究。

儿女的亲情要订准儿，

订婚礼，这钱得花不能抠。"

老李说："现在我花得空了手……"

（白）"不不，你还有呢！

别忘了，你圈里还喂着猪一头。"

"猪？那猪才喂仨月又小又瘦，

我就是想卖人家也不收。"

（白）"你别着急嘛，

等你把猪养大喂肥后，

杀猪时，我只要你这猪的一个头。"

老李狠心一跺脚：

"行，杀猪时把头给你我不留！"

"等等，不过……猪头的分量得大点儿。"

（白）"得多大呀？"

"往少说，一百公斤要出头。"

"啊！二百斤的猪头哪会有？！"

"有有有，你别愁，去掉了尾巴都算头！"

（原载 1981 年 4 月 19 日《北京日报》）

"马虎王"

王科长，笑脸扬，
拿着纸条儿叫小梁：
"小梁啊，这儿有个紧急任务交给你，
你辛苦辛苦跑一趟。"
（白）"啥任务？"
"按着这条儿上写的省市和住址，
一定要找到那个'马虎张'。"
（白）"'马虎张'……？"
"'马虎张'，是外号，
真名他叫张梦祥。"
（白）"那咋叫'马虎张'啦？"
"'马虎张'，'马虎张'，
工作马虎吊儿郎当。
咱订的货按合同规定早该到了，
他一马虎给忘光。
派你去催他快起运，
再耽误咱全厂生产要受影响。"
（白）"我明白了，保证完成任务。"
"要求你——三天内必须赶回来，
任务紧时间不能再拖长。"
（白）"没问题。"
小梁接过纸条儿看，
上写着"乌鲁木齐"是新疆啊！
我娘哟，没弄清地点我就下保证，
没想到路线这么长啊！
小梁这里一打愣，

王科长亲亲热热拍肩膀：

"小梁啊，你知道为啥派你去吗？"

"领导上信任我小梁。"

"对。我们厂虽然没人叫'马虎张'，

可也有像'马虎张'一样的'马虎刘''马虎杨''马虎赵'来
'马虎常'。

我最讨厌那些马马虎虎的糊涂蛋，

工作上松松垮垮尽泡汤。

你小梁办事认真又麻利，

相信你不会辜负领导的信任和期望。"

（白）"请科长放心，我马上出发。"

小梁他找会计领款奔机场，

上了飞机，"日"的一下到了新疆。

两天里把乌鲁木齐全跑遍，

找遍了大街小巷和城乡。

还走访了公安局和派出所，

也没有找到那个叫"马虎张"的张梦祥。

小梁想：时间到了得往回返，

找不着人我别在这里瞎逛荡（了）！

上了飞机，"日"的一下又飞回来，

小梁心里有点慌：

飞机票花了几百块，

汽车票一沓数十张，

又吃饭，又住店，

劳民伤财真窝囊！

我怎么见科长去交账啊……？

哎，一进厂正好碰上王科长：

（白）"回来啦？""回来啦。""任务完成得怎么样？"

"我按照您写的街道门牌儿细查找，

到了也没找见'马虎张'。"

（白）"嗯——？"

科长一嗯不要紧，

那小梁心里咚啊咚地直砸夯：

（白）"等着挨批吧！"

王科长接过那纸条儿看了看，

没发火，笑眯眯地叫小梁：

"小梁啊，你任务完成得还不错，

按时回来该表扬。"

（白）"我没找到人啊？"

"不怪你，是我把地点记错了，

这个人他不在新疆在沈阳。"

"啊！"小梁又气又窝火，

伸出来大拇指头夸科长：

"行，什么'马虎张''马虎刘''马虎杨''马虎赵'和

'马虎常'，哪个也比不了你这个'马虎王'！"

（原载 1983 年 4 月《天津演唱》，获该刊百期征文三等奖）

健忘症

（山西评说）

我们邻居大徐，记忆出了问题。说是得了健忘症，可症状离奇、令人多疑。究竟啥毛病？先别着急，我举一实例——立刻就能解谜。

那天大徐，跟他媳妇小于，要了五块钱把网兜儿一提，问他媳妇："妈病了让我去买梨，你要不要买什么东西？""啊，钱买梨用不了，顺便给我买二斤鱼。""好哩！你姓于，爱吃鱼，保你年年庆有余。"

大徐一进商场犯了健忘病，眼神发直、心里焦急、挠着头皮，犯起犹疑："哎？怎么跑商场来了？是不是来买东西？没错，带着网兜儿呢——为买东西好往回提，可是要买啥呢？"思来想去，啊！想起来啦："老婆让我给她买鱼！"

他买回二斤鲤鱼，进门高呼："亲爱的！瞧瞧吧，地道的东湖鲤，扑扑棱棱全是活的！"媳妇满心欢喜，妈妈躺在屋里悄悄叹息泪水滴滴。媳妇忽然想起，追问大徐："你给妈买的梨呢？""梨？什么梨？""哎哟，你脑子是让驴给踢了。给！网兜儿、十块钱，快去给妈买梨。"

大徐跑到商场：眼神发直、心里焦急、挠着头皮，犯起犹疑："好像来过这里，有网兜儿十块钱是要买什么东西呢？对，老婆让我给她买鱼！"

他提着鱼回到家里，见着媳妇是那么得意、傲气、一劲吹嘘："给老婆花钱我从不吝惜，拿去，这兜儿鱼足够你吃一星期。""哎哟天爷！你这记性怎么这么差！光记着买鱼、买鱼，就不想想该买的？"大徐一听很不服气："什么，你说我的记性差？十年前咱结婚时，我听你说过一句话，你说你就爱吃鲤鱼。十年啦，讲记忆，搞评比，拿第一的就该是大徐！"嘿，他还成冠军啦！

（原作载于 1983 年 4 月号《天津演唱》，此稿为演出版本）

仨 月 牙

张奶奶，笑哈哈，

哄着孙女小莎莎：

"莎莎！奶奶给你说个谜，

你猜猜我说的是个啥？"

（白）"您好说吧，奶奶。""你听好啊！""哎！"

"一大俩小仨月牙，

三个月牙是一家，

上边的小，下边的大，

一下俩上一共仨。

见了你，下边的月牙角儿朝上，

上边的俩月牙四角儿往下一耷拉。"

（白）"嘿嘿……见了我，下边的月牙角儿朝上，上边的……朝下？

　　是……我猜不着。"

"嗐！我说的本是你爷爷，

他最喜欢你小莎莎。

啥时见你啥时笑，

他一笑，嘴和眼笑成这仨月牙。"

（白）"嘿！像，像极了！奶奶，我也给您说个谜，

您猜猜我说的是个啥？"

（白）"好。你说吧，我一猜就准。"

"一大俩小仨月牙，

三个月牙是一家，

上边的小，下边的大，

一下俩上一共仨，

见了我，下边的月牙角儿朝下，

上边的俩月牙四角儿朝上翘尾巴。"

（白）"哟！怎么都翻个儿啦？这是啥？"

"我说的这是我爸爸。

他最讨厌我小莎莎，

他总说我妈没本事，

不生儿子生小丫。

他一见我，斜眉歪眼撇着嘴，

脸上就露出这仨月牙。"

（原载 1984 年 1 月号《曲艺》）

特殊效益

集市上，摊贩儿多，

卖烟的老板紧吆喝：

"卖烟叶儿来卖烟末儿啊！

烟味儿正，劲儿柔和，预防感冒还治咳嗽。"

别听他吆喝得这么好，

炮制的方法太缺德：

烟末子里边掺黄土，

烟叶儿里边把水泼。

一把烟末儿有四两，

一张烟叶半斤多，

谁要买了他的烟，

光划火柴抽不着。

那位说（指听众）："这种烟肯定没人买！"

错了，人家老板没有白忙活。

这一天，来了个买烟的客，

是个年轻的媳妇儿二十多。

她开口问："那位可是胡掌柜？"

老板忙说："就是我！"

大嫂说："俺为买烟找你胡掌柜，

从远路赶来还得往回折。

请把你掺土的烟末卖给俺几两，

泼水的烟叶儿再称上二斤多。"

老板听这话不对味儿：

"咳！大妹子说话理不合，

卖烟的怎么能掺土又泼水？

你别听外人瞎胡说。"

"不，掌柜的你别误会，别人买烟怕截火，

俺买烟就希望它抽不着。"

卖烟的越听越纳闷：

"大妹子，你偏买这种烟干什么？"

"干什么……"那个小媳妇鼻子一酸落下泪，

一边抹泪一边说：

"说起来全怨俺命不济，

贪上个怪癖的男人叫二扯罗，

有错没错他都骂我，

他从早到晚嘴全不闲着。

俺把你这烟买回家，

送给俺那个二扯罗，

这烟抽不着准截火，

到时候他光骂卖烟的就不骂我啦！"

（原载 1992 年 1 月 24 日《工人日报》）

亲家对话

王大顺，李广发，

一墙二院俩亲家。

王大顺喂鸡喂鸭是能手，

李广发专长养鱼虾。

两家儿女结婚后，

小两口承包了南塘和北洼，

他们喂鸡鸭养鱼虾，

两家之长一手抓，

产销联营创新路，

连年效益猛增加。

全县致富评比会，

小两口被评为青年农民企业家。

可乐坏了老王老李亲家俩，

二人对酒把儿女夸：

（白）"喝！""喝！"

"亲家，你儿子铁栓经营有魄力！"

"不，是你闺女二丫经营有脑瓜！"

"客气，你儿是花儿俺二丫是叶儿！"

"谦虚，俺儿是叶儿你二丫是花儿！"

（白）"喝！""喝！"

两亲家三杯烧酒入肚下，

再说话，脖子上长腿——出了岔（啦）：

"亲家，你儿子铁栓经营是有魄力，

他有今天，是靠俺二丫指点和启发！"

"胡说！你二丫经营有脑瓜，

没有俺铁栓引导她也白搭！"

"你这是让酒烧得说胡话！"

"你这叫酒盖脸儿不认老亲家！"

"别忘了，是俺二丫教会你儿养水产，

俺闺女有这本事还靠她爸爸！"

（白）"这么说还全仗着你啦！

别忘了，是俺铁栓辅导你闺女养鸡鸭，

铁栓这能耐全是我教的他！"

（白）"你算老几呀！"

"我不愿跟你闲怄气！"

"我不愿跟你穷磨牙！"

王大顺酒杯一推炕上躺，

李广发赌气就往炕头儿扎。

两个人一觉醒来解了酒，

双双把话又往回拉：

"亲家，嘿嘿嘿……刚才我说的是醉话。"

"嘿嘿嘿……我也不知道刚才全都说些啥。"

"他两口儿有今天的成绩不能完全归他俩。"

"也不能有粉光往咱俩脸上搽。"

"对！应该说是党的富民政策好！"

"对！应该说是改革开放搞活了咱这穷山洼！"

（白）"喝！""喝！"又喝上啦！

（原载 1995 年 5 月《山东快书幽默小段选》）

大 钉 耙

东丘县反腐倡廉把歪风刹，
案件中揭发出一个"大钉耙"。
信上写："大钉耙，大钉耙，
不说他姓啥叫什么，
他搂呀搂，刮呀刮，
四乡八镇横划拉，
坑害村民遭众恨，
请求政府细追查。"
纪检委把信批转到农办，
责成主任贾庆华，来调查这个大钉耙。
事情就是这么巧，
这个大钉耙原来就是他。
贾主任见信还一劲骂：
"奶奶的，谁是这个大钉耙呢？"
他和秘书组成个二人调查组，
车开到写揭发信的陈家洼。
村干部笑脸相迎忙接待，
嘴里不说暗咬牙，
准知道耙子来了得搂一把，
吃的、喝的、用的往外拿：
花生扛来半麻袋，
大棚里摘来十个大西瓜，
三筐苹果两箱酒，
整篓的活蟹和活虾。
村长旁边还紧递话：
"主任您还想要点啥？"

贾主任态度严肃绷起脸：

"听着，今天我是来调查。

你们揭发的那个大钉耙他在哪？

他的真名实姓叫什么？

竟然敢违犯党纪和国法，

你们该大胆彻底地揭发他！"

村干部都低头捂嘴偷着笑，

想不到，大钉耙来调查大钉耙。

贾主任见大家谁都不答话，

他瞪起两眼把腰一掐：

"啊！原来大钉耙这人不存在呀，

你们是诬告搞的假揭发。

秘书呀，你把这些东西搬到车上去，

对他们的错误免予追究算处罚了。"

嘿！大钉耙趁机又搂一把，

可没想到在家有人等着他。

他搜刮乡里已暴露，

县领导早就有觉察。

只是有人证缺物证，

今天他自己把罪证拉回家。

（1998 年为哈尔滨市电视台专题晚会创作播出）

说唱时代英雄

八十一岁的白头翁，

我唱了一辈子二武松。

武松打虎虽英勇，

可他比不了当今的豪杰和精英。

还别说打虎的二武松，

什么杨二郎呀孙悟空、赵子龙呀老黄忠、李逵、张飞、穆桂英，今天

　　一比都分量轻（啦）！

数风流人物还要看今朝，

新时代杰人奇迹数不清：

中国举办冬奥会，

各项工程，咱保证提前三年全完成——提前三年全完成！

（与观众互动："棒不棒？！"——自有反响）

论经济，震撼人心传喜报，

人民币跨进了国际货币篮子的前三名，前三名呀！

（同四周交流："给劲吧？"——效果更会强烈）

C919 大型飞机下了线，

检验飞行，"噌"的一下升了空！

（白）噌——！它上去了呢！

屠呦呦，获诺奖，

为人类创了奇迹建丰功。

为了实现中国梦，

各行各业显神通，

这楷模，那先锋，

这典型呀那标兵，

时代英雄人人敬，

春节了，给大家拜年鞠个躬！

（2016 年于中国文联《百花迎春》联欢会上编演小段）

中长篇书目部分

1981 年赵连甲与夫人李文秀、同焦乃积探讨新书创新

老铁下山

（长篇鼓书《老铁传奇》第一部）

第一回

老铁下山入敌穴
飞车智斗郎占山

（唱）东北"抗联"出英雄，
唱一段老铁的故事给大家听。
三九年，北满深秋天夜半，
青雪花飘飘洒洒似寒冬。
突然间，铁道旁出现两个人影，
俯身又隐蔽在草丛中。
看得出他二人是在把车等，
隐约约，远处传来汽笛鸣。
一列货车犹如巨龙翻山越岭，
车上的灯光时隐时现、时暗时明。
机车上只有人两个，
司炉小刘，司机老程。
这列车刚刚通过熊瞎子岭，
车站上灯火昏暗冷清清。
小刘探身一抄手，
把站台上通车的令牌捞到手中。
见有一张纸条绑在大铁环上，
急忙解下递给老程。
老程打开纸条看，

不由心里暗吃一惊。

司炉小刘见老程师傅看罢纸条，眉峰一皱，脸上露出异常的神色，他赶忙问道："程师傅，咋回事？"

"你看。"

小刘接过纸条，见条上有八个小字儿："高寒地带，注意霜冻。"看完更糊涂了："这是啥意思？"

老程说："你刚跑车，还不摸底细。这是咱党的组织送来的秘密通知。"

"有啥事儿？"

"告诉咱，咱'抗联'队伍派人下山来啦。通知咱下山来的人数和要上车的地点。'高寒地带'是指前边野鸡岭，爬鸡脖子的高堤处，人数是两个人。"

"咦？程师傅，咋知道是两个人呢？"

"这不写着'注意霜冻'吗！这两位同志要从野鸡岭扒车，甬问，是要到鬼子的军需物资基地——哈拉河站。"

小刘高兴地说："那太好了。我还正盼着能和咱队伍的人见见呢！"

老程师傅却担心地说："是啊，我也想同志呀！可是眼下哈拉河的鬼子四处封锁，到处都下了卡子。就连咱这趟给关东军运军需的车，发车前还要检查个够儿，放车底回哈拉河也没放松戒备；这不，在最后首车上那个巡监捕郎占山还跟着押车呢。在这个节骨眼儿上，这两位同志来扒车，万一被郎巡监捕发觉了，就麻烦啦！"

小刘听到这儿，刚才那股子高兴劲儿全没了："可不是咋的，那你说咋办好？"

不好！说话间，列车已经开到野鸡岭啦，大灯直射，就见前边路基旁有人影晃动。

小刘焦急地问道："师傅！咋办？"

"沉住气，不管咋着，让人上来再说。"程师傅忙抓制动。

"哐，哐隆隆！"就在车缓速这当儿，那等车的俩人，"噌！噌！"蹿上了车头！

（唱）那二人健步如飞上车来，
雪罩棉衣两身白。
一个年老近半百，
瘦小精神体不衰。
那一个年岁在三十开外，

细腰宽肩高身材。

包裹围腰代替了皮带，

二十响的盒子怀里揣。

这人他一见老程喜出望外，

把头上四块瓦的毡帽往下一摘。

说了声："老程哥，我是奎海！"

"啊，老铁！"程师傅惊喜交加泪满腮。

　　程师傅激动地喊了声："老铁！"司机小刘一愣，神奇地问了一句："怎么，他就是老铁？"

　　不错，这人正是咱抗日联军队伍中威震敌胆、赫赫有名的侦察英雄——铁奎海同志。当年在北满一带，一提老铁俩字儿，鬼子、汉奸如同耗子听见猫叫，狍子闻到虎啸……得赶紧把天灵盖儿捂上，不然能把魂给吓飞啦！远的不说，上个月小刘同老程跑车给鬼子拉伤员，还闹了个大笑话：小刘见站台上横七竖八摆满了担架，上边躺着的全是鬼子的关东军。嗬！缺胳膊少腿什么样子都有，一个个疼得乱叫唤！他明知道这是叫咱"抗联"给打伤的，却故意凑到跟前寻开心，冲着那伤兵装作关心的样子问道："太君，你的大腿咋没啦？"

　　"老铁的干活！"

　　"太君，你的胳膊咋没啦？"

　　"老铁的干活！"

　　小刘想，怎么都是老铁的干活？再看看这个，好嘛，就剩下一只眼睛啦！他禁不住嘴里叨咕了一句："甭问，这也是老铁的干活了？"那个一只眼的鬼子搭上话了："梭得斯嘎！"这句话是说"对"的意思。小刘不懂日语，硬当成中国话听了："梭得斯嘎"他听成"可不是他！"——意思还真差不多。小刘还想逗逗这个鬼子，问他："老铁的来干活，太君你看见了？"可是刚说了半句："老铁的来干活……"坏了，这个鬼子身子像触电似的，"腾"的一下坐了起来，喊着："老铁的来啦！"站台上乱了，那些伤兵滚的滚、爬的爬，带枪的"乒乓"地还搂起火儿来啦！闹到最后才弄明白，是一场虚惊。再看这些伤兵死了有一半。怎么回事？都给吓死啦！

　　今晚，小刘一听扒车上来的这人是老铁，两只眼睛直勾勾的都看呆了！

　　老程和老铁过去都是给小鬼子开车的工友，两个人久别相见，格外亲热。

　　书中暗表，就在老铁扒上机车这当儿，在这列货车最后一节的"首车"上，惊动了一个人。谁呀？就是那个铁路警备队的巡监捕——郎占山。这小子是个铁杆汉奸，深得日本警备队的信任。没到两年的时间，他从上等兵被提升到巡监捕，混了个上尉军衔。眼下正是军运季节，为了防止"抗联"中途截车，每次都是他亲自押车。这小子的嗅觉比日本狼狗还要灵敏。这不，刚才列车到野鸡岭爬坡的时候，"哐隆……"车缓冲了一下，都引起了他的怀疑。他把身子探出车窗，打亮手电筒来回乱照。突然他把手电的光柱停留在一片枯萎的草地上。这正是老铁他们隐蔽藏身的那个地方，有一片草被压倒了。瞧，就这么一个小小的破绽，都没躲过这小子的视线。郎占山立刻意识到："不好，有人扒车！"他毫没犹豫，登上首车的顶篷，一手打亮手电筒，一手握着王八盒子，猫着腰，顺着车厢一节一节地朝机车奔去……

再说老铁这两个人扒车要到哪儿去呢？正如老程师傅说的——到敌人的哈拉河中心车站。干啥去？执行一项特殊任务。老铁是"抗联"中的侦察英雄，到敌区摸个情报、抓个俘虏呀，是常有的事儿。这次下山不是一般的抓个俘虏，而是要抓回一列鬼子军用货车。你听这事儿新鲜吧？要不咋说是一项特殊任务呢！抓个百十多斤的俘虏好办，打倒了，往麻袋里一装，背起就走。不愿受累，拿枪朝腰眼儿一杵："走！"抓火车？谁能背得动呀？让它跟着走，火车没腿呀！推，谁有那么大的劲头唯？咱东北老乡有句嗑儿："泰山不是堆的，火车不是推的。"就是这个意思。有人会说："谁都知道火车得靠着两根钢轨行动，要抓火车，会开就行。"老铁就是个开过多年火车的老手，可是列车上有司机、司炉和车长，外带敌人的几十名警卫人员，能让随便开吗？那么怎么个抓法呢？为啥要抓火车呢？别急，后边书中再作交代。

为了完成这项特殊任务，支队领导指示老铁二人到哈拉河首先同党的地下组织进行接头联系，一切行动要听从地下党组织负责人的指挥。跟随老铁一起下山的那个人姓刘，人称外号"蔫有准儿"。这个人多次和老铁在一起执行任务，老铁有时性情暴躁，节骨眼儿上，老刘都能帮助他拿拿主意。

老铁和"蔫有准儿"连夜下山，赶到野鸡岭等候扒车。为啥不坐票车进哈拉河呢？不行。根据近日侦察，鬼子为了严密控制这个枢纽站，规定三天才对开一趟票车。每节车厢坐着两个荷枪实弹的日本兵，另配两个汉奸警备队员，每站必搜，每人必查，到站的时候，一人不漏地进行脱衣检查。为了能够安全进站，只有按照哈拉河党的地下组织的安排，按指定的时间、地点扒上鬼子的军用列车，进入敌人车站。

虽然二人按着计划扒上了机车，可是没想到警备队的郎占山在车后边跟着押车呢！老程刚要把这情况告诉老铁，就见老铁东寻西找、四处撒目。"老铁兄弟，你找啥？""咱自己弟兄不说假话，我们在山里快有一个月没见到粮食啦。这不，老肠老肚都喊着让我给弄点吃的。"老程一听这话，心疼得眼圈都红啦！忙说："现成的没有，我俩的饭盒里还带着点高粱米。""好，有米就不愁没饭吃了。"这一来，老程把要说的事情又收回去了，为了防备那个汉奸狗子，老程不停地把头探出车窗，盯着车后郎占山的动静。

这工夫，老铁从车底捡起一块鱼尾板，一踩炉门，"嗖"的一下扔进炉膛，然后，拿过两个牛腰子饭盒，把淘好了的高粱米里又加点水，把盒盖子盖严。再一踩炉门，用铁钳夹住那块接钢轨用的鱼尾板，"哐啷"往地上一扔！顺手把两个饭盒放上去，就见"嘶——"冒起一股白气！眼瞧着那块鱼尾板由白变红，又由红变紫，渐渐铁色还原了，饭也熟啦。

没等老铁和"蔫有准儿"饭到嘴，老程猛地发现首车上电光一闪！回身赶忙报告："郎占山从首车过来啦！"

"蔫有准儿"愣住了："郎占山是谁呀？"小刘说："是铁路警备队的巡监捕。"

老铁听到"郎占山"三个字，"唰！"，眉峰突起，青铜般的脸膛上，肌肉，一块块有棱有角地鼓了起来！总是带着微笑的一双眼睛，一下子睁大了，"噌！"，从怀里掏出盒子枪，骂道："我早就听说这个小子不是好物，正想找他算账还找不到呢，真是冤家路窄，今天他算撞到我枪口上了，那就别怪我的子弹头不客气啦！""蔫有准儿"一看老铁暴躁的脾气又上来了，他不慌不忙，伸手按住枪筒，把头摇了摇："你把枪收回去，想敲了这小子不费劲儿，可别打草惊蛇误了正事，还是躲避一下好。"老程说："对，你们到第三节车皮去吧，车皮上有好一块大苫布，还可挡挡风，遮遮雪。"小刘说："郎占山从车厢顶上往前爬，距离越近越容易被这小子发现，要躲的话那就快离开这儿吧！"老铁听他一催，反倒把饭盒端起来了："没关系，先吃了饭再说。""啊！那还来得及吗？""咱快点吃，让姓郎的再慢点爬，两头一就乎，不就来得及了？""这……你让他慢点爬，他能听你的吗？！""放心吧，这小子会听指挥的。"老铁说罢一打气门儿，呼——连烟带气全出来啦！这一下可把个郎占山整苦了！

（唱）机警的老铁有办法，
打开烟道和气门阀。
浓烟热气往外冒，
顺着车厢朝后刮。
郎占山正在车厢篷顶上，
一节一节车厢往前爬。
突然间浓烟扑来难睁眼，
他身子一趴、头一扎，连口大气儿都不敢哈。
时间一长难以招架，

一喘气，鼻子嘴里除了烟灰尽煤渣。

连熏带呛咳嗽喘，

鼻涕眼泪大把抓！

这小子爬一会儿歇一会儿，

又气又恨暗咬牙。

等郎占山爬到机车里，

早累得筋骨软又乏。

那司炉小刘一见郎贼狼狈相，

只笑得前仰后合把眼泪擦。

郎占山被烟熏成一块炭，

猛眼瞧，活像一只黑老鸹！

这家伙被烟熏得都没人样啦！小刘一笑，郎占山火儿更大了："笑啥！刚才车到野鸡岭的时候，车怎么减速啦？"老程随声回答："这风雪天，上坡路滑，我刚才撒了点砂子。"郎占山还是半信半疑，两眼不住撒目。可他问不出破绽，又看不到什么疑处，没好气地说："告诉你俩，行车中注意点路基两边，小心有人扒车！"小刘心里说：早扒上来啦！但他却故意打岔说："嗜！这大雪天，还会有人扒车？"郎占山狠狠地白楞了他一眼："你敢打保票？"他学着鬼子的口气说："'红胡子'，'蹲'在山里少吃没穿，冬天到了，他们能甘等着冻死？越是这样天，'红胡子'越会往山下跑。现在为啥要严密封锁？就是要把这些少屁股没毛的'红胡子'都圈山里冻干巴啦！用皇军的话说：这叫借老天杀人不用刀。这是对付'抗联'的一种战术，你懂吗？让你注意就注意，少他妈的废话！有情况可以鸣笛报警。"这小子说完又从机车爬上车厢。

这时候，夜更深了，雪越下越大，车速越开越快。郎占山贼心不死，一手打着电筒，一手持枪，一边往回爬着，一边一节一节地顺着车厢仔细查看。"嗯？"查到第三节车皮，郎占山突然停住了脚步，心里嘀咕上了：怪呀，今早上这块苦布在车厢后边堆着，怎么这会儿跑前边来啦？还鼓鼓囊囊的，别在下面藏着人吧？想着，他抬脚一撩苦布……呀，真有人！就见一个胸宽体壮的大汉冲他扑来，郎占山见事不妙，一扣扳机，"啪！"，他开枪了。

第二回

大搜捕中接关系
兄妹相会起风波

（唱）郎占山一撩苫布发了慌，

冲着老铁要开枪。

"蔫有准儿"扑上前去先动了手。

啪！一拳正捣敌胸膛。

郎占山身子一仰可枪也搂响，

老铁左肩被打伤。

狗汉奸后腰正靠在车帮上，

这一拳，打得他心窝发热眼冒火光。

那老铁飞身又补上一脚，

郎占山大头朝外跌出车厢！

一声尖叫声刺耳，

"啪嚓嚓"摔到路基旁。

这列车"轰隆隆"直奔哈拉河站。

远望见车站上，闪烁着五颜六色的信号灯光。

列车减速开进了岔道口，

老铁二人跳下车厢。

　　列车进站，天已经放亮了。老刘挽扶着受伤的老铁钻进里股道一节破闷罐车厢里。呀！见老铁的棉袄被血都湿透啦！解开衣扣一看，老铁的左肩胛骨下被子弹穿了个过堂眼儿。老刘知道，眼下只有用"拉锯"的办法，赶快把弹头上的毒液刮掉，不然有化脓感染的危险。什么叫"拉锯"的办法？当时咱"抗联"队伍的条件很艰苦，缺少消毒设备和需用的药品。战士负了伤咋办呢？就得把纱布塞进伤口，像拉锯似的来回拉，直到把污血烂肉刮净，才能包扎。赶上有麻药，少受点儿罪；没麻药哪，那就得干拉。这种"拉锯"的治疗方法，那个疼劲儿您就可想而知了！"蔫有准儿"把一条纱布塞进了老铁的伤口，刚要拉，手就像过电似的，"突突突"就哆嗦起来啦。哆嗦啥？两个人是出生入死的战友，亲如骨肉，子弹打在老铁的身上，疼在老刘的心上，他怎么能下得去手呀！可是老铁和没事儿似的，还催呢："你快拉呀！"他无论怎么催，"蔫有准儿"的手就是下不去，老铁急了，一把夺过纱布，一头用牙咬住，一头攥在手里，"嘎嘎嘎……"他自己拉起来啦！等老铁拉完包扎好，再看"蔫有准儿"身上出的那汗哪——跟刚从澡堂子里出来似的。他心里说："老铁呀老铁，你可真够铁的！"

两个人打开腰间围的长条包裹，换上满铁工人制服，一直等到站上换班的时刻，他俩大摇大摆地走出车站。

（唱）出站来是一座小市场，
摊贩儿叫卖闹嚷嚷：
大碗饸饹抻条面，
玉米煎饼金黄黄，
小枣切糕冒热气，
烧饼、鸡蛋、胡辣汤，
卖油茶的铜壶水走一条线，
招来了看热闹的围一帮。
拉洋片的锣鼓叮当响，
耍把式的正在练花枪，
算卦的拉人看手相，
说大鼓书的唱《隋唐》。
练气功的光着膀子嗷嗷嚷，
梆梆梆！石头愣往头上夯，脑门儿锃亮全磨光！
突然间，喊声四起人乱跑，
做买卖的遭了殃！
烧饼鸡蛋满地滚，
卖油茶的掀了案子撒了糖，
煮面条的大锅翻了个儿，
顺着马路淌面汤……

一场骚动，把老铁、"蔫有准儿"给闹蒙了，不知出了什么邪事。俩人往远处一看，坏了，东边停下四辆卡车，从车上跳下全副武装的日本兵，正四处搜查。"嘟嘟嘟……"西边开来一串摩托车，圈住了各个街口儿。听吧："苦拉""巴嘎！"……像一群恶狼似的，打人、骂人、满街抓人。老铁一拉"蔫有准儿"的衣襟儿："快走！"两个拐弯儿进了一家日本饭馆儿。

日本饭馆儿什么样呀？一间屋一扇儿纸糊的拉门儿；进屋脱鞋上炕，炕上铺着"榻榻米"；没椅子，没凳子，只有一张趴趴腿儿的方桌儿。到这儿吃饭坐着不行，得照日本派儿——跪着，你说别扭不？可是老铁知道，到这儿来有一个好处，一般鬼子搞搜查不到这儿来。为什么呢？这里平常人进不来，多数都是日本人。有个把的中国人，除了官面儿上有身份的人，再有的得会说日语才行。老铁呢，多年给鬼子开车，眼面前的日本话难不住他；再说，凭着身上这套满铁制服，也能唬一气。

日本老板娘见老铁大摇大摆进来，先是一愣，跟着老铁嘀里嘟噜说了一通日本话，老板娘乐啦！见她两手朝膝盖上一扶深深鞠了一躬，老铁更不含糊，似还礼非还礼，摆出了一副在女人面前的男子汉派头。跟着，老铁要了两份刨花盒子大米饭，几块明太鱼和甜黄瓜条，外加两碗酱油汤。别看"蔫有准儿"五十多岁了，还是第一次吃洋饭儿。饭菜吃着还能对付，喝一口汤遭罪了，又腥又甜还带点儿臭味儿。吐了吧，怕露怯；咽吧，实在不是个滋味儿。正在他鼓着腮帮子、瞪着眼珠子这工夫，从外边进来两个日本宪兵："证明的有？""啊？"他一愣儿，"咕喽儿！"那口汤咽下去啦！老铁忙用日语把话茬儿接过来了："阿里麻斯！"随手掏出了证明。"蔫有准儿"跟着他也把证明掏出来了："有。"俩鬼子看完又到隔壁屋里查去啦。可这一来，老铁心里不由疑问起来：嗯？今天鬼子为啥搜查得这么紧？连这儿都不放过，说明情况很异常。可出了啥事呢？老铁正猜想呢，巧！隔壁屋里吃饭的是个日本人，叽里哇啦地和那俩搞搜查的宪兵唠叨起来啦！老铁侧耳细听，听着听着，眉头上拧起了个疙瘩，老刘知道事情不妙，便悄悄地问道："伙计，咋的啦？"老铁一边装着吃饭，一边压低了声儿说："你知道鬼子搜查抓谁吗？""我咋知道？！""就抓咱俩！""啊！鬼子咋知道咱来了？""啊！昨晚上咱把那个郎巡监捕踹下了车，可这家伙没摔死！天亮后被人发现抢救过来，这个狗东西把情况报告了警备队。鬼子知道咱进了哈拉河镇，所以来了个大搜查，大追捕。""蔫有准儿"听罢，眨巴眨巴眼睛没说话。老铁一看他这神态，就知道是想主意哪。怎么哪？两个人多次出入敌区，不管遇到什么复杂的情况，"蔫有准儿"总是会有办法对付的，要不怎么叫他"蔫有准儿"呢？老刘沉思了一阵，慢条斯理地说："嗯，要说是个麻烦事儿。郎占山这个祸害是给咱行动和完成任务带来了难处，可是不能听'拉拉蛄'叫就不种庄稼。不管情况怎么紧急，还得按照原计划行动，同党的地下组织尽快地接上关系。""对，咱马上找翠环去接头！"翠环是谁？说来也巧，他们要找的接头人，正是老铁的妹妹——翠环同志。他二人商量已毕，交付了饭钱，直奔了接头的地点。

（唱）兄妹一别整两年，
　　　那老铁时刻挂牵小翠环。

他心急脚步走得快，

一桩桩往事浮现在眼前：

父母撇下兄妹俩，

无家无业度日难。

哥哥在机车上来烧火，

妹妹幼小卖纸烟。

为挽救民族的苦难，

老铁入伍投"抗联"。

临别时，把妹妹托给了师傅宗宝贵，

想当时，小翠环，噘着嘴，泪涟涟，

哭喊着，要跟哥哥去打鬼子进深山。

两年来未给妹妹捎过一封信，

只听到师傅托人把话传：

说妹妹明着工作在满铁医院，

暗中是咱"抗联"地下联络员。

今日兄妹就要见面，

有多少心里话要和妹妹谈……

他二人穿街过巷来到接头地点，

抬头看，老铁心中升起了疑团。

两个人匆匆赶到指定的接头地点——坂田町三番地一百零二号的门前，你看我，我看你……全愣住了。怎么啦？就见街道两旁，叽叽喳喳地挤满了人群，门前停着马车、洋车、斗篷车……黑压压的一大片。特别招眼的是对着门口那套着两匹大洋马的黑棚子轿子，十字披红，棚脸儿当中还缀着一个斗大的金囍字。再看门口两旁，一边是吹笙管笛箫的一伙喇叭匠；一边是吹铜管号、敲扁鼓的一帮洋乐队。一土一洋轮番儿吹打。听吧，这边吹完《何日君再来》，那边喇叭又来一出《游龙戏凤》；这边奏了支日本歌《满洲姑娘》，那边呜嗷嗷吹起了《小老妈开唠》——你说这叫什么玩意儿！就这样，看热闹的人还起哄哪："好！好！再来出《小寡妇上坟》！""呱呱呱……"鼓起掌来啦。吹唢呐的腮帮子都酸了，大伙儿一拍巴掌，吹吧！再听那调门儿，比宰狼的还难听哪。这当儿，就看黑棚轿门一开，走下一个人来。这人头戴战斗帽，身穿协和服，胸前大红花，花儿衬着粉飘带，飘带上有俩字——"新郎"！再看这位新郎官的模样：白净的脸上留着两撇日本式的仁丹胡儿，鼻梁上架着一副金丝眼镜。紧接着两个陪伴新郎的傧相也下来了，全是西装革履，直脖挺腰，就跟那服装店摆的模特儿似的。"傧相"在两旁，新郎在中央，面目正经，脚步稳当，在一片乐曲声中一直走进那间带洋门脸儿的房门口儿。

老铁越看越是纳闷：这是咋回事呢？"蔫有准儿"凑到老铁身边，低声问："地点不对吧？"老铁摇摇头："没错呀！是坂田町三番地一百零二号。"可自己也犯疑：怎么敌人跑这娶媳妇来啦？这新娘又是个什么人呢？想着冲老刘一递眼色，意思是找人打听打听。两个人挤进了人群，靠近两个披着破棉袄的老头儿。这俩人正悄声议论着："哼！多好个姑娘，咋偏要嫁给日本翻译狗子呢？""嗐！这有啥奇怪，这年月只要有钱，就不管是人是狗喽！"老铁听到这儿搭话道："照你二位说，他们是'胡子'啦？"俩老头回头一看，再说话，话茬儿变了："哪能这样说呢！人家跟翻译官结婚。""老大爷，我跟你俩打听打听……""打听啥，我俩穷跑腿子的能知道个啥？有工夫再唠吧。"俩老头儿溜啦！老铁闹傻了，这是咋回事？他就忘了他那身儿满铁制服早把俩老头吓蒙啦！

这时候，忽听有人喊："新娘出来啦！""哗——"看热闹的都拥过去了，那间洋门脸儿的屋口挤了个水泄不通："靠后！靠后！靠后！"警察、便衣、迎亲的、主事的把人群推出了一条胡同。"唰！"就见从门口里先抖出一条红毡，那位新郎官挺着胸脯、迈着方步，就把新娘子挎出来了。嘿！这位新娘头戴纱冠，身穿一件彩缎的棉旗袍——外罩着粉红色的披纱。再瞧两边的女傧相，还是两个日本人，盘头打髻，红腮粉面。细手嫩脖儿，涂脂抹粉，白得呀，就跟刚刷的墙一样。穿着大"特罗"和服，脚拖着跐拉板儿，走起道来踢里趿拉呱儿——还带点儿的！

平日像这种场景老铁是不会靠近的，可今天不同，老铁一定要看看这新娘的模样。他踮着脚往前挤了半天，又被挤出来了。怎么啦？一是老铁肩负枪伤，伤口很疼；二是人挨人，人挤人哪，似筑起一道厚厚的人墙。您想老铁怎么能挤得进去？正在这个节骨眼儿上，"蔫有准儿"来招机啦，回手从乐队里抄了个凳子递给了老铁。是啊，站在高处不就能看见了吗！老铁接凳子的这会儿，新娘已走到轿车跟前，两个日本女傧相正搀扶新娘上车，新娘侧身一抬头——脸儿露出来了！这工夫，老铁正巧登上了凳子，新娘的五官模样叫他看了个一清二楚。不看还罢，这一看，老铁如雷轰顶。"轰！"脑袋仿佛裂成八瓣儿！眼前发黑，两腿一软，若不是"蔫有准儿"手疾眼快扶他下来，险些从凳子上跌倒。此时，这条钢打铁铸的硬汉，身子瘫软，坐在凳子上。"蔫有准儿"看到这个架势，眼珠儿一转，心里已经明白了八九，低声问道："是她？"真叫"蔫有准儿"猜着啦！这个嫁给日本翻译官的新娘，正是老铁的妹妹翠环。你想，老铁亲眼看见自己日夜思念的妹妹叛变了革命，嫁给日本军人的狗，他心里该是什么滋味！再看老铁的脸，由红变白，已经失去了血色，上牙狠狠咬住下嘴唇不松口。他那只老虎钳子似的大手，正插进怀里去摸那二十响盒子枪。这工夫，迎娶新娘的车队，已经启动，看热闹的人，也跟在吹吹打打的乐队后边离开了这个小小的洋门脸儿。"蔫有准儿"怕老铁的举动引起敌人的注目，便扯住老铁准备要掏枪的那只胳膊，朝自己肩上一搭，嘴里骂骂咧咧地说："不会喝酒，偏要逞能，跑这来给我丢丑！"他刚搀起老铁要走，再一看，有几个日本宪兵，正歪着脖子，两眼直勾勾死盯着老铁他俩不放。跟着一个当官的把嘴一努，两个宪兵就要朝这里走来，正在这时，就听得一阵马拉车的声响，"蔫有准儿"抬头一看，是一辆斗车。"吁——"赶车的一勒马嚼子，斗子车"嘎"的一声停住。跟着从车上跳下两个戴着礼帽，架着墨镜，腰上扎个围脖，棉袄大襟下露出一截枪口。走近老铁二人跟前掏出手枪，没容分说，连推带搡，把两人押上斗子子车，然后向走过来的两个日本宪兵挥了挥手，说了声"撒由那拉"，嚼子一撒，大洋马咴儿一叫，拉着斗子车飞奔而去

第三回

亲人得见解疑云
待命又逢惊险来

（唱）老铁和老刘被押上车，
那拉车的马儿撒了泼。
嗒嗒嗒，车快如飞穿街过，
人群惊散乱吆喝。
不知为何又把人捕，
个个怒火烧心窝。
那老铁牙根咬碎眉紧锁，
腹内辗转暗揣摩：
此次下山任务重，
接二连三遇周折，
扒火车和郎贼交了火，
进街来，鬼子又搜查把人捉；
接关系，翠环投敌断了线，
如今又被敌特抓上车。
少时去到审讯室，

大不了过过热堂受折磨。

个人生死无所惧，

只担心"特殊任务"被耽搁。

绝不能让敌特带到目的地，

设法半路来挣脱……

想到此侧目再看"蔫准有儿"，

他神情自若挺沉着。

看得出老刘也在想对策，

到时候我动手他定会配合。

嗒嗒嗒，斗子车穿过大街拐小巷，

眨眼间出了哈拉河。

旷野荒郊人烟少，

枯草寒风雪满坡。

见前边是一处铁路交道口，

横杆一放要拦住车。

老铁一见时机到，

悄悄伸手把枪摸。

　　这辆斗子马车一直把俩人拉到郊外。前边是个铁路交道口，横杆一放，车就得停下来。老铁想借这个机会动手，把那两个"特务"干了！可车没有停下来，朝右一拐，下了公路啦！顺着路基没跑出几米远，那辆斗子车"嘎"的一声停住了。那两个"特务"喊道："到了，下车！"说着把人推到了车下。老铁和"蔫有准儿"一看，全愣住了。怎么呢？眼前一不是警察局，二不是宪兵队，而是一座看道工人住的地窝子。窝顶上搭着洋铁片子，门框上吊着破褥垫子，四周围码着石头蛋子，门口堆着劈柴桦子，靠窗根摆着俩尿罐子。另外，还有一节带拐脖儿的烟筒从地窝子里伸出来，喷出的煤烟散发着一股子臭葱烂蒜的味道。这是啥地方？回头再看，斗子车的那两个"特务"，调过马头，缰绳一抖："驾！"嗒嗒嗒……一溜风似的原道而去！俩人更纳闷了：怎么把人甩到这不管啦！正在二人打愣儿的时候，从地窝子出来个人，一把拉住老铁，二话没说，愣给拽进去啦！跟着，"蔫有准儿"一撩破褥垫子，随后也钻了进去。等他直起腰来一看，更糊涂了！

　　（唱）见一人年在五十二三，

　　　　　目光炯炯甚威严。

大盖儿帽子头上戴，
满铁的呢子制服身上穿。
怀表的银链在胸前闪，
毛线的围脖儿披在肩。
看穿戴来论气派，
此人身份不一般……
见老铁一头扎在那人怀里，
不知是激动还是心酸。
吧嗒吧嗒热泪洒……
"蔫有准儿"惊奇得眼珠子瞪个滴溜圆。

老刘和老铁多次下山执行任务，什么困难都经过，什么挫折都受过，什么场面都见过，可就是没见过老铁流眼泪。今天为啥见到这个铁路当官的，一头扑上去，手扶着人家肩膀，贴着身子，眼泪豆儿像断了线的珠子——噼里啪啦往下掉？看架势，就像孩子在外面受了委屈，扎在妈妈怀里，想哭哭不出音儿，想说又说不出声儿，非得哄哄不行。这个人到底是谁呢？

此人，正是老铁他们要找的哈拉河地下党的负责人宗宝贵——老宗大伯。您想啊，此时此刻的老铁见到了党组织的领导人能不激动吗！更使他激动的是，他和宗大伯还有着一层特殊的关系，用老铁的话说，有着养育之恩。宗宝贵与老铁的父亲原是师兄弟，都在铁路上混事由。因为工头郎大棒子娶小老婆，让管账的扣每个工友的半月工钱随份子，老铁的父亲找他讲理，结果被活活打死了，害着肺痨的妈妈，悲愤之下，气绝身亡。当时老铁只有十六岁，翠环不满八岁。宗宝贵便收下了这双遗孤，为了抚养他俩，自己连老婆都没娶。这样，爷三个成了相依为命的骨肉。他秘密参加党组织后，还经常给老铁兄妹讲点革命道理。后来，拿钱打点，让老铁进了机务段学开火车，翠环也进了小学校。老铁参加"抗联"上山以后，宗大伯和翠环成了"抗属"，怕暴露身份，改为舅舅和外甥女的关系。迁到了哈拉河街里。凭借着党组织的力量和个人的努力，到这里很快就取得了敌人的信任，去年，老宗从调度提升为值班站长，还被授予一枚"勋三位"的勋章。他在敌人堆里稳稳地站住了脚跟。翠环呢？先是进了满铁护校学习，后又到医院当上了护士。暗地做党的工作。

半年前，当老铁得知妹妹的消息以后，高兴得嘴都合不上，心里就越发感谢宗大伯——兄妹俩的革命引路人。可是今天到哈拉河找党来接关系，万没料到起了这么大的变化，翠环竟叛变了革命，和一个日本翻译结了婚。此时他面对着地下党的负责人，抚育自己的亲人，你叫老铁怎么能不激动？怎么能不流泪呀？他恨不能立刻向宗大伯问明翠环叛变革命的经过，以除心头之患。

老铁擦干泪水，嘴唇颤抖着说道："大伯，翠环她……"宗宝贵是看着老铁长大的，对他啥脾气秉性摸得准，他故意把话岔开，一指"蔫有准儿"说："这位同志我还不认识呢！""噢，我还忘了介绍啦。"老铁忙给二位做了引见。大伯说："老刘啊，让你吃惊受屈了。今天知道你们按指定地点来接头，正赶上翠环办喜事，为防意外才把你们接到这来……"宗宝贵一提"翠环"俩字，老铁再也控制不住心中的激愤："大伯！翠环她……"宗宝贵却不慌不忙地问道："啊，翠环她怎么啦？""她……她变啦！""嘻！这有啥大惊小怪的，人都在变嘛！""不，她跟那个日本翻译结婚了，叛变了革命！""嗯，这事不能怪翠环。你要在，你这个哥哥可以主事；你不在呀，我当大伯的就成了唯一家长，她和翻译官结婚是我同意的。""啊？！大伯您……""你先别急，给你一样东西看看。"说着宗宝贵从兜里掏出一份喜帖："给，这是那个翻译官给女方家长的彩礼喜单。""啪！"老铁接过来随手一扔："他就是送个大金蛋我也不稀罕！"宗宝贵脸色一沉："你给我捡起来，好好看看再说！"这下老铁是丈二和尚——摸不着头脑啦，捡起来看吧！只见喜单的面儿上写着"彩礼单"三字，里面儿一没写结婚人姓名，二没填彩礼项目，只有："今送上喜银0102"几个小字儿。老铁想：这"0120"是怎么个钱数呀？"大伯，这礼单……？""这礼单是假，情报是真。""什么，情报？""对，我们计划要截获的敌军列车，已经开进货场准备装货。这是那位翻译官送来的可靠情报，'0102'是通知咱今夜零点，102次军车就要发车啦！""啊！这翻译官？""他是我们党派进铁路警备队去工作的白杰同志。为了不使敌人对他产生怀疑，党组织决定翠环做他的假家眷，掩护他工作。这是斗争的需要！"嘿！老铁听到这儿，心里就像刮进一股春风，把压在心头上的乌烟瘴气，一股脑地全给吹跑啦！"嘿嘿……"他尴尬地笑了起来，也不知痒不痒，一劲儿直挠脖子。宗大伯故意装作严肃地问道："怎么，看来你对这样安排很有意见哪？""没有！别说是假夫妻了，就是翠环真的嫁给白杰同志，我也没有意见。"他这么一说，把宗大伯和"蔫有准儿"倒给逗笑了。宗宝贵说："要说翠环变了，也真是变了，她变得更聪明、更成熟了。要说没有变的倒是你这鸡毛脾气——见风就起、沾火就着。""蔫有准儿"也插上话了："可不，刚才要不是我把他拽住，就动了家伙啦！"老铁说："行了，你就别再跟着添油加醋啦！说真的，我这个急脾气是得改改。大伯，你说咱啥时候行动？"好嘛，说着说着，他这急性子又犯啦！宗宝贵说："站里站外、沿途各站都做了安排，只要102次准备发车，今天夜里你们就可以开车往回押运。"老铁和"蔫有准儿"听罢真是欣喜若狂！

这时，"嗒嗒嗒"……忽然外边传来马车奔跑的声音，宗大伯一撩套屋的门帘："快！"让老铁、老刘躲进里边。原来套屋里是个小仓库，存放着撬棍、鱼尾板、道钉、枕木一类的东西。两个人侧身贴在门的左右两边，隔着门窗缝儿听着外边的动静。只听一阵脚步声响，有人进来喊了声："老宗同志……"再说什么就听不清了。最后听到宗大伯说："你们在外边等我会儿，我马上就走。"然后他把老铁二人叫出问道："听说你们和郎占山交火啦？""对。"老铁把扒车时与汉奸郎占山相遇和自己受伤的情况说了一遍。大伯说："这一来，鬼子就知道了'抗联'的人摸到哈拉河了，就像兔子听见了枪响——慌爪儿啦！从今天早上到现在严密搜查没抓到你俩。这不，宣布撤消了原定军运计划，今天夜间零点的102次停运了。""那咱们的行动……""既然敌人计划改变了，我们行动也就需要随机应变。不能着急，情况越是复杂我们越是需要慎重。另外，假戏当真戏唱，外边人都知道我是翠环的舅舅，外甥女结婚，我得到场。同时，借机会可以向白杰同志了解一下敌人的动态。趁这时间，老铁把伤治治，你们就待在这里等我的消息。"宗大伯说完走出地窝子，乘车奔了街里。

宗大伯走后，老铁心里像塞了块砖头——格格楞楞的不是滋味儿。怎么啦？眼看着到手的金娃娃，一阵风给吹没影儿了，能不惋惜着急吗？直到半夜，由于伤口又引起高烧。这条硬汉只咬牙忍痛，一声不响。"蔫有准儿"一摸老铁身上烧得跟火炭儿似的，也就知道他身上的伤有多疼了。见老铁硬是挺着一声不哈，心疼得老刘一劲儿劝说："老铁呀，你哼一声吧，出出声儿也许伤口疼得差点儿。"老铁紧闭着眼睛摇了摇头说："不，伤口不疼，我的心疼了。"再看老铁说罢眼圈儿一红，眼泪差点儿下来，老刘着急地忙问："老铁你……"

（唱）老铁含泪把话谈：
"老刘啊，你莫为我把心担。
这伤口再痛我也能忍受，
我心疼的是咱山上战友处境艰难。
关东军讨伐接连不断，
妄图消灭咱'抗联'。
一次次阴谋破了产，
咱'抗联'神出鬼没与敌巧周旋。
鬼子兵连连失败红了眼，
又搞起'铁壁合围'锁岭封山。
屯并屯来户并户，
把老百姓锁进了包围圈。
同志们不畏强敌坚持抗战，

艰苦斗争面临着多方困难。

被敌封锁缺医少药，

更严重的是缺少吃穿。

个月来未见一粒米，

煮树皮、捡干蘑来当饭餐。

人常说北满秋寒风雪早，

到现在同志们身上还耍着单。

白日里还有法烤暖驱冷，

可同志们的体力逐日下降不比从前。

感谢地下党，此时提出行动方案，

布阵局来截获敌军列车把'抗联'支援。

为里应外合完成这项特殊任务，

支队才命我二人连夜下山，

军民同心齐抗战，

要打碎敌寇封锁渡难关！

谁想到半日之间敌情变，

此时让我心怎安！"

"蔫有准儿"听老铁倾诉着自己对革命队伍和战友们深厚的情感，字字句句热辣辣的感人肺腑，不由得泪流满面。他紧攥着老铁的一只大手，想安慰安慰他的情绪："老铁呀，我看……你说……那……对不对？"他也不知道怎么说好啦！

次日清晨，宗大伯派人给老铁送来一些治伤的药品，还嘱咐他俩要耐心地等待消息。一连三天，宗大伯没有露面儿。老铁虽身上的伤势见轻，可心事加重了，心急火燎地在地窝子里来回走动。饿了，拿起大饼子咬了一口，可说啥咽不下去。眼前边似乎看到山上的同志在煮树皮、捡干巴蘑菇呢。困了，躺在土炕上合不上眼睛。一合眼就出现几个战友为暖乎身子在自己前边转圈儿跑着……真是吃、吃不下，睡、睡不着。恨不能宗大伯马上来传达任务，把满载过冬军需的列车开回山里。

正在俩人心绪焦急的时刻，啪！门上的破褥垫子一撩，宗大伯笑呵呵地走了进来。老铁忙迎上前去，问道："大伯，怎么样？""任务来了！""什么时候行动？""你马上到医院去。""到医院？""对，鬼子担心发车出问题，推迟时间，可天气不容人哪！边境上的关东军嗷嗷叫，整天催骂着要冬装。警备队长佐藤二六只好下令发车，车底今天开进货场了。关于发车的具体时间、车次、敌人还有什么布置，还需要等待白杰同志的情报。消息一来，马上就要行动，可这儿离站上有十几里路远，行动不便，再者白杰同志得到情报先要转给翠环。你去医院，一是兄妹见见面，让翠环把你伤口再好好治疗一下，二是可以及时听到消息，便于行动。"那老刘哪？""站上的环境你都熟悉，老刘需要进行实际的了解，我带他现场观察一下，然后我们再到医院去。""好！"老铁高高兴兴地出了地窝子，大步朝街里的满铁医院奔去。

宗宝贵先向"蔫有准儿"介绍了站上的地理环境和行动中所要注意的地方。两个人刚刚要走，就见看道工老齐头儿进来了，嘴里还叨咕着："活该！怎么不把这个犊子摔死！"宗宝贵问道："老伙计，说谁哪？""郎占山。""郎占山？""啊，这小子前两天让'抗联'的人从火车上给踹下来了，摔得跟烂瓜似的，都快散架啦！""这事你咋知道的？""我刚才看见的嘛！有两个日本兵把他送到满铁医院。对了，还有是你外甥女翠环姑娘，把他架进去的。""啊……"宗大伯和"蔫有准儿"听罢心里一惊：坏了，老铁已经奔了医院，如果碰到了这个汉奸，自然凶多吉少啊！

这真是：冤家对头，狭路相逢！若问老铁如何脱险？下一段书里再作交代。

第四回

翠环险中设计谋
郎贼受宠丑态出

（唱）且不表宗大伯为老铁把心担，
单说姑娘小翠环，
她听说哥哥要来医院，
高兴得心里比蜜甜。
想兄妹一别两年未见面，
可老铁的名字没少听人传。
说哥哥，常下山，巧打扮，设机关，杀鬼子，除汉奸，敌寇
　　忐忑心不安。
哥哥一心为抗战，
他不忘东三省四千万同胞在水火间。
哥哥的智慧和勇敢，
给妹妹对敌斗争把信心添。

学哥哥不怕困难和风险，

做哥哥一样的好党员。

为让"抗联"的伤员住进敌人医院，

我把掩护的重任肩上担。

又借着给各站的鬼子打针防霍乱，

把大批的药品转送给咱"抗联"。

这一桩桩来一件件，

见着哥哥我都要谈。

比一比来看一看，

比比看看，兄妹抗战谁占先。

正想着，有人呼喊："接伤号！"

翠环她忙出门来把伤号搀。

见两个日本兵架着一名伤号，

看服装这伤号还是个军官。

他鼻青脸肿俩腿一瘸一点，

龇牙咧嘴狼狈不堪。

翠环看罢心一颤，

原来是汉奸郎占山！

那天夜里，郎占山被老铁踹下列车摔了个不省人事。天亮后，一个巡道工发现了他，像拖死狗似的把他送到附近的一个小车站上。郎占山苏醒以后，立即让站上的人给警务队长佐藤二六打电话，报告了火车上发生的情况。当时，因为他的伤势很重，还不时地昏迷，只好就地护理治疗。这不，缓了两天，佐藤二六亲自派人把郎占山接回来送进满铁医院。

经过日本大夫诊断以后，翠环按照医生处理方案给郎占山进行洗伤换药。别看这小子脑袋摔得跟花瓜似的，他手还不闲着。身子在病床上半躺着，左手托着块胶合板儿，上边铺着一张图画纸，架巴着胳膊画开钢笔画儿啦！你别以为他这是消遣或是怕疼分散精力，不是那回事，他在画一个人的头像。他一边画一边琢磨，脑袋还一劲拨弄。翠环说："别乱动，我给你上药哪！""噢噢……"郎占山嘴里应着，手还在不停地画。翠环想：这个家伙想要干啥呢？她故意话里带钩儿地说："郎巡捕你可真行，都摔成这样了，还有心思画画玩哪！"郎占山白愣白愣眼睛，话里带味儿地说："翻译官太太，这可不是玩儿，这是——工作的干活！"他一指画上的人说，"我给了他一枪，打偏了；他也没客气，踢了我一脚，一脚丫子把我从火车上踢下来了，摔他妈个脑震荡！这一脚之仇我非报不可，我一定得把他抓住！"翠环听着不由低下头朝画上扫了一眼，猛地一愣神儿，心说：这人怎么看着眼熟啊？仔细再看，心里忽悠的一下：哎呀！这不是哥哥吗？虽然画得不完全像，但从脸庞儿、眉眼还能看出哥哥的模样。郎占山瞧翠环的神态不对，追问了一句："怎么，你认识这个人？"机警的姑娘，也觉察到自己不够沉着，随机应变地说："对，好像认识。""噢，你认识他……？""啊，这不画的宪兵队长吗！""这……别胡扯啦！这是山上下来的'红胡子'！""哟！我说呢，警备队的人怎么和宪兵队的人结上仇啦？敢情是这么回事呀？""你把我也闹糊涂了，我还以为你真认识哪！"翠环想摸摸这小子的底，又说："我不认识，看来郎巡监捕你倒跟这个人很熟悉。""咳，你这是咋说话呀？""那可不，你不熟悉怎么能把他的模样画下来呀？你放心，不管你们多熟悉，我也不会找日本人报告去。""咱不开这种玩笑好不好？要真熟悉，他能把我从火车上端下来吗？我能画下他的长相，是那天夜里我俩在车上见过一面。"说到这儿翠环"咯儿咯儿"地笑了起来。郎占山忙问："你笑啥？""黑更半夜的只照照面儿，你就能把他的长相画下来啦？你这牛吹得也太邪乎了！""什么，吹牛？"郎占山冷笑着说，"嘿嘿……这可不是吹牛，你到铁路警备队上上下下打听打听，写写画画，我姓郎的就是有这份本事！""行了，行了，别说你胖就喘上了，我就不相信你这么能耐，你还成了照相机啦！"翠环半真半假地一边数落着，一边没好气儿地扳过郎占山的脑袋，噜噜噜……使着劲儿地缠绷带！疼得郎占山缩着脖子叫唤："轻点，轻点……这是脑袋，肉的！"翠环装作开玩笑地说："是啊，我还当是照相机哪！"翠环姑娘表面轻松，嘴里还说着笑话，心里却在暗想：郎占山这条狗是真够厉害呀！

　　说起郎占山这个汉奸，他怎么还会画画哪？在他考进伪满铁路警察学校之前，专门在哈尔滨一家老毛子开的美术社学过些日子素描。这小子依仗着他爸爸是铁路上的大把头，有的是满洲票子，吃喝玩乐无所不好。他不光能画画，赶上日本天皇过生日、满洲建国节或是所谓的关东军"讨伐"打了胜仗的日子，他都要跑到戏园子票上两出儿。别看长得像个线儿黄瓜似的，还尽唱旦角哪。什么《拾玉镯》里扮个宋巧娇呀，《西厢记》里演个崔莺莺呀，唱起来就像谁踩着他的脖子一样——要多难听有多难听。郎占山一方面爱出风头，更主要是借一切机会，好向日本鬼子献媚、讨好。他把对付共产党和"抗联"战士，当成是他效忠日本天皇的终身事业，要不怎么叫他铁杆汉奸呢！

　　郎占山听翠环话言话语里对他这两下子不信服，他把弓拉得更圆了："好，咱别抬杠，你不是不相信吗？到时候瞧。我画的这个'红胡子'他还没死，而且窜到了哈拉河街里来了。等我把这张画交给佐藤队长，复印以后，在街头巷口这么一贴，来个悬赏捉拿，很快就能把他抓住。到时候，我再来问你这位翻译官太太，我郎占山到底是个照相机呀还是一个废物鸡！""好吧，我倒要瞧瞧你郎巡监捕是吹牛还是真有两下子。"说完又给郎占山包扎起了纱布。别看翠环脸上笑呵呵的很平静，心里边早就敲起鼓来啦！

  （唱）翠环脸上笑呵呵，

    心里却紧张得没法说。

    一边给郎贼缠着纱布，

    一边心里暗琢磨：

    没想到他对哥哥的印象这么深刻，

    画中的相貌真差不多。

    哥哥他马上就要来见我，

    他哪知这只狼正在霍霍把刀磨。

    真要是哥哥他一步闯进急诊室，

    仇敌相遇就要起风波。

    想哥哥下山来身负重任，

    出半点差错也了不得。

    翠环我需要快想对策，

    帮助哥哥把险情摆脱。

    我赶紧给这个汉奸包扎好，

    把他送到病房快挪挪窝。

    聪明的姑娘把主意想妥，

    噜噜噜，心急手快紧忙活。

    这时候，忽听"哐当"门一响，

    翠环她惊得心里一哆嗦！

  谁进来啦？这人头戴战斗帽，身穿协和服，肩挎盒子枪，脚蹬大马靴，是日本翻译官——翠环刚"结婚"的假丈夫白杰同志，他手提着一个多层的大食盒，进屋后"呱！"，毕恭毕敬地往旁边一站，在他身后闪出一个日本女人。看这人：（赞赋）年纪四十多一点儿，穿戴洋气又打远儿，"忒勒"服藕荷色儿，白菊花缀黄点儿，宽幅带子煞腰眼儿，背上的四方包包像个行李卷儿，丝绵袜子，咔嗒板儿，走起来噹儿嗒啦——打着点儿。看模样更显眼儿：梳着大头挽着卷儿，发型突出像火铲儿，方方脸儿，雀斑点儿，一双深度的近视眼儿。别看褶子长满脸儿，涂着粉，抹着色儿，那层粉厚得赛过一个小铜板儿，她要是笑笑一挤咕眼儿，噼里啪啦——粉面子能掉半茶碗儿！这女人是谁呀？铁路警备队的队长佐藤二六的老婆——三七芳子。她来干啥？老鬼子佐藤为收买人心，让老婆向为他们卖命的走狗郎占山慰问来啦。翻译官白杰向郎占山介绍了三七芳子的来意："郎巡监捕孤身遇险，英勇无畏，为大日本皇军事业献身之精神可嘉，为表示敬意，佐藤队长特派夫人亲临医院向郎巡监捕进行慰劳！"郎占山没想到佐藤能给予自己这么高的荣誉，真是受宠若惊。噌！跳下病床，忙打立正致谢。他手举起来了，可是脖子歪歪着，脑袋想正就是正不过来啦。怎么回事？正给他脑袋包扎哪，纱布的那头儿还在翠环手里拽着哪！这么一来，这小子打立正创造了一个新的姿势——"烧鸡窝脖儿式"。翠环和白杰在旁边差点笑出声来，这洋相，三七芳子愣没看见。怎么？她不是一对大近视眼吗！三七芳子两手往膝盖上一搭，身子一哈，嘴里跟念经似的唠叨起来："郎桑，你的辛苦的大大的喽，你的功劳的大大的喽，你的心好的大大的喽……"嗬，郎占山感动得汗珠子都出来了！三七芳子先让白杰打开食盒，她从里取出一个刨花儿做的饭盒子，又从一条玻璃纸袋里抽出一双日本人叫作"玉箸"的筷子，一劈两根儿，在饭盒里夹出一块糯米做的日本"蘑吉"。然后，又冲白杰一点头，意思让他宣布慰劳仪式。白杰说："郎巡监捕，这是三七芳子夫人特意做的，为了表示最诚恳的慰劳，还要亲自夹给你品尝品尝。""瞧得斯嘎……"三七芳子夹着这块"蘑吉"叽里哇啦地又啰嗦起来。郎占山不管听懂听不懂，一劲点头："哈咿！哈咿！……"他知道反正大概内容出不了：什么代表佐藤慰问呀，祝他早日恢复健康呀，什么为大东亚共荣圈奋斗呀等等的吧。这小子一高兴，还想在官太太面前显摆显摆自己，说开日本话啦："瓦达西……"他想说："我非常地感谢。"可是这"非常"两字不知日本话怎么说，怎么办呢？他说开日满协合语啦："瓦达西……非常地，啊里嘎豆勾搭一麻斯！"好嘛，他把中国话和日本话掺到一块儿啦！要不怎么叫日满协合语哪！郎占山表示完感谢，伸着脖子张着嘴就等着吃这块"蘑吉"了，哪知道这位太太的眼睛近视都一千度了，她看不清对方嘴的位置，夹着"蘑吉"在郎占山眼前晃悠起来了！郎占山的脖子像安了转轴儿——也就跟着转上啦！最后，这位太太也不管是鼻子还是嘴了："你的米西米西。"差点把郎占山的眼珠子给捅冒了！

翠环一旁看着暗暗恶心，心里说：这哪是什么慰劳，简直是喂狗！本想把郎占山赶快转到病房去，谁想偏偏在这个节骨眼儿上，这个女人又来慰问啦！时间越拖，情况越是险急……再看放在床上的那张画像，翠环更是焦急。真要是哥哥一步闯了进来，郎占山一眼便会认出，事情可就麻烦啦！怎么办？怎么办……翠环为哥哥捏了一把冷汗！此时，白杰同志似乎察觉到翠环的心事，他用问郎占山的话给翠环听："现在你有什么要求吗？""没有，没有，请翻译官先生在队长面前美言，我愿为大日本天皇效尽犬马之劳……"翠环姑娘眼前一亮，趁着郎占山点头哈腰的这当儿，指了指床上的那张画像，又使了一个眼色，意思是说："你把这画弄到手，赶快领那个女人离开这里。白杰心领神会，点了点头。足智多谋的白杰同志，凭着他长期在敌人堆里斗争的经验，眼珠一转，招儿就来啦！他打着官腔问道："郎巡监捕，佐藤队长对你此次行动十分赞赏，对你所报告的情况更是百倍重视。佐藤队长根据你的报告断定，那两个'红胡子'下山肯定是为军运物资来的。你也知道，军管区长官有令，命我们向远东前线给皇军运送冬季军需时，必须万分戒备山上的'红胡子'下来搞抢劫破坏。只要我们在执行冬运任务中不出差错，保证不出两月，就能把山上的'红胡子'通通地冻死！正是因为这样，佐藤队长听到你的报告后，立即在哈拉河街里进行了全面搜捕。可是到现在，那两个'红胡子'还没抓到。不知道你报告的情况是真的，还是假的……""不、不，我怎么敢谎报，肯定那两个'红胡子'到哈拉河来了。""那好，你再把那两个人的相貌、特征好好地回忆一下，最好能画下来，提供确实的依据。"郎占山哪猜得到白杰是套他的那张画像呀！听到这，他得意地笑了："嘿嘿……翻译官先生，十分感谢您对兄弟的关照，您提的这事儿我正想向队长和您报告哪，您看……"

     （唱）郎占山拿过画像笑微微，
     得意扬扬一通吹：
     "兄弟我早已料到做了准备，
     何劳长官再来催。
     为大日本天皇我愿鞠躬尽瘁，
     望长官美言多栽培。
     在列车上我与那俩人交锋对垒，
     他何等貌相只要我画笔一挥。
     照此画像悬赏捉拿那穷匪，
     谅他插翅也难飞！"
     翠环听罢牙关咬碎，
     暗恨这民族败类卖国贼！
     又高兴这画像交给白杰等于销毁，
     郎占山险恶的用心算化成灰。
     白杰把画像接到手，
     叠巴叠巴往挎包里边塞。

    白杰把画像往挎包里一塞，满不在乎地说："好吧，我把画像带回去，交宪兵队、特务队照画抓人！另外，再对照对照，看看抓来的那四十几个嫌疑犯里有没有这个人。""对，就是抓错了也不能轻易放掉。""郎巡监捕，真要是把这两个人抓获了，你可就土地爷骑电驴子——抖神儿了！""您放心，哪怕上边赏赐兄弟一盒烟，我也忘不了翻译官你。""好，我就等吃喜儿啦！"白杰回头向三七芳子声："奥格丧，一搜替妈秀。"翠环明白是让那个女人走，她心里说：好，等他们走后，我把郎占山送到病房，哥哥再来也就没事了……可就在这工夫，突然门开了，从外走进一个身高膀乍的汉子。翠环一看，她二目惊呆，一颗心就悬起啦！谁？进来的这人正是老铁！

第五回

巧配合三人斗敌
不知迷郎贼中计

老铁推门一露面儿，急诊室里的翠环、白杰和那个汉奸郎占山都惊呆了！

翠环想：糟糕，这一来怎么办？

白杰想：怪事，这人怎么跟画的那人一样？

郎占山想：咦？怎么像把我踹下火车的那个人呀？

三个人目瞪口呆，屋里的空气十分紧张。唯独那个日本女人——三七芳子无动于衷，神态如常。她怎么那么沉着？她不是近视眼吗？根本就没看见有人进来。

老铁左手推门，右脚刚刚踏进门槛儿，正和郎占山的目光相对，啪！他借着推门的那只手将脸一捂，心里说：真是冤家路窄，怎么这个汉奸他也到这来啦！

（唱）老铁他一见郎贼暗思忖，
眼前的情况紧急万分。
郎占山若是认出我，
少不了你死我活一场拼。
除掉这汉奸解去心头恨，
只恐怕打乱行动计划惊动了敌人。
此时我若退出去，
更会引起郎贼的疑心！

紧急关头需冷静，

我必须设法走开避纠纷。

那老铁急中生智不等郎贼再追问，

使了个突如其来先发制人，

喊了声："谁是医生我来看病！"

他故意低头装作头昏。

聪明的翠环灵机一动，

心急口快顺话搭音，

说了声："看病你到外屋等！"

老铁他就此向外一转身，

郎占山大吼一声："你先别走！"

气势汹汹好不吓人。

　　老铁转身要走，郎占山喊道："你先别走！"老铁只好停住了脚步。郎占山撑着身子，往前逼近了一步："你来看什么病？你有什么病？"老铁侧着身子暗想：怎么回答？我身上什么病也没有，左肩下只有一处枪伤。而这一枪就是这个汉奸打的，我能说是来治这伤的吗？那不是自我暴露吗！说没病，那我喊医生干什么？这……就在这一刹那的时间里，老铁的脑子转了七六十三遭！凭着他经常深入敌后的斗争经验和应付各种突然情况的本领，把扶在头上的大拇指一横，用力一划——转身回答："我看这个病！"唰——额头上的血下来啦！这招儿，郎占山别说没见过，连听说过都没有。这个汉奸是牛犊子叫街——蒙了门儿啦！

　　巧，这工夫凑过一个人。谁呀？警备队长佐藤的老婆——三七芳子。她眼神儿不好，老铁进屋她没看见，光听有人喊医生；郎占山又喊住了那人，她纳闷儿呀，谁进来啦？她凑过来想看看这人的模样，一抬头，正瞧见老铁血流满面。这个女人胆子小，而且有严重的神经衰弱症。嗷了一声，眼前发黑，身子一软"咕叽"瘫在地上-——休克过去啦！

　　翠环趁此机会赶忙把老铁推到了外屋，郎占山随着也要跟了出来，白杰同志想，不行，我得把这条狗拖住："郎巡监捕！来，帮我把太太搀到床上。"郎占山难了，三七芳子是来慰劳他的，太太昏过去了能不管吗？管，自己怀疑的那个人到外屋去了，溜掉怎么办？"这……"白杰说："你咋还愣着！太太要有个好歹，咱俩吃不了——得兜着。快搀呀！"郎占山没办法，搀吧！他手在搀人，却扭回头去死盯住外屋。等他和白杰把三七芳子架到床上，他低声说："翻译官先生，你先忙着……"转身要走。白杰一把抓住他的胳膊："你别走啊，太太这……""不，你不知道，刚才进来的那人很像是那个'红胡子'！不能让他跑了。"白杰故意打岔说："郎巡监捕，别是光想着好事儿看花眼了吧？""不信你对照一下那张画像。""你敢肯定？""八九不离十。你撒手，我去把他抓住！"白杰又装作关心地说："不行，你伤势很重，动起手来吃不住劲，再说那家伙要带着枪怎么办？""那……？""我有枪，你看护太太，我去把他抓回来！"说着，白杰冲出了门外。郎占山心里暗暗钦佩：行，翻译官真够义气，怕我……又一想，不对，这里有鬼！他是真的关心我伤势在身吗？是真的怕我动起手来吃亏吗？不不不，刚才他还说哪！真要把那个"红胡子"抓住，是土地爷骑电驴子——抖神儿啦。他知道这个红胡子是一块肥肉，所以才自告这个奋勇的。他这是赚现成的，他要是把这块肥肉叼走，我不就喝汤儿啦？不行，你想抢功抓赏呀，没门！糟心的是，我要去抓人，这位太太谁看护着？放下不管？真要这口气儿回不来，佐藤队长那儿我交代得了吗？对，快把她唤醒过来："太太，太太，太太……"他一声接一声地呼唤，那位太太就是不睁眼。急得郎占山拍起太太的脸来："太太！太太！太太！"一声比一声高，越拍打手劲儿越重，就见那位太太的脸上直冒白烟儿。怎么能给拍着了？不，把太太脸上抹的厚粉给拍起来啦！就这样，那位太太照样唤不醒。郎占山摸了摸她的嘴，还有气儿。心说：我呀，我先去抓人，让她在这儿慢慢缓着吧！巧，郎占山刚刚要走，三七芳子眼睛开了："郎桑……""哎哟，我的太太你可醒了！太太！你的躺着先休息的有，我的出去，刚才那个高高的、大大的人是'红胡子'的干活！"三七芳子一听"红胡子"三字儿，吓得"嗷"的一声！张开两手就把郎占山抱住了："郎桑，你的走的不行，'红胡子'的那个我害怕大大的！"她这一抱，郎占山吓得伸着脖子弯着腰一动也不敢动，心里说，真是要命，这要是被外人看见算是怎么回事呀："太太，你的松手。"他越喊松手，那个女人抱得越紧。郎占山又急又怕还又没有办法，这位太太一贴热膏药——粘上啦！

时间不大，哐当！门一开，白杰握着手枪，把老铁押进来了："进去，快！靠窗户站着，不许乱动，不老实马上把你送宪兵队去！"就见老铁头上有刚包扎上的一圈纱布，走到窗户跟前，歪身在桌子角上一坐，格楞着眼睛，一副满不服气的架势。白杰说："郎巡监捕，我把他抓回来了。""唉，好，好……翻译官先生，你快让太太把我放开吧。"好嘛，那位太太还死抱着不放哪！白杰叽里哇啦说了几句日语，三七芳子收回双手，下了床一边往外跑一边喊着："开路的，开路的……"白杰问道："郎巡监捕，抓的这个人是我把他带走，还是留给你呀？"郎占山想：什么？你带走？要真是那个"红胡子"，这功就归你了，少来这套！想着他对着白杰耳边说："我看他是像那个人，可是相貌相同的人也是有的，我得审问对实一下。"白杰点了点头，也低声地说："那好，你问吧。我得护送太太回去，要是真的话，那我可就等着吃喜酒了。"说完他又喊了一声："护士！"翠环进到里屋间问："啥事儿？""你们要知道，郎巡监捕为皇军可以说立下汗马功劳，不然，队长太太能来慰劳吗？必须精心治疗、耐心护理，要用最好的药品、最快的时间使他恢复健康，明白吗？"翠环笑着说："不用嘱咐，这是我们的责任。""好，再见！"白杰说完走出急诊室，去追那位吓跑了的太太。

别看郎占山满身的摔伤，三七芳子这么一来慰劳，加上白翻译官刚才说的那番话，好像给他打了一针强心剂。跟着瞪起俩贼眼珠子，气势汹汹地就要奔老铁去。翠环姑娘拿着药，端着水过来了："该喝药啦！"郎占山心说：这位太太真不开眼，也不看看啥时候。"等会再喝！""不行，得按时间服药。""太太，我这有公事。""你有公事，我这也不是私事呀，你没听翻译官说吗，佐藤队长都下指示了，我们得对你这个了不起的军官护理好，再说吃点药能耽误你多大的工夫呀？快吃吧！"郎占山急着要盘问老铁，没心思跟护士再多说什么，接过一把子药片就塞嘴里了。喝了口水，咕咚！就咽下去啦，他喝完药，拖着一条腿走到老铁的跟前，一瘸一拐地就围着老铁转开圈儿啦：前边看，后边看，左边看，右边看，前后左右看了七六十三遭。他干啥这么看呀？虽然他看老铁像是火车上见到的那人，但究竟那是个晚上，而又只照了一面儿，还不能百分之百地肯定就是那个人。他转着圈儿地看老铁，是为了察颜观色，来对实对实。老铁哪，坐在桌角上抱着肩膀，抹奲着眼皮，气哼哼的跟没事一样。郎占山站住脚步，腰一掐，把架子端起来啦！他像审讯似的问道："喂！你……喀儿喀儿……"刚要问话，大口儿的咳嗽开啦。怎么回事？老铁一边想着如何对付这个汉奸，一边手还不闲着，卷了一支"蛤蟆烟"。这种烟在关东来说，讲劲头冲算是拔了尖儿的。郎占山一张嘴，老铁这口烟儿"噗——"喷过来啦，差点没把郎占山给呛死！刚端上架子，这一口烟硬给呛回去了。郎占山说："你这烟……"老铁把烟包子朝他一扔："给，想抽自己卷！"郎占山这个气呀，心里说：闻一鼻子我都受不了，再抽还不把我噎死！"不抽！你也不许抽！"老铁笑了："嘿嘿……看你穿的戴的和说话的劲头儿是个官儿。不过我只看见过禁止抽大烟的告示，抽大烟犯法；可从来还没听说过不准抽这'蛤蟆烟儿'哪！噗——抽这玩意儿也犯法吗？"说着又喷了一口。郎占山赶紧退了几步，赌气往靠椅上一坐，又问了："你是哪儿的人？"老铁吸着烟儿一字一板地说："哈尔滨的。""叫什么名字？""王振中。""干什么的？""车站装卸工。""哪个站的呀？""哈——拉——河。""有证明吗？""没那玩意儿行吗？""少废话，看看。"老铁掏出身份证"唰！"扔了过去。郎占山一边看一边琢磨：查，证明没错；问，又问不出啥破绽。可是我越看他咋越照影子？我的眼力、记性是很不错的，不能轻信这个纸夹夹儿和他空嘴儿说白话。嗯，我得想办法问他个水落石出！

（唱）郎占山眼珠一转有了主张，
想起了火车上的那一枪。
暗想道：无论他嘴硬怎样讲，
在他的身上有我打的枪伤。
只要我设法查出他的伤口，
到那时他的身份便难以隐藏。
伤口一露大白真相，
马上抓获送去审讯过热堂，
我郎某只等请功受赏，
手拿把攥如愿以偿。
佐藤队长怕山上的人来闹事捣乱，
终日里提心吊胆四处严防。
三天前我只报告了一次情况，
队长他就派太太慰劳到病房。
我若是再把人抓住，
他肯定能集会把我表彰。
不是我官迷心窍和妄想，
起码在警备队来个副手当。
可是我对这人的伤口怎样查看？
对，用不着我动手扒衣裳。
我让他自己亮亮相，
巧设妙计把他诓。
郎占山他把主意拿定，
再说话他把笑脸装。

"来来来，你把证明带好。王先生，敢情咱都是在铁路线上混饭儿吃的。别过意，我在铁路上当巡监捕也有些日子了，可我在站上怎么没见过你呀？"老铁说："这不奇怪，我是穷工人，你是阔军官，你是扬着脖儿走道儿，我是低着头干活儿，在你眼里哪能看见我呀？""不然不然，请问王先生，啥时从哈尔滨到这来的呀？""随着修双岔河这段铁路线招工来到了这块宝地。""怎么，你参加过修双岔河这段铁路？""是啊。""招工的头儿是谁？""郎大棒子！"郎占山点了点头，心说：不错，那是我爸爸。他又问："那监工的又是谁？""还是那个老王八蛋！""哎，你怎么骂上啦？""说是招工，莫不如说是骗工；说他是监工的，莫不如说他是坑工的！你知道这个王八蛋坑害了多少工人啊！""行了行了，不说这个了。王先生那时候你就干装卸？""不，线路工。""铺过道岔？""那没错。""抡过锤把子？""熟活儿。""怎么抡法？""眼盯准，臂抡圆……"老铁胳膊猛地一抬，肩下伤口发痛，不由自主地把动作停下了。郎占山冷笑起来："嘿嘿，怎么不比画啦？伤口疼了吧？"老铁恍然大悟，暗骂：这狡猾奸诈的东西！老铁随机应变，一指脑袋说："包扎上了，伤口也得疼阵子。""不，我说的是你的枪伤！""枪伤？哈哈哈……我们装卸工磕磕碰碰，划个口子撞个疤都难免！""别演戏啦，你把上衣解开！"老铁想：解开，那不就露了馅儿了？啪！老铁拍案而起，怒目圆睁，火撞顶梁穴！郎占山也站起身来，威胁地说道："你敢乱动！这里是日本医院，只要我喊上一声，你就完蛋啦！"老铁想：别说是日本医院，就是宪兵队，我也敢把它翻个个儿！想着他就要动手。站在郎占山身后的翠环，冲着哥哥一劲儿摆手。老铁这才压住了怒火，一屁股又坐在桌角上了。掏出烟包子，低着头又卷起他那"蛤蟆烟"抽上啦！

（唱）老铁他低头不语把烟吸，
郎占山看罢暗合计：
看样子他不敢再来抗拒，
想必是胆也怯来心也虚。
他要是硬来我也横，
他要是软我得要和气。
软硬兼施巧言劝，
他会是一条上钩的鱼。
想到此郎占山是那样扬扬得意，
未开口嘴一撇来眼一眯：
"好，既知落网就得认账，
再不要用谎言把人欺。
如今你只有这样低头认罪，
顽抗不会有好结局。
说真的，我很佩服你有骨气，
可又为老兄你惋惜。
识时务者为俊杰是名言至理，
你们怎么能与大日本皇军来为敌。

铁壁合围把你们封锁在山里，
缺吃少穿陷入危急。
想一想你自己的前途和妻子老小，
马上悔过还来得及。
只要你说出下山来的行动秘密，
交出同伙和你们的上级，
我郎某在皇军面前保你不死，
切不可失去这有限的时机。"
老铁他满心气愤还故意演戏，
话里带话假装不依：
"噢，说半天只保我一命不死，
对不起，这样的条件未免太低。"
郎占山一听满心欢喜：
"好好好，还有什么要求只管提！
只要你愿为皇军真心效力，
今天就是一个好时机，
想发财，满洲票子有的是，
愿做官，要啥官衔都没问题。"
老铁说："钱我也要来官我也要，
不知道还有什么大便宜？"
郎占山刚要往下讲，
猛觉得一阵头昏眼发迷，
再说起话来语无伦次，
嘴也笨，话也迟，一句东来一句西：
"这个，这个……不是我胡嗙，
这两瓶子好酒和我妈妈住邻居……"
说着他身子歪在靠椅上，
脑袋一垂合上了眼皮。
呼噜呼噜鼾声起，
霎时间睡成一摊泥！

有人会问：这是怎么回事？是啊，不但您纳闷，就连郎占山也闹糊涂了。他昏睡之前，在大脑中还有一根清醒的神经，使他猜到：坏了，我的脑震荡犯了……是脑震荡的原因吗？不对，是翠环灌的那把药片起的作用！

翠环拉住老铁："哥哥，必须赶快离开这里！""那，这个汉奸一会儿醒过来怎么办？""由我对付。""好！"老铁刚刚要走，突然从门外闯进两个人来……

第六回

敌防我破一步棋
巧装改扮掏贼窝

翠环催哥哥老铁赶快离开医院，突然从门外闯进来两个人。谁？宗宝贵大伯和"蔫有准儿"。其实，这两个人早就来了。当他们知道郎占山被送到医院的消息以后，恐怕老铁与郎贼相遇闹出乱子，便匆匆赶来。到急诊室门口，正赶上白杰同志跑出来追那个日本官太太，在走廊里有话不好明讲呀，白杰暗示宗大伯说："舅舅，关于那个脓疮，咱两个大夫用偏方能治了！我送太太走，您就留这关照关照吧！"白杰走后，宗大伯和"蔫有准儿"，一个门前，一个窗外，就给老铁保上镖啦！刚才屋里演的那出戏，他俩是从头到尾听了个全本儿。

四个人见了面还没等来得及说什么，就听街上"嗒嗒嗒……"传来一阵马车奔驰的声音。"吁！"还就停到了医院的门口了。翠环姑娘侧身把窗帘拉开一道小缝儿朝外一看，心里一惊！她认得出来，这是警备队的队长佐藤二六经常出外乘坐的马车。接着走廊里"呱呱呱……"传来皮靴的声响。"快，你们到屋里躲一躲！"三个人刚刚躲进里屋，外屋的门就开了，翠环一看进来的这个人，这颗心才算放下。谁呀？白杰。白杰见屋里只有翠环一人，还纳闷地问："咦？人哪？"翠环松了一口气说："还人哪，都快让你把我吓坏了……"说着从里屋把三人唤出。宗大伯问："白杰，你咋这么快又回来了？""刚才那个日本女人把放钻石戒指的钱包丢了，我是回来找东西的。"翠环搭话了："这里没见有这东西呀？"白杰一笑，从兜里掏出个钱包："在这里哪。她是在医院门口掉的，当时我捡到就偷偷地放兜儿里了。""哟，你装人家东西干啥？！""不装起来，我说啥理由再到医院来呀？就这一招儿，不但他们主动让我到这来，那位太太怕来迟了找不到她这宝贝，还非让我坐着佐藤的马车来不可！我急着赶回来，主要是向你们报告一个紧急情况。""什么情况？""不能在这谈。"翠环说："对，你们快走，等会郎占山醒过来我还得对付他哪。到哪儿去呢？"白杰说："走，到车上谈去！"

（唱）四个人前后出了医院，

老刘和大伯把老铁当作病号挽。

三个人钻进车篷把帘子放下。

啪啪啪！白杰甩起手中的马鞭。

马蹄奔腾车轮飞转，

过关卡穿岗哨没人敢拦。

这时候，日落西山天近傍晚，

斗篷车出了街又拐弯奔了正南。

赶车人换上了"蔫有准儿"，

那白杰车篷以内把情况谈：

"102 次军车发车时间是今夜零点，

可恨那佐藤老贼诡计多端。

把 102 车皮开进货场根本没用，

虚张声势把人瞒。

偷偷把军需装上了 86 次铁闷罐，

车次一变提前了时间。

86 次货车原开往哈尔滨站，

发车时间是今晚十点二十三。

这列车到熊瞎子岭转线直开北洲里，

敌人把时间抢在咱行动的前边。"

（白）老铁说："老鬼子他把时间赶前了，那咱们也得早行动吧！"

（接唱）"不，贼佐藤不仅把车次、时间全改变，

秘密还把命令传，站里站外戒了严。

站上的装卸工人他不用，

调来鬼子两个连。

十几节闷罐都装满，

车门加锁又上闩。

死岗活哨布满车站，

中国人一律不准靠近前。

佐藤只怕出差错，

亲自指挥来把关。

此次行车为保险，

监乘人他特命侯大队副来承担。

狡猾的敌人处处是严加防范，

给我们的行动增添了重重困难。"

老铁想：是啊，要截获鬼子这列货车就得接近列车，而且要把开车的刹把抓到手才行呀。要靠不上边儿咋办？宗大伯拍拍老铁的大腿说："先别着急，要想办法。敌人有防备，我们必须想出有破他的主意。按原定计划部署站里站外，跟沿途所经过的几个要站，我们都做了周密的安排。可现在敌情突变，这一系列的布置也需要及时随之变动，马上到站上利用敌人通信设备，通过密码向下通知！咱们必须设法摸进车站，把刹把夺到手里！根据眼前紧急情况，只有一步棋了，就得从做监乘的侯大队副身上打主意。"白杰点了点头。老铁随声问了一句："侯大队副？""对。他叫侯殿升。""侯殿升？是那个大烟鬼吗？""就是他。你认识这个人？""不仅认识，去年我们还打过几天交道。""好，就从侯殿升身上下手！"

（唱）咱不说他几人开始行动，
　　　单表那警备队副侯殿升。
　　　佐藤派他去出勤做监乘，
　　　侯殿升心里又气又担惊。
　　　气的是这苦累的差事又派到自己，
　　　怕的是行途有险不太平。
　　　虽说他满心不顺装笑脸，
　　　主子下令怎敢不从。
　　　他连喊"哈依"带打立正，
　　　佐藤说上一句他便鞠上一躬。
　　　他接受了命令回宅去，
　　　身后边还跟着两个护兵。
　　　到住宅他回身一摆手，
　　　俩护兵门外把脚步停。
　　　侯殿升进院将门关紧，
　　　到屋里解下枪带床上扔，
　　　再看他呵欠一个接一个，
　　　鼻涕眼泪流个不停。
　　　歪身就往床上倒，
　　　两眼一闭不哈不哼。
　　　说死还有一口气，
　　　说他活来眼难睁。

原来他犯了大烟瘾，

他躺在床上活像个人灯！

怎么说他像个人灯哪？这家伙抽大烟抽得都干巴得没人样啦。那真是瘦得皮包骨头骨头支着皮，没骨头支着，皮肉还得往里瘦，没皮包着，这身骨头架子就能散了！

这时候，他那个唱评戏出身的小老婆——花彩凤过来了。也看出自己男人愁绪满怀，神气儿不对，可是她先不问啥事儿，赶紧端上烟盘子，点着了烟灯，连脚上绣花的缎儿鞋都没来得及脱，陪着侯殿升躺了个脸儿对脸儿，拿起烟钎子烧起了大烟泡儿……她知道要是不让这个烟鬼过足了瘾，别说你问他啥事，就是拿锥子扎，他也不会张嘴的。花彩凤把烧好的烟泡儿摁在烟斗上，又拿钎子在上边扎了个眼儿，把烟枪递到侯殿升的嘴里。嗬，侯殿升就像三天没吃着奶的狗崽子一样，一口叼住就玩命儿地嘬起来。侯殿升一连抽了三个烟泡儿，才算缓过点劲儿来。花彩凤撒娇卖俏就得找这个火候，一把抢过来烟枪："没出息的货！光顾自个儿，就不知给人家留口儿！"说着她也嘬上啦！花彩凤一边抽着一边问："咋今儿回来不高兴？有啥不痛快事儿？"侯殿升懊丧地说："今天晚上有列军车发北洲里，派我出勤监乘。""啊！"花彩凤被蝎子蜇了似的坐起身子，吵吵开了："天爷！谁不知道这条线儿上闹'红胡子'呀，这倒霉的差事咋偏让你去啊？""废话！这是佐藤当面下的命令，我敢说个不字儿吗！""缺德哟，这个老不死的！咋不让'红胡子'把他给'崩'了哪！""你说些个啥呀！""他咋不去？这不是抓替死鬼儿吗，你就忘了你腿上的那一枪啦？"侯殿升一听这句话，心里一哆嗦，冒了满头白毛汗。噌！他坐起来连吵带骂："别再叨唠啦！还不定怎么样哪，你他妈的先给我念上葬经啦！"花彩凤看侯殿升急了眼，就不敢再说什么，坐床上"吧嗒吧嗒"掉开了眼泪。

为啥侯殿升这样恼火呢？只因在去年初冬，佐藤带他配合森林警备队进山"讨伐"中发生了一件事：鬼子兵、汉奸队共凑巴了千数人，追堵我们一百来名"抗联"战士。追到半夜，前边是一条大江，佐藤知道江面还没封住，根据气候分析不可能上冻。他扬扬得意地大笑起来："命令，全部休息的干活。'红胡子'过不去的，等到天亮统统抓活的有！"没想天亮以后，到江边再找这一百来名"抗联"战士，连个人影也没见到。我们的战士是怎么过的江呢？在江下游有个叫猪蹄口的地方，地处两山中间，大风流子正冲江面，早晚都会结上一层薄冰。在当地老乡帮助下，我们的战士腰横着大长木头杆子从薄冰上都过去啦！嗬！这一下把佐藤气得差点没背过气去！命令部下分头追捕"抗联"。结果侯殿升和他带领的百十来人钻进了我们的口袋阵，被咱"抗联"打了个稀里哗啦！侯殿升当了俘虏以后，是灶王爷上天——有一句说一句。因为他说出了一些重要的军事情报，受到了"抗联"的优待，审讯他的人正是老铁，释放他的那天还是老铁送他过江的。过了江，老铁说："走吧，放你回去啦。"侯殿升给老铁鞠了一躬，往前走出三十几米远，"啪!"，老铁在后边甩手给他来了一枪。侯殿升一头栽倒在沙滩，心里说：哪是放我回去，敢情是枪毙! 等他趴了一会儿，又纳闷起来：我死了没有? 死了咋还知道事儿呢? 划拉划拉脑袋还刚铛着，摸摸胸口，还呼嗒呢! 坐起来一看，裤角上血赤乎啦的，原来给他腿肚子穿了个眼儿! 疼得他咧嘴哭开了，哭着哭着又笑了起来。心里说："疼是疼，可是我回去有了交代的理由啦!" 于是，他拖着一条伤腿就跑回来了。

今天，佐藤派他做监乘，本来就提心吊胆，花彩凤再一提他腿上那一枪，他更害怕了，便大发雷霆。可是小老婆一掉泪儿，他又心疼上了："算了，算了，哪那么巧，'红胡子'都让我一个人碰上。九点半以前我还要赶到车站，去替我准备一下吧。别忘了，把大烟灰给我带点儿，路上犯瘾了好接个短儿。"花彩凤嘟哝着："哼! 啥时候都忘不了你这个'爹'! 你就不吃饭啦?""不吃啦。""咋着也不能饿着肚子。我已经给刚开张的春园饭店打了电话，叫了几个你爱吃的菜……哎，都快九点钟了，该送来啦?"话音未落，当啷当啷……门铃响了："好，送来了，刘妈! 接菜去。""哎，我去。"侯殿升忽然想起嘱咐老婆一件事："彩凤，从现在起，在我离家之前，无论来电话，还是有人来找，别说我在屋。""咋啦?""别肇出事来。""老爷子，吃完饭你快走吧，还要把谁吓死咋的!"他俩正说着，刘妈把送饭的那个伙计给领进来啦!

> （唱）这伙计年有五十多，
> 身板儿瘦来个子矬。
> 扎着围裙戴着套袖，
> 手里提着大食盒。
> 规规矩矩一旁站，
> 点头哈腰笑呵呵，
> 花彩凤说："把菜摆在桌子上。"
> 那伙计一盘一盘桌上搁：
> 烹虾段儿、烧鸡块儿，
> 干炸里脊烩鲜蘑。
> 花彩凤抽出一张绵羊票儿，
> 冲着伙计把话说：
> "这是给你的小费别白跑腿，

告诉柜上饭钱月底一块核。"

那伙计接过小费忙道谢：

"谢谢，好心的太太您积德。"

谢完该走他不走，

站在那乐呵呵挠着后脑壳，像是有话不好说。

花彩凤摆手示意让他走，

他点点头，乐呵呵，站那还是不动窝。

花彩凤说："你不走站那还干啥？"那个伙计忙解释："太太，来时柜上有话，菜送到得把钱收回去。""怎么，还怕瞎了你们的账？""您别生气，不仅这菜钱要算，去年欠的饭钱也得算算。""去年？去年我就没叫过馆子的菜！""这笔账您不知道，侯大队副清楚。"侯殿升一拍桌子："胡说八道！你们春园饭店啥时候开的张？""是啊，上月才开张的买卖，咋去年就欠了你们的饭钱啦？妈拉巴子，你们讹账敢讹到老子我头上啦！""你别骂街！这笔饭钱你不是在饭馆儿吃的，你是在山上欠下的！""什么，山上……""对，去年在山上吃的饭费还没交哪。嘿嘿……伙食不好，吃的高粱米、大楂子，想起来了吧？"侯殿升听到这儿，"嗡"！脑袋就变大了："你……"啪！门一开，从外走进一人，粗声粗气地说："侯大队副，虽然事隔一年，你总不能不认账吧？""啊！"侯殿升一看认识，正是给他腿肚子穿眼儿的那个人。侯殿升见事不好，回身去抓他扔到床上的手枪……咦？再找枪没了。那个送饭的伙计说话了："您是找这个玩意儿吧？"好嘛，他给抄过去啦！这送饭的伙计是"蔫有准儿"老刘，刚进来的那个人正是老铁。这工夫，侯殿升傻眼了，站那一动也不敢动；那个刘妈哪，躲在门后没别的，光剩哆嗦了！再看花彩凤：脸色苍白嘴唇青，两耳生风头发蒙，心窝里打鼓扑嗵嗵，腿肚子转筋嘎嘣嘣，吓得差点抽了疯。别看吓成这样，嘴儿会来事儿："殿升……殿升你咋不懂事，客人来了，你……你……你还不快招待招待！"侯殿升就坡下驴："对，我失礼。请二位原谅。请，请，请坐。"这两口子都吓成结巴嘴了。老铁不慌不忙地说："别客气了，今天我们特来登门拜访。""欢迎，欢迎！""一来是算算你在山上吃的伙食费；另外，还有一项手术费，也得算算了！"侯殿升愣了："手术费？""是啊，你去年跑回来是怎么对佐藤说的？""我……不瞒你说，我借着腿上的伤……""这就对喽，我要是不给你来这一枪，在佐藤面前你能交得了差吗？他要一追查你在山上什么都说了，还不把你'崩'了？这一枪救了你一命，这笔手术费今天也该算算吧？"侯殿升这才明白，为啥放他的时候老铁给了他一枪。他连声道谢："兄弟十分感激！十分感激！今天二位光临必有贵干，有事只管吩咐，兄弟一定照办，万死不辞！"老铁、"蔫有准儿"说是算饭钱和什么手术费，不过是让侯殿升领会一下我们"抗联"对他的优待和给他的出路。花彩凤误会了，她想：听话音儿这钱那费的，这是来"绑票儿"啊！这得宁愿破财也莫让人亡啊。她赶紧插话："二位，客人也好，朋友也好，都是自己人。您二位手头不便，需要个几条儿的，你侯哥要是不痛痛快快，你们就冲嫂子我说！""蔫有准儿"说："你看我多大岁数了？""啊？你大侄女我就不饶他！"好嘛，她嘴变得还真快！老铁笑了："放心，钱财我们不要，侯队副今晚出勤监乘，我们只要他答应让我们陪他一块出车。"侯殿升一听这话，"咕咚"！吓得就坐在床上了："二位，今天出车不同以往，站里站外，车上车下，佐藤队长都有严密布置，怕是……"老铁脸色一沉："这些情况我们都知道，快穿衣服！""是。"侯殿升不敢再说什么，只好是磨棚里的驴——听喝儿吧！他穿好军服，蹬上带刺马针的大皮靴，挎上日本战刀。"蔫有准儿"把他枪上的子弹都抠了出来，连枪带盒子给侯殿升挎上啦！三个人刚要往外走，花彩凤喊了一声："殿升，你等等，把你'爹'带上！""蔫有准儿"说："咋还要带着他爹去呀？"花彩凤苦笑着说："不，他有嗜好，我是让他带点大烟灰儿。""那咋说是他爹？""嗯，这玩意儿比他爹还亲哪！您二位多关照吧！"老铁说："只要他老老实实，我们不会要他的命，你放心吧！""他跟您二位去，我，我，我，放……放心。"听这味儿是放心吗？老铁又补充了一句："我们走后，你关上门睡觉，如果走漏风声，就别想再能见他啦！""唉，我现在就睡觉去。"

老铁、"蔫有准儿"换好日本关东军的军服，押着侯殿升直奔敌人车站！

第七回

佐藤列队送老铁
归途再遇郎占山

老铁和"蔫有准儿"二人换了一身日本关东军的虎皮服，一左一右押着警备队大队副侯殿升直奔车站走去。时间虽然才九点钟，街里做小买卖的摊子收了，饭馆的幌子落了，落子馆的戏散了，横着扁担在马路上走都碰不着个人。咋回事呢？这几天鬼子、汉奸到处抓老铁和老刘他俩，把晚上戒严的时间，从十点提到九点，又由九点改成八点。此时的哈拉河除了街头路灯亮着，夜空雪花飘着，真是死气沉沉，一片凄寂。咔！咔！咔！……三个人正并排朝前走着，就见前面街心立着一排木头杆子，每根杆子顶上挂着个四四方方的东西，下边还坠着像面口袋似的一块白布"扑噜噜……"随风飘摆着！老铁想：这是啥呀？越走越近，借着两边路灯一看，不由心头燃起一团怒火！

（唱）老铁举目看得清，
悲愤交加恨难平。
一排高杆街中立，
斗大的木笼悬在空。
在里边装的是人头有男有女，
地上边一片片鲜血结成冰。
一只木笼一幅布告，
斑斑血迹把布染红。
老铁怎忍再细看，
他纸糊的灯笼心里明：
鬼子们为镇压我"抗联"活动，
连日搜捕发了疯。
怎奈是要抓的人抓不到，
对无辜的人民行起凶。
为制造恐怖来悬首示众，
惨无人道罪难容！
看今日我富饶辽阔的东三省，
铁蹄下变成了灾难深重的大火坑！
中国人民杀不尽，
前仆后继要斗争。
不驱除日寇死不瞑目，
这笔笔血债要算清，
穿过街心望见了车站，
灯光烁烁一片通明。
四周岗哨全布满，
站口儿上的卡子密密层层：
口外是一排排如狼似虎的汉奸队，
口里边一对对荷枪实弹的日本兵，
一个个如临大敌横眉立目，
里外把了个水泄不通！
老铁他轻轻叫声："侯队副，

你前面开路要保证通行!"

侯殿升点头哈腰连说"是",

声音颤抖战兢兢。

"蔫有准儿"偷偷地把他一捅:

"哆嗦啥?直起腰,挺起胸,别紧张,放轻松,现在需要你抖抖
　威风!"

侯殿升强作镇静腰杆一挺,

咔咔咔,走起了正步逞起能。

那哨兵一见走来侯队副,

你敬礼来我鞠躬。

日本兵齐喊:"交子给!"

咔!收枪立正来相迎。

侯殿升举手还礼直往里走,

老铁、老刘随后紧跟兴冲冲。

三个人走进车站口儿,

汉奸队、鬼子兵,里里外外,密密层层,戒备森严,气势汹汹,
　结果落个白搭工。

　　老铁、"蔫有准儿"押着侯殿升越过站台,跨过铁道一直赶到货场。靠北一道停着一列铁皮闷罐子的货车,司机、司炉早已登上机车。嗬!火车头"吃饱喝足"正呼哧呼哧喘着粗气哪!老铁对侯殿升耳语了几句,接着和老刘到机车下侧身站好。侯殿升冲机车上喊了一嗓子:"开车的、烧火的都到下边来!"他喊完赶快往后倒退了几步,就等着看老铁俩人动手啦。上边的人应声走了下来。老铁和"蔫有准儿"一看下来的这俩人,高兴得差点喊出声来!不是别人,正是来时扒车遇到的那个老程和小刘。这俩人见着老铁二人全愣住了,心里说:怎么都穿上鬼子的衣裳啦?……嗯甭问,这里有事儿。侯殿升见老铁他俩没有动手,赶忙照老铁出招儿训话了:"原定让你们俩出张(即出差),但现在情况有变。佐藤队长特命指派这二位皇军来接你们的班,你俩可以回去休息啦!不过你们要记住,这项决定是皇军的机密,不准与任何人透露,明白吗?"侯殿升一本正经地说着,他越装着正经,那小刘越是想笑。心里说:这简直是瞪着眼睛撒谎,日本人能派这俩主来接班吗?那不是耗子舔猫鼻子——找死嘛!老程师傅笑着说:"侯大队副你放心好了,这事儿你不嘱咐我们也不会往外说的。"他一拉小刘:"走!"又回头对老铁、老刘说起中国字儿日本味儿的话来:"太君,你们的辛苦的大大的喽!"老铁也跟着顺杆儿爬吧:"你们都顶好,开路开

路的!"小刘怕笑出声来紧着低头，下嘴唇都快咬破啦!

老程、小刘刚刚离去，从列车的后边"哼哼哼……"顺着站台跑来一队警备队员。老铁命令侯殿升:"你迎过去几步，按我刚才的话说。""是，我照办。"眨眼间，这队人跑到了侯殿升跟前，小队长喊了一声:"交子给——"咔!队员们来了个立正。"蔫有准儿"不懂日语，刚才进站口儿，听鬼子喊时他就琢磨:这"饺子给"是啥意思呢?这回他明白了:噢!一喊"饺子给"这当兵的就立正，要喊"包子给"，可能就都跪下啦。这时就见小队长"咔!咔!咔!"甩着正步走到侯殿升面前"啪!"打了个敬礼，然后报告:"随车执行任务的十八名队员全部到齐，请大队副检阅!"侯殿升一摆手:"免，传我的命令，此次行车，是一次极其重要的军事行动，要十分注意保密，没有特殊情况发生，没我的口令，不准一名随车人员暴露目标。从现在开始，统统到后面车厢里亚斯米!""哈依!"啥叫"亚斯米"?就是睡觉和休息。小队长转身向队员下令:"向后——转!跑步——走!"咔咔咔……都到后边车厢睡觉去啦!这十八名警备队员说是来押车的，实际都稀里糊涂让老铁给关了禁闭啦!

"蔫有准儿"对侯殿升还鼓励了几句:"对!立功赎罪嘛，就这样做。""我应当效劳。""那就快上车吧!"三个人登上机车，老铁把贴在墙板上的折椅放了下来，说:"侯队副，你是监乘，应当坐在这里。""好……""不过先委屈你一下，我们得把你绑起来。""啊!这……"侯殿升想:卡子也过了，命令也下了，这是要卸磨杀驴呀!他刚一打愣儿，"蔫有准儿"旁边交代上了政策:"咱们不是没打过交道，只要你老老实实的话，不会把你咋的。绑起你来，这是按照规矩办事，也是对你的爱护，明白吗?""唉!那我感谢，您绑吧。"说着他把手腕一并就伸过去了。"蔫有准儿"用绳子绑了个猪蹄扣儿，然后让他坐在折叠椅上，绳子顺着他身子后面在椅子板上绕了两遭，套了个扣儿使劲勒紧。随手把他那件黄呢子大衣朝肩上一披……还别说:要是站在车下朝上一看，马靴、长战刀、枪皮带露在外边，他坐在椅子上好像是一只手握住战刀，一只手抓着"王八盒子"枪，披着大衣目视着前方……还真有个监乘官的气派!

老铁趁着老刘打点侯殿升这工夫，把机车的煤、气、水统统检查了一遍。接着"咻——"的一声放了放气，又试了试汽门和刹车灵不灵。"蔫有准儿"把司炉的大铲抄起来了:"得，这活儿归我了。"老铁说:"伙计，我一小学徒就干这个，这也是个技术活儿，我先来给你做个样子。"老铁接过锹，撮起煤来，用脚轻轻一踩，炉门自动朝两边张开，里边露出通红的火苗子，"唰——"把煤撒成半拉扇子面送进炉膛!"给，就这么干。""蔫有准儿"照葫芦画瓢地也试巴起来。老铁估计着发车的时间快到了，不时地探出车窗，盯住前边的信号。突然，老铁喊声:"信号好哩!""蔫有准儿"听说信号好了，兴奋得差点把大铲举起来！是啊，千难万险就是为了把这列货车开到目的地，让自己的队伍好过冬啊！车厢里冬需装满了，开车的刹把到手了，发车的信号也给了，此时老刘同志怎么能不高兴哪！可是老铁喊完了不动手，探着身子又朝车后看去。"蔫有准儿"着急地问道："你咋还不开呀！"老铁笑了："你真是个老外，前边'扬旗'的绿灯是亮了，后面车长的手灯要不给你晃晃，列车是不准启动的。"绑在折椅上的侯殿升眼睛看着、耳朵听着、心里还想着：人家"抗联"队伍里是真有能耐人，拿枪把子的人愣会开火车。我这个铁路警备队的大队副，别说开火车呀，坐得工夫大了我还晕哪！老铁左等右等不见后面有动静，心里犯疑啦：咋回事哪……突然，见车后闪现出一溜亮点儿，晃晃悠悠地朝这里走来。紧接着咔咔咔……传来一阵皮靴的声音。仔细一看原来是一队日本兵，那一溜亮点儿是鬼子枪上刺刀闪的光！这队鬼子兵越来越近，看得也就越来越清楚。在队伍前边走着一个日本大官儿，甩着一只胳膊，那只手按着有三尺多长的一把战刀，气势汹汹地奔机车走来。又见在这日本官儿旁边走着一个人，这人老铁认得，谁？正是我们党派进敌人警备队做日本翻译官的白杰同志。一见白杰，老铁心里明白了，那个日本大官儿肯定是警备队的队长佐藤二六。老铁心里不由画了一个问号——此时此刻，佐藤他到这来干什么？

（唱）见佐藤带队朝机车走过来，
老铁暗暗犯疑猜：
狡猾的佐藤并非是酒囊饭袋，
来不善，善不来，老贼定是怀鬼胎。
莫非说我们的行动不慎或被奸细出卖？
要不然老贼又变卦不准列车按时开？
想战友在山上还在焦急等待，
想翠环、宗大伯，为"抗联"出入敌穴周密安排。
此时我必须要设法应变严防意外，
这到手的刹把我绝不丢开！
想到此对侯殿升忙作交代：
"现在你需要清醒放明白，
是戴罪立功还是想见机作怪？
路你选择，可要小心脑袋！"
侯殿升神色慌张忙表态：
"我想活命不敢胡来。"
说的迟来时间快，

那队日军车下已经列成排。

贼佐藤冲车上连连把手摆，

假亲假热表关怀。

　　佐藤见侯殿升坐在"监乘"席上态度严肃、精神集中，对那种认真的样子很是满意。他哪知道这时侯殿升的心都提到嗓子眼儿了，再往上一点，心就蹦出来了！佐藤招着手说："侯桑，你的辛苦大大的！"侯殿升两眼直勾勾地瞅着前方，头不回膀不摇地说："愿为大满洲帝国效劳！""勿嘎！"佐藤一听更满意了。暗暗称赞侯殿升不愧是我训练出来的军官，多正规呀！按"监乘守则"要求，监乘者在执行岗位上，不论哪级长官到来，一律不起座、不还礼，必须目不斜视、全神贯注在自己所注视的目标。其实，侯殿升坐在那别说是敬礼，站都站不起来了！佐藤再看看两个司机是日本人，而又各自注视着自己的岗位，更是信得过了，他随便问了一句："机车状况好吗？"老铁的头伸出窗外盯着车尾的信号，他大声用标准、流利的日语回答："乙齐棒，约拉西！"佐藤满意地随着也说了句："约拉西！""啪！啪！"随手把两块羊羹糖扔给了老铁。这时候翻译官白杰走到佐藤的身边叽里哇啦地说了一通。意思是说：队长身体欠佳，天气又冷，回官邸休息吧。这些话老铁不但听得明白，就连白杰心里咋想的他都知道，白杰不是关心他的身体，是想让这老鬼子赶快滚蛋！佐藤来的目的，是要在发车之前来亲自进行一次认真的检查。现在他认为是万无一失了，倒退了几步，举起胳膊朝车后打了几下手势，命令发车。老铁一看后面的车长把信号灯摇起来了，心里说："好，可以启动啦！"铁马"呜——"的一声鸣起汽笛，接着"咕"的一声放气，"轰隆隆……"车厢相互发出一阵撞击的声音，机车下面那八个大轮子先打了两圈空转："咕通，咕通，咕通……"列车开起来啦！

（唱）列车开动响隆隆，

老铁他眉舒目展笑盈盈。

喊声："老刘你往车下看！"

见站台上鬼子兵，队列成，一字形，一个个，按章程，手垂直，

腿紧绷，梗着脖，挺着胸，恭恭敬敬为我们的英雄来送行！

贼佐藤向列车招手致意，

还自以为足智多谋挺高明。

"蔫有准儿"看罢忍不住笑，

笑佐藤机关算尽白搭工。

列车隆隆开出站，

汽笛声声划破夜空。

列车到交叉要道口，

猛发现前方亮起黄绿灯。

这盏灯，左三右三来回转动，

"看！"老铁、老刘二人激动地喊出了声。

原来是宗大伯发来暗号，

地下党和山上已经把情况沟通，

只要列车开到目的地，

战友们定会来接应。

老铁鸣笛来致谢，

感谢地下党，为支援"抗联"立下战功！

那老铁急速把汽门加大，

"蔫有准儿"挥大铲飕飕带起风！

这列车风驰电掣向前进，

一连通过六处小站车没停。

前方到站是熊瞎子岭，

扬旗下给了红色的信号灯。

　　老铁知道：熊瞎子岭是加水站，车停一刻钟以后，再开车，车次改了，方向也变了——直开北洲里。车刚停下，站长就把改变方向的令牌递上来了。再看，路边的弯脖儿大水龙头朝机车水箱一转：哗——上起水来。这时候，老铁一边清理炉渣，一边观察着车下的动静。老刘拿起一块抹布，装模作样地擦着机车。绑在折叠椅上的侯殿升，坐那儿吧嗒吧嗒直掉眼泪儿。他哭啥呀？不是哭，是大烟瘾又犯啦！这家伙瘾得实在受不了啦，央告起老刘："长官，麻烦你，能不能把我上衣兜儿的大烟灰给我搁嘴里点儿？"瞧他这份儿出息！就在老刘刚要给侯殿升弄大烟这工夫，"呜——"的一声，从侧面里股道上飞驶过来一辆"毛捣嘎"！啥叫"毛捣嘎"？就是铁路上用来检查线路的电瓶车。这辆"毛捣嘎"来到列车跟前"嘎吱"一声刹住了。巧，这工夫前方发车的信号也给了。老铁只顾回头看后面的信号了，"毛捣嘎"上下来的人他没顾上看。列车刚刚启动，从"毛捣嘎"下来的那人跳上了机车。老铁回头一看："啊！"当时就愣住了。谁？正是为鬼子卖命的那个铁杆儿汉奸，老铁的死对头——郎占山！

第八回

英雄洒血抒壮志
铁马奔驰凯旋归

（唱）机车下跳上郎占山，

黑亮亮一支短枪手中端。

仇敌双方见了面，

个个眼睛全瞪圆！

那郎占山把枪口对准老铁，

老铁他紧握刹把还手难，

"蔫有准儿"心急手快身一侧，

横起他手中那把大铁锹。

这把锹面儿又宽来刃儿又快，

离郎占山的脖子只有三尺二三，

郎贼他对老铁敢动手，

脑瓜壳也得跟着把家搬。

侯殿升见此阵势吓破了胆，

坐在那哆哆嗦嗦成了一团。

机车上紧张的气氛达到顶点，

可称是刀出鞘，箭上弦，你死我活在眼前！

书说到这里，听众们会问："郎占山不是在医院被翠环用药给灌晕了吗，怎么突然又跑到车上来啦？"对，醋咋酸，盐咋咸，来龙去脉得说圆，别落个胡编啊大玄！

当时，郎占山急着要追问老铁，稀里糊涂就把翠环塞给他的"迷魂药"喝了。问着问着药性发作，他满嘴里跑舌头胡说八道，眼皮上像坠上个秤砣咋也撩不起来了，身子一歪昏睡过去，一觉整整睡了五个钟头。郎占山醒过来以后，噌！从病床上坐起身来，再找老铁……人没啦！他眨巴着眼睛，脑子里就过开了电影：怪呀，那个大个子已经暴露了身上的枪伤，证明了他就是山上下来的那个"红胡子"。记得我正使用诱降之计哪，我还想哪，只要他一承认是"抗联"的人，那我可就走了大运了：日本"勋三位"的勋章我算戴上了！警备队的大队副我算当上了！在北满铁路线上我的名字算闯出去了！可是，他妈的我怎么睡着啦！这是……噢！准是我那天坠车摔成脑震荡后遗症的反应。"唉！"他悔恨地给自己脑袋来了一拳头。心里说：你早不反应，晚不反应，咋偏在这节骨眼儿上反应？这一反应我是猫咬尿泡——空欢喜一场。唉！他跟自己的脑袋撒开气啦！别说，敲了两个脑袋，倒想起主意来了：在我审问那个人的时候，那个女护士在场啊！再说人还是她的丈夫白翻译抓的，我睡着了，她也不会轻易把那个人放走啊？对，抓住这个线索还是有希望的……想着他跳下病床，光着脚丫子往外就跑，到外屋一瞧，翠环一人正在闷头团棉花球儿哪，他急头怪脸地问道："刚才审问的那个人哪？"翠环头也没抬回答说："走了呗！""咦，你怎么能放他走啊？"翠环把手里的活儿一收，歪着头沉着脸反问了郎占山一句："是我把他放走的，还是你把他放走的？""这，我刚才睡着了……"翠环冷笑了一声："嘿嘿，你睡着了？活七十七、八十八，白了头发掉了牙，也没听说过审问人的人在审问中有睡觉的，真是天大的笑话！就是因为这个谜，下了班我没走，想等你醒了问个明白。白翻译官把人抓到，你不让带走，说是留下来由你审问。我当时还想，郎巡监捕真了不起，虽然摔伤住院，带病还要为皇军效力。可是你又是咋审问的呢？啥修铁路呀，谁招的工呀，工人的铁锤咋个抢法呀……正经的一句没问！更奇怪的是，你还答应给那个人多少多少钱，他还直说'太便宜了'，你们咋还讨价还价做开买卖啦？买卖谈妥，你往椅子上一靠还就睡了，谁知道你是真睡还是假睡？到现在人跑了，你猪八戒倒打一耙，想咬扯人咋的？会说的不如会听的，有理就有会断的。我得去警备队找佐藤先生把这些事抖搂抖搂！我问问你们当巡监捕的都是管啥的？是管巡查、监视、捕人的还是专门管睡觉的？我们医院护士是管看护病人的还是负责看管嫌犯的？是不是从巡监捕手里跑了人，都要抓个护士去顶罪？这是哪儿定的规矩呀，还是你郎巡监捕独出心裁？"您想啊，郎占山足足睡了五个钟头，翠环早把对付这个汉奸的理由和要说的话准备好了，嗒嗒嗒……像机关枪打连发似的就开了火啦！问得个郎占山张口结舌，有嘴难辩，咯喽儿咯喽儿光剩了咽唾沫了！他心里说：今儿这事真要是找佐藤一抖搂，就让我浑身是嘴也难说明白，非肇事不可！他冲翠环鞠了个九十度的大躬："请您息怒，我绝不是想让您去顶什么罪的；请您谅解，我也绝不是装着睡觉，纯属脑震荡后遗症的反应。尽管如此，我也贻误了公事，如果您向佐藤先生报告了，那我可就麻烦了！望您能念本人同白翻译共事一场，请多关照一二。"翠环一看郎占山服软了，可以收场啦。她还装作严肃地说："放心吧，我不会像你一样乱咬扯人！不过，我告诉你，这可是日本人开的医院。家有家法，院有院规，你光着脚丫子到处乱跑，要让日本院长查房看见也够你喝一壶的。""感谢您的提醒，我马上回病床躺着去。"

郎占山躺在床上越想越觉得窝囊，抓到手的人跑了，还让人家护士给训了一通，只有认倒霉啦。可他又一想，不行，那人跑了，现在皇军正到处在抓他哪，真要抓住，一问是从我手里把他放跑的，那我不就沾包儿啦？看来不是鱼死便是网破，无论如何我也要把那人抓住！在没抓到人之前，我得先向上级报告，别非等到时候说不清。想着，郎占山偷偷地给大队副侯殿升打开了电话。电话打到了就是没人接。咋回事呢？老铁和"蔫有准儿"把侯殿升押往车站，临走时告诉花彩凤若走漏风声，就算把侯殿升交待了。电话铃一响，花彩凤就吓哆嗦了！这工夫的电话机在她眼里好像变成一摸就响的地雷，说啥也不敢动。她越不敢接电话，郎占山心里越是纳闷。心说：侯大队副去年挨了"抗联"那一枪以后，天一黑是连门都不敢出的，怎么不接电话呢？电话"哗啷啷啷……"响了有二十分钟。最后，花彩凤没办法才拿起听筒，哆哆嗦嗦地说了声："队副他他他……跟车出张了！"不等郎占山再问啥，她把电话挂死了！郎占山想：花彩凤平时说话嘎嘣溜脆，今儿咋结巴啦？这是有事……接着他又给站上执勤的警备队员打电话，一听说侯殿升带着两个司机出车啦，郎占山立刻猜到那俩司机可能就是"抗联"的那两个人。怎么哪？因为"监乘"者是不管指派司机的，郎占山抓到了可疑迹象，不声不响地行动起来，他想：一是情况并不完全肯定如此，不能贸然报警、拦车；二是就算情况准确，也不能报告。我若只身一人把截获军车的共匪生擒活拿，到时候战功、奖赏、升官、扬名，我来个"蝎子屁屁——独份（毒粪）！"谁也别想沾边儿！这小子跑到车站给调度一下特殊命令，开出警备队专用的"毛捣嘎"拼命地追上去啦！追到"熊瞎子岭"，见那列车正停在站台上，郎占山"吱嘎！"把"毛捣嘎"刹住，噌！一下跳上了站台。再一看，那列货车已经启动了！这小子不顾身上伤势疼痛，猫腰直追，赶到机车跟前，一抓扶手，噌！跳上了机车。

（唱）郎占山一支短枪手中托，

大喝一声："快刹车！"

那老铁牢握刹把泰然自若，

他知道面对着这险恶的敌人该如何；

这列车刚刚启动尚未出站，

若开枪，站台上敌人会炸了窝。

只要给前边车站一通电话，

会前功尽弃失掉了列车。

我只有快快把车开出站，

怎对仇敌再定夺。

"蔫有准儿"横握铁锨他眼喷怒火，

死盯住郎贼暗琢磨：

我豁出性命也要把老铁掩护好，

掩护好老铁就能保住列车。

郎占山连喊"刹车"老铁不语，

他气急败坏把话说：

"我喊一、二，要不刹住，

你俩一个也别想活！"

未等郎贼喊一、二，

这列车已经开出三里多。

老铁他急中生智手一动，

猛然晃动了一下机车。

郎占山脚下难站稳，

身不由己往前折！

老铁突然把车晃动了一下，随手把一把大活扳子抄到手里。郎占山知道上当了，可腿底下也收不住了，噔噔噔……朝前跑了两步，也不管目标是哪儿一搂扳机，"乓"就是一枪！老铁身子晃了一下，手里的大活扳子朝郎占山的脑袋也砸下来啦，"啪"！这家伙也不含糊，当时就死过去了。列车仍以最快的速度向前行驶着。"蔫有准儿"忙问老铁："怎么样？"老铁捂着小腹摇摇头说："不要紧的！""好……"老刘弯腰把郎贼那只手枪捡起，想给这个狗汉奸补上一枪。老铁说："等等，干脆别费二遍事了。"说着他用脚一踩，"喇喇！"炉门朝两边一张，炉膛里的火苗子翻卷着，"呼呼呼"发出愤怒的声响！老铁对着脚下半死不活的郎占山像念判决书似的说："这是中国共产党、东北抗日联军和东三省父老兄弟对你的合法判决！"又对"蔫有准儿"以命令的口吻喊道："快！"老刘右手一抠郎占山的腰带，左手一揪他的脖领儿，两膀一悠："去你娘的吧！"郎占山刚才追来的时候还想：我若把"抗联"的人抓住便会一步升天！这回真应典了，冒着烟儿就飞上天啦！

一场短兵相接的搏斗，坐在"监乘"席的侯殿升看了个清清楚楚。战斗也结束了，这家伙也吓死过去了。怎么事情过去了，他倒吓昏过去啦？说来他还有"三部曲"：郎占山一上机车——"轰！"，吓得他魂儿飞了一半。等老铁一扳子把郎占山砸躺下了——"轰！"，他剩下的一半魂儿也吓飞了。老刘把郎占山往炉膛里一填——"轰！"他的魂儿全给吓没影子了！侯殿升脑袋一耷拉，人事不省。"蔫有准儿"还以为他是大烟瘾犯过了劲儿啦，把他兜里的大烟灰掏出来给他塞到嘴里，连晃悠带喊叫，侯殿升总算把脑袋支棱起来啦！"蔫有准儿"

回头再看老铁，脑袋"嗡"的一下！只见老铁一手握着刹把，一手捂着小腹，两眼紧闭，身子靠在车皮上，脚下鲜血一片！老刘扑上前去，扶住老铁轻声呼叫："老铁！老铁！老铁……"老铁先是嘴里"嗯，嗯……"地答应着，两眼紧紧地闭着。再叫，老铁不回声了，老刘抱着昏迷过去的战友，心疼得似刀扎一般，一串泪水夺眶而出。他心疼自己的战友，也为给眼前任务带来的困难着急。再有四十里的行程就要到达目的地了，山上的同志们已经在等候接车哪！可是老铁……一旦到达指定地段，老铁仍不能苏醒，而自己又不懂开火车的门道，车停不下来怎么办？那就会落个前功尽弃！如果，接车的同志们知道车上发生的情况，为了把这列车上的物资保住把铁轨扒了，叫火车翻个个儿也好，就让自己粉身碎骨与列车同归于尽也心甘情愿！可是同志们怎么会知道啊！咋办呀……被人称为"蔫有准儿"的老刘，此时也拿不定主意了。

（唱）老刘他手扶战友热泪涌，
见老铁慢慢醒来把眼睁。
他口觉干渴喊声："水！"
老刘忙把水送他口中。
老铁他掏出怀表看了看，
侧目又望了望天边的启明星。
满面含笑把老刘叫，
抑制住他内心的激情：
"看，再有半小时就到飞云岭，
战友们正在等待把咱接应。"
那老刘心中高兴又是激动，
禁不住鼻子发酸眼圈红。
老铁说："老刘啊，此时你不应难过该高兴，
我们的任务就要完成。
放心吧，这列车不达目的地，
我手中的刹把不会松！
咱'抗联'战士骨头硬，
不畏强敌敢斗争。
咱共产党员不怕死，
抗战个个是英雄，
为光复祖国驱日寇，
我老铁牺牲了性命也光荣！

老刘啊，车停后我来鸣笛庆胜利，

你负责教育侯殿升。

告诫他弃暗投明早觉醒，

不再为敌作帮凶。

抗战一定会胜利。

万不可顽固到底留骂名！"

老刘连连把头点，

老铁又一阵昏迷闭上了眼睛。

　　这时三星已落，天色放亮。"空空空……"列车飞速行驶，再有十几分钟的时间，就要到达飞云岭啦！此时，老铁又昏迷过去，"蔫有准儿"扶着老铁，不住在耳旁呼唤："老铁！老铁！老铁……"

　　死过一个死儿的侯殿升，见呼叫老铁不醒，他的心嘣嘣嘣……就又跳上了。这个身为日本警备队的大队副十分清楚，列车失去控制，不是撞车便是脱轨。在他的眼前不时出现一幅幅血淋淋的惨状，吓得他两眼紧闭就等着死啦！

　　老刘同志一边含泪呼叫，一边朝车外张望。只见银川雪野，远山近树，旋转着向后移去。正在前方的远处已影绰绰发现了大片的人群。"蔫有准儿"心急如火，放声呼喊："老铁！老铁！你快睁眼哪！同志们都来啦！"

　　（唱）老铁昏迷睁眼难，

梦中站立在山间。

似看见那鹅毛大雪漫天舞，

风雪中战友们个个一身单，

围上篝火正取暖，

那真是火烤胸前暖，风吹背后寒。

猛然四处枪声起，

鬼子兵又搞起"铁壁合围"来搜山。

战友们，忍饥寒、爬雪岭、卧冰川，高喊杀声冲向前！

战火中远远又走来亲人宗宝贵，

后跟白杰和翠环。

三个人迎着风雪把老铁喊：

"快呀，同志们等你送暖御风寒！"

老铁听罢心一颤，

又听得阵阵呼叫在耳边。

睁眼看正是老刘在呼喊，

声音喊哑泪不干。

老铁得知到达了接应地段，

顿时振奋信心添。

他挺身而起忙抓制动，

列车停在峡谷间。

这正是英雄洒血怀壮志，

铁马奔驰凯歌还。

喜看那雪岭银川映红日，

霎时间：列车下，掌声起，笑声欢，阵阵呼声冲云天！

老铁昂首挥铁臂，

声声汽笛荡群山！

（赵连甲、焦乃积合作，1981—1982 年由《天津演唱》连载）

虎山行

（长篇鼓书《老铁传奇》第二部）

第一回

不忍亲人赴刑场
甘愿舍身入狼窝

（唱）东北"抗联"出英雄，

唱一回老铁的故事给大家听。

上回书，铁奎海巧截军车震敌胆，

哈拉河军警宪特乱了营。

摸不清咱"抗联"怎样秘密行动，

可都传说是老铁大显神通。

有的说那老铁手持双枪百发百中；

有的说老铁胆量过人智慧无穷；

有的说老铁想隐蔽无踪无影；

有的说老铁神出鬼没似一阵旋风……

这传说使敌寇万分惊恐，

一个个，战兢兢，坐不稳，睡不宁，

心里跳，头发蒙，胆小的全都给吓神经！

日寇当局下了一道令——

不准再提老铁的姓名。

只因为鬼子们得了恐惧症，

医院里床位吃紧都无法收容。

在敌人堆里对老铁的传说是神乎其神，其实是我们"抗联"的战士和党的

李文秀演出照 1979 年

地下组织把敌人打惊了。可是日寇战区的长官，并不承认自己的失败，把这次事件归罪于哈拉河警备队长佐藤二六的无能和失职。他们把佐藤召回战区，交付军事法庭进行审判。这一下，哈拉河的敌人都嘀咕开了。哈拉河是日军的交通枢纽，军事重地，谁来接任佐藤的职务呀？逐渐有人透露风声，说从关东军本部将要派出一个特殊人物。据说这个人还是个"中国通"，青年时代曾以经商的身份就在这一带活动过。对北满的风俗人情、战略形势深有了解。这消息一传，一些小特务们就毛了："我说，这位凶神要来了，还不知他要怎么追查责任？他要怎么行动呀？怎么这么长时间了，没见有什么动静？"书中暗表，其实这个人早上任啦！

半个月以前，在一个北风呼啸、大雪纷飞的夜里，哈拉河车站来了个临时戒严。当时军警宪特的头头脑脑们，都全副武装在站台上等候着。通知是下午有一列军车进站，可是从下午等到了晚上，又从晚上等到了半夜，这车才到站。这些人本想上去迎接，没想到这位新任长官，下了火车一头钻进了汽车，一直开到了警备队后院的秘密驻地。这位是什么模样、说话是什么声音，谁也不知道。那就等着他郑重其事的召见再说吧。可是半个月过去了，一点动静也没有。这人深居简出，行动没什么规律。实际上，这个新任长官是来者不善，正按他原定的计划，秘密行动着，就好像一架机器在全速运转，但在外边的人听不到这机器摩擦的声音。突然，这一天夜里，整个哈拉河全城戒严，摩托车搜捕！汽车出动！警报嘶鸣！鬼子宪兵的咔咔咔……大皮靴的声音，嘭嘭嘭……砸门的声音，乱成一团，把个哈拉河变成了一个恐怖的世界！就这一晚上，就有二十四名我们的地下党员和普通群众被捕，这个新任的警备队长提出了一个血腥的口号："宁可血洗全镇，绝不漏掉一个'抗联'分子！"被捕的二十四个人里，包括我们地下党的负责人宗宝贵大伯，还有一些和"抗联"没有联系的普通群众和爱国志士。鬼子一边搜捕，准备杀害这批人；另外对翠环、白杰呢，他们明知道翠环是宗大伯的养女，又是身为警备队翻译官白杰的新婚妻子，却对这对假夫妻进行着秘密监视。整个哈拉河党的地下组织，面临着一场严峻的考验！

在这种情况下，我们山上的"抗联"支队怎能不管？事情万分紧急，党组织这才派遣老铁和"蔫有准儿"二次下山，到哈拉河和地下党取得联系，了解宗大伯等人被关押的地点，根据变化了的敌情，制订作战方案，准备袭击监狱，营救战友！

虽然时近年关，可是哈拉河镇街上显得冷冷清清。马路的两边只有几堆儿做买做卖的，有卖木耳、猴头、榛子、毛嗑儿（即葵花子）的，也有卖野鸡、飞龙、狍子肉的，还有摆摊儿卖门神爷、财神爷、灶王爷和对联、福字儿的。那对联儿不是写的什么"财源茂盛""抬头见喜"吉祥话儿，尽写的是什么"东亚共荣""维护治安"——让人看着那么瘆得慌！做买做卖的嘴里讲着价钱，两眼都四下撒眸着。怎么都这模样呀？警车来了好收摊儿快跑呀！就在这时候，街上走来了两位行商打扮的人。走在后边的那个像是伙计，五十来岁，长得瘦瘦巴巴儿的，手拎着藤条提箱，不时东瞧西望。前面这位三十开外，身材魁梧，呢子礼帽儿，湖绉棉袍，披着大围脖儿，走起路来稳重潇洒，看得出这位是走南闯北、见多识广的行商老客儿。谁？我们的"抗联"英雄老铁和"蔫有准儿"来了！

老铁、"蔫有准儿"进了哈拉河镇，走到东大街"金记商行"的门前，若无其事地过去了。其实这家铺户正是老铁二人要找的联络地点。老铁此次下山是时间紧迫、环境险恶。明知道妹妹翠环和白杰正受到敌人的秘密监视，不能直接去找，只能按着指定的暗号，到备用的地点来接头。为什么到了地方，两个人不进去呢？诸位，老铁和"蔫有准儿"多年来出生入死和敌人打交道，凭着他们的斗争经验，从商行门前一过，两个人心照不宣都感觉到这个联络点有问题。虽然柜台里有伙计和账房先生支应着买卖，可是一个个神态不对，都不像买卖人。有一个到铺子里买东西的人，气哼哼地出来，自言自语地嘟哝："这叫什么买卖，自己铺子有什么货一问三不知，趁早关张算啦！"老铁从看到、听到的，心里明白了八九——这个点儿已经被敌人占了！不仅不能进去联络，还得赶紧甩掉尾巴，赶快离开这块是非之地！老铁心中暗暗焦急：这一来活动怎么展开？营救任务又怎么完成？这工夫"蔫有准儿"用胳膊轻轻地碰了他一下，暗示老铁注意！铁奎海侧身再看……嗯？就在这么一会儿工夫，街面儿上乱了套啦！

（唱）老铁回头细留神，
见街上的行人炸了群，
一个个惊慌失措东逃西奔，
各商户紧着上板儿关店门，
小贩们忙收摊儿慌了手脚，
撒了筐，砸了盆，踩断了扁担绊倒了人，你喊我叫乱纷纷！
忽听到"突突突……"摩托车的声音由远而近，
车队缓缓地开到了街心。
呀，最后边两辆军车来压阵，
车上是全副武装的日本侵略军，
他们荷枪实弹横眉立目，
枪口下押解着一队中国人。

有的人是背插着招子五花大绑；

也有人身受酷刑遍体伤痕；

年轻的蹚着脚镣心怀义愤；

那年老的步履艰难满脸愁云。

这真是，风萧萧大地含悲愤，

铁蹄下民族遭难地暗天昏。

那老铁强忍热泪牙关咬碎，

英雄他满腔仇恨似烈火焚！

    这是干什么的？出红差的。鬼子要杀害的都是谁呀？就是老铁这次下山准备营救的那二十四名亲人。这样的场面，生活在今天的青年人都没见过，真是令人毛骨悚然！过去敌寇要杀人之前都要执行武装押解游街示众。目的就是要杀一儆百，制造白色恐怖的气氛。哈拉河警备队的新任长官，采用比前任更加残忍野蛮的手段，刚刚上任就把这批被捕的人全部处决。这种情景对当地群众来说，是经常见到的。日寇践踏白山黑水一十四年之间，我们有多少共产党人、革命志士就是这样蹚着镣铐一步一步地走去……此时，天上飘着雪花，飘飘洒洒地落在大地，好似要掩埋我们烈士的血迹。老铁二人站在人群之间，真是心急如火！刚刚进哈拉河，活动还没展开，万没想到敌人提前行动了。"哗啦，哗啦，哗啦……"那脚镣声在耳边响着，这些人的脚步就好像在老铁的肩头走过。

    一个，两个，三个……不多不少整整二十四个人。这些人里，多数是衣衫褴褛的当地穷苦百姓，也有身穿长袍的教书先生。其中有一个人走在队列中间并不惹人注目，可是老铁看见他心里非常难过。谁呀？正是哈拉河地下党的负责人、抚养老铁成人、指引他走上革命道路的亲人——宗宝贵！

    那么宗大伯看没看见老铁哪？一眼就看见了人群中的老铁和"蔫有准儿"。可是他若无其事地把头一扭，跟没看见似的，只顾往前走着。就这一眼，他怎么能不感到温暖呀？就在自己就义途中，党组织派人来了，这是"抗联"支队对地下党的关怀呀！现在他的心情，最担心的是怕老铁贸然行动出什么问题。敌人是全副武装，耀武扬威。如果出了事儿那损失就大了！他越怕出事儿，想快着走过去，没想到身后边有一个人喊上了。这人是谁呀？是个普通的穷老汉。这老头儿老实巴交，窝窝囊囊，受了一辈子穷，遭了一辈子罪，没想到老来落了个出红差、上刑场。说来，这老头儿跟"抗联"没有什么联系。他是干什么的哪？上回书说到老铁在地窝子里养伤的时候，有一个看道岔儿的老齐头儿，就是他。连老齐头儿自己都没想到，怎么就成了"抗联"的人了。今天五花大绑地在街上一走，两边的人都是自己熟悉的街坊邻居，这老头儿把胸脯倒挺起来了："街坊邻居，老少爷儿们！你们不知道吧？我是'抗联'！我这一辈子苦巴苦业，只知道为儿为女养家糊口。我这人没出息，树叶儿掉下来都怕砸脑袋。我真恨我自个儿，怎么就没学会开枪开炮杀几个日本鬼子哪！可是他们抬举我，说我是'抗联'的干活啦。我承认，我乐意，临死咱也露脸啦！"街上的人都知道老头儿冤屈，一个个气恨交加："这老头一辈子窝囊废，没想到在生死关头这么刚强。""是啊，墙上的泥皮坯还有三分土性儿，中国人呀，要活在世上就应该有这种骨气！"没人料到，老齐头的儿媳妇抱着孩子正站在路边。三岁的孩子懂什么？见自己的爷爷五花大绑地过来，"哇"的一声哭喊着："爷爷！"就这一声，车上的日本鬼子耳朵都支棱起来了，端着枪四下踅摸："什么的干活？"孩子的妈妈一把捂住了孩子的嘴，在身边的乡亲们赶紧侧身将这娘俩遮住。齐老头看在眼里，好不心酸。孩子在左边喊叫，老头转过身儿向右边的人群托付："乡亲们呀，我老头子这就跟大伙告辞了，谢谢大伙高抬我，能来给我送送行，也算咱们的缘分儿。我有件事拜托你们，我的孙子还小，他不懂事，他不知道他爷爷今天一去就不回来了，没别的，等他长大成人，承蒙大家有记住我这句话的，您费心告诉他，某年某月某日他爷爷是怎么从这条路上走过去的，这老头儿腰板儿没塌，是挺着胸脯过去的！"

这老汉一声声喊着，他哪知道，就在他面对着的人群里，正站着老铁和"蔫有准儿"呀！老铁上次来哈拉河活动见过这位老人，此时此刻更觉得这位老人可亲可敬。这老人走过去又回喊了一声："乡亲们！我说的话你们听见了吗？可别忘了啊！"老人家一声声呼唤着亲人，他的亲人是谁呀？"抗联"！谁又能代表"抗联"回答他呀？老铁和"蔫有准儿"。我们的英雄老铁，多少次深入敌后，出生入死，打过多少次仗，没经历过这种场面，没有眼巴巴看着自己的亲人、同志这样走向刑场。可是事到如今，他又该怎么办哪？

（唱）漫天的白雪，凛冽的寒风，
路边的人群泪眼蒙眬。
那老铁直凛凛站在人群内，
他没有眼泪，没有愁容，心潮激荡似海浪翻腾！
耳听得齐老汉声声呼唤，
句句话催人奋起石破天惊！
人民想"抗联"，"抗联"为群众，
铁蹄下经得起血雨腥风！
眼看着宗大伯赴刑场从容镇定，
怎忘记大伯您指引我走向光明。

我们为抗日救国生死与共，

多年来您身在虎穴坚持斗争。

难道说面临险境束手无策？

只等着这皑皑白雪被热血染红？

那样我怎对得起亲人和战友？

不能不能万不能！

有心挥枪劫刑场，

敌众我寡必引起重大的牺牲，

顾大局我不该贸然行动，

可是那鬼子的屠杀计划就要执行，营救任务全落空……

思虑中游街的队伍已经走过，

一场惨案即将发生。

怎么办？敌人押解这些人示众以后，就要拉到南关外的刑场处决了。从游街到刑场，按时间推算，只有三十分钟的工夫。老铁只能在这三十分钟里拿出行动的方案。时间紧急呀！回山请示支队领导？那哪来得及！和地下党的同志又没联系上；就连和"蔫有准儿"商量的工夫都很少。到了这个节骨眼儿上，就全凭老铁大智大勇和对党、对战友的一片赤诚了！他心里影影绰绰有了一个挽救危机的办法。明知这条路万分艰险，但是也没有别的选择，只有一狠心走下去。老铁拿定了主意，用胳膊一拐"蔫有准儿"，俩人来到了一处僻静之地。老铁用低低的声音说："根据突然变化了的敌情，你我只有分头行动了。咱俩分手以后，你马上……"没等他把话说完，"蔫有准儿"一扬手："不！老铁，你要去的地方换我去，你给我交的任务，你自己去完成吧！"咦？老铁心里的想法没说完，他怎么就知道了？要不怎么叫"蔫有准儿"呢？！这俩战友，多年在一起战斗，谁什么脾气，谁什么打算，互相都摸底。再说两个人都看见了刚才那个场面，两个人都想到一块去了。老铁心里着急，噌！从怀里掏出大三针的怀表，这表嘀嗒嘀嗒地响着。老铁说："就三十分钟了，别争了！按着敌人的心理来说，我铁奎海去要比你去合适，就这么定吧。以后你别轻易找我。翠环、白杰他们的处境很困难，你和他们取得联系千万要小心。我估计按我的行动，敌情会很快就有变化，你一定要及时抓住战机。敌人提前动手，打乱了咱们的计划；咱就要千方百计打乱敌人的行动，争取完成武装劫狱的方案！"说到这儿，老铁紧紧地攥了一下"蔫有准儿"的手，就这一下，对战友的信任和嘱托全包括在内了。"蔫有准儿"目送着老铁一步一步地往前走……再看老铁，嘿！大商人的派头，若无其事大摇大摆地直奔了东大街的一家铺户。这家铺户门前悬挂着大字牌匾——"金记商行",可这四个字在"蔫有准儿"眼里变成了"虎穴狼窝"!

前面不是说这个地下联络点被敌人破坏了吗?没错,是被敌人占了。可是在这种特殊情况下,老铁还就要往敌人窝里钻!

这个"金记商行"是做什么买卖呢?收卖估衣。柜台里有俩小伙计、一个账房先生和一个少掌柜的。跟您说清楚,这四位——全是特务。他们张网捕鱼,就等着"抗联"来接头。等了几天,没人来,这四个特务也疲啦!还得应付着买卖呀,都坐在柜台里抽烟解闷儿。嗬,铺子里是烟气腾腾!就在烟雾缭绕之中,那个充当少掌柜的特务,就见门外走进来一位顾客,看那长相,那身量,那派头儿……他坐那脊梁沟子直冒凉气:哟,这人来历不凡呀!我好像在哪见过?就是没见过本人,我也看见过他的照片……他眼瞅着这位商人打扮的顾客走到了柜台前边,少掌柜的不由自主地就站起来了,奔儿,顺手把烟头儿一扔,正扔在账房先生的脚面上。哧啦一声,这先生也觉着脚面上落了个什么东西,顾不得低头看看,只顾冲着进来的这位顾客点头赔笑:"嘿嘿……来啦?请坐。您……哎哟,坏啦……"怎么啦?袜子着啦!

老铁站在柜台前,不紧不慢地问了一声:"有存货吗?"那个假少掌柜的心里一激灵!他知道这是接头的暗号呀!心里说:哎哟我的妈呀,"抗联"的人来啦!

第二回

假戏真唱解危机
黑燕计划诱敌人

老铁走进金记商行,少掌柜、账房先生和那两个伙计眼睛都直了!老铁问了一句:"有存货吗?"少掌柜的心里一激灵,知道来的是"抗联"的人。看这位的气派,是来者不善,善者不来!怎么办?快接头儿吧!这个特务心里打鼓、脸上堆着笑,想装镇静,舌头又不听使唤:"嗯……货源充足,随心选购。请!到后边面谈。"

（唱）狗特务,暗喜欢,

连日来我们张网捕鱼等"抗联"。

老天保佑我时来运转,

这条鱼他自己向网里钻！

他急匆匆领老铁进了后院，

看老铁脚步稳重神态坦然。

此时他心急如焚暗自盘算：

时间宝贵莫迟延，

战友们身临险境刻不容缓，

我入敌穴，抢时间，救战友，解危难，一定要设法抢到

　　敌人开枪之前！

关键时我不能露出破绽，

要沉着对敌巧周旋。

老铁他随着特务进到厢房内，

那特务紧把屋门关。

那老铁面容严肃抢对暗号，

与特务脸对脸来肩并肩。

老铁说："久闻贵店生意好。"

特务说："愿成交我把口信传。"

老铁说："我买五方南山柳。"

特务说："此货盛产北河湾！"

铁奎海紧盯住那特务的脸，

那目光似剑令人胆寒。

狗特务，心打战，脸色变，头冒汗，手足无措心神不安。

暗说道：莫非我暗号不对露了真相？

他为何面色阴沉半晌无言？

　　老铁目不转睛地盯了这特务有十秒钟，瞪得这个特务心跳加快，血压上升，手脚冰凉，六神无主。别看就这十秒钟的工夫，他得少活个三年五年的！心里嘀咕：这位怎么不说话呢？到底我出了什么毛病？其实，老铁不着急吗？二十四名亲人正被押赴刑场，只有二三十分钟的时间了，分分秒秒都不能耽误。可是需要稳重，他要从气质上压倒敌人，要敌人按着他的打算行事。老铁看特务这狗肚子里盛不了几两酥油，脸蛋子直变颜色儿，才用低低的声音问道："你是金少安同志吗？""对，我……是叫金少安。"就这副神态，老铁就更看出他是冒名顶替，真的那个联络员已经失踪了。铁奎海明知眼前是鬼，还要假戏真唱："同志，请你速速转告一下吧，我是'抗联'支队派来的，奉命与地下党取得联系，营救被捕的群众。"那特务紧点头："是是是，我正盼你们来哪！"老

铁把脸一沉，说："慢着，听我把话说完。刚才我在街上看到突然发生的情况，敌人提前动手，这二十四个人没有营救的希望了。要贸然行动，只能给我们造成更大的损失。你转告有关同志，原定计划作废，我马上回山去汇报，再见。"老铁说完，转身就走。那特务一把将老铁拉住："你……你不能走啊！"他心里话：让你溜了号儿，我怎么去交差呀？老铁一回头，猛然问了一句："你有什么打算？""我……我说你得留下来，这种情形组织上不能不管呀，同志，您一定是'抗联'的……"他怎么不说了？他越看老铁的模样越眼熟。他定了定神，又说："我可能在哪见过您？"老铁点点头："嗯，咱们可能接触过。""对对，您是？""铁——奎——海——！"老铁一报名，这个特务"咔吧"一声就坐在椅子上啦！怎么会"咔吧"一声？没坐正，硌尾巴骨啦！他坐在那仰着脸直勾勾望着老铁，心里说："我的妈呀，想不到把他老人家给惊动了，我得赶快报告警备队，再对付一会儿，他非把我掐死不可！"他站起身拉门要走，为了把老铁稳住，嘴里还紧着解释："老铁同志，你这一来我……高兴得不知说啥好了。可是现在白色恐怖、四处抓人，您来时后边跟没跟尾巴？我得出去看看。"老铁明知他去要报信，心里暗说：你快去快去，晚了就来不及啦！嘴里却嘱咐他："好。沉住气，别那么慌张。""唉唉……伙计！给这位老客沏茶！"他自己出去让小特务把老铁给监视上啦！

　　此时，老铁一人坐在屋里，一边品着茶一边观察着四周的环境。这间厢房不大，后山墙有个小窗户，两层玻璃，外边还安着铁栅栏儿。隔壁两间正房，看样子是掌柜的住处。屋外的小院直通着铺面，那两个伙计和账房先生，不时地扭脸往厢房里踅摸——监视着老铁！到了这个时候，老铁早把生死置之度外！敌人对他怎么着根本没想，他心里想的是那二十四名亲人，正一步一步走向刑场。从大街到南关外，时间不多了，我一头扎进了敌人的窝里，是成是败，战友们是死是活全看我这一招儿啦！他又暗问自己：铁奎海呀铁奎海，你还能为同志们做些什么哪？没有了，眼下只有等待。他这样想着，心都提到嗓子眼儿了，侧耳细听，唯恐南关外响起杀人枪声。这工夫屋里屋外格外安静，门外雪花飘着，他胸前那块三大针的怀表嘀嗒、嘀嗒地走着……一分钟，两分钟……十分钟，提心吊胆，把抓柔肠一般。生死不惧的老铁，长这么大也没经过这样难熬的时候啊！三十分钟过去了，忽听"哗啦"一声！噌！老铁随着站起身子，抬头一看，屋门被推开，那个冒充少掌柜的特务进来了。再看这家伙跑得满头是汗，吁吁带喘。老铁一把抓住他的手腕子："你……回来了？再见，我该走了。我们要化悲痛为仇恨，在今后的日子里再为殉难的烈士报仇吧！"老铁嘴里这样说，脚可没动地方，两只眼睛盯住那特务的脸。再看这特务跟刚才的模样不大一样，嘿嘿一声冷笑："老铁同志，您不用走了，情况有变！"他哪知道老铁正等着他这消息哪！

这特务说道："刚才我出去查看动静，得到一个新的情报，那二十四个人到刑场上没枪毙，又让上汽车给押走啦！看来是敌人虚张声势。"老铁心里明白：好险呀，要不是此番行动，恐怕这二十四名亲人已经不在人间了！老铁点一点头，长长出了口气。可是他心里也清楚，这块石头才落了地，下一步沉重的担子就更不好担了！那二十四人只是暂时得救；他们的下落不明，关押在何处还不知道，营救计划仍然不能进行。我该怎么办？如果我脱离这一险境，必然打草惊蛇，敌人还会再下毒手。看来我得在这个窝里待下去，吸引敌人的注意力，尽我的可能给敌人造成错觉，调动敌人。这样就能给"蔫有准儿"与翠环、白杰进行联系创造条件。我能多待一分钟，同志们的安全就能多一分保证，营救计划就能多一分成功的希望。就算这里再危险，哪怕是即将爆发的火山口，我也要一脚把它踩住！情况虽然如此，应该估计到这出戏可不好唱啊！

再瞧那个特务，贼眼珠子滴溜溜乱转，他正算计着怎么对付老铁哪！刚才他出去报信，怕耽误时间，一出门先打了个电话，直通哈拉河警备队新任长官的密室。心里着急，抓起电话机嘴里直拌蒜："报告太君，他来了，情况可了不得啦！他是那个……您听明白了吗？对了，铁——奎——海——"没等他把话说完，话机里"啪啦"一响，对方把电话挂上啦。吓得这家伙心里一哆嗦，咋唬了半天没把事说清楚，还得当面汇报去。他又抄了一辆自行车，一溜歪斜地蹬到警备队的后院："报……""告"字还没出口，他一个跟头就摔进屋里了！呼哧带喘地喊："报告，老铁……铁奎海……现在到了金记商行，太君快……快……"别看他这么急，这位新任长官靠在椅子上眯着眼睛没动。"太君，快！这个铁奎海厉害的，您多派些人去抓。您……嗯？太君，您是不是睡着了？"

（唱）这特务心里纳闷愣在一旁，
长官他为何不搭腔？
好容易盼得大鱼落了网，
紧急时太君的神态倒反常。
你看他身穿着和服眯着双眼，
显得悠闲又安详，
似笑非笑像无事一样，
谁知他有什么计划心里藏？
急得他满头热汗淌，
脸上变色手发僵。
这工夫，那老鬼子微微点头轻声一笑，

话语和蔼叫声："金桑！

你的提供了重要情况，

对金桑你的忠诚、机警应该表彰。"

他越是笑着把特务赞赏，

那特务就越紧张，心里嘣嘣跳得像砸夯！

这特务怎么反倒更害怕哪？在老鬼子的笑声后面却有一种寒气逼人！这是一处里外套间屋子，虽说不大，却是这个新任长官的密室，桌子上摆着几部电话，只要这个老鬼子一声令下，整个哈拉河就得遭一场灾难。这老鬼子年近五十，身材挺胖，举止言谈显得文质彬彬，就是在他下令杀人的时候，脸上也是乐呵呵的。此人到底什么来历？他是日本关东军本部直接委派来的警备队长。提起他的名字，凡是他走过的地方，人们都当成吃人的魔王一样传说。四个字——熊木三郎！您想这个杀人不眨眼的魔王对那特务一笑，他能不害怕吗？他忙说："太君，铁奎海可是个大大的红胡子，要抓他……"熊木一扬手："不不，抓人的不要，中日亲善的。铁奎海我的佩服，是中国英雄的。""那他……？""不仅他的不抓，那二十四个罪犯行刑的停止，统统的不杀，你的明白？""明白，明白，嗯……为什么不杀？""哈哈哈……金桑！""太君，我……"这特务直发愣，日本人称呼谁在姓后都带个"桑"字，可是他不姓金，想解释解释。没想这熊木贴近他耳边说的几句话，吓得他混身发麻："少安呀！我知道你不姓金。但是从现在开始，你就得姓金，你就是金记商行的少掌柜啦！"熊木哈哈大笑起来："你我是知心朋友，我可以告诉你，想当初我也曾到你们中国游历经商，这满洲是我的第二故乡啊！你的明白？"他那夹生味儿又回来啦！熊木突然一拍椅子扶手，站起身子，又换上一副傲慢面孔："如今哈拉河是我们的天下，杀上二十四个中国人是区区小事！可是我刚才下令把他们留下来了。我的用意你明白吗？如今他们地下党的命脉谁人掌握？铁奎海。既然姓铁的他来了，我就要跟他较量较量。把他抓起来？嘿嘿，恐怕老虎凳、灌凉水对他是没有用的。我就要你这个金少安，把他们的活动计划、联络名单以及地下党的全部秘密，统统的给我拿到！""啊？！"那特务脸都吓白了，心里说：怎么着？让我去对付铁奎海？用筷子当房梁——我是那材料吗？！他赶紧央告："太君，您这是抬爱我，我……我是怕误了太君的大事呀！那铁奎海……他一巴掌我就零碎啦！"熊木三郎拍了拍他的肩膀，笑呵呵地说："笑话，笑话。铁奎海已经成了落网之鱼，他在咱们手心里攥着哪！我留下了那二十四名人质，他必然要采取行动，只要你把金少安这出戏演活了，取得了他的信任，就会大功告成。这机会可是……功劳的大大的，钞票的大大的，升官的大大的！"就这三个"大大的"，假金少安听了跟扎了针吗啡一样，立刻神儿也来了，气儿也足了，胆儿也壮了："请队长放心，我一定不误使命，效忠天皇！"

这条狗跑回"金记商行"，再见了老铁，像打足气儿的轮胎——劲儿鼓鼓的："老铁同志，既然这是日本鬼子虚张声势，咱就要尽快动手执行咱的营救计划！老铁同志快下命令吧，咱们的计划怎么开展？"此时老铁心头怒火三丈，暗说：我们的营救计划能告诉你吗！他没搭茬儿。那个假少掌柜是臭嘴蚊子——紧盯不放："老铁呀，你来自然胸有成竹，快说说，咱这计划……"老铁早已从他的神态、语音儿里知道，他只不过是按照主子的指示向自己套话。看来，我今后的一言一行，通过他都能传过去。我给他透露点什么呢？说什么才更有利整个行动呢？一边想他一边装作对这个特务非常亲热，轻声说道："你的心情我理解，告诉你吧，此次下山支队领导做了周密安排，我们的行动……"正说到这儿，巧，天上有几只乌鸦飞过，老铁就把那半截话接上了："注意，我们此次行动的代号——黑燕计划！""噢，是黑燕计划。"那狗特务听了这四个字，如获至宝，乐得把后脑勺都抓破啦。他心里还琢磨哪：黑燕计划？一听这代号举动就不小了！其实，这里就一只老鸹！他得寸进尺："老铁，这计划第一步行动是什么？需要地下党哪些同志配合哪？"老铁刷的一下把脸一沉，两只眼睛审视着对方，严肃地问："金少安同志，你参加工作时间不长吧？""是……也有些时间了。""你对地下工作的原则不懂吗？你只是联络点的工作人员，不需要你知道的事你不必问，我也没有权力对你讲，这是党的纪律。"几句话把特务给打蒙了："是是是，您是老同志，请多批评。"老铁又说："同志，这么严重的白色恐怖，咱们大意不得。整个哈拉河地下党的安危都担在我的肩上，我不能不谨慎行事呀！""对对，还是您的经验丰富。"

这个假少掌柜，恐怕老铁起疑心，忙给自己找台阶下，冲隔壁喊了声："爸爸！咱家来客人了，看样子得多住几天，您去给准备点饭菜！"话音刚落，正房屋门一响，出来个老头，他披着件麦穗儿皮袄，头也不回地到街上买吃的去了。

当天晚上，冒名金少安的这个特务，把老铁安排在厢房住下，暗中在院里布下了岗哨。他躺在炕上翻来覆去琢磨：看来这事不能太急，得一步一步地跟姓铁的接近，我怎么样才能取得他的信任呢？……他睡不着，他身边那个人也没睡。谁呀？"金记商行"的老掌柜的。这些天金掌柜正受窝囊气，亲儿子金少安突然被捕，到现在死活不明。跟着来了一帮便衣特务，身边这个冒充少掌柜的，当着人喊他爸爸，其实这个儿子叫什么名字他都不知道。金掌柜担惊受怕又憋屈，躺在被窝里直出长气。那特务伸出腿"当"就是一脚！"黑更半夜的你哼哼什么！""哎哟——""小声点！老家伙！"

虽说声音不大，却被住在隔壁的老铁听个清清楚楚。心里说：白天还叫爸爸哪，怎么到夜里改成老家伙啦？这叫什么父子啊！

第二天一早，老铁刚出门，正碰上金掌柜出来打水。老铁满面春风地上前打招呼："老掌柜您起得早呀？""啊——"金掌柜一见老铁吓得连连后退，眼睛还直往屋里看……"当啷！"手一哆嗦脸盆掉地上啦！老铁看见他那可怜相，脑子里立刻想起出红差时的那位齐老头，那真是正气凛然，令人敬佩。再看眼前的这个软骨头，帮助特务一块演戏，已经是七分像人三分是鬼。看来在生死关头更容易辨清一个人的灵魂！

（唱）金掌柜遭难受尽折磨，

　　见老铁吓得手脚都没处搁。

　　暗想道：这位可不是普通的来客，

　　分明是"抗联"的人进了贼窝。

　　官面儿上已派人都埋伏妥，

　　那些便衣特务等着把人捉。

　　他们曾经警告过我，

　　说我儿子与"抗联"有瓜葛、被捕候审再定夺，这些事不许对

　　　　人说，说出去一家老小就甭想活！

　　更可恨，还派人冒充我儿假亲假热，

　　愣管我叫爹又不准反驳。

　　我知道，替他们骗人是同敌作恶，

　　遭人骂会落个为虎作伥缺了大德！

　　"抗联"人若得知我是这路货色，

　　我是难解难辩罪难逃脱。

　　他越想越悔又恨又怕，

　　站在那身不由己一劲儿哆嗦！

老铁看着金掌柜是又可气又可怜，又不能不说话呀："老掌柜，您的福分不小啊！少安是您几儿子？"这句话像用刀子扎了老掌柜一样，他心里说：我哪是他爸爸，背地里他比我爸爸还厉害哪！嘴里还得应付老铁："啊，少安啊，他……嘿嘿……"老铁说："老掌柜，最近买卖不错吧？"金掌柜想：还不错啊，快家败人亡啦！他一伤心眼圈儿红了："嗐！可别提了，我现在呀……"这工夫，假金少安从屋里"噌！"地就蹿出来啦："爸爸，您怎么自己出来打水呀？爸爸，您快回屋别冻着。爸爸，您上岁数了，说话总颠三倒四的……"他一句一声爸爸，叫一声，老掌柜心里就哆嗦一下！他心里说：你这哪是叫爸爸

呀，简直是当着"抗联"人的面要我老命哪！"爸爸……"没等那特务再说什么，金掌柜吓得一溜歪斜地钻到屋里去啦！

这个狗特务转着弯儿把老掌柜轰走，转过身乐呵呵地直奔了老铁。这小子昨晚上一夜没睡，还真憋出一个主意。他心里明白，时间紧迫，夜长梦多；皇军等着我去汇报呢。铁奎海你别再装腔作势了，你的小命在我们手里捏着哪，我无论如何得让你把实话说出来！咱今天不是鱼死就是网破！想着他凑到近前，啪！紧紧地抓住了老铁的双手！

第三回

帝国饭店造混战
院内窗外起风波

冒充金少安的这个特务，一夜之间憋出个坏主意，抓住老铁的双手走进了厢房，未开口挤出了两滴眼泪："老铁同志呀，您批评我吧！也许我缺乏斗争经验，可是我心里着急，咱怎能看着自己的同志流血牺牲啊！昨天我在街上听人说，鬼子有一个更大的屠杀计划。老铁同志您既然来了，我不信您心里就踏实？"老铁双眉紧锁，暗暗思忖：看来这条狗迫不及待了，我给他个什么信息，才能更有力地牵制敌人？当然我不能讲实的，但是又得让他们难辨真假。我们的老铁同志多次出入哈拉河镇，和党的地下组织早有接触，到这时候在他脑海里立刻浮现出一座建筑。嗬，这地方在当地来讲最为华丽、最为引人注目。老铁想罢，低声地向这个特务交代任务："少安同志，你的心情我可以理解。说实话，从我接受命令以来，心情也很沉重，情况变化太快啦！你注意：我们的第一步行动，今天上午十点钟开始！你的任务就是跟在我的身后，一定要保证接头任务顺利进行。""太好啦，感谢组织上对我的信任。"老铁想：你先别美，有你们难受的时候！

吃罢早饭以后，老铁穿戴整齐大摇大摆地前去接头。那个特务远远地在后边跟随，眼瞅着老铁走进一座华丽的厅室。特务一看：哟，这不是日本人开的"帝国饭店"吗？说来日本人的饭店有一个特点，没有散座，全是单间，是进屋先拉门儿，脱鞋就上炕，就地打圆桌，吃饭都跪着，招待是堂客。什么叫"堂客"？就是女招待。这饭店一进正门，迎面挂着大幅的油画，是富士山的雪景，四周点缀着松树枝和一串串五色的小电灯儿。花砖铺地，条案上放着留声机吱儿哇地唱着歌曲。开饭店的是个女老板，打扮得妖里妖气，一脸白粉，满头红花，身穿着锦缎的"特勃"服，脚上蹬着一双"跐拉板儿"，站在门前见人忙哈腰，来客就点头。到这儿来吃饭的都不是普通的中国人，除了官面儿的就是有钱的老客。上次老铁和"蔫有准儿"来穿着满铁的制服，这次换了一身客商的打扮，这个女老板哪里认得出来？她觉得这个商人与众不同，说话声音很低，神态又很郑重。在门外负责放风的特务，侧着耳朵想听听老铁说什么，可是一句没听懂，敢情说的都是日本话。再看那个女老板显得很诡秘，眼睛总是向四周偷看。就见老铁说着话递过去一张纸条，那女老板接过来赶紧塞到那幅大油画的后边。那个特务心里一激灵：我的天爷，怪不得皇军总遭"抗联"的暗算，这要不是我亲眼看见，谁能相信他们还有日本人的内线哪！他正嘀咕，老铁已经出了饭店，头也不回地往前直走。这特务随后紧跟，两个人一前一后，围着哈拉河转了一圈，才回到了金记商行。

单说帝国饭店的女老板招了麻烦。从中午开始，来了几个客人坐在店里不走，门口还有不三不四的人来回转悠。到了下午，突然出现了一个醉汉，故意东倒西歪凑到那幅油画跟前，要找老铁留下的那张纸条。女老板见事不好，噌！噌！赶过去把纸条撕了个粉碎！

纸条上写的什么？其实什么都没有。老铁见了女老板自称是哈尔滨来的买办商人，代表株式会社三井商行洽谈一笔走私的军火生意，要求饭店代为保密。纸条上只是写的指定的房间号和请客的日期。就这么一张纸条，哈拉河的警备队乱了套啦！

当天夜里警备队派人来秘密逮捕女老板，没想到饭店里"忽啦"一下钻出二十多个日本人，大打出手。有的拎着"镐把"，有的攥着"牛皮镐"，把特务们打得抱头鼠窜、头破血流！嗬，这"牛皮镐"可厉害！这东西是用牛皮纸一张一张粘好压得瓷瓷实实，半寸多厚，小饭碗那么大，当中掏个窟窿，用的时候攥着半拉圈儿——这东西打人专留内伤。老百姓不知道出了什么事，只见帝国饭店灯泡也碎了，玻璃也砸了，一个一个日本人和些便衣特务脑袋上都缠着纱布，血赤乎啦的，用担架往外抬人。半夜两点多钟，警备队长熊木三郎接到哈尔滨来的长途电话，哇啦哇啦把他臭骂了通，让他立即道歉，停止追查！熊木不服呀，但事出有因，查无实据，又怎么能善罢甘休？就像一块鸡骨头卡在嗓子眼里——咽不下去吐不出来，气得他暴跳如雷！他又从侧面一摸底细，才明白，敢情那位女老板是日本株式会社三井商行总经理兼北满特别行动队特务队长的二姨妈！

折腾这么热闹，老铁一点也不知道。但是从假金少安的脸色看得出敌人已经上了当。那特务坐在铺子那里两眼直愣神儿，伙计和账房先生也都蔫了。老铁看到这种情景，暗暗高兴，心里说：这说明我预想的计划初步得到实现——

敌人内部出现了混乱。现在正是敌人举棋不定的时候，我们的营救计划能不能及时展开呢？着急的是自己的想法和掌握的一部分敌情不能与战友及时交流。

话说到了第三天，老铁坐在厢房里，张望着街头来来往往的行人。突然他眉头扬了一下，在人群之中他看到了自己熟悉的背影！

（唱）街头上来往行人川流不息，
突然间出现一个身影好熟悉。
见那人漫不经心走进商行里，
呀，那老铁又是高兴又是焦急。
来人正是多年的战友"蔫有准儿"，
战斗中生死与共结下的友谊。
战友啊！深入虎穴你莫大意呀！
"蔫有准儿"喜嘻嘻，见伙计，把话提，也不知是打听行
　情还是买东西。
老铁他目送着"蔫有准儿"安然离去，
往远看——呀，那老铁思潮奔涌百感交集！
见一个年轻的姑娘在街头站立，
小竹篮，手中提，又有鸡，又有鱼，各样的年货办得齐。
翠环妹妹呀，我又见到了你，
为抗日咱兄妹多年分离。
你战斗在敌寇心脏里，
哥哥我肩披风雪打游击。
咫尺天涯来相聚，
骨肉深情紧相依！
刹那间翠环来"蔫有准儿"去，
亲人们分明向我传信息，
这说明他们已经取得联系，
为营救战友正争取时机。
亲人啊，我此刻虽说不出内心的千言万语，
我一颗心为革命坚定不移。
为战友创造条件争取胜利，
虎穴中宁洒热血斗顽敌！

翠环、"蔫有准儿"从商行门前走过，虽然三个人谁也没说话，可老铁他放

心了。他知道"抗联"和地下党的组织挂上了钩，同志们正在紧张地活动。翠环能够自由行动，说明敌人对她和白杰的警惕有所放松，这也正是自己牵制敌人的结果。尽管两天来孤身奋斗，历尽艰难，但他感到有说不出的温暖。

可是鬼子和特务们十分恼火，帝国饭店事件闹得满城风雨，到现在也查不出个子丑寅卯。这件事又不能让老铁知道，真要被老铁知道了，金记商行这个特务据点就暴露无遗。假金少安和账房先生还有那两个伙计，落了个提心吊胆。他们越怕老铁生疑，越想不到有人上门给老铁报信。

就在当天下午，有个街坊老头儿来找金掌柜聊天儿。一进院子，纸糊的马——大嗓门儿："老掌柜！您的老朋友来看您来了！您看看是谁来啦？"金掌柜在屋里明明听见不敢搭话，那冒充少掌柜的特务忙迎上去："您找谁呀？""我找谁？"那老头儿听着纳闷："你问得新鲜，街坊邻居谁不知我是这儿的常客呀？我是对门油坊的陈老头儿！小伙子，你是谁呀？""我是……"这特务蒙了。心里想：我说我是少掌柜的金少安，他能信吗？他要喊一声我是假的，厢房里的铁奎海还不炸了？他没敢搭这茬儿，冲着正房屋里喊了声："老爷子，对门陈大爷找你来啦！"他让老掌柜出来应付外边这位。他转身哧溜钻进了厢房，唯恐陈老头儿说出什么毛病来，紧着跟老铁打马虎眼。

金掌柜只好出屋对陈老头寒暄几句："哟，大兄弟，你出来啦？我可真惦念你呀！"陈老头性格豪爽，把手一挥："蹲几天笆篱子不算什么，谁让咱赶上这倒霉的年头呢！"说来这位老汉，原籍山东人，早年闯关东落户到了此地。老头好外场、讲交情，人缘儿很好。头几年吃了官司，金掌柜花钱运动把事了啦，陈老头感恩不尽，经常来串门看望金掌柜。半月以前不知为什么又被鬼子抓去，刚刚释放，金记商行出的事儿他一点也不知道。金掌柜不敢跟他说什么："大兄弟，承蒙你还惦记着我，我……我改日上你家去再聊吧！"哪承想陈老头憋着一肚子话来的，话匣子一开还收不住："老掌柜，这半拉月可把我折腾苦了。受的那罪别说了，省得你听了难过。有件新鲜事儿你听说了吗？有人给我出气了。""谁？""日本人！鬼子跟鬼子打起来啦！昨天夜里在帝国饭店……"就这四个字一出口，躲在厢房里的那个特务心一哆嗦！唯恐老铁听见，赶紧打岔："老铁同志，我……昨天得到了一个绝密情况，现在日本人……都说开日本话了。"您说这不是废话吗！可是老铁已经听得清清楚楚，这正是自己期待的胜利，这位老人却在无意中传来了这个消息。

金掌柜心里也害怕。暗说：就你多嘴！紧着拦住陈老汉："兄弟，莫谈国事，可别找麻烦！这要有人听见……"陈老头看着金掌柜神色不对，随着金掌柜的眼神儿往厢房里一看……巧，老铁和那个特务正转脸儿看他。陈老汉不由自主地说了一句："哎？这些都是什么人哪？"他这一问，屋里屋外的气氛变得格外紧张！

（唱）金掌柜战战兢兢心担忧，

怕的是一场大祸要临头。

暗说道：老陈你是我的好朋友，

哪知我脑子里乱成一锅粥！

我屋里屋外有人看守，

一言一行都没有自由。

那特务只怕老汉把机密泄露，

紧着遮掩顺嘴胡诌。

此时老铁不便开口，

暗想道：陈老汉你不该出现在这紧急关头。

你把这一层窗户纸要捅透，

这出戏让我也不好收。

三个人都盼着那老汉快住口，

哪知道，陈老头，性子倔，脾气恼，有话就要往外兜，他一句

也不肯留！

这事儿可麻烦了。敌我双方都不愿意把这层窗户纸捅透，可这位老爷子在院里一站，是滔滔不绝："老掌柜，咱是多年的交情，我有话不能瞒你。今天我来串门心里别扭，照我的脾气一跺脚就走，这院里味儿不对！你这人太窝囊啦！""不，你看我这不挺好吗？""还好呢，你都瘦成什么样子啦？你不明白吗？铺子里院儿后头这么多生人，干什么？你这买卖让人家给架过去了！人争一口气，佛受一炷香，你到老闭眼能对得起晚辈吗？你看我，不管是蹲班房、灌凉水，只要把我放出来，我就还是架子不倒，还得说道说道！如今这不讲理的年月，你越怕事你越活得不像人！"冒充少掌柜那特务，怕他再说下去，赶紧蹿到院里："老爷子！大冷天的，你们老哥俩有什么话快到屋里说去。"说着他狠狠瞪了金掌柜一眼，金掌柜忙接过话茬儿："对，对，屋里坐，屋里坐……"

俩老头进了屋，再说什么，老铁听不到了。工夫不大，金掌柜把陈老汉送出了屋门。再看陈老汉跟刚才的神气大不相同，头也低了，腰也塌了，神儿也蔫了，气儿也泄了，在这会儿时间里，老人家好似一下衰老了十年。就这样，他走到了门前还特意回头往厢房里看了一眼，可脸上什么表情也没有……谁又能想到，自从老汉走后，这院子里一连出了几件邪事儿！

天刚黑，金掌柜上厕所，"嗷儿"的一声吓回来了！坐在炕上哆里哆嗦，脸

色煞白，两眼发呆。假金少安看着有气："老家伙，你诈什么尸？"金掌柜光摆手不说话，谁也不知出了什么事。天越来越晚，不知道什么原因，就看屋里的灯泡忽明忽暗直眨巴眼儿！假金少安想：准是供电不足……不对，别的院里灯光挺亮呀？这特务无意中往墙角一看，电线上"哧啦哧啦"直冒蓝火儿！是跑电吧……可又不敢过去看。这工夫金掌柜更哆嗦了，嘴里小声嘀咕："我明白了，我办了亏心事缺了大德，这是天眼开了，天雷要劈我！今天日子也不好——黑煞日！"说着跪在墙角那儿不住祷告："饶我一命吧！我缺德是让人逼的……"那特务在旁边脊梁沟子直冒冷气："老家伙，你胡说什么？你别……坏了，院子里也有鬼！"就见院子里哧溜——！哧溜——！飞过去两道蓝光："妈呀！这可不是跑电，哪有满院子飞电火的？"吓得他抄起棉被就把窗户堵上了！外边再有什么看不见了，可是又出了动静："唰唰唰……"好像是脚步的声音，又不像在地上走。他悄悄地撩开被子往外一看："哎哟妈呀！"吓得他差点瘫在地上。

> （唱）这特务心跳得好像把鼓敲，
> 偷偷地撩起被角往外瞧，
> 只见那乌云把夜幕笼罩，
> 院子里树梢儿哗啦啦啦随风摇！
> 猛瞧见上空又飞过蓝光一道，
> 朦朦胧胧有一个鬼影在院里飘。
> 这鬼影围着院子把圈儿绕，
> 特务他越看心里越发毛！
> 满头冷汗一个劲儿地冒，
> 他哆哆嗦嗦地把枪掏。
> 壮着胆子靠近屋门拉开了钉铞儿，
> 蹑手蹑脚蹭到院里都不敢直腰。
> 见鬼影绕到跟前他飞身一脚，
> 就听那鬼影一声"哎哟"！

这特务胆子不小，愣给鬼来了一脚。这鬼一"哎哟"，他听着声音耳熟。谁？就是那个账房先生。今晚上该他在院里放哨——监视老铁，他心里害怕，特别是院里直冒火光，他怕后边有鬼掐他，想躲着鬼走，就在院里转上啦！吓得腿迈不开步，蹭着地皮往前出溜！假金少安看明白了是他，气得要骂……没敢出声。账房先生让他踹得都岔了气儿，直想发火……也没出声。两个人心照不宣，到底是什么这么吓人？踅摸了半天，在地上捡了两根一尺多长的木头棍儿，头儿上都烧黑了。什么呀？过年小孩放的花——“钻天猴儿”！

整个一夜几个特务没得好睡。他们只是害怕、纳闷，顾不得琢磨琢磨是谁跟他们过不去！在这一天夜里，老铁一个人躺在厢房，一直在考虑问题。几天来，他远离组织，孤身作战，随时对每一个问题都要细细地思考。想着想着脑海里出现了三个老汉的形象：一进哈拉河见到出红差走在路上的齐老汉，宁死不屈，令人敬佩；金记商行的老掌柜为特务作掩护，实在有愧于国家和民族；又想起白天来串门的那位陈老汉，这老头心直口快，是个宁折不弯的山东硬汉。说来这三老汉都是普普通通的平民百姓，可是在国难当头之时，他们的行为却如此不同。正想到这……嗯？老铁就觉得动静不对！此时夜深人静，隐隐约约听见临街的小窗户外边有一种声音。老铁那是什么胆量？刀山火海敢冲敢闯，还有何所惧？他躺在炕上假装熟睡了，微闭着双眼，警惕地关注着这突如其来的情况。

这间小厢房，只有这么一个临街的窗户，一尺见方，两层玻璃，外边安着铁栅栏儿，玻璃上结着厚厚的一层冰花。就见外边那层玻璃上的冰花，露出了一道缝隙。那缝隙面积不足巴掌大小。窗外夜色很黑，按月份说正近年关——是腊月二十九。天上没有月亮，只有几点星光闪耀，老铁只能借着微光仔细察看。看来看去总算看清楚了，原来是张人脸贴着窗户正注视着自己！老铁心头一动：原来是他？

第四回

假借赔情设酒宴
巧叙往事露真情

深更半夜，老铁忽然见窗外有一人在注视着自己。玻璃上结着一层厚厚的冰花，只能从拳头大小的空隙间看到那人的一双眼睛。从眼神中感觉到那人十分焦急，好似有什么事情要向自己说明。这人是谁呢？忽然老铁想起来了，正是白天来找金掌柜聊天的那个陈老头。老铁心里非常惊奇：这老头只是白天与我照过一面，此时他来找我干什么？他冒着性命的危险，一定有重要的事情要告诉我。不用问，刚才院子里的那些动静都是他干的，无非是为了迷惑前边那些人，好来与我接触。可是为地下工作的安全，我不能跟他对话。老铁正思考着，突然隔壁正房里的特务出了点响声，再看窗外的人影不见了。老铁下炕轻手轻脚走到窗下，从那缝隙间向外细看。什么人都没有，夜深人静，万籁无声。嗯！猛然见玻璃的冰花上有两个字——"快走"！

老铁全明白了，敢情这位老大爷是来告诉我快脱离这个危险的地方。这真是人民爱"抗联"，何处无亲人。这位老大爷跟金掌柜是多年的街坊，一定看出商行里出了事儿，也许猜出我的真实身份，甘冒危险设法来与我送信。可是老人家您只知我身处险地，哪知我重任在肩。从我现在这种特殊的处境来看，就如同台风袭来的时候，什么地方最平静呢？就是风暴中的台风眼里。敌人对我这一来还抱有很大希望。这两天来，除了去帝国饭店以外，还上了几趟街，不论我走到哪儿站一站、看一看，都会引起身后的特务注意，起码有几个特务小组在研究我给他们造成的假象。我在这个特务据点里越是能按部就班地活动，外边的同志就越能加快工作的进展。现在的关键是：二十四名亲人被押往何处？只要能了解到被关押的地址，营救的战斗很快就能打响！

老铁在厢房里思索，就听见隔壁的金掌柜直哼哼。怎么回事？这掌柜自幼胆小如鼠，这些日子担惊受怕，再加上昨晚上院里闹鬼，把他吓出了毛病。在睡梦里喊叫儿子："少安，少安啊！你在那儿哪？"那个冒名金少安的特务醒了："喊什么？我这不在这吗？"老掌柜睁眼一看："不，我要我那真儿子。您把他带到哪儿去啦？"特务怕被老铁听见，拿起被子就把老头的脑袋捂上了。可是这句话却引起老铁的思索：商行这个联络点是怎么被敌人破坏的？真的金少安会不会也在被押的二十四人之中呢？对于敌人的蛛丝马迹，我都要加倍注意。

隔壁那特务蒙住了老掌柜的脑袋，心里又急又气：这老东西真是窝囊废！只说留下他当个幌子，免得外人生疑。没想到这处处给我找麻烦。就说昨天来的那个街坊老头儿，多嘴多舌实在讨厌，他是哪壶不开提哪壶，哪有疮往哪捅！真要让那个姓铁的听出毛病，我还怎么把他稳住？我怎么向皇军交代？不行，得让这家伙去打打圆场。想着他一掀被子，吓了一跳！一看那金掌柜直翻白眼儿："爸爸！爸爸……"心里说：你先别死，我还得用你哪！

（唱）金掌柜一夜呻吟到天明，
病歪歪来到了老铁的房中。
强打精神赔笑脸，
有气无力叫："先生，
慢待慢待多慢待，
担承担承多担承。
昨天陈老汉来把门串，
有些话说得不中听。

他年岁大脑筋不够用，

说话是颠三倒四、一句西来一句东。

他在监狱关了半月整，

神智错乱受了惊。

你千万别往心里去，

别耽误您与我儿少安多年的友情。”

他一边说一边偷眼往身后看，

心神不定战兢兢。

老铁明知他是受人指派的传话筒，

狗特务害怕我把疑心生。

他倒说："老掌柜的礼节太周到，

我感谢几天来的关照一片盛情。"

那特务在隔壁偷听暗暗高兴：

这老东西真是我百依百顺的应声虫！

　　特务就怕陈老汉的话引起老铁的疑心，让金掌柜出面打了圆场，也就放心了。再听，老铁和金掌柜唠了几句家常话，无非是商行经营和货物来源，这些老掌柜懂行，说话嘴也利索了。那特务想：行，留下这幌子还算有用。说话间，老铁已经把金掌柜送到院里，嘴里还直嘱咐："老掌柜，我看您脸色不好，得找先生看看。"那特务想，管他病不病呢，能把老陈头留下的口子堵上就行！他正高兴，这工夫从铺子里走进一人，纸糊的马——大嗓门儿："老掌柜！老街坊又来看您来啦，您看我是谁？"就这一声，老掌柜差点没背过气去，心里话：这要命鬼又来啦！屋里的特务心里"咯噔"一下！暗说：我费了这么大劲儿刚把口子堵上，他又扒豁儿来啦！

　　再看陈老汉，不但自己来了，身后还跟着俩人，手里提着食盒。陈老汉双拳一抱，冲院里的几个人来了个罗圈揖："巧，你们几位都在这儿！金掌柜，昨天我来这有什么话语不周，您得原谅。这么多年了，我的脾气您知道，说话着三不着两、嘴没把门儿的。今儿我来没别的，赔个不是。列位，别为我说了些闲话，得罪了你们几位和老掌柜闹出什么过节儿。我这人是炮筒子脾气，受过人家老掌柜的恩惠，总觉得受人滴水之恩，理当涌泉相报。昨天怪我多嘴了，我今天特意来赔个情儿。可咱不能空口白牙老动嘴皮子，赔情就得像赔情的样，我在春园饭店叫了几个菜。别看我这一阵子混得不好，家无隔夜之米，但不能在外场上抠唆。请大家赏个面儿在一块儿坐坐，算我报答老掌柜的啦！"

　　别听陈老汉这么讲，在场的只有老铁明白老头儿的用意：昨天深夜他冒着生命的危险来给我报信，可是我没有做出什么反应。今天他又突然出现，不是赔什么人情，老人是找我来的，他心里一定藏着一件要紧的大事！

陈老汉冲着身后两个饭店伙计一摆手："来，来，到屋里把菜摆上，摆上！"俩伙计进了北房，打开食盒，把凉荤热素摆了一桌。陈老汉从食盒里拎出三瓶子烧酒："来！别管多少，咱得吃光喝净！"金掌柜心里埋怨：弄这套干啥，你少喝点儿少说点儿比什么不好！那几个特务哪有这份闲心，心里说谁有工夫跟你打哈哈凑这趣儿！谁都不搭茬儿。陈老汉把脸色一沉："怎么，看不起我？这么点儿面子不给？我这一辈子不好别的，吊死鬼搽胭粉——死活也要这张脸！各位不赏面子，我今儿就不出这个门儿！"嘿，热黏糕——贴上啦！

假少掌柜的暗琢磨：这老头还不能得罪。再者说，昨天他差点给我捅了娄子，今天他自己上门要圆圆面子也是好事儿，正好也给老铁去去疑心。想着紧说："对对，这酒得喝！不过前面还有买卖，咱们快喝快散。"

陈老汉就坡下驴："快，大家请坐，有一个算一个，昨天在场的一个别落！"假金少安说："账房先生，你也来喝！上午买卖少，俩伙计也过来陪着！"陈老汉说："不行，还有一位哪！厢房里的那位别不来呀！"老铁想：您是得找我，我要不到场，您这趟不算白来了吗？老铁随声进了北屋，抱拳拱手，含笑入座。那位金掌柜可不敢落座，他支吾说："老陈兄弟，我不能喝，我这脑袋这两天总觉着天旋地转的；再说外边没人也不行，我去铺面支应支应。"说完往外就溜，老掌柜想：瞧着吧，一会儿不定出什么事儿哪！是非之地，我不可久留。

特务们本想快喝快散，跟老头儿也没有什么话说。没料到这陈老头酒性大发，话似一团乱线——没头没脑儿："列位！喝喝喝，咱这是有缘来相会，把酒论英雄！说起来我跟老掌柜是多年的交情，你们几位对我还不大清楚。人分三六九等，木分花梨紫檀。几位喝着，听我这个老百灵鸟上架儿——给你们哨哨！"

（唱）陈老汉话音朗朗似洪钟，
举杯含笑叙友情。
尊："列位，常言道多一个朋友多一条路，
望将来咱走南闯北何处不相逢。
我们山东人自古以情为重，
老汉我祖居山东在临清。
讲交友，我老家出过秦叔宝，
还有那梁山聚义的宋公明。
今日能与列位共饮三生有幸，
谁遇到为难事我有求必应。

不是我借酒夸海口，

想当初我两手空空闯关东，

淘过金，下过井，

护过院，打过更；

发过财，露过脸，

吃过苦，受过穷。

穷困时三天吃不上一顿饭，

富起来我大把的票子顺手扔！

如今我人穷志不短，

这辈子我从不忍气吞声。

我也曾组织过家乡刀枪会，

我也曾为乡亲抱打不平。

讲硬功，我练过铁尺拍肋，油锤贯顶，

几十年抗强暴我从不受欺凌！"

这老汉三杯酒下肚，吹吹呼呼，云山雾罩，把一辈子的话都攒一块儿说了。特务们听着心里起腻，可是老铁对老头的话一字一句都非常注意。他知道老头儿这次来有特殊的目的，他到底要跟我讲什么哪？从老人所讲的这番经历，他看见一个山东普通农民两手空空闯关东，肩披风雪，颠沛流离，在黑暗中挣扎奋斗的形象。那么他今天来是要告诉我这些吗？当然不是。怕是当着汉奸、特务有话不好直言。

这工夫那个假金少安不愿听了，他把酒杯一扣："陈大爷，我们几个量小，还得去支应前边的买卖，散散吧！"陈老汉脸一绷："怎么，你是听我说得太玄，不相信？我说练过油锤贯顶你不服呀，耳听为虚，眼见为实。我来一手你瞧瞧……"说着随手从篮子里抓起两个生鸡蛋，一手一个，一边颠着一边说："这俩红皮鸡蛋你们能攥碎吗？别看东西不大，这叫功夫。我可是五十多岁的人了……"再看那几个特务眼都直愣了，就见顺着老汉两手直流蛋黄！

陈老汉哈哈大笑："谁让你们瞧不起我了，每人罚一大杯，干喽！"他给每个人斟了满满的一杯，唯独到老铁面前，他手一哆嗦，酒倒在了外头。他接着刚才的话又说："我这通白话，不是老王卖瓜——自卖自夸，问问哈拉河的老住户，金掌柜的就在前边，你们跟他打听打听去！攥碎俩鸡蛋算什么，十年前咱露过大脸！列位，那时候有一个姓程的山东哥儿们，带着一个小闺女来下关东。老婆死在了半路上，这爷俩相依为命。闺女小名叫枝儿，那年才七岁，长得讨人喜欢。万也没想到，为了一朵花儿，孩子把命搭上啦！"

刚才几个特务对老头儿心烦，现在看老头有点真功夫，说话也觉得有点意思，再加上喝得晕晕乎乎顺话音儿来了："哎，怎么为朵花，孩子就死了？"好嘛，还搭上茬儿啦！

"那年五月份，枝儿的爸爸老程干了一天零活，带着孩子回家。枝儿看见河坡上有朵鲜花，这花开得挺出奇，粉嘟嘟儿花瓣儿衬着黄澄澄的斑点儿，满河坡上就这么朵花儿。孩子看着稀罕摘在手里，一边走一边看。没想到走到了一条小河沟，水不深，铺着几块石头供行人来往通过。从对面儿走来了一位大阔商。孩子只顾看花，等看见这人躲不及了，一着急，扑通栽到水里。泥水溅了那个阔商一身。孩子吓哭了，老程紧着赔不是。爷俩哪里知道，这个阔商还是一个日本人。你们要听着不信，可以问问金掌柜，是不是那时候有个日本人在咱这一带游历经商？这个日本商人表面文质彬彬，总是笑眯眯的。其实这人心毒手黑，他在孩子背上拍了一掌，当时还没什么，等老程把孩子抱回家，孩子一口鲜血吐出来，把那朵花都染红了。没过多会儿，孩子就断了气啦……别人不知怎么回事，这一手儿我懂，这日本人在他们国家练过柔术，孩子是受的内伤！老程抱着孩子尸体哭得死去活来，喊天不应，呼地不灵，有苦无处诉，有冤无处申。穷哥儿们陪着掉泪……我说你们别哭！哭顶啥用？孩子死了不能复生，咱活着的得给孩子报仇雪恨！我不受人欺负，也不能看着别人受欺负！把眼泪擦了，咱们不是成立了家乡刀枪会吗？咱也会个三角毛四门斗儿的，不能装熊！从小处说咱是山东老乡，往大处说咱都是中国人，说什么也不能受这口洋气，找他去！我带着人找到那个日本人的住处，冲着门口叫号：'有本事你出来！清平世界，朗朗乾坤，你打死了人，伤天害理，咱得说道说道！'那个日本阔商出来一看我们哥儿们，鞋破露着脚指头，褂子上补着补丁，破衣烂衫的不起眼儿。他不服，会说中国话也不说，叽里哇啦地说洋文，冲我们耀武扬威。我指着他鼻子说：'你别装蒜，你不是就仗着有势力吗？你不是有功夫吗？我今天给你露一手儿，你要能照着来一遍，我们哥儿们马上卷行李卷儿回山东！你要练不了，得给我们孩子发丧，包赔损失！你不是会柔术吗？看看你们有没这种传授……'说着我把一个小酒盅扣在头顶上，在酒盅底托儿上压上一块大石头，身子一蹲来个骑马蹲裆式！我说：'老程兄弟，你找把大铁锤往上砸！石头砸碎，别说脑袋，连酒盅都不许碎。如果酒盅碎了，脑袋开了，那算我功夫没练到家。来，砸！……'哎，你几位今天听着别以为我胡吹八咧，这手叫'金钟罩'，这是气功。这招儿我在老家练过。练这招儿，不光本人见功夫，抢锤的这位也不能含糊，锤下去得又准又狠。没想到当时老程举着锤他下不去手，我可急了，我说：'你混账！你忘了小枝儿了吗？你还是中国人吗？'周围乡亲们给我们站脚助威，一个个眼泪汪汪。当时我们要服了软，那永世不能抬头。老程咬了咬牙，一狠心抢起大锤，就听'哗啦'一声……你们猜怎么着？那个日本人手一哆嗦，洋钱扔了一地！他也不摆谱儿了，说着中国话，冲着我们直作揖：'老哥们，一切都是我的不对，孩子的后事我负责办理！'说完他两手一垂，低头闭眼……按照日本人的礼节，向死去的孩子表示默哀！"

陈老汉慷慨激昂讲叙了往事，几个特务当场也随口奉承："行，您还真有两下子！"陈老汉摆了摆手："如今不行行了，吃了场官司，买卖也折腾得关了张，好汉不提当年勇啦！如今就仗着几十年落下的人缘儿，靠着多方面的朋友帮凑，给人家接个骨呀拿个环儿呀，混碗饭吃。不管什么时候、出多远的门儿，只要有人找我看病我就去。这不，大前天晚上我去西郊柳屯给一家孩子接骨，完事又喝了点酒，往回走都半夜啦。正走到西山碴子老药厂那儿，突然对面开来好几辆汽车，灯晃得我睁不开眼，我赶紧躲在大树后边。怪不怪，车停住了，车灯关了。从车上跳下的都是端枪的日本皇军。眼瞅着从车上押下来不少中国人，戴着手铐、脚镣的，五花大绑的，数了数，二十几个。这些人有穿长袍的，有穿着破棉袄的。其中有个老头儿还嚷嚷：'我窝囊了一辈子，没想到落到今天这步……'"

老铁听到这，脑子里"轰"的一下！这二十几个人，不正是组织上准备营救的亲人吗？那个嚷嚷的人，不正是出红差时见到的齐老汉吗！敢情这位老人家东拉西扯地说了半天，现在他才说到正题上！

（唱）铁奎海惊喜交加情满怀，
老人家此番来意不需多猜。
看老人已是年过半百，
饱经风霜两鬓斑白。
他满怀对"抗联"的情和爱，
不怕为自己招来祸灾。
昨夜里他曾出现在我的小窗外，
暗示我是非之地赶快离开！
今日里他又设计把酒宴摆，
几杯酒灌得特务东倒西歪。
老人家这情报十分重要迫不及待，
我铁奎海出生入死就是为它而来！

老铁怎么能不激动哪，他深知这份情报的价值。了解到那二十四名群众被关押的地址，"抗联"就可以及时采取行动。可是老铁又一想：不好！不论怎样，特务就在跟前，一旦引起敌人的警觉，鬼子就会把那些关押的人秘密转移，这情报也就失去了它的全部价值，老人家等于将自己送进虎口！老铁正想到这，那个冒充金少安的特务也觉出老汉的话茬不对！他眉毛一立，二目贼光闪闪，目不转睛地盯住了面前的陈老汉！

第五回

老铁慧眼识鬼魅
战友乔装传信息

（唱）酒席宴前起波澜，
一场智斗进行在笑语中间。
陈老汉讲出二十四人关押地点，
屋里人顿时心里都绷紧了弦。
老铁他听到这情报喜出望外，
却暗中又为老人把心担；
老人家您此刻处境十分危险，
豺狼虎豹就在身边！
特务们一个个脸色骤变，
暗骂道这老头实在讨嫌。
没想到皇军的秘密行动被他发现，
你哪知身边的老铁是"抗联"！
敌我双方都紧紧盯住陈老汉，
那老汉只顾把消息对亲人传。
你看他话似流水滔滔不断，
手举着酒杯神态安然。
老铁有心把他劝，
面临着敌特又不好拦。
特务们支棱着耳朵暗盘算：
老东西你再多嘴送你进鬼门关！

别看都吃着喝着，可是席面儿的气氛十分紧张！陈老汉好似无意之中说出二十四人的下落，这番话在敌、我双方都同时引起了警觉。忽然"啪"的一声！陈老汉回头一看，一个酒杯掉在地上摔破了。就见老铁晃晃悠悠站起身子，拱了拱手："今天一痛快，我喝多了，失陪失陪。"陈老汉很不乐意，心里说：你走了我还说给谁听啊？"这位老弟先等等。我看你个头儿挺猛，又正是血气方刚的年纪，喝这么几小杯就说喝多啦？"老铁一笑："我酒量不行，实在不敢多贪。老人家，我奉劝您也少喝点儿，喝酒要适量。"哪知道这老头儿不识劝："老弟，别看我岁数大点，有功夫底子，喝个四两半斤的还能托得住；还跟你这么说，现在我刚喝到兴头儿上！"老铁想：你怎么不明白我的用意，您得提防特务，跟我逗什么能啊？！

那个金少安明知道老汉透露的是皇军的核心机密，不能轻易放过，他凑到老头眼前紧叮了句："陈大爷，您说的大前天晚上的事，您真看清楚啦？"老汉毫不犹豫地回答："看清楚啦！"老铁想坏了，他赶紧插话："什么看清楚了，那天您喝那么多酒，再加上黑更半夜，您能看清什么？我看喝酒的人都是……"老头一听更不痛快："听你的话音儿是我酒后胡说？老弟，我这大岁数不会胡扯。你说那天黑更半夜我没看清楚？可有一宗，天下有月亮。汽车一来，我躲在百十步以外大柞树后面，借着月亮光看得可清亮啦！不信我给你说说：第一个下来的穿着长袍，四十多岁，左边眼眶子都打青啦！第二个是让人搀下来的，脸上带着伤，破棉袄都翻了花啦；第三个下来的是个老头儿……"老铁这个气，暗想：我越拉你，你怎么越往坑里跳呀！

就在这时候，从外边着急忙慌跑进一个人来。谁呢？是金掌柜。他刚才说到前面去支应买卖，可是放心不下，侧耳听着屋里说话。听陈老汉说见到有二十几个绑着的中国人，老掌柜的动心了，想打听打听有没有自己的亲儿子金少安。他跑进屋就问："老陈兄弟，你看见没看见我亲……"话说到这，一眼看见那个假金少安正在对面坐着，赶紧改嘴："我亲……我亲自给你们几位斟杯酒，我……我还到外边待着去吧！"又把他给吓跑啦！

老铁见几个特务的眼神都转向了老掌柜，借这空儿站起来给陈老汉斟酒，下面偷偷地踩了老汉一脚。嘴里说着："我不是说您眼力不好，您经多识广，本人非常佩服。只是我想这事不太对茬，现在是皇军的天下，皇军干事儿何必半夜里背着人哪？依我看八成不是皇军。我这次来哈拉河经商，听说这里治安不好，盗匪如毛，兴许您看见的是胡子。"陈老汉心里醒悟了，这是给我打圆场儿，不让我再往下说了。他赶紧把话接过来："对，是那么回事。有八成是西山的胡子绑票儿撕票哪！咳，人上了岁数脑袋就容易犯糊涂。"老铁忙接着话音儿说："今天大伙喝得挺高兴，时间也不早了，我看咱们改日再会吧！"

陈老汉装作醉汉，一步三晃地往外走。那个冒名金少安的特务暗想：这死老头子说的是真是假？是假，他说得活灵活现；是真，怎么又变成土匪撕票儿？不管是真是假，也不能留着这个老祸害！想着他喊了一声："陈大爷慢点走，你们俩伙计快去搀着，可别让他——摔着！"那两个特务听明白了，噌！噌！蹿过去，一左一右架着老汉往外走去！

> （唱）陈老汉一步三晃走出门，
> 　　俩特务如狼似虎左右跟。
> 　　老铁在一旁难压心头恨，
> 　　此一去老人家难以生存。
> 　　这老汉对我多么信任，
> 　　闯虎穴、送情报一字千金。
> 　　让老人这样离去我于心何忍？
> 　　贻误时机我对不起父老乡亲。
> 　　千钧一发时间紧，
> 　　身边特务似狼群。
> 　　老铁在关键时刻暗思忖：
> 　　我何不如此这般救亲人。
> 　　想罢他向假金少安走近，
> 　　嘴对着他耳边放低话音：
> 　　"少安呀，如今是白色恐怖形势严峻，
> 　　我们要处处警惕多加小心。
> 　　在密林、山村敌人搞清乡、封锁、围困；
> 　　在城镇'连保''连坐'特务横行，日寇魔爪四处伸。
> 　　刚才那老汉所说的事情很要紧，
> 　　咱正好借此来审查身边的人。
> 　　倘若是老人家出门被捕遭监禁，
> 　　就说明咱联络点内组织不纯。
> 　　到那时这个联络点得立即报废，
> 　　绝不能让敌寇得逞引火烧身！"

老铁用这话一砸，那特务心里一激灵！哟，这老头还不能抓。真要引起铁奎海的疑心，一宣布这个联络点作废，他往山里一跑，我怎么向皇军交代？他冲老铁点点头说："对对，您先回屋里休息。"说完他赶紧追出门外，作了个手势，又把那俩特务追回来啦！

假金少安风风火火跑到警备队，又向他主子做了详细汇报。新任长官熊木

三郎又详细询问了一番，他对老铁的每一个动作、表情、语气、眼神……都做了分析。他满意地表示："少安啊，你工作得很出色，看来铁奎海对你比较信任。但是不能急，要稳妥，务必要掌握到'黑燕计划'的全部内容。至于那个姓陈的老头，可不能因小失大打草惊蛇，你们不要去理他！"

再说老铁，刚才略施小计解救了危机，使那位老人脱离了险境。谁能想到，就在当天的下午，那陈老汉他又回来了！当时假少掌柜金少安不在跟前，老掌柜病病歪歪正在大屋里睡觉。陈老汉趁机一闪身儿，进了老铁的厢房。老铁"噌！"从椅子上站起来，两个人急步走到一起。此时两个人说话都非常急促："陈大爷，您怎么又来啦？"老汉说："先生，我这儿谢谢你了！今天上午是你救了我一命。可是先生，我说的那件事儿完全是真的。我确实在大前天看见了那二十四个人。那都是正经的好人哪！我是个平民百姓，可是我知道眼下国难当头，咱得有中国人的骨气呀！那二十四个人让我看见了，我要是袖手旁观，对不起良心，人命关天，我又有什么办法？我只能把这事儿告诉你，你就看着办吧！"老铁听罢，怎能不百感交集："老人家，您的一片情义我心领了，可是……"说到这，老铁的话语沉重："老人家，您自己的安全千万要注意才是。"老汉摆了摆手："不用嘱咐我，我这把老骨头全都搭进去也没什么可惜。我佩服你，你们'抗联'才是真正的英雄。我看得清楚，你眼下四处都有狗盯住，一举一动都不能随便。就这样你还能够拉我一把，这恩德我怎么能忘。我这人有啥说啥，我在哈拉河人熟地熟，汉奸、鬼子也都知道我是老住户。如果你有用我的地方，哪怕赴汤蹈火我也在所不辞！"老铁很受感动："老人家，如果我今后遇到为难之处，一定请您帮忙。时间紧迫，您快走吧！"老铁目送着老汉往院外走，见他大摇大摆地从铺子走出去了，这才放下心来，暗说：真算万幸！

老铁松了一口气，躺在床上微闭双眼，脑子里回想着陈老汉所说的情景。他好似身临其境——走在哈拉河西郊的路上，对面有日本军开车来，车灯闪耀，在药厂门前停住，车灯关了……老铁对哈拉河的地形很熟悉，知道西山碴子这儿有个旧药厂，早已废弃不用，四面围墙很高。那棵大柞树老铁也知道，确实离路边有百十步远。借着明晃晃的月光，把车上下来的那二十几个人看得清清楚楚。能看到有的人棉袄翻了花，甚至能看见有人眼眶被打青，脸上带着伤痕……嗯？想到这，老铁猛得两眼圆睁，浑身一哆嗦，起了一身鸡皮疙瘩！噌！从炕上站起来啦，在屋里来回直走，好似一块阴云压在心头！他又把上边的情景，仔仔细细在脑子里过了一遍，顿时他又急、又气、又悔、又恨，暗暗叫道：铁奎海啊铁奎海，你错了！你远离组织孤身奋战，为什么如此轻信？为什么这样明显的漏洞你没有及时觉察？你眼前真正的对手，不是那个假少掌柜金少安，而是他！

（唱）老铁此时心乱如麻，

思前想后气恨交加。

恨敌寇手段阴险多狡诈，

怨自己对特务诡计未觉察。

组织上派我把山下，

救战友千斤重任肩上压。

入狼窝，孤身奋战应心细胆大，

该警惕敌情变化错综复杂。

下山来要完成营救计划，

急需要知道战友们在何处关押。

盼情报心急如火放不下，

巧不巧，有人就把情报及时传达。

只怪我主观轻信不辨真假，

使特务乘虚而入把黑手插。

这情报完全是一片谎话，

他、他、他笑里藏刀是日寇爪牙！

　　老铁在小厢房里分析、判断陈老汉所讲的情况，在一个问题上引起了他的怀疑。什么问题？在夜间十一二点的时候，陈老汉在百步之外看清了被捕的二十四个人的相貌，甚至有人眼被打青，脸上的伤痕他都看见了，能看得那么清楚，全靠夜空中的月光照耀。可是老铁忽然想起来，大前天正是腊月二十七，哪里来的月亮？不但如此，那天是老铁初进哈拉河的第一夜，老铁心情激动，整夜不能入睡，在院里看夜空不但没有月亮，连个星星都没有，那真是伸手不见五指，对面不见人。在这漆黑的夜晚，又是旷野荒郊，汽车又把灯闭了，陈老汉他怎么能看得那么清楚？难道他是火眼金睛？显然其中有假，那么他要想干什么呢？此时，老铁不能不回想自己进"金记商行"这三天来的情况。我朝思暮想的一件事，就是二十四名亲人被关押的地点，我在虎穴不得自由，有人倒把这个情报主动送上门来，这情报会追着我跑，这事儿不是太偶然了吗？我去了一趟日本帝国饭店，造假相引诱敌人上当，看来似乎牵制了敌人，同时是不是也引起了敌人的疑心？他们明知道冒名金少安的这个特务不能对付我，这才在暗中设置了第二道防线。这个陈姓的老头儿貌似忠厚，内心奸诈，满嘴爱国热情，却是为鬼子效力，居心险恶啊！西郊药厂地势复杂，四面环山。如果听信了他的话，"抗联"要在那里发起进攻，就有被日本鬼子反包围的危险，这个阴谋太毒辣了！到现在才明白，为什么那个陈老头出入商行如履平地，他一定是受鬼子最高指挥官的直接派遣，负有特殊使命。在这场战斗中，他——才是我真正的对手！我下一步棋究竟怎么走哪？

我们的英雄老铁，经历了多次战斗洗礼，可是他参加的都是有形的战斗，面临着直接的敌人，现在却经受着特殊的考验。他心里似大海的波涛起伏难平！到此时，他怎么能不深切地思念组织，思念战友啊！老铁正陷在沉思之中，忽然听到有人在外边喊了一声。这声音，老铁听来非常熟悉，非常亲切，正是他心头所想念的人来啦！

商行进来一个人，瘦巴巴的有五十多岁。头戴防空帽，胸前挂着带长鼻子的防空面具。左胳膊上戴着白箍儿，写着三个黑字——检查员。从铺子到院子里，这瞅瞅，那瞧瞧，嘴里还叨叨咕咕："检查防空，检查防空了……"这人是谁啊？是老铁肝胆相照的老搭档儿——"蔫有准儿"！他化装成街面儿上的防空检查员，挑三拣四地跟几个特务找别扭："你们铺子怎么回事？防空防火大检查，这可是皇军的命令，头半个月就通知了，你们几个当时不在吗？""在，在，知道这事。""知道怎么不动？你们打算对抗皇军是咋着？瞧，这堆板扎子咋摞这疙瘩儿啦？这不是有碍防空吗？玻璃上也没贴条儿，你院里处处是毛病！"说着他抽冷子就往老铁厢房里钻。假金少安赶紧拦住他："您抽支烟，请到这屋里喝茶。"虽然这特务不知道"蔫有准儿"是冒牌儿的检查员，不管是谁也不能让他跟老铁接触。"蔫有准儿"把脸一绷："别来这假客气，咱公事公办！听我说道说道，防空防空，不能放松。盛水的'委得罗儿'、灭火沙子袋儿准备好了吗？""有，有。""这垛劈柴样子放得不是地方！""是，挪挪。"这几个特务心里憋气：豆儿大点儿的防空检查员儿，还够牛的！没办法，还得顺着他。"蔫有准儿"站在院子里指手画脚，大发议论。老铁在厢房里看着，准知道他这一来必有要紧的事，只是被敌人阻拦不能接触，一边听一边看，分析着"蔫有准儿"的来意，猛然见"蔫有准儿"一边说着："防空防空……"手指头画了个圈儿，老铁明白了。两个战友朝夕相处，每当研究问题到了重要的地方，总是习惯性地用手指头画个圈儿。就听"蔫有准儿"说："年关到了，到三十晚上接财神的时候……"说到这他手有意地画了个圈儿："到那时候，鞭炮噼里啪啦，乒乓乱响……"他又画了个圈儿。"防空又得防火，你们院里这堆样子得搬！必须要搬，别马虎！要不然可危险！"就这"危险"俩字圈儿画得特别大。到这时候，老铁已经把"蔫有准儿"的来意全弄清楚了：三十晚上请财神，这正是除夕之夜十二点钟；鞭炮噼噼啪啪，这是说我们的支队就要打响营救亲人的战斗！必须要搬，不然危险，这是代表组织通知我抓紧时间快脱离危险地！这些心照不宣的默契——特务们哪听得懂？"蔫有准儿"走到门口，还回身嘱咐："我说的这些要紧，听明白了没有？可别忘了！"特务们还紧着奉迎："忘不了，您放心吧！"

老铁目送着"蔫有准儿"走出院子，心中暗暗想道：组织在命令我快快离开此地，营救战友的行动现在正在紧张地进行。看来今后的一分一秒都是十分紧要，可是现在我又有了新的打算，根据眼前出现的这个新对手和变化了的敌情，我必须采取一个特殊的行动！

第六回

布迷阵计送情报
逢险恶兄妹分离

"蔫有准儿"报信走后，老铁思绪万千。营救战斗到年三十儿晚上就要打响，在这紧急时刻老铁觉得这里虽然危险，但是我还不能离开。从敌人活动迹象看，他们明确知道"抗联"要营救那二十四个人，敌我双方都严阵以待。战斗打响势必非常艰苦，怎么能尽力来减少同志们的流血牺牲哪？此时我若突然离去，定会引起敌寇警觉。这两天商行里情况发生了激烈的变化，姓陈的老头意外地出现在我身边，从他的身后使我看到鬼子对我还抱有很大野心，我要抓住狐狸尾巴，将计就计，配合战斗顺利展开！

第二天，正是大年三十儿。早晨起来听街上有了零零星星的鞭炮声。左邻右舍的买卖铺子有的贴对联，有的粘吊签儿，多少还有点过年的样子。唯有金记商行冷冷清清，那几个特务哪有这份心气儿？金掌柜哪？病得起不来啦！这些日子担惊受怕，神经上受刺激太大，躺在炕上捂着被子哼哼唧唧。老铁在厢房里坐着，神色平静得跟没事儿一样，突然房间被推开，"吱溜——"钻进一个人来，随手把门关上。老铁一看，正是那个姓陈的老头。他显得神色紧张，说："先生，我趁着外边人没留神前来找您。"老铁心里说：别装相了，别人进不来你随便。可老铁装着警惕的样子向外看了看，院里一人皆无，正是自由谈话的机会。那老头叹了一口气："嗐！我是跟您告别来了。从昨天我回家后，屋前房后不对劲儿，总有几个人转悠。看来特务们要抓我。我不能坐着等他们下手。先生，我跟您说一声就要走了。"老铁知道这是变戏法儿的吹气——明明要鬼。老铁装着十分同情。那老头再说话老泪纵横："没想到老来老来落了个外出逃难，我是举目无亲，抬头无故。别看这样，我不后悔。我知道为什么。老弟，我明白你现在也难。昨天我答应有事替你帮忙，可这一走就不好办啦。分手之前，你要有什么难事交给我吧！"老铁完全清楚了，他这是要从我嘴里掏实话。那老家伙抹着眼泪步步紧逼："我拿你当亲人，难道你还信不过我吗？"老铁听到这儿，在屋子里紧走了几步，忽然回身凑到老头的耳边："老人家，到现在跟您说实话吧，我是'抗联'的人，您冒生命危险送来的宝贵情报，即将变成我们今晚的行动。今夜一点钟，在西郊旧药厂要打响劫狱战斗。我代表'抗联'感谢您的帮助，您如果没有投身之处，今天午夜您到药厂后的土地庙去，那儿有我们的人。"说着老铁掏出胸前的怀表："拿着，以此为证！"嗬，那老家伙激动万分，泪花闪闪！两个人紧对着目光，牢握着双手，显得是那么心心相印！

（唱）铁奎海大智大勇入魔窟，
　　早看清这老鬼是日寇的走卒。
　　他假装不知把"机密"泄露，
　　老特务如获至宝心满意足。
　　特务想：还是我老谋深算有招数，
　　比起我，你姓铁的是初出茅庐。
　　到如今你认不出我真面目，
　　你铁奎海一招不慎全盘输！
　　那老铁强忍着满腔愤怒，
　　暗骂道：老汉奸你真阴险狠毒！
　　你卖国投敌认贼作父，
　　哪知道你狐狸尾巴早露出。
　　革命者识得破妖风迷雾，
　　好猎手要把豺狼虎豹全铲除！
　　老铁他假情假意千番叮嘱，
　　老特务含泪告别走出屋。
　　老铁暗笑：你聪明反被聪明误，
　　我让你欢欢喜喜上迷途。
　　今夜里枪声响你才能醒悟，
　　管叫你悔恨不及难以反扑。

　　老铁暗自高兴，这叫瘸拐李把眼挤，你蒙我来我骗你，你会假戏真唱，我会调虎离山。西山碴子那里距离哈拉河镇少说有二十里路，我们营救战斗一旦打响，你们再调头反扑，是正月十五贴门神——晚了半个月啦！这就要求"抗联"支队速战速决，打他个出其不意！并且要时刻注意西山碴子方面的动静。

既然我给敌人设置了圈套，更不能提前离开引起敌人的怀疑，我要在这里一直坚持到战斗打响之前！这个情况应该及时通知支队呀！就这样，老铁按着自己预定的行动计划，倒背双手，溜溜达达，逍遥自在地走进了金掌柜的正房。

金掌柜正躺在床上哼哼，忽听屋门一响，本以为是那个假儿子，偷眼一看，原来进屋的是老铁，吓得他赶紧闭眼装睡觉。老铁说："老掌柜，我在那屋听您哼哼，过来看看您。"金掌柜只好睁眼应酬："上年纪的人，招不得灾病。"老铁说："我看您病得不轻，虽然我不是医生，您的病我瞧得出来，您是心病。"就这一句话，金掌柜冷汗直流，脊梁沟子直冒凉气！老铁又紧叮了几句："我到这儿来，您的好心我忘不了，以后一定找机会好好报答！"金掌柜听完差点没背过气去！心里说：这是要给我拉清单呀！哪是报答我，这是敲打我呀！嗐！也怪我不对，谁让我傍狗吃食呢！眼下我知道了，我儿子也是地下党的人，让鬼子抓走了。我反倒帮助汉奸特务糊弄"抗联"。我这是猪八戒照镜子——里外不是人！没等他说话，老铁坐在炕头："老掌柜，有病就得治！""嗐！我跟前的那位能管我吗？"老铁说："那也不能硬挺着。要治，到小地方也不行，门诊所、小药铺不顶用，您得到大医院去！"金掌柜听着直犯嘀咕：听话音儿这位找我是有事儿呀！嗐，便衣特务拿我做幌子，这位要使我当招牌。那头我都得顺着，这边说什么我也不能得罪……正这工夫，那个假少掌柜进来了。金掌柜有气无力地喊着："儿啊儿啊，你送我上趟大医院吧！"特务刚一愣神儿，老铁插话说："伯父这病得看，你柜上要忙我陪着去。"特务想：那哪儿行，你要半道跑了我上哪儿找去？"不，我也跟着你们去，他不是我爸爸吗！"这特务和老铁搀扶着金掌柜，临出商行大门，回头冲同伙儿使了个眼色，意思是说：快去叫几个人跟着我们，这里不定有什么事！

简短截说，三个人来到了哈拉河最大的"满铁医院"。这所医院三层楼房，走廊里格外肃静。墙壁、屋顶、地板都是白色的油漆。每间房间上都挂着木牌，什么内科、外科、西药房、挂号处、急诊室、隔离室……这所医院是日本人开的，出出进进，中国人很少。门诊室里看病的人不多，有一个年轻的女护士，苗条的身材，再穿上可体的白罩衫，更显得亭亭玉立。这护士忙着给患者填病卡、试体温，态度和蔼，面带笑容，业务非常熟练。这位护士不是别人，正是老铁的妹妹翠环。翠环听走廊内一阵脚步乱响，向外一看，猛吃一惊，心里咚咚一劲儿擂鼓！翠环明知道是自己日思夜想的哥哥，正一步一步地走来，怕引起旁边人的怀疑，赶紧把目光转向别处，若无其事地又去照料患者。

（唱）翠环她表面镇定又从容，
心潮激荡似海浪奔腾！

想兄妹自幼相依为命，

为抗战分别参加斗争。

多少次在梦中相见把我乐醒，

想哥哥真把我眼睛盼红。

想哥哥、盼哥哥，我天天在等，

没想到此时此刻在此相逢。

这医院出入多是军特宪警，

此时我却不能叫哥哥一声！

哥哥他为营救亲人又下山活动，

几天来我提心吊胆坐卧不宁。

营救战斗现已确定，

今夜零点就要进行。

哥哥呀，组织上通知你快脱离险境，

危急中你快摆脱敌人跟踪。

又想到哥哥他历来勇敢机警，

既来此定有情况发生。

我要沉着，要冷静，

把他的来意要设法摸清。

　　老铁三人在诊室门外候诊。本来医院里很安静，他们进来以后，呼啦又进来四五个。一个个年轻力壮，贼眉鼠眼，就在老铁的坐处前后左右盯上啦！翠环扫了一眼，看这几个人根本不像有病的样子，随便问了一句："怎么你们一块来这么多人啊？"那几人紧解释："这是赶巧了，我们都是看病的，谁跟谁都不认识。""噢，你看什么病呀？"这个赶紧捂着肚子，装着直哎哟："哎哟，我可实在受不了啦，我呀……我牙疼。"旁边那个想，你这不是胡说八道吗？有牙疼捂肚子的吗？我得装像点："护士小姐，我发高烧。"翠环让他试表，还真烧，快五十度了。怎么回事？他胳肢窝偷着夹了一块烧白薯！翠环知道这帮是便衣特务，是来这监视老铁的。哥哥到这儿来一定有重要情况，我必须想法给他创造条件，寻找与他接触的机会。别看翠环姑娘年岁不大，在对敌斗争中经受过锻炼。上部书说到老铁与汉奸郎占山在医院窄路相逢，就在那样紧急时刻她都能化险为夷。今天来这几个特务更算不了什么。她依然显得非常平静，但他能看出，对哥哥威胁最大的是同时进来的那个年轻的特务。要想与哥哥接触得先把他们支开。想着她冲假金少安问："你们是给这老先生看病吧？你到走廊那头挂个号去。"假金少安点了点头。他掏出一张绵羊票子，对身边装牙疼的那个特务说："劳驾，这地方我不熟，我爸爸这儿也得有人照顾，请您帮忙挂个号去。"

假金少安想：让我挂号去？我一去一回这老铁谁看着？铁奎海要到医院来，绝不是为了给我这假爸爸看病。他是想到这见什么人？或者是要在这留个暗号？或者与某患者来接头？无论如何得盯住了，我给他来个寸步不离！哪怕他一举一动，一言一行，就是眨巴眨巴眼儿，我也要琢磨琢磨。

这时候最害怕的是金掌柜。这几天来被特务闹得神魂颠倒，一进医院更是忐忑不安。这是日本人开的医院，出出进进的中国人很少，看屋里的那日本人脸沉似水，跟过堂审案一样，他好像进了日本宪兵队。再看什么心里都怕，就见院子里有间小房，木头牌子上有三个字——太平间，他起了一身鸡皮疙瘩！心里说：看样子用不了多会儿，我该上那屋待着去了！

金掌柜和特务越紧张，翠环越不让他们进屋看病。一会儿叫进这个，一会儿叫进那个，就是不叫这几个。假金少安坐不住了，心里想：夜长梦多，不能总在这耗着。他搀着金掌柜想往屋门靠近，寻思着我们就在门这堵着，你叫不叫我下一个也要进去……正这工夫，从后边走来两个日本宪兵，也来看病。翠环迎过去，说了一句日本话："康才！"就把两个宪兵让到门口坐下了。假金少安一看很不高兴："小姐，这看病也得有个先来后到吧？"翠环用眼珠翻了翻他，故意提高了嗓门儿："先来先到？你没看清这是皇军吗？皇军开的医院，皇军来就得优先！"那俩宪兵心里也不高兴，平时这医院人不多，今天走廊里坐着七八个中国人，都贼眉鼠眼的，看架势还挺横，这俩对脸儿哇啦了几句话，表示很生气。

就在这节骨眼儿上老铁站起来了："少掌柜！老掌柜的快顶不住了，脸色越来越难看。我会日语，我过去跟他俩商量商量，让老掌柜进去先看。"说完他走到俩宪兵跟前，恭恭敬敬地鞠了个躬，叽里哇啦说了几句日语。两个宪兵相互对了对眼光，从把门的座位上站起来了。假金少安一看：行，日本人还挺讲情理。他冲着那俩直点头："谢谢太君！谢谢太君！……"那俩宪兵慢腾腾走过来，有一个冷不防地抢起胳膊："呱！"给那特务一个大嘴巴："三宾的给！"那一个宪兵冲旁边那四五个便衣特务："巴嘎！统统的死了死了给！"一通拳打脚踢，再看那几个特务哭爹叫娘，连滚带爬！一个个俩鸭子加一个鸭子——撒丫子全就跑啦！

这俩日本宪兵为什么突然动起手啦？是让老铁那几句话闹的。刚才老铁过去用日语对鬼子嘀咕："太君，那几位很厉害，他们专与皇军作对，前几天砸皇军开的帝国饭店——就是他们，现在又到皇军的医院寻衅滋事……"老铁这么一挑，那俩宪兵还能不急吗？再说这俩鬼子是宪兵队负责给人上刑的，专业就是抡鞭子、抽嘴巴、灌辣椒水儿。近来闹点儿职业病——肝火太旺，看谁都别扭，到医院来找方子开药。听老铁一说，这俩更犯了病了，把特务们打得鸡飞狗跳墙！

假金少安半拉脸都肿了，脖子歪着也错位了。他心里还很纳闷儿：这日本人怎么说着说着动手打开人啦？再看那几个同伙都溜之大吉，心里说：我不能跑，肩负使命得盯着老铁！他歪着个脖子点头给鬼子赔笑脸："太君息怒，您那个……"那宪兵看他那模样更来气了，"哪"就是一脚，还当他不服气呢！

这一打一闹把金掌柜吓得魂不附体。从一进医院他心里就疑神疑鬼，再看见这俩宪兵好似凶神恶煞，打起人来又毒又狠。他身子哆嗦得跟凉粉儿坨子一样拾不起个儿来。他心里还嘱咐自己："别害怕、别害怕……挺着点儿，别吓死……"嘴里嘟囔着两眼一黑就什么都不知道了。

护士翠环一看老头儿情况不好，就跟老铁赶快把他搀扶起来，在长椅上躺好。老铁一边掐着老头儿"人中"一边呼唤："老掌柜您醒醒！"翠环跑进屋里请出日本大夫给打圆场。大夫冲俩宪兵叽里哇啦一说，把俩鬼子让到里边就诊。金掌柜好不容易苏醒过来，再说话嘴都不听使唤："唉哟，我这哪是来治病，简直是来找病！快走，我死也要死在家里。"老铁对假金少安说："这病是不能再看了，咱回去吧。"那特务心里说：要不是你催着来，我能让人打成这模样吗！唉，好在老铁今天没跟什么人接触……没接触？他哪知道就在金掌柜昏过去那一刹那，翠环和老铁来搀扶老头儿，老铁就把事先写好的情报传到了翠环的手里。

老铁几人向外走去，那俩宪兵在屋里看病，走廊里恢复了以往的平静。这时候只有一个人非常激动，焦虑不安。谁呀？就是护士翠环。她借着刚才混乱之间，偷偷地看了哥哥送来的情报，并且已经把纸条暗暗销毁。翠环姑娘的心充满了对哥哥的崇敬！哥哥在万分艰险的环境，竟然送出了这份情报。这份情报为组织出其不意地袭击敌人、营救战友提供了多么有利的条件！想到这里，翠环不由心头一颤：哥哥呀，有一个情况你没想到，敌人为什么几天来不抓你？因为敌人抱有幻想，想从你身上捞到我们的行动计划，你那假情报一经交出，你的生命就要失去保障，你在敌人心中再没有存在的价值。营救二十四名亲人的战斗今夜就要打响，这边枪声一响，那边敌人就会向你下手啊！哥哥，我明白你的心思，在这关键时刻你是宁肯牺牲自己的生命去换取更多战友的安全。此时，翠环强忍着内心的激动，目送着哥哥走出医院的走廊。她又靠近窗户亲眼看哥哥离去。骨肉情深，弄不好这就是我们最后的一次见面了！忽然，翠环脸色一变，见街上发生了意外的情况！

（唱）翠环她百感交集话难说，

隔窗含泪目送着哥哥。

手足情长难分难舍，

谁想到眼前骤起风波。

见一辆黑色卧车停在大门的右侧，

几个日本宪兵把老铁押上汽车。

危难时老铁是从容不迫，

那翠环见此情景心如刀割，

亲眼见哥哥被捕只能沉默，

有眼泪也只能洒在心窝。

恨敌寇杀人成性多凶恶，

只怕哥哥你身陷魔爪难以解脱。

几天来你不畏风险默默地工作，

你期待着今夜枪声震响哈拉河。

当亲人获得自由胜利的时刻，

会想起你，好哥哥，斗敌特，入狼窝，英雄本色，

高贵的品德！

这正是：我"抗联"为民族赴汤蹈火，

洒热血为唤来光明的中国。

等待着除夕夜燃起战火，

咱"抗联"谱写出英雄的壮歌！

第七回

年夜枪声惊敌寇
神兵天降破重围

翠环她眼巴巴看着老铁被敌人押上了汽车，强忍泪水，担心着亲人的安危；却又对哥哥满怀敬佩，他不惜个人生命为"抗联"支队营救计划创造了有利的战机。此时翠环说不出内心的焦急和不安，只盼今夜营救亲人的战斗能顺利打响！

夜幕降临，天色漆黑。大年三十儿正是我们民族的传统节日——一年一度的除夕夜。可是在日本帝国主义统治之下，哈拉河镇显得冷冷清清，只能听见零零星星孩子们放的鞭炮声。时间在临近十二点的时候，"蔫有准儿"带领"抗联"支队三十几名同志，已经摸进了哈拉河镇。那么鬼子到底把那二十四个人

关在什么地方哪？这地方是日本鬼子多年苦心经营的一处秘密看守所，离警备队只隔着一条小巷。正是老铁深入敌穴吸引了敌人的注意力，才使我们支队及时地摸清了这个情况。"蔫有准儿"和同志们隐蔽在暗处，观察着这座看守所的动静。这里是高墙深院，前边门楼五颜六色，左右墙壁上写着两个醒目的"当"字，正中悬挂着金字牌匾，有"庆丰当铺"四个大字，从外边看只不过是座倒闭的当铺，其实这里边是三层深院，森严壁垒。进大门的耳房里，有敌人一个班驻守。前边一排接着栅栏的柜台，往里是跨院，院中有一排当铺存货的库房。把头的一间库房已经被敌人改建成秘密碉堡。墙壁上有向外偷袭的枪孔，还有一条暗道直通鬼子的警备队。到最后一层院子的库房，才是关押那二十四个人的地方。在院里没有什么角门、后门，四周是高墙电网。想营救这里关押的人，只有从正面出入，在鬼子眼皮底下行动。

前边耳房里一班敌人，心里都很别扭，大年三十儿本来正是喝酒、赌钱的好时候，没想到临时接到命令，进入紧急战备，不准有丝毫松懈，要严守岗位。这十来个伪军守在屋里闷得慌，又不敢耍钱，手头又痒痒，你一句我一句在过嘴瘾："虎头""天扛""对大仁""你闭十，我搂钱啦"……正在这工夫门开了，进来四个"抗联"战士："不许出声！都扭脸冲墙站着！"喊甲喀嚓下了枪，用一条长绳把这班人绑了一串儿。有的心里还直纳闷：守门的哨兵哪儿去了？哪知道俩哨兵早找阎王爷报到去啦！

"蔫有准儿"和三十来名战士，紧贴着墙根向后院摸去。大家只怕发出一点声音，行动非常谨慎。"蔫有准儿"心里暗想：现在到了千钧一发的时刻，我们的兵力有限，在敌人堆里活动，我们只能速战速决。老铁同志用调虎离山计，把鬼子的一部分兵力骗到了二十里以外的西山碴子，给我们创造了难得的战机。这次战斗最好是一枪不放，神不知鬼不觉地完成劫狱任务，一方面减少伤亡，另外还能够找机会去营救老铁。这工夫他们已经摸到了最后那层院子，地下党的那位同志取出钥匙打开库门，"蔫有准儿"带人悄悄地打开库门与那二十四人相见，不由一愣！瞧这些人被打得不成样子，有的遍体鳞伤，有的双腿已被折断，一个个身上都戴着手铐脚镣。"蔫有准儿"含泪嘱咐大家："快撤！走路的时候把脚镣的铁链都拉起来，千万别出动静。"说着他和"抗联"战士背起伤情最重的人往外就走。前面有"抗联"的战士持枪开路，二十四人之中的共产党员和地下组织的负责人宗宝贵，都站出来组织伤势较轻的人在后边紧紧跟随。"蔫有准儿"和几个战士，顺利地通过了第二层院子。宗宝贵在后边悄悄地叮嘱身边的几位乡亲："轻，轻点。"可是这些群众没经过什么军事训练，越紧张越怕出声，脚底下越不听使唤。有一个老汉脚下被石头一绊，扑通栽倒！脚镣铁链哗啦一响，惊动了那边暗堡里的日本兵，嘡！对面墙上的大灯全亮了，枪声立刻响成了一片！

> （唱）劫狱的行动被发觉，
> 战斗打响短兵相接。
> 阴云密布的除夕之夜，
> 枪声一片不停歇。
> 敌寇的火力多么激烈，
> 我们的战士遭到了阻截。
> 有的为迎救亲人洒热血，
> 看眼前形势紧迫艰苦卓绝。
> "蔫有准儿"心情更急切，
> 怎能再看着亲人遭到日寇的洗劫，
> 要保护亲人出敌穴，
> 关键时我必须要勇敢坚决。
> "抗联"战士的意志坚如钢铁，
> 敢于搏斗把胜利迎接！

到这时候，敌人枪声一响，"抗联"战士没有别的选择，只好奋起还击！可是眼前情况，对我们非常不利，从那间库房改建成的暗堡里，喷射出道道火舌！这是敌人的两挺机枪，在灯光底下封锁了整个院子。有的"抗联"战士在敌人扫射中受伤了，我们的人被敌人的机枪分隔在两下。"蔫有准儿"几人将背着的乡亲送出门外，"抗联"战士向院里发起强攻。被敌人阻截在后边的宗宝贵大伯，组织大家撤退到最后的院里，坚持战斗，准备突围！宗大伯看了看身边只有几名"抗联"战士在开枪还击，其余的都是被关押的乡亲。他神色严峻地说道："乡亲们，我们宁死也不能再落在鬼子的手里，现在只有和他们拼了！快，砸开手铐脚镣，准备向外冲！"前院的"抗联"指挥员，连续组织了几次攻击，但是都难以通过敌人的机枪封锁。尤其是"蔫有准儿"心情非常焦急，也知道如果被阻截在后边的乡亲和战友救不出来，就再也没有生存的可能。战斗再一拖延，被引到西山砬子的敌人就会调头回防，"抗联"势必处于腹背受敌的境地。同时，在这极端危急之刻，"蔫有准儿"不能不想起自己的战友——老铁的处境。这里枪声打响，已经给敌人报了警，老铁呀老铁，你现在的处境究竟如何？

"蔫有准儿"为老铁担心，此时老铁也正处在危险当中。白天，老铁被敌人从医院门口押上了汽车，一直开到了日本警备队。直到天黑以后，几个日本鬼子前后押着老铁，穿过几道岗哨，进了一间办公室。屋子不大，桌上放着几部电话机。唰！门帘一起，从里屋走出一个身穿和服的日本人来，五十多岁，满面堆笑："铁奎海先生，幸会幸会！"这个日本人一口流利的中国话。"铁先生，我对你是早闻大名。实不相瞒，几天前就听说你来到哈拉河，我时刻关心着你的一言一行、一举一动。直到今天，我才把你请来当面叙谈。鄙人就是大日本皇军派驻哈拉河警备队最高长官——熊木三郎！"老铁哼了一声，冷淡地掉过脸去，心里琢磨：早听说这熊木是个中国通，听他这口中国话，真是名不虚传。熊木说："今天我们虽说初次见面，但已经是老朋友，我这样说，你可能觉得我很冒昧。不，我有一个挚友向我推荐你，可作为我们的知心的助手，从今天开始，就让我们正式合作吧！"老铁不动声色，置若罔闻。熊木也不管老铁听不听，只顾往下讲："现在就让为你我引见的老朋友来证实这一切吧！"话音未落，里屋的门帘一起，走出一个老头，身上也穿着和服。别看穿着和服，他可不是日本人。这中不中洋不洋的老家伙，对老铁一抱拳扬扬得意："老弟，还认得出我吗？"老铁一看他那个样子，好像吞了个苍蝇那么恶心。这正是在"金记商行"伪装正直的陈老头。老铁早已将他识破，今天他的汉奸嘴脸才正式暴露在老铁的眼前。老铁为了迷惑敌人，故意装作又惊又气又恨又悔的样子："你……你这个汉奸，出卖了我们的秘密……"熊木一旁哈哈大笑："哈哈……往日是非，过眼烟云哪！铁先生，皇军感谢你为我们提供了宝贵的情报。并且今夜就要按你的指引去为'抗联'支队布下罗网。不管你愿意不愿意，我们已经开始合作了。依我看你不该抱怨这位老朋友，反而应该感谢他。我熊木是非常重视友情的，并且十分爱惜人才。你还记得在'金记商行'陈老先生讲过的一段往事吗？他说到在中国经商游历的日本人就是我！当时我俩也发生过小小的不愉快。但是我没有怪罪他，反而欣赏他的才干，从那时候我们就结成了密友，我也曾在经济上给他以资助……好了，余下的事，让陈老先生陪你到另一处房间交谈吧！我就要到西山硭子去亲自指挥这场军事行动。"说完他进到屋里，换上军服，集合队伍，非常得意地走了。

姓陈的老家伙和两个持枪的鬼子，把老铁带到另一间房里。屋中桌上早已摆满了酒菜。两个鬼子把门一关，在门前一左一右，来了个二鬼把门。老汉奸假惺惺地向老铁让座："老弟，到现在木已成舟，可不能辜负熊木队长对你的器重。你可能觉得自己是个英雄。别忘了天外有天。我进商行略施小计，老弟你不就落入圈套了吗？说来熊木队长对我有知遇之恩啊，这次他到哈拉河来上任，外边人只知道我被皇军关押了半个月，殊不知我们是老友相会。熊木把我接来推心置腹委以重任。熊木为人明智，他亲口说：'日军要治理满洲，只有依靠你们这样的满洲人。'老弟，你们金记商行联络点的秘密，就是我向皇军汇报的。凭我多年的经验，我早看出这商行的名堂。今天我又来拉你一把，不管你愿意不愿意，你已经败到了我的手下。"任他百般劝降，老铁置之不理。

这时候来了个便衣特务，手里托着一个方盘儿，上边罩着红布。来到门口冲那把门的俩鬼子低声说明来意，又进屋凑到老汉奸的身边，轻轻地交代："熊木队长对铁奎海非常重视，临行前派我送来一枚勋章，还准备在战斗后为他授勋庆功。"说完，这便衣转身走了。老汉奸捧着这枚勋章，对老铁不住地奸笑。到此时，老铁心里反而变得非常平静。看窗外夜色越来越深，已经快临近战斗打响的时间。老铁暗想，我一定要不露声色地坚持到最后一分钟！

    （唱）老铁他不顾个人安危，
    只盼着亲人得救突破重围。
    明知道眼前是恶鬼，
    他闭口不语紧皱双眉。
    老汉奸满脸狞笑心里美，
    手中捧着那勋章一枚：
    "老弟，这可是你的好机会，
    为今后精诚合作我得敬你一杯！"
    老铁他暗骂这民族的败类。
    你是认敌为友的卖国贼，
    任你花言巧语不住嘴，
    共产党人革命意志坚不可摧！
    看今夜新春佳节除旧岁，
    我"抗联"要营救战友显神威。
    出奇制胜把牢门砸碎，
    平静的夜晚起风雷。
    到那时候你手足无措才知后悔，
    管叫那鬼子、汉奸胆破魂飞！

老汉奸见老铁跟庙里铁铸的金刚一样，任他说什么，对方一言不发，看都不看一眼。老家伙急了："铁奎海，你这是自己往绝路上走，你看……"他走到老铁的跟前，从怀里掏出那块三大针的怀表："老弟，这是昨天你送给我的信物，表达你对我的友情，我非常珍惜。现在我就用它来劝劝你，此时是什么时间？差三分钟就到十二点。再有一个小时，西山砬子就要把'抗联'支队一网打尽。这是你最后考虑的时间，等到熊木队长胜利归来，见你如此顽固，就会要你的性命！别忘了现在是在什么地方？这是警备队！凭你本事再大，你还有什么作为？还有什么出路？你是死到临头！你……”说到这儿话停住了，只见这个老汉奸身子往前一挺，随着两胳膊一耷拉，慢慢地倒在地上。就见他的后心上鲜血直冒，再看老铁手中紧握着一把带血的匕首！

门外两个鬼子兵，一听屋里有动静，端着枪往屋里闯！老铁眼疾手快，躲在门后，见鬼子一进门，挥手就是一匕首！这个鬼子张了张嘴想喊，没底气了，扑通！倒到了地上。那个鬼子转身要往外跑，从门外伸进一双大手，“嘭”的一声掐住这个鬼子的哽嗓咽喉！连推带搡地就把这鬼子打发了。这俩鬼子这趟中国没白来，总算落了个囫囵尸首。

掐鬼子的那个人回身把门关上，和老铁紧紧握手。这人是谁？就是刚才进屋来送勋章的那个便衣。老铁早已看出他是我们地下党打入日军警备队任翻译官的白杰同志。在第一部书中有过交代，白杰也就是老铁的妹妹翠环的假丈夫。刚才白杰借口进屋来送勋章，在托盘下暗藏一把匕首。他趁对老汉奸说明情况的工夫，用身子挡住敌人的视线，身后那只手就把匕首递给了老铁。此时，白杰轻声向老铁交代：“战斗就在旁边庆丰当铺打响，在熊本三郎的办公室的后屋，有一条通向当铺暗堡的秘密地道。”老铁叮嘱白杰：“白杰同志，你自己的安全要更加注意！”白杰摆了摆手：“时间紧迫，咱不多谈了，请组织放心。”按理说，老铁应该马上脱险，可是在敌人戒备森严的警备队里怎么想办法摸进熊木的办公室呀？就在这个时候，庆丰当铺里枪声大作，响成了爆豆！这枪一响，整个警备队乱了套啦！鬼子们满院乱跑，叽里哇啦乱叫！趁着一片混乱之际，白杰和老铁闯出了屋门。老铁已经换上了被掐死的那个鬼子兵的一身军服，还缴获了他的手枪。在这深夜之间谁还能认得出老铁的真相？两个人闯进熊木三郎的办公室。到了屋里，白杰一掀墙上挂的一幅画儿，露出秘密坑道：“老铁，快走！”老铁正要离去，就听外屋：“啷啷啷……”办公桌上响起急促的电话铃声！

白杰走到桌前接电话，用日语问了一句：“要哪里？”电话里传来熊木三郎暴怒的声音：“发生了什么情况？哪里打枪？赶快报告！”白杰手拿着话筒，脸色一变，脑子里飞快地思考：熊木带人在西山砬子旧药厂，离镇内有二十多里，可以说是近在咫尺，如果现在回防，对“抗联”支队十分不利。我应该造成敌人错觉，拖住敌人。可是我如果说出假情报，就再也不能够隐蔽在敌人心脏里战斗了……听耳边枪声十分激烈，他下定决心要报告，即使能争取五分钟、十分钟也可能对战局起到举足轻重的作用。他正要开口，身边有一只大手把话筒接过去了。谁？老铁又回来啦！刚才白杰所想的和老铁想到一起了。老铁接过话筒，用日语向熊木汇报：“报告太君，没有什么变化，是一小股‘抗联’的人在镇里活动，现在正在围歼。据分析是声东击西，迷惑皇军配合‘抗联’支队在西山砬子的活动。”“嗦嘎！”对方把电话挂了。老铁再回头看，白杰同志已经走出了房间。老铁知道他机警地摆脱了暴露的危险。可是老铁忽然想到：在白杰的行动中还是给敌人留下了疑点。刚才他假装给我送勋章，有没有被人发现？刚才接电话，说了一句："要哪里？"我在电话里讲的假情报，日后熊木对电话里的声音会仔细追查；再说这条秘密坑道谁能向我提供呢？白杰同志，你今后的处境一定会十分危险。可是这些现在都来不及讲了……老铁从暗道里脱身而去。

再说"蔫有准儿"和"抗联"战士，在激烈的战斗中，突然发现敌情有变，那两挺机枪哑巴啦！暗堡中出现了一个身穿鬼子军服的人，抱起机枪，转身向敌人猛烈扫射！

（唱）借着墙头那明亮的灯光，
见暗堡中有人抱起机枪。
他好像从天而降杀上战场，
直打得鬼子死的死来伤的伤，
鬼子们狼狈逃窜魂飞魄丧，
吱哇乱叫哭爹喊娘！
有的骂："机枪为啥变了方向，
自己人打自己你神经失常？"
"蔫有准儿"突然心头一亮：
是老铁，亲密的战友来到身旁！
战士们一个个心潮激荡，
奋勇冲杀斩豺狼。
"抗联"支队打了一场漂亮仗，
看守所的日寇、汉奸被一扫光！

在老铁配合之下，战斗很快结束。乡亲得救，战友相会，"抗联"支队胜利地回到了驻地。等熊木三郎带队回防，只看见了一具具鬼子的尸体。

在激战的枪声中，翠环姑娘正在医院值班。她关心着战斗的胜败，到现在还不知道哥哥老铁的安危。党的组织已经通知她，如果情况变化，让她和白杰撤回山里。可是翠环姑娘心里想着："我和白杰同志不能走。宗大伯转移进山，有的地下党的同志牺牲了，我们是组织留在哈拉河的最后火种，应该学习哥哥，坚守在岗位！"若问鬼子将怎样审查白杰、翠环？这对假夫妻将要面临什么样的危险？且听第三部《老铁传奇》！

（赵连甲、幺树森合作，1963 年由北京广播电台录制播出，
刊于 1986 年 7 月号《曲艺》）

青春交响曲

（中篇鼓书）

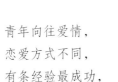

一

青年向往爱情，
恋爱方式不同，
有条经验最成功，
全凭——人多势众。

以上爱情诗一首。那位说："这是搞对象还是打群架呀？"这事儿您不知道，对象要是真找不着，就得人多壮胆儿，前呼后拥，有这种声势，没准儿还就解决啦。您不信？那我今天就说件眼前的事儿。单说新兴的工业城市——立川市，嗬！您看这地方：街道整洁，绿树成荫，路两旁净是楼房建筑工地。噔噔噔……只见一位五十来岁的人，着急忙慌地走进建工局的大楼，一口气儿跑上三楼，啪！推门闯进了苏局长的办公室。苏局长吓了一跳，谁呀？连门都不敲？嗬，见这人：身材瘦小，个头儿不高，五十开外，满脸线条，汗珠直冒，折扇紧摇，有啥心事猜不着，冲局长嘿嘿直笑。苏局他一看，认识，是第二工程处的工会主席巩善德。他和老巩三十年前一起参军入伍，是多年出生入死的老战友。按他俩的关系，有什么话应该是袖筒里插棒槌——直来直去。他这一笑，苏局长就知道他要要转轴子："老巩呀，你找我是来走后门的吧？你也学会这套啦？"巩善德磨磨叽叽地说："这事儿……我实在没办法才求到你这儿。""咱有话在先，违背原则的事最好别张嘴。""别，咱是老战友！""缺材料少机械，通过组织系统解决！""我们不缺这个……""得得得，要什么你说句痛快话。""你得想办法给我们解决几个人。""什么人？""给我们几个新媳妇儿。""新媳妇儿？""啊，给十个二十个都行！""一个也没有！我哪儿给你找去？""嘻！"巩主席把折扇儿一合，端起局长的茶杯，咕嘟喝了口水，他润润嗓子，说，"我的局长大人，找一批新媳妇是我们建筑工人迫在眉睫的战略问题，你听我诉苦！"

（唱）巩主席唉声叹气摇脑壳，
说这事儿愁得我整夜眼难合。
这媳妇问题十分紧迫，
必须火速解决不能拖。
咱全市大兴建设，
多少人住新楼过上美满生活。
都称咱是光荣的建设者，
可建设者想找个对象却没有辙。
小青年儿一年更比一年大，
那光棍儿一年更比一年多。
大好的青春时光不能错过，
这样事组织上需要负责。
可找对象不能剃头挑子——一头热，
姑娘们看咱这工种不合格。
工人们心里都窝着一股火，
说什么：个人问题等"四化"建设成咱再说，
干脆让咱工程处变成光棍儿国！

老巩说："不能单怪小青年们发牢骚，这是眼前社会现象。咱搞建筑的离不开灰沙泥石，下了班成帮结伙地一走，立川市的姑娘们给编了一套顺口溜，什么'远看似逃难的，近看似要饭的，仔细一看是搞基建的'。你想这对象还怎么搞？这不但是生活问题，它直接影响着工作，也是青年们一辈子的大事。局长你说这事怎么办吧？"苏局长说："你问我，我也没辙。你可以到婚姻介绍所登记去呀！""嘻！自打婚姻介绍所一挂牌子，我就把工地的六十多个小伙子报上去了，光填表儿我就忙活了好几天。眼瞅着比我晚去的科研所、设计局，人家那儿报上去的都登记结婚了。我刚才一打听，我们填的表儿都过期啦！这些表儿我带着哪，您是不是看看？""我看了管什么用！"苏局长一考虑，这事儿确实应该重视。"哎，老巩呀！这方面问题应该找局工会和妇联组织联系。对，我看找妇联主任帮帮忙吧！"说着苏局长拨了个电话，请来了妇联主任。这位主任还没进屋，噔噔噔……脚步声先听到了。老巩抬头一看，吓了一跳。别看是个女同志，挺有气魄：四十上下，肩宽膀孛，方脸短发，两眼挺大，不瞪眼睛不说话，让人看着害怕。苏局长把情况一介绍，这位于主任露出笑模样："行，我们妇联可以出出力。既然巩主席这么热心，那我呀，就给这帮小青年当当红娘。"好嘛，谁见过有这长相的红娘呀？老巩赶忙道谢，于主任说："没什么，为给职工解决具体问题，一是必要，二是应该，第三我全力以赴。"

巩主席高高兴兴回到了工地。逢人就说："上级领导对咱青年工人的事非常关心，特别是局妇联的于主任，人家表示热心帮忙。"当天下班以后，他又把钢筋队、机械队、瓦工队的十几个小伙子召集到一起，其中有三个是老巩最得力的徒弟，论年龄也是这一班儿最大的。大徒弟叫孙成，二徒弟叫吴伟，就数这三徒弟名特别，叫夏泽腾，叫白了都叫他"瞎折腾"。这仨人要模样有模样，要个头儿有个头儿，要技术有技术，要对象……全没有。巩主席跟平时下达工作任务似的："大家注意了，当前我们的工程任务已经接近尾声，可是你们的婚姻问题还都没影儿哪。解决这个问题必须保持上下一致，同心协力。还有一条要记住，你们都得听我调遣……"他一边说着又把折扇儿抖开。这时正是六月天，其实天不热他这把扇子也老扇着，就有这习惯。"当前最要紧的是要打开一个新局面，你们得想办法多跟姑娘们接触。八十年代的姑娘们眼光提高了。咱不能太窝囊，得让人家看出咱建筑工人的神气劲儿来。依我看咱们搞一个盛大的联欢活动，把各行各界、四面八方的女同志多多地请来，咱负责车接车送，糖果招待，大大方方的。你们就可以大显才华，谁有拿手的节目就演起来，人家姑娘万一看上谁那就好办啦。"徒弟们一听这主意不错，可是咱会什么呀？这个说："我去敲大鼓。"那个说："我会打大锣。""我会打二锣。""我会打小锣。"……老巩说："得得得，再找个敲脸盆的，咱这就成了洋铁铺啦！有多少姑娘也得让你们给震跑了。你们有点正经玩意儿没有？"那个说："孙成不是会朗诵吗？""对，那你就朗诵一段儿。""吴伟会拉二胡。""嗐，我那二胡一拉光嗞嘎嗞嘎。""嗞嘎嗞嘎也比光打锣强。夏泽腾你唱个歌怎么样？""我这嗓子缺五音少六律，还唱哪？""唱！反正咱也不卖票。咱这叫八仙过海，各显其能。八音齐奏，锣鼓喧天，就图个热闹，这台节目的名字就叫《青春交响曲》！"

打这天起，工地上一收工，这帮小伙子就凑到一起开练，说说唱唱、吹打弹拉无一不有。尤其是那几个打锣的，什么大锣二锣加小锣，十几面锣凑到一块敲，那真是摇山撼岳，声震四野！周围的住户被吵得心神不安。到工地一打听，说这儿是排练《青春交响曲》。没过几天，中央乐团来立川市慰问演出，白送票这里的住户没有一个去。怎么哪？让"交响曲"仨字给吓怕啦！

这伙年轻人加紧排练节目，那位巩主席骑着车子满市转悠。凡是女同志多的单位，什么纺织厂、服务局、饮食公司、百货商店……他都去联系联系。不论到哪儿进门先看房子。"嗯，这房子质量还不错，是六四年盖的吧？"人家还以为他是房管局的哪！从这开始就套近乎。"这房子是我们建筑工人盖的。当然，我们为你们盖房是应该的。不过，我们有困难您也得帮忙，咱互相帮助，经常联系。过几天我们搞个联欢活动，请你们参加，最好多去点女同志，我们工地上有很多小伙子，全没对象……"说到这，对方才听明白："你呀，换个地方说去吧！"别看这样，巩主席碰钉子碰惯了，还不在乎。虽然天儿挺热，他又有血压高的毛病，为了帮助建筑工人解决切身问题，他一次不成再跑二次。一来二去，不少工厂、机关的各级工、青、妇组织都认识有这么一位巩主席。

长话短说，巩主席忙里跑外就到了联欢的这一天。他事先请文化宫的人帮助写好请帖：这请帖烫金边儿，美术字儿，还特意注明晚会演出《青春交响曲》，一百多张请帖撒出去了。嗬，会场布置得喜气洋洋，门前纱灯高照，屋顶挂满五颜六色的彩纸。台前有标语，词儿写得既醒目又含蓄，这边"让青春闪光"，那边"愿友谊长在"，当中四个大字"携手向前"，他都给拉一块儿啦！要说也真不惜工本，老巩还让徒弟们炒了半麻袋瓜子儿，买了些糖果。知道女同志们爱吃零嘴儿，他的口号是"满足供应"，有瓜子儿嗑既好搭话儿又能显着气氛热烈。除了这些布置，他还亲自对徒弟挨个儿检查，什么衣服穿得新不新，胡子刮得净不净，见女同志怎么说客气话儿，都提出了具体要求。晚会七点半开始，出了四辆大轿车去七八个单位接人；不到七点就让负责接待的孙成、吴伟、"瞎折腾"去会场门外等候。此时，星月争辉，晚风送爽，整个会场内外一派欢乐的气氛。忽听有人喊："哎，小伙子们都精神精神，接人的汽车来啦！"

（唱）连日来巩主席里外奔忙，
　　　看今日梧桐引来凤凰。
　　　会场前停下了汽车四辆，
　　　工人们含笑凑到车旁。
　　　巩主席把来宾紧往里让，
　　　那欢迎的锣鼓响叮当！
　　　到此时老巩心花放，
　　　今夜是青年相会的好时光。
　　　愿青年男女同走在"四化"路上，
　　　成双成对，日久天长。
　　　一车车的来宾走进会场，
　　　会场上阵阵笑声扬。
　　　徒弟们你看我我看你互相张望，

一个个收去笑容神态反常。

巩主席一看也像挨了当头一棒，

心有苦，口难张，会场里，闹嚷嚷，前后排，满当当——只可
惜来宾里面没姑娘！

折腾了半天白忙活啦！出了四辆车，请了七八个单位，来的全是男的。工地上的小伙子们开始很高兴，客客气气笑脸相迎："来了，往里请，往里请……"一边让着一边往后边车上瞧。让进去三车人，就有三个长头发的——还是"业余华侨"。没办法，还强装笑脸往里让。心里说：今晚上这些东西是为你们准备的吗？来的这些男同志个顶个还挺大方，宾至如归，甭等让坐下就吃，噼里啪嚓……风卷残云一般，半麻袋瓜子儿快进去啦！巩主席心里这份窝囊，他疼的不是这些吃的，是他下的这番功夫。心里说：这事儿算绝了，本来我们这儿男的就多，这又给凑来一百多位！

那位说了，来了一百多人真的一个女的也没有？还别说，最后一辆车人都下完以后，以为车里空了，其实车里还有俩女同志。一个烫着头，一个留着短发。留短发的姑娘一看那阵势儿不想再下车，那个烫发的高个儿姑娘拉了她一把，意思是说：既然咱来了，怎么也得下去看看。这俩女同志才蔫巴溜儿地下了汽车。

巩主席一看乐了："行，总算还有俩。"按说负责接待的得赶紧上去，可是到用人之际，孙成往后退，吴伟朝旁边躲，没人理那俩姑娘。夏泽腾哪？这工夫他陪着那些男的聊天去啦！老巩这个气呀，心里说：怎么到这节骨眼儿上都成了窝囊废！他冲另外几个小伙子一努嘴儿，这几个才凑过去。应该说客气话，可七嘴八舌又客气过分了："您二位请进，往前走，往前，再往前……"俩姑娘说："别让了，再往前我们就上台啦。"全场来宾都看着纳闷儿，几个小伙子众星捧月一般，这个捧瓜子儿，那个削苹果，闹得两个姑娘心里直发毛。俩姑娘低着头坐了没有五分钟，最后互相一拽衣襟儿站起来就往外跑，躲进大汽车里再怎么让也不出来啦！

参加联欢演出的人全都扫了兴，那一百位来宾却兴致勃勃，吃着糖嗑着瓜子儿还问："怎么节目还不开始？那《青春交响曲》什么时候演？"台上的人想：还演什么？该来的不来，不该来的全到了。巩主席还紧着给大伙儿打气："无论如何也得演，咱准备了这么多日子，别白忙活。再说外边车里还有俩姑娘，就是看不见也能听听咱们的声音。孙成，你朗诵的那段叫什么？""建筑工人多豪迈。""吴伟，你那二胡曲《我为祖国盖大楼》做准备；'瞎折腾'！还有你唱的那首歌儿《光荣的架子工》。""还架子工哪？我都塌了架啦！""不管怎

么着，一百多人来了，不能冷场，上，上，都精神点儿！""唉，那就精神点儿吧。"您听这味儿还精神得了吗？

就在这别别扭扭的时候，又来了个找别扭的。从门外进来个四十多岁的女同志，又高又胖，俩大眼珠子满场踅摸。老巩一看很感动："哟，于主任！您真是大力支持，还亲自来啦。""啊，是是……"她说着话两眼还不住往四下看。"您看我们这晚会……""不错不错。""这些节目……""挺好挺好……""您请前边坐。""不，等会儿，我先找个人。"这位妇联主任把全场人扫了一遍，一推门儿又出去了。她一直找到第四辆大汽车跟前，探头一看，气不打一处来："叶静！叶静！你给我回家去！"老巩本以为她是关心这个联欢会，跟在后边一听，敢情她是找人来的。车里那留短发的姑娘下了车说："妈，你喊什么！"于主任那对大眼珠一瞪："我喊什么，瞧那屋里一百多人有像你俩这样的吗？你们上这儿干什么来了？"叶静吭叽了半天："嗯……我们也不是成心来，我看您桌子上扔着一张请帖，烫着金边儿挺好看，还写着有《青春交响曲》，我们还当这儿演日本电影哪！"老巩一听：好嘛，就俩姑娘还不是奔我们来的。再看那位于主任火冒三丈："你们来也不问问我，哪有什么日本电影呀！他们今天是……别说了，快走，他们这儿糊弄人哪！"

> （唱）于主任又急又气怒火发，
> 催着她的女儿快回家。
> 说："你没见来人中姑娘就你们俩，
> 这其中的奥秘很复杂。
> 说演出交响曲是骗人的假话，
> 不过是破锣烂鼓一通砸。
> 那姓巩的主办晚会有计划，
> 为青年人介绍对象把桥搭。
> 我的女儿有知识来有文化，
> 这场合你不该来参加。
> 虽然妈妈我这个干部不算大，
> 你找个建筑工也会让人笑掉牙！"
> 老巩听到这番话，
> 气得他连连跺脚火难压。
> 于主任回头一看很尴尬，
> 一时不知该说啥，似笑非笑干龇牙！

于主任一看老巩就在身后站着哪，赶紧遮羞脸儿："哟，巩主席您怎么不在屋里看节目？噢，想出来凉快凉快。要说这晚会节目还真不错，这《青春交响曲》水平我看都赶上专业的啦！这都是您努力的结果。我哪，还是那句话，帮助建筑工人找对象的事，一是必要，二是应该，第三我是全力以赴。"老巩想你少来这套吧！少泼点冷水比什么不强。老巩二话没说转身就走，听身后边那娘俩喊喊嚓嚓小声嘀咕，于主任说："快跟我走。"叶静还犹豫："等会儿坐车走多好。""坐什么车，就两站地远。""人家说车接车送嘛！""别信他们的。""不打招呼不合适……""嗬，你倒挺实诚，走！"

这娘儿俩走了，晚会也散了。节目怎么进行得这么快？演员们都没情绪。那一百多人还不死心："别散呀，那《青春交响曲》还没演哪！""得得得，还嫌不解闷儿呀？剩点瓜子儿你们装走回家嗑去吧！"四辆大轿车把来的人分头送回，这些人还纳闷儿："来的时候挺热闹，走时怎么没人理啦？"

再瞧那些年轻的建筑工人，一个个无精打采，老巩的三徒弟夏泽腾，小伙子心眼实在，怕师傅心里别扭，平时又有高血压的病，赶紧过去安慰老巩："师傅，您别往心里去……哎？"就见老巩"唰"！抖开了折扇轻轻地扇着，泰然自若，反而说："行，咱今天晚会收获不小！""啊？"大伙一听，心说还收获不小哪？就落了一地瓜子皮儿！请来四车人就俩女的。再看巩主席还挺得意："对，就算来二百个女同志，这事儿不一定有门儿；别看今天只来俩姑娘，我看这事儿有希望。"大家听着莫名其妙："师傅，怎么有希望？""对！"巩主席胸有成竹地说，"有希望，而且大有希望。我看咱这部《青春交响曲》还得接着演！"

二

联欢会一散，大家垂头丧气，只有巩主席喜笑颜开。大伙一看怕是他气得糊涂了，希望在哪儿呢？老巩摆了摆手："此时尚早，天机不可泄露。"大伙想：算了，你别再装诸葛亮啦！巩主席这样说是不是为了安顿大家的情绪？不是。这位巩主席平时爱看《三国》，遇事跟诸葛亮一样，小扇子一摇，脑袋里就转圈儿。都说诸葛亮料事如神，其实不是靠推算易经八卦，是凭调查判断，综合分析。今天巩主席他也是在分析。他对大伙说有希望，这希望就在那两个姑娘的身上。留短发的姑娘叫叶静，是局妇联于主任的闺女；躲在汽车里那个烫发的高个儿姑娘，其实巩主席认识，就是他老战友苏局长的女儿——苏玲，纺织厂的工人兼做团委工作。老巩想：来了一百多人就有两个姑娘，这俩人一定大有来路。她们说以为是演日本电影，什么样的电影会有这么大的吸引力？尤其是于主任瞪着大眼珠子叫她们回家，叶静还支支吾吾说要等到车送。于主任问得好——等什么？离家不过两站地远。是啊，她们宁可躲在车里坐着等一两个钟头，不愿走那两站地，那么她们在等谁呢？再说……老巩一连分析了几个问题。他让大家去收拾打扫会场，把三个大徒弟孙成、吴伟、"瞎折腾"叫到了一间屋里说："我看今儿来的这俩姑娘，跟咱建筑工人有缘呀！人家能来就是看得起咱，可是不知这两只凤凰落到哪个枝儿上。"二徒弟吴伟心里有话憋不住："师傅，您歇会儿吧，本来您有血压高的病，再操这份心非精神病了不可。今儿这晚会您还嫌不砸锅怎么着？我们哥儿仨既然当了建筑工人，干这行就得认倒霉。再说刚才叶静她母亲的态度……"嗯？老巩说："你先等会儿，你怎么知道那俩姑娘里有个叫叶静？""这……""你认识她吗？""不认识。我……我猜她可能叫叶静。""啊！谁叫什么那能猜得出来吗？再说我还有事正想问问你，本来你们仨分工负责接待，人家俩姑娘下车的时候，你干什么来着？当时你的脸上为什么不自然？""我，我……""说！你们认识了多长时间啦？"这一问，吴伟急得直搓手："我跟叶静……其实……"他一拉孙成："大师兄，干脆这事儿你替我说得了。"孙成这小伙子可不比吴伟，他是老巩最得意的一个徒弟。无论在知识上、业务上都是拔尖儿的，而且性格也非常自尊。他开口很干脆："师傅，这事您甭操心，根本不可能。不说别的，就说叶静和苏玲她们俩的家庭，就跟咱们对不上号。"老巩听到这里，嘿嘿一乐："嘿，他认识叶静，你认识苏玲，不但知道俩人，连她们的家庭都了解。"说着把脸色一沉："这些事你们怎么都不跟我通通气儿？"孙成赶忙解释："不是，我们还不是那么回事儿……"老巩说："住嘴！刚才苏玲一下车，你的神态当我没看见？你小子什么脾气我不知道吗？上上下下的人你憷过谁？为什么当着人你一见苏玲就不敢傍边儿？"他越说越来劲儿，往椅子上一坐，唰！又抖开了他那把折扇儿："'瞎折腾'你先靠边听着。孙成、吴伟你俩到我跟前站着，今天我要当面审审。你俩都是我十几年的徒弟，从学艺到现在咱爷儿几个没耍过心眼儿，我为你们找对象磨破了嘴，跑断了腿，大热的天我又有高血压，可是你俩有事还瞒着我老头子，你们就不想想能瞒得住吗？"这俩一米七八的小伙子，在老巩面前显得矮了半截儿。吴伟捅了捅孙成："大师兄，干脆都说了吧！"能说会道的孙成，到这时候面红耳赤："师傅，您稳住神，听我跟您汇报我们相识的经过。"

（唱）巩主席含笑侧耳细听，

　　孙成讲述起与姑娘相识的过程。

　　八十年代的青年求知心盛，

男女青年纷纷会聚在文化宫。

灯光下那夜大课堂多么安静，

学员们心怀"四化"苦用功。

班上本来有苏玲、叶静，

又加上新学员吴伟和孙成。

那苏玲学习刻苦天资聪颖，

门门考试第一名。

谁知道来了个孙成才华出众，

从此后两个人展开了友好竞争。

经常是真心帮助互相提醒，

苏玲她理解了建筑工人美好的心灵。

有他二人的影响和带动，

吴伟和叶静也建立了友情。

虽说是相互交往心心相印，

讲爱情似有若无还在朦胧之中。

　　孙成把他们双双相识的经过讲述了一遍，吴伟又补充了一句："今晚上她俩参加晚会的请帖，还是我偷着给叶静送的。"巩主席哈哈大笑："行！你俩的眼力还不错，看来这事用不着我太操心了。"孙成说："师傅，您先别高兴，八字还没一撇儿哪！""那就把那一撇儿加上。""不那么容易。现在社会风气您也知道，建筑工人搞对象就是难。特别是她俩的家庭，跟咱是门不当户不对。""这叫什么话！难道干部家的女儿就不能找建筑工人？""话是这么说，人家苏玲本人条件这么好，爸爸又是局级干部，凭什么非找咱呢？再说吴伟的事，叶静的妈妈您也见着过，那俩大眼珠子一瞪，能把吴伟吓一溜跟头。您要说让他们到于主任家去认认门，借给他个胆子也不敢去。""嘻！那关键要看姑娘本人。""她俩脾气我知道。苏玲，她灵，遇事自己还能点主意。叶静，您听这名字：静，净听她妈的。"巩主席听到这儿说话了，眯上眼手摇着扇子直劲点头。怎么回事？他又想起诸葛亮，来个运筹帷幄。"瞎折腾"在一边纳闷：说着半截儿话，我师傅怎么运上神儿啦？

　　巩主席琢磨了一阵儿。睁开眼说："刚才孙成说得有理，这事儿单靠你俩谁也成不了。孙成你脾气倔，性子太要强，跟苏局长不好处，吴伟又太窝囊，也对付不了于主任那对大眼珠子。要我看咱那《青春交响曲》还得接着演下去。"仨徒弟一听："啊？！还演哪？""对，这回只能演好，不能演砸。虽然咱不懂音乐，没吃过猪肉还没见过猪跑吗？人家搞音乐的一台人都看指挥的小木棒儿，什么时候拨弦儿，什么时候张嘴儿，不论前后，拉的、唱的都得凑合到一块儿。"孙成说："那叫合声对位。""我知道，用你多嘴吗？师傅我还不懂这个？咱就照搞音乐的那样……那叫什么来着？"侃了半天还是不知道。"那叫合声对位。""对，咱也分出前后部、高低音，有配合、有交插，要不怎么叫交响曲哪。咱先后进行，保证重点，统筹兼顾，最后给他来个一锤子买卖。加一块儿，这也就是搞音乐的讲法：对声合位……"到了他也没说对。仨徒弟听不明白："师傅您说的都是什么乱七八糟的？"巩主席把纸扇一合："这是我的神机妙算，你们就单听山人我的吩咐吧！"他还真成诸葛亮啦！

第二天，这位巩主席兴高采烈地去找苏局长："老苏啊，我们昨儿晚上的联欢会开得真不错……""还不错哪？我听人说演到半截儿就散摊子啦。""没那事，大有收获。特别应该感谢局妇联的于主任，她亲临指导，大力支持。"其实于主任是去拉她闺女去的。老巩心里有算计，拣好听的说。"老苏呀，据我所知，于主任的女儿叫叶静，她跟我们工地小伙子吴伟俩人很合适。"苏局长用白眼珠直翻他："你是不是急疯了，沾边就赖呀？刚搞了半场联欢会就赖上人家啦？""不，人家是夜大的同学，平时就不错。可以说瓜熟蒂落，水到渠成，这层窗户纸一捅就破。这事就得你出面，跟叶静的母亲说说，成人之美嘛！"苏局长一听："哟，这是好事儿呀，那往后我见了于主任跟她提提。""别往后，现在是事不宜迟。您作为局的领导得关心，快点给办。"苏局长说："好，那我就给她打个电话……喂，你是老于吗？我跟你说，你……你下班在家等我再说吧。"怎么他不说了？有局长上班给人家保媒的吗？

下了班，苏局长刚一下楼，老巩在门口等着他哪："局长，你要上于主任家去是不是？""啊……对。"局长心里想：他不说我还忘了，这老巩真是急性子。苏局长来到于主任家一摁门铃儿，于主任半眯着眼睛把局长接到屋里。干吗眼睛还眯着？她在领导面前从来就这样。这位于主任号称三大：大块头儿，大嗓门儿，大眼睛。真要把眼睛全睁开，她怕把领导吓着。今儿局长让她在家等着，她不知道怎么回事。"局长，您找我是不是因为工作……""跟工作没有关系。是这么回事，这……"局长想，长这么还是第一次给人家保媒，这话怎么说呢？"老于呀，咱工作一起多年，都是老同志，应该互相关心。对我们的子女既要爱护，又要鼓励他们向上。听说你的女儿跟……他的名字我还忘了，是个建筑工人，他们感情不错……"于主任才明白，敢情局长是来登门保媒的。她心里暗暗叫苦：好哇，昨儿晚上我刚把叶静从工地上拉回来，想不到今儿就找上门来啦！就凭我的闺女！怎么能跟个建筑工人呢？没等她答话，苏局长又说："老于，巩主席为这事挺上心，听他说你昨天晚上还去参加了工地上的联欢活动，也说明你对建筑工人的生活问题很能体谅。看来帮助建筑工人找对象，老于还真要起带头作用咧！"于主任心里这份别扭：这是准备从我这儿开刀呀！要是换别人来，她一瞪眼珠子能给轰出去；眼前这位是局里一把手，她不敢。"局长呀，您……对呀，我这个……因为，所以，尤其，甚至……您说对不对？"局长一听，她怎么说不出整话啦？"老于，这么说你同意了？""不不，我不同意……也不是，我也不是同意也不是不同意，女儿的事我不知道。真有这事儿……我一定照您的话办。""那你们娘儿俩碰碰头儿，我等你回话。""哎，局长您慢走。"

苏局长回家一开门，老巩在屋里正等着他哪："怎么样？马到成功吧？""不错，于主任还挺开通。不过她不知道这事，得等她女儿回来娘儿俩碰碰头儿。""好，那你吃完饭再跑一趟，听听回话。""啊？你干吗催这么紧呀？""不催不行，我这人急性子。咱是老战友，我什么时候求过你，老战友求你再跑一趟你能不动吗？再说你作为局长能给工人介绍对象，这行动本身就是对当前社会上不正之风的回击！""行啦，你别夸了，我去一趟。"

吃罢晚饭，苏局长到于主任的家一摁门铃儿，于主任出屋一看，哟，怎么又回来了，忘了什么东西啦？苏局长说："老于呀，刚才那事有回话了吗？""这……嗐！您也太急了，我闺女还没回家哪。""那就再等等吧。"苏局长刚要走，又一想不行，我这么回去那老战友还得催我，我再多说两句："老于呀，那什么……你能支持女儿与建筑工交朋友，这本身就是对当前社会上不正之风的回击！"他把老巩的话用上啦！于主任昧着心说："对对，话不说不明，灯不拨不亮。本来我没有认识到这么个高度，经您一说，我心里亮堂多了。"她心里暗说：你不说还好，这一说我更窝囊啦！"好，那我就先走啦。""哎，您慢点走，可别崴着脚。"她心里话：崴了脚活该，谁让你管这闲事！

第二天正是星期天，苏局长还没起床，那位巩主席又来了。"我说你怎么来这么早？""嗐，我这人急性子改不了啦。本来想星期天让你多睡会儿，结果我一着急看错表了。既然你也睡不成，起床就快去吧！""上哪儿去？""上于主任家听准信去。""我……我干吗这么贫哪？""这怎么能叫贫！我回去跟那些小伙子们一说情况，大伙很受鼓舞，局领导对工人这么关心……""得得得，别净说好听的，我这人不听别人戴高帽子。""不，苏局长，大伙都说了，通过这事也是对一个干部思想觉悟的检验。"苏局长万般无奈，又去找于主任。他心里话：我可倒好，三顾茅庐！

他刚刚走到于主任的楼前，那位从窗户里就看见了。把这位主任吓得"哎呀"一声，她心惊肉跳，一时不知如何是好！

（唱）于主任看见局长慌了神，

想不到他一连三次来提亲。
暗埋怨老苏你办事太损，
这简直是没事找事瞎操心。
不管你怎样高谈阔论，
我女儿绝不嫁给建筑工人。
可又怕他进屋当面把我问，
对领导我又不敢伤他的自尊心。
眼看着老苏把楼进，
急得她两眼发黑头发晕。
她抓住门铃儿的电线一使劲，
线扯断门铃没了声音。
她躲进厨房把门关紧，
提心吊胆在门后一蹲。

本来于主任身高体胖，加上天热厨房又闷，她蹲在那儿憋得满身大汗。苏局长摁了半天电铃儿不响，敲敲门也没动静，以为屋里没人，转身刚要下楼，后边追出个姑娘："苏伯伯您别走。"老苏一看认识，是自己女儿苏玲的好朋友——叶静。叶静说："您怎么到我家不进屋呀？""我摁了半天门铃声儿不响……""我妈她把电线拽断了。""那你妈哪？""跑厨房里藏着哪。"好嘛，这姑娘全说出来啦！苏局长点了点："好姑娘。"他看出叶静这姑娘是实心实意愿跟建筑工人交朋友。他也知道了于主任说得好听，其实光用嘴对付他。

叶静领着苏局长又上了楼，掏出钥匙开门让老苏进屋，她自己躲开了。正赶上于主任在厨房里热得实在待不住了，刚从里边钻出来，一抬头，吓得她一瞪眼："哎哟，局长……"苏局长也吓了一跳，第一次看见于主任这么大眼珠子。两个人面对面愣住，事情都明了，谁也不知说什么好。于主任还纳闷："嗯？我没开门您怎么进来的？"老苏说："你先别管门的事，我跟你提的那事儿得给我个回信儿。"于主任心里憋气嘴上还紧支应："局长，您……说了归齐，不就是问叶静和建筑工人搞对象的事吗？我呀，我……我的态度一是必要，二是应该，第三是我全力以赴。"她把对付老巩那三句想起来啦！"不过……这个事儿……""这个事儿你也别跟我再动嘴了，你只要不反对就行。作为建筑部门的干部，对建筑工人更需要有个正确的认识，工人们都说，通过这件事也是对我们干部思想觉悟的一个检验。"其实这话是老巩说的。于主任说："哎，是这么个理儿。""那我先走啦。""您走吧。"心里说你别回来才好呢！

苏局长往回走的路上，心里很不愉快。没想到于主任对这事采取如此态度。

又一想老巩也不对，看来你是知道叶静的事儿家长反对，可你硬说是窗户纸一捅就破，把我推上第一线，你对老战友怎么能这样……

（唱）苏局长一时怨气满心窝，
暗埋怨老巩的做法欠斟酌。
进家门满屋气氛充满欢乐，
瓜果梨桃摆了一桌。
老巩他大模大样沙发上坐，
手摇折扇悠然自得。
见女儿苏玲正陪客，
她又说又笑好快活。
苏局长本想对老巩发发火儿，
没想到苏玲抢着把话说：
"局长爸爸快请坐，
您真是关心职工的生活，
大热天您跑得又干又渴，
女儿我敬您一杯茶水喝。"

苏局长想进屋数落几句老巩，没想到老巩光摇扇子不说话。女儿苏玲端过茶水："爸爸，刚才我听巩叔叔都说了，您是到于阿姨家去做好事。我原来以为您只会抓工程，今儿才知道您还这么关心年轻人的生活。"这位局长听女儿一夸，再喝口香茶，刚才的火儿消了一半。老巩明白苏局长对他有意见，他光摇着扇子不搭这个茬儿。苏玲对父亲说："爸爸，听说您为这事跑了好几趟，我看有您出面，这事许差不多。"苏局长深有感触地说："这事不容易，我今天才知道老于这个人落后意识还很严重，说到底她还是不愿自己女儿找个建筑工人，这里阻力不小呀！"老巩还是不说话，手里的纸扇越扇越紧。苏玲又说了一句："像于阿姨这样家长还是个别的。""不，通过我几次接触，对这个问题也看得更清楚了。按说作为一个建筑部门的干部，怎么反倒看不起建筑工人哪？这不但关系到子女的婚姻问题，确实也考验着我们干部本人的思想水平。"苏局长刚说到这儿，老巩"唰！"把折扇一合："老战友你说得好！"他回头又对苏玲说："闺女，你听见了没有？看来你对你父亲估计不足。你不是也找了个建筑工人朋友吗，害怕你父亲不乐意？你看他的思想境界多高呀！老战友你说是不是？"啊！苏局长一惊，现在才明白，老巩不仅把我推到第一线去跑腿，敢情这里还有我们家的事儿哪！"老巩呀老巩，你可真有招儿，这是用的连环套儿啊！先别将军，同意不同意，我得看看本人再说。既然我是家长，这事儿得听听我的意见。趁着星期天，今天晚上就请这位年轻人到我家来做客。"哪想到老苏这一约请，又引出一场意想不到的风波！

（唱）巩主席运筹帷幄设机关，
　　热心为建筑工人把红线牵。
　　苏局长邀请孙成来家见面，
　　这一来苏玲姑娘喜在心间。
　　她早对这件事称心如愿，
　　暗感谢巩叔叔把事儿说穿。
　　想孙成求上进很有才干，
　　在夜大刻苦学习把高峰登攀。
　　论长相小伙子也很体面，
　　今晚来定会得到父亲的喜欢。
　　眼看着自己的愿望就要实现，
　　犹如那幸福的春雨洒落心田。
　　兴冲冲进里屋梳妆打扮，
　　换上了漂亮可体的花衣衫。
　　盼天黑只怨时间过得太慢，
　　忍不住把喜事对好友去谈。
　　她走到叶静家把门铃儿一按，
　　猛然她呆呆地愣在门前。

　　她愣什么？门铃儿没响。她哪知道于主任把电铃儿的线拽断了。铃声听不见，她可听到屋里有低低的哭声。她这阵儿心里痛快，人家那儿正闹别扭。怎么回事？于主任正在屋里对叶静发火哪："好你个丫头片子，背着我跟盖房子的搞对象，还闹得局长三番五次来找我，这不是存心让我生气吗！"您想这位于主任那是多大的气势，俩大眼珠子一瞪，不怒而自威。再加上叶静从小就老实，一肚子委屈说不出口，光低着头哭。这工夫听门外苏玲叫她："叶静！叶静！"姑娘红着眼出来一看苏玲那身打扮："哟，干吗？你这是要拍电影去呀？"苏玲说："告诉你个好消息，我爸爸同意今天晚上让孙成到我家去……哎？你怎么哭啦？"叶静一听这消息更憋气："哼！你爸爸多好，不像我妈，她把门铃儿的电线都拽断了。""你呀，你窝囊，像避猫鼠似的。你看我长这么大从来就没哭过，光哭管什么用！"叶静一听：对呀，他爸爸比我妈干部还大哪，我得跟我妈说说，人家局长都不反对，你妇联主任有啥了不起的！苏玲这一来给她壮了胆子啦！

于主任家里乱哄着，巩主席这会儿也不轻松，他紧着给孙成做思想工作。孙成说："师傅，您也太急性子。我跟人家苏玲的关系还没正式挑明，怎么能今晚上人家里去？"老巩说："你不急我急。这不光是你一人的事，工地上有六十多个光棍儿哪！你是头一个，你是开路的先锋，我还仗着你打开新局面哪。我不是说过咱这部交响曲分前后部，有配合，有交叉，最后是一锤子买卖嘛。今天晚上就靠你定音儿啦！你小子尽管放心大胆地去，师傅我已经把路给你铺平垫稳。""师傅您说的什么路？""甭问，保你水到渠成。不过，你小子的脾气我不放心，有时爱犯倔，搡出一句话来能呛人一溜跟头。咱说好了，今天晚上你得收敛收敛。去，推推头，刮刮脸，换身衣服给我精神点儿！"

到了晚上，巩主席老早地就陪着孙成往苏局长家里走，一路上他碎嘴子唠叨，千叮咛，万嘱咐：到人家里要坐有坐相，站有站相，见人先点头，不笑不说话，烟卷儿今儿晚上得先戒了……他越嘱咐孙成越别扭："师傅您别说了，干脆进门我二话别说，给人家跪下得啦！"虽然老巩是一片好心，但毕竟他还不理解今天青年人的心理。尤其像孙成是个个性很强的人，这小伙子已经三十来岁，在恋爱问题上屡受挫折，前后加起来吹了好几个，都是女方看不起他干的这个工种。走着走着他忽然站住了，怎么回事？转盘路口有根电线杆子，孙成每到这个地方心里就有气，过去有个姑娘跟他搞对象，两个人的感情还不错，孙成满以为差不多了，没想到就在这电线杆子底下，女方提了件事儿。这姑娘叫李小华，那天她显得特别得意，说："孙成，告诉你件喜事。这些天我跑腿送礼，认识了你们部门一位领导，她已经答应帮忙把你这身衣服换了。""换衣服？""你怎么这么傻，就是换你现在这套工作服。告诉你吧，我看你别的地方还将就，就是这身工作服讨厌。你看那老农民脏不是，可身上最多光是泥点儿，再看你们建筑工人，和泥、喷浆、抹灰、上油漆，身上的点儿五颜六色，跟花狸豹儿似的。不把这身衣服换下来，我都不好意思往家领你。"孙成一听气得直哆嗦："那我要不同意换呢？"那姑娘把脸儿一绷："哼！我想把你往客厅里让，你倒非往地沟里钻。再见吧——花狸豹儿！"今天孙成走到这儿才想起来，敢情李小华跟苏局长住对门儿。

孙成一路上看着想着，心里乱糟糟的也不知是什么滋味，跟着师傅来到苏家门口。别看老苏是建工局的局长，住的却是平房小院。老巩冲孙成拍拍肩膀一努嘴儿，意思是说：进去吧，这千斤重担就压在了你的身上。我费了多少心血，转了多少轴子，总算把你送到这门儿上啦！

再说屋里的苏局长，不仅全家人都在，另外还有一位特殊的客人。谁呀？就是那位大眼珠子的妇联主任。白天叶静从苏玲那儿借了点胆子，跟她妈提出抗议："妈，您净干涉我们的自由，您看人家苏局长，苏玲也交了个建筑工人朋友，他爸爸今晚上请人家到家相姑爷哪！""怎么着？"于主任把俩眼珠一瞪，"真有这事？"她听着不信。她想苏玲的条件比自己女儿还强，论长相，论才学，论家庭条件能找个建筑工人？苏局长能依着闺女？不用问这都是那个姓巩的在背后煽呼的。这个老巩真损，苏局长三番五次到我家保媒，也准是这个老巩的招数。他这一招儿是一根绳拴俩蚂蚱，把苏玲和叶静连到一起，苏玲要成了，看叶静这个心气儿，她也得嫁给盖房子的。这事儿可怎么办哟……急得于主任在屋里团团打转。心想：老巩呀，许你这么做扣儿，就不许我想法往圈儿外跳吗？我这人没有一点坏心眼儿，为我姑娘一辈子的终身大事着想，说什么我也不能眼看着苏家跟那个建筑工人成了……她一边想着问了闺女一句："叶静，苏玲找那个对象叫什么？""孙成。""噢，是他呀？嘿嘿……嘿嘿……"于主任眯上大眼珠子一乐，计上心头：老巩呀老巩，你会运筹帷幄，我会扭转乾坤。我给你来个一巧破千斤！今天换别人相亲还则罢了，孙成这人的脾气秉性我都掌握，头年有个姑娘叫李小华的，托我给孙成换工作，结果反倒因为这事还闹吹了，人家姑娘把一肚子委屈都跟我抖搂过，就冲这人死倔脾气，还想当局长的女婿？这不没影儿的事儿吗！老巩呀，今天晚上这出戏你非唱砸了不可！你演《鹊桥仙》，我就演王母娘娘；你唱《白蛇传》，我就是法海方丈；你想让牛郎织女七夕相会，我就是横扫夜空的扫帚星！您说这号人，有这心劲儿用到工作上好不好？

苏局长约孙成七点半来，这位于主任不到五点钟就赶到了老苏家里。苏局长的爱人正收拾屋子，她假作不知还问："哟，这是迎接什么高亲贵友这么忙活？""嗐，别提了。老苏刚告诉我，给姑娘找了个对象，今晚上来，你说这事儿他也不跟我先商量商量。""哟，这可是好事儿。这姑爷是工程师还是电影导演？""不，听说是个建筑工人。""您别跟我开玩笑了，就凭咱玲子的长相和才学，您舍得让她跟个盖房子的？""真的。是她爸爸老战友——老巩给介绍的。"于主任故意噘了一下牙花子："啧，我明白了，苏局长也是有苦难言。建筑工地上那么多光棍儿，当领导的能不尽自己的力量给解决一个吗？"那位一听就翻脸了："碍我们家什么事儿？我想好了，一会儿我把门一锁，连死老头子也别想进屋。""嗐！那样影响可不好。其实这事要依我说……我可管不着这事，咱把话说头里，我没有一点坏心眼儿，这事儿你要这么这么办，……不就把事儿搅和了吗？"我这人拙嘴笨舌，怕说不周全。""那好办，今晚上我没事，我坐里屋里，你要话顶不上，到时候我再给你提提醒儿。"嘿，她跑这儿当上导演啦！

屋里有一个列席的，门外边还有一个旁听的。谁呀？就是那位巩主席。老巩把孙成送到门前，他满心高兴，今儿这事儿一成，工地上多少青年随着也会成对成双。他坐在窗外想听个喜信儿。您看这份相姑爷的多热闹，简直成了"三国四方会议"啦！就在这既紧张又喜悦的气氛之中，孙成轻声叫门："苏玲，苏玲同志在家吗？"

（唱）孙成在门外呼唤一声，
　　那苏玲急忙迎出脸羞红。
　　孙成见姑娘猛然一愣，
　　哟，这苏玲一身装扮与往日不同，
　　平日里穿戴朴素举止稳重，
　　看今日打扮得像个电影明星。
　　姑娘把孙成往屋里领，
　　见屋里气氛融洽热气腾腾！
　　桌上边瓜果梨桃很丰盛，
　　电风扇忽呀忽地转个不停。
　　苏玲她妈毫无表情坐那儿没动，
　　苏局长上前握手表示欢迎。
　　里屋的小门儿露出一道缝，
　　有一只大眼睛紧往外盯。
　　于主任密切注视眼前的情景，
　　暗自判断那双方的心情。
　　心里说：这小伙穿戴还算齐整，
　　再好也不过是个建筑工。
　　人家相亲高高兴兴，
　　她是满头冒汗像进了蒸笼。

她冒什么汗？她心里紧张呀。一般人都希望有情人终成眷属，这位就盼着棒打鸳鸯两分离。苏玲为了迎接孙成到来，还嫌妈妈忙活得不够，自己又把屋里屋外收拾了一遍，花瓶里插满了鲜花，桌子上摆满了水果，把她父亲心爱的几件工艺品也都翻了出来，整个屋子布置得漂漂亮亮——如果地上铺上红毡，那就是按国宾接待啦！苏局长对孙成倒是满热情，可是跟姑娘的对象说什么话合适呢？又想不起什么词儿，光乐呵呵地说："欢迎，欢迎，那什么……欢迎啊！"他老伴儿在屋角儿一坐，旁若无人，唯一能说上话的是苏玲。当着父母又不好意思说什么，羞答答地光给孙成斟水。就在这个时候，谁也没想到苏玲的两个小弟弟在一边嘀咕，还咯儿咯儿直乐。这俩孩子刚上小学不懂事，听说今天来个姐姐的对象，他俩好奇，刚才在里屋紧跟于主任打听："姐姐的对象啥样？"这会儿俩孩子围着孙成上下打量，嘴里嘀咕："哥，他衣服上没点儿。不是说有红点儿、白点儿、黄点儿的吗？都没有怎么都叫他是花狸豹儿啊？"您说这句话多损！这一家人都听不懂，可是孙成的脑袋里嗡的一声！这句话最伤他的自尊心。奇怪的是这话怎么会从俩孩子嘴里说出？再有，苏玲是一片好心，把屋子里布置得很有气派，孙成进屋看着就不习惯，总觉得这个家庭跟自己身份不太协调。一般来说，相亲这事第一句话很关键，可是俩孩子一提"花狸豹儿"，孙成的情绪一下子就下去了。说又没话说，坐又坐不住，抓起茶杯一饮而尽。苏玲一看：噢，你走渴了。哗——又给斟了一杯。

这工夫，苏玲的母亲搬了把椅子坐到了孙成的对面儿："小伙子，我跟你谈谈。玲子是我唯一的闺女，这事我得关心。现在年轻人都图上进。我就想让玲子能找一个有知识懂科学的朋友。小伙子你是做什么工作的？"嘿，孙成想我是干什么的你能不知道吗？这岂不是成心将军吗？苏局长在旁边还挺高兴，刚才跟老伴提起相亲的事情，老伴儿很冷淡，这会儿她能主动搭上话了。苏局长随口插了一句："我不是跟你说过吗，小孙是我们系统的建筑工人。"他这话不如不说，孙成心里更不满意：你们老两口跟我一唱一和，她把我捧起来，你把我摔下去，这明摆着是瞧不起我们建筑工人。心里有气，他把那杯茶咕嘟咕嘟又喝下去了。哗——苏玲随着又斟了一杯。老苏的爱人又说："小孙，听说你很要强，跟玲子是夜大同学。功课学着费劲吧？嗐，做一个建筑工人能考上夜大也不容易。考试得多少分儿？"这话问得孙成心里别扭，怎么着？跟你闺女搞对象还有分数限制？他顺嘴答了一句："六十来分儿吧。"老婆儿乐了："六十来分也凑合了，你们建筑工人上夜大，也就是那么回事儿，甭管六十分儿、一百分儿，能拿张文凭就不错。能戴上个大专的帽子，总比说是个建筑工的好……"苏局长这时挺纳闷：我老伴儿平日没这么多话，今天这话匣打开还收不住。他哪知道，他老伴儿是躲在里屋那位的传声筒啊！孙成是越听心越烦，咕嘟咕嘟地紧着喝水。苏玲一边斟水一边乐："哟，你今天是吃了咸带鱼啦？！"

苏玲姑娘还不理解，此时此刻孙成的心情很不平静。他谈过几次对象，这种场面他也经历过，这个姑娘让他脱掉工作服，那个家长让他离开脚手架；今天苏玲母亲说的这套他听着太耳熟了，他心里已经朦朦胧胧地预感到这门亲事成不了。他心里还暗暗叫苦，埋怨老巩："师傅呀，你还说给我把路铺平垫稳了，这不是让我来受罪吗！"为什么孙成有这种心情？这些年他受的刺激太多了，眼瞅着有些女青年，包括她们的家长，找对象的要求随风长：女的上中学，男的得上大学，像苏玲这样上了夜大，男的顶好是研究生；家里是当局长的，恨不能亲家是部长才合适。就连个头儿全有要求，女的一米六，男的起码得一米八。这样挑来拣去，可苦了那些在平凡岗位上闷头苦干、为人民造福的小伙子了。煤矿工人下井挖煤，为社会增光发热，找不着对象；建筑工人建房盖楼让群众喜迁新居，找不着对象；清洁工人把马路扫得干干净净，有些姑娘一边嗑着瓜子儿一边拿白眼儿白楞人家，还别说搞对象啦，就为这事儿孙成都气不忿。他爱不爱苏玲？当然有感情。可是他最爱的是建筑工人这个行业，他尊重自己的人格。他心里暗想：我绝不为这事儿低三下四，就算吹了，大不了打一辈子光棍儿，我还是光荣的建筑工人！

按着孙成的脾气，这会儿恨不能一推茶杯站起来就走。他手刚一推茶杯，苏玲搭茬儿了："还喝呀？等我再给你换一壶去。"她一壶一壶地倒水，就像灭火器一样，把孙成心里的火给压了下去。孙成又想起来时老巩再三的嘱咐，师傅那么大岁数不容易，唉！今儿我豁出去了，让老太太随便说，也别把事闹僵。打这起孙成是徐庶进曹营——一言不发。

这时候连苏局长都感觉出气氛不对，苏玲心里也不愉快，心说：我好心好意给你孙成斟茶倒水，你怎么这么傲气，当着我父母连话都不说，你把我当成卖大碗茶的啦？这时候心里最紧张的是窗外边的老巩，从苏玲母亲的话茬儿里他觉出这事儿出岔儿了，他暗替孙成使劲：孙成你可要沉住气，你要一急，咱们的事儿就全完了。巩主席本来血压就高，再加上天热，他的脑袋嗡嗡直响！这时候心里最痛快的是那位于主任，她心里说：怎么样孙成？蔫了吧？我知道你来是老巩给牵线搭桥，我今天就是跟这老巩头子斗法哪！到这时候你还不走哇？我不是吹，只要我出去说上一句话，就得让你一溜青烟地跑出去。想着她一推门儿满面春风地走出里屋："哟，这不是去年跟李小华搞对象的孙成吗？你那套衣服换了吗？"这句话就像用刀子扎人一样，孙成"噌"一下子站起来。他听得出这话音儿是说：你连李小华那样的姑娘都攀不上，还想找局长的姑娘，你配吗？她这一说，别说孙成这样自尊的人，再窝囊的听了也受不了。孙成冲着于主任一声冷笑："嘿嘿……我的衣服用不着换，穿它光荣，我穿它得劲儿！"他转过脸儿冲着苏局长说："苏局长，今天是您约我来的，我很后悔，我没有穿我那套工作服来。我们工作服黑一道儿、黄一道儿跟花狸豹儿一样。我知道你们看不起我，话又说回来，我也不一定能瞧得起你们。你们不同意应当明说明讲，你们家门槛高我绝不巴结。我跟苏玲的事——到此为止，再见！"他说完这话转身大摇大摆往外就走。苏玲姑娘在一边实在无法忍受，哇的一声哭了起来，她泪流满面地说："你走！孙成你永远别到我家来，你就是个花狸豹儿！"

（唱）孙成他忍无可忍怒火发，
一场相亲的好戏给唱砸。
苏玲姑娘泪如雨下，
说："你孙成永远别到我家！"
苏局长闹得非常尴尬：
"这小伙子，你这么大火为了啥？"
苏玲说："爸爸你跟他少废话，
过去都怪我是睁眼瞎。"
那两个小弟弟全被吓傻，
跑过要给姐姐把眼泪擦。
苏玲用手想推开小哥儿俩，
不好啦，碰洒了茶，刮倒了花，西瓜一滚嘣里啪嚓！撞翻了衣裳
　　架，玻璃镜框被砸塌，稀里里、哗啦啦，崩了一地碎玻璃碴儿！

　　您瞧这份相姑爷的热闹吧，闹了个乱七八糟。苏玲从来没受过这样的憋屈，哭起来谁劝也不听。苏局长一时急得手足无措；老伴气得冲老苏连吵带闹。老两口吵嘴，于主任也不劝架，她乐呵呵地对老苏说："局长呀，我走了。闲着没事儿到我们家串门儿去，我那门铃儿又修好啦。"苏局长实在窝火，心里说：要不是你跟着掺和，这事儿还不能这么乱乎！他问老伴儿："谁让她到咱家来的？""我让的！你管得着吗！"得，这老两口接茬儿又吵上啦！
　　苏局长想：我先别打罗圈儿架，得把孙成找回来解释一下，这样传出去影响可不好。出屋拉开门灯他就喊："孙成！你……哎？这是谁？"见窗根下坐着一个人，凑过去叫了两声，那人一动不动。仔细一瞧："哟！是老巩呀！你怎么不说话呀？"这会儿老巩说不了话啦。刚才他在窗外听动静，越听越着急，越听越上火，本来就血压高，听着听着气得他迷糊过去啦！苏局长想：这不是添乱吗！老巩呀，你还嫌我们家不热闹是怎么着？我呀，先别追那个了，先找车送这个上医院吧！"

四

（唱）巩主席窗外越听越着急，
只觉得眼前一黑犯昏迷。
苏醒后不知自己躺在哪里，
屋子里一片安静无声无息。
雪白的窗帘儿雪白的墙壁，
自己也换上了带红十字的白布衣。
他皱起双眉把往事回忆，
脑子里嗡嗡响好像过飞机。
想起他为徒弟操心费力，
大热天来保媒跑东跑西。
于主任节外生枝太无理，
相亲事被搅乱影响了全局！

老巩头昏脑涨地还想着保媒的事情；于主任横生波澜，把事搅了个一塌糊涂；孙成又把话说得太绝，伤了苏玲的心，这一闹腾连吴伟的事也受影响，肯定姑娘们要不乐意……这些事怎么办好啊？他正想着，床边有人说话："哟，您醒了？吃药。"巩主席扭头一看，有一个姑娘穿着白大褂，手里托着瓷盘。"姑娘，你是谁呀？"那姑娘说："我是护士。"老巩随口又问："二十几啦？有对象了吗？"护士气得差点没把盘子掉地上，心里说：这老头儿送错了地方，不应该送我们建筑医院，应该送神经病医院。老巩说："劳驾，姑娘，请把我那把折扇递过来。""哟，这屋里不算热呀？""不，我扇子一呼嗒，好开动脑筋想想主意。"护士想：你高血压都二百二了，也不怕脑浆迸裂呀！从这儿起，这护士就对老巩没有好印象，觉得他脑子总闲不住神神道道。

按说巩主席住了医院，几个徒弟得围着团团转，可是孙成不来。为什么呢？他知道师傅是为自己的事气病的，他不敢露面。吴伟也不来，他怎么回事？苏玲家请孙成到家做客，叶静也受了启发，照方抓药，第二天请吴伟到了她家，结果于主任一瞪眼珠子，吓得吴伟差点儿打窗户蹦出去。打这儿起偃旗息鼓，没情绪了，他也不到医院来。大徒弟、二徒弟全靠后，也就剩"瞎折腾"啦。夏泽腾每天跑几趟医院护理老巩，好在小夏有眼力见儿，看出师傅在医院不太受待见，他就主动帮助护士拖拖地板，打打开水，替师傅维持维持人缘儿。

这时候巩主席心里最想见的是两个人：一个是苏玲，人家姑娘受了委屈，她已经把孙成哭着喊着轰出家门，还到医院来干吗？他第二个想的就是苏局长，他嘴里总念叨："老苏啊，咱是老战友，你怎么不来看看我？"夏泽腾说："师傅，您住医院就是苏局长送来的，还嘱咐医生、护士好好照顾您，人家该说该做的都交代完就走了，看样子人家不大想见您。""那你去打个电话，就说老战友我想他。"这招儿还真灵，小夏打完电话，苏局长就派秘书来了，还送来一些水果和糕点。这位局长觉得事情闹得很尴尬，本人不好意思来。老巩本想谈谈孙成和苏玲的事，跟秘书也说不着啊，这一来老巩在医院越住血压越往上长，医院的大夫、护士们也着急，拿什么样的进口药能治他这病哪？

这天夜静更深，那个女护士来查房，看老巩在床上总是睡不踏实，嘴里嘟嘟囔囔还直说梦话。那个小夏在旁边急得直抖手，他小声问护士："您看我师傅这病怎么总不见轻？"这护士对小夏印象还不错，看这小伙子挺勤快，而且对师傅还真尽心。护士说："我们什么样的药都用过，患者得跟我们合作呀！"小夏说："光凭药不行，我师傅是心病，他着急呀！实话告诉您，他不是为自己着急，他是为我们青年建筑工人的婚姻问题操心。您看他血压这么高，还惦记我那俩师兄的婚事哪！他是日有所思，夜有所想，总这样血压能下得去吗！"这工夫听老巩在床说梦话："苏玲，苏玲，你来了……"小夏说："护士您听，他睡不踏实。今晚上他这血压够高的，我看得想法让他心里痛快痛快，比吃什么药都管用。""苏玲，苏玲，是你跟小夏说话吗？"护士看老巩似醒非醒地认错了人，刚要过去说话，小夏冲她直作揖："您帮帮忙，让他心里痛快痛快，您不是说两方面得合作嘛！"护士看病人实在是需要安慰，顺话搭音儿："对，我是苏玲。您今晚上好好休息吧。""好，你来了我就放心了。苏玲你跟孙成的婚事怎么样？""我……"老巩迷迷糊糊这么一问，护士闹了个大红脸，人家是个姑娘还没谈过对象。她一着急，说："我们……还那样呀！""噢，那就好……叶静啊！"护士想：怎么又换人了？"哎，我是叶静。您好好睡吧，这夜里够静的。"老巩还真睡啦。护士刚走到门口，老巩又念叨上了："老战友，老战友……"小夏又冲护士紧着作揖："麻烦您，再来一回吧。"护士想：我要是演员就好了，什么角儿都得来。"哎，我来了。"到这时候护士也豁出去了，还说："是老战友咱都认识三十多年啦！"其实这姑娘今年才二十六岁。再看床上的老巩，重病在身，精神恍惚，出了一口长气："老苏啊，有些人看不起建筑工人这是旧风气，我一个人也扭不过来，可是咱不能瞪眼看着不管呀！咱们都是共产党员，只要咱都把心尽到了，我相信愚公能够移山……"护士一听，搞对象怎么里边还有老愚公的事儿？"啊，您放心吧，咱不但学《愚公移山》，还得学《纪念白求恩》《为人民服务》。"护士说完这句话，止不住热泪盈眶。为什么哪？她忽然感到理解了这个病号，这个老同志为了青年人的幸福奔波操劳、鞠躬尽瘁的精神，真是震动人心！

（唱）星光闪闪夜色已深，
医院里一片寂静无声音。
病床前年青的护士热泪滚，
她感到这位老同志可敬可亲。
在病中他还把青年婚事来询问，
似这般情意多么纯真。
看窗外灯海一片望不尽，
远方是一幢幢新建的楼群。
是建筑工人把生活装扮得如花似锦，
在平凡岗位贡献着青春。
为推动"四化"建设飞速前进，
他们是值得敬佩的生活主人。
这位老同志更具有高尚人品，
他展示了顽强的愚公精神！

护士明白了，这位老巩不但不是神经病，而且是位很值得学习的人。她心里想：那小夏说得对，医院不能只管开药，还需要帮助他解决心病。

次日清晨，老巩睁眼一看小夏床边守护。小夏说："师傅，您昨晚上睡得还不错，现在血压就降下了点儿。"老巩叹了口气："嗐！昨夜里我做了个好梦，梦见苏玲、叶静和苏局长都来了，可惜白欢喜了一场……哎！小夏，那是谁呀？"小夏回头一看：哟！一阵喜出望外，门口站着一人，正是苏玲。她怎么会来呀？是那个护士下了夜班以后，跑到苏局长家把苏玲给动员来的。她怎么认识门儿？这是他们本系统的局长还打听不到吗！护士对苏玲说："你和你男朋友的事儿我不管，可是巩主席想见你，他现在血压又很高，你应该去看看他。"所以苏玲不能不来。

老巩一看苏玲，两天的工夫脸也瘦了，眼窝儿也凹了，看得出来，这两天姑娘心里挺难受。苏玲虽说和孙成吹了，可是心里还老想着他。老巩把姑娘叫到床前："苏玲，你跟孙成的事儿怎么样？""这……"这话姑娘不好说，又一想护士嘱咐不能让病人着急，顺嘴应了一句："我们……还是那样呀！"小夏一边偷偷直乐，这跟昨儿晚上护士说的一样。老巩一听这话，"噌"从床上坐了起来："好，好孩子，你还算了解孙成。"没等苏玲解释，他冲小夏一瞪眼："你还站这儿干什么？还不快叫你大师兄去！""哎，我这就去！"老巩心里明白，在这个时候，对苏玲必须掰开揉碎地做思想工作，帮助这对青年弥合裂缝，使他们在恋爱过程中渡过这一关口。

等小夏把孙成找来，进屋再看姑娘，脸也笑了，气儿也顺了。孙成见了苏玲，还挺不自然。老巩大骂一声："你个混小子，过来！人家苏玲都等你半天了，你还端着干什么！……哎，小夏！你大师兄的问题解决了，你怎么不把你二师兄一块儿叫来？""您没提呀！""找去！""是。"小夏转身就走，心里说：我是得去，好给人家说话腾腾地方。夏泽腾一溜小跑又把吴伟找来，已经累得浑身大汗。进屋看孙成和苏玲高高兴兴，问题解决了。就在这段时间里，孙成对苏玲讲明与李小华相处的经历，使苏玲更理解了一个建筑工人热爱自己工作的自豪感。小夏进屋还没喘口气，老巩又喊了一声："小夏！你糊涂了？你把吴伟一个人找来管什么，怎么不把叶静也叫来？""您刚才一块儿说出来多好，我去。"夏泽腾去叫两位师兄理直气壮，可找叶静他不敢去。怕什么？怕叶静妈妈那对大眼珠子。他在门口转圈儿想主意。那个女护士下班正洗衣服，看见小夏，她直纳闷："小夏！小夏！瞎折腾！"她也叫开了外号："你干吗哪？"小夏把前因后果一说，护士说："不要紧，我陪你去上楼喊。"小夏说："谢谢，还麻烦你啦！""没什么，我跟你学的——瞎折腾呗！"

巩主席把孙成、吴伟、苏玲、叶静外加"瞎折腾"都聚到一块儿，他摇着纸扇说："你们年轻人的思想都沟通了，现在关键转到你们家长身上。孙成、苏玲重归于好，我放心了，苏局长的工作苏玲得多出力；叶静、吴伟你俩的事怎么样？"吴伟没说什么话，叶静把头一低，呜呜哭起来了。老巩想：是啊，叶静这孩子从小就老实，也数她妈最厉害，这事要靠她一个人永远成不了。看来我还得管管，治于主任的病就得下点狠药！"好吧，咱这部交响曲现在到了高潮，往下怎么演，你们几个都要听我调遣！"

再说那位于主任，这些天心里很痛快，搅了孙成的事儿，又骂跑了吴伟，觉得把姑娘的事儿了啦。没想到叶静近来总在家待不住，有时候回来还挺晚。问她干什么去了还不说。星期六晚上回来，提拉着一网兜水果和点心，说明天去看病人。病人是谁呀？于主任心里想：你不说，我来个跟踪追击！第二天，眼看着姑娘进了建筑工人医院，她在门口一打听，说是看五号病房的病人，一翻牌子："这病人叫什么……巩——善——德——啊？！"于主任当时气得脸煞白："好哇，我本以为叶静跟姓吴的断了线儿，没想到你老巩又给接上了，敢情这是你们的地下联络站呀！我今天让你姓巩的死了这份心！"

她气哼哼地直奔五号病房，大有问罪兴师之势！一进病房，那俩大眼珠子就瞪圆了："巩善德！你听着！咱……哟，您也在这儿哪？"她那眼睛又眯上了，一看在老巩床边坐着苏局长。没等到她再说什么，苏局长问了一句："老于，你也来啦？前些天我到你家去了几趟，你让我等你回话，怎么样，那件事儿想好了吗？""这……"于主任心里挺纳闷：怎么还提那段儿？你们家闹腾的那些事都忘了？再看病床上的老巩泰然自若，手里的小扇子不紧不慢地扇着。苏局长挺认真地说："老于，前几天我对你说的话，希望你能严肃地考虑一下。虽然是儿女婚姻的事，实际也考验我们干部的思想水准，请问你究竟对建筑工人是什么态度？""您问我的态度？您是什么态度我就是什么态度。"她满心不服，说出来的话软中带硬："苏局长，领导是我们的榜样，您家的苏玲前边怎么走，我家叶静后边就怎么跟，您不用问我了，先问问你闺女吧！"这工夫"瞎折腾"搭上茬儿了："于主任您坐着。您不是说问问苏玲吗？我给您叫去。"工夫不大，不光苏玲，连孙成也跟来了。苏局长见了孙成直点头，抱歉地说："小孙同志，那天的事儿我也不周到。这两天玲子跟我谈了些情况，刚才老巩又对我进行了帮助，我脑子里想了很多。你能这样热爱自己的平凡岗位，为人民做出贡献，很值得我学习。那天我老伴儿对你说的那些话，不管她跟谁学来的，都是完全错误的！"哟，于主任一见苏局长向孙成做检讨，那脸一阵白、一阵红直变颜色。她转身要走，"瞎折腾"两手一张："于主任您别走唯。""不是走，那个……这屋里空气不好，我觉得身子不得劲儿……血压高。"小夏说："这好办。这儿有量压计，我给您量量。""不是，我血压不太高，我……我发烧感冒。""这儿有体温表……""不，我胃疼。""颠茄、胃舒平这儿都有。""我……我是脖子受风。""我给您贴伤湿止疼膏。""我……没什么别的病。"她心里想：我别装病了，这是医院，什么没有？！正在于主任进退两难的时候，苏局长说："老于呀，你坐下，咱们说说心里话。按说你家庭生活的事情我不便干涉，但咱是多年一起工作的老同志，你说说，为什么孩子找个建筑工人，你非要给拆散不可呢？""哟，局长，您要这么说可冤屈我了，我怎么能那样呢？他是……这个……这事我不知道，只要我闺女乐意，我不拦。"老巩听到这儿，啪！把扇子一合："好！我就等着你这句话哪。进来吧！"夏泽腾一推屋门，走进来一男一女，正是吴伟和叶静。于主任当着大伙儿没别的主意，俩大眼珠子一瞪，盯着自己的姑娘，威风凛凛，大叫一声："叶静！你乐意吗？"叶静抬头看了看妈妈，又转身看了看大伙儿，扑哧一笑，说："我早就乐意啦！您要是没什么意见，今儿下午我就跟吴伟登记去。吴伟，你快叫妈呀！"于主任一听这话，如雷轰顶，脑袋嗡的一下！心里这个后悔：我追着闺女上这儿来干吗呀？！甫问，这都是老巩安排的圈套！这位于主任两腿发软，身子一晃，咕叽坐在了地上。大伙儿说："哟，这是怎么啦？""瞎折腾"赶忙喊来护士。那护士不慌不忙地说："不要紧，这情况我们经常遇到，这叫阵发性的脑供血不足，打一针葡萄糖就好。"说着话，"噌"抽出一只头号注射器。于主任偷眼一看：妈呀，针头二寸多长，玻璃管子像根大象牙白萝卜！"不用了，我没事儿，歇会儿就好。"

满屋人都给苏局长、于主任道喜。孙成、吴伟、苏玲、叶静一起向巩主席表示感谢，说："这回您该心满意足了。"老巩摇了摇头："今天是双喜临门，可是在咱建筑行业里还有很多小伙子没有着落。就说夏泽腾吧，折腾这些日子，他的问题还没解决哪。"小夏走过来说："师傅，我的事您甭操心了，我跟晓风已经谈了几次，她不嫌弃我这个建筑工人。"老巩一愣："晓风是谁呀？"女护士羞羞答答搭话了："巩师傅，我就叫杨晓风。我愿意跟小夏交朋友，也是受您的启发，您一腔心血为建筑工人寻求幸福，精诚所至，金石为开！我为能有一位建筑工人朋友而感到自豪！"顿时，满屋人笑语盈盈。

这正是：

> 老巩热心牵红线，
> 建筑工人笑声传，
> 同唱青春交响曲，
> 双双情侣结良缘！

（赵连甲、幺树森合作，原载 1984 年 9 月号《曲艺》）

乱了公堂

（中篇评书《宝光》选段）

（上）

光绪二十四年的初秋，在直隶保定府的大街上，嚯！是人山人海呀！有推车的，有担担的，有卖米的，有卖面的，有卖针的，有卖线的，有打把式卖艺的，有蒙人相面的，有提笼架鸟的，有玩弓舞剑的，有抢吃抢喝的，还有叫街要饭的……就在这人群之中走着两个人，穿着打扮与众不同。怎么着呢？穷！破衣烂衫、蓬头垢面。别看他们貌不惊人，两人身带重宝价值连城！其中那个二十多岁的小伙子叫芦纯，他祖居河南禹县神垕镇，是世代相传烧制钧瓷的窑工。就因为他家藏着一件钧瓷宝瓶世所罕见，引得教堂主教陷害、抢夺。那芦纯为了不使这国宝流入洋人之手，千里迢迢要进京献宝。在芦纯身旁跟着那人是谁呢？这个人非同小可！您别看跟芦纯称兄道弟，头上也留着三尺多长的大辫子，可他呀不是咱们中国人，是个漂洋过海来的日本浪人，化名叫苏宝忠。这个苏宝忠多年以来活动在中原一带，对河南的风土人情是了如指掌。他早对芦纯的那件珍宝垂涎三尺。借着洋人主教向芦纯逼宝，他冒充教堂的仆役，施计谋，骗官府，闯虎口，脱险境，这才把芦纯带出河南。今天他就要在保定府下毒手害死芦纯。

苏宝忠和芦纯来到了保定的北门口，这地方买卖少了，人也稀了，把街口只有一家小饭铺，幌子上写着五个字——"冯记饸饹馆"，这儿专卖饸饹面的。苏宝忠就把芦纯拦住了："兄弟，咱们进去吃碗饸饹吧。""好。"苏宝忠心中暗想：你个不知死的鬼，我让你吃饸饹，这是按着你们中国罪犯上刑场之前的规矩，是让你吃一碗断头面！

两个人进了饭馆，苏宝忠喊了一声："掌柜的，给我们来两碗饸饹！"里屋应声喊道："爹，来了客人啦！"随着话音走出一男一女。老头儿年纪在五十开

赵连甲、幺树森 1984 年于山东深入生活

外，面目和善，擦桌抹案，忙让二人："您请坐，请坐，二位先歇会儿。"老汉又回身喊叫姑娘："巧英啊，赶快笼火上灶，我到对门儿说点事儿去。""哎!"嘿，姑娘话音清脆悦耳，真跟铃儿似的。姑娘年纪十八九岁，细眉大眼，长得十分秀气。干起活儿又是那么干净利落。出了屋：唰! 拦腰扎上围裙，上边洗手和面，下边用脚把秫秸送进灶门儿。面和好了，锅也开了，面坨儿往斗儿里一放，杠子一压，"唰唰唰……"条条银丝犹如细雨一般垂落在锅里。"嚓!嚓!"笊篱一捞，热气腾腾的两碗饸饹端上来了! 三百六十行，行行出状元。这姑娘在卖饸饹这行里功夫算到家了。

芦纯端起碗刚要吃，苏宝忠把他拦住了："兄弟，先别吃。面是热的，卤子是凉的，我再找他给热热去。"说完端着两碗饸饹走到外屋："姑娘，这卤子太凉，能不能给热热?"姑娘一听笑了，心里说：这可新鲜，刚出锅儿怎么能凉了呢? 也许个人有个人的口味。"好，我再添把火，用小锅再回回勺，让您吃个痛快。"姑娘忙去刷锅、点火，苏宝忠把碗放在外屋条案上，用身子一挡……干什么哪? 往碗里下毒药哪! 芦纯坐在里屋有墙山遮着，看不到外边的事情。那姑娘又在灶旁忙手忙脚，再加上柴烟满锅里的热气，满屋是雾气昭昭。苏宝忠觉得此时下手会神不知鬼不觉。可他万也没想到，那姑娘手里刷着锅，脚下烧着火，眼睛还照顾着屋里屋外。苏宝忠往碗里放进药面儿，又用筷子搅和搅和……这姑娘在那边心里可就纳闷儿了：这人往碗里放什么哪? 唰，又见在他身边掉下一小块方纸，可他呢，随手赶紧又捡起来了。姑娘看出来了：这准是一小包东西，是一包什么呢? ……苏宝忠回身又说了一句："姑娘，别点火了，每碗里加一勺热汤就行了!"说完先在盆里哗啦哗啦地洗了洗手，随后自己往碗里浇了一勺汤，端起饸饹转身就走。姑娘心里想：这个人还挺爱干净……不对，他这是怕包里的东西沾在他的手上。再想刚才，本来现煮的面，他愣说卤子太凉，可又……苏宝忠干什么，姑娘已经明白了八九。这姑娘暗暗说道：哼，我冯巧英过了这月的初七是满二十岁的人了，跟我爹上灶卖饸饹也算开过眼，什么南来的、北往的、偷奸的、取巧的、蒙吃的、骗喝的、掏包的、抽白面儿的……什么人我都见过，还就是没见过给人家碗里下毒药的! 可是你下毒药远点儿下去，别在我们小馆儿使坏呀! 我们本小利微可经不起折腾。再说了，药是你下的，面是我做的，那人要吃下去有个好歹的，是记在你的账上，还是记在我的账上? 诸位，这样事儿换别家姑娘就吓叫唤了，这姑娘不然，本来她叫冯英，婶子大娘们又给她加了个"巧"字。因为她心灵手巧，尤其她那张嘴更巧，学个舌、辩个理，小嘴巴巴儿的!

这姑娘不言不语地跟着苏宝忠也进了里屋，眼瞧着苏宝忠把那碗毒面递给芦纯："兄弟，趁热快吃吧!"芦纯乐乐呵呵接过碗来刚要吃，姑娘说话了：

"你先等会儿，把碗给我放下。"芦纯莫名其妙："放下干什么？""干什么？你这人吃过饸饹吗？知道饸饹是什么味儿吗？刚才他愣说我们的卤子凉，他可下手——自己浇了一勺汤。他给你加上了——一勺汤，你还能吃吗？吃不得啦！这味儿就变啦！"这姑娘说着话眼睛直勾勾地看着芦纯。芦纯要是抬头看看姑娘这双大眼，黑白分明，水灵灵的好像会说话似的，也能听出姑娘话里的含意。可是芦纯什么也没看见，他从小见了姑娘就脸红，别说看了，他连头都不敢抬。低着头说了声："咸点儿淡点儿都没什么。"说着伸筷子又要吃，姑娘又说了："你放下！你那双筷子干净吗？病从口入，这句话你懂不懂？吃出毛病可就晚啦！"苏宝忠一听这话，心里可就存不住劲了，回手抄过来一双筷子："兄弟，换这双，吃吧。"芦纯眼皮都没撩一下，接过筷子就要吃。姑娘心里这个急呀：这小伙子真是榆木疙瘩，我说了半天给谁听哪？你那么抬头看看我，我给你使个眼色也好。这姑娘一生气，话儿就更难听了："我说你吃什么你！你几辈子没吃过饭了，见吃不要命啦！"芦纯一听心里是火冒三丈，暗说：这城里的人太欺负人啦！一个十八九的黄花闺女说话都这样噎人！"啪！"气得他把碗一蹾，起身要走。苏宝忠一把把他摁住，凑到芦纯耳边低声说道："兄弟，好男不跟女斗，别饿着肚子，快吃。"随手他端起那碗毒面直送到芦纯的嘴边："吃吧兄弟，快吃，吃完咱们好走。"这姑娘呀，不冲着芦纯说了，又数落起苏宝忠来了："放下，放下！我说了他，还没说你哪！有你这样端碗的吗？你的大拇指头都伸到碗里去了，让人家怎么吃呀？干脆你自己打扫吧……"说着她端起那碗毒面推到苏宝忠的嘴边。"这碗呀你吃，吃完了该上哪儿，你就上哪儿吧！"苏宝忠想：你让我上哪儿去？吃完我就撂到这儿啦！他看着这小姑娘，站在他身边乐乐和和是咄咄逼人！苏宝忠一时气恨难忍，恼羞成怒："啪！"把桌子一拍："你这是无理取闹！我没见过有你这样开饭馆的！做生意讲和气生财，为什么见我们外乡人恶言冷眼相待？"他急了，冯巧英也火儿啦，"啪！"那桌子拍得比他还响："你没见过这样开饭馆的，我还没见过你这样吃饭的哪！我们这饸饹要不可口儿，想提提味儿放香油、放醋、放盐、放酱油，放什么都行，你凭什么往他碗里放毒药啊？"得，她给说出来啦！

芦纯一听这话，"噌！"站起身来，两只眼睛望着苏宝忠是目瞪口呆。冯巧英这时用手指着芦纯的脑门子，咬着牙地骂开了："傻小子，傻小子，你真是个睁眼瞎子！别看姑娘我年纪小，我的眼里可不揉沙子，你知道吗？他往你的碗里放毒药啦！"芦纯脑袋"嗡"的一下！只觉得后脊梁骨飕飕地直冒凉气！再看苏宝忠这个人的模样变了，两只眼睛凶光毕露，令人毛骨悚然！他哪里是人呀，分明是一只吃人的豺狼！此时芦纯猛然想起三日前路过邢台，与自己同伴而来的王福哥哥突然死去，现在才明白，也是死在这只恶狼的手下。想着他咬牙切齿地直奔了苏宝忠，全身的劲都贯到胳膊上，抡圆了巴掌——"啪！"给这个恶棍一记响亮的耳光！那么这个苏宝忠他怎么不躲呢？到这时候就快跑吧！他呀？动不了窝儿了。怎么回事？身后边有个人用俩手把他给摁到那儿啦！谁呀？冯巧英的爸爸，开饸饹馆的冯掌柜。

这老头儿仗义扶危，抱打不平，刚才他到对门儿找人说了点事儿，回来正赶上姑娘和芦纯、苏宝忠吵嘴，他把这件事情听个一清二楚。苏宝忠刚要跑，老汉就把他给摁到那儿了。

苏宝忠动不了个儿，芦纯可得了手了，他手扇着，嘴骂着："我把你个狠心贼——""啪！""杀人的强盗——""啪！""人面兽心的东西——""啪！""你还我王福哥哥的命来！""啪！啪！啪！"是左右开弓！这饸饹馆儿可就热闹了，外边的人围了个里三层外三层："怎么回事？""怎么回事？"巧英姑娘一五一十地一说，大伙可就气炸了："好大的胆子！光天化日之下竟敢下毒害人？"那个就说了："他还不是这一档子，听说前边还有一条人命哪！""这小子太坏了，揍他！""对，揍！""打！"哗——大伙是一拥而上！拳打脚踢"噼里啪嚓"，打得个苏宝忠满地翻滚、哭爹叫娘！

大伙打得解恨，冯巧英就喊开了："嘿！别打啦！别打啦！打死这小子也没人心疼，可你们这么折腾，我们可受不了呀，这桌子板凳盘子碗我们还要哪！"冯老汉劝说芦纯："小伙子，你先消消气，常言道，杀人者偿命，欠债者还钱。他下毒害人，国法难容，现有人证物证，你何不到府衙告他一状。"大伙异口同音："对，到府衙告他去！""告他去！""告他去！"嗬，众人前呼后拥，冯老汉领着芦纯，巧英姑娘端着那碗毒面，看热闹的人拉着苏宝忠的大辫子，就跟拽死狗似的，吵吵嚷嚷来到府衙堂口。

芦纯站在堂下高声呐喊："冤枉！冤枉！""别喊了！喊什么？"一名衙役带搭不理地走了过来。芦纯打个千："禀大人，小人我要打官司！""噢，告状的。告状来这么多人干什么？知道的是来打官司，不知道的还当找老爷打群架的哪。呈上来吧！"芦纯没打过官司，不明白怎么回事。"嗯……大人您要什么？""打官司你得有呈子。我把呈子给你递上去，老爷批复下来，发出传票，再去传你呀！""大人，事情紧急顾不得写呈子了，劳您大驾给回禀一声吧！""回禀一声？你上嘴唇一碰下嘴唇说得轻巧，我吃你饭长大的？我是给你当差的？我这双鞋跑破了你给我缝呀？去去去……回家写呈子去！"芦纯听得出来这是要钱哪，可哪有钱呀！这可怎么办呀？这工夫，巧英姑娘看出门道儿来了，她冲着芦纯一努嘴儿："你看那是什么？"芦纯扭头一看，在堂口一侧，木架子上支着一面红油漆的牛皮大鼓。芦纯明白了：对！击鼓鸣冤，一敲鼓老爷就得升堂！其实这鼓不能随便敲，击鼓鸣冤是个说词，那是壮堂威用的，真敲老爷可真生气。芦纯哪懂这个。你敲也行，最多不过三下。他抄鼓槌子就跟戏台上开戏打通一样："咚！咚！咚！咚咚咚……"他撒开欢儿啦！

这一下子，堂上堂下衙里衙外可就乱了套喽！东西班房的差人你抢衣服，我抓帽子，扣子也系拧了，刀也挂倒了，一个个跟头趔趄地往堂上跑！有一位跑了半截儿又回去了，怎么了？忘了穿鞋啦！

前边当差的乱了套，后边的知府大人也抓了瞎。这位大人姓叶，单字名章。正在官宅用晚饭，端着碗正往嘴里扒拉哪，"咚咚咚！"，鼓声一响摇山撼岳。把这叶大人吓得身子一抖搂，噼里啪啦！筷子掉了，碗也碎了。大人就来气了：这是谁如此胆大包天敢敲堂鼓？这一敲不是好兆头儿，把我饭碗都砸啦！就是升了堂我也得出出胸中这口邪气！叶大人急忙更换官服：头戴青绒元帽，水晶的顶子，单眼花翎，身穿八蟒五爪蓝袍，外罩青色补服，胸前正方图案绣的白鹇展翅，足下一双薄底皂靴。他手捻项上的朝珠，气哼哼走上大堂威严落座，啪！怒拍惊堂木，要开堂审案！

（下）

叶大人高高在上，坐了个端端正正，真是不怒而自威。在他身后一对纱灯高挂，左边牌子上写着"回避"，右边牌子上写着"肃静"，正当中高悬蓝色金字大匾，有四个正楷大字："清正廉明"。在大人的下垂手有一张方桌，坐着一个红鼻子老头儿，这是师爷，号称"刀笔"。左右两厢站定三班衙役和抓差办案的都头，一个个拧眉怒目如狼似虎。堂口一侧还摆着刑具架子，有板子、夹棍、皮鞭、铁锁、掌嘴的尺子、烙人的通条。本来叶大人心里憋着火呢，上堂一看更是气上加气。怎么呢？刚才听堂鼓敲得是惊天动地，不知出了何等重大案情，这工夫往堂前一看呀，是两个要饭的。一个活的，还有一个死的。怎么还有个死的？苏宝忠是让众人拽着辫子拉来的，一路之上众人连打带踹愣揍晕过去了。叶大人一拍惊堂木："嘟！大胆刁民，怎么把一具死尸拖到堂上？"当差的过来施礼回禀："回老爷，那不是死的，还有一口气。"老爷心里说：合着就给我留了一口气了？"来人，让他苏醒过来。"刑房一碗水泼过去，苏宝忠打了个寒战，才睁开双眼。

叶大人问道："你们两个谁是原告谁是被告？""大老爷容禀，小人我叫芦纯，他叫苏宝忠，我告他下毒害命之罪！"芦纯跪爬半步，眼含痛泪，把在饸饹馆吃饭苏宝忠往碗里下毒之事诉说了一遍："老爷，苏宝忠是个心黑手毒的杀人魔王，请大人给小人鸣冤。"再看这位大人毫不动声色，眯着眼睛说："芦纯，听你之言是告他图谋杀人之罪，你可知人命关天非同儿戏，打官司告状不递呈子，就凭你空口白牙，本府怎能信以为真呀？""老爷，我有人证物证！""好，证人何在？"话音未落，堂下有人喊道："大人，民女愿为原告出堂作证！"叶大人顺声音往下一看，见一位十八九岁的姑娘，端着一碗面条，脚步轻盈地走上堂来。冯巧英双膝叠跪："民女给大人问安！"

这位知府大人从换衣服到看见芦纯，肚子里的火儿是越来越大，看样子崩个火星儿就能着喽。可自打冯巧英往堂上一走，他这一肚子火儿消了！呜呼呀，这一女子虽然身着布衣布裤，定生于贫寒人家，但她眉清目秀，神采不俗，真令人赞之不足也！就这副花花肠子他还转文哪！叶大人唯恐吓着美人，轻轻地把惊堂木就拍了一下："这一小女子，我看你年纪不大，竟敢上堂为芦纯作证吗？"巧英姑娘毫无惧色，抬头说道："回大人您的话，我虽年纪幼小，见识不多，但也曾听人说过：人生在世，要行得正，走得端，急人之难，光明正大。故而路见不平之事，怎敢隐情不报。今日在我家店里有歹徒下毒害人，我都是当场目睹，如不报于老爷得知，让歹徒逍遥法外，让好人受屈含冤，我怎对天地良心呀？"嘿，这姑娘小嘴"当当当儿，当当当儿"跟揿钉子似的，字字句句入情入理！不但老爷听得出了神儿，就连三班衙役和堂下一百多听堂的人个个竖指赞美："好，瞧这姑娘多有出息呀！"冯掌柜在人群里也为女儿暗自高兴。

叶大人连连点头："好，好，姑娘你再把此事原原本本讲述一遍。""是！"巧英姑娘就把苏宝忠暗下毒药谋害芦纯之事从头至尾不洒汤，不漏水，讲得清，道得明，说完又端起那碗饸饹："老爷，这碗面里就有歹徒施放的毒药，是他作案的铁证！"叶大人听罢暗想：这场官司好审，人赃俱在。堂上堂下这么多的人都看着我哪，为官要与民做主，按律条行事，绝不姑息宽容！

此时苏宝忠跪在堂前，让人揍个鼻青脸肿。叶章一拍惊堂木："胆大的苏宝忠！适才原告和证人所言可是事实？人证、物证俱在你还有何言抵赖？"苏宝忠把脑袋一低没说话。叶大人一看：嘀，不理我？你下毒药时候的胆子哪去啦？"嘟！混账东西，本府问话，你为何闭口不语？如再不如实招来，休怨本府要大刑问供了！"苏宝忠到这时候，豁出去了，还是两眼一闭，一字不出。叶大人嘿嘿地笑起来："嘿嘿嘿……你是理屈词穷，无言可对。本府我身为朝廷的命官，上食君王俸禄，下受黎民信赖，如不将尔等刁顽之徒尽行剪除，哪有清平世界，朗朗乾坤。家有家法，国有律条，天网恢恢，疏而不漏，任凭你闭口不言，你的罪责难逃。来！师爷，把笔录给他看看，让他签字画押！""是！"

红鼻子师爷早已将原告、证人的状词记了个一字不漏。唰！把笔录扔到苏宝忠的跟前。苏宝忠闭着眼没动。一个当差的过去"啪！"就是一脚："画押！"

随手把笔和墨盒扔给了苏宝忠。苏宝忠想：我写吧，不然还得受罪。他往地上一趴，拿起笔来"唰唰唰"地写上啦。

堂上的老爷此时是格外的高兴：一场官司不到半个时辰，我就给问了个水落石出，随之本府的声威更加显赫……嗯？怎么这个罪犯趴那儿写起没完了？签字画押至于这样啰唆吗？识字的写上姓名；不识字的画个圈儿、打个叉儿、按个手印儿……你那儿干什么哪？瞧，他正面写完，又翻过来写上了。这怎么回事？

苏宝忠写完往上一举，差人接过来呈送给老爷。叶大人定睛细看，啊？不由大吃一惊！"啪！"胳膊一抬，把状纸遮住，上上下下，从头至尾、翻过来掉过去，一连看了三遍……写的什么？老爷没看明白。这位大人不是很有学问吗？对，什么草书、篆字他都认得出来，可是苏宝忠写的他不认识了。有汉字，当中加了不少又是钩儿又是撇儿、又是三角儿的……这都是什么乱七八糟的！叶大人看着看着恍然大悟：哎哟妈呀！敢情这是日本字呀！他把上边断断续续的汉字连起来再看：什么"日本、安全、护照、政府、纠纷……"尤其最后的签名都是汉字："大日本国侨民——三木野太郎！"

叶大人也看明白了，人也给吓傻了！那身子跟凉粉儿一样——就哆嗦起来了。心里说：我的妈呀，这保定府怎么跑出日本人来啦？！打今儿吃晚饭就不是好兆头儿，把饭碗都砸啦！

这位叶大人怎么这么怕日本人呀？他不能不怕，曾几何时，甲午海战，炮火连天，北洋水师全军覆没。别说我这个小小知府，就是朝廷派的全权大臣、户部侍郎张荫桓赴日求和，人家还嫌他官小，一脚丫子给踹回来了！又派大学士李鸿章李中堂去求人家，这才签署了《马关条约》。日本人在中国那是多大权力？叶章想：日本人我得罪得起吗？万一再惹起中日两国纠纷，丢官罢职是小，我非得落个满门抄斩不可呀！这洋人只写字不说话，肯定不愿把他的身份声张出去，我呀干脆问个糊涂案不了了之吧！想到这儿，他把脸一扭，问开原告啦："芦纯！我来问你，既然你说苏宝忠暗害于你，为什么你二人还一路结伴而来？""回禀大人，这苏宝忠是人面兽心，小人被他蒙骗了。他不但要暗害小人，三天前在邢台他害死了我的王福哥哥……"芦纯话未说完，叶章又问道："且住！我来问你，王福一死，你可曾报案？""没有，就地葬埋了。""啪！"叶知府一拍惊堂木："大胆的芦纯！你可懂国法律条吗？他犯有杀人之罪，罪不容诛，你为什么不报当官？竟敢擅自将死者埋葬，掩盖罪证？你可知罪？"芦纯一听，嗯？我是原告还是被告？怎么审上我啦？芦纯赶忙争辩："大人，杀人的是苏宝忠啊，他早已蓄谋杀害王福与我，因为他知道我们身上……"芦纯话到嘴边不敢再讲了，心里说：哟，我进京献宝之事不能往外说呀！他这一愣神儿，叶章好像抓住了把柄："芦纯！你为什么不往下讲了？""这……""什么这呀那的？你芦纯分明心有鬼胎，休想蒙哄本官。你老实听着：王福一死，你隐情不报，此汝之罪责一也；王福既然被苏宝忠所害，你又与凶手一路同行，此汝之罪责二也；大堂之上，又如此吞吞吐吐，定有不可告人之隐私，此汝之罪责三也……看来此案重大，一时难以公断。来人，退堂！"好嘛，这位老爷要跑！

叶大人要匆忙退堂，他心里明白是怎么回事，可把别人都弄糊涂了。堂上当差的你看我我看你，蒙头转向；堂下听堂的人七嘴八舌乱成一片："哎？这怎么回事？怎么老爷问着问着乱了套啦！""是啊，怎么把官司问翻了个儿啦！"

"大老爷且慢！小女子有一事不明，请大人明断！"冯巧英在堂上插话了。叶大人问道："你有何话要讲？""大人，民女听说，自古以来，杀人者偿命是国家的律条。这个苏宝忠下毒谋害别人，是我目睹眼见，铁证如山。方才公堂之上，他已无言答对，巧嘴难辩。为什么老爷您又节外生枝替这个杀人的刁徒遮辩呢？您看，堂下众人都是素不相识，但对这个杀人的刁徒，个个是义愤填膺！众人围观听堂，渴望大人明镜高悬，秉公而断。您要嫌证据不足……老爷，我有句话不敢说。""说，恕你无罪。""谢大人！"冯巧英把那碗饸饹往公案上一放："我说老爷，您要说证据不足的话，青天大老爷您敢把它吃了吗？"叶大人一听这个气：这丫头可不好惹，她这是让我服毒啊！"嘟，大胆！放肆！你竟敢如此貌视本官，你，你……你这是咆哮公堂！来人，把她给我轰下堂去！"衙役刚要上前轰，巧英姑娘一摆手："用不着轰，我自己会走。大人，我还得问您一句话，这碗面我是端走哪，还是给您留在堂上？"叶大人想：我怎么说？端走？这是案子的证据。留这儿？我存碗毒面算怎么回事？"这……"这位老爷还真没词儿啦！

这时候下边听堂的人们气愤不平，大家都听出老爷问了个糊涂案，却又不解其意。人群中只有一人心里透亮，谁呀？巧英的父亲——冯老汉。这老头儿经得多、见得广，对官场上的事情还经常爱琢磨琢磨。堂上那位老爷神态一变，他就看出毛病出在那张状纸上。他不但看出了毛病，还有办法对付，冲身边几个人说："各位，看出来没有？老爷没看状词之前，案子问得入情入理，一点也不糊涂。为什么看完状词再说话颠三倒四呢？我看状词上不是苏宝忠的签字画押，是他把礼单递上去啦！多少银子、多少礼物那数目都在上写着哪！""对！是这么回事。怪不得这官儿他要退堂，逮着便宜啦！""不能让他退堂！""对，咱大伙一块喊！"众人一口音："老爷！不能退堂！清官是不爱财的！"

叶大人心里说：我还爱财哪？我能把脑袋保住了就算不错，你们哪知道，我今儿碰上日本人啦！你们喊什么我当没听见，快退堂。他走到公案前面高喊：

"庶民百姓休要无理，此案本府自有明断，尔等怎能知晓。来人，把原告芦纯带到班房候审！再将被告苏宝忠他……"他说着用手一指，正赶上苏宝忠一抬头把眼一瞪，吓得叶大人就是一哆嗦，他心里说：我敢把他怎么样？不能说押下去呀。"把苏宝忠他，他……他老人家……"大伙一听："什么，他老人家？这是什么称呼？""怎么老爷的辈儿都缩啦！"冯老汉高声喊道："大家听见没有？这叫有钱能使鬼推磨，这贪官丧尽天良啦！"有几个愣小伙压不住火儿，纷纷跑上堂去，要找老爷辩理。众衙役一看不好，赶紧上前阻拦！没想到这一拦更坏了，呼啦一下子，如江水倒灌，这一百多口子都拥上来了！得，老百姓给哄了堂啦！

（1983 年由广播说唱团李文秀录制播出，该篇选段后经央广编辑于纪念抗日胜利 40 周年、50 周年列为"特别节目"播出书目）

舍命王传奇

（中篇评书）

第一回

谈今论古寻新意
扫雾拨云辨奇冤

　　这部书叫《舍命王传奇》。"舍命王"是一个人的外号，他的真名叫王天鳌。说起这位王天鳌来，可称是一个难得的人才。在当地提起他的名字，没有不知道的，没有不佩服的，都称赞此人：知天文，晓地理，学识渊博；他结交三教九流，五行八作；他懂得人情冷暖，世态炎凉；您要跟他谈起历史典故，名人传说，诗词歌赋，社会知识……他可以滔滔不绝，倒背如流！这样德高望重的人物，到底是干什么的啊？说来跟我是同行——说评书的。

　　那位说了："夸了半天，原来是个说书的？！"您别小看，在咱们中国，这种说书艺术真可说得上是源远流长！我们说书艺人遍布城镇乡村，就是号称大邦之地、文化中心的大城市也有说书人的场地。什么北京的天桥、天津的"三不管"、上海的大世界、南京的夫子庙、沈阳的北市场、开封的相国寺、济南的大观园……您到了那些地方，都会看到说书的先生在台上手拿纸扇、拍着醒木在谈古论今。听书的都是什么人？士农工商各界人氏，连大学教授都有。大学教授怎么样？照样听着入迷。就说咱们当代，不少著名作家正因为从小听书受到了文化启蒙，这才走上了文学道路。

　　俗话说三百六十行——行行出状元，我说的这位舍命王，在说书行界称得起是位代表人物。这部书是哪年的事哪？正是一九四四年的抗战末期，舍命王在号称煤都的抚顺说书卖艺。那年他五十多岁，两鬓斑白，乍一看只不过是一个和和气气的普通老头儿。可是他走在街上，无论是上下班的矿工，还是铺户商店的买卖人，就连那些十几岁背煤的孩子见了他，都点头尊他一声："先生。"舍命王的人缘儿怎么那么好呀？没别的，全靠他的说书艺术深入人心。他要一开书，书台前有两个徒弟，一个叫春欢，一个叫春笑，在场子里让座、打钱。日子长了，听众给这俩徒弟起了两个外号，一个叫"勾魂牌"，一个叫"要命锁"。什么意思哪？因为舍命王的书说得好，把人的魂儿都勾去了，您不想听也得听，您只要往书场一坐，就好像无形中有根铁链子把您锁住一样，您就别想挪窝儿。有这样一件事：有一位阔商，抚顺、奉天都有他的买卖。有一次约定几家商行洽谈生意，一看表离洽谈时间还有两个小时，心想：我先听舍命王一段书去，昨天正说到"扣儿"上，得听个结果。出门雇了辆洋车，到书馆门前跟拉车的讲条件："一会儿你拉我去站前饭店，快着点，我多给钱，你就别走了。你要待着闷得慌，进去跟我一块听书，书钱我给，茶钱我候，耽误工夫的钱，最后咱一起算。"嘿，拉车的一听哪找这样的好事去？两个人一块进去听书。这阔商一边听书一边低头看表，又想听书又惦着谈买卖，洽谈生意刻不容缓，可听书又听到紧要关头，两头放不下。最后就剩了十分钟，一狠心站起来叫拉车的："咱们快走！"拉车的摆了摆手："嘘——小声点。我喝茶的钱您别给了，听书钱您也别候了。这么说吧，连车钱我也不要了，您愿意上哪儿去就上哪儿，说什么我得把这段书听完了。"得，这书把他勾住啦！

舍命王能有这么大能耐吗？您别不信，说书艺人就有这份本事。常言道："听戏听轴儿，听书听扣儿。"说书艺人就讲究用"扣子"拴人，只要您听入了扣子那是非得听不可。别看说书的只有一个人，就凭他手、眼、身、法、步，来讲述唐、宋、元、明、清，历代兴衰事，金戈铁马，儿女情长，让人听来如闻其声，如见其人。

舍命王不仅在表演艺术上造诣精深，讲走码头、闯江湖那更是阅历非凡。用艺人话说：懂得生意经、买卖道儿。那真是见什么佛烧什么香，见什么鬼念什么咒儿，逢场作戏，能刚能柔。有一次徒弟春欢惹了件事，得罪了一个横行霸道的恶棍，眼看大祸临头。舍命王知道了，大骂徒弟："你吃着江湖饭，不懂得江湖事，瞎眼啦？这主儿你得罪得起吗？这不是给我惹事吗？事到如今，还得看师傅我的。别看那小子歪脖横狠，谁都惹不起，他现在正在生烟冒火，我一去管让他烟消火灭。看我怎么去救你小子一命。"他有什么办法呢？找到那个恶霸家里，一进门"扑通"就给人家跪下了："大爷，您跟个小毛孩子怄什么气呀，大人不见小人怪，宰相肚里能撑船。没别的，我来替他给您赔不是。您照顾我这么多年了，真格地能忍心看我在您跟前跪着吗？"那恶霸一看，杀人不过头点地："算了，你起来吧！"舍命王出门掸了掸土，胸脯一挺，把眼一眯，冲徒弟说："怎么样？没事了吧。学着点，这叫能耐！"嘿，他又吹上啦！

那位说："这叫什么能耐！他怎么不反抗？"您别忘了，舍命王是个流浪江湖的艺人，有些窝囊气他得忍着。要说他这人的本性，那是争强好胜，义气当先，处处屈己让人。可是还得会随风转舵，左右逢源。不管他是扬着脖子说话，还是低头忍气吞声，只为一个目的，就是维持自己的台缘儿。舍命王酷爱艺术，从年轻到现在追求的就是把书说好。他这几十年的经历太丰富了，他所接触的是整个社会各个阶层，上至达官贵人，下至贫民百姓；进这家朱门酒肉臭，出这门路有冻死骨；当他高朋满座赚钱多的时候，他是大把票子送人，仗义疏财；当他走背字儿受穷的时候，端着锅、排着队去领舍粥喝。他目睹眼见的事情是五花八门，无奇不有：他见过富人落魄的，穷人乍富的，坑蒙拐骗的，落井下石的；他见过虎狼挡道；他见过水患兵灾；他见过出红差枪毙犯人；他见过插草标卖儿卖女；他见过小媳妇投河觅井；他见过贫困老人倒卧街头；他见过无耻之徒飞黄腾达；他见过有志之士反被罪恶势力吞没……他对那黑暗的社会认清了、看透了，一心钻研自己的说书艺术。列位，正是像舍命王这样的艺人从古至今，历代相传，对中国文学史做出宝贵贡献。您现在看的《水浒传》《三国演义》那些巨著的后面就有历代说书艺人的功绩！舍命王他在扇子上写了四句话，这是他一生的心愿："面对惨淡人生，正视淋漓鲜血，洞察人间疾苦，讲述历代兴衰。"

这把扇子舍命王天天说书使用，他本来只想说好传统的书目，没想到到他老年的时候，又变了主意，百尺竿头他要更进一步。他常想自己说了一辈子书，什么《杨家将》《岳飞传》《水浒》《三国》《包公案》，可是越说越不过瘾，总觉着应该有自己的一部拿手好书。好书不只是当场能吸引听众，应该有后劲，让人听了隔多长时间忘不了，梦魂牵绕，使人猛醒，催人奋发。他呢，想动手创作这样一部书。没事就琢磨身边的人、眼前的事。他不论上场说书，或走至街头，都十分注意观察。功夫不负有心人，有一天，他真的遇到了一起使人惊心动魄的案件，他做梦也没想到这件事就发生在他的身边！

什么事哪？说来很简单。有一天舍命王上场说书，往台下扫了一眼，听众早就坐满，就等着他开书。舍命王的醒木也拍响了，可是他心里觉得空荡荡的。就见书台旁边有一个座位空着，他心里暗想：他怎么没来呢？别人可以不来，他不能不到。这些天他听书风雨不误，今天的书又正在"扣子"上，他应该来。再说这位不是一般的书座儿，是我多年的至交好友。十六年前他就告诉我："一个好说书的要让人听了有后劲儿。"这句话我一直铭记至今。这些日子我专请他来听书挑刺儿，他没来必定有事。可是他出了什么事了呢？舍命王说书神思恍惚，心里越来越乱。讲到第三段书的时候，实在讲不下去了，他冲听众双手一抱："各位，对不起大家，我有点急事告假，下面的书让我徒弟春欢接着伺候各位。"

　　舍命王出了书场，风风火火直奔了那位好友的家。这位家在"一町目"的一个大杂院，住着两间西屋。这人是一个落魄的老中医先生，姓田叫田世岭。舍命王气喘吁吁地走进院子，对面迎过来一位邻居，神色惊慌："王先生您可来了，快看看去吧！"就这一句话，舍命王心里"咯噔"一声！他站在那两间西屋门前不敢再往里走，用轻轻的声音喊着："秋雯，秋雯……"连喊数声，屋里没人答应。这秋雯是谁呀？是老中医田先生的徒弟，又是他的义女。可她也是舍命王的亲人。田先生和舍命王晚年都是独身一人，两位老人共同守着这么一个姑娘。秋雯是舍命王死去的一个最喜爱的徒弟的妹妹，舍命王对姑娘比亲生的女儿还亲。这几人之间的关系到底是怎么一段悲欢离合的故事，下面书中自有交代。秋雯姑娘今年刚满二十岁，高中毕业，识文断字，性情温柔。平常舍命王一进院不用喊，姑娘早就迎出门外，可是今天听不到姑娘的回音儿。舍命王推门进屋一看，田先生坐在外屋床上正两眼直勾勾地发愣。舍命王赶紧追问："老哥哥，出什么事了？秋雯怎么没在家？"一连问了几句，田先生没有搭腔。舍命王更是焦急："老哥哥，家里到底出了什么事，您快跟我说，我是天鳌啊！您怎么不说话，不管是什么事，咱哥俩好商量着办。秋雯到底上哪儿去啦？您……"任凭他怎么催问，田先生好像什么都没听见，眼皮都没眨一下。到了这个时候，舍命王也被惊呆了。他说了一辈子书，说过人在各种情况下的神态，伤心的时候，愤怒的时候，焦急的时候，绝望的时候……人的心情不同，流露出的眼神也不一样。从眼前田先生的目光来看，神色恍惚，一滴眼泪都没有，好像对人间一切都冷漠了。这位田先生愣有半晌，一只手哆里哆嗦拿过几张照片："完了，全完了，我这一辈子再没有什么指望了。秋雯姑娘今天早晨让汽车给轧死了……"舍命王脑袋里"嗡"的一下，险些栽倒！他怎么能相信那样聪明伶俐的姑娘会死于车祸？他眼含痛泪接过那几张肇事现场拍摄的照片。泪眼模糊不忍心看，真是心乱如麻。他和秋雯姑娘相识不足一年，他每见到姑娘就能想起在东北十六年来结识的那些亲人，他每见到姑娘就觉得自己晚年有了精神寄托。可是万万没想到，就这一线安慰老天都不给留下……他滴滴答答的眼泪落在了照片上。忽然，舍命王擦干了眼泪，把照片捧到跟前仔细端详。他看着看着神色骤变，目光炯炯，啪！把照片往桌子上一拍："秋雯！好姑娘，你有志气！你死得冤屈，你在九泉之下等着吧，我王天鳌舍出性命也要为你申冤报仇！任他们巧作机关，也蒙骗不了我的一双眼睛，这照片里有假！"

　　田先生闻听此话，猛地一惊："天鳌，你说什么？难道这里还有什么鬼吗？这照片是警察署的人亲自送来的。"舍命王一把抓住田先生的手，低声说道："老哥哥，这哪是什么车祸，您还蒙在鼓里，这是恶人有意谋杀呀！""啊！"田先生惊得面目失色，"天鳌，那杀人的凶手是谁？""老哥哥您看……"舍命王指着照片说，"轧死咱姑娘的这辆汽车，您见过吗？"田先生摇了摇头。舍命王气恨交加，牙齿咬得直响："这辆车我见过，咱秋雯她也见过。当时我们怕您担惊受怕，没有把这件事告诉您。我们那天看见的就是这辆车，看，照片上车牌子的号码清清楚楚——二二四一。当时车里坐着一个人，头戴战斗帽，身穿协和服。虽然多年没见，可我一眼就认出了他，正是我和秋雯的仇人又露面了。""谁？""就是在抚顺作恶多端的黄奎！"

舍命王说出黄奎的名字，田先生又气又恨，身不由己地斜坐在床上，嘴里念叨着："黄奎，就是那个大疤瘌呀！这些年不都说他失踪了吗？"此时，舍命王心内悔恨，捶着自己的前胸，话语凄凉："怪我呀，这两天没有照顾好秋雯。姑娘她对我说过几次，除了照顾好咱两个老汉，只有一桩心事，就是要找到黄奎报仇。秋雯虽然是个姑娘，她很有志气，她说过自己活到十九岁才知道生身父母是谁，是怎么被大疤瘌一步一步引上绝路的。这准是姑娘去找大疤瘌报仇，被这个坏蛋杀害了，秋雯她死得惨呀……"

田先生耳听着舍命王的讲述，眼前就像看见了秋雯姑娘怒视着大疤瘌，忽然一辆黑色汽车向姑娘轧来……老先生"呀"的一声惨叫！他眼前一黑，昏了过去。舍命王赶忙搀扶："老哥哥您醒醒，要保重，咱还得商量孩子的后事呀！"再看田先生睁开眼睛，二目发呆，脸上什么表情也没有。突然他一声冷笑："嘿嘿，大疤瘌……你坐着黑汽车，二二四一，二二四一……"说着猛地站起往外就跑！舍命王一把没有拉住，老先生跌跌撞撞向街头跑去。一边跑一边喊着："秋雯呀，留神汽车！二二四一，二二四一……"

舍命王急急忙忙追出屋门，同院的邻居们呼啦一下围了过来，七嘴八舌问道："田先生这是怎么啦？"有的唉声叹气："咳！真可怜呀，田先生这么大年纪经不起这次沉重的打击啊！"舍命王只好托付大家："街坊邻居们，我拜托大家了，我的老哥哥回来就请大家照应照应吧！"此时，舍命王见田先生神态失常，十分担心老人。他知道田先生这一辈子的遭遇，本来他是一位当地有名的中医，自从日本人统治以后，处境一步不如一步。秋雯一死，他再也没有依靠，断去了生路。他跑出去要干什么呢？找大疤瘌报仇？老哥哥您年过花甲，怎么能靠近大疤瘌的身边？再说大疤瘌那身穿戴、坐着汽车的派头，肯定是鬼子的红人。此人行踪诡秘，老哥哥您无论如何是难以找到他的。可是能容忍汉奸恶霸这样逍遥法外吗？要想找到他的踪迹，那照片的汽车号码二二四一，就是追查的线索！

舍命王身带肇事现场的照片，来到了警察分所。街两厢都是简陋的木板房子，唯独这座分所是灰色水泥两层小楼，楼顶上插着日本膏药旗，临街的两扇门四敞大开，这两扇门不分白天黑夜总是敞着，真好像阴森森的一张虎口随时要把人吞没！过往行人走到这儿，都低着头溜边儿不敢往里多看一眼。可是今天舍命王为了寻查仇人，怒气冲冲闯进了虎口！这时正在下午四点多钟，警察分所里还算清静。分所的所长是刘警尉官，他坐在办公桌后闲着没事，两只手呱叽呱叽正拍榛子吃。这个警尉四十来岁，两只肿眼泡子总像睡不醒似的，嘴唇挺厚，说话乌乌涂涂。要长相没长相，要能耐没能耐，就这么块料，据说过些日子还要提升当副局长。这小子平时爱听书，经常泡书馆，对舍命王挺熟，一见舍命王进门："哟！王先生，今儿怎么这么闲在？怎么，来一段儿吧！"舍命王哪有工夫跟他闲扯，啪！把那几张照片往桌上一拍："刘所长，今天是人命关天，汽车轧死人了，我来查这开车的是谁！"这个警尉看着车祸的照片，再抬头看舍命王的脸色："哎哟，真可怜呀！人死不能复生，别说您难过，连我看着都伤心……"说着掏出手绢儿擦了擦眼泪……"唉！我说，谁死了？"好嘛，这位哭了半天还不知谁死啦。舍命王一指照片："这位十九岁的姑娘，就这么平白无故被撞死在街头。你给我查出这辆汽车从哪儿开出？车主人是谁？我今天就在这儿坐等。""好，这事儿好办。别忘了我是您的老书座儿，您的面子我能驳吗？我这就给您去查查，凡是这类事我们都有记录。王先生，您坐这儿等会儿。"

等会儿？这小子一走是肉包子打狗——有去无回。舍命王从四点多钟就等，一直等到天傍黑，墙上的挂钟当当当……都打六点啦！再看这个警尉身后带着四个警察杀气腾腾地从正门走进，一屁股坐在办公桌后。舍命王过去刚想问他，这小子跟没看见似的，伸手抄起电话："喂，是车站吗？你们那抓的几个经济犯赶快处理！"这个电话一放，跟着又拨了一个地方："什么，嫌疑犯？什么他妈的嫌疑犯？政治犯！不知道现在是什么时期吗？严办！"嗬，这小子长脾气了！舍命王明知他敲山震虎，也不在乎他："刘所长，我问的那事儿你查了没有？"刘警尉一翻肿眼泡子："什么事儿啊？"嘿，他把这事忘啦！舍命王说："汽车轧死人的事，我刚才还给你照片了？""照片？什么照片？""唉，我刚才明明交到你的手里。""噢，那几张照片没收了。""没收了？"这个警尉假模假势一边翻着办案的本子一边说："你别咋呼，知道这是什么地方吗？你想干什么咱公事公办，姓什么？叫什么？带着良民证了吗？"嗬，舍命王火冒三丈，这么会儿的工夫这小子就变了模样。他心里明白，在这个地方想找到正义、公理那是不可能的，但是他无论如何得要查到大疤痢的底细。他手里只有这一条线索，就是车号二二四一。舍命王强压怒火，说："刘所长，人被轧死了，我们做家属的想问问肇事者是谁？现在警察署怎么处置的？这难道不是理所当然的吗？"这个警尉一绷厚嘴唇："啥？理所当然的？我查了：叶秋雯，女，十九岁，死于意外车祸，她的死是她自找的！她到了她不应该去的地方，她违犯了皇军的紧急治安条令！告诉你，现在是非常时期，皇军正在全抚顺市推行强化治安，这件事你要再纠缠下去对你自己也不利的！"舍命王听到这儿气得暗恨自己：为什么当初我就光学说书，不会开枪放炮哪！要不然我豁出一死也得跟这帮汉奸、特务们拼了！那个警尉说完站起身来："你该上哪儿就上哪儿，我该下班了。我奉劝王先生一句，往后规规矩矩说你的书，闲事少管。不听我劝，你走在街上也留心点车祸！"舍命王完全听清楚他话里带话，他知道他眼前的对手绝不只是一个大疤瘌，而是鬼子、汉奸、特务和整个黑暗世道。就是这位说书艺人面对这伙魑魅魍魉，他暗下决心：从今天起我王天鳌一腔子热血倒在这儿了，我要申正义，报冤屈，让死者瞑目，生者心安！

第二回

下关东走投无路
登书台济难扶危

老中医田先生听到秋雯姑娘被害的真情，精神上受到了刺激，疯魔一样地跑出门外。舍命王为了给亲人报仇，到警察分所追查大疤瘌黄奎的行踪，谁想受到分所警尉的一番威胁。舍命王满怀义愤走出警察分所，暗下决心，豁出自己的性命也要为秋雯姑娘报仇申冤！他蹒蹒跚跚走在抚顺街头，抬头看：秋风凄凉，阴云密布。路边不少铺户买卖的门板儿都关着，就连小摊儿小贩儿也是稀稀落落，整个街面儿显得十分萧条。能听到动静的是敌寇的警车——嗖嗖地擦身而过，卷起一股股的烟尘！鬼子兵、汉奸队耀武扬威，咱们中国百姓在铁蹄之下生存，走路都得低着头。舍命王望着这眼前的凄凉景象，忍不住老泪纵横。这些平房、铺户买卖、条条土路、小巷，他非常熟悉。十六年前，他初闯关东时就在这些地方流浪作艺。那时与现在大不相同，无亲无故，无依无靠，走在街上没人过问，就连给人作揖，都换不来一个笑脸。他又从秋雯和田先生想到自己这些年相遇的亲人、遭受的磨难、走过的码头、书场、经历的悲欢离合……可称是：春夏秋冬十六载，东南西北万里程。此刻他站在街头，仰面长叹："天啊大啊，我总想编一部书讲述人间苦难，我自己的经历就是一部说不完的书啊！"

列位！舍命王初到抚顺是一九二八年，那时东北还是奉系军阀的地盘。抚顺虽然地方不大，但有着丰富的矿藏，有"煤都"之称。"地下埋着乌金，招来八方之人"，什么商号铺户、五行八作也就随着兴旺起来，成了繁华之地。艺人闯江湖、走码头也都把这里当作养人的地方。可是舍命王从河北农村乍来抚顺却混到山穷水尽的地步。当时他和弹弦儿的李贵背着弦子、扁鼓，两个人走在街上跟要饭的一样。这一说、一弹两位的脾气还不投：舍命王那年三十五六岁，血气方刚，对自己说书的能耐非常自信，李贵比他大几岁，这人爱小，就怕走"水穴"落不下钱。两个人下关东，一路来一天穷似一天，到了抚顺已经是分文皆无。本想在热闹地方撂地说书，结果还没张嘴儿就被地面儿的人给轰了。李贵越来越泄气，嘟嘟囔囔要散伙。舍命王劝李贵："师哥，您跟我从关里跑到关外，临散伙咱也得撞撞运气，万一咱能走运找块好地，买卖火爆了，临分手让您落个车钱，咱也得吃顿饱饭。"两个人溜达进了一家书馆，里边坐着有八十来位书座，一边听书，一边品着茶。场子里两三个伙计续水、递着手巾把儿紧忙活。就这样的场地，舍命王看着都有点眼红，可是现在台上有演员占着哪。两个人找个靠旮旯儿散座一坐，一天没吃上饭，无精打采地嗞溜嗞溜喝白开水。舍命王看了看墙上贴的书报子，早、中、晚三场都有人说书。他想等这中场下来，跟书馆掌柜的商量商量，在中场和晚场中间，抢一场"板凳头儿"，说两段儿闹顿饭钱。他俩喝着水，听着书，到了"回头"伙计来收钱，他俩用手指指自己的弦子、扁鼓，说句行话："老河。"意思是说我们也是这行界的人，就算搪过去了。

台上说书的是个女大鼓艺人，二十来岁，眉目清秀。穿着硬领儿的旗袍儿，绣花的缎鞋，梳着一条又黑又长的大辫子。唱的是西河大鼓《杨家将》。弹弦儿的是一个老头儿，从年龄到模样，看得出是这姑娘的父亲。舍命王明白，像这样走穴的艺人，别看姑娘在台前唱，开穴、打地、把场子、对付外面儿都要靠那个弹弦儿的老头儿，用说书人称呼这叫"掌穴的"。舍命王本想接场子说两段书，没料到在姑娘唱到半场书的时候，出了意外的事情。

场子里的人正听着书，呼啦从外边闯进来七八个人。一个个横眉立目，斜着膀子骂骂咧咧。打头的那人四十多岁，个子不高，敦敦实实。上身穿十三太保对襟儿的青夹袄，下身是大甩裆的黑裤子，扎着宽幅腿带，一双白袜，礼服呢面皮底便鞋。留着中分头，齐刷刷跟刀裁的一样。撇唇咧嘴眯着一双眼睛，其实他的嘴不撇也歪着，脖子上有一处大疤瘌——给扯着哪。

书馆的伙计、掌柜的见来者不善，赶忙沏茶招待："黄先生，您请坐喝茶。"大疤瘌一挥手，"哗啦"！茶壶茶碗划拉了一地："喝什么茶？！"他冲着台上喊声："唱大鼓的姑娘下来，跟我走，大爷我是来领人的！"听众们全愣住了，没人敢搭茬儿。都知道这个大疤瘌是当地一霸，他叫黄奎，是个青帮的头目。台上那个姑娘气得脸色煞白，可嘴里还一劲儿央告："黄先生，您这是从何说起？我们吃开口饭的到贵宝地，还求您多照应哪！"此时，书场里鸦雀无声，大疤瘌一招手，那六七个打手随着他一步一步地奔姑娘凑去。姑娘吓得连连后退，躲在了弹弦儿的老头儿身后："爹，爹！光天化日之下，他们要抢人。爹！您看这怎么办呀？"再看那位"掌穴"的老头儿，把弦子一放，站起身来说了一句话，全场人听了没有一个不生气的："孩子，这是命呀，我也没什么办法，你跟着黄大爷走吧！""啊！"那姑娘惊呆了。她又急又气，又羞又愧，眼泪唰地下来了！两眼盯住老头儿问道："爹，这是您跟女儿我说的话吗？当着这些人，您不觉得难看吗？"再看那老头儿，左右开弓抽着自己嘴巴："你爹没志气，我不要脸！我不是人！我没有别的路走了……"舍命王和全场听众都看着气不忿，暗说，这老头儿怎么这样窝囊，硬把自己的姑娘往火坑里推呢？

其实他们哪里知道，大疤瘌这个妖魔手腕阴险，吃人都不吐骨头。原来这位老汉十分刚强，带着姑娘走南闯北，为人正派。大疤瘌看上了这个姑娘，施展了一条毒计。先跟老头儿套近乎，陪着老头儿打牌、喝酒。经常熬夜，需要提神，大疤瘌就递给老头儿一支烟，"抽口提提精神"。这烟里可装着白面儿。一来二去，老头不知不觉染上了吸毒的嗜好。列位，从旧社会过来的人知道：抽大烟、扎吗啡的人，身体垮了，精神也就垮了。这个老头儿有了瘾，什么都顾不上，欠下了大疤瘌一笔债。那一天，大疤瘌忽然把脸一变，限期还钱，逼着老头儿写下了卖闺女的字据。

今天大疤瘌到书馆来逼债、抢人，扬扬得意："姑娘，你也别躲了，你爹是个白面儿鬼儿，他抽白面儿、扎吗啡你供得起吗？他今儿不卖了你，明儿也得把你卖了。告诉你吧，这些日子你爹欠了黄大爷我奉票八百五十吊！瞧见没有？这有字据，这上边要钱数有钱数，要凭证有你爹的手印儿，订好了就限到今天！"他说到这儿冲台下招手跟轰苍蝇似的："散散吧，散散吧！这书不往下说了，姑娘跟我走，是我八百五十吊钱买的！"

大疤瘌虽然这么轰，台下八十来人没有一个走的。几个打手气势汹汹要上台抢人；伙计、掌柜吓得往后躲，更可气的是那老头儿把自己姑娘往前推。就在这个节骨眼儿上，有一位书座儿看不下去了，站起来不紧不慢地说了一声："几位，请少安毋躁，容我说一句话。"大家一看，这人四十多岁，穿戴比较讲究，举止斯文，显得很有身份。有人认识，这是本地有名的中医坐堂先生，叫田世岭。这位田先生此时正是年富力强的时候，医道纯熟，名声远振，在抚顺最大的药房挂牌应诊，不少达官贵人登门求医，络绎不绝。田先生喜欢听书解闷儿，今天见大疤瘌在书馆抢人，实在气愤，明知道大疤瘌不好惹，他还偏不服气。他起身一抱拳："黄爷，您听我忠告一句：常言道众怒难犯，您这样做不太相当吧？""哟嗬！田先生，请问怎么不相当？自古以来，欠债者还钱。她爹欠我八百五十吊奉票，今天就到日子。有房可以抵，有地可以搪，没房没地用人顶账，这也不是我黄奎一个人定下的规矩。"田先生摆了摆手："你们两家的事，我且不管。可是今天我们这么多人，茶钱给了，书钱掏了，万不能让你把人半截腰上给拉走。你的钱是钱，我们的钱也是钱。再说你那字据上写着今天领人，是写明了此时此刻吗？对不起，今天这段《杨家将》才唱了一半，不把六段书说完，你是不能把说书人弄走。"

台上的姑娘听这话内心感激。祸到临头，能拖一时是一时。她含着眼泪冲台下说道："这位大爷说得对，我愿意接着方才的书来孝敬众位。"

大疤瘌不乐意了："嘿嘿……田先生，您可真是狗拿耗子——多管闲事。"田先生不理他，对场子里的人做了一个手势："大家坐好，咱接着听书！"

田先生明明是替说书人讲话，谁想到那个弹弦儿的老头儿反倒埋怨起来，他白面儿瘾又犯了，鼻涕眼泪一起流，说话有气无力："田先生，您别给我们找麻烦了，怎么也是那么回事啦，痛痛快快让孩子走吧！这书您听不成，就是姑娘她乐意唱，这三弦我也弹不了啦！"他这几句话，不但田先生、说书姑娘听着有气，全场听众没有一个不唾的："呸！这叫什么人哪！"

坐在散座的舍命王，早就气炸了肺。他轻轻地用胳膊捅了一下李贵："师哥，这老东西不作脸，您上台帮姑娘弹两段儿，不能让这个地痞这样欺负人！"李贵回头说："别招事儿了，有那工夫咱先找着饭门好不好？咱哪有这份闲心！"舍命王来不及与李贵拌嘴，三步两步走上书台。他抄起弦子，对台下听众乐乐呵呵地说："诸位，来早了不如来巧了，今天让我赶上了这个机会。没别的，我来拨拉拨拉这把弦子。"台下的人都觉得惊奇，怎么半路杀出个程咬金来？大疤瘌一看舍命王，三十多岁，虽然身穿长袍，从头到脚总显得土里土气，两手架着弦子，也不知是会弹还是装相，气哼哼地说道："下去！你算个什么东西？"舍命王不急不恼，手一拧弦子轴儿"喤！喤！"把子弦、二弦、老弦的音定准，"噔楞噔喤……"又弹了个花点儿，打了一个"撮儿"，满面春风地说："那位大爷刚才问我是干什么的？不瞒列位明公，在下也是个吃开口饭的，我也是走江湖、闯码头说书卖唱的艺人。天下艺人是一家，一笔写不出两个'艺'字。今天我的这位师妹要孝敬您几段书，可是我那位师叔……大伙儿也看见了，他是土地爷喝烟灰——有口神累。我们说书艺人有句行话：救场如救火。谁让我赶上了，我跟我师妹来合演一场。师妹！打起精神，伺候在座的各位明公！上回你说到杨六郎在云南昭通府遇难，老贼王强奉旨来取六郎项上人头。快快操起鼓板——唱起来！"说着他"达巴楞巴登……"弹起了过门儿。

行家看门道，外行看热闹。这过门儿一弹，那姑娘就听出舍命王是这门儿里的人。过去说鼓书的艺人都是先学弹后学唱，一个好说书的先生应该是弹唱俱佳。一个好唱主能遇到一个好弹家儿，托得稳、兜得严，那算福气，越唱越美。可是今天遇上一把好弦儿，这姑娘却唱不出来。您想一个二十来岁的姑娘，遇到眼前这件事怎么能受得了呀！她手中的鸳鸯板哆哆嗦嗦打不成点儿，张口声音哽咽，出来的音带着哭腔。没唱两句，捂住脸已经是泣不成声。

此时，台下的听众哪还有心听书，有的眼圈儿都红了。舍命王放下弦子，向台下作了一个罗圈儿揖："列位！我师妹还年轻，没经过什么世面，有点事儿担不住。也难怪，我们说书讲究一心不可二用，得把书情披到身上。既然她说不了，我来伺候您……"大疤瘌在台下搭茬儿："你？你说谁听呀？！"舍命王装作没听见，走到台心把袖口儿一挽，啪！抄起醒木一拍，声震全场："谁听？诸位，您都是老书座儿懂得艺术，听戏听轴儿，听书听扣儿，这段书正说到扣儿上。杨六郎被屈含冤，在云南昭通府就要被开刀问斩，刀压在脖子上了，是死是活尚未分晓，这书您不听行吗？诸位，杨六郎是什么人？大宋朝的擎天白玉柱，架海紫金梁。六郎一死，大宋朝江山难保。有道是：英雄遇难总有义士搭救。就在这生死关头，出了一位惊天动地的英雄，侠肝义胆、济难扶危，他要以自己的性命来搭救六郎。要问这位英雄是谁？任堂惠！"

舍命王上台铺垫了几句，口齿清脆，滔滔不绝。田先生在台下带头叫好："好！说下去！"这一来，场子里听书的也都提起了精神。舍命王施展开他说书的技能，他那大刀阔斧的泼辣表演，理直气壮的精神气质，抚顺的听众从没见过这种说书流派，感到十分新颖，一个个目不转睛，茶都顾不得喝了。就连场子里的伙计，提着壶忘了续水，扭着脸光顾了听书。在这种气氛下，舍命王在台上越说越来劲儿。别看刚才场子被搅乱，听众都散了神，怎么能拢住听众，舍命王心里有底，他非常相信自己的能耐，能够把全场听众打住。为什么这样自信呢？他经历过这样的事：他在河北老家曾经给当地军阀队伍说过书。当时军阀混战，一个牛司令，一个马军长，号称"牛头马面"，他们打得天昏地暗，日月无光。舍命王和李贵给牛司令部下说了三天书，忽然一个马弁偷偷给他们来送信："先生，快跑吧！我们司令要枪毙你俩。"李贵吓得真魂出窍，两个人背起弦子、扁鼓就跑。那个马弁把他们送出十多里地才告诉他俩实话，敢情是因为舍命王说的书捅了娄子，这三天说的是《西汉》，楚汉相争，韩信摆下十面埋伏，困住西楚霸王项羽。项羽手下的八千子弟兵，人心涣散，兵无斗志。此时张良在九里山上吹箫，箫声引动八千子弟兵的乡情。这些兵一琢磨，这霸王有勇无谋，咱何必给他当替死鬼，呼啦一下就散了。舍命王这段书说得好，牛司令手下的人一咂摸滋味儿，牛司令还比不了霸王，咱何必替"牛头马面"卖命。今天跑二十，明天跑三十，到第三天一个连整个开小差了。牛司令一追查是舍命王说书闹的。这牛头一想：嘁，他竟敢打入内部涣散军心，甭问，是马军长派来的奸细！所以到处贴通缉令，非把舍命王抓住枪毙不可。舍命王走投无路，这才拉着李贵下了关东。到今天，他走上书台心里满有把握。看眼前几十位书座儿，都被自己的表演所吸引，随着自己的表演，一张张面孔时而紧张，时而悲愤，时而伤心，时而叹息……虽然舍命王这些天和李贵四处奔波，处处被人白眼相待，今天到现在连顿饱饭还没吃上，可这时他全忘了，完全陶醉在自己创造的艺术境界里，那真是："前不见古人，后不见来者，念天地之悠悠，独怆然而泣下！"他越说越过瘾。再加上这段书激动人心，杨六郎看看将被斩，按说书艺人行话说这是"绑扣儿"，是最能吸引入的地方。舍命王说得入情入理，活灵活现。当说到杨六郎遇害悲愤之处，听众看眼前那个女大鼓艺人哭哭啼啼，更加同情；当说到柴郡主恋恋不舍告别亲人，听众再看那个弹弦的老头儿，更恨那老家伙无情无义；当说到老贼王强扬扬得意，要置英雄于死地，全场听众盯住大疤瘌和那几个打手，更是恨得牙长四指；当说到任堂惠挺身而出舍命全交，场子里几十口子人都双拳紧握，感动得吧嗒吧嗒掉眼泪。舍命王说的是人间不平之事，好人遭难，坏人横行，正义何在，公理何存！听众们一个个心里火苗子直蹿，舍命王把话茬儿当成小扇子还紧着扇！说得听众们个个激愤，都恨不能自己是顶天立地的大英雄，手起刀落除掉那作恶的奸贼！

　　书说到紧要关头，啪！舍命王一拍醒木："且听下回分解！"按书场的规矩，到了回头该下场跟听众收钱。可是舍命王不下场，听众盼着往下听，就催他："快收钱，接着说。"舍命王双手一垂，冲台下深鞠了一躬："诸位，这书我不能再往下说了。今天本不该我来表演，我是来帮场的。刚才的事儿各位明公都看到了，我师妹爷俩——摊上点事儿，欠了那位黄大爷八百五十吊奉票。诸位，大伙儿怎么能帮这位年轻姑娘解围呢？我们说书艺人不容易呀，一口热气换一口冷气，话过千句不损自伤。我们是拿命来讨您个欢喜。谁家没有妻子老小，谁能忍心看一家骨肉分离？今天的书钱，得多跟您要点儿。您这不是耗财买脸，您是济困扶危。常言说救人一命，胜似修桥补路造佛一尊。您今天多掏一吊两吊的，多少年以后您想起来心里痛快！"说着他回头一指那个弹弦儿的老头儿："师叔！您把那鼻涕眼泪擦擦，拿起钱筐箩，到各位爷跟前，替你闺女讨赏钱！诸位，我这师叔跟您讨的不是听书钱，是救命钱。甭说是人，就是小猫、小狗在您跟前打个滚儿，您也得掏钱给买吃的。这八百五十吊钱可不是个小数，三吊钱能吃顿饭，五吊钱可以买双鞋穿。各位想我斗胆问一句：咱们在座的八十几位大爷，能不能赏下八百五十吊钱，救这姑娘一条活命？"舍命王话音未落，那个唱大鼓的姑娘扑通一声，就跪在了台口！

　　舍命王在前，弹弦的老头儿端着小筐箩在后，头一个就走到坐堂中医田先生的跟前。田世岭二话没说，唰唰唰……点了三十五张崭新的奉票，整整三百五十吊，唰啦！扔进小筐箩里。惊得舍命王连连作揖："先生，您可别赏这么多，都是养家糊口的，我也不知道您在什么府上做事，别为周济我们让您为难。"田先生一摆手："钱出手，我就不往回收了。"舍命王感激地和田先生对看了一眼，暗说天下还是好人多呀！就这一来，他们二人结下了交情，日后经过多少年人世浮沉，他们的友谊生死不渝。舍命王拿起那三十五张奉票，向全场听众托付："诸位，哪位再赏钱可别跟这位大爷学，再给这么多，我们实在赔受不起。您要手头不富余，给个十吊八吊的我们也不会说少。"有田先生样子戳着，舍命王用话一激，再加上听书的心里都憋着一股火，又看那姑娘实在可怜，铜子儿、钱票哗哗地扔！

围场转了一遭，老头儿一数钱，已经凑到七百吊，再有一百五十吊就能替姑娘抵债消灾。就在这个时候，大疤瘌一拍桌子站起身来，指着全场的人破口大骂："你们这些人好大胆子，敢跟黄爷作对，谁敢再掏一吊钱，我今天要他的命！"

第三回

甘受冷遇求生路
气贯长虹显才能

舍命王一段书要下七百吊的奉票，再有一百五十吊钱，那位姑娘就能得救。正当这时候，大疤瘌指挥着打手虎视眈眈地盯住了全场的听众。舍命王用眼往场子里一扫，见散座上有几个年轻的书座儿，还要掏钱帮凑。从穿戴看都是下井背煤的矿工。在他们身边有年龄大些的矿工，悄悄地拦住了他们，意思是说咱来听书，解闷儿，不要花钱招灾惹祸。舍命王看罢随机应变，不慌不忙地又拍响了醒木："各位！钱打过了，我再接着上回书往下说。那位问，刚才钱没敛够呀，那姑娘的事儿怎么办？您放心，一百五十吊钱区区小事，在下我身上就有。这事不提了，请大家心平气和地听我的这部书。"舍命王这番话，台下听众不知真假，只有一个人明白。谁呀？就是跟他弹弦儿的李贵。李贵心里说：你要有一百五十吊钱，咱何必从早晨饿到现在？你说大话不怕对不起肚子！

舍命王再说起书来，两眼不时往散座上那些矿工脸上看。他心里暗自说道：往下的书，我就是冲你们哥儿几个说的。"列位，杨六郎为什么遇难不死哪？不是他福大命大，是因为有好友相助。说来杨六郎是千载难得的英雄，大宋朝不就出了一个杨六郎吗？话又说回来，不也就出了一位舍己为人的任堂惠吗？任堂惠何方人氏？云南人。云南人了不起！别看当场有皇上的圣旨、老贼王强的威逼，人家任堂惠毫不畏惧，不带往回缩脖儿的！"说到这，他冲散座那几位冷笑了一声，他知道这些矿工多是从山东、河北来的。他在书里又故意加了一句："人都说山东人豪爽，河北人实诚。可是哪比得了云南人的英雄气概。杨六郎幸亏发配到云南昭通府，要把他发到咱们抚顺来……那可就悬了，还别说舍命，就连一百五十吊钱也凑不齐呀！"

舍命王借说书用话茬子咬人，散座上的一个青年矿工站起来了，满嘴的山东口音："先生，你别说了，俺山东还有好汉秦叔宝咧！"这小伙子一急，呼啦！身后又跟着站起来二十多位矿工。一个个瞪着眼，攥着拳，直奔了大疤瘌和那几个打手："你们这群地痞流氓，大天白日敢抢人家姑娘。不就是欠你们几个臭钱吗？那一百五十吊钱我们给定了！"诸位，矿工们心最齐。他们每天下井背煤，下去时不知道还能不能活着上来，那时矿山堪称人间地狱。不但下井危险，还要受把头的欺负，所以他们要反抗就要摽着膀子干！今天的事，他们早看着不公，一个个掏着钱安慰那位姑娘："姑娘你别哭，哪怕我们半个月白干，也要把这笔钱帮你凑齐！"有一个矿工"唰！"摘下帽子往桌上一摔："我兜儿里没钱，这顶帽子是刚花五吊钱买的，多少也算个数吧！"说着，这些人把大疤瘌和打手们团团围住，指着鼻子大骂："臭流氓，要想打群架，咱们谁也别想活！"

就在这一片乱吵乱骂之中，舍命王点了点钱数，还超过了二十多吊钱。他把多出的钱塞给了弹弦儿老头儿的手里，低声说："你快带着姑娘走吧。"姑娘含泪正要向舍命王施礼道谢，就见她的爹，接过那二十几吊钱，赶紧揣在怀里，咧着嘴说："这又够我过几天瘾的了。"姑娘又气又羞，拉着不争气的父亲跑出了书场。

舍命王把八百五十吊奉票码好，啪！啪！又在桌子上蹾了蹾，这沓钱弄得整整齐齐，见棱见角儿。他用手分开人群，走到大疤瘌跟前，恭恭敬敬，满面赔笑地把钱双手捧上："黄大爷，这是您的八百五十吊钱。欠债还钱这是老辈儿规矩。耽误您使唤了，本来我师妹应当谢谢您，她年轻张不开嘴，我替她给您赔礼了。"到这个时候，矿工们拉着架子围着，舍命王客客气气，钱数又分文不差，大疤瘌也无可奈何，一把把钱夺到手里，狠狠地瞪了舍命王一眼。冲打手们一努嘴："走！"这伙子人狼狈而去。

书场里几十口子人高兴得眉开眼笑。矿工们围着舍命王嘘寒问暖，一个个挑起大拇哥："好！先生的书说得好，还是个大好人，跟我们穷哥们儿投脾气！请问先生尊姓大名？"舍命王此时更是兴奋："我是从河北来的，叫王天鳌，有个小小绰号，叫'舍命王'。"那位田先生走进人群，话语斯文："久仰！久仰！我做个自我介绍，本人叫田世岭，在春仁堂药房挂牌行医。我这人喜欢听书，今天欣赏了您的技艺，非常敬佩。依我的评价，您的造诣颇深。我愿意同您交个朋友，看时间也不早了，我来请您吃顿便饭，坐一起叙谈叙谈。"弹弦儿的李贵一旁听着高兴，碰上管饭的了。没想到舍命王争强好胜，刚刚当众露了脸，他不愿意丢面子。冲田先生一摆手："刚才已经让您破费，哪能再来叨扰。来，我给您引见引见，这位是我的弦师——李贵李大哥。改日我们哥俩请您下馆子喝几盅。"李贵这个气呀，心里说：我饿得眼前一劲发黑，刚才多要出二十几吊钱，你全给那白面儿鬼了。现在有人管饭，你瘦驴拉硬屎——硬撑着。一会儿我非饿晕过去不可！再看舍命王冲大家吹五道六，话越说越多："不瞒各位，今天这场面儿算不了什么，不过是小事一段。我在河北老家遇到过这样事了，钱有什么用？只不过身外之物。我是凭能耐闯天下，我说书能说得军阀一个连的人开小差……"舍命王说得得意，大伙儿听着个个佩服。李贵实在压不住火了，走过去说："你先别吹了，让大家看看你的真相吧！"他冷不防把舍命王的青布夹袍儿一撩："请大家上眼！"大伙一看舍命王袍子里就是一条单裤，破得露着膝盖，真是衣不遮体。舍命王的脸"腾！"一下就红了："李大哥，您这让我多不好意思！""你好意思逞能，对得起自己的肚子吗？你不爱钱，今天上哪儿吃饭去？！"田先生赶紧过来打圆场："哈哈……你们哥俩还爱开个玩笑。走江湖的有个为难之时是常有的事儿，就连孔圣人还有个陈蔡绝粮。走走走，咱到饭馆去边吃边谈。"

这位田先生见舍命王这般衣食无着还能周济别人，心中更加敬佩。到了饭馆，要酒点菜热情款待二人。他看出舍命王为人好强，言谈话语中对这个说书艺人十分尊重。酒席桌前他问起舍命王有何打算，舍命王才一五一十讲明了自己的困境，二人怎样处处受人白眼相待，想找一处场地说书。田先生听罢一笑："这事好办。不瞒您二位说，我在抚顺也有个小小名声。前些天春园茶社韩掌柜得了伤寒病，我把他从鬼门关上拉了回来，他拿我当成救命的菩萨。我领你们去找他，一说就成。"三个人饭后，兴冲冲地奔春园茶社而去。

春园茶社掌柜的姓韩，说他的名字让人听着起鸡皮疙瘩，叫韩心。这人是什么脾气哪？用《三字经》前三句的头一个字可以概括。《三字经》人人皆知，前三句是："人之初，性本善。性相近，习相远。苟不教，性乃迁。"要把这三句头一个字横着一念，就是：人——性——狗！这家伙翻脸不认人。这种人大家可能都遇到过，是用人靠前，不用人靠后，他求你办事能跟你叫爹，你求他办事跟他叫爷爷他也不一定理你，用你的时候，能把你抬到天上，一翻脸把你踩进地里还要踩三脚。韩掌柜这一辈子，最看重的是钱，最瞧不起的是他自己的那张脸。他还有一句格言：既要钱不能要脸，想要脸就捞不了大钱。春园茶社地处比较偏僻，用艺人话说是块"掉地"。这里平常人不多。田先生想有个好说书先生，也能叫一场书座儿，所以一见韩掌柜说起话理直气壮："韩掌柜，这二位说书的先生，是我引见来的，在你这地上说书。"韩掌柜瞟了舍命王和李贵一眼，好像田先生说的话他没听见："哟！田先生来啦？这两天的天气又暖和起来了……"这一下弄得田先生挺不好受，紧把话往回拉："韩掌柜，这二位刚从河北来，书说得好。只要他们开了书……"刚说到这，韩掌柜无精打采地"嗐"了一声："嗐！田先生您不知道我这些日子心不顺，半月前有人给介绍来个说书的，吹得天花乱坠。结果一开书满不是那么回事，书座儿都起了堂，我落了个里外受埋怨。"田先生听着别扭。心说：奇怪，前些日子找我看病顺情顺理，今天怎么这么不开面儿？他强忍气装笑脸："韩掌柜，别位说书的我不知道，这二位的书我听过，玩意儿地道有真能耐。我给你介绍介绍，这是王先生，这位是李先生……"韩掌柜上下打量一下这俩人，皮笑肉不笑地说："是，是喽，这二位我见过。"舍命王和李贵挺纳闷，从来没见过这人，可是韩掌柜硬说认识。"对！是见过这二位，我想起来了，前两天在菜市摆地摊儿卖土豆子，是你们俩吧？人家跟你们打起来了，围一大圈人看，也不怪人家找你们，那土豆子都发了绿芽啦！往后那东西可不能再卖。"田先生气得脸色煞白，这不是当面寒碜人吗！他一把将韩掌柜拉到一边："韩掌柜，买卖不成仁义在，你这叫干什么？我这人可轻易不求人。"韩掌柜不阴不阳地说："田先生是好意，可您不知我们这行里的事。我这个掌柜的不好当，今儿来一个说书的央告你，要一场地想赚个回家的盘费；明儿来一个说书的，要块地弄钱给他爸爸治病；后儿又来一个更惨，家里老婆孩子没下锅米了……您说我这是茶馆还是救济所？这二位要是缺钱花，冲您的面子，我可以舍个十吊八吊的。"田先生气得两手发抖，暗说：韩心呀韩心，你真叫我寒心。看样你伤寒病是好利索了，你这份缺德病我是治不好了！

田先生一气，拉着舍命王和李贵往外就走。刚出门，舍命王又把田先生拉住："先别走，我看这事儿不能这样拉倒，咱再跟掌柜的谈谈。"田先生说："还谈，刚才他的话音儿你听不出来？再多说两句他还不定说出什么，这叫狗眼看人低！"舍命王一笑："我看这位韩掌柜人还不错。咱这叫上赶着不是买卖。求人办事就得多说点好话。我为什么叫王天鳌呢？就是这命，得一天天熬着。您瞧我跟他去对付对付。"

三个人又返回，韩掌柜架子端得更大。舍命王紧着点头哈腰赔笑脸："掌柜的，我们说书的全靠开书场的，您不看僧面看佛面，无论如何也得给我们挤出一场地上。"这掌柜满心瞧不起舍命王，他嘬着牙花子说："啧！也够可怜的，你们不就是想弄块地说书吗？可是不逢年不到节，你们现在来约角儿费怎么算？"舍命王说："嗐！我们算什么角儿呀？免了吧！"掌柜说："按咱这行的规矩，接先生来有上马饭，下马饭……"舍命王摆摆手："您别客气了，这礼儿用不着。""还有哪，接来说书先生，还得管住处？""这也不用，书馆里现成的大板凳一并，又宽敞又通风。""对，还没有臭虫哪。咱得把丑话说在前边，只能让你们在这说三天。"舍命王深深地作了一个揖："韩掌柜，您算积了大德！"田先生在一旁心中暗气：这开书场的对艺人算计到家了。这舍命王也失身价，对人家如此低三下四。条件降到这样韩掌柜还不死心："还有一件事，别看我这晚上空着场子，每天都有二十几位喝茶的。如果你们一说书把人家都气走，这二十几壶茶钱我跟谁要？"舍命王回答很干脆："我们是田先生介绍来的，当然由田先生包了！""再说场子里。还有两个伙计，忙前跑后的开不出工钱怎么算？"舍命王说："这好办，我跟李大哥都有一把力气，什么台上台下、场里场外，沏茶续水、让座收钱、擦桌子、扫地、涮洗家伙、烧开水、生锅炉……这活儿我们哥俩包了！"李贵一边听着暗暗憋气，心里说：这哪是来说书，改做小工啦！田先生哪受得了这种窝囊气，他拂袖而去！

舍命王按照三天的合同，在春园茶社开场说书。头一天，韩掌柜偷着嘱咐茶房："请别的说书先生得敬一壶好茶，这俩土包子不值当的，倒壶白开水就行。"可是他没想到，门前贴出舍命王说书的报子，本来晚上六点半开书，头十分钟场子里就有了八成座儿。舍命王一个鼓通儿下来人都坐满了。韩掌柜心里很纳闷，从开张那天起没这样火爆过，今天这是怎么回事？他是牛犊子叫街——蒙了门儿啦！其实这事很简单，前两天舍命王帮那位女大鼓艺人说书，一段书要下八百五十吊钱来，这件事在听众之间纷纷传说。尤其是那些矿工，四处为舍命王宣扬，不少听众是慕名而来。舍命王在台上一看好多熟脸儿——就是那天周济姑娘的矿工们又来了，不由心里一热，心里暗说：还是这些穷哥们儿给我捧场。不论我王天鳌将来混成什么样，我绝不忘这些人。

头一天书说下来，全场听众人人喝彩。第二天开书之前，韩掌柜指着茶房鼻子埋怨："这样好的说书先生应该敬一壶好茶，你昨天怎么给上了壶白开水？"茶房心里说：你是什么记性？不是你让倒的吗！舍命王一看换上来好茶，一摆手："用不着，我习惯喝白水，茶水胀肚。"这场书比头一天还火爆，听众哗哗地给书钱。这两天书说完，韩掌柜乐得眉飞色舞，走在街上都不知迈哪条腿了。有人碰上他道喜："恭喜恭喜！你接来了一位好先生，真是财运亨通！"韩掌柜高兴！心里想：我这辈子发财转运，就从这两天开始的。照这样连茶钱带劈的"地"钱，不出五年我能开个大买卖……又一想，坏了，我跟舍命王就订了三天合同，还把他损得够呛。不行，我得想法别让这飞来凤凰跑了。

到了第三天，韩掌柜再见了舍命王笑脸相迎，连过门槛儿都要搀一下——他对他亲爹都没这样孝顺过。在这一天里他忙前跑后，让伙计给舍命王腾住处，扫房子糊窗户；到饭店订了一桌上等酒席，还特约了地面儿上有头有脸儿的人物作陪客。又想起损舍命王时说他是卖土豆子的，现在得好好捧捧，按书场捧角儿的规矩给做幅帐子。一般帐子上都写"鼓曲大王""书界泰斗"，用这词还怕舍命王不满意，特找了两位教书先生研究，按着舍命王说书的特点和气质，想出四个字来："气贯长虹"！

韩掌柜安排好这些，又登门去请坐堂先生田世岭。请他今晚赴宴陪客。田先生憋了一肚子气，说什么也不去。韩掌柜紧说好话，把这两天舍命王说书怎样火爆，听众怎么捧场说了一遍。田先生心里非常高兴，总算给自己赚了脸。最后说："既然你死乞白赖请我去，今晚上我去给你圆圆场。"

到了晚上，书场里盛况空前。韩掌柜把请来的陪客和田先生让到台前，沏上好茶，摆上瓜子儿，就等着散书以后，请舍命王到饭店赴宴。舍命王今天也真舍了命，书说得非常精彩。没想到说完第五段，舍命王向台下一抱拳："诸位！咱的书就说到这，明天也别来了，再见！"听众们不答应："那哪行呀！你让我们都替杨六郎揪着心，回家能睡着觉吗？"舍命王说："各位原谅，人家书馆韩掌柜就跟我订了三天合同，我得照章办事。再说我也忙不过来，我们哥俩连说书带做小工扫地、倒水，还不如到菜市卖土豆子去哪！"韩掌柜一听慌了：哟！这先生怎么在台上跟我犯脾气？他赶紧过去央告："您别这样，我们开书馆的全靠你们说书的哪！自打您一来，我这买卖才有了起色，您就是我的衣食父母。"舍命王装作一愣："不对吧？您这话跟前两天怎么不一样啦？"掌柜的想：到这时候我是顾钱还是要脸？脸有什么用，说什么不能让这位财神爷跑了。想着他冲舍命王紧着作揖："您别提前两天了，前两天算我发高烧——胡说八道。不管我说什么，您别往心里去，我是有眼不识泰山！不瞒您说，我都安排好了，约角儿钱我掏双份；您的住处也收拾好了，一会儿就搬；下马饭今晚上就补，您看台前坐的这几位，都是我为您约来的陪客；王先生您说书艺术惊人，我连帐子都给您做好了……"舍命王在台上哈哈大笑："哈哈哈……韩掌柜，你开书馆靠本钱，我们说书凭能耐，好马不吃回头草，我这人不吃白眼儿饭。我为什么来这说三天书呀？这叫干锅烧水——不蒸馒头蒸（争）口气！就是为让你开开眼界长长见识。告诉你，我王天鳌就是拉着棍儿到街上要饭去，也不求你施舍！"说到这，台下几位矿工喊上了："王先生，有志气！我们请您到矿上说书去！老虎台、龙凤坎，捧您的人多着哪，几百、几千都有！"舍命王躬身还礼："谢谢您几位的邀请，明天还是这个时间，我到老虎台接着给大家说这部书。哪位乐意听去，多穿几件衣裳，那可是露天。"听书的一边往外走，一边议论纷纷："王先生有骨气！掌柜的不是东西，往后谁也不许到春园茶社听书！""对，谁来谁也不是东西！"

全场听众一哄而散，书馆里就剩下韩掌柜一人。他看着桌子板凳低声长叹："咳！我还想五年后开大买卖哪，闹半天我命里注定就三天财气！"他越想越窝心，后来一打听舍命王的来历，敢情他连青帮头子大疤瘌都敢惹。这家伙计上心头：我何不来个借刀杀人！他拿着给舍命王做的帐子，找到大疤瘌添油加醋，煽风点火。大疤瘌一听，嗯嗯！眼珠子就瞪起来了："抚顺城是谁家的天下？你个臭说书的敢在太岁头上动土？你既然挑号叫舍命王，黄爷我就要你的命！"

第四回

收春喜三年忍气
斗黄奎一朝解仇

　　韩掌柜挑唆大疤瘌，去找舍命王闹事。这个恶棍带打手气势汹汹到了老虎台煤矿，找人一打听舍命王已经不在。到哪儿去了哪？舍命王在"明地"①上说了两天书，第三天早上突然发现弹弦儿的李贵不辞而别。这李贵自打下关东以来，跟舍命王怄了一肚子气。好容易在春园茶社打了块正经地，可舍命王放着好买卖不做，任可大冷天到矿山来撂明地。他心里说：才吃上三天饱饭，你就不认大马勺了？跟着你往后还不定落个什么下场。我呀，傍别的角儿去吧！李贵一走，舍命王也有招儿，有弹弦的就唱，没弹弦的他就说评书，用本行话说这叫"两下锅"。这时候，热心的田先生四处为他寻找演出场地。没过几天，抚顺最大的书馆——四海茶社的掌柜的亲自把舍命王接到了欢乐园，从那天起舍命王在四海茶社登台说书了。

　　大疤瘌一听这事，心说：这小子越混越不得了啦！带着十来个打手又闯到了欢乐园。他在路上跟打手们说好："进茶馆看我手势行事，我一摔茶碗，你们一拥而上打他个狗血喷头！"这伙人如狼似虎地进了四海茶社，呼啦一下把书台前的茶座全占满了！舍命王一瞧这阵势，心里也不由一哆嗦！暗说：得，今儿这顿揍算挨上了。可是他硬撑着照样说书，嘴里还是滔滔不断。大疤瘌听了十分钟的书，嗯一下站起身来！那些打手一看要动手，有的抓茶壶，有的抄水碗……没想到大疤瘌伸出大拇指喊好："好！王先生的书说得地道，我们哥儿几个给你挂帐子来啦！"说着把春园茶社韩掌柜做的帐子往起一举："气贯长虹"！

　　大疤瘌为什么变了主意？他想得好：我把个说书的揍了能露什么脸？看这小子书说得着实不错，这么大书馆满堂满座每天收入不少，我应该把他紧紧攥

①　明地，指广场。

在手里当个摇钱树、聚宝盆。

散书以后，茶社的伙计、掌柜的和那些打手，众星捧月似的围着大疤瘌。黄奎点手叫过舍命王："王先生请坐，我这人一是好交，二是爱才。我听你这书说得不错，要捧捧你。告诉你，不仅抚顺是咱的地盘，整个奉天省我黄奎也有一号。从今天起你说书谁敢龇龇牙、挑挑刺儿，你就提我黄奎俩字，大哥我给你戳着！"嗬！茶社掌柜的赶紧替舍命王道谢："谢谢黄爷，有您这一句话，我们算有了靠山。"大疤瘌接着说："王老弟，你这么好的嗓子，这么好的唱功，怎么改了评书了，那太可惜了！这样吧，我帮人帮到底，我给你约一把弦儿；说来也不是外人，是我干儿子，也学过几年弦子。"说着回头叫打手："去！把春喜叫来，别忘了带着家伙。"工夫不大，打手领来一个十二三岁的小男孩儿，瘦骨伶仃，满脸就俩大眼珠子，手里还拎着把三弦。大疤瘌说："过来过来，叫师傅，快给你师傅磕头。"回头又对舍命王说："老弟，这是我的义子，叫叶春喜。"那孩子白楞白楞眼睛，站那儿没动。身后几个打手把孩子摁到地上："这孩子怎么这么肉头，这是好事，大喜！往后能学能耐……"梆梆梆！摁着孩子磕了仨头。大疤瘌很高兴："王老弟，咱这交情越交越深了！按理说拜师，得写帖、摆桌，咱这样的交情就免了吧！春喜给你弹弦子，咱先订三年。我知道你们这行规矩，说书的跟茶社二八下账，唱的跟弹的三七劈成。春喜这孩子可怜巴巴，你就多给他提二成。再说哥哥我替你把场子，应酬外面儿也得有花费，干脆你跟春喜二一添作五——每场对半儿分钱。"话说到这儿舍命王全明白了：这是砸明火、敲竹杠呀！

坐堂先生田世岭得知了这件事情，替舍命王算了一下账，除了下地钱再分给大疤瘌，每天所剩寥寥无几。他知道舍命王的脾气暴躁，唯恐再闹出什么事，来劝说舍命王："兄弟，想开点儿，往后有难事儿我可以帮助。"舍命王长叹了一口气："咳！老哥哥您不用劝我，我们跑腿儿的人明白，哪儿都有吃艺人的人，走到哪我们也没有好日子过。这哑巴亏儿我吃了，打掉牙我肚里咽，有眼泪我背着人擦。我跟您说句知心话：我舍不得这个书场，我舍不得这里的书座儿。您就说那些矿工从春园茶社到老虎台，一直又追我到四海茶社来听书，我能走吗？再说我这人没有烟瘾酒瘾，我有说书的瘾，哪怕吃糠咽菜，我也要把这三年书说好。三十年河东，三十年河西，别看他大疤瘌现在仗势欺人，三年后他还不定是个什么下场！田先生，我只想求您一件事：往后您就常来听我说书，多帮我挑挑刺儿吧！"

从此舍命王收叶春喜当了徒弟，明知道他是替大疤瘌拿钱的，一贴膏药糊在眼上——治不了病光能添堵。这孩子呢，整天噘着嘴，耷拉着脸，连一声师傅也不叫。按师徒关系说，徒弟应该买东买西侍候师傅。可是舍命王从来不支使这孩子干活儿。自己买来东西做好饭，盛在碗里往春喜眼前一端："少爷，请您用饭。"有时候，这孩子也要练练功，刚把弦子抄起来，舍命王说："少爷您不用费这心了，弹不弹您都照样拿钱。"到说书的时候，春喜也得抱着弦子坐在台上。舍命王堵心就拿孩子撒气："请诸位听书的明公上眼，我们这位弦师，别看也在台上坐着，是腰里别着死耗子——冒充打猎的！"您想他这样说那孩子能痛快吗？脸嘟噜得跟一汪水似的。舍命王越看越气："少爷，您的名字叫春喜，您喜兴点儿行不行？"舍命王的脾气真倔，自从收了这个徒弟，西河大鼓变成了评书，整整三年一句没唱。这个徒弟也真豁得出去，从十二岁到十五岁就在台上干坐了三年，每天都按数分一半儿钱。

舍命王跟大疤瘌怄气，只想大疤瘌总有倒运的一天。三年以后，时局果然大变。没想到大疤瘌的势力越来越大。一九三一年"九一八"事变，日本鬼子一枪没放，占领了东三省，大疤瘌又抱住了日本人的粗腿。他乘着日本帝国主义刚占东北要严密控制满洲秩序，卖国求荣当上了汉奸。这小子借着日本人的势力，在抚顺是螃蟹的儿子——横行霸道！

这一天，大疤瘌穿着马裤、皮靴，挎着王八盒子手枪，晃着文明棍儿来找舍命王。一进屋扬扬得意："老弟，哥哥我投了关东军了，你傍着哥我前程大大的有！"您听，他嘴里说开"协和话"了！"老弟，我给你应了一场好堂会。你知道有位新近投靠日军的孙旅长吗？有枪有人，日本人非常器重，马上就要委任他当警察署长。他爸爸十一月二十五日那天过生日，要热闹热闹。你去说三天书，卖卖力气给哥哥我也作作脸。老弟，我可不是想从中搂钱，咱现在是官面儿上的人了，我是为了你。三天下来赏你两千八百吊！"那位问了：买个大姑娘才八百五十吊，说三天书能值那么多钱？列位，奉天的少帅一跑，那钱改成"毛奉票儿"啦！

大疤瘌说完走后，舍命王心里划开魂儿了：这个见钱眼开的家伙，怎么突然变得这么大方？现在时局这么乱，他让我去给孙旅长家祝寿，这里一定有事。别让他把我坑了，我得想办法摸摸底。

第二天去上堂会之前，舍命王特意找到中医先生田世岭："老哥哥，这几年咱结交一场，我可能待不住了，我找您告别一声。"田先生听了很突然："哟，你的生意不是挺顺当吗？怎么要走哪？"舍命王一笑："江湖人嘛，四海为家，树挪死，人挪活。老哥哥您听了三年书，咱是最知心的朋友，您得给我挑挑毛病，您听我说得到底怎么样？"田先生沉思了半晌，说："天鳌呀，既然你问到这，我也就直言不讳。你书说得很好，不愧'舍命王'的称号，你有个泼劲儿。但我听了这么长时间了，我说你是程咬金的三斧子——后劲不足。我常想，说书应该说出筋骨来，让人听了以后，经得起琢磨。书情要细，书理要深，使人听了才能有后劲儿。你要能走到这一步，才真能算得上一个好说书艺人。"

舍命王听了田先生对自己的评价，心里不太痛快。这些年他听到的都是书座儿的赞扬声，没想到自己的好朋友倒是这样的看法。但是这是好友的肺腑之言。他连连道谢："老哥哥，您这几句话我记一辈子。"

到了傍晚，舍命王带着春喜到了孙旅长的官宅。大厅里高朋满座，胜友如云，划拳行令，乱作一团。门上当差的把师徒俩领到一间厢房，也设有酒菜招待。只等大厅里一撤席，就开书助兴。舍命王心里还想着田先生那几句话，有些闷闷不乐，喝起酒来。平时他不喜欢喝酒，今天三杯酒下肚觉得有些头昏脑涨。

大厅里酒宴撤下，摆上了茶水香烟，干鲜果品。寿星老儿、寿星婆儿坐在前排正座；孙旅长向四面八方各界来宾拱手相让。说起这位孙旅长，土匪出身，手下人马号称"双袋队"。怎么叫双袋队？一条武装带，一条钱口袋。他队伍的人见钱就抢，前几年抢奉票儿，最近改抢袁大头儿。别看孙旅长一个大字不识，日本人还要提拔他当警察署长。他借着给他爸爸祝寿，想抬抬自己的声威。今天请来了社会名流、报界代表。虽说孙旅长文不通武不懂，可他硬冒充是孙武子的后代。为让人能信他有学问，大厅里还挂了不少名人字画——多一半是假的。人都坐好就等舍命王开书，谁想到左请也没来右请也不到。孙旅长勃然大怒："黄奎！你去把那个说书的给我提拉来，我看他咋这么大架子？！"

大疤瘌慌慌张张跑进厢房，见舍命王喝得满嘴酒气："老弟，别喝了！孙旅长都急眼了，快走！"舍命王和春喜走进大厅，孙旅长破口大骂："你个臭说书的摆啥架子？今儿让你给我爸爸拜寿助兴，是赏你脸！唱！唱好了我多赏钱，唱砸了老子枪毙了你！"说着掏出手枪"啪！"往桌子上一拍："唱！"舍命王点了点头，支起鼓架，摆好鼓板，和颜悦色地说道："各位压言落座，今天为老寿星祝寿，学徒我挚挚诚诚唱一段《韩湘子上寿讨封》，咱闲言少叙，以唱当先。"嘣！他一敲鼓叫起板来啦！这一叫板把春喜闹蒙了，他抱了三年弦儿舍命王一句没唱过，想不到在这个场合舍命王叫起板来，这孩子抓了瞎啦！又不能不弹，像不像三分样："哐噔令哐……"这弦儿就拨拉上啦。舍命王不听弦儿，只顾唱自己的："古来佛法最无边，出家容易得道难，中南山仙道韩湘子，脚驾祥云奔长安——要为唐王庆贺寿诞！"舍命王嗓音洪亮，声贯全场。手里的鼓槌子当作拂尘，神情逼真，动作潇洒，好似神仙飘然而降。唱到第四句干净利落一甩腔，大厅里有人轻声赞美："好，好！"叫好的是什么人？正是孙旅长请来的名流。孙旅长本来不懂艺术，一看内行人叫好，他也想充懂行："好！这说书的还正经是个好家伙！"嘿，他把刚才掏手枪的那茬儿给忘啦！

四句唱下来麻烦了，舍命王再往下唱尽是垛字句、连环句、掏板儿、闪板儿，快如流水。这种唱法对伴奏的难度很大。春喜三年没摸弦子，手又生，心又怕，别说跟上唱，连弦子的把位都摸不准。"哐哐哐……哐哐哐……"让人听着心慌意乱。就连孙旅长这个外行都听出毛病，站起来直嚷嚷："你那是弹弦子还是狗挠门哪？"舍命王二话没说，夺过三弦来了个自弹自唱。全场听着个个拍手叫绝！舍命王又把弦子递给了春喜，这孩子再一弹——还不如刚才哪！孙旅长问开了舍命王："你唱得怪好，咋不找个好弹手？"舍命王顺话搭腔："旅长，这位弹弦的，人家是少爷。应名给我弹了三年弦儿，我可一句没唱过。就这样每场得分去我一半儿钱。"孙旅长一听急了："这小兔崽子凭啥这么霸道？！""唉，您可千万别这么说。这孩子不是外人，就是您身边黄奎——黄先生的后代。"大疤瘌当时闹个下不来台，蹿过去"啪！啪！"给春喜两个大嘴巴："你这孩子不长出息，让你跟先生学本事，你不上进，给我丢脸！"舍命王把火儿点起来又劝："黄先生，今天可不是管孩子的日子，别把人家寿日搅了。再说您不是让我连说三天吗？头一天要砸了往后怎么办？"说到这他冲大厅的人说："这孩子弹不了没关系，我改评书。今天是大喜的日子，我给众位说一段新书，算是锦上添花。话说咱们抚顺，是藏龙卧虎大邦之地。如今更是能人辈出，真乃英雄造时势，时势造英雄。今天我说的是在座的一位，他明时局，知祸福，懂韬略，顺潮流，神机妙算，足智多谋，眼看着就要平步青云！若问此公是谁？……"孙旅长听着高兴："先生，你说的是不是我呀？我号称孙武子再世。"舍命王说："非也，我说的是您身边那位——黄奎！"孙旅长一拍桌子："混账！给我爸爸办寿，你吹大疤瘌干啥？""旅长，黄先生可是当代难得的人物。他运筹帷幄赛过诸葛，比起他，我看旅长您还差点儿。""胡扯！他小子有啥过人的招数？""旅长，对黄先生您不能小看。常言说：害人之心不可有，防人之心不可无。我且问您：黄某人过去与您素不来往，相互又不宾服，为什么近来他对您假亲假热，还要为您家操办寿日？我再问您：既然操办寿日，为什么不请歌伎戏班儿大唱大办？而偏要找我一个人来说书哇？他还满口答应说三天书给我二千八百吊钱，这人素来爱财如命，忽然为什么这般不惜血本？我还问您：您父亲老寿星今年六十八岁，并非整寿，大疤瘌为什么偏要大操大办，让您大办三天？在这三天里他有什么打算您知道吗？"就这几句问得孙旅长蒙头转向，当时他是一团乱麻绳——解不开这个扣儿。大厅里所有来宾更是不解其意。只有大疤瘌黄奎心虚，越听心里越是打鼓。暗想：舍命王要干什么？他说这些是什么意思？无论怎样我得拦住他。他凑到舍命王的跟前，小声说道："老弟，你今儿喝多了。这三年里哥哥有对不起你的地方，我后悔了。咱弟兄有话好说，不能在这瓣了交情。"

到这个节骨眼儿，混蛋的孙旅长都看出大疤瘌神色不对，指着黄奎的鼻子吼叫："你给我滚一边去！再敢嘀嘀咕咕，我崩了你！说书的！这里究竟是怎么回事，你一五一十给我慢慢说，让我听个明白。"

舍命王不慌不忙地又问："孙旅长，您知道今天是什么日子？""这我还不知道，今天是我爸爸的生日——十一月二十五。""对。您说的是咱中国的农历，可是在外洋不讲农历，今天是阳历的一月二号。在日本国明、后两天是重大的祭奠日。大疤瘌可以瞒你，他瞒不了我。这个祭日在明治三年开创，为祭奠天神地祇八神以及历代天皇的皇灵；明天是原始祭，后天是国祭日。皇军非常重视这一祭奠，大疤瘌与我亲口说过，说你孙旅长是个大混蛋，非要找个机会把你警察署长的官衔儿夺过去不可。他要我连说三天书，用书扣子把你紧紧拉住。他今天到这里主持操办仪式，引你上钩，明天他就去参加原始祭，讨皇军的欢心。到后天是大日本国祭日，禁止一切娱乐，您却在家办寿说书，到那时他一报告您是对抗皇军，蔑视天皇，您署长的宝座还能保得住吗？时至今日，大疤瘌他连祭奠皇灵的场子、花圈都订好了。你孙旅长还蒙在鼓里！"舍命王滔滔不绝，把三年来受大疤瘌欺压的一腔仇恨全倒出来了！舍命王真有心机，早想寻找机会来整治大疤瘌，昨天他看出大疤瘌一反常态，才暗地里查明了这个恶棍的用心。到这时候，舍命王真的舍了命啦！

舍命王当场揭开大疤瘌的阴谋，把孙旅长吓得浑身直起鸡皮疙瘩："好你个大疤瘌，闹半天你是黄鼠狼给鸡拜年——没安好心！我他妈的光知道八月十五吃月饼，哪知道日本人还有个原始祭，差点耽误了我效忠皇军。我饶不了你！来人！把他这张歪嘴给我扇正了！"怎么是歪嘴呀？让他脖子上的大疤瘌扯的。

孙旅长手下的马弁一拥而上：啪！啪！啪！拳头巴掌窝心脚，一通臭揍。别看这些人打仗不行，揍人都行。舍命王还假装胆小怕事，紧着劝告孙旅长："旅长，算了吧。别为这点事掰了面子。再说黄先生也非等闲之辈，我看您忍口气，说几句好话事儿也就过去了。""什么，我跟他说好话？给我狠狠打！"舍命王说："别打了。您这么一来，我以后怎么活得了？""没你的事，你走。谁敢动你一根毫毛，我扒了他皮！"

舍命王坦坦然然走出门去，听身后大疤瘌鬼哭狼嚎喊爹叫娘！这顿毒打大疤瘌怎肯善罢甘休？等他伤愈之后，再去找舍命王算账，人无影无踪，舍命王早已离开了抚顺！

第五回

蒙扁鼓对台相峙
披风雪偷艺听书

　　大疤痢报仇心切，可是没有找到舍命王。他心中暗暗说道：你舍命王就是逃出抚顺，早晚也逃不出我的手心。我黄奎在奉天省四方有人，你走到东西南北哪条线上我都能臭你，让你没有站脚的地方。再说你在抚顺这三年犯了同界的行规，你到哪儿，那些说书的艺人也饶不了你！

　　单说舍命王出离了抚顺，虽然走得匆忙两手空空，心里却很高兴，总算出了口气。可没想到，不论到什么地方，遇到开书馆的和说书艺人，对自己都十分冷淡。本来艺人之间，讲究义气当先。有什么难处，见面一抱拳道声"辛苦"，再提提门户、报报姓名，缺钱帮钱，少盘缠给路费，没"地"上让场子。可是舍命王一报名，对方掉头就走，理都不理，更别说打"地"说书了。舍命王很纳闷儿：按说我在抚顺三年也有点名气，怎么这些人这么欺生哪？到了辽阳是这样，到鞍山、大石桥仍然如此。就这样，他一直又走过了盖平、熊岳、瓦房店，来到大连。不能再走了，再走就掉海里啦。舍命王一狠心，豁出"舍命王"三个字不要，报了个假名，在大连刺儿沟打了一块场地。

　　头一天开书之前，他侧面跟开书馆的打听："老掌柜，您听说过在抚顺有个舍命王吗？这人怎么样？"老掌柜哼了一声："这人呀？念作！念作这句话你懂吗？"舍命王心里说：这我怎么不懂，这是我们艺人的行话，就是说他不是东西。"那……这舍命王有什么毛病？""这小子呀，《三字经》头三句横着念——人性狗！"舍命王想：嗯？怎么把抚顺韩掌柜的帽子给我扣上了？老掌柜的说："这舍命王是从河北来的，他到底是哪门哪户的人，谁也不知道。说书艺人讲义气，他欺师灭祖！在抚顺有位已故的老说书先生，在说书行里是个大辈儿，叫叶永昌。老头留下一儿一女，小闺女送人了，他儿子春喜跟舍命王当学徒。这舍命王落井下石，人家孩子给他抱弦儿，他三年一句不唱，成心寒碜人家孩子，您说他坏不坏？我们这南来北往的人不断，前些日子又听人说，他趁着给一家大官儿作堂会，当场难为人家孩子，到现在叶永昌的后代还不知死活，他算缺了大德啦！"

　　舍命王听完脑袋"嗡"的一下，这才恍然大悟！他心里叫道：春喜呀春喜，你这孩子的嘴真严呀！在抚顺三年，你为什么不把你的家事告诉我？用咱艺人话说，最亲不过当行人。我对不起你，也对不起死去的前辈。想想那三年，我对孩子做得确实过分。将心比心，孩子虽然年幼也有自己的人格。直到最后我把你扔到虎口里还不知死活，我实在是对不起"艺人"俩字……老掌柜见舍命王听完变颜变色，觉得奇怪："先生，您怎么啦？"舍命王无奈说："嗐！我不瞒您了，我就是那个人性狗、念作的舍命王。"

舍命王说出真名招来了麻烦。第二天上台刚要开书，从场子里站起两个十八九岁的小伙子。穿戴一样，全是对襟棉袄，扎着腿带的棉裤，一双骆驼鞍儿的便鞋。两个人登上书台，有一个从兜里掏出一条白纺绸的大手绢儿，唰！把台上的扁鼓一蒙，二话不说，左右掐腰一站。舍命王一看，坏了，让人家给封了台啦！按说书行规讲，这叫盘道。能揭开这块手绢儿，能在这说书，揭不开，就得抬腿走人。有人说这好揭，用手一抓不就完了！那不行，这得说说道道。据传说，说书行界的祖师爷是周庄王。揭手绢儿之前得说清传下来的典故，还得报出自己是哪门哪户、哪支儿哪辈儿，师傅是谁自己是什么字儿的。这些舍命王都懂，话音朗朗，对答如流："祖师爷周庄王击鼓说书劝臣，以说书宣讲治国安邦之策。御封四名爱臣：快乐堂、永乐堂、喜乐堂、安乐堂。'四大善相'奔走四方，说书劝善。特赐尚方宝剑一把，就是今天台上用的扇子；圣旨一道，就是今天台上用的手绢儿；金印一颗，就是如今拍的醒木；堂鼓一面，就是今天说书用的扁鼓。再说我的师傅……"说到这舍命王犯了犹豫。怎么回事？书中暗表，他在河北的师傅叫白胜杰。说书行界有梅、清、胡、赵四大门户，白胜杰与东三省各派说书的门户不和，多年对立。说来这是狭隘的门户之见，可这是封建社会所造成的。舍命王不敢报自己的门户，可话又不能不说，眼一眨巴，他编了一套："若问我恩师是谁？我乃天产石猴儿，在深山修炼，受日精月华——我打石头缝儿里蹦出来的！"说着他把手绢儿抓起来，双手还回那蒙鼓的小伙子。这俩小伙子对脸儿看了看，听前边舍命王说得理直气壮，后边这套词儿……没听师傅教过。两个人含含糊糊地一抱拳走啦！

舍命王松了一口气，照常说起自己拿手的好书《杨家将》。书说了一星期，听众越来越多。没想到这天晚上，刚说了两段儿，书座儿哗哗地往外直走。舍命王怎么作扣子也拢不住人。舍命王心里别扭，暗说我是走倒霉字儿，正说到好地方听主愣不给耳朵。就听台边有人直念叨："走，那边李平安又说书了，报子上写八点开演。老先生轻易不露了，比这位说得好得多……"眼瞅着书座儿往外走，没多会场子里除了板凳没什么人啦！舍命王才明白，这是来了名角儿要我难看，跟我打擂台。

舍命王心里不服，勉强又说了半段儿散场了。他走进了对面大书馆，在散座上一坐他听上书啦。台上说书的老头儿五十多岁，留着花白的平头，一张方脸，二目有神。身穿一件古铜色的长袍，显得潇洒稳重。说起书来虽没有高声咤语，一字一句却引人入胜。台前守着两个小伙子，舍命王一看认识，就是前几天找他"盘道"的那俩。台上说的是什么书哪？巧，这老头儿跟舍命王说的一样书《杨家将》。而且也正说到杨六郎发配云南这段儿。这是怎么回事？这叫针尖对麦芒。他成心跟舍命王过不去。就听老头儿说："列位，《杨家将》《呼家将》《呼杨合兵》这些书是说书的全会，可是有好坏之分。常说'诌书咧戏'，诌书也得诌出理来，不能信口开河。比如对门儿有个说书的，也说的杨家将，您听那书就上当了。您听他唱单鼓板儿那词儿，好一位六郎郡马公，催开战马奔正东，满腹愁肠往左看，迎面一片太阳红……诸位，您听这词儿是合辙押韵，您要细琢磨，杨六郎往东走，转身往左一看——太阳打北边出来了！听这书您花钱冤不冤？"舍命王坐在黑灯影儿里听着，一想这词儿是我唱的，光顾抓辙把东西南北都忘了。这老头儿扒"买卖儿"扒得好，挑在理上。老头儿又说："那个说书的不但书理不通，他说书还伤人哪！杨六郎既然是位英雄，怎么能眼巴巴看着义士任堂惠替自己去死？生死关头他硬装没事人儿，这杨六郎让他说糟践了！我今儿个替杨六郎叫屈，杨六郎不是这样无情无义的人！那么任堂惠怎么就替他死了呢？列位，您听我掰扯掰扯这里的人情和书理……"舍命王坐在底下连大气儿都不敢喘，侧耳细听。再听老头儿这段书不仅堵住自己多年说书的漏洞，而且把大宋朝当时皇上昏庸、奸臣当道、内忧外患的种种背景，说得淋漓尽致。正是在那种积贫积弱的社会中才出现了忠心的杨六郎、仗义的任堂惠、贤惠的柴郡主和狡猾多端的老贼王强。舍命王听得出来，人家的书说得深沉。他不由得想起临离抚顺之前田先生说的话，他说自己说书是程咬金的三斧子——没有后劲。到这时候舍命王已经服气了，这真是天外有天，人外有人，艺无止境啊！

散书以后，听众走净，舍命王走到书台跟前，恭恭敬敬给李平安老先生鞠了一躬："老前辈，谢谢您对我当众指教，我就是对过儿那个说书的王天鳌。您刚才提出我那些不足，确实是我多年的毛病。今天听了您的书，如拨云见日。我才知道艺海无涯，我的这点道行还差得远。老前辈您要是不嫌弃，我愿拜您为师，跟您从头学起。"李平安先生在台上品着茶，没理他。那两个小伙子过来了："你要干什么？你不是说是从石头缝儿里蹦出来的吗？你到底是哪门哪户的？你还想拜我师爷为师？你照照镜子，看看自己是什么人品。我们说书的就没有你这样无情无义的人！滚，滚，滚！"连推带搡把舍命王轰出了书场。

舍命王心里这份窝囊，回想在抚顺说书三年，凭能耐也算闯出了名望，同行人佩服，听书的赞成，谁见了自己不尊声先生哪？谁想今天让两个十八九的孩子给骂了一顿，自己对李平安老先生那样诚意求教，老头儿居然都没有哼一声。看眼前真是走投无路，世道艰难，书界不容。明明知道同行人骂自己虐待春喜，不讲江湖义气，他心里有苦讲不出，跳进黄河也洗不清。尤其是到大连说书栽了跟头，知道自己技艺还不到家。舍命王低头往回走着，心里七上八下，俩腿跟灌了铅似的。

舍命王回到书馆，老掌柜见他脸色不好，开导他："你是听李先生说书了吧？别不痛快，李先生说的书你比不了。不要说你，再有名的角儿也不敢跟他打擂台。"舍命王坐在板凳上闷闷不乐，老掌柜还紧着嘚嘚："别往心里去，能耐这东西不是着急能急出来的。咱叫不了满场，能混半场座儿也行。除了下地钱，也够你吃两顿饭的，忍着吧！"舍命王说："我买卖做不住，不耽误您生意，从明天起我这书停了。您另请新角儿，住处我给您腾出来。只求您一样，让我每天晚上在书场里过过夜。"得，三言两语他把场子辞啦！

舍命王下这个决心很不容易，说书的全指上场赚钱糊口，舍命王离抚顺走得仓促，衣服行李都没要，一路上又没能说上书，到大连以后说了七天书能有多少钱？刚才他往回走着脑子里就想这个：如果只为赚钱吃饭，我可以凑合着说下去。可是我舍命王不是这样人，我这一辈子追求的就是说好书——问心无愧！再说眼前又有李平安这样难得的老师，学本事长能耐，我忍饥挨饿受点罪，也得一天不落地去听李先生说书。

到了第二天晚上，舍命王走到李先生的书场，一撩门帘正瞧见那俩小伙子往里让座儿，他没敢进去。心里说：别再去找寒碜了，我呀就在这儿吧。他身子靠着门框，把棉门帘撩个缝儿，侧着耳朵听书。没过一会儿茶房出来了："你怎么回事？大冷天你撩开门帘往里灌风呀？走走走！"舍命王赶紧挪地方。绕了一圈儿，看见书台后墙有扇窗户，不但能听见，还能看到老先生各种动作的背影——就这儿听了！各位，大连虽然说是海洋气候，可是到腊月底儿的晚上也够冷的。舍命王趴在窗外没听下两段儿书，腿全冻木了。耳朵冻得跟猫咬似的，又怕误了听书，两只手捯换着焐耳朵暖和暖和。冻成这样舍命王忍着，他不忘说书人的两句话，"要学惊人艺，需下苦功夫""要想台上显贵，就得背后受罪"！

舍命王晚上趴窗户听书，白天四处游逛。干什么？兜里没钱得找门路吃饭。他心里想：老天爷饿不死瞎家雀儿，我来个满街溜达找饭门。他走到了海边，见港口码头上人来车往。沙滩上有不少卸海货抬大筐的。抬筐的人卸一趟领一个签子。不用问，到时候拿签子换钱。舍命王想：卖力气吃饭我也行。正这工夫有人喊："来船了！"舍命王随着人群跑过去，他也抄起一根竹杠。没想到身后边拥过一帮人闹闹嚷嚷："老张！咱俩一杠。""李二，咱凑一伙儿！"有一位一扒拉舍命王："放下，放下，别乱抄家伙。走走走，你算赶哪辆车的！"他把那根竹杠拿走了。舍命王心里说：敢情想找活儿干都不容易！舍命王不死心，就在海滩上等着。谁想只要来一条船，人们呼啦一下就围上去，争着抢着往下卸货。因为是冬天船少，真正能出深海打鱼的，都是日本人管的机帆船。卸下的筐里，都是些大小不一的刀鱼、蟹子、杂拌海货。舍命王等了一上午，一筐没卸着。

到中午人家都用签子换钱吃饭去了，有一个小伙子问舍命王："你怎么老站这发愣？噢，一个签子没赚着？照你这样喝西北风去吧！别那么死性了，下午咱俩搭伙算一杠。"到了下午舍命王跟着小伙子还真抢了两筐，得了两个签子。可是抬起筐一走，舍命王才知道这沉重！对掐粗的竹杠肩上一搁，身子一劲儿打晃儿，再加上下边沙窝子陷脚，又迈不开步。舍命王觉得自己能干点活儿，结果光出虚汗啦。

舍命王就这样白天到码头出苦力，晚上趴在窗外听书，一连听了半个月。白天一身汗，晚上寒风吹。原来身上的棉袍还算干净，这些天在海边抬筐卸货，肩膀头上开了花，前胸后背粘满泥巴。这天晚上，天上飘着小雪花，舍命王趴在窗外，一边听着书，一边跺着脚。正听着，窗子猛然被里边拉开，一盆凉水劈头盖脸泼出来，浇得舍命王浑身精湿。舍命王打了一个寒战，气得暗自咬牙。知道这是里边的人轰自己，这么冷的天你们也真下得了手！人有脸，树有皮，这书我还能听下去吗？不，我还要听！现在正是我长能耐的时候，里边人对我有气，我得忍着，我在这听书，是同行们最恨的——这叫偷艺。可是我为了说好书，对得起今后的书座儿，这书我不能不听。

这盆水是谁泼出来的哪？就是那俩年轻的小伙子。本来舍命王这些日子在外听书，李平安先生知道，不想理他。可是今天李先生有个女徒弟来看师傅，听俩小师侄一说这事，这姑娘急了："对这么个人还能让他听书？泼盆水把他轰走，他再不走我去骂他！"

舍命王披着一身冰水正在窗外听书，从身后黑灯影儿里走来那个姑娘。这姑娘穿得不错：缎子棉袍儿，毛线围脖儿，头上戴着大红毛线织的绒球帽儿，还揣着狐狸皮的手闷子。姑娘穿戴得漂漂亮亮，暖暖和和，更显得舍命王破烂不堪，哆里哆嗦！那姑娘满心有气，话里带棱带刺儿："嘿，你听书真会找地方，这里倒挺凉快！"舍命王明知是来找茬儿的，不理她，只顾侧耳听书。李先生的书已经到了最后一段，舍命王知道说书到最后是最精彩的地方，他要听听李先生怎么留扣儿。姑娘看他不理，话茬儿更损，句句话像刀子扎人："耳朵聋呀？告诉你，你是什么人品我知道，你不是正经的艺人。艺人讲义气，你讲缺德！你偷听我师傅说书，你就是做贼！不管在场里还是场外，你听了就得给钱！你还不是听了一天，这半个月的书钱你给我掏出来！"舍命王让个年轻姑娘数落得真是无地自容。人家当面要钱，他掏了半天，身上竟然分文皆无。今天船来得少，赚了几个签子刚够饭钱。舍命王无奈只有哀求："小姐，我现在身上实在是没有钱，我绝不是少廉寡耻、丧尽天良的人。请您容我一天，到明天我一定把半月书钱如数奉上！"舍命王把话说完，那姑娘半晌没有搭言。再说话，低低的声音有些颤抖："先生，我……我怎么听您的话音这么耳熟哇？"

第六回

叶春喜叙说往事
郭金霞寻找恩人

李平安的女徒弟本意来赶走舍命王，舍命王一说话，那姑娘便是一愣，不由问了一声。正这时候。屋里的书散了场，听众呼呼啦啦往外走，舍命王随着插进了人群。这姑娘是谁呢？正是三年前舍命王在抚顺帮场说书解救的那位女大鼓艺人，她叫郭金霞。那年她才十九岁，今年已经二十二了。郭金霞听出舍命王的声音，她站在雪地上，心中又羞又悔。她万也没想到今天被她寒碜的正是自己的救命恩人。三年前她和抽白面儿的父亲逃出抚顺，不久那老头儿一病不起离开了人间。姑娘无依无靠投奔了在大连作艺的师傅李平安。这几年在西岗子说书，时常想起在抚顺帮场的那位恩人。当时受人家那么大恩惠，连声谢谢都没说，也没问问人家的姓名，觉得于心有愧。郭金霞总忘不了自己跪在书台旁边听舍命王说的那段书。在她心里舍命王是书界中的一名能手。今天她就像做梦一样，不敢相信趴在窗外听书的就是舍命王。郭金霞想来想去：无论如何我也要找到他！

第二天，郭金霞找到舍命王说过的书场。她一打听，那老掌柜的乐了："舍命王这人是：羊群里的骆驼——各色！放着书不说，他愿出去卖苦力。每天夜里睡在书台上，摘下俩棉门帘一铺一盖，连门帘子熏得都是鱼腥味儿。前天我埋怨了他几句，他搬到小店儿里去住啦！"郭金霞想：不管他到什么地方我也要去找！

单说舍命王，那天晚上他听没听出郭金霞的声音哪？当时姑娘话音儿一变，他隐隐约约想起来了。可是舍命王的性格非常好强，当初他救姑娘的时候是什么样？当场凭着自己的能耐，博得了全场赞扬之声。眼下呢？落魄的凤凰不如鸡，背上黑锅受人耻笑。他不好意思和姑娘见面，所以趁着散书随人群溜走。

第二天他照旧到码头去卸海货。心里说：今天得多抢几筐，把半月的书钱凑齐。好在这活儿干了几天摸到点门儿，一上午抬了十好几筐。到晌午拿签子换完了钱，舍命王本想歇会儿，就见沙滩上围了一圈人，那小伙子拉着舍命王去看热闹。干什么的哪？有个小流浪艺人在海边摆地说书。这孩子十五六岁，瘦得满脸就剩俩大眼珠子。头发挺长盖着脸，身上的衣裳油渍麻花，腰上还扎着一道草绳。尤其是上身的棉袄，一扬胳膊露出的棉花滴拉当啷的，海风一吹，那孩子直打哆嗦！那模样说是说书的，倒不如说是要饭的。舍命王站在圈儿外一看，心里一激灵：哟！这不是我在抚顺那个徒弟春喜吗？这些日子我一想这孩子心里就扎得慌，我对不起春喜，同行们为这事对我都是白眼相待。这孩子无依无靠，孤苦伶仃。我身为他的师傅，把他在台上一蹲三年，最不该在给孙旅长说书的堂会上，我当场把火儿撒在这个受气的孩子身上。都传说春喜不知死活，今天他怎么到这了呢？这才一个多月，我都认不出他来了，瞧这孩子瘦成这样，身上衣服又这么破，不用说受尽风寒之苦，这都是我的罪孽呀！

舍命王满心难过，偷眼瞧着春喜在人群中说书。说的就是他常说的那部《杨家将》。就见这孩子一招一式，抬胳膊动腿儿都是模仿着自己的样子。说到了回头，这孩子向场子里打钱，说话还是奶声奶气："各位叔叔、大爷，我也说了半天了，求您捧捧场。我想跟叔叔大爷们一块干活，赚顿饭钱，可又没那膀子力气，我要是跟您要口吃的，您这是一口热气换一口凉气赚来的钱，我也伸不出手。我只能趁您歇肩儿的时候，给您说段儿书解解闷儿。我的书说得不好，我功夫不到，技艺不高。讲说书还得说是我师傅，我师傅号称舍命王！列位也许有个耳闻，他要说起书来，让人听着没有不赞成的。可是师傅的能耐我没学到手，我这给他丢脸啦！"

春喜一边说着一边转圈儿打钱，舍命王眼泪都快下来了！暗叫：孩子，可难为你啦！你小小年纪是怎么一步一步闯过来的？！没想到我让他受了三年气，他背地里还学了不少东西。他当着面连声师傅都没叫过我，我还想他对我有多少恨怨，没想到孩子倒是一片真心，他心里有我这个师傅……这工夫春喜打钱离舍命王越来越近，舍命王看得清清楚楚，孩子的小手伸出来冻得通红，这么冷的天春喜衣不遮体。到这时候，舍命王心问口，口问心：孩子叫我师傅，我是他的长辈，那么我给了他什么了哪？什么都没给。无论如何不能让孩子这样冻着了，说什么我得给他做一件新棉袄，也算暖暖孩子的心吧！这工夫春喜已经到了他的跟前，舍命王不由自主地后退了两步，快扭过脸去。他不是不想见孩子，现在没法见。刚才春喜当众夸耀自己的师傅了不起，孩子心胜，心里像一盆火似的。要一见我已经是这个模样，那是劈头浇下一瓢凉水，孩子会伤心呀！再说舍命王自己也不能当众栽这个跟头。他刚想走开躲一躲，跟他搭伴抬筐的小伙子，一把把他揪住。那小伙子心眼儿挺厚道，听春喜说得很可怜，再想起自己家的难事儿，想给帮凑俩钱。可是他手里签子还没换成钱，他拉住舍命王商量："王大哥，你替我给他俩钱，我给你个签子。"舍命王有口难言，吭哧吭哧紧往后躲。没想到那小伙子还挺急，向春喜一招手："小说书的过来，我们这儿给钱！"

舍命王心里这个急呀，紧着背过身子，看样子怎么也躲不开了。正在这当口儿，人群里有一个姑娘喊了声："小孩，到这来，我给你钱。"舍命王一听这声音更不敢回头，心里说，老天爷真是不给我容身之处。原来说话的正是郭金霞！舍命王想她到这来一定是找我的，此时我更不能露面。想着他一抽胳膊就躲开了人群。

郭金霞叫过春喜，伸手理理孩子蓬乱的头发："孩子，你这么小年纪不怯场，真不容易。"春喜张着手等着，心里说：你不说给钱吗？怎么光动嘴儿啊？！郭金霞看孩子穿得单薄心疼，摘下了围脖儿给春喜披在肩上。春喜惊得两眼发呆，心里说：哟，不给钱怎么给了个围脖儿呀？我这身衣服围这围脖儿——人家准说是我偷来的。春喜愣呵呵地打量起金霞。见姑娘二十多岁，梳着辫子，穿着蓝色的棉袍："小姐，您给我这围脖儿，我……""围上，天冷。我问你，你是不是叫叶春喜？"孩子一愣："咦？你怎么知道我的名字？""我不但知道你的名字，还知道你父亲的姓名，他是说书界的前辈，他老叫叶永昌。""对！您是……""等一等。"郭金霞冲周围的人说道，"各位先生，这孩子的书就说到这，大家请散散，您该忙就忙去吧！"看这姑娘穿戴得很朴素，一张口说话，春喜就明白了她也是说书的。

周围的人一哄而散，沙滩上就剩下金霞和春喜。金霞说："春喜，我叫郭金霞。说句咱们行话，我也是'老河'。别看我们在大连，都挺惦记你。告诉我，你是怎么来到这的？"春喜真同见了亲人一样："金霞大姐，我是从抚顺一步一步走到这来的。前几年我们家遭了难，那时我虽然小，我也知道害得我们家破人亡的仇人是恶霸黄奎。"金霞一听"黄奎"二字，不由浑身一哆嗦！"黄奎？就是那个大疤瘌吗？""就是他。"这一下使金霞想起自己在抚顺的遭遇，再听春喜滔滔不绝往下讲，金霞听着就像孩子述说自己的苦难一样。春喜的父亲虽说是书界的大辈儿，技艺不算很高，人又窝囊。大疤瘌为霸占他的妻子，又使出他惯用的毒计，他勾引着叶永昌抽上了大烟。春喜的母亲看出了大疤瘌用意，劝说自己男人劝不过来，想躲开大疤瘌黑手又躲不开，一狠心抛下一儿一女上吊死了。虽然春喜那年才八岁，可是他忘不了妈妈临死的满腔悲恨。叶永昌受了刺激，没过多久也死了。大疤瘌做出伤天害理之事，为掩人耳目，把春喜说成是他的义子，实际上成了他家的小伙计。春喜的小妹妹到现在还不知被卖到何方……春喜说到这里，金霞哭成泪人一样，这些事也是她亲身经过的。又问："那舍命王对你怎样？"刚才春喜讲自己血泪家史是又气又恨，听金霞一提舍命王，春喜眼泪唰的一下流下来了："我师傅可是好人，我对不起他。"金霞听了一愣：怪事，到处都说舍命王不仁不义，对春喜百般虐待，怎么春喜把不是往自己身上揽？春喜一边哭着讲起师徒间的往事："那三年，我师傅对我是不好，我确实恨他。他在家里欺负我，他在台上寒碜我。别说教我能耐，他让我抱着弦子在台上空坐了三年。墙上的泥皮都有个土性儿，我恨他对人怎么这样冷。我尤其看不起他对大疤瘌那个熊劲儿。连我这小孩子都明白，大疤瘌让我给他弹弦儿就是为了讹钱。可是他每次见大疤瘌面儿都是满脸带笑，客客气气。他冲大疤瘌一乐，我心里就冒火！三年里我没叫过他一声师傅。没想到那天给一家姓孙的军阀做堂会，他在场上又寒碜得我没脸见人，还挨了一通嘴巴。可就在那次堂会上，我师傅豁出了性命给那个军阀跟大疤瘌拴了个扣儿，他把军阀和大疤瘌的脏心烂肺全看透了，当场一煽呼，让军阀把大疤瘌一通狠打！我亲眼看着那些马弁把大疤瘌打得鬼哭狼嚎，屁滚尿流。我痛快，我解恨！那军阀把大疤瘌绑到小屋里，准备要他的命！我这么多年就想找大疤瘌给妈妈报仇，我本来想长大成人，拿刀捅了他。谁想让我师傅几句话要了他的命。我这才知道我师傅有心胸，有韬略，真是'君子报仇，十年不晚'。我想起我爹窝囊一辈子，虽然是说书行里的大辈儿，他不是个好说书的，老人家一没志气，二没能耐。我既然是祖辈流传吃这碗饭的，我父亲对不起祖师爷，我得给祖师爷争气！我要学师傅的能耐，师傅的为人。不管他走到哪儿，我叶春喜要千里寻师。我这一路踩着师傅脚印走，到哪儿都听人骂舍命王，说他怎么虐待我，才知道我给师傅招来恨，我一路替师傅说清洗白。追到大连，我光见了一张被风吹破了的书报子，上面有师傅的名字，可是我找不到他。这里没有他我还得找，哪怕走遍东三省！"

春喜话似流水，句句打动金霞姑娘的心。两个人站在沙滩上都忘了时间，此时海风阵阵，大浪哗啦啦冲击着海岸！海天苍茫，浩渺无际。金霞说："春喜你放心，你师傅不会走远，他就在大连。你这一路奔波劳碌实在不容易，走吧，我领你去见一个人。"

金霞领着春喜见到李平安老先生，把春喜所说的事情又说了一遍，李先生才恍然大悟，不住赞美舍命王："好，好！这人看来非同一般，书界里能出这样一个人是咱们这行的光彩！"可又一想，自己对舍命王做得不对，事情怕倒过来想，我们轰他，泼凉水太过分了。听春喜讲他在抚顺说书的情形，三年来满堂满座；为救金霞一段书能要下八百五十吊钱来，可见是个人物。这样的角儿能放下架子，睡书台盖门帘，趴在窗外听我说书，这样的人将来了不得！李先生赶紧打发几个徒孙："不管到哪儿，可着大连地盘转，给我把舍命王找回来！"

金霞姑娘本想让春喜换换衣服吃顿饱饭，孩子不干："听你们话音儿我师傅受穷了，他再穷也是我师傅。您现在快领我去找，见不到师傅我不放心呀！"其实他们不知道，刚才在沙滩只差一步师徒就能相会。现在再去找舍命王，却想不到发生了意外的事情。

不说别人到哪去找舍命王，单说郭金霞和春喜返回码头，可是不见舍命王的踪影。金霞听书场老掌柜说舍命王浑身鱼腥味儿，估计他在海边打小工。两个人在卸海货的人群里找了一阵没有找到，顺着海边找到打鱼的和捡海的人就打听，都说没见到这个人。眼看天快黑了，两个人只急得眼冒金星。有个好心的老头儿说："姑娘，听说码头上来了一只日本大轮船，临时招了些苦力去卸机器，你们上那找找看。"郭金霞怀着一线希望，和春喜又找回了码头。到装卸工棚一查花名册，果然在给日本卸货的人名里有王天鳌，旁边还写着做保人的名字：魏田亮。郭金霞问旁边的人："哪位是魏田亮？""嘿！巧了。你看那边卸鱼筐的那个就是。魏田亮！这有人找你！"

魏田亮正是跟舍命王搭伙抬筐的那个小伙子。郭金霞赶忙迎上去："大哥，王天鳌到什么地方去卸船？"那小伙子一愣："王天鳌是谁呀？""就是你保的那个人。"春喜说："王天鳌是我师傅。"小伙子看见春喜想起来了："哟，你不是上午那个小说书的吗？闹半天你夸的那个师傅，就是跟我一块抬鱼筐的老王呀！嘿，王大哥这么多天，都没告诉我他是说书的。他这人可真是……"小伙子突然不往下说了，脸色一沉，再说话吞吞吐吐。郭金霞紧着催问："您快说，他现在在哪儿？""在哪儿……嗐！这事儿可不怨我呀，他非拉我做保不可，我当时劝他他不听……"金霞心里更是着急："大哥：您快告诉我们个准信儿呀！""他……让我怎么说哪，我看你们到'金洲丸'船号去打听吧。"

舍命王到底怎么样了呢？上午舍命王一见春喜心里又高兴又难过。想自己临离抚顺没跟春喜留什么话，难为孩子吃苦受罪找到大连。看孩子到沙滩说书衣不遮体，冻得哆里哆嗦。他看着心疼又非常地内疚。恨自己对孩子不像个做师傅的样子。舍命王今年已经三十八岁，无家无业，今天一见春喜心里产生了一种特殊的感情，好像是自己的孩子被大人打了，又哭着喊着往自己怀里扑。他就想：如果我是他的父亲，能忍心看他这样吃苦受冻吗？今天我无论如何要赚几个钱，给孩子买一套棉衣服，当我们师徒的见面礼。正想着哪，海滩上走来几个日本人和工头。有一个大胖子冲人群喊着："都听着！一号码头'金洲丸'号火轮卸货，谁乐意去找保人领腰牌，这活儿可是干一天能领三天的钱。"他喊了几遍，沙滩上人没有一个搭茬儿的。舍命王想了想这些天肩膀子也练出来了，为孩子卖卖力气也是应该的。他招手喊了一声："您给我写上，王天鳌！"

舍命王一报名，旁边跟他搭伙的那个小伙子，直拽他衣襟儿："你别犯傻了，你看别人怎么都不报名？干那活儿跟在小船上卸货不一样，那大跳板好几层楼高，就你这体格行吗？我实话告诉你，这些天抬鱼筐我还往我这头拽绳子让着你，你要是干那种活儿谁还照顾你老哥？"舍命王一笑："没关系，让我去试试。""试试？那是玩儿命！王大哥，你不能去。我父亲就是干这腰牌子活儿，给日本人卸货落了个残废。你知道吗？干那种活儿鬼子拿枪押着，大伙儿得摽齐了叫着号下跳板，不管你能不能吃住劲，哪怕你腿折腰弯也得跟着趟子走。我父亲就是咬牙干了一天，临到拿腰牌换钱的时候，老爷子一口血吐在了沙滩，打那天起再没起来炕。王大哥，咱一块这么多天，你说你孤身一人无牵无挂，何必去冒这险呢？"舍命王说："兄弟，我原来是无家无业，今天我亲人来了，我得给孩子多抓挠点钱买件衣服，让孩子穿得暖暖和和。"他们正说着话，那大胖子不耐烦了："凡是报名的快找保人领腰牌。王天鳌！你的保人是谁？"舍命王一指他的伙伴："就是他魏——田——亮！"

魏田亮眼看着舍命王随着腰牌趟子走远。没想到就在刚才，听有人传信：一号码头卸大船的出了事情。这小伙子正担心难过哪，郭金霞领着春喜来找舍命王。小伙子对春喜说："小老弟，你师傅就是为了你，要多赚几个钱买衣服，他才去卖命。那大船上卸的是从日本国运来的机器，都是大生铁疙瘩，哪件都够重的，刚才听说有一个人没上过跳板，脚底下一乱，整个那伙人连机器一块儿从几丈高的跳板上翻在海里，不知是死是活。"

郭金霞和春喜拼命地朝一号码头跑去，就见日本人和衙门的巡捕把四周都圈起来了，不许中国人靠近。有几只小船正在海面上打捞，看样子落水的机器还挺精密，在场的日本人暴跳如雷！沙滩上有几个妇女带着孩子，哭着喊着向日本人央求："太君呀！出事的都在哪呀？让我们见见吧！我们一家老小都指着他活着哪！"郭金霞哪里见过这样的场景，又急又怕，脸色煞白。她向在场的人悄悄打听："请问，出事的人都有谁？他们现在都怎么样啦？"那人看了看身边没人，低声说："小鬼子太狠了，那么多人受了伤，他们也不放过，听说全给押走了！日本人说这机器很贵重，你想这些人还活得了吗？"

春喜一边哭了起来，拉着金霞的胳膊央告："金霞大姐，你无论如何想办法找到我师傅，救救他呀！"此时金霞心如刀绞一般，连说："你别哭，我来想办法。"她看着沙滩那些哭哭啼啼的家属，暗暗想道：出事的那些人都有自己的家属和亲人，遇事有人惦记，受伤有人照料，可舍命王无亲无故，就算是春喜来了，他是个孩子，又人地两生。看来这事儿只有我管了，可是我上哪去找他啊？

第七回

表深情心怀爱慕
借拜师暗定婚期

舍命王在码头上干活儿出了事情，不知被日本人关押到何处。郭金霞想：无论如何我得把他救出来。可是找谁呢？她突然想起一个人，是在海关做事的罗先生。这人很有势力，是李平安先生多年的老书座儿。本来金霞很讨厌这个人，这位罗先生平时道貌岸然，在世面儿上也挺讲外场，见了金霞他说话也挺有身份，可是金霞总觉得他眼神儿不对。俗话说"眼斜心不正"，金霞总是躲他远远的。到今天没办法，只好去求他。郭金霞带着春喜急急忙忙到了海关大楼。她嘱咐春喜："你在外边等着，我去托个人。"

金霞一进大楼，把门儿的冷眼相待。姑娘只好央求："劳驾，请给罗先生传一声，有个叫郭金霞的求他办事。"把门儿的往里打了个电话，罗先生听了"郭金霞"仨字，话音变得非常热情："快快，请郭小姐到办公室来。"把门儿的一听那口气，再说话也变得客气了："小姐，您里面请。"郭金霞长这么大没跟官面儿打过交道，进走廊一看出出进进的多是日本人，就是中国职员，也都是西装革履。郭金霞为救舍命王什么都不怵，走进了罗先生的办公室。罗先生满面春风："欢迎欢迎，哪阵香风把郭小姐吹来了？请坐请坐，用茶用茶。"郭金霞直截了当地说："您别客气，我来求您办件事。""好办，只要小姐您说，罗某人尽力而为。我对你们师徒的艺术非常钦佩，说来我也算李平安老先生的好友喽！"金霞说出请他帮助搭救舍命王的事情，这罗先生故意露出为难的样子："哎呀，这事我刚才也听说过，办起来很棘手。这些机器是从日本国漂洋过海运来的，非常贵重。听说日本人很恼火，要把造成事故的苦力狠狠地处置。实际上要了这些人的命，也赔偿不了这项损失！郭小姐，请问您为什么为一个苦力这样奔走呢？……"他一边问着话，一边翻着眼珠儿从眼镜框上看着金霞姑娘。那眼神儿金霞实在讨厌，但也得说好话："正是因为难，才来请您帮忙。谁不知罗先生在码头上有名望、有地位，又受日本人的器重。"罗先生哈哈大笑："哈哈哈……过奖，过奖！这事儿换别人我不会管，难得郭小姐亲自登门，我一定多多出力。请把这个人的名字给我留下，一两天之内就会有消息。"郭金霞千恩万谢地告别了此人。带着春喜回到了书馆，把码头上的情况一说，连李平安老先生都为舍命王非常担心。谁想一连两天，舍命王是音信皆无。

舍命王怎么样了呢？他自己也不知道是被关在什么地方。在码头卸货的时候，正走在跳板上，他身边有一个人也不常干这活儿，为生活所迫来当苦力。没想到一上跳板，脚步发颤心一慌，一头栽倒。这一下连一块卸货的人和抬的机器，整个翻到海里！日本人不管伤轻伤重，一起把这些人弄上岸关押起来。大家一连两天水米未进，不知道日本人要怎么处置。到第三天傍晚，忽然有个巡捕喊："谁叫王天鳌？"舍命王答应了一声。那巡捕打量了他一下，说："你小子还有点门道儿，有人保你，走吧，你没事啦！"

舍命王稀里糊涂地被释放出来，暗自庆幸：总算捡了一条命。连饿带怕，舍命王身子像塌了架一样。可他顾不了自己，心里惦记着徒弟春喜。三天前在海滩上师徒眼看要相认，自己没有去见。记得当时春喜被李平安先生的女徒弟叫走，我还得到书馆去找。

舍命王疲惫不堪地走到书馆门口，里面李先生正在台上说书，书场里人坐得满满当当。舍命王想进去又犯犹豫，此时他是又焦急又难过又很担心。找春喜就得问那位姑娘，可是要被人轰出来怎么办？没办法，他撩开门帘偷眼向里张望。李先生那俩徒孙正为听书的让座，一眼看见了舍命王，大喊起来："哎呀你可来了，我们找你好几天啦！"说着把舍命王拉进场内。李平安先生一见舍命王，把书停住，噔噔噔……几步走下台来："天鳌啊，这些日子让你受苦啦！咱什么话也不再说了，你的为人我们都很佩服。你快到后屋去，春喜天天盼着你哪！"

那两个小伙子把舍命王领到书场的后屋，春喜见着师傅一头扎在舍命王的怀里："师傅您可回来了！"师徒相识三年，今天春喜才当面叫了声"师傅"。这时郭金霞也在屋里，她只是呆呆地在一旁看着。本来她有一肚子话，这几天她为舍命王担心，奔走，夜里睡不着觉。这姑娘性格挺要强，当着人不说什么，背地里为舍命王掉眼泪。可是眼下见舍命王平安地回来了，她反倒连一句话也说不出口。春喜说："师傅，您知道这些天是谁到处托人把您救出来的？就是这位金霞大姐！"舍命王这才明白自己为什么被放出来的，忙向姑娘道谢："这……让我怎么谢谢你才好哇？""别谢了，王先生您在抚顺救我一命，到今天我还没谢谢您哪！"这工夫，李平安先生也散了书，大家欢聚一堂。李先生说："天鳌啊，过去的事别提了，你不能怄气不说书去干力气活儿，还得上场说书。你这徒弟我收啦！"舍命王一听这话喜出望外，就要下跪拜师。金霞把他拦住："你这人也太性急了，拜师也不是那么简单的事，要照咱说书的规矩办个热热闹闹的！"

从这天起，李平安为舍命王在西岗子露天市场找了块地，舍命王二次登台说书。李老先生亲自坐在场里听书，用说书界的行话讲，这叫"扬蔓儿"！舍命王非常感谢，就等着定日子拜师。可是他心里隐隐有些不安，这事对别人又不好讲。他是从河北来到关东，他的师傅叫白胜杰。有师再拜师，艺人管这叫"跳槽"，不是光彩的。再说白胜杰这一门户和李先生这门户向来对立，相互争持有几十年的历史。艺人们常说："能给一锭金，不传一口春。"意思是艺不善传。舍命王想：应该把这门户之见打破，我跳槽不是忘恩负义，是为了学到更多的能耐，我愿能者都成为我师傅。但是这些事又怕对人说不清楚，后来想干脆先把头磕在地上以后再说。

郭金霞对舍命王和春喜非常关心，她每天说完书就来看望他们。她知道这师徒俩手头紧，变着法地贴补贴补。她一想开春了，跑到鞋店给舍命王挑了一双礼服呢面儿、牛皮底的便鞋。大小保准让舍命王穿上又可脚又舒服。买回鞋来，她不当面送去，耍了个心眼儿。她把春喜叫到跟前："春喜，我看你没爹没妈的怪可怜，我给你买了一双鞋。"春喜一看鞋这么好，乐得合不上嘴："谢谢大姐……"坏了，一试这鞋大了一寸多，穿不得。金霞假装后悔："嘻！买前也没量量你的脚。干脆让给你师傅穿吧，我再给你另买一双。"郭金霞本想通过春喜搭搭桥，让舍命王知道自己替他买鞋。春喜哪懂这个？他这些天对师傅的脾气更摸透了，别看舍命王人穷，别人送他东西还准不要。春喜也耍了个心眼儿，对舍命王说："师傅，您也该换双鞋了，我替您买了一双。"舍命王一试不大不小正可脚："好孩子，还知道孝顺我。"这一来，郭金霞的一片心意白搭进去啦！

春喜见郭金霞非常亲热，看她对人心眼好，又非常疼自己，见了面一口一个金霞大姐。这一天郭金霞不乐意了，把脸一沉："你这孩子怎么没大没小，金霞俩字是你叫的吗？谁是你大姐？别看我比你大不了几岁，你师傅快拜我师傅为师了，他进了这门儿是我师弟，你应该叫我什么？""师姑。""对了！还得叫大姑。别看他比我大十几岁，得照规矩称呼。"小春喜一想是这么回事儿，恭恭敬敬地叫了一声："大师姑！"金霞乐了："好孩子，不让你白叫，往后师姑我疼你一辈子。"

这姑娘为什么和春喜论开辈儿啦？这些日子姑娘有一桩心事。她今年二十二岁了，父母都已相继去世。这姑娘模样长得挺俊，好多人找他师傅说媒，姑娘不理这茬儿。心里说：哪来这么多讨厌的！可是自从见了舍命王以后，她心里总想：那些说媒的怎么都不来啦？这要给我们俩说合说合多好。按说她和舍命王不太般配。两个人相差十好几岁，就连舍命王的徒弟春喜都十六了。这事就是有人说合，李平安也不见得同意，就连舍命王都不敢应承。可是郭金霞心里觉得离不开这个人了，打心里敬佩舍命王的为人和本事，她觉得两个人是患难知己。姑娘就想把自己一片纯真的心意让舍命王知道。

列位，这事要是现在很容易，新社会婚姻自由。男女的事儿不用人说合，自己就能搞。姑娘跑到婚姻介绍所，一二三四五把条件一摆就行。可是在那时候麻烦了，尤其是一个姑娘看上一个男的，怎么想办法把"我爱你"三个字传过去就更费了大劲啦！为了过这一关，古往今来，不知有多少大姑娘挖空心思。

讲武的，《穆柯寨》，穆桂英把杨宗保绑在柱子上问："你要不要我？"讲文的，《十八相送》，祝英台一路上指东说西、死乞白赖地点化，梁山伯硬听不明白；讲神奇的，《游湖借伞》，白娘子为能跟许仙直接接触，她呼风唤雨，让西湖水面上春雨潇潇；讲憋得出去的，《骆驼祥子》里的虎姐，用一个枕头才把祥子给唬住。您看这事难不难？郭金霞是个年轻的女大鼓艺人，她爱上了舍命王，她下决心不论有多难，也得想办法把这事成了！

有一天金霞和舍命王一同来听李先生说书。散书以后，金霞特意让春喜备了点酒菜，几个人边喝边聊。金霞说："师傅，您既然收天鳌当徒弟，您别再留一手，应该传给他点真东西。"老先生一愣："金霞你这是什么意思？"金霞笑嘻嘻地说："师傅您能瞒他，还能瞒住我吗？我跟您的亲闺女一样。前些日子他趴在窗外听您的书，您说到任堂惠救杨六郎那段时候，您把《传枪记》那书跳过去没说。"李平安一听很尴尬，忙解释说："那时候就怕天鳌偷了去。现在是一门儿的人了！天鳌，抽工夫我把这几天的书梁子给你说说。《杨家将》这部书艺人都会说，这段《传枪记》别人都不会。任堂惠为什么救杨六郎？这是我自己研究的一部书，从任堂惠出世说起，怎么颠沛流离，走南闯北，最后遇见六郎八拜结交，传授武艺，才有这部《传枪记》。这是我这一辈子的顶门杠子、撒手铜。"舍命王连连感谢老先生能倾囊相赠！金霞说："你别光说谢，你拜师打算怎么拜法？这可是大喜的日子，师傅收你是关门的徒弟，办不热闹，大师姐我可不答应！"这一将，舍命王又为难了："师傅，按理说我应该阔办一场，可惜我……"李平安赶紧说："咱破破例，按规矩拜师、写帖是徒弟摆桌花钱，这回一切花费我掏！"郭金霞一听这话正中下怀，赶紧接过话茬儿："师傅您掏钱我出力，谁让我那儿个师兄没在跟前，我当师姐的就得出头操办。我看二月二'龙抬头'正是好日子。我到街里美宴居饭庄多订几桌，把咱同行的都请来，大大方方、热热闹闹、痛痛快快地乐和乐和！"舍命王不知金霞内心的用意，还问了一句："金霞，这么大事儿你个姑娘家行吗？"金霞故意把脸一沉："人家愿意为你跑腿，你还小瞧人。告诉你，我也是个走南闯北老跑海儿的！师傅！您看的《红楼梦》书里有个王熙凤，她不也是二十多岁吗？王熙凤协理宁国府，办了个如花似锦，烈火烹油。我郭金霞也不能把事办砸了，我准办出个花儿来让你们瞧瞧！"

金霞说把这事办出个花儿来，这话里有话。姑娘心里已经想好，她想借着拜师宴上要订下自己的终身大事。一连几天她跑里跑外忙得手脚不闲：跑到饭庄订酒席，向同行同界撒拜师帖，连师傅的远亲近友，凡是能想起的人都请到了。姑娘把拜师会的事情安排妥当，又开始按着自己的打算布开了阵势。她把春喜悄悄叫到身边，一说话唉声叹气的："嗐！春喜呀，看你这孩子真不容易，那么小就没了爹妈，净受人家气，多可怜呀！”春喜说：“不价师姑，现在有我师傅疼我。再说师姑您对我也挺好。”“师姑的好处你都记得？”“记得，头一回见面您在海滩上就给了我个围脖儿。到现在您更疼我了。”“孩子，师姑疼你也不能疼一辈子。再说你师傅也是个可怜人，那么大岁数还没成家。说完书回家连个侍候的都没有。你不想有个师娘吗？”“那怎么不想呀！光想哪有啊？”“你得张嘴要。”“跟谁要？”“我给你出个主意，二月二你师傅拜师，你跟你师爷要。等到你师傅磕完头，叙完行规，大伙儿落座端杯，这是最高兴的时候，你走过去，冲你师爷嘣嘣嘣磕仨头，你就说：‘师爷呀，徒孙我求您一件事，我师傅年纪不小了，还没有家眷，没人疼没人问，我跟您要个师娘。’你这么一说，你就有了师娘。”“是吗？”“那没错。我问你春喜，当着那些人你敢说话吗？”“我敢。”“我教你的话能记住吗？”“忘不了。”“好，回去把这话多背几遍，到时候别误事。”

郭金霞嘱咐好了春喜，又去找一个姓程的老师叔。这老头儿跟李平安关系最要好。金霞进屋一坐，什么话也不说低头光笑。程老头儿说：“金霞你来有事吗？”金霞一歪身儿半撒娇儿地说：“有事您也不管。”“哟，什么我不管？师叔对你可够费心的，就说给你找婆家吧，说了三四个，你都看不上……”金霞一噘嘴：“哼！您还埋怨我？您说的我看不上，我看上的您怎么不说了？”“哟！……”老头儿一听这话忙问，“那你说说看上谁啦？”金霞脸一红，低着头说：“就是二月二要拜师的舍命王。我主意拿定了！您说我们俩是不是挺合适？”老头儿想：你主意都定了，我还能说不合适？！再说舍命王这人的能耐、人品都不错，岁数就是大些在这个行界里也不算什么新鲜事。想到这儿说：“这是好事，我去给你说媒！我去找你师傅先说说。”“您现在别说。您记住在二月二拜师会上，您端酒杯的时候，舍命王的小徒弟跑出来要师娘，您接着话茬儿给我和舍命王做媒。到那时候我师傅正高兴，又在拜师宴上当着那么多宾客，我师傅一定不会驳您的面子。只要我师傅一点头，我和舍命王双双下跪，给师傅和您磕头，给到场的宾客一撒龙凤帖，这事儿就算定啦！”程老头儿听完，打量了一下金霞：“好你个小丫头片子，你的主意是拿定了，你只不过拿我当枪使呀！”

郭金霞又偷偷地买了厚厚的一沓儿龙凤帖。这是订婚用的，自然上面有龙凤呈祥和大金囍字。金霞找个卦摊儿，花钱请先生填好自己和王天鳌的名字。用手绢包好，揣在自己怀里。她满心高兴地走在街上，龙凤帖揣在贴心的地方，见了熟人还羞答答总想要躲，等人过去她扑哧儿又笑起来……

回到家里看见了那两个徒侄，金霞装着生气嗔怪他们：“你俩十八九了不懂事，你师爷快收徒弟了，你们也不帮助张罗张罗，光靠我一人跑前跑后？”“师姑，还有什么事您说。”“这样吧，到那天有件要紧的事儿让你俩办。我这有一沓帖子，到时候在席面儿上撒出去。""咦？师姑，前两天拜师帖不是撒完了吗？""那是拜师帖，这是……到时候你们就知道了。等我把帖一交给你们，你俩高高兴兴地撒到每一个人的手里，完了事师姑我请客！"

就在金霞忙前跑后的时候，李平安老先生已经开始向舍命王传艺，教他说《传枪记》这部书。说书艺人传艺，讲究念"梁子"——现趸现卖。李先生讲几段书的故事梗概，第二天舍命王就上场说，效果还挺好。这段书正说到任堂惠生死关头，听众很欢迎。

二月二这一天，全大连的说书艺人都带着家属孩子会聚在美宴居饭庄。嗬！这场面热闹，人人见面抱拳拱手："师叔！""师大爷！您好呀？""老没见了，这孩子长这么高了……"饭庄按着金霞的要求布置得挺花哨，大红绸子彩带，五颜六色的纸花，横竖挂满厅院。"天地君亲师"的牌位供在正位上，还摆着香蜡笔墨。舍命王穿了一套新衣服，剃头刮脸收拾得挺干净，见人作揖打拱，里外应酬。郭金霞楼上楼下里外张罗，来的人都不知道，今天是姑娘久已期待的时候。今儿一早她就对着镜子梳洗打扮，把自己压箱子底儿最漂亮的衣服都穿上了。她在人群里显得容光焕发。她看着眼前这一派火爆场面，心里有说不出的欢喜。这是她一手操办起来的，她为自己的终身幸福做了细心的安排。她一会儿偷着问春喜："我教你那词儿背熟了吗？""没错，您放心。"一会儿又凑到程老头儿身边，低声地说："师叔，我托您的事儿可别忘了。"老头儿一眨巴眼："我忘了喝酒，也忘不了你的事！"金霞又摸了摸怀里那沓龙凤帖，今天她要把这些帖亲手撒出去，今后她和舍命王都不会忘了今天这个幸福时刻！

可不知为什么，李平安先生和那俩徒孙迟迟不露面。按说这场面李先生应该提前到场应酬宾客。师傅上哪儿去了呢？十二点准时行拜师礼，时间都过了，师傅还没露面儿，金霞心里急得火烧火燎。突然那两个小徒侄慌慌忙忙跑了进来，凑到金霞身边耳语了几句，还递过一封信。金霞不看这封信则已，看罢以后面目失色，心里暗暗叫道："天哪天哪！这可让我怎么办呀！"

第八回

借题发挥辩书理
变生不测遇仇敌

舍命王的拜师会办得十分热闹，谁想时间已过，李平安老先生未能到场。这时老先生的两个徒孙匆匆跑来交给金霞姑娘一封信。金霞看罢事出意外，好似当头浇了一瓢凉水！当场的宾客们见姑娘神色不对，三三两两交头接耳。本来喜洋洋的拜师场面，这一来实在不好收场。

这封信里写的什么哪？是李平安老先生留给舍命王的一封告别信。因为发生了意外变故，老先生不能收舍命王为徒，无奈便撒手远去。而且到哪儿去了，信上也没有写。究竟是为什么呢？本来老先生心里很高兴，对将要收的徒弟更是心满意足。就连自己看家底儿的书目《传枪记》都已经开始向舍命王传授。谁想昨天突然接到从奉天来的一封信。老先生看完以后，心事沉重坐立不安。这封信是在奉天的师兄、师弟们联名写来的。信上一开头就写："平安，你不知好歹！我们听说你要收舍命王为徒，还要向他传授咱们门儿里的看家书目。他的来历你知道吗？这个人是河北省白胜杰的大徒弟。白家门儿里和咱们门户有多年积怨，势不两立。从咱们老三辈儿师祖那就留下话——绝不能跟他们门户结交，这也是咱们门户的规矩，你也亲口向下辈人嘱咐过。可你如今败坏行规，吃里爬外，欺师灭祖。你要真的收下了舍命王，我们大家到大连去找你算账！"

李平安先生接到这封信，真有些招架不住。老先生年过半百，德高望重，从来没受人这样指责过。他深知行界的规矩，隔门如隔山。多年来传下的行规，不是哪一两个人顶得住的。真要这些师兄师弟找到大连，还不定闹出什么乱子。他知道本门户的人遍布东三省，若要违反了行规寸步难行……老先生一筹莫展，他看舍命王确实是个好人，又不忍把他当面拒之门外。这些天女徒弟金霞为了操办拜师礼跑前跑后喜笑颜开，收徒弟的事已经在市里都张扬开了……老先生思前想后，进退两难。最后无奈给舍命王留下一封信，写道："非我不义，行规难容。往后不必寻找师傅，我要到一个多见树木少见人的荒凉之处度此晚年。"正是在这样封建行规的势力压制之下，李平安老先生深夜登上了开往远方的火车。从此，这位技艺超群的老艺人，隐姓瞒名，在书台上再也见不到他了。

老先生不辞而别，他万也没有想到给他最疼爱的女徒弟郭金霞当众出了难题。金霞手捧着这封信欲哭无泪，暗暗叫道：师傅您怎么能走啊！您这么大岁数，往后风霜劳碌谁来侍候您呀！那两个小徒侄，在她耳边低声述说："师姑，今天我们一早不见师爷，四处寻找，走遍了车站、码头，也不见师爷的踪影。回到家才见到师爷留的这封信。师姑您看这事怎么办？""怎么办？现在宾客满门，笑语如云，无论如何不能把这个场面冷下来。我一不能让师傅丢脸，更不能让舍命王日后在书界受辱。这事儿该怎么办就怎么办！"

舍命王也觉出其中有事，但摸不清子丑寅卯。他走到金霞身边，轻声问道："郭师姐，到底出了什么事？师傅为什么没来？"郭金霞一摆手："没什么事，你什么都不要管，一切听我安排。"姑娘心里想：到了这个时候，苦果子我自己尝，有眼泪往肚里咽，心里再难过我要笑在脸上！

郭金霞走到程师叔的面前，悄悄地说："师叔，我师傅今天不来了，这事咱得这么这么办……求您给我当个家。"程老先生微微点了点头，全场的人只有他才知道姑娘的心事，他非常同情金霞。老先生向全场宾客高声说道："各位请压言了！我平安师兄儿早晨接到一封信，是他在奉天的兄弟闹病，要他急着去探望。临走留下一封信，让他的女徒弟金霞代师收徒。这也是咱们说书门儿里的老规矩。"老头儿说到这，郭金霞大大方方地往正座上一坐。程老先生引着舍命王给"天地君亲师"的牌位叩头，又给郭金霞恭恭敬敬磕了三个头。郭金霞看着面前的舍命王眼泪差点掉下来。心里想：按我原来的一套打算，此时应该是我们俩双双给师傅下跪，没想到眼下舍命王他给我磕上头了。一沓儿龙凤帖就揣在我的怀里，成了没有用的东西。师傅呀师傅，您要能看着我们俩人给您磕喜头该多高兴呀！可是您走了，我的终身大事有谁来做主？师傅您现在何方？……

拜师会匆匆结束。宾客们散去以后，金霞才把那封信递给了舍命王。舍命王看罢急得顿足捶胸："想不到我给师傅招来这么大麻烦！"他心急如火，跑出去到处寻找师傅。直到天擦黑，金霞在车站拉住他说："别再找了，师傅的脾气我知道，他信上那么写了，他以后再也不会回大连。"舍命王望着站上轰隆隆远去的火车，自言自语地说道："师傅，我忘不了您的恩情，到什么时候咱师徒再见面哪……"这时候，他上场的时间快到了，照规矩出了再大的事情也不能误场。舍命王饭也没顾吃，奔书场走去。

舍命王登上书台，抄起醒木……手落不下来了。怎么回事？今天的书没法说。书场里贴着报子，书目是《传枪记》。昨天是第一场说这部书，听众很爱听，这是李平安老先生拿手的好书。今天听众来得更多，有的特意从街里赶到西岗子听这段书。可是舍命王说的书，是师傅念一天书梁子，他才能说一场书。今天，李先生没来得及念梁子就走了，舍命王没得可说。他随机应变，冲台下说："列位，今天是二月二龙抬头的好日子，我给您改说一回《精忠岳传》。"台下的书座儿不干："我们来就是为听《传枪记》的！昨晚说到任堂惠遇难，为什么不往下说？"舍命王说："诸位不愿听精忠，我再给您换一部新鲜的——《大明英烈》！"嚯，台下书座儿捶桌子、拍巴掌就是不干。舍命王说什么台下哄什么。春喜在台上抱着弦子坐不住，郭金霞在台下更是替舍命王着急。眼看着舍命王满头冒汗，真是巧媳妇难为无米之炊！这事儿怎么向听众交代呢？说实话？说这部书往下我不会了，求大家原谅？那多栽跟头！听众三番两次一起哄，把舍命王的火儿勾起来了，他得保自己面子：啪！他把手里的醒木一拍："各位压言，想听《传枪记》，咱书接上回，往下说！"

舍命王这话一出口，全场立刻肃静下来。他说什么哪？用说书的行话说

"钻锅"吧！是想一句说一句，说到哪儿算哪儿。全凭着肚子里书路子宽绰和多年说书的经验，话儿滔滔不绝。他那猪八戒耍耙子——胡抡一阵，没想到听众越听越爱听。有的老书座儿听了一辈子书没听过这一段儿，觉着新鲜，还夸哪："嗯，这书说得好，我都没听过。"他哪知道根本就没有这么一段儿！舍命王编到任堂惠在生死关头，眼看性命难保，突然来了个十八九的小丫鬟救了他的命。说到这舍命王一看墙上的表到了时间，啪！一拍醒木："到此结束，明天咱再接演！"

平日舍命王说一场书，气不长出，面不改色。今天一下场是一身汗水。金霞早准备好一盆热水和毛巾，说："今天可吓坏我了，你还真能'篡弄'。"舍命王叹了一口气："别说了，我把师傅的好书糟践了，这叫被逼无奈。人都得有口气，奉天的那些人用行规压师傅，就是不让我得到这部书，我今天真要改了书，正让他们看笑话。不管好坏，明天还得接着'篡弄'。"郭金霞见舍命王全部心血都放在说书上，她也能理解舍命王的心思。说："可惜我也没听师傅说过这部书，明天我帮你一块'篡弄'书道子。"

郭金霞是一片好意，没想第二天两个人一块"篡弄"书道，说着说着闹僵了。本来心思一样，不能再像昨天那样信口开河，时间虽然短，应该尽量把书道子安排得合情合理，还要让听众听着新鲜。昨天晚上说到小丫鬟救了任堂惠，往下书怎么续呢？依舍命王的主意，任堂惠扬长而去，闯荡江湖。金霞不干："那哪儿行呀！好容易出了个女角儿，十八九岁的丫鬟能救了英雄，这里有书，不能跳过去。应该让小丫鬟和任堂惠订下终身之好。"其实，这是姑娘自己闹情绪。心里说：我为咱俩的事儿忙活了这些天，你一点不知道？我明白你心气儿都在书里，我不忍心打搅你，可你也不能一点不琢磨。金霞的心意舍命王还不知道，一劲儿按着书理推。他愿意把任堂惠说成一位侠肝义胆的壮士。舍命王说："你的主意不行，还得按我的书道子走。任堂惠志在四方，只能到处闯，遇到重重风险，这书才能有扣子。"金霞不服："你听我的没错，就得让任堂惠跟小丫鬟成亲。"舍命王听着不耐烦："任堂惠是英雄，又是书胆，你总想给他找个小丫鬟干什么？这里没书可说呀！"郭金霞来气了："英雄怎么啦？书胆就不能说亲啦？罗成招亲有没有？薛丁山招亲有没有？岳雷招亲有没有？杨七郎配杜金娥，杨宗保配穆桂英，郑子明配陶三春……你说书从那个门儿跳到这个门儿，哪个师傅告诉你英雄无情？你说这段儿没书可说，我看正是好地方。你想一个十八九岁的姑娘敢舍死忘生救任堂惠的性命，她和他是患难知己，两个人应当心心相印。再说细点儿，你的书说到深夜里小丫鬟救了英雄以后，双双躲在背人之处，风摇树影，月华如轮。要按实情说，两个人怎么能没情没意哪？成了英雄就没有七情六欲？你说书的应该成人之美，听书的也愿意听大团圆的书。"舍命王听到这儿乐了："嘿，大师姐还真能掰扯，不怪唱那么多年西河调，你的心想得比我细致。可是书说到最后，任堂惠要替杨六郎一死，到时候任堂惠死了这小丫鬟怎么办？这部书不能大团圆！"金霞姑娘听了没有说话，两眼看着舍命王，停了会儿用低沉的声音说："你放心，任堂惠就是一死，那个小丫鬟也绝对不会后悔。当初她既然能有勇气救任堂惠，就是个聪明人，她心里全都想好了。生在这乱世之中，这个年轻的小丫鬟这辈子图的是什么？人生得一知己足矣。她既然爱上英雄自然她舍得一切。说来说去这无非是一个'情'字，这片情高似泰山，深如东海。要我说任堂惠往后一个人闯，无论如何比不上两个强。有两个人知冷知热，才能共同经受人间的磨难，这样你说不好吗？"金霞姑娘话里带话，从眼神儿到话音儿，舍命王的心里全明白了，这哪是"篡弄"书道子，她分明是在借题发挥！舍命王是个聪明人，这些日子他已经感觉到金霞对他的心意。可是想不到今天姑娘把爱情表露得这么直接，这么热烈。人非草木，岂能无情。自打海滩上出了事，春喜告诉他金霞为他四处奔走，他嘴里没说什么，心里却很热乎。春喜出来进去总念叨"师姑好，师姑好"。舍命王也看出金霞不但性情泼辣，敢做敢当，而且心细知道体贴人。舍命王今年三十八岁了，他有时候也想成个家，能找到个志同道合的伴侣，不但能和自己在一起切磋艺术，春喜这孩子也有了人照顾。他都没敢想呀，比他小十几岁的金霞姑娘今天主动把话儿递给了他。别看他三十好几，这事儿还是第一次遇到，脸还有点发烧。金霞把话茬儿撂到这儿，含情脉脉地等着舍命王回话儿。这当儿舍命王心里真像翻江倒海一样，只要他说出一句知音的话，这两个人一生就能结合在一起。可是此时，舍命王脑海里有两个念头搅和在一起，他告诫自己：不行！我不能答应。一来我比金霞大十好几岁，年纪不般配。二来，我这人就长了一股肠子，这一辈子只惦记着说书，往后我走的路一定是磕磕绊绊不会顺当。人家姑娘又年轻又善良，她本当过太平的好日子，我何必拉着她一块受罪。这第三——也是最重要的，就算我们俩到了一起，行规不允，书界不容。多少年传下来的行规太压人了，我是白胜杰的弟子，她是李平安的徒弟，就因为我要拜李老先生为师乱了门户，结果遭到同行同界的不满，逼得师傅远走高飞，躲避到阴山背后。我要和金霞成了夫妻，这一辈子就别想再说书了！舍命王想到这些，他像喝醉了酒一样心慌意乱。他想避开姑娘躲出去，好好想一想，但又怕让金霞受窘难为情，最后只说了一句："咱书先编到这儿，我自己找个清静地方琢磨琢磨再说。"

　　舍命王一个人走在大连街头，什么来往行人车辆，什么两旁铺户买卖，他什么都看不见了。脑子里好像有两个小人儿打架，闹得脑浆子生疼。三十八岁的人了，爱情忽然来到了身边，他不忍心一手推开，可是答应了金霞，将来给姑娘招来一辈子的苦恼又怎么办？他心里翻来覆去冥思苦想，一直到天黑。本来想好好想想书道子，可是静不下心来。一看天色不早，赶紧奔书场去说书。

再说金霞姑娘，这一天心里总是热乎乎的。她看出自己把话一挑明，舍命王那种心动神摇的样子，她心里不住暗喜。金霞想：凭着自己的年纪、人品，再加上我一片诚意，舍命王无论如何也不会拒绝。白天她高高兴兴说了一场书，吃了口饭就奔了舍命王的书场。这时候舍命王已经开了书。姑娘不好意思在场里听书。悄悄地躲进书场的后屋，一个人侧耳听着场里的动静。舍命王的声音她听不真切，可是能听到听众一阵阵的笑声，肯定效果不错。金霞美滋滋的，今天的书是她和舍命王共同创作，包括了她的心意。头一段书下来以后，春喜打完钱喜洋洋地钻进了后屋："师姑，您怎么不到场子里听听？今天任堂惠和小丫鬟的书真有意思！您跟我师傅编的书真好……""去，去！这里哪有我的事儿，那全是你师傅'篡弄'出来的。"

金霞姑娘听了春喜报信，心里更是高兴。暗想今天的书听众欢迎，明天我还帮他一块研究书道子。第二段书刚完，春喜又来报信："师姑，这段书比上回更好。任堂惠真是英雄，了不起！小丫鬟非要跟他不可，他一甩手扬长而去，要走遍海角天涯！""啊！"金霞一愣：哟！这书怎么说的？上午研究得好好的，他怎么全翻过来了？不行，我得到场子里去听听。

金霞悄悄地坐在场子的后面，听舍命王的第三段书。场子里鸦雀无声，书座儿们都被台上的书所吸引。别看这书是现编现演，可舍命王说得情真意切。小丫鬟爱英雄一片真心，可任堂惠不能答应。舍命王说到这情节止不住泪花闪闪。此时此刻此情此景，他就是任堂惠！按说书艺人话说，他把书真披到身上了！照现在现代艺术规律来讲，他进入了角色。他借着任堂惠之口，述说自己心头难言之隐："大姐，你对我有救命之情，我任堂惠永生不忘。只是我立志云游天涯，要求名师、访高友，在这乱世之中为大宋朝干一番事业，报效黎民百姓。我怎忍心让大姐受我连累。大姐请多多保重，你我就此分手了吧！"金霞听着很别扭。舍命王在台上一眼看见了金霞姑娘，暗暗一狠心，一不做，二不休，不如今天把话说明，免得我们两个日后都苦恼。想着他在书后面又加上了几句："任堂惠扬长而去，这位丫鬟一看心里十分悲伤，看来我们俩难以成双成对。这丫鬟一狠心就碰死在路旁！"金霞心里这个气呀！暗说：你不同意不要紧，你别把丫鬟给说死呀！这姑娘一赌气，起身走出书场！

郭金霞回家以后，委委屈屈躺在床上一夜未睡。想自己真是苦命，父母双亡，师傅离去，舍命王又如此冷淡。这一夜里她把舍命王的处境想了一番，暗埋怨：天鳌呀，你何必顾虑那么多，行规再厉害，还能把人吃了？咱们光明正大，闲言碎语有什么可怕？你无家无业，我是孤身一人，如果大连待不住，也没什么可留恋的。你能走到天涯，我能跟到海角，中国这么大地盘，真的就没咱俩说书作艺的一块地方？咱俩的事，成也得成，不成也得成！

第二天一早，金霞去找舍命王。心里说：今天我不跟你绕脖子了，咱直来直去，我把话都跟你说尽。进屋一看，舍命王不在，只有春喜在家。"你师傅哪？""天亮就出去了。他说找个清静地方去琢磨书道子。"金霞想：你别琢磨了，把咱俩的事定下来再说。"他上哪儿去啦？""没说。他怕……"孩子不说了。"他怕什么？""他说怕你跟着一块搅和。"金霞心里生气："不行，他怕搅和我非搅和他不可！走，跟师姑我找他去。"小春喜见金霞一生气，心里明白姑娘的心事。这孩子自打金霞教他要师娘时候起，就满心希望金霞能和舍命王成为夫妻。忙说："好。您别急，咱一块去找！"

两个人刚一迈门槛儿，就见一辆小汽车"嗞嘎"一声，停到了门口儿！这娘儿俩很纳闷：这地方是贫苦地带，平时不来汽车。只见车门一开，钻出两个便衣特务。紧跟着下来一个人，身材墩墩实实，西装革履大分头，还戴着墨镜，拄着文明棍。这人一下车，金霞和春喜都不由得心里一颤！这个人走到他俩跟前把文明棍往地上一杵，"嘿嘿嘿……"假惺惺地一笑："难得你们俩都在这儿，还认得我吗？"说着他把墨镜一摘，金霞、春喜一愣！这人是谁呀？大疤瘌——黄奎！

第九回

别亲人深情难诉
遭残害怒海翻腾

大疤瘌黄奎突然出现，金霞和春喜又惊又恨。春喜本以为大疤瘌被孙旅长处死，没想到这家伙不仅还活着，看样子有权有势更加耀武扬威。大疤瘌对春喜假亲假热："春喜，你走怎么不跟我说一声？这两个月我很惦记着你。你师傅舍命王哪？"春喜没有好气地说："出去了，不在！""到哪儿去了？""不知道。"大疤瘌不急不火："你这孩子还是那么倔。我到大连几天了，在书场里见到了你师傅的报子，我想来看看他。你师傅临离抚顺，跟我要了个心眼儿，闹得很别扭。我不怪罪他。那孙旅长算个什么东西？不瞒你们说，日本人根本就看不上他，他那个警察署长到底让我整掉了。看见没？我现在成了皇军器重的人啦！"说着他回身盯视着金霞姑娘："嘀！三年没见，金霞姑娘更出息了！今天能见面，真是有缘千里得相会。请你告诉舍命王一句要紧的话，别看他对我不讲交情，我一直拿他当好朋友。这不，我又给他应了一场堂会，这可是个好买卖。告诉他今晚上在这等我，我接他到船上说书。"说完他大摇大摆走到汽车门前，两个便衣尾随在后，对开车的司机说了一句："回码头！"这汽车鸣的一声开走了。

金霞和春喜站在门前，大眼瞪小眼愣有半晌，谁也说不出话来。今天大疤痢一露面儿，好像一块乌云从头顶上压下来，让人喘不出气。金霞清楚地知道，往常上场说书、下台"纂弄"书道子那样安定的日子，全告结束了。大疤痢是他们共同的仇人，尤其是舍命王在抚顺整了这个恶棍，大疤痢绝不会善罢甘休。今天他是来者不善，善者不来。别看他满脸堆笑，让舍命王今晚到船上说书必有暗算。金霞想着一拉春喜："别愣住了，快找你师傅商量怎么办吧！"

两个人风风火火找了几处，仍不见舍命王的身影。舍命王为晚上说书，一个人找地方去琢磨书道子，谁能知道他躲在哪里？此时金霞心急如火。她想事关紧急，一时找不到天鳌，拖到晚上就什么都来不及了！我必须想办法摸清大疤痢让他上船说书，究竟是什么打算。她忙叫："春喜！你先自己去找，找到让他暂时到我的住处。我去求人打听一下大疤痢想要干什么。"她求谁去打听哪？听大疤痢说是上船说书，又让汽车司机开车回码头……姑娘想来想去还得去找那个在海关做事的罗先生。金霞支走春喜，雇了一辆三轮车，直奔海关大楼。

虽然是二月的天气，金霞姑娘却急得满头汗。来到海关大楼门前，她下车擦去头上的汗水，理了理头上的乱发。她心里明白，这次找罗先生不同上一次，可事到临头也只好硬着头皮去见。果然一进办公室，罗先生说话不阴不阳："哟，金霞姑娘又来了？上次求我要的那人回去了吧？我从中费了不少的劲儿啊！姑娘，请人办事不容易，怎么事办完以后连个谢字都没有啊？"金霞姑娘平时说话很有口才，可到这时候，只能认错道歉："罗先生，恕我年轻不懂理。本来是想当面登门拜谢，我这两天……"罗先生摆手拦住金霞的话："姑娘，我可是需要你重重地谢我呀！"他嘴里说着，翻着眼珠从眼镜后边盯住金霞。这种眼神金霞实在受不了，但是她强忍着气央求："罗先生，我今天来还给您添麻烦，还是为您上次救的那个人，求您再拉他一把。"罗先生嘿嘿冷笑起来："他不过是个码头上的苦力，你为什么三番两次对他这样费力？"金霞不理他的话茬儿，只顾说明自己的来意："罗先生，我知道您在海关树大根深，消息灵通。我想求您打听一下，前几天有个从抚顺来的黄奎，脸上有疤痢。他让您救过的那个王天鳌到船上去说书，这里到底是怎么回事？罗先生，时间紧急，我郭金霞就全指着您了，您千万给我打听清楚。"罗先生见金霞神色惊慌，两眼含泪，还假惺惺地安慰姑娘："遇事别急，我尽量给你打听。如果我真帮上了忙，你……？"金霞斩钉截铁地说："我一定重谢！"

郭金霞回家等候罗先生的消息。在这一天里，金霞心神不安，坐卧不宁。春喜找舍命王一去不回；罗先生嘴里答应替她查明情况，却迟迟听不到消息。直到天傍晚的时候，金霞在罗先生回家的路上把他堵住："罗先生，我托您问的事怎么样啦？"罗先生赶紧摆了摆手，说："小点声。"他把金霞带到胡同口里才说："郭小姐，您问的事我已经打听过。叫黄奎的那个人是抚顺警察署的人，他这次来很有背景。至于今天晚上的事……郭小姐你不必打听了。"金霞哪肯放过："罗先生，您做做好事吧，这件事无论如何我得知道。"姓罗的说："郭小姐，你只是个唱大鼓的，这事你不能管，它牵扯到政局的事。嘿嘿……"金霞听他说话的味儿很讨厌，却被逼无奈把心一狠，暗想：反正我跟定了舍命王，大连是再待不下去了，不管怎么说我得把真情问明。她满脸通红地说："罗先生，您在危难时能帮我一次忙，往后……我郭金霞怎会知恩不报，我的意思您还不明白吗？"姓罗的一听这话眉开眼笑："好！有你这一句话，我可以全告诉你。这件事只有我罗某人才知底细。从日本东京秘密来了一个大员，在咱大连召集'满洲国'的特工，以及上海、青岛、宁波、福州为日本暗中做事的人开会，为了保密，地点就选在码头船上。你问的黄奎也是参加这次活动的人，他特意献计晚上找艺人说书，以掩人耳目。不过这个说书人可以上船，恐怕就下不来啦。金霞呀，这可是皇军的秘密，我劝你别管闲事。往后……"

郭金霞听罢，暗恨大疤瘌用心歹毒，舍命王上了这条日本特务船，必然是死路一条。看现在夕阳落山，时间紧迫，她顾不得再与姓罗的说什么，转身往回就跑！姑娘上气不接下气跑到舍命王的住地，舍命王还没回来。她找到了春喜，拉起孩子的手直奔书场。跑在路上她把事情对春喜说了几句："上了那条船就活不了。"两个人跑到书场全都吃了一惊！白天见到的那辆汽车又停到了书场的门前。他们进了书场，就见后屋站着两个便衣把门堵住。从屋里传出舍命王和大疤瘌说话的声音。金霞浑身发软，若不是扶住春喜就会摔倒在地上。姑娘想跑前跑后晚了一步，现在全完了……

后屋里大疤瘌正在与舍命王套交情。舍命王刚到书场准备开书，突然见到了大疤瘌，心里也是吃了一惊。他知道大疤瘌跟自己有仇，让上船说书绝不能依从。大疤瘌还假意相劝，他心里说：你王天鳌在抚顺的堂会上整我，今天我要借着日本的势力，在堂会上要你的命！这家伙一肚子坏水，满嘴的天官赐福："天鳌啊，看样子你跟哥哥有点戒心，要我说咱是不打不交。大人不见小人怪，过去的事一笔勾销。今天这堂会可是个阔差事，不同上船慰劳华工。说一晚上书能拿半月的钱。"舍命王想：任你花言巧语，我绝不能跟你上船。可是身在矮檐下，怎能不低头，何况大疤瘌身边还跟着个肩戴满金满线的日本人。舍命王忍着气压着火说："黄先生，您是抬爱我，这美意我心领了。天鳌我才疏学浅重任难当,您另请高明吧!"没等大疤瘌说话,那个日本官儿烦了:"什么的干活? 说书的快快开路的!"说着跟大疤瘌一前一后,伸手就要拉舍命王。舍命王一看这阵势,要动武是怎么着? 我豁出死也不上你大疤瘌圈套儿,实在不行我就得拼啦! 就在这个节骨眼儿上,屋外有人喊了一声:"黄先生! 今天晚上说书我去行吗?"那个日本官儿一愣:"什么人的? 进来的说话。"郭金霞一撩门帘儿走进屋内。

到这个时候,郭金霞已经豁出去了,在这千钧一发之际她要替舍命王上船说书。进屋来她向日本人和大疤瘌施礼:"太君、黄先生,既有这样的好生意,王天鳌先生不能去,我替他顶一场行不行?"大疤瘌没想到郭金霞会赶到这里,他刚要往外轰,那个日本人问了一句:"你的什么的干活?"金霞大大方方地说:"太君,我也是说书的,还会唱。上堂会唱单段儿我不比王先生差。"日本人乐了:"啊,花姑娘唱得好,王的不要了,你的去!"大疤瘌想,我给舍命王做的圈套,你郭金霞干吗往里跳? 他对日本人说:"太君,还是王先生……"日本人一摆脑袋:"统统一样的。船上娱乐的快要开始,花姑娘的去!"舍命王又急又气,憋出句抱怨话:"金霞,你逞什么能?!"从金霞屋外一搭话,舍命王的火儿就不打一处来。暗想,现在是你搭茬儿的时候吗? 你个姑娘家的上船给日本人做堂会有什么好处? 你不知道大疤瘌是个什么东西吗? 不说我与他的仇恨,你自己的父亲怎么被他所害就忘了吗? 郭金霞听出舍命王不满意,轻声劝道:"天鳌,这场买卖你就让给我吧,咱们俩谁跟谁?!"舍命王没理她。姑娘走到舍命王跟前,她有一肚子话要说,可又不敢把话说明:"天鳌,我应这场堂会你别生气,我不是为自己赚钱,我真想贴补贴补春喜。"金霞说到这把话儿放慢,语音儿里带着一片深情:"春喜是你的徒弟,我看他就像你亲生的儿子;我也把他当作亲人。孩子十五六了,连套像样的衣服都没有,我看着心疼;往后这孩子一天比一天大,我愿让他过好日子……为孩子吃点苦楚难道不应该吗?"姑娘这样说,一半是糊弄舍命王,一半也是情不自禁地嘱咐他。郭金霞真心实意地喜欢春喜,她愿意做春喜的师娘,像妈妈一样疼孩子、照顾孩子。她今天特意说出这句话;就是为了留下对孩子今后的期望和祝福。可是舍命王此时没能听出这些,还气得把脸一扭,心说:有志气不赚这钱花!

这当儿那个日本人哇啦哇啦直催:"快快开路开路的!"金霞要走,可舍命王赌气扭着脸不送她。姑娘心里实在难受,她知道这一去是生离死别,在这最后的一刻,舍命王要是不看看自己,往后就再也见不着了。她对日本人说声:"太君别急,既然让我去出堂会,咱就得正正经经当回事,您容我化化妆打扮打扮,准备一下再走。"姑娘从手提包里取出随身带的化妆用品,还特意拿出一面小圆镜子。这镜子是她在买龙凤帖时候偷着买的,镜子的背面儿还有一个大红囍字。她拿起眉笔细细地描了描眉，又把小镜子递给了舍命王："帮帮忙，你替我拿着点儿。"

舍命王接过镜子，心里说你还真当回事做。还是扭着脸不理她。金霞有点着急了："你这人怎么心不在焉呀？把镜子拿近点儿，再近点儿……你看我这妆化得——好看吗？"姑娘说到这句的时候，声音都有些发颤。她从舍命王拿的镜子里照着自己的面容，她多么希望把自己的面容长久留在这面镜子上，让舍命王带在身边。她望着镜子就想起自己过去的这二十几年，在别的姑娘最讲自尊心、最知道害羞的时候，她拿起小筐箩下场向人家去求钱；在别的姑娘受亲人疼爱的年纪里，她却为自己抽白面儿的父亲送了终；今天是她走到生命最后一步，才觉出哪怕是漫天风雪的人世间，还有那么多东西使人留恋。到现在她心里最悔恨一件事，就是自己没把爱情直接对舍命王说出来。自己的心上人就在眼前，可是她没有机会再说了……

郭金霞冲日本人和大疤瘌说声："走吧！"又回头嘱咐了舍命王一句："你把那小镜子收好。"舍命王眼看着金霞随那几人出了书场，他又堵心又生气，"啪"的一声，把那面小镜子摔了个粉碎！春喜从外边跑进屋，"哇"的一声大哭起来："师傅啊！你不能让我师姑走哇！"舍命王见春喜哭得伤心至极，问孩子："你怎么啦？"春喜心疼地捡着地上镜片，把在路上金霞告诉他的事全说出来，哭着说："我师姑这一去回不来啦！"此刻，舍命王站在那里如同木雕泥塑一样。春喜把碎镜片用手绢儿包好，递到舍命王跟前："师傅，我师姑对您的一片心意您还不明白？连我都看出来了，她真心愿做我的师娘啊！"舍命王连一句话也说不出来，双手颤颤抖抖接过小手绢儿包揣在怀里，一把拉起春喜向外追去！

师徒赶到码头，见码头上停泊着几只大船，但不知金霞被带到了哪条船上。两个人刚想靠前问问，过来两个便衣特务："走，走，走！远点去！"舍命王心急如焚，泪流满面。巧，正在这时，有人喊了声："老王！"谁呀？正是前几天跟舍命王一块卸海货的魏田亮。小伙子见舍命王满脸是泪，非常同情："王大哥，您有什么难事？"舍命王难过得说不出话来，春喜流着泪说："大叔，就是前几天跟我一起找您的那个姑娘，那是我师姑。她今晚被日本人带到哪一只大船上还不知道，我师傅快要急疯了！"小伙子朝码头上看了看，今儿是警戒森严不同往日。他看舍命王那难过的样子，长长出了口气："咳！这年头好人总倒霉呀！我去找几个兄弟替你们打听打听。"

魏田亮走后，舍命王和春喜一直在码头转悠到半夜，一点消息没有。金霞姑娘到底怎么样哪？她被大疤瘌带到船上，根本就没有说书，被关进一间小舱房里。日本人找说书的不过是为掩人耳目。对外说船上在娱乐，实际在开秘密会议。到了深夜，大疤瘌拎着文明棍儿溜进舱房。这黄奎露出一副魔鬼的面目：

"郭金霞，你上了皇军的船就下不去了。这也是命里注定，现在你是死路一条。你要想活命的话，当着黄大爷说一句软话，我兴许一高兴救救你。"他哪知道金霞已经横下一条心，早把生死置之度外。姑娘不慌不忙地说："你让我说一句软话。好，你听着……"突然姑娘豁出命地高声怒骂："黄奎！你是个无耻的汉奸！你傍虎吃食，你认贼作父，你坑害了多少人，今天我替我死去的父亲、替春喜的父母、替所有被你欺压的艺人出一口气——你不得好死！有朝一日中国人赶走日本鬼子，你这个狗汉奸千人唾、万人骂，连猪狗不如！"大疤瘌气得咬牙切齿，他又怕姑娘再喊，举起文明棍把金霞姑娘打昏过去。

日本人本来就想把金霞处死，大疤瘌带着汉奸队把姑娘手脚捆住，将嘴堵严，装进一条麻袋里，投进了海底。这一天正是二月初四，漫天漆黑，天上连一颗星星都没有。金霞姑娘就这样壮烈地死去，海浪吞没了她的尸体，真是冤沉海底！

大疤瘌只说做得神鬼不知，哪知道这情景被几个人看见了。魏田亮为了帮助舍命王摸清金霞的情况，邀了几位知心的朋友。几个小伙子借着黑夜，划着一条小舢板出海，靠拢在大船的附近。直到深夜，看到甲板上有几个人晃着手电筒，把一个鼓鼓囊囊的大麻袋投进了大海。

魏田亮和几个朋友划着舢板回到岸上，舍命王师徒俩还在海边站着，听魏田亮说罢所见情景，师徒二人泪如雨下。舍命王面对茫茫大海呼唤着金霞的名字："金霞呀金霞，你是为我而死，你死得刚烈，你死得好惨！"他一边哭着回想金霞临别之际对他说的每一句话，他用颤抖的手掏出被他摔碎的镜子，捧到眼前细看，仿佛金霞的面孔出现在眼前。他在心里默默地说："金霞呀金霞，你对我一片真心，我永记心头。咱们在台上说书，说了多少回破镜重圆的故事，可是咱们却是破镜永远不能重圆了……你放心吧，这面镜子是摔碎了，它伴随我走遍天涯，它紧贴在我的心头，我心里除了你不会再有第二个人。你临走前告诉我照顾春喜，你放心，从今天起，春喜就是我亲生的儿子。我把他带大，我要细心给他传艺，让他能成为有出息的好艺人！金霞呀，你虽然替我一死，大疤瘌并不会善罢甘休，我们爷俩此刻仍在危险之中。我们就要远奔他乡，往后的步子一定更会艰难。不管怎么样，总有一天我舍命王会为你报仇雪恨！"

到此时，春喜双膝跪倒沙滩，面对大海，声声呼唤："师娘，我们走啦！"就在这个漆黑的夜晚，舍命王带着春喜离开了大连。

第十回

会沈盈欢中加喜
见秋雯愁里含悲

　　舍命王带春喜离开大连，从此他们的去向不知，下落不明，整整过了十二个年头。在这些年里，这师徒二人跋山涉水流浪作艺，从来没到大城市，净在小城、小镇、山村、古庙说书。到一九四四年年初，这师徒到了离奉天只有几十里路的小镇——苏家屯。此时舍命王已年满半百，两鬓斑白，春喜成了二十七八的小伙子。在这十几年里，舍命王满腔心血地教徒弟，带春喜四处奔走，使孩子大开眼界，在生活上他是又当爹又当娘。春喜这小伙子也非常用心，学了不少能耐，把舍命王的说书技艺全部继承下来。他不但有当年舍命王说书的泼劲儿，而且因为他阅历丰富，书说得还有深沉劲儿。他们到苏家屯以后，舍命王又收了两个小徒弟，一个叫春欢，一个叫春笑。这师徒四人的生意很好，这十几年里舍命王和春喜专说评书了，如今师徒每天说两场书，书场里越来越火爆。尤其是进了腊月，四周农村里不少人都赶来听书，这要到正月生意就会更加兴旺。可是舍命王决定下一节不说了。春喜挺纳闷："师傅，这块'地'挺好，又很赚钱，怎么还要开穴①？"舍命王语重心长地说："孩子，这地方是不错，可咱不能只图惜多赚几个钱。下一步开穴你知道上哪儿吗？去奉天。这也是我十几年的心愿。你死去的金霞师姑让我把你带大，教你学能耐，现在我看你有了本事该闯闯啦！常说人外有人，天外有天。奉天是个大邦之地，说书艺人大聚会。各门各户都有擅长的东西，你光跟我学，一个人能有多大的见识？师傅带你到奉天去标名挂号！"

　　春喜听师傅一说心里很感动，又有一点胆怯："师傅，奉天咱不能去。您忘了，您是白胜杰师爷的徒弟，跟奉天的说书艺人有过节儿。当年我李平安师爷不就因为给您传艺，生生被奉天的几个师弟给逼走了吗？"

　　舍命王说："这些我也想过了，隔门儿如隔山啊！在奉天说书的有四大家：张家、李家、陈家、赫家。不管他们哪家对我怎样冷淡，我不在乎。你不能打我的旗号，就报你父亲的名字。"

　　就这样师徒四人，雇了一辆胶轮大车，到了奉天南站住进了客店。舍命王领着春喜到南站一家书场，去找一位叫陈平海的。在路上舍命王嘱咐春喜："孩

_____
① 开穴：指江湖艺人选择一个新的卖艺的场所。

子，到奉天就仗着你自己闯荡了。这位陈平海先生虽然年纪不太大，可是在咱这行里是大辈儿，非找他不可。我不能见他，十几年前给李平安师傅写信的头一个就是他。一会儿你见了他，一提你父亲的'蔓儿'，陈先生就会帮你打块地。你去吧，我在门外等你。"

春喜进书场见陈先生一报自己父亲的名字，陈先生想了想："你是叶永昌的儿子，叫叶春喜……你跟我说瞎话了吧？""没有啊。"陈先生把脸一沉："你不老实，既然你来拜门儿，为什么跟我要心眼儿？你光说你爸爸的名儿，为什么不提你师傅？你当我不知道舍命王？"春喜心里一哆嗦！心里说：坏了，人家看出来了。陈先生说："你要想在奉天打块'地'说书，光求我也没用，我得跟那几家说说，我别惹出什么麻烦。既然你们来了，别藏着躲着，明天还是这个时候，叫舍命王也到这来，跟我们都见见。"

春喜出门跟舍命王一学说，听陈先生的话音儿这事儿要麻烦！舍命王想：为了孩子我受点气也得忍着。第二天，爷儿四个恭恭敬敬来到了南站书场。进屋一看，坐着五六位在奉天有名的说书前辈。舍命王带着仨徒弟按辈数儿挨个儿施礼。陈先生绷着脸儿数落起舍命王："按说你也是个老跑'海腿儿'的，遇事让个孩子出头，还教他说瞎话糊弄我，你眼里还有我们这些人吗？"舍命王紧着赔礼："师叔，您说得对，全怪我。"陈先生也不理他，只顾叨唠自己的："再说，大正月的哪儿还有空'地'？想要到这上'地'说书早来信呀，你干了这么多年，不懂这生意道儿吗？这样吧，从明天起你就在南站接我这块'地'说书吧！"舍命王一愣，旁边又有一位先生说："陈师兄，你这块地有点'掉'，没您这'蔓儿'怕上不住。干脆让天鳌接我那块'地'，我让给他。"又一位说："你那块'地'是正，场子太小，还是上我那块地去吧！"在座的几位纷纷让地，陈先生哈哈大笑："你们都别让了，我早想好，咱奉天最好的地还是数城里的大书馆，就是赫先生上的那块'地'……"话音未落，赫先生站起来爽快地说："明儿我的'地'就让，请天鳌开书！"

舍命王又感动又纳闷儿，暗说：奉天这伙说书的怎么脾气没准儿呀？当初门户之见那么厉害，如今怎么全忘了？其实他哪知道，在这十几年里由于时代的进展，社会上有些古老的习俗逐渐在改变。尤其是日伪统治以后，民族矛盾加深，艺人之间那些行规界线也被打破不少。就说去年，日本鬼子以政治犯名义抓了几个说书艺人，其中就有陈平海先生。在奉天的一些说书艺人，为了营救遇难的同行举行义演。日本鬼子抓人不分艺人是梅、清、胡、赵哪门哪户的人，这一来各门户的艺人反倒联合到了一起。再加上舍命王在抚顺、大连所经历的事早已流传到奉天，当地艺人对他都很敬佩。舍命王十几年没露面儿，如今大家对他非常地热情。

赫先生带着舍命王师徒来到城里大书馆。这家茶社地处繁华的商业区，书台上布置得十分雅致。场子里墙壁四白落地，桌面都漆得锃明瓦亮！舍命王说了这么多年书，还没有遇到过这样好的书馆。舍命王带着徒弟一连几天挨门拜访，到当地一些著名说书艺人家里去求教。不论在北市场、沙子沟、铁西各处的说书艺人，都在场上为舍命王热心铺垫：诸位想听好书吗？咱奉天来了一位名将，号称舍命王，在城里大书馆登台献艺，请众位去捧捧场。"

这天到了舍命王师徒开书的日子，就像唱戏的打炮一样，书座儿们早把场子坐满。屋里屋外贴着大红报子，写着醒目的字样：舍命王说演《杨家将》。在奉天说书的艺人赶来不少，特意为舍命王来壮台助威。此时舍命王心里很激动，万没想到在奉天会有这样热烈的场面。他走到陈平海先生跟前先是道谢一番，又说："师叔，这场子人实在难得，这么好的机会我想让春喜练练买卖儿。这孩子功夫不错，就是没上过这样大的台面儿。我哪，都五十的人了！咱艺人的指望不都在年轻人身上吗？"陈先生一听很赞成："好！是得拉扯拉扯年轻人。"旁边有人说："报子都贴是舍命王……"陈先生说："那好办。拿笔来！"陈平海先生在"舍命王"仨字的前边给加上一个"小"字。

舍命王坐在台下听着自己的徒弟"小舍命王"——叶春喜说书。要说春喜也真给师傅争气，这场书说下来，同行们和书座儿都听得点头咂嘴儿，就连那些著名的说书艺人也是赞不绝口。春喜说书不仅有舍命王的气质，在场上口似爆豆，声贯全场，而且能听得出来有老一辈缺少的一种新意。

春喜在奉天一炮打响，舍命王高兴得一夜没有合眼。从此春喜越来越红，场场高朋满座。他不仅在茶社说书，还被请到电台播送。舍命王自己虽然很少说书，心里从来没有这样痛快过。不但他高兴，当地的老艺人也非常疼爱春喜，都把他看成是书界难得的人才。

一些老前辈不仅在艺术上关心春喜，还惦记着给他说门亲事。陈平海与赫先生几次见舍命王都提起此事。所介绍的无外乎是本行一些唱大鼓的姑娘，舍命王一一道谢，可都没点头。他有自己的打算，他想自己这一辈子受尽欺辱，颠沛流离，没有得到过家庭的温暖。自从郭金霞被害以后，他把全部心血和感情都寄托在春喜的身上。到现在春喜在台上能立住了，应该给他找一个最好的姑娘，让他们过上和自己不同的生活。提亲的这么多他没点头，为什么哪？他心里隐隐约约看好了一个姑娘。这姑娘称得上又漂亮又贤惠，还识文断字。可是他又担心门不当户不对，不好和人家当面提起，为这事舍命王还犯了愁啦！

这姑娘是谁呀？是一个教私塾的教员，名字叫沈盈。姑娘的一个学生和舍命王住同院，这家人很穷，连学费都交不起。沈盈经常到孩子家来补课。一来二去，舍命王感觉这姑娘不仅漂亮，而且心地善良。舍命王主动和她闲谈，发现姑娘的知识还很渊博。当时在伪"满洲国"的一些教书的老师，光知道教日语、唱洋歌。可这姑娘悄悄谈咱中国的历史，有些见解舍命王非常佩服。舍命王动心了：这么好的姑娘，要能跟了我们春喜该多好。可是我们说书的被人看成下九流，人家姑娘能看得上吗？恐怕这事成不了……可他又不死心。那天看人家姑娘又到这院儿来，舍命王身不由己地凑过去，跟人家搭话："沈老师，您真是热心教育孩子。沈老师您那个……"他不知说什么好了。好在姑娘很懂礼貌，等他想词儿。舍命王接着说："您是通文墨的人，不像我们春喜，别看他在电台上哇啦哇啦播送，其实他会的那东西，都是从老辈儿口传心授来的。上回我听您讲历史，才知道春喜说的好多地方不准……"姑娘说："您可别这么说，您徒弟说书那是艺术，我听叶先生说得很好。我们学堂的孩子总念叨他说的杨六郎发配、佘太君出征。"哟！舍命王一听姑娘还懂杨家将，乐得眉开眼笑："沈老师，您别总夸他，他有什么毛病，请您到我家当面给他提提……"他的意思就是让俩人见见面儿。姑娘脸一红，转身走了。舍命王当时还纳闷儿：她怎么走啦？后来一咂摸滋味儿，人家不能不走，那不成了相亲啦！

姑娘夸奖了一句春喜，舍命王更不死心了。他想方设法打听沈盈的情况。这姑娘还真没有男朋友。她家是书香门第，姑娘的父亲也很有学问，性格又很刚强。伪"满洲国"时期，在公立学堂教书，明明是中国人不许说中国话，学生进教室先得向日本天皇相片鞠躬。老先生宁可让女儿辞职去教私塾，这样每月收入起码少一多半。老先生本人也不愿搞奴化教育，在家赋闲。舍命王想跟人家搭搭关系，可从来没见过这位老先生，怎么进门儿呢？舍命王想：什么江湖场面儿我都闯过，怎么给徒弟说亲就没招儿啦？他眼珠一转来了主意，上街买了几张宣纸，登门去求老先生写字。

到了沈盈家一看，屋子很窄小，父女俩住在一间斗屋里。沈盈正在批改学生的作业，见舍命王来一愣，忙打招呼。舍命王对沈老先生说："早听说您书法高明，我来登门求您的墨宝。"沈老先生热情接待，挥笔给舍命王题字。舍命王见机会已到就开了书啦："沈先生，您还看得起我们。别人都说我们是下九流，就说我那徒弟春喜，别看能耐不错，说书总满场，还上电台播送，这孩子模样周正，性情厚道，同院住户没说不好的，说书知道卖力气，回家闷头干活儿，二十六七好岁数，心挺细，待人热情，知冷知热……"您听这些话跟人家说得着吗？舍命王又一叹气："咳！可是说门儿亲事总不称心。我们同行给提了几个，我都没答应。我就想攀攀高枝儿，能给孩子找个有知识、通文墨的姑娘。可有人说我们跟那样主门不当、户不对，是武大郎盘杠子——差一截儿！"

舍命王也豁出去了，心想成不成我都得把话说完。沈先生写完字把笔一收，说："王先生，您不愧是位老说书的，真有口才。我这个人虽然读过些书，可说话反倒不会绕弯子。上星期盈盈回来跟我说过您提的那件事儿。您说什么门不当户不对，依我看这年月能找个老实正派的青年人，我们就心满意足了。春喜虽然我没见过，盈盈对他还是有好感的。我不是个老古董，盈盈的婚事让她自己做主。"老先生说到这，旁边的姑娘脸红得抬不起头来。舍命王没想到事情这么顺利，赶忙说："您要说行，今天下午正好春喜在家，我请你们过去咱叙谈叙谈！"

　　当天下午，舍命王在家盛情接待沈家父女。春欢、春笑忙前跑后，跟走马灯似的。买了不少酒菜。不知道为什么春喜没回家。派春笑一打听，原来有一位前辈临时闹病，让春喜去替他顶一场书。舍命王对沈先生说："别看我这孩子有点名气，还愿帮别人忙。他在台上跟我当年一样，有多大力气全使出来，从来不偷懒耍滑。"又过了两个时辰，春喜还没露面儿。舍命王想起来了，到了上电台的时间。打开话匣子，正是春喜的声音。眼看傍黑儿了，沈老先生说："我们先回去吧？"姑娘轻声说了一句："再等会儿，怪不放心的。"就这一句话，舍命王听着那叫舒服！虽然事儿还没定准，姑娘心里已经惦念上春喜啦。谁想天大黑以后，春喜依然没有回家。沈家父女待不住告辞走了。此时，舍命王心里也有些不安，把那父女送到门外，解释说："放心，不会有什么事。我们艺人经常是没早没晚，春喜不定又到哪去出堂会。等明天我让他登门拜访。"

　　送走沈家父女，舍命王带春欢、春笑去找春喜。找了几处，听人说春喜被一个阔少爷找去说堂会，去哪儿不知道。直到第二天春喜也没回来。一连过了一个星期，春喜仍然音信皆无。沈盈姑娘一连来问了几次，舍命王只能想办法安慰姑娘。可是他师徒三人急得日夜不安。

　　春喜到底上哪儿去啦？他遇到了一场飞来横祸。春喜到了奉天每天上电台播送《杨家将》，很多住家儿铺户儿收听影响很大。连那些老说书的都听着春喜说的书新。可惜他们没警觉，这一新就招来了麻烦。春喜自小生长在日寇铁蹄之下，所闻所见民众的灾难都记在心里。他说的杨家将英勇抗击北国辽邦，这部书里就带有浓厚的民族感情。在奉天的汉奸早把他视如眼中钉。那天汉奸假借请堂会把他关押起来，进行了百般折磨。

　　过了一个星期，舍命王起早出门打听消息，天蒙蒙亮，胡同里还没有行人。舍命王一出门差点绊倒，就见门前躺着一个人，昏迷不醒。低头一看：呀！正是春喜，这个年轻力壮的小伙子已经被折磨得奄奄一息。舍命王赶紧叫出春欢、春笑把春喜抬进屋里，师徒三人连声呼唤，春喜眼睛都没睁。足足过了一个时辰，春喜才苏醒过来。他看着鬓发斑白的师傅，强忍着泪水说："师傅您别难过，我这些天被关在宪兵队，我的仇人是日本鬼子和汉奸！"他看了看春欢、春笑，说："师傅为我掏尽了心血，我对不起师傅，往后你们两个替我多孝敬老人家吧。"那师徒三人听着泪水不止，心如刀搅，眼看着春喜慢慢地闭上了眼睛……

舍命王抱着春喜，眼前一片漆黑。春喜一死，他这么多年的心血全完了。到这时他想哭都没有了眼泪。正在此时，只听院里传来姑娘的话音："王大爷在家吗？"舍命王一听沈盈来了，心里更是难过。他怕姑娘看见这悲惨的情景，赶紧迎出门外："沈老师，您来啦？"姑娘一听话音儿不对，怎么老人家对自己这么客气又这么冷淡？再看舍命王脸色十分难看。姑娘感觉出事情不妙，忙问："春喜有消息吗？"说着就要往屋里走。舍命王张手一拦："春喜没消息，承您惦记着。"沈盈又追问了一句："王大爷，刚才您在屋里跟谁说话？"舍命王心像刀扎一样，就在刚才春喜还叫自己师傅，可他临死都不知道，我给他找了这么个好姑娘。舍命王忍住自己的心痛，把沈盈往外送："沈老师，刚才屋里没人。往后您不用再来打听了，春喜这孩子命不好……我想了想，他跟您门不当，户不对……"姑娘走到门口站住了，回过头呆愣愣地打量舍命王。心里已经明白了，老人家这么难过的时候还安慰自己，她心里非常感谢。她毕竟跟春喜没有定亲，没有别的话说。姑娘深深地给舍命王鞠了一躬，说："王大爷您千万保重，往后我……不来了。"

舍命王含悲忍泪把这些年积攒的钱点了点，留下一部分给春喜办后事，余下的让春欢全部送到沈先生家去。让徒弟跟人家说清楚："不是别的意思，我对不起春喜，这些钱给您，就算我给他办过喜事，了却我当师傅的一片心。"

谁想到奉天的那些黄色小报，趁机大做文章。为了替汉奸掩饰罪行，在小报上接二连三发表造谣文章。什么"日演五场，徒弟喋血……"，什么"舍命王好狠心，把徒弟当成摇钱树，活活累死"，等等。舍命王看了这些报气炸心肺，他不知道害死春喜的是哪一个人，他痛恨这个吃人的黑暗世道！

更使舍命王无法忍受的一件事是：事过半月，突然有一个姑娘气势汹汹找来。这姑娘有十八九岁，看穿戴是个学生。一进院沉着脸问："谁叫王天鳌？"舍命王赶紧迎出去："姑娘，你找我？""对，我找的就是你！"她扬着手里那些报纸："王天鳌！你做了伤天害理的事，不觉得亏心吗？你喝徒弟的血，让徒弟为你卖命，你从叶春喜的身上搜刮了多少钱？你别以为叶春喜无家无业，孤身一人，他一死就断了根儿。告诉你，叶家还有人找你算账！"这没头没脑的话，舍命王听了一时不解："姑娘，别发火，有话慢慢说。请问您是谁呀？"姑娘狠狠地"哼"了一声："要问我，我是叶春喜一母所生的妹妹——叶秋雯！"

第十一回

喜泪中亲人相会
秋风里骨肉分离

一个十八九岁的姑娘来找舍命王算账，她报出自己的姓名，正是春喜的妹妹叶秋雯。叶秋雯为什么到现在才来找哥哥哪？她也有一段曲折的经历。姑娘父母死的时候，才三岁，当然不知道自己的身世。大疤瘌黄奎假充善人把她和春喜收留到身边，又转手把她卖给一家姓魏的。这个姓魏的是个好人，在"四町目"以雕刻琥珀、煤精的手艺为生。这家两口子有一个小男孩叫魏忠，魏家打算将秋雯养大做自己的儿媳妇。两口子对秋雯非常疼爱，当成亲人一样。供魏忠、秋雯上学读书，俩孩子一块长大，相互还真的有了感情。就在头两年，抚顺闹学潮，魏忠出了事，突然下落不明，也有人说看见他被鬼子杀害了。这一下，一家人祸从天降，老两口子日夜痛哭，不到两年相继去世。魏先生临终之前把秋雯的身世告诉她，姑娘才知道自己的父母是说书艺人。秋雯决心去找失散多年的哥哥叶春喜。想找大疤瘌黄奎去打听，哪知道黄奎这些年早不见了。可是听别人说哥哥跟一个叫舍命王的人学艺，而且在那三年里受尽舍命王的欺负。有一天忽然听到话匣子里有小舍命王——叶春喜说书。姑娘赶紧乘火车赶到了奉天。结果到书馆一打听，才知道哥哥不在人间了。

秋雯姑娘眼望着哥哥说书的报子热泪横流。从她身边凑过一个穿西服的人，假惺惺地安慰姑娘，自称是报社记者。这种下流小报的记者专门兴风作浪。趁机把他写的几篇造谣文章给了秋雯，挑唆姑娘去找舍命王算账。还说报界要替姑娘造舆论为弱者出气。他把秋雯领到舍命王的住地，自己在院外等着。

舍命王听说姑娘是春喜的妹妹，仔细一看，果然兄妹面目相似。他虽然听秋雯说话扎心，但是见了姑娘又觉得非常亲热："秋雯，你可来了。你哥哥活着时候，常常跟我念叨他有个失散的妹妹……"秋雯说："你少来这套！我问你，我哥哥是怎么死的？在抚顺从他小的时候你就对他百般虐待。远的不说，到了奉天你自己不上场说书，你让他替你去卖命。他自己说一场，还替别人帮一场，又上电台……你活活把他累死。你从我哥哥身上吸了多少血？"姑娘还要往下说，春欢、春笑在一旁压不住火儿了："胡说！你是血口喷人，小丫头片子你滚出去！"舍命王急得太阳穴青筋直蹦，瞪眼骂两个徒弟："你们两个混账！还不住嘴？"他回过头来，强忍着激动，虽然他浑身止不住地颤抖，可尽量控制自己。他平静地说："姑娘，你说得对。我王天鳌确实有对不起你哥哥的地方。在抚顺那几年我是让他受了很多气。至于说到奉天，你这账算得还不全。他每天说书还要加场、赶堂会、赚的钱还要多。我一人说空口无凭，你可以多找几个人问问。找在南站说书的陈平海，找北市场的赫先生，找任何一个说书的去打听都行。你如果到了抚顺，还可以找一位坐堂的中医叫田世岭。你去吧，姑娘，我在家等着您。"

舍命王说完，还把姑娘亲自送到院外。那个躲在暗处的小报记者"啪！啪！"偷偷地拍了两张照片。舍命王送走姑娘回到屋内，趴在桌上失声痛哭！两个徒弟从没见过师傅这样难过，春笑过去要劝师傅，春欢含着泪说："别劝了，让师傅痛痛快快哭吧，憋在心里是病，老人家受不了。"

第二天，那下流小报上又登出文章，什么叶春喜家属突然来奉，什么叶秋雯伸张正义，舍命王含愧低头……旁边还登着照片。真是明枪暗箭一起来。这些舍命王都咬牙忍受，心里却惦念着秋雯姑娘的下落。一连三天姑娘没有露面儿，舍命王反倒放心不下，去找赫先生打听。赫先生说："那姑娘是来过，让我臭骂一顿给轰出去了！"再找陈平海，陈先生叹了一口气："天鳌啊，你太窝囊了，我实在气不过。我把你对叶春喜怎样尽心尽力，一五一十地都告诉了那位姑娘。她脸上红一阵白一阵，话都说不出来了。我今天上午领她到了教书的沈盈家。我说你既然这么伤舍命王，我也不顾全你的面子，咱来个三头对案。我要让她明白到底！"

舍命王回到住处，沈盈正在家等他。这姑娘又害羞又着急，说："王大爷，我本来不想再到您家，怕您难受。可是今天有件事我非见您不可。上午春喜的妹妹找到我，我把您对春喜的事全告诉了她。我看这姑娘心情很不好，她说她恩将仇报没脸再见您。还说对不起死去的父母，也对不起自己的哥哥。她跟我讲述了自己的身世，她抚顺的养父、养母都故去了，她的未婚丈夫还可能不在人间了。我怕她出什么事，挽留她，她坚持非要回抚顺不可。我这是从车站回来，刚送她上了火车。"

春欢、春笑听罢，气哼哼地说："她明白了？这么抬腿就走了？她应该赔完不是再走！"舍命王对俩徒弟紧着摆手。送走沈盈以后，他和两个徒弟商量："咱爷仨开穴吧，上抚顺去怎么样？"两个徒弟不干："师傅，您是什么脾气我们知道。您想去抚顺，不就是为找那个丫头片子吗？她忘恩负义，您管她干吗！"舍命王说："你俩别这么说，她是你们死去师兄的亲人。我的主意拿定了，就去抚顺。"

书界同行们听说舍命王要离开奉天，大家纷纷来劝。陈先生、赫先生说："天鳌，你理那些小报干什么？我们都拿它当擦屁股纸！只要你人品正，功底儿硬就能在奉天戳得住。"舍命王非常伤感地说："各位前辈、师兄师弟们，听我说一句肺腑之言：我已经无心再在奉天作艺。我这一辈子说书要强，打年轻时落了个外号'舍命王'。到现在我老了，我看透了，我的心冷了。我闯关东第一站就到了抚顺，往后就让我在抚顺度此晚年吧！再者说奉天是春喜的响地，可是他不在了，打开话匣子听不到他的声音，走到书场见不到他的模样……见物思亲，奉天我一天也待不了啦。还有，春喜有个妹妹叫叶秋雯。这是他们叶家最后一条根。我跟春喜师徒一场，他的妹妹我不能不管。她走的时候心里不痛快。我知道她上了火车，她下了火车上哪儿去呢？往后又怎么活呀？我不能不惦记。秋雯无家无业，我也孤苦伶仃。我回到抚顺要想办法把她找到，老来也有个指望。各位前辈、师兄师弟们，咱们就此分别吧！"就这样，舍命王带着春欢、春笑重返了抚顺。

再说叶秋雯，这姑娘临去奉天找哥哥心里像一盆火，没料想哥哥见不到了，还得罪了自家的恩人。秋雯又伤心又惭愧回到了抚顺，一头扎到炕上好似得了一场大病。在生活上只凭着养父养母留下的一点积蓄省吃俭用。此时她只有一桩心事，想找人了解哥哥少年时在抚顺的情况，和亲生父母死去的真相。也算对自己的亲人怀念吧！她按着舍命王说的去找坐堂的老中医田世岭。可是问了几处药房，没有寻到这人的下落。这一天，她问到车站前一家药铺，有一个老柜头说："有这么个人。头七八年前还坐堂看病，现在落魄改行了。姑娘你看，那边路旁神仙树底下，有个卖香的老头儿——那就是当年的田世岭。"

秋雯走到那棵神仙树下，寻找田老先生。嗬！这棵古树也不知有多少年历史，树身子两三个人抱不过来。树下盘根错节，上面枝杈横生、密荫遮地。在树干树枝上挂了很多玻璃镜框、木头牌匾和各种颜色的布幛子。上边写着什么"普度众生""消灾解难""神通广大""有求必应"等等。当地人都称这棵树是神仙树，不论逢灾闹病、求子求孙、摊上事儿打官司，都到这树下烧香磕头，求神保佑。树前边香灰池子是香烟缭绕，来来往往的多是些穷苦人。其实因为那时正是多灾多难的年头，人们烧香拜神只不过是得点精神安慰。就在树的四周，做买卖的小摊儿、小贩儿一处挨着一处。有一位年过花甲的老人，身上衣服褴褛，花白的头发，满脸的皱纹，两眼无神地坐在马扎儿上，守着眼前小摊儿，地上摆着供人烧香拜神所用的香蜡纸马。这位就是当年有名的中医先生田世岭。

田先生当年家里门庭若市，自从日本人一来一天不如一天。鬼子压制中医，定了很多苛刻的规矩，看病得开三联单。所谓三联单是先生一份、病人一份、药房一份，上边写清什么症状、怎么诊断、开的什么方子。官面儿上编巴造模儿找毛病，动不动就以法论处。田先生为人耿直，得罪了日本人，结果落了个家败人亡。老伴病死，儿子被抓劳工一去不回。田先生被衙门没收了看病的证明，无奈才改做小贩。这位真正救死扶伤的老中医，到现在卖起了耍神弄鬼儿的香蜡纸马。

秋雯走到田先生的跟前说："请问您是田先生吗？"老人抬头看了看，说话的音儿显得十分凄凉："哎呀姑娘，您是叫我吗？好多年没人这样称呼我啦！"姑娘说："我跟您打听几个人，您知道十几年前有个说书的舍命王，还有个叫春喜、黄奎的吗？"老人非常感慨地说："这可是有年头儿的事了！可我还记得清清楚楚……"田先生一五一十讲起舍命王怎样到的抚顺；大疤瘌怎么害的春喜一家，又怎样用春喜当徒弟来盘剥舍命王，舍命王又如何借孙旅长的势力报仇以后远奔他乡，详详细细地说了一遍。秋雯这才如梦方醒，越发觉得自己对不起舍命王。田先生问了一声："姑娘，你年轻轻的打听这些老事儿干什么？你是谁呀？"这一问秋雯有点张不开口，她从兜里掏出几张"绵羊票儿"，默默地放在了老头儿的小摊儿上，转身要走。正在这工夫跑过来一辆三轮车，在秋雯身边停住。从车上下来一位老人，穿戴得整齐干净，轻声地叫道："秋雯你别走，我可找到你了。"秋雯一看这位老人，正是在奉天见过一面的恩人——舍命王。

舍命王回到抚顺既打听不着秋雯，也见不到老友田世岭。今天才听说田先生在车站附近摆小摊儿，他急忙坐车来找，无意中却碰到了秋雯。舍命王满心高兴。说："姑娘，我找你真像大海捞针！你别再躲着我了，你哥哥春喜与我有十几年的师徒之情，如同父子一般。"没等姑娘说话，她身后的田先生凑了过来。田先生一听"春喜"二字，颤颤巍巍走到舍命王跟前："老兄弟，我听你话音儿好熟，是天鳌吧？你还认识我是谁吗？"舍命王当时一愣："啊！这不是田大哥吗？"舍命王想：十几年没见，他真显老啊！他家的事我听人说过够惨的。老友相会不能勾他伤心事，得宽慰宽慰他："老哥哥，咱又见着了，真是喜事。我看您身板儿还挺好，这比什么都强。来！我给您引见引见，这姑娘是春喜的妹妹，叫秋雯。我这次回抚顺就是为了找她。"

秋雯姑娘一听这句话，更是羞愧难当。自己在奉天受人蒙骗伤了老人家，也没道一句歉就回了抚顺。没想到老人特意为自己又追到这儿，这位老艺人有多么宽的心胸啊！此时要再不向恩人赔个不是于心不忍，情理难容。姑娘想到这里，顾不得那神仙树下小摊小贩的人看着，双膝一叠"扑通"跪到了舍命王的面前："王先生，我对不起您。您把我哥从苦难中带大，又教他学艺，您是我们叶家的大恩人。您为我哥操尽心血，我哥哥生前没能报答您，我应该按着哥哥心愿孝敬您老人家。我给您下跪求您做我的师傅，按说书界的规矩收我当徒弟吧！"

舍命王大吃一惊："姑娘，这是干什么？快快起来，别让人家看着笑话！"姑娘就是不起来："师傅，您收下我吧！您不答应要求，我就一直跪着。"舍命王看着眼前的姑娘，不由自主地想起十几年前死去的郭金霞和刚刚去世的春喜，心里说：我怎么能让孩子再吃这碗饭呢？可这个姑娘拜师的心很盛，不收她又不起来……这工夫听旁边摆小摊儿的几个老太太说闲话："哟，瞧那个跪着的姑娘多俊，她这是给谁下跪呢？"舍命王一听来了主意，说："好！秋雯你起来，我收下你！"等秋雯站起来，舍命王又说："孩子，我这是替别人收的你。不能让你白下跪，我给你另找一个师傅。""谁？"舍命王一指衣衫褴褛的田世岭："就是他。"田先生一愣："怎么，让这么好的姑娘跟我学卖香蜡纸马儿呀？"舍命王说："秋雯，田先生医道高明，认他做师傅不比跟我更好吗？在这个世道里还是学点医道好。"舍命王拉着秋雯到田先生跟前："快，给你师傅鞠躬！"田先生乐得直擦眼泪。旁边那几个老太太又说了："这神仙树真灵，它看这几年老田头儿可怜，派个仙女下凡侍候他来啦。"

　　舍命王做主让秋雯认田先生为师，习学医道。他知道老先生虽然医术高明，却无有用武之地。他甘愿用说书赚钱来周济他们。在"一町目"租了两间房，让师徒住在一起。没过几天，舍命王又摆了一桌团圆饭，让田先生收秋雯当了干女儿。从此后王、田、叶三姓人变成了一家。秋雯学医又聪明又用心，对两位老人非常孝敬。田先生得了这么个好女儿，犹如枯木逢春，老来得福。没想到好景不长，时间不过几个月，到了深秋，又有祸事降临。

　　那天舍命王同秋雯上街买东西，嘞！身边开过去一辆黑色小汽车，舍命王愣住了。秋雯问："您怎么啦？"舍命王呆愣愣地说道："是他，一定是他，别看这么多年他没露，我一眼就能认出。"姑娘不解地紧问："您到底说的是谁？""车里边坐的是黄奎——大疤瘌！"姑娘回头再看，车已经开远，只看见车牌号码是"二二四一"。当天晚上，舍命王正要开书，秋雯跑来低声告诉老人："您白天没有看错，车里人正是黄奎。刚才我又见了那辆车，并且知道了这个坏蛋的住家地址。"舍命王赶紧劝阻秋雯："孩子，你可不知大疤瘌的狠毒，有什么事别轻举妄动，得多跟我商量商量。"等舍命王说完书，秋雯已经离去。第二天舍命王再赶到"一町目"去找秋雯，已经出了事情。田先生万分悲痛地告诉他"秋雯遭车祸而死"。但是舍命王从肇事现场的照片看出，是大疤瘌有意谋杀。以上正是这部《舍命王传奇》第一回书交代的情景。

　　田先生精神受了刺激，哭喊着跑出门外。舍命王心里异常悲愤，暗暗思索着怎样才能找到大疤瘌报仇雪恨。秋雯姑娘临死之前说过她已经知道了大疤瘌的住处，可惜没有把话留下。舍命王把秋雯姑娘生前的一些东西包了一包，带回自己的住处。想姑娘，越看这些遗物心里越是难过。

　　这一天，说书的同业公会会长乔先生来找舍命王出堂会。舍命王说："换人吧，我现在没有那份心思。"乔先生愁眉苦脸地说："那可不行。天鳌，你知道这场堂会是谁点的吗？是警备司令部小坂太君亲口点的。日本人要慰劳招华工的工头们，小坂先生在他的官邸招待，除了喝酒吃饭，还要娱乐娱乐。小坂太君的住宅，平时谁能进去？今天请你说书是对你的抬爱。你要拒绝，咱整个同业公会就遭难了！"舍命王万般无奈，只好去应付这个差事。他没想到这一去，却发生了意想不到的事情。

小坂司令官的官邸，是靠车站不远的一处小院。外边铁栅栏门，满院子假山、盆景、花草树木。两侧厢房有探头的雨搭、花砖儿铺的走廊地面儿。正面就是小坂设宴的客厅。一个日本兵带着舍命王一进客厅先脱鞋，榻榻米上铺着团花地毯、地毯当中放着一张小趴趴方桌，这就是让舍命王说书的地方。没有凳子，得照日本规矩盘腿儿坐着说。听书的不过十几个人，都是替日本人抓劳工的汉奸。其中有一个穿着和服的日本人，年纪五十开外，梳着稀巴棱登儿的分头，架着银边的眼镜，留着两撇小仁丹胡儿。眼睛本来就小，再一做笑眯眯的样子，就变成了两条线儿了。舍命王知道这是在抚顺最大的日本军界头子——小坂司令。这小坂是个地地道道的中国通。早年在东北住过多年，说话还故意卖弄着东北的乡音，对他那些汉奸说："众位，为什么我陪大家一起听书哪？我早年在满洲就阅读过中国的古书，获益匪浅。像什么《三国演义》《孙庞斗智》对人都很有启发。我早已耳闻王先生在抚顺很有大名，所以想借机会领教领教。现在就请王先生开书吧！"

舍命王想：别看这小坂表面文质彬彬，其实是个杀人不眨眼的魔鬼。我现在满腹冤恨，哪有心肠给你开心取乐！舍命王被迫说书，心里又总惦着自己的事情，几次险些把词儿说错，全凭着多年说书的经验应付眼前的场面。可是他说着说着再也说不了啦，把下面要说的词儿忘了个净光，突然发起愣来，两眼直出神儿。怎么回事？他说书面对着厅门，此时院里很安静，阳光西射，就见地上有一个人影非常熟悉。他脑袋里乱了，暗想：怎么像她哪？是不是我眼睛花了？要不这事怎么可能呢……忽然他又想起，不能走神。这是什么地方？我是在给杀人不眨眼的小坂说书呀。他急忙把眼神移开，接着说书。说了一会儿，他一扭身儿又看到门口露出一张脸来注视着自己。这回他看清了，不是自己眼花，门外真的有一个人。这人正是自己几天来为她伤心难过的亲人——那就是叶秋雯！

秋雯姑娘露了一面，便悄悄地离去。舍命王的心再也平静不下来。他嘴里说着书，滔滔不断，容不得半点差错。可是在脑子里画了一个很大的问号——这是怎么回事？田大哥说秋雯是死于车祸，还有照片为证。我从照片看出，不是车祸，而是大疤瘌蓄意谋杀。现在看来这些全错了，秋雯姑娘她还在人间。不但没死，怎么会出现在日本头子小坂的家里？这到底是怎么回事？

列位，舍命王虽然说书技艺高超，阅历丰富，遇事能分析判断，但他毕竟是一个民间艺人，他无论如何也不会想到，在秋雯悲惨遭遇的背后，隐藏着鬼子一个重大的阴谋！

第十二回

舍命王已识假相
陌生人却有真传

　　舍命王在小坂的官邸看到了秋雯，感到十分意外。秋雯姑娘只是一个中国的平民百姓，怎么会进到一个日本军界头目的家里哪？舍命王知道小坂这个日本鬼子狡猾多端，其中必有不可告人的秘密。他极力控制自己，全神贯注地说书。尽管舍命王今天表演一再分神，可是别人听来还挺热闹。书说下来以后，小坂假充内行，连声赞赏。那些汉奸一看日本人喝彩，也紧跟着捧臭脚："嗯，这说书先生是很高明！"小坂装作有礼貌，亲自将舍命王送到门口。嘴里还说："王先生的艺能名不虚传，我几时得闲还要请您再来演讲。"小坂只是说句客套话，可是提醒了舍命王。他心里想，不管你听不听书我也得找机会来。看样子秋雯被这个小坂给软禁了。秋雯这姑娘不同于金霞与春喜，她虽然出身也很苦，但她毕竟是从小上学没经过什么风浪。现在遭受这么大磨难，一定在眼巴巴地盼着亲人。舍命王心里这么想着，嘴里接着小坂的话音，很恭敬地说道："只要小坂先生想听书，我随时都可以遵命登门。"

　　舍命王离开小坂的官邸，着急忙慌地往"一町目"赶。他想：不管怎样，秋雯她还活着，这是不幸中的大幸，我得把这喜信儿去告诉田大哥。他进了院子直奔西屋，田先生依然没有回来。再看屋里乱七八糟，不像个人家。几家邻居唉声叹气地表示对老田先生的同情："咳！也难怪田先生受不了，我们眼看着这老头儿打心里疼爱秋雯，他的晚年全都指望着姑娘。没想到出了这样飞灾横祸。王先生您也知道，他从那天跑出去到今天也没回来。真让人惦记着，谁知道这些天他是怎么过的呀！"

　　舍命王又回到住地，告诉春欢、春笑："咱仨分头去找你田大爷，我有要紧事儿对他讲。"吩咐完徒弟，他出门四处奔走，见人就问，一直找到天傍黑。在去老虎台、龙凤坎火车站的下坡儿围着一伙人，有几个孩子还直喊："快来看疯子，疯子！"舍命王走近人群一看：呀，心里"咯噔"一下！就见大伙围着一个老头儿，这老头儿头发蓬乱，满脸泥土。深秋的天气，只穿着一条破单裤，还光着两只脚。坐在地上嘴里念念叨叨："二二四一、二二四一，黑汽车轧人了，轧人了……"舍命王见田先生变成这个样子，心疼得鼻子直发酸。他想：田大哥你怎么这样心窄呀！你哪知道咱秋雯闺女没死，她还活着。舍命王刚想过去告诉他秋雯的消息，忽然身边有一个人喊叫起来："小孩儿躲他远点儿！这疯子身上带着刀哪！"舍命王一看喊话这人戴着套袖，扎着油布围裙。舍命王用话搡了他一句："你胡说什么！他哪有什么刀啊？"那人一瞪眼："你怎么不信，这刀是他刚才抢的。""你看见啦？！""不但看见了，他就是从我们肉铺里抢走的。我刚才在给别人称肉，这老头儿进了铺子，冲案子直愣神儿，我当他是买肉的，没想到他冷不丁把刀抄起来就跑，还嗷嗷儿乱叫，我才知道他是疯子。一把刀不值多少钱，他要捅个仨俩的我还不沾包儿？他头里跑我后边追，你瞧他那直眉瞪眼的样子，我又不敢过去跟他要。"卖肉的正说着，就见田老头儿果然从腰里抽出那把尖刀，举着刀说起了疯话："看，这是尚方宝剑，玉皇大帝赏给我的。他说派我下凡为人治病，可是现在人间太乱了，用药治不了，赏我这把宝剑让我杀呀，杀尽人间那些妖魔鬼怪！我要杀呀，杀呀，我把他们全杀了……"田老先生直愣愣着两眼，举着刀疯话连篇。吓得一些孩子往后直躲，胆儿大的还一劲儿格儿格儿地发笑。舍命王看着心里别提多么难受，可又想：老哥哥您是真的疯了吗？要说您所受的种种精神刺激，实在让人承担不了。您一辈子为人治病救死扶伤，救活过多少人的命。可是您到晚年却落了个家破人亡，就连刚刚认下的义女也遭此不幸……真是常说的"修桥补路双瞎眼，杀人放火子孙多"。您真疯了，也是被这个世道逼疯的！可是舍命王在旁边看着，又觉得不对，这老头儿心里还很明白。别看他耍着刀子满嘴疯话，就在他说到"杀"字的时候，目光中带着仇恨的火焰。刚才还念叨"二二四一"，那是仇人大疤瘌的车号。再有他不抢吃不抢喝，为什么专抢一把刀呢？……这时候忽听田老头大喊大叫起来："走哇，我要杀妖魔鬼怪去了！"他晃着刀子往桥洞子底下就跑。舍命王随后紧追，连声高喊："老哥哥！等等我，我有要紧话跟你说！"那个卖肉的吓得目瞪口呆，心说：坏了，敢情这个也是疯子！

田先生为什么跑了？他看见了人群中的舍命王。其实这老汉没有疯。他一肚子悲愤无法忍受，决心与大疤瘌以死相拼。几天来他假装疯癫，四处寻找黄奎的身影。他知道那些鬼子汉奸经常活动的地区，一般中国人不能靠近，他装成疯子好掩人耳目。刚才他看见舍命王，怕自己给舍命王惹来麻烦，急忙躲避。他哪知道舍命王为他带来了重要的消息。

舍命王追了半天找不到田先生，他站在小火车道的长堤上四下遥望。此时，夕阳如血，落叶飘零。尽管见不到田先生，但他久久舍不得离去。他不但为自己老朋友担心，也为自己前景难过，田先生就是他身边的一面镜子。两个人十几年来知心相交，他们有共同的人生追求，都想做个正派人。对自己的职业抱有满腔希望，心血用尽。只不过干的行当不同，田先生行医治病救命，舍命王说书谈古论今。舍命王回想起当年田先生送他的几句知心话，他说舍命王说书不能光图热闹，说书要说出筋骨，要有后劲，让人听了能琢磨出人生大道理。这十几年来舍命王一直记住他的话，追求这种艺术境界，从不松懈。他逐渐觉出田先生的道理深沉，生在乱世之中，说书的不能光讲究什么说古论今劝人方，应该告诉人要挺着腰板儿活着，给人指一条怎么活着的路。他暗暗叫道："老哥哥呀，你话说得很明白，可是事到临头，你怎么会走到这一步？你这叫秀才造反，逼上梁山。可你只顾报仇，却踏上了险途！"

他正在思前想后，忽听身后有人喊叫："师傅！快回去吧！"

舍命王回头一看，原来是徒弟春欢跑来："师傅，刚才书馆有人送信，今晚开书的时间还得提前。"舍命王长出了一口气："咳！这叫什么世道！昨天告诉要早开书，说是提前戒严，今天还让提前，甭问，戒严的时间更早了。"师徒俩闷闷不乐往欢乐园走，越走越临近闹市。突然行人乱了，四处乱跑！就见街口上停着两辆大汽车，车下围着一伙警察和宪兵，看架势是在抓人。正在舍命王打愣儿这工夫，过来了几个巡捕，有一个抓住了春欢胳膊直喊："是他没错，带走！"说着就把春欢往汽车跟前推搡。春欢晃着身子挣扎："你们凭什么抓我？"巡捕说："刚才跑过去的是你不？为什么那么慌张？""我去找我师傅！""找你师傅？谁给你做保？"舍命王赶紧凑过去："各位老总，有话好说。我可以给他做保，我就是他师傅。""你是什么东西！你保他，谁保你呀？"嚯，这些巡捕一个个气势汹汹如狼似虎。幸好从汽车驾驶篷里跳下一个小头目，跑过来忙说："误会了，这位老先生我认识，这是在抚顺有名的说书先生——舍命王。"那几个巡捕白愣了舍命王几眼："快走！正在维持治安的时候，满街跑什么？"师徒俩走过去以后，回头往车上一看，被抓的七八个都是二十多岁的年轻人。

舍命王一边往回走一边琢磨：这几天市面儿上怎么乱了？晚上戒严时间越来越紧，半夜三更敲门查户口，今天满街的巡捕宪兵……看样子鬼子可能是要抓什么人。当天晚上舍命王提前开了书。按说这两天听众应该多，因为舍命王的《杨家将》正说到六郎在云南被斩，是他最拿手的书。可是今天场子里书座儿比平日见少，显然是被市面儿纠察队搜捕搅和的。越是这样舍命王就越卖力气，为了把书座儿的精神拢住。他说着说着发现在台下有一个书座儿，是第一次来听书的。他怎么知道？听舍命王说书的净是些老主顾，一听就是几个月。甚至每天坐在哪儿位置都不变。今天新来的这位，舍命王看着挺脸生。这人很年轻，看脸庞也就是二十三四岁。戴着礼帽，穿着夹袍，进屋靠犄角儿一坐，举止还挺稳重。当舍命王说到紧张的情节时，有意地瞟了他几眼，感觉出这人对书中的情节不太上心。除了这位，还有一位新书座儿，这人倒脸儿熟，每天都遇得见，见了舍命王还准打招呼，可他从来没进过书场。这位是干什么的哪？推车送酱油的。那年月穷人为了养家糊口，变法找生意做。这位整天推着车装几桶酱油挨门挨户地送，按月收钱。舍命王连他的姓名都不知道，见面儿总搭话儿，今天他也来听书啦。可谁想到，这个送酱油的前脚刚进书场，后脚就跟进七八个人来。全都是衙门的巡捕、便衣特务，还有当地的保甲长。其中有一个小头目，冲着书台上一招手："王先生，您的书先停一会儿，我们临时搜查搜查。"舍命王认识这个人，这人是警察署的，也经常来听书，刚才在街上巡捕抓春欢，就是他从中给说的好话。这个小特务打完招呼，两个巡捕把门口一堵，不许出入。接着那小特务冲听众喊了一声："都在座位上别动，把身份证准备好，我们挨个检查！"

那些巡捕、便衣特务挨着桌检查起来。当地保甲长跟着帮他们辨认，凡是附近的住户、熟脸儿的人，他们就做证明。那保长第一个就认出了那个送酱油的："出去！你坐在这儿算老几！"给轰出去了。没有保甲长做证明的，巡捕们拿着身份证反复跟本人对证，盘查得非常仔细。舍命王坐在书台上，看着这个场面，心里很紧张。眼瞅着就查到那个新书座儿跟前了。他猜到这小伙子要有麻烦。这几天市面儿上很紧，他亲眼看见抓的都是二十多岁的年轻人。这人正是这个年岁，又是生脸儿，他不由自主地有些担心。

舍命王不愧走南闯北经验丰富，他的眼力真准，这个小伙子果然来历不俗。书中暗表：这些天鬼子满城戒严，抓的就是他。这人来自南满"抗联"支队，到抚顺是负有重要使命的。这小伙子叫魏忠，他就是抚顺的人，几年前离家参加了"抗联"。正因为他人熟地熟，组织上才派遣他到抚顺开展工作。他回到抚顺才知道在这几年家里发生了变故，亲人全找不到了。而且他的处境非常危险，在他到抚顺的前两天已经被叛徒出卖，供出了他的姓名、经历，就连他到这来所用的假名都被敌人掌握了。尽管情况如此艰难，魏忠还在努力开展着工作。他这次来受组织上委托，要营救我党一位重要领导同志，这位领导被关在日本人的秘密监狱里。如果不及时营救，也许很快会被日寇杀害。魏忠在第一次与地下党联络时已经发现了被叛徒出卖的痕迹，他及时脱险了。所以才采取了备用的联络方式——在书馆与组织接头。地下党来接头的人，就是最不被人注意的那个送酱油的。谁想到没等接头就被敌人冲散，而且魏忠处在了危险之中。

特务、巡捕走到了魏忠跟前，魏忠已经做好被捕的准备。那个特务的小头目对魏忠上下打量，见小伙子礼帽、夹袍穿戴得很齐整。他问了一声身边的保甲长："这个人你们谁认识？"那几个都摇了摇头。那小特务头说："把身份证拿出来。"身份证魏忠倒是有，可他不能掏。他明知道自己被叛徒出卖了，身份证上写的是假姓名，叫杨玉青。那正是敌人要抓的对象，这证明一掏，等于自投罗网。魏忠摇了摇头说："我没带着身份证。"小特务头头对两边的人递了个眼色，意思是说：注意，这人可疑。他又问："你没有身份证，你能在这场子里给自己找一个保人吗？"魏忠又摇了摇头。"哟嗬，也没有？没有证明，也没有保人，那你说说住在哪儿？有户口也行！"魏忠第三次摇了摇头，说了一声："我现在还没有准地方住。"小特务头脸色一变，啪！一拍桌子："说！你到底是干什么的？"魏忠不慌不忙地回答了一句："我是听书的。""废话！到这来全是听书的。"魏忠说："长官，我跟别人听书不一样。我本人就是一个跑腿子闯江湖的说书艺人。不瞒各位，我是从关里来到贵宝地。从山东老家动身，一路之上漂流四方，走到哪儿说到哪儿，就是为混碗饭吃。我今天在浑河那边才进抚顺，您想像我这样人哪有什么户口？几位保甲长怎么会认识我呢？"魏忠这一番话，说得有根有梢，当时把特务给闹糊涂了。可是书台上的舍命王暗暗替他着急。心里说：小伙子，你的话编得很圆全，可是你不该说自己是说书的。确实有些艺人长年漂流在外，没有什么户口和证明。你为什么不说自己是唱戏的。你哪知道，问你的这个特务他懂得说书。他经常听我的书，有时候他还能给他们那伙人说一段儿。你冒充说书的要让他看出破绽怎么办？舍命王正提心吊胆，那小特务头也想到这里，他冲魏忠一声冷笑，得意扬扬："好！听你这么一说是位说书界的先生。有这样一句话：行家一开口，便知有没有。没别的，请你上台给我说一段儿！"说着他冲舍命王一招手："王先生请下来，您坐在我身边，咱听听这位说段书。"舍命王坐到了那特务的身边，心里想：坏了，真让这小子抓住了把柄。什么行家一开口，他甭张嘴儿，是不是说书的一举一动都能看得出来。从这小伙子手势、眼神、话音儿里，舍命王早断定他不是个说书的。

特务这样一将，魏忠只能假作满不在乎的样子走到了台上。可是他毕竟不是这行当里的人，还没张嘴就错了。怎么哪？说书的先生开说之前，都是先拍醒木。他哪？先把扇子抄起来啦。那特务用胳膊肘儿拱了一下舍命王："您看见了没有？这说书的是假的，连台上的家伙都不会用。"舍命王手心里也攥着一把汗，他替这小伙子紧着辩解："不，在山东确实有一派，一拿扇子就算拍了醒木，还得听他说。"

魏忠心里明白，到现在是像不像得三分样，自己能不能把这段书说下来，关系到生命安危。他在台上尽量稳住自己，把声音放大："各位，下面我来给大家表演。我说得不好，没有刚才那位先生技艺超群。人家是多年的经验，我与他相比差得很远。如果我说的有什么不足之处，请大家多多原谅……"舍命王心里说：这哪像说书，说书讲究手眼身法步，他一样不沾，而且话茬儿里满是学生腔。舍命王已经感觉到那特务坐不住了，伸手要去摸枪。舍命王把他的手摁住，整个身子都快斜倚到他的身上，轻声说道："别急，这是上场铺垫话儿，还没入活，咱往下听。"

魏忠在台上还接着说："刚才老先生说的《杨家将》正说到杨六郎在云南被害，有个叫任堂惠的义士救了他。下面我就接着讲这段任堂惠的故事……"舍命王听到这儿暗暗叫苦：小伙子，我这给你摁着手枪哪，你怎么还干玄乎事儿？你接我的书说干吗！你接得住吗？看样子你兴许听过杨家将，你要想说应该躲开这段儿，说段儿杨七郎打擂，穆桂英下山，要么说大摆牤牛阵哪，那些书热闹好说。我再替你从中编两句瞎话也能拉你一把。这段任堂惠的书是文扣儿，不好说呀！想当初，我在大连向李平安先生学的时候，这段书都没学好。你说这段不是找倒霉吗！魏忠哪里知道舍命王的用心，只顾自己不紧不慢地往下讲。他说起书中老贼王强要杀杨六郎，任堂惠甘愿替英雄一死。话锋一转，他讲述起任堂惠出世的情节，怎样云游四方，历经风险。他说着说着场子静下来了。抚顺听书的从来没听过这段书，越听越觉得新鲜。魏忠虽然口齿不如说书艺人那样有力气，但书的内容打动人心。那书说得入情入理，情节还挺细致。那特务听着听着摸枪的那只手缩回去了。他扭过头跟舍命王嘀咕："王先生，这小子的书挺新鲜呀！"到了这个时候，舍命王顾不得再理他，凝神静气地听书，只怕漏掉一字。此时他心里比谁都纳闷儿，他听得出来这小伙子说的书，不是现编蹚水儿，而是地地道道的实词儿。开始说的书道子跟自己一样，说着说着就岔出去了。是他从来没有听过的一段书。他猛然想起，在大连他向李先生学过任堂惠出世的这段《传枪记》。当时他只学了一天的书，李先生就被迫走了，往下的书他再也没听过。他为了对付当时的听众，自己现编了一些情节。可是他今天听小伙子这段书，比他编得强多了。不但合乎书情，从口风儿、话茬儿听得出都带有李老先生的特点。舍命王猛然醒悟，呀！这真是踏破铁鞋无觅处，得来全不费功夫。十几年来我为李先生牵肠挂肚，一直没听过这部书的全文，想不到今天在这种危险时刻，这小伙子登台说书，他说的正是李平安先生嫡派真传的——《传枪记》！

第十三回

女儿家一团正气
说书人豪情满怀

舍命王万也没想到，被特务逼上台的小伙子竟然说起了《传枪记》，这是他多年得不到的李派真传。他又惊又喜，情不自禁地喊了一声："好！这书说得好！听了这部书使我顿开茅塞，我王天鳌十分佩服！"他突如其来的一喊，台上台下的都被惊呆了。在抚顺听众的心目中，舍命王是书界的魁首，没见到他对人这样宾服过。魏忠没想到这位老说书艺人能对自己这样喝彩，内心有说不出的感激。

舍命王又想：此时特务就在身边，有什么话我先把小伙子保下来再说。小伙子刚才说自己打山东来的，他就顺着小伙子的话茬说："小伙子，我听你一说书就知道，你是济南刘泰山的徒弟吧？"魏忠想：济南刘泰山是干什么的？我哪有这样的师傅？可他听得出来，是这位老先生冒着危险在保护自己。他也就顺话搭音："您猜得不错，我正是刘先生的徒弟，我叫王生。"舍命王哈哈大笑："哈哈哈……你小名叫亮子。这真是大水冲了龙王庙，一家人不认一家人。你师傅跟我是莫逆的朋友，你小子既来到抚顺怎么不先来报个名儿？不言不语坐在场子里听书，按咱行话说，你这叫偷艺。你是不是怕我不认你这个徒侄呀？"他一边说一边给魏忠递眼色。魏忠领会了他的用意，走下书台连说："对！您说的是那么回事，的确是我礼貌不周。"舍命王就坡下驴，拉着魏忠走到那小特务头目跟前："去给这位先生赔个不是。差点闹出误会。你哪知道，这位先生是我的老书座儿，对咱们这行人很照顾。"说着他对那特务赔笑："先生，请您原谅，年轻人不懂规矩。说来咱都不是外人，他是我的个徒侄，往后多亲多近吧！""好说好说，都是自己人。"本来这特务听魏忠书说得还可以，再加上舍命王亲自做保，他挑不出什么差错只好收场了事。

书场里的人走净以后，舍命王把魏忠带回住地，还给春欢、春笑引见了一番："这是你们从山东来的师兄，叫王生。往后你们要多亲多近。"直到深夜，舍命王把魏忠拉到身边，低声说道："现在没外人了，我得问问你。我早看出你不是我们这行的人，但是你说的书是真的。请你告诉我，你是怎么学来的这段《传枪记》？"

魏忠听舍命王追问起这件事，不得不说实情："王先生，我确实不是个说书的。可是我喜欢听书。两年前我在通化，结识了一位老说书先生叫李平安。"舍命王忙问："李先生现在怎么样？""唉！他已经去世了。他临终之前对我说了一桩心事。他说在咱们国家民间流传下很多好书，可惜多数都失传了。他有一部拿手的好书，几十年精雕细刻耗尽了心血，这部书叫《传枪记》。他一死这部书就再没人会说，他不甘心把这部书带进棺材，就把整个书梁子传给了我。"舍命王听罢非常感慨："咳！可惜李先生这一代名流，尸骨被埋在通化，我们本行界的人竟没有一个人知道。"舍命王看着眼前这个年轻人，不用再问他的身份也知道了八九。他当着特务说从山东来，现在又说来自通化。通化那个地区，舍命王知道正是抗日联军在南满活动的地方。这层窗户纸舍命王没有捅破，可他很关心地说："王生，现在市面儿上风势很紧，你什么都没有可不行。我和书场掌柜的说一说，给你打个铺保上个户口、起个良民证吧。"

第二天舍命王领着魏忠找铺保、上户口，逢人就做引见："这是我徒侄王生，以后您多照应。"舍命王在抚顺鼎鼎大名，上自警察署的头目，下至那些大小保甲长都很熟悉，前几天还给日本人小坂说过堂会，特务汉奸对他更不敢小看。这样一来，魏忠却得到了意想不到的掩护。舍命王为让魏忠有个安身之处，让春欢、春笑搬到书场去住，他和魏忠睡到一起。一方面照顾着魏忠，他心里还无时无刻不惦记着田先生和秋雯姑娘。

这一天，舍命王独自一人在屋里，又打开了秋雯的那包东西。他翻看着姑娘的照片，姑娘学中医抄录"汤头儿"的笔记本，还有姑娘从小上学留下的几本书籍。真是见物思亲，他怎么能不惦念秋雯眼下的安危哪？看着看着他又想起田老先生，出门转了一圈儿没找到，垂头丧气地又回了家。一进屋门他愣住了，见魏忠在手里捧着秋雯的东西正发呆。舍命王悄悄躲在门后，仔细察看。就见魏忠一页一页翻着秋雯的笔记本，他咬着嘴唇，露出十分想念又非常痛苦的神情。舍命王觉得很奇怪，他一步跨到桌前："王生，你怎么啦？"魏忠反倒问了一句："王先生，您从哪儿得来的这些东西？"舍命王说："你先别问我，我先问你，你一定认识秋雯。""我……"魏忠一时不好回答。舍命王心情很急，万分恳切地说："小伙子，你说吧！至于你从何而来，到底在抚顺想干什么，我绝不打搅你，我就问你这件事。这些天我领你四处奔走，我已经看出来你不是来自山东，也不是来自通化，你就是本地人。不然你对这里小巷胡同怎么都那么熟悉呢？你刚才在屋里看这些东西的神情更瞒不了我。如果你说不认识秋雯，我且问你……"说到这舍命王翻出秋雯小时候的一张照片："你说，在姑娘身边的这小男孩儿他是谁？"

魏忠无奈只得向舍命王讲述自己的身世："不错，我确实是抚顺人。三年前离家到了外地，这次回来才得知父母双亡。这照片上的姑娘叫秋雯，是我的未婚妻，可现在我也不知她的去向，恐怕也不在人间了。"舍命王听罢恍然大悟，怪不得这些天我百思不解，猜不透秋雯为什么被弄到小坂的家里，原来是因为魏忠的缘故。不用说鬼子对魏忠非常重视，要在她身上打主意，所以才把秋雯软禁起来，准备用姑娘来引诱魏忠自首。舍命王激动地说："魏忠啊，说来说去咱成了一家人，我与秋雯亲同父女。我常听秋雯念叨你，她一提起你来就掉眼泪。孩子，我告诉你个好消息，秋雯她还活着！她现在被软禁在日本鬼子小坂的家里。我现在才明白，秋雯她是受你连累的。孩子，你知道秋雯这丫头自幼就老实，没经过什么风险，她现在落在敌窝儿里不定多么想念亲人，你快去见见她，想什么法子把她救出来吧！"

魏忠听舍命王讲出秋雯的下落，是悲喜交加。他能不想秋雯吗？恨不能立刻将姑娘从魔掌中救出。可是他犹豫了一下，强压住自己内心的激愤说道："王先生，我谢谢您对秋雯的一片恩情。我一定设法搭救秋雯脱离危险，可是现在……不行。我眼下有一件重要的事情没有办完，还要等待机会。"舍命王听魏忠的话音儿都明白了，他所说的这件重要事情，自然是他这次来抚顺的真正目的。看来这件事关系重大，比救秋雯更加要紧。舍命王再也没说什么，将秋雯的这包东西递到魏忠手里，自己默默地走出屋去。

魏忠正是在舍命王有力的掩护下，几天来频繁地开展起工作。这一天，那个送酱油的人又到舍命王的住处来找魏忠。舍命王冲他俩一笑："你们有事儿到屋里说，我在外边替你去看着酱油车子。"舍命王躲出去，实际上是替他们放哨儿。这两个人坐在里屋小声交谈。魏忠来抚顺的任务，就是为了营救"抗联"支队的领导人徐光同志。通过地下党要了解敌人秘密监狱的内部设施和活动规律。两个人碰头研究行动方案。那个送酱油的说："对这所秘密监狱，鬼子非常重视。几个头目都是日本人精心选派的。典狱官是日本人叫藤川，看守长是个汉奸，叫黄奎……""黄奎？"魏忠听到"黄奎"两字很熟悉，这两天他听舍命王讲过秋雯和她父母的遭遇，其中总提到黄奎的名字。他忙问了一句："黄奎，是不是那个大疤瘌？""对，就是他。这个人早年是抚顺青帮头目，后来又投靠了日寇。这几年他被日本人调到秘密监狱任职，对外销声匿迹。他是抚顺人，家就在本市，可是这家伙行动诡秘，眼下还没摸到他的踪迹。"魏忠沉思了一会儿说："咱应该从大疤瘌身上打开缺口，突破敌人对监狱的封锁。"话刚说到这，舍命王一撩帘儿走进屋内。

舍命王进屋压低了声音说道："你们刚才说的话我都听见了。你们说的大疤瘌这个人我熟悉，他是我们几家的共同仇敌。"魏忠二人见舍命王突然出现，他们虽然很意外，但他们知道老人是一位非常正派的人。几天来他们得到老人多方面的帮助，才一步步开展了工作。舍命王对魏忠说："你们想知道大疤瘌的家在哪儿，秋雯姑娘就知道。我可以想办法再去见秋雯，摸清这个情况。"舍命王话语很急，魏忠忙把他拦住："王先生，说什么我们也不能让您去，这太危险了。鬼子小坂，别看他平时假充善人，实际上是个心毒手辣的刽子手。我们怎么能让您二次去闯他的巢穴？再者，我跟您说句心里的话……"魏忠说着紧紧握住舍命王的双手，话语亲切，流露出一片真情："老人家，您的书说得非常好，您是咱们国家不可多得的人才。而今国难当头，民间艺术也受到摧残。可是总有一天，咱能把日本鬼子赶走。等到人们过上太平好日子的时候，民众就更加需要您的艺术。就为了这一天，您应该平平安安地活下去。眼前这些危险的事，您今后不要过问了。"舍命王听了这番诚心敬意的话，自然很受感动。可他心里有主意，他想：要想见秋雯，魏忠要是去等于自投罗网。送酱油的这位去？更难接近小坂的官邸。看来此事，非我不行！说来舍命王真是无组织、无纪律，他没和别人商量，也不经"组织"同意，自作主张来到了小坂的家门。

舍命王在来的路上，已经把如何能见到秋雯的办法想好。他先站到小坂住宅的远处察看，等小坂乘汽车走远以后，他才走到住宅的门前。隔着铁栅栏门，他跟一个守门的老日本打招呼："请您让我进去，是小坂先生让我来的。"那老日本认识舍命王，前几天他曾给小坂说过书。当时小坂对这说书人还很尊重，特意送到门口。特别是舍命王临走时说"过几天再来"，这句话他还记得。这个老日本让舍命王进了门，舍命王说："小坂先生要听我说书，我来了。"那老日本挺奇怪："小坂先生刚走啊，没说过这事呀……"舍命王说："这事他不会忘，让我等他一会儿吧。""嗖嘎！"老日本把他带到了正面的客厅，对舍命王说："你的坐着，小坂先生三点钟的回来。"

舍命王一听这话暗吃一惊：哟！没想到小坂出门时间这么短。他更感到事情的紧迫。万一小坂一步赶回，他自然也准备好了应付的主意。可是小坂这人素来诡计多端，若对自己突然上门产生疑心怎么办？再说这次事儿办不成，以后就更难见秋雯了。舍命王又见那个老日本在身边站着，显然是在盯着自己。他有意识地和老日本高声谈话："好呀！小坂先生的住宅布置得真是雅致。嗬！这满院的菊花开放，香气扑鼻呀！"他提高嗓门儿就是希望被软禁的秋雯能听见他的声音。舍命王又背起双手，在厅内浏览了一番，假意赞扬："嗯，小坂先生称得起博学多才呀！他墙上的字画均是珍品，这一幅中堂乃是前清刘墉的墨迹；这竹子是'扬州八怪'之一郑板桥所画……"他说的这些老日本根本不懂，又加上门上还要盯差，他说了一句："你的看，我的外边去。"说完转身回到了门上。就在这时，墙上的挂钟"当！当！当！"已经到了三点。此时舍命王非常焦急，虽然这厅室、院内十分安静，花香阵阵，可这是魔鬼的巢穴。他知道这院里的每一个勤务兵，看门的，包括厨师在内的用人，都是小坂的耳目，负有监视秋雯的责任。时间一分一分地过去，忽然见厅内的侧门儿被轻轻拉开，秋雯姑娘斜身进到屋内。

亲人得见，百感交加。秋雯姑娘抱着舍命王的双肩，一串串眼泪往下直掉。她哽咽地说："这么危险的地方您怎么来啦？我干爹好吧？"舍命王不忍让姑娘伤心，急忙说："田大哥很好。孩子，我这次来时间紧急，不能多说。我是来问你一件事。我先告诉你，孩子，魏忠他没有死，他又回到了抚顺。"没想到秋雯说："我已经知道了。这几天我逐渐才想清楚，要不是因为他活着，小坂不会把我要到这来。"舍命王又说："那天你说知道大疤瘌的住址，他家到底住在哪儿？"姑娘清楚地告诉了他黄奎的详细住处，舍命王牢牢记在心里。秋雯含泪说："师傅，您快走吧，这里太危险。回去告诉魏忠不必替我担心……"说着她从怀里掏出一条洁白的手绢："您把这给他，我的全部心意都在上面。"姑娘说完，不得不忍心拉开侧门退了出去。

秋雯姑娘知道与舍命王这一分手，便是生离死别。前些天，姑娘怀着满腔义愤找大疤癞报仇。谁想被大疤癞给关押起来。黄奎为了消赃灭口，对外造了个姑娘死于车祸的假相；他又以秋雯私通"抗联"为罪名，呈文给警备司令部，要把姑娘秘密处死。谁想小坂见了这份呈文如获至宝。因为他正在寻找魏忠的亲属，他立刻命令大疤癞把秋雯送到他的官邸。这老鬼子假仁假义地安慰秋雯，甚至要认姑娘做他的干女儿。开始秋雯不知小坂的用意，后来鬼子一边献殷勤，一边向她打听魏忠的事情，姑娘这才明白了。一定是魏忠还活在人间，成了鬼子所害怕的人。这一来秋雯为自己的亲人感到骄傲，下定决心一定要活着见到魏忠。

舍命王见秋雯悄悄离去，他赶紧往外走，和门上那老日本打了个招呼："小坂先生公事在身，我改日再来吧！"他出门走远以后，取出秋雯那条手绢儿，见上面写满了娟秀的字迹，还点点浸透着姑娘的泪痕。这字样是一首很长的五言古诗。头几句是："天地有正气，杂然赋流形。下则为河岳，上则为日星……"舍命王说书多年，对中国历史知识懂得很多，他知道这是宋末文天祥的《正气歌》。文天祥，字文山。在南宋灭亡以后，他孤军奋战，被俘后被关在元大都。他被关押的地方，令人难以忍受。文天祥说有七气：水气、土气、日气、火气、米气、人气、秽气。有人问他："你为什么不死啊？"文天祥回答："我要活着，我的心就像一块磁石坚定不移地向着我的故国。"舍命王看了这首诗，对姑娘的心意就全然了解了。他曾担心姑娘性格温柔没经过什么风险，此时才知道秋雯却有如此心胸！

舍命王手捧着秋雯姑娘这条手绢儿，心如海浪奔腾！他从秋雯想到春喜、郭金霞；又想起身边活着的人，田先生一心报仇，又没有别的办法，只能把自己逼到绝路上；再想想魏忠，忍着与自己未婚妻分离的痛苦，一心为着工作；就连那个送酱油的，没人瞧得起他，甚至都不知道他的姓名，可是他也为着民族大业迎风冒险……舍命王也想到他自己，他决心也投入这样的危险之中！舍命王说了一辈子书，说的都是抵御外邦侵略的民族英雄，比如什么《岳飞传》《杨家将》《呼杨合兵》等。在他晚年的时候，他走上自己一生新的高度；他自己要做这样的英雄。他心里拿定了一个主意，哪怕把自己的性命搭上，他也要铤而走险。他暗暗叫着自己仇敌的绰号："大疤癞，多少年来你对我们步步死逼，今天我偏要找上你的门去！"

第十四回

独身冒险入虎穴
四方奔走闯江湖

舍命王从秋雯那里得知大疤瘌的住址，他决心为"抗联"尽自己的一份力量。他知道魏忠他们要营救关在秘密监狱里的一位领导，这个人虽然舍命王不认识，但他从心里非常敬仰。本来自己的想法应该去和魏忠商量商量，但是他怕"抗联"的人不会同意让他去冒这个危险。舍命王想：你们怕我受了连累，可我也是个中国人啊！我在抚顺人熟地熟，又是人人皆知的说书艺人，要摸监狱里的事儿我比你们更合适。想着他走到一个卦摊儿上，借了一支笔，偷偷地给魏忠写了一封信。信刚写完，舍命王忽然见那边围着一群人，他眼前一亮看到了一个熟悉的身影。谁呢？正是他寻找不到的田世岭老先生。

田先生这些天疯疯癫癫，到处追寻大疤瘌。他不顾吃，不顾睡，风吹霜打，几天的工夫走路身子都打了晃儿。就这样他嘴里还叨唠着："二二四一，我要找二二四一……"舍命王走到他的背后，双手把他抱住："田大哥，您不能再跑了！您看看我是谁？"田先生回头看看他，还直着眼睛装疯："你是玉皇大帝。"舍命王把他拉到背人之处，轻声叫道："老哥哥，听我告诉你一件事……"田先生眼泪唰唰直流："天鳖你还说什么！我现在活着就当是死了，得借着这口气儿给咱秋雯报仇呀……"舍命王忙说："老哥哥您别难过了，咱秋雯她没有死啊！你看……"说着他掏出秋雯的那条手绢儿，秋雯的字迹田先生当然熟悉。舍命王说："咱孩子她不仅坚强地活着，还在做着一件大事。我现在也要走了，你把这条手绢儿，还有我的一封信送回我的住处，交给我新来的徒侄，他叫魏忠，千万不能让外人看见。"田先生接过手绢和那封信，呆愣愣地看着舍命王。他听不懂这些话的意思，可是他也觉出在自己走投无路的时候，舍命王越来越有了办法。就这样他目送着舍命王向远处走去。

舍命王按着秋雯说的地址，大摇大摆地走进了大疤瘌的院门。进了院子亲亲热热地喊着："黄先生在家吗？"巧，这天黄奎正在家里。大疤瘌也是五十好几岁的人了，自从当了秘密监狱的看守长，性情变得更加残暴阴险。他轻易不回家，今天刚回来就听有人叫他的名字。听声音还挺耳熟。隔着窗户一看：哟！他怎么来啦？这工夫舍命王满面春风地推门进来了："哎呀黄先生，多年没见你也老多了！我回到抚顺就到处找你，直到今天你我老友才得相会。"黄奎蒙了，怎么也想不到舍命王会来找他。他在舍命王身上欠了多少债呀！尤其是在大连他想借着日本人的手杀害舍命王，结果郭金霞替舍命王死在船上。他又想到前两天他坑害了秋雯姑娘，那是舍命王徒弟春喜的妹妹，莫非今天他来是找我算总账的？他一边想一边让座："请坐请坐，喝茶喝茶。"他斟起茶来手直打哆嗦。到这时候，舍命王坐在椅子上倒挺稳当，说起话来又很随和："黄先生，我这次回抚顺，今非昔比，与十几年前大不相同。我想找些老人儿聊聊天、叙叙旧，结果死的死，走的走。想当初我乍到抚顺还指着您给我把场子，现在不同以往，眼下官面儿上、铺户买卖家，包括小坂先生那儿也常请我去说书。这些黄先生还不清楚吧？"大疤瘌说："我怎么会不知道？从你回了抚顺我就听到了您的大名。"他心里暗说：正因为你现在在声威高了，不然我早把你处置啦！舍命王接着跟大疤瘌套近乎："这些日子不少人对我说，你有个好朋友黄奎老不见了，他在什么地方？今天和您见了面，对他们也就好说了……"黄奎一听这话吓了一跳，心说：你千万别给我往外张扬，我现在在监狱干事儿，这是日本人严格保密的地方。常言说"说书的嘴、唱戏的腿"，他要往外给我一嚷嚷，就得断送了我的前程。他越想越害怕，脑袋好像大了三圈儿。怎么办？轰出去？我能堵住他的嘴吗？要不就得灭口，弄死他……也不行。舍命王不同当年，别看是个说书的，在市面儿上都知道有这么个人，闹出事来我吃不了得兜着走。这老家伙一时想不出主意，急得直眨巴眼睛。舍命王看着他那难受的样子一阵哈哈大笑："哈哈哈……黄先生，十几年您没听我说书了，我真想找机会给您说一段儿。往后有什么堂会求您给我应着点儿。"舍命王有意把话递过去。大疤瘌想：对！这是现如今唯一的好办法。我假装请他说书，把他带到监狱，那里是我的天下，让他永世不能出头！他想好了，对舍命王假亲假近地说："太巧了，我有几个朋友一直想听您说书，那个地方还特别清静，而且……"他说到这儿话音儿一变，显得格外阴冷："您既然今天来了，现在就请您去跟我说书。"说完他抄起桌子上的电话，叫通了嘀咕了几句，没多会儿门前停下了一辆黑色轿车，车号正是二二四一。

舍命王就是要的这一招儿，真算是如愿以偿。他也清楚地知道，此一去处境更加艰险。大疤瘌一拉车门："王先生请吧！"上车后，他把车门一关，哗！又把窗帘儿一拉，这辆汽车一直把舍命王拉进了人间魔窟——日本人的秘密监狱！

黄奎把舍命王带进监狱，为他安排了一间小屋，还派人给他准备了酒菜。大疤瘌绕着圈子对舍命王说："你既然来了，我就要好生招待。这里有你吃的、有你住的，每天还发一包烟。从今天起你可以开书，日久天长你慢慢说吧！至于说到哪天为止，你听我的。不过你得受点委屈，这里不太方便，你不能出去。"到了晚上，大疤瘌把些看守召集起来，海说了一阵："各位都很辛苦，咱这个地方平常不太热闹，虽然有一部手摇电影机，就那么几卷片子看来看去也没大意思。我今天特意为你们请来个说书的先生。这位王先生会的书很多，永远说不完，你们就慢慢听吧！"那些看守一听都挺高兴，打进到这来，平时不让出去，这下总算有个开心解闷儿的。大疤瘌嘴里假仁假义，可他暗中在卡片上填"政治犯王天鳌"，最后俩字"无期"。他给判了徒刑啦！

从那天起，舍命王在监狱里说起书来。这里的小特务们都知道舍命王是个说书艺人，说了一辈子书没做过别的事。而且进这个监狱的人都没有出头之日。所以他们对舍命王也没更多的戒备。舍命王用说书勾着这里的人，没几天跟特务混得满熟，见面嘻嘻哈哈。舍命王亲眼在这里见到有许多爱国志士、民族英雄与敌人斗争，他们受尽酷刑百折不挠，宁死不屈，使舍命王更加敬佩。其中他特别注意观察那个叫徐光的人，他知道这人是"抗联"的重要领导同志。舍命王就在他出出进进之中，把监狱的秘密设施，敌人的活动规律看在眼里，记在心头。到了深夜，他就用每天一包烟的纸盒，记下情报。没有笔，他就用划过的火柴头儿来写来画。

自从舍命王进监狱以后，外边的事情可就热闹了。魏忠见到田先生送来舍命王的信，内心感动万分。这本当是"抗联"战士急需要做的工作，舍命王却抢着去做。作为一个说书艺人的舍命王，已是名成业就，可是他甘心闯入那人间地狱，他的爱国热忱怎能不使人敬佩呀！魏忠将这一情况及时向党的组织做了汇报，地下党研究决定：要动员各界力量来营救舍命王。魏忠先让春欢、春笑到警察署告状，说师傅突然失踪，请他们协助寻找。然后再找曾经听舍命王说过书的官面儿的人，什么政界首脑、汉奸头子以及商界有影响的人物，去找他们大造声势。春欢、春笑又找了鼓书同业公会，求本行界的师叔师兄帮忙。艺人们当然全力以赴。舍命王在抚顺德高望重，全市艺人联合行动，就连唱京戏、唱落子、唱蹦蹦的都惊动了！人人在寻找舍命王的下落。这一来，不论是大票屯、小票屯、老虎台、龙凤坎、欢乐园、千斤寨、"四町目"、"七町目"……所有说书馆、戏院，开场之前都有人上台讲舍命王失踪的事儿。地下党通过外围组织，在文化界、教育界广泛鼓动宣传，都说："在抚顺妇孺皆知的一位艺人忽然失踪，一定被坏人所害，要求当局查清。"一时间，舍命王的事情闹得满城风雨。我们地下党还通过内部关系，在敌人的报纸上登出文章，写道："舍命王就在抚顺，可是就忽然失踪了。难道抚顺市里还有一处天不知、地不晓的神秘所在吗？"

在这一片强大舆论压力之下，大疤瘌吓得心惊肉跳！尤其是报纸上的那篇文章引人注目，这老家伙惊得直倒吸凉气。暗说：再多说一句就把我们这所秘密监狱暴露了。看来我把舍命王偷着关起来，是大大的失策。我怎么也没料到，一个臭说书的有这么大的人缘儿。现在我是手里捧个刺猬，扔又不能扔，留着又扎手。这可怎么办？他实在没有办法应付，只好去请示鬼子小坂。

警备司令官小坂一见自己的心腹大疤瘌，透着一股亲热。大疤瘌提起舍命王的事，小坂自然也有耳闻："嗯，近来这个人的名字轰动了抚顺。"大疤瘌说出："太君，这个人是被我关起来啦。"话音未落，小坂转过身，抡圆了胳膊给他一个大嘴巴："苦辣！"这一巴掌打得大疤瘌就地转了两圈儿。大疤瘌心里说：这小坂平时看着文雅，没想到手上还挺有功夫。小坂说："你是成事不足，败事有余，舍命王是个声名远震的人物，连我都轻易不动，你却找这个麻烦。现在引起社会这样大的波动，目前局势又不稳，人心动乱，你是给我出难题，弄得我们骑虎难下！"大疤瘌捂着左半拉脸说："那就把舍命王放了吧。""苦辣！"小坂回手又给大疤瘌一个嘴巴。大疤瘌想：坏了，右边脸也肿啦！小坂说："忘了你们那儿是个什么地方？王天鳌要释放了泄露机密，皇军苦心经营的秘密监狱就失了安全保证。"大疤瘌说："实在不行，干脆把他处置了……""苦辣！"没等小坂手举起来，大疤瘌"噌嘡"蹿出去七八步远！都打惊了。小坂说道："现在不能再拖时间，舍命王必须立刻与社会见面，只有这样才能平息抚顺有秘密监狱的传说。"小坂亲自向大疤瘌做了一番周密的布置，要让舍命王在欢乐园书场公演一天，但是必须派人严密监视，不准他与任何人交谈。说书以后再把他重新关押起来。

在小坂亲自授意之下，还是那家报纸登出消息，内容是，"日下纷纷传闻艺人舍命王失踪一事，据本报获悉纯属谣传。该人系往乡间访友已返回抚顺。据该艺人向本报称：已来关东十数载，年过半百，甚生思乡之念。预定于九月九登高日在欢乐园一书场登台献艺，做告别演出。尔后该艺人将返回河北原籍"云云。这意思是告诉人们，舍命王还活着，只演一场。

再说大疤瘌黄奎去找舍命王布置，这家伙笑容之后带着杀机："王先生，你来了这么些日子，这里是什么地方你也知道。我们这里的事你只能看在眼里。今天是九月九登高日，在这个好日子里送你到欢乐园去说书。说完书你当场说明，从明天起你就回河北老家。你要不照这样说，我们想处置你跟踩个臭虫一样！"舍命王完全明白他们的意思。暗说只要让我出去就能将身上的情报送给亲人。到那时不管我自己怎样，只要为"抗联"出一点力，让监狱中的那人得救，我死也瞑目。

晚饭后，几个便衣特务押着舍命王来到了欢乐园。离书场还有几十米远，那几个特务不由吃了一惊："哟！怎么这么多人啊？"就见书场屋里门外的人拥拥挤挤。本来平时听书的要喝茶，场子里每一张长桌配两条板凳，今天人来得太多，临时把茶桌撤了，摆满了坐凳。就这样还坐不下，门外窗前全站满了人。

今天来听书的，除了原有的老书座儿，还有商界、文化界的名人。特别是地下党为了营救舍命王，发动了各矿的工人，他们从四面八方赶来听书。另外书场里混杂的便衣特务也不少。嗬！那屋外的人是越聚越多。突然有人看见了舍命王，大喊了一声："王先生来啦！"大家自动给舍命王让开一条路。两边的人不管认识不认识，纷纷向舍命王问好。舍命王从人群中看到了那个送酱油的。他心里全明白了，这是"抗联"的人在关心着自己。舍命王就在这听众的一片掌声中走上了书台。

春欢、春笑和魏忠围着舍命王忙前忙后。春欢上台摆好扇子和醒木，春笑递过手巾让师傅擦脸，魏忠沏好一壶茶送到台上，提壶斟满了一碗，刚要走，舍命王说："等一等。"他端起碗闻了闻，又说："我不喝这个，去给我换一壶红茶。"说着他两手把壶递给了魏忠。就这一递壶，就把一卷儿情报递过去啦！那位说："舍命王怎么干得这样利索？"诸位，舍命王说过多少年书，很多书里有这种传书递柬的情节。这办法他早就算计好了。舍命王把情报递出去，他放心了，暗说：以后有什么危险我也不在乎啦！

舍命王面对全场听众开始说书。他说了几十年的书，从来没有像今天这么过瘾。他尽量提高了调门儿，为了让门外窗前所有的听众都能听清楚。几段书说下来，他向大家抱拳拱手："列位！承蒙大家抬爱，我今天晚上的书就说到这里。我向各位告别，明天我就要起程回河北老家。我王天鳌来抚顺多年，受到各界父老兄弟的关照，我永生不忘。"说完这句话，他转身就往台下走。场子里的听众喊起来了："王先生别走！往后我们还想听你的书！"这喊声一阵高过一阵，舍命王没有抬头。他心里明白，这喊声后面有"抗联"的安排，他们关心着自己的生命安全，唯恐怕我落入虎口。可舍命王想：这场子里有不少便衣特务，真要闹僵了，恐怕会连累了无辜的民众，我个人死活算不了什么，"抗联"要营救那个叫徐光的人，才是大事。

舍命王要下台走，场子里的人就是不让。大家一起喊："要求王先生再多说几天！"这场里的气氛非常热烈。有些商界老板看风势不好，就想往外溜，那些矿工又拼命往前挤。特务们个个手忙脚乱——恐怕出什么事情，可是这些人又没有什么越轨的行为，只是一直高喊："欢迎王先生再演几场！"

到这时候，舍命王不能再推辞了。他眼看小小书场挤进了三四百听众，各行各界的人都有，大家都站着冲他使劲喊着，向他伸出声援的手来。舍命王激动得泪花闪闪。作为一个说书艺人，一辈子想的就是让听众满意，今天的场面儿是他几十年从没遇到过的，真是永生难忘。他知道这里不仅是听众对他的欢迎，更主要的是有共产党人对他的关心和爱护！舍命王含着眼泪说："大家静一静，既然大家这样抬爱我，我就再接演三天！"

押解舍命王来的那几个特务，干生气没有办法。小坂为了平息社会舆论，只得让舍命王再说三天。每天舍命王说完书，特务们都要把他押回监狱。就在第三天晚上，舍命王的书正说到引人入胜的时候，忽然从秘密监狱的方向，隐隐约约传来了阵阵枪声！舍命王心头暗喜，他知道"抗联"人劫狱战斗打响了！敌寇气急败坏，不容他把书说完就把他带走了。从此，这位爱国艺人便音信皆无。

直到一九四五年"八一五"日本投降以后，日寇被赶出中国，汉奸大疤瘌黄奎也被当地群众给处决了。有一天，一位衣衫褴褛的老头儿，到欢乐园书场来找春欢、春笑。有人认出来了："哟！这不是舍命王吗？怎么这么老啦？也别说，老爷子稀里糊涂地吃了一场官司，能活着就算万幸。"人们都同情舍命王，可是没有人知道，他曾经为我们民族解放事业做出过贡献，老头儿他自己也不说。

春欢、春笑见了师傅抱头痛哭。春欢递给师傅一个小手绢儿包："师傅，这是'抗联'烈士魏忠留给您的，他在那次劫狱战斗中牺牲了。我们见到在他牺牲前，每天晚上都在灯前抄写东西，他要我把这个手绢包儿交给您。"舍命王打开一看，是一个厚厚的本子，上面抄写的是一部评书梁子——《传枪记》。最后魏忠还写了一行字："愿民族艺术发扬光大！"舍命王把它紧紧贴在胸前，含着泪问徒弟："秋雯她怎么样啦？"春欢、春笑摇摇头："这事儿让我们怎么说哪……"提起秋雯，就在那次劫狱战斗以后，在抚顺市流传着一个动人的故事。说在日本小坂的家里软禁着一个中国姑娘；姑娘是学生出身，性情非常温柔。可是谁能想到，有一次十二点拉汽笛，正是日本人悼念他们阵亡将士的时候，小坂正低着头默悼。那个姑娘猛然从他身后扑上去，用剪子结果了这个魔鬼的性命。至于姑娘的结果，其说不一。有的说她当场被看门的老鬼子开枪打死了；有的说她没死，她趁着混乱逃出了魔窟；也有的说在哪儿见过她，她和一个曾经疯过的老头儿，在一起走乡串镇为人看病；还有人传说，他们到北满去了……

那么，后来舍命王下落如何呢？他又走上了流浪作艺的道路。他虽然盼到光复，可是他知道真正的光明是在北满，那里有魏忠的部队和战友在为人民的幸福战斗。他去寻找秋雯和田世岭先生。不管走到哪儿，他仍然接着说那部"抗联"战士用生命和鲜血给他保留下来的评书——《传枪记》！

（1985 年 6 月由春风文艺出版社出版，

全书由评书名家田连元录制播出）

小品短剧卷

赵连甲 著

作家出版社

作者简介

赵连甲，曲艺表演艺术家、作家。1935年生于说书世家，自幼随父从艺。1952年开始发表文艺作品，迄今创作刊发短篇曲艺300余篇、中长篇书目10部、选集单行本11册、创播小品短剧146篇，编纂出版《中国传统山东快书大全》《中国传统西河大鼓鼓词大全》《书坛一杰》（理论文集）等5部。系中国曲协会员、中国作协会员、中华名人协会理事、中华曲艺学会顾问；曾任公安部金盾艺术奖评委会委员、中国曲艺牡丹奖评委会委员、出任多届央视春晚编导组成员；获第八届中国曲艺牡丹奖终身成就奖。

2014 年 8 月赵连甲先生于民族宫演出照

1990年侯耀文、赵连甲、李金斗、石富宽于央视中秋晚会演出剧照

小品《名人的烦恼》，由侯耀文、石富宽、赵连甲同运动员合演

1987年央视春晚赵连甲、王刚表演小品《拔牙》剧照

1989年雷恪生、赵连甲、宋丹丹于央视春晚表演小品《懒汉相亲》

2016年赵连甲于中国文联《百花迎春》联欢现场演唱

赵连甲李文秀夫妇与三个女儿赵荣、赵卉、赵蕊以及弟子伍振英、李春来于1979
年合影

2009年李文秀与三个女儿赵荣、赵卉、赵蕊合影

2010 年赵连甲与夫人李文秀、长女赵荣、三女赵蕊于京郊合影

2011 年 11 月赵连甲与夫人李文秀、长女赵荣、三女赵蕊和外孙李逍然参加北京台《非常夫妻》栏目拍摄

赵连甲 1952 年于辽东省话剧团生活照　　赵连甲 1963 年于海政文工团照片

赵连甲 1973 年由五七干校返京后照片　　赵连甲 1984 年赴美国演出照片

赵连甲 1994 年生活照

赵连甲 2001 年生活照

赵连甲 2015
年与会发言
照

2014 年界人祝贺赵连甲先生八十华诞

赵连甲荣获抗美援朝作战 70 周年纪念章 2020 年 10 月 23 日

目 录

舞台演出脚本
（以创作、播出日期排序）

电视拍摄短剧
（以创作、播出日期排序）

微型喜剧小品
（以播出日期排序）

艺苑滑稽系列
（以播出日期排序）

运动场上的笑星

街头趣事录

笑话三则

附录

（采集相关作品评论、序文、访谈、特写刊件）

舞台演出脚本

漫画与相声

（于 1986 年央视国庆晚会播出）

作　者　赵连甲　幺树森

参演者　漫画家李滨声，相声演员侯耀文、石富宽。

地　点　中央电视台 1986 年《时代的音符》国庆晚会现场。

幕　启　观众席间，侯耀文与李滨声对话。

侯　李老师，今天请来的这些观众您熟悉吗？

李　听说有几十位都是经济改革的先进人物。

侯　我们改革者的队伍真是人才济济，大有希望。

李　是啊，可是他们的困难和阻力也不小哇！咱们搞讽刺幽默艺术的应该支持
　　他们，多宣传他们。

侯　像您这样的漫画家，就该发挥威力了。

李　漫画和相声都具有这方面的擅长。

侯　不，还得说是漫画艺术威力大。不管改革家们遇到什么困难，遇到什么阻
　　力，你们漫画家一看该支持了，大笔一挥，唰唰唰——那漫画寓意深刻，切
　　中时弊，一目了然，形象生动，那效果简直——都快赶上我们说相声的了。

李　说了半天，我们还不如你们哪！漫画的特点就是来得快。

侯　我们说相声的来得更快。

李　我们有一支笔、一张纸就齐了。

侯　我们把嘴带着就全有了。

李　我们脑子里构思好，笔下就能形成一幅画。

侯　您那儿还没画完，我这儿就说出去啦。

李　我可以当场作画。

侯　我能即兴表演。

李　我……我说不过你。这样吧，我现在画一幅画儿，把改革家们当前面临的一些困难和苦恼，用漫画表现出来。你哪……

侯　我马上就把您的画儿变成立体化的相声表演，那可比您的画儿强多了。

李　好，咱试一试。

〔李埋头作画。石富宽将侯拉至一边。

石　伙计，你把话吹得这么大，行吗？

侯　嗐，吹嘛还不往大处吹！到时候我怎么说你就怎么跟着演。实在不行我还能得他几幅画儿呢！

李　好了，我的画儿出来啦。

侯　（接过画儿，边向观众展示着边说）这画面上边是上下交叉着的几个大水点儿，下面是一株小花骨朵儿……哎！您画的这每个水点儿都比那花骨朵儿大好几倍，那不把花给砸烂了？

李　对，就这意思。有些人专门给改革者泼冷水，进行毁灭性的打击。你就把这幅画的内容变成相声表演吧！

侯　这很好演嘛！泼冷水的人，今儿在座的都遇见过……

〔石富宽拎着水桶走上。

侯　哎，你怎么把水桶拎上来啦？

石　演出的道具。（举起水桶欲向侯头上倒）

侯　哎，哎，哎……你干什么？

石　泼冷水呀！

侯　我这洗澡来了。你听我说……把桶放下吧。人家的漫画讲寓意，让人一目了然。咱得化成具体的人物和情节。现在你演改革者，我来给你泼冷水——（转身投入角色，装腔作势地）我说石厂长啊！

石　嘿，这么会儿我当上厂长啦！那你是哪位？

侯　我是省工业局的侯局长。

石　敢情他比我官儿大。

侯　小石啊，听说你们厂改革的这半年形势很好，热气腾腾，产量提高了不少。

石　产值上升了百分之七十。

侯　那就停产吧！

石　嗯？

侯　听说有些单位跟你们厂签订了不少经济合同？

石　对。

侯　那就作废吧！听说你们要扩建厂房，地基都打好了？

石　下个月就能完工。

侯　那就下马吧！听说你们招聘了一些科技人才？

石　专家、工程师请了二十几位。

侯　那就都轰回去吧！

石　凭什么呀！你来这儿就是泼冷水的？

侯　可以这样说。泼点冷水让你头脑清醒清醒，这一讲改革，你这也要改，那也得革，有些制度我们都干了几十年了么，你说改就改呀？知道吗？局领导正在调查你哪！

石　知道。你说我是头脑发热、好出风头。其实这也不算怪事儿，任何新生事物，总会有些人看不惯、说三道四的……

侯　你这头脑又热起了……（提起水桶）得给你洗个冷水澡了，侯局长的话都敢不听啦。

石　甭管你是什么长，搞"四化"建设，必须坚持改革道路。

侯　你还敢当面顶撞领导……（拎着水桶追石）

　　〔李滨声在座位上鼓掌。

李　演得好！事件和人物形象都挺鲜活的。我这又画好一幅，你们二位看怎么演？

　　〔石接过画，向观众展示着。

石　李老师，您这是画的什么鸟啊？

李　不是鸟，鸭子。

石　比例不对，鸭子的嘴哪有这么大的！

李　在国际上画漫画儿的，通常把鸭子作为造谣者的形象，突出的就是鸭子的嘴巴。

侯　噢，讽刺对改革者造谣生事的人，这太好演了——（转身对观众鬼鬼祟祟地）知道吗？有个叫石富宽的，就这小子……

石　你这是怎么说话啊？

侯　听见啦？

石　废话，你说我能听不见嘛！

侯　你就得装听不见，已经开始进入表演了。我现在是在对改革式的厂长背后议论，进行造谣生事。我在背后说什么你都听不见，我就是骂你，你都得装得跟没那么回事儿似的。

石　嘿，我怎么演这么个倒霉的角儿啊！

侯　（继续对观众）石富宽这小子，不是个东西。

石　你才不是东西呢！

侯　哎，你怎么又忘了？你不能说话。

石　……好，你说什么我就当听不见。

侯　（对观众）石富宽他为了当改革家，搞假改革，踩着别人肩膀往上爬，目无组织，突出个人，是个大野心家呀！

石　说吧，我不在乎。今儿在座的这些改革家谁没经过这个？

侯　这小子是个伪君子，在外头道德败坏，胡作非为，遭骂哟！

石　（念歌谣似的）不挨骂，长不大，改革者不怕风凉话。

侯　你们知道他老婆在家里干什么吗？

石　这么说吧，到了这个份儿上，我老婆她改嫁我都不管啦。

侯　他还当改革家哪，不配！他——他生活作风有问题！

石　嗯？我生活作风有什么问题？

侯　他跟一个女的——哎哟，那女的大高个儿，穿得阔气！那天他偷着跑人家去了……

石　大家谁也别信，他完全是诽谤。

侯　诽谤？我有证据……（掏出一盘盒带）那天，我知道他去，我事先把一个微型录音机藏在了沙发后面，他们的谈话我都录下了。

石　整个一个侦探。

侯　大家都听听……（将盒带放入录音机，边放录音边插话。）

　　〔女人的声音："我以为你不来了，你还是来了。"

石　（惊奇地）唉，这是谁呀？

侯　少装糊涂。（对观众）你们大伙再听他说什么……

　　〔男人的声音："只要你叫我，我随时都会来到你的身边。"

石　我怎么那么听话呀！

侯　再听那女的怎么说……

　　〔女的声音："丈夫和孩子对我都无所谓。"

石　我是第三者插足？

侯　要不说你道德败坏呢。大家听，他对那女的还觍着脸说哪……

　　〔男的声音："我爱你就像你爱我一样，黎迪娅蒙达尔娃。"

石　噢，我是那维克多啊？还真是《诽谤》。

侯　……你们俩怎么都改外国名字了。

石　别装傻了，你放的是墨西哥电视连续剧《诽谤》的录音！

　　〔李滨声从座上站起。

李　好！二位发挥得不错。我的第三幅画……

侯　等等吧。李老师别您画什么就让我们演什么了，这回咱们倒过来吧。我们先演，您能不能把我们表演的内容，在您的一幅漫画里表现出来？

李　行，咱试一试吧。

侯　（对石轻声地）他可折腾咱半天了，这回咱也难难他吧。现在都在搞改革。你要改革吗？那些传统的旧势力、旧观念、旧习惯准得跟着搅乱。你还演改革者，我呢代表上下左右、四面八方各类人物给你制造困难——让他那漫画画不成。

石　你怎么尽这馊主意！

侯　不能让画漫画的把咱比下去。（对李）李滨声老师请注意，我们表演开始了。

李　我准备好了，开始吧！

侯　（官气十足地）"小石啊，当初我提拔你当厂长，是看你憨厚、老实、谨慎、稳重，现在变喽！（摸石一下，抖手）你满身都是刺儿了。"

石　我是刺猬。

侯　"改革谈何容易！不能着急，要耐心等待，慢慢来嘛。"

石　看得出来，这是保守思想类型的人物。

侯　（模拟死磨硬泡的二皮脸，外加男人女性化的人物）"哟！厂——长，缺德的，你这一改革把我奖金扣了，这不行，别人得多少我得多少。扣我的奖金你得给我补上。嗯，不嘛！你给我补上——"（掏石的兜儿）

石　你掏我兜儿干吗？这位呀，是典型的平均主义者。

侯　（操唐山口音的泼妇）"姓石的！你说咋儿着吧？想让我挪窝儿，没门儿！工业局的牛局长是我的二姐夫！"

石　又来个仗势压人的。

侯　（管人事的东北老哥）"老'司'啊，你要的那俩银（人）桉（说）啥也不能调你那疙瘩去呀！"（江浙语调）"搞什么搞？你搞的那改革，就是资本主义复辟嘛！"（天津的嫂子）"大锅饭是让你给砸了，我拖儿带女的可怎么办呢？我这俩孩子归你养活啦。宝贝儿，去！跟他叫爸爸。"（河南籍下台的厂长）"中啊，你把俺这厂长弄掉了，对恁（你）也猫（没）好处。这两瓶喝的咱俩承包了。一瓶是火碱，一瓶是敌敌畏，恁说恁喝哪瓶吧！"（综合以上每个人物的半句话）"小石啊，当初我提拔你当厂长……""扣我的奖金你得给我补上，嗯，不嘛！""你要的那俩银——""搞什么搞？""宝贝儿去，跟他叫爸爸。""恁说恁喝哪瓶吧！"

石　全乱了套啦。

侯　李滨声老师，您就照这内容画吧。

李　我已经画出来了。

　　〔李滨声将画向观众展示。

石　瞧，画面上这一大圈儿里：有鼻子不是鼻子、脸不是脸的；有手长、胳膊短的；这两道儿，是愁眉不展的；咧嘴笑的，张嘴喊的；还有个光有脑袋没长眼的——

侯　当间儿拿棍儿的这人……怎么像个小猴子？

李　对，这幅漫画的题目叫《十八罗汉斗悟空》！

——结束——

拔 牙

（于1987年央视春节晚会播出）

人物　牙医（由王刚扮演）。

　　　患者（由赵连甲扮演）。

地点　街头。

幕启　台上一方桌，桌帷上有"祖传牙医"和斗大的"牙"字。

〔身穿长衫、头戴礼帽的牙医，手提竹编的小箱走上。

牙医　我先给各位拜个早年了！兄弟从外乡来，初到此处，略施一点小技，为您排忧解难。那位问我到底是干什么的？本人——拔牙的。那位说你的技术到底如何呢？我这里有实物为证。您听——（摇晃起手提箱，箱内发出"哗哗"的响声）这一箱子牙，全是我拔的。

〔扮演患者的演员着装短衣小帽，捂着半边脸走上。

患者　哎哟，哎哟……

牙医　看，我的买卖来了……（坐至桌旁看起报纸）

患者　哎哟，都说这牙疼不算病，可疼起来真要命。太疼了，这半边脸都木了。我呀快到医院瞧瞧去吧……（发现牙摊）哎，这儿有看牙的。摆摊儿的比医院便宜，我就这儿了。（走近）大夫！

〔牙医不予理睬。

患者　大夫！……（自语地）这大夫有两下子，要不怎么会这么大架子。（大声地）大夫！

牙医　（派头十足地）啊！

患者　您给我看看吧。

牙医　怎么啦？

患者　我牙疼。

牙医　牙疼找我来啦？

患者　可不找您来了，找警察人家不管哪。

牙医　牙疼是不？那你牙疼是打算彻底除根儿啊，还是留着点儿解闷儿呢？

患者　大夫，您怎么老说笑话啊？

牙医　那你说什么警察不警察的？！

患者　那您就给我看看吧。

牙医　看看哪？

患者　看看。

牙医　拔了吧！

患者　拔……别价呀！您给我看看再决定啊！

牙医　还得看看？

患者　哎，看看。

牙医　好咧！（从箱内取螺丝刀）

患者　（自语地）哎呀，太疼了……

牙医　来，看看。张开你的嘴。

患者　哎。（嘴张开）

牙医　（用螺丝刀在患者嘴里搅了几下）哪个疼啊？

患者　您这一攞拉哪个都疼了。

牙医　这不是废话嘛！到底哪个疼啊？

患者　上边儿这一个。

牙医　上边儿这一个？

患者　对。

牙医　拔了吧。

患者　拔一个牙……多少钱哪？

牙医　一块六。

患者　别逗了，您这又不是大医院，拔一个牙一块六，哪有那么贵的？少给点行不行？

牙医　还跟我还价？你给多少？

患者　给你……（难以出口，小声含糊地）八角。

牙医　多少？

患者　给您……（同上）八角。

牙医　大点声！

患者　大点声就是……（仍吞吐地）八角。

牙医　要一块六给八角？

患者　不拔了？

牙医　拿钱吧。

患者　拔了？（高兴地给了钱，对观众）八角，便宜！太便宜了！到大医院五

　　　块钱下不来，这才八角……

　　　〔牙医拿过一把特号大铁钳，边扳动着边向患者走近。

患者　（被惊呆）大夫，您干什么呀？

牙医　拔牙呀。

患者　您这不是拔牙。

牙医　那我是……

患者　您这起钉子来啦！

牙医　你怎么这么多废话？！

患者　您怎么用这家伙？

牙医　八角钱你还想用什么？

患者　唉，谁让咱贪便宜呢！您慢着点儿……（将嘴张开）

牙医　（将钳子伸入患者口中，用力一夹）哎！

患者　哟嗬！

牙医　怎么样？

患者　夹着了。

牙医　夹着了？（用力拔）走！（未能拔下）

患者　（托着下颏）嗯！

牙医　还够结实的。走！

患者　（身不由己地随着朝前移动）嗯！

牙医　走！别跟着我。走！别跟着我……

患者　废话，你拽着我我能不跟着吗？

牙医　跟我较劲哪？我叫你跟我较劲……（转身将钳子倒背起用力）哎——走！

患者　哎哟哎哟……（疼得捂着腮转圈儿）

牙医　（得意地）瞧见没有，就这么大能耐——手到牙掉！

患者　哎哟，他不是拔牙来了，他拔河来啦。我劝大伙儿什么时候也别贪便宜。我说拔一牙八角便宜，其实一点都不便宜，您看，我的牙上还带着二两多肉呢！……行了，总算牙拔下来了。（对牙医）谢谢，让您费力气了，再见了……（走出几步犯疑）不对呀……（转回）大夫，您把我哪个牙拔下来了？

牙医　怎么啦？

患者　我上边牙疼，怎么把下边牙拔去了？！

牙医　上边儿的牙呀？

患者　上边的。

牙医　上边的一块六，下边的八角。

患者　啊！花八角钱您给我拔好牙呀？

牙医　谁让你还价儿来着。

患者　这还怨我啦？

牙医　你看你怎么着？

患者　给我拔上边的呀！

牙医　拔上边的容易，拿一块六。

患者　一分钱也没省。（掏钱）给你一块六。

牙医　这不结了。

患者　不还价儿了……

牙医　行。

患者　您先等等。咱商量商量，别用那钳子了行不行？

牙医　八角钱咱是用那个，一块六咱要用世界上最先进、最科学、最文明的拔牙方法。

患者　什么方法呀？

牙医　套拔。

患者　套……套拔？

牙医　没听说过？一会儿你就明白了。（回身取用具）

患者　（自语地）套拔？这肯定是新方法，都没听说过嘛！

　　　〔牙医拿过来一头拴好套儿的线绳。

患者　您这是干什么？

牙医　顾名思义，套拔——只有套上才能拔呀！

患者　哎，您套吧。别套错了啊！

牙医　不能不能，上边这个是不？

患者　上边这个。

牙医　哪个？

患者　第四个。

牙医　第四个，张嘴。……怎么样？

患者　（话语不真地点头）嗯嗯，套上了。

牙医　套上啦？

患者　嗯，嗯……套上啦。

牙医　套上了跟我走。（牵着线绳的一头，到背起双手，慢步边走边哼唱着京
　　　戏）"店主东，走过了……"

患者　（弯腰抻着脖子跟随着。自语地）他这耍猴儿来了。

　　　〔牙医至桌旁，将线绳拴在桌腿上，回座位坐定。患者低头弯腰等待医治。

患者　（自语地）套拔？现在我算明白了，套上就跑不了啦。（对观众）笑什么？
　　　笑什么你？有什么好笑的，等你们闹牙疼不也得这样吗？！（对牙医）我
　　　说大夫，快着点儿吧，让大伙儿看着我这是什么姿势！

牙医　我是为了让你稳定稳定情绪。

患者　我这情绪稳定了，您快点吧！

牙医　好，快点儿。（将一小包药打开，放至桌角上）

患者　您放这儿的是什么？

牙医　给你用点药品啊！

患者　行，一块六没白花，看见药了。您这是什么药啊？

牙医　炮药。

患者　炮药？

牙医　不是，是妙药。

患者　什么叫妙药？

牙医　妙药没听说过吗？灵丹妙药嘛！

患者　具体点说是什么哪？

牙医　具体成分复杂了，这里有麝香……

患者　麝香？这麝香怎么是黑的？

牙医　老麝香。

患者　噢。……怎么闻不见味儿？

牙医　现在你闻不见味儿，一会儿你稍稍一加热，气体一挥发，香味儿立刻就出来了，紧跟着这牙不知不觉就掉了。

患者　那您给我加热吧！

牙医　这你得自己动手。

患者　我自己哪会？

牙医　非常简单。（点着一支香烟，递过）你拿这烟轻轻往上一碰，一切就解决了。

患者　好，这很容易……（用烟头欲与药接触）

牙医　等会儿等会儿，稍等片刻……（将身躲开）

患者　您干吗离我那么远哪？

牙医　你想啊，你花的钱你买的药，你得自个儿享受，我哪能占你的便宜呀！

患者　您太客气了，我哪能那么小气？您看，我这还吸您的一支烟哪……（吸了几口烟）那我就加热了？

牙医　你请便。

患者　（边说边将烟杆到药上）其实这不叫占便宜……哎哟！

　　〔炮药"轰"地燃起，患者随之跳起，手捂着被烧伤处。

患者　大夫，你可太缺德了！花一块六你让我放炮仗玩儿啊？

牙医　别说别的，你先摸摸你那牙。

患者　（摸牙）嘿，牙还真掉了。

牙医　这叫技术！

患者　牙是掉了，你再看我这脸……（放手示意被轰黑的脸）

（根据传统相声改编）

成功者的烦恼

（于 1988 年央视《奥林匹克之夜》晚会播出）

作　者　赵连甲　幺树森

参演者　曲艺演员侯耀文、石富宽、赵连甲。

　　　　乒乓球世界冠军陈新华、范长茂。

地　点　中央电视台 1988 年《奥林匹克之夜》文艺晚会现场。

幕　启　台后侧为看台，坐满观众，中间摆放乒乓球台案，前侧为表演区。侯耀文走上。

侯　下面请大家欣赏小品《成功者的烦恼》，内容是表现一个运动员荣获世界冠军之后，招来了一些意想不到的烦恼……

　　　〔石富宽、赵连甲上。

石　别说了，开始表演吧。

侯　好。请运动员陈新华、范长茂入场！

赵　走，咱三个到看台上看球去。

　　　〔陈、范开始练球。范不断施放高球，陈连连扣杀，掀起台上台下观众热烈气氛。

　　　〔侯、石、赵于看台处对话。

侯　阿华这球打得不错吧？

石　当然了，要不人家怎么成了世界冠军呢！

侯　知道我们俩是什么关系吗？

赵　陈新华？你跟人家有什么关系？！

侯　同学！从小一块儿长大的，我们俩没的说！

石　别套近乎了，谁不知道你外号叫"老贴"呀！谁名气大你贴谁，借着人家的名声，满世界招摇撞骗。

赵　现在社会上这种人还不少，我们街坊有个小伙子，搞对象怕女方不同意，愣说他爸爸是大音乐家聂耳，聂卫平是他叔伯兄弟。后来一打听，他姓冯，叫冯巩！

侯　冲你俩这话我去找阿华聊聊，让你俩看看我们是什么关系。（奔球台走去，向范长茂亲近地）阿华！老同学……

范　错了，我叫范长茂，（指对方）那是陈新华。

〔赵、石带动看台上的观众对侯哄笑。

侯　（自我解嘲地）我说两天没见，他怎么小了一号儿呢。（转向陈新华，抢上与陈握手，中断双方练球。）阿华，你好！

陈　（无奈应酬地）你好！

侯　认识我吗？

陈　嗯……（摇头）

侯　好好想想。忘啦？去年夏天在西单？

陈　在西单？

侯　哎呀，你怎么想不起来了！西单嘛，在西单——咱俩一块儿追过公共汽车呀！

〔赵、石于看台讥笑。

赵　就这种关系呀？

石　"老贴"嘛！这回没贴上。

〔陈点头致歉后，与范继续练球。

侯　（对台下观众）没关系。我知道怎么能贴上他。我先捧他，给他献花，我就说呀：华，你当了世界冠军，这是当之无愧的，举世无双的。你是从宇宙飞来的一颗巨星，辉煌灿烂，照亮乾坤，你就是七十六年闪现一次的……那成扫帚星啦。献花，走！（魔术般地从后腰抻出一束花来。再次中断二人打球）阿华，你荣获了世界冠军，这不仅是你的骄傲，也是我的光荣。（将花递过。对台下观众）谁带照相机来了？快给我照张相啊！

陈　（不耐烦地）对不起，我现在在练球。

侯　练球？好哇，我跟你练。你忘了咱小时候一块儿打球啦……（说着将范的球拍夺过）你先歇会儿。

〔石、赵于看台惊叹。

赵　嘿，这就贴上了！

石　哎呀，这"老贴"可真是能贴。

〔侯抢先发球，陈有意将球打出界外。

侯　（欣喜若狂地）带照相机的快照，我赢了世界冠军啦！

〔陈连续放转球、抽杀，侯无法招架。石、赵对侯惨状不断冷嘲热讽，引起观众阵阵笑声。侯恼羞成怒，将球拍扔给范长茂。陈、范继续练球。

侯　（在陈身后发泄不满）你有什么了不起的？不就是当回冠军吗？上回出国比赛我是没去，我要去了就没你什么事儿了！你当着这么多人寒碜我，我，我……

〔陈侧身欲接对方抽球，侯趁机对陈脚下使绊儿；陈翻了一个跟头，仍将球接过。

侯　绊不倒你，我搅和你，我让你这球打不成！（赌气地坐在球台上）

〔观众哄笑，赶侯走开。石富宽走上，对侯劝解地。

石　我劝你别赌气，何必呢！走，走，到看台看球去吧！

〔侯嘟囔着回看台。陈、范接着打球。

石　（对台下观众）您说这"老贴"像话吗？跟人家套近乎，人家不理他，他还跟人家急了，真没意思。其实，跟阿华呀，我们才是哥们儿哪！您笑什么？我可不是老贴。啊？我是干什么的？本人是"讨厌杂志社"出版的《无事生非报》记者。（脱去外衣，露出画有大铜钱标志的报兜子，兜内装有不少小报）本报专门登载马路新闻、小道消息、名人轶事等文章。哎！瞧一瞧来看一看哪，李谷一为什么烦恼？蒋大为为什么喜欢穿白色的西服？游本昌一次夜间秘密的行动！……这报等会儿再卖，我得借这机会采访世界冠军陈新华。我要采访的，都是您感兴趣的内容。我问问他当了世界冠军以后，和他爱人的情况。他是否尝受过第三者插足的滋味？在恋爱问题上是否出现过情杀案？（对陈）阿华！我来采访你。

〔陈只顾打球不予理睬。石追在陈的身后纠缠地。

石　说说你家庭情况，谈谈……有两句就行……

陈　（边打球边说）我们现在正在训练，请你不要跟着跑好吗？

石　（气恼地）你不谈？好哩，你的沉默就说明了问题的奥妙！（从兜内抻出一张小报）哎！瞧一瞧看一看，世界冠军陈新华出事儿啦！看看阿华不可告人的心机……

〔赵连甲走上。

赵　哎哎，别喊啦！你为赚钱骗人，就这么给人家造谣生事呀？

石　谁让他这么寒碜我哪！

赵　你们这样干，知道给名人带来多大的思想压力吗？走，你也上看台那儿看球去吧。

〔石转回看台处。

赵　太不像话啦！（将外衣脱下，内衣袖上挂着许多五颜六色的布条。对陈）阿华！我可找着你啦！（转身对观众）阿华为国家争得了荣誉，应当受到人们的尊重。我呢，受各界的委托，向阿华发出聘请，您看……（指布条说明）这是"青年自学成才理事会"，特请他担任常务理事；这是"防止大气污染协调委员会"，当名誉主席；这还有一个"保护野生动物基金会"；这还有"牛肉干品尝协会"；这还有"亚洲秃头谢顶防治中心"；这还有"发展绿眼儿兔子筹委会"——（转向陈新华）您是社会名人喽，这些荣誉都归您啦！

陈　（边打球边说）我不需要。

赵　您这是客气。现在我就向您表示祝贺了……（边摘布条边追往陈身上贴）您现在就是我们的荣誉理事了——您兼任我们协会的会长——这个您再来个名誉主席——哎哟我的妈呀！（赵扑空卧到球台上，喘不上气来）

〔侯、石上，将赵扶起。

侯　服了吧？连我都贴不上你就能贴上？

石　刚才还说我呢，你也让人家给寒碜了吧？

赵　陈新华他不识抬举！

石　早就不该理他。

侯　对，不理陈新华——咱找范长茂去。

〔三人向正在打球的范长茂走近。

合　范长茂！哈哈哈……

范　（连连作揖）行了，你们饶了我吧，给我们点练球时间吧！

赵　他两个人一样，一对儿不知好歹。

侯　把咱都得罪了，他俩这球还想练呀？给他们拆台！

石　对，拆台！让他们打不成！

合　拆！拆！拆！

〔侯指挥着，石、赵抬起半边球案向下场处走着；陈与范施展高超球技，在两半球案距离不断拉开的困境下，双方仍连续对攻相持不下，赢得观众阵阵掌声。

——结束——

紧急时刻

（1988 年创作演出版本）

人物　赵科长（简称乙）、一市民（简称甲）。

时间　20 世纪 80 年代。

地点　收费公厕门前。

幕启　舞台间立一木制标牌，牌上写有"收费公共厕所"字样。左箭头标"男厕"字样，右箭头标"女厕"字样。牌前摆有一桌一椅，桌上有一沓卫生纸、暖水瓶、搪瓷茶缸。

〔乙持对讲机通着话。

乙　小刘呀，我是区卫生科的赵科长。市卫生检查团到什么地方了？我呀？我在十四号公厕这儿替那个看厕所的老李头顶班哪。啥深入基层？还不是为应付……不，为迎接检查团嘛！这次的先进没跑，一大早儿全科的同志来了个大突击，十四号这儿完全达到了"三无、四光、五标准"的要求。这么说吧，跟五星级饭店比不了，起码也够三星级宾馆的水平……

〔甲匆匆走上，直奔"男厕"方向而去。

乙　这次呀……（发现甲）哎！你怎么回事？（对对讲机）好了，一会儿再联系。（阻拦甲）站住！你要干什么？

甲　干什么？你这话问的，到这儿来你想还能干什么？（欲进）

乙　回来！你别来捣乱行不？

甲　怎么是来捣乱，我上厕所。（欲进）

乙　站住！这里的情况你先看清楚……

甲　看清楚……（指牌上的箭头）男厕，我没上那边去。

乙　我没让你看这个！

甲　那看……哦，"收费公共厕所"。嘿，现在是搞活了，上厕所都收费。那请问你，我上一趟厕所，你给我多少钱？

乙　什么，给你多少钱？你得给我钱！

甲　你不讲理。

乙　我怎么不讲理？

甲　你看，我到这儿来，我把东西给你了，你还跟我要钱？

乙　你给我什么啦！上这厕所你就得交费，这是卫生事业在建设文明城市的一项改革。盖这么好的公厕，建材、设备、专人管理等等，哪儿不需要投资？就说这卫生纸吧，每张成本费还得七厘钱呢！

甲　这道理我懂，我是对你这种态度有意见！瞧你："站住！""回来！"胆小的没尿也让你给吓出尿来。不就收费吗？不就是一角钱吗？什么态度……（掏不出钱来，翻兜儿只找出几个硬币）少点儿行吗？

乙　这还有还价的呀？

甲　不是还价，是没带钱。七分行不？

乙　刚才说得多仗义、多大方："不就是收费吗？不就是一角钱吗？……七分行不？"不行！换别人没钱我也让他进去，就冲你这态度哇？

甲　就差三分钱……

乙　不管差多少，我照规定办事。

甲　我……（忽然又从兜儿内找出一枚硬币）这还有二分。

乙　差一分也不行。

甲　你……要不这样吧，你那卫生纸我不要了，一张七厘钱，你还拐我三厘呢。

乙　你呀也别这么大方，我也不占你的便宜。

甲　不是，我这……（紧张状态）我这可发生危机啦。

乙　（不予理睬，入座。打开对讲机）喂！小刘呀，检查团到哪儿啦？

甲　嗬，这人……（无奈向台下观众求助）朋友们，请你们伸出支援友爱的手吧！你们都看到了，这才真是一分钱憋倒英雄汉哪！我现在……哎哟！您还记得那首歌吗？"只要人人献出一点爱"，我这点困难就解决了……这儿有雷锋吗？！

　　〔估计观众会扔上些钱来，或安排人于台下配合投钱。

甲　（连连道谢地）好，谢谢，感谢大家的支援。够了够了——（捡钱清点）两块九。（对乙）给！都给你了，我也不能再赚两块八呀。

乙　都给我干吗！少一分钱不行，多给一分我也不要。

甲　你当白给你？除了我那一角，还富余两块八。（对台下）请二十八位上来，我请客啦！

乙　别！别来！

甲　我交钱啦！

乙　不是钱的问题。说实话吧，今儿市检查团要来，这儿停止使用。

甲　你停止使用，我上哪儿解决去呀？

乙　死心眼儿，活人能让尿憋死？这儿不能用，你换个地方，上那边去。

甲　那边是哪边哪？

乙　往东一百米，进北边的胡同，出口再往西走，过马路，上汽车坐两站地下车，你就看见厕所了。

甲　啊！你这不是存心要我吗？我现在……哎哟！（蹲在地上）

乙　你将就点吧。我们为了迎接检查，全卫生科七八个人忙活了一大早容易吗？你看这地面儿扫得连个草根儿都找不见，让你进去一走就是一溜脚印儿。为了达到"三无、四光、五标准"的要求，"三无"是无蝇、无尘、无味儿。就为了没味儿，我们用除臭剂，代劳力，光香水儿就用了三瓶子，能让你进去？

甲　我就解个小手儿，进去我就出来。

乙　你进去出来了，可把味儿留下了。等检查团到了进去一闻："嗯？什么味儿？你们这里边养过狐狸吧？"

甲　我能有那么大味儿吗？

乙　这会儿你说什么也没用，就得等检查团来过了我让你进去。

甲　得等多长时间？

乙　也不会太长，也就俩钟头儿吧。

甲　我的个妈呀！老同志，我求求你行行方便好不？

乙　哎呀，年轻同志，我求求你替我们单位行行方便好不？这次检查要评不上先进，不仅影响到我们全科的荣誉，全年的奖金也吹啦！在这关键时候，你能不能用全局的眼光看问题呀？

甲　你要这么说，我当然要从大局出发……不行，我这儿的"局部"控制不住了……（再次蹲下）

乙　我没办法。（入座，提暖水瓶往茶缸里倒水）

甲　你快别倒了，我听见这声儿更受不了啦！

乙　这和你有什么关系？

甲　什么关系，巴甫洛夫的学说你懂不？这叫条件反射，你那一倒水"哗——"，我这……哎哟我的妈呀……

乙　噢，条件反……嗯？坏了，我也反上了。哟，要来劲儿……

甲　咳，你就别龇牙咧嘴的了，进去一趟不就解决了？

乙　不！作为一名老同志，是要经得起在艰苦时刻的考验。

甲　这不找受罪嘛！

乙　（咬牙攥拳地）我要想到集体的荣誉、先进单位、奖金……

甲　我看你太难受了，干脆我想个办法帮你解脱一下吧。

乙　什么办法？

甲　我唱首歌，帮你分散一下注意力，省得你这么难受。

乙　好主意，我一听歌注意力就分散了，唱。

甲　（唱）"清灵灵的水来……"

乙　妈呀，别唱这歌儿……

甲　我再换个歌。（唱）"一条大河波浪宽……"

乙　哎哟哎哟……你有唱沙漠的歌儿没有？

甲　我劝你呀快问问检查团什么时候来，咱别再受这份罪了！

乙　也好。（打开对讲机）小刘哇，检查团……什么，不来啦？

甲　那可太好了。

乙　小伙子！

甲　到！

乙　（做冲锋姿态）冲——啊！

　　〔二人向"男厕"方向冲去。

——结束——

懒汉相亲

（于 1989 年央视春节晚会播出）

作者　赵连甲　幺树森

人物　潘富（懒汉，由雷恪生扮演）。

　　　魏淑芬（大女，由宋丹丹扮演）。

　　　村长（由赵连甲扮演）。

地点　潘富的家里。

幕启　舞台右侧桌上摆有暖瓶，左侧有一长形靠背椅。

潘　（抱一大纸鞋盒上）快过年了，屋里也得装饰装饰。（从纸盒内取出三个不同颜色的气球）这屋里一挂也挺打眼儿的；再说买这玩意儿便宜，别看个儿大，仨才花了两毛七——还白饶一个大鞋盒子。啊……（打哈欠，伸起懒腰）

〔村长幕后声："潘富！潘富！"

潘　村长来了，没好事儿，我还是睡会儿吧……（抱着气球靠椅子一角睡下）

村　（拿着沙发套、电视机布罩匆匆走上）潘富！潘富……这懒家伙又睡上啦。我让你睡……（捡起草根儿将一只气球扎爆）

潘　（惊起）妈呀！什么响？哦，村长啊！

村　大白天的你睡懒觉啊？

潘　嘻嘻……这不省粮食嘛！

村　你呀，全村人都富了，瞧你这日子过得像什么样！睡，睡，睡，你能不穷吗？！整天就会发牢骚、讲怪话，怨这怨那，怎么就不说你自己懒哪？

潘　呼……（坐在地上睡着）

村　又睡了，别睡！

潘　嗯，嗯，没睡，听着呢。

村　让你干什么你都怕脏怕累、挑挑拣拣。好容易给你找个技术活儿，扎电视罩、沙发套儿，你瞧，这是你扎的沙发套儿，扎上了还得拆开。

潘　好容易扎上拆开干吗？

村　你把你家养的那只猫扎套儿里啦。

潘　我说这两天看不见那只猫呢。

村　现在乡里要求"消灭"光棍儿村，咱村的光棍儿们都娶上媳妇了，就剩你一个了，我就完不成任务……

潘　呼……（睡着）

村　就剩你一个啦！

潘　呼……

村　就剩你……我不跟你着这份急了。（对观众）这不，今儿早晨我碰见个女的……

潘　哪村的？

村　哎，这你怎么听见啦？

潘　我得帮你完成任务啊！

村　就是前村的那个魏淑芬。

潘　（站起凑至村长身边）她多大啦？

村　二十九了，是个老实姑娘。我跟人家提起你来了，我说我们潘富这两年勤劳致富，沙发、电视都置起来啦。

潘　沙发、电视我哪儿有啊？

村　我这不是帮你说好话嘛！我这么一说啊，人家姑娘对你还真有那么点意思。

潘　（喜出望外地）嘿嘿……什么意思？

村　你要咬我啊？人家说了，上午十点钟要到你这儿来看看。

潘　噢，十点……（拉村长手看表）哎哟，这不快到了嘛！

村　是呀，我来就是让你快准备准备。

潘　我什么都没有，叫我准备什么呀！

村　这事儿咱就得对付了……把暖瓶拿下来，把大鞋盒子摆桌上，给，把这电视机罩儿罩上，我来这个……（将两只气球放至靠椅上，用沙发套套上）看，沙发、二十四时大彩电，全齐啦！

潘　嘻嘻，还挺像那么回事儿……（摸沙发里的气球）倒是挺暄乎儿的。可这人家能看不出来吗?

村　看不出来, 这魏淑芬眼神儿不好。

潘　啊! 眼睛有毛病?

村　没多大毛病。

潘　噢。

村　就是分不出来人。

潘　这毛病还不大哪?

村　正合适呀! 她眼神儿不好, 你这屋里光线又暗; 等她来了, 我领她在屋一转圈儿就把她送出去, 这事儿不就对付过去了?

潘　这不糊弄人吗!

〔魏淑芬幕后声: "潘富同志是住这儿吗?"

潘　坏了, 坏了, 她来啦……

村　别紧张, 哆嗦什么! 挺起腰, 精神点儿! 我把她接进来……记住了, 那沙发可不能坐!

潘　(神态紧张地嘟哝着) 沙发不能坐, 沙发不……

〔村长至台侧拉"门", 魏与村长对视。

魏　你就是潘富……(细看) 噢, 村长啊!

村　这叫什么眼神儿。请进, 请进……我给你介绍一下, 这是潘富同志。(轻声对潘) 说话呀!

潘　来啦? ……那沙发不能坐。

魏　什么?

村　(打岔掩饰) 啊, 他说……说你长得不错。来, 两人拉拉手, 就算认识啦!

〔潘、魏拘谨地两手交替伸出又缩回数次。

村　你俩这练太极拳来啦? 大方点嘛!

〔二人触电似的手一挨便分开, 各将脸扭过一边。

村　别不好意思, 互相介绍介绍。

潘
魏　我叫……

村　别着急, 一个说完另一个说。

魏　俺叫魏淑芬, 女, 二十九岁, 至今未婚。

潘　我叫潘富，男，二十……早过了，三十出头儿，四十挂点零，五十不到，你至今未婚，我光棍儿一根。

魏　俺娘说咧，村长当中做介绍，这人肯定错不了。俺就来了……

村　（偷偷捅潘富示意）热情点儿。

潘　欢迎，欢迎，热烈欢迎！欢迎，欢迎……

村　（将潘推至一边）你打算把人家吓跑了啊？

潘　这不热情嘛。

村　姑娘啊，我们潘富这两年干得不错，你看这沙发……（急将魏领开）那边有电视……（转身又挡住魏的视线）你再看……（带魏转圈）这屋子怎么样？

魏　这屋光线可够暗的。

潘　我……

村　他呀，计划好了，等你过来他给你盖三间大瓦房。

魏　真的吗？

潘　（将村长拉至一边）我哪有那么多料啊！

村　你院里不有那些砖吗？

潘　那是攒着垒猪圈的！

魏　（走至沙发处）这样式儿的沙发，俺还头回见……

村　啊——（抢步站在沙发前）对，新式沙发。你看……（轻轻摁气球）还带弹簧的呢！

魏　刚买的吧？多少钱？

潘　两角七，买仁……

魏　两角七买仁？

村　（圆说）对，两角七……就买了仁钉子。没花多少钱，这沙发是他自己做的。

魏　那电视机多少时的？

潘　（随口说出）二十寸大鞋盒子。

魏　啊！鞋盒子？

村　（急着圆说）啊，他说鞋盒……是"协和牌"的电视机。

魏　这牌子俺怎么没听说过？

村　新产品。

潘　对，刚进口的……

村　（将潘拉至一边）你少说几句行不行？

潘　我，我，我嘴不听使唤。

村　听我的。（对魏）我们潘富人不错，优点嘛，大伙儿都说他懒……懒这人不懒，让干什么不怕脏不怕累，从不挑挑拣拣。

潘　（自语地）不挑了，这个就挺合适的。

村　我这么想，等你过了门实行一元领导，他这懒……他懒得说话这些优点也就都克服了……我这嘴也不听使唤啦！

魏　这是怎么说话呢？

潘　他这话是这意思：你过门以后，我都听你的，我那些毛病就全克服了。

魏　这话说得对。

潘　嘿嘿，这事你同意啦？

村　（将潘拉过）你着什么急呀！你不会跟人家说几句客气话呀？

潘　好。嘿嘿，你看你大老远的来了，挺累的，您请坐吧。

魏　俺还真累了……（欲坐沙发）

　　〔村长偷踢潘一脚提醒，潘惊叫起来。

潘　响啦！

魏　（吓得转身）啊！什么响啦？

村　（紧着圆说）啊，响啦……他说他……想了，你过门以后啊，学科学，学技术，多看看书。

魏　你还挺爱看书的呀？

潘　啊，爱看书——爱看小人书。

村　（自语地）可要了命啦！

魏　小人书？

潘　就是小孩儿……

村　（圆说）他说，他这人喜欢孩子。

魏　真的吗？……（羞涩地）俺二十九了，俺也喜欢孩子……

潘　那得结婚，不结婚哪来孩子？

村　二位，二位，咱先把孩子放下，等把这婚定下来再说。结婚的时候再添点家具，这地方摆个组合柜，这再买个冰箱……

魏　村长啊，俺可不是图的这个家什么都有，按说呢，现在这日子过得也就算不错咧……

〔村长见魏又奔向沙发，向潘偷偷示意；潘抢先几步，拉着架子装着坐在沙发上。

魏　（险些坐在潘的身上）俺娘说咧，姑娘大了要出门，要找找个勤快人。

村　这话对。

〔潘欲直起身子，见魏身转回急忙又恢复原架势。以上动作随着魏的转身反复。

魏　俺娘说咧，有的人胡扯八扯当本事，牢骚怪话赶时髦；……俺娘说咧，有的人耍巧嘴睡懒觉，这样的男人可不能要；俺娘说咧……

潘　（支持不住地）你娘还说呢？我，我……（身子打晃）

魏　哟，你这是怎么啦？

潘　我……我听你说这样的懒人有气，我……我坐不住啦！（趁机站起）

魏　（不解地对村长）村长啊，这人脾气不大好吧？

村　他这脾气……一阵一阵儿的，我去劝劝他。（将潘拉至一边）你嚷嚷什么！

潘　我受不了啦，腰都酸了，你替我去坐会儿吧！

村　你看这姑娘多好哇，你要有志气……

〔魏走动中无意将地上暖瓶踢倒，"啪"的一声。

潘　唉！坏了……（奔沙发跑去，查看）没坐怎么响了？

魏　实在对不起，俺眼神儿不好，把个暖水瓶踢碎了。

潘　（心疼地）哎呀，我家里就这一个暖瓶……

村　哎，哎，哎……（示意潘冷静）

潘　（态度突变）嗯，踢吧，没关系，昨天晚上我就想把它踢了，一直没腾出工夫，让你受累了。

魏　嘻嘻……你还挺会说话的。

潘　真的，你是比我踢得好，要我踢踢不了你这么响……

村　（将潘拉至一边）行了！你看这是多好个人儿啊，往后你把毛病改了，有好日子过！

潘　哎，往后我听村长的，我一定好好干……

魏　（至桌前摘下电视机布罩儿）这电视机怎么没安天线……

潘　唉，坏啦！

魏　（惊得转过身来）坏啦！电视机坏啦？

潘　不是电视机坏了，是……

村　（抢步用身体挡住魏的视线）电视没坏，刚买的怎么能坏？（边说边晃动身子）

魏　（侧身、跷脚想看个究竟）这电视机怎么乌涂涂的？

村　乌涂涂的……这电视是茶色玻璃的。

魏　茶色玻璃的呀？俺眼神儿本来就不好，还买个茶色玻璃的，这让俺过了门还怎么看哪？！

潘　你别着急，这茶色玻璃的……它图像清楚。

魏　是真的吗？那你打开让俺看看。

村　打开？哎哟，要一看那可就……

魏　（撒娇地）让俺看看嘛，俺要看看嘛……

潘　看看，看看……（对村长）快让她看看呀！

村　（无可奈何地）可有了好看的啦！（绕至桌后）

潘　让你看，你别着急……你眼神儿不好，站远点看……那就更看不见了。

　　〔村长将纸盒后面撕开探出头来，假装播音员。

村　现在报告午间新闻，据山东武城报道……

魏　（纳闷地不时揉眼睛）这人怎么看着面熟啊？

潘　啊，面熟……这是播体育的宋世雄啊！

魏　宋世雄怎么变样啦？

潘　没安天线，人变形啦。

村　（改报体育）现在中国足球队对朝鲜队，场上比分零比零。

魏　这声儿也不对呀……（将潘推开，手伸向纸盒）

村　（端起纸盒边向后退边学播音）好！中国队带球……

魏　（将纸盒拉下）你是村长啊！你们骗人啊！

村　（垂头丧气地）露馅儿啦。

潘　全完啦！（坐沙发——气球爆破）

——结束——

卖 鞋

（于 1990 年央视元旦晚会播出）

参演者　相声演员冯巩、牛群。

播音员　赵忠祥、韩乔生、鞠萍、李扬。

地　点　中央电视台 1990 年元旦文艺晚会现场。

幕　启　台间有一货车，车上布满多种类型的鞋。

〔牛群戴头套，扮成老年售货员守在货车前。冯巩走上。

冯　我今天不是来演出的，想来买双鞋。师傅！我买双鞋。

牛　欢迎您的光临！您打算买哪种鞋？我把当今最畅销的鞋给您介绍一下。

冯　太好啦！

牛　随着气候越来越寒冷，旅游鞋、高靿鞋和皮鞋，越来越受到顾客的喜爱。

冯　没错。

牛　您看看，旅游鞋的优点就是穿着舒服、跟脚，鞋后跟儿非常柔软，能起到保护大脑的作用。还有这几双皮鞋，款式新颖，价格也比较便宜，您穿上会使您更加潇洒。怎么样，您买哪种鞋？

冯　我呀都想买，就是没带钱。谢谢您，这服务态度算到家了。

牛　这是我们应该做的，还谢什么！您临走把上衣脱下来，留下做个纪念就行了。

冯　啊？……你是谁呀？

牛　不认识？（将头套摘下）

冯　哟，牛哥！你跑这儿干什么来了？

牛　这不要让我拍个卖鞋的小品嘛，来这儿体验生活。

冯　这卖鞋还要什么生活？

牛　瞧你说的！咱要拍这方面的节目，没有生活，不懂这行的语言，那哪行啊！

冯　相声不就是语言艺术吗？！

牛　两码事。相声虽说是语言艺术，卖鞋也有人家行业的语言艺术。你要没生活，光仗着是相声演员，这鞋你就不会卖。

冯　言重了吧？

牛　要不信，我用相声的规律来卖，你来买鞋，你看什么效果。

冯　行。师傅！我想买双鞋。

牛　您买鞋找我就对了，要是打算涮羊肉您到东来顺去。

冯　我上那儿干吗去啊？我买鞋。

牛　买鞋……您买鞋是不是打算在脚上穿？

冯　……赶上星期天，我也许戴到脑袋上。

牛　您这脑袋也不算太大，来双四十号的吧！（递过一双鞋）

冯　我扣脑袋上成了美国兵啦。（看鞋）这鞋太小了。

牛　没关系，穿穿就大了。

冯　我脚小，这鞋太大了。

牛　穿穿就小了。

冯　我说这鞋太肥了。

牛　穿穿就瘦了。

冯　又太瘦了。

牛　穿穿就肥了。

冯　他这卖猴皮筋儿哪！

牛　怎么样？所以说干什么得按干什么的规律办。别看就这卖鞋，你相声演员要想站到这儿，不虚心地向生活学习，你卖不好鞋。还别说咱了，你就是把国嘴请来……

冯　国嘴？国嘴是谁呀？

牛　中央电视台的播音员，像什么赵忠祥、韩乔生、鞠萍、李扬等，你把他们都请来——

冯　他们都不行？今儿个他们可都来了，这几位的嘴茬子可……你们几位快上来呀！

〔赵忠祥、韩乔生、鞠萍、李扬走上。

冯　几位，听见没有？牛群可向咱们提出挑战。（对牛）把你刚才的话再说一遍。

牛　我说呀，不虚心向生活、向卖鞋的师傅们学习，你们来卖鞋是统统的、大大的不行！

众　这叫什么话！

冯　几位，他这不是踩咕咱们吗？我们今天还非卖一回鞋不行，用事实给他个有力的还击！谁先上？

〔赵忠祥举手。走近货车上岗。

牛　赵老师卖鞋，好，欢迎！

冯　（制造声势地）行了，这就算赢了。赵老师德高望重，往这儿一站，一看就像卖鞋的师傅！

赵　你想买点什么？

冯　您看这季节我穿什么鞋合适？

赵　你买鞋？现在天凉了——（用播出《动物世界》的语调）秋去冬来，冰雪覆盖了北方大地……

冯　天儿够冷的。

赵　在这人际罕至的白茫茫雪原上，我们偶尔也可看到那可爱的小生灵的身影。它们并不是来欣赏这大自然的景色，是经过了四处觅食……

冯　赵师傅，我已经吃饱了。我这是到您这儿买鞋来啦。

赵　（醒悟）噢，你是来买鞋。把这双旅游鞋穿上。（递过鞋）

冯　好，我穿穿试试。

赵　如果你穿上这双旅游鞋……（又转回播音的语调）出没在冰川雪海之中，当你的身影复现在冰海上的时候，我想在你的脚掌和冰层之间一定会隔上一层柔软舒适温暖的隔离层。

冯　隔离层？

赵　你从这块浮冰爬向另一块浮冰……

冯　等会儿吧！我成北极熊了是不是？这都挨得上吗？

赵　你怎么会是北极熊？北极熊根本就不需要鞋！

冯　可我需要鞋！

赵　你听我给你解释，北极熊基本上属于冰上动物——（再用播音语调）它那宽大的脚掌上已长满了毛以防止在冰上冻结，同时还便于它在那滑冷的冰上行走……

冯　走就走吧。

赵　慢慢地行走啊……

冯　您还是快走吧。您快走吧，我都快急死啦！

赵　你急什么？我这儿连播音带卖鞋，也算是新的创举。牛群，你评价一下怎么样？

牛　我公正地说，赵老师这种新式卖鞋法，可谓感情细腻，节奏平稳，以这个速度卖鞋，一年下来——可以卖两至三双。

冯　（仍不服气地圆说）哎，我们就是成心让赵老师卖砸了，给你留点面子。（对赵）是不是赵老师？要不您……找地方歇会儿？（让赵走开。对韩乔生）韩哥，你来卖吧！没别的要求，咱把节奏是不是稍微推上点儿去？

韩　你还不了解我吗？要别的咱不趁，就是有点速度。

冯　行了，我就拜托你啦！

　　〔韩走近货车上岗。

冯　师傅！我想买双鞋。

韩　您要买鞋？（以体育赛场解说速度）顾客朋友们你们好！

冯　好！听这干净利落劲儿！

韩　各位观众，各位听众，台湾同胞，海外侨胞，现在我们是在新时代鞋店门前通过印度洋国际卫星向你们实况现场卖鞋。

冯　你卖鞋还管现场实况不实况干吗？

韩　今天本店有布鞋、皮鞋、运动鞋另外还有旅游鞋，品种齐全价格公道，一定会引起您的极大兴趣。

冯　（兴奋地）不错！卖出水平来啦。

韩　现在把各种鞋的特点向您做个介绍。（拿起一只鞋）这是最近最新潮推出的最新款式的皮鞋，其特点是美观大方，价格合理，穿着舒适。每双售价45块8角8！（随手扔出，另拿过一只）这种鞋44号重2.4公斤，41号重1.5公斤；（扔出，又换一只）这种棉鞋的特点是穿着舒适美观，为了竞争这个厂家超血本让利销售，从每双45块8角6降到目前25块零8分！（将鞋扔出）

冯　行了，这速度差不多啦。

韩　还能快……（双手抄起两只鞋）目前竞争激烈互相难争高下，厂家达到白热化的程度（扔鞋），各厂的流水线已经全部启动（扔鞋）……

牛　（模拟哨声）嘟儿——停！红牌罚下！

韩　这速度还给罚下？那我再快点……

牛　行啦！照你这速度卖鞋，六个鞋厂也得让你给赔进去。

冯　（仍不服气地狡辩）对呀，六家鞋厂就是打算全赞助穿鞋的了。

牛　不行，没有这么卖鞋的。让你的韩哥快下去吧！

冯　那……（无奈地）韩哥，要不你跟赵老师一块儿……歇会儿？

韩　也好，我得找点水喝了。

冯　鞠萍姐姐来吧！他们俩全顶不住了，这回就全靠咱姐俩啦。

〔鞠萍走近货车上岗。

冯　鞠师傅！

鞠　（以主持少儿节目的语调）顾客您——好！

冯　（虚张声势地）嘿！看人家这卖鞋的多专业——（模仿鞠）"顾客您——
　　好！"我挺好的。我想买双鞋。

鞠　啊，你想买鞋吗？（拿过一只，以哄孩子的口吻）那咱今天就说说这鞋吧。
　　你认识鞋吗？

冯　我……（故意学起儿童回答不上问题摇头的神态）。

鞠　啊，记住了，这是鞋底儿，这是鞋帮儿，这是鞋眼儿，上边的这是鞋带
　　儿……

冯　（用少儿声调）里边的是鞋垫儿。

鞠　小朋友，你买多大号的呀？

冯　我买 42 号的。

鞠　这孩子的脚可够大的。

冯　我贪长。

鞠　哎，你会穿鞋吗？

冯　（天真地）我，我不会穿。

鞠　那就先问问爸爸、妈妈、爷爷、奶奶，好告诉你怎么穿。应该分清哪边是
　　左，哪边是右。你知道吗？

冯　（孩子的神态）我知道，这边——（欲指左脚又急忙更正）这边是右。

鞠　要记住，右边的鞋要穿在右脚上，左边的鞋要穿在左脚上。如果左边的鞋

穿在右边，把右边的鞋穿在左边，那会怎样哪？

冯　那就会……（作两腿交叉状）是这个样子。

鞠　那是不是很别扭哇？

冯　（自语地）我这儿别扭半天了。

鞠　最后就要学会穿鞋带儿。跟我学好吗？这鞋带儿啊是从这个眼儿穿过去，
再……

冯　（将鞋拿过）再从这眼儿穿过——这么穿对吗，阿姨？

鞠　对了！这孩子真聪明。

冯　还聪明哪？我成傻小子啦！走吧，没你这样卖鞋的！

鞠　好了小朋友，咱们下次再见！（招手，走开）

冯　别下次了！（转向李扬）李哥，他们……（哭泣地）你来卖吧，胜败就此
一举了。

〔李扬走近货车上岗。李信心十足地昂首亮相。

冯　（吹捧地）嘿！瞧这气质，这就要玩儿真的了。我李哥往这一站，看这派
头儿，最起码也是鞋帽组的副组长。李师傅！我买双鞋。

李　（用影片《追捕》配音语调）先生，您准备给太太买鞋吗？

冯　对，我就是给我太太买的。

李　您太太她自己同意吗？

冯　她……似乎大概应该是同意的。

李　请放心，这和其他商店价钱一样。您完全可以根据自己的意志，供述犯罪
如下……

冯　啊！

李　您在横路敬二的家偷了两双圆口儿布鞋，在真由美家偷了一双鞋垫儿——
还是双绣花的。

冯　我也偷不了什么好东西。怎么配上音了？你现在是卖鞋的。你卖鞋别老跟
审小偷似的，能不能热情点、有点笑模样？

李　那我就这样……（神色飞扬地，连续亮相）

冯　对！就这样，你保持住。师傅！我买鞋。

李　（突然变为《唐老鸭》配音的腔调）啊——您瞧，这儿的鞋多全哪！有红
的、蓝的、绿的、黄的，各种颜色都有。我的侄子路一、休一、都一，最

爱穿这样的鞋。穿这种鞋它不长脚气，啊哈哈哈……

冯　唐老鸭呀！

牛　我建议把咱这鞋店改成烤鸭店得了！

冯　好！（指李扬）咱先把他烤了！

众　对！把他烤啦！

〔众人一拥而上，去抓李扬。李以唐老鸭的叫声挣扎起来。

李　哇哇哇！哇哇哇！哇哇……

——结束——

戒 烟

（于1990年山东电视台元旦晚会播出）

人物　甲（由黄宏扮演）、乙（由赵连甲扮演）。

幕启　乙走上。

乙　我们单位成立了公关部，选谁负责这项工作呢？有人推荐老X同志，又有人有不同意见，说老X这人工作能力有，可是跟他一接触……让人总有一种说不出来的感觉。我就纳闷了，会有什么感觉呢……？看，老X来了。

〔甲两手各夹一支烟，右耳上别一支烟。左手抬起狠狠吸了一口烟，喷出。

乙　嗬，这位驾着云就来了。

〔甲又抬起右手狠狠吸了一口烟，喷出。

乙　还是双管齐下！老X同志！

甲　哟！主任，您找我……（吸一口烟，喷在乙的脸上）有事啊？

乙　（闭眼，扭脸）我想和你谈谈公关工作……

甲　公关工作？嘿！那可……（吸一口烟，喷在乙的脸上）太好啦！

乙　（闭眼，扭脸）不过……（擦眼睛）大家对你有个意见。

甲　意见？那您说说是……（吸烟喷乙）什么意见？

乙　（被烟呛得转过身去）什么意见……

甲　主任……（绕到乙面前）您别不好意思说，有什么意见……（吸烟喷乙）您就说！

〔乙被呛得脸又转向另一侧，擦起被呛出的眼泪；甲又追着绕到乙的面前。

甲　主任您别客气，有什么……哟，主任您怎么哭啦？

乙　我没有哭。大家说跟你一接触有一种感觉。

甲　感觉？那请问……（吸烟喷乙）是什么样的感觉呢？

乙　（已站立不稳，两腿打晃）可能……就是我这种感觉吧……（晕倒在甲的

怀里）

甲　哎，主任！您快（吸烟喷乙）……醒醒！说得好好的怎么……（吸烟喷乙）
　　晕过去了？主任您快（吸烟喷乙）醒醒！（吸烟喷乙）您醒醒……（连续
　　喷烟呼叫）

乙　（猛将甲推开）你这儿熏蚊子来啦！老X你快把烟戒了吧！不然别说公关
　　工作，干什么谁也不愿跟你合作。跟你在一块儿……（身子打晃）我快离
　　你远点吧……（晃悠悠地走下）

甲　主任！主任……（止步。对两手上的烟发怒）啊，现在我才明白，是你们
　　俩把我毁了。做公关是我最理想的工作，你还我的理想！你还我的工作！
　　我万万也没想到你会这么坏……（与左手烟说话间，右手烟下意识地接近
　　嘴边，突然察觉地）嗯？你要干什么？啊，钻空子，行啊哥们儿！有两下
　　子……（左手烟下意识地到嘴边，突然发现）哎？怎么回事儿？啊，二打
　　一？你俩欺负我一个？我还告诉你……（右手烟又接近嘴边）咦？你可真
　　不要脸，你给我后边去！（将右胳膊背至身后，并扭头向右臂发威）我就
　　不信治不了你……（左手烟又下意识地送至嘴边，突然发现）你还敢来捣
　　乱，你也给我后边去！（左臂也背至身后）你俩服不？还敢跟我捣乱不？
　　（后面两手的烟在胯下空间向嘴部"进攻"）我叫你俩捣乱……（抬腿用鞋
　　底将左手烟捻灭）你也给我滚！（用鞋底捻灭右手烟，将两烟蒂扔掉，拍
　　拍两手，自豪地）现在我声明：本人和烟已经彻底决裂啦！人哪，必须有
　　毅力，如果……（下意识地取下右耳上别着的那支烟）哎？你从哪来的？
　　空降兵？你也滚！（将烟抛出，得意地）一个人没有毅力，将一事无成。
　　我这人……（下意识地又从裤兜里掏出半盒烟来）嘿！这还有一批潜伏特
　　务。都给我远点去！（抛出后，随着惋惜地欲追又止，自语地）扔水里了。
　　（故作轻松地）好了，我现在是一个完全戒了烟的人了！只有我们戒了烟
　　的人，才会感到精神这么愉快，空气这么新鲜，这么……（烟瘾上来，手
　　足无措地）才会感到这么……（向观众）你们谁带烟啦？（改口）不要给
　　我！我这是考验你们对一个戒了烟的人是什么态度。吸烟有什么好处？不
　　能再让我陷入这无底深渊啦！我也奉劝大家，都把烟戒了吧！吸烟对人是
　　百害无益！吸烟是慢性自杀呀！据有关科学家考证：吸一支烟会缩短人的
　　生命三秒钟啊！吸一支是三秒钟，那一包烟、一条烟又是多长时间呢？一

天一包，一月是多少？一年三百六十五天，那将会又是多少……

〔乙吸着烟从甲面前走过，并喷出浓浓的烟雾。甲被烟味吸引，随乙转圈儿，自语地。

甲　嗯？什么味儿这么香……烟，牡丹的，还是上海出的……

〔乙将半截烟随手扔在地上，走下。

〔甲欣喜若狂，上前欲捡地上的烟，又止。回头看看，身后无人，欲捡又止——发现观众在注视着自己。自我解嘲地。

甲　看什么？你们以为我要捡这烟吗？你们太瞧不起人啦！男子汉大丈夫，我能在大街上捡烟头儿吗？你们这种看法，是对我人格的污辱！我不捡，我捡它呢！（两眼不时盯着地上的烟）我不捡，我……（留恋地看看地上的烟，用脚踢了下）再说也抽不了两口了……我不捡……（无法忍受地）我看什么牌子的。（捡起烟头，改口质问观众）你们笑什么？以为我捡这烟是抽吗？否！我这是对那些乱扔烟头的人表示愤慨！有些人抽完烟随便把烟头一扔。星星之火，可以燎原哪！（慷慨激昂地）小小烟头将会燃起熊熊大火，会给国家和人民生命财产造成多大的损失啊！我，作为一个公民，我有义务，我有责任，我要消灭——（狠狠地吸了一口烟）火灾！也是表示我的——（吸烟）义愤！要消除（吸烟）隐患！（捡起地上另一烟头）瞧见没有，这都是隐患。（将烟对着，继续在地上寻找）还有隐患没有？哪儿还有隐患……（下场）

（并于 1990 年由赵连甲、詹金波
为央视《难得一笑》栏目再度录制播出）

四四武大郎

（于 1990 年山东电视台元旦晚会播出）

人物　武大郎甲、乙、丙、丁，潘金莲甲、乙、丙、丁。

地点　山东电视台 1990 年元旦文艺晚会现场。

幕启　武大郎甲挑着挑子叫卖着走上。

武　甲　买烧饼！买烧饼来！

　　　　（数板）我武大郎把烧饼卖，

　　　　打烧饼的手艺真不赖。

　　　　自产自销名牌货，

　　　　祖辈流传多少代。

　　　　俺这烧饼卖得快，

　　　　远销国内和海外。

　　　　什么新加坡、柬埔寨，

　　　　美国、古巴和丹麦，都夸俺烧饼"岗拉赛"（地方土语"好"的意思）！

　　　　嘿嘿……这是哪国话啊？山东英语。在下——武大，卖烧饼为生。如今俺这烧饼创出了品牌，收入也一年年地提高，真让俺武大好生欢喜，嘻嘻嘻……

　　　　〔武大郎乙挑着挑子叫卖着走上。

武　乙　买烧饼！买烧饼来！

武　甲　谁呀学俺吆喝？

武　乙　（数板）我武大郎把烧饼卖，

　　　　打烧饼的手艺真不赖。

武　甲　住口！哈哈，你竟敢冒充俺武大郎！

武　乙　耶！奇怪，你是武大郎那俺是谁呀？

武　甲　嘀，现在市上什么冒牌货都有，把武大郎也鼓捣出来了。告诉你，世界上从古至今就一个武大郎——

武　乙　那就是我！

〔武大郎丙挑着挑子在甲、乙对话中间走上。

武　丙　买烧饼！买烧饼来！

甲　乙　耶，怎么又来了一个？

〔甲、乙、丙转圈儿逼视之间，武大郎丁挑着挑子走至台侧察看着。

武　丙　你俩都是冒充的！

甲　乙　你才是冒充的呢！

武　丁　（走到三人中间）你仨全是冒充的！

众　合　"你是假的！""你是冒充的！""你不是真的！"

武　甲　别吵咧！乡亲们哪！你们听我介绍介绍吧，小人武大……

乙丙丁　以卖饼为生——以卖饼为生——以卖饼为生——

武　甲　这地方不大回音还不小哩！乡亲们哪，俺武大卖烧饼已有八百多年历史了，领导世界烧饼的新潮流。这几个不法之徒，以假乱真，损坏小人的名声，破坏消费者的利益。怎么识别这几个冒牌货呢？你们听我吆喝，就知道真假了。

　　　（数板）我武大郎把烧饼卖，

乙丙丁　（合）打烧饼的手艺真不赖。

　　　自产自销名牌货，

　　　祖辈流传多少代。

　　　俺这烧饼卖得快，

　　　远销国内和海外。

　　　什么新加坡、柬埔寨，

　　　美国、古巴和丹麦，都夸俺烧饼"岗拉赛"！

武　甲　俺那娘哎，这套全给学会咧！

武　乙　我明白了，你几个是看着俺这生意好了，全冒出来跟俺争行市啊！

甲丙丁　你几个都是跟俺争行市！

武　甲　别乱咋呼，你几个都上了执照没有？

乙丙丁　你问谁呢？你上了吗？

武　甲　俺上没上就别管咧。你几个再胡闹腾呀，工商局、税务所非罚你们几个小子！

乙丙丁　"罚你！""罚你！！""罚你！！！"

武　甲　这么着吧，都说自己是真的，我把俺老婆——

乙丙丁　潘——金——莲——

武　甲　叫出来，看看到底谁是真的——

四　人　老——婆——子——

〔潘金莲甲、乙、丙、丁随着伴奏节拍走上。四个武大各围绕一个潘金莲走矮子步。四名潘氏辨认不清自己的丈夫。

潘　甲　娘哎！有一个武大郎就让俺够窝囊的了，又出了四个武大郎，叫人怎么活呀！

武　甲　老婆子，快把你那个调儿唱唱，让乡亲们听听，好知道俺四个谁是真武大郎。

〔武乙对潘乙，武丙对潘丙，武丁对潘丁。

三　男　你唱唱，乡亲们就分出谁真谁假了。

三　女　俺一唱呀，你们就知道俺那口子是真货咧！

潘　甲　俺先唱！

〔音乐起。演唱山东吕剧曲调。武甲根据曲调需要，随同自己对子帮腔伴唱。

潘金莲我生来美貌多娇，

打烧饼炸油条薄利多销。

我丈夫武大郎身材矮小，

做生意创字号他是个活商标。

潘　乙　听俺的！

〔音乐起。演唱山东茂腔曲调。武乙帮腔伴唱。

〔唱词同上。

潘　丙　俺要唱起来，那就没治咧！

〔音乐起。演唱山东柳琴曲调。武丙帮腔伴唱。

〔唱词同上。

潘	丁	听听咱这两口儿吧！

〔音乐起。演唱山东莱芜梆子曲调。武丁帮腔伴唱。

〔唱词同上。

四	武	唱了半天还是分不出真假来，这可怎么办呢？
武	甲	有办法了。历史上有记载，武大郎引以为骄傲的是什么？
乙丙丁		怕——老——婆——
武	甲	对呀！看咱四个谁怕老婆怕得最厉害，那他就是真的。
潘	甲	俺丈夫最怕俺哩，我要是一咳嗽哇他就得吓趴下。不信你们看着，咳！
武	甲	我的娘哎！（趴倒在地上——出"胸"顶地转圈儿功夫）
潘	乙	你这算嘛儿！俺丈夫最怕俺，我一跺脚哇他吓得就出汗。不信？嗨！（跺脚）
武	乙	俺这汗下来咧——（抱头。汗水从头上淌下）
武	甲	还真出汗啦。（将武乙帽子摘下。原来里面扣着一块湿毛巾）变戏法来咧！
潘	丙	俺那口子可怕俺咧，我这手指头一拨拉，就能吓得他团团转。转！（做手势）
武	丙	来咧！（作矮子功打飞脚）
潘	丁	我这扇子一扇，俺那口子吓得就满地学蛤蟆蹦。让你们开开眼吧——（扇扇子）
武	丁	呱儿！（伏身边做虎跳动作边学蛙声）呱儿！呱儿！……
潘	丁	怎么样？这功夫比不了吧？你们三个全是假的啦！
三	武	你们才是假的！
武	丁	（下意识地随着站起身子）哎？你仨怎么都长个儿啦？
三	武	你也站起来啦！
四	女	全是假的呀！

表演者：省市著名戏曲演员侯金汉、刘凤雪、叶宗声、张克学等

改 戏

（于1990年央视元宵文艺晚会播出）

人物 外甥经理（巩汉林饰）。

美工老王（赵连甲饰）。

女演员甲、乙（均由安徽黄梅戏剧院青年演员扮演）。

地点 中央电视台、安徽电视台1990年元宵文艺晚会直播现场。

幕启 老王推着写有"黄梅戏剧团演出"字样的大广告牌上。（甲、乙女演员隐后）

〔老王脱下衣、帽挂在广告牌的角上。端起色盆儿填写演出剧目《天仙配》。

〔外甥经理走上。

外 （边向台侧打招呼边后退着走上）放心，只要你们的演出给我提成百分之
三十，我就想办法把他们黄梅剧团赶走……

〔恰与老王相撞，其眼镜被撞掉，就地摸找着。

外 我眼神儿不好，你眼也有毛病！我的眼镜……（摸至台口）

王 小心别掉台下去！

外 （回身对广告牌上挂着的衣帽发火）你是成心往我身上撞，把眼镜给我……
怎么不说话呀！

王 同志，我在这儿哪。

外 嗯？你在那儿，这（指衣帽）站着的是谁？

王 您的眼镜……（寻找）哟，掉色盆儿里了。（从色盆内拿出眼镜递过）

外 没眼镜我什么也看不见，戴上眼镜我就……（戴上沾满黄色颜料的眼镜）
更看不清楚了。（擦抹镜片）你是干什么的？

王 我是剧团的美工，画广告牌啊。

外 你干吗往我身上撞？

王 是您撞我还是我撞您？

外　（蛮不讲理地）你撞我！

王　……好，怪我眼神儿太差，把您给撞了。

外　你眼神不差。应该说你是目无领导！顶撞领导！伤害领导！

王　您是什么领导？

外　剧场经理——是我二舅。

王　这算什么领导！

外　我二舅住院了，现在这剧场我说了算。我这外甥经理你要敢不服，我就停止你们今天晚上的演出。（冲台侧）售票员！把售票的窗口关上！改票，换剧团演啦！

王　换剧团演？

外　对。我请了新潮艺术团啦。

王　那不行，我们订的合同今晚演出。

外　你们演什么？

王　黄梅戏呀。

外　黄梅戏我没看过，我就知道黄连素。

王　那是药片。

外　黄梅戏没人看了，现在观众就喜欢我请的新潮艺术团。人家这团有唱的有跳的，有哭的有笑的，有喊的有闹的，有搂的有抱的，有可脸造的，还有要没羞没臊的。

王　这叫什么玩意儿呀！

外　这叫新潮。他们演出给我提成百分之三十，你们提的少哇！

王　就为这个不让我们演啊？

外　人家新潮儿，叫座儿！你们行吗？就说你们这广告吧，写上《天仙配》观众就能来买票吗？

王　那你说怎么才能吸引观众？

外　听我的，别写天仙配，画个仙女儿。你把仙女画得漂漂亮亮的，挂出去让观众一看：小伙子迈不动腿儿；老头儿咂吧嘴儿；爱钱如命的吝啬鬼儿，也动了心舍了本儿，排队买票来看仙女儿。

王　我没这本事。

外　限你五分钟，画不出来，我就把你们赶走。

王　你这不是存心刁难人吗!

外　你说对了，就是刁难你们，不然我怎么换新潮艺术团哪!

〔二人分别对观众背供地。

王　遇上这么个外甥经理，就知道多捞钱。怎么办呢? 我呀找演员商量商量去吧……（到广告牌后）

外　（对台侧喊）别排队了，今晚黄梅戏不一定演了!（看表）五分钟快到了……

〔老王从广告牌后走出。

王　你限我五分钟画出来，不用那么长时间，我画笔一挥仙女就出来了。瞧!

〔牌后女演员甲将暗帘拉开，广告牌上出一窗口，呈现着甲扮演七仙女的图像。

外　（手把着眼镜框看）真画出来了! 瞧，跟真的一样，还眨巴眼儿哪……不对呀，画出来的还会眨巴眼儿呀? 我仔细看看吧……（凑近欲仔细看）

〔女甲见外甥经理凑近，趁机将其眼镜摘下，顺手递给老王。

外　（没了眼镜眨巴起眼睛）哎? 是她眨巴眼还是我眨巴眼儿? 是我眨巴眼儿哪。

王　（将眼镜给他戴上）你再仔细看看。

外　嘿，不错。这仙女脸色儿有红似白的……（伸手欲摸）

王　别摸! 色儿还没干哪!

外　哟!（缩手）差点弄一手颜色。画出来票也不能让你们卖。

王　为什么?

外　我还得审查一下你们唱的水平。唱的是西北风的调儿还是流行歌曲的味儿，唱唱我听听。

王　唱?（自语地）一唱就露馅儿了。别让他听出是谁唱的……（随手搬过一个有"工具"字样的小塑料箱递过）我们有演出录音，一放你就知道了，你自己听吧。

外　嗯? 这是什么录音机?

王　最新进口的……工具式的录音机。

外　怎么没有开关儿呢?

王　用不着开关儿，电子感应的。你一喊：唱! 它就唱上啦。

外　（冲箱喊起）唱! ……它怎么不唱呀?

王　我还没对她说哪。

外　嗯？她是谁呀？

王　（急忙掩饰）录音机呀！是这么回事儿——（将外甥经理拉到一侧）你得蹲在这儿，再把脸侧过去，把它靠耳边贴近点，轻轻地说：唱，它就唱啦。

外　噢，有方向性要求。我再试试……

〔老王借着外甥经理与广告牌拉开距离，偷偷地向女演员甲示意配唱。

外　（蹲下身子，脸贴着工具箱）唱！

〔女甲在窗口内演唱《天仙配》片段。

甲　（唱）"大哥休要泪淋淋。"

外　嘿，还立体声儿的！

甲　（接唱）"我有一言奉劝君……"

外　停！

〔老王急向女甲出暂停手势，女唱停住。

外　好，这感应的比开关式的还灵。

王　听到了吧？这是咱们民族艺术，唱腔悠扬婉转，娓娓动听。

外　真不错。

王　唱得就是不错嘛！

外　我说这录音机不错。我的意思——就送给我吧。

王　你喜欢拿去，反正也值不了多少钱。

外　（再次蹲下举着工具箱）唱！

〔女演员甲随之唱起。边唱边舞走出广告牌。

甲　（唱）"你好比杨柳遭霜打，但等春来又发青。小女子我也有伤心事，你我都是苦命生……"

〔外甥经理发现女甲，惊得站起。女甲仍在演唱。

外　哎？这仙女怎么下来啦？

王　（急忙插在二人中间用手比画遮挡外甥经理的视线，边解释边暗示女甲还位）哪能呀！是……是这曲调太美了，你闻其声如见其人，就好像是仙女下凡了。

外　不是好像。那不是……

王　你看花眼了，（急将其眼镜摘下）我给你擦擦眼镜……（边搪塞地）这黄梅戏呀在安徽，发源在湖北黄梅县，要不怎么叫黄梅戏呢……（见女甲已回窗口站好）把眼镜戴上吧。你看，仙女儿还在画上待着哪！

外　嗯？真是我看花眼了……哎，不对！她那只手刚才是在这边，怎么转那边去啦？

王　（再次遮挡，边解释边示意身后女甲更正）怎么会呢？准是你转向了……（将外甥经理推转了一圈儿）你再好好看看。

外　咦？（见画上仙女手势还原）嗯，是我转向了。

王　这回你该同意让门口儿卖票了吧？

外　（冲台侧喊）票房卖黄梅戏的票！每张票价多加五块钱！

王　怎么加上钱啦？

外　让新潮艺术团跟你们同台演出。你们的七个仙女上一个，那六个唱通俗歌了，让新潮艺术团的十大模特跳霹雳给你们歌伴舞。黄梅戏外加霹雳舞，每张票价加五块，你们两个团都给我提成百分之三十！

王　这不是胡闹嘛！

外　这叫：传统加现代，票价涨五块，中不中，外不外，离奇古怪洋相百态，越胡闹越够派，这票就越好卖。

王　简直是糟蹋民族艺术。

外　不听我的你们就别演了，换广告——（抄起一把铁铲）我把你画的仙女刮擦下去！

王　别刮擦！（自语地）一刮擦仙女该上医院了。

〔女甲忙将暗帘拉上，广告牌恢复原样。

王　在传统戏里加上现代的霹雳舞，违背了艺术规律，观众准不答应。

外　咱打赌。观众要不欢迎，我认输，我大头朝下给你拿大顶！

王　有穿古装的仙女跳霹雳舞的吗？

外　你画一个穿现代流行装的七仙女呀！再给你五分钟，画不出来我还赶你们走。

王　（赌气地）画出来了，瞧！

〔牌后女演员乙拉开暗帘，窗口呈现由女乙扮成身穿现代服饰的七仙女图像。

外　嘿，他画得还真快。（将工具箱交老王）你放录音，我跳霹雳，咱先排练一下。

王　（对工具箱喊声）唱！

乙　（唱黄梅戏《天仙配》中片段）"神仙岁月我不爱，乘风驾云下凡来。飘飘荡荡多自在，人间景色胜瑶台。"

〔外甥经理随唱词做出双手合十、跪地狂摆、太空步、拔绳索、举望远镜张望等动作。

王　停！（对台下观众）大家说，像他这样只顾捞钱，任意糟蹋艺术，我们能答应吗？

〔观众自有反应。此时女演员乙拉上暗帘，恢复原广告画面。

外　都不欢迎……那就算啦！（欲下场）

王　回来！你说了，观众不欢迎，你大头朝下拿大顶。拿大顶！

外　不就是拿大顶吗，给你们露一手。上眼！（边脱鞋边回手拉下在腰间备好的道具，双手插入鞋内，再转过身去——腰下部挂的是一张"假脸"，举手挥动，呈现拿大顶的状态）

——结束——

加 固

（于 1990 年央视《远洋之声》文艺晚会播出）

人物　大妈，50 多岁，海员的母亲。

珊珊，20 多岁，大妈儿子的女友。

"主意多"，30 多岁，珊珊的哥哥。

地点　珊珊的家里。

幕启　台右侧设桌椅，左侧竖一道带门的墙片——呈里外屋。

〔珊珊在桌前面插放着花瓶；"主意多"在里屋哼唱着京剧。

珊　　珊　（发现窗外来人，惊奇地）哟，她怎么来了？哥！哥！

主意多　（唱）"一马离了……"

珊　　珊　〔珊珊跑进里屋将主意多拉出。

主意多　你等我把腔儿落下来，"西梁界……"（被珊珊拧了一把，拖腔跑调）
哎哎，干什么呀！

珊　　珊　（惊慌地）一会儿有人叫门，你就说我不在。

主意多　谁来呀？

珊　　珊　你别管，记住，就说我不在。（躲进里屋，放下布门帘）
〔大妈提着点心匣子走上，叫门。

大　　妈　有人吗？

主意多　我不在！

大　　妈　怪事，你不在咋说上话啦？

主意多　不，是我妹妹说她不……

珊　　珊　（急撩起门帘，轻声叮嘱地）别说出来呀！你要让她知道我在屋里，
我可跟你没完！（躲至门后）

主意多　你躲什么呀！嘀嘀咕咕的……（嘟哝着去开门）

珊　珊　（背供地）我躲什么？上月我搞了个对象，这老太太是他妈妈，见她我说什么？这老太太怎么找到家来了？

主意多　（开门）您找谁？

大　妈　我找一个叫主意多的。

主意多　这家没姓这个姓的。

大　妈　不，主意多是这个人的外号，他姓……

主意多　姓林，您找的就是我。

大　妈　（高兴地）那可巧，算我瞎猫碰上死耗子啦。

主意多　哎，您这叫怎么说话！找我什么事？

大　妈　拿着，拿着……（随着递点心匣子，进了屋）

主意多　别，别，咱素不相识的……（连连后退）

大　妈　别客气，拿着……（将点心匣子递过去）您的外号主意多，找您出个主意帮助我呀加固。

珊　珊　（于门窗后自语地）什么，加固？

主意多　加固？您家房子不结实呀，还是想加个立柱呀换大梁？

大　妈　不是给房子加固，是给人加固。

珊　珊　（背供地）听这老太太的话茬儿，不是来找我的。

大　妈　是这么回事。上个月我儿子搞了个对象。

珊　珊　（背供地）那不就是我吗？

大　妈　现在男的搞对象有三部曲：一见面儿，二拉手，亲热起来挎着胳膊走——（学走晃步）

珊　珊　（羞得捂脸）瞧这老太太。

大　妈　第三部就是——一个苹果一人咬一口。

主意多　再一部就是——登记结婚喝喜酒。

大　妈　对对，您还真有经验。我儿子这不是跟女方刚认识，需要巩固感情。我呢就怕他们吹了，请您帮忙给他们俩加固加固。

主意多　（将点心匣子还回）您找别人去吧，我没这本事。人家两人搞对象，您让我跟着掺和什么！

大　妈　大侄子，我是没办法才四处求人哪！听人家说有一个"主意多"，可有本事，还是业余作家，热心肠，专门愿意帮助人。

主意多　（得意地）那不假，助人为乐嘛！（主动地将点心匣子拿过，坐到靠
　　　　近门帘的椅子上，吹牛地）您儿子加固的事儿我包啦……

　　　　〔珊珊用鸡毛掸子从门帘缝隙给哥哥来了一下。

　　　　〔主意多觉得头昏眼花地摇晃起来。

大　妈　谢……哟，您这是怎么啦？

主意多　这是……让我清醒清醒。

大　妈　对，清醒清醒帮我出个好主意。

主意多　这男女双方要加固感情，一般都是看看电影呀，跳跳舞哇，逛逛公
　　　　园哪……

大　妈　不行，我儿子没那工夫，刚认识一个月，他就走了。

主意多　出差了？那他多长时间能回来？

大　妈　两三个月，四个多月，一年半载，那可就没准儿了。

主意多　（再次将点心匣子递过）这事儿吹了！走那么长时间，人家姑娘等得
　　　　了吗！更何况现在这姑娘搞对象爱情不专一，脚踩两只船，还说这叫：
　　　　全面发展，重点培养，引入竞争机制……

　　　　〔珊珊从门帘缝隙又给了哥哥一掸子。

主意多　哎哟！（捂起脑袋）

大　妈　你捂啥头哇？

主意多　啊，这问题……比较头疼。

大　妈　不，我跟这个姑娘见过一面，我看她不至于像你说的那样。我是担心
　　　　隔几个月不见把感情搁凉了，想法子给他们加固。

主意多　噢，您是想隔几个月不让姑娘把您儿子忘了？

大　妈　对，对——（将点心匣子塞过）你想想主意。

主意多　想什么主意哪？难呀，要不我去？我穿上你儿子的衣服，言谈举止学
　　　　你儿子的样子，过几个月等你儿子回来了，我再交班……我是让这两
　　　　盒点心撑得是怎么着？还是给你吧。（将点心匣子推给大妈）

大　妈　（推让着点心匣子）别，别，你再给想想招儿。

主意多　要说这种事让女同志办最合适，要不我跟我妹妹去商量商量……

　　　　〔珊珊又给了主意多一鸡毛掸子。

主意多　（疼得捂起脑袋）这事儿我妹妹不同意。

大　妈　哎？你还没去问怎么就知道她不同意？

主意多　啊，我已经感觉到了。要不这样……（警觉地）大妈，咱到那边说吧。

大　妈　咳，在哪儿说不一样！

主意多　不一样。靠门这儿……风大。大妈，不就担心他们老见不着面吗，让你儿子写信啊！

大　妈　写信没用。

主意多　怎么会没用呢，信是沟通感情最好的桥梁。

大　妈　我儿子在远洋货轮上，一漂就是几个月不见陆地，信咋寄呀？整天价五面是海一面是天。

主意多　东西南北方，怎么会出来五面了？

大　妈　脚底下还有一面呢。

主意多　对，下边不算船就搁岸上了。

大　妈　别说看不见陆地儿，海上漂来个鸭子都看着新鲜。

主意多　是新鲜，离陆地好几万里地这鸭子怎么过去的？写信不行……您呀就经常地给姑娘送点东西去。您看您送我两盒点心，我这积极性就来了，现在的姑娘都比我嘴馋！

珊　珊　（背供地）我看就是你嘴馋！

大　妈　你让我给姑娘送东西管什么用！

主意多　别说是您送的呀，就说是您儿子捎回来的。正月十五您送点元宵，告诉她这是英国的；端午节送粽子，就说是意大利包的……意大利包粽子吗？

珊　珊　（背供地）嘿，我这哥哥帮人家蒙我呀。

大　妈　可不行，我嘴笨。到时候蒙不了人家我就蒙了。

主意多　那您还是写信吧，您替您儿子经常写信安慰姑娘，也能加固他们的感情。

大　妈　我没文化，不认识字。

主意多　找有学问的呀！大不了多给人家送几盒点心。不是吹，我要是替您写，几句话我就能把那姑娘心拢住。

大　妈　这么说您这学问就不小。

主意多　（端起架子）业余作家嘛！现在就让您看看咱这本事。（回原座位上，拿起笔和纸）说，那姑娘叫什么名字？

大　妈　叫珊珊。

主意多　咦？怎么跟我妹妹一个名……

〔珊珊急用掸子偷着抽打主意多。

主意多　该打！谁让你没记性又坐这儿了。

大　妈　你说啥？

主意多　啊，我说我坐这儿就记起来了。这封信开头咱引用两句唐诗，表达您
　　　　儿子深夜里站在甲板上思念姑娘的心情："海上生明月，天涯共此时。"

大　妈　不好！我看这姓唐的诗不怎么样。

主意多　什么姓唐的，这唐诗是唐朝张九龄写出的，张老夫子。

大　妈　我不管他是麸子还是糠，我听不懂。

主意多　我给您解释呀，这两句诗的意思是，无论人走到哪儿，哪怕是天涯海
　　　　角，都在一个月亮底下，都能看见这一轮明月……

大　妈　看不见，绝对看不见！

主意多　怎么看不见？

大　妈　这张九龄他没出过国，他把时差给忘了。

主意多　时差？

大　妈　这我得给你解释了，咱这儿晚上八点，到了印度洋加尔各答是早上四
　　　　点；到了塞舌尔群岛那就是上午八九点了；要是过了国际日期变更
　　　　线——那还是第二天了呢！

主意多　（十分惊奇地）哎哟我的大妈，谁说您没有文化？您这学问大啦！您
　　　　先等等……（从桌后取过地球仪）请教一下您，（指地球仪一处）您
　　　　说这是哪儿？

大　妈　这是比斯开湾，那儿总刮七八级的热带风。

主意多　（将地球仪转起，随意地一指）这是哪儿？

大　妈　这是澳大利亚的悉尼港，这地方出大袋鼠，加上尾巴比你个儿还大哪！

主意多　（转动地球仪，手点在地球仪的横架上）这是哪儿？

大　妈　这是地球仪的横梁儿。

主意多　不，我杵错地方了。（再指）我说这儿？

大　妈　这是马六甲海峡，我儿子的船从这儿过。出了马六甲海峡就是孟加拉

湾、阿拉伯海。在印度洋上走三四天，天气要好就能看见斯里兰卡的科伦坡。过了科伦坡就什么都不见了。再走一星期到亚丁湾进红海，穿过苏伊士运河，出赛得港就来到地中海啦。

主意多　大妈，您有特异功能吧？

大　妈　我连一个字都不认识，还啥功能哪！

主意多　那您对这玩意儿（指地球仪）怎么这么熟悉呀？

大　妈　我惦记着儿子，就请人给我讲这球儿上地方，地球仪看旧了再换个新的，日久天长，四大洋、七大洲、六百多个港口我就背下来了。

珊　珊　（背供地）这是一颗多么令人敬佩的慈母心啊，太感动人了。其实，我也很惦记着他呀，那个地球仪是我刚买来的。

主意多　大妈，不知道的准把您当航海的大专家。

大　妈　还专家哪，不怕你笑话，昨天我排队买豆腐，别人问我排到了没有？我说快到了，再有两天就到伦敦啦。

主意多　您的心都在儿子那儿了，多好的妈妈。咳，遗憾的是我是男的，我要是那个姑娘就嫁给您儿子。

大　妈　这话跟没说一样。你呀还是说说那封信怎么往下写吧。

主意多　……这么写："啊——"

大　妈　牙疼啊？你啊什么？

主意多　这叫感叹。"啊！姑娘，我忘不了你那双明媚的眼睛。你的左眼闪烁着金子般的光泽，你的右眼像一片蔚蓝色的大海……"

大　妈　别写了，俩眼一黄一蓝，那不成了波斯猫啦！

主意多　要我说，像您这样的婆婆哪个姑娘要不赶着热乎您，她呀还不如那波斯猫哪！妈呀——（发现珊珊的掸子从门帘缝间伸出，急忙转身躲开）

〔主意多躲闪时，大妈随其转身，掸子正打在她的头上。

大　妈　嗯——（抱头转圈，晃晃悠悠地坐在椅上）

主意多　大妈！大妈！

珊　珊　（惊得跑出，扔掉鸡毛掸子）大妈！我……打错人啦！

大　妈　嗯——（睁眼醒来）

〔珊珊慌忙又跑进里屋。

大　妈　嗯？刚才像有个人，还挺眼熟。对，她跑进里屋去了！

主意多　啊，那是我——老姑。

大　妈　你老姑？我进去看看……

主意多　别，别，别……（左右阻拦着）

　　　　〔珊珊无奈地将一条白色浴巾披在头上，遮着脸走出。

大　妈　咦？你老姑怎么变成阿拉伯人啦！别老遮住脸儿哪！

珊　珊　（背过身）我看这封信得这样写："虽然你远离祖国，但是母亲惦记着
　　　　你，亲人惦记着你，还有你——未婚妻子的心将伴随你万里远航！"

大　妈　好！这词儿好。（将点心匣子提起，对珊珊）这是你的啦！（对主意
　　　　多）你拿笔给我记下来。

主意多　这么会儿我变成秘书啦！

大　妈　他老姑你说呀，怎么不说话了？

　　　　〔珊珊将身转过，拿下浴巾。

大　妈　（惊喜地）哟，珊珊！我刚才一看就像你嘛！

珊　珊　（含羞、亲切地）大妈，咱娘儿俩有话到里屋说去吧。

　　　　〔二人向里走——下场去。

主意多　噢，闹了半天是我妹妹呀！怪不得她老拿掸子抽我哪！该打！（拾起
　　　　掸子抽自己）我让你逞能！我让你胡出主意！我让你跟着瞎掺和……

　　　　　　　　　　　　　　　　　　　　　　　　　　（赵连甲、幺树森合作）

　　　表演者：谵台仁慧——饰大妈

　　　　　　安　阳——饰珊珊

　　　　　　笑　林——饰"主意多"

两头忙

（于1990年央视《科学与和平》文艺晚会播出）

人物　小刘（牛振华饰）。

　　　邱志（石富宽饰）。

　　　媛媛（周玲饰）。

幕启　台上设有一座四扇转门。门上有"春湖公园"的木牌。

〔小刘与媛媛并肩走上。这是一对初次相会的青年男女。小刘边走边目不转睛地注视着女方，而姑娘神态矜持。

小刘　（几次欲言又止）嘿嘿，咱们都谈了半拉钟头了，你得给我回句明白话儿啊。

媛媛　……

小刘　……我去买根儿冰棍儿。（跑至台侧，取到两根冰棍儿跑回）给，你一根儿、我一根儿，挺甜的……（手里剥着冰棍儿包装纸，眼睛只顾看姑娘。无意中将冰棍儿扔到地上。把纸塞到嘴里）呸！呸！嘿嘿……

媛媛　（一笑）给，你吃了吧。（将手中冰棍儿给刘）

小刘　不不不，你吃，你吃，就是给你买的……

〔二人推让，冰棍儿掉在地上。

小刘　这倒好，谁也甭吃了。（一脚将冰棍儿踢进侧幕）

媛媛　小刘，我刚才问你的事儿你还没回答我哪。

小刘　什么事儿？

媛媛　你会外语吗？

小刘　嗐，会那玩意儿干吗……不，会。我太会了，我会好几国英语呢！你不知道？我从小就在说英语的地方长大的，我出生就在那个……那个，东京嘛！

媛媛　日本人怎么说英语呀？

小刘　嗨，日本人什么话不说呀！对了，日本人不说英语。是这么回事儿，我呀，到七八岁搬到……德国，德国那儿护照没办下来。我就到了巴西……几内亚……菲律宾——外国生活过不惯我又回来啦。（对观众）我折腾哪！

媛媛　（怀疑地）你说的这是真的吗？

小刘　真的。你怎么不信哪，我确实会英语，我翻译过不少著作。我告诉你，我翻译过……那些专业书籍你不懂。

媛媛　你说说嘛！

小刘　我现在正翻译一本……内容很深刻……很有价值，这个……这书全是外国话。（对观众）这不废话嘛！（忙与姑娘掩饰）这样吧，我把翻译的材料给你看看。

媛媛　好，那下星期四见面时请你带来吧。再见！

　　　〔媛媛推转门走下。

小刘　太好了！下星期四见面儿，是她主动提出来的！（陶醉般地朗诵）啊，爱情的春天呀，这就算把钩挂上啦。到下星期四，我把翻译的外文著作捧到她的面前……（对观众）您告诉我，我那东西在哪儿呢？（泄气，神态痛苦，一筹莫展。转忧为喜）嘻嘻，我不能灰心，有这招儿不就行了吗？对，这主意不错，除了我……（指观众）这主意你们谁能想得出来？（兴奋地自己握自己的手）同志，你太聪明了，祝你成功！不客气。（得意地手脚一顺边儿地走近转门，门转半圈，另一扇门板上写有"单身宿舍"的牌子，门扇再转，小刘手搭在邱志的肩膀走上）

小刘　哥们儿！咱哥们儿住在一个宿舍里，哥们儿我对这哥们儿才华（拍邱）木头眼镜——没看透。哥们儿你每天晚上翻译外文到十一二点，哥们儿我还说风凉话儿。现在哥们儿开窍啦，这哥们儿真哥们儿（竖指赞扬），咱哥们儿想托哥们儿给哥们儿办点哥们儿事儿，就看你哥们儿不哥们儿。

邱志　别看我能翻译外文，你说的话我没听懂。

小刘　咱哥们儿也想学学，刚入门儿，你翻译的那些东西借咱看看，让咱哥们儿提高提高。

邱志　哟！你真有这决心？

小刘 （边说边往邱脸边凑近）这能有假的吗！咱哥们儿没的说，对吧？

邱志 （躲着捂嘴）我说你这些日子刷牙不刷？（邱进转门再转出，取来材料给刘）

小刘 （刚要接，手又停住，做出毕恭毕敬庄严的姿势，双手接过）

〔邱从转门走下。

小刘 （喜悦得欢跳，举起手里材料）这就齐啦，有了它……哎？他这东西到底怎么样？什么，我先看看。我能看懂那不就好了。到底怎么样，到下星期四就清楚了——（走进转门，转半圈儿，另一扇门板上挂有"春湖公园"的牌子，小刘与媛媛走上。刘心中无数，吞吞吐吐）上次你说的那材料我倒是拿来了，可是这水平不高，你看着别笑话。

〔媛媛接过材料边走边看，刘心神不定哈着腰跟在后面看对方脸色，越走身子越低。

媛媛 哎呀……

小刘 哦……（吓得蹲在地上）

媛媛 你这翻译水平够高的。

小刘 （惊喜地）是吗？（身子渐渐站起）

媛媛 我看了很受启发。

小刘 哎，有两下子。（身板挺直与女并列）

媛媛 说真的，我也正在攻外语，很想能找到一位老师帮助我提高。

小刘 （跷脚仰面，傲气十足）嗯，好，有这个想法是进步的开端喽！

媛媛 我想仔细地读一读，下星期四还你可以吗？

小刘 （装腔作势）可以嘛！（傲慢地回身走起，手脚走成一顺边儿。姑娘随在后面）我们八十年代的青年，应该有志气！有骨气！有……是不是呀？（沿着方才尾随女方所走的路线走回为止）

媛媛 我还想……（害羞地）求你一件事？

小刘 （歪着身颠着脚）讲嘛。

媛媛 我业余时间也试着翻译了一点东西，你能不能帮我指教指教？（递过一本材料）

小刘 （双手欲接，觉得不够气派，侧身大大咧咧接过）好吧，下星期四见，我回去抽时间给你批改批改。

媛媛　太感谢了，再见！

〔二人走进"春湖公园"的转门。随着转门的转动，刘与邱从挂着"单身宿舍"牌子的门扇走出。

邱志　给，你翻译的这份材料我校正了一下。

小刘　（手接着材料点头致谢）太好了，太好了——辛苦辛苦，我昨夜里睡到两点醒后，看你还帮我查对字典哪。哥们儿，咱没的说。

邱志　小刘，说真的，这材料是你翻译的吗？

小刘　你怎么不信呢？没错。

邱志　你的字儿写得挺规整呀！

小刘　我每天练字儿，你看我手指头都练黄了。

邱志　嘻，那是抽烟熏的。小刘，坚持学下去，时间长了，会感受到很大乐趣。

小刘　是啊，这乐趣现在就不小啦！你忙吧，我还有点事儿。

〔二人走进转门，随着门转动，小刘与媛媛从挂着"春湖公园"牌子的门扇走出。

小刘　（十分得意地）最近我很忙，外语学院请我去一趟——事儿就不说了。我在百忙中帮你批改了一下，学习嘛，主要还靠自己……（将材料递过）

媛媛　我看了你翻译的资料可真受启发，还给你（递过材料）。另外，我还有些翻译的东西，真不好意思……（另取出一份资料）

小刘　拿来拿来，别客气。咱哥们儿……不，咱俩谁跟谁呀。你不管写出什么都给我，我去找他……

媛媛　他，他是谁呀？

小刘　他，他……我这是形象地说，他……就是字典。它是我们学习外文共同的老师。（轻轻地敲敲胸如释重负）

媛媛　（含情脉脉）再见吧，我希望能长期得到您这样的帮助。

〔媛媛从"春湖公园"转门走出。

小刘　（美得手舞足蹈）这就算成啦！等感情深了，就是看出假来，再想甩我她也舍不得了！（挥动手中材料）我这就给他送去……（进门）

〔小刘随着门的转动，投身钻进门去，与邱转出："哥们儿帮帮忙！（递过材料）你还写了什么新东西没有？"（接过材料）二人转进。又与女转出："你好好学吧，（递材料）这给我。"（接材料）

〔刘跳出转门，站在门旁，门继续转着。邱转出："哥们儿多谢了！"（交换材料）邱转下。女转出："再加把劲儿。"（交换材料，女转下）邱转出："还得麻烦你……"（交换材料，邱转下）女转出，刘："什么，今晚上就用？交给我了！"（交换材料，女转下）

〔刘跑步围着转门急绕一圈儿追上转出的女的："给，没耽误事吧？"（回头对观众）我这比邮局还忙哪！

〔站在转门旁等候，门虽转着不见邱与媛媛。

小刘　唉，怎么没人啦？

〔忽然邱与媛媛同在一扇门内转了过去。

小刘　唉！他俩怎么到一块儿去啦？

〔媛媛与邱志再次从转门内闪过。

小刘　这可不行，他们到一块儿我就露底了……

〔刘围绕转门跑了两圈，未能追上二人；钻入门内，又被转出。

小刘　坏了坏了，这俩跑哪儿去啦？

〔邱志与媛媛从台侧携手亲密地走过。

小刘　（突然惊呆，目送二人一直走入另一台侧，无可奈何地）好，好，祝你们……（挥手造型）携手前进！

——结束——

三星发廊

（于1990年央视《金星璀璨》文艺晚会播出）

作　者　赵连甲　幺树森

参演者　李玲玉、安冬、鞠敬伟、潘长江。

幕　启　台上摆放三张靠背椅，椅旁均有放用具的小方柜。

〔主持人同三名歌星上场。

主持人　李玲玉、安冬、鞠敬伟都是大家熟悉的歌唱演员，但与以往不同的是，
　　　　她们近来都改行了。

李玲玉　我开了一个青春发廊。

安　冬　我开了一个星星发廊。

鞠敬伟　我开了一个新潮发廊。

主持人　请看音乐小品《三星发廊》!（下）

　　　　〔音乐起。三歌手合唱，影片《甜蜜的事业》插曲曲调。

　　　　生活充满七彩光，

　　　　青年歌手改了行。

　　　　为让生活更美好，

　　　　我们改行开发廊。

　　　　相互竞争各不让，

　　　　热情服务比谁强。

李玲玉　要说开发廊，还得向来自四川的姐妹安冬学习!

安　冬　还是来自东北的姐妹鞠敬伟技术高!

鞠敬伟　可别扯啦! 我说呀还得是上海的李玲玉领导新潮流!

三人合　"向你学习!""向你学习!""向你……别学习了，那边来客人了。"

　　　　（分别赶到自己的岗位）

〔潘长江头戴小帽提着旅行包，背着录音机走上。

潘长江　哎呀妈呀，逛趟街还挺累，我找地方歇会儿……

〔三歌手拥过，潘急将提包抱紧，惊呆地。

鞠敬伟　同志，你理发不？

潘长江　理发？（下意识地捂住帽子）……咱还没花过这钱。

鞠敬伟　我看你准是从外地来的，要理发呢，就请到……

安　冬　（插手指引地）到星星发廊。我们星星发廊有……

李玲玉　（插手指引地）有精良技术、现代设备的是青春发廊。

鞠敬伟　咱新潮发廊一流服务，大叔，包你满意。

潘长江　你叫我啥？大叔，你看我多大了？

鞠敬伟　你今年有五十……

潘长江　我爹才四十九。

安　冬　（甜蜜地用四川语调）师兄！

潘长江　师兄，我还猴儿哥呢！你咋叫我师兄啊？

安　冬　我是个四川的幺妹儿，管小伙子都叫师兄。

潘长江　师兄……中，也比叫大叔对劲儿。

李玲玉　（与鞠嘀咕地）为抢生意，她连家乡话都用上啦。

安　冬　师兄，如果让我修饰你这脑壳……

潘长江　让你修理我脑瓜子？

安　冬　你就变漂亮赛！（唱《跟着感觉走》的曲调）师兄听我说，修饰你脑
　　　　壳……

潘长江　等等，别干唱，我给你加上伴奏……（开录音机，放出乐曲）唱！

安　冬　（唱）师兄听我说，

　　　　修饰你脑壳，

　　　　感觉越来越好，

　　　　越来越快活，

　　　　让你焕然一新，

　　　　模样更洒脱。

〔李玲玉上前将录音机关闭，将潘拉过。

潘长江　你有啥事儿？

李玲玉　（再打开录音机，放出《我的祖国》伴奏音乐，随唱）

　　　　（唱）生活好像花儿一样，

潘长江　还是抒情的，真好听。

李玲玉　小伙儿形象更漂亮。

潘长江　（得意地）就是招人喜欢。

李玲玉　为了开辟新天地，

　　　　换一个新潮的发型——让那小伙改变了模样。

　　　　〔鞠敬伟关录音机，将潘拉过。

潘长江　你看，她唱的我还没听够呢！

鞠敬伟　（再开录音机，放出《走在大街上》伴奏音乐，随唱）

　　　　（唱）走在大街上，

　　　　心里暖洋洋。

　　　　进到发廊里，

　　　　让你变形象。

　　　　冷烫加热烫，

　　　　数我手艺强。

　　　　发型任你选，

　　　　美观又大方。

潘长江　哎呀，这服务态度一个比一个热情，我进哪家发廊呢？干脆咱再见吧。

　　　　（欲走）

李玲玉　（将潘拉回，以快速的上海话说）阿拉是个上海小囡，为了美化八方
　　　　来人，不论是东来的人、西来的人；是男人、女人、老人、少人，要
　　　　让人人满意，人人称赞，人人变成美丽的人。

潘长江　还是上海姑娘会说话，一串串儿的，就是一句没听懂。

安　冬　师兄，你听我说。你脑壳不修饰，（说浓重的四川话）你走在地上像
　　　　个蚂蚁儿，飞在天上像个苍蝇儿。

潘长江　我要修饰一下呢？

安　冬　你飞在天上像个蚂蚁儿……

潘长江　（学安腔调）我是个蚂蚁儿！也不是啥好玩意儿。

鞠敬伟　（东北方言）同志呀，你听我说……

潘长江　嘿，还是听这话音儿亲切。你是哪儿的人？

鞠敬伟　东北人。

潘长江　哎呀老乡呀！

鞠敬伟　老乡见老乡，两眼泪汪汪。你家住哪疙瘩？

潘长江　我家就在长白山底下，松花江江沿……

鞠敬伟　哎呀，越说越近乎，闹不好咱俩是一个屯子出来的。

李玲玉　（对安嘀咕地）依窥一窥，这是竞争伐？

安　冬　（四川方言）拉关系嘛！

鞠敬伟　老乡呀，到俺这发廊三刀子两剪子，就能改变了你这贫穷落后的面貌。

潘长江　老乡，你呀这叫没眼儿的小猫——瞎虎（唬）！

鞠敬伟　咋是瞎虎呢，按咱东北人讲话，小偷摸电门——贼闭！

安　冬　同志，你听我说……

李玲玉　同志，你听我说……

鞠敬伟　同志，你听我说……

潘长江　我到底听谁说呀？！

李玲玉　你到我们青春发廊，保你青春焕发，能年轻十岁，让你充满青春的活力！（边跳起东方舞蹈）

潘长江　还会跳舞哪！我给你加点伴奏……（摁录音机放乐曲）

鞠敬伟　（关录音机）你到我们新潮发廊，为你增添现代人的风貌，男子汉的魅力！（跳起迪斯科舞）

潘长江　这舞跳的……那得给你加伴奏。（摁录音机放乐曲）

安　冬　（关录音机）我是个山里的幺妹儿，跳舞嘛——这又有啥子！（跳起现代舞蹈）

潘长江　我呀给我自个儿伴奏吧！（摁录音机放音乐，边跳东北大秧歌边数唱）
仨姑娘，开发廊，舞呀、演呀、说呀、唱呀、优美、健康、漂亮、大方，才华棒来个个强！

〔三位歌手争抢着拉潘。

三人合　"我给你理！""我给你理！""我给你理！"

潘长江　都别争了，你们说说打算给我设计个什么发型吧。

李玲玉　你是冷烫热烫？

鞠敬伟　你要散花儿是波浪？

安　冬　无论是麦妆、晚妆、蛇妆、前探式、三七式、四六式，哪怕是犄角根
　　　　根儿都会修饰得好洒脱哟！

潘长江　我这头啊，不用费那么大事了……（摘帽子，一毛没有的秃光光的头）
　　　　你们就看着办吧！

　　　　〔三位歌手惊得跑下。

潘长江　（冲手中帽子生气地）都怨你，戴在头上没事，一摘下都给吓跑了。
　　　　还要你干啥！（将帽子扔出）妈呀，没它还不敢出门儿……（追帽子
　　　　跑下）

富裕的贫困户

（于1990年央视《金星璀璨》文艺晚会播出）

人物　甲（牛振华饰）、乙（赵连甲饰）、惠芬（刘玲玲饰—简称女）。

幕启　台上两把靠背椅并列背向台下——代替柜台。

〔演员乙上场。

乙　我是这个服装商店的营业员，欢迎大家光临。（至"柜台"后）

〔演员甲与女演员上场。

甲　惠芬，我们接触的时间不短了……（看手表）都快两个小时啦。你能不能谈谈对我的印象？说说，谈具体点儿。

女　我们第一次见面，才两个小时，我能谈什么呀？

甲　我不这么看，时间虽短，如果你问我，我可以明确回答你：我爱你。我爱你的一切——及其他。我们虽然初次见面，用一句唐诗形容，那就是……什么词儿来着？对，一见钟情。

女　嘿嘿嘿……哪有这句唐诗呀？！

甲　别较这真儿了。你看这家商店的服装样子还不错，你挑几件。

女　不，我们刚刚……

甲　就当我送的见面礼嘛！要不我替你挑挑。（至"柜台"前）售货员儿！

乙　同志，您买什么？

甲　这架子上的女式上衣，红的、粉的、黄的、浅蓝的、深灰的、格儿的、花的一样给我来一件。

乙　（惊奇地）一样来一件？

甲　啊，不卖咋的？

乙　不是不卖，您一样来一件……

甲　怕不给你钱？咱有钱（掏出一沓子钞票，轻松地在手上甩打着）别的没有，就是有钱。

乙　您听我说……

甲　没那工夫。告诉你，咱哥们儿玩儿趟广州、跑趟深圳，多了不敢说，闹个万儿八千的。（甩甩钞票）这点算什么，银行存着几十万呐！

乙　同志，您有钱可这买东西……

甲　你不卖是怎么的？少说废话！

女　（拉甲，轻声地）你这是干什么呀？

甲　我让他认识认识我。（转身对乙）你知道我有钱怎么花吗？每天早晨起来，这么小瓶的人参蜂王浆，我一瓶一瓶地把它倒在茶缸子里——（模拟喝一口，鼓动两腮）噗！我漱口给它喷出去！有钱，你管得着吗？

女　你……（似当众受辱，气得转身走下场去）

甲　芬！你怎么走了……（欲追转回，掏出一张纸对乙）瞧瞧，这是我在广州吃饭的菜单子，就这顿的钱够你站半年柜台的！芬！芬！……（追下场去）

　　〔乙对甲背影无可奈何地摇摇头。

乙　有钱了，你真的是有钱了……

　　〔乙将两把椅子转过，座位上呈现出一排鲜花。花丛内立一小木牌，写有"请勿攀折花木，违者罚款五元"的字样。乙改扮园艺工人修整花木。

　　〔甲追女再次上场。

甲　芬！芬，你跟个站柜台的生什么气，咱有钱哪儿买不了东西。你喜欢什么？说，咱有钱。

女　钱，钱，你就没想过更美的东西吗？

甲　更美的……（发现花丛）啊，明白了，你等着……（至花丛折下鲜花）芬，给！想要啥你就说，我保证……

乙　喂！同志，你怎么随便折花呀？

甲　咦？你是干啥的？

乙　我是公园管园艺的。小伙子，那有牌子你看见没有？

甲　看见了。

乙　你念念写的是什么。

甲　（念）请勿攀拆（折）花木，连（违）者……

乙　行了行了别念了，往下还不定念出什么玩意儿呐。这上面写得清楚，谁折花罚款五元。

甲　我知道，五块钱我给你插在花枝儿上啦，拿去吧。

乙　（至花枝前将钱取下）嘿！你……

甲　你还要说啥？要五块给五块，还咋的！

乙　你这是明知故犯，得加倍罚你！

甲　加倍罚？你穷疯了？你牌子上要写五十、五百我也给你，那不比加倍还多吗？可惜你没早写上呀！

乙　小伙子，这是公共环境，咱大家都要爱护，得讲公德。

女　（无地自容地）师傅，对不起……

甲　（拦女）你认什么错呀！（转身对乙）少说废话，你说罚多少吧？咱有钱……（再次掏出两沓子钞票）这算什么，银行里还存着几十万呐，咱哥们儿玩儿趟广州、跑趟深圳赚的钱够你罚个十年二十年的……（又掏出那张纸）瞧瞧，这是我在广州吃饭的菜单子……

女　你怎么……（羞辱难当，跑下场去）

甲　芬！芬！别走呀……（追下）

　　〔乙望着甲的背影摇摇头。

乙　有钱了，你真的是有钱了……

　　〔将花移下，两把椅子摆成前后座。乙改扮为汽车售票员。

乙　乘客们，这是开往中山广场的六路汽车，请大家按顺序上车啦。

　　〔甲跑上。

甲　芬！快！快来呀……（挤车动作）挤啥，挤啥……（左推右扛地蹿上“车”。坐在后椅上，脱下一只鞋放在前排座上）芬！快！我给你占座啦！

　　〔女跑上场。上“车”欲坐。

乙　同志，哪位给老大爷让个座儿？

女　（将鞋从座位上取下扔给甲）老大爷你坐吧！

乙　谢谢您了……（做搀扶动作。摘下帽子扣在靠背椅背上）老大爷您坐好。

甲　嘿！（对椅背上的帽子）你这老头真行，这么大岁数懂文明礼貌不？人家姑娘让你说“老大爷你坐吧”，你应当说“姑娘您坐吧”。你倒好，一屁股坐下啦！也难怪，岁数大了，坐一天少一天喽，坐一回少一回喽……嘿！我说你听见没听见？说话呀！

乙　同志，应该让这位老大爷坐，我们车上照顾"老幼病残孕"。

甲　那样，她也应该照顾（指女）她是……孕妇！

女　（气愤地）你，你胡说什么呀！

甲　芬，我说咱花钱打个"的"吧，你非挤这破车，你看……咱有钱呀！（转身对"车"内）车上人都下去，这辆车我包啦！

乙　同志，这不行。这车是跑专线的，包车您找出租车站联系。

甲　我多给你点钱不就完了……（第三次取出那两沓子钞票）够不？不够说话，咱银行存着好几十万呐！车上人都下去，都下去……

女　（拦甲）你，你怎么能这样呐！

甲　你别怕花钱，咱有钱！

乙　同志，您再有钱，我们也不能违反制度呀！

甲　什么制度不制度！别说包你的车了，买你这车也买得起。瞧瞧（第三次取出那一张纸）这是在广州吃饭的菜单子……

女　（无法忍受地）你！你这人……（气得跑下场去）

甲　芬！芬……（欲追又回对乙）你呀，这辈子卖票儿去吧！芬！芬……（追下场去）

〔乙望着甲背影摇摇头。

乙　有钱了，你真的是有钱了……（将两把椅子架起）前后门儿关上——走来！

（走下场去）

〔甲追女上场。

甲　芬！芬！芬……

〔女毫无表情地站定。

甲　芬，你听我说……芬。

女　（冷冷地）咱们是该分开了。

甲　分开？那你对我……

女　你确实是有钱了，但是你是一个富裕的贫困户！（转身走下场去）

甲　这是跟我吹啦。说我是富裕的贫困户……这话不通呀！富裕了怎么还……（突然大笑起来）哈哈哈……我明白了，她呀——没文化！没文化，没文化……（嘟哝着走下场去）

（赵连甲、么树森合作）

选谁合适

（于1990年央视《中秋乐》文艺晚会播出）

人物　甲（赵连甲饰）、乙（石富宽饰）、

　　　丙（侯耀文饰）、丁（李金斗饰）。

幕启　台间布一面黑板，备有粉笔、粉擦。

　　　〔甲走上。

甲　（背供）选谁合适呐？这事儿我得考虑周到点儿……（进"屋"关"门"）

　　选谁呢……（思考中在黑板上写出"选谁合适"四字）

　　　〔乙张望着从左侧走上。

乙　（背供）哟，怎么这"门"还关上了？

甲　选谁合适，定下来我还得快报上去……

乙　（一愣）选谁？（扒"门"偷看）

　　　〔丙张望着从右侧走上。发现乙。

丙　（背供）他这看什么呀？（咳嗽一声）

　　　〔乙被惊起，向丙反向回身巡视。丙趁机扒"门"偷看。

丙　（自语）选谁合适？这是要改选哪！

乙　没人呀……（发现丙）嘿，他这看上啦！（拉丙）起来，你看什么？

丙　你没看见？"选谁合适"，就这两天的事儿了。×××（甲的名字）老科长

　　该退了，正决定选拔新任科长的人选呐！

乙　要说选拔新科长，论资格讲能力，也就是……你最合适！

丙　不，选你最合适。

乙　你合适。

丙　不不不，你最合适了。

乙　我怎么合适？

丙　你胖呀。

乙　胖就能当科长？

丙　那多有分量啊，你当了科长，往那儿一坐，那多压秤。

乙　我是肉墩子呀？要说还是你合适。

丙　我怎么合适？

乙　你瘦呀。

丙　瘦就当科长？

乙　显得精神呀！你要往办公室里一坐……（作勾拳嗫腮状）那多机灵啊。

丙　我是猴儿啊？

甲　我呀，想来想去还是选他合适……（写出乙的名字）

乙　（扒"门"看，喜形于色）嘿嘿……敢情老科长的看法和群众的意见是一致的。

丙　（扒"门"看，气愤地）跟哪个群众意见一致的？

乙　你刚才不也这么说吗？

丙　我不那么说没用呀，你俩私下都串通好了！×××（甲的名字）这人独断专行，偏听偏信，他眼里根本就没有群众！

乙　你这么说不对，我认为我们老科长是一心秉正，慧心识人，是从全局出发，可以说是大……

甲　不行！他不合适。（擦去乙的名字）

乙　大……大糊涂车子！

甲　要不选他……（写出丙的名字）

丙　（向"门"内看后）你怎么这样背后议论领导？这些年社会风气不正就是你这样的人给闹的。老科长正确的决定，我们就要支持，全科人谁不说老科长是……

甲　不！他也不合适。（将丙的名字擦掉）

丙　是……老不是东西！

甲　我呀还是选他吧……

乙　嘿，这老……（欲骂又止）我先看准了再说吧。

丙　他说的这个"他"是谁？

　　〔二人同向"门"内看。甲在黑板上写出丁的名字。

乙　哟，要选×××（丁的名字），还不如选你呢。

丙　我最佩服你，你要干比×××强多啦！

乙　咱俩选不上，也不能让他干。

丙　对，咱俩给他搅黄了。

乙　我完全同意你的意见。

丙　咱快合计合计吧，选这科长……

　　〔丁走上。至乙丙身后，拍二人肩膀。

丁　二位商量什么哪？

乙　（若无其事地）今儿预报有雨呀。

丙　食堂的包子太咸了。

丁　别打岔，你们合计选科长的事儿吧？要我说这科长选您二位哪一个都合适。
　　你老×呐，是才华横溢；您老×呐，是众望所归。要跟您老二位比起来，
　　我只不过是个小学生，需要老老实实、恭恭敬敬地向您老二位学习。您老
　　二位……（回身从门缝看到自己的名字，便立刻端起架子，换了腔调）小
　　×呀！（叫乙的姓）去，你给我端杯茶来。小×呀！（叫丙的姓）给我
　　搬把椅子去。

乙　嘿，他这就端起来啦！

丙　他要当了科长谁还活得了！

丁　（得意之情溢于言表）这十几年呀，我就一直想怎么把科里工作搞好呢！
　　各方面业务都一直在我心里装着，怎么实现我的理想呢？现在我要成为新
　　任科长了，我这个科长……

甲　还是不选他吧。（将丁的名字擦掉）

丁　也他妈没希望啦……（作休克状）

乙
丙　哎哎，他还晕过去啦……（将丁扶住）

甲　如果我决定选他，（写出乙的名字）他会怎么样呢？

乙　（看后）真要选了我，我对老科长要和他在位的时候一样地尊重，我要亲
　　手为老科长解决三居室的住房，还要在海边给他盖套别墅，冷了有暖气，
　　夏天有吊扇，地上都给铺地毯。

甲　我看他不行。

乙　铺地毯？我把下水道给你堵上！

甲　我要选了他，（写出丙的名字）他又会怎么样呢？

丙　（看后）我早想好了。我得考虑老科长退休后的生活问题，我得让他晚年幸福，心情舒畅。我给他介绍一个老伴儿。这老伴儿岁数大了对他照顾不好，得找一个年龄般配的，老科长今年五十八，我给他找个二十二的……

甲　他也不行。

丙　我找一个二十二的……小伙子！在黑胡同里给他一砖头！

甲　要选他……（写出丁的名字）他又怎么着呢？

丁　（看后）我？我不但关心他的住房和生活，我要对老科长全面负责，我给他洗衣做饭、买米买面，他老人家要打个喷嚏，我上医院都给他挂急诊去，到了医院下楼梯我扶着，上楼梯我背着，连挂号带拿药……

甲　他也不行。

丁　我给他拿耗子药！

甲　想来想去，这仨选谁合适呢？

乙　咱仨别费劲了。

丙　进去问他吧。

丁　进去问问。

　　〔三人进"门"。

合　说明白了吧，你到底要选谁？

甲　（对乙）我想选你，考虑到你家庭负担是不是太重。

乙　我没什么家庭负担。

甲　（对丙）我想选你，又怕你身体不好。

丙　我身体没病。

甲　（对丁）我想选你，想起你上次去过了。

丁　我……我去过什么啦？

合　到底是什么事呀？

甲　要建设文明城市嘛，上级让咱们选派一个人，上街执勤去抓随地吐痰的。

合　就这事儿呀？

甲　选谁合适呢？

合　就你最合适啦！欢迎科长，上街站岗！

　　〔三人将甲架起下场。

（赵连甲、幺树森合作）

乡 音

（于1991年央视春节晚会播出）

人物　陈经理，30多岁，农民企业家（由魏吉安扮演）。

　　　小刘，20多岁，县外事办女干事（由常佩霜扮演）。

　　　赵先生，50多岁，海外富商（由赵连甲扮演）。

幕启　舞台有办公桌，电话。

〔电话铃声，女干事接电话。

女　外事办。啊，是您呀！我已经通知他了，他马上就到。您放心吧，他是我们县很能干的农民企业家……是呀，按说他该到了……

〔陈的幕后声："来啦！来啦！"

女　啊，到了到了，他来啦。您可以通知那位赵先生马上过来了，好。（放下电话）

〔陈身着西服，典型的山东大汉，却骑着一辆与其极不相称的小20型自行车上场。

陈　（操胶东口音）哎呀，骑这车可把俺累毁了伙计！

女　哎哟，你怎么骑这车啊？

陈　你伙计电话说：（学女）"有外事活动！必须二十多分钟赶到。"俺走来能跟趟儿吗？

女　你那些大汽车、小面包儿呢？

陈　都拉货去了，一着急伙计把俺小闺女儿的车骑来了！

女　哟，你这西服还挺漂亮。

陈　那是呀，正宗的国产名牌——"珍珠霜"！

女　啊？

陈　不对，那是俺老婆抹脸的。小刘干事，什么事你快说，俺家里可忙伙计。

女 （官腔十足地）今儿让你来，主要考虑到你是咱县有代表性的农民企业家……

陈 别戴高帽了，咱就是个农民。

女 在十年改革开放中呢，你也做出了一定成绩……

陈 别啰嗦行不？俺家里还有好多事咧！

女 一会儿呀有位赵先生要跟你见见面儿……

陈 哎呀，你这不是坑人吗！就这么点事儿，你动动嘴儿俺跑断腿儿……

女 这是外事活动！

陈 又来了：（学女）"外事活动！"别吓唬人好不好？说真的，俺家里忙得脱不开身儿呀！修配厂要扩建；施工要签合同；果脯厂就等着进原料；养貂厂，水貂正在发情期，这个东西一发情……（与女对视，不好意思地）这个问题跟你说，不大合适伙计。

女 要知道，这是关系你们几个厂的发展……

陈 还发展哪，现在的活儿黑天白日地干都……

女 （大声地）你听我说！

陈 （无可奈何地）好，好，你说，我先打个电话伙计……（拨电话）

女 一会儿呀，有一位海外来的……

陈 （提高调门）二锁子呀！哎呀这事儿还非等我吗？！（对女）你说你说。（对电话筒）我回不去！她（指女）这缠着我不放……

女 你？

陈 我不是说你，你说你说。（对话筒）你这个人怎么说话这么啰嗦？俺没工夫听你啰嗦！

女 （生气地）赵先生要给你们厂投资！完啦。

陈 （对电话）好，她说完了我马上回去。（放下电话）你说完了？那俺就回去……（欲走又回）哎，你刚才说什么？谁给我们投资？

女 （不耐烦地）海外的赵先生给你们投资！

陈 （欣喜若狂地）这太好了！我就盼有人投资来！这事你怎么不早说呀！

女 你让我说吗？

陈 好，你说你说。

女 （端起架子）您忙呀，这事儿以后再说吧。

陈　别呀伙计！你说说赵先生什么时候到伙计？咱跟赵先生怎么说伙计？有什么规矩伙计？有什么要求伙计？你给咱说说伙计！

女　有什么要求呀！你先把"伙计"这俩字去了！

陈　行，我不说伙计。那我说什么伙计？

女　怎么还伙计呀！你是农民企业家！跟人家得说普通话，别老伙计伙计的！人家听不懂。

陈　说普通……咱说这话几十年了伙计，不说伙计，伙计我张不开嘴呀伙计。

女　真笨啊。

陈　笨？谁笨？咱说这话伙计，基本上就是普通话。我不是跟你吹，我还当过广播员咧！

女　（瞧不起地）还当广播员咧！

陈　还吓唬你吗伙计，今天我非给你露一手……（模拟拿话筒动作，先吹吹话筒）噗！噗！王家疃儿有线广播站，现在开始广播天气预报儿，这个西北（念"跛"）杆子风儿是一个劲儿地刮，今儿刮明儿刮后儿还刮，什么时候不刮伙计我再通知，啊。

女　（不厌烦地）行啦行啦……

陈　（得意地）啊，行吧？

女　行什么呀！

陈　你几分钟想让咱变个人儿，咱弄不了这个伙计！

女　这是外事活动的要求，就得说普通话！

陈　它不是来不及吗！

女　我教你几句。你见了赵先生，你就说：（带有港台腔调）"欢迎你呀赵先生"！

陈　"欢迎……"我说你说的这是普通话吗？

女　这么说时髦儿，就这么说！

陈　还赶时髦儿……（学）"欢迎你呀赵先生！"这叫什么玩意儿！我说，要不你替俺去谈行不？

女　这有替的吗！这样吧，见了赵先生你说话有不讲究的地方，我咳嗽一声，你注点意，有什么说不清楚的地方，我给你当翻译。

陈　好！

〔电话铃响，女接电话。

女　赵先生到了，好，我这就去接。（由桌上拿起一把梳子递陈）整理整理门面，对人家热情点……（欲走又回）记住，说普通话！（下）

陈　说普通话……这事弄得还挺紧张的。（演习起来）见了热情……（挥手打招呼，然后做握手动作）差不多，够热情的啦！

〔女领赵走上。

女　请，请。我来介绍：这位是海外回来的大企业家赵先生；赵先生，这位就是我们的农民企业家陈经理。

赵　陈经理，我能和你见面非常高兴！

陈　啊……（招手——手里握着那把梳子）

赵　（惊得躲闪）这……

陈　嗯？噢，木梳。……（问女）我说什么？

女　（轻地）刚才教你……

陈　对。（学港台腔调）欢迎你呀赵先生！哈哈……（原口音）我说你什么时候到的伙计？……坏了伙计，说出来了……

赵　什么，伙计？

陈　不是。我是说伙……哎呀，这可要命了伙计！

赵　陈经理呀，你讲话是哪里的口音呀？

陈　你问我是什么地方（念"场"）的伙——

女　咳！（咳嗽）

陈　（对女）没说"计"。（对赵拿腔作调）我虽然是本地人，我走南闯北（念"跛"）家乡话儿我是一句也不会说（念"雪"）了，我说的都是北（念"跛"）京话！

女　（将陈拉至一边）说的是北京话吗？你快跟人家说正事吧。

陈　我说赵先生，你伙计是海外企业家，是干大买卖的，我就是个乡镇企业的经理，跟你比起来，我是苍蝇尥蹶子——小踢打儿。

赵　苍蝇尥蹶子……哈哈哈……

女　（将陈拉至一边）你这是说什么呀！

陈　我说的没错呀，我这个人就是小胡同里赶猪——直来直去。

女　（无可奈何地）你随便吧！

陈　好。我说伙计……哎呀又伙计啦……

女　赵先生，他叫您伙计请别介意。

赵　不不不，他称呼我伙计，我听着蛮开心啊！

女　不，您是大企业家，他和您叫伙计……

赵　小姐你不明白，"伙计"这个称呼内容非常丰富，可以解释成：先生、朋友、乡亲、要好的……

陈　对！哥们儿弟兄、两口子都能称伙计呀！

赵　小姐，"伙计"这个称呼你不明白，我可以给你当个翻译啦！

女　你给我当翻译？

赵　（对陈突然改口说胶东话）我说陈经理，你说话这个腔调，我是几十年没有听到了，听你一说，我心里太舒服啦！

陈　（惊呆，激动地）哎呀伙计，你简直伙计……有你这一口儿我绷着劲儿干什么！她还叫俺"欢迎你呀赵先生"……这是干什么！

赵　我说陈经理，你是哪个地场的人哪？

陈　我是王家疃儿的！

赵　王家疃儿我去过呀！

陈　你去过呀伙计？

赵　王家疃儿北边有棵大柳树——

陈　大柳树旁这有个卖片片的王二哈子你知道不？

赵　咋不知道，王二哈子烀那片片暄腾腾儿的好"逮"呀伙计！

陈　好逮的还有饺嘞儿——

赵　包嘞儿——

陈　面条嘞儿——

合　饸饹儿、杠头、火烧嘞儿！哈哈哈……

女　哎呀妈呀，怎么都一个味儿啦！

赵　（说普通话）小姐，你不知道啊，我这次来除了为乡亲们做点贡献，同时也是来寻求我几十年没有听到的乡音哪！乡音最入耳，乡音最动听，有这样一句话：一方水土养一方人，月是故乡明啊！

女　对，赵先生您说得太好啦。

陈　（激动地）哎呀伙计，你说的伙计真是伙计，简直是……太伙计啦！

赵　（说胶东话）我说伙计，你那企业有个发展规划没有？

陈　有呀伙计！

赵　能让我看看吗伙计？

陈　那咋不能呢伙计！

赵　我一看就知道怎么回事了伙计！

陈　你一看就知道咱企业了不起呀伙计！

赵　真的伙计！

陈　我去给你拿规划图去伙计！

赵　还拿什么，咱一块儿去看看不好吗伙计？

陈　那就省了事了伙计！

赵　你说咱们怎么走吧伙计？！

陈　……（上自行车）我用它带着你伙计！

女　用这车？不行不行，我去要个车……

赵　（说普通话）小姐，不用了就是它啦！（改胶东话向女招手）谢谢你了伙计！

女　再见伙计……哎哟，我怎么也伙计啦！

赵　走呀伙计！（坐在车后座上）

陈　稳着点儿伙计！

〔二人同车下。

（赵连甲、幺树森合作）

四户人家

（于1991年央视《警民春节联欢晚会》播出）

人物　甲（潘长江饰）、乙（牛振华饰）、

　　　丙（李志强饰）、丁（赵连甲饰）。

地点　大杂院内。

时间　晚上。

幕启　舞台一侧立有一米八高线杆，上安灯伞、灯泡。

　　〔四演员各携带一把椅子，排队走上。

甲　四

乙　户

丙　人

丁　家！

甲　这就是我的家。（放下椅子，背向观众坐定）

乙　这就是我的房子。（放下椅子，背向观众坐定）

丙　这就是我的屋子。（放下椅子，背向观众坐定）

丁　这就是我的……窝！

　　〔甲乙丙脸转向丁——

合　哎，怎么到你这儿变成窝啦？

丁　你们把房子、屋子都占了，我可不就剩窝啦！（放下椅子，背向观众坐定）

　　〔甲转身站起，伸伸懒腰，哼着小曲出"门"。

甲　哟，院子里这么黑呀！（至台侧将院灯拉亮）

　　〔乙转身站起，走出屋"门"。

甲　老王，还没睡呐？

乙　心里别扭，睡不着。

甲　别扭什么?

乙　晚上骑车下班，让警察训了一通儿。

甲　你闯红灯啦?

乙　没有，就是把警察撞了个跟头。

甲　你也是，撞谁不行，干啥偏撞警察呀!

乙　能怨我吗，马路那么宽，站哪儿不行，他偏站在马路中间儿，还直干这
　　个……（学交警指挥动作）

甲　照你的意思，警察站楼顶上干这个去?

丁　（转身走出）二位! 你俩说点儿别的好不好? 警察，警察，我最不爱听
　　"警察"这俩字儿了!

甲　对! 我跟你一样。这警察呀，他们没事干，净折腾那些老头儿老太太。

丁　谁说不是哪!

甲　你看把前院那刘大妈折腾的，整天颠颠儿地挨家跑呀……（学大妈对乙）
　　"我说老马呀，派出所小王来了说你们家后窗户玻璃坏了，换了没有?"

乙　换了换了。

甲　（对丁）"说你们家门锁坏了换了没有?"

丁　换了换了。

甲　（对乙）"说你们家的门插关儿……"

乙　换了换了。

甲　（对丁）"说你们家，你老婆……"

丁　换了换了……没换，这有换的吗?!

甲　我就说这意思。

乙　就是折腾人!

丙　（转身走出）我说几位，话不能这么说，有警察咱这日子不就过得太平点
　　吗! 省得坏蛋小偷捣乱不是!

甲　说这话说明你胆儿小!

乙　你是怕这些坏蛋，对不?

丙　我这胆子是小。

乙　我就不怕，我的外号王大胆子!

丙　王大胆子?

乙　你不知道？就说前些日子，咱胡同里抓那个坏蛋吧，一米九几的个儿，络腮胡子，多凶呀！

丙　凶！

乙　是谁在他后边"哐"踹了他一脚？是我，王大胆子！

丙　他没还手儿吗？

乙　他还不了手儿，戴着手铐子呐。

丁　嘻！戴着手铐子呐？那谁不敢呀！这叫什么胆子！

甲　哎，哎，老王，王大胆子是你自己吹出来的，能算数吗？你打听打听，这胡同里里外外，谁不知道我呀——张大胆子！

丁　我说我们这院儿里没土呢，敢情这有两把"掸子"！

甲　这是什么话呀！哎，你（对乙）刚才说的那个络腮胡子大个儿，是谁抓住的？打听打听吧，是我！张大胆子抓住的！

乙　不对吧？报纸都登了，见义勇为的是张四忠、马志强，没有你的名字！

丁　没他呀？哈哈哈……

丙　没他，那怎么……

甲　等等。你把报上登的念完了行不？人家报上是"张四忠、马志强等"！那"等"是谁呀？

乙　那人多啦！

甲　我就在那"等"里哪！

丁　我说"等"同志，你俩先慢慢吹着，吹，吹，我睡觉去了……什么张大胆儿、王大胆儿全是吹牛啊！（回原座位，背向观众坐定）

丙　二位，二位，我信服你们俩，咱院里就数我这个人胆儿小。不怕你二位笑话，就说那天半夜里吧，我睡得正香呐，就听见屋里有动静，吓得我"忽"家伙就起来了！我坐起一看呀，我前面站着一个人。吓得我呱叽又躺下了！我躺下，他跑了；我坐起他又来啦！吓得我抓起台灯，"日"——甩过去了，就听"啪嚓"——"哗啦"！

乙　你把贼打了？

丙　我把大衣柜镜子打碎啦！

甲　吓迷糊啦！

乙　你这胆儿也太小了！以后你再遇到这事儿，你别找警察，也别叫人，咱两家不就隔着一堵墙吗，你乓乓乓敲三下，我过去给你壮胆子。

丙　哎呀那太好了，让我怎么谢谢你呀？

乙　不用谢，你给我每月买两条烟就行了。

丙　……我还是叫警察吧。（回原座位，背向观众坐定）

甲　我说老王，别吹了，留点儿明儿再吹；都吹完了明儿就没吹的啦。

乙　什么叫吹呀……

甲　行了行了，睡觉去吧……（二人回原座位，各自背向观众坐定）

〔丁从座位转身站起，背供。

丁　哎？今天这事儿怪了，院里这几家老提警察干什么？坏了，是不是我的事
　　他们知道啦？可这事我不是存心，不能怪我呀！前天小顺子来了……啊，
　　小顺子是我们亲戚，他是我姐夫小舅子媳妇娘家嫂子叔伯兄弟老姑家的二
　　外甥。提着包儿来了："喂，我这有个包儿在您这儿存两天啦！"都是亲戚
　　我能说什么呐？他走了我打开一看呀，吓了我一身鸡皮疙瘩！什么呀？全
　　都是自行车上边的锁呀！各式各样的一大包子，光锁这么多，你说自行车
　　他偷多少吧！这要让警察知道了，这是窝赃啊！不行，我不能落这个罪名，
　　我得想办法把这"赃"甩出去。干脆我把这东西埋在别人家窗根儿底下
　　吧！（回"屋"，取出背篓儿和一把斧子）埋哪儿好呢？对，老李胆儿小，
　　我就埋他窗根儿底下。别让人家看见……（至台侧将院灯拉灭。然后持斧
　　子在丙的椅子旁边刨起）

〔丙惊得急将身转过，随着丁的刨土声响作惊恐状。

丙　坏了，有动静……（战战兢兢地）闹贼啦，越怕事儿越来事儿……对，王
　　大胆子说了，有动静敲他的墙，敲墙……（用脚踏台板代"乓乓乓"效果
　　声，作敲墙手势——连敲三下）

乙　嗯？（惊醒，转过身来）真出事儿了？我过去看看……（将"门"拉开，
　　迈腿欲出又止）别价，多一事不如少一事，还睡我的觉吧。（回原座位，
　　仰面装睡）

丙　（继续敲墙）老王！你快过来呀！

乙　（边打呼边搭话）呼……我不能过去了呀！

丙　你给我壮壮胆子呀！

乙　呼……谁给我壮壮胆子呀！

丙　你快醒醒呀!

乙　呼……我醒不了啦!

丙　醒不了还能说话呀?

乙　呼……我说梦话呢!

丙　我娘哎,这可怎么办哪! 吓死我了……

〔丁刨土连连发出声响,甲在座位惊醒。

甲　哎? 院里响,屋里闹,怎么回事? 闹贼了? 我张大胆去看看……(走出屋"门")

〔丁听到甲出屋,停止刨土。

丁　不好,出来人了,我快找地方躲躲……(不顾背包和斧头,转身蹲在丙的椅后)

甲　咦? 谁这么手欠,把灯闭了……(去拉台侧院灯,被地上丁的背篓绊倒,边嘟哝边摸)地上是什么? 妈呀,真有贼,贼把东西丢这儿了……(摸到了斧子)还有凶器呢,这贼还是"斧头帮"的! 这要是给我脑袋来一下……我哪扛得住它造哇!(浑身颤抖)我,我……我快回屋老实待着去吧……(摸"门")我的门呐? 唉,我怎么找不着门啦……(摸到乙的家"门")摸着了,我快进屋……(进"屋"关"门")这我就放心啦。

〔乙在座位上一惊。自语地。

乙　坏了,这贼是不是钻我屋来了?

甲　哎? 这屋怎么有动静? 我把贼关屋里啦?

〔甲、乙各自四处乱摸。表演中可以模拟京剧《三岔口》摸打动作,如二人面对面、上下起伏对视;二人对脸向同一方侧视等。甲似乎发现乙;乙低头躲过;甲自己打了自己嘴巴。

甲　是贼,他打我一个嘴巴子。我快看看我的洗衣机,别让小偷给偷走……(摸,摸不到)坏了坏了,我洗衣机没了,让小偷抱走了……(忽然摸到一个方形的东西——以手势交代)嘿,这小偷把洗衣机抱走了,把电视机给我扔下了。嘿嘿……这小偷傻,他没算过账来。(紧紧抱住"电视机"不放)

乙　不行,别让小偷把我彩电抱走了……(摸至甲的头顶,惊奇地)不对呀,我这彩电怎么长毛啦? !

〔甲、乙乱摸起来。丁从丙椅后转出。

丁 怪了，那屋里叽里咕噜折腾什么？是不是来小偷闹贼啦？

〔丙从座位上哆哆嗦嗦站起。

丙 娘哎，我受不了啦，我快去叫人去吧……（走出屋"门"）

丁 老李出来了，我问问他吧。哎！（拍丙肩膀）

丙 哎呀……（被吓得昏了过去，倒在丁的怀里）

丁 喂，老李……是有贼，都吓死一口子了！老李……（丙身向下滑，丁用力架着，几起几下，丁招架不住）受不了，你让我喘口气好不好？（低头弯腰将身转过，用背驮着丙的身子，吁吁喘气）我现在才明白一个道理——背着抱着是一般沉呀！

〔丁将丙放倒在地，为其捶起后背；甲、乙二人各自背供。

甲 今天的事儿要麻烦，平常我这胆儿大着呢，可这会儿这胆儿哪去了？

乙 我胆儿也不小，今儿怎么这胆儿就没了呢？

〔乙下意识地将手放至椅子背上，甲也下意识地将手放至椅背上；二人触电似的各自将手收回。

乙 （自语地）干什么，要撸我手表？

甲 （自语地）要我手表？好，给你……（将手表摘下，放在椅上）手表！

乙 手表？有，给你……（也将手表摘下放椅上）这能值几个钱！

甲 啊？还要钱哪？给，都给你……（掏出钱包，放在椅上）钱包！

乙 还要钱包？行……（掏出钱包，放在椅上）还有什么！

甲 还有什么？没什么了，我浑身满打满算就剩二斤粮票啦！

乙 粮票？粮票也要？看来这贼还是外地来的。

〔甲、乙二人焦急地走动；丁、丙对话

丁 老李，你醒醒！醒醒！

丙 嗯……（摇头）

丁 我送你上医院哟？

丙 嗯……（摇头）

丁 哎哟可要命了，怎么办哪？（放大声音）这工夫警察要来了就好啦！

〔甲、乙闻声停止走动；丙猛地站起。

甲
乙　什么？警察来了？警察来了我就什么都不怕啦！

丙
丁　（惊奇不解地）警察真来啦？太好啦！

〔四人摸黑，相互握手，纷纷交谈。

甲　警察同志……（握住丙的手）你可来了！刚才院里……

丙　是呀，刚才呀……

甲　我没跟你说话！警察同志……（握住乙手）

乙　警察同志……（甩开甲的手）你干什么！警察同志……

丁　你拉我干吗！（甩开乙的手。误将台侧戴有灯伞的线杆当作警察）警察同志，我老实交代，那包儿自行车的锁，可不是我偷的……

甲　（将丁推开，对线杆鞠一躬）警察同志，让老头儿老太太搞联防、治安，是完全正确的！别听有人胡说八道……

乙　（将甲推开，对线杆点头哈腰地）警察同志，我违犯交通规则，您训我是应该的……

丙　（将乙推开，对线杆）警察同志，我们要过安定的生活，真离不开你们哪！

丁　（将丙推开）今天对我是个教育……

甲　（速将丁推开）有句话说得好：警民心连心，人民警察爱人民……

乙　（速将甲推开）警察同志，我说呀……您怎么不说话呀？（摸到开关，将灯拉亮）

〔四人愣住。

丁　警察没来呀？

乙　也没有小偷哇！

甲　这不是瞎折腾吗！

丁　也别这么说，我快把小偷那包儿东西送派出所去吧！（提起背篓、斧头走下）

〔丙从乙的椅上拿起手表、钱包。

丙　你二位先睡吧，我出去办点事。

甲
乙　你干什么去呀这么晚？

丙　我捡了两块手表，还有两个钱包，给派出所送去。（走下）

甲　对，拾金不昧，快送去……哎！那东西是我的……（追下）

乙　瞧这人什么记性！自己丢了东西……对了，还有我的呢！（追下）

（赵连甲、幺树森合作）

小舞台

（于 1992 年青岛电视台春节晚会播出）

参演者　牟洋、赵连甲。

地　点　1992 年青岛电视台春节文艺晚会现场。

幕　启　赵持话筒上。

赵　观众朋友们，下面这组节目由我来主持。这是一组由香港的歌星，京津的笑星、戏曲表演艺术家所表演的精彩片断，所以称之为《小舞台》。下面请香港的歌星陈百强先生出场！他演唱的曲目是：《偏偏喜欢你》。掌声欢迎！

〔幕侧声："等一等！"牟洋跑上。与赵耳语后，走下。

赵　跟大家解释一下，由于香港的天气原因，飞机航班延误，陈百强先生没有赶到。不过没有关系，节目可以调整一下。首先请著名相声表演艺术家马三立先生，来给大家说一个相声小段……

〔幕侧声："等一等！"牟洋跑上。与赵耳语后，走下。

赵　请大家静一静。马三立先生上午就赶到了咱们青岛，马老今年已是八十三岁的高龄，邀请单位为表示对老先生的敬意，请吃了顿海货儿，结果——暂时就演不了啦。不要紧，节目照样进行，下面请著名笑星赵本山来……

〔幕侧声："等一等！"牟洋再次匆匆跑上。

牟　不行了。不行了——（对赵耳语）

赵　我知道了。（对观众）请大家欣赏京剧演唱，由著名表演……

牟　等一等！（欲对赵耳语）

赵　观众朋友们，《小舞台》演出到此结束，祝大家晚安！

牟　哎？一个节目还没演呢，怎么就报结束啦？

赵　演员都没来，你让我怎么办？

牟　他们没来，我来了呀！

赵　你？你来了管什么用！

牟　我这个人擅长模仿明星、大腕儿的表演，您说的那些演员我都能学得上来。

赵　你叫什么名字？

牟　我叫牟洋。

赵　是呀，牛都给吹死了，可不就光剩下一只母羊了。

牟　什么呀！我叫牟洋。

赵　不管你叫什么，我就不信，那些演员你都能学上来？

牟　光说您不信，您让我试试嘛！

赵　好。观众朋友们，咱就让他试试，看他到底模仿得像不像。来，你先给大家学学陈百强演唱的神态和韵味吧。

牟　感谢您给这么好的机会。

赵　说客气话没用，学不像我就把你轰下去。

牟　您听像不像。（用粤语演唱、模拟陈百强的歌曲《偏偏喜欢你》）"愁绪挥不去，苦闷散不去——"

赵　不错，还有那么点儿像。你再学学马三立先生说相声。

牟　学他说的一个相声小段。（模仿马三立的声调与神态）"有这么一老头儿，早晨起来呀出去遛弯儿。走在大街上，看见一家电影院，电影院开片儿了。什么片子呢？彩色故事片，片名就别管了，反正是故事片。买张票进去瞧瞧。一进剧场啊，这里头是连楼上带楼下客满、座无虚席，哎哟，人挨人人挨人。啪！开片了，黑了。就不说它演的什么片子。在中排，后中排正当间儿，坐着这老头儿。六十多岁也看电影。挤着，挤着——这老头看着这电影，看着看着不好好看着。干吗？往下出溜，越出溜越矮，一会儿又上来了，一会儿又出溜下去了。出溜下去摸摸这边这位的腿，摸摸那边那位的脚。摸得旁边小伙子直嘀咕："老大爷您怎么的啦？您怎么了？"老头说："我，我掉点儿东西。""掉东西就别摸了，瞎摸嘛呢！您这摸摸腿那摸摸脚的，掉东西等一会儿散了电影，灯亮了您再找。""不行啊，散了电影，人多，就给我踩坏了。""您掉什么了？""啊，那个，糖掉了。""糖您就别要了。""不行，我那牙在上面粘着哪。"

赵　行啊小伙子！演小品的笑星赵本山，你能学吗？

牟　没问题！（模拟赵本山的小品《相亲》中片断）"你说我那儿子净整那格路事儿，叫我这当爹的替他相媳妇儿，这都啥年代了，我这当老人的跟着掺和啥劲儿？我说不去吧，我儿子就跟我怄气儿。这小子哪样都顺我的心，就是有个驴脾气儿，这也不怨他，我也那个味儿。"

赵　像！这几位你模仿得都可以。这回咱来个难的……

牟　男的，女的我也不怕呀！

赵　他还来劲儿啦。好，就照你说的来。京剧程派青衣的唱段儿——你学得了吗？

牟　不在话下。

赵　说你胖就喘。唱！

牟　（模拟程派青衣唱段《苏三离了洪洞县》）"苏三离了洪洞县……"（唱段完）

赵　我再说一位你就学不上来了。

牟　你说学谁吧，没我学不了的。

赵　我。我你能学吗？（取出鸳鸯板敲打着唱起《山东快书》）"太阳一出照西墙，西墙西边有阴凉。爹的爹，叫爷爷，娘的娘，叫姥娘。买了头毛驴四条腿，怪不怪，尾巴长在后腚上。"你学吧！

牟　这段快书叫《大实话》。我要是当着您的面儿学上来，您以后不就改行啦？

赵　我卖豆腐脑儿去你都甭管。学！

牟　好。把板儿借给我。我先背一下词儿……（将身转过，打开怀中的小录音机。一手话筒对着机器，一手装作打板，随着刚才录下赵的唱词——转身表演）"太阳一出照西墙，西墙西边有阴凉……"

赵　（惊奇地）咦？神啦！这也太像啦……

牟　没法不像。（亮出怀中的录音机）

赵　噢，放录音啊！

——结束——

认 亲

（于 1992 年央视专题文艺晚会播出）

人物　陈老头（由魔术演员杨宝林饰）。

　　　哥哥（由相声演员笑林饰）。

　　　弟弟（由相声演员李琪饰）。

幕启　台上摆有桌、椅；桌上放壶、杯、鱼缸等。

〔陈在桌旁自斟自饮着；哥、弟匆匆走至"屋"外。

弟　走！走！找他去！找他去！

哥　找到他，咱跟他好好谈谈。

弟　没什么好谈的，直截了当地告诉他，就死了这份儿心吧！

哥　对，让他死了这份儿心！

弟　到了，这就是他的家。

哥　你去摁门铃儿。

弟　瞧我的……（欲摁门铃又止）哥，我听说这老头子有功夫，会法术，神着
　　呢！我，我……心里有点犯嘀咕，你来吧。

哥　瞧你这胆儿，怕什么呀！（欲进又退）还是你来吧。

弟　你来。

哥　你来。

〔二人推让中，门铃儿自己"叮咚"响起。

哥　哎？这门铃儿怎么自个儿就响了？

陈　你们俩都进来吧！

弟　哎？他在屋里怎么就知道咱来啦？

〔二人进"屋"内，分别站立在陈的两侧；陈只顾自饮。

哥　你是老陈头儿吗？告诉你……（胆怯地将手缩回，对弟）你跟他说吧。

弟　你是老陈头儿吗？告诉你……（胆怯地将手缩回。对哥）还是你说吧。

陈　你俩都不好说，我说。我和你二位的母亲，经过老年婚姻介绍所的介绍，要见见面，你们俩是不是不同意啊？

哥　对！我们俩都不同意！

陈　你们俩不同意，可是我们俩都同意。

弟　你们俩？你们俩得听我们俩的！

陈　得听你们俩的？（斟了一杯酒，喝下）那是为什么？

弟　为什么？我妈这么大岁数，守了这么些年寡，凭什么就跟你呀？她跟了你，我们怎么办？我们俩站着不比你矬，躺着不比你短，管你叫什么？叫大哥？

哥　这也不像话呀！

弟　再说……（见陈喝酒，埋怨地）我妈也是，怎么找了你这个酒鬼呢？哎哟，你看你喝酒连酒菜都没有——干拉儿。冲这穷劲儿，你不是看自行车的就是早市上卖土豆子的！（见陈仍要喝酒，生气地）你先喝，你把壶里的酒喝完，我再说。

陈　行，这壶里酒也没多少了。（提壶倒酒，酒只倒出半杯）

弟　你把它喝了，我接着说。

陈　好，（一饮而尽）你说吧。

弟　你说我妈要跟了你，让我们这做儿女的……

陈　（提起壶，自语地）再来点儿。（再次倒出一满杯酒来）

弟　哎？这是怎么回事儿？（将酒壶夺过。往外倒酒，空壶。把壶还回）这事儿让远亲近邻的会怎么说呢？

陈　再来点儿……（又从壶中倒出一杯酒。饮完再倒壶空了）

弟　街坊邻居不戳我们脊梁骨啊？

陈　再来点儿……（从壶中再次倒出酒来）

弟　怎么还有呀？！

陈　还有呀？这壶酒我从去年就喝，喝到现在还没喝完哪，我说来点儿……（倒出酒）不要了……（酒壶空了）再来点儿……（又倒出酒——反复多次）

弟　（背供地）嘿，别看这爹不怎么样，这酒壶可不错，我得想法弄到手……（趁陈喝酒的工夫，将酒壶拿过，揣在怀里）我就说到这儿，老陈头儿，你再听听我大哥的。

陈　好，听听你大……（欲斟酒，不见酒壶）唉，你怎么把我的酒壶给揣起来啦？

弟　没有的事儿！

陈　那你怀里鼓鼓囊囊的是什么？

弟　这儿？……我刚长了个瘤子。

陈　你愿揣着就揣着吧。（随手从桌后拿起一把同样的酒壶，斟酒）再来点儿……（倒出酒又喝起来了）

弟　（高兴地）行，他一把，我一把……（从怀中再掏出的不是酒壶，而是一只破鞋）咳！我要它干什么呀！（将鞋扔掉）

哥　老陈头儿，你听我说。我跟我弟弟不一样，我上过学，喝过这几年墨水，受过教育。老年婚恋在90年代是很正常的事，那些旧的观念、封建意识都应该受到批判。我不是反对我母亲再走一步，而是希望她走一大步。关键这一步能走多大，如果这一步她能迈到国外去，那我就完全赞同！

弟　他想找个外国爹！

陈　你呀，说累了，喝杯水吧……（用玻璃杯倒了一杯茶水）

哥　我之所以要找个外国爹……（欲喝茶，水变成黑色）哎，这水什么色呀？

陈　你不是说受过教育喝过墨水吗，我看你还需要再接着喝点儿。

哥　不行，换换色儿吧。

陈　好。换，换，换……（指点着哥手中的茶杯）

哥　（杯中的水又还原色）这我就敢喝了。我是这么想……（欲饮，又发现水变黑色）哎？这水……

陈　别急。（接过水杯）换，换！（水恢复茶色。将杯递给哥）

哥　我是这么想……（杯中水再次变成黑色）咦？我这眼是不是得了色盲啦？

陈　不是色盲，是你这人心太黑了，你就凑合着喝吧。

哥　我渴着吧，别喝完再闹一肚子花花肠子。（将弟拉至一侧）兄弟，看见没有？这老头儿有点仙气儿，看样子真会法术。

弟　嗯，可能是武当山紫云观玄妙真人。（背供地）要我看呀，爹这玩意儿不见得非得进口的，赶巧了国产的也行。我跟这老头儿套套近乎，摸摸底吧。（对陈）老头儿……不，老同志……不，老先生，老爷子。我跟我大哥不一样，他崇洋媚外，眼老往外看，连一点民族自尊心都没有。我倒愿意我妈的问题在国内解决。不过呢，得找个手头宽裕点儿的爹。像您喝酒连菜都吃不起，这日子怎么过啊？

陈　我吃不起？（展示魔术——用扇子扇出一个鸡蛋）咸鸡蛋。

弟　嘿！是有点仙气儿。您呢，也就能吃个咸鸡蛋，有钱您来只烧鸡好不好？

陈　来烧鸡？这容易。（用扇子扇，鸡蛋变成一只鸡）鸡来了。

弟　这老头儿神啦！（夺过扇子）这扇子我要啦！一扇出鸡蛋，再一扇蛋变鸡。拿着它我就扇扇扇，开个现代化的养鸡场，还不用成本，有这把扇子就什么都有啦。（对陈）这扇子归我了。爹！爹！您就是我的亲爹！

哥　哎，哎，怎么叫上爹啦？这爹是随便叫的吗？再说这是你一个人的事儿吗？你跟我商量了吗？找谁当爹，起码你也得征求我一下意见吧！您说（对陈）对吧，爹？

弟　他也叫上啦！

哥　爹。您给他东西没给我，我倒是没意见，就怕街坊邻居们说您偏心眼儿。

陈　那你想要点什么呢？

哥　我……我这人有文化。张不开这个嘴。

陈　张不开嘴，你就画一个，你能画出什么我送你什么。

哥　真的？那我就不定画什么啦！（至桌前拿过纸和笔）我画什么哪？我画金条！

弟　（背供地）我不能让他得金条。我劝劝他吧……（对哥）大哥，你别画金条，你没听说，银行让人偷了二十多条金子，正下通缉令呢！

哥　那我不画啦！我……要不我画美元？这美元怎么画呢？

弟　美元好画，把几十种颜色套在一块儿，当中还有个小人头儿，是华盛顿。你画吧。

哥　我画不出来！可也得画呀……画！（乱画一通）这画什么不像什么，可太急人啦。

弟　大哥别急，我替你添几笔就像啦。（添了几笔，画成一条鱼）

哥　我倒霉不倒霉，美元没画出来，画成鱼啦！

陈　这是画的鱼呀，就给你鱼吧……（展示魔术——用抄子朝画上一兜，画上的鱼不见了，抄子里出现一条活鱼，倒在桌上的鱼缸里）

弟　（嘲讽地）好！折腾了半天，就落了一条鱼！

哥　一条鱼？（夺过陈手中的抄子）归我了！我用它一兜一条鱼，一兜一条鱼，我给它兜起来没完，我在北京建一个养鱼……不行，北京这地方缺水，我呀上南方的太湖、洞庭湖……不行，还装不下，我上海边养鱼去。我干个大企业——国际渔业总公司，东边太平洋，西边大西洋，南边印度洋，乌乌泱泱都是我的鱼。现在我跟他叫爹，到那时候他跟我叫爹我都不一定理他呢！

陈　这叫什么人呐！我让你这鱼一条都兜不着！

哥　别价！爹，您没听明白，我是说到什么时候您都是我爹，咱爷儿俩合资干。您能不能让这鱼多来点儿？

陈　那还不容易！（将鱼缸罩上一块布）你把罩揭开再看看吧。

哥　那肯定全是鱼了……（掀开布罩，缸内全是蛤蟆）蛤蟆呀！我养一太平洋蛤蟆，咕呱儿一叫……

弟　那多闹得慌呀！你打算吵得全世界的人都睡不了觉是怎么着？

哥　爹，您看我一口一个爹叫着，怎么着您也得给我件像样的东西啊！以后我一定好好孝敬您老人家。

弟　您要给他别的，也得有我的份儿。

陈　好，你俩一人一份儿。（从怀中取出两卷画儿递过）

哥　肯定这里边净是值钱的东西。

弟　您这里有银行没有？

哥　（展开画卷念）"我不孝父母"！

弟　（展开画卷念）"我不讲公德"！

哥　你就送这个呀？

弟　你得给我们点实惠的！

陈　好！这个给你，这个给你……（摘下胡子、头套递给二人）

哥
弟　噢，你是变魔术的杨宝林呀！

　　（注：魔术为国家保密科目，所以作品中凡涉及到魔术具体手法时均不做详实论述。而以上所运用的魔术技术是一般魔术演员熟悉和经常使用的。）

人生幻想

（于 1992 年央视"五一"文艺晚会播出）

人物　厂长陈峰（陈剑飞饰）。

　　　陈的妻子丽霞（李媛媛饰）。

　　　职工小郭（郭刚饰）。

时间　改革开放初期。

舞台　台间一面墙式挡片（挡片中暗设可挂画像含魔术技法的装置），另有一小方凳。

幕启　充满坚毅、企望、焦灼神情的陈峰厂长，坐在小方凳上回想走过的改革创新历程。

　　　〔小郭手持画轴上。

小郭　厂长！你看……

陈峰　（心烦意躁地）你来干什么？

小郭　陈厂长，（示意画轴）看看这个……

陈峰　小郭！（抱怨地）我现在都这个样子了，你还来跟我捣乱。该干嘛干嘛去吧！

小郭　厂长，我可不是找你来惹事儿的。过去我是老跟你斗气儿，那是因为你把哥儿几个饭碗砸了、厂子也没弄好，我反对过你。可是这诬告信，不是我这几个哥们儿写的。

陈峰　（仍不耐烦地）好，我知道了。行了，快走吧。

小郭　话还没说完呢。它调查组来能怎么着？群众眼睛是亮的呀！咱凭着良心说，厂长你这几年不容易，也许你不是一个合格的企业家，可是你是一条汉子。咱就看你这家里边，哪还有一件像样的家具，为这个厂你把什么都搭进去啦！就连咱们丽霞嫂子……

陈峰　（刺痛肺腑般地喊道）小郭！

小郭　她活着的时候……我都没当面叫她一声嫂子……

陈峰　小郭，你先回去吧，让我一个人待会儿好吗？

小郭　厂长，我也知道，你现在心里头肯定不好受。哥几个想让你开开心，特意为咱嫂子画了一张像，来，你看看……（行至大挡片中间，举起画轴挂在两头挂钩上，贴着墙面拉下——挡片像框中显示出亭亭玉立的丽霞的容貌）厂长，你看像不像？

〔陈峰回过身却又不敢看，对郭埋怨地。

陈峰　小郭，你们几个是不是成心作弄我？把它给我摘下来。

小郭　厂长……

陈峰　摘下来！

〔小郭欲摘画像又止，耐心地劝说陈。

小郭　厂长，这现在的事儿你也别太往心里去。调查组来人他也得实事求是吧？你放心跟他们去。以后，你还是要回到厂里边来，你走以后这屋子我们替你看着、替你打扫着，还有丽霞嫂子的画像，她正笑着，等你回来哪……（悄悄走下）

〔陈峰心绪纷杂地转过身来，注视着妻子的画像，一步步地走近，自语地。

陈峰　画得像！真像！……丽霞，我对不起你。让我对着你哭一通吧，我心里觉着太窝囊了，凭什么，凭什么给我增加这么多的罪名？

〔时空传来丽霞的声音。

声效　"陈峰，你不要冲动。对生活的磨难，要挺住！"

〔陈峰惊异！四下巡视；当意识到来自幻觉——又回到与丽霞交谈情绪中来。

陈峰　我是死了心了！我这样，什么也干不成。当初，我承包这个厂子，你就反对，劝我，不让我冒尖儿，别人会妒忌。你说两个人一块儿生活一块儿平平安安，你一冒尖儿，就会有很多人盯住你不放，那种生活就不会安宁。可是我……都怪我，没听你的劝。

〔再次传来丽霞的声音。

声效　"不！正因为你坚决地干了下去，我的心里才更加尊重你。"

〔心灵的幻觉亦使陈峰边张望边倾诉对亲人的愧疚与怀念。

陈峰　丽霞，我对不起你，你那么年轻……而且，我们还没有儿子，可是我！……我不是个好丈夫，为了厂里的事，我整天地不能回家，家里的事全是你一个人忙。那次，我特意请了半天假，回家给你包包子。就因为我老想着厂里的事情，结果面里没放碱，馅里放了一大把盐。你回来看是我做的饭，高兴得什么都没说，乐呵呵地吃完包子。现在，我真想再给你做一次包子。可是，那次事故，你却离开了我……

声效　"陈峰，你不要老这样垂头丧气的。你过来，你不要老难过，你再这样哭丧着脸，我就不对你笑了！"

〔陈峰见画中丽霞的脸扭向另一侧。他惊异不解，目光却不停地在寻求亲人的心声寄语。

〔声效：薄雾缭绕，泉水叮咚，随幽静的乐曲——画中人脚步轻盈地走出画卷……

丽霞　陈峰，你会幻想吗？哪怕一生中你已是一无所有，在你的面前身后，随时随地都应该保留着一丝幻想——幻想着，幻想着，幻想着明天的希望。陈峰，虽然我跟你在一起时间很短，可是我知道，你很爱我，我知道你很爱我……（她的脸贴到陈峰的肩头）

陈峰　丽霞！

丽霞　不管你受多大打击，一定不要灰心，在你最困难的时候请相信，我就在你身边。

陈峰　丽霞……

丽霞　陈峰，你跟着我，把手给我……你听我说，我是这么想的，每一个人，在他的一生中都有他一个辉煌的时刻，哪一天，哪一年，他都朝着那个辉煌的时刻走。当你迎着着困难走过去，当你终于获得成功的时候，我会为你骄傲的！

陈峰　丽霞，你怎么会总是这样相信我？

丽霞　因为我爱你。二十岁的那年，我就喜欢上了你，我就永远地、永远地把爱献给了你。

陈峰　丽霞！

丽霞　陈峰，你可一定要自信呀！

陈峰　放心吧丽霞，我什么都不怕。如果为这一点挫折退却了，那我绝对不配做你的丈夫。

丽霞　那我可真高兴。陈峰，记得你对我说过，我笑起来挺好看的。

陈峰　丽霞！

丽霞　你说过的，你说我笑起来挺好看的！

陈峰　丽霞，你笑起来挺好看！

丽霞　那我就一直为你笑，在你和困难搏斗的时候，在你获得成功的时候，为你笑着，为你祝福的时候，我会永远永远地祝福你——我的好陈峰……

　　　（幸福地退步——回到画中）

　　　〔小郭走上。

小郭　厂长，调查组的人来了。

陈峰　（信心满满地）走！……等等。（至画像前，卷起画卷）小郭，走！

　　　〔于欢快的乐曲声中，二人兴冲冲地走下。

（赵连甲、幺树森合作）

正义的较量

（于1992年央视《市民之星》文艺晚会播出）

人物　小偷　30岁左右，粗壮高大，有贼胆儿又心虚（刘惠饰）。

儿媳　25岁，身材瘦小，机智灵敏（杨蕾饰）。

婆婆　60多岁，体弱有病，反应迟钝（韩影饰）。

地点　住户家里。

时间　夏天的中午。

幕启　台右侧斜摆一张带有布帘的三屉桌（侧面桌腿空隙对着台下），桌上有暖瓶、茶缸和几个药瓶。左侧有一架放电话的小台座，台座旁一小方凳、一把墩布。

　　　〔小偷鬼鬼祟祟地上。他四下张望，用刀子别"门"、进"门、关"门"，巡视着欲动手行窃。

　　　〔儿媳的幕后声："快走啊！"

小偷　倒霉，这家的人回来了，别让人堵屋里呀，从窗户跳出去……（至窗前止步）跳不了，这是六楼！

儿媳　（上场，边取钥匙开"门"边自语地）天儿可真热……

小偷　这……（无奈撩帘钻入桌下。借桌角儿空间对台下背供）就得先这儿躲会儿了。

儿媳　哟，怎么这门儿还忘锁了？（进"门"回头）您快走呀。

小偷　（背供地）今儿要麻烦，后头还一个呢。（掏出尖刀紧张地观察着）

婆婆　（走上，进屋）催什么，你走那么快我能跟得上吗！

小偷　（松了口气，探出头对观众）甭嘀咕了，敢情是个老太太。

儿媳　妈，不是催您，您该吃药了。（至桌前欲拿药瓶，发现小偷的腿惊叫地）妈呀！

小偷　（急将腿收回）要坏事儿，她看见我了。

婆婆　（无警觉）我又不聋，那么大嗓门儿干吗！

儿媳　（惊呆，背供）桌子底下有人！小偷进来了，还够"壮"的，那腿比我的腰还粗哪。这可怎么办？

小偷　（背供）不就是一个小媳妇和病老太太吗，凭我这块头儿，往起一站准把她们吓趴下了。干脆出去……（欲站起）

儿媳　（突然地）妈呀！

小偷　（一惊，把身子低下）怎么回事？！

儿媳　要说您这气功练得可真到家了，那么粗的木头桩子，您这手一发功，"嘎喳！"就让它两截儿了，那是多大的劲儿呀！

小偷　（探出头背供）妈呀幸亏我没出去。敢情老太太是气功大师。（又低头进桌下）

婆婆　你胡说什么，我哪会练气功呀？我这手还发功哪，沾点水都抽筋儿。

小偷　（头探出）不会气功呀？那我就不怕了……（握刀欲站起）

儿媳　（忽然向门外叫）二虎子！

小偷　啊，怎么还有个二虎子？

儿媳　二虎子，你把抓那坏蛋送哪儿去了？他都服软儿了就算了呗，你咋还把那家伙大腿给拧下来啦！

小偷　妈呀，我还是老实趴会儿吧，别落个缺胳膊少腿儿的。

婆婆　二虎子？二虎子上沈阳看他姥姥去了，你瞎咋唬啥你！

儿媳　（生气地）妈，您……

小偷　噢，二虎子不在呀……（欲起身）

儿媳　大虎子！

小偷　妈耶，还有个大虎子哪！（急蹲下，刀子落在地上）

婆婆　你这孩子，咱楼哪有个叫大虎子的？怎么净说胡话呀？哟，脸色不好，准是中暑了，我给你倒碗水去……（向桌前走去）

儿媳　别过去！（将婆婆拉回）您坐下，我自己倒。（到桌前将暖瓶水倒入茶缸，发现地上）啊，刀子！（放下茶缸，回身抄起一旁的墩布）

小偷　（趁机捡回刀子）躲不了就得拼啦！

婆婆　（站起走过，夺过儿媳的墩布）你这孩子是有毛病了，咋在家里要开墩布了？

儿媳　（夺回墩布）我擦擦地，屋里好凉快凉快……

小偷　（背供）噢，她没看见我的刀子。这会儿我出去非闹出人命来，那罪过大了，还是忍会儿再说吧。

儿媳　（不停地擦着地）妈，要不……您出去串个门儿，别老在家闷着。快去，走吧。

婆婆　咱刚打外边回来，你折腾我呀？再说这钟点儿人家都上班了，满楼里都没人，让我上谁家串门去？

小偷　（在桌下舒展身子）没人才好哪，省得我再遇上麻烦。可大热天的蹲在桌底下，憋得我喘不上气来，心直发慌。是不是中暑了？不行，得喝点水，不然一会儿非晕过去不可。（探头从桌上拿过茶缸，咕嘟咕嘟地将水喝光，将茶缸放回）

儿媳　（仍不停地拖地，紧张地背供）怎么办？贼就在屋里，他有刀子。要不然我赶快带着婆婆跑出去？……不行，我们辛苦置下的家业不能留给坏人，就这么平白无故地逃跑我不甘心。台座上有电话，打110报警。可想个什么办法，才能把这个号码拨出去呢？（只顾紧张思考，墩布碰到婆婆的脚面）

婆婆　（跳起）拖地怎么连人一块儿拖呀？！就是热迷糊了，还硬撑着，我去给你找片药喝……

儿媳　您别去！……我自己来。

婆婆　快吃药，药就在桌上放着呢。

儿媳　嗳，我这就喝去……（不敢往前靠，绕着桌子走。一手横握着墩布，一手迅速地抓过药瓶，又急向后退身一步；将药倒在手上，再上一步拿过茶缸。发现茶缸里空了）啊？！

小偷　（一惊，忙向桌下缩）完，露馅儿了。

婆婆　怎么着，你烫着啦？

儿媳　不是，水……（晃动茶缸）我刚给您倒的水怎么没了？妈，是不是我擦地的时候，您给喝了？

婆婆　我没喝。你老犯迷糊，准是你自己喝完忘了。

儿媳　不，是您喝的。

婆婆　不，是你喝的。

儿媳　不，是您喝的

婆婆　不，是你喝的。

小偷　（从桌下探出头背供）其实不是她喝的，也不是她喝的，是我喝的。（将
　　　头缩回）

儿媳　（背供）明白了，是桌子底下的他给喝的。这个贼真是胆大妄为，是看
　　　我们娘儿俩好欺负。

婆婆　孩子你怎么直愣神？觉着哪儿不好，快告诉妈。啊？

儿媳　（将婆婆尽量远地拉开）妈，您听我说，是……（用身体做掩护偷偷往
　　　身后指着——示意有人。）

婆婆　哦，我明白了。

儿媳　您总算明白了。

婆婆　明白了，你指着这儿——是胃疼。

儿媳　（哭笑不得）妈呀……您坐下慢慢听我说。（将婆按坐在方凳上，试探着
　　　边说边想词，紧张地整理着自己的思绪）妈，这件事怎么跟您说好呢，
　　　（看着手里茶缸思索地）我……这么说吧，眼下咱家的这日子没法过了！

婆婆　咱家日子没法过了？比前几年强多了！就说咱家存款……

儿媳　（堵婆的嘴）别说这个……我是说，大良他对我不好。

婆婆　（站起）什么？我儿子对你不好？上月给你买的首饰还在那桌子抽屉里
　　　放着呢。

儿媳　（将婆按坐凳上，紧张严厉地）妈！您听我把话说完，您光听不许插嘴！
　　　现在是怎么个情况您不知道，您一点儿都不知道，您就让我怎么想的就
　　　怎么说吧。我呀……跟大良过不到一块儿，我们俩离婚，不过了！

婆婆　（惊住，伤感地）哎哟我是老糊涂了，情况都到这份儿上了，我还一点
　　　都不知道哪！

儿媳　您再听我说，眼下逼到这一步，我豁上了，也不想活了！

婆婆　（心疼地）我的孩子呀，你可别价呀！（擦泪）

小偷　（从桌下探出头）有意思。如今两口子闹离婚不算新鲜事，这小媳妇干
　　　么要死呢？听听这里是怎么回事吧。（退回）

儿媳　（泪光闪闪地一直说下去，不留老太太插话的余地）妈，我全想好了！
　　　（故作抹泪状，急速述说，不给婆婆插话的余地）我，我……我就是不

想活了，我活够了，活烦了。您知道我在单位是化工实验厂保密室的，我们保密室有一种德国进口的药水，是一种剧毒的药水，叫赫利得斯。

婆婆　什么？我怎么听不清楚？

儿媳　这是翻译的外文，叫赫利得斯，

小偷　（在桌下探出身背供）这名听着就吓人，喝了得死！

儿媳　（展示手中药瓶）就是这种药水，赫利得斯，剧毒呀！

婆婆　（吓得哆嗦）这，这药水怎么就剩小半瓶了？

儿媳　（神态平静下来）妈，您别怪我年纪轻轻的想不开，是他逼得我走这条路。我今天就用它……（示意药瓶子）

小偷　（探头背供）好，这出戏才到高潮。长这么大我还头回看见喝毒药的！

婆婆　（痛不欲生地）孩子你……你可不能——唉？我没见你把它喝了呀？

儿媳　（举起茶缸，安详地）刚才我倒了满满一茶缸水，我已经把药水掺和到这水里头了。

小偷　（惊得摔倒）什么？！

儿媳　可是我没留神。让您把水喝了。

婆婆　我没喝，是你喝的！

儿媳　您喝的。

婆婆　你喝的。

儿媳　那就怪了，这屋里除了我和您还能有谁呀？

小偷　（探出头悔恨恐惧地）还有个我哪！今儿算倒霉到家了，让人家给堵在屋里不说，自己还灌了一肚子毒水儿！

婆婆　惠英，一定是你刚才稀里糊涂地自己喝下去了。你快说说，喝下这种赫、赫、喝了得死都有什么反应啊？

儿媳　这种德国进口的剧毒药品，刚喝的时候无色无味，跟水一样。

小偷　（背供）就是，我喝的时候就没感觉。

儿媳　可是过后不久就会神志不清，眼冒金花，脑子里不知乱想什么。

小偷　是，我这会儿觉得脑袋嗡嗡的。

儿媳　然后的反应就是冒虚汗，腿底下发软。

小偷　（蹲在桌下搬自己的腿）我这腿……还是我的腿吗？

儿媳　浑身发涨，面部肌肉麻木。

小偷　（抽自己的脸）坏了，这脸打都不知道疼了。

儿媳　反应严重的就开始浑身哆嗦。

小偷　（哆嗦）越说越对，我这跟过了电似的。

婆婆　孩子，要是这么说生命不就危险了吗？

儿媳　十五分钟之内要不及时抢救，人就完了。

婆婆　（吓得不知所措）天呀，这可让我怎么办哪！

小偷　哎哟，不是你怎么办，是我该想想怎么办啦。不行，偷东西算什么事？还是救命要紧。（从桌后爬出）大姐，大姐，您快说说您这喝了得死有什么抢救的办法吧。

婆婆　哎呀你是谁？

小偷　我是小偷，您听我说……

婆婆　哎呀，他还带着刀呢。

小偷　您别害怕。（将刀扔过）您收着，这刀送给您削土豆皮用了。大姐，您家这喝了得死是让我喝了，您赶紧告诉我得怎么救命。要不然您打电话叫急救车来。

儿媳　行。不过……

小偷　别不过了，快叫急救车来吧。

儿媳　我们家离急救站远点，别急，怎么着半个小时以后车也能到。

小偷　等不了！那我早就挺了，有再快点的吗？

儿媳　再快就得找公安民警，打电话叫警车来。

小偷　对，警车见着红灯都不停。您拨110！

儿媳　110？我打匪警报案，这不大合适吧？

小偷　合适！合适！大姐，求求您，快点。拨110三个号，拨准了。

儿媳　唉，真没办法……（拨电话）喂，喂，我这是幸福大街六楼二号。这儿有一个小偷……

小偷　别说小偷，说小偷人家不重视。您就说马上就出人命了。

儿媳　好，您马上到，谢谢。（放电话）你等着吧，警车马上就到。

小偷　谢谢，让您费心啦。

　　　〔效果：窗外传来警车笛声。

婆婆　哟，这警车来得还真快呀。

儿媳　（露出欣慰的微笑）要不都说公安干警，是咱们的卫士呀！

小偷　（喜出望外地）来了，来了，来了……谢天谢地（激动得跪倒）我终于
　　　把警车盼来啦！

（赵连甲、幺树森合作，
1996 年获说唱艺术研究中心"全国喜剧小品征文"优秀奖）

看手相

（于 1992 年央视《喜迎猴年文艺晚会》播出）

人物　小偷（牛振华饰——简称甲）。

　　　户主（赵连甲饰——简称乙）。

地点　一户住屋。

幕启　台间设有桌、椅、暖瓶、水杯，一侧扣着一个装水果的大筐。

〔扮演小偷的演员甲，鬼鬼祟祟地走上。至"门"前，边回头张望边用拇指印下"门"上的锁眼儿，取出一串钥匙，对照手印儿挑出一把插入锁眼儿拨弄几下；抽出钥匙用牙咬咬，再插入，"门"被捅开。进屋，看看没人，把"门"关上，四下巡视……

〔扮演户主的演员乙匆匆走上。

乙　（自语）倒霉！

甲　（一惊）倒霉！

乙　要坏事儿！

甲　要坏事儿！

乙　算卦的说我要破财，要走背运。

甲　我让人家堵屋里了，背运到家啦！得快跑出去……（搬筐蹬上）我跳窗户……（往下看惊住）妈呀，十五楼！（两腿打晃）

乙　算卦的这么说，我信是不信呢……（无意中推"门"迈入。惊疑地将身转过）咦？我怎么进来了？这门怎么开着哪？

〔甲蹲下。用筐将自己扣上。

乙　（转身）记得门锁上啦……看来这算卦的灵，是要破财，有贼！

甲　（筐内自语）坏了，我跑不了啦！

〔乙急将桌子抽屉拉开，取出一沓子钱。

乙　钱在这儿，没丢。嘿嘿……看来这算卦的不灵，没贼。

甲　（掀起筐一角）没贼我是谁呀？（将筐扣上）

乙　（坐下点钱，惊叫）不好，有贼！我这里少了四十块钱……

甲　（掀起筐一角）敢情在我前边还来过一位哪！

乙　（轻松下来）不少，这张是五十的票子。（转身将钱放回）

甲　我得快溜出去……（举着筐向"门"前移动）

乙　（提暖瓶倒水）算卦的说我得的是一笔不义之财，很快会不翼而飞。什么不义之财？我不就倒了（回身一指）这几筐水果嘛！

　〔甲急将筐扣上。

乙　钱在我手里，不翼而飞？长上翅膀（涮涮杯子）也飞不出去！（将水向筐泼去）

　〔甲在筐内一抖。

乙　什么算卦、看相，全是骗人术。现在是什么年代了？现在是知识年代、科学年代，得讲文化，不能迷信！

甲　（掀起筐一角）这主儿有学问、不信邪。我别等着倒霉……（斜视着乙，继续举着筐向"门"前移动）

乙　搞迷信蒙人骗钱，想蒙我呀，没门儿！（甲正移至乙身边，抬腿蹬在筐上）

甲　（筐内自语）这下有门儿我也出不去啦。

乙　不过话又说回来，你说全是蒙人吧，可怎么又有那么多人信呢？我这心里还有点犯嘀咕。唉，我有一本相书，看看跟算卦的说的一样不一样……（回身去拉抽屉）

　〔甲从筐内钻出，哈着腰向"门"前移动。

乙　（拿出一本书）这本是《科学常识》……（摇摇头，放在桌上。又取出一本）《科学与迷信》……（摇摇头放在桌上，又取出一本）《唯物主义哲学》……（又取出一本，突然地）唉！

　〔甲吓得弓身趴下。

乙　就是这本。《手相大全》……（边低头翻书边向后退）我好好看看……（坐在甲的背上）

甲　（自语）哎哟，这位还够分量。

乙　这书还挺复杂：天地人三才，太阳线，第二火星丘……

甲　（扭头斜视书本）《手相大全》，我还以为这位有学问哪，敢情也信这个。

乙　这写着"手心凹必败家"。（看手心手背）是要破财，我这手背是鼓的，手心是凹的。

甲　（自语）是呀，手心要鼓的那是肿啦！

乙　这页上有……（站起边看书边对照手掌，缓步向"门"前走动）这是事业线、理财线……

　　〔甲以同样的步子随在乙身后。

乙　（至"门"前）我这理财线上，四十岁有个缺口儿，这上写着"自有贵人相助"，那么我这贵人……（似借光线边看手纹边向后转身）

　　〔甲随乙转至身后，倒背着手去拉"门"。

乙　我这位贵人在哪儿呢……（将身转回）啊！

　　〔二人面对面，四目相对，双双以同样动作上下打量。

乙　（惊疑地指甲）你怎么回事？

甲　我——（惊呆中突然抓住乙的手）我给你看看手相。

乙　你什么时候进来的？

甲　我呀……（以攻为守地）我先问问你，你……你现在心里是不是不踏实？

乙　对，那个算卦的说我要破财，我心里能踏实吗？

甲　对了吧？我从你手相上一看就知道了。

乙　哟，这么说你对看相还真有两手？

甲　两手？他们都说我……比两手还多一手呐！

乙　那好，咱就一块儿研究研究……（拉甲的手）

甲　（触电似的将手缩回）别抓！

乙　怎么啦？

甲　我师傅说了，干我们这行的不能让人家攥住手脖子。

乙　还有这规矩？

甲　啊，一辈一辈都这么传的。

乙　别破您这规矩，我让您攥住我的手脖子，您给我看看手相。

甲　嗳。我给你看看……（拉着乙手，心虚地不时回头看）

乙　我让您看手相，您老回头看什么？

甲　（脱口而出）我得看准门在哪儿呐。

乙　看门？

甲　看门……行家看门道嘛！

乙　您看我这手相怎么样？

甲　你这手相……好，这是一个簸箕，两个簸箕，这是斗，这还是簸箕……

乙　我开土产公司啦！是让您看财运怎么样？

甲　财运……我的财运不好，这一阵子老没开张了。

乙　看我的财运！

甲　看你……你财运好，工资不少，还有外快，家里还有存款，你的钱包在你左边上衣兜里。

乙　我钱包在哪个兜里您都能看得出来？

甲　干我们这行，看这个是基本功。

乙　行，您这功夫不浅。那个算卦的说我要破财，您得给我想个解决的办法。

甲　办法——（自语地）我要有办法，我早跑了——办法有，从你这手相上看："要想不遭灾，快快把门开。"

乙　开门干什么？

甲　我好跑出去呀！

乙　跑？

甲　不是，我说你……跑出去躲躲这灾就解了。

乙　哎，你这手哆嗦什么？

甲　我，我……哎呀，我看你这手相太可怕啦。

乙　啊！（也哆嗦起来）你，你，你看出什么来了？

甲　我看出……这是一个簸箕，两个簸箕……

乙　（将手抽回）还是这套啊！我呀，不信你的了，现在都讲科学，我还是看看正经的书吧……（从桌上拿起一本书《唯物主义》）

甲　坏了，他要信科学我怎么跑出去呀？（将乙书夺下，放桌上）不信我的，我可告诉你，看手相我外号叫"半仙儿"，灵着呐，我给你露一手！你抽屉里有一沓子钱……

乙　（一愣）是半仙儿，他知道我抽屉里有钱。

甲　把抽屉打开！

乙　嗳。（回身去拉抽屉）

〔甲趁机从自己腰包里取出一张十元票子，轻声念出票面上的数字：

"558012056"。见乙拉开抽屉。

甲 别动！（一把将自己的那张十元钱同抽屉里那沓儿票子放在一起塞在乙的手里）这是你的钱，我没看吧？你自己看，第一张票子上印的号码是：558012056！

乙 （捧钱念出）558012056。

甲 对不对？

乙 对！一个数都不差。

甲 灵不灵？

乙 灵！您不是半仙儿，整个儿是活佛！

甲 （得意地）这不算什么，小菜儿！你信不信我的？

乙 信！我现在就听您的……（将桌上的几本书放回抽屉）别的我都不信了。您刚才让我把门打开，我给您把门开开……（开"门"）

甲 嗳，这不就完事儿了嘛！（双手背后，大摇大摆地走出）

乙 （追出）您别走呀！还没完事儿呐，我要破财，您得告诉我这钱怎么办呀？

甲 （止步）钱？——（背供）对呀，按我们这行规矩说：贼不走空。看着钱摆在那儿不拿着，那不是耽误业务嘛！再说这么走了也赔本儿呀——那沓子钱里还有我十块钱呐！

乙 （央求地）无论如何，这钱您得给想个办法。

甲 是呀，我这不是正想办法哪……

乙 那本相书上说"自有贵人相助"，您看……

甲 对，跟我看的一样。

乙 那您告诉我，怎么才能找着这位贵人哪？

甲 （拉过乙的手看）嗯……寻贵人，要出门。

乙 出门？好，我听您的。……贵人在哪儿呢？

甲 莫迟疑，往正西。

乙 往西？嗳，我往西……没人呀？

甲 莫失良机？一直往西！

乙 嗳，我就一直往西了……（走下）

甲 （回身将钱抓起）你往西了，我往东啦……（跑下）

（赵连甲、幺树森合作）

天鹅餐厅

（于 1992 年央视《综艺大观》播出）

人物　经理，男，50 多岁（赵连甲扮演）。

　　　顾客，男，40 多岁（马德华饰——电视剧《西游记》猪八戒扮演者）。

　　　服务员，甲、乙、丙、丁四女（由铁路文工团舞蹈队演员扮演）。

幕启　台上摆有餐桌、座椅。经理走上。

经理　我是天鹅餐厅的经理，欢迎大家光临！

　　　〔顾客走上。自言自语地。

顾客　天鹅餐厅，这名儿挺好听的。进去看看。

经理　来了？请坐。

　　　〔顾客脱下外衣，搭在椅背上。在其外衣口袋处露出一个折叠的纸夹，纸夹顶端带有"检查"两个字。

经理　（发现"检查"二字，惊讶地对观众）兜这儿露出"检查"的字，这位是来检查的。检查什么？是卫生啊、防疫呀、税务哇、工商哪？还是市政管理？不管哪个部门来的，查出点问题来我都得掏点儿。别让他罚了款，我想法让他高兴了。（对顾客）请您多指导。（至台侧向后面交代）哎，你们几个服务的注意了，检查的来啦，都给我精神点儿，对这位需要进行第一流的服务，特殊服务，超级服务。只要他高兴了，这个月发给你们双份奖金；谁出了问题，别说奖金了，连工资都别想拿。

顾客　经理！快点儿呀！

经理　来了，您别着急，保证今儿让您满意。

　　　〔传来《天鹅湖》乐曲声。

顾客　嗬，还有音乐欣赏？

经理　让您高兴嘛！

〔扮演服务员的四名女舞蹈演员，随乐曲舞上。她们身着小天鹅的芭蕾服装，只是头上戴着服务员的小白帽。

顾客　你这餐厅改剧场啦？

经理　这叫服务艺术化。

〔服务员甲，做双手反复交叉舞蹈动作。

顾客　这是干什么？

经理　给您擦擦桌子。

〔服务员乙，做与甲相同的舞蹈动作。

顾客　这是什么意思？

经理　再给您擦一遍。您看我们这里的卫生……

顾客　不错。

经理　（自语地）行了，这位来检查，卫生这一关就算过了。

〔服务员丙，做两只手拿左右转圈的舞蹈动作。

顾客　哎，哎，她这是干什么？

经理　给您擦把脸，表示对您到来的欢迎。

〔服务员丁，做与丙相同的舞蹈动作。

顾客　这脸怎么也擦两遍呀？

经理　得表示加倍欢迎您的到来！您说我们这服务态度……

顾客　还算不错。

经理　（自语地）还算不错？这不行，我得让他说出很好来。（对顾客）您稍等……（至四女跟前）上菜，上菜呀！

〔服务员甲，做连续旋转舞蹈动作。

经理　北京小吃——螺丝转儿！

顾客　好嘛，这螺丝转儿个头儿可不小，得多少钱一个？

经理　别提钱，只要您满意，说句"很好"就行。您看我们这饭菜质量……

顾客　味道还行。

经理　（自语地）味道还行？他怎么不说"味道好极啦！"看样子还不够火候。（对四女）怎么不上酒呀？快上酒！

〔四女围着顾客转圈儿做斟酒动作。顾客受宠若惊向四女边点头边不停地饮酒。

经理　（自语地）行，这气氛就变啦。不过他来检查什么呢？我得看看他兜里那个东西……（趁顾客不防将兜内纸夹掏出。忽见顾客回头，速将纸夹塞到女甲的手里）

〔一组滑稽舞蹈动作，四女以不同动作相互传递着纸夹。最后传到经理手中。经理欲看，顾客带有醉意地问道。

顾客　你，你……你那手里拿的是什么？

经理　（两手在背后倒换地）你看，没什么。您看我们餐厅服务质量怎么样？

顾客　（拍案站起，大声地）这餐厅——还凑合。

经理　（自语地）凑合不行。（对四女）再热情点！

〔四女跳起四小天鹅舞。跳到中间将醉酒的顾客拉入，呈五小天鹅舞。在此舞蹈片段中力求强烈喜剧效果，要求扮演顾客的演员可以做出各种与四女不相协调的动作。如手势错位，晚半拍，对高难动作变形、简化，乃至四女旋转，其用手指画圈儿等等。

经理　（随着醉客追问）您看我们这儿的服务……

顾客　我看，我看，我——我不行了。（醉倒在地上）

经理　好！这回他算完全满意了，我也放心啦。

女甲　经理，他到底是检查什么的？

经理　我看看……（打开纸夹念起）"检——查：我因骑自行车闯红灯，被扣车罚款。之所以出现上述错误，是我缺乏交通法规意识……"噢，闯红灯的呀！

〔乐曲声。顾客又爬起，随着节拍摇晃地跳起小天鹅舞。

经理　（气恼地）把他给我轰出去！

〔四女将顾客架起，下场。

——结束——

金殿斗法

（于1993年央视《多彩的神州》国庆晚会播出）

人物　大唐皇帝（简称"帝"——由评书演员田连元扮演）。

真会法师（简称"真"——由魔术演员王立民扮演）。

胡赤真人（简称"胡"——由曲艺演员赵连甲扮演）。

海塞道长（简称"海"——由口技演员牛玉亮扮演）。

〔幕前由田连元以评书代串连词：

评书："今天我说的这段书发生在盛唐时期。那时国富民强，四海通商，万国来朝。有段故事正史没有记载，野史没有描述，笔记小说没有披露，这是说书的祖传独家版本。这天，唐皇帝驾临早朝，有人报，说海外卡拉OK国派来了两名法师，要与大唐的真会法师交流法术，皇帝下旨——宣见！"

〔幕启：在宫廷钟声、乐曲中真会法师与手持金瓜、斧钺、支扇、掌扇等众武士、宫女簇拥着皇帝升殿。二使臣随上，跪拜。

胡　参见皇帝陛下！
海

帝　你们是卡拉OK国的使臣吗？

胡　正是。
海

帝　二位大名怎么称呼？

胡　我叫胡赤。

海　我叫海塞。

帝　此名何意？

胡　胡赤按我国语言是变化莫测的意思。

海　海塞是深奥难懂的意思。

帝　按我国语言"胡吃海塞"是饮食无度不知饥饱——饭桶的意思。尔等到此做什么？

胡　久闻大唐真会法师的法术高强，我二人特来到此请教。

帝　别绕脖子了，就是不服想来较量较量。还有什么说词没有？

胡　倘若我方败北，愿将我国镇国之宝——三色宝珠献与大唐。

帝　嗯。真会法师在吗？

真　臣在。

帝　可敢与他比试？

真　料无妨碍，臣有必胜之能。

帝　好。你俩听着：倘若我大唐法师败北，我国珍宝不计其数，任尔挑选。

海　陛下，别的珍宝我们不要，你们要输了，就要您头上戴的那顶王冠。

帝　大胆！要我王冠，便是要朕下台。别说是我，就是拿破仑对王冠也是爱不释手！

真　（低声地）陛下，拿破仑乃后世法国皇帝，现在还没他呐！

帝　你懂什么，这叫超前意识。

〔胡、海二人双手合十，眯上眼念起咒语。

帝　他们在干什么？

真　他们在作法。

〔在胡、海念叨着"胡吃海塞，胡吃海塞"咒语中（出第一个魔术"悬活儿"）皇帝的王冠飞起。

帝　（惊慌地）朕的王冠……此乃权力的象征，朕的江山要飞！

〔众武士、宫女挥动手中道具去够飘荡着的王冠，乱作一团。

真　众人退后！请陛下放心，坐稳观阵。（双手合十，闭眼念咒语）"吃饱了就睡，吃饱了就睡……"

帝　那两"胡吃海塞"，这个"吃饱了就睡"，这都是什么咒语！

〔王冠飞回，稳稳地落到皇帝的头上。

帝　（惊喜万分）好！我国法师，技高一筹。哈哈哈……（笑声中抖开折扇扇着）

胡　（假惺惺地）哎呀，陛下您这把扇子不错呀！

帝　此乃三国画家曹不兴所画。三国曹不兴，画龙不点睛；画龙一点睛，当时就腾空。

　　〔当皇帝再次抖开折扇时，（出魔术"手彩活儿"）扇子呈散状。

帝　（惊奇地）唉，这是怎么回事？

真　这又是他们的妖术，待臣破来……（甩动"拂尘"）。

帝　（折扇还原）真会法师出手不凡，来呀！朕赏他御酒三杯！

　　〔宫女端托盘上。（出魔术"道具活儿"）宫女提壶倒酒，酒突然中断。

帝　怎么没酒了？（拿过酒壶，用扇子试探，壶底片被捅掉，对着酒壶看）这
　　成望远镜了。

真　尔等将御酒盗走，待我将御酒取回……（拿过酒壶吹了一口气，又将酒斟
　　出。对胡、海得意地）二位，我就不让你们了……不，请陛下先来品尝。

帝　（接过酒杯喝酒）好酒，真乃省优、部优、国优。尔等还有何招术尽管施来！

胡　陛下请看……（出魔术"道具活儿"——搬上一个带有底座的支柱）如果
　　把我捆绑在这柱子上，用布一挡，我当即便可脱身！

真　（蔑视地）可笑，像这样的脱身术，连殿上的宫女都会做。

海　我看你是吹牛！

真　当场试来！

　　〔海塞将一名宫女双手紧紧绑在柱上。

胡　等一等。（将一个摇铃塞到宫女手里）我这里用布一挡，被捆绑的人立即将
　　铃摇响，约定在铃声中脱身。铃声不响，技艺不算到家。

真　咳，这有何难！

　　〔胡赤用布一挡，女摇铃。

帝　朕要看看她怎样摇着铃脱身……（急促走进布后）

　　〔宫女摇铃走出。胡赤撤布。皇帝被绑在柱子上了。

帝　她跑了怎么能把我给绑这儿啦！

　　〔胡、海狂笑不止。

真　这是他们的妖法作怪！（给皇帝解绑）

帝　真会呀，赶快用法，以振我大唐国威！

真　遵旨。把"五孔墙"搬上！

　　〔（出魔术"道具活儿"）推上一块墙面，墙面上有大小不同的五个孔洞。

真　胡赤、海塞，你等若将头与手脚从五孔中探出，还能活动自如，我大唐立即

认输。

胡　好，一言为定。我们若不能取胜，当场把三色宝珠献出！

〔海塞走至墙后，头从当中孔间探出，后两手及两脚从上下左右四孔间伸出。

真　成败在此一举，上令！（挥动"拂尘"）

〔魔术表演：海塞两手飞至墙的左右上角；两脚飞至左右墙下角，并不断上下拉动着。海塞惊叫地。

海　唉，唉，我的手！我的脚……我可受不了啦！胡赤师兄，快快念咒搭救小弟呀！

胡　（惊慌失措地）好，好，我来念咒语……（嘴中嘟囔着）

真　你念吧。（甩动"拂尘"，海塞的头从墙的当中坠至底部；其手脚仍不停上下左右地拉动着）

海　师兄呀，快来救我性命啊！

胡　师弟呀，大唐法师法术高深，我爱莫能助哇！

海　那我们就快快认输吧！

胡　也只有如此了。（从怀中取出一小方盒，跪在地上）请陛下接宝——三色宝珠！

真　（甩"拂尘"）停！

〔五孔墙上的海塞头与手脚还原位。

帝　（接过盒看）大胆！称之三色宝珠，这明明就一种颜色嘛！真会，再使法术！

〔随着真会的"拂尘"甩动，海塞的手脚再次拉动起来。海塞不停地呼救。

胡　陛下息怒，容我说明。称它为三色宝珠，并无谎言，此宝珠乃是外青，里白，当中呈黄色。

帝　里面是何颜色尔等怎么知道的？使法术……

胡　别，别。我来把它切开请您验证……（用刀将"珠"切成两半呈上）请陛下过目。

帝　（拿过一半）噢，你们将这东西称之为三色宝珠？

胡　正是。

帝　我们叫它——（出示）咸鸭蛋！

（赵连甲、幺树森合作）

大腕明星培训班

（于1993年央视广告专题晚会播出）

人物　假行家（由侯耀华扮演）。

　　　女歌手（由郭公芳扮演）。

幕启　台上设修理杂活的摊子，有"修鞋换拉锁"的牌子。

　　　　　　〔假行家扎着围裙坐在摊儿前，边钉鞋边吆喝着。

假行家　修鞋换拉锁儿来！钉后掌儿！咳，就我们这行，越来越不好干。这人
　　　　们消费观念变了，原来拉锁坏了得来修吧？现在拉锁坏个齿儿，能连
　　　　衣裳一块儿扔了。再说鞋，别说修了，不等坏就买新的啦。前两年一
　　　　天能挣个十块二十块的，到现在也就赚个饭钱。干什么最来钱呢……
　　　　听说这唱歌的最赚钱。我要能培养出点歌星来，准能赚钱。对，来个
　　　　两条腿走路，我一边修理拉锁换后掌儿，一边办个大腕明星培训班。
　　　　（站起将牌子翻过，字样变成"大腕明星培训班"。回原位）我还先掌
　　　　我的鞋，这叫姜太公钓鱼——愿者上钩。

　　　　　　〔女歌手走上。

女歌手　（边走边自语地）当歌星容易，当大腕儿的明星可就太难了。如今这
　　　　卡拉OK厅那么多，保不齐哪家都能闹出几个歌星来。这歌星那歌星
　　　　比话筒还多哪！我呀得找个地方去进修，提高自己的演唱水平。（发现
　　　　牌子）大腕明星培训班？哟，这可是机会。（对假）老师傅，老师傅！

假行家　哪儿坏啦？

女歌手　我哪儿也没坏。

假行家　那你找我干什么来？

女歌手　请问这个大腕明星培训班……

假行家　对了，我这还有一个买卖哪。噢，你找大腕明星培训班？那你就把老

師傅后面那个"傅"字去了吧……（解下围裙）

女歌手　那就剩下老师……您就是这培训班的老师？那怎么……

假行家　老师是我的专业，这修鞋换拉锁是我的业余爱好。

女歌手　我太高兴了，老师您好！

假行家　不要客气。

女歌手　老师，我想问问，都谁在您这儿培训过呀？

假行家　大腕出去的不少。

女歌手　都谁啊？

假行家　圆子。

女歌手　圆子？圆子是谁啊？

假行家　成方圆。

女歌手　成方圆！她在您这儿培训过？

假行家　后来我听她唱歌不灵，我让她拉二胡去了。

女歌手　还有谁啊？

假行家　庆子。

女歌手　没听说过啊？

假行家　孙国庆。

女歌手　那听说过。孙国庆也是在这儿毕业的？

假行家　在这儿肄业的。

女歌手　怎么能叫肄业呀？

假行家　快毕业了，一检查眼睛不太好，后来我把他给开了。

女歌手　哟，敢情您这个培训班比上中央音乐学院还难哪？

假行家　那当然。有俩学院的教授上我这儿来培训，都没考上。

女歌手　是呀？那我就走吧……（欲走）

假行家　回来，回来。你咳嗽一声。

女歌手　咳！（咳嗽一声）

假行家　大点声！

女歌手　咳！（大声咳嗽）

假行家　行了，你被录取啦。

女歌手　哟，这么容易？

假行家　（顺嘴说出）让你走了我哪儿赚钱去。

女歌手　您说什么？

假行家　（急忙改口）我说呀你这嗓子挺甜的。你叫什么名字？

女歌手　我姓郭，叫郭公芳。

假行家　（自语地）坏了，碰上行家啦。那我也别含糊了。噢，郭公芳？好像听说过。前两年听说的，这两年不行了吧？知道为什么吗？你这名字有毛病。

女歌手　我这名字怎么啦？

假行家　不好记又叫不响。

女歌手　那您说怎么办？

假行家　你要知道这艺名很重要。小彩舞，原名叫骆玉笙。她要不改能那么出名吗？

女歌手　那老师您给我起个名字吧。

假行家　姓郭，这姓还真不好起名。郭——锅盖？不行，像男的名字。锅铲儿——小点儿。锅把儿？那也不像个名儿呀——哎，你叫蝈蝈。

女歌手　我还不如叫蛐蛐哪！

假行家　你别打岔，叫蝈蝈跟叫蛐蛐那有本质上的不同。

女歌手　怎么哪？

假行家　你想那蝈蝈叫出声儿来多大！

女歌手　行了，起名的事咱以后再说。您还是听听我唱歌吧……

假行家　你怎么老惦记着唱歌呢！

女歌手　我就想要提高自己嘛！

假行家　……那你要唱完了我还能说什么？

女歌手　您是专业教师，听我唱完，您该怎么说就怎么说。

假行家　对对，我是教师。我这教师……我先看看你的牙。

女歌手　（不解地）看牙？

假行家　看你的牙能不能成明星大腕儿。张嘴！行。能成腕儿。

女歌手　真的？

假行家　没问题。你看你那牙长得跟拉锁似的，一个齿儿一个齿儿都咬着，它不跑气呀！

女歌手　这牙怎么跟拉锁联系一块儿了！我明白，就是说唱歌对唇齿舌喉都有
严格的要求。您听我给您唱……

假行家　你这音域有多宽？

女歌手　我最高音能唱到"F"。

假行家　最低音呢？

女歌手　唱到"A"。

假行家　完了完了。A、B、C、D……中间儿隔着这么近，就那么点缝儿，你较
什么真儿呀！你在我这上三个月，我保证让你高音能到"W"。

女歌手　"W"？

假行家　低音到"C"。

女歌手　"WC"，厕所呀？

假行家　开个玩笑，我怕你给我唱紧张。行了，你唱吧。

女歌手　（唱）"明明白白我的心……"

假行家　停！停！你都明白了，还上我这儿来干什么？

女歌手　这是歌词呀。

假行家　这词我听着心里不踏实，换个别的。

女歌手　（唱）"爱上一个不回家的人……"

假行家　等等。你都明白了，爱一个不回家的人干吗？

女歌手　您怎么连歌词都分不清楚？

假行家　不，我是说……你这嗓子唱民族的合适，唱个民族的。

女歌手　那我就唱一首《大碗茶》吧？

假行家　行，唱吧。

女歌手　（唱整首歌）"我爷爷小的时候常在这里玩耍……"

假行家　知道你为什么成不了大腕吗？你唱的别跟人家一样呀！

女歌手　都这么唱呀！

假行家　别人都这么唱，你再这么唱，能成大腕吗？

女歌手　那您说应该怎么唱呀？

假行家　你得唱出自己的特点来。

女歌手　您教教我怎么唱吧。

假行家　头一句什么词？

女歌手　我爷爷小的时候常在这里玩耍。

假行家　这一句应该用美声唱法唱。第二句什么词？

女歌手　高高的前门仿佛挨着我的家。

假行家　这句得用民族的唱法了，前门也是中华民族的象征。

女歌手　第三句是：一蓬衰草几声蛐蛐叫。这一句呢？

假行家　用通俗唱法唱，而且带上点摇滚的感觉。

女歌手　这没法唱！

假行家　怎么没法唱？我唱唱让你学学。

女歌手　我得好好学学。

假行家　（分别以美声与民族唱法唱，到第三句变摇滚数板）"一蓬衰草呀，几声蛐蛐叫哇，窝头就咸菜呀，茶水就甭要了，往下什么词呀，我也不知道啊……"

女歌手　我不学啦！（生气地走下）

假行家　哎，走了，你不想当大腕儿啦？你不学了我也有辙儿……（扎上围裙）哎——修理皮鞋换拉锁儿！

——结束——

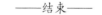

重奖风波

（于 1994 年中央电视台《综艺大观》栏目播出）

表演者　唐杰忠、高英培、赵连甲、孟繁贵、于海伦、雷瑞琴。

地　点　《综艺大观》直播现场。

幕　启　舞台上一桌一椅，桌上有话筒和一台式标牌（反扣着）。

〔倪萍上。

倪　萍　观众朋友们，珠海市用百万金额重奖科技人员，这件事在全国引起震动。这个现象要让笑星们按照以往有些人的观念和思想意识来表演，请大家看会是个什么情形。

〔唐杰忠走上舞台；其他演员分别坐在观众席间。

唐杰忠　我是唐杰忠。可是我要往桌后一坐，就不是唐杰忠了。（入座。将标牌翻过，牌上写有"唐处长"三字。随之将手机、BP 机放至桌上；敲敲话筒。讲话——操广东口音）同志们开会了。市里领导号召我们学习珠海经验，重奖科技人员。咱们单位的周工程师，他科技创新成就显著。大家讨论一下是不是应该奖给他 40 万元的重奖？

高英培　（于座位上举手）重奖周工我同意。周工有技术，懂科学，又有成果，奖励他 40 块钱我完全同意……

唐杰忠　你没听清楚，不是 40 块钱，是 40 万。

高英培　多少？（伸出四个手指，颤抖地）……40 万！那……我先去趟厕所。

唐杰忠　等等。你先把意见留下，是同意还是反对？

高英培　我不同意。40 万块光给周工自己？

唐杰忠　人家做出成绩了嘛！

高英培　谁没成绩？我不说自己，就说小白吧，托儿所阿姨多辛苦，平均每个阿姨看十三个孩子，六个阿姨那就是——七十八个孩子。再说传达室

　　　　　　老汪，分报纸、杂志；花房的马师傅种花养草；门口儿卖瓜子儿的、摆摊儿炸油饼的、修鞋的、补车胎的……

唐杰忠　重奖科技人员，跟修鞋补车胎的什么关系？

高英培　都有成绩嘛！

孟繁贵　（于座位间举手）我说说吧。老高你提了那么多人，怎么单把我忘啦？

唐杰忠　你是哪个部门的？

孟繁贵　我是咱浴室看门的。

唐杰忠　这跟看澡堂的有什么关系？

孟繁贵　有关系。我要不把澡堂子门看好，衣服都让人偷走，你们怎么出来？你们怎么搞科研？还能谈重奖科技人员？

　　　　〔于海伦在座位上愤愤地站起，操江浙口音。

于海伦　我表个态，你们这些说法都不对，我们奖励科技人员不是吃大锅饭人人有份。该给谁就给谁，就要给那些杰出的优秀的知识分子。

唐杰忠　这么说你是同意把钱奖给周工的？

于海伦　给不给周工那倒不一定。

高英培　（站起插话）我说一定不能把钱给他。老周这人哪，要给了他那不是给咱知识分子脸上抹黑吗？

唐杰忠　你说说怎么回事？

高英培　就那老周？啧啧啧——过来我小声儿告诉你。

唐杰忠　大声说吧，你别嘀嘀咕咕行不行？

高英培　就说前几天吧，他去买冬季储存大白菜，菜站那白菜都是加工好的，他买了七十五斤白菜，给人家劈下来一百八十多斤白菜帮子，那么一大堆呀！

唐杰忠　那白菜帮子都哪儿去了？

高英培　都抬我们家去了。

唐杰忠　咳，像这样鸡毛蒜皮白菜帮子的事就不要提了。

孟繁贵　（站起）先别这么说，老周的问题大啦！我可以给你找出大量的证据。（对现场观众）与会的同志们，谁有证据给他写！写！

雷瑞琴　（激动地站起）我是完全支持重奖周工的。我们民族需要科学，科学技术是第一生产力嘛！我们要承认人才的价值，要承认科学的价值，我们就是表明面向未来，求发展、求改革的决心！

于海伦　好！讲得太好了！我完全同意，并且我还要补充两句。我认为奖金40万还不够重，还应该增加，60万行不行？80万行不行？为什么这样说呢？在咱们单位我是最了解老周的。他搞科研不是为自己，他是为全人类。咱们奖给他80万，老周能揣到自己兜里吗？不能。我相信，他会考虑到的，就说幼儿园吧，他会赞助10万吧？孩子是未来呀！希望工程，山区的孩子们更困难了，他怎么着也得给20万；开发区，这是新鲜事物，赞助20万能算多吗？还有咱们科学设施、电子游戏、声控的西游记宫也得给10万或20万的吧？最近报上登了，埃塞俄比亚闹旱灾，大批的黑孩子缺医少药，老周能忍心不援助吗？少了拿不出手，拨20万；波黑又打起来了，难民营重修，这工程老周也得拿20万……

唐杰忠　我说，你说的这些加一块儿可不是80万了！

于海伦　所以我说还要给老周多增加嘛！

唐杰忠　再给他加多少也不够你这么分的。大家都可以发言，各抒己见嘛！那位老同志，你来谈谈？来，请到台上讲。

　　　　〔赵连甲走上台拿起话筒。

赵连甲　我谈一点不成熟的看法。老周是个好同志，确实是个好同志，他确实有成绩。问题是一下子给他40万块钱，那将会把他引到什么道路上去呢？会不会修正主义了呢？

唐杰忠　哎？这叫什么话？

赵连甲　（打自己嘴）对不起，我这是一时用词不当。我的意思其实是说，对知识分子不能让他们翘尾巴。

唐杰忠　还不如刚才那一句哪！

赵连甲　不，不，我是想说，对知识分子既要奖励又要改造，转变他们的资产阶级的世界观——要不忘阶级苦哇——牢记血泪仇——世世代代不忘本，永远向前迈大步——

　　　　〔台下的几位演员愤然站起。

众人合　走！快让他下去！

赵连甲　（木然地）怎么回事？我的话还没说完哪。

唐杰忠　（夺过话筒）你先回家找本日历，看准年月日再说吧。

　　　　〔赵连甲尴尬地走下。众人席间议论纷纷。

唐杰忠　大家安静一下。我这里接了几个条子，我来念念。

孟繁贵　等等。我这敛了一沓儿条子呐，都念念——（将条递过）

唐杰忠　我想念完这些条子，大家都有哪些看法就清楚了。（念条子）"重奖科技人员是对传统观念的挑战，改革是第二次革命。"好！（带头鼓掌）这条是："建议银行把40万奖金封存，作为二十一世纪开发'达不拉流星'的基金。"这张条："我在公园老地方等你，别让你爱人知道。"这怎么还出了第三者啦！这一张——（掉在地上。捏着一头提起——很长很长的一张纸条）"关于40万奖金的分配方案——"这条子太长了，换这一张吧："科学的大门敞开着，如果我们仍在犹豫观望的话，我们将坐失历史的良机。"这还有一首诗："难得糊涂，聪明难，糊涂更难，由聪明装糊涂尤其难。你也难，我也难，稀里糊涂解心烦。"这什么乱七八糟的！

雷瑞琴　（站起）唐处长，大家的认识各不相同，说说您到底是什么态度呀？

唐杰忠　我？我的态度很鲜明，学习珠海，重奖人才给40万——（桌上的BP机响起，低头看显示。立即变态改口）40万——当然了，我们还要慎重。奖金的数目还可以考虑，是40万合适还是给10万？8千？6千？5千？还是4千？3千——（手机响起，不耐烦地拿起手机对话）我是唐处长！等一会儿说嘛，我在开会——（突然站起改口）噢，是我。什么大处长，我是小唐，小唐。对、对，我们正讨论奖励周工的事呐。您是——那太好了！（关机。态度变得十分坚决）还讨论什么呀，40万，定啦！40万一分都不能少，我们就是要大张旗鼓地、旗帜鲜明地、义无反顾地重奖科技人员！我们要——（BP机再响起，低头看显示。变得神情呆滞）

〔台下五名演员质问。

众人合　要怎么着啊？怎么不说话了？说呀！

〔唐杰忠自我解嘲地，只张嘴不出声音，指着话筒示意话筒出了问题。以手势动作表示无奈，离开座位走下。

〔主持人倪萍走上。试话筒有声。

倪　萍　清楚了吧？不是话筒出了毛病。是唐处长出了毛病啦！

————结束————

游湖借伞

（于 1994 年央视《愿您生活更美好》文艺晚会播出）

人物　贩伞人，男，50 多岁（赵连甲饰）。

　　　广告商，男，30 岁（贾伦饰）。

　　　女演员，20 多岁（姬洁饰）。

地点　街头。

幕启　广告商漫步走上。

广告商　最近我们公司的活儿呀一天比一天少，怎么办呢？就得到街上去撞，说不定还就能撞上个倒霉的。

　　　〔贩伞人持多种颜色的雨伞，叫卖着走上。

贩伞人　哎——买伞买伞，价钱实在，制作精巧，便于携带，阴天避雨，晴天挡晒。——您来一把？

广告商　不买。

贩伞人　来把吧，便宜。

广告商　便宜？便宜能一块钱一把吗？

贩伞人　一块钱？商店里一把少说得二三十块，你给一块钱？现在这一块钱——卖给你一把。

广告商　耶，真卖了？

贩伞人　给钱就卖。

广告商　行，谁让我给价儿了。给，这是两块的，找我一块。

贩伞人　（接过钱）两块找你一块——再来一把，甭找啦。

广告商　（疑惑不解地）我说你这是雨伞吗？

贩伞人　你能说这是高压锅吗？

广告商　你这雨伞怎么这么便宜？

贩伞人	自产自销，仓库里还压着七八千把哪，卖不出去呀！
广告商	噢，伪劣产品。
贩伞人	尽说没用的话，优质产品能卖一块钱一把吗？
广告商	（背供地）看见没有，我这业务就算撞上了。（对贩伞人）你这伞要想卖出去，我给你出个主意，做广告哇！
贩伞人	做广告？
广告商	告诉你，本人就是专门从事这项工作的。（亮工作证）
贩伞人	这可巧了——（念证）"广告部主任……"不对呀，你这工作证上没盖章啊？
广告商	是吗？怎么可能呢？（将工作证拿回）真没盖。咳，不就是章吗……（从怀中抻出一串拴在绳上的各类印章）
贩伞人	啊！
广告商	（随手将一印章往证上一摁）这不就有章了嘛！
贩伞人	行，我是伪劣，你是假冒。咱这雨伞的广告怎么做啊？
广告商	我先跟你谈谈我的创意。现在做广告得让老百姓爱看，得找仨人。
贩伞人	仨人？我把一仓库伞都卖了够这仨人的钱不？
广告商	说是仨人，实际上找一个女演员就全包括了。现在老百姓爱看仨人，美人、名人、古人。你这广告这么拍，找一女演员扮演白蛇白娘子，既是美人，又是古人，还是名人。有一部电视剧《白娘子传奇》你看过吗？
贩伞人	看过。
广告商	咱这广告就借这剧里一节，叫《游湖借伞》。是说在西湖边上，白娘子看见了许仙，想凑过去跟他说说话。
贩伞人	那就说吧。
广告商	不行，男女见面不好意思。白娘子有法术啊，她呼风唤雨，让美丽的西子湖春雨潇潇，她借着跟许仙借伞的机会，两个人搞对象。
贩伞人	这情节不错。
广告商	他两人凑到一块儿把伞往上一举，许仙就说广告词："优质雨伞架起您爱情的桥梁，优质雨伞，伴君成功！"
贩伞人	好！这广告新鲜，就这么拍。

广告商　你呢就演这许仙。

贩伞人　我演许仙？别开玩笑了。我剃剃头演法海倒差不多。

广告商　这不为给你省一个演员的劳务费嘛？

贩伞人　光为省钱，我——我这模样演许仙能像吗？！

广告商　说明白了吧，这广告主要是突出女演员，这里边你没脸！

贩伞人　我没脸呀？

广告商　你不是给雨伞做广告吗，你还要脸干吗？

贩伞人　行，没脸的事儿咱干。

广告商　你换换装先在这练着，我给你找一个白娘子去。（下）

贩伞人　没想到我这辈子还能演回许仙，反正没脸呗！那我也得准备准备——
　　　　（转下）

　　　　〔广告商同女演员走上。

广告商　这广告题目就叫《游湖借伞》。

女演员　听明白啦！我演白娘子，去向许仙借伞，是爱情戏。我这么演你看行
　　　　不：（模拟香港语调）"啊，西湖的水呀好漂亮嗳！"怎么样？

广告商　这白娘子还是位港姐儿。行！就这个意思。

女演员　服装没有呀？

广告商　我给你准备好了。（递过一块长方形白布）

女演员　（将布围在腰上）我才知道，原来这白娘子是卖包子的！

广告商　谁让你扎上围裙了？披在肩上，在古装戏里这叫披衫。

女演员　导演，演许仙的呢？

广告商　你看，许仙来了。

　　　　〔贩伞人头戴文生方巾，迈着丑角的台步走上。

广告商　快！白娘子赶紧过去念台词。

女演员　（操香港语调）"啊，我心中燃烧的爱情火焰哟，已经飞向了我心上的
　　　　恋人……"（与贩伞人正脸）导演，搞错了！怎么把卖豆腐的老头儿
　　　　找来了？

贩伞人　谁是卖豆腐的？

广告商　他就是许仙。

女演员　我看他像许仙他爸爸。

贩伞人	你别光看模样和岁数，还得看做派。我加上动作就像许仙了——（模仿戏曲水袖动作，没功夫，手来回抖动）
女演员	这老头儿手抽筋儿了。
广告商	不要加这动作。许仙是文生公子，你一脚着地，一脚轻抬，颤悠着点身子就够了。来，试试。
贩伞人	（按照要求动作，颤悠着身子自语）知道的我是演许仙呢，不知道的还当我踩电门上了。
广告商	开始走戏。许仙把伞拿起来！白娘子要含情脉脉地、感情投入地去向许仙借伞。
女演员	明白。（边说边向许仙走去）"啊，我心中燃烧的爱情火焰哟，已经飞向了……"（见对方年龄不符）大爷！
贩伞人	我怎么又变成大爷啦？
女演员	导演，哪有这么老眉喀哧眼的许仙哪！
广告商	你甭管他多老。在这个镜头里主要是看你，他呀没脸。
贩伞人	对，我没脸。
女演员	好，再来。"啊，我心中燃烧的爱情火焰哟，已经飞向……"导演，我不叫他大爷，叫他叔叔行不？
广告商	不行！得叫相公。
女演员	"啊，相公。看这西湖边上细雨霏霏，小女子愿借你雨伞一用。"
贩伞人	还借什么，这伞才一块钱一把，你买一把好不好？
广告商	你怎么把实话说出来了？到这时候你得照广告里的词夸你这伞好，边说边把伞撑开。说！
贩伞人	"啊，这是优质雨伞，省优、部优、国优、葛优……"
广告商	别说葛优呀！往下来。
贩伞人	"我这优质雨伞架起您的爱情桥梁，我这优质雨伞，伴君……"（撑伞）我这优质雨伞……我这优质雨伞……我这优质雨伞怎么撑不开了？
广告商	（拿过伞看）你这伞是实轴儿的呀，这伞有什么用！
女演员	有用，等我这大爷回家拿着它当拐棍儿使哪！
贩伞人	我再换一把。（拿过另一把伞一撑，伞轴棍儿被射出，将广告商打倒在地）

女演员　妈呀，你把导演打死啦。

广告商　没死。（爬起）你这是雨伞呀还是手枪？

贩伞人　少废话。我再换一把——（抄起另一把伞，对女欲撑）

女演员　别冲着我！往上打，往天上打！

广告商　往天上打，人工降雨就快下来了。

贩伞人　开！（终于将伞撑开。但伞的篷面是偏着的）

广告商　好！两个人在伞下走起来，边走边唱，正式开拍！

　　　　〔二人于伞下随着篷面偏向的一方，扭着脖子歪着身子转着圆圈演唱起来。

女演员　"西湖美景三月天，春雨如酒柳如烟……"

广告商　停！你们俩这是什么毛病？

女演员　我没毛病，他这伞是歪的。

广告商　（对贩伞人）把你那伞快正过来呀！

贩伞人　别说伞了，恐怕连我这脖子都正不过来了。

广告商　再换一把，用这个。（将一把红伞递过）预备，开始！

女演员　停！导演，光有伞了，没有雨的效果演不出情绪啊。

广告商　我给你们做效果。（取过喷壶）

女演员　你拿这个是干什么？

广告商　人工降雨做效果呀。

女演员　那多难看！

广告商　我又不在画面里，不穿帮就行。预备——开始！

　　　　〔二人站在伞下，广告商在后面往伞上浇水。

女演员　"啊！相公，我们能在这雨天相会，还是蛮浪漫的喽！"

贩伞人　（被女腔调感染）"是呀，还是蛮浪漫的喽！"我怎么也变成这味儿了？

广告商　（嘀咕地）坏了，坏了，这雨伞掉色儿。

女演员　"相公，我心里有好多好多的话想跟你讲——（害羞地转身——显示被红伞掉色污染的衣装）又不好开口。"

贩伞人　"我也是不好意思——"（转身，显示被污染的衣装）

女演员　"我还是要对你讲嘛！"（转回身，脸部也染上红色）

贩伞人　"我还是要对你说嘛！"（转回身，脸部也染上红色）

女演员　妈呀！我说你是相公啊还是关公？

贩伞人　娘哎！你是白蛇还是红蛇呀？

女演员　你的脑袋是不是让人给开了？

贩伞人　就你这模样还拍广告哪？

女演员　你要这么说，我还不拍啦！（怒气冲冲走下）

贩伞人　你不拍了，我还不干了哪！（收起伞匆匆走下）

广告商　白忙了。挺好的一对千古姻缘，硬让这劣质雨伞给搅黄了——不行，卖伞的还收了我两块钱哪！（喊着追下）

——结束——

昨夜京华

（1994 年创作）

人物　赵先生，60 多岁，海外归侨。

　　　老牛、小牛（由一人扮演，以头套区分老、小）。

时间　现代。

地点　北京一条古朴幽静的小巷。

幕启　舞台上设有一面带门的墙片。

　　〔赵着西装，持手杖在门前巡视着。

赵　是住这儿呀……又不大像。记得门口儿这有对石礅儿，迎门儿还有道影
　　壁……也别说，离开北京快五十年了，全变啦。

　　〔小牛从门内走出。

小　老先生，您这儿踅摸什么哪？

赵　我刚从国外回来，到这儿来找个人。

小　我们家是这片儿老户了，您就说找谁吧？

赵　……大名记不得了，光知道他叫墩儿。

小　墩儿？没听说这片儿有叫这名儿的。

赵　论岁数比我还大两三岁儿。

小　（漫不经心地）哦，那您甭找了，这人没啦。

赵　没啦？哎哟……（惋惜地戳打起手杖）我还是回来晚了，我真想找到他，
　　再跟他斗斗。

小　斗斗？这么说您二位还有点过节儿？

赵　我们俩是发小儿，我还想跟他像小时候那样，凑一块儿斗斗蛐蛐儿！

小　嘿，您喜欢玩儿这个？那咱就说到一块儿了。从我们家老辈儿到我这辈儿
　　都养蛐蛐儿，就图这个乐子！

赵　花、鸟、鱼、虫儿是咱们北京从老老年儿就讲究玩儿的。

小　可不是嘛，还真玩儿出点学问来。说起养蛐蛐儿……来，您来根儿烟，咱聊聊。

赵　不不，您抽我的……（递过烟，打着打火机）

小　哪能让您给我点烟哪，我自己来。（拿过对方打火机，看）哟，大名牌儿——"浪琴"！（点着烟欲将打火机装入衣兜儿又止）哦，这是您的。（递过。眼睛仍恋恋不舍地盯着打火机，又眨巴着小眼睛盯着赵，显露出狡黠的光）老先生，您这打火机可真够地道的，那什么……您喜欢蛐蛐儿是吧？那蛐蛐儿经您知道吗？

赵　蛐蛐儿经？

小　嘿，这里学问大啦！蛐蛐分五种，有青蛐蛐、黑蛐蛐、紫蛐蛐、黄蛐蛐、白蛐蛐，最好的蛐蛐跟您这打火机的颜色差不多。

赵　嗯？这蛐蛐跟打火机什么关系？

小　哎，您别不信，我拿来个蛐蛐儿让您过过目，比比颜色儿……（跑进门。持蛐蛐罐儿转出）让您自己看，您看这蛐蛐颜色儿……（身体却向一侧转挡着对方的视线）

赵　我看看……（探过身子）

小　别靠近了，您一出气儿这蛐蛐儿就蹦了。这可是地道的青蛐蛐儿，青蛐蛐儿咬三秋呀！您是行家全明白，俗话说："青蛐蛐白牙，入盆准拿！"

赵　是吗？我瞧瞧……（凑近蛐蛐罐儿）

小　没错……（将罐儿由背后倒到左手）瞧这蛐蛐儿，蜻蜓头，细头线过顶；这脖子青中带着黑，黑中透着铁；这膀儿跟花生皮子似的都起皱纹儿了；蚂蚱腿儿，瞧前边这一溜小抱爪儿（用四个手指比试）都跟小棒槌儿似的！

赵　（从牛背后转过看）哟，这个儿也太小啦！

小　这个儿还小？（急将罐儿又倒到右手）不小。"七厘为王，八厘为帅"。这蛐蛐儿足有七厘四！

赵　有那么重吗？

小　您不信上自由市场公平秤称去！

赵　这蛐蛐半死不活的连叫都不叫了……

小　谁说不叫？谁说不叫？这就叫……（侧身掀衣襟，打开腰间的BP机，"嘟嘟儿"发出叫声）你听叫了吧？

赵　嘿，真叫了……这蛐蛐儿怎么会叫这么大声儿啊？

小　这么大声儿……咳！现在这蛐蛐跟您那时候养的蛐蛐不一样啦，这蛐蛐的生活水平都提高了！过去的蛐蛐也就吃个莴苣菜、青毛豆什么的；现在讲营养，养蛐蛐全喂蟹肉、对虾、鱼肝油、蜂王精、西洋参、男宝。

赵　嚯！可它叫出的声儿不小，怎么叫得那么缓慢呢？

小　缓慢？还没急呼呢。

赵　急呼？

小　不是急呼，是……我也不给您细解释了。这蛐蛐没得挑儿，得！我送给您啦。

赵　不不不，这么好的蛐蛐我哪能要您的。

小　别客气，您漂洋过海大老远地回来了，我就当送您个纪念品了，友谊嘛！

赵　那多不好意思。

小　您要实在不好意思，您也送我个纪念品，东西不在大小，哪怕是个打火机，友谊嘛！

赵　哎，好好好……（取出打火机递过）

小　（背供地）没白费劲，打火机到手了。

赵　（看罐儿里的蛐蛐，怀疑地）我说小伙子，这蛐蛐直打蔫儿，它能咬吗？

小　能咬吗？昨儿还把猫耳朵咬下半拉哪！您就瞧好吧……（扭过头去用苍老的声音呼叫一声："虎子！"回头对赵）老先生，我还有点儿急事，改日见。（跑进门去，戴上头套立刻转出）虎子！你把我什么东西拿出去啦？……哎？刚才还听他们在门儿这说话呢……（转回门去，摘去头套急转出，对赵）老先生，我送您蛐蛐的事儿，可别跟别人说。（再次跑进门去，戴上头套转出）这小子跑哪儿去了……（发现赵手中的蛐蛐罐儿）哎？这不是我扔在床底下那个破蛐蛐罐儿吗……（抬头对赵出神）哎……

赵　（上下打量对方）哎……我看你怎么眼熟哇？

老　我也好像见过你。

赵　你是老牛家的墩儿吗？

老　你是赵家的小柱子吧？

赵　你还能认得出我？

老　你要不拿着这个蛐蛐罐儿呀，我还真辨不出你的模样。

赵　你还活着哪？刚才我还听说你没了呢！

老　啊！这是谁说的？

赵　就刚才那个小伙子，身量儿长相跟你差不多，他要长出白头发、白眼眉来，跟你都分不出个儿来。他还拿这个蛐蛐罐儿换我个打火机哪。

老　（生气地）好小子，这不是坑人吗！非教训教训你不可……（对门内）虎子！你给我出来！

赵　谁叫虎子？

老　就是刚才要你打火机的，那是我儿子！（对门内）你出不出来？什么，不好意思？那你就别干这丢人事儿呀！不出来？（手伸进门内往外拉，似又被拽回。反复拉拽，最后摘下头套，做被拉出的样子，向后倒退几步）别拽了，您干什么？（将身转过不情愿地面对赵；后又戴上头套回身质问）你刚才要人家什么啦？（摘头套，转身）什么都没要……就一个打火机。（戴头套）把打火机给人家！（摘头套，对赵）给您吧……（戴头套）鞠躬赔个不是！（摘头套，对赵）我错了，我不是东西。

赵　别别别，就算我给孩子个见面礼啦！

小　（鞠一大躬）那我就谢谢您了！（转身欲走。戴上头套）回来！你知道他是谁吗？他是你大叔，我们是四十多年前的老朋友啦。你小子还跟你大叔说我没了，我没了我上哪儿去啦？（摘头套）我没说您，刚才我说的是那个叫墩儿的。（戴头套）我小名就叫墩儿！（摘头套）我哪知道您的小名儿，您又没告诉过我。（戴头套）滚！

赵　老哥，我劝您算了吧！你还说孩子呢，四十多年前我拿一大挂山里红跟你还换过蛐蛐儿呐！那蛐蛐儿还是一只单腿虎！

老　有这事儿吗？我还记得咱俩在大月亮地儿底下，登上城墙垛子逮蛐蛐儿，那也是个乐子呀！

赵　还说哪，斗起蛐蛐儿来你最搅和！

老　你呀有了名的赖皮！你斗不过我的蛐蛐儿，你往你蛐蛐儿牙上抹蒜汁儿，它牙痒痒呀，胡啃乱咬。这就跟外国那个赛跑的叫什么逊一样，靠吃刺激药儿净玩儿邪的！

赵　那也算是训练蛐蛐儿的一种方法。

老　赖皮！所以你没脸见人了，一躲就是四十多年，这些年你上哪儿躲着去啦？

赵　我上加拿大啦。你别看那儿有斗牛、赛马、玩老虎机的，可总觉得没有咱小时候斗虫儿过瘾。

老　要说也是，人要越上岁数越想小时候的事儿。

赵　我在加拿大总忘不了发小儿遛鸟儿、斗虫儿、抖空竹、养小金鱼儿这些咱老北京的事儿。

老　那咱今儿个再斗斗？

赵　我还怕你嘛！

老　好嘞！（由门后取出小泥盆儿，把盖儿掀开）瞧，我这蛐蛐儿可是"金头元帅"！

赵　走！（将换的那只蛐蛐倒进对方盆儿里）我这蛐蛐儿外号"铁嘴将军"！

老　斗！

赵　斗！

　　〔二人情不自禁地围着地上的蛐蛐盆儿转起圈儿来。

老　瞧，遛上圈儿啦……（说着二人转圈儿）

赵　嘿，较上劲儿啦……（二人对脸儿）

老　亮翅儿啦！（两手背后抖动）

赵　用腿儿弹它！好弹！（单腿弹出）

老　咬！（二人作对咬状）

赵　嘿嘿嘿……

老　哈哈哈……

　　〔二人身板儿随着转圈儿渐渐直起。

　　〔效果：蛐蛐的叫声，孩子的天真笑声……

——结束——

请帮手

（于1995年央视《长青之树》文艺晚会播出）

人物　李大胆（简称李——由潘长江扮演）。

　　　李妻（简称妻——由潘小娟扮演）。

　　　顺子（李大胆的内弟——简称顺）。

幕启　台间摆有桌椅。

　　　〔李推着小车上——满车纸箱、药盒、药袋。向台侧呼唤。

李　顺子！到我这屋来一趟！

　　　〔顺子应声走上。

李　来，给我当个帮手。

顺　干什么？

李　包药啊。这一车有中药西药，咱包装好，贴上商标，再一转手，就能赚它
　　两万块！不让你白干，两万拿到手，给你提这个大数，这个小数。

顺　八千五？

李　八块五。这包包药，干一晚上八块五不少了。

顺　姐夫，我劝你别再卖赵家窝铺二狗子的药了。

李　怎么啦？

顺　二狗子药厂门口贴那广告你没看见？"高价收购地瓜干"，你说造出的药能
　　是真的吗？

李　这回呀你姐夫我卖的药都是进口的。

顺　外国来的？哪国的？

李　美国。美国呀有个宾夕法尼亚州，宾夕法尼亚州有个底特律城，底特律城
　　有个赵家窝铺，赵家窝铺有个二狗子制药厂。

顺　还是二狗子呀！

李　货是二狗子厂出的，牌子可是进口最新药品——"荷洛耶斯"。

顺　喝了噎死？

李　不是喝了噎死，外国名儿"荷洛耶斯"……这名起得是别扭，反正是好药。

顺　还好药哪，我听人说吃了这药拉稀。

李　那就证明了这药好——败火。

顺　有的吃了药以后手脚冰凉。

李　好，降体温，省得扇扇子了。

顺　舌头根子发木说不出话来。

李　更好了，省得到外头胡说八道去。

顺　有的反应更厉害，一会儿哭一会儿笑的。

李　好！思想活跃。

顺　俩手乱哆嗦都控制不住。

李　好！那多解闷儿呀。你光说它不好，这药的好处你怎么不说？

顺　有什么好处？

李　最大的好处——能让我多赚钱。

顺　光顾了赚钱就不怕缺德呀？

李　这怕那怕的能赚大钱吗？再说了……（发现有人来）你姐姐来了，这事儿不许你给我说漏了。

〔李妻上。

妻　嗬，这么多东西都是什么啊？

顺　药。姐夫让我过来帮他包装。

妻　又弄这么多药，你可别再干卖假药的缺德事了！

李　什么叫缺德呀，这药……（对顺子）你跟她说这药怎么样，（轻声地）往好处说。

顺　姐，要说这药？应该说我姐夫缺德——那种事不干；缺德呀我姐夫——不是那路人；说实话吧，缺德的事他不干谁干？谁愿意干谁干去。对不，姐夫。

李　这话我怎么听着这么别扭。行了，别耽误工夫了，快干活。哟，没胶水，我找胶水去。（下）

顺　姐，我姐夫倒腾假药，这事你得说他呀！

妻　我说管什么用，你还不知道，他外号叫李大胆儿，主意大着哪，什么事都敢干。

顺　卖假药不光缺德，也犯法！他让我当帮手，还不如说是当帮凶。不过……还得真帮帮他，这么办……（凑近李妻耳语）

妻　嘻嘻……行，听你的，我试试。

　〔李拿一把商标和胶水上。

妻　哟，你这一大把都是什么呀？

李　药品的标签儿，贴上什么标签儿就是什么药。反正都治病。

妻　那还能治什么病啊？

李　多了。我没工夫，让顺子给你说说。

顺　我姐夫经营的这些药啊，对人好处大了，滋阴补阳，养颜护肤，不长白头发。吃这药本来高血压的变成低血压，低血压的变成高血压。

妻　这不是瞎添乱吗！

顺　再吃五服就正常了，从此百病不犯，铜铸铁打，延年益寿，祖传秘方，国际进口，有钱的帮个钱场，没钱的帮个人场，过往君子，站脚助威……

　〔顺子说得手舞足蹈，李妻边听边假作偷着吃药。

李　行了，你这卖大力丸来啦？

妻　顺子，听你这一说这药可真好，就是味咸了点儿。

李　什么什么？咸了点儿？你吃啦？

妻　啊，说这么好那么好，我就一样都尝了点儿。

李　吃了多少？

妻　这个一包，这个两盒，这个三袋……

李　我的奶奶，你……你现在觉着怎么样？

妻　我觉着……明早晨不吃饭也饿不着了。

李　行，省粮食了。我问你心里觉着怎么样？

妻　嘻嘻嘻……没事。

李　没事我就放心了。

顺　没事？（将李拉至一边）没事我姐乐什么呢？

李　是呀？我仔细看看。

　〔李凑近妻看，妻怪笑，李吓得躲。再看，妻再怪笑。

李　王芬，咱商量商量，要不然你干脆哭出来得了。

〔妻转脸，李跟在妻后探头看，妻回头作怪异的冷脸。

李　（吓得一蹿）可吓死我了。

顺　姐夫你怕什么，你外号不是叫李大胆吗？

李　张大胆儿看这模样也得吓趴下。

顺　姐夫，我看呀是吃那假药的反应。我听人说，吃了二狗子的假药，头一步反应是哭笑无常，脸上变颜变色，再接下来就不认识人了。

李　哦，要是不认识人了就是吃药的反应。你试试去。

顺　（走近李妻）姐，你还认得我是谁吗？

妻　你是前街卖豆腐的牛大头。

顺　坏了坏了，不认识人了。

李　要想让她认识人得我去。王芬，你还认识我吗？

妻　认识。

李　那是，咱结婚六七年了能不认识吗？我是……

妻　孩子他二舅。

李　坏了，这么会儿工夫我变成娘家"舅"了。

顺　糟了，这药劲儿再发展，这人浑身肌肉都发僵。

〔妻全身僵直地站起。李走过打量。

李　哎哟，成了木头人了。王芬，你把手伸出来。伸手！怎么着？胳膊腿不听使唤？伸胳膊！放下！动一动！

〔妻动作僵直地伸臂摆动。

李　她这指挥交通呢，王芬，你可别吓着我。这么着，腿脚活动活动，来，跟着我走两步。

〔李前引路走，妻在后两腿并直地跳动。

李　（回头看，吓得摔倒）妈呀，诈尸了怎么着？顺子呀，我可没想到这假药有这么大反应啊！

顺　还有反应。你看她那两只眼，嗖嗖地直冒光。眼神里好像看见了平常看不见的东西。

李　是吗？（走近妻）王芬，你直眉瞪眼地看见什么了？

〔李伸手在妻眼前试，妻两眼发直一动不动。

李　看见什么了？说出来不要紧。

妻　孩子他二舅，我看见了一个带尖儿的黑疙瘩。

李　带尖儿的黑疙瘩？在哪儿呢？

妻　在那里头。（指李的前胸）

李　（惊得捂胸）我的心……是呀，要不都说卖假药坑人害命的人心都是黑的呢。她看到我心里去了。

妻　孩子他二舅……

李　不对！我是孩子他爸！哎哟，这可怎么好啊？

顺　姐夫，先不管她了，咱们赶紧包药干活儿吧。

李　还包药哪！我这一家子人哪，孩子才这么大，我往后可指着谁……

顺　那好办，这车药卖出去，钱不就到手了？

李　我不要钱！我要人命！我要找二狗子算账！

顺　不对呀姐夫，你卖二狗子的这些药，也有别人买去用，人家一会儿还要找你来算账呢！

李　……可是我怎么办呀！（顿足捶胸地）各位父老乡亲，老少爷们儿，可千万别吃我这药，我这药是缺德药、黑心药哇！我，我这就把它全毁了……（悲愤地踹起药盒、纸箱）这车我也不要了……（踹推车）

妻　孩子他爸，你踢咱家车干啥？这车得留着使呢。

李　咦？王芬，你这会儿明白过来了？

顺　姐夫，这是我和我姐商量好的，得帮你明白过来，卖药要懂得国家的法呀！

李　对！我把这些假药……不过这么多药，要不咱便宜点卖……

妻　你说什么？……孩子他二舅。

李　她这病又犯了。不卖了，我把这些假药全销毁了……（猛烈地踹起药箱）

———结束———

随机应变

（于1995年河北电视台战友歌舞团专题晚会播出）

人物　于春明　男，60来岁，社区治安义务志愿者（简称于）。

　　　牟广森　男，30多岁，某剧团演员（简称牟）。

　　　陈菁菁　女，20多岁，精神恍惚一轻生者（简称陈）。

地点　河边。

幕启　轻快的乐曲伴随河水流淌的声效。台间有一块装饰类的方石。

于　（急匆匆地上）坏了，坏了，准是跳河了。（对台下）您刚才看见有个姑娘
　　过来没有？没有。（向台侧喊）哎！那个钓鱼的，看见有人跳河没有？

　　〔牟持鱼竿上。

牟　什么，什么跳河？

于　哦，小牟呀，今儿休息？

牟　团里没演出任务，来河边钓会儿鱼。哎，您刚才说什么？谁跳河啦？

于　嗐，在那边碰见个姑娘，精神恍惚两眼发直，我怕她出事，问她从哪儿来，
　　她说：（模拟陈的神态）"前天是礼拜六。"我问她你找谁呀？

牟　她怎么说？

于　"167次上上海的车开出去了。"我问她是不是没买着火车票啊？

牟　她说啥？

于　"在食品城吃的馄饨。卖馄饨的嘻嘻……捞出块手表来。"吓得我直起鸡皮
　　疙瘩……（回头看，紧张地）看，她刚过来，我还追过劲儿了。

　　〔陈神思恍惚直挺挺地走上。

　　〔牟侧后观望。

于　（随女身后，轻声地）姑娘，瞧着点儿脚底下。

陈　（目不转睛地走着）谢谢，我看着呢。

牟　这不挺正常吗？

陈　（自语地）嘻嘻……动物园里的狐狸长了俩猪耳朵。

牟　妈呀，是有毛病。

于　姑娘，别往前走了，再走就掉河里了。

陈　（仍走着）我就是奔它来的……

于　别价！（绕至陈面前）你先坐这歇会儿吧。

陈　不。你听，河水在向我召唤："来，跳吧，这里是你的归宿。"

于　这河里出了妖怪啦。闺女，千万不能干糊涂事。坐，坐……（让陈坐定）
　　再说你也得替我想想，我是这片的治安义务志愿者，你跳了河我责任可就
　　大啦！

陈　哦，明白了。

于　哎，明白了就好。

陈　等你走了我再跳。

于　对……别！哎哟，你干吗非跳河呀？

陈　（自语地）八字儿不合，算卦的先生说我是命里注定。

于　嘻！啥年代了还信算卦的。他说你命不好你就不活了？

陈　生命啊，对我已经没有意义了。

于　不对！年纪轻轻的……（见陈起身又奔河去，急忙劝阻）好好，你先坐下。
　　你不是信算卦的吗？我去找个算卦的再给你算算……（左右寻找）我去找
　　个算卦的……我上哪儿找去？（将牟拉住）来吧，就是你了。

牟　我哪儿会算卦……

于　小声点！这姑娘就信算卦的，你不是演员吗？你就装个算卦的劝她想开了，
　　咱不能让她往绝路上走呀！（至陈身边）姑娘，算卦的先生我请来了。有
　　什么难心的事儿你问问他，他能给你指一条光明大道。（转回）先生请！
　　〔在于和陈对话时，牟背身化装，用鱼竿代马竿子，扮成失明先生，转身
　　亮相。

牟　哎，摇身一变，能掐会算，为人解难，面对突发事件……（翻愣眼睛）愣
　　装俩眼什么都看不见。

于　（惊喜地）嘿，还真像。来，我给你牵着马竿子……
　　〔二人边走圆场边轻声对话。

牟　让我装相行，可算卦的词儿我不会呀！

于　瞎蒙呗！

牟　蒙？眼都看不见我怎么蒙人家？

于　这好办。我这竿子往地上一戳你就开蒙，竿儿一捅你是叫停，哪儿蒙错了我替你把话圆回来……（至陈身旁）闺女，这先生的卦算得太灵了……

牟　（无意中睁眼看陈）嘿，长得挺漂亮。

于　唉？（晃动马竿子，急对陈掩饰）他说他卦算得挺棒！闺女，这先生算卦是专业，他爸爸、爷爷都是算卦的。

牟　（自语地）敢情我祖辈三代全是蒙人的。

陈　（怀疑地）给我算卦的那位先生，有词儿有调儿还会唱呢。

于　没错，算卦的有说的有唱的。（戳竿子）唱！

牟　唱。（唱通俗歌曲）"你的柔情我永远不懂，我无法把你看得清……"

陈　不是这调儿。

于　（用竿捅牟）当然不是这调儿，他这是先遛遛嗓子。（戳竿子）唱算命那调儿。

牟　（唱）"人生在世命不同，你想算命要虔诚，钱给少了卦不灵。"

陈　嗯，是这味儿。

于　告诉你吧，给你算卦那位是他徒孙。不信，你走路先迈哪条腿他都能算出来。

陈　那让他算算我走路先迈哪条腿。

于　（戳马竿）算！

牟　（唱）"我算你走路先迈……前边那条腿。"

于　灵，太灵了，你试试。

陈　（迈步）……嗯，是前边这条腿。

于　灵吧？这先生外号叫"半仙儿"，你不信行嘛！

陈　那先生你算算我今年多大？

牟　（唱）"你今年二十六……不，二十五、四、三、二、一……"

于　（狠狠地捅牟一竿子）你倒记时来了。（对陈）你是属什么的？

陈　属猴的。

牟　属猴的……（掐算）你二十一岁。灵不灵？

陈　灵。

牟　（轻声地对于）你轻点，把我肋条都快捅折了。

于　好，就照这么蒙。

陈　那你再算算，我为什么走到今天这一步了？

牟　（得意地）这太好蒙了……不，这太好算了。你呀，（唱）"大学落榜你没考上。"

于　灵！又算对了。

陈　不对。他根本不会算卦，蒙我。（站起，欲向河处走去）

于　坐下！你懂算卦吗？人家先生是按卦理推算的，本来你有上大学的命，后来是让什么事儿给冲了，你明白吗？

陈　给冲了？

于　人一辈子难免遇见各种不顺利的事，（试探地问）你是因为身体有病……家庭纠纷……单位有矛盾……还是跟对象吹了？

陈　哼！对象，他太没良心了。

于　哎！（猛地把竿子往地一戳）算！

牟　（唱）"我算你是婚姻大事没有谈成。"

于　算对了吧？你好好听他的没错。

陈　对。那你再算算我这兜儿里有什么东西？

于　算……（欲戳竿子又止）这可不好蒙了。

牟　（唱）"你兜儿里有辆自行车"——那是绝对不可能的。

于　（捅牟，嘀咕地）那说它干什么？说那有可能的。

牟　有可能的……这东西准跟对象有关系……

陈　对。是他给我的……（将信取出）

牟　（偷眼看到）算出来了，（唱）"是对象写给你的一封信！"灵不灵？

陈　（半信半疑地问于）这信……他好像是看见了？

牟　看见了？我要看见了让我掉河里喂蛤蟆！（轻声地）反正那东西也没长牙。

陈　（对手里的信自语地）这是他最后一封绝情的信……

牟　听着，这卦我全算出来了。（贯口）原来你俩情意相同，遛公园、逛食品城，表不尽的海誓山盟。可那男的移情别恋对你不忠，礼拜六他去了上海，跟你玩儿了个哩根儿愣，你拿着信去找算卦的先生，说什么八字不合命里该蹬，你心灰意冷，就想轻生，碰上两位救星，劝你还不听。说，我算的对不对？

陈　（吃惊地）对，对，全算对了。

于　（将牟拉到一边）哎，这回你怎么都给蒙对了？

牟　我把刚才的事儿串起来一分析，可不就这么回事儿呗！（忘乎所以地睁着眼睛）我不是半仙儿了——成了活佛啦……

陈　哎？你的眼睛怎么……

牟　（急恢复失明状，先发制人地）我眼睛怎么了？难道刚才我说的那些事儿都是我看见的吗？

陈　不，都是你算出来的。……你再算算我那对象他姓什么？

于　（戳竿子）算！

牟　他姓……赵、钱、孙、李，反正离不开百家姓。

于　说他到底姓什么呀！

牟　他姓马？姓彭？姓邓？姓冯……就姓冯了，爱咋咋的！

陈　全是瞎蒙，我还是去找我的归宿……（奔河边走去）

牟　完了，蒙砸啦。

于　回来！算卦讲究未卜先知，他说你对象姓冯，不是说你现在吹的这个，那小子跟你没真心。他算的是你日后的对象，他姓冯！

牟　对，对。

于　小冯是外企的白领儿阶层，月工资两万挂零，人老实厚道，举止文明，勤奋好学，硕士文凭，前世姻缘，你俩一见钟情，小冯看见你呀，他俩眼可就不够用了，他是上三眼下三眼、左三眼右三眼、前三眼后三眼，上下左右前前后后一共看了三八二十五眼！

牟　二五眼呀？比我还能蒙呢！

于　姑娘，小冯在等着你呢！你俩组成美满的家庭，就像甜甜蜜蜜一对小蜜蜂。

陈　嘻嘻，我漂亮、我年轻，小冯等着我呢，我们是一对小蜜蜂……（欢快地手舞足蹈唱起）"两只小蜜蜂呀，飞到花丛中呀，飞呀，飞呀……"（下）

牟　走了？

于　走了。

牟　让我快歇会儿吧（眼睛还原），一上午鱼没钓着，俩眼珠子都快翻后边去了。

于　（有意取笑，紧张地）哎，那姑娘又回来了！

牟　妈呀！快离开这儿吧……（装成盲人戳着竿子朝台侧跑下）

〔幕侧效果："扑通！"落水声响。并有人喊："救人呀！"

于　坏了，那姑娘没跳河，他掉进去啦！救人呀……（追下）

表演者：牟洋饰男青年

　　　　于海伦饰老汉

　　　　牛丽新饰女青年

追 查

（于1995年央视《长青之树》文艺晚会播出）

人物　药贩子（简称甲）、药检人员（简称乙）。

地点　中央电视台1995年《长青之树》专题晚会现场。

幕启　台间摆有桌椅。

〔乙扮演者走上。

乙　我是药品监督管理部门的工作人员。现在制售假药现象很严重，有人举报，说这家（指身后）就是制售假药的黑窝点。我进去查查——我这身份还先不露。（穿上外衣将药检胸章遮住。进"门"）有人吗？

〔甲幕侧声："谁啊？"

乙　我是——采购员，来买药的。

〔甲身着"中国戏法演员"长袍慢步走上。

乙　现在怎么还有这种打扮的人啊？

甲　这是保持我们祖传的家风嘛！我们杨家是祖传制药的名家，据考证在汉代我们的祖先就是药王爷。

乙　谁呀？

甲　杨六郎。

乙　杨六郎？

甲　不是。是霍元甲——诸葛亮——祖先的名字哪能随便讲呀！反正我们是祖传制药的。

乙　就你家这个环境还能制药？

甲　别看破点儿、小点儿、脏点儿，什么药都能做，什么病都能治。你看，这是广大群众、广大用户送给我的幛子——（抖开变中国戏法所用的"瓦单"，上有"妙手回春"字样。念）"妙手回春"。再看这面儿——（翻过"瓦单"

出现另四个字）"普度众生"。

乙　捧得够高的。

甲　再看这面儿——（翻过"瓦单"又换了字）"永垂不朽"。

乙　有送这词儿的吗？

甲　嘻！我老婆不懂事，那家吃了我的药接着开追悼会，她把挽联给捡回来了。

乙　合着吃完你的药就死呀？

甲　不是药的问题，药治病治不了命。说吧，你打算买什么药？

乙　你这儿做什么药唯？

甲　丸、散、膏、丹；中药、西药，我们车间都有，保证供应。

乙　就你这一间屋子半截炕，还有生产药的车间？

甲　不信你看哪！（拿起桌上的两个罗圈儿）这就是我的车间。这是一车间——（对观众展示左手的罗圈儿），这是二车间——（展现右手中的罗圈儿）。

乙　你这车间都没底儿呀！

甲　别看没底儿，出产品。（将两个罗圈儿一套放在桌上，接连向外拿出成药来）这是六味地黄丸；看这是乌鸡白凤丸；来点粉剂的——珍珠消炎粉；水剂的——川贝枇杷露；止咳糖浆——

乙　（拿起一盒药质问）你这乌鸡白凤丸是真的吗？

甲　当然是真的。你看——（从罗圈儿内变出一只活鸡）鸡还在这儿哪。咱当场杀鸡拔毛投料出药——（将鸡变回。亮开罗圈儿）鸡没了。（扣罗圈儿）该出药啦——（拿开罗圈儿，变出青瓷酒坛）这药酒专治老寒腿，喝完了你都能蹦起来。（用玻璃杯舀了一杯）你先来杯喝着。

乙　（接过杯子）这药酒倒是满清亮的——嗯？（发现杯中药酒变成黑色）你这是药酒还是墨汁儿？怎么这会儿就变黑啦！

甲　我看看。（拿过杯子）噢，这是多色补脑剂。你想要什么色它就能变什么色。

乙　还是清亮点儿好唯！

甲　（将杯递过）你冲它喊，要清亮的！它就按你说的来了。

乙　是吗？（举起杯子）我要清亮的！（杯中药酒恢复原色）

甲　这回你放心喝吧。

乙　那我也不喝！喝进去它老在里边变颜色玩儿，我非落一肚子花花肠子不可！行，这药酒我订了。可这一坛子一坛子的我没法运呀，我要包装好的

甲　成品。

甲　要成品？有。让库房准备包装品——（撩袍出魔术"垛子葫芦"，在台上出现一座用大小药瓶堆成的塔式架子）

乙　你这库房提货方便，一撩长袍货就送到啦。可是光有药瓶子没商标，谁知道都是什么药呀？

甲　给你！（出"小手彩"——变出一捧商标）回去贴去，贴什么就是什么药。

乙　这药还能治病吗？！

甲　治不治病它也有点酒味儿呀，多喝几瓶也能让你暖和暖和。

乙　那管什么用！

甲　你要说这药不行，咱还有是病就治、百病皆防，杨氏祖传的"益寿液"（说着披"瓦单"出"大嗨"。即：大号盆）

乙　嚯，这么一大盆？

甲　你搬回去，往小药瓶儿里装去吧。一瓶卖20你就发大财啦！

乙　（撩盆里的水）你这全是水呀！

甲　哪能全是水呀，你看——（捞出一个老鳖）这叫真材实料。

乙　嗬！这么大个王八？

甲　要不叫"鳖精"呐！就这老鳖，从我爷爷那辈儿就泡着，泡了七十多年啦。

乙　那还管用吗？

甲　你管它哪，能赚钱就行呗！

乙　就知道赚钱，有药品管理法你知道不？

甲　咳，哪那么巧就查到咱这儿来了。

乙　（敞怀露出"药检"胸章）法律是无情的，像你这样制售伪劣假冒药品就是犯罪。我要把你这些假药曝光！

甲　别吓唬我，你——（发现证章，惊慌地）不麻烦你了，我自个儿销毁吧——（披上"瓦单"变出大火盆）。

乙　（再次掩怀将胸章遮住）你这是要干什么？

甲　我要销——（不见对方证章）哎？我眼花了？你不是药检的我就不销毁它了。走！（撩大袍"回托"，将火盆变回）。

乙　（指向大袍下面）你把刚才那大火盆拿来！

甲　（掀起大袍，不见火盆）这里哪有火盆呀！再说了，你又不是药检部门的，那火盆也就没用啦。

乙　谁说我不是药检的？（敞怀露出证章）。

甲　妈呀，我还是把这假药销毁了吧——（再次亮出火盆）。

乙　我们要维护消费者利益，当场烧毁假药！

表演者：魔术演员杨宝林——饰药贩子

　　　　曲艺演员赵连甲——饰药检人员

通 话

（1995 年为宣传孔繁森晚会创作）

时间　1995 年夏季。

地点　西藏自治区阿里地区孔繁森书记的办公室。

人物　张明。男，30 多岁，干部。

幕启　台上一张办公桌子。桌上摆有不同颜色的两部电话。

张明　（急匆匆地上）孔书记！孔书记！唉，又没人。我已经等了两个钟头了，我……（长出一口气，显得呼吸困难的样子）这叫什么鬼地方。不行，我再写份请调报告，已经十年了，我真是……（坐在椅子上，边在纸上写边措词）孔书记：我因身患多种疾病，家庭亦面临困难，恳请领导考虑调离阿里地区，回内地工作。（拿起报告端详）再打几个惊叹号，叹号！（急不可待地站起，一脚踏在椅上）叹号！叹号！

〔电话铃响。

张明　（抓起电话）喂，哪位？孔书记？（激动地把嘴凑在话筒前）孔书记！我可找到您了。您现在是在哪儿？哦，普兰？孔书记，我是张明，我找您有重要的要求，我恳切地请求领导……

〔桌上另一部电话铃响。

张明　我……唉，（无奈地抓起另一部电话）找谁？你找孔书记？我也找孔书记呢！你先等等吧。（将电话挂好，对手中第一个电话）孔书记，我是张明，我恳切地请求领导考虑……

〔第二部电话又响起。

张明　（抓起第二部电话）你先等一等好不好？怎么，你有急事？我还有急事呢！……我已经等了整整两个小时了。怎么？你等了二十天了！我还等两年了呢！（放下第二个话筒，对第一个话筒）孔书记，我进藏十几年来没向组织提过什么个人的请求，可是这次我实在……

〔第二部电话再响起。

张明 （抓起第二个话筒）我说你到底什么事？什么？拉萨长途，你是孔书记的小女儿玲玲？（气消了，失望地）好吧，谁让你们是亲父女俩呢。先让你们通话吧。（对第一个话筒）孔书记，您的女儿玲玲从拉萨给您来长途，您先和她谈吧……不不，还是您先和玲玲通话。不过孔书记，完了以后您可千万不要挂断，我还找您有事呢！现在我把这两个话筒对在一起，你们两个先谈吧。

〔他将两个话筒在桌上对到一起，走开。在屋里急躁地抽烟，又掐掉。走过，侧耳凑近听。

张明 还说着呢。

〔在屋中焦急踱步。再次凑听，一急拿起第二个话筒。

张明 怎么样玲玲？讲完了吗？什么？听不清？（拿起第一个话筒）孔书记……怎么？你们两边都听不清？（把两部电话的话筒扣在头两侧）好吧，我在阿里帮你们通话，你们两方有什么话由我来传达。玲玲你先说吧……哦，哦，孔书记，玲玲和她妈妈来看您，已经来到拉萨，住了二十天了……（急切想明白，追问第二个话筒）什么什么？玲玲你说你们娘儿俩在拉萨等孔书记，已经二十天了！（对第一个话筒）怎么孔书记，这情况您知道？哦，因为陪检查团下乡，一直抽不出时间来……（对第二个话筒）玲玲啊，孔书记这些日子在陪检查团下乡，是一个县一个县地走，一直没抽时间去拉萨看你们娘儿俩……怎么？哦，哦，（对第一个话筒）孔书记，玲玲在电话说，我庆芝大嫂在拉萨病了，一直在住院。哎呀，这话让我怎么说呢？大嫂她这么多年不容易……（感情投入，无意中和第二个话筒交流起来）工作再忙也不能不看看大嫂，就是，就是，嫂子这些年太辛苦了，这些情况我们虽然是在阿里也都了解。她要侍奉老人，本人身体又……对对对，就是嘛……（忽然醒悟）哎，我怎么和玲玲聊上了？（对第一个话筒）孔书记呀，我听玲玲在电话里可对您有意见哪，作为一个父亲，一个丈夫，怎么能够这样子！人家庆芝大嫂，千里迢迢，万里迢迢，到西藏自治区来看您，您怎么能……什么？接受我的批评？就是嘛……哎，不对！我有什么资格批评您呢。……我是说，我……（语塞，转对第二个话筒）玲玲你说什么？是吗？……（他的脸色沉重起来，转对第一个话筒，语调变得很轻）孔书记，玲玲刚才在电话说，庆芝大嫂她是第二次犯病了，大口大口地吐血，医院已经发出病危通知书。孔书记，如果您不能及时赶到拉萨，可能你们就没有机会见面了。（静有半晌）孔书记，孔书记……嗯？怎么断线了？哦，没断。

〔张明听着电话，热泪盈眶。用手捂住第二个话筒，对第一个话筒。

张明　孔书记，在电话里我能听出来，您哭了。您千万别太着急，您也要注意身体。（转对第二个话筒）玲玲，孔书记要我转告你说，他说他不是个好父亲、好丈夫。他现在还是不能抽出时间去往拉萨，他要你代替他好好地照顾你的妈妈。（用手捂住第一个话筒，对第二个话筒轻声地）下面这句是我说的。我代表阿里地区六万人民说的。孔书记他太忙啊！他在我们阿里地区一个县一个县地走，他要让我们这个世界上最高最高的雪域高原早一天脱贫致富。玲玲同志……（话语哽咽地说不下去了。对第一个话筒）孔书记您还对玲玲说什么？……

〔音乐起。男声独唱《说句心里话》。"说句心里话我也想家，家中的老妈妈满头白发。说句心里话我也有情，常思念那个梦中的她……"歌声要一直延续到剧终。

张明　（对第二个话筒）玲玲同志再见了，我感谢你，感谢庆芝大嫂。（转对第一个话筒）好了，孔书记，玲玲她现在已经把电话挂上了。什么？您问我有什么要紧事？我刚才说的，对组织有什么要求？孔书记，我现在已经没有什么要求了，我愿和您在一块儿，在阿里工作，好好地为改变高原面貌尽自己的一份心力。我要像孔书记您现在办公室条幅上写的那样，是七尺男儿生能舍己，作千秋鬼雄死不回家……（轻轻地又很坚决地放下电话）

（于1995年"5·23"深入聊城孔繁森家乡采风中有感而作）

各显其招

（于 1996 年央视青少部新年晚会播出）

参演者　相声演员李博良、李博成与妻子同晚会主持人王刚等。

王　刚　我们向以上被选为优秀家庭的同志们表示祝贺！（发现身边李氏兄弟）
　　　　哎？你们二位怎么长得一模一样？

李博良　我们俩是双胞胎，又是一对相声演员。我叫李博良，他叫李博成。边
　　　　上这两位女同志，一个是我的爱人，一个是他的爱人。

王　刚　刚才你们都听了几位优秀家庭的爸爸、妈妈对子女教育的介绍，你们
　　　　有什么感想？

李博成　我认为他们被评为优秀家庭是赶上好机遇了。如果中国妇联发现了我
　　　　们哥俩这两个家庭，评谁是优秀家庭那就不一定了。

王　刚　是吗？那就请你们介绍一下你们教育子女的经验吧。
　　　　〔两对夫妻走入表演场地。

李博良　我们两口子对孩子教育的方法，就四个字——

博良妻　顺其自然。

李博成　我们两口子教育孩子的方法也是四个字——

博成妻　严加管教。

李博良　我认为教育孩子就得顺其自然。你们看，有很多农村的孩子，父母管
　　　　不过来，照样考名牌大学。

博良妻　没错，什么料儿成什么材，瞎着急没用。

李博成　顺其自然？

博成妻　那能管得好孩子吗？

李博良　有什么管不好的？（对台侧）儿子！过来让他们瞧瞧。
　　　　〔扮演博良儿子的男孩大大咧咧地走上。

小男孩	（拍着博良肩膀）哥们儿，你让我上来干吗？
李博良	哥们儿，咱们得让他们瞧瞧呀！
李博成	（惊奇地）爸爸和儿子怎么论上哥们儿了？
李博良	这叫亲切。
博良妻	这叫民主。
李博良	要说我们这孩子，最懂礼貌。
小男孩	当然！妈，过来。
博良妻	干什么呀？
小男孩	我还没亲你呢。
博良妻	哟，我还给忘了。（让孩子亲吻）
李博成	这叫什么礼节！
博良妻	这呀，这叫国际水准。
小男孩	爸，亲我妈一下。
李博良	你看当着这么多人……
小男孩	这才叫国际水准哪！

〔博良夫妻有亲吻表示。

李博成	（对妻子）这不叫国际水准，是国际污染！
小男孩	行，我们哥们儿够意思——（说着抖动着左腿）
李博成	瞧这孩子，站没站相坐没坐相，这叫什么姿势？（对男孩）你把那条腿收回去！
小男孩	好，把这条腿收回去——（收回左腿，撇出右腿）
李博成	（生气地）两条腿都收回去，站直了！
小男孩	站直了——（双腿并起，身子打晃）
李博良	行了！你干吗？看把我们孩子都管成什么样子啦。（搂过孩子）不听他的，你想怎么着就怎么着，顺其自然嘛！
小男孩	（将双腿叉开，得意地）还是咱哥们儿。
李博成	你们对孩子这样，他学习成绩能好吗？
李博良	能好吗？你问他呀！儿子，说！这回考试得多少分？
小男孩	比上学期翻一番。
李博良	听见没有？翻了一番。

李博成　多少分呀?

小男孩　六十分。

李博成　刚及格啊!

小男孩　爸! 你说啦，考试及格要有所表示。

李博良　什么表示?

小男孩　老规矩，我学杀猪，你学猪叫。

李博良　别，当着这么多人……

小男孩　不行，说话得算话。

博良妻　你就给他学吧，又不是一回两回了。

　　　　〔博良蹲在地上，孩子做杀猪手势，爸爸学猪叫。

李博成　你说这叫什么玩意儿啊?

李博良　你们懂什么! 没这种刺激，我们孩子学习能翻番儿吗?

李博成　别翻番儿了，再翻还得宰一回。

李博良　那你们严加管教带出的孩子是什么样子?

李博成　(向台侧)女儿! 过来让他们看看你。

　　　　〔扮演博成女儿的小演员齐眉短发，模拟日本女人低头垂手的姿态，
　　　　脚步轻盈地走上。

小女孩　爸爸好，妈妈好，(对台下)叔叔、阿姨、爷爷、奶奶们好。

博成妻　看见了吧，这才叫真正懂礼貌哪!

小男孩　礼貌? 累不累呀!

李博成　女儿呀，你跟叔叔叔阿姨说说，这学期语文考多少分?

小女孩　一百。

博成妻　数学?

小女孩　一百。

李博成　图画?

小女孩　一百。

李博成　听见没有，门门一百。(对女儿)今儿钢琴练了吗?

小女孩　练了一个小时。

博成妻　书法练了吗?

小女孩　练了两个小时。

李博成　单词背了吗?

小女孩　背了三个小时。

博成妻　电脑呢?

小女孩　这不是来参加晚会吗,回去我再加班四个小时。

李博良　你们还让孩子睡觉不睡觉了?

李博成　没有严格管教,孩子成不了才。我相信,在座的每一位家长都希望孩
　　　　子:礼貌、好学、刻苦、勤奋。大家说是不是?

　　　　〔掌声中主持人王刚走上。

王　刚　观众朋友们,从大家掌声来看,对这种严加管教的方法是基本认同的。
　　　　不过——(对博成夫妻)我可以不可以来采访一下你们的女儿?

夫妻俩　可以,当然可以。

王　刚　(对小女孩)孩子,你每天这么学习累不累?

小女孩　不累。

王　刚　你觉得父母这种严加管教方法好吗?

小女孩　很好。

王　刚　你说的是实话吗? 好孩子是不说假话的,你能跟叔叔说点真心话吗?

小女孩　(胆怯地回头问爸爸)我能跟叔叔说点真心话吗?

李博成　(尴尬地)说呀,说。

王　刚　好,叔叔问你:爸爸妈妈这种管教方法是好吗?

小女孩　不好。

王　刚　天天给你安排这么多课程,真是不累吗?

小女孩　累,累死了,连一点玩儿的时间都没有了。

王　刚　那你刚才为什么要那么说呢?

小女孩　不那么说——打。

王　刚　噢,是爸爸打还是妈妈打呀?

小女孩　都打!

李博成　(急将孩子拉过)别采访了,我们孩子——就怕电视。算了,走吧走
　　　　吧——(夫妻拉着女儿走下)

王　刚　这家人走了,我再去访问访问那一家去……

李博良　（对妻子）儿子饿了，咱也快走吧——（二人拉起男孩急匆匆走下）

王　刚　观众朋友们都看到了，这两个家庭对子女的教育方法都是不对头的。看来如何对子女进行教育是我们每一个家庭必须认真思考的问题。

——结束——

新闻效应

（于 1997 年浙江电视台"五一"文艺晚会播出）

人物　卖报老人（由赵连甲扮演）。

　　　过路男、丈夫（均由于海伦扮演）。

　　　过路女、妻子（均由赵荣扮演）。

地点　街头。

幕启　卖报老人挎着装有多种报纸的兜子，叫卖着走上。

卖报人　哎，看报看报！浙江日报、钱江日报、广播节目报。哎，看报看报，新闻早知道，不买看不到。哎，看经济报、证券报、市场导报、科技报、读者文摘报、体育报、健康报。下期电视节目报：有专题报道、栏目提要、明星彩照、图文并茂、戏曲介绍、新片预告——再不喘气儿我要放炮。

〔过路女，穿着时髦，吃着香蕉走上。欲扔出香蕉皮。

卖报人　（突然地）哎！

过路女　（惊住，手举着香蕉皮）怎么回事？

卖报人　哎，看报看报。

过路女　吓我一跳。（再次欲扔香蕉皮）

卖报人　哎！看看中国环境报，对乱扔果皮者提出警告。

过路女　（不满地）哼，管得着吗！（欲扔香蕉皮）

卖报人　哎，看报看报，一块香蕉皮的报道，事件虽小，就这么奇巧，香蕉皮把一位老人滑倒，看看这场官司怎么了。

过路女　（不知所措。打开挎包拉锁，将香蕉皮放入包内）

卖报人　哎，今日快报，表扬一位女青年爱护环境的时代风貌。

〔过路女一笑，欲下。过路男上，他咳嗽两声，欲吐痰。

卖报人　哎！

过路男　（被惊得痰咽回）要干什么？

卖报人　哎，看《卫生报》的防疫规范，随地吐痰是不良习惯，传染疾病，使细菌蔓延，这种恶习，必须得改变。

过路男　（气恼地）嘿，挣钱不多你管闲事儿不少。

过路女　（对男）同志，不能这么说，要建设文明城市嘛！

过路男　嗬，又出了个管闲事的。（模仿女的腔调）"要建设文明城市嘛！"你算老几呀？！

过路女　你这是什么态度？

过路男　就这态度！你再敢说一句别怪我不客气！

过路女　（不服地）你能怎么样？

过路男　我让你跟我叫号……（欲动手）

卖报人　（插进二人中间）哎，看报看报！法制报报道，一个青年脾气暴躁，不听人劝告，还要要横胡闹。

过路男　你这是说谁呢？（对老人气势汹汹）

卖报人　法制报，法制报，增强法制观念大有必要，不顾法制动手动脚，惹出麻烦算你自找，严重后果可不得了。哎，法制报一份五角，（对男）买张看看，武装一下头脑？

过路男　不要！（气冲冲走下）

过路女　什么人呀！（走下）

卖报人　嘿嘿嘿……（对观众背供地）您看卖报这活儿有点意思吧？我这人呀退了休不愿在家养老，干啥呢能活动活动腿脚？我不喜欢养花种草，也不爱喂猫遛鸟，想来想去卖报挺好，传递信息，因势利导，促进社会文明这新闻效应不小。什么？你说我这是爱多管闲事儿？谢谢，管得不好，还请您多加指导！（转身叫卖）哎，看报看报……（转向台侧）〔丈夫推着坐在轮椅上的妻子走上。妻子神情沮丧；丈夫口吃，费力地安慰着妻子。

丈　夫　我，我，我……劝你……就……想开点。

妻　子　我想不开。我得了这种病，往后咱两口子日子怎么办？

丈　夫　我，我，我养活你。

妻　子　你养活谁呀！你不过是个环卫工人，有什么出息，我还有什么指望？

丈　夫　你……不能这么说，我……（打嘴）可急死我了。

〔卖报老人边听边走近。

卖报人　（对观众背供地）您看这闲事儿又来了，我不管行吗？（叫卖）哎，看报看报，环卫工人的专题报告。

丈　夫　环……环卫工人？

卖报人　看争当新时期时传祥式的工人张绍，把环卫保洁工作看得那么重要，十年夜扫没睡过一个整觉，他被誉为省级"城市美容师"的称号，为全城争得了荣耀！

丈　夫　好……好！来一张。（抢过报纸对妻子）你看，环，环卫工人也大，大，大……

卖报人　大有作为。

丈　夫　对，他替我说了。给……给你报钱。

妻　子　就算你有出息，可我这身体将来……

丈　夫　你，你，你……

卖报人　哎，看衢州报报道，工程师冯铎，是如何战胜病魔，坚持改革。他说人生的价值：贵在自信，敢于拼搏！

丈　夫　好！（抢过报纸对妻子）你看冯……冯铎，人家活——活得多——有价值。

妻　子　他是他，别忘了我是个女的，能比人家嘛！

卖报人　看报看报，《女性的骄傲》，女教授沈浩，多年置身于科教，素有"当代居里夫人"的尊号，国际科技论坛多次介绍。

丈　夫　（抢过报纸对妻子）你看沈——（对老人）给你报钱，这是十……块不用找了。

卖报人　那哪行啊！找你钱。

妻　子　我知道沈浩，人家是大教授，可我是普通的农村妇女。

卖报人　哎，看报，最佳新闻，郑月与刘彩琴，两位普通的村民，敢于同歹徒搏斗，保护集体山林，事迹感人……

丈　夫　（将刚刚找的钱再次塞到老人手里，抢过报对妻子）你看，看，看……

妻　子　你别费劲了，你说还不如唱着痛快哪。

丈　夫　对，我——用越剧——曲调唱！

　　　　山村姐妹传新闻，

　　　　勇敢顽强护山林。

　　　　城乡处处显奇绩，

　　　　巾帼英雄多强人。

卖报人　嘿！他说话口吃，唱还挺利索。

妻　子　要这么说我将来还有希望？

丈　夫　不是还有，就，就，就……

卖报人　看报看报："有病不可怕，只怕思想退化。"看一看一位共产党员的事迹……

丈　夫　来一份。

卖报人　看一看农村出身的水稻专家的业绩……

丈　夫　来一份。

卖报人　看一看普通妇女成为模范护士的经历……

丈　夫　来……干，干脆吧，（将老人报兜摘下挎在自己的脖子上）这报我——都要了。

卖报人　（对女）同志呀，生活在我们今天这个社会每个人都是大有希望的。只要你们两口子互助互爱，就能够美满幸福。

丈　夫　对，应，应……应……

卖报人　行了，你还是唱吧。

丈　夫　（唱起欢快的歌曲）"舍不得你的人是我，离不开你的人是我……"

妻　子　（接唱）"相信你的人……"

　　　　〔男牵女手，妻子从轮椅站起，二人边舞边唱。

夫妻合　"祝福你的人是我，是我，还是我……"

丈　夫　哎？你站起来啦！（对卖报人）大爷，谢——谢谢您。

卖报人　别谢我呀，应该感谢报上介绍的那些先进人物，是他们用智慧和劳动创造了浙江大地的美好生活！

　　　　　　　　　　　　　　　　　　　　　　　　　——结束——

下岗之后

（1997 年创作）

人物　大昌　男，30 多岁（简称男）。

　　　丽华　大昌的妻子（简称妻）。

　　　小周　女，28 岁，和大昌一起卖冰棍的（简称周）。

幕启　大昌夫妻交谈着走上。大昌神态中颇有基层领导的风度。

妻　大昌，从你当上领导以后，有多长时间没跟我一起上过街了？

男　忙啊，你想我刚当上科长，需要考虑的问题太多，谁让咱是年轻干部呢！
　　这就叫顾了大家，顾了国家，有时候就忘了小家……
　　〔小周推卖冰棍的流动售货车上。

周　哎，这不是大昌吗，大昌帮我推会儿冰棍车……

男　（吓了一跳，忙绕到冰棍车那边对周低语）那什么，我现在有点事，咱们
　　卖冰棍的事一会儿再说。

周　昨天进的那四箱雪糕到现在才卖出一箱半……

男　等会儿再说行吗？（绕过冰棍车，把妻拉得远离冰棍车）你看这卖冰棍的
　　拉着顾客就非让你买不可……哎，对了，丽华，我本来打算利用双休日陪
　　你逛逛街，忽然想起还有个高科技的合作项目没谈。这么着，你还是自己
　　上商店转转吧。

妻　（有些委屈）你怎么当了科长就这么忙？

男　（推妻走）走吧走吧，给自己挑身衣服，别净顾了省钱，往后我要有些谈判
　　活动还得带上你呢。现在兴这个，你是科长夫人嘛。（妻下）

男　（转身擦着汗背供）看把我急得这一身汗。我们家丽华到现在还不知道呢。
　　结婚这么多年她就对我特别敬重，知道我这人有才。我跟她早说过，保证
　　三十二岁当科长。没承想真到三十二岁，没当科长，我下岗了。单位里不

景气呀。走投无路晃悠些日子，我跟小周她们几个下岗的同事一块儿，组织起来卖冰棍。这我可没敢跟老婆说实话，回到家还说已经提拔当科长了。这要让丽华知道我混到卖冰棍了，还不把我一脚踹出去呀？

周　（推车过）大昌，你看咱剩下的那几箱雪糕……

男　别说了，别处卖去行吗？别在我们家门口转。

周　这儿清静啊。跑到人多的地方卖冰棍，我怕让人看见。

男　卖冰棍还能怕人看哪？没人买冰棍都化了，你是卖冰棍还是卖筷子呀？不但是越人多的地方越得去，你还得主动地张嘴吆喝。

周　怎么吆喝？

男　冰棍！雪糕！奶油的巧克力的！

周　哎哟，我可喊不出来。我在人前人后抬不起头来……

男　别说了，传统观念，你这封建意识太严重。现在是什么时候了？改革经济大潮一来，每个人都得重新选择自己的位置。你们女同志呀就是考虑问题多。你看我爱人就开通，对我下岗以后卖冰棍非常支持。我们家丽华想得开。

周　那我将来可得请丽华大姐帮着做做我爱人的工作。我下岗卖冰棍这事还没敢跟我们那口子说呢！

男　没问题，将来让丽华帮着给你爱人做做思想工作。你既然已经卖冰棍了，老瞒着他也不是长事。纸里包不住火……

〔妻换穿一件和周颜色相近的衣服上。

妻　我买了这颜色的衣服，不知道昌喜欢不喜欢。从打大昌当上科长以后，我总觉得他对我说话比原来少多了，可不比没当上科长以前……（见男和小周在冰棍车前说话）哎，这不是我们家那科长吗？不是说去谈高科技的合作项目吗，怎么跟卖冰棍的谈上了？（看表）哟，这时间可不短了（凑近冰棍车听）。

男　（继续和周夸夸其谈地）像咱俩既然已经这样了，就得不怕别人笑话，大大方方的。

周　是，真应该大大方方的。

妻　什么？！我们家大昌和这女的，他们俩这是……

男　走自己乐意走的路，别老在乎这在乎那的。只要自己豁得出去，别人看得起看不起，有什么关系？

周　大昌你说得也对。现在都九十年代了，是得扔掉那些老封建意识，破除传统观念，不能老拿旧眼光看这年头的新事了。我原来总怕在人前人后抬不起头来，经你这么一鼓励我也想开了。

男　只要咱们自己乐意这么着，这是自己的选择，别人管得着吗？

妻　（沉痛地）想不到，他们两个背着我已经都海誓山盟了！

男　不管别人怎么说，关键是你自己心里不在乎就行。就说我吧，（推着冰棍车来回走动）头几天总低头不敢见人，好像做贼似的，再有几天，习惯了，无所谓。到了现在，我满不在乎了，我怕谁呀……

妻　（忍无可忍地猛拍冰棍车）王大昌！

男　（一惊，回头看，吓得几乎摔倒）哎哟，我怕你……

周　哎，大昌，这女的是谁呀？

男　她呀，她，这个……

妻　王大昌你过来，我问你这女的是谁？

男　她是我们同事，哎，不对……（背供）我跟老婆说我是科长，我同事怎么成卖冰棍的了？（对妻）她呀，不是我的同事，她是对门街坊……不对，是街坊你也应该认识吧？她是我老家来的表妹，也不对，表妹为什么就得卖冰棍呢？这个，她，这个，我三言两语也跟你说不清楚了。

妻　你不用编词了，我什么都明白了。

男　你不一定明白，你等我再编编……嗨，我编什么呀。

周　（将男拉至冰棍车另侧）大昌，这是不是你爱人哪？给我介绍介绍。我正要找她当面谈谈。

男　别去！

周　怎么？

男　（背供）我刚跟她说我爱人支持我卖冰棍，她一过去一句话不就说漏了吗？（擦汗对周）小周你问我什么来着？问她是不是我爱人？关于这个问题……（发现妻在对自己看，又做出科长的架势）你要卖冰棍先到那边卖去。

妻　（背供）他连我是他媳妇都不承认了。（对男）王大昌！你跟那个女的你们两个……

男　（拉妻向一边，堵妻的嘴）别别别，大马路上别这么嚷，让别人听了误会。

妻　你们俩都这么干了还怕人误会？（气冲冲地指向周）卖冰棍那女的我告

诉你……

男　别喊了！（又跑到冰棍车边对周）小周你别见怪，我爱人丽华她平常说话就是嗓门大……

妻　（一把拉着男的脖领将男拉过）你还嫌我嗓门大？王大昌你过来……

周　（满面春风地上前）我问一下，您是大昌同志的爱人吧？

妻　（把脸扭过，阴阳怪气地）起码到目前为止户口本上还是这么写的。怎么着吧？

周　（亲热地）丽华大姐您说话真幽默。

妻　甭跟我大姐大姐叫得这么甜。有什么事说话。

周　我跟大昌商量啊，真有个事想求您帮帮忙呢！

妻　你们俩还能有事求我？

周　想请您跟我一块儿上我们家，做做我爱人的思想工作去。反正已经是这么回事了，纸里包不住火，还不如把话说开了算了。

妻　你们俩干这事还让我帮着劝你爱人！（气得跳起来抓起冰棍车上的箱盖要打周）

周　妈呀！（转身就跑，妻追着围着冰棍车转两圈）

男　（横过冰棍车把两人各拦在一方）别追了！你这边，你那边，谁也别越界。

周　（趴在冰棍车上喘气，心有余悸地）大昌，你爱人这是怎么了？

男　她？……你不知道，她这些日子正练气功，一到钟点儿就发功！其实我们家丽华她呀，她这个，对咱俩做这工作她是非常支持。再说我们家的事从来是她听我的。（器宇轩昂地走过，一见到妻就矮了三分，拉妻远离冰棍车，不让周听见）丽华，咱俩心平气和地谈谈，行吗？

妻　你俩已经走到这步了和我还有什么可谈的？王大昌你拍着良心讲话，你刚当上一个小小的科长，马上就变心，在外头找个女的……

男　（堵妻嘴）别说了！让人家小周听见不合适。闹了半天我才明白，你还以为我和她是……（用身体挡着周伸三个手指）是第三者插足这事？

妻　你还能否认不是这个事吗？

男　你要是这么想可就太多疑了。听我明确地告诉你吧，（又无意中走回冰棍车附近）关于你想的那件事，（悄悄向妻伸出三个手指）我怎么可能干这个呀？不但你看不起，我也看不起！

周　哎，大昌你这是怎么说话？（走过冰棍车）大昌，我本来心里像压着座大山似的，总怕抬不起头来。刚才你还我做思想工作开导我。现在我才知道，你王大昌虽然嘴上说得漂亮，心里头却都是传统观念、封建思想，别人凭什么看不起？别人看不起我就不能干啦？我现在想开了，我就不怕别人指手画脚说三道四，我敢在马路上大声嚷嚷，把我干的事让所有人都听见。

妻　什么？你干这事敢在马路上嚷嚷？

周　今儿豁出去了，多大嗓门我都敢喊。

妻　（气得哆嗦）想不到，居然还能有这么胆大的女的。你今儿敢在马路上喊？

周　我就喊了，（高喊）冰棍雪糕！牛奶的巧克力的！

妻　这都是喊的什么呀？

男　（感动地对周）小周，我真想不到你平常这么腼腆的女同志，居然能这么勇敢。我跟你说实话吧，我嘴上给你做思想工作，其实在家里这半年，我一直在骗着丽华呀。半年了，我在单位里下了岗，到处找不着合适的工作，我每天假装上班，是到护城河边坐着去呀。坐到下午五点，我站起来人五人六地往家走……（男讲到动情之处，低头看着冰棍车走动，无意中走到也是身穿差不多色彩的服装的妻子对面。妻子和小周都不讲话，静静地听着，似乎也被他的话所打动）

男　回到家里我就跟老婆说，我在单位当科长了。其实我是找了个我自己都看不起的职业卖冰棍去了，总有人问女人累男人累？我告诉你一句话：是男人累。男人累得多，男人活得心里累。丽华以为我当了科长工作忙，每天变着方儿给我做好吃的补养身体，我吃到嘴里扎得慌啊。我怕给她讲是卖冰棍挣的钱，我还生骗她说是当科长进入公务员序列，我正赶上工资改革了……（抬头看妻）丽华，你都听了？（无精打采地蹲在地上）

妻　大昌，你不是科长了？你卖冰棍去了？（擦泪）

周　丽华大姐您别难过。

妻　我掉眼泪不是为这个，我是为我这半年里操的这些心哪。从打大昌你告诉我当科长了那一天起，我给你做好饭吃，我给你买好衣服，可是我总觉得你跟我说的话越来越少了，你的心对我越来越……我躺在你身边多少个晚上睡不着觉，我是怕有一天你会离开我。大昌你问男人累女人累？听我告诉你，女人累。女人的心比男人累得多。现在谁不盼着家里有钱，我看见过多少这样的家庭，钱来了，人没了！大昌我要的是这个家，我要的是你这个人，我要的不是科长！你是科长，我跟你过；你卖冰棍，我还跟你过！

周　丽华大姐！

妻　今天正好我休息，我陪你一起卖冰棍。（推起车高喊）冰棍雪糕！

男　（也跟着推车）雪糕冰棍！

周　干脆上我们家门口吆喝去吧，让我们家那口子也听听。（走过，在男女身边推冰棍车。三人高声吆喝着下）

合　冰棍！雪糕！奶油的巧克力的！……

（1997 年赵连甲、幺树森合作）

月饼的故事

（于 1997 年央视《今宵月更圆》晚会播出）

参演者　牟洋、石富宽、刘亚津、李国盛、刘惠。

地　点　1997 年中央电视台中秋文艺晚会现场。

幕　启　观众席间。主持人周涛与石富宽、牟洋对话。

周涛　您二位今天给大家表演个什么节目啊？

牟洋　我和石老师准备了一个小品。

富宽　这个小品的名字叫《月饼的故事》。

牟洋　我演一个买月饼的。

富宽　我演一个卖月饼的。

牟洋　这个买月饼的不是我，是我老姨。

富宽　这个卖月饼的也不是我，是我二姑夫。

周涛　都把我闹糊涂了，什么老姨又二姑夫的，是怎么回事啊？

牟洋　我们一演你就明白了。

周涛　好，那就开始吧！

〔二人走上舞台。台间有一小型流动货车，车上摆放着数包用黄纸包装的月饼。

富宽　（边戴套袖边交代着）从现在起，我就是我二姑夫了。当年我二姑夫卖月饼的时候，还年轻哪，就用的这种货车。

牟洋　同志，给我来二斤月饼。

富宽　回去！

牟洋　哎？怎么啦？

富宽　谁买月饼啊？

牟洋　我老姨呀。

富宽　去，让你老姨来！

牟洋　嘻！我忘了化装了。（边化装边向观众交代）我老姨那时候才二十多岁，漂亮着呐……（脱去外衣，戴上披肩发套——亮相）就这模样。（对石）同志，我买二斤月饼。

富宽　好。（从车后抽出几把刷墙的长把刷子）您挑挑吧！

牟洋　（不解地）我买月饼！

富宽　是呀，买一斤月饼搭一把刷子。不买刷子，不卖给月饼。

牟洋　这大过节的我买刷子干什么呀？

富宽　这是搭配来的。你呀知足吧，那边儿买一斤月饼搭两把铁锹呢！

牟洋　这叫什么事呀！

富宽　您先把这刷子钱交了，两块四。

牟洋　（赌气地取出钱）给你！给我拿月饼吧。

富宽　票儿哪？

牟洋　什么票哇？

富宽　过中秋节发的月饼票哇！

牟洋　哟，我没带着。

富宽　回家取去。

牟洋　买点嘛真难，还得回趟家……（随手一抓）取来了，给。

富宽　还有呢？

牟洋　还有什么？

富宽　粮票呀！

牟洋　你一块儿说好不好啊？我还得跑一趟……（随手一抓）拿来了，给你。

富宽　还有呢？

牟洋　我说你还有完没完？

富宽　还有钞票呐！

牟洋　钱我有。

富宽　二斤月饼三块六。

牟洋　给。月饼票、粮票、钱票，三种票我可都齐了。

富宽　还有本儿呢？

牟洋　什么本儿呀？

富宽　副食本儿呀！

牟洋　怎么还要副食本儿？

富宽　上级规定，月饼分片儿供应。

牟洋　副食本我妈拿着买带鱼去了。

富宽　没有本儿可不能卖给你。

牟洋　那怎么办？

富宽　这么办，你先回家等你妈回来，再拿着本儿来买月饼，我这先给你记着。

牟洋　也只有这样啦……（欲走）

富宽　回来，把你交完钱的这两把刷子拿走。

牟洋　（扛起刷子）这叫什么事呀，月饼没买成，落两把刷子。

富宽　这样走在街上都得夸你：看人家这姑娘，真有两把刷子！

牟洋　去！讨厌！（匆匆走下）

富宽　她走了，我这台流动货车也完成历史使命了（推车下）。

　　　〔车摘去披肩发套，拿着另一件服装再次走上。

牟洋　又到了我老姨买月饼的时候，可这已经是过了好多年，我老姨呀也变模样了——（换了衣裳，戴上老年头套，扮成六旬老人）虽说如今我有点显老，可日子过得越来越好。一转眼过去好多年啦，今年的中秋月又圆啦。我呀上街买月饼去……（走起圆场）

　　　〔刘亚津、李国盛、刘惠身着售货人员服装，各自推着一台大型彩色货车叫卖着出场。车上布满造型独特、各类豪华包装月饼的盒子，以展现当今市场经济繁荣景象。三人一拥而上将“老太太”围住。

国盛　来！来！您来看看我这月饼……

刘惠　买我的！

亚津　买我的！

牟洋　哎！哎！嘿嘿……瞧瞧，现在实行改革什么都讲竞争，这卖月饼的全较上劲啦。

国盛　大嫂！

刘惠　大妈！

亚津　奶奶！

牟洋　哎！哎——我一下子就长了三辈。

国盛 （将牟拉过）我这月饼不但质量好，包装特别精美，有秋月盒、富裕盒、富贵盒、音乐盒、大小提篮、日式提篮，您买回家去赠送朋友，赠送情人……

牟洋 （瘪嘴漏风地）我还有情人呢？

国盛 赠给您的亲人。

牟洋 我不打算给别人买。

国盛 您自己买也好哇。一样买两盒，摆在您家卧室里、客厅的茶几上，大衣柜、小衣柜、梳妆台都摆上，多好看呀！

牟洋 那我家成了月饼店啦。

国盛 大嫂哇，吃我这月饼还有好处哇！

牟洋 有什么好处？

国盛 能养颜生发！（指自己的秃头顶）

牟洋 嘿嘿，听你这么一说呀——

国盛 您买几盒？

牟洋 一盒不买。

刘惠 （将牟拉过）大妈，您看看吧，我的月饼不但风味独特，而且营养丰富。吃我的月饼最大的好处，它能减肥呀！

牟洋 嗯！看出来了，你减得够肥实的啦。

刘惠 这么说吧，吃我这月饼健体强身，能恢复您的青春年华。吃我一斤月饼，能让您容光焕发；吃我二斤月饼，您满口长出新牙；吃我三斤月饼，踢足球超过马拉多纳；吃我四斤月饼，长跑能赛过王军霞；吃我五斤月饼，穿上泳装，高台跳水，向后翻腾三周半，奥运冠军您准拿！

牟洋 这事你咋不早说呢，你要是提前一个月告诉我，我吃上两块月饼去参加世界田径比赛，中国还会不夺金牌啊？

刘惠 您现在吃也不晚，还有下届呢。

牟洋 就听你这么一说呀——

刘惠 您买几盒？

牟洋 我上那边儿看看去。

刘惠 我白费力气啦！

亚津 （凑近牟）奶奶！

牟洋　哎！瞧我这孙子长得多招人喜欢。

亚津　嘿嘿……都这么夸我。

牟洋　就是眼睛小点儿。

亚津　奶奶，您别看我眼睛小哇，五十和一百的票子我分得清楚着呐！您还是来看看我这月饼吧。我这月饼，不但品种齐全，而且是有奖销售。

牟洋　买月饼还能得奖？

亚津　您要得了三等奖，送您一台大电视——带颜色的；您要得了二等奖，送您一套"家庭影院"；您要得了一等奖，免费送您出国旅游。

牟洋　我还能出国呀？

亚津　能出国。送您到泰国、缅甸、新加坡，马来西亚和老挝；日本、韩国、科威特、巴基斯坦、摩洛哥；还有英国、美国、意大利、荷兰、丹麦、土耳其；俄罗斯、匈牙利、保加利亚和埃及。想去哪国都可以，咱不坐飞机打面的！

牟洋　那就把我折腾散架了。

亚津　说反了，咱不打面的坐飞机。

牟洋　孩子们呀，别争了，你们谁的月饼我都不能买呀！

三人　为什么呀？

牟洋　我还得找石富宽他的二姑夫去。

三人　您干吗非要找他呢？

牟洋　我就想呀，你说我都这么大岁数了，那老头儿哇……（抹眼泪）可能没了……

〔石富宽扮成老年售货员，应声走上。

富宽　有！有！别哭，我还活着哪。

〔国盛、亚津、刘惠下场。

牟洋　哟！老石呀，咱可有年头儿没见了！

富宽　可不是吗！你身体挺好的？

牟洋　还行，比不上你。我瞧你还跟那小伙子似的。

富宽　我看你也跟那大姑娘似的。还记得不，那年来买月饼，你从我那儿还扛走两把刷子？

牟洋　那怎么能忘呢？（向观众背供地）不过那两把刷子也没浪费，（指头部）

我把它改了头套啦。

富宽　过去的别扭事儿咱不提了。大妹子，今儿又买月饼来啦？

牟洋　其实呀家里的月饼可不少，亲戚、朋友给送了很多外地的月饼。就是一到这日子口儿呀总惦记着出来转转。

富宽　要我说外地的月饼多好，也赶不上咱家乡的吃着顺口儿。今年咱北京的月饼不下几百种，您可得尝尝。甭多，您一样尝两块就得。

牟洋　那还不把我撑死？尝尝嘛，我就买一块吧。

富宽　就买一块？

牟洋　不好拿就算了。

富宽　别价，您是多年的老主顾，得特殊照顾一下。（向幕侧）几位，给她上一块月饼！

　　　〔一李二刘上，车上摆有晚会特制的一块特大的月饼。

牟洋　我的妈呀！这块一百多斤的大月饼，我得花多少钱呐！

富宽　大妹子，不跟你要钱。

牟洋　白送也不能送这么大的呀？

富宽　这呀？你问问周涛吧。

　　　〔主持人上。

周涛　这个特制的大月饼，是我们中央电视台送给全国电视观众的节日礼物，祝大家中秋愉快！阖家幸福！团团圆圆！

　　　〔台上演员切月饼，送给台下观众分享。

闯 关

（于1998年济南电视台春节晚会播出）

人物　老爷（丑角）、衙役（丑角）。

　　　燕青、王英、时迁、顾大嫂，男、女梁山众将。

幕启　在滑稽的音乐声中，老爷以夸张、荒诞的动作边出场边数唱着。

老　爷　上司大人传令，命老爷我带衙役立即行动，把好城门严防梁山强盗入境，立功者纹银百两馈赠，冲这便宜也得玩儿命。（向台侧）当差的快走啊！

　　　　〔衙役惊魂失措哆哆嗦嗦地边上场边数板。

衙　役　一听说梁山强盗，吓得我俩腿打鳔，心惊肉跳，老想撒尿。

老　爷　都吓尿裤啦。

衙　役　您想啊，扈三娘被逮住关押在大牢，梁山必派人前来解救，愣派咱来抓梁山好汉，这不是耗子舔猫鼻子——找死吗！

老　爷　怕什么，老爷在城门两侧隐藏五百精兵，只要梁山的人敢来，一声令下，人多势众，定将贼寇拿下。真抓几个梁山匪徒，那百两赏银老爷算拿定啦！

衙　役　（背供地）梁山人来了，你算死定啦！

老　爷　别磨磨蹭蹭的了，快到城门口那儿把着去吧！

　　　　〔二人下。台左侧（叫板）"走啊！"燕青、王英与二男二女上场报名。

燕　青　俺，浪子燕青。

王　英　矮脚虎——王英！

　　　　〔台右侧（叫板）"走——啊！"顾大嫂率三女将上场报名。

顾大嫂　母大虫——顾大嫂……

　　　　〔幕后声："等等，还有我哪！"时迁翻跟头上——报名。

时　迁　鼓上蚤——时迁！诸位兄弟姐妹们，你我奉宋公明大哥的将令，搭救
　　　　扈三娘。看前面关口只有一名狗官几个差役把守，咱赶快亮家伙杀进
　　　　城去！

燕　青　且慢！狗官身后恐怕还有伏兵，万万不可大意。

顾大嫂　依我之见，何不乔装改扮，闯进关去？

时　迁　怎么个闯法，得想想招儿呀？

燕　青　嘻！在衙门混事的皆是酒色之徒、贪婪之辈，给点便宜能让你牵着鼻
　　　　子走。

时　迁　你算把这路人看透了。我来打头阵，对，我去把车上的东西搬来……
　　　　〔众人退下。老爷与衙役上。

老　爷　哎？呼啦来了一帮，怎么又都退回去啦？

衙　役　谁说的？那不是过来一个吗，怎么还抱着个酒坛子？

老　爷　嗯，味儿不错，坛子里这酒少说也是三十年的老酒了。

衙　役　（背供地）我们老爷天生的狗鼻子，酒坛子还没过来，他就闻见味儿了。
　　　　〔时迁带酒坛上。

老　爷　我说你可是梁山下来的吗？

时　迁　嘻嘻嘻……什么粮山米寨的，我是卖酒的（玩弄着酒坛子）。

老　爷　卖酒的……（对衙役）去，你拿把刀来。

衙　役　（将刀拿过，凑到老爷耳边）老爷，拿刀来干什么？

老　爷　他说是卖酒的，是内行外行这蒙不了我，我要问出破绽来，一说"你
　　　　是外行！"你搂头盖顶就是一刀。

衙　役　行了，那我就拉着架子等着，只要您一说外行，我就下家伙！

老　爷　（对时迁）听着，卖酒的都夸自己的酒好，你这酒是好是赖跟老爷说
　　　　说吧！

时　迁　老爷您听了（数唱中施展武功）！
　　　　琼浆酿造几千秋，
　　　　古酒芬芳荡九州。
　　　　并非酒家夸海口，
　　　　时代祖训有讲究：
　　　　为商守信传家久，

唯利是图一世休!

衙　役　(与老爷耳语)是外行吧,该给他一刀吧?

老　爷　该给你一刀了。说的都是内行话呀!真是赶巧啦,后天我丈母娘过生日!

时　迁　正好,这坛子酒敬赠老太太当寿礼啦!

老　爷　会说这话的就是内行,大内行!

衙　役　(自语地)坏了,坏了,老爷贪便宜的毛病又犯了,看见酒连差事儿都忘了。

老　爷　卖酒的,进了城,你一直走,把酒送到鼓楼大街锣鼓西巷大柳树底下门口有石狮子那家……

衙　役　连家住哪儿都告诉人家了。

老　爷　地名太长怕你记不住,给你张名片吧……(递名片)往后有了酒就往这儿送,老爷我就地收购,再高价出售,赚了钱你拿四我分六,不许再打折扣。

衙　役　(自语地)好嘛,这老爷明贪暗夺还捎带着经商开上买卖啦!

时　迁　老爷,那我就进城了?

老　爷　请吧,因老爷公事在身,恕不远送啦。

时　迁　(自语地)嘿,给坛子酒就过关了。(高兴得一个"飞脚"至台侧,向众将提示:)兄弟姐妹们,闯吧!我先行一步——了!(折跟头下场)

衙　役　(惊恐地)哎哟老爷,您怎么让那个假内行真外行过关啦?

老　爷　不让他过关,谁把那坛子酒给我送家去?先把这坛子酒摁住再说吧。

　　　　〔燕青、王英带领二男、二女持各种兵器上。

老　爷　站住站住,你们这一伙子都是干什么的?

燕　青　我等走街串巷打把式、唱戏,乃卖艺之人。

老　爷　好,给丈母娘做寿得热热闹闹呀,你们这帮做艺的进城以后,一直走……

衙　役　(赌气地)到鼓楼大街锣鼓西巷大柳树底下门口有石狮子的那家。

老　爷　你怎么替我说了?

衙　役　我不说你也得说呀。

　　　　〔燕青等欲下。

衙　役　慢着！（悄悄地劝阻老爷）老爷，这伙子人您别再放过去了……

老　爷　那我丈母娘……

衙　役　怎么老惦记着丈母娘呀！您得想想，这么半天一个外行也没查出来，
　　　　万一这里头掺和一个是梁山强盗，把扈三娘救走，您这罪过可就大啦！

老　爷　哟，我怎么把这差事给忘了？丈母娘得先放放，查查这几个谁是外
　　　　行……耳听是虚，眼见为实，看老爷我的吧……（将衙役的刀夺过，
　　　　朝燕青、王英各砍一刀后）尔等听了！想老爷我，上食君王之俸禄，
　　　　下护一方之黎民，你们这帮卖艺之人，若是胆大的蟊贼，梁山的草寇，
　　　　实乃飞蛾投火，如胆敢称谓打把式卖艺之内行（将刀扔至地上），用
　　　　它让老爷以辨真假！

燕　青　师弟师妹们，那咱练练吧！

　　　　〔燕青、王英边唱边练空手夺刀，二男二女边唱边以戏曲动作伴舞。

　　　　（唱词）身怀绝技走四方，

　　　　　　　艺高更要胆量强。

　　　　　　　世代兴衰放声唱，

　　　　　　　敢让邪恶刀下亡！

老　爷　（低声问衙役）内行外行？

衙　役　挺招人爱看的。

老　爷　（突然惊喜地）听着，别的地方甭去了，就跟着老爷干吧，有练武的有
　　　　唱戏的，再找几个歌手耍杂技的，带你们走穴演出，三七分账，那就
　　　　等着捞钱啦。

衙　役　我们老爷又当上穴头了。

老　爷　你们都记住，进城以后，一直走……（对衙役）你去跟他们说吧。

衙　役　我别揽这活儿了。

老　爷　想起来了，发名片呀！发名片……发名片……

　　　　〔众人接名片下场；老爷纷纷招手相送；顾大嫂挎着菜篮子上，另三
　　　　女将举着卖糖葫芦的草把、挂着儿童鞋帽的竹竿等道具随后。四美女
　　　　亮相。老爷回身一愣立即晕倒，衙役急忙去扶。

衙　役　老爷！睁眼哪，您这是怎么的了？

老　爷　说实话，老爷就喜欢看漂亮女的，可是从来就没看见过长这么好看

的哪。

衙　役　再好看您也别忙着晕过去，先问完了话再晕。

老　爷　对，我先问问。四大仙女儿，你们都是干什么的？

顾大嫂　小女子是进城来送菜的。

女　乙　俺是来卖鸡的。

女　丙　俺手巧，做了几顶棉帽来换俩钱花。

女　丁　酸枝儿！大串儿的冰糖酸枝儿！

老　爷　说说你们都是怎么回事，我听听这里头谁是外行？

顾大嫂　老爷容禀：

　　　　〔用吕剧曲调演唱。

　　　　（唱）农家女子度日难，

　　　　全凭卖菜赚吃穿。

　　　　恨官府不准俺进城卖，

　　　　无奈找老爷来申冤！

老　爷　冤！冤！冤……（随手抄起篮子里的萝卜吃起。）

女　乙　〔用五音戏曲调演唱。

　　　　（唱）奴家今年二十三，

　　　　卖只鸡给丈夫换药钱。

　　　　怎奈鸡瘦没人买，

　　　　你说让俺难不难？

老　爷　难！难！太难为你了……（说着去摸乙的手，又打自己手责怪自己）

　　　　人家都这么难了，怎么还动手动脚的？

女　丙　老爷你看！（从竹竿摘下老虎帽儿，唱莱芜梆子曲调）

　　　　（唱）俺做帽子是家传，

　　　　手艺地道又美观。

　　　　这是一顶老虎帽，

　　　　送给老爷不收钱。

　　　　请你试戴到街上，

　　　　帮俺推销做宣传。

衙　役　老爷还管做广告呢！

老　爷　姑娘漂亮手又巧，戴上看看有多好——（戴老虎帽"亮相"）。

衙　役　整个儿一个大傻小子！

女　丁　老爷，您再来串儿糖球儿尝尝吧！（唱柳琴戏曲调）

　　　　（唱）冰糖山楂甜又酸，

　　　　消食开胃似仙丹。

　　　　老爷长命活百岁，

　　　　黎民百姓骂苍天！

老　爷　黎民百姓骂苍天？我给老天爷遭骂啦？

女　丁　你听错了，俺唱的是，黎民百姓谢苍天。

老　爷　好了，今天相遇是我的福分。不能叫你们白唱，你们要卖的东西我全
　　　　要啦！

众　女　哟，那得让老爷花多少钱呀？

老　爷　多开两张发票，我让公家全报销了。

衙　役　敢情我们老爷还是专吃公款的。

老　爷　没的说了，发名片儿吧，姐妹儿们记住这地方，今晚上咱是不见不散。

　　　　〔四女分别做武功动作走下。老爷随后做飞吻手势。

老　爷　痛快！今儿是想什么来什么，吃的喝的玩儿的乐的全有啦！

　　　　〔台后乱声嘈杂。

老　爷　怎么回事？当差的快去看看！

衙　役　是！（至台侧转回）报！大事不好，刚才过关的那三拨人，正是梁山
　　　　众将乔装改扮，按照您说的地点都在您家聚齐了，放了一把大火，乱
　　　　中把扈三娘从大牢救走啦！

老　爷　啊！那我，哦，哦，哦哦哦……（栽倒在地）

衙　役　唉，老爷！怎么又晕过去了？老爷！老……不是晕过去了，给吓死啦。
　　　　别看这主儿人嫌狗不待见，我还得把他背回去……（背人下）

　　　　　　　　　　　　　　　　　　　　　　　　　——结束——

苏三奇遇

（于 1998 年央视《纪念 5·23 文艺晚会》播出）

人物　老板（侯耀华饰）、导演（德江饰）、苏三（刘桂娟饰）、崇公道（朱世慧饰）。

时间　当代。

地点　排练场。

幕启　导演走上。

导演　这戏曲界有句行话说得好，早扮三光，晚扮三荒，到节骨眼儿上就得麻
　　　利点儿。（向后台）扮好了没有？

　　　〔幕侧声：“说话就齐了，穿行头哪。”

导演　二位角儿，今儿这位企业家是给咱送钱来了，您二位多听少说全看我的，
　　　他要是说点儿什么着三不着两的话，千万别往心里去，谁让咱们眼下缺
　　　钱哪！

　　　〔幕侧声：“放心吧导演，咱这艺术准对得起他的钱。”

导演　那我就放心了。

　　　〔老板提着装满现金的皮箱走上。

老板　邹导，准备好了吗？

导演　哎呀！老板，您来了？

老板　别叫老板，多俗气，让人听着离钱太近，还是叫先生吧。

导演　得了，钱先生。

老板　什么？

导演　您瞧我这嘴，侯先生，那钱……

老板　放心吧，都在这儿哪。（将钱箱放到舞台中间）邹导，今儿我看哪出
　　　儿啊？

导演　今儿我们给您准备的是大伙儿都熟悉又喜爱的《玉堂春》中的一折，“苏

三起解"。

老板　演员是名角儿吗?

导演　保证是头牌,刘桂娟的苏三,朱世慧的崇公道。

老板　倒是都听说过,开始吧。

导演　(朝后台)苏三起解,开始吧!

　　〔崇公道上。

崇公　"你说你公道,我说我公道,公道不公道,自有天知道。小老儿……"

老板　停!让那苏三先出来。

崇公　还不该苏三上场哪!

老板　要不这京剧老不景气哪,就因为你们想不开,干吗非得你先上啊?挺老
　　长胡子的一老头儿,老眉喀喳眼的,站那儿嘚嘚半天,谁爱看哪?让苏
　　三先上。

崇公　导演,咱这戏不能这么演哪!

导演　侯先生,这戏不能这么演。

老板　真的不能这么演吗?(用下巴指地上的钱箱)

导演　要不咱试试?

崇公　好吧!(对内)苏三走动啊!

苏三　(叫板走出)走啊……

老板　等会儿唱。我先打听打听,这出"苏三起解"能唱多长时间?

导演　能唱四十多分钟。

老板　短了点儿。

崇公　"苏三起解"就能唱四十多分钟。

老板　你没弄明白,我不是让你们在剧场里一场一场地演,我是让你们把它拍
　　成电视剧,让大伙儿坐在家里看。

　　〔苏、崇、导相互交流,表示高兴。

老板　我要投资三百万,把它拍成二十集的电视连续剧。

导演　侯先生,这拍不成,要拍个上、中、下三集的可能还成,二十集困难!

老板　困难?想办法呀。

导演　干吗非拍二十集呀?

老板　不够二十集,就没人上广告就赚不着钱,这不很简单吗!

导演　可是按照您的主意，咱们怎么下手啊？

老板　打个比方，你们家两口人，早晨捧着两碗粥刚要喝，又进来仨朋友，也没吃早饭哪，怎么办？

苏三　外边儿吃去吧。

老板　上班来不及呢？

崇公　那就别吃了。

老板　好朋友来家，好意思让人家饿着吗？

导演　那就只能放点儿水，弄稀了大伙儿喝了。

老板　还是导演聪明，拍电视剧拍得越长越能赚钱，这跟喝粥一样嘛！同样一碗米，多搁点儿水，熬稀点儿不结了嘛！刚才苏三要唱，她要唱几句？

苏三　八句。

老板　这就八集。

崇公　一句一集呀？

导演　这我可想不明白！

老板　头一句子是什么？

苏三　苏三离了洪洞县。

老板　够一集了。

导演　这怎么能够一集哪？

老板　你真糊涂，当一个人离开一个地方的时候，他就没有一点儿留恋的地方吗？

导演　大伙儿都知道，在苏三眼里，洪洞县里没好人，她有什么可留恋的？

老板　不可能，秦桧还有仨朋友哪！再说，（指苏）你唱的时候别着急，拉长了慢点儿唱，前头加上朗诵，后边儿加上过门儿，唱句多几次反复，时间不就够了嘛！

导演　这……

老板　嗯……（用下巴指地上的钱箱）

导演　再试试也行。

崇公　来，师妹咱就试试。

苏三　（唱加数板）苏三离了，苏三离了，离了洪洞县洪洞县……

崇公　洪洞县，洪洞县，洪洞县那个洪洞县，洪呀洪呀洪洞县。

老板　停！停！停！这不行，得另想主意。

苏三　这不是瞎胡闹吗？

崇公　知道的是京剧，不知道的还以为是电唱机出毛病啦！

老板　咱们这样设想一下，当一个人在拘留所呆的时间长了，当他再走到大街上的时候，他是不是像笼子里的鸟一样想飞？

三人合　不知道。

老板　根据我的经验，在拘留所待的时间长了，只要看见门儿，就想跑。

导演　我们都缺乏这方面的经验。

老板　看得出来，这方面你们不如我，这也是生活积累。

崇公　别扯远了，说这戏。

老板　可跑又谈何容易哪，警察看得太紧——哎，对了，加武打！

苏三　谁跟谁打呀？

老板　苏三跟崇公道打呀！

崇公　导演，这怎么演呢？

老板　你们不是常说唱念做打嘛，台上一分钟，台下十年功，为了充分表现你们的本事，打！一定得打，打出洪洞县，打遍全中国。

苏三　导演，您看呢？

导演　要不咱试试？

崇公　导演，我们到底听谁的呀？

导演　那（用嘴指地上的钱箱）听它的！

崇公　师妹，要打家伙上长点眼，看准了打（用眼色）明白吗？

苏三　师哥，我明白。来——吧！

〔开打，两个照面后，苏三打倒了老板，崇公道打起导演。

老板　嘿！嘿！嘿！往哪儿打呀？

导演　哎呀，这下打着我了！

苏三　对不起，一打急了眼，就分不清谁是谁了。

崇公　师妹，没伤着你吧？

苏三　您那棍儿上长着眼哪，知道往哪儿打。

老板　武打看来有一定难度。

导演　您那意思是……

老板　（看苏和崇）这样吧，加点儿爱情戏。

导演　您等等，谁跟谁？

老板　他们俩，一个男的，一个女的。

导演　他们俩年龄差得也太多了。

老板　对呀，就因为差得多才时髦啊！

导演　那也得有个过程啊！

老板　那是另外一集。

苏三　就算按您说的，崇公道跟苏三发生了恋情，逃跑了，可他们靠什么
　　　生活？

崇公　（不满地）你还认真了！

老板　这戏就来了，他们可以跑到一个没有人烟的地方，搞一个木排打鱼捉蟹
　　　嘛！

导演　（调侃地）哼！还挺有诗意！

老板　蓝天、白云、碧水，苏三、崇公道这对远离尘世的恋人，划着木排——
　　　来，来，来，比画比画加点儿音乐。

　　　〔苏、崇做划船状，加《纤夫的爱》的音乐。

老板　停！停！停！

导演　又怎么了？

老板　木排太虚，音乐太老。

导演　那没办法解决。

老板　我就知道你没办法解决，我早准备好了，请两位演员到后台去看看我准
　　　备好的道具。

　　　〔苏、崇下。

导演　看得出来，您是有备而来。

老板　导演同志，做任何事情，都要做一些经济上的、物质上的、思想上的准
　　　备嘛！（喊）预备——开始！

　　　〔出"船"。船间写有"苏三起解号"字样。苏三与崇公道站立船头。伴
　　　随着《泰坦尼克号》的主题曲。

导演　（拿起钱箱塞给老板）我原来以为你是来帮助我们振兴京剧的，现在看
　　　起来，你不是来烧香的，你是来拆庙的。要是都照你说的去做，这京剧

没法儿扬帆远航，早晚得触礁沉没。拿着你的钱，走！

老板　别价，咱再商量商量！我有钱。

导演　没商量！（轰赶着老板走下）

崇公　师妹，看出来没有？此路不通。振兴京剧，最主要的，还要靠咱自己。

　　　　（叫板）"闲人闪开，苏三走动啊！"

　　　　〔音乐起。

苏三　（唱）"苏三离了洪洞县……"

——结束——

营长算卦

（1998 纪念天津解放 50 周年播出）

人物　算命先生（简称先生）。

　　　蒋军营长（简称营长）。

　　　营长太太（简称太太）。

时间　1948 年严冬。

地点　伪城防前哨某营驻地。

　　　〔主持人至台侧朗诵："丰收的喜悦，节日的欢乐，当我们举杯庆贺，共享这美好的时刻，却常常回想起昔日里——那一幕幕战地烽火……"

　　　〔幕启　台间布有桌、椅等。隐隐传来枪炮声响。营长太太神色惊慌地走上。

太太　（操天津口音）崴啦，崴啦，解放大军发起进攻，天津被围，水泄不通，我那位当营长的先生，又混又横傻巴愣登，都么时候了，还想升官守住天津。我劝他跑吧他还不听，简直是抱着石头跳井——往死处里折腾。怎么办呢……

　　　〔台侧喊声："废物！让你们抓人去修筑工事，抓来个算卦的瞎子有嘛用？快放他走！"

太太　抓来个算卦的先生？有了！让他给营长算卦，帮我来个里外夹攻。（冲台侧）勤务兵！把那个瞎子押我这儿来！

　　　〔幕侧声："是！进去！"先投出马竿儿。算命先生跟头趔趄地被推上，他戴帽盔儿、穿长袍，趴在地上摸着找自己的马竿子。

太太　先生，你算卦算得灵吗？

先生　（操唐山口音）咋不灵呢？卦卦都灵。（背供地）要灵还能让人给抓这儿来？

太太　你给我的营长先生算一卦，算好了我让勤务兵给你赏钱。

先生　中啊。（背供地）算卦的专讲奉承话，我就拣着好听的说呗。（对太太）你们营长官运亨通，今儿是营长明儿还得高升！

太太　勤务兵！

先生　（背供地）不错，刚算了两句，赏钱就下来了。

太太　把这瞎子拉出去给我毙了！

先生　妈的妈我的姥姥，啥罪过儿就给毙咧？

太太　你看不见还听不见吗？城外边大炮轰隆轰隆地响着，国军让人家包围了，命都保不住还升官哪？我们那位是官迷，还死守当炮灰；我找你算卦，是让你给他往倒霉上算，叫他明白过劲儿来，好带着我快跑！

先生　你咋不想想，营长能听我的吗？

太太　你还敢跟我顶嘴？勤务兵！

先生　先别开枪！我听你的。可是我要说营长咋咋儿着倒霉，他不也得把我给毙了？

太太　嗬，还跟我对付？我这就把你毙了。勤务兵！

　　　〔幕后应声："有！"接着出效果声——"乒！乒！"两声枪响。

先生　（吓得晕倒，自语地）完了，我让人给毙了……毙了我咋还能说话呢？

　　　〔营长上。穿笔挺的军装，拎着手枪，得意洋洋地直面观众。

营长　（操河南口音）俺冲天上开了两枪，亮亮威风！刚才城防司令陈长官视察阵地，他亲自跟俺说：守住天津给我官升三级。营长，团长，师长……奶奶，俺能落个师长！

太太　你能落个师长？能落个尸首就不错啦。

营长　咿，你咋净说这丧气话哩！

太太　你呀，官迷心窍了。我说嘛你都不信，我给你请来个算卦的，这先生卦卦灵，外号叫"半仙"，这你得信了吧？先生，你去给他算算是走官运还是走背字儿。（轻声地）给他往倒霉上算。敢不听我的，我就喊勤务兵把你给毙了。（将先生推向营长）

营长　算！你要把我算得心烦了，我可把你给崩了！

先生　这可要了血命了……（吓得回身欲向太太央求）

太太　（将先生又推回）给他算！

舞台演出脚本

193

先生　（唱"算命调"）要我算……

营长　耶，咋还唱上咧？

太太　算卦的有说的，有唱的，这叫算命调儿。唱！（小声地）我可听着呢。

先生　（唱）要我算营长你官运亨通……

太太　（生气地）你说嘛？

先生　（接唱）那不可能。

太太　对，往下唱。

先生　（唱）算你走背字儿倒霉……

营长　（拍桌子）啥？

先生　（急改口）你不爱听。

太太　不爱听也得这么算，他们都让人家给包围了！

先生　（唱）遭围困就该快离开这险境。

太太　怎么才能离开这倒霉的地方呢？

先生　（背供地）我要知道怎么离开这倒霉地方，我早跑了。（对营长）请问长
　　　官你老是属啥的？

营长　我属兔的。

先生　属兔的……（唱）四条腿儿撒开赶快逃生。

营长　还真成兔子了？咋出来四条腿儿啦？

太太　还有我哪。先生的意思让你带上我一块儿跑，加一块儿不是四条腿吗？

营长　跑？那一跑我的官运不全凉了？

太太　你光惦记着当官儿就不顾命啦？你听人家先生怎么说……（将先生拉至
　　　一边）你得往狠处说，不把他官迷的心给堵死，我就喊勤务兵。（将先生
　　　推向营长）

先生　（无奈而紧张地——说"串口"）对，你官运是全凉了，那师长算黄了，
　　　营长也当不长了，早就该投降了，别再逞强了，不跑准得阵亡了。

营长　奶奶的，你哪是来算命的，是给老子念葬经来啦。（掏出手枪）我崩了你！

先生　（背供地）我今儿个是躲了凶神躲不了恶煞，得落个老和尚搬家——吹灯
　　　拔蜡。

太太　（拦营长）别要横儿。我问你，是听你们陈司令官的还是听"半仙"的？

营长　半仙？我说他是他娘的半疯！我当然听陈长官的。

太太　他拿官儿跟你许愿，是为让你守住天津。可你就不想想，天津是你守得住的玩意儿吗？人家算卦的先生敢有嘛说嘛，就为给人消灾解难！半仙的话咱得听，快跑吧！

营长　跑啥咧！国军在天津边儿上修筑的恁多防御工事，那也不是容易攻破的！

太太　那叫嘛工事啊，人家拿炮一轰就平啦！我说你不信，咱让半仙给算算。（对先生轻声地）你把他们的工事给算得稀里哗啦了。

先生　（小声地央求）求你了太太，就别让我再往枪口上撞了。

太太　你怕撞他枪口上，就不怕我叫勤务兵吗？

先生　那我就再撞一回去。（对营长）营长，我不唱着算了，我还会摸着算。算卦有马前课、麻衣相、揣骨相。我用揣骨相，你把手伸过来吧。

营长　摸手？（背供地）我这么大个营长，让他摸着多不得劲，我让他摸这个吧……（将手枪递过）给，你摸吧。

先生　（摸着枪柄）好，人有七十二道经脉……这手咋恁硬？练过铁砂掌吧？明白了，营长打仗还挂过花，就剩下一个指头啦。

营长　俺的手就剩下一个指头啦？

先生　可不，就剩个小拇指头了，还勾勾着哪。

营长　劳你大驾，给俺扳直了吧。

先生　中，你咬着点儿牙，我给你扳直了……

　　　〔效果，一声枪响。先生吓得钻入桌下，太太趴在地上。

营长　哈哈哈……（指着太太）起来，响声枪就吓掉魂儿啦？

太太　（爬起埋怨地）你个缺了大德的！哎，半仙哪儿去了？

先生　（从桌下爬出）我在这儿咧。

营长　耶，这没眼的比有眼的跑得还快哩！

先生　你不愿让摸手，摸头也中，咋儿着也别让我摸枪玩儿呀！

太太　（将营长按在椅上）别动！先生来摸吧，这是他的脑袋瓜子。

先生　别急，我得先念咒儿功功。等我念完咒"啊"的一声，把功发到手上，再一摸算啥就来啥。（戳着马竿转圈儿，背供地）念啥咒儿呀，我就想多耽误会儿工夫。这可咋儿办？不听这头儿的枪毙，得罪那头儿枪崩。我算卦全是瞎说八道，今儿咋儿说都非死不中了。临死我说点实话吧，别落个一辈子没一点儿真的。（突然地）啊！（双手按在营长的头上）

太太　好，别动，先生发好功啦。

先生　（边摸边念念有词地）我摸着这是天津，前后是南北，左右是东西。嗯？这是啥东西？

营长　不是东西，是俺的两个耳朵。

先生　不，这是你们修筑的防御工程。（乱拍打着）这高，这低，这洼，这平……围墙高垒，河道纵横，明碉暗堡，步步为营，雷区电网，密密层层……

营长　（吃惊地）是半仙，他把俺们的工事都摸出来啦。

先生　不好！八面设防，圈入牢笼，成了瓮中的那个，还想挣扎扑腾，再咋扑腾也过不了今冬。

营长　瓮中的那个是个啥？

太太　连这都不懂？老鳖呀！

先生　（气愤地）你们为修筑工事，拉夫抓丁，祸害百姓，村没少毁，房没少平，烧杀抢掠，恶贯满盈！

营长　别摸了！你不是算命先生，你是来扰乱军心的奸细！

先生　说我奸细就是奸细！（气恨地抢起马竿左右抽打）说我是先生就是先生！反正没活路了！大不了落个枪崩……

　　　〔营长和太太在马竿儿下反复低头躲闪着，直到台角处。

营长　这瞎子疯啦。

太太　别管他了，你听城外炮声越来越紧，咱还是逃命跑吧！

营长　可我穿着这身军装，跑哪儿也得当逃兵给抓回来。

太太　来，我有法子。（拉着营长走近先生）先生，您别生气，我们营长就这脾气。您算了半天，不能白让您算，赏给您点东西吧。（用营长大盖帽换下先生的帽盔儿）送您顶帽子。嗬，瞧您这棉袍破的，脱了，给您件新的……（再将二人衣装对换）穿戴得挺漂亮，拿着马竿子跟要饭的似的，多难看，再给您个文明棍儿。（用文明棍换下马竿子递给营长，轻声地对营长）瞧，这打扮，再到外边没人拿你当营长了吧？（拉起马竿）

营长　（翻起白眼）走，这回跑就没事了……（二人下场）

先生　二位还挺大方，对我……哎？怎么都不说话了……（睁开眼睛）跑啦？他俩这是拿我当替身儿使换呀！其实我的眼没毛病，不装瞎就得替他们

196

去修工事。我穿上官衣儿，就是营长了，可以下命令了：弟兄们！走哇！快投降去吧……（挥动着文明棍跑下）

（为 1998 年纪念天津解放 50 周年晚会创作）

急于求成

（于 1999 年央视《迎新春文艺晚会》播出）

〔甲（于海伦饰）、乙（牟洋饰）、丙（李进军饰）三演员走上。

甲　世纪之初新春到，

乙　国富民强人欢笑。

丙　华夏子孙庆佳节，

合　敲锣打鼓放鞭炮。

　　〔丙用口技表现鞭炮声、锣鼓声。

甲　行了，知道你会口技。今天咱三个是来表演化装相声的。

乙　化装相声要通过简单化装帮助刻画人物。

丙　那咱们仨先分分角色吧。

甲　三个人物，有个老太太。

丙　老太太岁数大，我演不了。

乙　挑肥拣瘦，你不演我演。

甲　还有一个年轻的媳妇。

丙　女的，我不演。

甲　这你也不演，我演。那可就剩一个角色了。

丙　我就演剩下的这个。

甲　剩下的这个是小孩。

丙　我乐意演小孩，天真活泼，招人喜欢。

甲　这孩子小点。

丙　多大？

甲　还没满月哪。

丙　我演不了！

乙　演不了你也得演，你自己挑的。

甲　走，咱俩下去化化装去。

丙　我怎么演这么个角色呀！（跟甲下）

乙　我化装简单，不用下去。（脱大褂，戴头套，将大褂改成布包）现在都讲究包装，别看我这模样，包装出来我就俊了。（化装毕）这一包装，我就变成小孩他姥姥了。我们闺女可真争气，为迎接21世纪的到来，呱啦一声生了个大胖小子。孩子还没出满月，我得去看看。就是这道儿太远……到了。燕儿，燕儿哪！

甲　（应声上）哎！哟，妈……（扑到妈怀里撒娇地）

乙　生了个大胖小子，是个大喜事，哭啥呀？

甲　生这孩子我可受了罪啦！

乙　妈生你的时候也一样。

甲　这孩子个儿大。

乙　你生下来八斤多呢，个儿也不小。

甲　这孩子生下来比我生下来个儿大。

乙　那还能有多大呀？快让我看看。

甲　妈，您等着。（下）

乙　八斤多就不小了，九斤的孩子就少见了。

甲　（幕后声）妈！

乙　哟，来了，快让姥姥抱抱。（迎上去）

〔乙至侧幕惊得后退。甲用车推着丙上，丙按照婴儿打扮。

甲　妈，快看看您外孙子。

乙　我的个妈呀！这是我外孙子？

甲　啊。

乙　我还以为你把他爸爸推出来了。

甲　我不是说这孩子个儿大吗？宝贝，让姥姥抱着玩玩儿。

乙　我抱他玩玩儿？玩儿完了我也就玩儿完了。这么大个孩子，奶够吃不？

甲　我一个人的奶是不够，每顿不加半桶牛奶喂不饱他。

乙　别看个儿大，长得挺好玩。来，瞧姥姥给买啥来了……（取出一件玩具——拨浪鼓，塞到丙手里）

〔丙摇了两下，扔掉。

乙　耶，咋给扔了？

甲　妈，他都多大了，您还给他玩这玩意儿？

乙　还没出满月的小孩，能玩啥？

甲　早就该玩电脑了。

乙　没出满月的孩子玩电脑？

甲　我正想教他上网呢。

乙　那你快给他办个网站吧，取名叫尿不湿。

甲　您知道您外孙子现在什么文化程度了？

乙　刚生下来，哪来的文化呀？

甲　这孩子现在相当于高中一年级了。

乙　你说胡话呢！他什么时候上的学呀？

甲　刚一怀孕我就开始教他学文化了，那叫胎教。

乙　咋那么早呀？

甲　不是为了让他早成才吗？人家说了，胎教一个月，等于上一年学。我怀了他十个月，那就等于十年寒窗了。

乙　这十年寒窗倒是没受苦，尽在他妈肚子里面上课了。

甲　这孩子一降生就上完初中了。他那第一声啼哭都跟其他孩子不一样。

乙　他是咋哭的？

甲　一出娘胎他就喊："我毕业啦！我毕业啦！"

乙　我不信这么大点的孩子会有文化。

甲　姥姥不信，就让……怎么又睡着了？这孩子太懒，醒醒！

乙　哟，你别把孩子吓着。

甲　我让他练完音乐练舞蹈，稍一疏忽他就偷懒。

乙　这么大的孩子能练舞蹈？

甲　早期教育嘛，这都晚了。怀着他的时候要是教他跳水，他早就把萨乌丁战败了。

乙　这孩子这么大块儿，要是跳水，那得溅起多大水花儿来呀？

甲　练体操也行啊，听说李宁家那孩子，刚一降生就来了个转体三百六。

乙　你说得太玄了。我看不出外孙子有多大能耐。

甲　看不出来？让您外孙子给你露一手。儿子，醒醒。（丙打哈欠）醒啦，给姥姥来个摇滚。

〔音乐起，丙随着节奏扭动。音乐停止，丙的动作戛然而止。

甲　看出来了吧？

乙　看出来了。

甲　看出什么来了？

乙　这孩子长得像臧天朔。

甲　怀着他的时候我光让他听臧天朔的歌，培养他的音乐才能。这不，他爸爸给他买钢琴去了，明天请个家教，先练柴可夫斯基。

乙　这孩子的嘴动弹什么呢？

甲　那是背唐诗呢。早晨起来给他留的作业，今天必须背会唐诗三百首，明天开始背宋词。

乙　嗯，后天就该研究《红楼梦》啦。

甲　您还真说对了。来，儿子背一首唐诗让姥姥听听。背，床前明月光，疑是地上霜……背呀！

〔丙哼哼叽叽背不出来。

甲　这孩子就是不用功，光贪玩！（打了丙一巴掌声）

〔丙用口技表现婴儿的哭声。

乙　你怎么打孩子啊？你让这么点儿的孩子背唐诗，他背得了吗？

甲　这不是为了让他早点成才吗？

乙　那孩子受得了吗？

甲　少壮不努力，老大徒伤悲呀……（转身抱过一摞书）来，看书，准备今年高考。

乙　高考？

甲　这些书都是辅导材料……（一本一本地往丙怀里放书，放一本，丙呻吟一声）看完背，背完看……

乙　这么沉的书，别把孩子压坏了！

甲　就您家孩子怕沉呀？您到大街上看看，哪家孩子书包不背着三四十斤书！

乙　是呀，要不咋都给孩子买那"背背佳"哪！

甲　现在学习外语最重要，给我背英语。古德猫宁，背，背呀！

〔甲打丙，丙用口技表现婴儿哭声。

乙　你别打呀!（心疼地）孩子，听话，快背两句。

丙　（哭着）古德猫宁……

甲　一巴掌外语声出来了。得学好外语，中国加入世贸，北京申办奥运，哪都得请你当翻译。妈妈不让白背，给你奖励……（给丙十块钱）。

丙　（哭着接过钱看，扔掉）哇……（哭声更凶）

甲　这是嫌钱少，好，妈再给添点。（给五十块钱）

丙　（接钱看，扔掉）哇……

甲　五十还嫌少哇?

丙　（哭着）啊!

乙　你不能给孩子张大票哇!

甲　好，给张大票……（给一百块钱）

丙　（哭着，接过票子举起，做验钞状）哏哏儿……（大笑）

乙　这孩子还就认钱。

甲　好孩子，妈妈还给你报了个英语补习班，走，上课去……

丙　哇……哇……（挥拳蹬腿地大哭）。

甲　哭也得给我学去!（抄起车推起丙走下）

乙　（焦急地）燕呀，孩子还小，还太小哇……（追下）

（崔砚君、赵连甲合作　获 2004 年央视全国小品大赛一等奖）

人物酒楼

（于 2000 年郑州电视台春节晚会播出）

人物　赵连甲扮演酒楼老板——简称甲。

　　　于海伦扮演老头儿、大款、欲离婚的妻子——简称乙。

　　　牟洋扮演老婆儿、大款、欲离婚的丈夫——简称丙。

幕启　台间布有桌、椅（另备好一块写有"人物酒楼"的招牌，待用）。

〔甲、乙、丙身着长衫走上。

合　观众朋友们——大家好！

乙　给大家介绍一下，（推甲）这位是大家最熟悉的、最喜爱的，最著名的演员……您叫什么来着？

甲　说这么热闹，还不知道我是谁呢。

乙　一下子给蒙住，想不起来了。您名字里有个甲字，叫什么甲……

甲　对，这就快想起来了。

乙　想起来啦，您叫霍元甲！

丙　（指乙）别瞎蒙了，人家不叫霍元甲。

甲　就是嘛！

丙　叫穿山甲！

甲　……你们俩开什么玩笑嘛！

丙　说相声演小品不就是为逗人笑吗！

甲　不那么简单，演小品讲塑造形象，表现人物最重要——得有点真功夫。

乙　不就是表现人物吗，这是我们哥儿俩的强项。

丙　你说演什么人物吧，我们马上就演让你大开眼界！

甲　好，演一演做个见证。

乙　咱得说清楚，平时让我们演一场出台费是一万。

甲 ……（对观众：俩人吹完了，又往回收啦）便宜！能按着规定把人物演活了，我认可了，这一万我情愿掏啦！

丙 那我们就发财了。说，表演什么人吧！

甲 这样，我扮一个开酒楼的老板，为适应不同阶层的人消费观念，酒楼字号就叫"人物酒楼"，你二位扮演一对老年夫妇到我这儿用餐，这类人物看你们怎么演。

乙 等着掏钱吧老板。（拉丙）走，化装去……（走下）

甲 （对观众）这钱他俩到不了手，您想呀，随着国家经济发展，人们的消费观念大有改变，都讲生活质量追求时尚，像老年人群消费心态和习惯可不太好表……

〔乙、丙扮成一对老年夫妻走上。操河南口音。

乙 小红呀，快走哇！

丙 小红，小红，都恁大岁数了还叫俺小名？按时髦的称呼，你得叫俺——小姐。

乙 你说啥？

丙 耳朵还聋。我说你得跟俺叫小姐！

乙 叫俺给你得找个爹？耶，找恁多爹做啥！

丙 这叫啥耳朵呀！

甲 （迎上）二位来了？快请坐，快请坐。

乙 （对丙）你看你说话我听不清楚，（指甲）你说话我听得可清楚。

甲 我的话您听清楚了？

乙 听清楚了。俺刚一进门，你就说："我请客，我请客。"

甲 ……我没这么说！

乙 这句也听清楚了，"吃完了你还给俺打辆车。"

甲 我还送你辆车哪。

乙 那就这么办吧。

甲 这耳朵是真聋假聋？

丙 （"说口"）俺两口吃苦受累几十年哩，现在日子不作难哩，孩子们现在都有了钱哩，让俺消费来解解馋哩，吃一年少一年哩，说不定哪天就玩儿完哩。

甲 别这么说。你二老真是应该享享福了，讲营养吃海鲜，来个鲍鱼。

丙　中，那就来个鲍鱼。

乙　等等，这鲍鱼多少钱？

甲　四百六。

乙　俺娘哎！（从座上出溜下来）吃个鲍鱼四百六，半头驴钱没个孬孙的了。

丙　你瞧你，咱今天不就是来消费的吗？

乙　换个菜吧。

甲　那就换龙虾，来个一虾三吃。

乙　中，就瞎吃哩！

丙　等等，这得多少钱？

甲　二百八。

丙　（从座上出溜下来）俺娘哎！

乙　耶，你咋也出溜下来了？

丙　二百八吃只虾，四百斤粮食算白搭，有了钱这么花，早晚他娘得败家。

乙　再换个吧。

甲　换什么菜？

乙　俺俩牙口不中了，吃点软乎的。

甲　吃什么？

丙
乙　嘻嘻——豆腐脑。

甲　改豆腐脑啦？您到对门小吃店去吃吧。

乙
丙　走，走，这老板放着钱不知道赚。（二人下）

甲　（对观众）您看见了吧？这是有钱舍不得吃的。也别说，有些人长期过艰苦的日子，节衣缩食的消费意识一时还改变不了。（对台侧）二位，咱商量商量，我这可是五星级的酒店，别光来喝豆腐脑的。来点高消费的、舍得花钱的，像什么款爷、大老板呀，老来喝豆腐脑的我这儿就快关张了。

〔乙、丙扮成两位大款模样的男士，醉醺醺地摇晃着走上。

丙　老，老……老扁！

甲　我成老扁啦？

乙　老板！你把他给，给……牵进去。

甲　牵进去？

丙　牵进去那是驴，你得说把我给端进去。

甲　这也不像话。明白了，让我把您给搀进去。您请坐。

丙　上……酒！

乙　（对丙）上什么酒？别喝了，你说话舌头……舌头都大啦。

甲　你这舌头也不小了。二位都喝成这模样了，还能吃得了吗？

丙　吃不了打包！（掏出一捆儿钞票拍到桌上）五千！够不？

甲　够。您要什么？

乙　好烟有吗？

甲　有。

乙　来二十条——打包！

丙　洋酒有吗？

甲　有。

丙　来两瓶——打包！

甲　哟，那钱就不够了。

乙　（掏出一捆儿钞票拍到桌上）加五千！大龙虾有吗？

甲　有。

乙　来俩——打包！

丙　有大闸蟹吗？

甲　有。

丙　来俩——打包！

乙　小姐有吗？

甲　有……

乙　来俩——打包！

甲　这也打包啊？（生气地）手机要吗？

乙　来俩——打包！

甲　轿车？

丙　来俩——打包！

甲　导弹？

丙　……导弹？（对乙）导弹咱要吗？

乙　弄俩回家让孩子放着玩儿去！

丙　来俩打包!

甲　什么都要打包呀?

乙　这么跟你说吧,凡是你这儿有的、能开发票报销的我们都要。

甲　噢,敢情你俩是吃公款的呀?

乙　废话,吃自个儿的谁他娘的能这么折腾!

甲　你们这么折腾就不怕纪检的来查你们?

丙　什么?纪检的查来了?哥!快走哇,纪检的来了……

乙　坏了,快走……(向反方向走)

丙　这边!

乙　我这腿肚子转前边去了……(二人一溜歪斜地跑下)

甲　这也是一类消费者,就是不怕花钱海吃的。老百姓对这种腐败作风的人都恨透了……(发现桌上两沓钱)您看,一听说纪检部门的人来,光顾跑钱都忘拿了。今儿生意不错,什么都没卖落一万块钱。(将钱装起)看,又来客人了……

　　〔丙扮成三十多岁的汉子,心情沉闷地走上。

丙　老板!包间有吗?

甲　有,六号。

丙　给我安排一桌儿。

甲　行,什么标准?

丙　随便。

甲　喝什么酒?

丙　随便。

甲　上什么菜?

丙　随便。

甲　几位?

丙　随便……两位。(入座)

甲　(对观众)两位?包间?那位准是女的。

　　〔乙扮成中年妇女,走上。

乙　老板,有一位先生来订座位了吗?

甲　六号,等着您呐。(对观众)您看是女的吧?(将酒送上,侧耳听着)

丙　(站起)来啦?坐吧。

乙　不，你先坐。

甲　（背供地）瞧人两口子多客气。

丙　（提起酒瓶）来，我知道你平时不喝酒，但是今天我应该请你喝这一杯。

甲　那是，今儿这是什么日子。

丙
乙　来，祝我们——

甲　生活幸福。

合　离婚成功。

甲　啊！离婚？（走近）大妹子，感情挺好的，干吗要离婚呀？

乙　大哥呀，这日子没法过了！你是不理解我呀……（趴在甲肩上）

甲　我理解你……你把手放开。（自语地）我还没享受过这种待遇。妹子，有什么过不去的？

乙　他好赌博，几个月没往家交钱了。

甲　全给输了？

乙　所以人家给他起了个外号。

甲　叫什么？

乙　"月月舒"。

甲　这什么外号！

丙　（委屈地）我愿意输吗？我想输吗？我能不输吗？我敢不输吗？跟我一块儿打牌的一位是公司的副总、俩董事，咱能不懂事吗？

甲　噢，拿钱拉关系去了？那你们两口子……

乙　好，你承认我们俩是两口子，证明我们把人物演活了，你得给我们每人五千。

甲　我把这事儿给忘了。给……（取出那两沓钱）一人五千！数一数。（溜下）

丙　（数着钱）嘿，还真大方！

乙　（对观众）嘿嘿……吃了喝了还落一万块钱！

丙　不对，这钱是咱俩的！

乙　咳！你回来……你回来……

　　〔二人追下。

——结束——

一个不能少

（于 2000 年郑州电视台《人口普查专题文艺晚会》播出）

参演者　牟　洋、于海伦、张剑华。

　　　　〔牟、于由台左侧，张由台右侧同步走上。

张剑华　二位专家好？我们群艺馆新编的那个小品本子看过了吧？

牟　洋　看了几遍，编得不错——挺逗乐儿的。

于海伦　可以找演员排练了，这样的小品演出准受欢迎！

张剑华　还找什么演员哪，您二位是演小品的专家呀！我们馆长说，让您二位
　　　　带着我咱仨就演啦。

牟　洋　馆长今年多大了？

张剑华　四十多点。

牟　洋　该退休啦。

张剑华　四十刚过就让退呀？！

于海伦　冲他这脑子，两年前就应当退！这小品里仨人物，一个老太太、一个
　　　　中年妇女和一个做街道的工作的干部，咱仨全是男的，那俩女的叫谁
　　　　演呀？

张剑华　你俩演哪！我们馆长说了，喊三声"专家"把你俩喊晕了，就什么人
　　　　物都能演了。

于海伦　（不服气地对牟）听见没有，说喊三声"专家"就能把咱喊晕了？

牟　洋　哼！别说喊三声了……走，化装去。专家嘛，什么人物都演得了。（得
　　　　意地走下）

张剑华　馆长这招还真灵。跟大家交代一下剧情，这个小品是反映当前人口普
　　　　查的内容。我扮演剧中搞人口普查的普查员——到社区去做那婆媳俩
　　　　的思想工作。（走下）

〔牟换好老太太服装，手持头套走上。

牟　洋　（对观众）愣让个大老爷们儿演个老婆子，也别说，谁让咱是专家哪。我一戴上头套就算进入角色了……（背过身戴头套，再向观众亮相）嘿嘿……不瞒你们说，我姥姥就这模样。（用"说口"背供）我是李大妈，今年六十八，儿子生了俩，闺女养过仨，要不是我老头子死得早，怎么着也能凑半打。伺候了一辈子孩子还没歇过乏儿，老来又赶上新的一茬儿，我那儿媳妇搂不住闸，生了大丫、二丫还有三丫……妈呀，我说这些干啥，现在正搞人口普查。

〔于戴披肩发，扮成中年妇女走上。

于海伦　妈!

牟　洋　哎! 嘿，瞧瞧我这儿媳妇长得多漂亮……就是脖子底下长了个嗉子。

于海伦　（将牟头套抓下）

牟　洋　哎哎……干什么你?

于海伦　什么嗉子，你养鸡哪?

牟　洋　把头套给我，这演出哪!（将头套夺回，戴上）

于海伦　严肃点，不许再开玩笑，重来。妈!

牟　洋　哎!

于海伦　一会儿人口普查办的人来，您得按户口本上人数说，别弄错了。

牟　洋　你教给我的那些话，妈都背下来了。可我就怕见了生人这嘴不听使唤。

于海伦　这样吧，我现在好比是人口普查办的普查员，来问问你，咱试试。大妈!

牟　洋　哎!

于海伦　您家几口人哪?

牟　洋　几口人哪……二丫、三丫不能说。啊，有我儿子、儿媳妇、我和我大孙女丫丫，除了俩没户口的，一共四口。

于海伦　没户口的就别说了，二丫和三丫都是黑孩子。

牟　洋　胡说! 我那孙女长得白着呢，怎么是黑孩子呀?

于海伦　不是长得黑白，超生没户口的孩子，就叫黑孩子。

牟　洋　这就叫黑孩子呀?……也对，丫她爹的小名就叫黑孬。常听说这有个黑窝点，那有个黑窝点，现在我才知道，那就是说咱们家哪。

于海伦	别胡联系！超生是要罚款的，记住，如果有人问二丫、三丫千万别说是我生的。
牟　洋	那说是我生的？我都六十八了，我生得出来吗？
于海伦	就说是您姑娘生的，把这俩孩子放咱这儿是让您看着的。
牟　洋	你的意思我明白，不能让俩孩子跟我叫奶奶，叫姥姥。
于海伦	对。人家又问你：大妈，您姑娘怎么生了俩孩子啊？
牟　洋	啊……她俩是双胞胎呀！
于海伦	对对！孩子多大了？
牟　洋	一个三岁，一个五岁。
于海伦	啊？
牟　洋	啊……她是难产哪！
于海伦	难产也没有差两岁的！
牟　洋	你听我解释呀，她是……刚生下来一边大，有一个越长越大，一个越长越抽抽儿，一个长、一个抽，长呀抽呀……这孩子变橡皮筋儿啦。
于海伦	行了行了，您别说了。一会儿普查办的来，我自己说吧。反正这俩孩子都让我给送出去了。
牟　洋	不让我说更好，我就怕一秃噜嘴把那孩子说出来。没我的事儿，我出去转转去……（欲走）
于海伦	回来，把孩子的那几双鞋拿去刷了。
牟　洋	哼，你总得给我找点活干……（从桌下取出脸盆，内有大小不一各种颜色的几双儿童鞋，嘟哝着向外走）
	〔张剑华扮成普查员走上。与大妈相遇。
张剑华	大妈您好哇？
牟　洋	好什么，这不正干活嘛！你是谁呀？
张剑华	我是乡普查办的，到您家来核实一下户口。
牟　洋	妈呀，还真来了……（紧张地）同志呀，我们家的俩孩子……坏了，我还是把实话说出来啦。
张剑华	俩孩子？
于海伦	（急将牟拉开，对张遮掩地）啊，俩孩子……？来，先请坐，喝茶不？抽支烟……

张剑华　您不用忙活了。那俩孩子……？

于海伦　那个……你说那俩孩子呀，他……不是真孩子。

张剑华　这孩子还有假的？

于海伦　孩子不能有假的，都是真的，因为……这个，这个……

张剑华　到底是怎么回事呀？

于海伦　别着急你听我给你编哪……

张剑华　什么？

于海伦　不是，你听我跟你说呀。我妈她……她是我婆婆，我婆婆有个闺女，她嫁到四川去了……对了，四川人跟鞋叫孩子。我婆婆在那儿住了多年改不过口来了，所以经常把鞋说成孩子。（自语地）这活儿还真够累的。

牟　洋　对对对，我说是这孩子，不是那俩黑孩子。

张剑华　什么？

牟　洋　（急忙改口）我说的不是那俩黑孩子，是……（从脸盆中取出一只七岁女孩穿的黑色布鞋）这俩黑孩子。

张剑华　噢，是这俩孩子。哎，大妈，您家几口人呀？

牟　洋　啊，六……是四口。

张剑华　六十四口？

于海伦　那成了养猪啦！

牟　洋　我说的呀，是四口。

于海伦　（对张）你听见了吧？是四口。（对牟不耐烦地）没你事了。走，刷孩子去吧。

牟　洋　走就走……（慌乱中盆落地将鞋撒在地上）哎哟鞋……

于海伦　孩子！

牟　洋　瞧！孩子都掉地上啦。

张剑华　大妈，您别着急，这孩子也摔不坏。来，我帮您捡……（捡着，见鞋生疑地）哎？大妈，您家是四口人吗？

牟　洋　没错。你算呀，儿子、儿媳妇，我，再加上我大孙女丫丫，这不是整四口吗？

张剑华　那这盆里的鞋……不，按您的话说，这些孩子，都是谁的？

牟　洋　这些孩子……

于海伦　（急忙插话）都是我们四口人穿的。

牟　洋　对，都是我们四口穿的。你看……（从中拿出那双黑布鞋）这双，是我们大丫穿的鞋。

张剑华　这双是大丫穿的。（从盆中提起一双五岁女孩穿的小花鞋）那这双是谁穿的呢？

牟　洋　是俺二……俺儿他穿的。

张剑华　啊！你儿子的脚比你孙女的脚还小哪？您儿子多大了？

牟　洋　三十八了。

张剑华　有三十八岁大老爷们儿穿这么点鞋的吗？（对台下）你们大伙说，有三十多岁的大小伙子穿这么小鞋的吗？

牟　洋　你喊什么呀！就是他穿的！

张剑华　不对，他三十八岁……

牟　洋　你听我说呀，他三十八了……他光长岁数不长脚，就这鞋他穿着还逛荡呐！

张剑华　好好好，就算是你儿子穿的……

牟　洋　干什么就算是我儿子穿的呀，就是！

张剑华　好，就是。（又从盆中提起一双三岁女孩穿的小红鞋）那么这双又是谁穿的？

牟　洋　这双……他……那个……（指于）你问她去吧！

张剑华　（转向于）这双鞋是……

于海伦　这双嘛……（指牟）她穿的。

牟　洋　我穿得进去吗？

于海伦　你穿的，你穿的……（对牟横不讲理地）就是你穿的！

牟　洋　对！（对张蛮横地）就是我穿的！你能把我给枪毙了吗！

张剑华　咳，您跟我较什么劲呀！我是说这鞋也太小了……

牟　洋　你说这鞋小是不？对呀……因为，它不是我今年穿的。

张剑华　去年你也穿不了！

牟　洋　也不是去年，是过去……对！过去女人不是兴裹脚吗？哎哟我裹的那脚呀可小呢，也就这么大点儿（比画）。后来兴放足了，哎哟这一开放，我这脚可就搂不住了，噌——（抬脚展示）瞧瞧，都穿 44 号的鞋啦！

张剑华　哈哈哈……我把话直说了吧。看来你们娘儿俩对这次人口普查的目的、意义和要求还不够了解。对未报户口的孩子和那些超计划生育的孩子，要查一查有没有漏登的。政府还有明确的规定，普查登记的资料，不能做行政管理的表彰和处罚的依据。如果你们家有没申报户口的孩子，这可是申报的好机会呀！就算是给孩子交一些社会抚育费，这也是应该的。大妈，您说我说的对不对？

牟　洋　对！……可是这家里我说了不算呀。（对于）孩儿他妈呀……（从兜内取出一张纸条）这是昨天大丫临走的时候，掉着眼泪交给我的，你拿去看看吧……

于海伦　（接过纸条念）"奶奶，老师说人口普查是利国利民的大事呀。可是咱家六口人，对人总说是四口，我那俩妹妹二丫、三丫没户口，以后上学咱办呀？咱不能总是这样说瞎话呀！"

牟　洋　孩儿他妈呀，你说……（抹泪）这可怎么办呢？

于海伦　妈，二丫和三丫的户口，这次我一定要给他们补报上！

张剑华　好！这才是参加人口普查的积极态度。这次普查的要求呀，就是不能漏登、漏报，一个也不能少。

牟　洋　噢，一个也不能少啊？孩儿他妈，干脆你把肚子里的四丫也给报上吧！

张剑华　啊！这肚子里还有一个呀？！

于海伦　四丫呀？（摘下假发，指牟）你上他肚子里面找去吧！

牟　洋　（摘头套）我这里边也没有呀！

——结束——

包子和老虎

（于 2001 年威海电视台春节晚会播出）

人物　男演员甲，分别扮演街头小摊贩、老厂长。

　　　男演员乙，分别扮演外办接待员、摄像师。

　　　外籍女士，扮演外商。

幕启　在观众席间，男甲催促男乙与外籍女士上场。

演员甲　快，该咱三个演节目了，你们先上，我得先化化装。

　　　〔男乙同外籍女士走上舞台，进入角色。

接待员　卡拉小姐，你来这十多天了对威海了解差不多了吧？

女外商　NO，要说了解差不多了是吹牛，我现在只能算是一个"威海通"吧。

接待员　啊！这还不吹牛呀？那我考考你。

女外商　可以，我就给你当一次威海话的翻译。

接待员　威海人称呼自己的爸爸怎么说？

女外商　"俺爹。"

接待员　叫哥哥？

女外商　"锅！"

接待员　（指自己的头）这叫什么？

女外商　"斗哇！"

接待员　问你吃饭了吗？

女外商　"逮了么伙计？"

接待员　哎呀，你可真成了"威海通"啦！

　　　〔男演员甲扮成街头卖包子的老太太，在幕后叫卖："哎，来吃吧，鲅鱼包子！"

女外商　什么，扒了皮的豹子？

接待员　完了，"威海通"不通了吧？

老太太　（挎柳条篮子走上）哎，来吃吧，刚出锅儿的鲅鱼包子！

女外商　NO！NO！豹子老虎是受保护的动物，是不能吃的。

老太太　不是山上的豹子，是海里的鲅鱼包子。

女外商　海豹就更不能吃了。

老太太　哎呀闺女，你不光是个老外，还是个老敢。来，吃一个就知道了……

　　　　（递过一个包子）

女外商　（接过包子咬了一口）啊，是鱼肉做的，真鲜呀。喜欢吃的人很多吧？

老太太　那客人可是大鼻子他爹——老鼻子啦！到威海来的人，谁不想住海边

　　　　儿，逛海沿儿，洗海澡儿，吃海鲜儿。

女外商　对对，您的经济收入一定也很多了。

老太太　俺威海人说："一万两万不算富，十万八万刚起步。"俺就算刚起个步

　　　　吧。过两年俺攒了钱，就不卖包子了，兴许还办个工厂干干呢。

女外商　您如果办工厂，我们可以合作呀！

老太太　一言为定。

女外商　决不食言！

老太太　空口无凭，咱俩拉钩为证。（与女拉钩）拉钩就算，一百年不变。

接待员　再见吧。

女外商　拜拜！

老太太　哎，闺女！你叫什么名字？

女外商　我叫卡拉。（同乙走下）

老太太　坷垃？这名字不好，坷垃块子多了走道都硌脚。咱跟人家一拉钩儿，

　　　　得说话算数，俺还真得攒钱干个大买卖，别叫人家说俺老婆子说话是

　　　　攥着大腿号脉——没准儿哪！哎，卖鲅鱼包子！（边吆喝着走下）

〔男演员乙扮成摄像师，提着摄像机同女外商走上。

女外商　时间过得真快，转眼间过去八年了。

摄像师　这八年变化太大啦。

女外商　是呀，你现在已经成了音像公司的摄像高手了。

摄像师　不敢不敢，也就是个大师吧。这次能为你们公司来拍摄电视广告，也

　　　　算我们有缘吧。哎，咱要找的地方到啦。

女外商　（念厂标）新威玩具厂。

摄像师　厂里有人吗？

　　　　〔老太太走上。装束比从前讲究，容貌显得年轻。

老太太　没人，厂子不早倒啦……哎，怎么看着这么面熟？

女外商　啊！我认出您了，您是，您是……鲅鱼包子！

老太太　对……俺怎么成包子了。你是那个、那个……哈喇吗！

摄像师　哈喇那是有味儿了，人家叫卡拉。

老太太　咳，卡拉哈喇了都是一个味儿。

摄像师　怪事了，八年没见，你这老太太怎么变年轻了？

老太太　你没看见？俺垫了鼻儿，文了眉儿，割了眼皮儿，还抹了嘴唇儿。

女外商　您这八年，真是脱胎换骨了。

老太太　可不是吗，变得像另活过一次一样。人都说俺年轻得像个大姑娘似的。

摄像师　哎哎，鲅鱼包子，快把这厂的厂长找来，我要给他们厂拍广告片子。

老太太　还找什么厂长，拍什么镜头俺跟着拍吧！

摄像师　嘿，你还想跟着抢镜头啊？人家卡拉小姐专程来拍广告的，是为拿到
　　　　国外去推销产品，不是去推销老太太。

女外商　不要这样，对人说话要客气一点。

摄像师　好，我客气一点。（对老）请您啊……卖包子去吧！

老太太　你……（手机响起）

摄像师　（对女）你看这卖包子的真赚钱了，都用上手机了。

老太太　（用英语通话）哈罗，哦，底特律吗？

摄像师　（纳闷地）这老太太神啦，跟底特律通上英语啦。

老太太　OK，皮尔斯经理，对不起，我现在有点事，晚上咱们网上聊，好吗？

摄像师　（惊奇地）她还学会上网啦！

老太太　NO，俺不算什么企业家，就是个玩具厂的厂长罢了。

摄像师　这卖包子的真当上厂长了！

老太太　拜拜！（关手机）

摄像师　（对老太太不好意思地）嘿嘿嘿……您是厂长？

老太太　俺是鲅鱼包子。

摄像师　对不起，怪我有眼不识泰山。咱快拍片子吧。

老太太　俺别跟着抢镜头，俺还是卖鲅鱼包子去吧。

女外商　（拉住老）老人家，是这样，上次中韩经贸洽谈会，我的业务员与贵厂签了经销玩具的合同。这次想出资来拍个广告片子，进一步打开欧美市场。

摄像师　老厂长，这可是千载难逢的好机会。

老太太　机会是不错，就是你这个大师太差劲了。走，到展室去拍吧……到了……

〔摄像师低头为机器上带子。老太太掀起长桌上的罩布显示出形象逼真的老虎、豹子、豺狗等玩具产品。

女外商　（惊叫起）哇！

摄像师　（吓得趴在地上）别动！（举摄像机）过来我开枪啦！

老太太　还大师呐，看把你吓得这个熊样。

女外商　大师，这些动物玩具做得太逼真了，你看怎么拍好？

摄像师　这些简直跟真的一样。（对老）哎，鲅鱼……不，厂长。为表现这些动物的真实感，尽管都是您一手设计的……

老太太　那没错，专利人就是我。

摄像师　但是，当产品一出来，一看那虎威，那豹胆，连您自己都吓趴下。

老太太　（大笑）俺可不像你胆小得像个老鼠。你想呀，俺靠卖鲅鱼包子攒了点原始积累，然后到国外又做了点市场考察。

摄像师　唷嗬，您还出过国？

老太太　这算个嘛？五十岁以前，俺连烟台都没去过。这两年，去趟韩国就像赶个集儿似的。后来，俺来个运筹小幄……

摄像师　说错了，那叫运筹帷幄。

老太太　微，不就是小吗？俺说小幄，是在俺这个小屋里运筹，办起的这个玩具厂。

摄像师　合着你们办工厂全在家里办哪？

老太太　搞对外贸易加工的厂子，道边儿海边儿城边儿到处都是呀！俺这些跟国际市场打交道的人，没点胆略能行吗？

女外商　大师，这个创意不太好，还是另考虑个方案吧！

摄像师　你放心，我一定把老厂长拍得年轻漂亮了。老厂长，女士要拍广告上镜头我教您个诀窍，记住俩字——上手。

老太太　上手？

摄像师　就是用手在脸上找感觉。

老太太　俺不会找。你是摄像师，俺听你的。

摄像师　好，您站在老虎那儿，我说您做。把小拇指头放在嘴唇上，哎，这表情叫天真；把手指头杵鼻子尖底下，哎，这叫浪漫；把手指头戳在脸蛋那儿，哎，这叫妩媚……

老太太　俺要这样呢？（用四个手指托腮）

摄像师　哎，是您牙疼啦。

老太太　不行。你让俺冲着老虎，一会儿这样，一会儿那样，一会儿又这样……那不成耍膘子啦！

女外商　大师，你这拍法，人家会说你和我一样"老外"呀！

摄像师　（对老太太）那按照您的意思怎么拍才好呢？

老太太　俺说这样拍……

女外商　好，您说……（拿过摄像机，悄悄地开机拍摄起来）

老太太　玩具是世界儿童的天使，广告应当拍出儿童的乐趣。俺搂老虎，嘴里哼着摇篮曲，拍着它睡觉，这情趣不就出来了……（抱起老虎，学哄孩子睡觉）"阿了了，阿了了，拍着宝儿睡大觉啊，宝儿不哭也不闹啊，睡醒觉来尿泡尿啊……（把着老虎向摄像师）哧……哧……"

摄像师　往哪儿尿呀？不行不行，您这也太离奇啦！

女外商　不！就要这个传奇的色彩。一个卖包子的老太太，在这样短暂的时间里成为企业家，多么了不起呀！而且现在威海"家家办工厂，人人当老板，坐在炕头挣美元"。用一句歇后语形容他们：是老太太骑摩托——抖起来了伙计！

摄像师　你是这广告的客户哇，那我就按你的想法来拍吧！

女外商　不用了，刚才我已经拍好了。

摄像师　合着我这个大师折腾了半天白忙活啦！

老太太　哪能让你白忙活，走，俺请你们俩去吃……

三人合　鲅鱼包子！

〔三人携手走下。

（赵连甲、王悦之合作）

表演者：谭志刚——饰小摊贩、老厂长

贺佳娜——（外籍）饰女外商

赵连甲——饰外办接待员、摄像师

绿色情缘

（于 2001 年山东电视台"3·15"文艺晚会播出）

人物　赵老板　50 多岁，个体商户。

　　　赵敏　20 多岁，赵的女儿。

　　　谭建　20 多岁，工商所所长。

　　　姜朋　30 多岁，商户采购员。

地点　赵老板的家里。

幕启　台中一道带窗户的墙片——呈里外屋。外屋有桌椅、电话。

　　　〔赵老板拿着用小毛巾包好的东西上。

赵老板　（说口）当今社会，讲究绿色消费，我包里的品类，堪称绿色之最，价
　　　　钱不贵，又合乎我的口味，令人陶醉，是啥宝贝？（开包）烤地瓜。
　　　　嚯！嚯！还真烫。

　　　　〔姜朋匆匆跑上。

姜　朋　老板坏啦！老板坏啦！

赵老板　老板坏啦？我哪儿坏啦？

姜　朋　不，咱干的那买卖出事了。刚进的那批天然营养品发菜……（哭起）
　　　　呜呜……

赵老板　别哭！一个大老爷们儿，咧嘴就"呜呜……"不怕寒碜呀？怎么回事
　　　　儿，说！

姜　朋　咱这批发菜让工商所给没收啦！

赵老板　啊！给没收啦……（哭起）呜呜……

姜　朋　别哭！一个大老爷们儿，咧嘴就"呜呜……"你不怕寒碜呀？

赵老板　我能不哭吗，几万块的成本哪！你进的这批发菜是假货吧？

姜　朋　全是真的，地道的绿色珍品。不光把货没收了，还要罚款哪！

赵老板　还要罚……（欲哭又止）先别哭了，得想办法把货要回来。

姜　朋　其实呀，让您闺女赵敏帮把劲儿就全解决了。

赵老板　瞎扯，我闺女是工厂会计，又不是管工商的。

姜　朋　您糊涂了，赵敏的对象是谁？

赵老板　区工商所的所长谭建呀。

姜　朋　这不有管工商的了？这事儿还就是谭建干的。他有权力，您闺女有魅力，您闺女……啊，要是……那个，可就……是不是？

赵老板　你要说什么呀！行了，你回去吧。让我想想办法。

姜　朋　这出戏就看您怎么唱了……（欲走又回），别让他罚款，（欲走再回）还得给咱退货……

赵老板　走！你还有完没完？

　　　　〔姜朋下。

赵老板　（焦急地走动着）这出戏我怎么唱呢……（手摁在桌上的地瓜）哟，又烫一下……哎，有了。（拨电话，无病呻吟地）赵敏哪，你快回来吧，你爹我不行了……（放下话筒，边动作边背供地）得用块湿毛巾把脑门儿捂上，这烤地瓜呀（夹在腋下），把体温计插上……（歪在椅上）哼哼……哼哼……

　　　　〔门外车铃响过，赵敏跑上。

赵　敏　爹！您怎么啦？

赵老板　哼哼……病了，试体温呐，你看我发烧不？

赵　敏　（从赵腋下取出体温计，吃惊地）妈呀，四十三度六！快打电话上医院……（背身拨打电话）

赵老板　哼哼……（偷着取出烤地瓜咬了一口，自语地）还挺甜的。

赵　敏　谭建呀，快回来，送我爹上医院吧……快，快！（放下通话）爹……

赵老板　嗯，嗯……（强咽口中食物——噎得直翻白眼儿）。

赵　敏　坏了，翻白眼儿了。爹！坚持住呀！谭建马上就到……

赵老板　（自语地）差点没噎死我……赵敏呀，告诉谭建，开辆卡车来。

赵　敏　开卡车来？

赵老板　趁我还明白，让他把咱家冰箱彩电沙发衣柜，是值钱的东西都拉走。

赵　敏　嘻，还不到料理后事的时候呐！

赵老板 他要觉着还不解气，连这两间房子也一块儿没收算了。

赵　敏 说啥呢，烧糊涂啦？

赵老板 我不糊涂。他是你的对象，我这没过门的丈人得支持女婿的工作啊。

赵　敏 怎么听不懂说的啥意思呀？

赵老板 明说了吧，我那大货床子刚上了一批发菜，那可是真正纯天然的绿色名品呀，让他给没收了不算，还要罚款。你想呀，连扣带罚咱还能不倾家荡产？我是急火攻心，噌——高烧就四十三度六啦！

赵　敏 爸，您别着急。我，我……哎哟，您把我快吓死、急死了。

赵老板 你要真有孝心，就想法子让谭建把罚款免了，把货给退回来。不然一会儿我就烧成六十度的老白干啦！

赵　敏 爸，谭建的脾气您也不是不知道……

赵老板 别说了，你要是还想要你这个爹和这个家，就照我的话做。谭建不是死心眼吗？我教给你三个绝招儿，就是一急二哭三休克。

赵　敏 （掰着手指头记）一急，二哭，三休克？

赵老板 把他吓唬得服服帖帖的，事就成了。哎，你们哪天登记来着？

赵　敏 （有些羞涩地）您忘了？就是今儿下午。

赵老板 耶，那可真得抓紧时间了。待会儿你看我的手势，我伸一个手指头是急；伸俩手指头是哭；伸仨手指头，你咣当躺下就休克。在这三个程序里，我的手势一这样……（似乐队指挥放大动作）你就把表情跟调门儿放大点。来，咱先试试。（手势，放大动作）

赵　敏 （跺脚大喊）谭——建！

赵老板 （吓了一跳）行，嗓门够用。可以，照这样来……哎，外边门响，谭建来了，我躲里屋去……哎，让他背着窗户，你盯住了我的手势就行了……（躲进里屋）

〔谭建走上。

谭　建 赵敏，你爹不在家呀？

赵　敏 等等，你说谁爹？

谭　建 对了，登完记那就等于也是我爹了。（亲热地）敏……

赵　敏 （幸福地偎在谭的怀里）建……

赵老板 （隔窗偷看，自语地）哎哟闺女，啥时候了还弄这个！（向赵敏示意）

看我手势……（做放大动作）

赵　敏　（温情脉脉中忽然跺脚怒吼）谭——建！

谭　建　哦……（吓得摔倒）

赵　敏　哼！今天的事儿你要不同意，我，我可急了。

赵老板　（自语地）这像急的样吗？（做放大动作）

赵　敏　（下意识地说出）知道，还不够劲儿。

谭　建　嗯？（四处巡视）什么还不够劲儿？

赵　敏　别回头！（跺脚大喊）谭——建！你要不同意我可生气了，啊？

赵老板　生气有现商量的吗！（再次放大动作）

赵　敏　我就伤心了，我就难过了，我就不理你了，我就离你远远的了……

赵老板　（随赵敏的话连续做动作）我成乐队指挥了。

谭　建　赵敏你别着急，对我有什么要求你就说嘛！

赵　敏　谭建，你们所的人是不是没收了一批发菜？

谭　建　是，是从你爹……不，是从咱爹那儿收回来的。

赵　敏　你先别这么叫。货不是假冒伪劣的，你不能罚，没收的东西你得给退回来。

谭　建　这事……要说我确实有做得不对的地方。

赵老板　有门儿，这小子承认错误了。

谭　建　我对他老宣传和引导不够。

赵老板　他的话怎么又拐弯儿啦？

谭　建　像这种发菜，还有冬虫夏草呀好多天然名贵珍品，由于哄挖乱采，使生态环境遭到严重破坏。这几年沙尘暴成灾，就是这种现象造成的。国家有明文规定，像发菜这类名品是不允许流入市场的，也不能称其是绿色食品。对咱爹……

赵老板　一急不用了，来二哭吧。（挥动两个手指）

赵　敏　（下意识地对老赵点头）明白……

谭　建　（误解地）好，明白了就好。

赵　敏　我让你明白。今天下午咱俩一登记，我就是你媳妇了，这是我最后一次求你，你都不……（抽泣）你心里根本就没有我……（抽泣）

赵老板　这火候儿哪行哪！（做放大动作）

〔赵敏继续抽泣。赵又放大动作，赵敏加重抽泣；赵再放大动作，赵敏再加重抽泣——直至赵敏无法坚持下去。

赵　敏　不行了，我都喘不过气来了。

谭　建　是呀，脸都憋紫了。赵敏呀，怎么能说我心里没你呢？我们严格执法，是对国家和广大消费者负责，其中也包括对自家妻儿老小的厚爱和深情。对咱爸……

赵老板　看样非得狠点儿不行了——唉！（伸出三个指头大晃）

赵　敏　（背过身掰着手指头背供地）一急二哭三休克。对，该休克了。（回身对谭建）别说了！你这就快把我气晕过去啦……（欲向后摔倒，又回头自语地）我得看好摔哪儿合适……

赵老板　可要了命了——快摔呀！（做放大动作）

赵　敏　唉！往这边摔好……（欲摔又怕，坐在地上）

赵老板　这是休克吗？

赵　敏　（下意识地嘟哝着）这招儿没使好，要不再摔一回……

赵老板　嗐，别把实话说出来呀！

谭　建　你说什么没使好？

赵　敏　我说今天登记登不了！

谭　建　（将赵敏扶至椅上）你先别说这话，这事得让我想想。（走着背供地）看得出来，这出戏编导演的水平都不高。这戏要接着唱，那就该轮到我出场了……

赵　敏　甭想别的，就说对我的要求同意不同意吧。说同意，咱就登记结婚；说不同意，门开着呐，你给我出去，咱是老和尚搬家——吹灯拔蜡！

赵老板　行，别看三招没使好，话茬子够硬，玩横的！

谭　建　好！直说吧。不就是把咱爹的罚款免了，再把扣的发菜退回来吗？这算什么，我同意啦。

赵　敏　真的？（高兴得跳起来）

赵老板　（喜出望外，作朗诵诗状）啊，爱情啊！你神圣的力量，是多么地伟大啊！

谭　建　这事我马上去办，回来咱就去登记结婚。

赵　敏　没问题。装修房子，买家具，操办喜事，我一人包了。

谭　建　还有，你再蒸一口袋馒头。

赵　敏　蒸那么多馒头干什么？

谭　建　你想啊，我把罚款单毁了，再把发菜偷出来，还不把我送到监狱里呀？我这人饭量大呀，你看我的时候给我多带点馒头去。哎，前几天你要来卖废品的穿的破棉袄、绒衣绒裤一块儿给我送去。

赵　敏　那干什么？

谭　建　老在牢里蹲着冷啊，也省了花钱现买了。再说，在牢里穿身新棉袄也不好看呀！

赵　敏　（心疼地）你胡说什么呀！

谭　建　我这可不是胡说。今天为去登记，我才没穿工商制服。我头顶国徽，肩扛红盾，是维护绿色消费者利益，是我们的职责。我知法犯法，那就得抓进去。不过为了满足我的爱人登记前最后一次要求，我豁出去了！

赵　敏　你豁出去，我豁不出去！（冲过去抱住谭建）

谭　建　别拦着我，我表了态了就要兑现。

赵　敏　不！我不让你到监狱里去！

谭　建　我这人的脾气你也知道，你再劝也没用，咱就这么办了。

赵　敏　妈呀，这可怎么办哪……（背供地）有办法了，一急二哭三休克。（跺脚大喊）谭——建！（抽泣）你可不能这样干呀……（晕倒在地）

谭　建　坏了，我这戏演过火啦。

赵老板　（冲至外屋）我的闺女啊！都怪我害了你啦！违犯了法规，该没收我的东西，我应该受罚呀……

赵　敏　（站起身，轻松地）爸，您早说这话，我不就不往地上摔了。

赵老板　你……？

赵　敏　（风趣地一笑）您教的，一急二哭三休克嘛。

赵老板　你都给我用上了！

表演者：赵连甲——饰赵老板　　谭志刚——饰谭建

　　　　姜晓红——饰赵敏　　　　姜　林——饰姜朋

画 像

（于 2002 年央视《艺苑风景线》栏目播出）

人物　甲——街头画匠。

　　　乙——街头画匠。

　　　丙——胖女士（可由男演员反串）。

地点　街头。

幕启　甲、乙背着画夹各自推上一面广告牌（实为挡片。二女演员隐身于牌后）。

　　　〔甲、乙一左、一右于摊位前，吆喝着招徕顾客。

合　画像来！画像，哪位画像！

乙　我给您画像，画得要不像您了，您甭给我钱。

甲　我给您画像，画得要像您了，您甭给我钱。

乙　哎，错了。应该说画得不像了您甭给钱。

甲　喏！喏（读 nao 音）！画人物肖像光画像了不灵，第一位的是美化。

乙　不对，第一位的是写真，要画人物的本色。

甲　喏！喏！你说的这套，用英语说 uselss——没用！

乙　你这是矫情，画像讲真实谁都承认这个道理！

甲　喏！喏！……

乙　别挠了，再挠就破了。这没什么可争论的。

甲　我也甭跟你抬杠，咱让事实证明谁对。（吆喝）画像来！画像……

　　　〔丙背着身子，边照着小镜子边嘟哝着走上。

丙　哼！我就不服这劲儿，凭什么说我不够当模特的条件？就咱这身条儿……（回身亮相）走个模特步让你们看看……（模拟）懂吗？这叫猫步，我们院儿里的耗子都搬家了。

甲　（迎上）大姐，我给您画张像呀？

丙　去！路边画画的我见多了，全是骗子！那天非拉我画，还说嘴角翘着点
　　儿能画出笑容可掬的效果，画完一看比哭还难看呢！根本就不像我……
　　（走开）

乙　（拦住丙）您算说对了，我们这行里确实掺杂了一些伪劣假冒的，可是您不
　　能说所有的画家都没本事。这么着……（打开画夹边画边说）今儿我来给
　　您画一张像，保证画得像您。

丙　那……画吧，你要是画得不像我可不给钱。

乙　（边画边说）这您甭嘱咐，我是正规美术学院毕业的，讲素描、画像那是基
　　本功，关键是要抓住人物的形象特点……哎，行了。我给您把画儿挂在这
　　儿，让您自己看怎么样……

　　〔至挡片跟前，做挂画手势从上至下将画的画展开，画面呈现出根据丙的
　　照片制作的画像。

丙　（看画像，惊奇地）妈呀，真像！

乙　像吧？跟您的长相一模一样。

丙　我再细看看……（照着小镜子与画像对照）像是像，可我怎么长这个模样？
　　要把头发去了就跟"吃嘛嘛香"那胖子一样了！算了吧，这画儿我不要了。

乙　怎么能不要了，这不是跟您挺像的吗？

丙　你看着好，就挂那儿留着当广告用吧，保证没人敢找你画了……（欲走开）

甲　大姐您请留步。（对乙）你画得这叫什么呀？你对得起人家顾客吗？还
　　说（夸张地学乙的口气）"这不是跟你挺像的吗？"像什么？整个一个大傻
　　丫头！

丙　哎，你这是怎么说话哪？

甲　大姐您别误会，我是说他把您给画丑啦！

乙　你说我哪点把她给画丑了？她长得就是这模样嘛！

甲　还不服气……（对丙）大姐，您说您是长得这模样吗？

丙　呸！我要长这模样还敢上街吗！

甲　（对乙）听见没有？就凭这位大姐的长相……（见丙形象难于言表）当然，
　　人没有十全十美的。大姐，您只不过长得——是吧？

丙　你就说我太胖了不得了？

甲　这么说不对，应该说您超过了一般女性所具有的丰姿，这种形象太美啦！

丙　哟，照你这么说我还成了靓女啦。

甲　还用我说吗，您天生的就是个大靓女的坯子！您要去参加选美大赛，全世界的漂亮姐儿都得被淘汰了。我就纳闷儿，您怎么不去参加呢！

丙　嘻嘻，可别这么说，我都不好意思了……（捂脸）

乙　我这儿身上直起鸡皮疙瘩。

甲　我说实在的大姐，我要是长您这么漂亮，他愣把我形象画成这模样，我能饶了他吗？没门儿！

丙　你当我就跟他完了？（对乙）你，你丑化了我的形象，你打击了我的心灵，你得包赔我的精神损失！

乙　凭什么呀？

丙　走，你跟我上法院！要不咱私了也行，你赔我两千块钱。

乙　两千？讹人来啦？

甲　你还嘴硬？你看你把这么年轻漂亮的大姐给画的，人家才多大呀？你愣把人家画得这么老气！（对丙）您今年有二十吗？

乙　二十？那她脸上能长那么多褶子吗？

甲　褶子多点儿不足以代表人的实际年龄。大姐把您的芳龄告诉他！

丙　……（含羞地）女人的年龄是不能随便告诉人的。

甲　（对乙）把人画老了不说，还画得这么胖，你再看人家小姐本人，这身条多标准啊！

丙　他们都说我体型保持得最好。

乙　（自语地）腿比我的腰还粗呢。

甲　人家这年龄、身材、长相都在这儿摆着哪，再看你画的，怎么差距会这么大呢？肯定不是技术问题，你是正规院校出来的嘛！主要原因就是……你嫉妒人家。

乙　我嫉妒她？这不是胡扯吗！

丙　你就是嫉妒我！

乙　那你说，我嫉妒你什么？

丙　……（问甲）他嫉妒我什么？

甲　（将丙拉到一边）您不知道，他家里老婆长得丑，所以他养成了一种阴暗的心理，一看见漂亮的女人他就嫉妒，就您这长相偏找他画像，他恨呀，我让你长得这么漂亮！结果把您给丑化了。

丙 （对乙）你嫉妒我漂亮！成心把我给画寒碜的，我跟你没完！

乙 哎哟，我干吗……你爱怎么说就怎么说吧。

甲 大姐您先消消气。在我们行里，还真混进一两个傻瓜硬充画家的，什么都不懂，就会让顾客生气。这么办，我给您重新画一张。

丙 还画呀？你要是画得不像我可不给你钱。

甲 （边说边画起来）您放心吧，画像这是一门艺术，不像他那样专画人家缺点。我画像不光抓住您五官的特征，而且要画出您的气质，您的神韵，保证画出来栩栩如生，和您本人一模一样……您看这张像画成了。

〔至挡片跟前，作挂画状态从上至下将画展开，呈现出后面穿着和丙同样服装的年轻貌美女演员的画面。

丙 我看像我不？（看画）你画得……（不自信地）是不是……比我本人俊了点，叫别人看着会不会认不出是我了？

甲 您太谦虚了，像您刚拍的照片一样。如果说不足，我再把您画瘦点就更美了。

乙 那就更不像了！（对甲）这是你给她画的像？你亏心不亏心呀？

甲 什么意思？

乙 你就这样画呀？简直是在亵渎绘画艺术，一个画家起码得要讲艺术良心吧！

甲 说气话没用。你刚才说自己画得倒像呢，可人家让你包赔两千块钱精神损失费。咱俩谁画得像，让大姐她自己说。大姐您最有公证权，您说这两张画，哪张像您？

〔丙于两块挡片中间左右对照、犹豫再三，最终羞涩地一指漂亮的女演员。

丙 这张像我！

甲 瞧见没有？人家自己当然熟悉自己了。

乙 不一定，也有人自己不认识自己的时候，蒙了连北都能忘了。

丙 你这是说谁呢？

乙 我不跟小姐您顶嘴，您要说他画得像您，我看还差那么一点儿。您脸上这儿有个大痦子，他忘了给画上，我给您添一笔，这张画像就更像您啦……

（用笔给女演员鬓角处画上了一个黑点）

丙 妈呀，添上这个大黑痦子把我美好的形象全破坏了，这画我不要啦！

（欲走）

甲　别走呀，您怕影响了您的青春美貌，我进行一下艺术处理，保证让您满意……（别上一朵绢花掩盖住了女演员的痦子）

丙　哟，这一艺术处理，我可更漂亮了。

乙　这不瞪着眼睛蒙人吗？别上朵花把痦子盖上，要赶上小姐是个趴趴鼻子，还不捂个口罩呀！

丙　（对甲）他这儿老说三道四的，我看着这画儿……闹得我心里直犯嘀咕。

甲　您理他干什么！他是丢脸下不来台了，只能贬低别人，打击别人解气了。我劝您把心平静下来，对您的这幅画像，自己在心里得提醒自己：我漂亮，我是美女，我比唐朝的杨贵妃都酷！

丙　（低语）我漂亮，我是美女，我比杨贵妃都酷……哎？越看嘿，那画儿里人真是越像我啦！

甲　明白了吧？这就是我画像艺术的魅力，一下提高了您生活的信心！您看这画的酬金……？

丙　给您一千吧。

甲　谢谢！

丙　跟他要去（指乙），他赔我那两千块钱，你挣一千，那一千归我。

乙　嘿，里外里她还落一千块钱！

甲　别废话，把钱拿出来！

乙　画像的要都这样挣钱，那我也会呀！画真了难，要往假里画那还不容易！（对丙边说边画）不就是把您画得漂亮点吗？这有什么新鲜的？您看这张，跟您像不像……

〔至挡片前，取下原来的画像。将再次画的像从上至下展开。呈现出后面另一年轻女演员，打扮成满头金发外国女人的画面。

丙　哎哟，他这张画得更像我啦！

乙　我就是根据您俊俏的姿容、气质、神韵画的！本来您就是欧洲的一位清纯少女嘛，您满头飘逸的金发，眼睛明亮动人，蒙娜丽莎见了您不敢抬头，戴安娜王妃见了您头二里多地就得躲着走。如果您觉得哪儿画得还不真实，我可以再做点艺术处理。

丙　嗯，也就这样了。这张我给你五千酬金。

乙　这么说，我画得是不是比他还像？

丙　像，没法再像了！（凑到画中女演员身边）你们看，我俩跟一对双胞胎一样。

　　〔画像中的女演员哭泣起来。

甲　哎？这画里人哭什么呀？

女　（哭着走出画面）她说我长得跟她一样，我，我……我不活着了……（跑下）

丙　哎，我怎么跑了？我！你回来……（追下）

　　〔甲、乙直面观众。

甲　画像来！

乙　画像！

合　哪位画像！

（赵连甲、幺树森合作）

表演者：画匠甲由刘全刚扮演

　　　　画匠乙由刘惠扮演

　　　　胖女人由李嘉存扮演

龙女出宫

（2002年首届中国职工艺术节获创作一等奖）

〔山东快书演员甲（男）、乙（男）、丙（女）走上。

甲
乙　谁好汉，谁英雄，

丙　能人都在——（甲）咱山东！（乙）咱山东！（合）咱山东！

丙　齐鲁儿女多壮志，

乙　科学发展百业兴。

甲　喜看那，海外巨商纷纷投资来建业，

乙
丙　欢迎，欢迎，咱欢迎！

乙　吸引着，八方宾客观光旅游来山东，

甲
丙　欢迎，欢迎，咱欢迎！

甲　就在这一派繁华景象中，那边走来仨妖精。

乙
丙　（白）欢迎欢迎……妖精？妖精来了？娘哎躲躲吧……（转后）

甲　（白）胆太小了，妖精来怕什么……我也躲躲吧（转后）。

〔在乐曲中，甲戴上虾的头饰、丙戴龙的头饰、乙披上贝壳。

丙　（转身）我本是龙王的女儿三公主，来自渤海水晶宫。

甲
乙　（转身）我是大虾精；我是蛤蜊精，（合）跟着公主当随从。

丙　我模样俊，年纪轻，人都夸俺像明星，

　　总想着，找个漂亮的好老公，找个好老公。

乙　嘻嘻，公主想要选驸马，

你看看我，能不能当这个驸马公？

丙　啊呸！不闻闻你身上那味儿有多腥，

天一热都能招苍蝇，俺没工夫替你轰！

再看看你这个大长脸，

少说二尺还挂零。

乙　（白）虾大爷，俺脸有那么长吗？

甲　（白）……反正不短！

公主啊，选女婿需要啥条件，能不能说给俺听听？

丙　找老公就是找幸福啊，条件不能太普通，

经济文化和技能，一要尖来二得精，起码是个博士生！

乙　你做梦去吧！找这样条件的女婿不可能！

甲　傻小子（拍乙肩膀），你这叫身在海底见识浅呀！不如大爷信息灵，

像这样条件的女婿不难找，多得都用鞭子轰！

丙　哟！虾大爷，你说的这主儿俺上哪儿找？

甲　想找这样的女婿——上山东！

丙　山东往啥方向走？

乙　往西……不，往东……在哪儿俺也说不清。

甲　公主呀，我告诉你可得要保密，别跟你爹透了风。

在龙宫憋得俺太烦闷了，偷着上岸放放松，才看到山东一派新风貌，

你说的那些条件都现成，让谁看着都眼红！

要不是龙宫里边管得紧，我他娘早上山东去打工哩！

丙　走，这女婿就去山东找了。

乙　那俺也跟着去兜兜风！

甲　走！

〔音乐起（浪涛声效）。随着节奏甲、乙、丙各做形体动作。

甲
乙　夜朦胧，浪涛汹，

丙
乙　顶着风浪奋力冲！

甲　半夜里，爬上岸，

乙
丙　乖乖，到处是灯火辉煌耀眼明！

甲　讲煤呀电呀山东是大省，这是钢城，那是石油城、生态城、科技城、环境
　　优美的文明城！

丙　俺找女婿哪城有啊？

甲　哪城都有数不清！

丙　那我一个城找两个？十个城，二十名……

乙　你这哪是找女婿，跑到山东来招兵（了）！

丙　这么多城市咱怎么去呀？

甲　讲交通，看山东，一流港口、机场、车站数不清，
　　天上飞，海上行，高铁、公路全畅通！

丙　（白）那咱快去吧！

甲　去不成！人家买票需要身份证啊，咱是妖精没证明呀！

丙　办个假的行不行？

甲　办假的也得带头像，咱三个是妖精！一照面儿咱就现原形啦！

丙　干脆，这女婿咱去农村找吧。

甲　看，三年前我到那个小村叫王家营。

乙
丙　走，上王家营；王家营……（三人走转场，走动着说词）

甲　王家营，我知情，王家营（音乐）……这是王家营吗？

乙　虾大爷，瞎逛能，怎么稀里糊涂又进城了！

甲　没错，是王家营，你（指丙）、你看那宣传栏上有说明。

丙　（念）"城乡统筹一体化，三载成果展新容！"行了，甭管农
　　村和城市，能找着女婿哪都行！

甲　想不到啊！农村变化这么快，看吧，这景象让人太动情啦！
　　〔乐曲中三人做强烈、夸张表演。

乙　哇！道也宽，路也平，高楼林立百鸟鸣。

丙　哇！金字匾，霓虹灯，五光十色亮晶晶。

乙　哇！社区服务管理所，和城市建制全拉平啦！

丙
乙　哇！……

甲　别哇啦，你俩再出这动静，有人该报 110 了！

丙
乙　（白）110？

甲　城乡实行一体化，抓治安工作不能松，110 接到报警就出动，
　　嗡儿！嗡儿！人家该来抓妖精了。

乙　（白）妈呀，快躲躲吧！

甲　躲不了，四下里都安着摄像头，一举一动拍得清，
　　到时候，让你小子说不清！

丙
乙　（白）那怎么办呀？

甲　处处都得小心点，说话也得小点声。

丙
乙　（白）嗳，小点声（嘀咕神态），依啊嗯呀嗯，哼啊依呀嗯……

甲　（夹白）坏了，都吓出毛病来啦。

丙　哎？这科教基地……种啥的？

乙
甲　（乙）看看去！（甲）嘘！小点声。

丙　这楼群里咋这么亮堂没动静？

乙
甲　（乙）看，一教室……（甲）哧——扒窗户光看别出声。

丙　（向内偷看地）黑板上写"新型农民学校"几个字，上课的男的、女的特年
　　轻，都盯着手里的那叫……

甲　那叫笔记本电脑显示屏！

乙　看看看，二教室放电影；

甲　什么放电影，那是大屏幕，别不懂愣充大头葱！是给未上岗的农户搞培训，
　　现如今，农民全都变员工啦！

丙　哟！你们看，讲课的老师可真帅……

甲　他呀叫王充，十年前外省去打工，后来攻读博士生，回家任教月收入，每

月两万都挂零……（抽泣地）人家王充家趁百万称富翁，你大爷我在龙宫混了大半生，到现在，存款折上还是零，光跟你爹穷折腾啦！

乙　听！那边怎么那么吵？

甲
丙　看看去！……嗬，文化大院人潮涌，新盖的剧场和影厅；

甲　文化在大繁荣大发展，人家文化站自编自演唱"三农"！

乙　（模拟演员演小品）"城乡一体化给老妈妈造了福了，住小区水、电、气、暖保供应，看个病电话一拨就来医生，政府都给买单了，哈哈哈……俺牙呢？"老太太把牙全笑崩了！

丙　别笑了，我问你俩肚子饿不饿，是不是，咱这个热量该补充。

甲　嗨！渴了饿了吱一声，肯德基，比萨饼，奶油沙拉可时兴了……城乡化连着国际化，外宾们不断来咱王家营，国外的饭菜就得有，你不能让老外总是煎饼卷大葱！

丙　虾大爷，洋味儿饮食俺吃不惯，刚才路过……什么火锅城？

乙　走哇，奔火锅城……

三人合　（甲）嗬，大厅里人全坐满，（乙）一个个热汗淋漓似笼蒸。（丙）大爷你怎么光发愣？（甲）闺女哎，这是海鲜火锅城！现在人有钱了，生活讲质量、讲营养、讲内容，都往咱海鲜上边盯，不是烤，就是蒸，你看看，他们喊哧咔嚓吃得有多凶呀！

乙　虾大爷，他们吃的都是咱的亲骨肉，让俺看着都心疼！咱们还是回龙宫吧！

丙　要回龙宫你俩走吧。

甲　那你呢！

丙　到科教基地找王充！

乙　你找人家干啥去？

丙　他就是我最理想的好老公！

乙
甲　耶耶耶，人家王充能同意吗？

丙　知道吗？女性的魅力大无穷，甭管他是白领、金领啥阶层，本公主，一律"秒杀"全办成，婚礼明天就举行！

甲　我的个娘唉！你行了，俺俩回去咋交代？你龙爹，不得把俺喂了王八精啊！

丙　干脆你俩也别走了，新农村新型企业在招工，虾大爷，你找个部门搞管理，
　　你到那养殖场里传传经。

三人合　对！咱们齐心同走幸福路，愿城乡一体更繁荣！

（2002 年获首届中国职工艺术节曲艺、小品大赛创作一等奖）

三朵金花

（于2006年河南电视台春节晚会播出）

参演者　范军、牟洋、于海伦。

幕　启　大屏幕出"三朵金花"的字幕。范、牟、于身着大褂在欢快的乐曲中走上。

三人合　观众朋友们——春节好！

于海伦　全国民间艺人共有十万——

牟　洋　咱河南宝丰就占了一半——

范　军　五万农民吃上文化饭，钱没少赚，还落个光彩无限。

于海伦　杂技村"三朵金花"的绝活儿想不想看？

牟　洋　欢迎！请这三朵花儿上场和大家见面！

牟　洋　请啥！不如到杂技村一转，亲自体验：那里的人文景点，历史与发展，那鲜活的场景，那流动的画卷，让人震撼、感叹、留恋！走吧，百说不如一见。

〔音乐起。大屏幕出多幅现代化农村景象的画面。

〔台间：车技、耍杂拌演员表演的"瓦浦"节目穿插表演。

瓦浦词　文化讲资源，数呀数河南，俺们宝丰县，致富路子宽，农民办文化，政府扶持咱，村村有剧团，家家有演员，农闲来从艺，农忙就种田，祖辈的技艺代代传，历史上千年，人力变人才呀兴业赚大钱，谋发展，奔小康，喜事唱不完！

〔一杂技演员：（向幕侧）"看，两位团长来了！"

〔于海伦、范军扮成老年"二花"走上。

范　军　翠花，走呀！咿，你看咱艺校的学员太可爱了。翠花！

于海伦　来了，来了。以后别再叫俺翠花了。

范　军　叫你翠花咋哩？

于海伦　没听那歌手唱"翠花，上酸菜！"娘个脚，俺变跑堂的了。

女孩甲　花花奶奶！

范　军　别叫俺花花奶奶了！

于海伦　叫你花花奶奶咋啦？

范　军　俺年轻时艺名叫范花花，老了老喊俺花花奶奶、花花奶奶，俺怕让男
　　　　人们产生邪念。孩儿们都回去练功吧，俺俩还商量出国演出的事儿呢。

三女丙　出国演出？团长奶奶，带俺去吧，（众人磨）带俺去吧……

范　军　这是闯国际市场，能带你们去吗？快练功去，走吧，走吧。（众人走
　　　　下）姐呀，咱这次去新马泰是三个团联合演出，服装道具、舞台设备
　　　　都要更新，咱去找金花魔术团牟团长，得让她多出点钱。

于海伦　咿，她是有名的老抠儿，都跟她叫抠儿姐，她能多出钱？

范　军　哎，咱就要从她手把钱抠出来。别看她抠儿，可她死要面子。她要出
　　　　个三万、五万的，我一摸头，你就喊"少——！"给她个难看，她就
　　　　能多出钱了。走……哟嗬，到了。

　　　　〔大屏幕出：布满奖杯、奖状、锦旗的团长办公室的画面。

范　军　抠儿姐在吗！

　　　　〔牟洋扮成老年金花——"在！"应声走上。

于海伦　少——！

范　军　我还没摸头哩！

牟　洋　（"说口"）在！牟老太太，依然健在，昔日的金花，如今七十开外，人
　　　　老保持年轻的心态，花儿就永远开不败！（亮相，险些摔倒）妈呀，
　　　　差点儿彻底歇菜。

于海伦　抠儿……哦，金花姐！

牟　洋　别叫金花了，我现在改名了。

范　军　恁叫啥？

牟　洋　——金喜善！

范　军　娘哎，这金喜善的脸都成核桃皮了。

牟　洋　说吧，你俩干啥来了？

于、范　（二人推让）你说吧，你说吧，（将于推过）哦，抠儿姐呀……

牟　洋　金—喜—善。

于海伦　对。（问范）他叫啥？

范　军　金铁蛋。

牟　洋　啥金铁蛋，金喜善！

于海伦　哦，善姐呀！这次呀咱三个团联合出国，一出国是代表咱河南农民艺术家的新形象，要为国争光呀！

范　军　对对，出国了，咱不得包装包装？你得出点钱，俺俩小团一家都出了三万……（下意识地摸头）

于海伦　少——！

范　军　我说的是咱掏的钱数！

于海伦　那你摸头干啥！我说善姐呀，这几年你钱可没少赚呀，你们团在珠江三角洲一趟就赚了百十万呀……

牟　洋　别听人瞎传，就没赚那么多钱。（手机响）广州来电话了。

于、范　（嘀咕地）约演出的来了，听她一场跟人家要多少钱。

牟　洋　（自语）不能让她俩听懂。（用粤语通话）哦勒呀……

于、范　她这说的啥呀？

牟　洋　（仍用广东腔调嘟弄地）我也不知道说的啥了……（对通话人）啥？你听不懂啊？一场你就给十万吧。

于、范　咦，听见没？一场就十万！姐，让你多出点钱你咋还抠呀！

牟　洋　我抠儿？告诉你俩，支票我早开好了，添设备我出三十万！
　　　　你俩一团才出三万，说不过去吧？咱仨到底谁抠儿啊？

范　军　姐，不是俺抠儿，俺团演员都是农民开销可大！你算算……

牟　洋　好，姐帮你算……

牟、范　（用"说口"连句，语速渐快变贯口。）牟：全年的农业税缴了多少？范：是……国家给全免了；牟：良种、农机费呢？范：政府给发补贴款了；牟：孩子们的教育费？范：也给咱减了；牟：五保低保户？范：应保尽保啥全管了；牟：新型合作医疗？范：看病有了保险了……行了，别让俺再现眼了。牟：不是姐把你看扁了，讲算账你差远了！

于海伦　对，这免减补的你咋不算？不过俺团今年收入一共才……

牟　洋　就五笔收入对吧？我这记着呢……（掏出一纸条）这五笔收入是："换了脑子、鼓了钱袋子、盖了房子、买了车子、闯出了路子。"对吧？

于海伦　这是啥账？

牟　洋　啥账？这是咱省政府给农民兴办文化产业算的细账！这笔明账都要算上！

于海伦　这账俺还真算过你，那俺两家就各出十万了。我说抠……哦姐呀！

牟　洋　别拐弯儿，把那"抠"字儿带上。

于海伦　你都出三十万了，往后俺得改嘴了。

牟　洋　改啥嘴。说老实话，过去穷才落个"小抠儿"的名，这几年赚钱了，可变化来得太快了，老印象让人一下还改不了。叫抠儿姐好，好让俺记住富了别忘了要为国家争光、给咱农民多露脸呀！不过，出国演出的节目得有绝活儿呀。

范　军　有啊，咱三个团获大奖的节目可多……

牟　洋　我说的是咱三个。三个带队的团长，是当年有名的三朵金花呀，人家要欢迎咱出个节目咋办？

范　军　是呀，都老了比不了当年啦。像你老胳膊老腿的……

牟　洋　啥？老胳膊老腿……（拉椅子盘腿坐定，一端双膝跌坐在地上）你来一回。

范　军　我怕把那椅子压趴下了。俺学一回你过去变魔术的绝活。（学）"观众朋友们，下边请看大型魔术，大型魔术，这边看——没啥，这边看——啥没，当中看——出来了……"

牟　洋　这是俺当年演的幕间滑稽，都得来绝活儿。

于海伦　绝活？杂技练不了，咱会唱呀，俺来个自拉自唱让恁听听：（学）"那个噜呀噜噜……计划那生育呀太重要，节育的方法万千条，是你打针他吃药，用啥工具任你挑，实在不行来一刀，这些个办法实在高，你爱用哪招用哪招……"

牟　洋　这唱的啥！计划生育是咱国策，老外计不计划你管得了？

范　军　太土的不行，给老外演得来洋的，看我的……（指于）台下有外宾，你俩给我用中英文报幕。（背过身现场去化装）

牟、于　（用英语）牟：雷力森，尖特们；于：女士们先生们；牟：古董毛宁，古董一为宁；于：早上好晚上好。牟：……（乱说一通）于：……（无法翻译，对付地）她中心的意思是——"恁喝罢汤了毛？"（河南土语）

还我一人报吧。（用河南腔）下面请欣赏，世界三大男高音之一，怕得了不的……牟：人家叫帕瓦罗蒂。于：演唱意大利名曲《我的日头》。牟：那叫太阳。于：太阳就是日头，日头就是太阳。就听你的吧……

〔音乐起。范穿上燕尾服、戴上头套，演唱"我的太阳……"歌曲演唱中牟洋阻拦。

牟　洋　打住吧。要我说土的洋的全不中，仨老婆儿得来时髦的、最前卫的，演一个青春美少女组合节目。

于、范　好！伴舞的演员们注意了，《青春PK》现在开始！

〔大屏幕出农民和外宾看演出红火的画面。乐曲中杂技演员们分别展现精彩技艺。三花演唱《两只蝴蝶》……至高潮处结束。

（2006 年 1 月 15 日稿）

情满月圆

（于 2006 年河南电视台纪念红军建军 70 周年晚会播出）

时间　2006 年中秋节当天。

地点　北京鸟巢场馆工地。

人物　老汉　60 多岁，新县农民（由范军扮演）。

　　　老婆　60 来岁，张的老伴（由马兰扮演）。

　　　记者　男，40 来岁（由崔文化扮演）。

幕启　老婆肩挎相机、拎着提包走上。

老婆　走呀他爹！快到地方啦……

老汉　（拉包上）别慌，听我朗诵一首糖诗："啊——老婆老头，进京旅游，连看儿子，带过中秋。"这糖诗咋样？

老婆　这叫唐诗呀？

老汉　糖诗，是甜蜜蜜的词儿——就叫糖诗。我要招呼你"亲爱的"……

老婆　这叫醋诗。酸溜溜的——牙都给酸倒了。

老汉　哎？看！就是这地方…………

　　　〔大屏幕出——鸟巢场馆画面。二人惊喜若狂地。

老汉　没错，是这。乖乖！这样式儿的建筑少见，太壮观啦！

老婆　好，好，真是开了眼啦！你看这……这么大的个雀巢呀……

老汉　雀巢？那是咖啡！不是雀，是鸟！记住，正名叫鸟窝……我让你也搅乱了，叫鸟巢。你没听说，这项奥运工程，从施工队伍到所用的钢材全是河南的，这是咱中原人的骄傲啊！……哎，你那弄啥呢？

老婆　（在打手机）告诉二牛咱到了，给儿子一个意外惊喜。

老汉　快拉倒吧！孩儿们在工地正忙着，一听电话都跑出接你来了，可那活儿让谁干呀？你这哪是来探亲呀，破坏奥运工程来了！

老婆　俺娘哎！（吓得歪在老汉怀里）

老汉　耶耶耶……你咋跑北京来弄开这啦！

老婆　去！俺是让你给吓的。那不打电话咋办？

老汉　（看表）现在是四点半，咱在这等，到下班时候再联系。见了孩儿们可不能多占时间，把包里东西分完、捏儿个影儿，咱还接着去旅游。

老婆　中啊。来，趁这工夫，在鸟巢前边我先给你捏个影儿，试试咱这新相机。

老汉　对，在孩儿们来之前先做好准备。我摆个架势……（双臂展开）

老婆　这啥架势？

老汉　恁大个鸟巢，我给它摆个雄鹰展翅。

老婆　啥雄鹰，像恶老雕。……咦，咋打不开了？啥数码相机，还不如和你重名那牌子的呢！

老汉　和我重名的是啥牌？

老婆　傻瓜呗。这，这，这咋弄呀……

老汉　哎，那来了个捏影的。让人家替你看看吧。

〔记者挎长焦相机走上。

老汉　同志，费心，帮俺看看这相机是咋打不开了？

记者　（接过，惊喜地）哟，还是数码相机。

老汉　俺儿就是这工地的农民工，还有好多俺县的人呢！今天过中秋节呀，孩儿们都没回家，俺呢想代表所有的家属跟孩儿们捏个影，带回去挨家分分，就算大伙儿一块儿过团圆节了。想得老美，可谁想弄来个这……

记者　大爷，您这相机我也打不开，里边没装电池呀！

老汉　（对老伴）你咋弄的？硬说"咋使俺全学会了！"真是固始的特产——笨蛋。

老婆　咋说话哩！等会儿去买副电池不就中了。

老汉　等会儿？那啥事都耽误啦！都怪你，这下连咱自己想留个影儿都留不成了！

记者　大爷您别急，想留个影好办，来，用我的机器给您二老照一张。

老汉　咿！谢谢你了同志。（对老伴）来吧，一块儿留个纪念。贴近点、近点。

老婆　（站过去。见老汉又摆出雄鹰展翅的姿势）娘哎，恶老雕抓小鸡儿了！你自个儿照吧。

记者　（拍照完）大爷，我记下您姓名地址，尽快把照片给您寄去。

老汉　我叫张福田，家是河南新县城关镇的。

记者　太巧了，今天我就是来采访新县农民工的，无论在这里，还是在国家大剧院的工地上，来自新县的农民工，他们不惜放弃同家人共度中秋佳节，仍在为奥运工程奋战，这种奉献精神，正是老区人民对红军精神的发扬光大呀！……哟，我得快去了，大爷再见吧……

老汉　等一等……（从提包里取出道具）同志，不能让你白受累呀，这是俺那儿的特产南湾湖的大鱼头，你带着（挂在记者脖子上，顺手将其相机摘下），还有……（将相机挂在脖子上，随后取出道具）俺那儿的名牌产品固始鸡，你拎着。还有……

记者　不不不……（边推辞边四处寻找着相机）哎？相机哪儿去了……

老婆　（对老汉轻声地）那东西都是咱替别人家带的，咋送给他了！

老汉　（轻声地）你懂啥！不能让他走，等孩儿们下了班要捏影，咱那小机器就算有电池，恁大个儿的鸟巢也照不全，得想法把他那个大家什留下用呀！（对记者）同志，这是俺鸡公山产的好茶毛尖呀！你提着……（偷着看表，自语地）还得跟他对付半个钟头。

记者　（发现相机，反倒不好意思，指着相机）大爷，我的……

老汉　（故意打岔地）啥你的我的！别分恁清楚了，你提着……

记者　我不是客气，我是说呀，刚才我用的那个……

老汉　你用的那个？看是不是这个……（从包内取出道具）信阳产的马蹄鳖，用它滋补身体可管用，你拎着！

记者　哎哟，怎么就说不明白了呢……

老婆　（对老头轻声地）装啥糊涂，快把相机给人家。

老汉　（轻声地）不中，还差二十分钟呢。

老婆　（轻声地）再等会儿就把东西都送出去了。

老汉　（轻声地）放心吧，送恁多东西他会好意思拿走？人家不会要咱啥，再拖几分钟孩儿们该来了。

老婆　咿！你这叫啥主意呀！

记者　大爷，您把相机给我，我还得采访去呢。

老汉　耶，咋拷我脖上了……（欲摘下，看表后止）我还得替你保管十分钟。

记者　你替我保管十分钟？

老汉　是这呀同志，还去采访啥？再过十分钟人家该下班了，趁这工夫你还不如采采我呢。

老婆　（自语地）踩！使劲踩，踩扁这个老滑头！

老汉　就说俺新县吧……哎，啥词儿哩？（掏出小本念）哦，全县人民发扬革命老区光荣传统，争当"中原崛起的排头兵"，大力发展工业经济、生态经济、民营经济、旅游经济、劳务经济，全县面貌发生了巨大的变……这还拉了个"化"字儿。这页是……（将本递给老婆）这词儿你唱过，你来。

老婆　俺不来！

老汉　（轻声地）还不到点儿呢，再抻他会儿。

老婆　（表演快板）俺新县城，好光景，美丽的城，"城在山中，水在城中，楼在绿中，人在画中"，好一座山水园林美丽的城……耶！（亮相）

记者　哈哈哈……这篇报道太有色彩了。来，拿相机我再给你们配张照片！……

老汉　那更好了……（取出相机。欲递过又止，看表，自语地）快到点了。同志，为啥让你采俺呢？主要是……这东西（指相机）俺舍不得给你呀。哎，可不是想要啊。

老婆　你要人家也不给你。

老汉　俺是舍不得让你浪费胶卷，啥时候捏呢？等俺孩儿们一来，都跳起来鼓掌那会儿，你"咔！"快捏一张……

老婆　（不耐烦地夺过相机）你快给人家吧，真啰嗦！（递给记者）

记者　嘿嘿……这老头真有意思。大爷，我不明白，他们怎么会都跳起来鼓掌呢？

老汉　俺会法术呀……（掏出一小本子）我一念这真经连你都得跳起来。不信？听着："近日河南省委、省政府召开了农民工工作座谈会，明确细化了对农民工包括增长工资、推行医疗保险、培训职业技能、子女入学等措施，要为广大农民工多办实事。"

记者　嘿，这是送给农民工的大礼呀！好好好，我一定把他们高兴的场面拍照下来。您说，您说，还有什么要拍照的？

老汉　没了。……（不时地张望、叨念地）这都咋了？该下班了……

老婆　（早已从包内取出道具）对不起了同志，看拖住你也没法走了，那就跟俺一块儿过节了，给，吃个月饼吧。

记者　不不，大妈您别客气。

老汉　不中，你得吃。这月饼跟别的月饼不一样，这月饼里……它有馅儿呀。

老婆　废话！没馅儿那是烧饼。

老汉　这馅儿吃着比啥糖都甜，俺新县是有名的将军县呀，老红军、老革命可多。这月饼是县领导送给老红军俺三叔的，俺三叔又让俺把月饼给他孙子捎来了，还叫俺告诉孩儿要给他爷争光呀！你说，这月饼你能不吃吗？

记者　哎哟，我收下做个纪念吧。请您回去转告，我一定要去看望他老人家。

老婆　好哇，最好就这个月去，能看上你大爷演节目呢！

记者　哟，您这么大岁数还能演节目？

老汉　纪念红军长征胜利七十周年演出，得演呀。俺爹当年也是老红军，去世了。俺娘今年九十四，有点糊涂了，可是俺爹哪年参加红军走的、哪年回的，她都记得清清楚楚，一到这日子就唱呀。

记者　还唱？

老婆　咻，唱得好着哩！不信你让他给你学学，他学他娘唱那是没法再像了。

记者　好。大爷，你学学老太太唱，我给您拍张照片。

老汉　俺娘唱的是《送红军》，别看她九十四了，还是原生态唱法。去年想去参全国青歌大赛，一报名人家说超龄了，没去成。我给你学学……（表演唱起）"一送哎情哥哥，当呀当红军哎，哥哥哎从此哎，走上革命路呀，望哥哥多杀敌呀，立呀吧立大功哎……"

记者　太好了，您就演这个节目？

老汉　不，俺和信阳的"天后——王菲"唱《沙家浜》中的片段《军民鱼水情》。

记者　信阳的天后王菲？

老婆　嘿嘿，他们都叫俺信阳的"天后——王菲"呢。

记者　嘿，这节目一定很新鲜。来表演表演，您二位就当排练了。

老汉　保证你没见过，这段《沙家浜》里《军民鱼水情》是信阳版的。开始吧。

老婆　（讲信阳话）"建'锅'（国）听'雪'（说）呀，咱大部队明天就要'飞'吗？不'飞'就不行吗建锅？建锅跟奶奶'雪席'（说实）话，老百姓哪一点对不住你们，你雪我批评他们，你雪你雪‘去’（出）来吗建锅！"

老汉 （讲信阳话）"沙奶奶，老百姓和我们鱼水之情，我们对你们一点意见没得。谁要有一点意见……你妈四四！"

记者 这信阳版的《沙家浜》，就是出版了也得让人给没收了。

老婆 其实你大爷演戏曲节目一般，他最拿手的是唱摇滚！

记者 妈呀，就您这么胖还唱摇滚呢？

老婆 咿，他要滚起来，比外国的杰克逊还能折腾呢！

记者 好，我把相机准备好，大爷您表演一回。

老汉 俺唱摇滚是为了教青年人，孩儿们要发扬红军精神继续走新长征路。我让他们就唱那首《新长征路上》，还给录了个伴奏带，带子就在包里呢。
老婆来，我给你放伴奏带……（取道具，小机器）开始吧！

老汉 （演唱）"听说过没见过二万五千里呀（从略）噢……一二三四五六七！"

老婆 别唱了，孩子们从工地上走来啦！

〔大屏幕出——一组诸多建筑工人走来的画面。

三人 〔在乐曲声中面向大屏幕欢呼起……回身谢幕。

——结束——

PK 婚礼

（于 2007 年河南电视台春节晚会播出）

地点　郑汴大道交界处。

人物　范大爷、牟大妈、伴郎、伴娘、由双方男女亲友组成的两支迎亲与送亲的队伍。

幕启　在《婚礼进行曲》乐曲及鼓乐声中，亲友队伍从两侧随彩车欢快地舞上。至台间亲友
　　　欲扒车偷看新人，伴郎、伴娘："哎——"（喝令转入领唱、众人伴唱）：

伴　郎　（唱）郑开大道路畅通——（众）咿，咿，路畅通！

伴　娘　（唱）两市一体牵红绳——（众）咿，咿，牵红绳！

伴　郎　（唱）郑州男来开封女——（众）咿，咿，男和女！

伴　娘　（唱）网上聊天结了情——（众）咿，咿，结了情！

伴　郎　（唱）喜择良辰行婚礼——（众）咿，咿，行婚礼！

伴　娘　（唱）迎亲路上互相争——（众）咿，咿，争争争！

伴　郎　（唱）接上新娘回省城——（众）咿，咿，回省城！

伴　娘　（唱）快，拉上新郎奔开封——（众）咿，咿，奔开封！

伴　郎　啥？奔开封？大妹子，你这叫脖子上长腿——出权儿啦！男娶女嫁嘛，
　　　　应该让俺接上新娘到郑州去，恁要把新郎拉那头儿去，那不成倒插门
　　　　儿啦！

伴　娘　咿，咋还讲这老理儿呀？郑开大道已经把两市连成一体化了，到哪头
　　　　儿去全是一家子！再说了，俺女方这头儿，人家原来是位香港的港姐，
　　　　俩人通过网聊聊一块儿了，人家提出让男方到香港去结婚，恁那个新
　　　　郎不同意，硬说离香港道儿远，其实河南飞香港也就两个钟点儿的
　　　　事儿……

伴　郎　是没多远，可郑开大道这一通，个把钟头儿就能打来回儿。

伴　娘　中！他不去香港人家理解他，让步了。他让人家回开封老家定居，人

家让步回来了，可回了开封他又要把人家弄郑州去，这不蹭着鼻子上眼眉——得寸进尺吗！

伴　郎　你跟我发啥火！是男嫁女女嫁男，咱俩做不了主，还是听听新郎——克林顿的意见吧。

众　人　克林顿？咋成了美国前总统咧？

伴　郎　网名！这有啥新鲜的，怎新娘网名还叫香飘飘呢！（至车前）我说克……（车内传出鼾声）这新郎还睡了。咳醒醒！

〔新郎（范军饰）亮相——（用斗牛士乐曲加打击乐烘托）。

范大爷　（出彩车，操牛得草腔调）我说老少爷儿们，去接新娘呀，为何不走了？

伴　郎　这是克林顿还是牛得草？范大爷，麻烦啦……（与范耳语）

范大爷　啊呸！岂有此理，能让克林顿去倒插门吗？让香飘飘与我当面辩理……

〔新娘（车洋饰）亮相——音乐起（以阿牛唱的歌曲《桃花朵朵开》前奏）。

牟大妈　（出彩车，随音乐演唱，最后与范对唱）"暖暖的春风迎面吹，桃花朵朵开。幸福的鸟儿成双对，情人心花开，哎哟哎哟，我在这里等着你过来，等着你过来，到我们开封来。（范）嗯，我在这里等着你过来，等着你过来，车往郑州开。（牟）来呀来呀，到开封来。（范）来呀来呀，到郑州来。（牟）开封来。（范）郑州来，来来来……

牟大妈　听着，让一让二没再三的。俺在香港过得好好的，你愣把俺勾回来了……

范大爷　咋是勾回来的，俺从网上发帖子，把你给感动了才回来的。

众之一　嘿，大爷你真能，有说感动中国的、感动中原的，还没听说有专门感动香港老婆儿的呢。（众随着起哄）说说，说说，你老都发的啥帖子给贴来的？

伴　娘　哎，人老两口的事怎打听啥！去去，都往道边歇着去，别影响交通。

〔众人下场。

牟大妈　说起网聊，香港同胞非常关心祖国的建设和发展，我在香港跟那些老哥、老姐妹们，见面都夸自己家乡的变化，我跟他们就说说，咱河南高新科技的发展呀，从农业大省到新兴工业大省的跨越呀，四十一家企业的四十六个产品获得"中国名牌"的称号呀，亚洲最大的煤气生产企业呀，今年麦收出动收割机十二万五千台呀，港澳来河南旅游的人次是612318……这里有多少男的多少女的，我就说不具体了，脑子不好使了，嘿嘿嘿……

伴　郎　妈呀，这还不具体呢？您怎么了解得这么清楚？

牟大妈　都是从网聊听他（指范）聊的。

伴　娘　大爷，您怎么知道的这么多呀？

范大爷　（轻声地）全是从《大河报》抄来的。我发帖子跟她说，和香港的老哥老姐妹们得多聊聊豫港两地感情上的事。你老家不是开封吗？港徽、港旗就是开封河大的学子萧红设计的，你告诉他们那萧红是你娘家侄子。

伴　娘　哟，敢情您是萧红他姑呀？

牟大妈　啥呀，他这是往我脸上贴金，讨我的好！我要说是萧红的姑，人要告我个侵姑权，我得赔人家多少港币呀！姐妹们聊起过日子的事，我说俺河南号称"中国粮仓"，也是全国最大的粮食和肉制品加工基地，从厨房到餐桌都有俺那儿生产的食品，光漯河的肉制品就占了香港总需求量的1/4。

范大爷　哎，你没说过我是干啥的吗？

牟大妈　说过！我说我那个老网友，是刚从郑州北站退休的，自打1962年开始，就在82755次车上干装运工，这列向港澳地区提供鲜活食品的快车，被称为中原和港澳同胞的连心桥。为让满载河南的活牛生猪蔬菜食品的列车准时无误地运往港澳两地，四十多年他都没歇过一天工。

范大爷　能够促进港澳经贸繁荣，俺出多大力心里都高兴。

牟大妈　哼，要没有你对港澳两地的这份情意，我香飘飘能嫁给你这个胖乎乎吗！可你最不应该，咱商量好结婚接你到开封来，到这会儿你又变卦了。

范大爷　拉倒吧，你啥时候跟我商量过？！

牟大妈　你忘了，我往网上给你发帖子：58971，就是说——"我发轿娶你。"你回帖子说8787——"呱唧呱唧"，表示鼓掌同意，这不就定了吗！

范大爷　咿！人家网上的用语是3166是"再见"；1414是"意思意思"；你这

58971，我当你说："我摆酒去接你。"那我还不呱唧呱唧！像你这样没水平的人，网上给起了个名字叫——菜鸟！鸟，你旁边叨菜去吧。

牟大妈　照这样，今天咱这婚礼成不了啦。

范大爷　干脆散伙吧！

伴　娘　别，别，你二老是谁到开封来，还是谁到郑州去，我出个主意吧：既然是通过网聊结缘的，那就请你们的媒人裁决，好不好？（亮出掌上电脑）

伴　郎　对，听听广大网友的意见。

二　老　中。"打铁"！（双方击掌）耶——！

伴　娘　看，回帖子啦！

〔大屏幕出——"PK—婚礼——谈河南新闻亮点"

范大爷　"顶！"亮点来了，"当的个当！"（唱山东快书）说好汉，二武松，少林寺里练过功，嵩山少林传天下，这两年接二连三来总统，什么克林顿和普京，都跑少林访高僧，分不清，他两个，谁师弟来谁师兄。咱河南在国际上的影响力，那真是噌呀噌地提升！再说咱河南省委省政府，最关心的是"三农"。最近我写了诗两句，现在网上很流行……

伴　郎　哪两句？

范大爷　"省委书记上北京，不看领导看民工！"

伴　娘　大妈，该你了！

牟大妈　顶！（数天津快板，动作化）中原崛起，争当排头兵，两个跨越，经济强省、文化强省，一定要建成！中原文化，举世闻名，中原文化港澳行，大获成功！这次港澳行，代表了我心情，慰问了在香港我的众亲朋，我感谢代表团，给你们鞠个躬……（对台下）掌声不热烈，我接着再鞠躬！

伴　娘　看，网友们又给你们出高招了！

〔大屏幕出——"PK开封、郑州双方的优势"

牟大妈　好！发这帖子的人准是开封的，要PK优势，老头子，你跑不了啦！

范大爷　不一定！俺郑州是中部崛起的领头羊。

牟大妈　俺开封是历史悠久的七朝古都。过来吧克林顿。

范大爷　郑州有威震乾坤的少林寺。

牟大妈　开封有名垂千古的包公祠。

范大爷　要疯狂，上俺世纪欢乐园玩玩。

牟大妈　要旅游，到俺清明上河园逛逛。

范大爷　要受爱国主义教育，请你参观二七纪念塔。

牟大妈　要感受宋代皇家的威风，非看看龙亭不中。

范大爷　俺那有黄河的儿女任长霞。

牟大妈　俺那有公仆的楷模焦裕禄。

范大爷　俺那有"人民艺术家"常香玉。

牟大妈　俺那有"梆子大王"陈素真。

范大爷　俺那有城隍庙。

牟大妈　俺那有相国寺。

范大爷　俺有郑州大学，简称郑大，这里走向世界有多少学子。

牟大妈　俺有河南大学，简称河大，有多少栋梁之才都在报效国家。（抢说）等
　　　　等！俺开封高科技园区，将成为一大亮点。

范大爷　俺郑州，郑东新区建设得让外国人看了都惊讶：（外国腔，河南土语）
　　　　"啊，我娘唉，我们那要跟你们这比，我们那简直是日麻叉，日麻叉。"

牟大妈　耶，你郑州了不起呀！

范大爷　嗯，恁开封"不襄岔"（方言）！

牟大妈　弟儿们，你往这一站就是一道郑州的名吃——羊肉烩面。这肉够肥的。

范大爷　姊妹儿，你往这一站也是一道开封的名吃——小笼包子。瞧这脸褶子。

伴　娘　看，网友们又出新招了！

　　　　〔大屏幕出："绝活 PK——要求时尚、新潮、高难度的技巧"

伴　郎　咿！这可给老头、老婆出了难题啦。

牟大妈　这难不住你大妈，我有备而来，我化化装……（背身，换金发穿斗篷）
　　　　〔音乐起。众人上场跳强劲舞。牟用英文唱《人鬼情未了》。范下场
　　　　化装。

牟大妈　（演唱结束）该你啦……唉，人呢？（见幕侧惊得摔倒）娘哎，韩红来
　　　　了……
　　　　〔音乐起。范戴墨镜，身着歌星韩红服装上。演唱《天路》。

范大爷　"清晨我站在郑开大道上，看那通道修到我家乡，一串串车辆来来往往，咱两市人民奔向小康。这是一条神奇的天路，是我们牵线的红娘，我们用童子鸡还有胡辣汤，领着各位朋友去逛逛。"

〔尾声：音乐中用"威亚"特技，范、牟二人悬空飞翔。

——结束——

年　礼

（于 2008 年河南电视台《四海同欢乐》春节晚会播出）

时间　春节前夜。

地点　德国某机场餐厅。

人物　王老贵　中国河南农民，机场中方代理商之生父（简称老贵）。

　　　郑天明　中国天津市民，机场中方代理商之岳父（简称天明）。

　　　萨芯娜　德籍女士，本机场餐厅服务员（简称德女）。

幕启　大屏幕：出飞机起降画面及强烈声效。台间餐桌摆有酒菜。

〔着欧式餐饮业服饰的德女，于桌旁向瓶内插花边练习中文。

德女　（词语生硬地）这个，中国话叫：哗——！哗，哗，哗……

〔老贵上。四下巡视地。

老贵　娘哎，这是哪儿漏水了？

德女　不是漏水，我在学中国话，是说这个（指花）哗——！

老贵　嗐，那是——花！花，花，花……我这水也堵不住了。

德女　对不起，我们这里现在是"中国热""中文热"，我学的中国话……用你
　　　们河南话说——不咋着！

老贵　哈哈……这句挺地道。要说呢，恁德国这飞机场俺孩儿给买下了，你来
　　　俺餐厅当服务员，还真得学点中国话。不然客人来了你咋跟人打招呼？

德女　这话我会说。欢迎光临，您请——卧！

老贵　卧？那就趴那儿啦，是请坐！这样吧，我当你中文老师吧。

德女　教我汉语，那你得会说英文。

老贵　会！我用英格力式加河南民歌的唱法教你。民歌《编花篮》你听过没有？

德女　听过：编，编，编花篮，编了个花篮上……上什么地方就不知道了。

老贵　听我教你英格力式唱法：（唱）A、A、A……（唱英文编花篮一段），好

好学吧闺女。今儿先学到这儿，待会儿我请客，俺亲家爹来。

德女　（自语地）亲……家爹？

　　　〔天明上。德女迎过。

德女　啊！你好，亲……亲爹。

天明　亲爹？好嘛，我老婆怎么生出德国闺女来了，那可麻烦啦！

老贵　亲家！坐坐……酒菜都摆上了！（对德女）去，你把那箱礼品也搬来。

德女　"固特"（德语好的意思）……不，（改河南话）中——！（下）

天明　好嘛，真是和国际接轨啦，连德国人都说开河南话了。

老贵　亲家，今天是腊月二十九，这个年咱就在德国过了，得多喝点……

天明　喝！咱在这过年，河南电视台请了好多海外侨胞和外国朋友参加春节晚会，都到你们老家过年去了，这叫四海交友共建和谐世界呀！

老贵　好，那咱得给电视台发个短信，祝贺祝贺。

天明　来！用我的手机，亲家，你就说词儿吧！

老贵　全球的华人朋友们，国内的女士们先生们，中原的父老乡亲们，俺老亲家俩在德国向你们拜年了！

天明　我代表天津籍驻海外的同胞们，祝晚会圆满成功！

　　　〔老贵抽泣起来。

天明　哎亲家，大年下的哭嘛？

老贵　想家了。哦，哦，咋说也没在家过年好哇……

天明　（对观众）我这老亲家血压高，我得想法让他高兴，别犯了病。对，这老头子好逞能，我得把他能劲儿斗起来。（对老贵）哎呀亲家，谁不想家呀！我早就不想在这待了，你说你儿子花十多个亿买个飞机场干嘛？整天价嗡嗡嗡地，我连觉都睡不好，这叫嘛呢！

老贵　这叫跨国经商！你哪有这经济头脑啊！

天明　（对观众）您看来劲儿了吧？

老贵　俺家几辈都是农民，沾了改革开放的光了，孩子成了国际货运代理商，咱当老的都知足吧！小时候日本飞机在天上一过，吓得往床底下钻，现在听不见飞机嗡嗡，俺还睡不着哩！身份也变了，人都称呼俺是——世界航运之父！

天明　那我呢？

老贵　世界航运之岳父。

天明　……行，反正也是爹一辈儿的。亲家，听说你还从老家办年货来了？

老贵　飞机场是咱家的，运点年货算啥！咱河南是中国的大粮仓、中国的大厨房，成龙知道吧？

天明　影界的大明星呀！

老贵　（学成龙做广告）"中国人的水饺，是思念金牌水饺！"过年啦，从新郑机场运来几顿饺子，让这片华侨都尝尝，不够再让飞机跑一趟。

天明　行了，先歇会儿吧，高兴大发了血压也得上来。

〔德女推着带有纸箱的餐车上。

德女　这是我们机场老板，从河南给你们运来的年礼，用德语讲——"批埃太特！"是孝敬老人的意思。我也很孝敬我的妈妈，从商场给她买的纺织品、毛衣、裤子，都是你们河南制造的产品。我穿的衬裤、内衣也是你们出的，非常漂亮，不信让你们看看……

老贵　唉！甭看啦，肯定错不了。

德女　中国产品好，你们国家美女也很多，我知道有个最漂亮、最神奇的女人。

天明　你说这女的是哪儿的？

德女　什么地方的人不知道，她的名字叫——嫦娥。

老贵　嘻！我当你说谁呢，嫦娥是吧？俺老乡，是河南巩县的！

天明　得，他这逞能的劲儿又来了。

德女　那怎么她到月亮上去了？

老贵　这事巩县人都知道，当初嫦娥她家穷呀，可这闺女要强、好美，非要到月亮上去看看，她娘说咱家咋穷也得让你喝罢汤再走啊！这闺女喝了碗甜汤，噌——一家伙，就到月亮上去了。知道为啥吗？俺巩县的水好啊！

天明　这不是胡扯吗！

德女　那你不要喝酒了，这酒也是你们家乡的水造的，我是怕喝了噌——一家伙，再也找不到你们了。

老贵　闺女，俺是跟你说个笑话。嫦娥奔月是俺中国人最美的梦想呀，俺们和海外华人今天能看到我们自己的人造飞船真的上天，嫦娥奔月成功，你看俺泪都下来了，我是高兴得哭哇，我是想对所有人说，对一代代先辈们说，这一天终于来到了，咱中国飞上天了，强大了。

德女　那我给你们把酒倒上，为祝贺你们国家大喜事痛痛快快地喝吧！

天明　别光我们俩喝呀，你也来一杯！

德女　谢谢……请允许我用德语说谢谢——当克！

天明　坦克？还大炮呢！喝！

德女　（将酒喝下）哎呀太厉害啦，太厉害啦……再弄一杯中不？

老贵　耶，她还上瘾了。

德女　说真的，我也有一个最美的梦想，就想能去一次你们中国。可是没有钱。

老贵　好办，不就来回两张飞机票钱吗，我帮你圆这个梦！

德女　当克！你老人家太可爱了（欲亲吻老贵，贵闪开）。那我什么时候去呢？

老贵　你三月份去，能看上俺郑州炎黄二帝拜祖大典。

天明　那可是全世界炎黄子孙最高兴的好日子，自古盛世才拜祖嘛！

德女　当克！你老还要多出点钱，让我在河南购物多去些地方呢。

老贵　你四月份去，正开第二届中部贸投会，想上哪儿都方便，要讲高速公路
　　　长俺河南全国第一。

德女　当克！你老再多出点资，让我看到最有河南特色、让人惊心动魄的场景。

老贵　你九月份去，举办的全国少林武术节，让你看看俺们的中国功夫。

德女　当克！你老……

天明　停！老亲家，她再来回当克，该叫你给她在郑州买楼了！

德女　我不要楼，弄套公寓住就凑合了。嘿嘿，我开玩笑了，看还用什么菜？

老贵　菜先等会儿上，你把那箱子打开，看俺孩儿都送的啥年礼。

德女　一定都是些值钱的礼物……（开纸箱看，耸肩）怎么会有这样小的苹果？

老贵　小苹果？

　　　〔天明、老贵凑近礼品箱，各抓起一把，大笑起来。

老贵　没吃过吧？这是俺河南的特产脆冬枣！（扔嘴里一个）嗯，是这个味儿！
　　　吃个家乡的枣俺打心里甜呀（吃个枣）！

天明　吃一个脆冬枣等于过个年呀（吃个枣）！

二人　（相互往嘴里递枣）过个年、过个年……

德女　（难为情地）能让我也过个年吗？

老贵　来……（欲向德女嘴里递）不得劲，你自己动手抓吧，多抓点，让恁全
　　　家都过个甜甜蜜蜜的年。喝亲家！咱来个甜枣就酒，越喝越有！

德女 （边抓枣边说）让我的妈妈过个年，让我的女儿过个年，让我的……咦，你们看看这是什么年礼呢！

〔德女将两个信封递过，二老人各自取出票证，兴奋得欢跳起来。

老贵 咿——这可是大礼呀！

天明 好家伙的，这礼实在是太重了！

德女 我猜到了，肯定是两张巨额的支票。

天明 有支票也难买到这么贵重的年礼。

老贵 告诉你吧，是俺孩儿送给俺俩的，北京奥运会开幕式的门票！

德女 啊！你们太有福气啦。

天明 亲家，咱这不是做梦吧？

老贵 真像是做梦。俺活了大半辈子了，唯一的梦想就是有一天咱中国能办奥运会，可咋也想不到还能去参加咱们奥运会的开幕式……（抹起眼泪）

天明 亲家，别激动，你一抹眼泪，我……我这眼泪也下来了。

德女 08年是中国的奥运年，伟大的中国在腾飞，我愿她飞得更高更快更强！

天明 来！让我们撒着欢儿地唱吧！跳吧！

〔音乐起。大屏幕再次出飞机起飞的画面，三人欢舞高歌《腾飞吧中国，腾飞吧河南》……

表演者：范　军——饰王老贵

　　　　牟　洋——饰郑天明

　　　　于海伦——饰德国女士

大年三十

（于 2010 年央视《笑星大联盟》栏目播出）

人物　胖大爷　60 多岁，富起来的老农。

　　　王君　30 多岁，外企白领，西服革覆。

　　　于艺　30 多岁，外企白领，着时尚休闲服。

　　　秀荣　25 岁，时髦的都市青年。

时间　2004 年除夕之夜。

地点　现代都市外企宿舍。

幕启　台间摆有桌椅。胖大爷走上——至台侧。

胖大爷　（以"说口"背供地）大年三十儿，来找我儿，二区四号，就是这门
　　　　儿……唉，我儿他姓啥哩？甭管姓锅姓盆儿，反正他是我儿。
　　　　〔王君走上，边摆弄化装舞会的面具边回头向幕侧打招呼。

王　君　于艺！我找秀荣去参加化装舞会，你一人在宿舍……（开门欲走出）

胖大爷　（扑上）哎呀我的儿啊！

王　君　（急关门）坏了，这胖老头儿在门口堵着我哪。看样子我这个年是过不
　　　　好了。

胖大爷　儿啊，爹找你来了！

王　君　（自语）哎哟我哪有这么个胖爹呀，让我往哪躲呢……（无奈钻到桌下）

胖大爷　开门，开门啊！
　　　　〔于艺走上。

于　艺　谁呀？（开门）

胖大爷　（激动得紧紧搂住于艺）我的儿呀！

于　艺　（对观众）我爸爸来了。爸爸……（与胖大爷对脸，气得推开）你是
　　　　谁爸爸呀？！

胖大爷　耶，还搂错人了。（寻找着）俺儿呢……？

于　艺　别找了，你儿是谁呀？

胖大爷　就是那个……白白的，瘦瘦的，这么高的个儿。

于　艺　噢，你说的是王君？刚走，这屋里没人……（被桌下王君伸出腿绊倒）

　　　　没人怎么出来一条腿？

　　　　〔王君桌下向于艺做手势，示意将胖大爷赶走。

于　艺　（笑呵呵地推胖大爷）王君就不在这屋住，您往别处找去吧。

胖大爷　刚才俺还看见他哩，他就在屋里哪……（搬开桌子）

　　　　〔王君已戴上准备参加舞会的鬼脸面具。

胖大爷　娘哎……（吓得转身跑）妖精！妖精！

　　　　〔王君站起摘面具欲关门，胖大爷返回。

胖大爷　你就是妖精，我也得认你这个儿。（坐在椅上）儿呀，过来叫爹。

王　君　老大爷，你缠了我好几天了，您肯定是认错人啦。

胖大爷　不会错。当年你丢的时候，爹穷呀，连个馍都没舍得给你买。（从兜里
　　　　取出存折）给，这里是十万块钱，拿着买馍去吧。

于　艺　拿十万块钱买馍？把馒头排成队，围着四环路能都转两圈儿。

王　君　大爷，您把这钱收起来。（将存折装回）。

胖大爷　咋咧，咋咧，花你爹的钱还客气？

王　君　可您不是我爹呀！

胖大爷　咋你就不认你爹哩？儿呀儿呀，二十几年前你丢的时候你才五岁呀，
　　　　这多年来爹一想起你来，浑身发软，眼前发黑，再加上我这胖的身子，
　　　　我就，我就……（瘫在椅上休克了）

王、于：老大爷！老大爷……！

于　艺　这老头怎么回事？

王　君　他找儿子都找疯了，听当地民政部门说他儿子在咱美尼达公司，还没
　　　　等人家查证核实呢，坐着火车就蹿来了，非说我是他儿子。

于　艺　你说这怎么办？

王　君　想解释他听不进去，一急愣昏过去了……叫人怪心疼的。我看呀，今
　　　　天是大年三十，无论如何咱得让老爷子过好这个除夕夜呀，哪怕我叫
　　　　他声爹……

胖大爷　唉！（猛地坐起）就这一声我等了二十多年啦。儿呀，我真是你爹呀！

于　艺　没错！你爷儿俩站一块儿，让大伙儿看看这高矮胖瘦脸形眼神都一模
　　　　一样！

王　君　（对于轻声地）你亏心不亏心呀？

于　艺　（轻声地）不是得让老头儿高兴吗？

胖大爷　儿呀，这位是……？

王　君　这是我们公司的同事。

胖大爷　老兄弟，咱孩儿还年轻，你得多操心，就当自个的亲侄儿，别见外，
　　　　啊？

王　君　（自语地）我这年过得不错，不光多了个爹，他还给我找了个叔。

　　　　〔王君手机响起。

王　君　（拉于艺至一边悄声地）坏事了，秀荣要来了。

于　艺　秀荣来怎么啦？

王　君　咱商量好了哄老头儿高兴，可她不知头绪，说不定哪句话就捅露馅
　　　　儿了。

　　　　〔秀荣上。

秀　荣　（背供地）王君怎么不露面了？哟，这门还开着……（悄悄进屋至王
　　　　身后）

王　君　再说了，我跟秀荣谈对象的时候，告诉她我爸爸是大学教授，在国外
　　　　讲学呐，今儿还有个农民爸爸，我一共有几个爸爸？秀荣最讨厌的就
　　　　是说假话，她一看见……哟，秀荣你来了？

秀　荣　说吧，这老头儿是谁？

胖大爷　我是王君他爹。

秀　荣　（转身就走）往后咱谁也不认识谁！

　　　　〔二人紧追。

王　君　回来。秀荣，这老头儿不是我爹！

胖大爷　啊！咋又不认爹啦？我，我，我……（再次晕倒）

　　　　〔二人急忙跑回。

王　君　（扶住胖大爷）爹，您别着急，我说您不是我爹——谁还能是我爹？

秀　荣　王君！你明知道我最恨说假话的人，你，咱再见吧！

〔二人又急忙追过。

王　君　秀荣你别走。

于　艺　这老头儿不是王君他爹，真的不是！

胖大爷　啊！我……（欲站起又晕在椅上）

〔二人再次跑回。

王　君　爹！我的亲爹哟，您醒醒，您醒醒……

于　艺　秀荣！你这是干什么呀？（对秀荣耳语）

秀　荣　（露出笑容）啊，是这么回事。做得对，你这个儿子当得好！

王　君　这儿子可不好当，一会儿他要说起他们家的事我什么都不知道，还得
　　　　砸锅。

于　艺　甭担心，你说不上来还有我们俩哪！

秀　荣　就是，咱仨还糊弄不了一个老头儿？咋着也得让他相信他就是你爹——

胖大爷　唉——！（猛地坐起）吔，这闺女是谁？咋也跟俺叫开爹哩？

王　君　爹，这是我的未婚妻。

胖大爷　喜上加喜，连儿媳妇都找着了。（掏存折）给，十万，叫爹的改口钱。

秀　荣　哟，这钱我可不能要。

胖大爷　现在咱家是村里养牛的大户，十万八万的算个啥？（对王君）孩儿呀，
　　　　那年丢你的时候，咱家是个啥样子你还记得不？

王　君　记得，记得。

秀　荣　他记得清楚着哪。

胖大爷　过年了，你跟爹要挂鞭放放，我没给你买，就弄块木板儿拉着你到村
　　　　头大坑里去滑冰玩儿……

秀　荣　（惊喜地）哎呀王君，怪不得你滑旱冰滑得那么好呢，敢情你从小
　　　　就练。

胖大爷　啥叫滑旱冰呀？

秀　荣　现在最流行的滑旱冰嘛！我给您来一个冰上迪斯科：one, two, three,
　　　　four！（响起现代摇滚音乐，秀荣边唱边跳霹雳舞）

王　君　别跳了！

于　艺　秀荣你怎么什么都不懂？大爷是说穷得没法才带孩子到坑里去玩儿的。

胖大爷　可那冰天雪地的太冷，咋哄你呢？我把你扛在肩上给你唱咱家乡戏，

还记得唱的啥词吗？

王　君　记得，记得，到现在我一句都没忘。

胖大爷　好，那咱一块儿唱唱。（唱洛阳曲子——含浓重的方言语音）"前三天三娃的爹捎信又捎钱，叫俺娘仨去到他家那头，抱着俺那三娃呀扯着俺的孬蛋，出门雇了一辆三轮车……"唉？你咋不跟着唱哩？

王　君　我……（问秀荣）他唱的什么？

秀　荣　他唱的呀……我一句没听懂。

王　君　（低声地）这"气哦"是什么？

于　艺　"气哦"？就是钱。

王　君　这村"特阿"呢？

于　艺　村"特阿"是村头。

王　君　孬"得儿"？

于　艺　孬蛋。

王　君　那"撤吧"呢？

于　艺　车——三轮车。

秀　荣　唉？你怎么听得懂？

于　艺　唉？是呀，我怎么都听懂了？大爷，您还记得那年您是怎么丢的孩子吗？

胖大爷　（对王君）儿啊，那年爹带你到镇上去，就想把家里攒的那六个鸡蛋卖俩钱，让孩儿你吃顿白面馍。可那时候鸡蛋不许随便卖呀，我光顾了躲人，就找不着你了，孩儿，孩儿，你身上就带着一毛钱二两粮票呀！

于　艺　（从钱夹里取出粮票，迷茫地）一毛钱，二两粮票……

王　君　（激动地）秀荣，于艺跟我说过，他是五岁的时候被现在的父母捡来的，这么多年他一直在寻找他的亲人哪。

于　艺　老人家，刚才您一唱，真的把我带到了童年，您能不能接着再往下唱唱？

胖大爷　（用洛阳方言唱）"拐了一个弯，抹了一个角，一会儿来到了金谷园。正好碰到他的大大……"

于、胖　（合唱）"他大大，他婶婶，叫俺去到他那头。三娃要喝姜面条，他的大大上南坡，南坡上掐了一把红薯叶，撒把芹椒面，煮点大绿豆，油泼辣子烹蒜瓣，三娃吃得直叫妈。妈啊妈啊妈啊妈，明天俺还要喝这姜面条。"

于　艺　（手持着那二两粮票）爹，我才是您一直在找的亲儿子，这就是当年的那二两粮票。

胖大爷　（接过粮票看，感慨地）想不到啊，乡音唤起了乡情，乡情又唱出了亲情。孩儿们呀，现在咱们的日子都好起来了，咱们整个国家好起来了……

王　君　听，新春到来的钟声响起来啦。

秀　荣　让我们在猴年到来之际，祝愿全国每一个家庭——

四人合　美满团圆，幸福欢乐！

表演单位：河北大厂回族自治县歌舞评剧团

一圆大队

（2013年由大厂评剧歌舞团演出）

作者　赵德平　赵连甲

人物　赵有才　50多岁，某城区居民（简称老赵）。

　　　胖　婶　50来岁，另社区住户（简称胖婶）。

地点　赵家门前、室内。

幕启　台间一桌二椅，桌上摆有花瓶、茶具等。

　　　〔胖婶兴冲冲地走上。

胖婶　（"说口"）嘿嘿，嘿嘿……啥高兴事这么笑？我那枯燥、单调、独居的日子就要画上句号。可是不能光听媒人介绍，到男方小区来探探道儿，摸清这人脾气厚不厚道、有啥不良嗜好，别等过了门儿再吃后悔药，落个一百八十斤的大胖傻帽。

　　　〔老赵背着身儿上，低头四下寻找着。

胖婶　大哥呀！麻烦您点事儿……

老赵　（只顾寻找着）你麻烦别人去吧，我这儿正麻烦着呢……

胖婶　嘻，就跟您打听个人儿……

老赵　（心烦地）哎哟我都快急死了，就别再添乱啦！

胖婶　啥事儿这么着急？

老赵　钱！钱丢啦。（寻找着）掉哪儿了呢……？

胖婶　哟，这岁数人了可别着这么大急，慢慢找，丢的钱有数吗？

老赵　有，这数哪（伸一指头）！

胖婶　一万？

老赵　一块。（边寻找边嘟哝地）都找了快一个钟头儿了……

胖婶　大哥，喝碗豆腐脑儿都一块五了，那一块钱就甭找啦！

老赵　一块钱就不是钱了？这块钱装兜里我就提醒自个儿"别丢了，别丢了"，结果还是……（打晃）坏了，血压还上来了……

胖婶　（自语地）妈耶，这要急个半身不遂冤不冤！不能看他崴这儿……（掏出一元钱，向一侧扔出）别上火大哥，刚才刮风来着，往那边（指投钱处）再找找。

老赵　那边都找两遍了，再……（发现钱）哎找着啦！嘿嘿，嘿嘿……

胖婶　（对观众）瞧见没？一块钱让这财迷老抠儿连下巴都乐歪啦。

老赵　（看着手里的钱）大妹子，刚才你说打听个人儿，问谁呀？

胖婶　（背供地）一块钱说话都顺溜了。啊，这片有个姓赵的吗？

老赵　是叫赵有才吗？

胖婶　对，对。

老赵　不对……

胖婶　没错，是叫赵有才。五十多岁，家里就一人……

老赵　我说这钱不对。我丢的那一块钱是老票子，没这么新。

胖婶　嗐，管它新旧的呢！反正是一块钱呗。

老赵　一块钱？不识数，再把那张旧票儿找着，不就成两块啦！

胖婶　（自语地）天呀，这老抠儿也太能算计啦！大哥呀……

老赵　我明白了，这块钱是你的吧？

胖婶　嘻嘻，我怕把大哥您急出个好歹来，就……

老赵　（拉起胖婶的手）谢谢你的关心（将钱还回）。请屋里坐吧。

胖婶　不了，就门口儿这儿说吧。

老赵　站这儿说人老赵这长那短的，不合适……请，进屋坐着唠。

胖婶　嗳。（进屋至坐椅前）大哥，赵有才……是个啥样人儿？

老赵　老赵这人呀：（"说口"）个头儿不高面目祥和，脾气急点儿不失谦和，为人处世倒也随和，存款不多还算凑合，你们二位要能结合，真是天作之合，不知大妹子意下如何？

胖婶　唉？（不解地站起）啥意思？

老赵　嘿嘿，不瞒你说，赵有才就是我。

胖婶　啊！（惊得瘫坐在椅上）

老赵　缘分呀！……您坐，我沏壶茶去（忙带上茶具走下）。

胖婶　（伤感地拍起大腿）我命咋恁苦！（心酸地）守寡守了三年多，想找个老伴儿碰见个抠门儿大哥。跟这老财迷没法过到一块儿去，我呀快走吧……（欲溜见赵返回，又无奈坐下）

〔老赵上。边布茶边唠叨地。

老赵　当真人不说假话，您来的事儿介绍人偷着跟我说了，可刚才光顾找钱了，忘了这茬儿啦。人家还叫我要记住您的特征，属于肥胖型的。嘻嘻，还真不瘦……（对观众）能顶我俩了。

胖婶　肥胖型的不受看，明儿叫我妹妹来，她是瘦肉型的。拜拜！

老赵　哎！别价……（边阻拦边解释）您这型的好哇，显着敦实呀！其实不在胖瘦上，我看您对人心眼儿好……（回身关门）

胖婶　咋还把门关上了！

老赵　嘿嘿，走进这家门儿，就是这家人儿，咱……（手势）

胖婶　想干啥你？

老赵　想……多唠会儿呗。

胖婶　甭瞎耽误工夫了，咱唠不到一块儿，还是拜拜吧……

老赵　哎，哎……（拦挡）咋唠不到一块儿？有啥不满意的就直说呗！

胖婶　那我照直说，我觉得你在钱上……

老赵　钱咱不缺，退休金每月两千，门脸儿出租六千多，银行存款……

胖婶　不是说收入、存款多少，是你在钱上……（背供地）说抠门儿这不损人家嘛！你在钱上……把得太紧啦。这么抠门儿谁……妈呀还是给说出来了。

老赵　（"说口"）钱把紧点有啥不对？省吃俭用要讲到位，我是抽烟喝酒不会，上饭店怕花钱太贵，馋了熬一锅猪皮冻、放点黄豆胡萝卜（念"贝"），荤素搭配，合乎口味还不浪费。

胖婶　妈的妈我的个姥姥，吃顿猪皮冻当过年啦。您快放我走吧。

老赵　非要走我不拦您，可总得讲个礼尚往来吧？我是请您进屋的，茶也沏上了，喝口再走，常言说买卖不成仁义在嘛！

胖婶　啥话呀！……我还真渴了。开门吧，喝口我就走……（端起茶杯一饮而尽。欲走又回）还得再来碗……

老赵 （将门护住）嘿嘿，喝完给留两句临别赠言吧。

胖婶 （边饮茶边应付地）谈不上赠言，提点希望吧。

老赵 洗耳恭听。（对观众）行，有活话儿了事儿就好办。

胖婶 希望你呀……（抽泣地）可别学我死的那老头子！苦巴苦业半辈子，好容易盼着有钱了，日子好过了，是舍不得吃舍不得花，抠抠搜搜不知心疼自个儿呀！人都在"共享改革成果"呢，他一撒手走啦。万没想到，他安息了你又接上班儿了……

老赵 您这哪是临别赠言，发表悼词来了！您说您老头子抠搜，我能理解，老辈人都是为子女们算计。

胖婶 没错。这钱得给儿子攒着、那好吃的给孙子留着。难道这吃苦受累就是咱们老年人的专利是咋的！我想开了，有钱就花、想吃就吃，谁我都不管啦！我劝您往后别再这么抠搜自己了！开门吧。

老赵 嗳……（开门又关上）不是，您说我抠门儿，根据是什么？

胖婶 根据呀？（抢先拉开门）就凭刚才你为找那一块钱，都快急偏瘫了，说你是老抠儿他爹都不冤枉你！拜拜……（欲出门）

老赵 嗐，丢那一块钱不是我的，是老孙大哥的！这钱在他手里都三十多年啦！

胖婶 得，又出了个老抠儿大爷。（转回）这小区咋净出这号人？！

老赵 还告诉您，像老孙那些老哥老弟老姐妹儿们，要知道我想找你做老伴儿，肯定都会……（筋鼻子）啥都不说了，您走吧。

胖婶 （赌气地坐定）说明白了，这（筋鼻子）什么意思？

老赵 这意思就是，表示……道喜祝贺呗。

胖婶 谁道喜祝贺有玩儿（筋鼻子）这个的？说文词这叫嗤之以鼻！

老赵 嘿，还真有学问。人家讥笑蔑视你，不知道郭明义这人吧？

胖婶 知道！电视里天天放，鞍山的工人，新时期雷锋的传人嘛！

老赵 我们小区老人们说：郭明义的工资和咱进项都差不多，16年人家为希望工程捐款10多万元、资助特困学生180名；20年来郭明义献血累计6万毫升，相当于自己血量的10倍。现在郭明义爱心联队，队员有三千多呀……老孙大哥说："咱学雷锋都学了50多年了，老了更得关心社会多献爱心。都来学郭明义'帮助别人，快乐自己'的精神，我不赞成那位大妹子的口号——'有钱就花、想吃就吃，谁我都不管啦！'"

胖婶　哎，这话是他说的还是你说的？

老赵　"郭明义有爱心联队，咱组织个一圆大队，老赵你当队长！"

胖婶　一圆大队？

老赵　"咱小区老头儿老婆儿们多数是有存款的，也有享受社保的，还有靠政府生活补贴的，无多有少，那么捐助一块钱，为山区的学生修桥添块石头、给孩子们的校车加个靠背垫儿，都是我们对下一代的关爱！老赵，请接受这是我捐的一块钱。"

胖婶　咡，说一块钱就捐一块钱呀？

老赵　"这块钱在我手有年头儿了，这还是1979年第一次见着存款了留下的一块钱。我捐献它，是想让大家记住，什么社保、医保、年年增加的养老金，我们所共享的改革成果，来之不易，更要为构建和谐社会尽心尽力啊！"

胖婶　要这么说这一块钱可值了银子了。

老赵　哼！还说我们是抠儿爹抠儿大爷，你得掏五万精神损失赔偿费。

胖婶　……坏了，这赔不过来了。

老赵　行了妹子，真唠不到一块儿了，人各有活法儿。门开着请便吧。

胖婶　那我就……（欲走又回，背手着关门）哥呀……（脉脉含情）给熬锅猪皮冻吃呗。

老赵　……那且得熬一阵子哪，往后再说吧。

胖婶　咋还上赶着不是买卖啦？！我说个事儿哥你得答应。

老赵　（对观众）瞧，留留不住，轰轰不走，该入正题了。啥事儿？

胖婶　（羞涩地）我想换个活法儿，生活得更充实些，你明白了吗？

老赵　明白，就说啥时候登记去吧？

胖婶　啥呀！是眼前的事儿，让我也参加你们"一圆大队"行吗？

老赵　就这事儿呀……行，先写份申请吧。讨论看能不能通过了。

胖婶　哟，这咋比入党还难呢！

老赵　得见你行动……（从桌下搬出投放"一圆大队"钱票的纸箱子）瞧，这都是要求入队的新队员捐献的钱。

胖婶　我也捐呀……（将钱投至箱内）

〔二人携纸箱于欢快乐曲中步入观众席间。

舞台演出脚本

271

老赵　老年朋友们！有志愿参加"一圆大队"的，请表态啦……

胖婶　学习郭明义——"帮助别人，快乐自己！"……

　　　　　表演者：陈清波——饰赵有才

　　　　　　　　　胖　丫——饰胖婶

电视拍摄短剧

马路拾遗

（于 1987 年中国广播艺术团录制，中央电视台播出）

人物　父亲（由陈佩斯扮演）。

　　　儿子（由郝欣扮演）。

　　　过路人（由赵连甲扮演）。

1　街头。父亲用手捋了一下儿子脑袋上那撮不听话的头发："怎么这么不听
　　话？"儿子不解地抬着头看父亲。父亲："没说你，我是说这撮头发，怎么
　　这么不听话！"说着用力把儿子头发按平："这头发，怎么长的，真是……"
　　（镜头摇起。可看见父亲一个光光的脑袋）"长这么多头发干吗！（唱）'我
　　在马路边捡到一分钱。'"儿子："我在马路边捡到……"父亲："又忘词
　　啦？"儿子："爸，就捡一分钱哪？"父亲："一分钱怎么着，买冰棍儿少一
　　分钱人家也不卖给你！'捡到一分钱'唱！"儿子："（唱）'捡到一分钱。'"
　　父亲："'把它交给警察叔叔手里边。'唱！"

2　儿子嘴里念叨着歌词，眼睛看着四周一切他感兴趣的事物。

3　飞驰的小汽车。

4　路口红、黄、绿变换的指挥灯。

5　一对夫妻带着女孩，推着一辆四轮儿童车在街上漫步。

6　儿子羡慕地看着。

7　父亲漠然地对一切都无所谓的样子。

8　冷饮店门前，货架上各种各样的儿童饮品。

9　路中指挥台上威严的交通民警。

10　儿子好奇的眼神。

　　〔2—10 镜头中间，字幕出编、导、演及工作人员表。

11　儿子问父亲："爸爸，干吗要把钱交到警察叔叔那儿？"父亲："你把钱交

给警察叔叔，叔叔会问你是哪个学校的，叫什么名字……你告诉他以后，叔叔就会告诉你的老师，老师就会表扬你，这个学期就会发你个小红旗。"

12　儿子认真地听着。父亲："每个学期不是还要评三好学生吗？三好学生，第一条就是思想好，对不对？"

13　父亲："思想好别人看不见，得有行动让老师知道，对吧？"

14　儿子："非得让别人知道吗？"

15　父亲："废话！不让人知道，好有什么用。……讨厌的东西！不是说你，是这撮头发！'我在马路边捡到一分钱。'唱！"儿子："我在马路边捡到一分钱。"

16　过路人匆匆而来，他将吸剩下的烟头扔进垃圾箱。咳嗽了几声，掏出手帕擦嘴。

17　儿子眼睛一亮。

18　从过路人兜里带出一张人民币，（慢速）人民币飘落在地上。

19　儿子惊讶地拉拉父亲："爸，你看。"父亲眼睛一亮，上前一脚踏住过路人丢的钱。儿子上前拉父亲："你，钱……"父亲一把堵住了儿子的嘴。儿子的话听不出说什么。

20　过路人匆匆走过人行横道。

21　父亲悄声地："你看看后面有人没有。"儿子："爸，你踩住……"父亲把儿子的头向后一拧："有人看咱们没有？"儿子转过脑袋："钱，十块……"父亲："别瞎嚷嚷。"他又拧过儿子的头："有人注意咱们没有？"儿子不解地："没……没人呀！"

22　父亲转过头，四周看了看。他蹲下身，假装系鞋带。正欲把钱拾起。

23　过路人低头寻找着向回走来。

24　父亲忙站起身："'把钱交到警察叔叔手里边。'唱！"儿子："丢钱的叔叔来啦。"

25　父亲："别说话，唱！"过路人入画，低头寻找着。过路人："同志，您有没有看见地上丢的钱？"儿子认真地："叔叔，是十块钱吗？"

26　父亲把儿子拉到身后。过路人："小朋友，你看到了吗？"父亲："这孩子，真没记性。不是十块，是（唱）'——一分——钱'。哦，我在教孩子唱歌。'我在马路边……'"儿子："我在马路边捡到十块钱。"

27　过路人又转回身："对对对，是十块钱。"

28　父亲打了儿子一下："这记性！是（唱）'一分钱，把它交到警察叔叔手里边'。"

29　过路人思索地看着，似乎悟出什么，脸上露出笑容。

30　父亲对过路人："从小就要培养孩子拾金不昧的好品质，您说对不对？"

31　儿子不解地看着父亲，嘴里念叨着歌词。

32　过路人欣慰地："对，对，打扰了，对不起。"父亲："您上那边找去。"过路人："哎，谢谢。"转身走。儿子欲追："叔叔，钱……"父亲上前一步抓住儿子。但踩钱的脚始终不离地："不对，是……叔叔找钱，……不对，是，叔叔再见。"

33　过路人："啊……噢，好好好。"他欲走，发现对方的脚，似乎有点问题。

34　（特写）踩钱的脚。

35　过路人进画，关心地："您这脚……"父亲："噢，……它……它有点不得劲。"过路人："是崴了吧？我来帮您揉一揉。"父亲："不，不……不用。不是崴了……它是条假腿。不太方便。"过路人："噢，对不起。"父亲故作镇定地："没什么，这是在一次事故中……我是在炼油厂工作，有一次储油罐爆炸，烈火上升……"

36　儿子莫名其妙地看着父亲。父亲："我奋不顾身地扑上去，救灭了大火……"

37　父亲："结果，炸掉了半条腿……我身上处处是伤……大部分零件都是假的。你看我这条胳膊……你看，你看……"他伸出胳膊，小臂晃荡着，用手一拨拉在空中划了两个圈。

38　儿子好奇地看着。

39　过路人急于找钱，匆匆告辞。

40　父亲长出了一口气，弯腰捡起地上的钱。

41　儿子有些吃惊地看着父亲。

42　（特写）手把钱装进衣袋。

43　儿子问父亲："爸，你怎么不交给警察叔叔啊？"父亲："嗯，嗯？大人的事小孩子不要多嘴。"儿子："可是你刚才还教我捡到一分钱……"父亲："对呀，一分钱交给警察叔叔，说的是一分钱，没说十块钱也交呀！走吧，臭小子。"

44　儿子：“那如果我拾到十块钱，怎么办呢？”

45　父亲：“嗯……交给爸爸！”

46　儿子：“那不是得不着小红旗，也当不了三好生啦？”

47　父亲笑了：“真是个笨孩子！”他蹲下身，耐心地教育起儿子：“你捡了十块钱交给爸爸，爸爸奖励你一块钱。一块钱有多少一分钱呀？”儿子摇摇头。父亲：“笨蛋，一块钱等于十个一毛钱，一毛钱等于十个一分钱，懂了吗？你拿一块钱可以买好多好多好吃的，最后剩下一分钱交给警察叔叔，不是一样可以得表扬吗？”

48　儿子认真地点了点头。

49　父亲：“行，听明白了。‘叔叔拿到钱对我把头点……’”儿子：“那我要是捡到比十块钱还多的东西呢？”父亲漫不经心地：“一样都交到爸爸这儿。”他掏出刚才捡的十块，沾沾自喜地：“今天让你妈妈给咱做好吃的……噢，对了，先给你买个小玩具。……买个航天飞机，一上弦，嗡——就转个没完……‘叔叔拿到钱，对我把头点，我高兴地说了声叔叔再见。’唱！……唱啊……”他低头一看，孩子不见了，急得四处乱看：“毛毛——”

50　冷饮店门前。一对夫妇，正领着一个女孩在买冰激凌。道边上放着四轮儿童车。

51　垃圾箱后躲着毛毛，伸头张望。

52　三个人都没注意毛毛这个方向。

53　（特写）毛毛伸头张望。

54　一辆崭新的儿童四轮车。

55　毛毛一跃身出画。

56　毛毛冲进画，推起车调头就跑。女孩回头发现车被偷，大声叫起来。两位家长也喊着追出画。

57　毛毛推着车，头也不回地跑。身后三人紧追。

58　正在低头找钱的过路人，抬头看出事的方向。

59　父亲：“毛毛！毛毛……”

60　毛毛推车迎镜跑来。边跑边喊：“爸爸，我捡了个车子，爸爸！”

61　父亲一见急得直跺脚：“放下！放下！”欲躲又躲不开。

62　毛毛把车推到父亲身边，兴奋地：“爸，我捡了辆车，把刚捡的十块钱奖励给我吧！"丢车的青年男子已追到跟前："同志，这是您的孩子吗？您是怎么教育孩子的？"父亲："对不起，对不起……"周围围了许多人，都在指责这父子俩。

63　女孩生气地对毛毛："你为什么偷我的车！"毛毛："没偷，我是捡的。我爸爸说还要给我钱奖励呢！"

64　父亲哭笑不得："臭小子，别胡说……"

65　儿子着急地："您说的，捡到一分钱交给警察叔叔，捡的钱多就交给您……"

66　这时刚才丢钱的过路人进画。那个父亲慌忙将身背过。

67　过路人讥讽地，抓过他的胳膊仔细看了看，又撩起他的裤腿看了看："同志，您还有点真的没有？"

68　周围的人纷纷指责这位做父亲的人。

69　当父亲的人大窘，抱着脑袋一屁股坐在马路沿上。

——结束——

晨光曲

（于1987年广播艺术团录制，央视播出）

人物　老男　50多岁（由口技及魔术演员扮演）。

　　　　老女　50多岁（由戏剧演员扮演）。

地点　街头公园内。

幕启　台上有一长条木椅，一株小树。

〔老男提着两个罩着蓝布罩的鸟笼子，晃悠着走上。将一个鸟笼子放在条椅上，托起另一个鸟笼，背过身用口技学起画眉叫声。边学边回头背供地。

男　听咱这画眉叫的，真是"一鸟入林百鸟不语"，它们谁比得了！我这画眉能学十三口儿。（背过身再学另一种鸟叫声）不对，不是画眉，这是百灵叫的。（背过身再学另一种鸟叫声）也不是百灵，是红殿壳儿……（背过身再学另一种鸟叫声）这是黄雀儿呀！（背过身再学蛐蛐叫声）怎么又变蛐蛐啦！到底是什么鸟？（掀开蓝布罩——笼内是空的）噢，鸟儿都在那个笼子里哪。（将笼子罩好挂在树枝上。拿起条椅上那个笼子，高高托起，用口技学各种鸟叫声）听这笼里有多少种鸟……（边掀蓝布罩，边学一声猫叫——笼内仍是空的）坏了，全让猫给叼跑啦。

〔将笼子罩好放在地上。悠闲地坐在条椅上。边巡视自语地。

男　她也该来啦。对了，今儿我起得太早啦……来了。（站起身背过脸观赏树上的鸟笼）

〔老女轻轻地舞动着木剑走上。边舞边自语地。

女　他也该来啦。对了，今儿我起得太早啦……来了。（急转过脸去——舞剑掩饰）

〔老男回头偷看，又将脸扭回若无其事地望着鸟笼子。老女脚步移至老男身后，借着剑式扭着脖子看老男；老男此时也渐渐扭过脸来。二人对视，都感到有些尴尬。

女　哟，您来得真早。

男　是呀，您来得也不晚哪。

女　啊……早点来就图个清静、空气新鲜。

男　对，我也是这么想，早睡早起身体好嘛！

女　这一早，好像这公园是给咱俩专门修的。

男　可不。您瞧……（背过身学汽车喇叭及开动声）这头班公共汽车刚开过去。

〔老女似想说什么却又难开口，装作舞剑。边舞剑边自语地。

女　今天我得把话说出来。可想说就是……（四下环顾不安地）

〔老男内心期待着对方开口，但也很局促。下意识地取出一沓纸准备卷烟。

女　哎，哎，您干什么？怎么还卷烟抽呀，我说了您多少次了，这么大岁数，跟前又没有老伴儿照顾，自己得爱护点身体！

男　嘿嘿……您说得对。您也没少提醒过我。可我这不是抽烟。

女　那您是干什么哪？

男　我是……这个……（揉搓着手里的纸，支吾着）我是想……对了，您呀，大早起来还没吃什么……（展示魔术——将纸变成鸡蛋）看，想让您吃个鸡蛋。

女　咦？（惊奇地揉揉眼睛）我眼神儿是不好使了怎么着？

男　您拿着，您拿着……（递鸡蛋）

女　（欲接又止）我哪能要您的东西，您自己留着吧。

〔老男非常失望。老女见老男将手缩回，也非常失望，不由自主地说出心里话。

女　我应该收下呀，怎么……

男　您说什么？

女　我说……（不好意思地走出两步）我说您的东西……我怎么能收下呀。（话出口自己又感到后悔）

〔老男走至老女的对面，想袒露内心话。

男　我……我看您这些日子的气色比头年儿强多了。要说您孤身一人，儿子和媳妇又不太孝顺，还是早……起点儿练练剑宽宽心好啊！您……（将头低下）您有什么话跟我说说也行，我可是没拿您当外人，我觉得咱俩……

女　（情绪紧张地）您觉得咱俩怎么着？

男　我觉得咱……（胆怯地，用口技学摩托车奔跑声）您看这年轻人摩托车跑多快呀！

〔老女对老男摇摇头，流露出对老男的怜悯和自己的忧伤。背过脸去。

女　可是这些年轻人，他们怎么就不替咱们单身的老人想想呀！我那儿子跟媳妇就知道让我看家、做饭、带孩子，别的就不替你想。

男　咳！（转到老女的对面）咱们就应该……

女　（突然地）那边有人来了。

〔二人慌忙分开。老女舞剑，老男冲鸟笼吹起口哨。

男　（四下看了看）哪有什么人呀？（走近老女烦躁地）咱干什么躲躲闪闪的，又没人管着咱，咱怎么好像当年地下党接头儿一样啦！

女　是啊！（低头用剑在地上画着）其实这儿就咱俩人，可我老觉着空气里有那么多眼睛盯着咱似的。我想说呀，咱都这个岁数了，咱呀……

男　咱怎么着呀？

女　咱……咱得好好锻炼锻炼身体。

男　就这句呀！您看，现在多静呀，有什么话说吧。

女　……（委屈地）咳，越静越说不出来了，那……（回头看身后）

男　没人听见咱说话。瞧，那边火车过来了……（背过身学火车隆隆的声音）您怕静，趁着这乱乎劲儿就快说。（背身继续学火车开动声）

女　（大声地）我说呀！往后咱俩的生活得考虑了！

男　（口技停。高兴地）您说什么？您再说一遍。

女　我说呀……那火车哪儿去了？

男　噢，您说您的。（再次学火车的响声，渐渐声小下来）

女　我是说呀……我该回去买菜去了……（做要走的样子，却等老男说话）

男　您别走呀，菜别买了，咱这儿有现成的……（又取出那鸡蛋）

女　咳，就一个鸡蛋顶什么用呀！

男　别急，有蛋就不愁鸡。（展示魔术——鸡蛋变小鸡）看，这不就孵出来了？

女　哟！（惊喜地流露出长年被压抑的天真喜悦）这老头儿可真有两下子。（接过小鸡）哟，这得盼到啥时候才能下蛋呀？

男　那还不容易！（背过身学母鸡下蛋叫声）

女　哟！（寻找着）老母鸡……它在哪儿呢？

男　在这儿哪！（摘下树上的鸟笼，掀罩子——变出一只老母鸡）

女　嘻嘻……人家遛鸟儿，你这儿遛鸡。有了鸡再有鸭更好了。

男　想要鸭子？（掀开地上笼子的蓝布罩——笼内变出一只鸭）

女　嘿！（提起笼子看）鸭子也来了。

男　（展示口技学鸭叫声）"嘎嘎嘎……"

女　（吓得将笼子放在地上）妈呀，这鸭子成精啦！

男　什么呀！我这学唐老鸭呢！

女　嘻嘻……你这老头儿成神仙了。

男　只要你高兴，要什么咱有什么。一只鸭子不够，我再给你变个百八十只的。

女　够了够了。

男　是红烧、是清炖您做着吃去吧。

女　那您今天中午上我家吃饭去吧。

男　我上您家去？您儿子和媳妇还不把我轰出来？

　　〔老女抬头看看老男，她是第一次这样勇敢深情地看对方。

女　你还怕这个？我请了您了，去不去您看着办吧！（将木剑塞给老男，提起两只鸟笼子）我先走了。（下场）

男　哎，我那鸟笼子……（兴奋地学着鸟叫声，舞着剑走下场去）

（1987 年 10 月赵连甲、幺树森合作）

你是谁

（1987年广播艺术团录制播出）

〔特写："胖哥煎包小吃店"牌匾。

身着长袍短褂满面堆笑的胖哥，于店门前向行人招揽着生意。

胖哥　里边请，欢迎您来品尝正宗胖哥煎包独特的风味。货真价实，老字号了……（回头向店内看）

〔特写：十几桌大小的店堂里，食客却寥寥无几。

胖哥　（背供地）这几天生意怎么就下来了？

〔一顾客入画——接着胖哥话茬儿说起。

顾客　做生意要懂得竞争！前街那家的店老板，说他那煎包是正宗，你这生意完了吧？

胖哥　别光听他嘴说，得认准字号。甭说咱这"胖哥"牌匾了，就凭本人这张胖乎乎的娃娃脸儿就是商标、活招牌。老主顾都能见证，咱家是经营三代的老字号啦！

顾客　那家老板也是这么说的，牌匾一字不差，长相……也你这模样。不信你瞧瞧去！

〔胖哥走在街上，愤愤不平嘟哝地。

胖哥　真是电线杆子绑鸡毛——好大胆（掸）子，敢冒充我们店的字号……（抬头）哟，牌匾儿一样呀……

〔特写："胖哥煎包小吃店"牌匾。

门前，一个与胖哥相貌十分相似的老板（真假由同演员扮演），只是发型有别，满脸堆笑地在接待顾客。

老板　里边请，欢迎您来品尝正宗胖哥煎包的独特风味……

〔胖哥背身入画。手指着责问地。

胖哥　你是谁？

〔二人对视着转了一圈。

老板 （被手指者反问胖哥）你是谁？

胖哥 嘿嘿，这一化装模样还真像。

老板 嘿嘿，你再化装也是装相！

胖哥 胖哥煎包——我是正宗，你是冒牌儿货！

老板 胖哥煎包——我是正宗，你是冒牌儿货！

　　〔画外音："你俩都是冒牌儿货！我才是正宗的哪！"

　　〔胖哥四处张望——惊奇不已。

　　〔画面闪现由饰胖哥的演员扮成多个假冒老板的镜头，他们只是在服饰或化装点缀上稍有差别；均站在"胖哥煎包小吃店"牌匾前叫喊着："我是正宗的！""我是正宗的！""我是正宗的！"……

胖哥 妈呀，光听说有"克隆"羊"克隆"牛的，没想到"我"让人都成批克隆出来了……

　　〔画面重现以上假冒老板——指着胖哥肆意反击。

老板们 "说！你是怎么克隆出来的？""说！你是怎么克隆出来的？""说！你……"

胖哥 这，这……（无奈地）我倒成了冒牌货啦！……不行！真的还怕造假的吗……？

　　〔胖哥在街上边走边打主意。

胖哥 （画外音）怎么治治这些造假的呢……哼！你们就靠招牌和仿造我的模样骗人，可我家这小吃店都干了三辈了，我老爹还健在，我就不信你们那几个爸爸还都活着哪！我让老爷子往柜台一坐，那就是地道老字号的活标本儿，让你们全关张！对，请老爸出山帮我壮壮门市吧……

　　〔胖哥行至一处宅院，上台阶，摁响门铃。其父（仍由同一演员扮演）开门探出半个身子，虚乎着两眼看了看。

老爹 找谁？

胖哥 唉？（奇怪地）爸，您认不出我来啦？

老爹 先别叫爸，先说你是谁？

胖哥 我是您儿子，二胖儿啊！

老爹 别蒙人了，叫二胖儿长你这模样的，今儿一上午都来过六个啦！

胖哥 啊！他们……

老爹　他们都告诉我了，开店卖煎包儿，得挂上个老字号的牌子，好骗人赚钱呀！眼下牌匾挂起来了、模样也装扮上了，就差请出当年老掌柜给壮门面了，嗬，跑来一群胖子跟我喊爸爸哟！

胖哥　爸爸，我真是您的亲儿子！

老爹　拉倒吧，都跟我叫爸爸，我知道哪个是真的？快走吧，我才不跟你们去缺德坑人呢……（将胖哥推下台阶，关上院门）

胖哥　（气恨地拍着地）造假，造假，造得爹都不认亲儿子啦！

——结束——

当心呀姑娘①

（1989 年 8 月创作）

〔口技演员提着鸟笼入画。

演员　大家知道，古代有个叫公冶长的，据说此人能精通兽言鸟语。这在《论语》中也有过记载。其实公冶长这手绝活儿我也会，我没事儿的时候，就跟鸟儿聊聊天呀，谈谈心呀，闲解闷儿呗。什么，您不相信？那我就跟笼里这只画眉对对话，让您了解了解我的本事。（口技，对笼子学几声鸟叫）我对它说什么您都听不明白吧？这不奇怪，现在懂英语、日语的人不少，这鸟语还不太普及。没关系，我给你们翻译。我对它说，我是它的朋友。咱听听它怎么回答的。

〔特写：笼中的画眉叫了两声。

演员　您问它回答的是什么？它说："你是我的朋友，你怎么没长毛呢？"您听这像话吗？也别说，这鸟的思维逻辑它跟人不一样。还不能跟它抬杠，你跟它抬杠它还不定说什么哪。

〔特写：出画眉鸟无精打采的画面。

演员　我说鸟小姐，我不缺你吃的，不少你喝的，干吗老是不高兴的样子？

〔特写至中近：鸟叫声，演员画外音，呈对话状。

演员　噢，怪我不给你介绍个对象？（鸟大叫声）别激动。这好办，什么百灵、鹊雀、八哥我给你介绍一个。（鸟叫声）怎么，你都看不上？（鸟叫声）嫌它们的毛灰里吧唧不好看？你的毛也不白净呀！（鸟叫声）所有的鸟类都配不上你？你这眼光也太高啦！（鸟叫声）什么，什么，找一个别类的动物？

〔特写：出画眉点头欢叫的画面。

---

① 这个短剧，是以口技演员实地表演所拍摄的画面，同资料片剪接画面结合而制成的一种喜剧新样式。

演员　行了行了，别鞠躬了。（自语地）这位鸟小姐的要求太不切实际了……哎，你看看这位行不行？

〔插剪接画面：山羊。

〔演员画外音："这位怎么样？"（鸟叫声）"不般配，嫌它岁数大？对，山羊有胡子。"

演员　给你介绍个没胡子的，再看看这位……

〔插剪接画面：大猩猩。

〔演员画外音："它没胡子……（鸟叫声）怎么，一脸褶子，跟小老头一样？那……这个呢？"

〔插剪接画面：企鹅。

〔演员画外音："你看，这位西服革履的多漂亮。"（鸟叫声）"嫌人家脖子短？要脖子长的有……"

〔插剪接画面：长颈鹿。

〔演员画外音："这脖子……（鸟叫声）又长啦？"

〔插剪接画面：猴子。

〔演员画外音："你看这位猴先生，多机灵。"（鸟叫声）"什么，猴了吧唧的没稳当劲儿？再介绍个稳当的……"

〔插剪接画面：趴在岸上的海豹。

〔演员画外音："海豹……"（鸟叫声）"啊！又太肉了？显着那么笨？那你看这位？"

〔插剪接画面：狗。

〔演员画外音："狗，又灵活，又聪明，这行了吧？

（鸟叫声）"什么，脾气不好？对，狗脾气嘛！给你找脾气厚道的。"

〔插剪接画面：大黑熊。（鸟叫声）

〔演员画外音："啊，脏乎乎的不讲卫生？"

演员　（对鸟笼）你也太难伺候了，整个自然界没有你称心的？（鸟叫声）噢，还有一个能将就的？哪位？（鸟叫声）你说是它？不合适吧？（激烈的鸟叫声）嗬，还挺任性不听劝。鸟小姐呀，我可真想不到你会看上它。好，我把它找来，咱一块儿当面谈谈。

〔特写：一只大公猫。

演员　（对猫叫了一声）猫先生，鸟小姐让我给它找个对象，不知怎么就看上你了。你表个态，你是愿意还是不愿意？

〔特写：猫瞪着眼叫着。

演员　噢，你没意见。那就去见见吧。

〔特写：猫向鸟笼扑去。

演员　哎，哎……（抱起猫）猫先生，你先沉住气，稳当点儿。（对鸟笼）鸟小姐，我把你唯一满意的猫先生请来了。（鸟叫声）噢，把猫先生放下，让你好好看看？行。（将猫放下。鸟叫了几声）好，那我跟猫先生说说。（对猫）鸟小姐嫌你个儿太矮。

〔特写：猫对笼子站立起来了，叫了一声。

演员　是呀，你站起来当然个儿就显高啦。

〔特写：笼中的画眉鸟，抖着翅膀欢叫起来。

演员　行了，看把你美的，我知道你满意它啦。

〔特写：猫连连叫着。

演员　（对猫）先生的意思我听明白了。你提出的条件，我给你转达。（对鸟）猫先生说了，要仔细看看你长得漂亮不。（鸟叫声）你说越仔细看你越好看？我从来还没见过这么自我感觉良好的呢！

〔特写：猫围着鸟笼乱叫起来。

演员　（对猫）你说什么？打开笼子让你进去看？你……等我问问鸟小姐同意不同意。（对鸟）鸟小姐，你要留神了，好好分析一下它这话里是什么意思？它要进笼里去看你，你觉得……（鸟叫声）什么？让它进去？

〔特写：猫将鸟笼子扑倒。

演员　（揪住猫的脖子提起，猫乱蹬乱叫着）猫先生，你能骗得了鸟小姐，你要要什么心眼儿我能不明白吗？你呀，别做美梦啦！（将猫扔出。对鸟笼子）当心呀姑娘！

——结束——

没弄明白

（于1990年创作）

人物　一对夫妻。

地点　普通居室。

时间　上班时刻。

（1）妻子于床前起身。

〔妻子提起小挎包，向门外走和丈夫打了声招呼。

妻子　我走啦！……（包里掉出一个小本子）

〔丈夫走过替她去捡。

〔妻子急忙捂住。捡起小本儿装进包里，走出屋门。

〔丈夫发现地上有一张照片，捡起。

〔照片上是一个年轻英俊的男子。

〔丈夫大惊失色。

丈夫　（背供地）怎么，她有外心啦？（手气得哆嗦起来。他渐渐地压住气）

　　　（痛苦地）这不能都怪她，我平时对她不太关心。也许我配不上她啦。

（2）妻子坐在桌前。

〔丈夫提着一个大袋子，从袋子里不停地掏出水果、罐头、糕点……

妻子　怎么买这么多东西？

丈夫　（掏着食品）吃，多吃点。过去我对你关心不够……

〔妻子面前已堆满食物。她不解其意而又惊奇地问。

妻子　你今天这是怎么啦？

丈夫　（仍掏着食品）前一段时间，我工作太忙，一直想着工作的事、单位的

　　　事，很少关心你……

〔妻子从食物缝隙间看着丈夫。

妻子　你这是……?

丈夫　如果你不满意我，我也不会说什么，一切都怪我，真的，都怪我。

〔妻子深受感动地。

妻子　不，我也对不起你。

丈夫　你别这么说……

妻子　我得告诉你。

〔丈夫停止掏东西动作。

丈夫　你要告诉我了? 你放心，什么样的打击我都能承受……你等等。（他取出一瓶速效救心丸，倒出药放在嘴里，用水咽下）

〔妻子见药瓶心疼地。

妻子　哟，怎么你心脏不好?

丈夫　不，预防一下。你说吧。

妻子　就说上月吧……

丈夫　对，我觉得也就是在这段时间里。

妻子　那些天你光顾工作，很少回家，屋里经常剩我一个人，我心里很别扭。

丈夫　这我理解，都怪我，怪我。

妻子　我一赌气……

丈夫　怎么样?

妻子　净让你吃剩饭，衣服也不给你洗了还老甩脸子，我太对不起你啦。

〔丈夫舒了一口气。

丈夫　就这个呀? ……（忽然他又紧张起来）

丈夫　不，你要有话不好说，我想替你说……你等等。（再次倒出速效救心丸吃下）

妻子　你怎么还吃药哇?

丈夫　我现在心里已经很不舒服了。我替你说吧，就说今天上午，你走的时候掉出一个小本子……

妻子　小本子? 哦，就是这个吧? （她取出了小本子）

丈夫　我替你捡，可你马上就用手捂住了。

妻子　我是怕照片掉出来。

〔丈夫苦笑地摇摇头。

丈夫　可是已经掉出来了。

〔妻子吃惊地。

妻子　啊！是吗？

〔她急忙将小本里的二十几张照片抖在床上，摊开寻找着……

妻子　是少了吗？

〔丈夫一惊。

丈夫　啊！怎么这么多照片？

〔妻子低头边找边漫不经心地。

妻子　我不是工会小组长嘛，刚来的这帮青年要入工会填表呀……哎，小赵的那张哪儿去啦？

〔丈夫神情忽然松弛下来，大模大样地指着妻子。

丈夫　你好好找找吧，我早就说过你这毛病，干什么都大大咧咧的，还当小组长呢！

〔丈夫拿起一个苹果就是一口。

丈夫　快吃啊，这月水果可就买这一回啦！

——结束——

修 鞋

（于 1991 年央视《芳草》文艺晚会播出）

人物　修鞋匠　男，60 多岁。

　　　女顾客　外籍留学生。

地点　街头修鞋摊

1　老鞋匠戴着花镜，扎着帆布围裙，坐在"马扎儿"上缝活儿。

2　年轻的外籍女留学生，脚下不便地走来。

3　老鞋匠穿针引线地缝鞋。女留学生进画："请给我修一下鞋子。"她将一只鞋子脱下。

4　老鞋匠没有抬头，他只看了一眼鞋："给一块钱吧。"

5　女将鞋递过后，掏出钱夹取出一块钱放在工具箱上，恳切地："您能不能给我快点修哇？"

6　老鞋匠仍未抬头。嘟囔地："快点？三针两线给你对付上，一会儿再坏了，我让你骂我呀？"

7　女焦急地看看表："您快点，我给您再多加一块钱。"取出钱夹，将一元钱放在工具箱上。

8　老鞋匠有些不快："哼！加一块钱？"

9　女误以为对方嫌钱少，补充说："那就再多加一块。"将钱放至工具箱上。

10　老鞋匠更为不满地："你倒挺大方……"他抬头发现："哦，你是外国……外宾啊？"

11　女："钱币？哦，要外币？可以可以……（取外币放在工具箱上）

12　老鞋匠生气地："这钱是你们家自己印的吧？"

13　女："不，哪能自己随便印钞票哇！"

14　老鞋匠："你要自己随便印钞票还犯法呢！还得把你抓起来哪！"

15　女不满地："您怎么这样讲话呢？我不修啦。"将鞋拿起来欲走。

16　老鞋匠："别走！鞋没修我让你走了，叫别人看见会说我算干什么吃的！"伸手要鞋。

17　女无奈将鞋递过。一只脚站立打晃。老鞋匠忙扔过一只马扎儿："这儿有马扎儿。"

18　女不解地拿起马扎儿："马……扎儿？这是……"打开马扎儿方知所用："谢谢。"坐定。

19　老鞋匠边为女缝鞋边嘟哝着："钱，钱，钱就那么管事儿？好像钱是万能的东西，有钱就什么都能办到？告诉你，我这个人就是倔，都管我叫倔大爷。"

20　女随话音忙说："好，请倔大爷快一点。"

21　老鞋匠："什么，倔大爷？不许你这么叫。"

22　女忙道歉地："对不起，我不这样叫了，倔大爷。"

23　老鞋匠："唉，怎么又叫上啦！"随手将鞋扔过。

24　女接过鞋，不高兴地："生气了？不给修了？"

25　老鞋匠："我让你穿上试试。"

26　女穿鞋踏地，非常满意地："好！太棒啦！再见！"

27　老鞋匠："回来！你这是多少钱？"

28　女："怎么，还不够吗？"

29　老鞋匠拿起一块钱："这一块我留下，剩下的，还有外币你都拿走。我在这里摆摊儿几十年了，从来就没多收过人家一分钱！"

30　女惊喜而敬佩地："哎呀，您老太可爱啦！我爱您！"

31　老鞋匠闻言惊慌地："唉！可别胡说，可别胡说。"他手脚慌乱地忙收起了摊子。

　　　　　　　　　　修鞋匠：由电影表演艺术家赵子岳扮演。

　　　　　　　　　　女顾客：由外籍女留学生扮演。

抢电话

（于1993年央视《艺苑风景线》栏目播出）

人物　小王　男，30多岁（巩汉林饰）。

　　　　马主任　男，50多岁（赵连甲饰）。

地点　厂办公室。

幕启　小王焦急地在电话机旁走动着。

小　王　真急人，说好了这钟点来电话……（电话铃响，抓起话筒）小刘哇？情况怎么样？那……再有五分钟就能有结果？好，抓紧呀，我能不急嘛！现在市场竞争这么厉害，耽误时间咱厂就要损失三十万元！我这等你电话。（放电话筒）这五分钟的时间太重要了，关系到我们厂二五八产品能否上马的大事，瞧，急得我这汗……（用手巾擦汗拧出水来）

〔马主任走上。

马主任　小王你在这儿哪？

小　王　哟，马主任！

马主任　算了，别叫我主任了。你们当面叫我主任，可背后都叫我马虎主任。说我对什么都马马虎虎，还反映到局领导那儿啦，要给我调换工作。马虎，马虎点儿有什么不好？现在不是好多人家里都挂着郑板桥的条幅"难得马虎"嘛！

小　王　不，是"难得糊涂"。

马主任　糊涂……马虎……都差不多。你这是干什么哪？

小　王　我在等小刘的电话。

马主任　小刘？是化验室的那个姑娘吗？

小　王　不，化验室那姑娘姓赵。

马主任　对对，小赵。小赵那姑娘不错，你还挺有眼光，你们谈得怎么样啦？

小　王　不，我的女朋友姓杨。

马主任　又换小杨啦？

小　王　不是换……

马主任　不是换，怎么跟小赵吹啦？

小　王　嗐，我是在等小刘电话！

马主任　瞧，今天小赵，明天小杨，后天又小刘，这样不好嘛！

小　王　什么呀，人家小刘早结婚啦！

马主任　那就更不好了，人家都结婚了你还跟人家"电"什么"话"呀！.

小　王　我……我不跟您解释了。

马主任　这样的问题也解释不清楚。不过，对待生活问题……

小　王　不是生活的事儿！咱厂不是计划上马二五八产品吗？

马主任　对，对，这项产品很重要，要抓紧抓好，这八五二产品……

小　王　不是八五二，是二五八！现在呢……

马主任　哦，哦……（支吾着拨起电话）

小　王　（只顾着说话）咱厂二五八产品不是要和外商签合同吗，就在五分钟
　　　　里对方要来电话通知我，如果耽误了时间，咱厂三十万元产值的生产
　　　　任务可就要……（发现马拨电话）哎哟，您怎么占着线呢？

马主任　怎么啦？……哦，你说产品的事儿……瞧我这脑子！（放下电话筒）
　　　　这工作一忙，我这脑子就不够用的了。

小　王　（讽刺地）我看您吃点脑力清吧。

马主任　对，这药我带着哪……（取出药瓶）去，给我倒杯水。

小　王　我这在等……

马主任　就倒杯水嘛！

小　王　（无可奈何地）好，好……（飞步跑下）

马主任　（忽然想起地）哟！瞧我这脑子，差点又给忘了……（抄起电话筒）
　　　　〔小王端杯飞步跑上。

小　王　哟！您怎么又拿起电话来啦？！

马主任　别别别……别捣乱，一捣乱我就容易忘，这事挺急，得快通知他。……
　　　　哎？他电话是多少号来着？

小　王　我知道您给谁打呀？

马主任　哦，是八五二……不对，是二五八。

小　王　不对，那是厂子产品的代号！

马主任　那他的电话……想起来了。（拨号）喂！我是老马，我跟你说呀，那什么……我要说什么来着？

小　王　哎哟，我这事越急您老占着线……

马主任　我也有急事呀……喂！通了通了。

小　王　（不耐烦地）行行，您快点打。

马主任　（对电话筒）是我，那什么……（捂住话筒）小王，你是不是先回避一下？

小　王　我……好好，您快着点就行。（躲至一侧）人家是主任，谈重要事情需要对外保密！

马主任　（对话筒）让你妈接电话。

小　王　啊？

马主任　喂！我跟你说呀，那电炒锅你得快去买了，今天是家电展销会最后一天。

小　王　就这事儿呀？

马主任　你记住喽：广州出的电炒锅三十九块六；上海出的电炒锅三十一块四。广州出的结实，上海出的美观；广州出的省电，上海出的安全。你看是买广州三十九块六好，还是买上海三十一块四的；买广州三十九块六的就比买上海三十一块四的多花八块二；买上海三十一块四的要比买广州三十九块六的少花八块二，是多花八块二呢还是少花八块二呐？

小　王　哎哟我的妈呀，里外就差八块二的事儿！

马主任　干脆吧！

小　王　您干脆点儿好。

马主任　干脆花三十一块四买上海的。

小　王　行了，快买去吧。

马主任　买上海的你到货台上找老付，你不认识老付？找小付！

小　王　哪那么多姓付的！

马主任　你要找小付办呀得提一下老孙，老孙不行呢，你就拉着小陈一块儿去，小陈的爸爸是老周的老战友……

小　王　（至马身边）您还有完没完？不就是买个电炒锅吗？您先把电话放下，明儿我给您买去！

马主任　（对话筒）你不用买了！小王说明天他给咱家买一个。

小　王　我凭什么给你们家买一个？

马主任　（对王）你这人怎么说话不算数？

小　王　（气恼地）我在等小刘的电话！这涉及到咱厂三十万元产值利润！

马主任　（对话筒）喂，喂，小王说话不算数了！这电炒锅你还得去买。要上海的省八块二，过日子嘛能省一分是一分，能省一角是一角，不能马虎……

小　王　这账儿他一点也不马虎……（作势要打，又止）我别跟他怄气了，让他快离开这儿吧。（悄悄地将电话摁死）

马主任　（仍对话筒讲着）这电炒锅……哎？怎么没声了？

小　王　这电话经常坏，您上别处打去吧，二楼，二楼。

马主任　同志！既然知道这电话经常坏，为什么不彻底检修一下呢？要知道现在是信息时代嘛，电话是重要的通信工具，要是耽搁了时间误了事情，将会造成很大的经济损失呀！

小　王　这道理您也明白呀？

马主任　我们不光要明白道理，还要有具体措施嘛，总要想个办法嘛，总不能都不管嘛……

小　王　您爱怎么说就怎么说去吧！（生气地将脸扭过）

马主任　那我就去了……（摘下电话抱起走下）

小　王　哎哟，您可走了，（看表）得，五分钟也过了……啊！电话……回来！把电话放下……（追下）

（赵连甲、幺树森合作）

李糊涂瞎操心

（于1993年央视《文艺广角》栏目播出）

人物　李糊涂，40多岁。山东快书演员。

　　　李妻、小马、老马、酆厂长、惠霞等。

一　茶座

　　方桌靠椅，环境幽雅。李糊涂在屏风前演唱山东快书，男女观众兴趣盎然。

（唱）人要倒霉运不佳，

喝口凉水都塞牙，

迷了路想找人问个道儿，

对方光会"阿阿阿……"，碰上的这人是哑巴。

（白）你说别扭不？

前几天俺就碰上一件事，

着急上火抓了瞎，

满世界求人说好话，

走东家来串西家，

受了累，挨了骂，

现钱赔了四百八，还差点犯了高血压！

（白）什么事儿呀？

那天俺到邻居家里去，

正赶上老马不在家，

老马的儿子是小马，

正趴在桌上写什么——

化出　李走进一家院内，朝屋中侧看，小马在写信。

〔李糊涂快书唱词画外音：

他写了撕，撕了写，

眉头皱起个大疙瘩。

看得出是有伤心事，

他两只眼里闪泪花——

镜头　随着画外音推成屋内小马的特写。他含泪写信，不时把写过的信撕掉，情绪低沉。

镜头　随着画外音出李糊涂在院内边侧看边回想。

对，我想起老马前天说的话。

说他儿像有什么难事在心上压。

我当时冲他夸了口，

我说我替你去调查。

可这孩子到底有啥难心事？

啊，巧不巧，这团纸正扔在我脚底下。

我打开一看给吓傻，

嗡的声，脑袋像挨了棒子砸！

镜头　李贴着窗眼儿向门靠近，恰好小马将一团信纸扔到李的脚下，李用脚勾过，展视，其惊恐神态。（一声令人心悸的音乐）。李拿着信的手抖起，神情恍惚，身子瘫软。

二　茶座

李糊涂继续演唱着山东快书：

（白）您问写的什么？

（唱）原来小马给对象正写信，

把一个不幸的事情告诉她，

信上写他自己得癌症了，

看到这我心里像刀子扎，

其实这小子根本没有得癌症，

是编瞎话骗人家。

我知道他俩从小就要好，

姑娘的名字叫王惠霞。

姑娘大学毕业去了海南岛，

她搞科研事业挺发达。

这小马觉得比人家差距大，

小工人配不上未来的大专家，

要分手惠霞几次坚决不同意，

小马才想出这法儿！

可我哪知道这小子是瞎话，

给我心里拴了个大疙瘩……

化出　李糊涂在家里，将桌上的水果往网兜里装，妻子拦，李对妻耳语，妻一惊也将饼干盒装入网袋儿，李提网袋走在街上，心事重重。

〔以上画面李糊涂的唱词画外音：

小马得了个冤家病，

到现在营养该增加。

这事儿还得瞒老马，

可别吓坏他爸爸。

镜头　老马家中。老马坐在桌旁，李糊涂满脸堆笑地向桌上堆放着食品，却又笑得不太自然。

〔李糊涂的快书唱词画外音：（对话中仍保持山东快书"一人多角"的特点）

老马大哥快收下，

新疆维吾尔自治区运来的哈密瓜，

水蜜桃，巧克力，

牛肉罐头买了仨……

老马　（不解）你，你这是啥意思？

李　　你儿子该增加营养了。

老马　（惊起）柱子他病啦？

李　　不，不，柱子他身体挺好别害怕。

老马　（坐定）大兄弟，那你就留着吃吧。

李　　咱吃的日子还长久，

　　　　现在先得照顾他。

老马　（又站起）这么说柱子他还是病了？！

李　　不，不能说柱子他有病……

老马　……噢！（放心地坐下）

李　　反正从现在起，他想吃啥你买啥吧。

老马　（站起抓住李的手）这，这……这孩子到底是怎么了，你说！

李　　他……你就照我说的办吧，

　　　　咱柱子身体没什么。

　　　〔老马魂不守舍，两腿发直地向外走去。

三　茶座

李糊涂接着演唱山东快书：

我把事儿告诉了他爸爸，

可我心里还是放不下。

对，我给他们厂里送个信，

让厂里人注意照顾他。

化出　李糊涂骑车在街头穿行。他分别对几个人讲话，对方神态震惊难过。

　　　〔李糊涂快书唱词的画外音：

没想到惊动了他们厂，

多少人奔了老马家。

这个出来那个进，

水果点心往这拿。

快镜头　许多男男女女分别提着各类食品在马家门口出出进进。

四　茶座

李糊涂演唱山东快书：

我把事儿告诉了他们厂，

可我心里还是放不下，

对，得给他海南的对象打电话，

嘱咐嘱咐王惠霞。

镜头　分成两格——李糊涂持电话筒在左下；右上角出现手拿话筒的姑娘。她
随着李糊涂快书唱词的画外音流泪。

惠霞呀，谁也不愿他得这种病，

得了又有啥办法。

我建议你给他多来信，

把最后的温暖送给他。

镜头　女流泪对话筒讲着，李糊涂的嘴迅速地动着。墙上的电表时钟飞速地
转动。

叠画　李的嘴飞快地动着，墙上的表针飞转。李的嘴动着，一只手拿结算单伸
进画面。

〔快书唱词画外音：

我电话里紧着把她劝，

墙上的表嘀嗒嘀嗒紧嘀嗒。

电话员同志来收费，

我娘哎，四百二十六块八。

五　茶座

〔李糊涂演唱山东快书：

我给姑娘打了电话，

可我心里还是放不下。

对，我得给小马去求药，

用科学的力量救救他。

化出　李糊涂骑车至利群药厂门前，走进厂长办公室，李与鄢厂长对话，李仍
　　　说快书，鄢以生活方式对应。

李　　请问厂长您贵姓呀？

鄢　　我姓鄢。

李　　鄢厂长，您是救命的活菩萨。

鄢　　〔鄢摆摆手。

李　　您厂里出的特效药，国内国外名气大，

听说还独此就一家。

小马这孩子得癌症，

刘厂长，我来求您帮帮他。

鄢　　不，我姓鄢，我叫鄢铁成。

李　　噢，对对。您要看孩子还年轻，

王厂长，他就像春天的小树刚发芽……

鄢　　我姓鄢！

李　　对，对，求求您……

鄢　　老同志您听我说，我们厂生产的这种药，主要是销往国外，目前只在北
　　　京、上海销售，我们厂没有经销任务。现在我还要接外宾马上出去……
　　　（向门外走去）

李　　俺只……您等等，俺只跟您说几句话，王……不，刘……孙，赵，张……
　　　这个厂长他姓啥咧？

镜头　公路上。一辆豪华旅游面包车驶过，李糊涂远远随后骑车追去。

镜头　悬空寺，风光如画。鄢厂长陪同中外宾客向山下走来。李糊涂由树后转
　　　出。尾随人后，凑近鄢（用快书词对话）。

李　　厂长啊，俺只跟您说几句话，

小马他这孩子从小就没了妈，

去年刚刚二十九，

今年他才二十八……

鄢　　这是怎么说话？

李　俺都急得不认数了，

　　话都不知咋表达。

鄂　老同志，我能理解做父母的这份心。但是情况我都介绍了。对不起，你
　　别着急……

镜头　鄂厂长随宾客上车。李糊涂转身去推他那辆自行车。

镜头　公路上，面包车飞驰。

镜头　车内的鄂厂长回头，从后车窗看到李糊涂随后追着，厂长无奈地摇摇头。

镜头　华严寺大殿前，鄂厂长陪宾客参观。他们走出寺院大门，向乘坐的车走
　　去。李糊涂从汽车一侧转出，他气喘吁吁地说着快书。

李　厂、厂、厂长，俺只跟您说几句话……

鄂　你又追这儿来了？老同志，你孩子叫什么名字？

李　叫……光记住孩子叫小马，

　　谁知道他的大名叫个啥！

鄂　你连你儿子叫啥名字都不知道？

李　俺跟他家里是邻居，

　　我不是柱子他爸爸。

镜头　鄂厂长很受感动，重新打量李糊涂。（镜头由下往上摇）李两腿泥水，
　　裤腿被划破，满身尘土，大汗淋漓。

鄂　老同志。什么都不要说了，我都明白了。

李　（高兴地）那特效药？

　　〔传来喊声："鄂厂长，上车啦！"

鄂　（边向汽车走去边回头）对不起，再见了……

镜头　李糊涂泄气地擦汗，疲惫地向自己的车子走去。

镜头　利群制药厂生产流水线上，鄂厂长和几名技术人员在研究什么。一只手
　　拉鄂的衣襟，鄂回头，李糊涂站在对面：

李　厂长，俺只跟您说几句话……

鄂　老同志，你别说了。（从包里取出药盒递过）

李　（惊喜地双手接过）对对对，就是它，柱子有救了，谢谢厂长和大家！

六　马路上

李糊涂手持药盒骑车驶过。

〔快书画外音：

拿到药我好像得了无价宝，

赶快送到小马家，

进门看，屋子里面人坐满，

个个脸上乐开花。

咦？海南的惠霞姑娘也在座，

为什么，为什么她说话羞答答？

镜头　李糊涂进门看，吃惊地。屋里坐着老马、小马、惠霞、自己的老伴，以及小马厂里的领导与职工。

惠霞　（对小马）我接到一个莫名其妙的电话，我就赶快回来了。你为什么说自己得了癌症呢？

小马　我是骗你，我就觉得配不上你了，不想影响你在海南的发展。

惠霞　你别瞎想，为了表示我的心愿，你看（取出信）我连结婚登记的介绍信都开了。

李　　（高兴地鼓掌）太好了……（见无人理睬，尴尬地将手缩回）

小马　奇怪的是，我那封信并没往外发，是谁传出去的？（他的眼睛盯着李糊涂）

惠霞　是谁给我打的长途电话？（盯着李糊涂）一厂内职工：是谁到我们厂瞎说，闹得满城风雨？（随着他的眼神，全屋人都盯住了李糊涂）

李　　（无地自容，悄悄地往外溜去）〔快书画外音：

怨我怨我都怨我，

糊里糊涂把事儿闹砸！

七　茶座

李糊涂在观众笑声中演唱山东快书：

你们大伙不要笑，

别看我受了累，挨了骂，

好几百块钱也白搭，

到现在我那心事全放下了，

他们愿意说啥就说啥！

〔笑声、掌声中定格。

（大同电视台录制的山东快书小品系列《李糊涂的故事》之一）

上 楼

（于 1997 年创作）

　　街头。高楼商厦，车来人往。道边出现郝哥的身影，他一身轻松地行至一座公寓楼前，止步仰望。身边一声叹息："唉！"郝哥听到了，未曾留意。又是一声叹息："这让我怎么办哪？"

　　郝哥回头看。一个老太太守着三个提兜坐在公寓楼门前，满脸苦相。郝哥走近："大娘，怎么的了？"

　　老太太指指楼里关着的电梯门："哎，正赶这点儿关电梯，你看我拿这些东西……"

　　郝哥的神情厚道又热心："可也真是，您这岁数要往上爬可够吃劲的。哎，您家住在几楼？我上去把您儿子叫下来，让他接您来。"

　　老太太："我们家住十二楼六号……"她的话音未落，郝哥已经义不容辞地往楼道上走去，又回身："我顺手把您这小提兜也带上去，省得他下来一趟不好拿。"

　　老太太忙拦："别别……"郝哥脚下生风，已经从楼道向上转弯不见了。老太太有些迟疑地："这是谁呀？"她忽然想起什么，低头在剩下的两个提兜里翻起来："我的钱包……那个人把我搁钱的那个兜拿走啦！"

　　老太太惊慌失措地拉住一个人倾诉："快，帮我找街道居委会的人说说，有一个不认识的人拿过我的钱包顺着这个楼梯上去了……"她的身边已经聚集了好几个人，七言八语地议论着："现在真有胆大的。""哼，欺负老太太跑得慢追不上他呀。""那个人长什么模样？""不在模样，就不是个好人嘛！"……

　　郝哥两脚生风地上楼。二楼，三楼。

　　他走过四楼拐角处，回头见一个五六岁的小男孩，费劲地踮起脚去按一家的电铃，连试了几次都没按上。小男孩回头捡起楼道里的一根棍要去捅门上的电铃。郝哥快活地抱起他："我来帮着你。"他把男孩抱在怀里，抓着他的小手去按电铃。男孩在他的怀里紧挣扎着不去按。郝哥和善地微笑着："那我替你来。"他按响电铃。那男孩脸色显得有些害怕，身子灵活地往下一滑，从郝哥身边溜走不见了。

郝哥没注意管他，继续按响电铃。

屋里传来恶狠狠的声音："谁呀？讨什么厌？"开门的是一位妇女，她正在做头发，头上盘了各式各样的发卷，神色怒气冲冲："你找谁？"

郝哥回头找那男孩，小家伙早已逃得无影无踪。郝哥哭笑不得："我……不找谁。"那女的大怒："不找谁你按门铃玩儿？吃饱了撑的？一早起来我给你开了五回门。你这么大人了捣什么乱呀？"

郝哥喏嗫着探过头解释："我……我不是成心的……"

那女的"砰"的一声把门关住，吓了郝哥一跳。

郝哥还没缓过劲来，门又被打开，那女的又探出挂满发卷的头："你听着，再捣乱我就打电话叫派出所的来！"

郝哥喏嗫着探过头又解释："我，您听我说……"

那女的"砰"的一声把门关住，又吓了郝哥一跳。

郝哥拿着小兜上楼梯，拐角处写四楼、五楼。

楼梯旁站着一个服饰时髦的年轻妇女，身旁放着三四个提兜，里面有菜、水果等，还有一簇花。那女子靠在楼梯旁喘息："妈呀，我可真走不动了。"

郝哥从她身边走过上楼，听到她粗重的喘息声，回头看，那一兜兜的菜和水果确实分量不轻。

郝哥动了恻隐之心，回身到那女子身边："您家住几楼？"那女的喘息着回答："九楼。"郝哥随手替她拿起分量最重的两个提兜："我反正也是往上走，顺路替您拿两件吧。"那女的感谢不尽地："哎哟，那可太谢谢您了。"她只拿起郝哥剩下的那束花，跟在郝哥后面艰难地爬楼。

楼梯拐角写着六楼、七楼。郝哥边走边回头鼓励着那女子："看样子您这楼不常停电吧？"

那女的费劲地回答："不常停。"

郝哥提着大包小包东西："您不经常锻炼，所以一爬楼您就有点儿喘……"他的声音也粗重起来："哎哟，我也喘上了。"

写着"903"的楼门。郝哥和那女子费劲地把东西放在门口。女子："我的妈呀，可到了。"她伸手去按门铃。

开门的是一位个头雄壮的男人。那男人看着女子和郝哥，神态阴冷起来。他一言不发地上下打量郝哥。

郝哥被他的眼神看得发毛，回头道："道上落哪样东西了？没有哇，那个花？哦，花你自己拿着呢。"

那女子边往里拿东西边与男人搭话："哟，你今儿在家呀？"

那男人动也没动，气哼哼地："没想到我在家吧？我特意早下班半个钟头，我等着你们俩呢。"他盯着正要转身走开的郝哥："站住，你怎么不进屋啊？"郝哥满面春风地摇手："不了不了，我不进了。"

男人脸色铁青："我看你也不敢进！"他"砰"的一声把防盗门关紧，又吓了郝哥一跳。

郝哥在门外奇怪："这人可真行，他不说谢谢我吧，还挺横。"此刻门内传出男女的争吵声。男："我早听人说你在外头认识个人，今儿可让我撞上了。"女："你别胡思乱想。"男："就那小子那德性，我顺着楼道把他扔下去！"女子带有哭音地："不信你找那人问问去，我根本不知道他是谁。"

郝哥听着又气又像没听懂，继续拿着小提兜向上爬楼。十一楼。郝哥在三个防盗门前迟疑："刚才没听清，那老太太住几号来着？"他向这个门打量打量，又转身去看那个门。

三扇防盗门。每扇门的猫眼门镜后都露出一只盯视的眼睛。

郝哥自语着："要不然是十二楼？"他又向上走去。在他走后，三扇门都被打开一道缝，有的钻出一个头，有的是有人走出。人们互相问着："那是谁呀？""不是咱楼的。""前天就来过一个溜门撬锁的。""我们家刚积的酸菜转眼就少了两棵。"几个人凑在一起神态紧张："赶紧找几个小伙子来，这次可别让这小子跑了。"

十二楼六号的门前。郝哥去按电铃。开门的是个小伙子，一脸不耐烦地："又是推销的吧？我们家什么都不要。快走，走。"他的眼睛忽然看到郝哥手上的提兜，一把抢过："哎，你怎么拿我们家的兜啊？"郝哥正要解释，忽然身后传来嘈杂的喊声："抓住他！""这回别让他跑了！"郝哥回身，四个棒小伙子向他逼来。郝哥吓得发蒙，连连后退，嘴里念叨着："我身上没钱，我身上没钱，有钱也不多……"他看事不好，撒腿向楼下就跑。

快镜头。音乐声。郝哥在前，众小伙子们在后，顺着楼梯三脚两步向楼下跑。

郝哥跑过电梯门，忽然见电梯红灯亮起，他自语着："电梯修好了？"同时电梯门打开，他慌不择路地冲进去。身后是众小伙子的喊声："抓坏人哪！""快上一楼截他去！"

电梯里。开电梯的姑娘被外面抓坏人的喊声吓得浑身哆嗦。郝哥喘息着向她解释："你别害怕，我其实不是坏人，我……"姑娘只顾往电梯一角缩，用小棍捅开电梯开关："躲我远点，你出去。"

电梯门打开，郝哥边回身解释着走出电梯："同志你别紧张，其实我这人……"身后一声大喊，那是老太太家的小伙子拿着提兜追来："哎，你拿着我们家东西是怎么回事？"郝哥一时讲不清，慌里慌张又向楼下跑去。

一楼。几个小伙子已经把郝哥围住。十二楼的小伙子问老太太："妈，这人怎么拿着咱家东西上楼了？"老太太惊魂未定地说："哎，刚才不是没电梯吗？他就说替我上十二楼告诉你下楼接我来，还捎带着拿上个提兜去。我一想坏了，咱家钱包……"小伙子一惊，急忙打开提兜看。

特写：提兜里是一个装满钱的钱包。

小伙子有些吃惊地："他是把钱包给咱送家去了。这么说……他不是坏人？"那个时髦女子挤进来，愤愤地说："本来嘛，凭什么怀疑人家？我看这同志挺好的，他心眼好，乐于助人……"她说着听身后"哼"了一声，回头看是她男人又露出阴沉的脸色。那女子又改口："当然了，我不认识他。他这人是好是坏我根本也不知道……"

响起有些忧伤的音乐。郝哥两手插在兜里，无精打采地走在街头，他自语着："现在是怎么啦？怎么热心肠办好事反倒让人误会？"他回头看。路边是一排自行车。一个姑娘取车，车挤在里面怎么也推不出来。姑娘心一急，把身边的车使劲一拱，自行车倒了一大片，姑娘骑车远去。

一大排倒了的自行车。

郝哥边自语着："这哪行啊？"他又忍不住走过去扶。走到车跟前，他停住脚步。

他的画外音："别价了，一会儿来个人以为是我弄倒的，我又得挨顿骂。"

他在翻倒的一排自行车前犹豫。

特写：郝哥那张热情又和善的脸。他犹豫着。

他还是下定决心，回头看看四下无人，他上前一辆一辆把自行车扶起。

音乐声：《爱在人间》，在"只要人人都献出一点爱，世界会变成美丽的人间"的遥远的歌声里，慢镜头处理：郝哥把翻倒的自行车一辆一辆地扶起来。

（于 1997 年赵连甲、幺树森合作）

笑星开会①

（于 2000 年央视《艺苑风景线》录制播出）

〔在欢快乐曲同山东快书铜板击打声效中，快书唱词及画面继而推出。

快书词　喜爱幽默艺术的观众多，

这位艺术大家您准认得。

对，是漫画家方成老师在作画，

他精心绘画细揣摩：

"这侯宝林、马三立的肖像该怎样画呢？"

请欣赏大手笔的功力和风格。

〔随着画面进展节奏的变化，音乐起伏和滑稽色彩也要有所配合。第一组画面出侯宝林画像，出马三立画像；接着快速出马季、姜昆等人画像……

快书词　漫画家，出力作，

有特色，禁琢磨，真实，形象，幽默，时代精品太难得啦！

〔再现马三立画像。

快书词　马三立说："啊我呀，我今年已经八十五了，

论相声我是个老资格，

我这辈儿说、上辈儿说，

我儿子这辈儿还在说，

三辈儿人加一块儿算，

这个相声说了一个世纪多。

我说过"马大哈""逗你玩"，

新的、老的、长的、短的光盒带做过上百盒！"

---

① 栏目改版创新，以编唱快书小段推介漫画家方成先生为相声名家作画的成就。以凭借幽默大师们的影响力，促进喜剧艺术的发展。

〔再现侯宝林画像。

快书词　侯宝林说："吃了一辈子相声饭，

我知道最重要的是改革。

要继承相声好传统，

把深厚的民族文化来传播。

说、学、逗、唱样样都是功夫活儿，

得让人听有余味经琢磨。"

马季说："相声演员要补课，

文化知识要渊博。

相声要跟着时代走，

要体现新的内容新风格。"

姜昆说："对！看现在艺术天地多广阔，

咱就该把新的题材来开拓！"

李文华说："衣食父母是观众，

观众们，你们爱听什么我就说什么。"

〔强化音乐效果，加速图像更迭。

嗬！侯耀文啊、李金斗啊、唐杰忠呀……

一个个争着抢着都要说。

冯巩最后说了一句话：

"最重要的是生活！

要写、要说群众最最关心的事，

就得要深入生活才能出新活！"

〔所有笑星画像于强劲掌声、笑声中充满屏幕。

（众）为人民书写，为时代高歌，

祝愿人间笑声多！

微型喜剧小品

音乐欣赏

（于 1987 年央视春节晚会播出）

人物　甲、乙二男青年。

地点　1987 年中央电视台春节文艺晚会现场。

幕启　甲戴耳机，手捧半导体收音机走上。

甲　（深深地被优美的乐曲所陶醉，两手随着旋律轻轻舞）

　　〔乙上。见甲神态嘲讽地。

乙　这位是上了弦了还是过电了？

　　〔甲向乙摆手示意不要破坏其音乐意境。

　　〔乙摘下甲的耳机戴上。

乙　让我也听听……（同甲一样地陶醉起来）

甲　怎么，看样你也懂点儿音乐？

乙　什么，懂点儿？中国的外国的古典的现代的，什么曲子我没听过？

甲　哟哟哟，你懂什么叫音乐素养吗？

乙　哟哟哟，你懂什么叫艺术感觉吗？

甲　哟哟哟，什么是合声、配器你明白吗？

乙　哟哟哟，什么是管乐、弦乐、轻音乐你分得出来吗？

甲　哟哟哟，……咱俩这儿斗鸡哪？你能欣赏出这支乐曲那个、那个……那种
　　美感吗？

乙　你能领会这支乐曲那种、那种……比你还说不出来的那种意境吗？来！你
　　听听，现在播的什么乐曲，你说出来。（将耳机给甲戴上）

甲　这还用听嘛，太熟悉了，这不就是那个那个……你呀甭想套我！你要能说
　　出来我服你。（将耳机给乙戴上）

乙　这算什么？我告诉你，这叫那个那个……你少来连蒙带唬！你要说出来我

服你！（将耳机给甲戴上）

甲　这……这是贝多芬的第五交响乐。

乙　耶耶耶，别充内行了。不懂就老老实实承认——我外行，这不要紧嘛！这是舒伯特的圆舞曲！

甲　贝多芬！

乙　舒伯特！

甲　交响乐！

乙　圆舞曲！

〔二人争执，耳塞插头被拔掉，收音机里乐曲尾声刚刚结束，传出播音员的声音："各位听众，刚才播送的乐曲是——

甲乙　你听是什么？

——河北定县大秧歌。

〔二人大窘，相互一笑，分别走下。

表演者：刘亚津（饰甲）

　　　　笑　林（饰乙）

街头传谣

（于 1989 年央视《沧海云帆》文艺晚会播出）

人物　甲、乙、丙、丁四男。

　　　　女　外籍留学生扮演。

地点　街头。

幕启　外国女留学生拿着一封信走上。

女　我的父亲从国外给我来信了……（取信看）

　　〔甲低头从女身边匆匆走过。

女　（突然地）哎呀！

甲　（停步）怎么回事？

女　我们国家的面粉涨价了……

甲　（侧耳偷听，自语地）怎么回事？

女　（仍读着来信）面粉涨价百分之二十七……

甲　嗬！涨这么多？（向台侧人传送消息）哎！听说了吗？面粉涨价了！

　　〔乙走上。

乙　涨多少？

甲　涨……（忘记原数字，脱口而出）百分之七十二。

乙　嗬！百分之七十二？差不多就涨百分之一百了！

　　〔丙从一侧走上。

丙　什么涨价百分之一百了？

乙　面粉。

丙　面粉涨百分之一百，我快给大伙儿送个信去吧！（下）

　　〔丁扛着一袋面粉，夹着一袋面粉，脸上沾了不少面粉走上。

丁　（向四处喊着）快排队去吧，面粉涨一倍了，现在人还不多，快去吧……

（从女身旁走过）

女 （莫名其妙地）这是怎么回事？

甲 不是你说的吗，面粉涨价了。

女 我是说我们国家的面粉涨价了。

甲 是啊，我们国家……噢，我才看清楚，你是外国人哪！

表演者：四男由刘惠、刘全刚、刘爱民等扮演

　　　　女留学生由外籍一女生扮演

名 片

（于 1989 年央视《沧海云帆》文艺晚会播出）

·

人物　甲、乙。

地点　演播现场。

幕启　甲手拿一张名片，在观众席间走动着。

甲　哟，张经理！您可是有名的企业家。来，这是我的名片，有什么业务需要，请联系。（又奔另一观众）嘿，马厂长您也在这儿？（取出名片）这是我的名片，请联系，愿意为您服务……唷嗬！（发现演员乙）赵老师，您也来了？（取出名片）这是我的名片，有事请多关照，跟我联系……（欲走）

乙　你回来！（看名片）我说你是干什么的？

甲　我是干什么的名片上都印着哪！

乙　不看名片我还不问你呢！这叫什么行业呀？

甲　我就是干这个的。

乙　大家说有干这个的吗？（念名片）"五花八门蒙事中心"，这叫什么行当？！

甲　新型企业。

乙　蒙事中心？你打算蒙谁呀？

甲　那就不一定了，就看撞上谁了，今儿这不是撞上您了吗？

乙　你打算蒙我是怎么着？你再五花八门也蒙不了我。

甲　不，五花八门是说我们这个中心经营的项目多，包括交流信息、疏通关系、组织货源、提供服务，多种经营什么都干。

乙　具体说你是干什么的。

甲　得先说您是干什么的，才能说我是干什么的。

乙　我是演员。

甲　演员？咱是同行，这就说到一块儿了……（从上衣兜内取出名片）您看，

"全国演员走穴研究会"，您想走穴演出，我帮您找演出剧场，给您组织观众。

乙　嘿，他这名片倒挺现成的。这两年我不演出了！

甲　那您上哪儿了？

乙　我上澡堂子去了！

甲　上澡堂子去了？咱是同行，又说到一块儿了……（从裤兜里取名片）您看，"太阳能热水器研制所"，我给您提供科学节能现代设备。

乙　我不干澡堂子了，我，我……我开拖拉机去啦！

甲　同行！咱一块儿谈谈吧……（从另一裤兜里取出名片）"农机具综合服务处"，进口的、国产的，各类型号的配件咱都有，愿为您服务。

乙　什么拖拉机？我还卖烧鸡呢！

甲　卖烧鸡？同行！……（从衣袖内抠出名片）"食品保鲜咨询站"，您的烧鸡有味儿了，我帮助您处理。

乙　这人有神经病啊？

甲　您有神经病？同行！……（从脖后摸出名片）"祖传安神丸推销门市部"……

乙　谁有神经病啊？

甲　坏了，这位神经是不正常，犯病了。

乙　犯了病我咬你！

甲　咬人？同行！（从帽子里取出名片）"预防狂犬病指导站"。

乙　去你的吧！说了半天，你到底算干什么的？

甲　（将上衣拉锁拉开，胸前贴有一排排各类颜色不同的名片）你看到底算干什么的？有事联系，我跟那位再谈谈去……

乙　（抢上一步，抓甲的上衣）回来，别再蒙事了！

〔甲上衣被乙拉下，其后背也贴满一排排的名片。

　　表演者：于海伦——饰人物甲

　　　　　　赵连甲——饰人物乙

多面人

（于1989年央视《沧海云帆》文艺晚会播出）

人物　甲、乙。

幕启　台上设有两套桌椅，桌上各有一部电话机。

〔甲、乙走上。

甲　戏曲舞台上分生、旦、净、末、丑各种脸谱，每个脸谱都代表着不同人物的特点和性格。

乙　在我们生活中却有一种多面人，很难让人分出是什么性格。

甲　现在就让这种多面人给大家表演一下。

〔二人分别至桌前。乙坐定，取出半导体戴上耳塞，将脚跷到桌上，欣赏起音乐。甲拨打电话。乙桌上电话响过数声后，乙不耐烦地拿起话筒。

乙　喂，找谁？

甲　老李同志在吗？

乙　什么老李老张的！不在！（放下话筒）讨厌！（回原状）

甲　（放下电话。对观众）这样的面孔，我想大家在生活中都见到过吧？如果我换一个声调儿，他就会变成另一张脸了……

〔拨打电话。乙桌上电话响起。

乙　嘿，又来了，真讨厌……（抓起话筒，发吼地）找谁？

甲　（模拟女人声音）你是老李吗？

乙　……（变成笑脸）啊，是我啊！

甲　哼，我一听就知道是你。

乙　你一听就知道是我？你是谁呀？

甲　什么，我能听出你，你就听不出我呀？你个没良心的！

乙　不，不，听出来了。你是……（自语地）她是谁呀？

微型喜剧小品

323

甲　你是真听不出来，还是装听不出来？

乙　不是装，是……今儿电压不稳。

甲　那你猜猜吧！

乙　猜？你是小马？不，是小王……小刘……小于……

甲　（放电话。对观众）您看这副脸儿比刚才好多了吧？

乙　喂，喂……这电话出毛病了，真耽误事。（放下电话）

甲　如果我再换一个腔调儿，他又会变成另一张脸。您瞧着……

　　〔甲拨打电话。乙桌上电话响起，他欣喜急切地抓起话筒。

乙　你是小冯？

甲　（模拟四川口音，打官腔地）啊，小鬼！

乙　小鬼？

甲　问你一哈（下），你们的局长是姓啥子？

乙　什么，我们局长是傻子？傻子能当局长吗！

甲　我是问你们局长姓什么。

乙　啊，我们局长姓王。

甲　对，对对，是小王。

乙　小王？我们局长都五十多了，还小王……对，该叫老王了。

甲　你叫他老王，我就叫他小王！变化真是好快哟，小王现在也当局长了！

乙　对，对，小王……不，小王是您叫的，我得称他老王。（自语地）听这口气，这位官儿小不了。（极谦虚地）啊，老首长，您有什么事呀？请吩咐。

甲　你贵姓？

乙　我是老李……不，小李。

甲　告诉小王，我来了，让他来看我一下。

乙　应该，应该，请问您老是……？

甲　（放下电话）您看这态度顺多了吧？

乙　请问您……喂，喂！喂！这电话又出毛病了。（放下电话）

甲　我再换一个腔调儿，他会比这态度更好。

　　〔甲拨打电话。乙桌上电话响起，他忙抓起话筒。

乙　请问您老是……

甲 （模拟香港口音）我是北京饭店……

乙 嗯？怎么变味儿了。您是北京饭店？

甲 我是从香港来洽谈生意的啦！

乙 哟，那您是大老板哪！您给我打电话……

甲 请问你是李先生吗？

乙 是的，我姓李。

甲 是这样的，我来之前，赵先生让我和你联系。

乙 赵先生？赵先生是谁呀？

甲 怎么，赵先生你不认识吗？

乙 不，不，认识认识，老朋友了！

甲 赵先生让我给你带来一件东西……

乙 太感谢啦！

甲 我到宾馆就请服务员给你打电话，想把东西给你送去。

乙 太麻烦您了。

甲 电话打过去，可是你们的人讲："什么老李老张的，不在！"
　　就把电话挂上啦。

乙 ……（悔恨地打自己的脸，自语地）你怎么不问清楚哇！

甲 我听了以后是非常生气的，很不像话嘛！

乙 是的，是的，这样的人太不像话啦！

甲 怎么能这样，应该讲一点文明嘛！

乙 对，这种人就是素质太差啦。

甲 我一生气，就想把带来的东西带回去。

乙 别！别！我们一定要批评他，态度不好，还要给他处分哪！

甲 好吧，这东西是我送去，还是你自己来取？

乙 我马上去取。请您说一下住的楼层、房间，几楼？多少号？喂！喂！喂……

甲 （放下电话）你慢慢喂喂去吧。

乙 喂！喂……这电话局的头头儿都该撤了！喂！喂！喂……

甲 （走近乙）行了，别喂喂啦。没人给你带什么东西，我就是让你表演表演，
　　请大家来熟悉熟悉这种多面人的嘴脸。

乙　（跳在椅子上，横眉怒目地指甲）你这是什么态度！

甲　大家瞧，他这又变了一张脸！

　　　表演者：刘全刚——饰人物甲

　　　　　　　刘　惠——饰人物乙

五角钱俩

（于 1990 年央视《综艺大观》栏目播出）

人物　甲——智障者。

　　　乙——过路人。

幕启　甲神态动作显得呆痴地挎竹篮上。

甲　五角钱俩！五角钱俩！

　　〔乙走上。

乙　卖什么的？噢，咸鸭蛋。怎么卖？

甲　五角钱俩！

乙　买一块钱的。

甲　不卖！

乙　哎，怎么不卖？

甲　五角钱俩！

乙　是呀，我买一块钱的。

甲　一块钱不卖！五角钱俩！

乙　……嗳，买五角钱的。（递过五角钱）

甲　（接过，递鸭蛋）俩！

乙　再买五角钱的。（递过五角钱）

甲　（接钱，递鸭蛋）俩！

乙　这不是一块钱的吗？

甲　一块钱不卖！五角钱俩！

乙　你怎么就认准五角钱俩啦？

甲　来时候我表哥说了，就卖五角钱俩。

乙　你表哥是谁呀？

甲　我表哥是我二叔。

微型喜剧小品

乙 什么，你表哥是你二叔？哈哈哈……

甲 嘿嘿……瞧你那傻样。

乙 那你二叔又是谁呀？

甲 连我二叔都不认识？我二叔是我三舅。

乙 嘻，这叫什么辈儿呀！你不会论辈儿吧？我教教你。你表哥跟你是一辈儿，你二叔跟你爸爸是一辈儿。比方说，你表哥跟你爸爸叫什么？

甲 叫表哥。

乙 不对！

甲 就叫表哥！

乙 不能叫表哥。

甲 就叫表哥！不光我表哥管我爸爸叫表哥，连我妈管我爸爸都叫表哥！

乙 全乱套啦！你妈怎么能管你爸爸叫表哥呀！

甲 没错！就叫表哥。

乙 不对，你妈怎么能……噢，我明白了。敢情他妈是他爸爸的表妹。难怪他不识数呢。

甲 谁不识数？我不识数？哼！我们村像我这样的有十四个，我考第四！

乙 啊！还有十个不如你的呀？哎哟，像你这样……将来怎么娶媳妇过日子呀！

甲 嘿嘿……我妈给我说好了媳妇啦。

乙 说好了媳妇啦？

甲 明年就结婚。

乙 就你这样谁跟你啊？

甲 我表妹。

乙 又是表妹？

甲 她也管我叫表哥。

乙 别结啦！

甲 五角钱俩！五角钱俩！

（为全国第二次人口普查创作演播）

表演者：李建华——饰智障者

　　　　赵连甲——饰过路人

双生屯

（于1990年央视《综艺大观》栏目播出）

人物　赵某——省医科研究院研究员。

　　　少儿——5至8岁四名男女少年儿童。

地点　村头。

幕启　台侧立一块写有"双生屯"字样的木牌。

〔赵走上。

赵　（背供）我呀是省医科研究院的。根据抽样调查，这个双生屯——双胞胎的
　　出生率特别高。一般的比例为百分之一，可是这个双生屯六十户人家就有
　　十六对儿双胞胎。我们院对这个现象非常重视，派我来进行实地考察。这
　　是什么原因呢？有人说这村里的人有一种特殊的生活规律；还有的说这村
　　的后面有个矿，跟这个矿有关。不管怎么说吧，必须进行科学调查，没有
　　调查就没有发言权嘛！这不，村干部去给我找几对双胞胎，让我了解了解
　　具体情况……看，找来了。

〔一名八岁女孩领着个五岁的男孩走来。赵迎上欲言又止。

赵　这对双胞胎……（发现这对孩子年龄个头儿相差悬殊）他俩怎么差这么多？
　　对，尽管是双胞胎，也不一定……可怎么也差不了这么大呀！我还是先问
　　问吧：你俩是双胞胎吗？

女　是。

赵　你们是哪年生的？

女　不知道。

赵　几岁啦？

女　不知道。

赵　你们俩谁大呀？

女　不知道。

赵　你怎么全不知道呀？

女　不知道。

赵　怎么就会说不知道！

女　唉，我爸爸说了，三个不答，六个不理。

赵　什么叫三个不答？

女　问我们俩几岁了不答，哪年生的不答，问我们俩谁大不答。

赵　那六个不理呢？

女　乡里来的不理，区里来的不理，县里来的不理，城里来的不理，男人不理，女人不理。

赵　你都不理呀？

女　对，就是不理！

赵　那……

女　走！（拉起男孩）咱回家，不理他。

男　（边走边回头）不理你！

〔二人走下。

赵　（不解地）都不理我，我还怎么调查呀？您看，又来一对儿。

〔一名八岁大的女孩领着一个五岁的小女孩儿走来。赵迎上。

赵　我先问问……你俩是不是也是三个不答、六个不理呀？

大　不，我爸爸说了，问什么说什么，谁问都回答。

赵　噢，这就好办了。你们俩是双胞胎吗？

大　双胞胎。

赵　（对小女孩儿）你几岁啦？

小　八岁了。

赵　（愣住）八岁了怎么这么小呀？

大　不好好吃饭，挑食。

赵　噢，你几岁了？

大　八岁了。

赵　八……你八岁怎么长这么高呀？

大　我嘴壮，给什么吃什么。

赵　（仔细打量小女孩儿）八岁了个儿这么矮……

小　营养不良。

赵　（指大女）你八岁为什么这么高？

大　营养过盛。

赵　这家子的饭食这是怎么分的！

大　这里有科学，你不懂哟！你好好琢磨去吧。（拉小女下）

赵　（不解地）这……这是一种什么科学现象……

　　〔二晚会主持人走上。

主　您别费劲了，这不是什么科学现象，是一种人造的假象。是他们的家长，生得太多了，冒充双胞胎。

（为全国第二次人口普查创作演播）

　　表演者：赵连甲——饰赵某

　　　　　　幺娟等——饰双胞胎

竞 争

（于 1992 年央视元旦文艺晚会播出）

人物　商贩甲（由牛振华扮演）。

　　　商贩乙（由赵连甲扮演）。

　　　进城打工农民（由潘长江扮演）。

　　　农工妻（由杨青扮演）。

地点　市场一角。

幕启　台上设两处卖豆腐脑儿的摊子。牛、赵各扛长条凳走上。

赵　哟！老牛，今儿这摊儿出得够早的呀？

牛　是呀，您也不算晚呀！

赵　祝您生意兴隆。（将条凳放至摊儿前）

牛　祝您买卖发财。（将条凳放至摊儿前）

赵　您忙着。（至岗位）

牛　您忙着。（至岗位）

赵　哎——喝嘹，三鲜打卤的豆腐脑儿哇！

牛　哎——喝嘹，豆腐脑儿三鲜打卤的呀！

赵　哎——又热乎又好喝啊！

牛　哎——又好喝又热乎啊！

　　〔潘、杨夫妇走上。

潘　你饿不？

杨　不饿。

潘　我喝碗豆腐脑儿中不？给我俩钱呗！

杨　嗳。（掏钱给潘）

潘　你在这儿先等我会儿。（对赵）这豆腐脑儿多少钱一碗？

赵　哎，三鲜打卤豆腐脑儿，八角钱一碗了！

潘　来一碗。（坐在摊儿前凳上）

赵　好嘞……（拿碗欲盛）

牛　哎——三鲜打卤豆腐脑儿，六角钱一碗咧！

潘　（对赵）等会儿。（对牛）几角？

牛　六角。

潘　（转身坐在牛摊儿前的凳上）好，来一碗。

牛　好嘞……（拿碗欲盛）

赵　（自语地）哎他这是撬行呀！（赌气地）哎！三鲜打卤豆腐脑儿，四角钱
　　一碗！

潘　（对牛）别盛了。（对赵）几角？

赵　四角。

潘　来一碗。（又坐回赵摊儿前的凳上）

赵　好嘞……（拿碗欲盛）

牛　（生气地）哎，三鲜打卤的两角钱一碗啦！

潘　（换座位）哎，来一碗。

牛　哎——来一碗……

赵　（气愤交加地）哎，一角八一碗了！

潘　……

牛　哎，一角六一碗了！

潘　……

赵　一角四一碗了！

潘　……

牛　一角二一碗了！

赵　八分一碗了！

牛　五分钱一碗了！

赵　……白喝不要钱了！

牛　我这儿白喝不要钱，喝完了你可以把板凳搬走！

潘　真的?（扛起板凳）谢谢!（跑下）

赵　搬条板凳算什么,谁喝完豆腐脑儿我连摊儿都给你!

杨　好!（将赵推开）这儿没你的事儿了。孩子他爹你快回来吧,他这摊儿归
　　我啦。哎喝咪,三鲜打卤豆腐脑儿,二分五一碗!

赵　嘿,争来争去,我这买卖全归她啦!

——结束——

配钥匙

（于1992年央视元旦文艺晚会播出）

人物　潘师傅　修锁配钥匙的个体户（由潘长江扮演）。

　　　杨大嫂　配钥匙的顾客（由杨青扮演）。

地点　市场一角。

幕启　台上有一小操作台，窗前横杆上挂着特大的钥匙。

潘　（坐在操作台处吆喝着）哎！修锁配钥匙的上我这儿来呀，保证质量，做
　　工精良……（同时向街上的熟人打着招呼）上班去啊？走好；哎！昨天我
　　配的钥匙怎么样？好使吧？不是跟老兄吹呀，咱配那钥匙……

〔杨大嫂走上。

杨　师傅！昨天有一个小伙子是不是……（掏出钥匙）在您这儿配的这把钥匙？

潘　没错，大妹子。

杨　我得好好地谢谢您。

潘　还谢啥呀。

杨　您配的这钥匙太好了……

潘　等一等。（走出座位。借机大做宣传）哎——看一看！修锁配钥匙，保证
　　质量，做工精良，空口无凭，大妹子……不，大嫂……大婶做证呀！（对
　　杨）大婶，你跟大伙儿说说吧！

杨　我是来谢谢你的。

潘　你甭谢我，你跟大伙儿说咱配的钥匙怎么样？

杨　他配的钥匙太好了！昨天配钥匙的小伙子是个小偷，拿着这把钥匙撬我们
　　家的门，捅了半个钟头他愣没捅开！

潘　（仍得意地）听听，咱配的钥匙半个钟头……哎？我说大侄女儿，你这夸

我哪？

杨　你咋叫我大侄女儿了？

潘　（恼羞成怒地）没叫你外甥女儿就不错了。快走吧！

——结束——

鸡蛋煎饼果子

（于 1992 年央视元旦文艺晚会播出）

人物　商贩（赵连甲饰）。

　　　顾客（潘长江饰）。

地点　市场一角。

幕启　台上有一食品货车，写有"正宗天津煎饼果子"字样。

赵　哎！吃来呗，鸡蛋煎饼果子！

潘　（走上。念广告）正宗天津煎饼果子。师傅！给我来一套。

赵　好您哪。（边做摊煎饼动作边介绍）风味小吃，老牌字号，讲究佐料，手
　　艺地道，让吃一套想两套……（拿起鸡蛋欲打）

潘　你等一下。你拿的那是什么？

赵　鸡蛋啊。

潘　我看看……（拿过，见鸡蛋很小，嘲讽地）请问，这鸡蛋是鸡下的？

赵　您放心，保证不是蛤蟆下的。

潘　这玩意儿能吃吗？

赵　照样吃，保证是鸡蛋味儿，里边还有黄儿哪！

潘　这个儿也太小了！

赵　嫌个儿小呀，排球个儿大——那能吃吗？

潘　这叫什么话？

赵　你不就是嫌它个儿小吗？那放着一篮儿呢，你再换一个，别尽说没用的。

潘　（拿过小篮儿挑选鸡蛋）这个……跟那个一般大；这个……像乒乓球；这
　　个……哎呀师傅，你再别吆喝鸡蛋煎饼果子啦。

赵　那我吆喝？

潘　（出示最小的鸡蛋）你再吆喝：卫生球儿煎饼果子！

——结束——

公园一角

（于 1992 年吉林市电视台专题文艺晚会播出）

人物　甲男、乙女。丙男、丁女。一个 10 岁的女孩儿。

地点　公园一角。

幕启　台间有一只小方凳，凳上放着一本书。

〔甲男、乙女轻声交谈着从一侧走上。

乙女　百货大楼刚来的皮鞋样式不错……

甲男　我看跟儿太高了，容易崴脚脖子呀。

乙女　哎，（发现书本随手拿起）谁的书呀？

甲男　我看看。（将书接过）噢，外语。

乙女　什么外语？

甲男　嗯……（翻开书看了一眼）德语。（将书放回凳上）

　　　〔二人继续走着轻声交谈。

　　　〔丙男、丁女从另一侧轻声交谈着走上。

丁女　刚才看的那裙子，我挺喜欢，就是价儿太贵了。

丙男　喜欢就买，多花俩钱图个顺心。

丁女　哎，（发现书本随手拿起）谁的书呀？

丙男　我看看。（将书接过）噢，外语。

丁女　什么外语？

丙男　嗯……（翻开书看了一眼）法语。（将书放回凳上）

　　　〔二人继续走着轻声交谈。

　　　〔乙女停步问甲男。

乙女　哎，你刚才说是德语。他怎么说是法语呀？

甲男　（侧脸看丙男一眼）他呀，不懂装懂，那就是德语。

〔丁女停步问丙男。

丁女　哎，你刚说是法语，他怎么说是德语呀？

丙男　（侧脸看甲男一眼）他呀，不懂装懂，那就是法语。

　　　〔一小女孩儿跑上，将书本拿起坐定，翻书朗读。

女孩　波——坡——摸——佛——

　　　〔甲、乙、丙、丁四人若无其事地分别边走边谈。

甲男　鞋跟儿高点也有好处，显着精神……

丙男　我说那裙子你就买了它，别疼那几块钱……

　　　〔双双走下，小女孩的朗读声仍在回响。

表演者：中国青艺术剧院男女四演员及女孩幺娟

谢谢大哥

　　繁华的都市街头。人流中一双男女情侣走来。他们边走边笑谈着，突然传来女方"呀"的一声尖叫，男方回头不见女的身影，寻视地喊叫起来："巧巧！巧巧！"发现地面上一处失去盖子的井口，男惊诧地："妈呀，掉井里头啦……"

　　井口内那女的声音："没事儿！我这就上去……"

　　（特写）沾有泥土的巧巧抬着头、挺着身由井内缓缓上升……直至到跨步从口处走出。回身向井下人连连道谢："谢谢大哥啦……"

　　男友走近，见井下泥土一身的男子，随同女友也连连鞠躬："谢谢大哥！谢谢大哥……"

　　井下大哥喊道："别谢了，快去报警吧，我这都托上去仨啦！"

（1993 年创作）

扯 皮

（于 1999 年河北电视台《快乐人生》栏目播出）

人物　甲、乙二演员。

地点　演出现场。

幕启　甲上，对观众。

甲　改革带来的变化太大了，可是在我们生活中有些扯皮现象依然存在……（幕侧传来乙痛苦呻吟）看吧，扯皮的事儿来了……（穿起白大褂）

乙　[托着咬住左耳的那只大"甲鱼"（特制道具）上，对观众]倒霉呀……都说用这东西熬汤大补，刚买回家就让它给咬上了。冲我耳朵里直出粗气，好像说："对不起，你先让我补补吧！"敢情这王八狠着呢，咬住它死不撒嘴！快上医院……大夫！

甲　（迎上，操山东口音）哎呀你这习惯得改改，再喜欢宠物也别挂耳朵上呀！

乙　有耳朵上挂这宠物的吗！是给咬住的！您费费心给处理一下吧。

甲　王八咬耳朵不属于我们急诊室治疗范围，你应当去耳鼻喉科。

乙　唉，上耳鼻喉科……（以转圈动作示意到位）大夫！王八咬我耳朵了……

甲　（操南方口音）耳朵有病找我们来，让王八咬到这个部位，要找外科去治嘛！

乙　唉，去外科……（以转圈动作示意到位）大夫！您快给处理一下吧。

甲　（操河南口音）咿，咋让老鳖把耳朵叼上啦？这俺外科治不了，你得找牙科。

乙　怎么得找牙科？

甲　王八咬住耳朵，把王八的牙给拔了不就没事了吗！

乙　唉，（托了一下"甲鱼"）瞧我这罪受的，那就找牙科……（转圈）大夫！您快把王八的牙拔了吧，要不它不撒嘴呀！

甲　（操广东口音）我们给人拔牙，给王八拔牙你应该去找兽医。

乙　唉，我还得上兽医站去……（转圈）大夫！给王八拔牙这活儿就得麻烦您啦……

甲　（操东北口音）这不扯吗！骡马牛羊我们管治，王八咋整治，没这个科目呀！

乙　那我还找谁去？

甲　你爱找谁去找谁去！到点儿了我该下班啦……（脱下白大褂。问乙）最后这事儿怎么解决的呢？

乙　这科那室、从医院到兽医站，扯了一圈儿皮，最后把王八给气乐了："嘿嘿……有点儿意思。"咧嘴一乐，"呱唧！"它自个儿掉下来啦！

甲　嗐，这叫什么事啊？！

表演者：刘际、李建华

蚊子·老鸹·腿

（于 2012 年北京电视台《非常夫妻》栏目播出）

〔赵连甲同李逍然表演口技小品。

赵　今天我表演一个小品……哎！什么动静……？

李　"嗡儿……嗡儿……"（用口技——学蚊子叫声与赵捣乱）

赵　我表演……哎！哎！（紧轰起蚊子）坏了，我进了蚊子窝啦！

李　没关系，您看——〔出示"灭蚊剂"（只是手势），用口技"喀喀"地学摇晃药剂的声响〕我这有药！

赵　这位还带着药来的。（对观众）我表演……（轰蚊子）这蚊子嗡儿嗡儿的，怎么演呀！

〔李用"灭蚊剂"，"嗞——！"喷赵的脸。）

赵　（捂脸）嗐！干吗你？！

李　喷蚊子哪。

赵　有这么大个儿的蚊子吗！那边儿喷去，这儿表演哪……（欲演）

〔"嗡儿……"李继续学蚊子叫声，"嗞——！"再次喷赵的脸。

赵　嗐！怎么还喷哪？

李　行了，蚊子没啦！您放心演吧！

赵　蚊子没了？……那嗡嗡儿的声儿真没啦……（发现）嘿，这地上全是死蚊子！

李　这药灵吧？（示意"灭蚊剂"）国际名牌儿，德国出的"一达斯"。

赵　什么斯？你说慢点。

李　一达斯。说慢点就是——一打就死呀！

赵　（后悔地）他刚打了我两回啦。别说，看来这药还真管用。

李　这药嗞嗞一喷，别说这儿的蚊子，周围半里地的蚊子全死啦！

赵　有那么厉害吗！

李　不信？（指天空）您看那是什么？（"啊！啊！"学乌鸦叫声）

赵　老鸹呀。

李　瞧着……（口技学喷"灭蚊剂"声，随后"噗噜噜……叭哒！"（学老鸹落地声效）怎么样？

赵　嘿，老鸹掉下来啦！

李　服了吧？还得说人家德国货地道。您要买，价钱咱好说。

赵　不买。药劲这么大，卖回去谁知能捅什么娄子？再说也便宜不了。

李　（自语地）碰上抠门儿大爷啦，赚不着钱我也得吓唬吓唬他……

赵　（突然地）哎！你看，地上的蚊子又都活啦……咳！咳！……（轰蚊子）哎哟还叮了我腿啦。

李　坏了，坏了。这蚊子要能活过来，就变成毒蚊子啦，让它叮一口人就甭想活啦！

赵　妈呀！这可怎么办哪？！

李　别紧张，你把腿搭我的腿上，治这种病毒症我有办法。

赵　嗳。（急将腿放好）请问，这腿您用什么办法给我治呢？

李　给你锯了去。

赵　啊！锯了去？（收腿）不治了，这腿我还要哪！

李　您得明白，锯腿是为保命。说吧，你是要腿呢还是要命？

赵　我……当然是要命啊！……（抽泣地）倒霉呀，我今天干吗非上这儿演出来！（再次放腿，抽泣地）就得把腿给人家留这儿了……

李　那我就开锯啦。（一手摁腿，一手拉锯，用口技："嚓！嚓！嚓！"学拉锯的声音）

赵　（痛苦中喊出）坏了（拍脖颈），我脖子这也让蚊子给叮啦。

李　别忙，锯完腿咱再锯脑袋。

赵　我的个妈呀！……

　　〔赵跑、李追——下场。

——结束——

艺苑滑稽系列

运动场上的笑星

（注：这组系列小品，是以实地拍摄画面与资料片剪接画面制作而合成的。剧中的"笑星"为贯穿人物，应由喜剧演员扮演。文本中注 * 符号处，均为资料剪接部分。）

A 跳水

（于1987年央视《奥林匹克之友》晚会播出）

*诸多男女观众走向游泳赛场。

笑星随人流走进入场口。他漫不经心地朝一处走去。

走廊前明明立着"观众止步"的木牌，而这位笑星似乎没有注意到，大模大样地走进。

他脚下一晃险些被绊倒，低头捡起一件胸前有"中国"两字的运动服，喜形于色。

穿着同样运动服的一队人从笑星身边走过。他兴高采烈地穿起这件运动服，跟随那队人走进拱门。

*两边可见运动员们在做赛前准备活动。

笑星向身边运动员询问。（字幕："你们是？""中国跳水队！"）

笑星看看胸前的"中国"两字，感到自豪、光荣。

游泳池前，笑星已换上游泳裤，随几名队员爬上十米跳台。

笑星走在跳台上两腿哆嗦，壮着胆子朝下看了一眼，急将身转过，含笑示意身后的运动员先跳。

*许艳梅跳水。（字幕："许艳梅"）

笑星含笑示意身后运动员先跳。

*熊倪跳水。（字幕："熊倪"）

笑星含笑示意身后运动员先跳。

*高敏跳水。（字幕："高敏"）

笑星含笑示意身后运动员先跳——已无人。他欲向跳板前走去，腿却不听使唤，打起哆嗦。此刻掌声传来。他无奈眼一闭，攥起拳头，一跺脚。（字幕："豁出去啦！"）

*奥运会上洛加尼斯跳水碰头的镜头再现。

一重物落水，溅起大片极高的水花。

＊鲸鱼摆尾的画面。

渐渐平静下来的水面。

护救员紧张地来回在池边张望。（字幕："他怎么还不出来？"）

＊水中突然伸出一只脚。

护救员惊得发愣。

＊水中又一只脚伸出。

护救员松了一口气。

＊水中伸出八条腿来。

护救员惊得张开大嘴。

〔随着轻快的乐曲，四名女队员表演水上芭蕾舞蹈。

池边救护员骑着笑星，随着乐曲节拍做人工呼吸。

笑星喷出水来，喷了护救员一脸。继续做人工呼吸……

表演者：笑星由侯耀文扮演

　　　　护救员由石富宽扮演

B 柔道

（于 1987 年央视《奥林匹克之友》晚会播出）

笑星低头看。地上有各式各样的鞋。从一处门内传出掌声。他推门而入。

＊场内几个男女柔道运动员在训练。

笑星张望地步入比赛的垫子上，觉得有些奇怪，抬头看。

＊一名柔道运动员向笑星晃动着逼近。

笑星吃惊地摆手而又解释不清。

二人撕掳在一起，笑星只想挣脱，无意中斜身挥臂将对方摔倒在地。随之掌声响起。

笑星一时不解，看看掌声传来的方向，傻笑。突然收住笑容。

＊又一运动员晃着逼近。

笑星照方炮制，用以上同样动作将对方摔倒。

掌声响起。

笑星趾高气扬，攥拳向四周挥动，拍拍胸脯，又展示自己肌肉——他身子也晃动起来。突然惊住。

〔在夸张的音乐声中走来一个极其巨大的身影。

笑星吓得连连后退。

高大运动员的背影，从其臂下透视出迎面在后退着的笑星越来越显得矮小。

＊高凤莲的镜头。（字幕：“高凤莲”）高凤莲一步一步向笑星走去。

笑星勉强笑着四处乱躲。先是左手举起一面白旗，后右手又押出一面白旗，双旗挥动。白旗覆盖整个屏幕。

　　表演者：笑星——侯耀文扮演

C 马拉松

（于 1987 年央视《奥林匹克之友》晚会播出）

* 云集在起跑线前的中外参赛的运动员，在做起跑准备。

* 裁判员鸣枪。

* 运动员们潮涌般地开始起跑。

* 沿途观众在欢呼。

* 中外运动员队伍奔跑着。

* 电视台的转播车。播音员的画外音："各位观众，本届声势浩大的马拉松赛……"

一组奔跑的运动员中笑星随同队伍跑着。

* 沿途观众纵情欢呼。

笑星在奔跑中不时地向观众招手致意。

* 中外运动员奋力奔跑。

* 电视台转播车从路两旁欢呼的人群当中开过。

一名又一名的运动员从笑星身旁越过。

路边观众为笑星喊加油。

笑星从路边供水处抄起两瓶水，一瓶喝着，一瓶往头上浇着。

几名运动员超过笑星。他一急之下，将带水的瓶子向身后一一抛出。

跑在他身后的二人，双双被瓶子砸着，连连发怒指责。

单独跑着的笑星，张嘴喘着粗气，脚步缓慢下来。他抬头看去。

眼前的跑道及两侧观众出现模糊。

* 电视台转播车上的摄像机对向奔跑着的中外运动员。

* 电视机屏幕上一一展现运动员们矫健的体态。

电视机屏幕上显示出笑星疲惫不堪的惨状。

体力不支的笑星晃晃悠悠地跑来。

路旁观众为其呐喊："加油哇哥们儿！前边就到终点了！"

笑星受到鼓舞，埋头拼力跑起。跑呀，挣扎地跑呀——偏离了跑道。

他吃力地抬头看，顿时露出笑容。

一道横着的绳子。

笑星回头看，身后无人，更加喜出望外。

笑星跨步，挺胸撞线。身旁传来"哐"的一声。他极其兴奋地躺在地上，挥动着拳头："我拿冠军啦！"

一名巡路员走来，严厉地："起来！去，把架子给我扶起来！"

笑星朝那人所指方向看去。

那条落地的长绳两头拴着对称的三脚木架都扣在了地上。

笑星胆怯地过去扶木架，正过架子上的木牌子一看。

浓黑的几个墨笔字："此路施工——请绕行。"

表演者：笑星——侯耀文扮演

D 航模

（于1990年央视《难得一笑》栏目播出）

* 蓝天丽日下的航模赛场。运动员们手持遥控器操纵着航模飞机的飞行。

* 各种造型的航模飞机飞翔在蓝天。

笑星悠闲地走来。空中嗡嗡地作响，他举目张望。

* 航模飞机在天空中飞翔。

笑星步入赛场。忽然看到地上几台遥控器，随手抄起一台。

他左看右看地摆弄着。先是拉出天线，随着下意识地按到了开关，"嗡——"的一声。

* 一架航模机由场地飞起。

笑星惊得几乎扔掉手中的器具。抬头望去，由惊变喜，双手捧着遥控器摇晃起身子，仰面控制着航模飞行的方向。

一位老者走到笑星身边，被他的眼神吸引，抬头向天空看去。

* 航模飞机在天空中盘旋。

老者羡慕地："小伙子，这是你的作品哪？"

笑星操纵着机器一笑："嘻，什么我的……"他欲言又止，不失显示自己才能的时机，脱口而出："玩儿呗！"

老者含笑点头。又向天空看去。

* 空中的航模飞机叠化为一架航运飞机。轰鸣声越来越响。

老者不解地指着上空："这也是你的作品？"

笑星低头摆弄遥控器漫不经心地："玩儿呗！"

老者抬头看，惊得愣住。

* 空中的航运飞机叠化成几架轰炸机。

老者惊慌地："这也是你的作品？"

笑星低头大大咧咧地："闲着也是闲着，玩儿呗。"

老者："你玩儿吧，我快离开这地方。"慌忙走开。

笑星虚情假意地："走哇？不再看会儿……"发现上空，被惊呆。

*几架轰炸机开始俯冲。投下一串串炸弹。

笑星惊恐万状，尖叫起："啊……"趴卧在地上。

浓烟弥漫。烟雾渐渐散去，笑星缓缓爬起。烟熏火燎，破衣烂衫，焦头垢面，狼狈不堪。手中的遥控器只剩下了一根天线。

老者走近他的身边，轻声地："还玩儿不？"

笑星凄惨地摇了摇头："不玩儿啦。"

表演者：笑星由梁天扮演

　　　　围观老者由赵连甲扮演

E 登山

（于 1990 年央视《难得一笑》栏目播出）

　　* 狂风呼啸，雪花弥漫整个屏幕。

　　* 登山健儿在风雪中艰难地行进着。

　　* 隐现在云雾中的珠穆朗玛峰。

　　* 我国登山运动员图像。（字幕："大次仁""次吉多让"等人）

　　* 运动员在峭壁上攀登。（特写）脚蹬防滑靴，手持登山锤。

　　笑星全副装备地在峭壁上攀登。同样是脚蹬防滑靴、手持登山锤。峭壁几乎呈九十度直角。他每一步攀登都十分艰难。

　　大雪袭身，狂风怒吼，脚下一滑，险些坠下山去，他手指死死抠住岩石；一只脚在抖抖嗦嗦地寻找岩石间的支点。

　　* 一块岩石忽然被蹬落，轰轰隆隆滚下，带有极大的回音。

　　笑星双手紧扒岩壁，吃惊地扭头往下看。

　　笑星的面部显得极为疲倦、失望和恐惧。忽然似看到什么。

　　再现以上大次仁、次吉多让等人图像的画面。

　　峭壁上的笑星得到鼓舞力量，顽强地顶风冒雪向上攀去。镜头缓缓地放倒，渐渐拉出全景——笑星趴在一块由美工制作的仿岩石装置板上，仍在做着艰难攀登的模样。

　　身穿多兜坎肩儿的导演入画。他用蒲扇将一把颗粒塑料泡沫向笑星头上扇去："OK！过，这个镜头拍得不错。起来吧！"

　　笑星爬起来："给口水喝吧，我身上捂得全是汗了。"

　　收光。

表演者：笑星由梁天扮演

　　　　导演由赵连甲扮演

F 射击

一声清脆的枪响。

*我国优秀射击运动员的身姿。（字幕："许海峰""王义夫""苏之渤"等）

笑星持步枪在瞄准。用左眼瞄准，右眼闭不上，用右眼瞄准，左眼闭不上，两眼一起瞄变成对眼儿。

他抬眼看靶纸，急得揉眼。

靶纸发虚，模糊成一片。

身边连连枪声响起。笑星焦急地左顾右盼。举枪瞄准，再次揉眼，探身将枪伸向靶纸，看准星——仍看不清，不由自主地跨出站位，一直把枪口贴到靶纸上。然后再端着枪向后缓缓地倒退到原位。

裁判入画，对笑星申斥。

笑星点头致歉。再瞄靶纸，手里的枪上下左右摇摆不定。

身边又连连响起枪声。笑星左右环视，赌气按动扳机。一声枪响引起"嘭"的巨大回声。随之喝彩声和掌声同时响起。

笑星洋洋得意，挥手向四处致意。跑向靶纸。

他没有找到枪眼；又去看旁边的靶纸，也没有枪眼。但喝彩声仍不断。奇怪地四处张望，不知这一枪到底打在哪里。

特写：瘪了的车轮胎。拉成全景——一辆面包车歪在路边。

一个大胖子司机，双手叉腰，冲着车胎运气。

笑星走近，大胖子自语地："这轮胎怎么就瘪了呀？"

笑星亲切地拍拍胖子的肩膀："嗯，这里的学问不小，你慢慢研究。"他若无其事地背起双手，轻松地离去。

G 足球

笑星悠闲地走着。忽然传来震耳欲聋的呼喊声。他回头看。

＊万众欢腾的体育馆看台。

笑星走进入场口。

＊中国足球队参赛场景。

笑星在场外与观众一起鼓掌。

＊竞争场面中一名队员抬脚射门。（定格）字幕出该队员姓名。

＊观众喝彩画面。

笑星也在喝彩鼓掌。

＊一名队员飞身铲球。（定格）字幕出该队员姓名。

＊观众喝彩。

笑星也喝彩。

＊一队员跃起顶球。（定格）字幕出该队员姓名。

笑星喝彩。他也来了个跃起顶球。（定格）字幕出其本人姓名。没有喝彩声。（定格过。笑星落在地上）他爬起双手叉腰。出字幕："我得上场。"

笑星向场走去。

巡边员挥旗将笑星拦住。

笑星伸腿，巡边员挥旗，动作反复三次。

笑星眨巴着眼睛在设法入场。回头看，脸上露出笑容。

地上一个队医的药箱。他伸手提起药箱，大模大样向场上走。

巡边员挥旗将笑星拦住。

笑星伸腿，巡边员挥旗，动作反复三次。

＊场上比赛激烈竞争的画面。

笑星蹲在场地边线外，心急火燎抓耳挠腮。出字幕："怎么还没有人受伤？"

＊场上一名队员受伤倒地。

笑星惊喜地打开了药箱，脚忙手乱地抓药瓶、纱布——出字幕："机会来啦！"

笑星飞跑上场。边跑边挥手向观众致意。忽然摔倒。

一副担架抬起。担架上的笑星脸部抹着药水，头上缠着纱布、贴着橡皮膏，无精打采。出字幕："谁说没有受伤的？"

表演者：笑星由李金斗扮演

H 掷铁饼

*田径场上优秀投掷运动员的身姿。黄志红等人分别投掷铅球、标枪、铁饼。随着投掷画面，字幕推出所有运动员的姓名。

*铁饼飞过空中，落在亚洲纪录线外。

*观众热烈欢呼鼓掌。

又一名运动员以高速旋转身姿将铁饼掷出，当他直面镜头时方看清楚，是那位多次出面的笑星。

*铁饼空中飞过。（配效果）发出"哧哧"的火箭声音。

*裁判员拎着小旗，一边仰头看一边追跑。

笑星十分得意的神态。

*铁饼"哧哧"地飞行在天空。

*裁判员继续跑。

笑星更加欣喜若狂。

*铁饼"哧哧"地飞着。

*裁判员仍在跑着。

*整个看台上的观众如潮水般地站起。

笑星招手向四方观众致意。

一处看台过道上，铁饼落下，发出巨大声响。

一只手将铁饼摁住，将铁饼拿起。

这是一个小男孩。他吹去铁饼上的灰土，咬了一口嚼起来。

——结束——

I 排球

*中国女排的激烈比赛现场。

*教练员席位上的胡进。（字幕："胡进"）

对方教练员席上坐着笑星。（字幕：本人姓名）

*中国女排队员扣球姿势，球落地开花。（字幕："许新"）

笑星摇摇头表示失望。

*中国女排队员扣球成功。（字幕："李国君"）

笑星急得双手拍腿。

记分牌：0 比 7。

*中国女排队员扣球成功。（字幕："李月明"）

笑星急得连连抖手，失态地站起来回走动。

记分牌：0 比 12。

笑星气急败坏地做换人手势。现场响起笛声。

笑星向左一伸手。（字幕："你上场"）

*慢镜头：随着怪诞的声音效果，篮球队员马占福缓缓站起。

笑星向右一伸手。（字幕："你也上"）

*慢镜头：随着怪诞的声音效果，篮球队员穆铁柱缓缓站起。

笑星失控地甩掉上衣，向场地走。（字幕："我也上"）

屏幕上不知是什么东西扫动，呼呼的风声。画面渐渐清晰，是几只在网上来回摆动的大手。

*女排队员跳起扣杀。（定格。字幕："苏慧娟"）

球被一只大手拦回。

*女排队员扣杀。（定格。字幕："赖亚文"）

球被一只大手拦回。

*女排队员扣杀。（定格。字幕："巫丹"）

球被一只大手拦回。

*女排队员相互示意，不要灰心接着干。

*一名女排队员抬头看。

*（特技处理）笑星站在穆铁柱、马占浮中间挥动大手，三人一般高。

*（特技处理）一名女队员扣球被大手拦回。动作反复三次。

*教练员席位上的胡进神色有些紧张。

笑星回头看胡进，颇有得意之感。

*暂停笛声。女排队员凑在胡进身边，有的擦汗，有的饮水，有的说着什么……

*笛声。女排队员向场地走，比赛重新开始。

*闪回女排队员扣球被大手拦回的画面，重复三遍。

*再现胡进略显神色紧张的镜头。

*三个巨人的背影。

笑星的背影。他那肥大的裤腿儿显得格外长。一个小男孩跑到他的身后，仰面相望，觉得奇怪，用手去掀笑星的裤腿儿。笑星撩腿儿蹬他。孩子用力将笑星裤子拉下。

笑星忙将身转过。特制的罩裤脱落到地上，脚上绑着两只高跷腿子。

——结束——

J 拔河赛

六个人分站两边，准备比赛拔河，裁判员在做发令准备。

甲、乙、丙三名笑星为一方，他们紧拉着绳子，面目表情紧张严肃。

*（特技）甲乙丙拉着绳，突然甲的头上出现一个问号。问号垂下，甲的头从问号的后面探出来，他自语地："这次拔河比赛我是排头，要拿了冠军，记者准得来采访啊，我要是一下出了名……得先做点准备，我见了记者从哪几个方面哪几个角度谈呢？"

*（特技）甲乙丙拉着绳，甲头上的问号跳到乙的头上。问号垂下，乙的头从问号的后面探出来，自语地："看他那意思，准又是想把大家的功劳全都记到他身上。凭什么让你占这个大便宜呀！"

*（特技）甲乙丙拉着绳，乙头上的问号跳到丙的头上。

问号垂下，丙的头从问号的后面探出来，自语地："看出来了，那俩有点儿闹意见哪，这么着可不对，团结比什么都重要。不过话说回来，让他们俩出名？没门儿！"

*（特技）三人拉着绳，在甲的耳边出现了半张脸，嘴活动着："让他们俩多卖卖力气吧。"半张脸又从甲的耳边跳到到乙的耳边："让他们俩多卖卖力气吧。"半张脸又从乙的耳边跳到丙耳边："他们俩要是都不使劲，光靠你一个人又有什么用？"

裁判员挥动手中小旗，比赛开始。

甲、乙、丙同时松手，对方三人扑通一声摔在地上。

（赵连甲、幺树森合作）

街头趣事录

A 一擦灵

〔路边一名携带挎包的小商贩，手举药瓶叫卖着。

小商贩　一擦灵，一擦灵，哪位秃头谢顶，想生发美容，一擦就灵。你要说空口无凭，这儿就是证明……（指自己满头又粗又亮的黑发）上个月的不毛之地，看今日乌发重生，多亏了一擦灵，哎，它就这么灵！

〔围观者越来越多。一中年人凑近。

中年人　多少钱一瓶？

小商贩　便宜，十块。

中年人　来一瓶。（边递钱边自语地）吃亏上当不就十块钱嘛！

小商贩　你这叫什么话？花这十块钱，保证让你长出我……（下意识地拍了下脑袋）这样的头发来！（不慎表带将假头套刮下掉在地上，露出谢顶的脑袋）

中年人　（嘲讽地）还一擦灵哪，你先让自己长点头发好不好？（欲走又转回）对了，你说的，花十块钱让我长出你这样的头发来。（捡起头套戴上）再见了！（走下）

小商贩　一擦灵没卖出去，头套归人家了。……不行，我那头套是花了八十买的……（追下）

——结束——

B 比红火

1 二人分别挑着竹竿，上挂三百头的响鞭，噼噼啪啪在淡淡的烟雾中作响。背景透出"发发商店开业典礼"的红绸金字横幅。

2 四人分别挑着竹竿，上挂四百头的响鞭，噼噼啪啪在浓烟中作响。背景透出"庆祝小小电器商行开业大典"的大字横幅。

3 在"金喜大排档"牌匾下垂吊着六挂六百头的响鞭。女老板宣布："开业典礼开始！"震耳欲聋的长鞭在滚滚浓烟中作响。

4 在"喜庆涟湖活鱼餐厅隆重开业"的横幅前，八挂八百头的长鞭，在烟火腾腾中响声大作。

5 闪回以上四组画面，每组在鞭声烟雾画面中推出字幕。一："生意火！"二："真火！"三："大火！"四："特火！"

6 在烟雾鞭炮声中，传来阵阵惊人的消防车的警笛声。在一辆辆消防车奔驰中间推字幕布："火！火！火！"

——结束——

C 丢丢丢

1　奶奶领着三岁的小孙女，行至路边一处售书的地摊儿。地摊儿上摆放着不少书刊杂志。

2　从祖孙背后透视出，书刊封面上多是裸露女人的画面。

3　天真纯洁的孩子对着地上的那些书刊，用食指刮着自己的小脸蛋儿："丢！丢！丢！"

4　书贩子烦躁地："哎哎，老太太，您快带孩子到别处去吧，她这老丢丢的，我这书还卖给谁去？"

5　奶奶不满地："呸！还怪我们孩子哪！不瞧瞧你卖的都是什么玩意儿呀！"赌气领着孩子走开。

6　小女孩儿不时地回头，冲书贩子用手指刮着脸蛋儿："丢！丢！丢！"

——结束——

D 有一条路标

〔街头小食摊儿，大锅上笼屉热气腾腾。卖包子的叫卖着。

卖主　吃来吧，刚出笼的包子！牛肉馅儿的大包子，两毛钱一个，五毛钱给仨了，吃来吧！

〔一买主入画。

买主　来六个吧。

卖主　好嘞——哎，吃来吧，牛肉馅儿的大包子！（用盘子捡好包子递过）牛肉馅儿的大包子啊！

买主　（夹起包子咬了一口）卖包子的，你这包子没馅儿啊！

卖主　包子没馅儿——那是馒头。

买主　不是，我是说这馅儿太少了。

卖主　五毛钱仨，你想一口咬出个牛犊子来？哪有那便宜事儿呀！

买主　咱别抬杠。说实在的，你这包子有馅儿没有？

卖主　兴许你赶上个馅儿少的，再换一个尝尝呀！

〔买主又夹起一个包子，咬了一口。

买主　看，还没看见馅儿。

卖主　你再咬一口，就有了。

买主　我再咬一口……（看包子，惊喜地）哎！

卖主　有了吧？

买主　有了，有一条路标——"此处离馅儿四十里"。

〔特写：半个没馅儿的包子——定格。

E 抱抱

〔路旁走来奶奶与她三岁的孙女妞妞。妞妞张开小手。

妞妞　奶奶，抱抱。

奶奶　不抱。这么大闺女了还老让大人抱？自己走。

妞妞　你看……（指对面方向）

〔一对青年男女，女站在马路沿上，男在马路沿下，紧紧搂抱着。

妞妞　那阿姨比我还大，她还让叔叔抱着哇！怎不自己走？

奶奶　啊，……（无法解释地）她有毛病，腿肚子转筋啦。

〔奶奶拉起孙女的手，嘴里嘟囔着走去。

F 出口转内销

〔街头。一小贩儿于摊儿前叫卖。

小贩："哎！机会难得——出口转内销了！来晚买不着啦！

〔一对外国夫妇走来，亲昵地用生硬的汉语低声交谈。

女　"出口转内销"……是什么意思？

男　卖到外国去的货品，退回来了在内地再卖吗？

女　为什么给退回来了？是不是老外们不识货呢？

男　很可能。我们看看，认识不认识这样的货……

〔夫妇至摊儿前，低头看着发愣。

男　这是什么？

〔女摇头端了下肩膀。

男　你看，我们也不识货么！

（特写）地上一大块塑料布上堆了数十把大号蒲扇。

小贩自语地："外国有进口这货的吗？哟，老外……"

贩　买吧，出口转内销的，你们回国买不着了！

女　请问，这东西怎么吃呢？

男　欧，不会是吃的东西，是中医用的药材……

贩　不是吃的也不是药材，去暑降温的。拿着……（塞给每人一把蒲扇，自己抄起一把扇起）明白吗？哎！蒲扇蒲扇，用之方便，节能省电。掏钱，两把十块。

〔夫妇付款。忽扇着大蒲扇边走边相互叨念地：

男
女　蒲扇，用之方便，节能省电……（回头向小贩致意）

G 还得练

1　几个学龄儿童在小巷踢球。那个叫虎子的男孩一脚将球射进临街的一间屋门，屋内传出稀里哗啦破碎的声响。

2　虎子在门前被惊呆，神色十分紧张。

3　从屋门闯出一对青年夫妇。他们正是虎子的父母。妈妈气恼地吼叫起来："虎子！你……（回头对丈夫）你还不去教训你这个败家的儿子！"

4　虎子的爸爸面目严肃地，一步一步地向前逼近。

5　虎子惊恐地一步一步地往后退着。

6　父亲猛地跨进一步到了虎子跟前，将胳膊抡起。

7　虎子低头紧紧地闭上了眼睛。

8　父亲回手将虎子抱起："儿子，为了中国足球队的腾飞，还得练呀！"

H 宫廷食品

（于 1991 年央视"芳草"文艺晚会录制播出）

〔风味小吃一条街，叫卖声声不绝于耳。一中年女摊贩敲打着铁铲儿吆喝地。

女 哎——刚烙的，吃来！正宗宫廷食品，慈禧太后两天吃不上这口儿，就骂李莲英："你想馋死我？掌嘴！"

〔甲乙二人吃惊地止步，边说边朝那小摊儿处看去：

甲 什么好吃的，馋得西太后让李莲英抽自个儿？

〔二人见到锅里的食物，双双筋起鼻子。

（特写）饼铛上烙的是一锅韭菜煎饼合子。

甲 敢情这位老佛爷也没吃过什么好东西，一顿煎饼合子能让她老人家都急疯啦。

〔二人至摊儿前——直面女老板。

乙 老板，您说这煎饼合子是宫廷食品，根据什么？

甲 这不是蒙人吗！

女 根据？当然有啊。那些大企业推销产品敢乱宣传、做假广告，就不许我们做小生意的胡说八道呀？

〔二人无言答对，玩笑地模仿太监弯腰打千，齐声地——

合 老佛爷所言极是，奴才领罪了。

女 （学慈禧）免了，坐下，每人吃二十个煎饼合子。

〔甲乙垂首而立，毕恭毕敬，齐声地——

合 嗻！

I 并非残疾所致

（于1993年央视《曲苑杂坛》栏目录制播出）

镜头从着装入时的一位姑娘脸部拉出，至胸部。她一瘸一拐地朝镜头走来，两肩忽高忽低地左右摇摆着。镜头拉出半身，其右手拿着一只高跟鞋的鞋后跟儿，一时令人难识何物。她仍然一瘸一拐地走着，且无奈地示意手里那只鞋后跟儿："瞧，刚买的……"

镜头拉出全身——脚下一只鞋的后跟儿没有了。

姑娘的背影，她一瘸一拐地走着……

（字幕推出——"并非残疾所致"）

J 晕菜

（于1993年央视《曲苑杂坛》栏目播出）

〔临街一处小店铺，货架、墙壁上挂满五颜六色各类款式时装，并均有标价。女老板提着一件时装——标签上标价为180元。她向男老板叨唠地。

女老板　这件挂了三天了都没卖出去，减减价码吧！

男老板　对，价码是得调调。〔拿笔将标签上"1"改写成"2"。

女老板　我说你是不是晕菜啦？一百八都卖不了，再加一百不更没人要了吗？

男老板　我没晕菜。一百八没人要，二百八也许有人买了。你不了解人们消费心理哟！

〔一顾客走进店门，四下寻视着自己理想的服装。他一指刚提价那件服装。

顾　客　老板，把这件给我包上。

男老板　您不穿上试试？真有眼力。我给您包上……

〔顾客付款，携物走出。

男老板　（数着钱，得意地反问女老板）谁晕菜了你明白了吧？

女老板　怪了，他怎么就晕菜了呢？

男老板　没啥可怪的，这叫——钱多了闹的。

表演者：刘爱民等

（以上小系列分别为央视栏目、晚会录制播出）

笑 话 三 则

A 受了启发

（1993 年创作）

1 曲艺演员赵连甲直面镜头：电视台的同志让我给观众讲几个小笑话。不过，讲谁的笑话都容易招对方不高兴，干脆就捡着我们家可乐的事儿说吧。现在大兴精神文明建设，我老伴儿在言谈举止上就跟时代气息不符。常挂在嘴边的话有这么三句：一句是："别虚头巴脑的！"一句是："滚一边儿去！"再一句是："找抽哪？！"您说这话谁听着不别扭？我想帮助她得提高文明素质……

2 画面：老伴儿斜坐沙发上折叠衣服。赵满面含笑入画："老伴儿，跟你商量个事儿。"老伴儿不以为然地："别虚头巴脑的！想说什么就说。"赵随口解释："怎么是虚头巴脑的，两口子说话也得礼仪当先嘛！"老伴儿不耐烦地："滚一边儿去，那是闲着没事儿干了。""咳，你怎么说话总带着刺儿呀？""找抽哪？带刺儿的那是刺猬！"

3 赵直面镜头：事后我明白了，养成习惯性的毛病，想改变它，需要有耐性。多采取些有启发式的办法。

4 画面：一处花鸟鱼虫市场。赵于一群围观者中间张望着。

5 场地间摆有几架鸟笼，引人注目的是架上那只擅学人语的黑色羽毛的鹩哥鸟。

6 特写：鹩哥在学舌："你好！""祝你快乐！""恭贺新禧！"……赢得围观人一片赞许声。

7 快镜头：赵同卖鸟人对话，付钱，摘下架子上鸟笼……（背供地）"连这小动物都学着文明用语，我呀，用它来启发启发我老伴儿吧……"

8 画面：赵将鸟笼递过，对老伴和蔼地："一会儿去外地演出几天，这不，给你找了伴儿来。它会学人说话，帮你找乐儿解闷儿吧……"

9　画面：赵演出归来，放下背包，对架上鹩哥："感谢你帮我改变家风了。"

10　鹩哥鸟回应："别虚头巴脑的！"

11　赵一惊。与鸟对话——"哎，说什么你？"（鸟）"滚一边儿去！"赵："嘻，别学这个呀！"（鸟）"找抽哪！"

B 鱼说话了

（1993 年创作）

1　赵连甲直面镜头：曲艺演员爱抖"包袱"是业务习惯，有时候在生活当中触景生情，经常现抓"包袱"逗乐儿。这种即兴发挥，界内人称之为"砸挂"。我在家还用"砸挂"现抓"包袱"哄我外孙子玩儿呢。

2　画面：赵哄着四岁的小外孙坐在饭桌前候餐。外孙："姥爷，姥姥说您爱'砸挂'，给我砸一挂呗。"赵："砸不了。这得遇到临时发生的事儿……"

3　赵的老伴儿由厨房走来。她解下围裙扎在赵的腰间，抱怨地："鱼我拾掇好了，油都放好了，别光等吃现成的，该你干会儿啦！"

4　赵走进厨房，小外孙尾随在后。

5　赵将刚刚破腹的活鲤鱼放入热油锅内，这条鱼嘴一张一张地不止。

6　外孙："姥爷，它怎么还张嘴呢？"

7　赵："这还不明白？它有话想说呗！"

8　外孙："它要说什么？"

9　赵：（模仿老伴儿的腔调）"别光等吃现成的，该你干会儿啦！"

10　"骗人，您学姥姥呢！"

11　赵："不骗人，这就是'砸挂'。"

12　外孙："姥姥！姥爷砸你挂哪！"

13　赵："唉，别'刨活'呀！"

C 杀熟

（1993年央视《艺苑风景线》栏目录制播出）

曲艺演员赵连甲步入街头闹市。道旁摊儿上放一竹编挎篮，摆有二十几支色彩不同大小不一的擀面棍儿。赵弯腰拿起一根，称赞地："嘿，做得真漂亮。"

商贩四十多岁，他认出赵的面目，惊喜地："哟，我认识您，曲艺名家！我最爱看您演的节目了。您在电视里讲的小笑话太逗乐啦……"

赵尊敬地："谢谢。您这擀面棍儿怎么卖？"

商贩："嘻，您拿着使去，都是自己加工做的，还收什么钱呀！"

赵："不，不，您挺辛苦的不容易，得收钱。"

商贩："别价！能见着您，我特高兴，当送您个纪念行不？"

赵："不行不行，您要不收钱，我就不要了。"

商贩为难地："您看……您要非给钱，那我收个成本费吧——就给五十块钱吧。"

赵惊讶不语。看着这根尺半长的擀面棍儿……（背供地）"这事闹的，本来人家就不收钱，你非叫人家要钱；人要钱了你能嫌贵说不要吗？得，什么也别说了。"……

（取钱，全是大额钞票）递过一张百元的钱票。

商贩："哟，一百的？我还真没有零钱找。干脆您再来一根儿吧。"

"啊？！"赵一愣。

附录

轻松愉快的生活赞歌

——评山东快书《爱八方》

杨金亭

赵连甲同志的山东快书《爱八方》（载《北京文艺》1960年12月号）是一曲轻松愉快的生活赞歌。作者在这篇仅仅二百多行的短篇唱词里，为我们勾画出一幅虽然是粗线条，但是却健康壮观的工业建设飞速跃进的图景，热情洋溢地歌颂了忠于伟大的社会主义建设事业的工人阶级的英雄气概和崇高的革命品质。读之，使人在轻松愉快的艺术感受中，受到一次有益的鼓舞和教育。

《爱八方》的可贵之处，首先在于：作者抓住了我们生活激流里的一个平常的浪花，通过快书所特有的艺术手法，表现得淋漓尽致，活泼多姿，能够深深地打动读者。

作品的情节本来很简单：退休工人于老汉关心女儿的婚事，由于听了儿子小刚带来的关于姐姐找对象的片断消息，老汉误认为女儿的恋爱生活不严肃，后来经过陈段长的解释，老汉才知道女儿找了个称心如意的好对象。作者熟练地通过快书所特有的喜剧手法，抓住了于老汉对女儿爱情生活的怀疑这一误会，为作品安排了一场风趣而紧张的喜剧冲突：于老汉急切地盼望女儿素芳尽快地找个好的对象，而"可就是当爹的又不好直接问姑娘"。女儿到底什么时候找到的对象？找的又是什么人？老汉急于知道。读者也等着交代。这样，作品一开头就提出了问题，用快书的术语说就是布置下了"悬念"，或者是埋下了"扣子"。接着作者描写了一个活泼稚气的孩子小刚，向爸爸的四次有趣的报喜。作品中戏剧性的冲突也就随着这四次报喜的情节而逐渐展开和深化，人物性格也逐渐鲜明起来。第一次，小刚告诉爸爸：姐姐的对象是个转业军人，在鞍山工厂当组长。于老汉听了自然喜出望外。第二次报告姐姐的对象在武昌当电焊大队长，于老汉听了更是高兴，他完全相信女儿选择对象的眼光正确。第三次小刚报告了姐姐的新对象在包钢当工长，于老汉又听到邻居们的"挺好的姑娘变了样，爱个四面带八方"的议论，老汉的兴头立刻来了个急转直下，由"人逢喜事精神爽"，到"越想心里越窝囊"了。所以，当小刚第四次报喜，刚说了"姐姐对象……"四个字，就给老汉一顿斥责吓跑了。于老汉不能不想到：不到一年的时间，女儿的对象是在鞍山、武昌、包钢三地，三个对象的职务又是组长、队长、工长，一个比一个地位高，这就难怪把这个正直刚强的老工人气了个整天"指桑骂槐"，真的怀疑女儿是"爱个四面带八方"了。小刚的四次报喜，把戏剧矛盾一步一步地推向高潮：前两次的报喜，引起老汉的喜上加喜；后两次报喜，惹得老汉几乎气破肚皮。一喜一气，两相对照，更增加了作品风趣和幽默的气氛。所以，尽管四次报喜的情节变化不大，读来却没有半点重复和累赘的感觉。这正是传统说唱作品中，如《借髢髢》《偷石榴》《三女拜寿》等曲段中垫笔、复沓等艺术手法，创造性运用的结果。

山东快书和所有民间文学艺术一样，要求有一个尽量曲折的故事。《爱八方》的作者在结构故事上也注意到了这一点。当于老汉气冲冲地找到女儿服务的列车段，了解素芳底细的陈段长把真情说出，问题也就解决了。然而，作者并没有这样简单化地处理，却采取了"欲擒故纵"的手法，把作品中的"扣子"，更拉紧一步。于老汉越生气，陈段长却越不着忙，他姑且承认了于老汉提出的素芳所爱的"四面八方"的三个女婿。并且用一种非常幽默而充满激情的语言，逐一地把这三个钢铁战线上的英雄夸奖了一番。直到惹得于老汉着急地提出"这个好，那个强，总不能一女爱八方啊！"的强硬质问，陈段长才又来了个小幽默，说出了"三个人长得一个样，怪不怪，还都叫个张国良"。到这里，"悬念"已经大白，"扣子"已经解开，歌颂工人阶级的主题也得到了表现。看来文章要结束了。然而作者的笔锋一转，来了个"柳暗花明又一村"，使作品的情节又起一层波澜，把作品所集中歌颂的张国良这一工人阶级形象的精神境界，通过陈段长和于老汉的一段对话升华得更美更高，更闪闪发光：

> "啥工厂？在一个制造大工厂，
> 车间吗？这车间足有万里长，
> 从东海，到西藏自治区，
> 从南海到黑龙江！"

"啊！什么车间这么大？

他这是干的哪一行？"

"南边走，北边闯，

战风雪，斗寒霜，

披星星，顶太阳，

修工厂，盖楼房，

是一个建筑工人，专在人间造天堂！

四面八方建钢厂，

誓叫钢水赛长江。

老伙伴！不是咱素芳谁都爱，

是咱这个女婿爱八方；

不是咱素芳爱地位，

是咱这个女婿随着飞快建设在成长！"

这段饱含着作者的激情的诗意昂然的对话是对伟大的毛泽东时代的礼赞，是对党所领导下成长起来的新型的工人阶级的礼赞。它热情地歌颂了伟大而壮丽的山河，歌颂了祖国一日千里的社会主义建设事业的跃进步伐，歌颂了"专在人间造天堂"，以祖国的四面八方为家的工人阶级的开天辟地的英雄气概，和他们的崇高的共产主义的革命品质。

作品在于老汉明白了问题真相，全家为得到这样一个英雄的女婿而庆幸时，又得到张国良下放支援农业第一线的喜信而结束。这个结尾又进一步突出了工人阶级不断革命、永远前进的英雄品质，也更加强了故事的曲折性和喜剧气氛，从而也就更加深了作品主题思想的感染力量。

总之，《爱八方》确是一篇优秀的快书。作者不但学习了传统的山东快书的手法，而且对传统艺术手法有所突破和创造。因而才能够使山东快书这一艺术形式和新的美的内容，比较和谐地结合起来，从而也就能够深刻地表达主题思想，取得新的成就。

（原载 1961 年 2 月号《北京文艺》）

（注：杨金亭先生时为《诗刊》杂志资深编辑、知名作家）

附
录

383

一曲新生活的赞歌

——评山东快书《田大婶告状》

*

李崇生

　　颇有新意的山东快书《田大婶告状》（见 1981 年 1 月 17 日《人民日报》），它以曲折的情节和鲜明的人物形象谱写了一曲新生活的赞歌，格调清新明朗，读后令人鼓舞。

　　刻画性格鲜明的人物形象，努力揭示人物心灵深处的美好思想和高尚情操，以此感染和教育读者（或观众），这是许多曲艺佳作的共同特点。《田大婶告状》的成功之处也正在这里。

　　作品着力描写的田树德，他正像我们在生活中经常见到的许多老工人一样，朴实憨厚，从来不会在人前慷慨激昂地唱高调，却总是像老黄牛一样长年累月地埋头苦干，把全部身心扑在工作上，对家里的事情就不那么上心。儿子二十八了，结婚没有房，他不准家里人向领导张嘴要，自己买齐了砖瓦木料，又因为整天忙于生产，连节假日都不休息，一拖三年多，始终没盖成。田大婶实在忍不住了，才找到矿领导去"告状"。我们在田大婶的"状词"里，看到了田树德公而忘私的高贵品质。田树德这种精神是值得大力提倡的。要实现四个现代化的宏伟目标，就要靠全体人民齐心努力地实干、苦干。人民生活水平的提高，也只有在发展生产的前提下，逐步加以解决。田树德的先公后私、公而忘私的感人之处也正在这里。

　　作品没有正面描写党委书记老罗怎样抓政治思想工作，怎样指挥生产，而是通过他接待田大婶"告状"这一细小情节进行精心的描绘和着意的刻画，表现了他那平易近人、朴实亲切的性格，使人感到真是一位与群众贴心的好干部。他听完田大婶的"控诉"，一是为田师傅的动人事迹所感动；一是为自己对群众生活关心不够而深感内疚。他不仅诚恳地做了自我批评，而且第二天便利用国庆节休息时间，一大早就带来了一卡车人，"一声令下齐动手，搬的搬来挪的挪"，"天刚中午就把房盖得"，还把院里打扫得干干净净。作者就是通过这些细节赞扬了我们的党员干部关心群众生活的好作风。

田大婶在作品中是个穿针引线的人物。她性格直爽，说话风趣，既惦记儿子，又心疼老伴。在儿子的婚事和矿上的革新挖潜这一矛盾面前，他表现得深明事理，公私分明。她即使到矿上来"告状"，也不是强词夺理，胡搅蛮缠，一旦知道了老伴的实情之后，立即表示"我回家自己去想辙"，不愿给领导增添麻烦。作为一个上了岁数的工人家属，这是多么可贵呵。

这一场带有喜剧色彩的冲突，圆满地得到解决，反映了我们这个时代人和人之间的亲密关系，是我们新社会生活的缩影。

这篇作品的故事并不复杂，但是由于作者巧妙地组织材料，仍然起伏跌宕、十分引人。作品一开头就写，"田大婶告了一个新鲜状""最初被告只一个，哪想到，最后和许多人有瓜葛，其中有书记，有矿长，有技术人员，有劳模，还涉及到基建处和总务科"。这种开门见山的写法，既避免了冗长的交代，又陡生悬念。写田大婶的"怨"和罗书记的"劝"，也层次分明，迂回曲折，很有情趣。结尾处罗书记带队去盖房的安排，既出人们的意料之外，又在情理之中，把全篇引向高潮，耐人寻味，发人深思，是一个很有分量的"底"。

作品的语言生动，形象富有感染力。尤其是田大婶的语言写得活泼俏皮，生活气息浓厚。作者成功地运用了寓褒于贬的手法，表面看田大婶怨气冲天，又是责备，又是嗔怪，可言谈话语之间却自然地流露出对老伴的夸赞，从而把田大婶的心理状态表现得活灵活现。

四化建设的宏伟事业在我们面前展现了一派沸腾的生活，我们殷切地期望着曲艺作者多谱写这样的赞歌。

（原载 1981 年 4 月号《曲艺》）

正话反说　妙趣横生

——简评山东快书《多此一举》

✣

毕士臣

在文艺作品中，正话反说、欲扬先抑的用法并不罕见。可是，像《多此一举》（见《天津演唱》1982年7期）通篇采用，而又恰到好处的，却不是很多。热心肠的张老汉，一心要为本队植棉土专家王祥介绍对象。几次催闺女"快做饭"，饭后去当红娘，却都引起闺女桂香对王祥的一番"牢骚"，一通"数落"，一阵"贬责"。第一次是说王祥不注意仪表："闷吃闷干多窝囊！整天滚在棉花地，没穿过一件好衣裳。俩月不知理次发，连鬓胡子挺老长。""衣服兜儿破了都不知补，用橡皮膏粘巴粘巴就穿上了！五个扣儿掉俩不说，还常扣错眼儿，前大襟儿左边短来右边长。"第二次是讲他不顾情面：逼着娘挖自留地的棉秧补偿队里的损失；当众批评哭没薅光杂草的支书的闺女。第三次是怪他不懂爱情：看见姑娘就躲，遇到姑娘开玩笑就羞，捡起姑娘丢给他做纪念的手绢儿，竟嚷着找失主……桂香的三次贬，清晰地说出三个方面，也是评价一个人的重要的三条。作者写时，摹仿桂香的方式：假戏真做，不露底细，使读者（或听众）也蒙在鼓里。后来随着张老汉的琢磨、回想，才慢慢明白过来：桂香的贬，其实是褒。所谓"褒贬货物的是买主"，不是吗？回头看看，桂香是用反话说出了王祥为科学种田、一心扑在棉花上的动人事迹啊！张老汉醒悟了，想道："不是那小木头疙瘩不分瓣儿，是我这个老木头疙瘩没醒腔哟！"读（或听）到这里，谁能不发出会心的微笑呢！

上一个谜底稍揭，扣要解，可是一个扣又结上了：老汉想："行，我有法破你的迷魂阵，到时候看你心里的奥秘怎么往外讲！"老汉要用什么妙法？不容人不读（听）下去。

闺女的心里话，到嘴上全部反过来说，已经够妙的了，没想到张老汉也

"以其人之道，还治其人之身"，用反话回敬闺女，这就更有趣了。老汉明明为闺女选中了王祥，却偏说上月就为王祥选好了对象，今日去给女方办嫁妆，逗得闺女又急又气，"挥拳头直捶老汉后脊梁"！直到揭明，桂香才破涕为笑，"那眼泪豆儿流了半截就不往下淌了"。至此，不仅三个人物形象活灵活现、呼之欲出，而且，其新鲜别致、幽默风趣劲儿，使人忍俊不禁，拍案叫绝！

段子叙述、描写的方法，同中有异，异中有同，错落有致。比如老汉四次催闺女做饭，所用的口气、句式都差不多。桂香两次说爹："不去好（对），我炒盘菜让您喝二两，吃点喝点比啥不强。"这一些，基本上是采用了"重复"（或曰"反复"）修辞法，加以强调，不光加深了读者（听众）的印象，还做到层次清楚。更有的地方是由老汉的不变，反衬出闺女的变，桂香对爹四次相似的催做饭，做了不同的回答。第一次："爹，您没事歇会儿好不好？咋那大岁数当红娘！"第二次："哟，您怎么还要管这事，操这心您也不怕累得慌！"第三次："爹，您是不是吃了保媒的药，不管这事儿心痒痒？"第四次："怎么，您又去给王祥找对象呀？"闻其声如见其人，姑娘层层加重的话，都是个性鲜明的。推广一点说，整个段子的语言，差不多都做到了生活化、口语化、性格化、形象化。

段子的开头通过设问，造成悬念，引人入胜。结尾与开头呼应，逗得诙谐，使"底"上的包袱儿很脆，是一篇不错的作品。

（原载 1982 年 10 月号《天津演唱》）

附录

风趣新颖　寓教于乐

——山东快书《成人之美》读后

✤

王齐志

　　年轻人谈恋爱闹点儿口角，或同父母起点儿矛盾，这本是生活中的平凡小事。曲艺作家赵连甲和幺树森却从这样的平凡小事，提炼主题，构思情节，刻画人物，创作出了一个好段子——山东快书《成人之美》（载《天津演唱》1983年7期）。

　　这个段子好，首先在于它所表现的是婚事简办与阔办之争，这实质上是树新风还是保旧习的矛盾，是严肃而又具有普遍性的社会问题。在现实生活中，结婚大操大办的不少。因此，段子的战斗性和积极意义是显而易见的。

　　如果说，这一矛盾不够新，是老生常谈，那么，段子所描写的人物和故事，却是十分新颖的。共青团员刘小燕的妈妈，坚持儿子的婚事要简办，批评了儿子的对象张春美几句，"对方一怒要吹灯拔蜡两拉倒"，大娘为这事怄病了；团支部书记关艳秋出于"团干部应该帮助职工解决困难与分忧"的责任心，冒名顶替，"装扮人家的儿媳妇"去医院看望和安慰大娘，这就使段子显得新而奇了。我是一个曲艺爱好者，尤其喜爱听说唱段子。但在我的印象中，接触到这样的人物和故事，还是第一次。感到它非常新鲜！

　　尤其使人喜爱的是，段子语言文字活泼，结构严密，十分诙谐风趣。开始从关艳秋的眼中写刘小燕的情态反常："平时里爱说爱唱乐悠悠"，"这两天一点笑容都没有"；"一向有话照直兜"，可这回"话到唇边难张口"。提出"悬念"以后，接着写小燕同关艳秋一席别致的"对话"：

　　"我想借你！"

　　"借我……？"

　　"借你给我哥哥当对象。"

"什么？"

"假的，装一会儿他的女朋友。"

"胡扯！女友、对象哪有借的？"

"就一会儿，最多不过俩钟头。"

粗读这一段，再板面孔的人也会发笑。再细细一思索，这不正是小燕"一向有话照直兜"的个性表露吗？作品正是通过新颖风趣的话语，把情节步步向前推进，把人物刻画得个性鲜明，使读者闻声如见其人！

刻画得最好最活的人物是关艳秋。当其听完小燕说出妈妈气得"犯了心脏病，住在市立医院二号楼。打针吃药不见效，最好的办法是解除她的心病和忧愁"时，"挺大的姑娘"竟然"一狠心，去！"，救病人，愿意"舍次脸"，冒名顶替，"随机应变去应酬"。这在一般姑娘，是根本不可能的。出人意料的是"两个人来到市医院，匆匆进了二号楼"，小燕的哥哥正守护在妈妈的床头。这一突起的异峰，既使段子突破了平淡，更有助于进一步刻画关艳秋这个人物。她克制了难以名状的羞怯，"真进了戏"，装起大娘的儿媳妇来了。俗话说："不像不是戏，真像也不是戏。"关艳秋由于是在"做戏"，心情紧张，在与大娘的谈话中，自然难免有疏漏的地方，这不仅符合人物性格和特定环境中的心理，更重要的是正是关艳秋"忘了演戏走了嘴，差点把话说漏"这一细节，在读者不知不觉中，为后面埋下了"伏笔"。关艳秋为什么会说"我相信她（指张春美）能搞通思想不会再顶牛"？因为她正考虑着怎样去对张春美进行耐心细致的思想工作。果然，后来张春美"搞通思想"之后来看大娘，说穿了前头的"叙"，又从口中"补叙"了关艳秋上次看望大娘后，"到我家，三番五次开导我，说得我脸上就像巴掌抽"。这，既是对前文疏漏的补充，又从侧面换一个角度描写关艳秋为了达到"成人之美"，在背后所做的大量工作，从而使关艳秋的形象更加完整，给人留下了深刻的印象。作品布局之严谨，刻画人物的功力，从这里可见一斑！我期待着这个好段子，能早上电视和广播。

（原载 1983 年 8 月号《天津演唱》）

青年革新者的颂歌

——浅析《招贤纳婿》的矛盾设置

舟　方

《曲艺》1984 年 10 月号刊载的评书《招贤纳婿》是一幅歌颂新人新风、勤劳致富的风俗画，是一首赞美奇人奇事、致富为国的抒情诗。

这个故事叙述了长山坞张宝顺，继承祖业，加工酱牛肉，远近闻名，勤劳致富，成了万元户。但他有一位待嫁闺女，张宝顺择佳婿，借此招贤才，一举二焉。出人意外，招来女秘书沈盈，她和张宝顺都是勤劳致富的积极实践者。但是，在致富的道路上，他们的做法不一样，产生了矛盾。矛盾的焦点是：为谁富？怎样富？富了为什么？这是一个如何加速建设四化的大问题。有着崭新思想，敢于破旧、敢于革新的沈盈，她代表新生力量，显示出一代青年在伟大的改革时期，奋勇进击的主流。

这则评书，通过三件事上的矛盾，描绘了"牛肉张"和沈盈对同一事情的不同观点、不同态度、不同处理方法，把沈盈放在农村经济改革的尖锐冲突之上，放在和"牛肉张"强烈的戏剧冲突之中，表现出新人的思想境界。在情和理上，有分寸地刻画她，使她成为一位既坚持原则，又使人可亲的人；既善于改革，又可信的人；既闪耀着光辉的思想，又平易近人。通过她和"牛肉张"的一系列矛盾使我们认识到这场伟大的改革对当代青年的巨大影响，并从中看到深远的意义。

第一件事是"从外省来了一个食品加工专业户"，找"牛肉张"取经，对于"从乾隆年间传下来的""祖辈口传心授"的秘方，"盛誉在外"的名牌，"牛肉张"也会依承祖先的经验，不会交出去的。这是"牛肉张"思想中残存的旧的经营作风。受其招聘的沈盈，是否也客随主意呢？这是新与旧的冲突，评书把人物放在这个矛盾上来展开，充分地表现人物的思想性格特征。沈盈对取经人毫不保留地说："我们有个笔记本儿你可以抄一下。"这一行动，是针锋相对地批评"牛肉张"的保守思想。这个情节深刻地揭示了"牛肉张"和沈盈的思想差距，真是一针见血。其次，也较深地表现了两代人在致富为谁方面的不同思想。一是致富发家，在小圈子里徘徊；一是致富强国，在四化道路上奋进。两相对比，新人沈盈的形象便在尖锐的冲突中站立起来了。

第二件事，是一位公社干部假借公家之名，坑农、吃富、雁过拔毛，改头换面搞"共产风"。沈盈对在新形势下还搞"左"的一套错误做法的人，坚决顶回去。这个情节从另一侧面，表现沈盈是在党的十一届三中全会的雨露浇灌下，成长起来的新人。她的行动，充分说明了她是社会主义时期的革新者，从而深化了主题。

最精彩的是第三件事：帮助困难的寡妇。这个情节深化了沈盈美好的心灵，表现中华民族传统美德，这种对贫弱、困难者的高尚同情心，正是建设精神文明的有机组成部分。"牛肉张"为发展生产，买下寡妇的牛，无可非议。但是沈盈知道寡妇眼下困难，于是她要林泉买马换牛，并倒贴二十元；寡妇送驹，她要林泉拒收，并请寡妇带回马驹。沈盈这种做法，既看"钱"，又不全为一个"钱"字；既重"情"，而不只为一个"情"字。做生意，要讲利润，但不是资本家的唯利是图。别人如有困难，不能落井下石，而应资助。这是重钱又不为钱的新的生意人；倒贴二十，不要马驹，这是"重情"。这种"情"，是建立在"理"上，"咱们干的是八十年代农村新型企业，靠的是两条，一个是气魄，一个是信誉。二十块钱、一匹小马驹儿这算什么？人家大嫂牵着小马驹儿走了六十多里地，人家一路上是给咱做信誉宣传呐，这样才能真正提高咱们的经济效益！""更可贵的是富要讲风格，咱现在富了，可是咱还得讲风格，急人之难不忘乡亲。这样咱日后才能得到八方支援，更加兴旺。"沈盈和林泉对大嫂的情，是建立在个"理"上的，这个理是真实的、朴实的、诚实的，因为我们干的是社会主义，是为了过渡到共产主义。由这个理产生的情，便更加真切，也更加动人。邓小平同志在《全国科技工作会议上的讲话》中说："我们提倡一部分地区先富起来，是为了使先富起来的地区帮助落后的部分更好地发展起来，而不是两极分化。提倡人民中有一部分人先富起来，也是同样的道理，要一部分先富的人帮助没有富的人共同富裕。总之，一个公有制占主体，一个共同富裕，这是我们所必须坚持的社会主义的根本原则。"因此，沈盈通过林泉之口教育"牛肉张"的这几句话和他们的做法，仅仅用社会主义光辉思想来赞美他们，已经概括不完其中更深的内涵。

《招贤纳婿》的不足之处，是在结尾的处理上。林泉说："刚才我说的那些话，都是她教的，不然我哪有那么多词儿！"这句话虽然衬托了沈盈，却"呆"化了林泉，也显出人工斧凿的痕迹。

（原载 1985 年 5 月号《曲艺》）

世情百态现卦中

——喜剧小品《营长算卦》赏析

✦

大　饼

喜剧小品《营长算卦》是著名曲艺作家赵连甲的作品，笔者在拜读后，发现这个作品在选材视角、创作技法及情节设置上，都颇有独特之处，尤其是赵连甲先生发挥了他在传统曲艺方面的功底，将不少曲艺手段融入作品，使得作品更加鲜活。

首先是作品选材的视角很巧。背景是 1948 年平津战役中的天津城，解放军节节进攻，胜利在望，而蒋军苟延残喘，军心涣散，厌战情绪甚嚣尘上。作品跳出常规的歌颂模式，也没有采用直接讽刺敌人的手段，而是设计了一个奇妙的算卦场景，通过三个人物的对白揭示当时两军的境况。

自古以来，算卦都是求卦的人想听好结果，算卦人爱说奉承话，可这个算卦却与众不同，营长夫人为了叫营长逃跑，而要求算卦先生故意"往倒霉上算"，好把营长吓跑。这个场景本身已经充满了喜剧因素，在其中发生的故事也就自然令人忍俊不禁了。

这个作品的情节设置也很巧妙，营长和太太守与跑的冲突，太太和先生算与不算的冲突，营长和先生算卦的冲突，几个冲突构成的喜剧线贯穿整个故事，集中交织在这个不大的场景中。解放军的强大、蒋家王朝的腐败则全在这太太、营长和算卦先生看似荒诞的对话中揭露无疑。而更在意料之外的是，最后算卦的瞎子眼睛居然睁开了，给整个作品赋予了巨大的讽刺意义。

赵连甲先生出身曲艺世家，传统曲艺的元素信手拈来，给作品增色不少。人物的语言全部采用倒口的表现形式，太太的天津话、营长的河南话、先生的唐山话在传统曲艺中都多有涉及，也是经常使用的地方语言，先生仿学的算命调在传统相声《怯算命》中也有所体现。在语言安排上，台词多合辙押韵，表现力强。如"你们为修筑工事，拉夫抓丁，祸害百姓，村没少毁，房没少平，烧杀抢掠，恶贯满盈""围墙高垒，河道纵横，明碉暗堡，步步为营"等等。在表演技巧上也巧妙地运用了不少曲艺手段，像这段：

营长　（将手枪递过）给，你摸吧。

先生　（摸着枪柄）……营长打仗还挂过花，就剩下一个指头啦。

营长　俺的手就剩下一个指头啦？

先生　可不，就剩个小拇指了，还勾勾着哪。

营长　劳你大驾，给俺扳直了吧。

先生　中，你咬着点儿牙，我给你扳直了……（枪响先生吓得倒地）

上述例子就是典型的相声中的翻抖包袱的手法，"就剩一个指头"是铺平，"扳直了"包袱解开，取得火爆的剧场效果。

小品本身脱胎于戏剧，注重人物性格的戏剧冲突和内心世界的挖掘，以及注重语言的层次与递进关系，表现手法主要侧重于语言本身。而传统曲艺的多种表现技巧和丰富的曲艺形式正可以进一步丰富小品语言的表现力，提升其艺术感染力和舞台效果。赵连甲先生的创作能够将二者较为有机地结合起来，是小品创作思路的拓宽，也是传统曲艺的一种重构，是值得肯定和推广的。

在给予赞扬的同时，由笔者拙见看来，这个作品仍有一些有待提高的地方。如营长由守城到逃跑的思想转变刻画还不够深刻，给人感觉他的变化略显得有些突兀，使得结尾的戏剧冲突高潮稍显平淡。另外，似乎还可进一步调动一些曲艺种类来丰富表现形式，以增强感染力和戏剧效果。希望在今后的舞台上能看到这个作品有更精彩的版本，成为曲艺小品中的保留节目流传下去。

（载于 2008 年 2 月号《曲艺》）

序

——为中篇评书《舍命王传奇》出版作序

✣

耿 瑛

作为第一个读者，我拿起这部评书就放不下，十几万字，我一口气读完，就像书中听"舍命王"王天鳌说书的那位洋车夫一样，完全被书中的"扣子"给扣住了。

作者把这部书写得这么吸引人，不是偶然的。幺树森同志是中央广播说唱团的作者，我没见过面。赵连甲同志我是很熟悉的。他是河北河间县人，1935年生于天津，自幼随父学艺，八岁开始登台演唱西河大鼓小段儿，十四岁拜著名艺人田荫亭为师，说唱长篇大书。解放初在营口市做艺，1952年进省参加会演，受到好评，被留下参加了辽东省文工团，改说山东快书。1953年我在辽东通俗出版社工作时，他就成了我的好友，我们经常在一起探讨曲艺创作问题。1954年辽东、辽西两省合并，我们一起被调到沈阳，他在辽宁艺术剧院说快书，每逢年节，剧院内部联欢，他就在宿舍挂上"说书馆"的招牌，说起《薛刚反唐》等长篇来，把一些话剧、歌舞演员都给说住了，可见他艺术造诣之深。后来他调到中国建筑文工团工作，1956年投师山东快书名家杨立德，成为杨派快书新秀。在建筑文工团，他走遍山南海北，开阔了视野，丰富了生活，创作了快书《爱八方》、相声《劳动号子》等反映建筑工人生活的佳作，六十年代我编过他第一个曲艺集《爱八方》。他的另一篇佳作《扒墙头》，先后被辽、吉、黑三省改编过二人转，参加了东北二人转调演，受到广大观众的欢迎。后来他调到中央广播说唱团工作，七十年代，又创作了《山村夜诊》等许多优秀作品，在河北人民出版社出版了《赵连甲曲艺选》。近年来，他先后参加创作了《老铁下山》、《宝光》(后改名《宝瓶奇案》)、《青春交响曲》等中篇评书和说唱，都由他爱人李文秀在电台播讲，他们夫妻合作，结出硕果。1984年12月，他作为中国说唱艺术团的成员之一赴美演出，他是第一个访美的快书演员。

正因为连甲同志出身曲艺世家，他非常熟悉旧社会说书艺人的生活，又有多年积累的创作经验，所以写起这部《舍命王传奇》来得心应手。1983 年年底他来辽宁体验生活，他把腹稿的大纲跟我唠了大半宿，我当时鼓励他把这部书早点写成，却没想到才过了几个月就交稿了，而且比我预想的还要好得多，读过之后怎么能不令人兴奋呢！此书在《天津演唱》发表了，在北京电台广播了，他并不满意，出书前又做了一次修改，开头一回多书几乎全是重写的。这种在创作上一丝不苟、百改不厌的精神是非常可贵的。正像他自己总结的那样，"艺术贵在创新，最忌熟辙老路"，他给自己规定了四句话：

"多听、多看、多跑跑，

躲躲、过过、找蹩脚，

躲一躲，不落套，

过一过，能生巧。"

功夫不负有心人，赵连甲在曲艺创作上也是一个"舍命王"式的作者。

书中的"舍命王"从抚顺，到大连，又从沈阳到抚顺，他的经历曲折感人。我们从书中女艺人郭金霞不幸的遭遇，看到了四十年代被敌伪宪兵队迫害致死的著名女艺人乔清秀的身影。

书中写了许多说书艺人和茶馆老板，都各有性格。书中不仅反映了东北大城市下层劳动人民的生活，描述了往日市民的习俗，还歌颂了百折不挠的抗日志士，揭露了豺狼成性的汉奸、恶霸、地头蛇。回顾历史的苦难和斗争，更感到今日的幸福来之不易。

在我们的文学宝库中，虽然已经有了老舍的小说《说书艺人》以及评书《艺海群英》、评弹《新琵琶词》，但是这三部书都是描写关内和江南曲艺艺人生活的作品，这本《舍命王传奇》，则是第一部反映东北说书艺人经历的评书。

传奇、传奇，无奇不传。此书奇在哪里？不必由我啰嗦，还是请读者去翻阅正文吧。作序人是不是有意夸张，相信您读后自有公论。

1984 年 10 月 12 日

（注：耿瑛先生系春风文艺出版社资深编辑、著名曲艺理论家）

深入生活　借鉴传统

——为中篇评书《宝瓶奇案》出版代后记

王　决

　　中篇评书《宝瓶奇案》（原名《宝光》）以娴熟的评书手法，描绘了钧瓷工匠芦纯为保护国宝反抗帝国主义侵略势力和反动政府的掠夺而斗争终生的光辉事迹，讴歌了以芦纯为代表的中国工人历尽险阻捍卫祖国艺术珍品的爱国主义精神。这部作品的结构可谓疏密相间，错落有致，故事情节跌宕起伏，人物形象鲜明丰满，有较强的艺术感染力，多知识，多情趣，饶有回味，这是作者多年来坚持写新、演新走正路取得的新成就。按照陈云同志强调的"我对新的，有三分好就鼓掌"的精神，我很想了解一下作者创作过程中的主要体会。四月里一个春光明媚的早晨，我带着这个问题到赵连甲同志的书房来访问，正巧，他刚刚从冀南深入生活回来，话题就从这里谈起来……

　　早在五十年代初，赵连甲在建筑文工团工作时，就开始随着建筑大军，跑遍半个中国，经常跟班劳动，吃住在工地，和工人们建立了深厚的感情，他当时曾感到：如果不把他们可歌可颂的业绩编演出来，就吃不下饭、睡不着觉。紧接着他编演了热情歌颂建筑工人壮志豪情的山东快书《爱八方》、唱词《推土机上传家信》，受到群众的好评。生活是创作的唯一源泉，三十年来他坚持下去生活，一直保持同人民群众的血肉联系，创作了大量短篇曲艺作品，仅1979年结集出版的就有三十五篇。他创作中篇评书、鼓书则比较晚，是从1981年才开始的，第一部是和焦乃积合写的《老铁下山》，第二部《宝瓶奇案》则是和幺树森合写的。《宝瓶奇案》是怎样从生活中吸取素材酝酿出来的呢？赵连甲深有感触地说："从1975年到1982年我曾经七次去许昌地区深入生活。第一次去许昌时，现任地区二轻局局长范文典同志当时还在神垕镇公社担任抓钧瓷生产工作的书记。他深深热爱而精通他主管的钧瓷业务，有一天晚上他亲自找到我，像河水开闸一样介绍他们神垕镇的特产——钧瓷；从生产过程、产品历史、特色以及如何誉满欧亚，中外驰名，讲得娓娓动听，我是把它作为当地风光来听的，根本没联系到搞什么创作，不过他那种热爱钧瓷和本职工作的自豪感，使我很受感动，我曾经考虑写他这样一位孜孜钻研业务的实干家，突出写他怎样从外行变成内行的故事。可一想到当时'四人帮'正批判'唯生产力论'，搞出作品来容易给老范带来麻烦，这个念头就打消了。但是老范的音容笑貌、气质神态却深深印在我的脑子里。以后每次到许昌都要去看望老范，他的话题总离不开钧瓷，那如数家珍的典故，绘声绘色的语言，像一块磁铁似的吸引着我，感染着我，促使我下到神垕去认真参观学习，搜集有关窑工、钧瓷的传说和故事，渐渐地在感情上发生了变化，决定以那些默默无闻而为祖国做出巨大贡献的窑工为歌颂对象，开始投入酝酿阶段。最初，面对大量的生活素材怎样选择提炼呢？反复研究以后，幺树森同志建议，首先，落笔要落在典型人物的高尚情操上，闪闪发光的思想境界上。从搜集到的素材中不难看出神垕当地的人民，热爱祖辈流传下来的烧瓷工艺，有不少人为烧窑、出窑献出过宝贵生命，尽管烧制钧瓷难度很大，可窑工们始终兢兢业业，精益求精地改进烧瓷工艺。据说在日本国内曾有"家无钧瓷不算富"的说法，'七七事变'后不久，日本侵略军占领许昌后，曾请去许多烧制钧瓷的工匠，怀柔笼络，企图早日开窑烧瓷。工匠们洞察敌人的歹心，私下串联表示决心：'咱们不能卖国，不给鬼子干。'这种骨气，正是崇高的民族精神，正是闪闪发光的思想境界，原《宝光》的主题思想就这样确定下来了。在多次深入生活当中，像前面谈过的范文典，还有神垕镇陶瓷技术员晋佩章及陈永安、田松山等人，他们是研究钧瓷的专家，他们讲述的钧瓷历史、传说、掌故等都已经是经过加工的艺术品，他们无私地提供给作者，并在如何加工上提出很多建议，应该说这部评书是他们辛勤劳动的成果，他们是没有署名的作者。为了把一些具体细节搞准确，我们还访问了故宫，请教了陶瓷专家，查阅了清史资料，弄清了某些典故的依据。1982年4月初稿写成后，为搜集意见，我们把初稿带往神垕镇，邀请了工人干部四五十人边念边表演给他们听。我发现从第三回以后，他们屏气凝神地被吸引进故事当中来了。到最后好多人止不住地流泪，田松山同志甚至泣不成声，这是我开初没有预料到的。接受同志们建议以后，坚定了改好这部书的决心，很快就定稿了。这说明只有从生活中提炼出来的作品，才能经得起人民群众的考验，受到群众的欢迎。"

曲艺作者的经历、艺术实践必然在他的作品上，反映出他的艺术个性。赵连甲出身于曲艺世家，在先辈的熏陶浸染下，从很小时候就熟悉评、鼓书，十五六岁时就开始演出了。由于他对民间书曲倒背如流，所以他的作品在手法和风格上，很自然地做到了借鉴传统，从古典说部中出新。他写的文字本就是演出本，已经达到"能供阅读能讲述，案头场上两相宜"，是地道的说唱文学。这方面的经验他过去很少总结，欣逢这次晤面的机会，我请他谈谈在创作《宝光》的过程中，是怎样借鉴传统评书的技巧的，他站起身边说边比画起来：

幺树森同志是个年轻的作者，他文学底子不错，但是不熟悉评书，所以在讨论创作提纲的过程中，连甲常给他说评书选段，让他先当评书听众，再当评书作者。他们一起研究评书的特点及艺术规律，初步确定借鉴传统先要理清楚三条线：主题思想线、主要人物线和故事情节线。

传统评书很重视塑造人物，称书中主要人物是"书胆"。在塑造人物时一般说有三种手法：

一种是从始至终，人物的面貌总是一个模样，变化不大，这种手法不足取。

另一种塑造人物的手法是写能人背后有能人、强中更有强中手，总是后来者居上、靠"奇"来写人物，这种手法更不足取。

最好的一种是《水浒传》里塑造人物的手法。以武松为例，既描绘了他的鲜明性格，也写清楚他成长的过程，而且很有层次。譬如"打虎"一段写他的英勇爽朗。"杀嫂"一段写他强调人证、物证，是有理有利有节地来替兄报仇。发展到"血溅鸳鸯楼"时，武松已经洞察张都监等的残忍腐朽，痛恨整个朝廷，所以他不但挥刀杀人发泄愤懑，而且敢于壁上题字向敌人挑战，人物思想的发展是一步步深化的。

他们决定也像写武松那样，写主要人物芦纯的逐渐成长和变化。最初，他不过是山沟里一个朴实的青年农民，他有满腔的爱国热忱，但是不认识当时的黑暗社会，待人接物上，真挚老实，缺乏辨别好坏人的能力，他误认苏宝忠是救命恩人，上了这个日本特务的当。王福在旅店突然中毒逝世，虽然他思想上有所震动，仍然没有觉察身边有敌人。进京的途中他走州过县亲身经历许多事件，接触到各种不同的人物，思想上有了一点开窍，他开始感到：坏人怎么这么多呀！对他们得留点心眼儿啊！认识上仅仅提高到"一切要小心谨慎"这种程度。直到他到了北京跟"飞天热烙铁"年玉福参加了一次外务大臣王大人丑态百出地向洋人赠送礼品的仪式，才使他触目惊心，思想上真正认识到：地方官、外国传教士、苏宝忠、王大人、西太后……他们是一丘之貉，要保护国宝钧瓷就得下定决心和他们斗。这是芦纯在思想认识上从量变到质变的飞跃。这以后，他在苇荡里孤身奋战敌人，瓷窑前智斗三木以身殉国，这是他经历了四十年苦难历程思想上发展成熟的必然结果。这个人物的形象，还是比较有光彩的。书中还写了冯巧英，她出身贫寒，具有骨气，是个很正义的姑娘，为了搭救芦纯，伸张正义，她不顾家破人亡，正气凛然地乔装出走。当她了解到芦纯是个有满腔爱国热忱的青年时，感情上产生共鸣，终于在苇塘中帮助芦纯杀死苏宝忠，两个人同赴彭城结成夫妻。在她的身上用的是概括刻画的手法，人物形象基本上立起来了。

编演评书必须写好"对点子"，对点子就是主要矛盾的对方，也就是正面人物的对立面。俗话说："道高一尺，魔高一丈"，在《宝瓶奇案》中芦纯上京一去一回是一条故事线，在这条主线上围绕着"书胆"芦纯，要牵动一连串"对点子"前后呼应，才能揭露出旧社会的黑暗，烘托出淤泥而不染的芦纯的英雄形象。在这部书中主要"对点子"是阴险狠毒的日本特务苏宝忠，其他的"对点子"有洋人奴才卜世武，土混混何四，反动官僚叶章、万民卷、王大人、年玉福等，他们营营苟苟，尔虞我诈，贪赃枉法，乌烟瘴气，恰好与窑工芦纯热爱国宝的耿耿丹心形成鲜明的对照。

评书讲究：说、演、评、噱，噱头也叫"包袱"或"笑口"，按照传统习惯，一部书要从"对点子"当中挑选几个人物，有意把他们写成"包袱点"。"包袱点"就是丑角式的喜剧人物，像书中重点写到的：逮住蛤蟆也要攥出四两尿的年玉福大人，见了芦纯嘴里甜言蜜语像得了话痨似的那一段，还有像拿白薯做假药骗人的赃官万民卷，"值钱就在那张爱笑的假脸上"，说他脸上一直挂笑容不是天生的，是"从他一当官就练笑，见人三分笑，日久天长，功到自然成，他再想不笑，脸上的笑纹儿都拉不回来啦"！这些包袱在书中都发挥了增添情趣、活跃气氛的作用，所以俗话说："书中要有包袱点，笑口常开不干瘪。"

在评书"扣子"运用上，他们用得最多的是：书中扣，这种扣子是根据故事情节发展到一定阶段顺理成章自然形成的，既合情合理又有较强烈的悬念。像第四回的结尾"……芦纯近前一看，大吃一惊：'啊！他（王福）怎么死啦？"第六回的结尾："叶大人怒拍惊堂木：'啪！''带打官司的上堂'！"再如第十一回书中："郭老蔫一见芦纯不由大叫一声：'你，你怎么出来啦？'总管大人一听颜色更变，转回身来怒目圆睁，两只眼死死盯住了芦纯！"这种扣子既出人意料之外，而又在情理之中。另外，他们还学习借鉴了传统评书中"绑蔓儿的扣子"，例如在第十一回里就运用了这个手法，在芦纯被年玉福骗到驿馆，准备把他灌醉送往日本大使馆请赏这一紧张情节中，加上一段驿馆的郭炳珊披着破棉门帘在窗外窃听同时插话的有趣情节。有时为了缓冲一下气氛也常采用"评"的手法，在评论中比较风趣地介绍一些知识，像第十三回写万民卷冒充医生出丑的情节前，就夹叙夹评地揭露了江湖上卖假药郎中的底细。此外，在写芦纯上京和离京途中的几个主要情节时，也试图层层设置悬念，不断系扣，用一环扣一环的"连环扣"来塑造人物形象，推进故事的发展。像第八回芦纯被释出城后险遭杀害，第十五回芦纯苇荡巧遇冯巧英等都是这样写的。

此书发表和广播后，他们并不满足，而是听取了各方面的意见，出书前又进行了修改加工，使作品更臻完美。

作为一个评书爱好者，我诚恳地希望赵连甲同志继续深入生活，提炼素材，借鉴传统，提高技艺，不断创作新评书，为建设社会主义精神文明做出新贡献。

（注：王决先生系央广资深编辑、著名曲艺理论家）

愿你理解幽默

——为《赵连甲山东快书选》出版作序

✦

苏叔阳

赵连甲的名字我早已耳闻，并且坐在剧场的高远处看过他的演出。能在北京以山东快书的演唱立足于曲艺界，而且获得长久的声誉，那的确需要真功夫。我和他相识却是他成为曲艺作家之后，在中央电视台 1987 年春节联欢晚会的创作组里。我和他同组工作，日夜相处，对于他的幽默机智以及由此而生发的迭出不穷的笑料，印象十分深刻。对于他常年不辍在曲艺创作的园地上辛勤耕耘则十分敬重。

曲艺是我国优秀的民间文艺，多种形式都含蕴着无数瑰宝。许多作家乃至文豪，都曾经从中吸取过无可量数的营养。然而，曲艺的流播，长期以来仍旧没有脱离口传心授的形式，直接创作曲艺作品的作家不但数量少得可怜，在整体文化素养上也不尽如人意，这不能不说是曲艺今天远不够繁荣的原因之一。历史上一些广为传唱的优秀段子，大多经过文人墨客的加工，不管那些段子是否存在有应当剔除的糟粕，那些为了曲艺的流播而花了心血的写家，其功是不可埋没的。今天，我们正需要这样的写家。

我小时候是颇爱曲艺的，逃学去听评书、相声、大鼓、快板书（数来宝）、快书，是常有的事。我还曾经固执地鹄立在草台子之外，希望把门的伙计开恩，放我进去听一段有尾无头的京戏、评剧。我的戏剧、文学素养，相当大的一部分来自曲艺戏曲，我艺术的启蒙师有一批便是撂地的曲艺艺人。我至今对他们和他们的"活"抱有敬畏亲切之感，不敢稍有唐突。因为我知道，那些土玩意儿，绝不是今日好高骛远的雅士们可以不费力气就会干的。甭管洋的半洋的雅士们怎样蔑视曲艺，曲艺可还有强劲的生命力，那韧劲儿不是三天两早晨便可刬除的。

五十年代初期，山东快书曾风靡全国。高元钧的"武老二"不但在北方，而且在南方也几乎家喻户晓，而新段子《一车高粱米》等等，也把山东快书推上高雅的舞台。它的匕首式的战斗性也受到无可非议的肯定。那时候，倘一台晚会中没有山东快书，观众是会觉得缺憾的。赵连甲就是那时候崭露头角而且获得响亮声誉的山东快书演员。

两块铜板，一件长衫，演员边作边唱，一人演数个角色，出戏入戏皆在瞬息之间，形式之简练活泼，无可比拟；而语言之朴实、幽默、风趣，泥土味之地道，又难寻其匹。所以，山东快书的风靡势在必然。一是它适应了五十年代淳朴乐观的民风、进取昂扬的时代精神；二是那时候尚没有这么多进口的艺术形式，连大学生们也不以会说山东快书为辱，而纷纷效仿。我上学时便学过这玩意儿，而且登台，而且撂地，据赵连甲说，我今天还能保有点儿"高派"的"神韵"。这自然是夸张，不过，倘使我不生于那时，而是今天的秀才，我可不敢说一定喜欢他的这种夸赞。总之，山东快书和相声一样，曾经有过辉煌的历史，在五十年代至六十年代，全国莫不喜爱，从未有人指责过它的粗鄙和不雅。相声与快书今日在雅士心中身价大跌，是件很令人费心思的事。倘说是由于这种艺术太土、太粗、太俗，或说它"不适应改革开放时代的节奏"，因而落伍，总觉得有点矫情。总以为，这与时代风气有关，而时代风气就不是一句两句能说明白的事了。反正，那时候，有不少大学生下海说相声说快书说快板书，今日仍能在曲艺界找到几位那时下海至今仍英勇奋斗的人物，而今天，要是分配几位大学生到曲艺团去，怕就难乎哉了。

然而赵连甲乐此不疲。从说到写，从写到说，这么多年，年年有新段子，岁岁有新作品，仅是这点坚持劲儿就令人赞叹。也许有人会说，"他也写不了别的，只好写两个小段混日子"。我不敢打赌说他倘去写小说一定是中国的托尔斯泰，但我也同样不敢打赌说他除却写小段之外，百事不能。只他写的长篇评书《舍命王传奇》《宝瓶奇案》，就可以证明他是位有才华的作家，丝毫不比那些只靠舶来名词唬人的文字游戏家们逊色。我总以为，以文字做人是假本事，用通顺晓畅的文字有滋有味地说出一个故事一段道理一种意境，是真本事，不信就试试。

赵连甲的山东快书《爱八方》是我熟知的段子。一个姑娘爱上了建筑工，建筑工随着祖国建设南来北往。这点事要搁在小说里，我不知该怎样写成一篇杰作，可赵连甲举重若轻，偏偏写得意趣横生。在演出实践中证实，这也是个叫好叫座的"一块活"。这里就涉及到了山东快书创作的技巧问题。首先，您得有个扎扎实实的攒底的"包袱"。要经得住推敲，经得起琢磨，还要包得严严实实，不洒汤不漏水，让人一时难以想到，而抖开包袱时又要脆又要利索，才能收到"情理之中、意料之外"的效果。这个"包袱"里要包上时代的脉搏、社会的风貌、人物的性格与心态乃至作品的思想内涵，并不是俯拾即是，动动小手指头就可做到的。现在一些曲艺作品的浮与浅，大抵都是因为缺乏这样内容饱满、技巧纯熟的攒底包袱，还没说唱上十几句听众已经知道根底，以至于兴味索然。所以，一个好的曲艺作品，依旧需要作者、演唱者从生活中努力挖掘，在实践中反复思忖、反复"撞击"才可能产生，轻视曲艺创作是十分没道理的。

现今有一种时髦的理论，主张戏剧复归它的"原始形态"，脱离案头的文学创作，而只重演出。说戏剧归根结蒂不是文学，甚而说戏剧只是表演者个人欲望的宣泄，用不着循着事先规定好的文学剧本去表演特定的思想、情绪、哲理、意境。他们说戏剧只是表演者主观愿望的舞台表现，或者是一种无规定的戏剧游戏。我不是个理论家，但对这种高论不敢苟同。倘如此，戏剧又倒退回无剧本的即兴表演，至多是只有提纲的幕表戏。曲艺也倒退于原始状态的"数来宝"、见什么编什么，随口就唱，唱过即忘："竹板一打响连声，眼前来到跳舞厅，跳舞厅里人不少，个个长得比我傻子好。"这种曲艺难登大雅，也难说是艺术，势必与原始的戏剧一同归于消灭。戏剧史、曲艺史都已经证明，文学剧本、脚本的诞生，是戏剧、曲艺走向成熟的标志。文学介入戏剧、曲艺，不是戏剧与曲艺的灾难而是它们的福音。倘无文人的提炼，我相信著名的鼓书段子《风雨归舟》《剑阁闻铃》绝不会流传至今。而没有文人的整理，整套的大书《武松》也不会成为山东快书的看家活儿。

所以，为着曲艺的繁荣与发展，今日应当呼吁文学家们把眼光从断臂的维纳斯身上分出一瞥，也光顾一下"鄙俚浅陋"的曲艺，如老舍先生一样，也试着写些鼓词、快书。把文学素养灌注到曲艺中，同时从曲艺中吸取些宝贵的营养于小说、戏剧、电影乃至音乐舞蹈之中。这样，曲艺得益于文学和其他姊妹艺术，文学也得益于曲艺，求得一个共同的繁荣局面。因此，有更多的赵连甲应当是一件幸事。

此外，十年民族文化的空前大劫难，造成一个难以弥补的创伤，这便是全民文化素养的大幅度下降。其标志之一，便是日益不懂幽默而近恶趣。我们几乎快遗忘了怡人的笑声，而只剩下粗俗的狂笑。相声演出中一些听众的大喊狂笑，颇令人心寒，而马三立式、侯宝林式的幽默已经渐渐不为青年的听众所会心，这应当看成是我们的悲剧。山东快书的演出中也有类似的情况，不以健康的幽默怡人，而以莫名其妙的"杂耍"和恶趣"胳肢人"，使山东快书日益失去它粗犷质朴的品味。演出与观众总是交互影响。恶劣的演出败坏观众的胃口，不雅的观众又总是鼓励恶劣的演出，从这个意义上说，创作一些高质量的真正幽默的曲艺作品，还有普及与提高相并的作用，赵连甲的耕耘是很有意义的事。

我总想，一个民族会痛切地哭，会健康地笑，是一个民族伟大的标志之一。当全民族都懂得幽默的时候，这个民族才是真正地立足于世界之林了。

我只是一个曲艺爱好者，原本无资格评论别人的作品，更无资格为曲艺作品写序。但是有感于赵连甲长期在山东快书的创作上努力，才发了上面一些不痛不痒的感慨。至于他的作品，读者自有公论，用不着我来多嘴。我所希望的是山东快书如同其他曲艺形式一样，在民族艺术的百花园中争奇斗艳，让我们的艺术更加璀璨。心是至诚的，因而难以顾及言辞的粗糙，正如曲艺家常说的："玩意儿是假的，力气是真的。"倘能引起一站一立的老少爷们儿，有钱的帮个钱场，没钱的帮个人场，获得些许的首肯赞同，或者竟获得詈骂，也便心满意足。因为詈骂意味着动肝火，意味着读过这篇小文。这总比对曲艺漠不关心的冷冰冰强得多。

"祖师爷，愿你给口饭吃"。以此为序，敬伺鞭挞。

1987 年 5 月 24 日

（注：苏叔阳系文学家、著名剧作家）

庄重的开心

——代序

❋

王朝闻

几年前，贾德臣同志送我一部传统山东快书《武松传》，是快书名家高元钧的演出记述本。现在他告诉我，中华说唱艺术研究中心和中华山东快书研究会，共同编了一部《中国传统山东快书大全》，要我为这部书作一序文。我讲，年纪大了，力不从心，序是写不动了。但他走后，略略翻看其中几篇"小段"，就引起对山东快书这种说唱艺术形式谈点感想的兴趣。几点即兴性的感想，当然代替不了应有的研究工作。好在大家可以自行品评这种艺术形式或它的传统演出"脚本"，不必用我的一家之言断定它那成就的高低。

连唱带白只有四十多句的《看财奴》，和相声同样是要逗引听众发笑。故事情节分明是虚构的，但它符合人物性格的特殊性。如果可以认为偶然现象中含有必然性，不妨把这个看财奴的荒唐行为，看作是一种老实的谎言。

为什么我顺手一翻就挑选了这个小段？因为它开头两句就把我吸引住了："说了个财主本姓韩，把个铜子看得像磨盘。"这么夸张的语言，既很形象也富有讽刺意味。形象的生动性与讽刺的含蓄性的对立统一，符合我对语言艺术的偏爱。我并不隐瞒我对曲艺的偏爱，但偏爱不一定等于偏见；偏爱是共爱的基础，偏见则妨碍应有的共识。《看财奴》的结尾与它的开头前后呼应，符合八股文的起与合（中间有承还有转）的结构。三儿说要把他尸体煮汤卖钱，他夸奖"你这个主意实在好"。但他也要儿子注意"光卖肉可别卖下水（内脏）"，因为"我肚子里还有一文钱"。我想，只要我的偏爱和广大的听众的兴趣相一致，曲艺界的朋友就会谅解我对曲艺的孤陋寡闻。

另一个小段《偷杏》，是对待人民内部矛盾的不同倾向吧，比《看财奴》的讽刺性要温和些了，它那出色的想象和虚构与文采，不见得比学者公认的名著逊色。十六岁的小姑娘路过杏林，想摘来吃却够不着，也没有破砖碎瓦可投出，只得"脱下绣鞋把杏投"。坏了，飞出的绣鞋"正扣住了斑鸠的头"，"这个斑鸠觉着天昏地又暗，逼得它顶着个绣鞋满山悠。姑娘一见心好恼，光着个脚丫撵斑鸠"。最后两句虽有篇末垂教的特点，但仍没有破坏"小段"整体的幽默感。

这样有趣的读物，再一次引起我的思考：如果要把握供大众欣赏的曲艺的美学特征，其解决方案可能存在于曲艺段子和表演里。包括我所关心和思考的这种艺术形式的特殊性，或其特别显著的标志与征象，也即是这种艺术区别于其他艺术形式的特殊之处，既然存在于艺术作品和它与听众的联系之中，我看，与其生拉活扯地从彼时彼地的论著中套取定义，不如反复探索某些自己已经感兴趣的作品，从中发现它的艺术规律。这种手工业方式的寻找方式，其所得，也许还谈不上艺术哲学。但这样的对象与方式，不会像这部集子中的小段之一《吹大话》里的角色有那么可笑的自信与自负：被公鸡吃掉的蝈蝈，那么"借着酒劲这俩就吹起来啦"。

无论哪种艺术形式，它之所以能够独立存在，能在百花园中成为一名有独立性的成员，不被其他艺术形式所取代，正因为它有着自己的特长和特殊点。例如为大众所喜爱的各种曲艺艺术形式，像山东快书、评书、相声和二人转等等，若干年来它们各自都有着其较长的发展历史。它们为什么能够长期受到欢迎与喜爱？为什么即使在电影、电视、音乐、舞蹈、戏剧或小品特别发展的今天，仍能不为其他艺术样式所取代？就因为它们自身有着独特性和独立性和生存的竞争力。

曲艺，这一艺术的审美特征究竟是什么？究竟应当怎样认识曲艺与戏剧等姐妹艺术形式的联系与区别？行家们在谈到这一问题时说，戏剧区别于山东快书、相声、评书、评话、弹词和大鼓等等曲艺艺术的特征，在于演员直接以角色的身份出现，用第一人称和代言体的语言表现内容，塑造形象；而曲艺有别于戏剧的重要特征，在于演员虽然也模仿角色，但他的身份却始终是不妄图冒充角色的演员，语言基本上是第三人称的叙述性，主要以这种语言方式塑造形象。我虽不敢冒昧给曲艺下定义，但是基于自己"听"说书，而不是"看"说书的兴趣，较为同意上述这样的描述。我也愿意表示，不赞成说唱艺术的曲艺向戏剧看齐的做法。自然，我虽认为任何艺术都有它的思想倾向，但我从来不同意生硬的说教。在这一问题上，人们的见解有不一致处，甚至分歧不小。但我深信，包括我的看法在内，人们对于曲艺的艺术本质特征的不同看法，大概也不会是孤立的。譬如，说唱艺人们早就有着以自己的语言对曲艺的特征所作的概括与说明，在北方的曲艺界强调曲艺艺术与戏剧艺术的区别。贾德臣对我说，有一首"西江月"词，也有艺诀因素。它说："世上生意甚多，唯独说书难习；紧鼓慢板非容易，千言万语须记。一要声音嘹亮，二要顿挫迟疾；装文装武我自己，好像一台大戏。"中国以及外国，都有"戏场小天地，天地大戏场"的看法，这就是说，只要艺术反映生活的形态，是典型化了的，它就能构成说服作用与娱乐的对立统一，而且可能对听众创造高尚的灵魂。

艺诀作为曲艺艺人说唱艺术实践经验的总结，它不止于简明、精当、逗趣等特征，而且有着极强的概括力。"装文装武我自己，好像一台大戏"，它是对曲艺本质特征的概括，也概括了山东快书和北方的大鼓说书。山东快书同样只有演员一个人，又是说书人，又是角色。千军万马里有武松和孙二娘等，却又都是由一个既不化装也不做戏的人表现出来的。这种"装文"与"装武"，"好像"一台"大戏"，并非就是一台"大戏"。我看山东快书和其他曲艺形式的表现力，其妙处也就在这里。一就代表多，如果嫌一位山东快书演员不够，而要求山东快书向戏剧小品看齐，那结果只能弱化了山东快书的优越性。

从更细微、更具体的特征说，山东快书也还有着山东语音地方性的特色，以合辙、押韵与较快速度和朗诵意味见长。我虽没有直接听过山东快书小段中的《要娃娃》，但我想，演出者的表演，不会死纠住那个傻女婿而卖弄傻劲，以免听众感到表演的节外生枝，背离了讽刺主观主义的思想倾向，从而散布艺术上的低级趣味。

我没有对山东快书的历史作过研究，据说它的产生与发展的历史是很悠久的。具有较长的产生和发展演变历史的山东快书，既形成了这种艺术表现力很强的说唱艺术形式，也造就了像刘茂基、赵大桅、傅汉章、戚永力、杨凤山、高元钧、杨立德等一批杰出的山东快书人才，造就了《武松传》《鲁达除霸》《李逵夺鱼》《大闹马家店》《柿子筐》《大实话》等等一批优秀的传统山东快书书目。新中国建立之后，在高元钧和杨立德等培养和带动下，形成了如刘洪滨、刘学智、赵连甲、陈增智、孙镇业、刘司昌、姜晋欣等等一支数以百计的声势浩大的山东快书人才队伍。与之同时，伴随《一车高粱米》《抓俘虏》《三只鸡》《侦察兵》《师长帮厨》《长空激战》《爱八方》《李三宝比武》《赔茶壶》等新唱段，以及中、长篇《武功山》与《马本斋传奇》等一大批山东快书新作的创作与演出，五十至六十年代，山东快书这种说唱艺术形式，不只在全国范围内得到了普及，并且也出现了其红红火火、空前发展的新机运。

据贾德臣君说，这部《中国传统山东快书大全》所收的作品，是自山东快书有史以来富有代表性的传统书目的结晶之作。不只有长篇、中篇、单段和小段等等各种不同的品种，在选收作品时，还特别注意了对不同艺术风格的选择。比如《武松传》的段子，不只有高元钧、杨立德和刘同武的，而且还有刘洪滨、赵连甲和孙镇业的。对于传统山东快书的历史面貌，这样才有可能做到较全面一些的反映。

我愿意曲艺界继王少堂扬州评话《武松》《中国传统相声大全》和《中国传统山东快书大全》之后，能有着更多方面关于曲艺佳作的出版物问世。对于传统曲艺工作的总结、精选、出版，是为了更好地继承、借鉴它们的优秀艺术经验，而对于借鉴、继承对象的优长的把握，其根本意图在于创新。因此，最后我要说，包括上述小段《看财奴》，可见传统山东快书得到流传的重要原因，在于艺人与听众那种如鱼得水的亲密关系。

这种关系的建立，区别于权钱交易等丑恶世相。就艺术对群众的作用来说，就是东北二人转艺诀中的"开心钥匙"。所谓"开心"有多方面的语义：不只为了娱乐听众，也为了诱导听众，促成听众人格的高尚化。而娱乐性与知识性的相依赖，也是适应人们的审美的必要条件。《看财奴》所用的八股文手法之一承，不仅是为了给行文的转作出有力的准备，而且它给听众解惑的方式自身，也是娱乐性与审美价值的对立统一。它在起句"把个铜钱看得像磨盘"之后，紧接着应用道白交代相当于承的话语："那一位问了，什么叫铜子儿？这是老年间用铜铸的一种硬币，所以叫铜子儿，也有叫铜板的。"这样的交代对于拥有二三十年代生活经验的听众，当然谈不上必要的解释，但它可能促使说书人把它与看财奴不慎把铜板咽进肚里，以为自己必死和将死而向儿子作遗嘱的滑稽表现联系起来，加强了这一个小段在艺术上的娱乐性与倾向上的特殊效应。说书人与听书人的这种审美关系，既是平易近人的，又是互相信任而区别于趣味低级的"关系学"。

各种艺术行为各有不可互相混淆的特殊点，也有不可否认的一致性。恐怕鲁迅不会山东快书吧，但他 1927 年在广州论述魏晋文学的讲演，有些话使我联想到相声演员常宝堃那"牙粉袋"所流露的幽默感。他说到孔融的死，说到曹操以孔融"不孝"为借口而杀掉了对方。并说："假如曹操在世，我们可以问他，当初求才时就说不忠不孝也不要紧，为何又以'不孝'之名杀人呢？然而事实上纵使曹操再生，也没人敢问他。我们倘若去问他，恐怕他把我们也杀了！"如果常宝堃的幽默是影射日本侵略者控制的物价所流露的丑行，作为讽刺来理解，它显得易懂和内涵深刻，那么鲁迅先生在 1927 年 9 月广州的这个学术报告，是不是针对同年 4 月 12 日蒋介石在上海大屠杀的丑行？鲁迅是否存心寓讽刺于幽默的表现？对此，我虽不敢凭揣测作出肯定的判断，但鲁迅的话所显出的假定的艺术才能，对如何提高曲艺的思想水平与艺术水平的要求，特别是要不要提高艺术家的人品素养的重要问题，都是值得引为借鉴的。

1997 年 9 月 20 日

（注：王朝闻先生系中华曲艺学会顾问、当代著名美学家）

老树新花

——记美学家王朝闻谈山东快书艺术及《中国当代山东快书选萃》

✦

江山月

1997 年夏，中华说唱艺术研究中心及中华山东快书研究会，编纂了《中国传统山东快书大全》一书。书稿编定后，曾送至中华曲艺学会顾问、当代著名美学家王朝闻先生处，请其批评指正。王老看后，很高兴，不仅提出了宝贵意见，而且撰写了《庄重的开心》一文，以为代序，对该书给予了中肯的评价。该书出版后，受到了好评。

为总结经验，把快书事业搞得更好，于《中国传统山东快书大全》一书在全国发行之际，王老即与编纂该书的有关人员刘洪滨、赵连甲、贾德臣、朱一昆等，进行了亲切晤谈。畅叙中王老还提出了希望大家能够趁热打铁，再编出一部现代题材的山东快书作品集，以便能更全面地反映出山东快书发展的全貌。编纂者们也早有此意，与王老的想法十分契合。

经过努力，1999 年春，一部以反映建国后五十年来现实生活为主的《中国当代山东快书选萃》，终于编出来了。编纂者们自然不会忘记，尽先将这一喜讯速速报知王老，并将这个即将面世的山东快书艺术界的"宝娃"，让王老先看看，来一番"点化"，来一番评头论足，以使之更臻完美。然而无巧不成书，待大家把喜讯和"宝娃"一并奉至王老处时，又恰值王老也正在迎喜事——文化部和中国艺术研究院等单位，正在为王老举办"庆祝《王朝闻集》出版暨王朝闻学术活动 70 周年座谈会"的活动。喜上加喜，焉有不贺之理？于是，著名山东快书表演艺术家刘洪滨、赵连甲等，便偕弟子及演艺界的一些年轻朋友们，带着节目，前来祝贺。中华曲艺学会会长、著名相声表演艺术家姜昆，为了向王老祝贺，送来了精心书写的"揉风为诗，剪雪作画"八个巨幅大字。联欢会上，艺术家们演出了相声、口技、女声独唱、山东快书和喜剧小品等精彩节目。

受到感染，王老不顾年迈，也要登台献艺，在赵连甲的捧眼下，即兴演出了其现编的相声《声音下海》。整个晚会火爆、热烈，高潮迭起，台上台下欢声笑语，群情鼎沸。

演出结束后，王老仍兴致很浓，由晚会现场的节目，以及演员与观众的关系谈起，围绕《中国当代山东快书选萃》一书的编纂、山东快书艺术的表演风格、山东快书艺术形式生存发展的条件、《中国当代山东快书选萃》一书中一些作品的具体情况、山东快书艺术大师高元钧与他的友谊、他本人何以喜爱山东快书和有关曲艺艺术的其他一些方方面面的问题，广泛地发表了其见地高深的许多见解。

当谈到演员的演出与观众的关系时，他指出：

演员的演出，无论是相声的、小品的、杂技的、快书的或者是歌唱的，可以讲，好的演员，都会十分注重把观众摆在极其突出和极为重要的位置。比如赵连甲及其弟子于海伦的小品节目，为了引起观众的注意，吸引观众与他们一起进行艺术创造，所以一开场，赵连甲就用了相声惯用的铺垫手法，让自己伪装成一位真的在招聘演员的导演，由于找不到具有男子汉气质的演员在苦恼，因为现在女里女气的男演员太多、太滥，此种现象不只让导演苦恼，而且让观众也生厌，也苦恼；这样，演员就在观众不知不觉时，把观众拉进了自己的节目之中。这种方式，不只是把观众摆在了重要的位置，而且就是直接拉观众一块儿与自己进行艺术创造了；也恰恰就在此时，一位女里女气的、让导演也让观众为之头痛的"真男人、假女人"的"假女人演员"出现了，应聘来了……试想，这样的情景，怎能不让观众注意，怎能不让观众关注，又怎能不让观众开心，并引起一系列强烈的艺术效果？刘洪滨的山东快书演出，虽然只是客观地在向观众讲述一个失去了爱人的年轻女子的苦恼，然而即使如此，作为一名颇知观众地位重要的山东快书老演员，他也并没有忘记把观众搁在重要位置上，所以，他便时时、处处用表情、用语气甚至用相关的词语等等，把观众在不知不觉中，拉进了他的故事——他的节目；让大家同他一起去评理，去同情这个遭遇不幸的女子，并和演员一起进行艺术创造。刘洪滨以说书家富有感情色彩的语言，绘声绘色地描绘了一个年轻寡妇的不幸遭遇，充分地揭示了她错综复杂的内心世界，成功地塑造了一个封建礼教叛逆者的典型形象。至于李志强和赵福玉说的相声，则更是直接拉着观众与他们一块儿说相声了。试想，如此与观众的密切联系，焉有不产生强烈艺术效果之理？

总之，演员的演出，必须把观众摆在重要的地位，必须使自己的演出能够拨动观众的心弦，并能够引起观众对节目的对比、联想、想象、共鸣和使之在欣赏的过程中，能够对节目进行再创造等等。只有这样，其演出才能够取得成功，产生强烈的艺术效果。这也正是艺术欣赏的根本原理所在。即：如果没有演员的演出，观众无从欣赏，也无所谓欣赏；而演员的演出，如果没有观众，或如果没有观众的接受和其再创造等等，那么演员的演出，也就无法实现其自身的价值，也就难以完成其全部的或最终的创作过程。有关情形，也正如马克思所说的："生产是消费；消费是生产。消费的生产；生产的消费。""每一方表现为对方的手段；以对方为媒介；这表现为它们的相互依存；这是一个运动，它们通过这个运动彼此发生关系，表现为互不可缺，但又各自处于对方之外。生产为消费创造作为外在对象的材料；消费为生产创造内在对象、作为目的的需要。没有生产就没有消费；没有消费就没有生产。"（见《马克思恩格斯选集》第二卷，第59页。）

以上我讲的是演员的演出与观众的关系问题。事实上，艺术作品的创作，比如山东快书的脚本（文学）的创作等等，其实与观众也存在着密切的关系问题。表面上看，山东快书的段子（作品），似乎仅仅是为山东快书演员的演出而作，但作者如果不考虑观众的需要，或忽视了观众的艺术需求，那么这样的山东快书段子，归根结底得不到观众的认可，自然也不会得到山东快书演员的认可；因为哪一位山东快书演员会去演出一个观众不需要或观众不认可的段子，而去自讨苦吃，或是去自找艺术上的失败呢？由此看来，艺术作品的创作，包括山东快书、相声或是其他等等的曲艺艺术创作在内，其与观众都存在着最为根本的密切关系。正如人们所讲，剧本、剧本，一剧之本。而山东快书的一段或一部文字作品，同样也是山东快书这样艺术形式的根本。

当进一步谈到山东快书艺术的表演风格时，王老的谈兴似乎更浓，情绪更加高涨。他侃侃而谈：

在曲艺界，艺人们的口诀很多，我听说过有这么一句口诀，是这样讲的，叫作："满台风雷吼，全凭一张口；一人充多角，神仙龙虎狗。"这是说书家们概括曲艺艺术特点的一句行话。我以为借它来概括山东快书表演艺术的特点甚至更恰切。因为山东快书的表演很强调"做"（表情、动作），风格的特点是粗犷、豪迈，讲究装龙像龙，装虎像虎。譬如高元钧表演的山东快书《武松打虎》，虎啸龙吟，蹿腾跳跃，人兽相搏，满台生风。当然，他又十分讲究"做"得有分寸，不过火，点到为止和重在点醒。尤其在表现紧张激烈的搏斗场面时，也不忘快书的幽默。比如讲到老虎被武松摁住，人与虎奋力相搏得你死我活的情境时：

"老虎说：我不干啊！

武松说：你不干可不行啊！

老虎说：我得起来呀！

武松说：你先将就一会儿吧！

老虎说：我不好受哇！

武松说：你好受我就完啦！"

此段话虽不多，但以高度的机智风趣，揭示了人与兽相拼、胜负未决、生死难定的千钧一发时刻人和兽各自丰富的内心世界，堪称惊世绝笔。欣赏者听到此，既不能不心惊肉跳地捏着一把汗，又不能不为武二郎勇武果敢、风趣幽默的态度感到忍俊不禁。此正所谓精彩而又恰到好处的山东快书表演；不潦草、不拘谨，提得起、放得下，有实感、也空灵，容易懂、有余味，不死做、点得醒，出神入化。充分信任观众欣赏能力的高元钧，相信这种止于点醒的山东快书的表演，对观众来说是可以发挥其碰心的力量的。

听行家告知，山东快书的这种表演方式，是有着悠久传统的。据高元钧介绍，他听"说武老二"（"山东快书"的早期称谓）的先辈们讲，山东快书的此类表演方式，较早可以追溯到明代万历年间一位叫刘茂基的快书前辈身上。传说这位先辈是山东临清一带人，系流落乡间的一位不得志的武举，既能文，又善武。相传就是他根据流传在民间的武故事，串成唱词，逢集赶会时，以一种"说热闹"（农村娱乐活动）的方式演唱、说讲故事；但也不像耍杂技的那样卖艺，只是庄户人家的一种现耍（我的家乡四川则称为"耍子"）；演唱时，左手敲打着两块瓦片，伴着节奏；身上斜披着一件长衫，右臂赤着，而空着的一只衣袖，或让其悠来甩去，或将其掖在腰间系着的麻绳或草绳上；同时拉着武术架子，或以赤着的右手臂做出各种各样的动作，边说、边唱、边比画，以豪迈的气概表现好汉武松及其英勇故事。又据高元钧讲，不只这位"武举人"是这样表演的，这种表演方式，更以一种以师带徒和口传心授的方式，一代接一代地传了下来，直至大约三十年代，某些山东快书的艺人，也仍旧是以这种演出方式加以撂地（设在庙会、集市、街头空场上的地摊式演出方式）演出的。并且连高元钧本人也曾以这种方式演出过。为了使这种演出方式不至于失传、绝唱，于八十年代中，高元钧还按原有的斜披长衫装束及早先的原始演出方式，在中国艺术研究院，由贾德臣等同志为他录制并保存下了全本山东快书《武松传》演出音像资料。

历史与传统，说明了山东快书的这种表现方式、表演风格等，不是后来才有的，更不是偶然形成的。而从更进一步的艺术原理，即从艺术内容决定艺术形式的关系上看，山东快书的这种表演方式与风格，也是顺理成章的。比如仅从山东快书的传统书目上看，除了传统长篇山东快书《武松传》这十几回表现好汉武松英勇斗争故事的节目之外，像《鲁达除霸》《李逵夺鱼》和《赵匡胤大闹马家店》等这样一些单回体的山东快书的传统书目，也无一不是表现鲁达、李逵与赵匡胤等这样一些顶天立地的英雄和他们的英勇斗争故事的；而且上述这一些书目，每个回目，无一不是在开打中掀起高潮，也无一不是在紧张、激烈与白热化的斗争中告以结束，或掀起更大及更加紧张激烈的斗争波澜的。既然所表现的内容是如此，那么作为重要传达方式的山东快书的表演，作为一种表现内容的形式，作为一种向观众展示故事情节的手段，自然而然地是要服从其演出脚本——山东快书书目的规定性的。如此，也就不难理解山东快书的这种豪迈的演出风格与演出方式，是内容使然，是情节与精神由之。自然，形式也不会是全然地和完全被动地服从着其内容的要求与规定性的，特别是当一种艺术样式发展到相对成熟的阶段，或甚至走向相对完美的地步之时，它则又会反转来更完美或更完善地为表现其内容服务；不只为完善地表现其内容服务，有时甚至会约束和规定着其所表现的内容，使之更加进一步完善与完美。传统的山东快书艺术样式之所以久传不衰，不断得以发展，除了它有着大量的精彩的传统的书目外，也与它有着独特而又完善的表现方式不无关系。此外，自然也与它拥有着像刘茂基、赵大桅、傅汉章、戚永力、杨凤山、高元钧、杨立德等这样一批能够完美地和创造性地驾驭山东快书这种艺术的杰出人物不无关系。因为正是这样一些卓越而优秀的艺术家，驾驭着山东快书这种优美的艺术形式，从而充分和完善与完美地表现了山东快书的书目内容。

当谈到山东快书艺术形式的生存与发展时，王老很认真地说：

我曾不止一次地讲，任何一种艺术样式，它之所以能够独立存在，而不为其他艺术形式所取代，就在于它有着其自身的独特性和独立性。现在我还要更加具体地讲，作为为大众所喜闻乐见的曲艺艺术，无论它的哪个品种、形式，如像山东快书、评书、相声、评弹、二人转和快板书等等，它要想能够保持其旺盛的艺术生命力，求得不断地发展与壮大，那么它第一就要有着独特而完美的艺术形式；其次它要有着精彩的艺术书目或曲目；另外，它也还更要拥有着精通本行当艺术规律的绝佳艺术人才（包括表演或创作的人才等等）。以建国后的当代山东快书界而论，如果不是高元钧培养和带出了刘洪滨、刘学智、陈增智和孙镇业等，以及如果不是杨立德带出了赵连甲等这样一些既能演又善于创作的山东快书艺术高手，创作并演出了像《一车高粱米》《三只鸡》《抓俘虏》《侦察兵》《李三宝比武》《长空激战》《金妈妈看家》《爱八方》《贺龙赴宴》《街头哨兵》《赔茶壶》等等这样一些精彩的山东快书作品，并且又在传统山东快书艺术形式的基础上，对这门艺术形式进行了不断的艺术革新与创造，使之更适应新的时代与新的内容，那么作为当代的山东快书，便不可能有其五十年代至六十年代的艺术辉煌甚至后来的不断发展与壮大。

讲到他对山东快书艺术形式的喜爱，王老操着非常浓重的四川乡音，一边笑得像个孩子，一边十分风趣、十分幽默地轻声细语道：

"我并非偏爱山东快书，但却又的确赏识它的浓重的乡土味、地方色彩、中国气派和诙谐、幽默、豪壮、奔放的艺术风格。"

忆起他与山东快书艺术大师高元钧的友谊，王老很是动情，并颇为怀念地追述：

我老早就听过高元钧的《武松闹监》《武松打虎》和《一车高粱米》等山东快书节目，五十年代末，并且写文章专门评论过他演的《武松闹监》这个节目。

我们之间交往虽不多，但在艺术领域里，彼此却有着相通的语言与共识。

我喜爱舞台上的高元钧，也欣赏生活中的高元钧同志：舞台上的高元钧，演起山东快书，表情丰富、洒脱、大方，操着乡土味十足的山东乡音，时而娓娓动听、时而慷慨激昂地说唱着叱咤风云的人物，颇有大将风度；而生活里的元钧老弟，高翘、英武的大檐军帽，挺拔、得体而又略带几分威严的军呢大衣，则把他装扮、衬托得活脱像一位勃勃英姿的将军。自然，实际上他也是一位被授有军衔的我军高级军官。虽为高级军官，但他待人接物却又质朴、热情、诚挚、厚道；尤其与人交谈时，以其舞台上用惯的山东快书怯口（乡音、方言），浓眉下的眼睛含着深情，慢声、悄语，充满了风趣、机智、幽默；虽在和你认真谈心，却又足让你忍俊不禁。

对于山东快书，特别是对于建国后部队快书事业的发展，无论在理论、创作、表演，以及培养人才等方面，他都有着特殊的贡献。

八十年代末，在文联召开的一次会上，我们相遇并相约，说好了他要抽空到我的寒舍——"在嚣楼"一叙，届时并说唱些喜剧味更浓的山东快书段子给我听。同时也向我介绍些快书方面的历史，以使我更加深入地了解山东快书艺术以往发展的状况。

很可惜，由于他的早逝，而未可如愿。

讲到《中国当代山东快书选萃》一书的编纂，王老流露出几分喜悦的神情说：

现在办成一件事很难。而出版一部书就更难上加难，要付出极大的人力、物力、财力。不过无论如何，在我建议后不久，终于又把这本《中国当代山东快书选萃》的书编出来了。不只编定，而且要正式出版。这很令人兴奋。

这部书里的作品，都是新中国建立后创作或改编的，是从五十年来创作或改编的数百篇优秀快书之作中精选出来的。因此，书名称"选萃"，我看亦无不可。

谈起《中国当代山东快书选萃》里的一些具体作品，王老就自己感兴趣的某些作品和某些问题，概略地谈了一些自己的见解。他说：

譬如书里选的《一车高粱米》和《李三宝比武》等作品，我看就称得上是山东快书艺术创作的精品。

《一车高粱米》这篇作品，产自中国人民伟大的抗美援朝战争生活。它的结尾，虽说夸张的幅度大了些，但它仍是一篇现实主义的佳作，符合艺术的真实。记得五十代至六十年代，这篇作品影响很大，尤其经高元钧的演唱，通过电台的播出，传播很广，响遍全国，脍炙人口。

而《李三宝比武》与《一车高粱米》相比，则又有了不少发展，它已经比较注重形象的塑造和人物个性的刻画了。尤其值得一提的是，作者在通过动作、性格化语言、心理描写及运用细节来刻画人物等方面，更加显现了其在塑造艺术形象方面的功力，以及其技巧运用的娴熟与得心应手。譬如写李三宝与张兆虎拼刺比武时，对李三宝即将取胜而"让半步"的描写，即可堪称绝妙一笔。

当然从主题思想上说，作品提倡的是大比武时代的练兵，而今天，我们应该提倡的是高科技的练兵；不过无论如何，练兵中应该提倡的骁勇精神，却应是不谢的主题。

当归结到《中国当代山东快书选萃》一书的编纂及出版意义时，王老很认真地概括说：

这部"选萃"，可以说是五十年来的历史产物，也可以讲是一个以快书之作而浓缩出来的建国后半个世纪内的时代缩影。

作为一部由众多不同艺术风格的快书作家创作或改编出来的不同题材的山东快书作品集成，作为一部在继承、借鉴传统山东快书书目艺术基础上而产生出来的反映现实生活的快书新作汇编，集中地反映了山东快书半个世纪以来在为人民服务、为社会主义服务、百花齐放、推陈出新方针指引下所走过的光辉历程和为社会主义新曲艺发展所做出的积极贡献。特别是作为大多都经历过若干次舞台演出实践、受到过观众的好评，并历经了多遍反复修改与反复锤炼的多风格及多特色的山东快书的集成之作，我想其出版的意义与价值，远非用有现实性、时代特色和一般艺术价值等能予概括。自然，它的意义也远不止于是为新的或老的山东快书演员们提供了一部可资上演的快书脚本集。而其更为重要的意义与价值，恐怕还在于它的承前启后性方面，因为它的成书问世不只可为造就一辈新的或年轻一代的山东快书艺术人才（包括演出或创作的人才）提供难能可贵的范本与借鉴，而且就其更广泛和更深层次的意义上讲，它恐怕或许正是为山东快书艺术的进一步或新的繁荣与发展铺下的奠基之石。

在围绕着《中国当代山东快书选萃》一书不少方面的事宜，进行了诸多方面的谈话之后，王老似乎意犹未尽，谈兴甚浓，并且更进一步提出希望说：

如果你们中华说唱艺术研究中心，能够创造一个条件，提供一个机会，并找些曲艺艺术界的各方面的朋友，大家聚在一起，就曲艺艺术多方面的问题，来更广泛地谈谈心，聊聊天，或许这更是一件很有意义和很值得进行的事情。

1999 年 7 月 12 日

序

——为《赵连甲曲艺小品选集》出版作序

✝

戴宏森

赵连甲是活跃在舞台上、广播中、电视里的曲艺名家。他的曲艺创作生涯是从 1952 年开始的。自 1982 年起，他又积极投入带有曲艺风格的小品创作和表演。我作为一名曲艺理论工作者，一直关注他在创作上的新成就，向他学习了不少东西。在进入新的世纪第一年的春天，黄河出版社要出版他的作品选集。这两卷合一厚厚的《赵连甲曲艺小品选集》，选编了他近半个世纪的创作成果，是一部不可多得的艺术实录。作者嘱我为本书作序，我实在是愧不敢当。

赵连甲祖籍河北河间，1935 年生于天津，出身于说书世家，祖父曾在晚清宫廷说书，父亲赵庆山是西河大鼓名艺人。他自幼随父从艺，1943 年八岁登台，演唱短篇书段。1950 年他十五岁时，在天津拜西河大鼓名家田荫亭为师学艺，并开始说演长篇传统书目。1952 年年底正式参加专业艺术团体，改学山东快书。1956 年成为山东快书大师、"杨派"创始人杨立德的入室弟子。1962 年 11 月调入中国广播说唱团做演员和创作员，直到现在。算起，他从事曲艺已有五十七年。他创作的曲艺作品数量最多，质量也高，称得上优质高产，因此，他被中国作家协会吸收为会员，是名副其实的曲艺作家。他勤学勤练，多才多艺，堪称编词、说书、唱曲、弹弦、演戏、导演、编辑、评论、课徒、组台十项全能，是一位少有的"十不闲"艺术家。

他编写的曲艺作品，涉及曲艺的评书评话、鼓曲唱曲、相声滑稽、快书快板四大部类，还有多种样式的小品和系列小品，计四百多篇。他的作品，中篇、短篇、书帽俱有，韵文、散文、戏文兼备，显示出作者是文艺界的多面高手，真个是"十八般武艺样样皆通"，文武昆乱不挡。

看过这个集子所选的一百四十多篇作品，大体上可以领略到赵连甲的创作思想和艺术追求。归纳起来有这样三点：一是追求文学品位，一是倡导创新思维，一是重视演出实践。

始终不渝地追求曲艺作品的文学品位，不是一件容易做到的事情。传统曲艺作品尽管其中不乏民间艺人和文人创作的文学珍品，但在社会上却被看成一种消遣品、玩意儿，几乎无人对它提出文学品位的要求。曲艺作品成为一种特殊的文学作品，是中华人民共和国成立后才提起的。但是，在社会主义计划经济时期，往往过于强调曲艺作品的政治宣传性，忽视它的文学性。进入社会主义市场经济时期，往往过于强调曲艺作品的娱乐性，而忽视它的文学性。曲艺文学作为一种口头文学，不同于书面文学可以反复咀嚼，而是一听而过，来不得半点艰深与晦涩，必须明白、晓畅、回环、曲折。赵连甲见识过许多说书高手，私淑过一些行内名人，很早就自己纂弄书道儿。走上专业团体的创作岗位时，他已经谙熟曲艺文学的规律。他在充分掌握生活素材的基础上，总是着力写好典型人物和人物关系，由人物性格和矛盾冲突衍生出故事情节，在情节的发展中扭结成矛盾的焦点和高潮，从而形成不同的喜剧式架构，达到思想性、艺术性、观赏性的统一。对这种奇巧的喜剧式架构，赵连甲称之为"喜剧点"。对于具有喜剧色彩的曲艺作品来说，找到作品的这个"喜剧点"是太重要了。有了它，百说百顺；没有它，只依靠外插花的"包袱儿"与"扣子"，怎么说也不顺。

赵连甲的曲艺作品一般都有比较完美的喜剧式架构和鲜明的人物性格。他认为，围绕"喜剧点"巧妙地设置扣子与包袱儿，才能把观众蔓住。在创作中，他熟练地调用传统技法并吸收新的技法，明笔生明扣，暗笔生暗扣，各种笔法交错，生成人情扣、连环扣，有时"捂着使"，有时"刨着使"，运转自如。所设"喜剧点"，一般让人意料不到、猜想不透，待包袱儿抖落、扣子解开，给你一个意外的惊喜。他在1960年写的山东快书《爱八方》，说退休工人于老汉听幼子小刚几次传言，得知当列车员的女儿素芳在鞍山、武昌、包钢先后找了对象，对她这样"爱八方"深为不满，找到列车段长，才弄清原来她找的是一个为祖国建设发展转战南北的先进建筑工人。这是作者在中国建筑文工团深入生活时取得的成果。1995年所写的《父子同行》，说中国共产党的好干部孔繁森见儿子孔杰到西藏自治区阿里来探亲，得知孔杰捎来小妹妹的四句话。孔繁森不等这责问自己不顾家中祖孙三代的话说出口，便带领儿子去访贫问苦。儿子看到父亲先阿里后自家的崇高表现和与藏民的鱼水关系，深受感动，到底没能把妹妹的话说出来。这是作者到山东聊城孔繁森的家乡体验生活的收获。像这样构思巧妙、寓意深刻的段子还可以举出快书《巧开车》《飞车炸军火》《调房》《三家春》《黄羊沟佳话》《成人之美》《多此一举》《自食其果》《小店奇闻》，唱词《推土机上传家信》《扒墙头》《解疙瘩》等许多篇。相声《劳动号子》、鼓书《这不是家务事》、评书《招贤纳婿》等也都是别开生面之作。

特别值得称道的是赵连甲的书帽创作。他写的小书帽讽刺作品居多。用漫画式的夸张手法，仅寥寥数笔，就勾勒出一副官僚主义者的嘴脸（《关糊涂》）；或者活画出一幅不正之风腐蚀基层干部的图景（《揭发》），使各式各样的丑陋世相跃然纸上。小书帽也用来颂扬好人好事，像《街头哨兵》《赔茶壶》，颂扬战士爱人民，充满幽默情趣，已经成为脍炙人口的名段。

赵连甲在作品中对说唱语言的运用十分讲究，能够准确地把握辙韵、声调和句式变化，力求使说唱语言具有美感、动感、音乐感和幽默感。他将唱词抒情写景的精美语言移植到快书，又将快书粗犷、风趣的语言移植到唱词，做了许多丰富说唱语言的尝试，取得了很好的效果。

这个集子没有收入而已经分别出版的还有三部中篇评鼓书，都发表于二十世纪八十年代初期。鼓书《老铁传奇》讲述威震北满的抗日联军英雄铁奎海的两个故事；一个是老铁下山，巧劫敌人列车，夺取敌人物资；一个是老铁舍身入"狼窝"，与敌周旋，营救二十四位亲人。评书《宝瓶奇案》描写清末神垕陶瓷巧匠芦纯烧成钧瓷宝瓶，在进京献宝的途中战胜帝国主义分子和种种恶人夺宝图谋的曲折斗争。评书《舍命王传奇》描写日伪时期东北说书艺人的遭遇。这三部新书问世，正值长篇说书和通俗小说开始进入新的发展时期。那时传统书纷纷出笼，良莠不齐，"情节书""包袱活"充斥书场，通俗小说与庸俗小说混杂，世人议论纷纷。赵连甲在掌握大量传说素材和亲身经历的基础上，与人合作，独辟蹊径，推出这样三部长篇，突出刻画人物性格，表现爱国主义精神，高扬起曲艺文学的旗帜，起到了良好的示范作用。

倡导创新思维，突出地表现在赵连甲的小品创作方面。进入历史新时期，曲艺和其他表演艺术如何改革创新的问题成为人们关注的一个焦点。随着电视的普及，从1983年开始，全国出现了小品热。然而，究竟什么是小品呢？概念一直模糊。开始，许多人习惯地认为小品不过是由训练戏剧演员的即兴表演发展而成的一种短剧形式。当然，这种戏剧小品是一种客观存在。但用戏剧小品的属性概括电视荧屏上出现的各色各样的小品，显然是不够的。特别是大批曲艺演员涌上荧屏，把他们原来各自的表演形式，如化装相声、独脚戏、谐剧、二人转说口、鼓曲拆唱等，也改头换面作为小品演出，不一而足。这样的曲艺小品并非来自戏剧训练，它也是一种客观存在。现今小品艺术中知名演员和作者大半来自曲艺界，就是一个不争的事实。我曾在《曲艺小品形式初探》一文中提到："曲艺小品就是对形式简短的偏重角色表演的说话艺术的概称。"（《曲艺》1992 年 7 月号）赵连甲在《浅谈曲艺小品的艺术风格》一文中表示同意我的上述看法。他正确地指出："在源出于传统曲艺的小品中，对观众情绪的调动和包容，从一开始就受到比戏剧小品更突出的重视。开头要有碰头彩，要尽快地让观众入戏；结尾处要有'底'，要有出人意外的'包袱'给观众以满足，等等。""生活丰富多彩，曲艺小品的创作方法和创作理论也该丰富多彩。文贵有法，文无定法，不法而法。"（《曲艺》1995 年 1 月号）同样的道理，也不能用曲艺小品的属性概括整个小品，因为还有别种别样的小品。

在创作、表演的实践还不足以形成小品的系统理论的时候，中央电视台的有关领导同志曾对赵连甲提出过这样的意见："要熟悉把握电视特点，广开思路，可以搞些杂交型的小品。"（洪民生语）"电视播出的小品，要有新、奇、特的色彩。那些四不像、非节目的节目，观众更喜欢看。"（邹友开语）我觉得，这个指导思想是正确的。它有利于倡导创新思维，促进小品艺术和相关表演艺术的发展。

赵连甲是关于小品创新思维的成功的实践者。这个集子收入的七十多个小品节目中，除了属于话剧、曲艺小品外，还有与戏曲结合的《苏三奇遇》等，与歌舞结合的《三星发廊》等，与魔术结合的《金殿斗法》等，与口技结合的《急于求成》等，与电视剧结合的《上楼》等，与漫画结合的《漫画与相声》等，真是百花齐放、精彩纷呈。

研究赵连甲小品艺术的丰富实践以后再来回答小品是什么这个问题，可以得到这样几点认识：

第一，小品不是一个剧种、一个曲种或一个其他艺术的单纯品种。有人拿小品与相声做比较，说是小品压倒了相声。其实，小品中有相声，相声中也有小品，小品与相声不是同类项，是不可比的。

第二，小品不是一个表演艺术门类，不能与戏剧、曲艺、音乐、舞蹈、杂技等并列。

第三，小品是一种形式简短的多种艺术综合体，在多种艺术中，只有由戏剧艺术或曲艺艺术担纲，才能做成小品节目。

在中国艺术发展史上，出现过许许多多个别艺术形态，称之为剧种、曲种、乐种及其他；出现过不少多种艺术的综合形态，如汉代的百戏，唐代的戏弄，宋金的院本杂剧，清代的全堂八角鼓、杂耍种种。两种形态可以并存，并在一定条件下向对立面转化。如由全堂八角鼓中分出相声、单弦；或由吹、打、拉、弹、说、学、逗、唱、变、练十样技艺综合成"十样杂耍"，都体现了艺术形态发展的辩证过程。小品是一种出现在当代的表演艺术综合形态。只有这样为小品定位，才能准确地把握小品的本质特点和艺术规律，有利于它的发展。各种表演艺术都可以有自己的"小品"，并纳入小品系统之中；但是如果以戏剧、曲艺或其他"小品"规范整个小品艺术，就会对小品的健康发展产生消极影响。

赵连甲从写曲艺到写小品，的确有一个"化"的过程。这种"化"，包括由听觉艺术为主转向听视艺术，由时间艺术为主转向时空艺术，以及由叙事为主转向叙述性戏剧性兼重。经过不断的实践，他很好地完成了这种转变。他不搞"空戏滑稽"、单纯搞笑的小品，所写的小品保持了较高的思想艺术质量。1989年编写的《懒汉相亲》，由他和著名演员雷恪生、宋丹丹联袂演出，获得了很大成功。作品不仅讽刺了懒汉，更讽刺了为摘掉"光棍村"的帽子不惜帮助懒汉弄虚作假、欺骗女方的村长，矛头指向形式主义的浮夸风。舞台上用"摆砌末子"的手法，借助一张由气球堆出的"沙发"和一台由鞋盒冒充的大电视，将剧情搞活，荒诞离奇，耐人寻味。1992年写的《正义的较量》，巧妙地反复运用"背供"，描写处在明处的婆媳和躲在桌子底下暗处的小偷之间的一场智斗，最后竟逼得小偷自己出来请求主人叫警察，真是今古奇观。1997年写的《上楼》，通过乐于助人的郝哥，为帮助一位老太太到十二层楼上呼唤她家人，层层爬梯，遇到种种误解，好心不得好报，既赞扬了助人者的优秀品质，又讽刺了世态炎凉。这几十篇小品蕴含着许多传统技巧和新鲜经验，值得我们学习和借鉴。

赵连甲在创作中，颇为重视与他人协作。他在新时期的作品，多是与本团曲艺作家幺树森合作完成的，有些则是与其他人共同完成的。幺树森比较年轻，对当代中青年的生活、情感、语言和审美趣味有更多的了解，对新鲜事物敏感、点子多。赵连甲认为，与幺树森长期在一起创作，自己的思路更活跃了，似乎年轻了二十岁，对于掌握最新信息、坚持创新思维、跟上时代潮流有很大助益。他多年参加中央电视台春节联欢会的节目策划，更尝到了众人协作、集思广益的甜头。他由此悟出了一个道理：艺术家们掌握的知识与信息有多有少、有富有穷，只有取长补短、互通有无，才是成功之道。

重视演出实践，是赵连甲在曲艺、小品创作中一贯遵循的原则。因为他是演员出身的作家，又一直不脱离表演的实践，所以他把演出的效果、观众的臧否，与观众的交流、信息的反馈，视为作品的生命所系。从选题、构思到完稿，心中都想着观众。他不写只能阅读的案头文学，所有作品都是可供演出的。

著名美学家王朝闻老人在为《王朝闻集》出版举办的联欢会上，以赵连甲及其弟子于海伦演出的小品节目为例讲道："好的演员，都会十分注重把观众摆在极其突出和极为重要的位置。"他指出："艺术作品的创作，比如山东快书的脚本（文学）的创作等等，其实与观众也存在着密切的关系问题。表面上看，山东快书的段子（作品），似乎仅仅是为山东快书演员的演出而作，但作者如果不考虑观众的需要，或忽视了观众的艺术需求，那么这样的山东快书段子，归根结底得不到观众的认可，自然也不会得到山东快书演员的认可；因为哪一位山东快书演员会去演出一个观众不需要或观众不认可的段子，而去自讨苦吃，或是去自找艺术上的失败呢？"（江山月：《老树新花》，载《中国当代山东快书选萃》卷首）

赵连甲写的段子，由于重视实践、重视观众，所以可演性强、演员好使，而且给演员留下了发挥和再创作的余地。他的许多曲艺作品，如《扒墙头》《巧开车》《劳动号子》《父子同行》《赔茶壶》《街头哨兵》《扁叶葱》《拔毛》等，在演员中多年传唱不衰，已被保留下来。

我觉得，对某个曲艺、小品节目的评判，不能只看它是否获奖、发表，上广播、电视，这些固然重要，但真正过硬的好节目还要经得住实践的考验，做到打得响、立得住、传得开、留得下。应当说，这是很难很难的。赵连甲在创作上一贯朝着这样的目标，不断取得新的成就，努力使编演的节目经得住实践的考验。相信他在新的世纪里一定会推出更多的精品，高度概括出更高层面的喜剧人物典型，丰富喜剧文学的宝库，为建设社会主义精神文明与活跃人民的文化生活，不断取得更新更大的成就。

2001 年春节

（戴宏森同志系著名曲艺理论家，中国曲协理论委员会主任，这篇序文被收入中国文联 2001 年度文艺评论奖获奖文集《迈入新世纪的中国文艺》）

序

——为《中国传统西河大鼓鼓词大全》出版作序

†

高占祥

我是一个曲艺爱好者。二十世纪八十年代，我在河北省委工作期间，结识了不少曲艺界的朋友。我曾对河北省曲艺团体的建设和发展、说演新书目曲目、搜集整理曲艺遗产等工作做过一些调查了解，给予关注。正是这个缘故，2000年年初，中华说唱艺术研究中心、河北省艺术研究所委托中华说唱艺术研究中心常务理事赵连甲同志，约我为他们编纂的《中国传统西河大鼓鼓词大全》一书作序，我觉得义不容辞，欣然答应了。

我对有着浓郁民族文化特色的大鼓说书艺术情有独钟。据有关史料和艺人口述资料记述，西河大鼓起源于冀中，是由清代乾隆年间流行于本地的弦子书和木板大鼓衍变而成，至今已有二百多年的历史。原来弦子书用小三弦伴奏，艺人自弹自唱；木板大鼓无弦伴奏，艺人自击木板、书鼓说唱。这两种曲种的艺人时常搭档演出，便形成一种兼用三弦、鼓板伴奏的说唱形式。道光年间，高阳县出了个木板大鼓名家马三峰，他在上述说唱形式的基础上，舍木板改用犁铧片，舍小三弦改用大三弦，并吸取戏曲、民歌曲调发展了唱腔，丰富了板式变化和演唱技法。经过他的重大改革，这一新兴曲种的音乐、说表和演出形式初步定型与规范化。在此基础上，又经过朱化麟（艺名朱大官）为代表的马氏弟子们一代艺人的努力，进一步改进了曲种的唱腔、唱法和伴奏技法，使说唱的内容和形式日臻完美，艺术表现力大大加强。进入二十世纪，这一曲种迅速发展，不仅盛行于河北城乡，在河南、山东、山西和东北、西北诸省一些大中城市与乡镇也传播开来，当时称之为梅花调、河间大鼓等。直到1920年前后，天津听众见唱此调的艺人大都来自大清河、子牙河，他们称这两河流域为"西河"，因此称此调为"西河调"，进入茶楼、戏园演唱，便正式定名为"西河大鼓"。几十年间，西河大鼓名家辈出，流派繁衍，已经发展成为北方大鼓书中具有代表性的曲种了。

西河大鼓的历史遗产非常丰富，在长期发展过程中，积累了大量优秀的书目曲目，代代相传，对于传播历史文化、弘扬传统美德、涵养民族精神、培育大众审美情趣发挥过积极的重要的作用。搜集、整理、出版、传播西河大鼓优秀的书目曲目，是一件很有意义的事情。据我所知，早在二十世纪五六十年代，河北省曲艺工作室的同志们就深入民间访问艺人，搜集西河大鼓书目和曲目，收获甚丰。可惜还没来得及整理，这份宝贵资料在"文革"中全部散失，造成难以弥补的损失。世纪之交，西河大鼓传人、曲艺作家、艺术家赵连甲同志等壮志未泯，再接再厉，将这件事情重新做起。他们历尽艰辛，辗转于河北、北京、天津、辽宁、黑龙江、山东等地，广泛搜集资料，认真整理编辑，又得到黄河出版社的大力支持，经过两年多的努力，终于使这部包含三百多篇鼓词、洋洋一百多万字的两卷本《中国传统西河大鼓鼓词大全》出版问世。

西河大鼓的传统鼓词，包括长篇书、中篇书、短段、书帽四种。用于随机插入说书的诗、赋、赞，也可以视为唱词的一种特殊表现形式和有机组成部分。西河大鼓有长篇书八九十部，中篇书六七十部，卷帙浩繁，有说有唱，说口占很大分量。这部《大全》容量有限，是无法将长篇书收入的。《大全》只能以编选短段、书帽为主，也收入少量中篇和部分诗、赋、赞。所选曲目书目，包含了各种流派诸多名家的代表作，可谓群芳竞艳，异彩纷呈。

西河大鼓鼓词所说唱的内容，大多是在民间流传久远又经历代艺人积累加工的故事，可以说是广大艺人和群众集体创作的成果。它们在不同程度上反映了人民群众的思想、感情和审美倾向。不少作品热烈地赞扬了人民的斗争生活和美好情操，深情地讴歌了精忠报国、抵御外侮的民族英雄，深刻地揭露了反动阶级的黑暗统治，有力地鞭挞了奸邪卑鄙的恶人，一直受到听众的喜爱。当然，传统书段产生于旧社会，由于统治阶级思想的长期影响以及艺人本身思想的局限性，往往是精华与糟粕并存。本书编纂者遵循"百花齐放，推陈出新"的文艺方针，在选目与整理工作中，"发扬其民主性的精华，剔除其封建性的糟粕"，努力保持这簇民间说唱文学之花的靓丽本色。而有些段子，自身具有重要的资料价值，其中掺杂的某些封建伦理观念难以完全汰除，也只好保留，以供读者批判地使用。

西河大鼓的艺术形式是灵活多样的。从整体上讲，它属于诉诸听觉的口头语言艺术，韵散相间，且唱且说，凭借说书人驾驭说唱艺术语言的功力，谈古论今，扬善抑恶，使现实主义与浪漫主义相结合的表现方法，对人世间的是非曲直、悲欢离合、善恶美丑，悉心刻画，自由评说，徜徉于奇幻的艺术世界，任意驰骋。人物跳进跳出，灵活自如，叙述代言，交相辉映。不管是尘寰中的芸芸众生，还是自然界的山川河流、风雨雷电，招之即来，挥之即去。这充分显示了西河大鼓作为民间说书艺术的特色。

现在，西河大鼓在曲艺领域中业已成为阵容最大、流域最广、书目最多的一个大曲种。这部《大全》虽说只是展示了它的部分成果，但我们仍可借以领略众多西河大鼓艺人的辛勤创造和心血结晶。前辈艺人在艺术传承中并不固步自封，他们能够适应听众心理和欣赏情趣，因时因地灵活演变，依着自己的阅历、经验和审美意识，从文学、音乐与演技各方面不断加工，精益求精，乃至成为自家拿手曲目。这些书段所表现的具有鲜明性格的人物形象，细腻感人的生活情节，民间诗格且幽默风趣的语言，慷慨悲歌的燕赵豪情，使我们深深感受到民间说书艺术的魅力。

中央领导在中国文联第七次文代会上的讲话中指出："文艺是民族精神的火炬，是人民奋进的号角，在培育民族文化和精神方面，文艺可以发挥独特的重要作用。"《中国传统西河大鼓鼓词大全》的出版，为弘扬民族精神和民族文化，提供了一笔很有价值的精神财富，是我们继承传统、古为今用的一份好教材。对于所有参与支持本书编纂、出版的同志，我表示热烈的祝贺和衷心的谢意。我国民族文化的发展，应当在继承传统的基础上，适应新的时代要求不断创新，永远坚持先进文化的发展方向，相信我们中华民族古老的说书艺术一定会发扬光大，永葆青春。

2003 年 4 月 26 日

（注：高占祥先生系当代著名诗人，多年担任文化界主要领导）

言传身教的好老师

——记业师赵连甲先生二三事

✢

牟 洋

我的业师赵连甲，是位功成名就的曲艺大家。在纪念《曲艺》杂志创刊五十周年时，刊出师父一篇贺辞，其中提到他写的一篇山东快书《画家的尴尬》，于1980年全国曲艺创作学习班上，《曲艺》主编罗扬同志针对这篇游离生活、出于臆造的作品提出严厉批评。我有些想不通，二十多年前的事了，怎么自己还往外抖搂？！

时隔几日，当我提起此事，师父半开玩笑地说："你觉着丢脸了是不？罗扬是曲协主要领导，咱受批评都是顶级的。还告诉你，我受顶级批评还有两次呢！拿笔记着，师父得传给徒儿真经了……"（如下用录音笔记录整理的师训）：1952年，年仅十七岁的我写出首篇快书小段《串亲戚》，不仅得到发表，还被评为全省文艺创作二等奖，同时当选了出席辽东省第一届文艺创作会议的代表，接着从营口市书曲分会调到省文工团任演员兼创作员……可谓无上荣光。不想，到了1953年却变成"露多大脸，现多大眼"。那年，省政府成立了为本省驻军演出的慰问团，活动结束后，省直属文艺团体于文化宫，听取慰问团团长、省政府副省长张雪轩做总结报告。省长最后指出："我们在工作中也犯过错误，那个唱山东快书的，唱的段子《抓俘虏》很好，观众一欢迎，他唱开讽刺秃媳妇的小段子，低级！庸俗！只图演出的笑声却不顾慰问团的名声！"尽管没提演员姓名，可是在场的人都在看我，我坐不住了，捂着脸跑出会场……把自己关在宿舍里痛哭不止。本团领导鲁特团长做我的思想工作，埋怨地说："你就不该唱那种段子，怎么不唱你得奖的小段儿呢？"我擦着眼泪解释说："那段儿内容太正，返场用效果压不住台。"团长说："既然知道用什么样的段子行，你写呀，光哭管什么用？"是呀，新小书段儿极缺，总不能等米下锅，只有横心一搏了。

开笔写起小段儿，从十八岁一直写到八十岁。讲收效，编写短小幽默具有新意的小段儿时间最长、出品最多、影响最广，亦为中长篇书目、小品短剧的创作奠定了基础。

再说第二次顶级批评：1962年8月份，曾受到中国曲艺工作者协会（中国曲协前身）陶钝主席和张克夫同志的接见。因事出意外，心绪有些不安。陶老却直言相告："今天找你来谈谈情况，上个月《北京文艺》发了你的快书《巧开车》，《曲艺》编辑部提出要转载这篇作品，我没同意，知道为什么吗？不是作品的问题，段子不错才要转载的嘛！只是近来看到你发表一些东西出手太快，你写作水平是有潜力可挖的，有的作品如果能细心琢磨再加工加工，总会比现在水平提升一步。而急于出名就成了思想问题啦！给你提个醒，一个有事业心的作家绝不搞什么'萝卜快了不洗泥'。"说到这儿陶老起身走了，张克夫同志见我不知所措，对我说："陶老的话，也是协会领导的意见，你能理解，我们是对青年作者成长的关心和爱护……"从此，所写作品先来多试演几场、找人挑毛病，经反复修订再作发表，倾力遵循陶钝主席的教诲，争做一名忠诚事业的作者。

再回到罗扬同志对我批评的话题上来。开始"臆造"一说我接受不了，因为作品题材来自生活，并非胡编乱造。不过，想到罗扬同志一向是我所信赖的老领导，对他的批评需要认真思考才是。经反复分析认定，掌握好所写生活题材的典型化和它的社会效应，是自己必须遵循的创作原则……（说到这里，师父从书橱取出好大一本"教材"）。

师父说：讲了三次顶级批评，该谈谈顶级表扬的事了。这个大本子，是由罗扬主编的《中国新文艺大系（1949—1966）曲艺卷》，内容是总结建国后十七年文艺发展的成就。《导言》中第三部分一小章节……（师父让我用手机把这段内容拍下来，随后便照本宣科起来）："在新曲艺的发展过程中，一批曲艺新军也起到极为重要的作用。比如，李润杰、唐耿良、刘学智、刘洪滨、李二、陈增智、王鸿、朱光斗、赵开生、邱肖鹏、徐檬丹、朱学颖、王允平、马季、李凤琪、常宝华、夏雨田、赵连甲等，都在新曲艺创作方面做出显著的成绩。这些作者的共同特点是，忠诚党的文艺事业，革命热情高，与人民群众保持着密切的联系，熟悉新的生活、新的人物，又能比较熟练地掌握和运用曲艺的表现方法和技巧，并且敢于大胆创新，所以他们的作品大都洋溢着浓厚的生活气息、鲜明的时代特色和清新活泼的艺术风格，一经演出，就受到群众的欢迎。这样的曲艺创作人才越多，新曲艺才能不断增强新的活力，更快地向前发展……"下边的你看手机去吧。

师父讲：说来道去是在谈批评和表扬的问题，我讲的要传真经，就是想用自己生活经历，跟你谈谈我对这个问题的切身感受。以"文艺大系"为例，早年一名被列为发展曲艺新军的干将，到了八十年代怎么成了曲艺创作班的批评对象了？原因很清楚，创作意识、更新理念没能跟上时代发展。所以近几十年来，不断总结学习充实提高，也取得一定成效。不过我还是把希望寄托在你们的身上，批评和表彰对一个人的进步、事业发展可谓至关重要。这两天我按曲艺人口传心授的老规矩课徒了，或许多少起点作用。好啦，师父领进门，修行在个人了。

满怀敬畏之情，将恩师教诲逐字逐句记录在册，且随笔写下四句格言：铭记师训，立足创新，植根大地，爱党敬民。

赵连甲的艺术人生

——为中国广播艺术团拍摄名家纪录短片撰本

幺树森

　　赵连甲先生是著名作家、山东快书表演艺术家，中共党员，文艺一级职称，其祖籍河北河间，1935 年出生于说书世家，自幼随父从艺，1952 年参加辽东省文工团任演员兼创作员。曾先后于辽宁艺术剧院、中国建筑文工团、海军政治部文工团、中央广播说唱团任职工作。在其六十多年创作生涯中硕果累累，界人称其为优质高产著作家。

　　他现为中国曲艺家协会会员，中国作家协会会员，中国名人协会理事，中华曲艺学会顾问，前中华山东快书研究会副会长，自 1986—2013 年曾多届担任央视春晚编导组成员，公安部"金盾艺术奖"评委会委员，中国人口文化奖评委会委员，中国曲艺牡丹奖评委会委员，以及由中国曲协、央视、北京电视台所举办的全国曲艺、小品、相声等大赛评委会委员。

　　赵连甲自 1956 年成为"杨派"山东快书创始人杨立德大师的弟子，此后在快书的创作和表演方面进行了卓有成效的探索和努力，以表演朴实自然，语言俏皮，擅长于模拟各种人物，刻画细腻逼真，形成自己的艺术风格。而由他编演的那些有情有趣的曲目，具有广泛的社会影响。

　　他的创作紧跟时代脚步，关注群众生活。五十年代时的作品《推土机上传家信》《爱八方》《建筑英雄谱》《劳动号子》等，反映了大兴社会主义建设时期的生活风貌（直至 1990 年《爱八方》《扒墙头》一并入选《中国新文艺大系 1949—1966 曲艺卷》）；十年动乱期间，文艺界百花凋零，曲艺事业陷入了空前的低谷，他创作表演的《山村夜诊》《赔茶壶》《街头哨兵》等却因其真实的群众性和朴实风趣的生活气息而表现出强大的艺术生命力，且多年来常演不衰。改革开放时代里，《人民日报》连续刊出《揭发》《关糊涂》和《田大婶告状》等作品，更为深刻地表达了时代的需求和人民的期望，展现出曲艺作品作为"轻骑兵""突击队"的特殊社会价值。赵连甲是创作中的多面手，他为本团名家侯宝林创作的相声《一等于几》，为马季创作的相声《劳动号子》，为马增芬创作的西河大鼓《背篓上山》等都在群众中广为流传。再者，由他创作、经李文秀广播的中篇鼓书《老铁下山》和中篇评书《宝光》《舍命王传奇》等，为中长篇书目创新发展做出了成功的尝试和开拓。

从八十年代开始，赵连甲介入了小品这种新型艺术形式的创作和表演。迄今他编演的小品已达一百多个，内容涉及群众生活的方方面面。赵连甲编演的小品不但为群众带来欢乐的笑声，而且表现了与时代同步前进、干预生活、思辨现实的思想价值。改革开放初期他写过《漫画与相声》《重奖风波》等，还有一篇《他老人家》，针对社会上开始蔓延的伪劣假冒不正之风尖锐地提出了做人要有底线，对于道德公平、诚信正义这些神圣的东西要有敬畏之心，即使到今天这些仍然具有鲜明的社会警示意义。1987年他和乒乓球运动员合演的《成功者的烦恼》表现的是改革对民族落后观念造成的巨大冲击，有人造谣诽谤追着运动员围着球台转圈干扰、刁难，甚至起哄拆台……作品在展示乒乓球世界冠军的精彩球技的同时，也高扬了敢于脱颖而出、敢做成功者的改革精神。1992年邓小平南方视察期间，社会上曾出现过一股让改革倒退停滞的回潮风，其间他创作的魔术小品《人生幻想》表现的是一位勇于创新的个体企业家，在即将被拘捕审查时，他在梦中看到自己已经去世的妻子从画中走出来，夫妻二人含泪共忆改革艰辛，妻子在鼓励他无怨无悔把改革路走下去以后，重新退回画中又变成了一幅画，从这个作品中可以鲜明地看到改革者义无反顾开拓民族未来的大无畏的时代豪情。

赵连甲对小品艺术的创新也表现在对演出形式的不断丰富和开拓。他创作演出导演过的小品中包括了和多种艺术形式的融合，如歌曲小品、舞蹈小品、魔术小品、杂技小品、口技小品、戏曲小品、漫画小品、外延型小品——为运动员、画家、少儿、播音员等非演艺人所编演的特色小品，等等。经过赵连甲和其他许多从业人士的共同努力，使小品这种新兴的艺术形式从八十年代出现以来，在很短的时间内就风行于电视台各个栏目和晚会中，展现出异彩纷呈的艺术生命力。在此类写作过程中，赵连甲十分注重发挥不同行业演员的才华，从而推出不少名人，曾被人称为"大腕儿幕后的策划人"。从上世纪八十年代开始，春节晚会走进了千家万户。在央视春晚初期赵连甲就参与了策划编导工作。此后他成为许多台电视晚会和综艺栏目的编导策划或艺术指导，其中，多年来担任中国广播艺术团自办栏目《艺苑风景线》的艺术顾问。在电视晚会和电视综艺栏目的创新发展过程中，他都做出了卓有成效的贡献。

从艺七十年的赵连甲先生，一向重视向年轻人传播艺术知识，为曲艺事业培养新人。如今他的学生和徒弟朱庚寅、矫成勋、张剑华、郭刚、孙立生、范振坤、牟洋、于海伦、李进军、范军等都已成为地方和部队发展曲艺事业的中坚力量。值得称道的是这位年近八旬的老人，迄今依然为传承发展曲艺事业做出自己的贡献。从 1995 年开始，他四处奔走，筹资与自费来发掘整理传统曲目，编纂出版了《中国传统山东快书大全》《中国传统西河大鼓鼓词大全》《书坛一杰》（山东快书理论集）等著作，其中收录了曲艺作品 550 余段，合计 250 万字，且有很多作品散落民间已是濒临失传。赵连甲热爱曲艺事业，他既锐意发展创新，又努力传承保护。传统民间曲艺作为中华民族的瑰宝，它曾经在新时代开放出绚丽的花朵，它也必然在历史长河中永存，为后代传留下长久的艺术生命力。

在过去的六十多年里，我们的时代发生了天翻地覆的伟大变化。赵连甲以长年如一孜孜不倦的艺术创作，记载着、讴歌着我们这个缤纷多彩的时代和生活。

2014 年 6 月 11 日

（注：幺树森系广播艺术团曲艺作家，同赵连甲先生长年合作之友好）

融入血液的写作

——曲艺表演艺术家、作家赵连甲先生访谈

✦

本刊记者　杜佳

　　赵连甲先生的创作常年保持着旺盛的产量，1952 年至 2015 年间，他被刊出发表的短篇曲艺作品有 300 篇，中长篇书目 10 部，选集单行本 10 册，整理传统书段 62 篇，丛书出版 32 种，录制唱片 9 张、盒带 6 件，编纂出版书籍 5 部，其余学术论谈、作品评论、小品短剧脚本等各类成果颇丰。赵连甲先生创作的勤奋不仅在数量上有所体现，在写作题材和写作方式上，他也一直尝试着进行变化和探索，用他自己的话说：“绝不简单重复自己，曲艺创作要有讲究和追求。”他常强调，曲艺是舞台艺术。不同于对待其他事物的宽和，他对待创作的情感和方式简直是严肃甚至于苛刻的，这仿佛是他与自己、与舞台之间达成的一个契约——一约既定，彼此再恭敬诚恳不过。于赵连甲先生而言，创作早已成为一种生活方式，融入了生命血液之中。

　　记者：您对自己曲艺创作的定位是什么？谈谈您取得经验的部分以及创作上对后人的建议。

　　赵连甲：马季当年参加汇演得了一等奖，侯宝林、刘宝瑞看中他，招他进入广播说唱团。当时的党委负责人找他谈话，问他知道为什么被招进团吗？马季答说相声。但当对方又问马季说什么相声时，他被问住了。负责人告诉他，论说传统相声，这里有侯宝林、刘宝瑞，有郭启儒、郭全宝；你来是要向他们学习的，学习什么？发展相声、创新相声，这才是你的任务。于是，马季从一进团就明确了他的任务不是简单地从前辈那里学说传统相声，而是发展相声。以马季为代表的我们这代人几乎都有从起步就明确自己定位的自觉。

　　谈到对自己一辈子创作的定位，我认为这是个很值得研究的问题，需要研究研究“我”。这个“研究我”并不是说研究我这个个体，而是指对“我”身上

附
录

435

所积累的成功经验以及相关思考保持应有的探究态度，从中得出一些可供后人借鉴的经验。在我明确自己定位的路上不能不提到一个叫王铁夫的人，从某种意义上讲，他是我的恩人和领路人。1952年我参加工作时才十七岁，当时并不懂创作的概念，写了一个宣传农村走合作化道路的段子，叫作《串亲戚》，得了全省二等奖，奖金八十万旧币，合八十块钱，可顶当年三个人的月工资。得奖后我作为代表到省里开第一届文艺创作会议，见到了时任文联主席、《辽东文艺》主编的王铁夫，他对我说："你是个有出息的孩子，你的圈子要大一点。每天只在书馆听书眼界有限，你应该走出来，走到革命队伍里来，看看这个时代、这个社会……光满足于写老的题材可不行，现在的社会要创新，要创作，要讲文化……"在他一番话启发下，我带着全新的认识离开了家，去闯荡自己的天下。你想，一个十七岁的小孩领了当时数额不菲的一笔奖金，报纸一登，一捧，我当时就有些飘飘然，如果没出现王铁夫这个人，可能就没有今天的我。能遇到点拨自己的贵人很重要，同样，认准方向有魄力有恒心地走下去也很重要。

作者都把自己写的东西当成宝贝儿，有时候即使被改两个字也很受不了，但真正聪明的作者应该允许演员适当修改，因为最直接面对观众的是演员。由于艺术的特性，作者应当尊重演员的感觉，如要双方能够达成统一更好，假使演员不理解作者的意图，那么应当讲出道理来说服他。

谈不上建议，以下两点是我在创作当中揣摩出的一些体会：其一，曲艺是舞台艺术，从舞台出发，在舞台落脚。一个合格的曲艺作家要研究案头和舞台的关系、作者和演员的关系、作者加演员和观众的关系，把这几个关系拧成一股绳、成为一体化，统一起来，那么作品就有可能站住了。其二，曲艺作家要修炼的还有"功夫"二字。什么是功夫？一个作者的功夫是他生活的经历、对生活的理解，还有他通过舞台反馈不断创作、不断体会的感受，或者叫经验。比如，对今天的生活，你怎么去理解；假使已经有反映过相同主题的作品，你又会怎么反映？具体处理之中高下立现——从业时间的长短，所掌握知识的多寡，由感性认识上升到理性认识的经验、感受等等加在一起是功夫。没有功夫谈创新是不务实的。修炼功夫有一条最基本的规矩：不容人玩儿虚的，也玩儿不了虚的，"行家一出手，就知有没有"。我们那个时代的氛围逼着你不得不潜下心来做研究，即使对于播出过的段子，我们常常坐下来一讨论研究就是一天，热衷于"鸡蛋里挑骨头"，让毛病无所遁形。于是直到今天，我仍然坚持"给自己找蹩脚"，创作当中常常需要苦练功夫才能独辟蹊径，脱颖而出，使得作品站得住。

记者：作家免不了观察生活、观察人，此间您对于社会和文化的变迁、思想意识的碰撞等有哪些思考？创作无疑是人认识自身、认识世界的一种途径，对此让您感到得意或遗憾的东西是什么？

赵连甲：现实告诉我们，永远不能脱离时代说话。上世纪五十年代济南被誉为"书山曲海"，曲艺演出场所有四十多处；我 1950 年到天津，当时那里有七十多处说书馆；更不用说北京的情况了。为什么当时曲艺演出空前繁荣？因为经济基础决定一切。当时的娱乐方式可以用"京评曲话"就全部概括了。由于电影票价贵，并不是普通百姓看得起的。为什么老百姓喜欢听书？听一段书三五毛钱，跟电影、话剧等相比，显然是当时百姓更喜闻乐见的休闲娱乐方式。由此可见，当时曲艺的繁荣与政治背景、经济基础、文化氛围等是吻合的。要承认一句话，实践出真知，实践不仅出真知，还出真能，是那个时代造就了一批说书的大家。

回首历史上曲艺的繁荣，我常常为现在的曲艺叹息。曲艺繁荣的历史我认为是值得尊重的，它经过几百年形成了独有的艺术语言，不管粗糙还是讲究，毕竟已然自成一家。然而，在流传过程中，一些曲艺独有的语言符号和特色流失了，不由我为之惋惜，要知道这当中有相当一部分东西是值得留存、值得研究的，可以说它们是曲艺之所以成为曲艺必不可少的。曲艺人尤其应该尊重和珍惜自己独有的艺术语言，某种意义上，这是曲艺安身立命的根本。很多功成名就的大文学家都曾经潜心钻研曲艺的艺术语言。莫言坦言，他的写作与早年间在街上听书的启蒙分不开。巴金、老舍、赵树理等文学巨匠的创作在不同程度上受到曲艺的滋养和启发，老舍、赵树理等更是直接从事了曲艺的创作。相形之下，倒是我们自己常常忽视自己的特色和优势，甚至弃之如敝屣而不自知，想来不能不令人感到遗憾。

记者：不加鉴别地"恢复传统"在您看来是不现实的，那么您认为"务实"的做法是怎样的？

赵连甲：为什么李润杰的《抗洪凯歌》是经典作品？因为它发挥了曲艺的特点。为什么我们今天很多大事发生后并没有能与《抗洪凯歌》比肩的作品流传下来呢？没有了曲艺的特点，只为配合主题而写作，创作必然失去流传的生命力。研究《抗洪凯歌》能很清晰地分辨出：这（写法和技巧）是西河来的，这是评书来的，那是相声来的。李润杰为什么能信手拈来、有如此高的驾驭能力呢？因为他会的东西很多，于是能够得心应手地运用发挥，甚至还有所提升。举这个例子是想说明我们应该注重多学点东西，为我所用，反映今天的生活、今天的时代。

近年在各种场合我常常提到的一个关键词是"务实"，与务实相反的躁动给曲艺的讲究和发展带来了很多麻烦。有的时候明明看到违背规律做事的现象，碍于种种原因却不得不三缄其口，对此我常常感到无可奈何。比如，目前曲艺发展当中的一个问题是作品跟不上，对此曲艺界已经达成了共识。那么我们必须以务实的精神来探究，为什么跟不上？症结在哪里？解决问题要抓住症结所在，举办相声拍卖、组织封闭式的创作训练等等无疑是好事，但其奏效度如何？——曲艺是应该有讲究、有追求的。既无讲究又无追求，就只有走下坡路。我一辈子从事曲艺，对它有深厚的感情，眼看着一些不尽如人意的事，不能不发出叹惋，甚至于我忍不住大声疾呼：研究研究某某某吧！马季还在世时，我曾经写文章呼吁，该研究研究马季的相声了！马季故去一周年的时候，他的学生为老师出书纪念，发布会上很多学生弟子都到场了，我发言说，你们对老师尊重、怀念的心情我很理解，但是我最大的希望，也是对他最好的怀念是研究研究他的相声，到现在还没有系统地研究他的相声，这不能不说是一种遗憾。这样的呼吁我做过多次……研究谁的目的并不是追求个人荣誉，而是对一些人身上宝贵的东西以科学的态度进行系统而专业的整理和总结，使之能够福泽后辈和整个行业——那些可以被列为研究对象的曲艺名家，在书目上、在表演上、在与观众交流上、在对时代和生活的理解上、在对艺术的理解上，一定有诸多独到的见解。研究和总结的意义不在于一人一事，而在于留存和发展。

记者：老一辈曲艺作家身上值得"研究研究"的品质有哪些？

赵连甲：以我自己举例，一个十七岁离开家并没有什么学历的人为什么能够成长为专业的曲艺作者？我想至少我尊重了曲艺的规律，深知曲艺是舞台艺术，作品要立得住必须经过舞台的检验。如果作品只能作为文本在纸媒上发表，那只能称之为读物。合格的曲艺作家写东西因人制宜，需要研究演员的心理。王宏写小品可能要考虑的是黄宏、孙涛的心理和他们表演的特点；郝赫写鼓词可能想到的是郝秀洁的特点；当初杜澎写作时脑海里必然有一个马增蕙。好的曲艺作家熟知演员，对演员与舞台相关的方方面面了如指掌。我们这代人中很多曲艺演员当了作家，但始终不忘舞台，甚至一切围着舞台转！最该研究他们什么？我想是他们的创作态度和创作的出发点——曲艺的创作是为舞台艺术服务的，而不是写成文本就算完成任务的。

好的曲艺作品绝对不只用来"读"的，而是既能看，又能演。李润杰、马季、杜澎写的东西既能看，又能演，还能传下来，为什么？因为他们既是演员也是作者，由此提示了我们一个曲艺作家应有的素质——要研究演员、研究观众，甚至于研究他自己。我在创作发表几百篇作品中实践了这一点，研究演员，研究观众，同时研究我自己——绝不重复过去的自己，每一次都如同较劲般追求对过去的突破和超越。为什么有跟自己过不去似的追求？同时代有李润杰、马季、夏雨田，有冯不异、沈彭年、王决，专业的、研究理论的，甚至于演话剧的高手们都在写曲艺，绞尽脑汁未必行，不钻研唯有落后。比如演话剧的杜澎写出的词儿与曲艺演员写的词儿必然不一样，他按照话剧的案头来，有人物、有场景、有情景的衔接；具备曲艺特色的同时又有话剧对事物的观察、分析，很有深度。凡此种种，不留心关注也就一晃而过了。

记者：您认为曲艺的审美意趣有哪些方面？

赵连甲：对自己艺术本体的认识不够明白和清醒很难出好的作品。研究一辈子曲艺，对于好的曲艺作品我总结了几个字：有人，有事儿，有情，有趣儿。这一认识从哪儿来？从传统来。好作品这四方面缺一不可，互相有交叉。具备了这四方面特征，还要有两大支撑点才构成完备的曲艺作品。两大支撑点说文一点，一是笑料，一是悬念；说咱们行内话，一是包袱，一是扣子。扣子是拢人儿的，包袱是提神儿的。有人、有事儿较好理解，所谓有情指什么？按今天的话说，就是与现实生活的共鸣点。然而曲艺有情还不够，更重要的，还要有趣儿。不是说我表达的主题很正能量就够了，需要观众听进去、留下印象，被接受的正能量才发挥作用。

一个听起来简单做起来难的道理是，面对观众，不让他紧张不行，太过紧张也不行。一个说书人，扣子在哪儿、包袱在哪儿是安身立命的本事，尺寸火候恰到好处是讲究。很多武段子都在很紧张的时候加包袱，就是不让观众过分紧张。为什么？有经验的说书人明白一个道理：很多经典故事的走向观众事先了解，悬念性是有限的，那么何不利用观众的心理，使他们获得审美体验的满足？曲艺常常让人发笑，笑不是情、不是美吗？一定只是沉重和眼泪才是深刻的吗？美不深刻吗？我想我们不要狭隘理解，有时候笑甚至比泪更加深刻、更加发人深省。

并不是所有作品都拥有宏大而深刻的主题，假如你所写的这个故事里没有什么典型的人物、复杂的情节，也没有什么深奥的道理怎么办？这就得靠艺术技巧的发挥了，运用纯熟的技巧写活小情小趣恰恰是曲艺擅长的。比如《风雨归舟》讲一个赋闲之人自得其乐的生活，并没蕴含什么太深的道理，但毋庸置疑它是美的，美成了经典。它的音乐、节奏、语言、动感、画面，让欣赏者情不自禁"给耳朵"，并且久久回味。这中间并没有我们谈到的提神儿的东西怎么办？我们用技巧包装它，调动语言的、音乐的等等一切可以调动的手段把它推出去。反观我们现在的创作，自如运用这么多技巧的有多少？

曲艺丧失自己特色所导致的后果是可怕的。比如，曲艺晚会完全按照电视晚会的模式来编导就是不合适的，歌舞升平的大场面过去，什么都没留下，曲艺失去了自己的特色。你能想象吗？过去央视春节晚会甚至有过上九个相声的辉煌。有祖孙相声，有外国人说相声，有男女相声，形式多样，观众欢迎，而现在的春晚有一两个相声露露脸就算不错，这是什么原因呢？很大一部分原因是为了迎合自己把自己玩儿没了。

研究审美主体首先要清醒地认识自己，我觉得这些年曲艺走得太远了，该往回找找了。找什么？不适合时代发展、不适应形势需要的必须要把它改掉，加以创新；本来就好的东西何必强求创新，为了创新而创新不是很傻吗？

记者：曲艺的语言有什么讲究？

赵连甲：这涉及到曲艺文学的问题，换言之，曲艺要不要文学性？什么是曲艺的文学性？目前创作中有一种怪象，就是一些舞台上的表演让观众听不懂、看不懂。先不谈主题，假如观众听不懂、看不懂，那么我认为这个创作距离曲艺文学的要求还远。写唱词的人都有经验，唱的节目超过十分钟就很难集中观众的注意力了。那么写一个人一个故事，多少句能够恰到好处地突出你要表现的东西，作者脑子里必须有数。不管演员、观众、舞台的胡写不可取，早晚要吃亏。场面上的好听词儿有两三句就够了，太多就要影响要表达的东西，下面该说事儿了。因为是写曲艺，得时刻记得要有人，有事儿，有情，有趣儿。

曲艺写作要在语言上下功夫，曲艺的语言非常讲究。都说曲艺是语言的艺术，语言要表达思想，要交代情节，要塑造形象，没有语言就没有曲艺，但什么才叫到位的曲艺语言呢？第一要把事儿说清楚；第二要美。把事儿说清楚比较好理解；什么是美？精炼是美，准确地讲，精炼就是典型了。马三立的相声《张二伯》中，"没核"两个字看起来简单，一个包袱响了，观众哈哈一笑过去了，但是深究起来它很讲究，通过这简单的两个字，人物的形象、个性、心理、目的跃然纸上。包括前面铺垫的每一句话每一个字都异常讲究，因此最后的点睛之笔"没核"水到渠成。这简单的两个字，你知道当初写的时候多难吗？！看起来它是一个包袱，实际上它不是一个包袱的问题，里面学问太大了，值得我们好好研究。

（刊于 2016 年 2 月号《曲艺》）

鞠了一个躬·学了四个字

——与赵连甲先生的师徒情缘

*

孙立生

我的师父名叫赵连甲，在中国曲艺界大名鼎鼎，以至于无人不晓。我拜师近二十载，算来算去，他就传授给我"四个字"——

"诚"，拜师之前的一字传授

上世纪八十年代初我便与赵连甲先生相识，当时他因连续多年担纲中央电视台春晚语言类节目的编导，并与宋丹丹、雷恪生搭档演出了由他创作的小品《懒汉相亲》，而成为当时家喻户晓、妇孺皆知的人物，数年过后业内专家撰文称他为"小品泰斗"。在这之前的七十年代初，我在济南军区工程兵宣传队服役时，曾随济南市曲艺团的名家周弘先生学习山东快书，周先生亲授给我的三个作品《赔茶壶》《街头哨兵》《巧开车》，皆是出自赵连甲先生之手。所以，我听说赵连甲的大名比拜他为师的时间要早二十年。受舞台样式风格、特色与演员表演个性的制约，真正被曲艺界普遍流传、演出的作品屈指可数，但赵连甲先生创作的山东快书《赔茶壶》《街头哨兵》与相声《劳动号子》等，是被百余种曲艺形式与演员都争相改编、演出的"流行作品"。它的最大特点就是让曲艺"有意思与有意义""解乏与解惑"的审美功能，实现了水乳交融般的默契与统一。

我与他的"情缘"自打开启，便充满"授之以渔不如授之以鱼"的"实用"色彩：我为了申报正高职称，1998年所出版的《孙立生曲艺文集》，是赵连甲先生为我一篇作品、一篇作品地修改、提升，之后又一个字、一个字地撰写了序言。由此我才知道，他的电脑打字输入法竟是按"曲艺十三辙"而发明、自创。为了丰富、充实这本书的内容，他将与我毫不相干、他自己创作的小品《通话》、相声《名人的苦恼》、电视短剧《警民情》也收入其中。

"出人出书走正路"比"师徒如父子"难得太多。拜赵连甲为师之前，我曾非常虔诚地向他讨教过曲艺创作的"秘诀"，等了半天，他就说了一个字：爱。我听它的滋味就像听马三立的单口相声《偏方》差不多，打开布包翻了一层又一层，止痒的偏方最终就是俩字：挠挠。拜师前后的一段时间，我与师父的联系非常密切，几乎山东的所有曲艺活动都邀请他来参加。时任济南市曲艺团团长的慈建国，还与我商量将他聘为济南市曲艺团的名誉团长。我知道师父内心与济南市曲艺团有一段扯不断的"情结"，年轻时曾在这里学徒，成为杨派山东快书创始人杨立德先生的掌门弟子。山东曲协配合济南市曲艺团曾经书写过一个时期的辉煌，创作、演出了《泉城人家》《茶壶就是喝茶的》等曲艺味道的优秀方言喜剧，在排练、上演过程中，亦曾遇到不同声音的干扰与质疑，在"力排众议"的行列中，当然有赵连甲先生那双高扬的手臂。第十届中国艺术节群星奖的角逐，山东曲艺成绩优异，而唯有我这个徒弟心知肚明，获奖节目里的一些"精彩"恰是源自赵连甲的独有智慧。

接触多了，发现凡是涉及曲艺，师父立刻就变成了口无遮拦的"话篓子"，听得多了、久了，终于意识到，他的话多不仅仅是因为"肚子里"富有、宽绰，更因为率真与耿直已经成为他人性里的"主流"，因此他才一身正气、敢说敢为。他把曲艺创作"第一秘诀"说成"爱"，显然经过他对自己长期曲艺创作实践的深思与慎思，是对其非常精炼、经典的梳理、概括与总结。不是吗，唯有爱，才有诚，唯富有真诚，才能具备创作作品、塑造人物形象的真情实感，使之贴近生活，立足大地。

于是乎，我始终把"诚"视为曲艺创作的第一要义。

"盛"，记忆当中的两则故事

每逢谈及曲艺创作的现状，所有人的态度都不乐观。于是我常被追问：曲艺创作所以落伍的根本原因是什么？我的回答让一些人一头雾水："曲艺作者走得太快……"其实我想说，曲艺作者们绕过"塔基"而直奔了"塔尖"。傅雷当初叮嘱儿子傅聪："先为人，次为艺术家，再为音乐家，终为钢琴家。"显然，傅雷断定学习任何一种艺术形式都应是一个由博而专的过程。如此说来，一个够格的曲艺作家首先是一个够格的人及其够格的文学艺术家，只有在充分熟悉、尊重文学艺术作品共性规律的基础之上，才有可能用具体作品去展示曲艺文学的特性魅力。这样的观点，不仅源于我对个人曲艺创作实践的梳理、总结，也来自我对整个曲艺创作现状的发现、思考，当然，它更是我研读师父赵连甲先生及其他的优秀曲艺作品后的心得、体会。

师父赵连甲的文化、学问"根"很深，所有作品都源自"吸收"与"变化"的统一。师父出生在河北河间一个演唱西河大鼓的曲艺世家，小时候，师姐一边背着他，一边"背诵鼓书"。每逢父亲考核师姐，他这位"背上的旁听生"反而经常给"站着的正规生"提词儿。他还曾经透"底"于我："我为央视《综艺大观》等文艺栏目创作了百余篇现实题材的小品新作，其结构、布局无一不是传统作品的更新、变化，不信，我都能给你找到出处。其实，数千年的说唱文化博大精深、浩瀚无比，其中不乏可参照、学习的经典，文艺创作的创新从本质上说，就是对优秀传统经典作品的学习、消化、借鉴、变化，可惜很多人忽略了我们自身的文化与传统。"

2000 年，我参与了青岛胶南春晚的组织、策划，并邀请马季与赵连甲一并参与。记忆里，那晚马季在台上演出，师父站在侧幕条旁一动不动聚精会神地欣赏、品味，偶尔还过瘾地低声自语："这相声，看一回少一回了。"后来我听说，他与同在一个单位要好了一辈子的马季先生，刚刚闹了场"不愉快"，当时两人尚未"和好"。这件事，反而给我提供了进一步"深读师父"的机缘——他，决不放弃任何时机向"优秀"学习与汲取力量。某日看到网上有帖子说，所谓时机，无非就是"皇帝的兴趣"。我随后跟帖道：热爱学习的人从来都是自己的"皇帝"，只要学习兴致所在，"学习时机"俯拾即是。

师父对学习的主动、热情及其包容的胸襟赐给了我由此及彼的联想：成功一定与装它的器皿有关——"盛"，源于我对师父艺术创作成就的"觉悟"。

"澄"，演唱会上的半句调侃

"澄"，也是我在师父赵连甲先生身上得到的"传授"。

2014 年盛夏，我在济南举办"孙立生曲艺作品演唱会"，师父对我的肯定，早被人们忘干净；但他在台上半句"调侃"，却让大家难以忘怀。因为当时我这个当年的小徒弟面对即将退休，这令他生发出一些感慨乃至感伤，于是他开场没几句突然将话锋一转："当主席的徒弟都要退休了，我没当主席，所以没有退休——像主席的师父、主席的爹都是终身制……"闻听此言，整个剧场顿时成为笑的海洋。

我笑不出，因为我了解师父。他"半句话"后边，其实藏着很长的一段对我、对艺术、对曲艺的"寄语"：只有永恒才是艺术家应该追求的本来；换言之，艺无止境，只有持之以恒的"终身制"才可能赐予艺术家以真正的自我与自信。

"学而不思则罔，思而不学则殆"，师父是孔子这话的践行者。

几年前，我陪他到滨州出席某活动，第二天早餐时敲他房门却无人应声，服务生将门打开发现，快八十岁的他躺在地上……送医院抢救后，才知道他昨日晚餐后上吐下泻，最终竟连由厕所回床上的力气也没了。我抱怨他为什么不通知我。他回答，原想自己坚持，但最终坚持不住便啥也不知道了。已经这样了，信奉"艺比天大"的他，输液后还是硬撑起身子，让人搀扶着出席了十多分钟的活动……最终，滨州方面安排专车与医生将他送回北京治疗。

两天之后，我接到大病初愈的师父电话："我想了想，一定是那道炒海肠的菜使得我肠胃不适——因为近两年已经是第二次吃它腹泻、呕吐了。知道么，过去我吃它一点儿没有事，且爱吃它，现在这把岁数的肠胃开始排斥它……我想告诉你，这就像曲艺与观众的关系，即使你曲艺没变，可今天观众的胃口却不适应了。曲艺抵制低俗作品最好的办法，就是你能够用既好吃又健康的玩意儿取代它，光指责、抱怨有啥用呀？你得弄清楚曲艺当年红火与现在不红火真正的原因在哪里……"他滔滔不绝地说着，我却没了聆听的耐心："您真是师父——病成了这样还有能耐把曲艺与炒海肠扯到一起？！"

其实，我心里明白，师父所以迫不及待地将他的这些曲艺思考、发现告诉我，是基于对曲艺及其对我的情感与爱。古人说"人无癖不可与交，以其无深情也；人无疵不可与交，以其无真气也"。换一个视角，师父已经悄悄地将我这个弟子视为"知音"了。

当然，我知道师父的"识人观"，他似乎更认同"盖棺定论"。记得他曾赞美山东快书艺术大师高元钧时说："高老从来不贬低他人，活着时你可以说他'太江湖'，但到死都没听过他议论过别人一句是非，你就只能用品德高尚给他定论了。"

曲艺美是客观的存在；曲艺审美是人对客观美的认知；曲艺艺术则是曲艺人对自身审美结果的表现途径。由此想说：师父赵连甲的作品之美，源自他澄清了"杂质"的人及其曲艺艺术观。

"成"，曲艺书架的百科全书

作为曲艺作家，我的师父赵连甲无疑是当下中国曲艺界艺龄最长，也是创作、出版曲艺作品、理论著作数量最多（没有之一）的老人。他通过"诚""盛""澄"，创造了另一个"成"——"成果累累"是他为自己曲艺作家、理论家身份验证的"标尺"。

到了晚年，一生创作了千篇以上曲艺作品且其中不乏精品力作的师父赵连甲，精力由写作品转向了编纂包括《中国传统山东快书大全》《中国传统西河大鼓鼓词大全》等一些与曲艺相关的学术性史料、文献。师父明白，与一个普遍忽略读书、学习的时代相遇，而像我这类读了几本常识读本便"自以为是"的"假行家"又略微多了些，与其不在同一频道上"隔空吆喝"，不如将祖宗留下来的"好玩意儿"想法留下来放到图书馆——等待那些总会到来的"觉醒者"……

我们家的"曲艺书橱"，让师父的各种著作占了"半壁江山"。很滑稽，他的文章、作品越写越多，对曲艺创作的感悟、总结却越来越短。最近他与我分享了他对曲艺创作的最新研究成果：曲艺作品的个性特征说到家就是四个字：悬念、情趣——悬念是为了拢人儿；情趣是为了提神儿。听后，我对师父一笑："弟子斗胆再丰富俩字儿：适度，适度是为了'正魂儿'——吃糖是为了有益于健康而绝不是为甜而甜。度，乃是曲艺作品的必备之'品'：美在适度；误在失度；丑在过度。"

师父没有搭腔，我知道老爷子正在琢磨……

（载于 2018 年 12 月 28 日《中国艺术报》）

（注：孙立生先生系原山东省曲艺家协会主席，著名曲艺理论家）

图书在版编目（CIP）数据

赵连甲作品选：二卷本／赵连甲著．－－北京：作家出版社，
2021.9

ISBN 978-7-5212-1450-5

Ⅰ．①赵…　Ⅱ．①赵…　Ⅲ．①曲艺－作品综合集－中国－
当代②戏剧小品－作品集－中国－当代　Ⅳ．①I239②I238.8

中国版本图书馆 CIP 数据核字（2021）第 111488 号

赵连甲作品选（二卷本）

作　　者：赵连甲
责任编辑：王　烨
装帧设计：意匠文化·丁奔亮
封面题字：韩美林
出版发行：作家出版社有限公司
社　　址：北京农展馆南里 10 号　　邮　　编：100125
电话传真：86-10-65067186（发行中心及邮购部）
　　　　　86-10-65004079（总编室）
E-mail: zuojia@zuojia.net.cn
http://www.zuojiachubanshe.com
印　　刷：唐山嘉德印刷有限公司
成品尺寸：170×240
字　　数：980 千
印　　张：60.75
版　　次：2021 年 9 月第 1 版
印　　次：2021 年 9 月第 1 次印刷
ISBN 978-7-5212-1450-5
定　　价：156.00 元